Collection dirigée par
Henriette Joël et Isabelle Laffont

ANNE RICE

LE LIEN MALÉFIQUE

Roman
traduit de l'américain par Annick Granger de Scriba

ROBERT LAFFONT

Titre original : THE WITCHING HOUR

Traduction française : Editions Robert Laffont, S.A., Paris, 1992

ISBN 2-221-07248-0
(édition originale :
ISBN 0-345-36789-8 Ballantine Books, New York)

Avec toute mon affection,
à Stan Rice et Christopher Rice
à John Preston
à Alice O'Brien Borchardt, Tamara O'Brien Tinker, Karen O'Brien et Micki O'Brien Collins
et à Dorothy Van Bever O'Brien, qui m'a acheté ma première machine à écrire en 1959, en y mettant le temps et l'énergie nécessaires pour s'assurer de sa qualité.

Et la pluie a la couleur des pensées.
Et le tonnerre rappelle le bruit des souvenirs.

STAN RICE

PREMIÈRE PARTIE

RENCONTRE

Un

Le médecin se réveilla glacé d'effroi. Il avait à nouveau rêvé de la vieille maison de La Nouvelle-Orléans; il avait revu la femme dans le fauteuil à bascule; il avait revu l'homme aux yeux marron.

Malgré la quiétude de sa chambre du Parker Meridien, près de New York, une fois encore il se sentait mal à l'aise. L'homme aux yeux marron lui avait répété d'aider la femme. Ce n'est qu'un rêve. Il faut que j'en sorte.

Il se redressa dans son lit. Mais pourquoi diable repensait-il à tout cela? La vieille maison le hantait. Il revit la femme, tête baissée, le regard vide. Il entendait presque le bourdonnement des insectes contre les portes-moustiquaires du porche. Et l'homme aux yeux marron, qui parlait sans remuer les lèvres. Un mannequin de cire pourvu de vie...

Non, ça suffit! se dit-il.

Sortant du lit, il s'approcha des rideaux blancs immaculés et regarda dehors : des toits sombres, des néons clignotants se reflétant sur les murs de brique. La lumière de l'aube pointait derrière les nuages, au-dessus de la façade en béton en face de lui. Aucune trace de chaleur étouffante. Aucun arôme étourdissant de roses et de gardénias.

Son esprit s'éclaircit peu à peu.

Il repensa à l'Anglais rencontré au bar de l'hôtel. Tout avait commencé là : l'homme avait confié au barman qu'il arrivait de La Nouvelle-Orléans et que cette ville était, de toute évidence, hantée. Cet Anglais affable avait tout à fait l'air d'un gentleman d'antan, avec son costume étriqué en seersucker et sa montre de gousset en or fixée à son gilet. C'était un personnage d'un autre temps, à la voix mélodieuse d'acteur britannique et aux yeux bleus sans âge.

Le docteur s'était tourné vers lui.

– Vous avez parfaitement raison. J'ai vu moi-même un fantôme à La Nouvelle-Orléans. Il n'y a pas très longtemps.

Il s'était interrompu, gêné, et avait fixé son verre de bourbon.

Le bourdonnement des mouches en été, l'odeur de médicament. « Une dose de Thorazine aussi forte? Il doit y avoir une erreur. »

L'Anglais avait montré une certaine curiosité et l'avait invité à dîner en invoquant l'argument qu'il collectait ce genre d'histoire. Le docteur avait été tenté d'accepter. Il était libre pour la soirée et aimait bien cet homme. Il s'était tout de suite senti en confiance. Le bar du Parker Meridien était un endroit agréable, plein de lumière, de mouvement, de gens. Il était si loin de ce coin lugubre de La Nouvelle-Orléans, de cette vieille ville triste et de sa chaleur pesante.

Mais il se sentait incapable de raconter son histoire.

– Si vous changez d'avis, appelez-moi, avait dit l'Anglais. Je m'appelle Aaron Lightner.

Il avait tendu au docteur une carte portant le nom d'un organisme.

– Disons que nous recueillons les histoires de fantômes, les vraies, j'entends.

LE TALAMASCA
Nous observons
et nous sommes toujours là

Étrange devise.

Oui, c'était lui qui avait fait remonter ses souvenirs; cet Anglais à la carte de visite si curieuse avec ses numéros de téléphone en Europe, et qui partait le lendemain pour rencontrer un Californien revenu à la vie après une noyade. Le docteur avait lu ce fait divers dans un journal new-yorkais. Il s'agissait d'un type cliniquement mort qui avait ressuscité après avoir vu la « lumière ».

Ils avaient parlé ensemble du noyé.

– Il dit qu'il a maintenant des pouvoirs parapsychiques, avait dit l'Anglais. Cela nous intéresse, bien entendu. Il paraît qu'il voit des images lorsqu'il touche des objets à main nue. C'est ce que nous appelons la parapsychologie.

Le docteur était intrigué. Lui-même avait entendu parler de tels patients – victimes de crises cardiaques, si ses souvenirs étaient exacts – qui étaient revenus en prétendant avoir vu le futur.

– Les meilleures recherches sur le sujet ont été réalisées par des cardiologues, précisa Lightner.

– N'a-t-on pas tourné un film, il y a quelques années, sur une femme qui était revenue avec un pouvoir de guérison? demanda le docteur. C'était très troublant.

– Je vois que vous n'êtes pas insensible à ce sujet, fit remarquer l'Anglais avec un sourire ravi. Êtes-vous certain de ne pas vouloir me parler de votre fantôme? Je serais très heureux d'entendre votre récit. Je ne pars que demain, juste avant midi. Je donnerais n'importe quoi pour l'entendre!

Non, pas cette histoire. Jamais!

Seul dans la pénombre de sa chambre, le docteur avait de nouveau peur. L'horloge du long couloir poussiéreux de la maison de La Nouvelle-Orléans tictaquait. Il entendit le bruissement des pieds de sa patiente « promenée » par l'infirmière. Il sentit à nouveau l'odeur de cette maison, de la chaleur et du vieux bois. L'homme lui parlait...

Avant ce printemps à La Nouvelle-Orléans, le médecin n'était jamais entré dans un manoir d'avant-guerre. La façade de la maison comportait des colonnes cannelées à la peinture écaillée. On appelait cela le style Renaissance classique : un long hôtel particulier d'un gris violacé, dans un coin sombre et ombragé de Garden District, au portail flanqué de deux chênes imposants. Les rampes en fer forgé aux motifs de roses étaient festonnées de plantes grimpantes : glycine, vigne vierge et bougainvillée d'un rose sombre incandescent.

Le docteur aimait à s'asseoir sur les marches de marbre pour contempler les chapiteaux doriques couverts de ces plantes odorantes. Des rayons de soleil perçaient à travers les branches entortillées. Les abeilles bourdonnaient dans l'enchevêtrement des feuilles vertes luisantes, au-dessous des corniches écaillées. Peu importait qu'il y fasse si sombre et si humide.

Cependant, la décrépitude des lieux le déconcertait. Des araignées tissaient leurs fines toiles autour des roses en fer forgé. Par endroits, la ferronnerie était si rouillée qu'elle partait en poudre sous les doigts. Ici et là, près des rampes, le bois du porche était complètement pourri.

Au fond du jardin, il y avait une vieille piscine octogonale qui n'était plus qu'un marécage d'eau noire entouré de glaïeuls. L'odeur était pestilentielle. Et pourtant, des grenouilles y avaient élu domicile. On les entendait coasser à la tombée de la nuit. La fontaine, qui persistait à cracher quelques maigres jets dans l'eau boueuse, avait quelque chose de pathétique. Le docteur l'aurait bien vidée, nettoyée et curée de ses propres mains. Il aurait bien réparé la balustrade brisée et arraché les mauvaises herbes des vasques.

Même les vieilles tantes de sa patiente, Mlle Carl, Mlle Millie et Mlle Nancy, avaient quelque chose de décati. Cela ne provenait ni de leurs cheveux gris ni de leurs lunettes cerclées. C'était leur attitude et les relents de camphre qui émanaient de leurs vêtements.

Si la maison avait été équipée d'une climatisation, c'eût été différent. Mais elle était trop ancienne pour ça. C'était en tout cas ce qu'on lui avait répondu. Les plafonds faisaient quatre mètres cinquante de hauteur et la brise légère était chargée d'une odeur de moisi.

Toutefois, sa patiente était fort bien soignée. Il devait l'admettre. Une vieille infirmière noire prénommée Viola la sortait le matin sous le porche et la rentrait le soir.

– Elle va très bien, docteur. Allez, mademoiselle Deirdre ! Marchez pour le docteur !

Viola l'extirpait de son fauteuil et la soutenait patiemment, pas à pas.

– Cela fait sept ans que je m'occupe d'elle, docteur. Elle est comme ma fille.

Sept ans ainsi ! Rien d'étonnant à ce que ses chevilles aient commencé à se tourner vers l'intérieur et que ses bras se referment instinctivement sur sa poitrine si l'infirmière ne les mettait pas de force sur ses genoux.

Viola lui faisait traverser le petit salon, passer devant la harpe et le piano à queue Bösendorfer couvert de poussière, et l'emmenait dans la longue salle à manger aux murs défraîchis couverts de fresques représentant des chênes moussus et des champs de labour.

Les pieds chaussés de pantoufles de la malade glissaient sur le tapis d'Aubusson élimé. Elle avait quarante et un ans mais paraissait à la fois vieille et jeune, une enfant pâle au dos voûté, à l'abri des soucis et des passions humaines. Deirdre, avez-vous déjà eu un amant? Avez-vous déjà dansé dans ce salon?

Les rayons de la bibliothèque étaient couverts de volumes reliés en cuir. Sur leur tranche étaient inscrites à l'encre violette décolorée des dates anciennes : 1756, 1757, 1758... Le patronyme de Mayfair y figurait en lettres dorées.

Mayfair, une grande famille de colons d'autrefois. Aux murs étaient accrochés de vieux tableaux d'hommes et de femmes en vêtements du XVIIIe siècle, des daguerréotypes, des ferrotypes et des photographies passées. Dans le couloir, il y avait une carte de Saint-Domingue jaunie dans un cadre crasseux et une toile noircie représentant une grande maison de planteur.

Le docteur détailla les bijoux de sa patiente. Un héritage, sans doute, vu l'ancienneté des montures. Mais pourquoi mettre ce genre de bijoux à une femme qui n'a pas prononcé un mot ou fait un geste de son propre gré depuis plus de sept ans?

L'infirmière avait dit ne jamais enlever à Mlle Deirdre sa chaîne au pendentif d'émeraude, même pour le bain.

– Je vais vous confier un petit secret, docteur. Ne vous avisez jamais de toucher à ça !

Il avait eu envie de demander pourquoi mais s'était ravisé. Il s'était senti mal à l'aise lorsque l'infirmière avait mis à la femme ses boucles d'oreilles en rubis et sa bague de diamant. On dirait la toilette d'un mort, avait-il songé.

Dehors, les chênes sombres tendaient leurs branches vers les portes-moustiquaires sales et le jardin frémissait de chaleur.

– Regardez ses cheveux ! dit Viola avec tendresse. En avez-vous jamais vu d'aussi beaux?

Ils étaient noirs, épais, bouclés et longs. L'infirmière adorait les coiffer en enroulant les boucles autour de la brosse. Les yeux de la malade étaient bleu clair. De temps à autre, un mince filet argenté de salive coulait de la commissure de ses lèvres et formait un cercle foncé sur le devant de sa chemise de nuit.

– Il est étonnant que personne n'ait jamais essayé de lui voler ses bijoux, dit le docteur, comme pour lui-même. Elle est vraiment sans défense.

– Aucun de ceux qui ont travaillé ou travaillent dans cette maison n'aurait jamais osé.

– Mais elle reste assise des heures seule. On la voit même de la rue.

Rire.

– Ne vous inquiétez pas, docteur. Personne par ici n'est assez stupide pour passer le portail. Le vieux Ronnie vient tondre la pelouse depuis trente ans mais il est un peu fou.

– Pourtant...

Le docteur s'interrompit. Il était en train de parler devant une femme muette, dont les yeux bougeaient à peine, par moments, dont les mains étaient placées exactement là où l'infirmière les avait mises et dont les pieds reposaient mollement sur le sol nu. Comme il était facile de l'oublier, d'oublier de respecter cette créature pathétique! Personne ne savait ce qu'elle comprenait des conversations autour d'elle.

– Vous pourriez peut-être la mettre de temps en temps au soleil, suggéra-t-il. Sa peau est si blanche!

Mais il savait le jardin impraticable, même loin de la puanteur de la piscine. Des enfants y avaient pourtant joué, jadis. L'un d'eux avait gravé le mot « Lasher » dans le tronc épais du lagerstrœmia géant qui poussait contre la clôture du fond. La blancheur de l'entaille profonde luisait sur l'écorce cireuse. Quel mot étrange! Une balançoire en bois était encore suspendue à la branche d'un chêne lointain.

La façade sud de la maison paraissait énorme et écrasante vue sous cet angle. La vigne en fleur grimpait jusqu'aux cheminées au-dessus du troisième étage. Un bambou noir ballottait dans la brise contre la maçonnerie replâtrée. Les bananiers étaient si hauts et si denses qu'ils formaient une jungle près du mur de brique.

Ces lieux anciens étaient comme sa patiente : magnifiques mais oubliés par le temps.

Le visage de Mlle Deirdre aurait pu être beau s'il n'avait pas été si inexpressif. Voyait-elle les délicates grappes mauves de la glycine, les plantes enchevêtrées? Distinguait-elle à travers la végétation les colonnades blanches de la maison d'en face?

Un jour, il était monté avec elle et l'infirmière dans le petit ascenseur à la portière de bronze et au tapis élimé. Lorsque l'appareil avait commencé à s'élever bruyamment, l'expression de Deirdre était restée figée.

Bien entendu, il avait questionné le vieux médecin du sanatorium.

– Je me rappelle quand j'avais votre âge, avait-il répondu. J'étais certain de les guérir tous. Je croyais rendre la raison aux paranoïaques, ramener les schizophrènes dans la réalité et réveiller les catatoniques. Vous lui ferez sa piqûre chaque jour, mon fils. C'est tout ce que vous pouvez faire. Nous faisons de notre mieux pour éviter qu'elle ne se mette dans tous ses états. L'agitation, vous savez?

Agitation? Était-ce la raison de ces drogues si puissantes? Même si l'on arrêtait les injections le lendemain, il faudrait bien un mois avant que leurs effets disparaissent. Et les doses administrées étaient si fortes qu'elles auraient tué tout autre patient.

Comment pouvait-on connaître l'état réel de cette femme dont le traitement durait depuis si longtemps? Si seulement il avait pu lui faire un électroencéphalogramme...

Au bout d'un mois, il avait fait chercher son dossier. C'était une question de routine. Personne n'avait trouvé à y redire. Il passa un après-midi entier dans son bureau du sanatorium à déchiffrer l'écriture de douzaines de médecins aux diagnostics vagues et contradictoires : penchant morbide, paranoïa, épuisement total, hallucinations, dépression, tendance suicidaire. Cela remontait apparemment à l'adolescence. Non, avant, même. Un confrère l'avait vue pour « démence » quand elle avait dix ans.

Que cachaient tous ces mots abstraits? Dans la montagne de paperasses, il découvrit qu'à l'âge de dix-huit ans elle avait donné naissance à une petite fille, qu'elle l'avait abandonnée et avait ensuite souffert de « paranoïa grave ».

Était-ce la raison pour laquelle on lui administrait d'un côté un traitement de choc et de l'autre de l'insuline? Qu'avait-elle donc fait à toutes ces infirmières qui avaient rendu leur tablier pour des motifs de santé?

Un jour, elle s'était « enfuie » et avait été « ramenée de force » à l'hôpital. Les pages suivantes – des années entières – manquaient. « Atteinte cérébrale irréversible », avait-on noté en 1976. « Patiente renvoyée chez elle. Thorazine prescrite pour empêcher l'agitation et le penchant morbide. »

Le dossier était détestable. Il ne racontait aucun fait, ne révélait aucune vérité. Le docteur était découragé. Cette kyrielle de médecins lui avaient-ils parlé comme il l'avait fait, assis à côté d'elle sous le porche?

– C'est une journée magnifique. N'est-ce pas, Deirdre?

La brise était si odorante à cet endroit. Le parfum des gardénias s'y mêla soudain sans lui déplaire. Un instant, il ferma les yeux.

Le méprisait-elle? Se moquait-elle de lui? Savait-elle seulement qu'il était là? Il aperçut quelques fils d'argent dans ses cheveux. Sa main était froide, désagréable au toucher.

L'infirmière revint avec une enveloppe bleue contenant une photo.

– C'est votre fille, mademoiselle Deirdre. Vous voyez? Elle a vingt-quatre ans maintenant.

Elle tenait la photo de sorte que le docteur puisse aussi la voir. C'était une jeune fille blonde sur le pont d'un grand yacht blanc, les cheveux au vent. Jolie, très jolie. « Baie de San Francisco, 1983 », indiquait la légende.

Le visage de la femme ne changea pas d'un pouce. L'infirmière releva une mèche noire tombée sur son front et mit la photo sous le nez du médecin.

– Vous voyez cette fille? Elle est médecin elle aussi, dit-elle en hochant la tête. Elle est interne pour l'instant. Un jour, elle sera docteur en médecine, tout comme vous.

Était-ce possible? Cette jeune fille ne venait jamais voir sa mère. Il la détesta instantanément. Ah oui? Médecin?

En peu de temps, il en vint à se méfier des tantes.

La grande, celle qui lui signait ses chèques, « Mlle Carl », était encore juriste malgré ses soixante-dix ans passés. Elle se rendait à son cabinet de Carondelet Street et en revenait en taxi car elle n'était plus capable de grimper la haute marche du tramway de Saint Charles. Pendant cinquante ans, lui avait-elle raconté un jour, elle avait pris le tramway.

– Oh oui! avait expliqué l'infirmière un après-midi où elle brossait doucement les cheveux de Deirdre. Mlle Carl est la plus intelligente. Elle travaille pour le juge Fleming. Elle a été l'une des premières femmes diplômées de la faculté de droit de Loyola. Elle y est entrée à l'âge de dix-sept ans.

Pour autant qu'il avait pu le constater, Mlle Carl n'adressait jamais la parole à la malade. D'après lui, la plus corpulente, Mlle Nancy, était la plus gentille avec elle.

– Les autres disent que Mlle Nancy n'aurait pas été douée pour les études, rapporta l'infirmière. Alors, elle est restée à la maison pour s'occuper de tout le monde. Avant, il y avait Mlle Belle, aussi.

Mlle Nancy affichait toujours une expression renfrognée. Il y avait quelque chose de commun en elle : boulotte, négligée, constamment en tablier, elle s'adressait toujours à l'infirmière avec une voix artificielle et condescendante. Et, lorsqu'elle regardait Deirdre, elle avait un rictus méprisant aux lèvres.

Il y avait aussi Mlle Millie, la plus âgée, qui était en réalité une vague cousine. C'était une vieille dame classique vêtue de soie noire et portant des chaussures en corde. Elle allait et venait, sans jamais quitter ses gants usés et son petit chapeau de paille noir à voilette. Elle adressait un sourire gai au médecin et donnait un baiser à Deirdre.

– C'est ma pauvre petite chérie, disait-elle avec un trémolo dans la voix.

Un après-midi, il s'était approché de Mlle Millie, qui était debout sur les dalles brisées près de la piscine.

– Inutile de songer à faire réparer, dit-elle tristement. Stella adorait y nager. C'est elle qui l'a fait construire. Elle avait toujours des tas d'idées et de rêves. Elle donnait des réceptions. Il y avait des centaines d'invités et des tables étaient dressées partout sur la pelouse. Un orchestre jouait. Vous êtes trop jeune pour vous rappeler cette musique si vivante, docteur. C'est Stella encore qui a fait poser les dalles de pierre tout le long de la piscine. Vous voyez? Comme celles que l'on voit encore devant et sur le côté...

Elle s'interrompit, pointant le doigt vers le patio envahi de mauvaises herbes. On aurait dit qu'elle ne pouvait plus parler. Doucement, elle leva la tête vers la fenêtre mansardée.

Il aurait voulu lui demander qui était Stella.

– Pauvre Stella chérie!

Le médecin imagina des lampions suspendus aux branches.

Toutes ces femmes étaient trop vieilles. Et la jeune, la soi-disant interne, était à des milliers de kilomètres...

Mlle Nancy tyrannisait la pauvre Deirdre. Elle regardait l'infirmière la faire marcher puis criait dans les oreilles de la malade :

– Tiens-toi sur tes jambes! Tu sais parfaitement que tu pourrais marcher toute seule si tu le voulais!

– Mlle Deirdre entend très bien, risquait l'infirmière. Le médecin dit qu'elle entend et voit parfaitement.

Un jour, il tenta de questionner Mlle Nancy sur le palier, se disant qu'en la poussant un peu il obtiendrait peut-être quelques renseignements.

– Est-ce que son attitude change parfois? Lui arrive-t-il de prononcer ne serait-ce qu'un seul mot?

La vieille femme le toisa un bon moment, le visage luisant de sueur, l'arête de son nez rougie par ses lunettes.

– Je vais vous dire ce qui m'inquiète. Qui va s'occuper d'elle quand nous ne serons plus là? Vous croyez que cette enfant gâtée qu'elle a pour fille en Californie va le faire? Elle ne sait même pas le nom de sa mère. C'est Ellie Mayfair qui envoie les photos. Et Ellie Mayfair n'a pas mis les pieds dans cette maison depuis qu'elle est venue chercher le bébé. Elle ne pouvait pas avoir d'enfant et elle mourait de peur que son mari ne la laisse tomber. C'est un avocat réputé là-bas. Vous savez combien Carl a payé Ellie pour prendre le bébé? Pour s'assurer qu'il ne revienne jamais ici? Le faire partir d'ici, c'était tout ce qu'elle voulait. Et elle a fait signer un papier à Ellie.

Elle eut un sourire amer et s'essuya les mains sur son tablier.

– Elle a été envoyée en Californie avec Ellie et Graham pour vivre dans une maison superbe sur la baie de San Francisco, avec un gros bateau et tout le reste. Voilà ce qui est arrivé à la fille de Deirdre!

Ainsi, la jeune fille n'était pas au courant, pour sa mère, songea le médecin. Mais il ne dit rien.

– Laisser Carl et Nancy s'occuper de tout! poursuivit la femme. Laisser Carl signer les chèques, Nancy cuisiner et récurer. Et Millie, hein? Qu'est-ce qu'elle fait? Elle va à l'église et prie pour tout le monde. Formidable, non?

Elle partit d'un grand rire déplaisant et entra dans la chambre de la malade en empoignant un balai au passage.

– Savez-vous qu'on ne peut pas demander à une infirmière de balayer? Oh non! Elle ne s'abaisserait pas à une pareille tâche. Vous pourriez m'expliquer pourquoi une infirmière ne peut pas balayer?

La chambre, probablement la plus agréable de la maison, était assez propre. Il y avait des cendres dans la cheminée de marbre. Sa patiente dormait dans un lit massif à baldaquin de la fin du siècle dernier.

L'odeur de cire et de coton frais était très agréable. Mais la pièce était pleine d'objets religieux effrayants. Sur le marbre de la coiffeuse se trouvait une statue de la Vierge tenant un cœur rouge sur sa poitrine. C'était horrible à regarder. Il y avait un crucifix juste à côté. Le corps tordu du Christ était peint couleur nature, jusqu'au filet de sang sombre s'écoulant de ses ongles. Des bougies brûlaient dans des verres rouges à côté d'un rameau fané.

– Remarque-t-elle ces objets religieux? demanda le médecin.

– Bien sûr que non!

Des bouffées de camphre sortirent des tiroirs lorsque Mlle Nancy fit des rangements. Des chapelets pendaient des lampes en cuivre sculptées. On aurait dit que dans cette pièce rien n'avait changé depuis des dizaines d'années. Les rideaux jaunes en dentelle étaient raides et mités. Ils semblaient bloquer le soleil et ne propager que leur propre lumière sombre et brûlée.

Sur le chevet de marbre était posée une boîte à bijoux. Ouverte. Comme si son contenu n'avait aucune valeur, ce qui n'était pas le cas. Même lui, peu connaisseur, savait que les bijoux étaient authentiques. Lorsqu'il toucha le velours de la boîte, Mlle Nancy se mit à crier :

– Ne touchez pas à cela, docteur!

– Mon Dieu, madame! Vous ne pensez tout de même pas que je pourrais les voler?

– Il y a beaucoup de choses que vous ignorez sur cette maison et sur votre malade. Pourquoi croyez-vous que tous les volets sont cassés? Pratiquement sortis de leurs gonds? Pourquoi croyez-vous que les joints des pierres partent en morceaux?

Elle secoua la tête, faisant trembler ses joues molles, sa bouche incolore serrée.

– Essayez de faire réparer ces volets! Laissez seulement quelqu'un monter sur une échelle pour repeindre cette maison!

– Je ne vous comprends pas, répondit-il.

– Ne touchez jamais à ces bijoux, docteur. C'est tout ce que j'ai à dire. Ne touchez absolument à rien ici. La piscine, par exemple. Elle est remplie de feuilles décomposées et de saletés mais les fontaines continuent à y déverser de l'eau. Vous l'avez remarqué? Essayez seulement de fermer les robinets!

– Mais qui...?

– Laissez les bijoux. Je vous le conseille.

– Est-ce que changer les choses pourrait la faire parler? demanda-t-il hardiment, lassé de tout cela et moins effrayé par cette tante que par Mlle Carl.

La femme se mit à rire.

– Cela ne lui ferait rien faire du tout. (Elle referma bruyamment un tiroir du bureau, faisant tinter le chapelet de verre contre une petite statue de Jésus.) Maintenant, excusez-moi, je dois nettoyer la salle de bains.

Il tourna son regard vers le Christ barbu, le doigt pointé vers la couronne d'épines entourant son cœur.

Elles étaient toutes cinglées, et il allait le devenir aussi s'il ne quittait pas cette maison.

Un jour, seul dans la salle à manger, il avait revu le mot « Lasher » tracé d'un doigt anonyme dans l'épaisse poussière accumulée sur la table. Qu'est-ce que cela pouvait bien signifier ? Le lendemain après-midi, la table avait été époussetée. C'était la première fois, à sa connaissance, que quelque chose était dépoussiéré dans cette pièce !

Le soir, dans son appartement moderne donnant sur le lac, il avait passé son temps à méditer sur sa patiente. Il se demandait si elle avait les yeux ouverts quand elle s'allongeait sur son lit.

Il avait le sentiment d'avoir un devoir à accomplir. Mais lequel ? Son médecin était un psychiatre de renom. Il n'était pas question de remettre en cause son jugement. Pourquoi ne pas tenter quelque chose d'un peu fou, comme l'emmener se promener dans la campagne ou apporter une radio sous le porche ? Ou arrêter les sédatifs pour voir ce qui se passerait ?

Il était clair qu'il fallait interrompre le traitement de temps en temps. Et pourquoi ne pas le revoir entièrement ? Il se devait d'en faire au moins la suggestion.

– Contentez-vous de lui faire ses piqûres, lui répondit le vieux médecin avec froideur. Faites-lui une petite visite d'une heure par jour, c'est tout ce qu'on vous demande.

C'était début septembre. En passant le portail de la maison, le docteur aperçut un homme près de sa patiente. Le bras posé sur le dossier de sa chaise, il lui parlait, visiblement. C'était un homme grand, plutôt mince, aux cheveux bruns.

Le médecin éprouva un curieux sentiment de jalousie. Un inconnu était auprès de sa malade. Il était impatient de faire sa connaissance. L'homme lui fournirait certainement les explications que les femmes lui refusaient. De plus, il semblait être un ami proche. Il y avait quelque chose d'intime dans sa façon de se tenir, incliné, tout près d'elle.

Mais lorsque le médecin arriva sous le porche, il ne vit aucun visiteur. Et il ne trouva personne dans les pièces du devant.

– Je viens de voir un homme ici, dit-il à l'infirmière qui s'approchait. Il parlait à Mlle Deirdre.

– Je ne l'ai pas vu, répondit-elle avec désinvolture.

Il trouva Mlle Nancy en train d'écosser des petits pois dans la cuisine. Elle le considéra un long moment puis secoua la tête.

– Je n'ai entendu personne arriver.

C'était trop fort ! Il n'avait fait qu'entrapercevoir l'homme mais il était sûr de ne pas avoir rêvé.

– Si seulement vous pouviez me parler, dit-il à Deirdre un moment plus tard, en préparant l'injection. Vous me diriez au moins si vous avez envie de recevoir des visites...

Son bras était si fin. Lorsqu'il tourna les yeux vers elle, la seringue prête, elle le regardait!

– Deirdre?

Son cœur battait la chamade.

Les yeux de Deirdre roulèrent vers la gauche et se fixèrent devant elle. La chaleur, à laquelle le médecin avait fini par s'habituer, devint soudain insoutenable. Il fut pris de vertige, comme près de défaillir.

Il n'était pas quelqu'un à s'évanouir. Il se mit à réfléchir à ce qui venait de se produire et se rendit soudain compte qu'il avait parlé à l'homme. Ils étaient tous les deux au milieu d'une conversation dont il avait soudain perdu le fil. Non, ce n'était pas ça. C'était plutôt que, brusquement, il ne se rappelait plus combien de temps ils avaient parlé. Il était vraiment singulier qu'ils aient parlé tout ce temps et qu'il ne se souvienne plus de quelle manière avait commencé la conversation.

Mais qu'avait donc dit l'homme? Tout cela était très troublant car il n'y avait personne, à part elle. Ah oui! Il avait dit à l'homme aux cheveux bruns : Il faut à tout prix arrêter les injections... Il était sûr d'avoir raison et le vieux médecin – Un imbécile! avait dit l'homme aux cheveux bruns – pouvait se le tenir pour dit!

Toute cette histoire était scandaleuse. Et la fille en Californie...

Il se secoua et se leva. Que s'était-il passé? Il s'était endormi sur sa chaise en osier. Il avait rêvé. Le bourdonnement des abeilles résonnait fort dans ses oreilles et l'odeur des gardénias enbrumait son cerveau. Il regarda par-dessus la rampe, vers le patio. Quelque chose ne venait-il pas de bouger?

– Je dois rentrer, dit-il tout haut. Je ne me sens pas très bien. Il faut que je m'allonge.

Le nom de l'homme. Quel était-il? Il l'avait su un instant auparavant, un nom très particulier. « Ah! c'est donc ce que signifie le mot. Vous êtes... Mais attendez! » Cela recommençait. Il ne se laisserait pas faire!

– Mademoiselle Nancy! appela-t-il.

Sa patiente regardait toujours droit devant elle, le lourd pendentif d'émeraude brillant sur sa chemise. L'environnement lui parut soudain rempli d'une lumière verte. Les feuilles frémissaient.

– C'est la chaleur, murmura-t-il. Est-ce que je lui ai fait sa piqûre? Mon Dieu!

La seringue s'était brisée en tombant par terre.

– Vous m'avez appelée, docteur?

Mlle Nancy était apparue sur le pas de la porte, s'essuyant les mains sur son tablier. La femme de couleur était là aussi, l'infirmière derrière elle.

– Ce n'est rien, c'est juste la chaleur, murmura-t-il. J'ai laissé tomber la seringue. Mais j'en ai une autre, bien sûr.

Elles le fixaient, l'étudiaient. « Vous croyez que je suis fou moi aussi? »

L'après-midi du lendemain, un vendredi, il revit l'homme. Il était en retard. Une urgence au sanatorium. Il pressait le pas dans First Street. Ne voulant pas déranger la famille en plein dîner, il courait presque en arrivant au portail.

L'homme se tenait dans l'ombre, devant le porche, les bras croisés, adossé à la colonne. Ses larges yeux sombres regardaient fixement le médecin. Grand, mince, il était magnifiquement vêtu.

– Vous voilà donc, dit le médecin à voix haute. Il tendit la main en montant les marches. Je suis le docteur Petrie. Comment allez-vous?

Mais... Comment dire? Il n'y avait personne.

– Je sais que cela s'est réellement passé, dit-il à Mlle Carl, dans la cuisine. Je l'ai vu sous le porche puis il s'est volatilisé.

– Et que nous importe ce que vous avez vu, docteur? répondit-elle.

Cette femme était si dure! Malgré son grand âge, il n'y avait aucune fragilité en elle. Elle se tenait très droite dans son vêtement en gabardine bleu foncé, les lèvres pincées.

– Mademoiselle Carl, j'ai vu cet homme avec ma patiente. Or, nous le savons tous, c'est une femme sans défense. Si le premier inconnu peut entrer ici...

Mais ses paroles restèrent sans effet. Soit la vieille femme ne le croyait pas, soit elle s'en fichait. Et Mlle Nancy, assise à la table de la cuisine, ne leva même pas le nez de son assiette. En revanche, l'expression de Mlle Millie était très claire. Elle était troublée. Ses yeux faisaient d'incessants allers-retours entre Mlle Carl et lui.

Quelle maison! En entrant dans le petit ascenseur, il était très contrarié.

Les rideaux de velours étaient tirés et la chambre était plongée dans la pénombre. Seules les petites bougies vacillaient dans leurs verres rouges. L'ombre de la Vierge se projetait sur le mur. Le médecin mit du temps à trouver l'interrupteur. Une petite ampoule s'alluma près du lit. La boîte à bijoux ouverte était juste à côté. Quel objet étrange!

Lorsqu'il vit la femme étendue, les yeux ouverts, sa gorge se noua. Sa chevelure noire était bien étalée tout autour d'elle sur l'oreiller taché. Ses joues avaient une couleur rose inhabituelle.

Ses lèvres n'avaient-elles pas bougé?

– Lasher...

Un souffle. Qu'avait-elle dit? Elle avait bien dit « Lasher », non? C'était le nom qu'il avait lu sur le tronc et dans la poussière de la table. Et il l'avait déjà entendu quelque part. Un frisson monta le long de son dos, jusqu'à sa nuque : une malade catatonique en train de parler! Mais non, il avait dû l'imaginer. C'était seulement ce qu'il aurait voulu qu'il se passe. Un changement miraculeux chez sa patiente. Elle était étendue, plus immobile que jamais. Tant de Thorazine aurait tué n'importe qui d'autre...

Il posa sa sacoche à côté du lit et se mit à remplir la seringue avec précaution. Comme chaque fois, il songea : Que se passerait-il si tu ne lui faisais pas cette injection, ou si tu réduisais la dose de moitié, d'un quart? Tu resterais près d'elle pour l'observer. Et si... Il se vit soudain en train de saisir la femme et de la sortir de la maison. Il l'emmenait en voiture dans la campagne puis ils marchaient dans l'herbe, main dans la main, jusqu'à la levée naturelle surplombant le fleuve. Elle souriait et ses cheveux flottaient dans le vent.

C'était ridicule. Il était 6 h 30 et l'heure de la piqûre était dépassée depuis longtemps. La seringue était prête.

Soudain, quelque chose le poussa. Il tomba du lit, les jambes flageolantes, et la seringue lui échappa.

Lorsqu'il reprit ses esprits, il était agenouillé dans la semi-obscurité et observait les moutons de poussière amassés sur le sol sous le lit.

– Bon sang! s'écria-t-il.

La seringue avait disparu. Après des recherches, il l'aperçut à des mètres de là, plus loin que l'armoire. Elle était brisée, écrasée, comme si quelqu'un avait marché dessus. Toute la Thorazine s'était répandue.

– Mais que se passe-t-il? murmura-t-il.

Il ramassa l'objet. Il en avait d'autres mais c'était la seconde fois que... Un instant plus tard, il était à nouveau assis au bord du lit et contemplait sa patiente inanimée en s'interrogeant sur ce qui avait bien pu se passer.

Il ressentit soudain une chaleur intense. Quelque chose bougeait dans la pièce en faisant un léger bruit de raclement. Ce ne pouvait être que le chapelet enroulé autour de la lampe en cuivre. Il s'essuya le front. Alors, tout en regardant Deirdre, il se rendit compte de la présence d'une silhouette debout de l'autre côté du lit. Il vit le costume sombre : un gilet, une veste à boutons foncés. Il leva les yeux. C'était l'homme.

En une fraction de seconde, son incrédulité se transforma en terreur. Aucun doute, l'homme était bien là et le regardait. L'instant d'après, il avait disparu. Il faisait froid. Une brise soulevait les rideaux. Le docteur se mit à crier.

A 10 heures du soir, la malade n'était plus la sienne. Le vieux psychiatre fit tout le chemin jusqu'à son appartement pour le lui annoncer en personne. Ils étaient descendus au lac et avaient marché le long de la grève en béton.

– Impossible de discuter avec ces vieilles familles. Et il ne faut pas se frotter à Carlotta Mayfair. Elle connaît tout le monde. Vous n'imaginez pas le nombre de gens qui lui doivent quelque chose, à elle ou au juge Fleming. Et ces gens possèdent une bonne partie de la ville...

– Puisque je vous dis que je n'ai rien inventé!

Mais le vieux psychiatre ne voulut rien entendre. Malgré son ton bienveillant, il porta sur lui un regard légèrement soupçonneux.

– Ces vieilles familles, vous savez!

Le jeune médecin n'ajouta rien. En fait, il se sentait stupide. Il n'était pas homme à croire aux fantômes! Et, pourtant, il était persuadé d'avoir vu la silhouette. Et par trois fois. Il ne pouvait pas oublier l'après-midi où il avait eu cette étrange conversation. L'homme était présent mais complètement irréel. Il connaissait même son nom... Ah oui! Lasher.

Cependant, même en faisant abstraction de la conversation irréelle, imputable, à la rigueur, à la quiétude du lieu, à la chaleur infernale et à l'étrange découverte du mot gravé dans le tronc d'arbre, impossible d'ignorer le reste. Il avait vu une créature bien vivante. Personne ne réussirait à l'en dissuader.

Les semaines passant, son travail au sanatorium ne parvint pas à l'absorber suffisamment; il entreprit de décrire en détail ce qu'il avait vu. Les cheveux de l'homme étaient légèrement ondulés, ses yeux larges, sa peau pâle comme celle de la malade. Il était jeune, vingt-cinq ans tout au plus. Il n'affichait aucune expression particulière. Le médecin se rappelait même ses mains; elles n'avaient rien de spécial, elles étaient juste jolies. L'homme, bien que mince, était bien proportionné. Seuls ses vêtements étaient singuliers. Ce n'était pas une question de style mais de texture. Ils étaient aussi lisses que son visage. L'ensemble du personnage était fait de la même matière : ses vêtements, son corps, son visage.

Un matin, le médecin se réveilla avec une pensée curieusement claire : l'homme mystérieux ne voulait pas que Deirdre soit bourrée de sédatifs. Il savait que c'était mauvais pour elle. Le spectre protégeait cette femme sans défense.

Mais, bon sang, qui pourrait le croire? Il regretta de ne pas être chez lui, dans le Maine, à travailler dans la clinique de son père, loin de cette ville étouffante et étrangère. Son père le comprendrait, lui. Non, probablement pas. Il serait inquiet.

A partir de l'hiver, le médecin commença à rêver de Deirdre. Dans ses rêves, il la voyait guérie, revitalisée, se hâtant dans la rue, les cheveux au vent. Lorsqu'il se réveillait au milieu de son rêve, il se demandait si la pauvre femme n'était pas morte, ce qui était plus que probable.

A l'arrivée du printemps, il était en ville depuis un an. Il eut envie de revoir la maison. Il prit le tramway de Saint Charles jusqu'à Jackson Avenue et reprit le chemin qui lui était familier.

Tout était exactement pareil : les bougainvillées en pleine floraison, le jardin à l'abandon, le lantanier dont les petites fleurs orange s'insinuaient à travers la grille en fer forgé.

Deirdre était assise dans le fauteuil à bascule, sous le porche.

Le médecin fut pris d'une angoisse soudaine. De sa vie, il n'avait été aussi troublé. Quelqu'un doit faire quelque chose pour cette femme, se dit-il.

Il se mit à marcher au hasard, et se retrouva dans une rue sale et encombrée. Son regard tomba sur une vieille taverne. Il y entra, heureux d'y retrouver l'air conditionné et une relative tranquillité. Quelques hommes âgés discutaient à voix basse près du bar. Il emporta son verre à la table du fond.

L'état de Deirdre Mayfair le torturait. Et le mystère du spectre aggravait les choses. Il pensa à la fille de Californie. Et s'il l'appelait? De médecin à médecin... Mais il ignorait le nom de cette jeune femme.

– De toute façon, tu n'as pas le droit de t'en mêler, murmura-t-il tout haut. (Il but un peu de bière, savourant sa fraîcheur.) Lasher, murmura-t-il encore.

Mais quel nom étrange! La jeune interne le prendrait pour un fou. Il avala une longue gorgée de bière.

Soudain, il eut l'impression que l'atmosphère du bar se réchauffait, comme si quelqu'un, en ouvrant la porte, avait laissé entrer un vent brûlant. Même les vieillards semblèrent le remarquer. L'un deux s'essuya le visage avec un mouchoir crasseux avant de reprendre sa conversation.

Lorsqu'il leva son verre, le médecin aperçut l'homme mystérieux en face de lui, assis à la table près de la porte.

Le même visage de cire, les yeux marron, les mêmes vêtements indéfinissables, si lisses qu'ils brillaient légèrement dans la lumière diffuse. Le médecin ressentit la même terreur que dans la chambre obscure de Deirdre Mayfair.

L'homme le fixait du regard, à six mètres à peine de lui. La lumière du jour traversant les fenêtres illuminait un côté de son visage.

Soudain, la silhouette se mit à vaciller puis s'évanouit. Une brise fraîche envahit le bar.

Le barman eut le temps de rattraper un napperon crasseux qui s'envolait. Une porte claqua et le bruit des conversations sembla s'intensifier. Pour rien au monde il ne repasserait devant la maison de Deirdre Mayfair!

Le soir suivant, rentrant chez lui en voiture, il revit l'homme sous un réverbère, près du cimetière de Canal Boulevard.

La vision ne dura qu'un court instant mais aucun doute n'était possible. Il fut pris de tremblements violents, accéléra et se mit à conduire frénétiquement, comme si l'homme le poursuivait. Ce n'est qu'après avoir refermé derrière lui la porte de son appartement qu'il se sentit en sécurité.

Le vendredi suivant, il revit l'homme au grand jour, debout sur la pelouse de Jackson Square. Une passante tourna la tête vers la silhouette aux cheveux bruns. Le médecin se mit à courir dans les rues du quartier français. Devant un hôtel, il s'engouffra dans un taxi et ordonna au chauffeur de l'emmener n'importe où, le plus loin possible!

Les jours passant, le médecin était de plus en plus terrifié. Il ne pouvait plus ni manger, ni dormir, ni se concentrer sur quoi que ce soit. Il fixait le vieux psychiatre d'un regard rageur chaque fois que leurs chemins se croisaient.

Mais comment diable pourrait-il faire comprendre au spectre qu'il ne s'approcherait plus jamais de la femme? Plus de seringue, plus de drogue! Vous ne comprenez donc pas que je ne suis plus son ennemi?

A demander une aide quelconque, il risquait sa réputation, voire son avenir. Un psychiatre qui devenait fou, comme ses patients! Il était désespéré. Comment échapper à la créature? Et si elle pénétrait jusque chez lui?

Le lundi matin, les nerfs à vif, les mains tremblantes, il se retrouva dans le bureau du vieux psychiatre. Il ne savait pas encore ce qu'il allait lui dire, si ce n'est qu'il ne pouvait plus supporter cette tension. Il se mit à invoquer la chaleur tropicale, les maux de tête et les insomnies pour justifier sa démission.

Il quitta La Nouvelle-Orléans l'après-midi même.

Une fois en sécurité dans le bureau de son père, à Portland, il lui raconta toute l'affaire.

– Son visage n'avait rien de menaçant, expliqua-t-il. Au contraire. Il était aussi doux que celui du portrait du Christ accroché au mur de la chambre de la femme. Il me regardait, simplement. Mais il ne voulait pas que je lui fasse ses piqûres! Il essayait de me faire peur.

– Larry, il faut te reposer, dit son père. Il faut te remettre de tout cela et, surtout, n'en parler à personne.

Des années plus tard, debout près de la fenêtre de sa chambre d'hôtel de New York, toute cette affaire le submergea à nouveau. Pour la millième fois, il essaya d'analyser les événements, de découvrir leur signification profonde.

La créature l'avait-elle réellement traqué ou s'était-il mépris sur son attitude? Elle n'avait peut-être jamais cherché à l'effrayer. Elle voulait peut-être seulement qu'il n'oublie pas la pauvre femme. Le spectre était peut-être une projection étrange des pensées désespérées de Deirdre, une image télépathique. Qui pourrait bien interpréter ces faits étranges? Qui pourrait lui confirmer qu'il ne s'était pas trompé?

Aaron Lightner! L'Anglais qui collectait les histoires de fantômes, celui qui lui avait donné la carte portant le mot « Talamasca »! N'avait-il pas dit vouloir aider le noyé de Californie? Il ne sait probablement pas que son aventure est déjà arrivée à d'autres. Je lui expliquerai que d'autres sont revenus à la vie avec des dons similaires au sien.

Mais le pire n'était pas d'avoir vu un fantôme, c'était le sentiment de culpabilité qui le dévorait. Il conserverait toute sa vie le remords de n'avoir rien fait pour aider cette femme, de ne pas avoir téléphoné à sa fille. L'aurore s'étendait sur la ville. Il regarda le ciel se métamorphoser puis alla chercher la carte de l'Anglais dans la poche de son manteau.

LE TALAMASCA
Nous observons
et nous sommes toujours là

Il prit le téléphone.

***

Lightner était un parfait auditeur, répondant gentiment sans jamais interrompre son interlocuteur. Mais le médecin ne se sentait pas mieux.

Lorsqu'il eut tout raconté, il se sentit stupide, et, quand Lightner rangea le petit magnétophone dans sa serviette, il eut envie de lui réclamer la bande.

Ce fut l'Anglais qui rompit le silence en déposant quelques billets sur le comptoir.

– Il y a quelque chose que je dois vous expliquer, dit-il. Cela vous tranquillisera l'esprit. Vous vous rappelez que je vous ai dit collecter les histoires de fantômes?

– Oui.

– Eh bien, je connais cette vieille maison de La Nouvelle-Orléans. Je l'ai vue. Et j'ai enregistré d'autres récits de gens qui ont vu l'homme que vous m'avez décrit.

Le médecin resta sans voix. L'Anglais avait dit ces mots avec tant de conviction et d'autorité qu'aucun doute n'était possible. Il étudia Lightner en détail pour la première fois. Il faisait plus vieux qu'il n'en avait l'air au premier abord. Soixante-cinq, soixante-dix ans? Son expression affable forçait la confiance.

– D'autres? murmura le médecin. Vous en êtes certain?

– J'ai entendu d'autres récits très proches du vôtre. Je vous le dis pour que vous cessiez de douter de vous et pour vous ôter ce poids. Du reste, vous n'auriez pas pu aider Deirdre Mayfair. Carlotta Mayfair ne vous aurait jamais laissé faire. Il faut que vous chassiez tout cela de votre esprit.

Pendant un instant, le médecin se sentit soulagé. Puis l'importance des révélations de Lightner le frappa.

– Vous connaissez ces gens!

Son visage se colora.

– Non. J'ai entendu parler d'eux. Votre récit restera strictement confidentiel. Soyez-en assuré. Nous n'avons pas prononcé de noms pendant l'enregistrement. Pas même le vôtre ou le mien.

– Je dois pourtant vous demander la bande. J'ai trahi un secret professionnel. J'ignorais que vous connaissiez ces gens.

Lightner sortit tout de suite la cassette de l'appareil et la mit dans la main du médecin. Il était très calme.

– Bien entendu. Je comprends.

De plus en plus troublé, le médecin murmura quelques remerciements. Toutefois, son sentiment de soulagement persistait. D'autres avaient vu cette créature. Cet homme le savait. Il ne mentait pas. Le médecin n'avait donc pas été le jouet de son imagination. Il éprouva un relent d'amertume à l'égard de ses supérieurs de La Nouvelle-Orléans, de Carlotta Mayfair, de cette horrible Mlle Nancy...

– Ce qui compte, dit Lightner, c'est que vous ne vous tracassiez plus pour ça.

– Oui, dit le médecin. Tout cela est épouvantable. Cette femme, ces drogues. (Il contempla la cassette, puis sa tasse de café vide.) La femme... Est-elle toujours...?

– Pareil. J'y suis allé l'an dernier. Mlle Nancy, celle que vous détestiez tant, est morte. Mlle Millie est partie. De temps à autre, des habitants de la ville me donnent des nouvelles. Deirdre n'a pas changé.

Le médecin soupira.

– Vous connaissez donc tous les noms.

– Vous pouvez me croire quand je vous dis que d'autres ont vu la créature. Vous n'êtes pas fou le moins du monde. Et vous ne devez plus vous en faire.

Lentement, le médecin étudia de nouveau Lightner. Celui-ci referma sa serviette, examina son billet d'avion, sembla satisfait et le glissa dans la poche de son manteau.

– Encore une dernière chose et je pars prendre mon avion. Ne racontez jamais cette histoire à personne. On ne vous croirait pas. Seuls ceux qui ont été témoins y croient. C'est dramatique, mais c'est la vérité.

– Oui, je sais. Avez-vous...?

Il s'interrompit, n'osant poursuivre.

– Oui, je l'ai vu. C'était effrayant. Exactement comme vous l'avez décrit.

Il se leva.

– Qui est-il? Un esprit? Un fantôme?

– Je ne sais pas. Tous les récits se ressemblent énormément. Rien n'a changé là-bas. Cela continue, année après année. Mais je dois partir. Je vous remercie. Si vous souhaitez me parler encore, vous savez comment me joindre. (Il tendit la main.) Au revoir.

– Attendez! La fille, l'interne, dans l'Ouest, qu'est-elle devenue?

– Elle est chirurgien, dit Lightner en jetant un coup d'œil sur sa montre. Neurochirurgien, je crois. Elle vient d'obtenir son diplôme. Mais je ne la connais pas non plus, vous savez. J'entends parler d'elle de temps en temps. Nos chemins se sont croisés une fois.

Il s'interrompit et adressa au médecin un sourire presque formel.

– Au revoir, docteur, et merci encore.

Le médecin resta assis un long moment à réfléchir. Il se sentait mieux, infiniment mieux. Il ne regrettait absolument pas d'avoir tout raconté. En fait, cette entrevue était un don envoyé par le destin pour le décharger du fardeau le plus lourd qui ait jamais pesé sur ses épaules.

Soudain, une pensée des plus étranges lui vint, quelque chose qui ne lui était pas arrivé depuis des années. Il ne s'était jamais trouvé dans la grande maison de District Garden pendant un orage. Comme cela aurait été agréable de regarder la pluie derrière ces longues fenêtres, de l'entendre tomber sur le toit du porche! Quel dommage d'avoir manqué cela! La pluie était si belle à La Nouvelle-Orléans!

Eh bien, il ne lui restait plus qu'à sortir tout cela de sa tête. Les paroles de réconfort de Lightner lui avaient fait autant de bien qu'une absolution au confessionnal. Oui, tout oublier.

Il appela la serveuse. Il avait faim. Maintenant qu'il pouvait manger, un petit déjeuner serait le bienvenu. Machinalement, il sortit la carte de Lightner de sa poche, regarda les numéros de téléphone, ces numéros qu'il pouvait appeler s'il avait des questions à poser mais qu'il ne composerait plus jamais, il en était persuadé. Il déchira la carte en petits morceaux, les mit dans le cendrier et les enflamma avec une allumette.

Deux

9 heures du soir. La pièce n'était éclairée que par la lumière bleutée de la télévision.

Par les fenêtres, il voyait les lumières de San Francisco et, juste dessous, les toits pointus des petites maisons de style reine Anne, de l'autre côté de Liberty Street. Comme il aimait cette rue! Sa demeure était la plus haute de tout le pâté de maisons. Elle avait dû être un manoir autrefois. Aujourd'hui, elle n'était plus qu'une belle bâtisse se dressant majestueusement parmi d'autres plus modestes.

Il l'avait restaurée lui-même. Il en connaissait chaque clou, chaque poutre, chaque corniche. Torse nu au soleil, c'était lui qui avait placé chaque tuile du toit. Il avait même coulé le béton du trottoir.

Il se sentait en sécurité chez lui plus que nulle part ailleurs. Depuis quatre semaines, il n'était sorti de sa chambre que pour entrer dans la petite salle de bains adjacente.

Des heures durant, il restait allongé sur son lit, les mains très chaudes à l'intérieur de ses gants en cuir noir qu'il ne pouvait ni ne voulait ôter. Il fixait l'écran de télévision noir et blanc en face de lui. Il visionnait inlassablement les vidéocassettes de films qu'il avait regardés avec sa mère il y avait des années. Il les avait baptisés ses « films de maisons », car tous racontaient de merveilleuses histoires, avec de fantastiques personnages devenus ses héros, mais montraient aussi de splendides maisons. Dans *Rebecca*, il y avait Manderley. Dans *Les Grandes Espérances*, il y avait le manoir en ruine de miss Havisham. Dans *Hantise*, il y avait la ravissante maison londonienne sur la petite place. Dans *Les Chaussons rouges*, il y avait la demeure près de la mer où l'adorable danseuse apprenait qu'elle serait bientôt danseuse étoile. Oui, c'étaient des films de maisons, de rêves d'enfant, de personnages aussi grandioses que les maisons.

Il buvait bière sur bière et somnolait en permanence. Ses mains enfermées dans ses gants lui faisaient mal. Il ne répondait ni au téléphone ni à la sonnette. Tante Vivian s'en occupait.

De temps à autre, elle entrait dans la chambre pour lui apporter de la bière ou un peu de nourriture. Il mangeait à peine.

– Michael, mange, s'il te plaît, disait-elle.

– Plus tard, tante Viv, répondait-il en souriant.

Il ne voyait ni ne parlait à personne, à l'exception du docteur Morris. Mais celui-ci ne pouvait rien pour lui. Ses amis non plus. De toute façon, ils ne voulaient plus lui parler. Ils en avaient assez de l'entendre rabâcher qu'il avait été mort pendant une heure avant de revenir à la vie. Et il n'avait aucune envie de parler à ces centaines de gens qui lui demandaient une démonstration de son pouvoir parapsychique.

Il en avait plus qu'assez de son pouvoir. Personne ne pouvait comprendre ça? Il en avait assez de faire l'animal savant, d'enlever ses gants, de toucher des objets et d'y voir quelque image stupide : C'est une femme qui vous a donné ce crayon au bureau, hier. Elle s'appelle Gert, ou : Ce matin, vous avez décidé de mettre ce médaillon parce que vous ne trouviez pas votre collier de perles.

Personne ne se rendait compte du véritable drame qu'il vivait : il ne parvenait pas à se rappeler ce qu'il avait vu pendant qu'il était noyé.

– Tante Viv, disait-il, s'évertuant à lui expliquer, j'ai vraiment vu des gens là-haut. Nous étions tous morts. Et on m'a proposé de revenir. On m'a renvoyé dans un but précis.

Pâle reflet de sa mère décédée, tante Vivian hochait simplement la tête.

– Je sais, mon chéri. Avec le temps, tu t'en souviendras peut-être. Avec le temps.

Il ne cessait d'essayer de se rappeler le sauvetage, la femme qui l'avait sorti de l'eau et ranimé. Si seulement il pouvait lui parler! Si seulement le docteur Morris pouvait la trouver!... Il voulait juste entendre de sa bouche qu'il n'avait rien dit. Il voulait juste retirer ses gants et tenir sa main dans la sienne pendant qu'elle le lui disait. Grâce à elle, il pourrait peut-être se souvenir...

Le docteur Morris voulait qu'il aille le voir pour évaluer une nouvelle fois son état.

– Laissez-moi tranquille. Trouvez cette femme. Je sais que vous pouvez la joindre. Vous m'avez dit qu'elle vous avait appelé.

Il en avait par-dessus la tête des hôpitaux, des scanners du cerveau, des électroencéphalogrammes, des piqûres et des pilules.

La bière, ça oui! Parfois, elle était à deux doigts de faire remonter ses souvenirs.

C'était un véritable royaume qu'il avait vu là-bas. Des gens, plein de gens. Comme à travers une étoffe translucide, il la revoyait... Qui était-elle? Elle a dit... C'était tout. Le trou noir.

– Je le ferai. Même si je dois en mourir une nouvelle fois, je le ferai.

Leur avait-il réellement dit ça? Comment aurait-il pu imaginer tout cela, toutes ces choses si étrangères à son monde, son monde jusque-là si solide et si réel? Et d'où venaient ces flashes curieux suggérant qu'il était parti très loin puis revenu chez lui, dans la ville de son enfance? Il ne savait pas, alors que c'était capital!

Il savait qu'il était Michael Curry, qu'il avait quarante-huit ans, qu'il avait plusieurs millions de dollars en banque, que ses biens se montaient à peu près à la même somme et que c'était une bonne chose car son entreprise de bâtiment avait fermé. Il ne parvenait plus à la diriger. Ses meilleurs charpentiers et peintres étaient passés à la concurrence et il avait perdu une grosse affaire, la restauration d'un vieil hôtel d'Union Street.

Il savait que s'il enlevait ses gants et touchait n'importe quoi, les murs, les sols, la boîte de bière, l'exemplaire de *David Copperfield* ouvert devant lui, il recommencerait à voir des images dépourvues de sens et il deviendrait fou à lier. S'il ne l'était pas déjà.

Il savait qu'il était heureux avant de se noyer. Pas parfaitement heureux, mais heureux. Il avait une vie agréable.

Le matin de ce jour fatidique, le 1er mai, il s'était réveillé tard. Il avait besoin d'une journée de repos. Ses hommes se débrouillaient très bien sans lui. Un souvenir singulier lui vint à l'esprit. Il s'agissait d'une longue promenade en voiture en dehors de La Nouvelle-Orléans, le long de la côte du Golfe, vers la Floride. Il était enfant. Ce devaient être les vacances de Pâques, mais il n'en était pas certain. Et tous ceux qui auraient pu le savoir, sa mère, son père, ses grands-parents, étaient morts.

Tout ce qu'il se rappelait, c'était l'eau verte et claire le long de cette plage blanche, la chaleur et l'impression que le sable sous ses pieds était du sucre en poudre. Ce souvenir était douloureux. A San Francisco, il souffrait beaucoup du froid et il fut incapable d'expliquer par la suite comment un souvenir de chaleur l'avait poussé ce jour-là à se rendre à Ocean Beach. N'était-ce pas justement l'endroit le plus glacial de la baie?

Quoi qu'il en soit, par cet après-midi morose, la tête pleine de visions des eaux du Sud, il était monté dans sa vieille Packard, décapotée, et s'y était rendu.

N'ayant pas allumé son autoradio, il n'entendit pas les mises en garde du centre météorologique local. Cela aurait-il changé quelque chose? Il savait qu'Ocean Beach était dangereux, qu'un tas de gens s'y noyaient chaque année, aussi bien des habitants du coin que des touristes.

Il y avait peut-être pensé un peu en arrivant sur les rochers juste en dessous du restaurant Cliff House. La falaise était traîtresse, glissante. Mais il n'avait pas peur de tomber, ni peur de la mer, ni de quoi que ce soit. Il repensait au Sud, aux soirées d'été à La Nouvelle-Orléans, lorsque le jasmin était en fleur. Il repensait aux belles-de-nuit embaumant le jardin de sa grand-mère.

Il avait dû perdre conscience lorsque la vague l'avait frappé car il n'avait aucun souvenir d'avoir été emporté. Seulement la sensation de s'être élevé, d'avoir vu son corps inanimé sur la grève, des gens gesticulant, d'autres se précipitant dans le restaurant pour demander de l'aide. Il savait très bien ce qu'ils faisaient, tous ces gens. Il ne les voyait pas seulement comme des gens qu'on regarde d'en haut, il savait tout d'eux. Et il se sentait en parfaite sécurité là-haut. Le mot « sécurité » était trop faible, il se sentait libre; si libre qu'il ne comprenait pas toute cette agitation en bas.

A ce moment-là, il était bel et bien mort. C'est alors qu'on lui avait montré toutes ces choses merveilleuses. Il y avait plein d'autres morts. Il comprenait tout, des choses les plus simples aux plus compliquées, pourquoi il devait retourner parmi les vivants, la porte, la promesse, le retour dans le corps étendu sur le pont du bateau, mort depuis une heure, la douleur aiguë, le retour à la vie, l'esprit fort d'un nouveau savoir, prêt à faire exactement ce qu'on exigeait de lui.

Les premières secondes, il avait tenté désespérément de raconter d'où il venait et ce qu'il avait vu. Et cette douleur dans sa poitrine! Près de lui, il y avait la silhouette floue d'une femme au visage pâle et délicat, les cheveux relevés sous une casquette, les yeux gris brillants. D'une voix très douce, elle lui avait dit de rester calme, qu'on allait s'occuper de lui.

Ensuite, plus rien. Le trou noir. Personne n'avait été capable de lui raconter la suite des événements, sinon qu'on l'avait ramené d'urgence à terre où l'attendaient l'ambulance et des journalistes.

Des appareils photo, des gens l'appelant par son nom, quelqu'un essayant de lui enfoncer une aiguille dans le bras. Il avait cru entendre la voix de tante Vivian. Il avait supplié qu'on lui fiche la paix. Il fallait qu'il s'assoie.

– Restez tranquille, monsieur Curry! Hé, venez m'aider!

Il était traité comme un prisonnier. Il s'était débattu. En vain. Quelqu'un lui avait fait une piqûre et il avait sombré dans le néant.

Puis ils étaient revenus. Ceux qu'il avait vus là-bas. Ils lui avaient parlé.

– Je comprends. J'empêcherai ça. Je vais retourner chez moi. Je sais où c'est. Je me rappelle...

A son réveil, il fut aveuglé par une lumière artificielle. Une chambre d'hôpital. Il était relié à un tas de machines. Son meilleur ami, Jimmy Barnes, était assis près du lit. Il voulut lui parler mais les infirmières et les médecins étaient là.

On le touchait, on lui posait des questions. Mais il ne parvenait pas à se concentrer sur les réponses. Il continuait à voir des images : des infirmières, des aides-soignants, des couloirs d'hôpital. Mais que se passait-il? Il connaissait même le nom du médecin, Randy Morris, et savait qu'il avait embrassé sa femme Deenie avant de quitter la maison. Une foule d'informations se pressait dans sa tête. C'était insupportable. Il était fiévreux, inquiet, mi-éveillé, mi-endormi.

Il frissonna et tenta de s'éclaircir les idées.

– Écoutez, je sais, dit-il.

Après tout, il savait très bien ce qui se passait. Il venait de se noyer et ils voulaient savoir si son cerveau avait été touché.

– Ne vous inquiétez pas pour moi. Je vais parfaitement bien. Je dois sortir d'ici et faire mes bagages. Je dois retourner chez moi sans tarder...

Réserver une place d'avion, fermer la société... La porte, la promesse et sa mission cruciale...

Mais quelle était-elle? Pourquoi devait-il rentrer chez lui? Une nouvelle succession d'images lui parvenait – les infirmières nettoyant la pièce, quelqu'un essuyant la barre chromée du lit quelques heures auparavant, pendant qu'il dormait. Stop! Il faut que je me concentre sur l'essentiel, la mission, la...

C'est à ce moment-là qu'il avait compris : il ne se rappelait pas quelle était cette fameuse mission; il ne se rappelait pas ce qu'il avait vu pendant qu'il était mort. Les gens, les endroits, tout ce qu'on lui avait dit... Il ne restait plus rien. Non, c'était impossible. Tout lui avait paru si clair. Et ils comptaient sur lui. Ils lui avaient dit : « Michael, vous n'êtes pas obligé d'y retourner, vous pouvez refuser. » Mais il avait répondu qu'il le ferait, qu'il... Qu'il quoi? Cela lui reviendrait sûrement, comme un rêve oublié qui refait surface d'un seul coup.

Il s'était assis, avait arraché une de ses perfusions et réclamé un papier et un stylo.

– Vous devez rester allongé.

– Pas maintenant. Il faut que j'écrive.

Mais il n'y avait rien à écrire! Il se rappelait s'être tenu debout sur les rochers, avoir pensé aux étés d'autrefois en Floride, à la mer chaude... Puis son corps trempé et douloureux sur la civière.

Il ferma les yeux, essayant d'ignorer cette étrange chaleur dans ses mains et l'infirmière l'adossant aux oreillers. Quelqu'un demandait à Jimmy de quitter la chambre. Il refusait. Mais pourquoi voyait-il toutes ces choses étranges et ineptes – des garçons de salle encore, le mari de l'infirmière, les noms de tous ces gens. Mais par quel mystère connaissait-il tous ces noms?

– Ne me touchez pas! dit-il. La seule chose qui importe, c'est ce que j'ai vécu là-bas, au-dessus de l'océan.

Soudain, il attrapa le stylo et vit instantanément l'infirmière le sortant d'un tiroir au comptoir d'accueil, dans le couloir. Le contact avec le papier lui fit apparaître l'image d'un homme mettant le bloc dans un casier métallique. Et la table de chevet? L'image de la femme qui l'avait nettoyée avec un chiffon plein de microbes venant d'une autre chambre. Et un homme avec une radio. Quelqu'un faisant quelque chose avec une radio. Et le lit? La dernière patiente à l'avoir occupé, Mme Ona Patrick, était morte à 11 heures du matin la veille, avant même qu'il décide d'aller à Ocean Beach. Non. Arrêtez ça! L'image du corps de la femme à la morgue. C'était insoutenable.

Désespéré, il mit les mains sur sa tête, passa les doigts dans ses cheveux et, soulagé, ne ressentit rien. Avant de sombrer dans le sommeil, il songea que cela lui reviendrait, qu'elle allait venir et qu'il comprendrait tout. Encore faudrait-il savoir qui elle était...

La priorité était de retourner chez lui, après toutes ces longues années.

– Le lieu de ma naissance, murmura-t-il en luttant contre le sommeil. Si vous me donnez encore des sédatifs, je vous tue!

Ce fut son ami Jimmy qui apporta les gants de cuir le lendemain. Michael pensait que cela ne marcherait pas. Mais cela valait la peine d'essayer. Son état d'agitation était proche du délire. Il avait beaucoup trop parlé, et à tout le monde.

Lorsque les journalistes téléphonaient, il leur racontait avec précipitation ce qui se passait. Lorsqu'ils parvenaient jusque dans la chambre, il parlait et parlait, racontant tout pour la énième fois, répétant : Je ne me rappelle pas! Ils lui donnaient des objets à toucher et il leur disait ce qu'il voyait. « Tout cela n'a aucun sens. »

On le mitraillait de photos. Le personnel hospitalier mettait les journalistes dehors. Michael n'osait plus toucher une fourchette ou un couteau. Il ne mangeait pas. Des gens de l'hôpital venaient de tous les services pour mettre des objets dans ses mains.

Sous la douche, il toucha le mur. Il vit la femme, celle qui était morte la veille. Elle avait occupé cette chambre pendant trois semaines. « Je ne veux pas prendre de douche, disait-elle. Je me sens mal, vous ne comprenez pas? » Sa belle-fille la tenait. Il sortit en courant de la douche et s'abattit sur son lit, épuisé. Il glissa ses mains sous l'oreiller.

Quand il avait enfilé les gants, il avait eu quelques flashes. Puis il s'était mis à frotter doucement ses mains l'une contre l'autre pour que toutes les images se superposent jusqu'à ce qu'il ne distingue plus rien et que tous les noms qui se pressaient dans sa tête finissent par se taire.

Lentement, il tendit la main vers un couteau sur son plateau de repas. Il vit quelque chose de flou qui s'évanouit aussitôt. Il prit le verre de lait et le but. Presque rien. Ouf! ça marchait, avec les gants. Il lui suffisait de faire des gestes rapides.

Il fallait qu'il sorte de cet hôpital! Mais ils ne voulaient pas.

– Je ne veux pas de scanner. Mon cerveau va très bien. Ce sont mes mains qui me rendent fou.

Tout le monde essayait de l'aider. Ses amis, le docteur Morris et tante Vivian, qui restait près de lui des heures durant. A la demande de Michael, le docteur Morris avait contacté les ambulanciers, les gardes-côtes, les gens de la salle des urgences, la propriétaire du bateau qui l'avait ranimé avant l'arrivée des sauveteurs, tous ceux qui auraient pu se rappeler ce qu'il avait dit. Après tout, un seul mot pouvait lui faire retrouver la mémoire.

Mais il n'avait pas prononcé de mots. La femme avait dit qu'il avait marmonné quelque chose en ouvrant les yeux mais qu'elle n'avait rien compris. C'était un mot commençant par un « L ». Un nom, peut-être. C'était tout. Les gardes-côtes l'avaient emmené à ce moment-là. Dans l'ambulance, il avait envoyé un coup de poing et l'on avait dû le maîtriser.

Il fallait absolument qu'il parle à tous ces gens, surtout à la femme du bateau. Il le disait à la presse quand on venait l'interviewer.

Jimmy et Stacy restaient jusque tard le soir et tante Vivian était là chaque matin. Thérèse finit par se montrer, timide, effrayée. Elle n'aimait pas les hôpitaux. Elle ne supportait pas les gens malades.

Il s'était mis à rire et, impulsivement, avait ôté son gant et lui avait attrapé la main.

– J'ai peur, tu te fais remarquer, lui dit-elle. Je ne crois pas à ton histoire de noyade, c'est ridicule. Je veux que tu sortes d'ici. Tu aurais dû m'appeler.

– Rentre chez toi, chérie, avait-il dit.

Il quitta l'hôpital le lendemain.

Les trois semaines qui suivirent furent un calvaire. Deux des gardes-côtes et un ambulancier l'appelèrent mais ce qu'ils dirent ne fut d'aucune aide. Quant à la femme qui l'avait recueilli sur son bateau, elle ne voulait pas être impliquée dans cette affaire. Et le docteur Morris lui avait promis qu'elle resterait en dehors de tout ça. Par ailleurs, les gardes-côtes avaient annoncé à la presse qu'ils avaient omis de noter le nom du bateau ou son numéro d'immatriculation. Un journal rapporta qu'il s'agissait d'un navire de haute mer. Il était peut-être bien à l'autre bout du monde, maintenant.

Michael se rendit compte qu'il avait raconté son histoire à bien trop de monde. Tous les grands magazines du pays voulaient une interview. Il ne pouvait sortir sans qu'un journaliste lui barre le chemin ou qu'un parfait étranger place un portefeuille ou une photo dans sa main. Le téléphone n'arrêtait pas de sonner et le courrier s'empilait devant sa porte. Ses bagages étaient prêts mais il ne se résolvait pas à partir. Il buvait de la bière fraîche toute la journée, et du bourbon quand la bière ne l'engourdissait pas assez.

Ses amis se montraient fidèles. Ils se relayaient auprès de lui pour lui parler, le calmer et l'empêcher de boire. Mais cela ne servait à rien. Stacy lui faisait même la lecture car il ne pouvait lire seul. Il exaspérait tout le monde et s'en rendait compte.

En fait, son esprit était un véritable champ de bataille. Il essayait d'y remettre de l'ordre. S'il ne pouvait se rappeler, il pouvait au moins essayer de comprendre. Il ressassait ses pensées sur la vie et la mort, sur ce qui s'était passé « là-bas », sur la conception de la barrière entre vie et trépas au cinéma et dans la littérature. Dans *Fanny et Alexandre*, par exemple, le film de Bergman, les morts revenaient parler aux vivants. Dans *La Femme en blanc*, une petite fille morte entrait dans la chambre d'un petit garçon. Dans *Julia*, Mia Farrow était hantée par le spectre d'un enfant mort à Londres.

– Michael, tu es stupide.

– Mais tu ne vois pas que ce ne sont pas seulement des films d'horreur? Prends le livre *L'Hôtel blanc*. Tu l'as lu? On suit l'héroïne après sa mort. Je te le dis, il va se passer quelque chose. La barrière est en train de tomber. J'ai parlé aux morts et je suis revenu de l'au-delà. A un niveau de notre subconscient, nous savons tous que la barrière va tomber.

– Michael, calme-toi. Ce truc avec tes mains...

– Je ne veux pas en parler.

Il prit le téléphone et commanda une autre caisse de bière; tante Vivian n'aurait pas besoin de se déplacer. Et puis il avait encore plein de scotch et de whisky. Avec toutes ces réserves, il pouvait rester soûl jusqu'à sa mort.

Par téléphone, il ferma sa société. Quand il avait essayé de retourner travailler, ses employés l'avaient poliment renvoyé chez lui. Ils ne pouvaient rien faire tellement il parlait. Il passait sans transition d'un sujet à l'autre. Et puis il y avait ce journaliste qui le harcelait pour qu'il montre son pouvoir. Autre chose le minait, quelque chose qu'il ne pouvait confier à personne : il percevait maintenant de vagues impressions émotionnelles venant de gens qu'il ne touchait pas forcément.

C'était une sorte de télépathie à laquelle les gants ne faisaient pas écran. Il ne recevait pas des informations mais plutôt de fortes impressions : aimer, ne pas aimer, la vérité, le mensonge. Parfois, il s'y laissait tellement prendre qu'il voyait seulement les gens remuer les lèvres; il n'entendait pas du tout leurs paroles.

Un après-midi, il régla ses affaires, faisant en sorte que tous ses employés retrouvent un travail.

Désormais, il n'avait plus qu'à rester chez lui, les rideaux tirés, s'étendre et boire. Tante Viv chantait dans la cuisine en lui préparant des petits plats auxquels il ne touchait pas. A l'occasion, il essayait de lire un passage de *David Copperfield* pour distraire son esprit. Dans les pires moments de sa vie, il s'était toujours retiré dans un coin pour lire *David Copperfield*. Ce livre était plus facile et plus clair que *Les Grandes Espérances*, qui restaient sa lecture favorite. S'il arrivait encore à suivre le fil de l'histoire, c'était uniquement parce qu'il la connaissait par cœur.

Thérèse était partie rendre visite à son frère dans le sud de la Californie. C'était un mensonge, il le savait, bien qu'il n'ait pas touché le téléphone mais juste entendu sa voix sur le répondeur. Parfait! Bon vent!

Lorsque son ancienne petite amie, Elizabeth, appela de New York, il lui parla jusqu'à perdre connaissance. Le lendemain matin, elle l'enjoignit d'aller consulter un psychiatre, menaçant de laisser tomber son travail et de prendre le premier avion s'il ne le faisait pas. Il promit, sans la moindre intention de le faire.

Il ne voulait se confier à personne. Pas question de décrire l'intensité de ses sensations et encore moins de parler de ses mains. Tout ce qu'il voulait, c'était évoquer ses visions, mais personne ne voulait l'écouter, personne ne voulait entendre parler de la frontière séparant les vivants des morts.

Une fois tante Viv couchée, il expérimentait un peu son pouvoir. Mais il détestait ces images fourmillant dans sa tête. S'il y avait une raison à cette sensibilité qu'on lui avait attribuée, il l'avait oubliée aussi vite que les visions et la mission qu'on lui avait confiée.

Stacy lui apporta des livres sur d'autres personnes qui étaient revenues du monde des morts. A l'hôpital, le docteur Morris lui avait parlé des études sur les « états proches de la mort » réalisées par Moody, Rawlings, Sabom et Ring. Luttant contre l'ivresse, l'agitation, l'incapacité absolue de se concentrer longtemps, il se força à les lire.

Oui, il savait tout cela! Tout était vrai. Lui aussi était sorti de son corps. Et ce n'était pas un rêve. Mais il n'avait pas vu de lumière scintillante, il n'avait pas rencontré des êtres chers qui étaient morts, et il n'était pas arrivé dans un paradis mystérieux plein de fleurs et de couleurs splendides. Ce qui lui était arrivé n'avait rien à voir. Il avait été intercepté, appelé. On lui avait confié une tâche très ardue et capitale.

Le paradis. Le seul paradis qu'il ait jamais connu se trouvait dans la ville où il avait grandi, cet endroit chaud et agréable qu'il avait quitté à l'âge de dix-sept ans, ce vieux quartier connu à La Nouvelle-Orléans sous le nom de Garden District.

Oui, retourner aux sources, à La Nouvelle-Orléans, qu'il n'avait pas revue depuis. Curieusement, quand il repensait à son passé, comme les noyés sont censés le faire, il revivait d'abord cette nuit si lointaine – il avait six ans – où il avait découvert la musique classique. Sous le porche derrière la maison de sa grand-mère, dans le crépuscule odorant, une vieille radio était allumée. Des belles-de-nuit luisaient dans l'obscurité. Les cigales stridulaient dans les arbres. Son grand-père fumait un cigare. Ce fut alors que cette musique céleste était entrée dans sa vie.

Pourquoi, contrairement à son entourage, avait-il adoré cette musique? Depuis le début, il était différent des autres. Et l'éducation reçue de sa mère n'y était pour rien. Pour elle, toute musique était du bruit. Lui, il avait tellement aimé cette musique qu'il avait pris un bâton pour battre la mesure et fait de grands gestes dans l'obscurité.

Les Curry vivaient dans Irish Channel. C'étaient des gens travailleurs et son père était la troisième génération de Curry à vivre dans l'une des maisons jumelles du front de mer où tant d'Irlandais étaient installés. Les ancêtres de Michael avaient émigré au milieu du XIXe siècle après la terrible famine causée par la maladie de la pomme de terre. Ils avaient embarqué sur des bateaux à coton vides qui, partant de Liverpool, transportaient vers le sud de l'Amérique cette cargaison lucrative. C'étaient des gens rudes, dont Michael avait hérité sa stature puissante et sa détermination. Son amour du travail manuel lui venait d'eux et l'avait emporté sur l'instruction qu'il avait reçue. Le grand-père de Michael avait travaillé comme policier sur les docks où son père avait, avant lui, chargé des balles de coton. Il emmenait Michael voir les bananiers qui déversaient leurs milliers de régimes sur les tapis roulants menant aux entrepôts et le mettait en garde contre les serpents noirs qui se cachaient souvent dans les queues des bananes. Le père de Michael était pompier. Il était mort dans l'incendie de Tchoupitoulas Street quand Michael avait dix-sept ans. Ce fut un tournant dans la vie de l'adolescent : ses grands-parents étant morts, sa mère l'avait ramené avec elle dans sa ville natale, San Francisco.

Il n'y avait jamais eu le moindre doute dans son esprit sur la générosité de la Californie et du XXe siècle à son égard. Il avait été le premier de ce clan, son clan, à sortir diplômé d'une université et à vivre dans le monde des livres, de la peinture et des belles maisons.

Même si son père n'était pas mort, Michael n'aurait jamais été pompier. Il avait en lui des possibilités que ses aïeux n'avaient jamais eues. A la bibliothèque de l'école, il lui arrivait souvent de se plonger dans *Les Grandes Espérances* ou *David Copperfield*. Ses camarades lui envoyaient des crachats et lui pinçaient le bras en le menaçant de le frapper s'il persistait à se comporter comme un « simple d'esprit ». Dans Irish Channel, ce terme désignait ceux qui n'avaient pas le bon sens de jouer aux durs et de rejeter tout ce qui paraissait « intellectuel ».

Mais personne n'avait jamais frappé Michael. Le physique imposant qu'il tenait de son père lui permettait de punir quiconque oserait essayer. Déjà costaud et extraordinairement fort lorsqu'il était enfant, l'action physique, même violente, lui était naturelle. Il aimait se battre. Les enfants avaient appris à le laisser tranquille, et lui-même sut masquer suffisamment ses aspirations intérieures pour qu'ils lui pardonnent les bévues qu'il commettait occasionnellement. En général, ils l'aimaient bien.

Et les promenades, ces longues promenades qui n'avaient aucun intérêt aux yeux des enfants de son âge? Plus tard, même ses petites amies ne le comprirent jamais. Rita Mae Dwyer se moquait de lui. Marie-Louise disait qu'il était dingue : « Se promener? C'est-à-dire? » Depuis sa plus tendre enfance, il aimait se promener, traverser Magazine Street, la ligne de démarcation entre les étroites rues brûlées par le soleil, où il était né, et les larges rues paisibles de Garden District.

Dans Garden District, il y avait les maisons les plus anciennes des beaux quartiers de la ville, assoupies derrière leurs chênes massifs et leurs vastes jardins luxuriants. C'était là qu'il marchait en silence sur les trottoirs de brique, les mains dans les poches, sifflant parfois, se disant qu'un jour il aurait une grande maison dans ce quartier, une maison avec des colonnes blanches devant et des allées en pierre. Il aurait un grand piano, comme ceux qu'il apercevait à travers les longues fenêtres des rez-de-chaussée. Il aurait des rideaux en dentelle et des lustres, et il lirait Dickens toute la journée dans une bibliothèque bien fraîche où les rayonnages monteraient jusqu'au plafond.

Il se sentait comme Pip, le jeune héros de Dickens, qui se voyait possédant des choses qu'il n'aurait probablement jamais.

Cette passion des promenades, il la partageait avec sa mère. C'était peut-être le seul trait de caractère qu'elle lui avait donné.

Il y avait une maison sombre qu'elle adorait. Il ne l'oublierait jamais. C'était un long hôtel particulier lugubre où d'énormes bougainvillées s'épanouissaient sous les porches. Souvent, lorsqu'ils passaient devant, Michael voyait un homme étrange, seul au milieu des hauts arbustes non entretenus, tout au fond du jardin négligé. Il semblait perdu au milieu de l'écheveau de verdure, se fondant dans le feuillage au point qu'un autre passant ne l'aurait pas remarqué.

Michael et sa mère s'amusaient à un petit jeu au sujet de l'homme : elle prétendait ne pas le voir.

– Mais il est là, maman! répondait-il.

– D'accord, Michael, dis-moi à quoi il ressemble.

– Eh bien, il a des cheveux bruns, des yeux marron, et il est très bien habillé, comme s'il allait à une réception... Il nous regarde, maman. Nous ferions mieux de nous en aller.

– Mais Michael, il n'y a personne, répondait invariablement sa mère.

– Maman, arrête de me taquiner!

Une fois, cependant, elle avait vu l'homme et ne l'avait pas aimé. Ce n'était pas dans ce jardin délabré. C'était pendant la période de Noël, quand Michael était tout petit. Dans l'église Saint Alphonse, on venait d'installer une grande crèche près de l'autel. Le Petit Jésus était dans la mangeoire. Michael et sa mère étaient allés se recueillir devant la crèche.

C'était peut-être le premier Noël dont Michael se souvenait. L'homme était là, debout dans une encoignure sombre du sanctuaire. Il avait adressé à Michael le petit sourire qu'il lui faisait chaque fois. Il avait les mains jointes et portait son costume habituel. Son visage était très calme. Il avait exactement le même aspect que dans le jardin de First Street.

– Regarde, il est là, maman! s'exclama Michael. L'homme, celui du jardin.

La mère de Michael avait regardé dans la direction de l'homme puis détourné craintivement son regard et murmuré à l'oreille de son fils :

– Arrête de le fixer comme ça!

En quittant l'église, elle s'était retournée une fois.

– C'est l'homme du jardin, maman.

– Mais de quoi parles-tu? demanda-t-elle. Quel jardin?

A la promenade suivante dans First Street, il avait revu l'homme et l'avait dit à sa mère. Mais, une fois encore, elle avait prétendu qu'il n'y avait personne. Ils s'étaient mis à rire. Tout allait bien. Il n'oublia jamais.

Des années plus tard, sa mère partagea avec lui une autre passion : le cinéma. Le samedi, ils prenaient tous les deux l'autobus et se rendaient à la séance de matinée du Civic Theater.

– C'est un truc de filles, Mike, disait son père, que personne ne parvenait à traîner au cinéma.

Au début, Michael se défendait mais, avec le temps, il se contenta de sourire et d'ignorer les remarques de son père, qui finit par les laisser tranquilles. Personne n'aurait réussi à le priver de ces samedis après-midi très spéciaux. Pour lui, les films étrangers étaient comme des portes s'ouvrant sur un autre monde. Ils le remplissaient d'une mélancolie et d'un bonheur indicibles.

Il n'oublia jamais *Rebecca, Les Chaussons rouges, Les Contes d'Hoffman* et un film italien tiré de l'opéra *Aïda*. Puis il y eut cette fantastique histoire de pianiste appelée *La Chanson du souvenir.* Il adora *César et Cléopâtre* joué par Claude Rains et Vivian Leigh. Et *The Late George Apley* avec ce Ronald Colman qui avait la plus belle voix que Michael ait jamais entendue.

Sur le chemin du retour, sa mère lui donnait parfois quelques explications. Ils rentraient en tramway, rataient volontairement l'arrêt et remontaient à pied jusqu'à Carrolton Avenue. Là, ils étaient tranquilles. Ils contemplaient les maisons grandioses, souvent un peu trop voyantes, construites après la guerre de Sécession. Elles n'étaient pas aussi belles que celles de Garden District mais néanmoins somptueuses.

Par la fenêtre ouverte du tramway, Michael attrapait des fleurs de lagerstrœmia. Il rêvait d'être Maxim de Winter. Il voulait connaître les titres des morceaux de musique qu'il entendait à la radio et comprendre les mots étrangers inintelligibles prononcés par l'animateur.

Curieusement, dans les vieux films d'horreur projetés au théâtre Happy Hour, dans Magazine Street – son quartier –, les personnages évoluaient souvent eux aussi dans un monde d'élégance. On y trouvait les mêmes bibliothèques lambrissées, les mêmes magnifiques cheminées, des hommes en smoking et des femmes graciles à la voix douce, côte à côte avec le monstre de Frankenstein ou la fille de Dracula. Le docteur Van Helsing était un homme des plus élégants, et le même Claude Rains qui avait joué César au théâtre en ville y jouait maintenant le rôle de l'Homme invisible.

Michael en vint à détester Irish Channel. Il adorait sa famille et aimait bien ses amis mais il avait en horreur les maisons jumelles – vingt par pâté de maisons – avec leurs cours minuscules sur le devant et leurs barrières, le bar du coin de la rue avec son juke-box dans l'arrière-salle, sa porte claquant sans arrêt, et les grosses femmes en robes à fleurs frappant leurs enfants au milieu de la rue avec leurs ceintures ou à main nue.

Il détestait la foule qui faisait ses courses le samedi après-midi dans Magazine Street. Les enfants étaient sales, les vendeuses du bazar désagréables, la chaussée puait la bière. Il trouvait horrible l'odeur des appartements situés au-dessus des boutiques, où vivaient les plus déshérités de ses camarades, l'odeur des vieilles boutiques des cordonniers, des réparateurs de radios, du théâtre Happy Hour. Magazine Street n'était que puanteur.

Et il y avait les gens, ces gens qui le déconcertaient tant. Il avait honte de son accent râpeux d'Irish Channel. Pour les autres, cet accent ressemblait à celui de Brooklyn, de Boston ou de tout endroit colonisé par les Irlandais et les Allemands. « Nous savons que tu es à l'école rédemptoriste, disaient les enfants des beaux quartiers. Ça s'entend à ta façon de parler », ajoutaient-ils avec mépris.

Michael détestait aussi les bonnes sœurs à la voix grossière et profonde qui n'hésitaient jamais à distribuer des fessées aux jeunes garçons, les secouaient et les humiliaient.

En fait, il les détestait surtout pour quelque chose qu'elles avaient fait quand il avait six ans. Un petit garçon, un « fauteur de troubles », avait été traîné hors de la classe. Ses camarades avaient appris plus tard qu'on l'avait amené dans une classe de l'école de filles voisine et qu'on l'avait obligé à rester debout dans la poubelle, en pleurs, devant toutes les petites filles. C'étaient les filles qui avaient tout raconté aux garçons.

Michael avait été scandalisé et terrorisé à l'idée qu'une chose pareille puisse lui arriver. Mais c'était impossible. Il se débattrait, quitte à ce que son père, qui s'était contenté jusque-là de quelques coups de lanière en cuir, le punisse en le fouettant. Toute la violence qu'il sentait autour de lui – chez son père, son grand-père et tous les hommes qu'il connaissait – pourrait monter en lui à ce moment-là et le happer pour de bon. Combien de fois avait-il vu d'autres enfants se faire fouetter? Combien de fois avait-il entendu la voix froide et ironique de son père plaisanter sur les coups de fouet qu'il avait reçus du sien? Cette perspective le terrifiait.

Ainsi, malgré son besoin de dépense physique et l'entêtement qui le caractérisait, Michael devint un ange à l'école bien avant de comprendre qu'il devait étudier s'il voulait réaliser ses rêves. Il était un enfant calme qui faisait toujours consciencieusement ses devoirs. La peur de l'ignorance, de la violence et de l'humiliation le faisait autant progresser que, plus tard, ses véritables ambitions.

Mais pourquoi ces craintes n'avaient-elles eu aucune prise sur les autres enfants? Il ne put jamais répondre à cette question. Ce qui était certain, c'était que, dès le départ, il avait une grande capacité d'adaptation. Il tirait des enseignements de ce qu'il voyait et évoluait en conséquence.

Aucun de ses parents n'avait cette souplesse. Sa mère était patiente et cachait son dégoût pour le comportement des gens qui l'entouraient. Mais elle n'avait aucun rêve, aucun idéal, ne possédait aucune force créatrice. Elle ne fit pas grand-chose de sa vie.

Quant à son père, c'était un homme impétueux et attachant, un brave pompier bardé de décorations. Il était mort en sauvant des vies. C'était son style. Mais il était aussi de ceux qui reculent devant ce qu'ils ne savent ou ne comprennent pas : un complexe profondément ancré lui donnait aussi le sentiment d'être petit devant ceux qui avaient réellement de l'instruction.

– Fais tes devoirs, disait-il.

Il disait cela uniquement parce que son rôle de père le lui dictait. En fait, peu lui importait que son fils apprît quelque chose à l'école paroissiale et que, dans des classes surchargées, dirigées par des religieuses débordées, il devînt vraiment instruit.

Malgré les conditions pénibles, toutefois, les religieuses étaient de bonnes enseignantes. Et, sans cesser de les haïr, Michael reconnaissait qu'à leur façon elles savaient parler des choses de l'esprit et de la vie.

Lorsque Michael eut onze ans, trois événements eurent sur lui un effet relativement important : la visite de sa tante Vivian, de San Francisco, une découverte fortuite à la bibliothèque municipale et un concert.

La visite de tante Vivian fut brève. Ils allèrent l'accueillir à Union Station et l'installèrent à l'hôtel Pontchartrain, dans Saint Charles. Le lendemain soir, elle invita Michael et ses parents à dîner au Caribbean Room, le restaurant luxueux de son hôtel. Le père de Michael déclina l'invitation, invoquant qu'il n'irait jamais dans un endroit comme celui-là et que, de toute façon, son costume était à la blanchisserie.

Michael, tiré à quatre épingles, s'y rendit donc avec sa mère, en traversant Garden District à pied.

Le Caribbean Room lui fit grosse impression. C'était un monde presque silencieux et féerique, éclairé aux bougies, où les tables étaient couvertes de nappes blanches et dont les serveurs ressemblaient à des fantômes, ou plutôt aux vampires des films d'horreur, avec leurs vestes noires et leurs chemises blanches amidonnées.

Mais ce qui l'étonna le plus fut que sa mère et sa tante étaient parfaitement à leur aise dans ce lieu, riant sous cape tout en parlant, posant des questions au serveur sur la soupe de tortue, le xérès et le vin blanc qu'elles avaient commandés.

Le respect de Michael envers sa mère s'en trouva grandi. Elle n'était donc pas une femme qui se donnait de grands airs; elle était réellement habituée à cette vie. Et il comprit soudain pourquoi elle pleurait parfois en disant qu'elle voulait retourner à San Francisco.

Après le départ de sa sœur, elle fut malade pendant plusieurs jours. Elle restait au lit, refusant toute nourriture à l'exception du vin, qu'elle appelait son médicament. Michael s'asseyait auprès d'elle, lui faisait la lecture et s'effrayait lorsqu'elle ne prononçait pas un mot pendant une heure d'affilée. Un jour, elle se sentit mieux, quitta son lit, et la vie reprit comme avant.

Mais le jeune garçon repensait souvent à ce dîner et à l'aisance des deux femmes. Il passait souvent devant l'hôtel Pontchartrain. Il observait avec envie les gens bien habillés qui attendaient devant, sous le dais, leur taxi ou leur limousine. Il était saisi du désir d'apprendre, de comprendre, de posséder. Il se ruait alors dans le drugstore voisin pour lire des bandes dessinées d'horreur.

Ensuite survint la découverte à la bibliothèque municipale. Dans la salle de lecture réservée aux enfants, Michael était à la recherche de quelque chose de facile et d'amusant à lire. Il aperçut soudain, ouvert sur un rayonnage, un nouveau livre relié expliquant le jeu d'échecs.

Michael avait toujours trouvé ce jeu extrêmement romantique mais il aurait été incapable de dire comment il en avait entendu parler. Il n'avait jamais vu un échiquier de ses propres yeux. Il emporta le livre chez lui et commença à le lire. En le voyant, son père se mit à rire : il y jouait tout le temps à la caserne et il était stupide de croire qu'on pouvait apprendre les échecs dans un livre. Michael répondit que c'était pourtant ce qu'il allait faire.

– D'accord, tu apprends et je jouerai avec toi, conclut son père.

C'était formidable. Avant même de savoir y jouer, Michael avait un partenaire. En moins d'une semaine, il avait terminé le livre et, pendant une heure, répondit à toutes les questions que lui posait son père.

– Eh bien, j'ai du mal à le croire, mais tu sais vraiment jouer aux échecs. Ce qu'il nous faut maintenant, c'est un échiquier.

Son père descendit en ville et revint avec un jeu qui dépassait toutes les espérances de son fils. Ce n'étaient pas de simples pions dont les dessins symbolisaient les personnages – une tête de cheval, une tour – mais bel et bien des pièces entières, en pied – le cavalier était à califourchon sur un cheval cabré, la reine avait des cheveux longs sous sa couronne, la tour était un éléphant surmonté d'un château miniature. De ce jour, ils jouèrent souvent ensemble.

Mais la grande découverte de Michael ne fut pas que son père savait jouer aux échecs, ni qu'il ait eu la gentillesse d'acheter un si bel échiquier. C'était d'être capable d'absorber dans les livres autre chose que de simples histoires, ce qui lui ouvrait de larges perspectives d'avenir concernant ses rêves et ses ambitions.

Par la suite, il devint plus hardi à la bibliothèque. Il discutait avec les bibliothécaires, apprit à se servir du fichier par sujets et, avec une certaine obsession, s'attaqua à des lectures couvrant un vaste éventail de domaines.

Le premier sujet fut les voitures. Il apprit tout ce qu'il était possible de connaître sur les moteurs et les marques de voitures et surprit son père et son grand-père par son savoir.

Ensuite il passa au sujet des pompiers et des incendies. Il lut tout ce qui lui tomba sous la main à propos du matériel de lutte contre les incendies, des camions à grande échelle et comment ils étaient fabriqués, mais aussi des grands incendies historiques comme celui de Chicago et de Triangle Factory. Au bout de quelque temps, il fut capable d'en discuter avec son père et son grand-père.

Michael était aux anges. Il avait maintenant la certitude qu'il possédait un grand pouvoir et se sentait capable d'aborder certains sujets qu'il gardait secrets. Le premier était la musique.

Il choisit d'abord les livres les plus enfantins car le sujet était ardu, puis il passa aux histoires illustrées pour adolescents qui racontaient le petit génie qu'était Mozart, la surdité de Beethoven et la folie de Paganini, dont on prétendait qu'il avait vendu son âme au diable. Il apprit ce qu'étaient une symphonie, un concerto et une sonate. Il apprit le solfège et les noms de tous les instruments symphoniques.

Le sujet suivant fut les maisons. En peu de temps, les styles Renaissance classique et victorien n'eurent plus aucun secret pour lui. Il apprit à distinguer les colonnes corinthiennes des colonnes doriques, à identifier les manoirs et les gentilhommières. Fort de ce nouveau savoir, il écuma Garden District avec une passion redoublée.

Il se sentait complètement libéré. Il n'avait plus aucune raison de se faire du souci pour son avenir. Il pouvait lire n'importe quoi. Le samedi après-midi, il lisait des dizaines de livres sur l'art, l'architecture, la mythologie grecque, les sciences. En cachette, il dévora des ouvrages sur la peinture moderne, l'opéra et même la danse, craignant sans cesse que son père ne le surprenne et ne se moque de lui.

Le troisième événement fut un concert à l'auditorium municipal. Comme beaucoup de ses collègues pompiers, le père de Michael faisait des petits boulots pour arrondir ses fins de mois. Cette année-là, il tenait la buvette de l'auditorium, et Michael vint un soir lui donner un coup de main. Allant à l'école le lendemain, il expliqua à sa mère qu'il mourait d'envie de savoir comment la soirée se déroulait à l'auditorium et finit par obtenir son autorisation.

Avant le début du spectacle, ne devant aider son père à la buvette que pendant l'entracte et partir ensuite, il monta jusqu'à la dernière rangée de sièges de l'auditorium, là où il n'y avait personne, s'assit et attendit. Cela lui rappelait les étudiants assis au deuxième balcon du théâtre, dans *Les Chaussons rouges*, qui attendaient impatiemment et pleins d'espoir le début du spectacle. Petit à petit, la salle se remplit de spectateurs magnifiquement vêtus, les gens des beaux quartiers de La Nouvelle-Orléans, et les musiciens de l'orchestre, dans leur fosse, commencèrent à accorder leurs instruments. L'homme mince de First Street était là lui aussi. Michael l'aperçut tout en bas, le visage tourné vers lui, comme s'il pouvait le voir tout là-haut.

Michael fut émerveillé de ce qu'il vit ce soir-là. Isaac Stern, le grand violoniste, joua le concerto de Beethoven pour violon et orchestre, l'un des morceaux de musique les plus violemment beaux et expressifs qu'il lui ait jamais été donné d'entendre. Ce concert allait laisser en lui une empreinte indélébile.

Longtemps après, il continua à siffler l'air principal et à se rappeler le son sensuel de l'orchestre et les notes limpides s'envolant du violon d'Isaac Stern.

Mais cette expérience fit aussi naître en lui une impatience et une frustration qu'il ignorait. Il prit le parti de n'en parler à personne, tout comme il gardait secret ce qu'il avait étudié à la bibliothèque. Il redoutait le snobisme qui grandissait en lui et le mépris qu'il finirait par éprouver à l'égard de ceux qu'il aimait s'il se laissait aller à exprimer ses sentiments. Et l'idée de ne plus aimer sa famille, d'avoir honte d'elle, l'insupportait.

Détester les gens de son quartier, oui. Sans problème. Mais il se devait d'aimer, d'être loyal et en harmonie avec ceux qui vivaient sous le même toit que lui.

Il y avait son père, le pompier, le héros. Comment aurait-il pu ne pas apprécier un tel homme? Il allait souvent lui rendre visite à la caserne de Washington Avenue. Il s'asseyait dans un coin, parmi les autres, mourant d'envie de les suivre lorsque la sirène retentissait. Il adorait cette ambiance tout en redoutant d'être obligé un jour de devenir pompier comme eux et d'habiter l'une de ces horribles maisons jumelles.

Comment sa mère faisait pour aimer ces gens était un parfait mystère. Michael s'efforçait d'égayer la vie de cette femme fourvoyée dans Irish Channel, dont il était l'unique ami. Mais personne n'aurait pu la sauver, elle qui parlait et s'habillait mieux que les gens du voisinage, dont le mari refusait qu'elle travaille comme vendeuse dans un grand magasin, elle qui, quand toute la maisonnée dormait, lisait jusque tard dans la nuit des romans de John Dickson Carr, Daphné du Maurier et Frances Parkinson Keyes, assise sur le canapé du salon, en sous-vêtements à cause de la chaleur, buvant à petites gorgées une bouteille de vin enveloppée de papier marron.

« Miss San Francisco », l'appelait le père de Michael.

– Ma mère fait tout pour toi, tu le sais? disait-il à sa femme.

Les rares fois où elle avait bu tant de vin que sa voix devenait incertaine, il la regardait avec dédain. Mais il ne faisait jamais rien pour l'en empêcher. Après tout, ce n'était pas si souvent. C'était plus l'idée d'une femme restant assise toute une soirée à descendre une bouteille, comme un homme, qui le gênait. Michael savait très bien ce que pensait son père, personne n'avait eu besoin de le lui expliquer.

Mais son père craignait peut-être qu'elle ne le quitte s'il essayait de la domestiquer. Il était fier de sa beauté, de son corps mince et même de sa jolie façon de parler. De temps à autre, il lui apportait de ces bouteilles de porto et de xérès qu'il avait en horreur. « C'est du sirop pour les femmes », disait-il à Michael. Mais c'était aussi la boisson des ivrognes, Michael le savait.

Sa mère détestait-elle son père? Il ne l'avait jamais su. Dans son enfance, il avait appris un jour que sa mère avait huit ans de plus que son père. Mais cette différence d'âge n'était pas visible. Son père était bel homme. C'était en tout cas ce que sa mère semblait penser. La plupart du temps, elle était gentille avec lui. Mais, à vrai dire, elle était gentille avec tout le monde. Pour rien au monde elle n'aurait été à nouveau enceinte et cela donnait lieu à des querelles, dont des bribes parvenaient jusqu'à Michael, étouffées, derrière l'unique porte du petit appartement, celle de la chambre du fond.

Après la mort de sa mère, la tante de Michael lui avait raconté une histoire à propos de ses parents. Il ne sut jamais si elle était véridique. Ses parents s'étaient rencontrés à San Francisco à la fin de la guerre, quand son père était dans la marine. L'uniforme lui allait vraiment bien et il avait ce charme qui séduisait toutes les filles à l'époque.

– Il te ressemblait, Mike, lui dit sa tante des années plus tard. Des cheveux noirs, des yeux bleus et des bras puissants, exactement comme toi. Et tu te rappelles sa voix? Elle était magnifique, à la fois profonde et douce, malgré son accent d'Irish Channel.

Ainsi, la mère de Michael était tombée amoureuse de lui et, une fois retourné en mer, il lui avait écrit d'adorables lettres poétiques qui la faisaient pleurer. En fait, les lettres avaient été écrites par le meilleur ami du père de Michael, un homme instruit embarqué sur le même bateau, qui avait pioché métaphores et belles phrases dans des livres. La mère de Michael ne s'était doutée de rien.

C'était des lettres qu'elle était tombée amoureuse. Lorsqu'elle s'était retrouvée enceinte de Michael, elle s'était rendue dans le Sud avec ses lettres et avait été accueillie par une famille au grand cœur qui s'était immédiatement occupée des préparatifs du mariage, à l'église Saint Alphonse, et avait fait en sorte que tout fût prêt pour la prochaine permission du père de Michael.

La petite rue sans arbres, la minuscule maison dont toutes les pièces communiquaient, la belle-mère aux petits soins pour les hommes, mais qui ne s'asseyait jamais à table avec eux, avaient dû être un choc pour elle.

Tante Vivian avait révélé à Michael que, lorsqu'il était encore un bébé, son père avait confessé un jour la vérité à propos des lettres. Sa mère avait piqué une colère, avait voulu le tuer et s'était ruée dans la cour pour brûler toutes les lettres. Puis elle s'était calmée et avait essayé de se résigner. Elle avait un enfant en bas âge, elle avait plus de trente ans, ses parents étaient morts et elle n'avait qu'un frère et une sœur à San Francisco. Elle n'avait d'autre possibilité que de rester avec le père de son fils. Du reste, les Curry n'étaient pas de mauvaises gens.

Dès le début, elle avait beaucoup aimé sa belle-mère, qui l'avait recueillie quand elle était enceinte. Michael voulait bien le croire car sa mère s'était occupée d'elle tout au long de la maladie qui lui avait été fatale.

Ses deux grands-parents étaient morts l'année de son entrée au lycée, sa grand-mère au printemps et son grand-père deux mois plus tard. Malgré le décès de nombreux oncles et tantes au fil des ans, ce furent les deux premiers enterrements auxquels il avait assisté. Ils resteraient gravés pour toujours dans sa mémoire.

Le grand raffinement des cérémonies l'avait ébloui. Il avait été profondément troublé de constater à quel point le mobilier de Lonigan et Fils, l'entreprise de pompes funèbres, le salon mortuaire, les limousines capitonnées de velours gris, les fleurs et même les employés du service funéraire richement vêtus étaient proches de l'atmosphère des films élégants qu'il prisait tant. Les gens parlaient d'une voix douce, les tapis étaient raffinés, les meubles marquetés, les couleurs et les textures riches, l'air embaumait le lys et la rose et les gens surveillaient leurs manières.

Mourir ressemblait donc à entrer dans le monde de *Rebecca* ou des *Chaussons rouges*. On était entouré d'objets somptueux pendant un jour ou deux avant d'être mis en terre.

Cette similitude l'intrigua pendant des heures. Lorsqu'il vit pour la seconde fois *La Fiancée de Frankenstein* au Happy Hour, il ne fit que regarder les grandes maisons, écouter la musique des voix et étudier les vêtements. Il aurait aimé parler de tout cela à quelqu'un mais, quand il essaya d'aborder le sujet avec Marie-Louise, sa petite amie, elle répondit qu'elle ne comprenait pas ce qu'il voulait dire. Elle le trouvait ridicule de fréquenter la bibliothèque et refusait d'aller voir un film étranger.

Il lut dans ses yeux le même regard qu'il avait si souvent vu dans ceux de son père. Ce n'était pas la crainte de l'inconnu. C'était du dégoût. Et il ne voulait pas être quelqu'un de dégoûtant.

De plus, il était au lycée, maintenant. Tout changeait pour lui. Parfois, il avait peur que n'arrive le moment où ses rêves céderaient la place à la réalité. Le père de Marie-Louise, assis sur les marches du perron, le regarda froidement un soir et lui demanda :

– Qu'est-ce qui te fait croire que tu vas entrer au collège? Ton père a l'argent pour te payer Loyola?

Il cracha sur le sol et détailla Michael des pieds à la tête. Du dégoût, toujours du dégoût.

Après tout, ils avaient peut-être raison. Le moment était sans doute venu pour lui de penser à autre chose. Il mesurait presque un mètre quatre-vingts, une taille gigantesque pour un enfant d'Irish Channel et un record pour cette branche de la famille Curry. Son père acheta une vieille Packard et lui apprit à conduire en une semaine. A la suite de quoi il trouva un travail à temps partiel de livreur pour un fleuriste de Saint Charles Avenue.

Mais ce ne fut qu'en seconde année qu'il commença à oublier ses ambitions. Il se mit au football, fut sélectionné et se retrouva sur la pelouse du stade City Park, avec un tas de gamins qui hurlaient tout autour. « Encore un plaquage de Michael Curry ! » entendait-on dans les haut-parleurs. C'est à cette époque que Marie-Louise lui susurra un jour au téléphone qu'elle ne pourrait plus lui résister et qu'elle ferait « n'importe quoi » avec lui.

Michael continuait à lire mais le football fut son principal centre d'intérêt cette année-là. Ce sport était parfait pour absorber son agressivité, sa force et même sa frustration. Il était une vedette à l'école. Il le sentait aux regards des filles quand il remontait l'allée pour la messe de 8 heures chaque matin.

Enfin, le rêve devint réalité. Son école remporta le championnat de la ville. Les éternels perdants, les enfants de l'autre côté de Magazine, ceux qui avaient un accent si drôle qu'on savait qu'ils venaient d'Irish Channel, tenaient leur revanche. Même le *Times Picayune* ne tarissait pas d'éloges à leur sujet. Le lycée était survolté. Marie-Louise et Michael allèrent « jusqu'au bout », et vécurent des moments difficiles lorsqu'ils crurent que Marie-Louise était enceinte. Michael aurait pu tout perdre. Il n'aspirait à rien d'autre qu'à marquer des essais, être avec Marie-Louise et gagner un peu d'argent pour la sortir le soir dans la Packard. Le jour de mardi gras, ils se déguisèrent en pirates, allèrent au quartier français, burent de la bière et se pelotèrent sur un banc de Jackson Square. Lorsque arriva l'été, elle n'avait plus que le mot « mariage » à la bouche.

Michael ne savait pas quoi faire. Il avait le sentiment d'appartenir à Marie-Louise mais ils n'arrivaient pas à communiquer. Elle détestait les films qu'il l'emmenait voir et lorsqu'il lui parlait du collège elle lui reprochait de rêver.

Vint l'hiver de dernière année. Il faisait un froid glacial et La Nouvelle-Orléans connut ses premières chutes de neige depuis un siècle. Lorsqu'il sortait tôt de l'école, il se promenait seul dans Garden District, dont les rues étaient recouvertes d'un manteau blanc, et regardait les doux flocons tomber sans bruit autour de lui. Il ne voulait pas partager ces moments avec Marie-Louise mais avec les maisons et les arbres qu'il aimait, s'émerveillant du spectacle des porches et des rampes en fer forgé enneigés.

Les enfants jouaient dans la rue, les voitures roulaient prudemment sur le verglas, dérapant dangereusement dans les virages. Après des heures de promenade, Michael finissait par rentrer chez lui, les mains si gelées qu'il avait du mal à ouvrir la porte. Un jour, il trouva sa mère en train de pleurer. Son père venait de périr dans l'incendie d'un entrepôt en voulant sauver un de ses collègues.

Pour Michael et sa mère, ce fut la fin d'Irish Channel. Au mois de mai, la maison d'Annunciation Street fut vendue. Et, une heure après que Michael eut reçu son diplôme devant l'autel de l'église Saint Alphonse, sa mère et lui montèrent dans un autocar pour la Californie.

Tante Vivian habitait à Golden Gate Park un appartement coquet rempli de meubles sombres et de toiles authentiques. Ils s'installèrent chez elle jusqu'à ce qu'ils eurent trouvé un appartement à quelques pâtés de maisons de là. Michael s'inscrivit à l'université d'État, l'assurance-vie de son père étant suffisante pour pourvoir à tout.

Il adora San Francisco, malgré le froid et le vent, aimant les couleurs sombres de la ville, qu'il trouvait particulières. Les grandes maisons victoriennes lui rappelaient les magnifiques demeures de La Nouvelle-Orléans.

Dans cette ville, on aurait dit que la classe modeste à laquelle il appartenait à La Nouvelle-Orléans n'existait pas. Même les policiers et les pompiers s'exprimaient bien, étaient bien habillés et possédaient des maisons qui coûtaient cher. Impossible de deviner de quelle partie de la ville provenaient les gens. Les trottoirs étaient étonnamment propres et une sorte de retenue semblait affecter les moindres échanges entre les gens.

Lorsqu'il allait au Golden Gate Park, Michael s'émerveillait devant la foule, qui semblait ajouter de la beauté au paysage vert foncé et non l'envahir. Les gens se promenaient sur des bicyclettes étrangères, pique-niquaient en petits groupes sur l'herbe veloutée ou s'asseyaient devant le kiosque à musique pour écouter l'orchestre le dimanche. Les musées furent aussi une révélation, avec leurs toiles de maîtres. Des gens de toute origine s'y côtoyaient le dimanche, avec leurs enfants, et tout cela leur semblait très naturel.

– C'est ça, l'Amérique? demanda-t-il un jour, comme si, venant d'un autre pays, il n'en connaissait que quelques images de cinéma ou de télévision : pas dans les films étrangers aux belles maisons et aux hommes en smoking, bien sûr, mais dans les films américains récents et les émissions de télévision où tout était propre et civilisé.

A San Francisco, sa mère était heureuse, plus heureuse qu'il ne l'avait jamais vue. Elle mettait à la banque son salaire de vendeuse de cosmétiques, rendait visite à sa sœur le week-end et parfois à son frère aîné, oncle Michael, un élégant alcoolique qui vendait de la vaisselle chez Gumps dans Post Street.

C'était comme si son enfance à La Nouvelle-Orléans n'avait jamais existé. Il adorait le centre-ville de San Francisco avec ses tramways bruyants et ses rues fourmillant de monde, le grand magasin Powell and Market où il restait des heures à lire des livres sans se faire remarquer. Il adorait les stands de fleurs où l'on pouvait acheter des bouquets de roses rouges pour presque rien et les boutiques luxueuses d'Union Square. Il adorait les petits cinémas qui projetaient des films étrangers – il y en avait au moins une douzaine! – où il alla voir avec sa mère *Jamais le dimanche*, avec Melina Mercouri, et *La Dolce Vita* de Fellini, le film le plus merveilleux qu'il ait jamais vu. Il y avait aussi des comédies avec Alec Guinness, les films psychologiques ténébreux d'Ingmar Bergman et plein d'autres du Japon, d'Espagne et de France. Beaucoup d'habitants de San Francisco allaient les voir.

Il prenait un grand plaisir à boire un café avec d'autres étudiants au grand restaurant Foster, à l'éclairage éblouissant, dans Sutter Street. Il y parla pour la première fois de sa vie avec des Orientaux, des Juifs new-yorkais, des Noirs instruits qui parlaient un anglais parfait, mais aussi des hommes et des femmes plus âgés qui négligeaient un peu leur famille et leur travail juste pour le plaisir de retourner à l'école.

Ce fut pendant cette période qu'il commença à comprendre le petit mystère entourant la famille de sa mère. Par bribes, il parvint à reconstituer toute l'histoire. Ces gens avaient été très riches, et c'était la grand-mère paternelle de sa mère qui avait croqué toute la fortune familiale, dont il ne restait plus qu'une chaise sculptée et trois toiles de paysages aux cadres chargés. Pourtant, tout le monde parlait d'elle comme d'une sorte de déesse hors du commun, qui avait voyagé dans le monde entier, mangé du caviar et s'était débrouillée pour que son fils achève ses études à Harvard avant de sombrer dans une faillite totale.

Quant à son fils, le gand-père maternel de Michael, il était mort alcoolique après le décès de sa femme, une belle fille irlando-américaine du quartier de Mission District, à San Francisco. Personne ne voulait parler de « Mère », et Michael finit par comprendre que « Mère » s'était suicidée. « Père », qui ne cessa de boire jusqu'à ce qu'il en meure, laissa à ses trois enfants une petite rente annuelle. La mère de Michael et sa sœur Vivian achevèrent leurs études au couvent du Sacré-Cœur. L'oncle Michael était l' « image crachée de papa », disaient-elles, lorsque les effets du cognac l'endormaient sur le canapé.

Ces découvertes progressives sur la famille firent comprendre bien des choses à Michael. Le temps passant, il commença à se rendre compte que les valeurs prônées par sa mère avaient été, à son insu, celles des gens fortunés. Elle allait voir des films étrangers parce qu'elle s'y amusait et non pour enrichir sa culture. Et elle voulait que Michael aille au collège parce que c'était là qu'il « devait » aller. Il lui était parfaitement naturel d'aller chez Young Man's Fancy pour lui acheter des pull-overs à col ras et des chemises boutonnées dans lesquels il ressemblait à un élève d'école privée. En fait, sa sœur, son frère et elle ne connaissaient rien des motivations et des ambitions de la bourgeoisie. Elle aimait son travail parce qu'elle y rencontrait des gens bien. Pendant ses heures de loisirs, elle buvait de plus en plus de vin, lisait des romans, rendait visite à ses amis. C'était une femme heureuse, satisfaite.

Le vin finit par la tuer. Au fil des ans, elle devint une alcoolique distinguée qui passait ses fins de journée à boire dans un verre de cristal, enfermée dans sa chambre, et tombait ivre morte avant la fin de la soirée. Une nuit, tard, elle se cogna la tête en tombant dans la salle de bains, mit une serviette sur la plaie et alla se coucher sans se douter une seconde qu'elle perdait tout son sang. Elle était froide quand Michael défonça la porte. Cela se passait dans la maison de Liberty Street que Michael avait achetée et rénovée pour sa famille. Entre-temps, oncle Michael était mort, d'alcoolisme lui aussi, mais dans son cas on avait parlé d'attaque.

Débordant d'ambition, Michael entra à l'automne à l'université d'État de San Francisco. Là, sur un campus gigantesque, au milieu d'étudiants de tous les horizons, ayant le sentiment de passer inaperçu, il se sentit fort et prêt à commencer sa véritable éducation. Comme jadis dans la bibliothèque. Mais cette fois il était noté sur ce qu'il lisait, il était noté pour vouloir comprendre tous les mystères de la vie qui l'avaient obligé dans son enfance à cacher sa curiosité à ceux qui se seraient moqués de lui.

Il n'arrivait pas à croire à sa chance. Passant de classe en classe, délicieusement anonyme parmi la foule d'étudiants prolétariens, avec leurs sacs à dos et leurs godillots, il assistait, captivé, aux cours des professeurs et écoutait les questions éminemment pertinentes que posaient ses camarades. Pimentant son emploi du temps de cours facultatifs sur l'art, la musique, la culture générale, la littérature comparée et même le théâtre, il finit par acquérir une solide culture générale.

Il choisit l'histoire pour matière principale parce qu'il y excellait mais aussi parce qu'il savait que son ambition la plus récente, devenir architecte, resterait un rêve puisqu'il n'avait aucun succès en mathématiques. Malgré tous ses efforts, il rata les examens qui lui auraient permis d'intégrer pour quatre ans une école d'architecture. Mais il aimait aussi l'histoire parce que cette matière, qui faisait partie des sciences humaines, obligeait à prendre du recul vis-à-vis du monde et à analyser son fonctionnement. Et c'était précisément ce qu'il avait fait pendant toute son enfance à Irish Channel.

Synthèse, théorie, vue d'ensemble, aucun problème. Venant d'un endroit aussi différent et éloigné des choses de ce monde, étonné par la modernité de la Californie, la perspective d'être historien était pour lui réconfortante.

Michael était plus que satisfait. Lorsque l'argent de l'assurance fut épuisé, il trouva un emploi à temps partiel chez un menuisier spécialisé dans la restauration des belles demeures victoriennes de la ville. Il se replongea dans les ouvrages sur les maisons.

Lorsqu'il obtint sa licence, ses anciens camarades de La Nouvelle-Orléans l'auraient trouvé méconnaissable. Il avait toujours la stature d'un joueur de football, des épaules massives et une poitrine puissante, et le travail de menuiserie le maintenait en forme. Ses cheveux noirs bouclés, ses grands yeux bleus et les légères taches de rousseur sur ses pommettes restaient ses traits distinctifs. Mais il portait maintenant pour lire des lunettes à monture foncée, s'habillait d'un pull-over à torsades et d'une veste en tweed avec des pièces aux coudes et fumait la pipe.

A vingt et un ans, il se sentait aussi à l'aise pour donner du marteau dans une maison que pour dactylographier avec deux doigts un devoir sur le thème « La chasse aux sorcières dans l'Allemagne des années 1600 ».

Deux mois après avoir entamé ses études d'histoire, il commença à préparer, simultanément, l'examen d'entrepreneur d'État. A ce moment-là, il travaillait comme peintre, apprenait à manier le plâtre et à poser des carreaux de céramique.

Il poursuivait ses cours parce qu'un profond sentiment d'insécurité l'empêchait d'y renoncer mais il savait déjà que ce genre d'études ne satisferait jamais son besoin de travailler de ses mains, à l'air libre, de grimper sur une échelle, de taper sur un clou et de ressentir à la fin de la journée une sublime fatigue physique.

Il adorait admirer le résultat de son travail : toits réparés, escaliers restaurés, planchers rénovés. Il adorait aussi gratter et repeindre de vieux montants d'escalier finement ouvragés, des balustrades ou des encadrements de portes. Avide d'apprendre, il étudiait le savoir-faire de tous les artisans avec lesquels il travaillait, pressait les architectes de questions et faisait des copies de photocalques pour les étudier. Il se plongeait enfin dans toutes sortes de livres, revues et catalogues consacrés à la restauration et aux antiquités victoriennes.

Il avait parfois le sentiment de préférer les maisons aux êtres humains, comme les marins préfèrent les bateaux. Après le travail, il parcourait les pièces auxquelles il avait redonné vie, effleurant amoureusement du doigt les appuis de fenêtres, les poignées en cuivre, les plâtres à la texture satinée.

Il acheva sa maîtrise d'histoire en deux ans, au moment où commencèrent les manifestations d'étudiants contre la guerre du Viêt-nam et où la consommation de drogues psychédéliques se répandait parmi les jeunes. Mais, à cette époque, il avait déjà passé son examen d'entrepreneur d'État et créé sa propre société.

Il ne comprit jamais réellement le monde des hippies, de la révolution politique et de la métamorphose des individus par le biais de la drogue.

L'historien qu'il était ne pouvait succomber à la rhétorique révolutionnaire superficielle, souvent stupide, qui faisait rage autour de lui. Le marxisme de salon de ses amis, qui semblaient tout ignorer du travailleur, le faisait rire. Et il assista horrifié à l'autodestruction de ceux qu'il aimait par des hallucinogènes puissants.

Mais il en tira tout de même quelque chose : l'amour psychédélique des couleurs et des motifs, de la musique et de l'art oriental eut une influence inévitable sur son sens esthétique. Des années plus tard, il soutiendrait que la prise de conscience des années 60 avait bénéficié à tout un chacun, que la rénovation des vieilles maisons, la création de bâtiments publics magnifiques avec leurs parcs fleuris, la construction de galeries marchandes modernes avec leurs sols de marbre, leurs fontaines et leurs parterres de fleurs étaient l'émanation directe de ces années décisives.

Michael avait une longue liste d'attente de clients impatients. Bientôt, il eut des chantiers dans toute la ville. Il aimait par-dessus tout parcourir une maison victorienne délabrée de Divisadero Street et dire à son propriétaire : « En six mois, j'en fais un palace. » Son travail fut récompensé et il devint célèbre pour ses plans magnifiques et détaillés. Il mena à bien certains de ses chantiers sans l'intervention d'aucun architecte. Tous ses rêves commençaient à se réaliser.

A trente-deux ans, il acheta une maison ancienne dans Liberty Street, en restaura l'intérieur comme l'extérieur et y aménagea un appartement pour sa mère et sa tante. Lui-même s'installa au dernier étage, avec vue sur les lumières de la ville, exactement dans le style qu'il avait toujours aimé. Des livres, des rideaux de dentelle, un piano, de jolis meubles anciens, il possédait tout cela. Il fit construire une grande terrasse à flanc de colline où il pouvait s'asseoir pour jouir du soleil capricieux du Nord de la Californie. L'éternelle brume du front de mer se dispersait généralement avant d'atteindre les collines de son quartier. Ainsi, il avait réussi à s'approprier non seulement le luxe et le raffinement qu'il convoitait depuis tant d'années mais aussi un peu de la chaleur et du soleil du Sud dont il se souvenait avec tant d'émotion.

A l'âge de trente-cinq ans, il était un autodidacte accompli. Il avait économisé et placé son premier million dans un portefeuille d'obligations municipales et il adorait San Francisco, qui lui avait donné tout ce à quoi il aspirait.

Si, comme beaucoup de Californiens, il s'était fait lui-même, se créant un style en parfaite harmonie avec celui de tous les gens qui se font eux-mêmes, Michael restait malgré tout cet enfant d'Irish Channel qui prenait un morceau de pain pour pousser ses petits pois sur sa fourchette.

Il ne perdit jamais complètement son accent et, de temps à autre, sur un chantier avec ses ouvriers, il le retrouvait totalement. Certaines de ses habitudes ou idées grossières lui restèrent elles aussi, il en était conscient.

Sa façon de gérer tous ces éléments était parfaite pour la Californie. Il lui suffisait de rester nature. Lorsqu'il allait dans un luxueux restaurant de nouvelle cuisine, il n'était aucunement gêné de réclamer de la viande et des pommes de terre ou de garder sa cigarette au coin de la bouche en parlant, comme son père l'avait toujours fait.

Il s'entendait bien avec ses amis libéraux parce qu'il n'avait pas envie de discuter avec eux. Et lorsqu'ils s'invectivaient autour d'une table couverte de pichets de bière, parlant de pays étrangers où ils n'avaient jamais mis et ne mettraient jamais les pieds, il dessinait des maisons sur la nappe.

En fait, il se sentait bien plus proche des gens passionnés comme lui, artisans, artistes, musiciens et tous ceux qui laissaient libre cours à leurs obsessions. Ceux-ci semblaient vraiment comprendre son irrépressible désir de vivre pleinement, d'agir. Par exemple, il rêvait de construire lui-même d'immenses demeures, de transformer des quartiers entiers de la ville, d'enclaver des cafés, des librairies, des petits hôtels dans les vieux quartiers de San Francisco.

Par moments, surtout après la mort de sa mère, il repensait à son passé à La Nouvelle-Orléans, qui lui semblait de plus en plus fantastique et faisant partie d'un autre monde. Il se disait que les Californiens se croyaient libérés mais qu'en réalité il n'y avait pas plus conformistes qu'eux. Qu'ils soient originaires du Kansas, de Detroit ou de New York, ils avaient tous les mêmes idées libérales, les mêmes sentiments, les mêmes façons de penser et de s'habiller. Parfois, leur conformisme était franchement risible. Ils étaient vraiment capables de dire des choses comme : « N'est-ce pas celui que nous boycottons cette semaine? » ou : « Est-ce que nous ne sommes pas censés être contre ça? »

Il avait laissé à La Nouvelle-Orléans une ville de bigots, certes, mais aussi de personnalités. Il entendait encore les vieux conteurs d'Irish Channel, comme son grand-père. Et ces oncles qui étaient morts l'un après l'autre pendant son enfance, quels personnages! Il les entendait encore raconter comment ils traversaient le Mississippi à la nage, aller et retour (ce qui ne se faisait déjà plus quand Michael était petit), plonger des toits des entrepôts quand ils avaient trop bu, ou attacher de grandes rames aux pédales de leurs vélos pour essayer de rouler sur l'eau.

Tout était prétexte à récits. Des nuits entières, on pouvait raconter l'histoire du cousin Jamie Joe Curry, à Alger, qui était devenu un tel fanatique religieux qu'on devait l'enchaîner à un poteau toute la journée, de l'oncle Timothy que le plomb de la linotype avait rendu fou, qui bourrait de papier journal le tour des portes et des fenêtres et passait son temps à fabriquer des milliers de poupées en papier.

Et la belle tante Lelia, tombée amoureuse d'un Italien quand elle était jeune, et qui n'avait su que sur ses vieux jours qu'un soir ses frères avaient chassé son soupirant d'Irish Channel après lui avoir cassé la figure. Ils ne voulaient pas de métèque chez eux. Elle avait passé toute sa vie à attendre son Italien. Folle de rage, elle avait renversé la table quand ils lui avaient avoué la vérité.

Il y avait même des histoires de religieuses. Quand il avait huit ans, la vieille sœur Bridget Marie s'était fait remplacer pendant deux semaines par une adorable petite nonne à l'accent irlandais prononcé. Celle-ci avait passé son temps à parler aux élèves du fantôme irlandais de Petticoat Loose et leur avait même raconté une histoire de sorcières qui se serait passée dans Garden District. Des sorcières! Vous vous rendez compte?

Ces souvenirs lui revenaient parfois. Il se rappelait l'odeur des nappes en coton que sa grand-mère repassait puis rangeait dans les profonds tiroirs d'un buffet en noyer. Il se rappelait le goût de la soupe au gombo et au crabe accompagnée de biscuits salés et de bière, le bruit effrayant des tambours aux défilés de mardi gras. Il revoyait le livreur grimpant l'escalier de derrière avec un énorme bloc de glace sur son épaule rembourrée. Et puis, sans cesse, il se rappelait ces voix merveilleuses qui lui semblaient si grossières à l'époque mais dont il appréciait maintenant le riche vocabulaire, le sens des phrases imagées, l'amour du langage.

Rétrospectivement, ce monde lui paraissait fantastique. Tout était si aseptisé en Californie! Les mêmes vêtements, les mêmes voitures, les mêmes causes. Il n'était pas vraiment chez lui ici. Là-bas non plus, d'ailleurs. Il n'y était encore jamais retourné.

Il aurait dû accorder plus d'attention à ces gens. Il aurait aimé parler avec son père, s'asseoir au milieu des pompiers de la caserne de Washington Avenue.

Et Garden District. Il en rêvait parfois comme d'un paradis chaud et flamboyant où il se promenait entre des palaces splendides entourés de fleurs et de feuilles vertes frémissantes. Alors il se réveillait et se disait qu'il devait y aller pour vérifier.

Il se rappelait même les gens qu'il apercevait au cours de ses promenades : de vieux messieurs en costume de seersucker et chapeau de paille, des dames avec des cannes, des gouvernantes noires en uniforme bleu poussant des bébés blancs dans des landaus. Et cet homme étrange aux vêtements impeccables qu'il avait si souvent vu dans ce jardin de First Street envahi de mauvaises herbes.

Il avait envie d'y retourner pour comparer ses souvenirs avec la réalité. Il voulait revoir la petite maison d'Annunciation Street où il avait grandi, l'église Saint Alphonse où il avait été enfant de chœur et l'église Sainte Marie avec ses arcs gothiques et ses statues de saints en bois. Les fresques du plafond de Saint Alphonse étaient-elles vraiment si belles?

En s'endormant, il s'imaginait parfois dans cette église bondée pour la messe de minuit, la pluie battant contre les portes, puis à la maison, le petit sapin de Noël étincelant dans un coin. Comme il était beau avec ses bougies symbolisant la lumière du monde, ses décorations représentant les présents des Rois Mages et ses aiguilles vertes odorantes qui promettaient le retour de l'été!

Il lui revint le souvenir de la procession d'une messe de minuit où les fillettes des petites classes, habillées en anges, avaient remonté l'allée centrale de l'église. Il sentait encore l'odeur des branches de sapin se mêlant à celle des fleurs et de la cire fondue. Les petites filles avaient chanté. Il y avait Rita Mae Dwyer, Marie-Louise Guidry, sa cousine, Patricia Ann Becker, et toutes les petites pestes qu'il connaissait. Mais comme elles étaient belles avec leurs aubes et leurs ailes blanches! Plus rien à voir avec les petits monstres qu'elles étaient!

Il y avait eu tant de processions! Mais il n'aimait pas celles consacrées à la Vierge Marie. Dans son esprit, la mère de Jésus ressemblait tellement aux bonnes sœurs mesquines qui maltraitaient les garçons qu'il n'éprouvait pour elle aucune dévotion, ce qui l'attrista jusqu'à ce qu'il soit en âge de ne plus s'en soucier.

Même plus tard, en Californie, la veille de Noël resta à ses yeux le seul jour sacré. Il la célébrait comme d'autres célèbrent le nouvel an car elle symbolisait pour lui un renouveau, un moment de pardon qui permettait de repartir de zéro. Quand il était seul ce jour-là, il restait jusqu'à minuit dans son salon, avec un verre de vin et pour seul éclairage les guirlandes lumineuses du petit sapin.

Michael n'était jamais retourné à La Nouvelle-Orléans. Son travail l'absorbait trop, et, quand il s'autorisait quelques jours de congé, il préférait aller en Europe ou écumer les monuments et les musées de New York. C'était aussi ce que préféraient les différentes maîtresses qu'il avait eues. Qui aurait préféré mardi gras à La Nouvelle-Orléans quand on pouvait aller à Rio? Pourquoi aller dans le sud des États-Unis plutôt que dans le midi de la France?

Bien souvent, Michael se disait qu'il avait obtenu tout ce dont il avait rêvé au cours de ses promenades dans Garden District et qu'il devrait y retourner pour faire le point, pour vérifier s'il se faisait ou non des illusions sur cet endroit. Et, par moments, il avait l'impression d'attendre quelque chose d'extrêmement important, mais quoi?

Il eut plusieurs liaisons, dont deux furent presque des mariages. Les deux femmes étaient juives d'origine russe, passionnées, spirituelles, brillantes et indépendantes. Il était très fier de leur éducation et de leur intelligence. Ces liaisons avaient commencé autant par de longues discussions que par un jeu de séduction. Discussions toute la nuit après avoir fait l'amour, discussions autour d'une pizza et d'une bière, discussions au lever du soleil. Michael avait toujours agi ainsi avec ses maîtresses.

Il avait beaucoup appris de ces relations. Son ouverture d'esprit dénuée de tout égoïsme séduisait beaucoup ces femmes et il absorbait sans effort tout ce qu'elles avaient à lui apprendre. Elles adoraient aller avec lui à New York, sur la Riviera ou en Grèce et se laissaient charmer par son enthousiasme et ses sentiments profonds à l'égard de ce qu'il possédait. Elles partageaient avec lui leur musique et leurs peintres favoris, leurs goûts culinaires, leurs idées sur les meubles et les vêtements. Elizabeth lui apprit comment choisir un costume Brooks Brothers et des chemises Paul Stewart. Judith l'emmena chez Bullock and Jones pour acheter son premier Burberry et dans des salons de coiffure luxueux pour se faire couper les cheveux correctement. Elle lui apprit à commander des vins européens, à faire cuire les pâtes, et lui expliqua en quoi la musique baroque avait autant d'attrait que cette musique classique qu'il adorait.

Tout cela le faisait rire, mais il l'apprit. Les deux femmes s'étaient moquées gentiment de ses taches de rousseur et de sa stature carrée, de ses cheveux qui lui tombaient dans les yeux, de son charme de petit voyou et du smoking qui lui allait comme un gant. Elizabeth l'appelait son « voyou au cœur d'or » et Judith le surnomma Sluggo. Il les emmena à des matches de boxe et de basket-ball, dans les bons bars à bière, leur montra comment apprécier le football et le rugby, le dimanche, au Golden Gate Park, et leur apprit à se bagarrer « au cas où ». Il les emmena à l'opéra et au concert, qu'il suivait avec une ferveur toute religieuse. De leur côté, elles lui firent découvrir Dave Brubeck, Miles Davis, Bill Evans et le Kronos Quartet.

L'ouverture d'esprit de Michael et son tempérament passionné séduisaient tout le monde. Mais son naturel charmait aussi les femmes. Lorsqu'il était en colère ou se sentait un peu menacé, il redevenait le gamin querelleur d'Irish Channel, avec une grande conviction et une sensualité dont il n'avait pas conscience. Les femmes étaient également impressionnées par son habileté manuelle et son intrépidité.

Tous ces traits n'étaient pas courants chez les hommes très cultivés. Pas plus que ne l'était l'attitude directe, lascive et enthousiaste de Michael dans l'amour. Il aimait faire l'amour de façon simple et naturelle, ou plus élaborée si elles le désiraient, et aussi bien le matin au réveil que le soir.

Sa première rupture – avec Elizabeth – était de son fait, selon lui, parce qu'il était trop jeune et ignorait la fidélité. Elizabeth en eut assez de ses aventures, même s'il lui jurait qu'elles « ne signifiaient rien », et finit par faire ses valises. Il en eut le cœur brisé. Il la suivit à New York, sans résultat. Il revint dans son appartement vide et noya son chagrin dans six mois de beuverie. Lorsqu'il sut qu'Elizabeth épousait un professeur de Harvard, il eut du mal à le croire. Et il jubila lorsqu'il apprit son divorce l'année suivante.

Il s'envola pour New York en vue de la consoler mais ils se disputèrent en plein Metropolitan Museum of Art et il pleura comme un enfant pendant tout le vol du retour. Au point qu'une hôtesse le ramena chez elle et s'en occupa pendant trois jours.

L'été suivant, Judith entra dans sa vie. Ils vécurent ensemble pendant près de sept ans, et personne n'aurait imaginé qu'ils rompraient un jour. Judith tomba enceinte et, contre la volonté de Michael, fit le choix de ne pas garder l'enfant. Ce fut la pire déception dans la vie de Michael et la destruction du couple. Il ne contestait pas le droit de Judith de se faire avorter ; il n'imaginait même pas un monde où les femmes n'auraient pas un tel droit. Et l'historien en lui savait que les lois contre l'avortement étaient inapplicables parce que la relation entre une future mère et son enfant à naître était quelque chose d'unique.

Non, il était un ardent défenseur de ce droit. Mais il se refusait à admettre qu'une femme vivant avec lui dans le luxe et la sécurité, qu'il épouserait sur l'instant si elle le voulait, ne veuille pas garder leur enfant.

Michael supplia. Cet enfant était le leur, il le désirait plus que tout et ne supportait pas l'idée qu'on lui dénie son droit à la vie. L'enfant ne vivrait pas nécessairement avec eux si Judith ne le souhaitait pas. Michael s'occuperait de tout. Il avait tout l'argent qu'il fallait. Il rendrait visite à l'enfant sans que Judith en sache jamais rien. Il évoquait déjà les gouvernantes, les écoles privées et tout ce que lui n'avait jamais eu. Mais, par-dessus tout, ce bébé était un être vivant, avec du sang dans ses petites veines, et il ne voyait aucune raison valable à ce qu'il meure.

Judith était horrifiée et blessée à vif. Elle ne voulait pas encore être mère, elle ne s'en sentait pas capable. Elle avait presque terminé son doctorat de philosophie à Berkeley mais elle avait encore sa thèse à rédiger. Et son corps ne pouvait pas servir à mettre un enfant au monde au profit d'une tierce personne. Le traumatisme que représentaient l'accouchement puis l'abandon était plus qu'elle n'en pouvait supporter. Un sentiment de culpabilité la poursuivrait jusqu'à la fin de ses jours. Que Michael ne puisse comprendre la mortifiait. Le droit à l'avortement avait toujours été pour elle un acquis, un filet de sécurité, pour ainsi dire. Sa liberté, sa dignité et sa santé étaient menacées.

Tous ces arguments dépassaient complètement Michael. Comment pouvait-on préférer la mort à l'abandon? Comment Judith pouvait-elle se sentir coupable d'abandonner l'enfant mais pas de le tuer? Bien entendu, il était préférable que les deux parents désirent l'enfant mais pourquoi l'un des deux aurait-il le droit de décider pour l'autre? Ils n'étaient ni pauvres ni malades, ils étaient virtuellement mariés et pourraient l'être pour de bon si elle le voulait bien. Ils avaient tant à donner à ce bébé, même s'il vivait avec d'autres! Mais pourquoi diable cette petite chose devrait-elle mourir? Quant à dire que ce n'était pas un être humain, c'était faux. Sinon, pourquoi voudrait-elle le tuer?

A bout d'arguments, Michael joua sa dernière carte. Judith n'avait qu'à mettre l'enfant au monde et il l'emmènerait avec lui. Elle ne les reverrait plus jamais. Et, en échange, il ferait tout ce qu'elle lui demanderait. Il lui donnerait tout ce qu'elle voulait. Il la supplia à chaudes larmes.

Judith était anéantie que Michael lui préfère l'enfant. Il essayait d'acheter son corps, sa souffrance, la chose qui poussait en elle. Elle ne supportait plus de vivre sous le même toit que lui. Elle le maudissait pour tout ce qu'il avait dit. Elle maudissait ses origines, son ignorance et, par-dessus tout, son stupéfiant manque d'égards. Croyait-il que sa décision avait été si facile? C'était plus fort qu'elle. Elle savait qu'il fallait mettre un terme à tout cela, à cette petite vie en elle qu'elle n'avait pas souhaitée, qui s'accrochait à elle contre sa volonté et détruisait l'amour de Michael pour elle.

Michael ne pouvait plus la regarder en face. Si elle voulait le faire, qu'elle le fasse. Du reste, il le voulait aussi, maintenant. Mais il ne tenait pas à savoir quel jour et à quelle heure leur enfant serait détruit.

Une sorte d'épouvante s'était emparée de lui. Il voyait tout en gris. Il n'avait plus goût à rien, comme si un voile de ténèbres avait recouvert son monde. Il savait que Judith souffrait mais il ne pouvait l'aider. En fait, il ne pouvait s'empêcher de la haïr.

Il repensa aux bonnes sœurs de l'école qui frappaient les enfants du plat de la main et les tiraient par le bras pour les faire rentrer dans le rang, à leur pouvoir irréfléchi, à leur brutalité malveillante. Évidemment, cela n'avait rien à voir avec ce qui lui arrivait. Judith était quelqu'un de bien, elle faisait ce qu'elle pensait devoir faire. Mais il se sentait aussi impuissant que quand les religieuses, ces monstres aux voiles noirs, patrouillaient dans les couloirs en faisant claquer leurs chaussures masculines sur le plancher ciré.

Judith déménagea en l'absence de Michael. Il reçut la note de l'hôpital une semaine plus tard et envoya le chèque. Il ne la revit plus jamais.

Il resta seul très longtemps. Le contact érotique avec des étrangères ne lui avait jamais vraiment plu et, maintenant, il le craignait même. Il choisissait donc ses partenaires avec une grande discrétion et très occasionnellement. Il était prudent à l'extrême. Il ne voulait pas perdre un autre enfant.

Il était incapable d'oublier son enfant mort, ou son fœtus mort, pour être plus exact. Non pas qu'il broyât du noir sur cet enfant – qu'il avait surnommé Chris, mais personne ne devait le savoir –, c'était plutôt qu'il s'était mis à aller voir des films d'horreur où il y avait toujours des fœtus. Comme toujours, le cinéma était au premier plan de ses préoccupations, et il ressentit un lien viscéral entre ce qu'il voyait sur l'écran et ses rêves les plus profonds, ses efforts pour se représenter le monde dans lequel il vivait.

Il s'aperçut de quelque chose que personne d'autre que lui ne semblait avoir remarqué : les créatures monstrueuses des films d'horreur n'avaient-elles pas une ressemblance incroyable avec les milliers de fœtus tués chaque jour dans les établissements hospitaliers de tout le pays ?

Prenez *Alien*, le film de Ridley Scott, où le petit monstre sort directement de la poitrine d'un homme, un fœtus hurlant qui garde sa forme étrange, même en grandissant, et se nourrit de victimes humaines.

Et *Eraserhead*, où le rejeton fœtal répugnant d'un couple condamné ne cesse de pleurer.

Et *La Chose*, de John Carpenter, avec ses têtes de fœtus hurlantes ! Et *Rosemary's Baby*, ce grand classique ! Et ce film stupide intitulé *Le Monstre est vivant*, sur un bébé monstre qui dévore le laitier parce qu'il a faim.

Il ne parvenait pas à sortir ces comparaisons de son esprit. Des bébés, des fœtus, il en voyait partout.

Inutile d'essayer d'en parler à ses amis. Ils avaient donné raison à Judith et ne comprendraient jamais les analogies qu'il faisait. Les films d'horreur sont le reflet de nos cauchemars, se disait-il. En ce moment, notre société est obsédée par les naissances, les naissances qui se passent mal, qui se retournent contre nous.

Bien sûr, il n'était ni un véritable historien ni un spécialiste des sciences humaines. Il n'était sans doute pas assez intelligent pour comprendre ce fait de société. Après tout, il était entrepreneur et ferait mieux de ne s'occuper que de ses planchers en chêne et ses robinets en cuivre.

Du reste, il ne détestait pas les femmes et n'avait pas peur d'elles. Elles étaient des êtres comme les autres, et parfois meilleures que les hommes, plus douces, plus gentilles. La plupart du temps, il préférait leur compagnie à celle des hommes. Et il n'avait jamais été surpris de constater, sauf dans les circonstances présentes, qu'en général elles le comprenaient mieux que les hommes.

Le temps passant, il perdit un peu sa conviction de trouver un jour l'amour qu'il cherchait. Mais, dans le monde où il vivait, c'était le cas de bien des gens. Ils avaient des amis, la liberté, le style, la richesse, la carrière mais pas l'amour. C'était la société moderne qui le voulait ainsi.

Il avait un tas d'amis dans son boulot, de vieux camarades de collège, et ne manquait pas de compagnie féminine quand il en avait besoin. A quarante-huit ans, il pensait encore avoir tout le temps devant lui. Il se sentait et avait l'air jeune, et les gens de son âge qui l'entouraient le trouvaient aussi. Il y avait bien ces satanées taches de rousseur, mais les femmes le regardaient toujours, c'était certain. En fait, il trouvait plus facile de les séduire maintenant que quand il était un jeune homme trop pressé.

Après tout, cette petite liaison qu'il avait débutée depuis peu avec Thérèse, une jeune femme rencontrée au concert, deviendrait peut-être sérieuse? Elle était trop jeune, il en était conscient, et il s'en voulait. Puis elle l'appelait et lui disait : « Michael, j'attendais de tes nouvelles! Tu me manipules! » Qu'est-ce que cela pouvait bien pouvoir dire? Peu importait. Alors, ils dînaient dehors et rentraient chez elle.

Mais ne manquait-il pas d'autre chose que d'un amour sincère? En se réveillant un matin, il se rendit compte que l'été qu'il attendait depuis tant d'années ne viendrait jamais. Il ne connaîtrait plus jamais les nuits chaudes embaumant le jasmin, ni les brises tièdes venant du fleuve ou du golfe. Mieux vaut se résigner, se disait-il. Après tout, cette ville est la mienne maintenant. Pourquoi retourner chez moi?

Pourtant, par moments, il songeait que San Francisco n'avait plus les riches couleurs ocre et rouge brique qu'il lui aimait, mais qu'un sépia terne et la grisaille du ciel perpétuellement couvert, comme son esprit, dominaient.

Même les belles maisons qu'il restaurait n'étaient parfois pour lui rien d'autre que des décors sans histoire, des pièges placés là pour capturer un passé qui n'avait jamais existé, pour procurer un sentiment de solidité à des gens qui vivaient en permanence dans la crainte de la mort.

Mais lui, c'était différent. Il avait de la chance. Et il lui arriverait sûrement encore bien des bonnes choses.

Ainsi allait la vie de Michael Curry, ou, plutôt, était allée puisqu'il s'était noyé un 1er mai et était revenu hanté, obsédé, radotant sur les morts et les vivants, incapable d'enlever ses gants, terrifié à l'idée de ce qu'il pourrait voir – une marée d'images sans queue ni tête – et percevant les émotions des gens sans même les toucher.

Trois mois et demi avaient passé. Thérèse était partie. Ses amis étaient partis. Il était prisonnier de la maison de Liberty Street.

Il avait changé de numéro de téléphone et ne répondait pas aux montagnes de courrier qu'il recevait. Tante Viv sortait par la porte de derrière pour aller chercher les rares provisions qu'elle ne pouvait se faire livrer. D'une voix douce et polie, elle filtrait les quelques coups de téléphone.

– Non, Michael n'est plus là.

Il riait chaque fois qu'il l'entendait. Car c'était vrai. Les journaux annonçaient sa disparition. Tous les dix jours environ, il appelait Stacy et Jim, leur disait qu'il était vivant puis raccrochait. Il ne leur reprochait pas de l'avoir laissé tomber.

Dans la pénombre, allongé sur son lit, il regardait sur l'écran de télévision muet les images familières du film *Les Grandes Espérances*. Une Mlle Havisham fantomatique dans sa robe de mariée en lambeaux parlait au jeune Pip – joué par John Mills – qui s'apprêtait à partir pour Londres.

Mais pourquoi Michael perdait-il tant de temps? Qu'attendait-il pour partir à La Nouvelle-Orléans? Il était trop imbibé d'alcool pour se renseigner sur les horaires des vols et, de toute façon, il continuait d'espérer que le docteur Morris, qui avait son nouveau numéro, allait l'appeler. Il était le seul au courant de ses projets.

– Si je pouvais joindre cette femme, lui avait-il dit. Vous savez, celle qui m'a secouru. J'enlèverais mes gants, je prendrais ses mains et je lui parlerais. Grâce à elle, je me souviendrai peut-être de quelque chose. Vous comprenez ce que je veux dire?

– Vous êtes ivre, Michael, ça s'entend.

– Et alors? Bon, d'accord! Je suis ivre. Et j'ai l'intention de le rester. Mais écoutez-moi! Si seulement je pouvais remonter sur ce bateau...

– Oui?

– Si je pouvais toucher de mes mains le pont du bateau, là où j'étais étendu...

– Michael, c'est complètement farfelu!

– Docteur Morris, téléphonez-lui. Je sais que vous pouvez la joindre. Donnez-moi au moins son nom.

– Vous voulez dire que vous allez l'appeler et lui dire que vous avez l'intention de ramper à quatre pattes sur le pont de son bateau pour y chercher des vibrations mentales? Michael! C'est son droit le plus strict de se protéger contre une chose pareille. Et puis il se peut qu'elle ne croie pas du tout à ces histoires de pouvoir parapsychique.

– Mais vous, vous y croyez! Vous savez que ça marche!

– Je veux que vous reveniez à l'hôpital.

Michael raccrocha de rage. Plus de seringues, plus de tests, non merci.

Le docteur Morris l'avait rappelé mais les messages sur le répondeur ne variaient jamais :

– Michael, venez! Nous nous inquiétons à votre sujet. Nous voulons vous voir.

Puis, finalement, la promesse :

– Michael, si vous arrêtez de boire, j'essaierai. Je sais où l'on peut trouver cette femme.

Arrêter de boire... Il y pensa un instant, allongé dans le noir, puis chercha à tâtons la boîte de bière. Se soûler à la bière était ce qu'il y avait de mieux. En fait, il était presque sobre puisqu'il n'y avait pas mis une goutte de vodka ou de whisky.

– Viens manger quelque chose, lui dit tante Viv.

Mais il était à La Nouvelle-Orléans. Il se promenait dans les rues de Garden District, il faisait chaud. Comme l'air fleurait bon le jasmin du soir! Cela faisait si longtemps qu'il n'avait pas senti cette odeur capiteuse, qu'il n'avait pas vu le ciel s'embraser derrière les chênes, les dalles défoncées par les racines des arbres! Et le vent froid qui mordait ses doigts nus.

Le vent froid. Oui. Ce n'était pas l'été, il est vrai. C'était le rude hiver glacial de La Nouvelle-Orléans, et les gens se précipitaient dans le noir pour voir le dernier défilé de mardi gras. Loin devant, sur Saint Charles Avenue, il voyait les torches du défilé et percevait le son de ces tambours qui l'avaient toujours effrayé.

– Dépêche-toi, Michael, disait sa mère en le soulevant presque de terre.

Comme la rue était sombre, comme l'air était glacé.

– Regarde, maman! (Il pointa le doigt en direction de la grille en fer et tira la main de sa mère.) L'homme est dans le jardin.

Toujours le petit jeu. Elle disait qu'il n'y avait pas d'homme et ils se mettaient à rire tous les deux. Mais l'homme était bien là, comme les autres fois, au bord de l'immense pelouse, debout entre les branches nues des lagerstrœmias. Avait-il aperçu Michael cette nuit-là? Oui, ils s'étaient regardés.

– Michael, nous n'avons pas le temps.

– Mais, maman, il est là pour de vrai...

Les cuivres jouaient comme des sourds en marchant. Les torches flamboyaient. La foule affluait. Du haut des chars en papier mâché, des hommes portant des masques et des costumes brillants en satin lançaient des colliers en perles transparentes et en bois. Les gens se disputaient pour les attraper. Michael s'accrocha à la jupe de sa mère. Il détestait le bruit des tambours. Des breloques atterrirent à ses pieds, dans le caniveau.

Sur le chemin du retour, la parade terminée, les rues jonchées de détritus, et l'air si froid qu'ils exhalaient de la fumée en parlant, il avait revu l'homme. Au même endroit. Mais, cette fois, il n'en dit rien.

– Il faut que j'y aille, murmura-t-il dans un demi-sommeil. Il faut que j'y retourne.

Il revoyait en pensée les rampes en fer forgé de la maison de First Street, le porche latéral, l'homme dans le jardin. A sa toute dernière promenade dans les rues, ce fameux mois de mai, Michael avait fait un signe de tête à l'homme. Il lui avait répondu d'un signe de la main.

– Oui. Partir, murmura-t-il encore.

Mais pourquoi ne se manifestaient-ils pas, ceux qui étaient venus à lui quand il était mort ? Ils devaient bien savoir qu'il ne se rappelait rien. Ils devraient l'aider. Il n'y a pas de barrière entre les morts et les vivants. Mais la femme aux cheveux noirs lui avait dit : « N'oubliez pas. Vous avez le choix. »

– Mais non ! Je n'ai pas changé d'avis ! C'est juste que je ne me rappelle pas.

Il s'assit. La pièce était sombre. La femme aux cheveux noirs. Mais que portait-elle autour du cou, déjà ? Faire mes valises. Oui. Aller à l'aéroport. La porte. Le 13. Je comprends.

A la lueur d'une petite lampe, tante Viv cousait dans le salon.

Il prit un gorgée de bière puis vida lentement la boîte.

– Aidez-moi, s'il vous plaît, murmura-t-il à l'intention de personne. Aidez-moi !

Il s'était rendormi. Le vent soufflait. Les tambours de mardi gras le remplissaient de terreur. Était-ce un avertissement ?

« Pourquoi ne sautez-vous pas ? » demandait la gouvernante à la pauvre femme terrifiée près de la fenêtre, dans *Rebecca*. Avait-il changé la cassette ? Il ne s'en souvenait pas. Mais nous sommes à Manderley, maintenant, non ? Il aurait juré que c'était Mlle Havisham. Il l'entendit susurrer à l'oreille d'Estella : Tu peux lui briser le cœur. Pip l'avait aussi entendu mais il était quand même tombé amoureux d'elle.

– Je vais arranger la maison, murmura-t-il. Estella, nous allons être heureux pour toujours.

Tante Viv était près de lui dans la pénombre.

– Je suis soûl, dit-il.

Elle lui mit une boîte de bière fraîche dans la main. Quel amour !

– Mmm, c'est tellement bon !

– Il y a quelqu'un qui veut te voir.

– Qui ? Une femme ?

– C'est un homme très aimable. Un Anglais...

– Non, tante Viv...

– Il n'est pas journaliste. C'est ce qu'il dit, en tout cas. Il s'appelle M. Lightner. Il arrive de Londres. L'avion de New York vient d'atterrir et il est venu directement.

– Pas maintenant. Dis-lui de partir. Tante Viv, il faut que j'y retourne. A La Nouvelle-Orléans. Il faut que j'appelle le docteur Morris aussi. Où est le téléphone?

Il descendit du lit et dut attendre un moment, debout, que le vertige passe. Il se sentait mal. Ses membres étaient en plomb. Il retomba sur le lit, retournant à ses rêves. Il se promenait dans la maison de Mlle Havisham. L'homme du jardin lui fit un signe.

Quelqu'un éteignit la télévision.

– Dors, maintenant, dit tante Viv.

Il entendit ses pas s'éloigner. Était-ce la sonnerie du téléphone?

– J'ai besoin d'aide, murmura-t-il.

Trois

Juste y passer. Traverser Magazine Street, descendre First Street et passer devant cette énorme et vieille maison délabrée. Vérifier que les vitres sont cassées. Vérifier si Deirdre Mayfair est toujours assise sous le porche. Pas besoin de demander à la voir. Mais qu'est-ce que tu cherches?

Le père Mattingly était furieux contre lui-même. Il était de son devoir de saluer cette famille avant de repartir pour le Nord. Il avait été le curé de leur paroisse autrefois. Il les connaissait tous. Et cela faisait bien plus d'un an qu'il n'avait pas revu Mlle Carl, depuis les obsèques de Mlle Nancy.

Quelques mois auparavant, l'un des jeunes prêtres lui avait écrit que Deirdre Mayfair avait beaucoup baissé. Ses bras étaient maintenant recroquevillés sur sa poitrine.

Et les chèques de Mlle Carl continuaient d'arriver à la paroisse rédemptoriste. Mille dollars par mois. Sans aucune condition. Au fil des ans, cela représentait une véritable fortune.

Le père Mattingly se devait d'y aller pour présenter ses respects et remercier personnellement la famille, comme il le faisait des années auparavant.

Les prêtres du presbytère d'aujourd'hui ne connaissaient pas les Mayfair. Ils ne connaissaient pas les histoires du passé. Ils n'avaient jamais été conviés dans cette maison. Ils n'étaient que depuis quelques années dans cette vieille paroisse triste à la congrégation maintenant clairsemée, aux églises magnifiques verrouillées à cause des vandales, les autres bâtiments étant en ruine.

Il était content de ne faire qu'une brève visite car chacune était plus triste que la précédente. Il espérait ne jamais revenir dans le Sud. Mais il ne pouvait pas partir sans revoir cette famille.

Oui, il devait y aller. Apercevoir Deirdre Mayfair. Elle était l'une de ses anciennes ouailles, après tout.

Et quel mal y avait-il à vouloir vérifier les derniers commérages? On aurait essayé de placer Deirdre dans un sanatorium, elle serait devenue comme folle et aurait cassé tous les carreaux des fenêtres avant de retomber dans sa catatonie. Cela se serait passé le 13 août, deux jours plus tôt.

Qui sait? Mlle Carl apprécierait peut-être sa visite?

Mais le père Mattingly se berçait d'illusions, il le savait. Mlle Carl ne voulait plus le voir. Elle ne l'avait pas invité depuis des années. Et Deirdre Mayfair n'était rien d'autre qu'un gentil légume, comme l'avait dit un jour son infirmière.

Mais comment diable un gentil légume pouvait-il bien se lever et casser tous les carreaux de fenêtres d'au moins trois mètres soixante de haut? A y réfléchir, cette histoire ne tenait pas debout. Et pourquoi les types du sanatorium ne l'avaient-ils pas emmenée quand même? Avec une camisole de force, si nécessaire? N'était-ce pas ainsi qu'ils procédaient d'habitude?

C'était l'infirmière de Deirdre qui les avaient empêchés d'entrer, leur criant de s'en aller, disant que Deirdre restait à la maison, qu'elle s'en occuperait avec Mlle Carl. Jerry Lonigan, l'entrepreneur de pompes funèbres, avait raconté toute l'histoire au père. L'ambulancier du sanatorium, qui conduisait souvent le corbillard de Lonigan et Fils, avait tout vu. Du verre brisé partout sous le porche et Deirdre hurlant à la mort.

Enfin, ce n'était pas son affaire. Peut-être que si, après tout?

Seigneur! Mlle Carl avait plus de quatre-vingts ans, même si elle travaillait encore tous les jours. Et elle était seule dans cette maison avec Deirdre et une employée.

Plus il y réfléchissait, plus il sentait qu'il devait y aller. Même s'il détestait cette maison, Carl et tout ce qu'il savait sur ces gens. Oui, c'était son devoir.

Il n'avait pas toujours été dans cet état d'esprit. Quarante-deux ans plus tôt, quand il était arrivé de Saint Louis, il avait trouvé ces dames Mayfair distinguées, même la ronde et bougonne Nancy, et certainement la charmante Mlle Belle et la jolie Mlle Millie. La maison l'avait enchanté, avec ses horloges en bronze et ses portières en velours. Il avait adoré les grands miroirs et la galerie des portraits d'ancêtres.

Et il avait adoré la petite Deirdre aussi. Cette enfant de six ans au joli visage qu'il avait si peu connue et dont la vie s'était transformée en tragédie douze ans plus tard. Écrivait-on maintenant dans les livres qu'un électrochoc pouvait effacer la mémoire d'un être humain? Faire de lui une coquille vide fixant la pluie du regard tandis que son infirmière lui donne la becquée avec une cuillère d'argent?

Pourquoi avaient-ils fait cela? Il n'avait pas osé le demander. Mais on lui en avait beaucoup parlé. C'était pour la guérir de ses « hallucinations », de ses cris stridents – « Tu l'as fait! » – lancés à un absent, quelqu'un qu'elle maudissait pour la mort du père de son enfant illégitime.

Deirdre. Pleurer pour Deirdre. C'était ce que le père Mattingly avait fait. Il ne l'oublierait jamais. Il se rappelait le récit que cette petite fille lui avait déversé dans l'ombre du confessionnal, une petite fille qui allait passer le reste de sa vie à moisir dans cette maison ensevelie sous les treilles tandis que le monde extérieur courait à sa damnation.

Juste une petite visite. En mémoire de cette petite fille. N'essaie pas de comprendre. Son récit épouvantable te hante encore aujourd'hui. « Quand on a vu cet homme, on est fichu. »

Le père Mattingly se décida. Il enfila son manteau noir, ajusta son col dur et son plastron, sortit du presbytère climatisé et commença à marcher sur le trottoir étroit de Constance Street. Il ne jeta pas un regard aux mauvaises herbes qui envahissaient l'escalier de Saint Alphonse. Il ne regarda pas les graffiti sur les murs de l'école.

Il était plongé dans le passé tandis qu'il tournait à l'angle de Josephine Street. Et puis, deux pâtés de maisons plus loin, il entra brusquement dans un autre monde. Le soleil aveuglant avait disparu et, avec lui, la poussière et le vacarme de la circulation.

Des fenêtres aux persiennes closes, des porches ombragés, le doux sifflement des arroseurs automatiques. On sentait l'odeur du terreau jeté au pied de rosiers soignés avec attention.

Bon, et qu'est-ce que tu vas dire quand tu y seras?

Il aperçut le mur écaillé de la maison des Mayfair, se dressant audessus des cimes des arbres, les deux hautes cheminées se découpant sur les nuages. Les grilles en fer forgé étaient-elles plus rouillées que la dernière fois? Le jardin était une véritable jungle.

Il se sentait mal à l'aise dans ce quartier calme et désert. Seuls bougeaient les insectes, les oiseaux, et même les plantes, qui absorbaient lentement la lumière et le bleu du ciel. Il devait y avoir un marais ici, autrefois.

Il ne pouvait s'empêcher de penser à tout ce qu'on lui avait raconté sur les dames Mayfair. Le vaudou était-il autre chose que le culte du diable? Et quel péché était pire que l'autre : le meurtre ou le suicide? Le Malin avait fait son œuvre. Il entendait la petite Deirdre chuchoter à son oreille. Il sentit la présence du démon tandis qu'il pesait de tout son poids contre la grille en fer forgé en levant les yeux vers les branches des chênes.

Il s'épongea le front avec son mouchoir. La petite Deirdre lui avait raconté qu'elle avait vu le diable! Il entendait sa voix comme si c'était hier. Et le bruit de ses pas quand elle avait quitté l'église en courant, loin de lui, loin de son incapacité à l'aider.

Mais cela avait commencé bien avant. Cela avait commencé un vendredi après-midi sinistre, quand la sœur Bridget Marie avait téléphoné pour qu'un prêtre vienne vite dans la cour de l'école.

Le père Mattingly n'avait jamais entendu parler de Deirdre Mayfair. Il venait d'arriver du séminaire de Kirkwood, dans le Missouri.

Il trouva la religieuse dans une cour asphaltée, derrière le vieux couvent. L'endroit lui avait paru très européen, avec son charme vieillot et ses murs fissurés, son arbre noueux entouré de bancs en bois.

L'ombre de l'arbre l'avait rafraîchi. Puis il avait vu que les petites filles assises sur le banc étaient en train de pleurer. Sœur Bridget Marie tenait une enfant pâle et tremblante par le bras. La petite était blanche de terreur. Elle était ravissante, malgré de grands yeux bleus qui mangeaient son visage. De longues boucles de chevelure noire encadraient son visage, ses membres étaient bien proportionnés mais délicats.

Un monceau de fleurs jonchait le sol : de grands glaïeuls, des lys blancs, d'énormes brassées de fougères et même de magnifiques roses rouges. Des fleurs de fleuriste, sûrement, mais il y en avait tant!...

– Vous voyez tout ça, mon père? s'exclama sœur Bridget Marie. Et elles ont le culot de me dire que c'est leur ami invisible, le diable en personne, qui a mis ces fleurs là, qui les a déposées dans les bras de Deirdre sous le regard des autres. Sales petites voleuses! Elles ont volé ces fleurs sur l'autel de Saint Alphonse!

Les petites filles se mirent à pleurer. L'une d'elles tapa du pied et un concert furieux de : « Nous l'avons vu, nous l'avons vu! » retentit.

Sœur Bridget Marie cria pour rétablir le silence. Elle secoua la petite fille muette qu'elle tenait par le bras. La bouche de l'enfant s'ouvrit sous le choc et ses yeux se mirent à rouler en direction du père Mattingly dans un regard suppliant.

– Ma sœur, s'il vous plaît, dit le prêtre.

Il libéra doucement l'enfant hébétée, complètement docile. Il se retint de la prendre dans ses bras et d'essuyer son visage barbouillé de larmes.

– Son ami invisible, dit la sœur, celui qui retrouve les objets perdus, mon père. Celui qui met des pièces dans ses poches pour qu'elle s'achète des bonbons! Et elles les mangent tous! Elles se goinfrent avec de l'argent volé.

Les petites filles redoublèrent de larmes. Le père s'aperçut qu'il piétinait les fleurs et que la petite fille blême fixait ses chaussures écrasant les pétales blancs.

– Faites rentrer les enfants, dit-il.

Il devait absolument prendre les choses en main s'il voulait essayer de comprendre ce que la religieuse avait dit.

Mais même lorsqu'il se retrouva seul avec elle, la situation lui parut complètement invraisemblable. Les enfants prétendaient que les fleurs avaient volé dans l'air puis atterri dans les bras de Deirdre. Elles en avaient ri aux larmes. L'ami magique de Deirdre les faisait toujours rire, disaient-elles. Il était capable de retrouver un cahier ou un crayon perdus. Il suffisait de demander à Deirdre pour le récupérer. Et elles prétendaient même avoir vu ce bel homme aux cheveux bruns et aux yeux marron qui apparaissait l'espace d'une seconde aux côtés de la petite fille.

– Il faut la renvoyer chez elle, mon père. Cela arrive tout le temps. Je téléphone à sa grand-tante Carl ou à sa tante Nancy et ça s'arrête quelque temps. Et puis ça recommence.

– Mais vous ne croyez pas...

– Mon père, c'est blanc bonnet et bonnet blanc : soit cette enfant est possédée par le démon, soit c'est une sacrée menteuse et elle leur fait croire des choses comme si elle les avait ensorcelées. Elle ne peut pas rester à Saint Alphonse.

Le père Mattingly avait ramené Deirdre lui-même à la maison en marchant lentement. Ils n'avaient pas échangé un mot. Mlle Carl avait été appelée à son cabinet et les attendait avec Mlle Millie sur le perron devant la grande maison.

– Une imagination débordante, mon père, dit Mlle Carl. Millie, Deirdre a besoin d'un bain chaud.

L'enfant était partie, toujours muette, et Mlle Carl avait proposé au prêtre de prendre un café sous le porche. Mlle Nancy, renfrognée, avait apporté les tasses et l'argenterie.

De la porcelaine Wedgwood bordée d'un filet d'or, des serviettes à thé brodées d'un « M ». Quelle femme à l'esprit vif, cette Carl ! Elle était impeccable dans son tailleur en soie, avec son chemisier blanc, ses cheveux poivre et sel rassemblés en chignon sur la nuque, ses lèvres colorées de rose pâle. Elle le mit tout de suite à l'aise avec un sourire de connivence.

– On peut dire que cette trop grande imagination est un vrai fléau dans notre famille. (Elle versa le lait et le café chaud.) Nous faisons des rêves et nous avons des visions. Logiquement, nous aurions dû être poètes ou peintres. Pas juriste, comme moi. (Elle s'était mise à rire gentiment.) Deirdre ira bien mieux quand elle saura distinguer le rêve de la réalité.

Elle expliqua que l'enfant entrerait chez les sœurs du Sacré-Cœur dès qu'il y aurait une place libre. Elle était réellement désolée des incidents de Saint Alphonse et, bien sûr, elle allait garder Deirdre à la maison puisque c'était le souhait de sœur Bridget Marie.

Le prêtre avait bien essayé de discuter mais tout était déjà décidé. Quoi de plus simple, en attendant, que de trouver une gouvernante pour Deirdre ? Une femme qui saurait y faire avec les enfants.

Ils se mirent à marcher dans la galerie.

– Nous sommes une vieille famille, mon père, dit Carl en retournant dans le salon. Mais nous ne savons pas jusqu'où remontent nos origines. Personne n'a su identifier certains de ces portraits autour de nous. (Sa voix était mi-amusée, mi-lasse.) Ce qui est sûr, c'est que nous venons des îles, d'une plantation à Saint-Domingue. Et, avant, nous avons quelque passé européen dont nous ignorons tout. Cette maison est remplie de reliques inexpliquées.

Elle passa doucement ses mains sur le piano à queue et la harpe dorée. Elle avait peu de goût pour tout ces objets, ajouta-t-elle. Il était amusant qu'elle en soit devenue la dépositaire. Mlle Millie se contenta de sourire en hochant la tête.

Ainsi, tout semblait s'être arrangé et la petite fille au visage blême et aux boucles noires avait quitté Saint Alphonse.

Mais, les jours suivants, le père Mattingly n'avait cessé de se tourmenter au sujet des fleurs. Comment imaginer une bande de petites filles passant par-dessus la table de communion et dévalisant les autels d'une église aussi énorme et impressionnante que Saint Alphonse? Même les gamins des rues que le père avait connus, enfant, n'auraient jamais osé un pareil forfait.

Que pensait réellement sœur Bridget Marie de tout cela? Les enfants avaient-elles vraiment volé les fleurs? La petite religieuse au visage arrondi l'étudia un moment avant de répondre. C'était non.

– Mon père, Dieu m'en est témoin, cette famille Mayfair est maudite. La grand-mère de cette enfant, Stella, racontait exactement les mêmes choses, dans la même cour, il y a bien des années. Le pouvoir qu'elle exerçait sur son entourage était effrayant. Certaines des religieuses craignaient même de la croiser. Elles la qualifiaient de sorcière.

– Superstition, ma sœur! répondit-il avec assurance. Et la mère de la petite Deirdre? Était-elle aussi une sorcière?

La sœur Bridget Marie hocha la tête.

– C'était Antha, une enfant timide et douce, que même son ombre effrayait. Jusqu'à la mort de sa mère Stella, en tout cas. Vous auriez vu le visage de Mlle Carlotta à l'enterrement de Stella! C'était le même qu'à l'enterrement d'Antha, douze ans plus tard. Carl était une fille formidable. Elle est allée au Sacré-Cœur. Elle est le pilier de sa famille. Mais sa mère se fichait totalement d'elle. Tout ce qui intéressait Mary Beth Mayfair, c'était Stella. Et le vieux M. Julien, l'oncle de Mary Beth, était pareil. Stella, Stella, toujours Stella. Mais Antha était devenue complètement folle à la fin. Elle a grimpé en courant l'escalier de la vieille maison, s'est jetée de la mansarde et s'est écrasée en bas. Elle avait vingt ans.

– Si jeune! murmura le prêtre.

Il se remémora le visage pâle et craintif de Deirdre. Quel âge avait-elle quand sa mère s'était donné la mort?

– On a inhumé Antha en terre consacrée. Dieu ait son âme! Qui pourrait juger de l'état d'esprit de quelqu'un comme ça? Sa tête a éclaté comme un melon mûr quand elle a heurté les dalles de la terrasse. Et Deirdre, son bébé, s'époumonait dans son berceau.

Le père Mattingly était bouleversé. Il avait entendu ce genre d'histoire toute sa vie, chez lui. Les Irlandais se complaisaient à tout dramatiser. Ils aimaient le morbide et le tragique. Il eut envie de demander...

Mais la cloche retentit. Les enfants se mirent en rangs pour entrer en classe. La religieuse devait partir. Soudain, elle se tourna vers lui.

– Je vais vous raconter une histoire à propos d'Antha, dit-elle en baissant la voix à cause du silence régnant dans la cour. Autrefois, quand les religieuses se mettaient à table, à midi, les enfants devaient rester silencieux dans la cour jusqu'à la fin de l'angélus et du bénédicité. C'est quelque chose qu'on ne respecte plus aujourd'hui. Mais, à l'époque, c'était la coutume. Un jour de printemps, pendant cette période de silence, une affreuse gamine du nom de Jenny Simpson s'est amusée à faire peur à la pauvre Antha avec un cadavre de rat qu'elle avait trouvé sous la haie. En voyant le rat mort, Antha a poussé un cri glaçant. Nous sommes arrivées en courant et savez-vous ce que nous avons vu, mon père? Cette petite garce de Jenny Simpson couchée sur le dos, le visage ensanglanté, et le rat s'échappant de sa main! Croyez-vous que c'est la petite Antha qui avait fait cela, cette adorable enfant, aussi délicate que sa fille Deirdre aujourd'hui? Non! C'était l'œuvre du même ami invisible, mon père. Le diable en personne. Celui qui a couvert Deirdre de fleurs la semaine dernière.

– Ma sœur, me pensez-vous assez naïf pour croire pareille chose? dit le père.

Elle avait souri, il est vrai, mais, d'expérience, il savait qu'une Irlandaise pouvait sourire de ce qu'elle disait et y croire en même temps.

En partant, il avait aperçu Deirdre dans le jardin. Son visage blanc le scrutait de derrière un vieil arbre noueux. Il lui avait fait un petit signe sans s'arrêter mais quelque chose le tourmentait. Étaient-ce ses boucles tout emmêlées ou cet air absent dans ses yeux?

La démence! C'était exactement cela que la sœur avait décrit. Et le père sentait la petite fille blafarde menacée de cette même démence. Depuis longtemps, son opinion était que les fous vivaient dans un enfer d'incohérences, qu'ils ne comprenaient pas la vie autour d'eux.

Mais Mlle Carlotta était une femme moderne et sensée. L'enfant n'était pas condamnée à suivre les pas de sa mère. Au contraire, elle avait toutes les chances de s'en sortir.

Un mois s'écoula avant que son opinion sur les Mayfair ne change définitivement. Ce fut par un samedi après-midi inoubliable que Deirdre Mayfair vint se confesser à l'église Saint Alphonse.

C'était l'époque où tous les bons catholiques irlandais et allemands venaient se confesser pour soulager leur conscience avant de communier à la messe du lendemain.

Il était donc assis dans le petit confessionnal en bois, caché par un rideau de serge grise, écoutant les pénitents qui venaient s'agenouiller alternativement dans les petites cellules à sa gauche et à sa droite. Ces voix et ces péchés, il aurait pu les entendre à Boston ou à New York. Les accents, les soucis, les idées étaient partout les mêmes.

Puis une voix d'enfant éveilla son attention, une voix rapide et sûre traversant la grille poussiéreuse, dans laquelle on décelait intelligence et précocité. Il ne l'avait pas reconnue. Après tout, Deirdre Mayfair n'avait encore jamais prononcé un mot devant lui.

– Pardonnez-moi, mon père, parce que j'ai péché. Cela fait des semaines que je ne me suis pas confessée. Aidez-moi, mon père. Je n'arrive pas à lutter contre le diable. J'essaie mais je n'y arrive pas. Et j'irai en enfer.

Qu'est-ce que c'était que cette histoire? Sœur Bridget Marie était-elle derrière tout cela? Mais, avant qu'il n'ait dit quoi que ce soit, l'enfant poursuivit, et il sut que c'était Deirdre.

– Je n'ai pas dit au diable de s'en aller quand il a apporté les fleurs. Je voulais le faire et je savais que je devais le faire. Tante Carl est furieuse contre moi. Mais, mon père, il voulait seulement me faire plaisir. Je vous le jure, mon père, il n'est jamais méchant avec moi. Et il pleure si je ne le regarde pas ou ne l'écoute pas. Je ne savais pas qu'il allait apporter les fleurs de l'autel! Parfois, il fait des choses complètement folles. Des choses complètement puériles. Mais il ne veut blesser personne.

– Attends, ma chérie! Pourquoi veux-tu que le diable lui-même aille ennuyer une petite fille? Si tu me disais plutôt ce qui s'est réellement passé?

– Mon père, il n'est pas comme dans la Bible. Je le jure. Il n'est pas laid. Il est grand et beau. Comme un homme réel. Et il ne dit pas de mensonges. Il fait toujours des choses gentilles. Quand j'ai peur, il s'assied à côté de moi sur le lit et il m'embrasse. C'est vrai! Et il fait peur aux gens qui me veulent du mal.

– Alors, pourquoi l'appelles-tu le diable? Ne vaudrait-il pas mieux dire qu'il est un ami imaginaire, quelqu'un qui t'empêche d'être seule?

– Non, mon père. C'est le diable, dit-elle sur un ton sans réplique. Il n'est ni réel, ni imaginaire.

La petite voix semblait triste, fatiguée. Une petite femme ayant l'apparence d'une enfant, se débattant, au bord du désespoir, avec un lourd fardeau.

– Je suis la seule à savoir quand il est là, reprit-elle. Et quand je le regarde longtemps, tout le monde peut le voir! (Sa voix se brisa.) Mon père, j'essaie de ne pas regarder. Je dis « Jésus, Marie, Joseph », et j'essaie de ne pas regarder. Je sais que c'est un péché mortel. Mais alors il devient très triste. Il pleure sans bruit mais, moi, je l'entends.

– Mon enfant, en as-tu parlé avec ta tante Carl?

Sa voix était posée mais le récit détaillé de l'enfant commençait à l'inquiéter. C'était plus qu'une imagination débordante.

– Mais elle sait tout! Toutes mes tantes le savent. Elles l'appellent « l'homme » mais tante Carl dit qu'il est le diable. C'est elle qui me dit que c'est un péché. Comme se caresser entre les jambes ou avoir des pensées sales. Comme quand il m'embrasse et me fait ressentir des choses. Elle dit que c'est sale de regarder l'homme et de le laisser venir dans mon lit. Elle dit qu'il peut me tuer. Ma mère l'a vu aussi toute sa vie et c'est pour ça qu'elle est morte et qu'elle est partie au ciel pour se débarrasser de lui.

Le père Mattingly était atterré.

– Et la mère de ma mère le voyait aussi, continua l'enfant d'une voix précipitée. Et, elle, elle était vraiment mauvaise. C'est lui qui l'a rendue mauvaise et elle est morte à cause de lui. Mais elle a dû aller en enfer. Et c'est là que j'irai moi aussi.

– Attends, mon enfant! Qui t'a dit ça?

– Ma tante Carl, insista l'enfant. Elle ne veut pas que j'aille en enfer comme Stella. Elle m'a dit de prier et de le faire partir. Que j'y arriverais si j'essayais. Qu'il fallait que je dise mon chapelet et que je ne le regarde pas.

Elle est tellement furieuse quand je le laisse venir! (L'enfant s'interrompit, essayant de refouler ses larmes.) Et tante Millie est terrifiée. Et tante Nancy refuse de me regarder. Elle dit que dans notre famille, quand on a vu l'homme, on est fichu.

Le père Mattingly était trop choqué pour parler. Il se racla la gorge.

– Tu veux dire que tes tantes affirment qu'il existe vraiment?

– Elles sont au courant de tout. N'importe qui peut le voir quand je le rends suffisamment fort. C'est vrai, mon père. Tout le monde. Mais, vous savez, il faut que je le fasse venir. Pour les autres, ce n'est pas un péché mortel de le voir parce que c'est ma faute. Personne ne le verrait si je ne le laissais pas faire. Mais je ne comprends pas pourquoi le diable est si gentil avec moi, ni pourquoi il pleure autant quand il est triste, ni pourquoi il veut être avec moi...

Sa voix se brisa en sanglots.

– Ne pleure pas, Deirdre, dit le prêtre.

C'était inconcevable! Cette femme sensée, moderne, avec son tailleur sur mesure, qui mettrait des idées pareilles dans la tête d'une enfant? Et les autres, pour l'amour de Dieu?

La petite voix angoissée poursuivit :

– Tante Carl dit que c'est un péché mortel de penser à lui. Même à son nom. Ça le fait venir tout de suite. Mais quand elle me parle ainsi, il est à côté de moi et me dit que c'est des mensonges. C'est horrible, mais c'est vrai qu'elle dit parfois des mensonges. Je le sais. Mais le pire c'est quand il essaie de lui faire peur. Alors, elle le menace! Elle dit que s'il ne me laisse pas tranquille elle me fera du mal.

Sa voix se brisa à nouveau mais ses pleurs étaient à peine audibles.

– Mon père, elle l'a vu quand j'étais bébé et que je ne savais pas encore que je pouvais le faire venir. Elle l'a vu le jour de la mort de ma mère. Il me berçait. Et quand ma grand-mère Stella était petite, il se mettait derrière elle à table. Je vais vous dire un terrible secret. Il y a un portrait de ma mère chez nous. Eh bien, il est aussi dessus. Il est debout à côté d'elle. Je suis au courant parce c'est lui qui l'a trouvé et me l'a donné. Il a ouvert le tiroir du buffet sans même le toucher et il me l'a posé dans la main. Il fait des choses comme ça quand il est vraiment fort, quand je suis restée longtemps avec lui et que j'ai pensé à lui toute la journée. A ce moment-là, tout le monde sait qu'il est dans la maison. Tante Nancy attend à la porte quand tante Carl rentre et elle lui chuchote : « L'homme est là. Je viens de le voir. » Et tante Carl se met en colère. C'est de ma faute, mon père. Et j'ai peur de ne pas pouvoir l'arrêter. Et elles sont toutes bouleversées.

Le prêtre bouillait intérieurement. Ces femmes étaient complètement démentes! Il n'y en avait pas une qui avait un minimum de bon sens pour comprendre que cette petite fille avait besoin d'un psychiatre?

– Ma chérie, écoute-moi. Je veux ta permission pour parler de tout cela avec ta tante Carl. Tu me la donnes?

– Oh non! mon père. S'il vous plaît. Il ne faut pas.

– Sans ta permission, je ne le ferai pas. Mais il faudrait que j'en parle avec ta tante Carl. Avec elle, nous pourrions tout arranger.

– Elle ne me pardonnerait pas d'en avoir parlé. Jamais. C'est un péché mortel d'en parler. Tante Nancy ne me pardonnerait jamais et même tante Millie serait furieuse. Vous ne pouvez pas faire ça!

Elle commençait à devenir hystérique.

– Je peux effacer ce péché mortel, mon enfant, expliqua-t-il. Je peux te donner l'absolution. A partir de cet instant, ton âme est aussi blanche que la neige, Deirdre. Aie confiance en moi. Donne-moi la permission d'aller lui parler.

Pendant un moment intense, la seule réponse fut des pleurs. Puis, avant même qu'il entende tourner le bouton de la petite porte en bois, il savait qu'il l'avait perdue. Quelques secondes plus tard, il l'entendit s'éloigner en courant.

Il n'oublia jamais cet instant. Il était assis, impuissant, écoutant l'écho des petits pas, manquant d'air et suffoquant de chaleur. Mon Dieu, que faire?

Pendant des semaines, il avait été complètement obsédé par ces femmes, cette maison... Mais le secret de la confession l'empêchait de faire quoi que ce soit. Il n'osait même pas questionner sœur Bridget Marie qui, pourtant, n'était pas avare de renseignements quand ils se rencontraient dans la cour de récréation. Il se sentait coupable de l'écouter mais il ne parvenait pas à s'en aller.

– Ils ont mis Deirdre au Sacré-Cœur. Mais croyez-vous qu'elle va y rester? Ils ont renvoyé sa mère, Antha, quand elle n'avait pas huit ans. Les Ursulines aussi l'ont renvoyée. Alors, on lui a trouvé une école privée. C'était une enfant vraiment malheureuse. Elle écrivait des poèmes et des histoires, elle parlait toute seule et posait sans arrêt des questions sur la mort de sa mère. Vous saviez, mon père, que Stella Mayfair a été abattue par son frère Lionel? C'était pendant un grand bal chez eux. Il y a eu une sacrée panique. Les miroirs, les horloges, les fenêtres, tout était cassé. Et Stella, morte, gisait sur le sol.

Le père Mattingly hocha la tête de pitié.

– Ce n'est pas étonnant qu'Antha ait perdu la raison après ça. A peine dix ans plus tard, elle s'est entichée d'un peintre qui ne s'est pas soucié de l'épouser. Il l'a abandonnée dans un immeuble sans ascenseur de Greenwich Village, au milieu de l'hiver, sans un sou, avec la petite Deirdre. Elle a dû rentrer la tête basse à la maison. Et plus tard elle a sauté par la fenêtre, la pauvre petite. La vie devait être infernale avec ses tantes toujours sur son dos, observant le moindre de ses gestes et l'enfermant à clé la nuit. Elle allait dans le quartier français pour boire avec des poètes et des peintres. Vous vous rendez compte? A son âge! Elle essayait d'attirer leur attention sur ses poèmes. Je vais vous raconter un secret, mon père. Après sa mort, pendant des mois des lettres sont arrivées pour elle, et des manuscrits à elle qu'on lui renvoyait de New York. Quel supplice pour Mlle Carlotta chaque fois que le facteur apportait un souvenir de toutes ces souffrances!

En retournant au presbytère, le père Mattingly s'arrêta à l'église. Il resta debout un long moment dans la sacristie en contemplant l'autel par la porte ouverte. Il aurait pu pardonner facilement aux Mayfair une histoire sordide. Comme tout le monde, ils étaient nés ignorants. Mais pervertir l'esprit d'une petite fille par des mensonges, lui dire que le diable avait poussé sa mère au suicide! Il se sentait impuissant. La seule chose qu'il pouvait faire, c'était prier pour Deirdre.

Elle fut renvoyée de Sainte Margaret vers Noël et ses tantes l'envoyèrent dans une école privée dans le Nord.

Quelque temps plus tard, il apprit qu'elle était revenue, étiolée, qu'elle étudiait avec une préceptrice. Une fois, il l'aperçut à la messe de 10 heures. Elle n'avait pas communié.

Bribe après bribe, il commençait à connaître l'histoire des Mayfair : on aurait dit que tous ses paroissiens savaient qu'il était allé chez eux. Assis à la table de la cuisine, grand-mère Lucy O'Hara lui avait pris la main.

– J'ai appris que Deirdre Mayfair a été envoyée au loin et que vous êtes allé dans cette maison.

Qu'aurait-il pu dire? Il se résigna à écouter.

– Je connais cette famille. Mary Beth était une grande dame. Elle parlait souvent de la vieille plantation. Elle y était née juste après la guerre de Sécession. Ils ne sont arrivés à La Nouvelle-Orléans que dans les années 1880. C'est son frère Julien qui l'a amenée ici. C'était un véritable gentleman. Je me souviens quand il passait à cheval dans Saint Charles Avenue. C'était le plus bel homme que j'aie jamais vu. Et ils avaient une magnifique plantation à Riverbend, paraît-il. M. Julien et Mlle Mary Beth ont tout fait pour la sauver. Mais rien ne peut arrêter un fleuve qui a décidé d'emporter une maison. C'était une vraie beauté, Mary Beth. Elle n'était pas délicate comme Stella ou quelconque comme Mlle Carlotta. Et on disait qu'Antha était aussi très belle. Mais je ne l'ai jamais vue. Pas plus que la pauvre petite Deirdre. Stella était une vraie reine vaudoue. Elle connaissait les poudres, les potions, les cérémonies. Elle savait lire l'avenir dans les cartes. Elle l'a fait pour mon petit-fils, Sean. Il est devenu à moitié fou à cause de ce qu'elle lui a prédit. C'était à une de ces fêtes de First Street où ils buvaient de la liqueur de contrebande et où un orchestre jouait dans le salon. Elle aimait bien mon Billy aussi, celui qui est mort pendant la dernière guerre. Je lui ai dit : « Billy, écoute-moi. Ne t'approche pas des femmes Mayfair. » Elle aimait les beaux garçons. C'est pour ça que son frère l'a tuée. Lorsque le ciel était dégagé, elle était capable de faire venir les nuages juste au-dessus de votre tête. C'est la vérité, mon père. Elle effrayait les religieuses de Saint Alphonse en provoquant des tempêtes dans le jardin. Et la nuit où elle est morte, vous auriez vu la tempête dans cette maison! Tout était cassé. La pluie et le vent, un vrai cyclone. Stella pouvait faire pleurer le ciel pour elle.

Le père Mattingly ne retourna pas rendre visite aux Mayfair. Il craignait que la petite fille ne croie – si toutefois elle était là – qu'il voulait parler de ce qu'il devait tenir secret pour toujours. Il les cherchait dans la foule à la messe mais les voyait rarement. Après tout, elles allaient peut-être à une église ou à la petite chapelle pour les riches dans Garden District.

Les chèques de Mlle Carlotta arrivaient toujours. Vers Noël, le père Lafferty, qui s'occupait des comptes de la paroisse, lui en montra un – deux mille dollars – en faisant remarquer innocemment que Carlotta Mayfair dépensait son argent pour vivre dans un environnement agréable et calme.

– Sa petite-nièce est revenue de l'école de Boston. Vous le savez, je suppose?

Il répondit que non. Il attendait sur le pas de la porte...

– Je croyais que vous vous entendiez rudement bien avec ces dames? poursuivit le père Lafferty.

Il avait son franc-parler, faisait plus que ses soixante ans et n'était pas du genre à aimer les ragots.

– Je leur ai rendu visite une ou deux fois, répondit le père Mattingly.

– On dit que la petite Deirdre est souffrante, dit le père Lafferty. (Il posa le chèque sur le buvard vert du bureau et le contempla.) Elle ne peut pas aller dans une école normale. Elle a un précepteur.

– C'est bien triste.

– Je vous l'accorde. Mais personne ne dit rien. Personne ne va voir sur place si cette enfant reçoit une instruction décente.

– Ils ont suffisamment d'argent...

– Suffisamment pour calmer les esprits. Comme toujours. Ils tueraient père et mère qu'on leur pardonnerait.

– Vous croyez?

Le père Lafferty sembla réfléchir. Il continuait à regarder le chèque.

– Vous êtes au courant du meurtre, j'imagine? Après avoir tué sa sœur Stella, Lionel Mayfair n'a pas passé une journée en prison. Mlle Carlotta a tout arrangé. M. Cortland aussi, le fils de Julien. A eux deux, ils étaient capables d'arranger n'importe quoi. Et personne n'a posé de questions.

– Mais comment ont-ils...

– L'asile de fous, bien entendu. Lionel s'y est suicidé. On n'a jamais su comment car il avait une camisole de force.

– Non!

Le père Lafferty hocha la tête.

– Eh si! Et, une fois de plus, personne n'a posé de questions. Et puis la petite Antha est venue ici, la fille de Stella. Elle pleurait, elle criait et elle disait que c'était Mlle Carlotta qui avait fait tuer sa mère par Lionel. Nous sommes tous témoins.

Le père Mattingly écoutait en silence.

– La petite Antha disait qu'elle avait peur de rentrer chez elle. Peur de Mlle Carlotta. Elle avait entendu Mlle Carlotta dire à Lionel : « Tu n'es pas un homme si tu ne mets pas un terme à ce qui se passe. » C'est même elle qui lui aurait donné le revolver pour tirer sur Stella. On aurait pu penser que quelqu'un voudrait lui poser quelques questions. Eh bien pas du tout! Le curé a juste pris son téléphone et appelé Mlle Carlotta. Quelques minutes plus tard, une limousine noire est venue prendre la petite.

Le père Mattingly observa le petit homme assis derrière le bureau. Je n'ai pas posé de questions non plus, songea-t-il.

– Le curé a dit plus tard que l'enfant avait l'esprit dérangé, qu'elle disait aux autres fillettes qu'elle pouvait entendre les gens parler de l'autre côté d'un mur et qu'elle lisait dans leurs pensées. Il a dit qu'elle s'était calmée et qu'elle était simplement bouleversée par la mort de Stella.

– Mais son état n'a fait qu'empirer?

– Elle a sauté par une fenêtre à l'âge de vingt ans. Encore une fois, pas de questions. Elle n'avait pas tout son esprit, a-t-on dit, et elle n'était qu'une enfant.

Le père Lafferty retourna le chèque et y apposa le cachet de la paroisse.

– Voulez-vous dire, mon père, que je dois rendre visite aux Mayfair?

– Non, mon père. A la vérité, je ne sais pas très bien ce que je dis. Mais je regrette que Mlle Carlotta n'ait pas envoyé la petite loin de cette maison. Il y a trop de mauvais souvenirs sous ce toit. Ce n'est pas un endroit pour une enfant.

A l'âge de dix ans, Deirdre Mayfair fit une fugue et fut retrouvée deux jours plus tard errant sous la pluie, les vêtements trempés. Puis elle fit un séjour dans un pensionnat avant de revenir une nouvelle fois. Les religieuses avaient dit qu'elle faisait des cauchemars, qu'elle était somnambule et disait des choses plus qu'étranges.

Plus tard, on apprit que Deirdre était en Californie. Les Mayfair y avaient des cousins qui l'avaient prise en charge. Le changement de climat lui ferait peut-être du bien.

Le père Mattingly savait pertinemment que les pleurs de cette enfant ne sortiraient jamais plus de son esprit. Il s'en voulait de ne pas avoir essayé une autre tactique avec elle. Il priait pour qu'elle raconte à un professeur avisé ou à un médecin ce qu'elle lui avait raconté à lui, pour que quelqu'un, quelque part, lui apporte cette aide qu'il n'avait pas été capable de lui donner.

Il ne se rappelait pas quand il avait appris que Deirdre était rentrée de Californie. A un moment quelconque de l'année 1956, il avait su qu'elle était dans un pensionnat en ville, à Sainte Rose de Lima. Puis la rumeur lui était parvenue qu'elle avait encore été renvoyée et s'était enfuie à New York.

Mlle Kellerman avait tout raconté au père Lafferty, un après-midi, sur les marches de l'église. C'était sa servante. Elle connaissait la fille de couleur qui travaillait occasionnellement chez les Mayfair et était au courant de tout. Deirdre avait déniché au grenier les nouvelles écrites par sa mère – « toutes ces stupidités à propos de Greenwich Village » – et s'était enfuie pour retrouver son père alors que personne ne savait s'il était vivant ou mort. Mlle Carlotta avait pris l'avion pour New York et ramené Deirdre.

Un après-midi d'été, le père Mattingly apprit le « scandale » : Deirdre était enceinte, à dix-huit ans, et elle avait laissé tomber ses études dans un collège du Texas. Et le père? C'était un de ses professeurs, un homme marié et protestant. Il voulait divorcer, après dix ans de mariage, pour épouser Deirdre!

On aurait dit que toute la paroisse ne parlait que de ça. Mlle Carlotta s'en était lavé les mains, disait-on, mais Mlle Nancy avait emmené Deirdre s'acheter une jolie robe chez Guy Mayer pour le mariage civil. Deirdre était maintenant une ravissante jeune fille, aussi ravissante qu'Antha et Stella. Aussi belle, même, que Mlle Mary Beth, selon les ragots. Le père Mattingly gardait en mémoire la petite fille effrayée au visage blême.

Le mariage n'allait jamais avoir lieu.

Alors que Deirdre en était à son cinquième mois de grossesse, le père fut tué sur le chemin de La Nouvelle-Orléans. La barre d'accouplement de sa voiture avait cédé, le véhicule avait quitté la route et s'était écrasé contre un chêne, explosant instantanément.

Plus tard, en se promenant dans la foule réunie pour la vente de charité de l'église, par une chaude soirée de juillet, le père Mattingly entendit une histoire des plus étranges sur les Mayfair, une histoire qui, tout comme la confession, allait le hanter pour toujours.

Des guirlandes de lampions étaient suspendues au-dessus de la cour. Les paroissiens, en chemise et robe de coton, passaient d'un stand à l'autre et tentaient leur chance à des jeux de hasard pour gagner qui un gâteau au chocolat, qui un ours en peluche. L'asphalte était ramolli par la chaleur. La bière coulait à flots au bar de fortune fait de planches posées sur des tonneaux. Le père Mattingly avait l'impression que de tous côtés on chuchotait sur ce qui se passait chez les Mayfair.

Red Lonigan, le doyen de l'entreprise familiale des pompes funèbres, écoutait Dave Collins lui raconter que Deirdre était enfermée dans sa chambre. Le père Lafferty était assis devant une bière et regardait Dave d'un air maussade. Ce dernier était en train de dire qu'il connaissait les Mayfair depuis plus longtemps que quiconque, et même que Red. Le père Mattingly prit une bière fraîche au bar et s'installa au bout du banc.

Avec deux prêtres dans son auditoire, Dave Collins était aux anges.

– Je suis né en 1901, mon père, déclara-t-il. (Le père Mattingly ne leva même pas les yeux.) La même année que Stella Mayfair, et je me rappelle très bien quand elle s'est fait renvoyer de chez les Ursulines et que Mlle Mary Beth l'a inscrite à l'école d'ici.

– Il y a trop de ragots sur cette famille, dit Red d'un air sombre.

– Stella était une reine vaudoue, reprit Dave. Tout le monde le savait.

Mais elle n'avait pas besoin d'enchantements et de formules magiques. Elle avait un porte-monnaie rempli de pièces d'or qui ne se vidait jamais.

Red se mit à rire tristement.

– Tout ce qu'elle a jamais eu, c'est de la malchance.

– Elle était vraiment prodigue avant que Lionel ne la tue, poursuivit Dave en se penchant, la main gauche agrippée à sa bouteille de bière. Et à peine était-elle morte que le porte-monnaie s'est retrouvé sur la table de nuit d'Antha et, quand quelqu'un le cachait, il revenait toujours.

– Mon œil, lança Red.

– Dans le porte-monnaie, il y avait des pièces de tous les pays : italiennes, françaises, espagnoles.

– Comment le sais-tu ? interrogea Red.

– Le père Lafferty les a vues, n'est-ce pas, mon père ? Vous les avez vues. Mlle Mary Beth les jetait dans le panier de la quête tous les dimanches et elle disait invariablement :

– Dépensez-les vite, mon père. Avant le crépuscule. Parce qu'elles reviennent toujours.

– Comment ça, elles reviennent toujours ? demanda le père Mattingly.

– Elles retournaient dans le porte-monnaie, répondit Dave en haussant les sourcils. (Il but une longue gorgée à même la bouteille et se mit à rire d'une voix rauque.) Elle a dit la même chose à ma mère il y a cinquante ans quand elle allait faire la lessive chez eux. Oui, ma mère faisait la lessive de plusieurs grandes maisons et elle n'en a jamais eu honte, je vous le dis. Mlle Mary Beth la payait toujours avec ces pièces.

– Mon œil, dit Red.

– Et je vais te dire autre chose, dit Dave en se penchant et en regardant fixement Red Lonigan. La maison, les bijoux, le porte-monnaie, tout ça va ensemble. Comme pour le nom de Mayfair et la façon dont ils l'ont gardé, malgré les mariages. Tu veux savoir pourquoi ? Parce que ces femmes sont des sorcières ! Toutes !

Red hocha la tête et poussa sa bouteille de bière pleine vers Dave. Celui-ci l'attrapa.

– C'est la vérité, je vous le dis. C'est un pouvoir qu'elles se transmettent de génération en génération et ça fait bien longtemps qu'on en parle. Mlle Mary Beth avait encore plus de pouvoirs que Stella.

Il avala une grande gorgée de la bière de Red.

– Et elle a été assez maligne pour la fermer, poursuivit-il. C'est pas comme Stella.

– Et comment sais-tu tout ça ? demanda Red.

– Je le sais parce que ma mère m'a raconté des choses que Mlle Mary Beth lui a dites. C'était en 1921, quand Mlle Carlotta est revenue diplômée de Loyola et que tout le monde la félicitait. Elle n'est pas l'élue, avait dit Mlle Mary Beth à ma mère. C'est Stella. Stella a le don et elle aura tout quand je serai morte. Et quel est ce don, Mlle Mary Beth ? avait demandé ma mère. Stella a vu l'homme, avait-elle répondu. Et celle qui peut voir l'homme hérite de tout.

Le père Mattingly sentit un frisson courir le long de son dos. Cela faisait onze ans que l'enfant lui avait fait sa confession inachevée mais il n'en avait pas oublié un seul mot. « Elles l'appellent " l'homme " »...

Le père Lafferty lança à Dave un regard noir.

– Vu l'homme? demanda-t-il froidement. Mais qu'est-ce que c'est que ce charabia?

– Eh bien, mon père, j'aurais cru qu'un bon Irlandais comme vous connaîtrait la réponse. Vous ne savez pas que les sorcières appellent le diable « l'homme »? Qu'elles l'appellent comme ça quand il vient au milieu de la nuit pour leur donner la tentation du mal?

Il eut à nouveau un rire malsain et sortit de sa poche un mouchoir crasseux pour s'essuyer le nez.

– Des sorcières, reprit-il. Vous le savez parfaitement, mon père. C'est ce qu'elles étaient et ce qu'elles sont toujours. De la sorcellerie héréditaire. Et le vieux M. Julien Mayfair? Vous vous en souvenez? Moi, oui. Ma mère m'a dit qu'il était au courant aussi. Vous le savez bien, mon père!

– Héréditaire, oui, dit le père Lafferty avec colère. (Il se leva.) De l'ignorance héréditaire, de la jalousie héréditaire et une maladie mentale héréditaire! Vous en avez entendu parler, Dave Collins? De cette haine entre les sœurs? De leur jalousie et de leur ambition impitoyable?

Tournant le dos, il se mêla à la foule sans attendre la réponse.

Sur le point de s'endormir, le soir même, le père Mattingly se remémora les livres qu'il avait lus au séminaire. L'homme grand, l'homme sombre, le charmant homme, l'incube qui vient la nuit..., le géant qui dirige le sabbat. Il se rappelait les gravures bien dessinées mais épouvantables. « Sorcières », prononça-t-il avant de sombrer dans le sommeil. « Elle dit que c'est le diable, mon père. C'est un péché de le regarder. »

Il se réveilla peu avant l'aube en entendant la voix furieuse du père Lafferty. « Jalousie, maladie mentale. » Était-ce la vérité qu'il fallait lire entre les lignes? Il avait l'impression qu'une pièce capitale du puzzle venait de se mettre en place. Il voyait presque le puzzle achevé : une maison dirigée d'une main de fer, dans laquelle des femmes belles et pétulantes avaient vécu une tragédie. Et pourtant, quelque chose le tracassait toujours... « Elles le voient toutes, mon père. » Des fleurs éparses, de grands glaïeuls blancs et de délicates branches de fougère. Il revit sa chaussure les écrasant.

Deirdre Mayfair abandonna son enfant. Sa fille était née au nouvel hôpital de la Pitié le 7 novembre. Le jour même, elle embrassa son bébé et le mit dans les bras du père Lafferty qui le baptisa et le confia aux cousins de Californie, qui allaient l'adopter.

Mais Deirdre avait exigé que l'enfant porte le nom de Mayfair. Sa fille ne devait jamais avoir d'autre nom ou elle ne signerait pas les papiers. Son vieil oncle Cortland la soutenait et même le père Lafferty ne réussit pas à la faire changer d'avis. Elle exigea de voir le nom écrit à l'encre sur l'acte de baptême. Maintenant, le pauvre vieux Cortland Mayfair n'était plus de ce monde. Il avait fait une chute terrible dans l'escalier.

Le père Mattingly ne se rappelait pas quand il avait entendu prononcer pour la première fois le mot « incurable ». Deirdre était devenue folle avant même de quitter l'hôpital. On disait qu'elle passait son temps à parler tout haut et à dire : « C'est toi qui l'as tué. » Les infirmières avaient peur d'entrer dans sa chambre. Elle errait dans la chapelle en chemise de nuit d'hôpital, riait et parlait tout haut au beau milieu de la messe, accusant le vide d'avoir tué son amant, de l'avoir séparée de son enfant et de l'avoir laissée seule avec ses « ennemis ». Lorsque les infirmières tentaient de la calmer, elle piquait une crise de nerfs. Les infirmiers venaient et l'emmenaient hurlante.

A la mort du père Lafferty, au printemps, elle était enfermée au loin. Personne ne savait où. Rita Lonigan interrogea son beau-père, Red, car elle voulait écrire à son amie. Mais Mlle Carl n'était pas d'accord. Pas de lettres pour Deirdre.

Seulement des prières. Et les années passèrent.

Le père Mattingly quitta la paroisse pour des missions à l'étranger. Il travailla à New York et dans des contrées si reculées qu'il ne pensait plus à La Nouvelle-Orléans, sauf à certains moments où il se rappelait soudain et avait honte : Deirdre Mayfair, celle qu'il n'avait pas aidée.

Un après-midi de 1976, il vint faire un bref séjour dans le vieux presbytère. En passant devant la maison de First Steet, il vit une pâle jeune femme assise dans un fauteuil à bascule. Elle avait l'air d'un spectre dans sa chemise de nuit blanche mais il la reconnut tout de suite à ses boucles noires pendant sur ses épaules. Il ouvrit la grille rouillée et remonta l'allée pavée. L'expression du visage était identique. C'était bien Deirdre, la petite fille qu'il avait ramenée chez elle près de trente ans plus tôt.

Son visage était inexpressif et elle ne répondit pas quand il murmura :

– Deirdre.

Elle portait autour du cou un pendentif avec une émeraude – une pierre magnifique – et au doigt une bague en rubis. Étaient-ce les bijoux dont il avait entendu parler? Comme ils faisaient incongrus sur cette femme muette vêtue d'une chemise de nuit informe! Aucun signe qu'elle l'avait entendu ou vu.

– Son esprit l'a quittée, dit Nancy dans un sourire amer. Les électrochocs ont d'abord effacé sa mémoire puis tout le reste. Elle ne pourrait même pas se lever pour sauver sa vie si un incendie éclatait. De temps à autre, elle se tord les mains et essaie de parler mais elle n'y arrive pas...

– Tais-toi! chuchota Millie en pinçant la bouche, comme s'il était inconvenant d'en parler.

Elle était vieille maintenant, Mlle Millie, vieille et magnifique, comme l'avait été Mlle Belle, qui était partie depuis longtemps.

– Encore un peu de café, mon père?

La femme assise dans le fauteuil à bascule était jolie. Les traitements de choc n'avaient pas blanchi ses cheveux, et ses yeux étaient toujours d'un bleu profond, même s'ils étaient complètement vides. Comme une statue d'église. « Mon père, aidez-moi. » L'émeraude scintilla dans un rayon de lumière.

Le père Mattingly n'était pas revenu souvent dans le Sud depuis. Et les années suivantes, lorsqu'il sonnait à la porte, il n'était pas bien accueilli. Plus de café, juste quelques mots chuchotés dans le grand salon poussiéreux aux lustres ternes.

Ces femmes commençaient à se faire vieilles. Millie mourut en 1979. Les obsèques furent grandioses, des cousins étant venus des quatre coins du pays.

Nancy était partie à son tour il y avait un an. Le père Mattingly se trouvait à Baton Rouge à l'époque et eut juste le temps de faire le voyage pour assister aux funérailles.

Mlle Carl, qui avait un peu moins de quatre-vingt-dix ans, était très amaigrie. Ses cheveux étaient blancs et elle portait des lunettes qui lui grossissaient les yeux. Ses chevilles étaient enflées. Elle dut s'asseoir sur une tombe pendant la cérémonie au cimetière.

La maison était en piteux état. Le père Mattingly l'avait constaté en passant devant.

Deirdre avait changé aussi, inévitablement. Elle avait fini par perdre sa beauté fragile. Elle s'était voûtée, ses mains s'étaient recroquevillées et tournées vers l'extérieur, comme celles d'un arthritique. Sa tête restait inclinée d'un côté et sa bouche était ouverte en permanence.

Même de loin, c'était un spectacle bien triste que les bijoux rendaient encore plus sinistre. Des boucles d'oreilles en diamant pour une invalide privée de raison ! Une émeraude grosse comme l'ongle du pouce ! Le père Mattingly, qui croyait pourtant par-dessus tout au caractère sacré de l'être humain, se laissait aller à penser que la mort de Deirdre serait une bénédiction.

L'après-midi suivant les obsèques de Nancy, pendant cette visite silencieuse à la grande maison, il rencontra un Anglais qui se tenait à l'autre extrémité de la clôture, un homme de belle prestance qui se présenta sous le nom d'Aaron Lightner.

– Vous connaissez cette pauvre femme ? demanda-t-il au prêtre. Cela fait plus de dix ans que je la vois sous ce porche. Je me fais du souci pour elle.

– Moi aussi, confessa le prêtre. Mais il paraît qu'on ne peut plus rien faire pour elle.

– Quelle étrange famille, dit l'Anglais avec sympathie. Il fait vraiment chaud ! Je me demande si elle ressent cette chaleur. Ils devraient peut-être réparer ce ventilateur. Il a l'air cassé.

C'est ainsi que le père Mattingly se retrouva en train de bavarder agréablement avec l'Anglais, à voix basse, sous les chênes des Mayfair.

Tout naturellement, il en vint à parler de ce que tout le monde savait et dont l'Anglais semblait déjà être au courant : les électrochocs, les sanatoriums, le bébé adopté en Californie. Mais il ne lui vint pas à l'esprit de parler des potins de Dave Collins concernant Stella ou « l'homme ». Tout cela était des balivernes et, de plus, touchait de trop près aux terribles secrets que Deirdre lui avait confiés.

Lightner et lui avaient fini par déjeuner ensemble au Commander's Palace, sur l'invitation de l'Anglais. Pour le prêtre, c'était un grand luxe. Depuis combien de temps n'avait-il pas eu l'occasion de prendre un repas dans un grand restaurant de La Nouvelle-Orléans comme celui-ci, avec de vraies nappes et des serviettes en coton ? De plus, l'Anglais avait commandé un excellent vin.

Lightner reconnut en toute franchise qu'il s'intéressait à l'histoire de familles comme celle des Mayfair.

– Vous savez qu'ils avaient une plantation à Haïti, à l'époque où cette île s'appelait encore Saint-Domingue. L'endroit s'appelait Maye Faire, je crois. Ils ont fait fortune dans le café et le sucre avant la révolte des esclaves.

– Vous connaissez si bien leurs origines ? demanda le prêtre, interloqué.

– Oh oui ! dit Lightner. C'est dans les livres d'histoire, vous savez. C'était une femme puissante qui dirigeait tout cela, Marie-Claudette Mayfair Landry, suivant ainsi les traces de sa mère, Angélique Mayfair. Ils y sont restés quatre générations. Il y a eu Charlotte qui est arrivée de France en, voyons..., 1689. Puis elle a mis au monde des jumeaux, Peter et Jeanne-Louise, qui ont tous les deux vécu jusqu'à quatre-vingt-un ans.

– Je n'en ai jamais entendu parler.

– Il suffit de regarder dans les archives. (Lightner eut un léger haussement d'épaules.) Même les esclaves révoltés n'ont pas osé mettre le feu à la plantation. Marie-Claudette a réussi à émigrer avec une fortune fabuleuse en emmenant toute sa famille. Ils se sont retrouvés à La Victoire, en dessous de La Nouvelle-Orléans, à Riverbend.

– Mlle Mary Beth y est née.

– Très juste. En... Attendez... En 1871, je crois. C'est finalement le fleuve qui a englouti cette vieille maison. Elle était magnifique, avec toutes ses colonnades. On en trouve des photographies dans les très vieux guides de la Louisiane.

– J'aimerais bien les voir.

– La maison de First Street a été bâtie avant la guerre de Sécession. En fait, c'est Katherine Mayfair qu'il l'a fait construire et ses frères Julien et Remy Mayfair y ont vécu. Puis Mary Beth s'y est installée. Elle n'aimait pas la région.

– J'ai entendu parler de Mlle Mary Beth.

– Elle a épousé le juge McIntyre. Il n'était qu'un jeune avocat à l'époque. C'est leur fille Carlotta Mayfair qui dirige la maison maintenant...

Le père Mattingly était captivé. Cela tenait autant à sa curiosité à propos des Mayfair qu'aux manières engageantes de Lightner et à son agréable accent britannique. Après tout, ce n'était que de l'histoire, pas des ragots. Cela faisait bien longtemps que le père n'avait pas discuté avec quelqu'un d'aussi cultivé.

Malgré lui, le prêtre se retrouva en train de raconter d'une voix hésitante l'histoire de la petite fille et des mystérieuses fleurs dans la cour. Ça, il ne l'avait pas entendu dans le confessionnal, mais il s'effrayait lui-même de divulguer ces choses avec une telle facilité, après quelques gorgées de vin. Il avait un peu honte. Soudain, il fut obsédé par la confession de Deirdre et perdit le fil de la conversation. Il pensait à Dave Collins et à ce récit étrange qui avait provoqué la colère du père Lafferty à la kermesse. Ce même père Lafferty qui s'était occupé de l'adoption du bébé de Deirdre. Le père Mattingly se perdit dans ses pensées.

L'Anglais ne montrait aucun signe d'impatience. Au contraire, une chose vraiment curieuse se produisit : on aurait dit qu'il écoutait ce que le prêtre se disait en pensée! C'était invraisemblable mais, si cet homme était capable d'entendre la confession de Deirdre de cette façon, que pouvait-il bien y faire?

L'après-midi se prolongeait. De longs moments agréables, plaisants. Le père Mattingly avait fini par répéter les dires de Dave Collins et même par parler des illustrations de « l'homme sombre » et des danses de sorcières qu'il avait vues dans des livres.

L'Anglais semblait réellement intéressé. Il ne bougeait que pour remplir les verres ou offrir une cigarette.

– Bon, que pensez-vous de tout ça? conclut-il à l'intention de Lightner. Vous savez, ce vieux Dave Collins est mort mais sœur Bridget Marie est immortelle. Elle a presque cent ans.

L'Anglais sourit.

– Vous parlez de la religieuse qui était dans la cour de récréation il y a si longtemps?

Les pensées du prêtre s'étaient à nouveau égarées. Il songeait à Deirdre et au confessionnal. L'Anglais toucha le dos de sa main et murmura :

– Ne vous faites pas de souci pour ça.

Le prêtre était sidéré. Se pouvait-il vraiment que l'Anglais lise dans ses pensées? Et qu'avait donc dit la sœur Bridget Marie à propos d'Antha? Qu'elle entendait ce qui se disait de l'autre côté des murs et ce que les gens pensaient. L'avait-il raconté à l'Anglais?

– Oui, vous l'avez fait. Je tiens à vous remercier...

Les deux hommes s'étaient salués à 6 heures devant le portail du cimetière La Fayette. C'était le meilleur moment de la soirée : le soleil était parti et tous les objets restituaient la lumière dont ils s'étaient gorgés toute la journée. Mais comme tout cela était triste : ces vieux murs chaulés et ces magnolias géants défonçant le trottoir.

– Vous savez, tous les Mayfair sont enterrés ici, dit le père en jetant un regard vers le portail en fer. C'est un grand monument funéraire sur la droite dans l'allée du milieu. Il y a une petite barrière en fer forgé tout autour. Mlle Carl le maintient en bon état. Vous y trouverez tous les noms dont vous m'avez parlé.

Le prêtre aurait bien accompagné l'Anglais mais il était temps qu'il rentre au presbytère. Il devait se rendre à Baton Rouge puis à Saint Louis.

Lightner lui laissa son adresse à Londres.

– Si vous entendez parler d'autre chose sur cette famille, quelque chose que vous auriez envie de raconter, contactez-moi, je vous prie.

Le père Mattingly ne l'avait jamais contacté. Il avait d'ailleurs égaré le nom et l'adresse de l'homme. Mais il se souvenait avec plaisir de cet Anglais, tout en se demandant parfois qui il était et ce qu'il cherchait. Il aurait été formidable que tous les prêtres du monde aient l'attitude apaisante de cet homme-là. On eût dit qu'il comprenait tout.

Le père Mattingly repensa à ce que le jeune prêtre lui avait écrit : Deirdre Mayfair était complètement recroquevillée et ne pouvait pratiquement plus marcher. Alors, pour l'amour du ciel, comment avait-elle bien pu faire cette crise le 13 août? Comment avait-elle pu casser tous les carreaux et effrayer les infirmiers de l'asile? C'était difficile à croire.

Et pourtant, la preuve était bien là : en approchant doucement du portail, par ce chaud après-midi d'août, il aperçut un homme en blanc perché sur une échelle en bois. Un couteau à la main, il s'employait à mastiquer les nouveaux carreaux. Chacune des hautes fenêtres avait maintenant une vitre flambant neuve.

A plusieurs mètres de là, du côté sud de la maison, Deirdre était assise, les mains tordues, la tête penchée sur le côté, dans le fauteuil à bascule. L'émeraude renvoya une lueur verte furtive.

Et elle, qu'avait-elle éprouvé à casser les vitres? Avait-elle senti une force traverser ses membres?

Quelle pensée étrange! Le prêtre se sentit pris d'une sorte de tristesse, d'une grande mélancolie. Pauvre petite Deirdre!

A la vérité, il se sentait triste et amer comme chaque fois qu'il la voyait. Il savait qu'il ne prendrait pas l'allée pavée menant aux marches, qu'il ne sonnerait pas pour s'entendre dire que Mlle Carl était absente ou qu'elle ne pouvait pas le recevoir.

Il resta devant la grille pendant un certain temps, écoutant le grattement du couteau du vitrier. Il sentit la chaleur pénétrer dans ses chaussures et ses vêtements. Il sentit les couleurs tendres de cet endroit humide et ombragé agir sur lui.

Ce lieu était vraiment particulier. Elle était sûrement mieux ici que dans quelque chambre d'hôpital impersonnelle. Le prêtre se demanda ce qui pouvait lui faire croire qu'il aurait pu réussir là où tant de médecins avaient échoué.

Soudain, il aperçut un visiteur assis près de la pauvre démente. Un bel homme, apparemment – grand, aux cheveux foncés, bien habillé. C'était peut-être un parent de New York ou de Californie?

Il venait sans doute de sortir à l'instant du salon car une seconde auparavant il n'était pas là. Il avait l'air si attentionné. La façon dont il se penchait vers elle était charmante. Comme s'il embrassait sa joue. Oui, c'était ce qu'il faisait. Malgré l'ombre, le prêtre le voyait très bien. Il en fut très ému.

Le vitrier avait terminé son travail. Il prit son échelle, descendit l'escalier, prit l'allée pavée et passa devant le porche en s'aidant de l'échelle pour écarter de son chemin les branches de bananier et de laurier-rose.

Le prêtre avait terminé lui aussi. Il avait fait sa pénitence. Il pouvait retourner vers le trottoir brûlant de Constance Street et la fraîcheur du presbytère. Il se retourna lentement et se mit en marche.

Il ne regarda qu'une fois par-dessus son épaule. Deirdre était seule sous le porche. Mais le beau jeune homme allait sûrement ressortir bientôt. Son baiser tendre avait profondément touché le cœur du prêtre. Il était heureux de savoir que quelqu'un aimait encore cette âme en peine qu'il avait été impuissant à sauver dans un lointain passé.

Quatre

Elle avait quelque chose à faire ce soir, quelqu'un à appeler. Et c'était très important. Mais après quinze heures de travail, dont douze en salle d'opération, impossible de se rappeler qui.

Elle n'était pas encore redevenue Rowan Mayfair, avec ses chagrins et ses problèmes. Elle était encore le docteur Mayfair, assise en silence dans la salle de repos des médecins, les mains enfouies dans les poches de sa blouse blanche sale, les pieds posés sur une chaise, une cigarette aux lèvres. Elle écoutait les autres discuter comme discutent tous les chirurgiens, c'est-à-dire commenter les temps forts de la journée.

Des éclats de rire, un mélange de voix, une odeur d'alcool, le bruissement de vêtements amidonnés, une douce odeur de tabac. C'était un endroit agréable, confortable malgré la table sale en Formica, le lino sale par terre et les murs beiges sales. Tout était sale! C'était agréable de ne penser à rien, de remettre à plus tard le moment où les souvenirs allaient à nouveau l'envahir et l'étourdir.

Pour être franche, cette journée avait été pratiquement parfaite et c'était bien pourquoi elle avait si mal aux pieds. Elle avait opéré trois urgences d'affilée, en commençant par un blessé par balle à 6 heures du matin et en terminant par un accident de la route quatre heures plus tôt. Si toutes ses journées étaient comme ça, sa vie serait merveilleuse.

Elle s'en rendait compte à l'instant. Au bout de dix ans d'études et d'internat, elle était devenue ce qu'elle avait toujours voulu être : neurochirurgien dans un énorme hôpital universitaire dont le centre de traumatologie neurologique lui permettait d'opérer presque à plein temps des victimes d'accident.

Elle devait reconnaître qu'elle en était très fière. C'était la première semaine qu'elle n'était plus une chef interne débordée et épuisée qui opérait la moitié du temps sous la surveillance de quelqu'un.

Même cette pénible obligation de parler ne lui avait pas paru si terrible aujourd'hui, cette diatribe interminable dans la salle d'opération, la nécessité de dicter son compte-rendu opératoire et, pour finir, la discussion informelle en salle de repos. Elle aimait bien ces médecins qui l'entouraient, les internes au visage luisant assis en face d'elle, le docteur Peters et le docteur Blake, qui venaient de prendre leur service et la regardaient comme si elle était une sorcière et non un médecin. Et le docteur Simmons, le chef interne, qui disait qu'elle était le meilleur médecin qu'il ait jamais vu en chirurgie et que les infirmières étaient d'accord avec lui, et le docteur Larkin, le patron bien-aimé du service de neurochirurgie, que ses protégées appelaient Lark, qui n'avait cessé aujourd'hui de la forcer à s'exprimer.

– Expliquez, Rowan, expliquez en détail. Racontez à ces garçons ce que vous êtes en train de faire. Messieurs, vous avez devant vous le seul neurochirurgien de la civilisation occidentale qui n'aime pas parler de son travail.

Maintenant, Dieu merci, ils parlaient de la virtuosité du docteur Larkin sur un méningiome, cet après-midi, et elle put se laisser aller à son exquise fatigue, à savourer le goût de sa cigarette – et du café infect – et à regarder le reflet de la lumière sur les murs.

Le problème était ce coup de fil auquel elle avait pensé ce matin et qu'elle devait absolument donner. Mais à qui? Enfin! Ça lui reviendrait dès qu'elle quitterait l'hôpital.

Et elle pouvait partir quand elle le voulait. Après tout, son poste ne l'obligeait pas à rester plus de quinze heures et elle n'était plus tenue de dormir dans la salle de garde ni de descendre aux urgences pour voir ce qui s'y passait, même si c'était ce qu'elle aurait eu envie de faire.

Deux ans plus tôt, un peu moins peut-être, elle aurait été partie depuis longtemps à cette heure, elle aurait franchi le Golden Gate en respectant la limitation de vitesse, impatiente de redevenir Rowan Mayfair sur le *Sweet Christine*, son bateau, qui allait l'emmener en pleine mer. Elle aurait mis le pilote automatique, bien loin des chenaux, et l'épuisement aurait eu raison d'elle. Elle serait descendue dans la cabine au bois luisant et au cuivre scintillant et se serait abattue sur la couchette double où elle se serait octroyé un petit somme bercé par tous les bruits familiers du bateau.

Mais c'était avant que la possibilité d'accomplir des miracles sur la table d'opération soit devenue une véritable dépendance. C'était à l'époque où elle envisageait encore de se consacrer à la recherche. Et à l'époque où ses parents adoptifs, Ellie et Graham, étaient encore en vie et où la grande maison vitrée de Tiburon n'était pas un mausolée rempli de livres et de vêtements appartenant à des morts.

Pour atteindre le *Sweet Christine*, elle devait traverser ce mausolée, apercevoir l'inévitable courrier qui arrivait encore pour Ellie et Graham, et entendre sur le répondeur le message d'un ami qui ignorait qu'Ellie était morte d'un cancer l'an dernier et Graham d'une « attaque » deux mois avant elle. Elle continuait à arroser les plantes en mémoire d'Ellie, qui avait l'habitude de leur jouer de la musique. Elle continuait à conduire la Jaguar de Graham car la vendre représentait trop d'ennuis. Elle n'avait jamais nettoyé son bureau.

Une attaque. Une sensation désagréable la parcourut. Ne pas penser à Graham mourant par terre, dans la cuisine, mais aux victoires du jour. Tu as sauvé trois vies ces quinze dernières heures, alors que d'autres médecins auraient probablement laissé mourir ces patients. Maintenant, bien en sécurité au service de réanimation, tes trois patients sont en train de dormir. Ils ont des yeux qui voient, des bouches qui peuvent former des mots et, quand tu leur prends la main, ils serrent la tienne si tu le leur demandes.

A 6 heures du soir, les yeux brillants de fatigue, le chef du service des urgences lui avait dit avec dédain :

– Vous espérez un miracle? Laissez le chariot de cette femme contre un mur et gardez votre énergie pour quelqu'un qui en vaut la peine!

– Un miracle? C'est tout ce que je demande. Nous allons sortir ces bouts de verre de son cerveau.

Comment lui dire que quand elle avait posé ses mains sur les épaules de la femme, elle avait « entendu » son diagnostic? Cette femme pouvait être sauvée. Elle allait prélever avec précaution les fragments d'os qu'elle ferait congeler pour les replacer plus tard, elle allait inciser la dure-mère déchirée et le tissu abîmé qu'elle verrait au travers du puissant microscope chirurgical et elle savait parfaitement ce qu'elle trouverait : un cerveau vivant, intact, en parfait état de fonctionnement. Elle allait en aspirer le sang et cautériser les petits vaisseaux pour stopper l'hémorragie.

C'était le même sens infaillible qu'elle avait eu le jour où elle avait hissé ce noyé à bord, Michael Curry, et touché son corps froid. Il vivait.

Le noyé. Michael Curry. C'était ça qu'elle avait oublié! Appeler le médecin de Curry. Il lui avait laissé un message à l'hôpital et sur son répondeur.

Cette froide soirée de mai remontait maintenant à plus de trois mois. Le brouillard enveloppait la ville au loin et le noyé allongé sur le pont du *Sweet Christine* était aussi inerte qu'un cadavre.

Elle écrasa sa cigarette.

– Bonne nuit! dit-elle en se levant. Lundi, 8 heures, dit-elle aux internes. Non, restez assis!

Le docteur Larkin attrapa sa manche. Elle essaya en vain de se dégager.

– Ne partez pas seule sur votre bateau, Rowan.

– Allez, patron ! (Elle tenta à nouveau de se dégager. Sans succès.) Je le fais depuis l'âge de seize ans.

– Rowan ! Imaginez que vous vous heurtiez la tête et que vous tombiez par-dessus bord.

Elle poussa un petit rire poli. En fait, elle était exaspérée. Elle sortit, passa devant les ascenseurs – ils étaient trop lents – et se dirigea vers l'escalier en béton.

Elle songea qu'elle devrait jeter un dernier coup d'œil à ses trois patients en réanimation avant de partir. Soudain, l'idée de s'en aller devint oppressante. Savoir qu'elle ne reviendrait pas avant lundi lui était douloureux. Elle enfouit ses mains dans ses poches et grimpa les deux volées de marches menant au quatrième étage.

Les couloirs étaient si calmes par rapport au remue-ménage des urgences ! Une femme dormait dans la salle d'attente. Une infirmière âgée lui fit un signe de la main quand elle passa devant elle. Lorsqu'elle était interne, Rowan avait passé son temps à parcourir ces couloirs dans tous les sens au lieu de dormir un peu, bercée par le ronronnement des appareils.

Dommage que le patron soit au courant pour le *Sweet Christine*, songea-t-elle. Elle regrettait de l'avoir ramené chez elle le jour de l'enterrement de sa mère adoptive. Ils s'étaient assis sur le pont et avaient bu du vin sous le ciel bleu de Tiburon. Dommage que dans un moment creux elle ait confessé à Lark qu'elle ne voulait plus être dans cette maison, qu'elle vivait désormais sur son bateau et qu'elle sortait seule en mer chaque fois que son service était terminé, quelle que soit sa fatigue.

A quoi servait-il donc de parler aux gens ? Lark ne lui avait épargné aucun cliché dans son ardeur à la réconforter. Depuis, tout le monde à l'hôpital savait, pour le *Sweet Christine*. Et elle n'était plus Rowan la silencieuse mais Rowan l'adoptée, dont la seule famille avait été décimée en moins de six mois et qui partait en mer seule sur un gros bateau.

Si seulement ils connaissaient le reste, se dit-elle. S'ils savaient à quel point elle était mystérieuse, même pour elle. Et qu'auraient-ils dit des hommes qu'elle aimait, ces représentants de la loi déterminés et ces pompiers qu'elle allait chercher dans des bars de quartier bruyants. Elle choisissait ses partenaires autant pour leurs mains et leur voix rugueuse que pour leur large poitrine et leurs bras puissants. Que penseraient-ils de leurs accouplements dans la cabine du *Sweet Christine*, un P.38 dans son étui en cuir noir suspendu à un crochet ?

Pourquoi ce genre d'homme ? lui avait demandé Graham un jour.

– Tu les aimes bêtes, sans instruction et mal dégrossis. Et si l'un d'eux te mettait son poing musclé dans la figure ?

– Justement, avait-elle répondu sans un regard. Ils ne le font pas. Ils sauvent des vies, c'est cela que j'aime. J'aime les héros.

– Tu parles comme une petite écervelée de quatorze ans, répliqua Graham.

– Détrompe-toi. Quand j'avais quatorze ans, mes héros étaient les juristes comme toi.

Il avait eu une lueur amère dans les yeux et s'était retourné. Plus d'un an après sa mort, elle le revoyait, sentait son odeur. Elle avait fini par l'accepter dans son lit pour empêcher qu'il ne parte avant la mort d'Ellie.

– Ne me dis pas que ce n'est pas ce que tu as toujours voulu, lui avait-il dit, allongé sur le matelas en plume de la cabine du *Sweet Christine*. Au diable tes pompiers et tes policiers!

Ne plus penser à lui. Ellie n'a jamais su que vous avez couché ensemble ni pourquoi tu as cru devoir le faire. Tant mieux. Et tu n'es pas dans la maison d'Ellie. Ni sur le bateau que Graham t'a donné. Tu es en sécurité ici, dans ton monde aseptisé, et Graham est mort et enterré dans ce petit cimetière du nord de la Californie. Et peu importe comment il est mort, car personne ne connaît cette histoire. Ne le laisse pas accaparer tes pensées quand tu tournes la clé de sa voiture – que tu aurais dû vendre depuis longtemps – ou quand tu traverses les pièces humides et glacées de sa maison.

Elle continuait pourtant à lui parler. La mort de Graham lui avait évité pour toujours de trouver une solution. Par haine, de rage, elle s'était créé un fantôme de Graham. Il commençait à s'estomper mais il était toujours là, même dans son propre domaine.

Je reprendrai mes amants un jour, avait-elle envie de lui dire. Je les prendrai avec leur ego, leur exubérance, leur ignorance et leur joyeux sens de l'humour. Je reprendrai leur rugosité, leur amour et leur crainte des femmes. Je prendrai même leurs conversations interminables et, Dieu merci, ils ne me demandent pas, eux, de leur répondre. Ils ne cherchent pas à savoir qui je suis ou ce que je suis. Je pourrais aussi bien leur dire que je suis une spécialiste des fusées spatiales, une grande espionne ou une magicienne. « Tu veux dire que tu opères des cerveaux humains? »

Qu'est-ce que cela pouvait bien faire?

Aujourd'hui, Rowan comprenait un peu mieux la « question des hommes » qu'à l'époque où elle se disputait avec Graham. Elle comprenait le rapport entre elle-même et ses héros en uniforme : entrer dans la salle d'opération, enfiler des gants stériles et empoigner le microcoagulateur et le microscalpel était comme entrer dans un immeuble en flammes, s'interposer avec une arme dans un drame familial pour sauver la femme et l'enfant.

C'étaient le même courage, le même amour du danger que ceux de ces hommes frustes qu'elle aimait embrasser, caresser et faire jouir, les hommes qu'elle aimait avoir sur elle, qui n'avaient pas besoin qu'elle parle.

Mais à quoi bon comprendre puisque cela faisait près de six mois qu'elle n'avait invité personne dans son lit? Qu'en pensait le *Sweet Christine*? s'interrogeait-elle parfois. Lui murmurait-il dans le noir : « Rowan, où sont nos hommes? »

Chase, le flic blond au teint basané de marin, continuait à lui laisser des messages sur son répondeur. Mais elle n'avait pas le temps de le rappeler. C'était un garçon vraiment gentil, qui lisait des livres. Un jour, ils avaient même eu une vraie conversation. En fait, elle avait fait une remarque désinvolte sur la salle des urgences et la femme qui s'était fait tirer dessus par son mari. Chase en avait profité pour débiter des histoires de fusillade et de coups de couteau et ils avaient échangé leurs points de vue. C'était peut-être pour ça qu'elle ne le rappelait pas. Possible.

Dans cette situation, le neurochirurgien qu'elle était avait pris le pas sur la femme l'espace d'un instant, au point qu'elle se demandait pourquoi elle repensait à ces hommes ce soir. Peut-être parce qu'elle n'était pas si fatiguée ou parce que le dernier beau mâle qu'elle avait désiré était Michael Curry, ce noyé qui restait séduisant même allongé sur le pont, trempé et pâle, ses cheveux noirs plaqués sur son front.

Oui. Dans son langage d'écolière, elle aurait dit que c'était un « sacré morceau », un garçon complètement craquant, exactement son type. Ce n'était pas un de ces éphèbes californiens pleins de muscles, au bronzage artificiel, aux cheveux teints, mais un puissant spécimen prolétarien, irrésistible avec ses yeux bleus et ses taches de rousseur que, rétrospectivement, elle avait envie d'embrasser.

Quelle ironie du sort que de repêcher dans la mer, dans un état dramatique, un exemple aussi parfait du seul genre d'homme qu'elle ait jamais convoité !

Elle s'arrêta devant les portes du service de réanimation puis entra calmement, s'arrêta encore un instant pour jeter un coup d'œil circulaire sur ce monde glacé de chambres-vitrines aux occupants émaciés, exposés sous leur tente à oxygène, les membres et le torse reliés à des écrans de contrôle sonores, parmi une multitude de câbles et de cadrans.

Quelque chose se déclencha soudain dans sa tête. Rien n'existait plus en dehors de ce service, de la même façon que rien d'autre n'existait plus quand elle était en salle d'opération.

Elle approcha du comptoir et tendit la main pour toucher doucement l'épaule de l'infirmière qui était courbée sur une pile de papiers.

– Bonsoir, Laurel, chuchota-t-elle.

La femme fut surprise. Puis, reconnaissant Rowan, son visage s'éclaira.

– Docteur Mayfair ! Vous êtes encore là ?

– Un dernier coup d'œil.

Avec les infirmières, Rowan avait toujours été beaucoup plus gentille qu'avec les médecins. Depuis le tout début de son internat, elle avait sympathisé avec elles pour éviter leur jalousie proverbiale à l'égard des médecins féminins et pour susciter en elles autant d'enthousiasme que possible. Cette façon de faire était devenue une véritable science chez elle, calculée et raffinée à un point presque impitoyable et cependant profondément sincère, comme de pratiquer une incision dans les tissus du cerveau d'un patient.

En entrant dans la première chambre, elle s'arrêta à côté du haut lit en métal étincelant. Elle entendit l'infirmière arriver derrière elle, attentive, et la vit faire un geste vers la feuille suspendue au pied du lit. Rowan hocha la tête. Non.

Blafarde, comme sans vie, était allongée là la dernière accidentée de la route de la journée, la tête enturbannée d'un énorme bandage blanc, une fine canule transparente dans le nez. Les machines étaient la seule forme apparente de vie avec leurs bips monotones et leurs lignes en dents de scie. Le glucose s'écoulait par la minuscule aiguille enfoncée dans le poignet attaché.

Comme un cadavre revenant à la vie sur une table d'embaumement, la femme étendue sous les draps blancs ouvrit lentement les yeux.

– Docteur Mayfair, murmura-t-elle.

Un délicieux frisson de soulagement parcourut Rowan. Elle échangea un regard avec l'infirmière et sourit.

– Je suis là, madame Trent. Vous allez bien.

Doucement, elle replia ses doigts autour de la main droite de la blessée. Oui, très bien.

Les yeux de la femme se refermèrent aussi doucement que des fleurs qui se referment. Aucun changement dans la mélopée des machines qui l'entouraient. Rowan se retira aussi silencieusement qu'elle était venue.

A travers la vitre de la seconde chambre, elle observa une autre silhouette apparemment sans vie. C'était un tout jeune garçon au teint olivâtre qui, soudain devenu aveugle, était tombé d'un quai au moment où arrivait un train de banlieue.

Pendant quatre heures, elle avait suturé avec une aiguille minuscule le vaisseau dont l'hémorragie avait causé la cécité puis réparé le crâne abîmé. En réanimation, l'enfant avait plaisanté avec les médecins.

– Il s'en sort très bien, docteur, murmura l'infirmière.

Rowan hocha la tête. Mais elle savait que, dans les semaines à venir, l'enfant souffrirait de crises. La Dilantine l'aiderait mais il resterait épileptique jusqu'à la fin de ses jours. C'était tout de même mieux que la mort ou la cécité. Elle continuerait à l'observer un certain temps avant de risquer un avis ou de donner des explications. Après tout, il était toujours possible qu'elle se soit trompée.

– Je serai absente jusqu'à lundi, Laurel, dit-elle. Je ne suis pas certaine d'aimer ce nouvel emploi du temps.

L'infirmière se mit à rire doucement.

– Vous méritez ce repos, docteur Mayfair.

– Vous croyez? Le docteur Simmons me téléphonera en cas de problème. N'hésitez pas à lui demander de m'appeler, Laurel. Vous entendez?

Elle passa la porte à double battant, la laissant se refermer en bruissant derrière elle. Oui, une excellente journée.

Elle n'avait vraiment plus aucun prétexte pour s'attarder, à part prendre quelques notes dans l'agenda personnel qu'elle conservait dans son bureau et interroger son répondeur. Elle devrait peut-être se reposer un moment sur le canapé en cuir. Son bureau était tellement plus luxueux que la salle de garde étroite et miteuse dans laquelle elle s'était parfois assoupie ces dernières années.

Il fallait qu'elle rentre. Il fallait qu'elle laisse les ombres de Graham et d'Ellie aller et venir à leur guise.

Et Michael Curry? Elle l'avait encore oublié et il était près de 10 heures du soir. Elle devait appeler le docteur Morris le plus vite possible.

Allez! Ne laisse pas ton cœur s'emballer pour Curry, se dit-elle. Elle parcourut le couloir en prenant son temps, optant une nouvelle fois pour l'escalier et se préparant un itinéraire en zigzag à travers l'immense hôpital assoupi pour se rendre à son bureau.

Mais elle était impatiente de savoir ce que Morris avait à lui dire, d'avoir des nouvelles du seul homme qu'elle avait en ce moment dans sa vie. Un homme qu'elle ne connaissait pas et qu'elle n'avait pas revu depuis cette violente scène d'efforts désespérés et de sauvetage sur une mer démontée, près de quatre mois plus tôt...

Ce soir-là, elle était presque morte d'épuisement. Pendant ce dernier mois à l'hôpital universitaire, elle avait assuré une garde de trente-six heures d'affilée au cours de laquelle elle avait dormi au maximum une heure. Mais elle se sentait bien au moment où elle avait repéré un noyé dans l'eau.

Le *Sweet Christine* avait fendu l'océan sous un ciel de plomb, le vent soufflant contre les hublots de la cabine. La lourde coque du bimoteur en acier de douze mètres, de fabrication hollandaise, progressait sans heurts dans les vagues agitées. A vrai dire, c'était une trop grosse unité pour un navigateur solitaire, mais Rowan la maniait seule depuis l'âge de seize ans.

Cet après-midi de mai, le ciel chargé avait déjà masqué la lumière du jour lorsqu'elle était passée sous le Golden Gate. Quand elle fut hors de vue du pont, c'était la fin du crépuscule.

L'obscurité tombait, l'océan se fondait avec le ciel. Il faisait si froid qu'elle devait garder ses gants de laine et son bonnet, même à l'intérieur de la cabine. Elle buvait café sur café mais elle était toujours aussi exténuée. Comme à son habitude, ses yeux étaient rivés sur les eaux houleuses.

C'est alors que Michael Curry entra dans sa vie sous la forme d'une tache au loin.

Il flottait sur le ventre, les mains près de la tête et la masse de ses cheveux noirs pendant dans l'eau. Ses vêtements gonflés d'eau émergeaient au-dessus de son corps flasque et informe. Il portait un imperméable sanglé et des chaussures marron. Il était comme mort.

Son premier réflexe fut de constater que ce n'était pas un corps en décomposition. Très pâles, ses mains n'étaient pas détrempées. Cela pouvait faire quelques minutes ou des heures qu'il était tombé d'un bateau. Avant toute chose, elle devait appeler les secours, donner ses coordonnées et essayer de le remonter à bord.

Comme par hasard, les gardes-côtes étaient à des milles de là et les hélicoptères de secours étaient occupés ailleurs. A cause des mises en garde diffusées avant la tempête, il n'y avait aucun bateau dans son champ de vision. Et le brouillard était de plus en plus dense. On lui promit de lui envoyer de l'aide le plus vite possible sans pouvoir lui dire quand.

– Je vais essayer de le sortir de l'eau, dit-elle. Mais je suis toute seule. Faites vite!

C'était plus facile à dire qu'à faire car elle n'avait jamais eu l'occasion de pratiquer un sauvetage. Elle avait bien l'équipement nécessaire – des harnais fixés à une corde en nylon solide reliée à un treuil à moteur – pour le hisser à bord mais le tout était de parvenir jusqu'à lui.

Sans perdre un instant, elle enfila ses gants en caoutchouc et son gilet de sauvetage, fixa son propre harnais et prit le second pour lui. Elle vérifia le gréement, y compris le cordage relié au dinghy. Tout allait bien. Elle jeta le dinghy à l'eau et entreprit de descendre l'échelle vers l'embarcation sans prêter attention à la mer démontée, au ballottement de l'échelle et aux paquets d'eau froide giclant sur son visage.

Elle se mit à ramer vers l'homme mais l'eau commençait à submerger le canot. L'espace d'une seconde, elle pensa ne jamais y arriver mais elle se reprit aussitôt. Enfin, au risque de tomber à l'eau, elle se pencha pour attraper sa main et tira le corps vers elle. Maintenant, il s'agissait de lui enfiler le harnais.

Une nouvelle fois, le dinghy fut presque submergé. Puis une lame le souleva et le fit passer par-dessus le corps. Elle lâcha la main. Elle l'avait perdu. Mais, comme un bouchon de liège, le corps refit surface. Elle attrapa son bras gauche, cette fois, et passa de force le harnais au-dessus de la tête et de l'épaule gauche du corps. Elle réussit à enfiler le bras gauche. Mais restait le bras droit. Pour hisser avec le treuil ce corps alourdi par l'eau, il fallait que le harnais soit correctement fixé.

Tout en s'activant, les yeux fixés sur le visage à demi submergé, sentant la chair froide de cette main, elle était sûre de son diagnostic : oui, il était vivant, il pouvait revenir à lui. Il fallait le remonter sur le pont.

Une succession de vagues violentes l'empêcha de faire quoi que ce soit à part s'agripper à lui. Finalement, elle réussit à s'emparer de sa manche droite et tira sur le bras pour l'introduire de force dans le harnais, qu'elle fixa.

Le canot chavira soudain, la précipitant dans l'eau avec le corps. Elle but la tasse puis refit surface, hors d'haleine, saisie par le froid. Combien de temps résistait-on à cette température avant de perdre connaissance? Maintenant, ils étaient tous les deux solidement arrimés au bateau grâce à leurs harnais. Si elle pouvait retourner à l'échelle sans s'évanouir, elle pourrait le hisser. Elle commença à nager, centimètre par centimètre, refusant toute idée d'échec, la masse blanche du *Sweet Christine* disparaissant parfois de sa vue dans le creux des vagues.

Elle heurta soudain le flanc du bateau et le choc réveilla sa vigilance. Lorsqu'elle atteignit le barreau inférieur de l'échelle, ses doigts gantés refusaient de se plier. Elle ne les sentait plus. Allez! Allez! Accroche-toi! s'encouragea-t-elle. Sa main droite obéit, puis la gauche, qui saisit le montant de l'échelle. Elle donnait des ordres à son corps engourdi et, étonnée, se retrouva en train de gravir les barreaux un à un.

Elle s'affala sur le pont, incapable de bouger davantage. Puis elle essaya de masser ses doigts gourds pour leur rendre leurs sensations. Mais elle n'avait pas le temps de se réchauffer. Il fallait absolument se remettre debout et actionner le treuil.

Ses mains lui faisaient mal mais agissaient par automatisme. Elle mit en marche le moteur du treuil. Le câble en nylon se mit à crisser en remontant. Soudain, elle aperçut l'homme à la hauteur du garde-fou, la tête inclinée, les bras inertes le long de son corps, l'eau dégoulinant de ses vêtements. Il tomba sur le pont la tête la première.

Elle coupa le moteur du treuil. Elle ne se sentait pas capable de traîner l'homme à l'intérieur et n'avait plus le temps de se servir d'un câble ou du treuil.

Dans un effort surhumain, elle le retourna et fit sortir deux bons litres d'eau de mer de ses poumons. Puis elle le souleva, se plaça sous lui et le renversa à nouveau sur le dos. Ses gants la gênaient. Elle les ôta. Elle mit sa main gauche sous sa nuque, lui pinça le nez avec la droite et commença à souffler de l'air dans sa bouche. En pensée, elle suivait la progression de l'air dans l'appareil respiratoire. Elle eut l'impression d'avoir soufflé pendant un temps infini mais rien ne changeait dans la masse inerte sous elle.

Elle appuya aussi fort qu'elle pouvait sur son sternum puis relâcha la pression et recommença une quinzaine de fois. « Allez! Respire! » lança-t-elle, comme poussant un juron. Elle reprit le bouche à bouche.

Impossible de savoir combien de temps s'était écoulé. Elle n'avait plus aucune notion du temps, exactement comme en salle d'opération. Elle continuait simplement, alternant massages du thorax et ventilation. Elle ne s'arrêtait que pour toucher l'artère carotide et sentir toujours le même diagnostic sous ses doigts. Il était bien vivant.

– Je sais que vous m'entendez! hurla-t-elle en appuyant à nouveau sur le sternum.

En pensée, elle passa en revue les détails anatomiques du cœur et des poumons. Soudain, tandis qu'elle s'apprêtait à soulever encore une fois sa nuque, ses yeux s'ouvrirent et son visage reprit vie. Sa poitrine se souleva et elle sentit son souffle chaud sur son visage.

– C'est ça! Respirez! cria-t-elle au vent.

Malgré ses certitudes, elle était stupéfaite de le voir la regarder, de ne pas avoir abandonné plus tôt.

A cet instant, il leva la main droite et prit la sienne. Il marmonna quelque chose d'inintelligible qui ressemblait à un nom.

Elle tapota gentiment sa joue. La respiration inégale de l'homme s'accéléra. Comme ses yeux étaient bleus!

– Continuez à respirer ! Je sais que vous m'entendez. Je descends chercher des couvertures.

Il s'accrocha à sa main et se mit à trembler violemment. En essayant de se dégager, elle le vit lever son regard. Il souleva sa main gauche et pointa son index vers quelque chose. Un faisceau lumineux balaya le pont dans le brouillard. L'hélicoptère ! Le vent lui piquait les yeux. Elle distinguait à peine les pales du rotor.

Elle retomba en arrière, perdant à demi conscience, sentant que l'homme s'accrochait à sa main. Il essayait de lui parler. Elle tapota sa main et dit :

– Tout va bien, maintenant. Ils vont vous emmener.

A minuit, elle renonça à dormir. Elle était maintenant bien réchauffée. Le *Sweet Christine* tanguait comme un grand berceau sur la mer sombre, ses lumières balayant le brouillard, le radar en marche, le pilote automatique maintenant le cap. Installée douillettement dans un coin de la couchette, habillée de frais, elle buvait du café.

Elle songeait à lui, à l'expression qu'elle avait lue dans ses yeux. Son nom était Michael Curry. En tout cas, c'était ce que le garde-côte lui avait dit quand elle avait appelé. Il était resté au moins une heure dans l'eau avant qu'elle l'ait repéré. Tout s'était passé comme elle l'avait diagnostiqué. Pas le moindre problème neurologique. La presse parlait de miracle.

Malheureusement, il s'était montré violent dans l'ambulance. C'était peut-être à cause de tous ces journalistes sur le quai. On lui avait administré un sédatif (stupide !) et il avait eu l'esprit un peu confus pendant quelque temps (évidemment !) mais il allait « très bien » maintenant.

– Je tiens à garder l'anonymat, avait-elle précisé. Je veux préserver ma vie privée.

Compris. Mais les journalistes ne les lâchaient pas. A vrai dire, son appel au secours était arrivé à un mauvais moment et il avait été mal consigné dans les registres. On ne savait ni son nom ni celui du bateau. Pourrait-elle les indiquer pour qu'on puisse réparer cette erreur ?...

– Terminé ! Merci, dit-elle en raccrochant.

Le *Sweet Christine* dérivait. Elle revit Michael Curry étendu sur le pont, son front plissé quand il s'était réveillé, la façon dont ses yeux avaient absorbé la lumière venant de la cabine. Qu'avait-il donc dit ? Un nom, apparemment. Elle ne se souvenait plus. De toute façon, l'avait-elle vraiment entendu ?

Et comme il était beau ! Même dans l'état où elle l'avait repêché, il valait le coup d'œil. C'est toujours mystérieux le mélange de traits qui rendent un homme beau. Il avait un visage d'Irlandais, aucun doute là-dessus. Carré, avec un nez court et plutôt arrondi, un type de nez plutôt ordinaire habituellement. Mais personne ne pouvait trouver cet homme ordinaire. Pas avec ces yeux et cette bouche. Certainement pas.

Était-il vraiment convenable de penser à lui dans ces termes? D'habitude, c'était Rowan et non le médecin en elle qui se mettait à la recherche d'un homme, d'un partenaire anonyme qui partait quand elle voulait dormir. Là, elle le sentait, c'était le médecin qui s'intéressait à lui.

En rentrant à terre, le lendemain matin, elle appela le docteur Morris à l'hôpital.

– Il va bien. Il a eu de la chance, lui dit-il.

Oui, leur conversation resterait confidentielle. Tous ces chacals dans le couloir devraient se contenter de savoir que c'était une femme neurochirurgien qui l'avait sauvé. Bien entendu, il avait subi un choc psychologique. Il ne cessait de raconter qu'il avait vu des apparitions. Mais quelque chose de vraiment extraordinaire lui était arrivé. Ses mains...

– Ses mains?

– Pas de paralysie ou quelque chose comme ça... Attendez, mon beeper sonne.

– Je l'entends. Écoutez, je suis encore pour un mois à l'hôpital universitaire. Si vous avez besoin de moi, appelez-moi. Je viendrai.

Elle raccrocha. Qu'est-ce que c'était que cette histoire de mains? Elle se rappela Michael Curry s'accrochant aux siennes, les yeux rivés sur elle.

Elle eut la clé de l'énigme le lendemain en ouvrant l'*Examiner.*

Il avait fait une « expérience mystique », expliquait-il. D'un endroit situé en hauteur, il avait vu son propre corps flotter dans le Pacifique. Un tas de choses lui étaient arrivées mais il ne se rappelait pas lesquelles. Et ce trou de mémoire le rendait complètement dingue.

Quant aux rumeurs concernant ses mains, c'était bien la vérité. Il portait en permanence des gants noirs car chaque fois qu'il touchait quelque chose il voyait des images troublantes. S'il posait la main sur une cuillère ou un morceau de savon, il voyait immédiatement des images sur la dernière personne qui les avait touchés.

Il désirait plus que tout quitter l'hôpital et que ce truc avec ses mains s'arrête. Et il voulait aussi se rappeler ce qui lui était arrivé là-haut.

Rowan examina l'illustration de l'article : une grande photo noir et blanc du malade assis dans son lit. Son charme de prolétaire était évident et son sourire tout simplement merveilleux. Il portait autour du cou une petite chaîne en or avec une croix qui mettait en valeur la musculature de ses épaules. Beaucoup de flics et de pompiers portaient ce genre de chaîne. Elle adorait ça. Surtout lorsque la petite croix ou la petite médaille en or effleurait son visage quand elle faisait l'amour, comme un baiser sur ses paupières.

Posées à plat sur la couverture blanche, les mains gantées de noir avaient un aspect sinistre. Ce que l'article disait était-il possible? Elle n'en douta pas un instant. Elle avait vu des choses encore plus étranges. Oui, bien plus étranges.

Ne va pas voir ce type, se dit-elle. Il n'a pas besoin de toi et tu n'as pas besoin de savoir, pour les mains.

Elle arracha l'article, le plia et l'enfouit dans sa poche. Il y était toujours le lendemain matin quand elle entra en titubant dans la salle de repos. Elle venait de passer une nuit complète au centre de traumatologie neurologique. Elle ouvrit le *Chronicle*.

Curry était à la page 3. Un bon portrait. L'homme avait peut-être l'air un peu plus lugubre et moins confiant. Des dizaines de gens avaient constaté son pouvoir. Il prétendait maintenant que ce n'était qu'un tour de passe-passe. Tout ce qui l'intéressait, c'était son aventure oubliée, le monde qu'il avait visité quand il était mort. « Je suis revenu pour une raison précise, disait-il. J'en suis certain. On m'a donné le choix et j'ai décidé de revenir. J'avais quelque chose de très important à faire. Il était question d'une porte et d'un nombre. Mais je ne me souviens pas de ce nombre ni de ce qu'il signifiait. Je ne me rappelle rien. C'est comme si l'expérience la plus importante de ma vie avait été effacée. Et j'ignore de quelle manière je pourrais m'en souvenir. »

On essaie de le faire passer pour fou, songea-t-elle. En fait, c'est une simple expérience d'état proche de la mort. Cela arrive souvent, on le sait bien.

Et ses mains? Cette histoire de mains la fascinait complètement. Elle lut attentivement les récits des témoins. Elle aurait aimé lire le compte-rendu des tests qu'il avait subis.

Elle le vit encore une fois étendu sur le pont. Elle repensa à sa poigne et à l'expression de son visage. Avait-elle ressenti quelque chose dans sa main à ce moment-là? Et que sentirait-il si elle allait le voir? Si elle lui racontait ce dont elle se souvenait de l'accident, assise près de lui sur le lit et lui demandant de faire l'expérience des mains avec elle? C'est-à-dire échanger les maigres renseignements qu'elle avait contre ce que tout le monde lui demandait de faire? Non.

Il lui répugnait de faire une pareille démarche. En tant que médecin, il lui répugnait de penser non pas à ce dont il avait besoin mais à ce qu'elle voulait, elle. C'était pire que de s'imaginer au lit avec lui et de boire une tasse de café avec lui dans la cabine à 3 heures du matin. La meilleure chose à faire pour tous les deux était sans doute de le laisser tranquille.

A la fin de la semaine, le *Chronicle* de San Francisco publia un long article à la une. Il titrait : « Qu'est-il arrivé à Michael Curry ? »

Il avait quarante-huit ans, était entrepreneur de travaux publics, spécialiste de la rénovation des maisons victoriennes. Il semblait être réputé à San Francisco pour transformer des ruines en manoirs, pointilleux sur l'authenticité au point de n'utiliser que des chevilles en bois et des clous carrés. Ses croquis détaillés étaient célèbres. On en avait même publié un livre intitulé *Les Grands Intérieurs et Extérieurs victoriens*.

Mais il ne faisait plus rien maintenant. Sa société était temporairement fermée, trop occupé qu'il était à essayer de se rappeler ce qui lui avait été révélé pendant qu'il était mort.

En ce qui concernait son pouvoir parapsychique, il n'avait rien à voir, affirmait-il. Ce n'aurait été qu'un effet secondaire fortuit.

– Tout ce que j'ai, c'est une image : un visage et un nom. Cela ne me sert à rien.

Dans la salle de repos de l'hôpital, le soir, il passa à la télévision. Elle le voyait enfin en trois dimensions, bien vivant, avec ses yeux bleus inoubliables et son franc sourire. Il avait quelque chose d'innocent avec ses gestes simples respirant l'honnêteté et la sincérité.

– Il faut que je retourne chez moi, dit-il. Enfin, je veux dire, là où je suis né. A La Nouvelle-Orléans. Je jurerais que ma ville d'origine a quelque chose à voir avec ce qui m'est arrivé.

Il eut un léger haussement d'épaules. C'était un type vraiment adorable.

– Parlez-nous de votre pouvoir, Michael.

– Je ne veux pas en parler. (Il regarda ses gants.) Je veux parler aux gens qui m'ont secouru, au garde-côte qui m'a ramené à terre et à la femme qui m'a repêché dans la mer. J'aimerais qu'ils me contactent. C'est pour ça que j'ai accepté cette interview.

La caméra se posa sur les deux journalistes. Plaisanterie sur le « pouvoir ». Ils en avaient tous deux été témoins.

Pendant un moment, Rowan resta sans bouger ni penser. La Nouvelle-Orléans... Et il lui demandait de le contacter. La Nouvelle-Orléans... Elle se sentait obligée de faire quelque chose. Il s'était adressé à elle personnellement. Quant à La Nouvelle-Orléans, cela méritait un éclaircissement. Elle devait lui parler... ou lui écrire.

Dès son retour chez elle, elle se dirigea vers le vieux bureau de Graham, prit du papier à lettres et écrivit à Curry.

Elle lui raconta en détail ce qu'elle avait observé entre le moment où elle l'avait aperçu dans l'eau et celui où il était parti sur la civière. Puis, après un moment d'hésitation, elle ajouta son numéro de téléphone personnel, son adresse et un post-scriptum :

« Monsieur Curry, je viens également de La Nouvelle-Orléans mais je n'y ai jamais vécu. J'ai été adoptée le jour de ma naissance et emmenée immédiatement. Je ne crois pas que ce soit une coïncidence. Sur le bateau, vous avez serré ma main dans la vôtre pendant un bon moment. Auriez-vous été troublé par quelque vague message télépathique reçu à ce moment-là? Si vous voulez me parler, appelez-moi à l'hôpital universitaire ou à la maison. »

Le ton de sa lettre lui paraissait suffisamment gentil et neutre. Elle indiquait simplement qu'elle croyait à son pouvoir et qu'elle était là s'il avait besoin d'elle. Rien de plus, aucune demande.

Elle ne pouvait sortir de son esprit l'idée de mettre sa main dans la sienne et de demander simplement :

– Je vais penser à quelque chose, quelque chose de très spécial qui m'est arrivé une fois, non, trois fois, dans ma vie. Tout ce que je veux, c'est que vous me disiez ce que vous voyez. Vous voulez bien? Si j'osais, je dirais que vous me devez bien ça...

Mais elle ne pouvait pas lui dire une pareille chose.

Elle envoya directement la lettre au docteur Morris, qui la rappela le lendemain. Curry était sorti de l'hôpital la veille, juste après la conférence de presse télévisée.

– Il est complètement cinglé, docteur Mayfair, mais nous n'avions aucun motif légal pour le retenir. Je lui ai transmis ce que vous m'avez dit, au fait, mais il n'a rien répondu. Il est trop obnubilé pour renoncer. Il est déterminé à savoir ce qui lui est arrivé. Vous savez, la raison profonde de tout ça, le secret de l'univers, la mission, la porte, le nombre, le bijou. C'est à peine croyable. Je vais envoyer votre lettre chez lui mais il y a des chances pour qu'il ne la lise jamais. Le courrier arrive par sacs entiers.

– Cette histoire de mains, c'est véridique?

Silence.

– Vous voulez la vérité? C'est exact à 100 pour 100, pour ce que j'en ai vu. J'ai du mal à m'en remettre.

La semaine suivante, l'histoire fit la une des journaux populaires et, deux semaines plus tard, d'autres versions parurent dans *People* et le *Time*. Rowan découpa les articles et les photos. Les photographes semblaient suivre Curry partout où il allait : il y avait une photo de lui devant sa société, à Castro Street, et sur les marches de sa maison.

La première semaine de juin, il devint évident qu'il n'accordait plus aucune interview car les journaux relataient exclusivement des témoignages de gens qui avaient constaté son pouvoir, comme : « Il a touché mon sac et m'a tout raconté sur ma sœur, même ce qu'elle m'avait dit en me donnant le sac. J'avais des picotements dans tout le corps. Et puis il a dit : “ Votre sœur est morte. ” »

Enfin, la chaîne locale de CBS annonça que Curry était terré chez lui, coupé du monde. Ses amis se faisaient du souci. « Il est déçu et furieux, disait l'un de ses anciens camarades de collège. Pour moi, il s'est purement et simplement retiré du monde. »

En juillet, on vit à la télévision un journaliste planté sur les marches d'une énorme maison victorienne et pointant le doigt vers un monceau d'enveloppes encore cachetées débordant d'une poubelle.

– Curry se terre-t-il dans cette grande maison victorienne de Liberty Street qu'il a restaurée lui-même avec tant d'amour il y a de nombreuses années? L'homme est-il assis ou allongé seul, là-haut, dans la mansarde éclairée?

De dégoût, Rowan éteignit le téléviseur. Elle avait l'impression d'être une voyeuse. C'était écœurant, cette façon de planter une caméra juste devant la porte de Curry.

Mais l'image de la poubelle pleine de courrier restait imprimée dans son esprit. Sa lettre avait-elle échoué là? L'idée de cet homme enfermé dans sa maison, terrifié par le monde extérieur, lui était pénible.

Le soir, lorsqu'elle partait en bateau après avoir quitté l'hôpital, c'était toujours à lui qu'elle pensait. Il faisait presque chaud sur les eaux abritées au large de Tiburon. Elle prenait tout son temps avant d'aller au-devant des vents plus froids de la baie de San Francisco. Quand elle entrait dans le courant violent de l'océan, elle avait une sensation très érotique. Elle orientait le bateau vers l'ouest et rejetait la tête en arrière pour regarder les piliers élancés du pont du Golden Gate.

Le grand Pacifique! Impossible de croire en autre chose qu'en soi-même quand on regarde cette surface immense se soulever et onduler dans un coucher de soleil masqué par une brume opaque.

Et il était persuadé d'être revenu dans un but précis, cet homme qui restaurait des bâtiments magnifiques, qui faisait des dessins publiés dans des livres, un homme qui devrait être trop cultivé pour croire à des choses comme celle-là.

Mais il avait vraiment été mort, pourtant? Il avait bien vécu cette expérience, déjà relatée par d'autres, d'élévation en apesanteur et de contemplation du monde en bas avec un total détachement.

Cela ne lui était jamais arrivé, mais elle avait vécu d'autres expériences, tout aussi étranges. Le monde entier était au courant de l'aventure de Curry mais personne ne connaissait ses secrets à elle.

Peut-être que tout avait une signification, que toute chose faisait partie d'un plan? Mais cela dépassait sa compréhension philosophique. La chirurgie l'avait séduite car elle lui permettait de remettre les gens sur pied, de les rendre à la vie. En retour, ils lui disaient merci et elle avait le sentiment d'avoir fait reculer la mort. C'était la seule valeur indéniable à laquelle elle pouvait se donner tout entière. « Docteur, nous avons cru qu'elle ne remarcherait plus jamais. »

Mais quel est le but de la vie? Pourquoi renaître? Quel but pour cette femme décédée d'une crise cardiaque sur la table de travail tandis que son bébé criait dans les bras du médecin? Quel but pour l'homme fauché par un chauffard ivre en rentrant de l'église?

L'idée de finalité, elle l'avait ressentie une fois, pour un fœtus. C'était un petit être vivant et respirant, les yeux encore scellés, une petite bouche semblable à celle d'un poisson, des fils partant dans toutes les directions de son horrible tête énorme et de ses bras minuscules. Il dormait paisiblement dans une couveuse spéciale en attendant que l'on prélève ses tissus pour les donner à un receveur deux étages plus haut.

Le but était-il de découvrir que l'on pouvait, au mépris de la loi, maintenir en vie ces avortons dans le laboratoire secret d'un énorme hôpital et les découper en rondelles au profit d'un patient qui avait déjà vécu soixante bonnes années avant de commencer à mourir de la maladie dont le transplant de tissu fœtal pouvait le guérir?

Elle n'oublierait jamais cette veille de Noël glaciale où le docteur Lemle l'avait emmenée à travers les étages déserts du Keplinger Institute.

– Nous avons besoin de vous ici, Rowan. Je peux vous faire quitter l'hôpital universitaire. Je sais quoi dire à Larkin. Je vous veux ici. Je vais vous montrer quelque chose que Larkin n'apprécierait sûrement pas. Vous ne verrez jamais ça à l'hôpital universitaire. Vous, vous allez comprendre.

Oh, que non! Ce qu'elle avait compris, c'était toute l'horreur de ce qu'on lui avait montré.

– Il n'est pas viable au sens strict du terme, expliqua le docteur Karl Lemle, dont l'intelligence et l'ambition l'avaient autrefois séduite. Sa mère s'est fait avorter dans la clinique en bas et, techniquement, il n'est pas un être humain. Alors, pourquoi le jeter dans un sac en plastique alors qu'en le maintenant en vie, lui et d'autres, nous pouvons faire des découvertes capitales dans le domaine des transplants neurologiques? Ces petits corps sont des mines de tissus uniques, souples, malléables, contrairement aux autres tissus humains pullulant de minuscules cellules étrangères que le processus fœtal normal aurait fini par éliminer.

Aucun doute qu'il ne se trompait pas quand il prédisait un avenir où l'on ferait des transplants de cerveaux entiers, où l'on prélèverait l'organe de la pensée d'un corps usé pour le mettre dans un corps jeune, un monde dans lequel on créerait des cerveaux tout neufs en ajoutant des tissus par-ci par-là pour compléter l'œuvre de la nature.

– Vous voyez, l'essentiel est que le receveur ne rejette pas le tissu fœtal. Vous le savez, bien sûr. Mais vous rendez-vous compte de ce que cela signifie? Un minuscule implant de cellules fœtales dans l'œil d'un adulte, qui ne les rejette pas, et les cellules continuent à se développer et s'adaptent au nouveau tissu. Mon Dieu! Vous rendez-vous compte que cela nous permet de participer au processus de l'évolution? Nous sommes à deux doigts...

– Pas nous, Karl. Vous.

– Rowan, vous êtes le chirurgien le plus brillant avec lequel j'aie jamais travaillé. Si vous...

– Je ne ferai jamais une chose pareille! Je ne tuerai pas!

Et si je ne sors pas d'ici, je vais me mettre à pleurer, songea-t-elle. Parce que j'ai déjà tué.

Elle n'avait pas dénoncé Lemle, bien entendu. Les médecins ne font pas cela entre eux, surtout lorsque l'adversaire est un chercheur puissant et célèbre. Elle lui avait simplement tourné le dos.

– Vous savez, avait-il poursuivi plus tard à Tiburon, devant une tasse de café, la recherche sur des fœtus vivants est presque monnaie courante. D'ailleurs, il n'y aurait pas de législation contre cette pratique si elle n'existait pas.

Effectivement. La tentation était grande pour les chercheurs. Aussi grande que sa propre répulsion. Quel scientifique n'en avait jamais rêvé?

Cette révélation avait été pour elle le pire des cadeaux de Noël. Et, pourtant, sa passion pour la chirurgie avait redoublé. En voyant ce petit monstre aspirer l'air à la lueur d'une lumière artificielle, elle s'était sentie revivre. Elle avait fait des miracles à l'hôpital et c'était elle qu'on appelait lorsqu'un patient perdait sa cervelle sur une civière.

Quand Rowan avait tué – elle l'avait fait –, cela avait eu le même résultat que ce qu'elle avait constaté sur des victimes dont elle ignorait tout. Personne n'aurait rien pu faire pour ceux qu'elle avait tués.

Mais ce n'était pas pour parler de finalité qu'elle voulait rencontrer Michael Curry. Ni pour l'attirer dans son lit. Elle voulait de lui la même chose que les autres, et c'était pourquoi elle n'était pas allée elle-même à l'hôpital de San Francisco.

Elle voulait en savoir plus sur ces gens qu'elle avait tués et non ce que leurs autopsies avaient révélé. Elle voulait savoir ce qu'il verrait et ressentirait en lui tenant la main tandis qu'elle penserait à ces morts. Il avait ressenti quelque chose la première fois qu'il l'avait touchée. Mais cela aussi s'était peut-être effacé de sa mémoire, comme les choses qu'il avait vues quand il était mort.

Et qu'est-ce que cela pourrait bien faire à Curry si elle lui disait :

– Je suis médecin et je crois à vos visions et au pouvoir de vos mains parce que je sais que de telles choses existent. Moi-même, je possède un pouvoir troublant parfois totalement incontrôlable, celui de tuer à volonté.

Qu'est-ce que cela pourrait bien lui faire? Il était entouré de gens qui croyaient à son pouvoir. Mais cela ne l'aidait pas. Il était mort et ressuscité et il devenait fou. Et si elle lui racontait son histoire... L'idée qu'il pourrait être le seul au monde à la croire devenait une véritable obsession.

Tôt ou tard, il fallait qu'elle en parle à quelqu'un. Tôt ou tard, elle devrait rompre ces trente ans de silence.

Quel que soit le nombre de crânes qu'elle avait rafistolés, elle ne pouvait oublier ces trois meurtres. Le visage de Graham tandis que la vie le quittait, la petite fille prise de convulsions sur le goudron de la cour, l'homme tombant en avant sur la roue de sa jeep.

Dès le début de son internat, elle s'était débrouillée pour obtenir les trois rapports d'autopsie : accident cérébro-vasculaire, hémorragie sous-arachnoïde, anévrisme congénital. En langage profane, il s'agissait d'une faiblesse indécelable de la paroi d'une artère qui, pour une raison inconnue, avait fini par se rompre, causant une mort subite totalement imprévisible. En d'autres termes, aucun moyen de prévoir qu'une petite fille de six ans, qui, un instant auparavant, était suffisamment en forme pour rouer de coups une autre enfant et lui tirer les cheveux, allait tout d'un coup subir une crise dans la cour de l'école. Et personne n'aurait rien pu pour elle quand le sang coulait de son nez et de ses oreilles, ses yeux roulant dans leurs orbites. On avait voulu protéger les autres enfants, les mettre à l'abri de ce spectacle en les faisant rentrer en classe.

– Pauvre Rowan, avait dit plus tard la maîtresse. Ma chérie, il faut que tu comprennes qu'elle avait quelque chose dans la tête qui l'a tuée. Cela n'a rien à voir avec votre bagarre.

Et c'était à ce moment-là que Rowan avait compris. Elle l'avait tuée. Bien entendu, on pourrait invoquer que cette réaction n'était que le remords naturel d'une enfant après un accident qu'elle ne comprenait pas. En fait, pendant le drame, elle avait ressenti quelque chose : une grande sensation pénétrante l'avait traversée au moment où la petite fille était tombée à la renverse. Et le sens du diagnostic qu'elle avait déjà à l'époque, à son insu, lui avait dit que l'enfant allait mourir.

Elle finit pourtant par oublier l'incident. Graham et Ellie, en bons parents californiens, l'avaient emmenée chez un psychiatre à qui elle avait dit exactement ce qu'il voulait entendre.

Huit ans avaient passé lorsque, sur une route déserte des collines de Tiburon, un homme était sorti de sa jeep, avait plaqué une main sur la bouche de Rowan et lui avait murmuré à l'oreille : « Tu n'as pas intérêt à crier. »

Les parents adoptifs de Rowan n'avaient jamais fait le rapprochement entre le sort de l'écolière et celui du violeur, mort pendant que Rowan se débattait, galvanisée par la même rage. Elle avait éprouvé la même sensation exquise quand l'homme s'était raidi, l'avait lâchée et était tombé en avant sur la roue de sa voiture.

Elle l'avait fait, elle, le rapprochement. Pas tout de suite. Pas au moment où elle s'était mise à courir sur la route en pleurant. A ce moment-là, elle ne savait même pas qu'elle n'avait plus rien à craindre. C'était plus tard, étendue seule dans le noir, après le départ des policiers.

Une quinzaine d'années s'étaient écoulées et la même chose s'était produite avec Graham. Ellie était trop affaiblie par son cancer pour réfléchir et Rowan ne pouvait pas lui dire :

– Maman, je crois que je l'ai tué. Il te trompait à tour de bras. Il voulait divorcer. Il ne voulait même pas attendre les deux mois que tu vas mettre pour mourir.

La gifle de la petite fille, la lutte avec l'homme de la jeep et la dispute avec Graham...

– Comment ça, tu vas lui faire signer les papiers? Elle est mourante!

Il l'avait attrapée par les bras pour essayer de l'embrasser.

– Rowan, elle n'est plus la femme que j'ai épousée...

– Ah bon? Elle n'est plus la femme que tu as trompée pendant trente ans?

– Non. Elle n'est plus qu'un objet ici. Je veux me la rappeler telle qu'elle était autrefois...

– Et c'est à moi que tu racontes ces bobards?

C'était à ce moment-là que ses yeux étaient devenus fixes et que son visage avait perdu son expression; les gens meurent toujours avec une mine paisible. Sur le point de la violer, l'homme à la jeep avait eu le même air.

Avant l'arrivée de l'ambulance, elle s'était agenouillée auprès de Graham et avait appliqué son stéthoscope sur son crâne. Il y avait un bruit. Ce bruit si faible que certains médecins ne l'entendaient pas. Le bruit d'un important flux sanguin se dirigeant vers un seul point.

Personne ne l'avait jamais accusée de quoi que ce soit. Comment l'aurait-on pu ? Elle était médecin, elle s'était trouvée auprès de lui quand ce « drame épouvantable » s'était produit et Dieu savait qu'elle avait fait l'impossible.

Tout le monde savait que Graham était un type tout ce qu'il y avait de plus médiocre : ses confrères, ses secrétaires, et même sa dernière maîtresse en date, cette imbécile de Karen Garfield, qui avait eu le culot de venir réclamer un souvenir de lui. Tout le monde, sauf sa femme. Qui aurait pu soupçonner quoi que ce soit? Il était mort de causes naturelles au moment où il s'apprêtait à filer avec l'héritage de sa femme et une péronnelle de vingt-huit ans qui avait déjà vendu ses meubles et acheté des billets d'avion pour Sainte Croix.

A cette époque-là, Rowan avait déjà découvert son sens « spécial » du diagnostic. Elle l'avait expérimenté et renforcé. Et, quand elle avait posé la main sur l'épaule de Graham, ce sens lui avait dit : mort non naturelle.

Mais peut-être n'était-ce là que ce concours de circonstances que l'on appelle coïncidence, et rien de plus?

Elle s'apercevait ce soir, en errant presque sans but dans l'hôpital, qu'elle éprouvait depuis longtemps le désir irrésistible de parler à Michael Curry. Elle se sentait liée à lui, tant par l'accident en mer que par ces secrets. Pour des raisons qu'elle ne comprenait pas tout à fait, elle voulait lui avouer à lui, et à lui seul, ce qu'elle avait fait.

Toute sa vie, elle avait été un être solitaire. Elle savait écouter les gens, mais elle était plus froide que ceux qui l'entouraient. Ce sens très spécial, celui qui l'avait aidée dans sa profession, l'avait toujours rendue très consciente de ce que les autres ressentaient réellement.

Elle avait dix ou douze ans lorsqu'elle s'était aperçue que tout le monde n'avait pas ce sens. Que, par exemple, sa très chère Ellie n'avait pas la moindre idée que Graham avait plus besoin d'elle qu'il ne l'aimait, qu'il la dénigrait, lui mentait et voulait qu'elle lui soit inférieure.

Parfois, Rowan aurait souhaité avoir cette candeur : ne pas savoir que les gens vous jalousent ou ne vous aiment pas, ne pas savoir que beaucoup vivent dans un mensonge permanent. Elle aimait les flics et les pompiers parce qu'ils étaient tout à fait prévisibles. Ou peut-être tout simplement parce que leur forme de malhonnêteté ne la dérangeait pas tellement. Elle semblait inoffensive comparée à l'insécurité complexe, insidieuse et terriblement malveillante que provoquaient les hommes plus instruits.

Heureusement, l'utilité de son diagnostic était une compensation.

Mais son pouvoir de tuer? A quoi pouvait-il bien servir? Le plus terrifiant était que, scientifiquement, il était possible, tout comme celui de

Michael Curry. Ils devaient bien correspondre à une énergie mesurable, à des dons physiques complexes que l'on serait capable un jour de définir, au même titre que l'électricité ou les micro-ondes.

Mais la parapsychologie n'était pas son fort. Ce qui la fascinait, c'était ce qu'elle voyait dans les éprouvettes, sur les radios et les graphiques. Elle n'avait pas envie de tester ou d'analyser son propre pouvoir. Elle préférait croire qu'elle ne l'avait jamais utilisé, qu'il y avait peut-être une autre explication à ce qui s'était produit et que, d'une certaine manière, elle était innocente.

Ce qui la torturait, c'était que personne ne pourrait sans doute jamais lui dire ce qui s'était réellement passé avec Graham, avec l'homme à la jeep et avec la gamine de la cour de récréation. Il lui fallait quelqu'un à qui parler pour se décharger de son lourd fardeau.

Une fois déjà, son désir de se confier à quelqu'un l'avait presque emporté. Cela s'était passé d'une curieuse façon. Elle avait failli tout raconter à un parfait étranger et il lui arrivait de regretter de ne pas l'avoir fait.

C'était à la fin de l'an dernier, six mois après la mort d'Ellie. Elle se sentait plus seule que jamais : le peu de famille qu'elle avait était parti en fumée d'un seul coup. La vie était si belle avant la maladie d'Ellie. Même les liaisons de Graham n'arrivaient pas à tout gâcher parce que Ellie faisait semblant de les ignorer. Et même si Graham n'était pas à proprement parler quelqu'un de bien, il possédait une énergie inflexible et contagieuse qui créait une vie de famille palpitante.

La maison de rêve de Tiburon était désormais aussi vide qu'un coquillage échoué sur la plage.

Un soir, après la mort d'Ellie, Rowan s'était retrouvée seule dans le grand salon haut de plafond, à parler seule, à rire même, en se disant qu'il n'y avait personne pour l'entendre. La baie vitrée obscurcie renvoyait l'image des tapis et des meubles. Rowan ne distinguait pas les vagues qui léchaient les piliers de la maison. Le feu se mourait. Le froid glacial des nuits de la côte pénétrait lentement dans les pièces. Elle songeait que la mort lui avait appris quelque chose de douloureux : lorsque les gens qu'on aime meurent, on perd ses témoins, ses observateurs, ceux qui connaissent et comprennent les mille et une petites choses insignifiantes de la vie.

C'était peu de temps après sa rencontre inopinée avec cet étranger auquel elle avait failli tout raconter. C'était un homme âgé aux cheveux blancs, manifestement anglais à en juger par son accent. Ils s'étaient rencontrés dans le cimetière où reposaient ses parents adoptifs.

Ce vieux cimetière pittoresque parsemé de monuments patinés était situé aux abords de la petite ville de Californie où vivait autrefois la famille de Graham. Ces gens avec lesquels elle n'avait aucun lien de sang lui étaient totalement inconnus. Sans savoir très bien pourquoi, elle était retournée plusieurs fois au cimetière depuis les obsèques d'Ellie. Mais, ce jour-là, elle avait une raison précise : la pierre tombale était achevée et elle voulait vérifier que les noms et les dates étaient corrects.

Lors de ses visites au cimetière, elle se disait que la tombe serait entretenue tant qu'elle serait en vie mais qu'ensuite elle commencerait à se détériorer et à être envahie par les mauvaises herbes. Elle n'avait pas prévenu les familles de Graham et d'Ellie de leur décès. Personne ne se soucierait plus jamais d'eux, à part elle, et quand elle serait morte, tous ceux qui les avaient connus seraient morts eux aussi.

Pourquoi s'en faire? Parce que Ellie l'avait demandé. Elle avait exigé une pierre tombale et des fleurs, comme c'était la coutume à La Nouvelle-Orléans quand elle était petite fille. Sur son lit de mort, elle avait enfin parlé à Rowan de sa ville natale. Elle lui avait tenu des propos vraiment étranges : on avait exposé le cercueil de Stella dans le salon, des gens étaient venus l'y embrasser malgré le fait que son frère l'avait tuée, et les employés de Lonigan et Fils avaient refermé la blessure qu'elle avait à la tête.

– Son visage était si beau dans le cercueil. Elle avait des cheveux noirs magnifiques, tout ondulés. Elle était aussi jolie que sur la photo accrochée au mur du salon. J'adorais Stella! Elle me permettait de tenir le collier. J'étais assise sur une chaise près du cercueil et comme je battais du pied tante Carlotta m'a dit d'arrêter.

Chaque mot de cette étrange diatribe restait gravé dans la mémoire de Rowan. Stella, son frère, tante Carlotta. Même le nom de Lonigan. Pendant quelques précieuses secondes, ils avaient été un rayon de clarté dans un abîme noir.

Ces gens avaient un lien de parenté avec elle car elle était cousine au troisième degré d'Ellie. Et, pourtant, elle ne savait rien d'eux et devait continuer de ne rien savoir car elle avait fait une promesse à Ellie.

– Ne retourne jamais là-bas, Rowan. N'oublie pas ta promesse. J'ai brûlé toutes les photos et toutes les lettres. N'y retourne pas, Rowan. C'est ici, chez toi.

– Je sais, Ellie. Je n'oublierai pas.

Elle ne reparla plus jamais de Stella, de son frère, de tante Carlotta, de la photo sur le mur du salon. Rowan avait reçu un choc lorsque l'exécuteur testamentaire d'Ellie lui avait présenté le document : c'était un engagement, en termes soigneusement choisis, selon lequel elle ne retournerait jamais à La Nouvelle-Orléans et ne chercherait jamais à savoir qui était sa famille. Cela dit, ce document n'avait absolument aucune valeur juridique.

C'était parce que Ellie avait parlé de la pierre tombale et des fleurs, qu'elle lui avait fait promettre d'entretenir sa mémoire que Rowan était allée au cimetière ce jour-là et qu'elle était tombée sur l'Anglais.

Il avait un genou à terre devant la tombe d'Ellie et recopiait les noms fraîchement gravés dans la pierre. Il parut légèrement énervé lorsqu'elle l'interrompit, alors qu'elle n'avait pas prononcé un seul mot. L'espace d'une seconde, il l'avait regardée comme si elle était un fantôme et elle avait failli éclater de rire. Le tableau était presque comique : une jeune femme mince en veste de bateau et jean et un vieil homme plutôt anachronique avec son élégant costume de tweed.

Mais elle avait tout de suite senti qu'il était bien intentionné et, quand il lui avait expliqué qu'il avait connu la famille d'Ellie à La Nouvelle-Orléans, elle l'avait cru sans hésiter. Elle avait ressenti un grand trouble parce qu'elle aurait aimé elle aussi la connaître.

Elle était restée muette tandis qu'il parlait avec son accent chantant de la chaleur et de la beauté du cimetière. Par habitude, elle répondait toujours à tout par le silence, même lorsque cela mettait son interlocuteur mal à l'aise.

– Je m'appelle Aaron Lightner, dit-il en plaçant une petite carte dans sa main. Si vous avez envie d'en savoir plus sur la famille Mayfair de La Nouvelle-Orléans, n'hésitez pas à m'appeler. Vous pouvez me joindre à Londres, même en P.C.V. Je serai heureux de vous dire tout ce que je sais. C'est une longue histoire, vous savez.

Ces mots étaient glaçants, involontairement douloureux dans sa solitude et inattendus sur cette étrange colline déserte. Lui avait-elle paru décontenancée, incapable de répondre? Elle l'espérait. Elle ne voulait pas qu'il l'ait trouvée froide ou impolie.

Il était hors de question de lui expliquer qu'elle avait été adoptée et emmenée loin de La Nouvelle-Orléans le jour de sa naissance. Impossible de lui dire qu'elle avait promis de ne jamais y mettre les pieds, de ne jamais chercher à savoir quoi que ce soit sur la femme qui l'avait mise au monde et abandonnée. D'ailleurs, elle ne savait même pas le prénom de sa mère.

Soudain, elle se demanda s'il le savait, s'il connaissait l'identité de sa mère naturelle. Mieux valait se taire, de crainte qu'il ne se mette à parler. Après tout, sa vraie mère s'était peut-être mariée et avait sept enfants. Parler maintenant ne pourrait que lui faire du tort. La distance et le temps aidant, Rowan n'en voulait pas à cette femme sans visage et sans nom.

L'homme l'avait examinée un long moment sans se laisser déconcerter par son visage et son calme impassibles. Lorsqu'elle lui rendit sa carte, il la prit doucement et la lui retendit timidement comme s'il espérait qu'elle allait la reprendre.

– J'aimerais tant vous parler, poursuivit-il. J'aimerais savoir ce qu'est la vie d'une personne déracinée, si loin de son sol natal.

Puis il avait hésité.

– J'ai connu votre mère il y a des années...

Il s'arrêta, comme s'il sentait l'effet de ses paroles. Il se trouvait peut-être inconvenant. Elle n'aurait su dire. Ce fut un moment insupportable. Au lieu de s'en aller, elle était restée figée, les mains enfouies dans ses poches. L'homme aux doux yeux bleus la regardait patiemment et elle s'enfermait dans son silence. En fait, elle se sentait incapable d'émettre un son.

– J'aimerais beaucoup que nous déjeunions ensemble ou que nous prenions au moins un verre si vous n'avez pas beaucoup de temps à vous. Je n'ai rien de redoutable. C'est juste qu'il s'agit d'une longue histoire...

Le sixième sens de Rowan lui affirmait qu'il disait vrai! Elle avait failli accepter l'invitation à déjeuner, à se raconter, à lui poser des questions sur sa famille. Après tout, ce n'était pas elle qui était allée le chercher! A cet instant précis, elle avait tant envie de céder à la tentation de tout révéler, même son étrange pouvoir. Il avait l'air de l'y inviter silencieusement, d'exercer sur son esprit une sorte de force pour la pousser à s'ouvrir.

Elle aurait voulu lui dire : « J'ai tué trois personnes. Je suis capable de tuer par colère. Je le sais. Voilà ce qui est arrivé à la déracinée, comme vous m'appelez. Y a-t-il une place dans l'histoire de ma famille pour une chose pareille? »

Son regard avait-il tressailli ou était-ce simplement l'effet du soleil dans ses yeux?

Elle revit alors Ellie sur son lit de mort, criant de douleur.

– Promets-moi, Rowan, même s'ils t'écrivent. Jamais... Jamais...

Les dernières semaines de l'agonie d'Ellie, elle avait eu peur de son pouvoir de destruction. Et si, de rage et de douleur, elle en usait sur le pauvre corps affaibli pour mettre fin une bonne fois pour toutes à ces souffrances inutiles? Je pourrais te tuer, Ellie. Je pourrais te délivrer. Je le sens en moi. Mon pouvoir ne demande qu'à être mis à l'épreuve.

Qui suis-je? Une sorcière? Mais non, mon rôle est de guérir et non de détruire.

L'Anglais était toujours là, comme hypnotisé. On aurait dit qu'il avait entendu ses pensées et qu'il lui disait qu'il comprenait. Mais ce n'était qu'une illusion. Il n'avait rien dit.

Tourmentée, troublée, elle avait tourné les talons. Il avait dû la trouver hostile. Folle, peut-être bien. Et alors? Aaron Lightner. Elle n'avait même pas jeté un regard sur la carte mais elle se rappelait son nom.

Rowan se demandait parfois si Michael Curry avait vu sa vie défiler devant ses yeux comme cela lui arrivait en ce moment. Souvent, elle scrutait son visage souriant sur la photo qu'elle avait découpée dans une revue et collée sur son miroir.

Elle était persuadée qu'en le rencontrant un coin du voile se soulèverait. Elle rêvait de lui parler, de le ramener chez elle à Tiburon, de prendre un café avec lui, de toucher sa main gantée.

C'était presque romantique : un grand costaud qui aimait les belles demeures et faisait de magnifiques dessins! Peut-être même qu'il écoutait du Vivaldi et lisait Dickens? Et quel effet aurait sur elle un homme comme lui dans son lit, complètement nu à part ses mains gantées de cuir?

Mais quelle imagination! Et pourquoi pas, pendant qu'elle y était, imaginer que ses pompiers étaient en fait des poètes, ses policiers de grands romanciers, le garde forestier trouvé dans un bar de Bolinas un grand peintre et le vétéran du Viêt-nam qui l'avait amenée dans sa cabane dans les bois un grand metteur en scène cherchant à échapper à la foule de ses admirateurs?

Tout cela n'était pas impossible, bien entendu. Mais c'était leur corps qui l'intéressait : le renflement du pantalon devait être suffisamment important, la nuque puissante, la voix profonde et le menton mal rasé.

Et si Curry était reparti pour le Sud? C'était probablement ce qu'il avait fait. La Nouvelle-Orléans. Le seul endroit au monde où Rowan Mayfair ne pouvait aller.

Le téléphone sonnait quand elle ouvrit la porte de son bureau.

– Docteur Mayfair?

– Docteur Morris?

– Oui, j'ai essayé de vous joindre. C'est à propos de Michael Curry.

– Je sais, docteur, j'ai eu votre message. J'allais vous appeler.

– Il veut vous parler.

– Alors il est toujours à San Francisco?

– Il se cache dans sa maison de Liberty Street.

– Je l'ai appris aux informations.

– Mais il veut vous rencontrer. Il veut vous voir en personne. Il s'est mis dans la tête...

– Oui?

– Eh bien, vous allez peut-être penser que sa folie est contagieuse, mais je ne fais que vous passer le message. Serait-il possible que vous vous rencontriez sur votre bateau? Je veux dire le bateau sur lequel vous l'avez recueilli après sa noyade?

– Je serais très heureuse de l'emmener sur mon bateau.

– Comment?

– Je dis que je serais heureuse de le voir et que je l'emmènerai sur mon bateau s'il le désire.

– Docteur Mayfair, vous êtes formidable! Mais il faut que je vous explique deux ou trois choses. Je sais que ça a l'air complètement dingue mais il veut enlever ses gants et toucher le pont du bateau là où il était allongé.

– Aucun problème. J'aurais même dû y penser moi-même.

– Vous êtes sérieuse? Mon Dieu! Vous n'imaginez pas à quel point je suis soulagé. Au fait, il faut que je vous dise aussi... C'est un type très chouette.

– Je sais.

– Vous n'êtes pas n'importe quel médecin, docteur Mayfair. Mais savez-vous dans quoi vous vous lancez? Il m'a appelé hier soir pour que je vous trouve. Il voulait poser ses mains sur le pont du bateau. Il devient cinglé. Je lui ai dit qu'il devait d'abord cesser de boire. Et il m'a rappelé il y a vingt minutes pour me dire : « Je n'ai pas l'intention de vous mentir. J'ai bu une caisse de bière entière aujourd'hui, mais sans whisky ni vodka. Je ne tiendrai jamais mieux debout qu'aujourd'hui. »

Rowan se mit à rire doucement.

– Je devrais m'inquiéter pour les cellules de son cerveau, plaisanta-t-elle.

– Il est complètement désespéré. Et je ne vous demanderais jamais ça s'il n'était pas un type adorable...

– Je vais le chercher. Vous pouvez le prévenir?

– Fantastique! Docteur Mayfair, comment pourrais-je vous remercier?

– Appelez-le tout de suite, docteur Morris. Dans moins d'une heure je serai devant chez lui.

Elle raccrocha et resta pensive un instant. Elle ôta son badge et sa blouse blanche tachée puis enleva doucement ses épingles à cheveux.

Cinq

Ainsi, après toutes ces années, ils avaient à nouveau essayé de se débarrasser de Deirdre Mayfair. Mlle Nancy décédée et Mlle Carl un peu plus faible chaque jour, cela valait mieux. C'était ce qu'on disait, en tout cas. Cela s'était passé le 13 août. Deirdre s'était défendue et on l'avait laissée tranquille. Mais elle déclinait dangereusement, très dangereusement.

Lorsque Jerry Lonigan raconta tout cela à sa femme, Rita, celle-ci se mit à pleurer.

Il y avait treize ans que Deirdre était rentrée du sanatorium l'esprit vidé de toute substance, sans même savoir son propre nom. Mais Rita n'oublierait jamais la vraie Deirdre.

Elles avaient seize ans quand elles s'étaient connues au pensionnat de Sainte Rose de Lima. C'était une vieille bâtisse en brique, très laide, en bordure du quartier français. Rita y avait été envoyée parce qu'elle était « mauvaise », parce qu'elle sortait boire avec des garçons. Son père avait décrété que Sainte Ro', comme on l'appelait, la remettrait dans le droit chemin. Toutes les filles dormaient dans un dortoir mansardé et se couchaient à 9 heures.

Deirdre Mayfair était à Sainte Ro' depuis longtemps. Il lui était bien égal que l'endroit soit vieux, moche et strict et elle tenait la main de Rita quand elle pleurait. Elle écoutait Rita dire que cette pension était une prison.

– Ne t'en fais pas, disait Deirdre.

Les fins d'après-midi, elle emmenait Rita dans la cour et elles faisaient de la balançoire sous les pacaniers. Cela peut paraître une occupation peu amusante pour une jeune fille de seize ans, mais Rita adorait cela quand elle était avec Deirdre.

En se balançant, Deirdre chantait de vieilles ballades irlandaises et écossaises. Elle possédait une délicate voix de soprano et ses chants étaient si tristes qu'ils faisaient frissonner Rita.

Deirdre adorait rester dehors jusqu'à ce que le soleil ait disparu, que le ciel soit « pourpre », comme elle disait, et que les cigales montent dans les arbres. Deirdre appelait cela le « crépuscule ».

Rita avait déjà vu ce mot écrit mais elle n'avait jamais entendu personne le prononcer. Le crépuscule.

Deidre lui prenait la main et elles se promenaient le long du mur de brique, sous les pacaniers aux branches basses et feuillues. A certains endroits, on pouvait se tenir debout en étant complètement caché par les branches. Ces moments étaient formidables pour Rita. Elle restait debout avec Deirdre dans la semi-obscurité, les arbres ondulant dans la brise et les minuscules feuilles tombant en cascade tout autour d'elles.

Elles se promenaient dans le cloître poussiéreux près de la chapelle puis se glissaient dans le jardin des religieuses. C'est un endroit secret, disait Deirdre. Plein de fleurs ravissantes.

– Je ne veux pas retourner chez moi, expliquait-elle. C'est si paisible ici.

Paisible ! La nuit, Rita ne cessait de pleurer. Elle entendait le juke-box du bar de Noirs de l'autre côté de la rue. La musique franchissait les murs de brique et s'élevait jusqu'au quatrième étage. Quand elle croyait tout le monde endormi, elle allait parfois sur le balcon de fer et regardait les lumières de la ville. Toute La Nouvelle-Orléans s'amusait là-bas et elle était enfermée, une religieuse dormant derrière un rideau à chaque extrémité du dortoir. Que ferait-elle sans Deirdre ?

Deirdre était différente de tous les gens qu'elle connaissait. Elle avait de magnifiques vêtements, dont de longues chemises de nuit en flanelle blanche bordée de dentelle. Trente-quatre ans plus tard, elle portait encore ces chemises de nuit, prostrée sous le porche de sa maison.

Elle avait aussi montré à Rita le collier d'émeraude qu'elle portait maintenant sur sa chemise de nuit. C'était le fameux collier Mayfair mais Rita l'ignorait encore à l'époque. Deirdre ne le portait pas à l'école. On n'avait pas droit aux bijoux à Sainte Ro'. D'ailleurs, personne n'aurait porté un gros collier aussi démodé, sauf pour mardi gras, éventuellement.

Assises sur le bord du lit – sans religieuse aux alentours pour leur dire de ne pas froisser le couvre-lit – Deirdre laissait Rita toucher le collier. Elle le tournait et le retournait dans ses mains. La monture en or était vraiment lourde. On aurait dit qu'il y avait une inscription gravée au dos. Cela commençait par un grand « L ». Un nom, probablement.

– Oh non ! ne lis pas, lui avait dit Deirdre. C'est un secret.

Elle avait eu l'air effrayé, ses joues rougissant soudain et ses yeux devenant humides. Elle avait pris la main de Rita et l'avait serrée. Il était impossible d'être fâché avec Deirdre.

– C'est du vrai ? Ça a dû coûter une fortune ?

– Oh oui ! il vient d'Europe. Il a appartenu à mon arrière-arrière-arrière-arrière-grand-mère.

Elles s'étaient mises à rire à cause du nombre d'« arrière ».

Deirdre s'était exprimée en toute innocence. Elle ne se vantait jamais. Et elle ne blessait jamais personne. Tout le monde l'aimait.

– C'est ma mère qui me l'a laissé. Et un jour je le transmettrai à... Enfin, si j'ai une fille.

Rita mit son bras autour de son épaule, pour la protéger. Son amie inspirait ce sentiment à tout le monde.

Deirdre lui avoua qu'elle n'avait pas connu sa mère.

– Elle est morte quand j'étais bébé. Elle est tombée de la fenêtre tout en haut. Et il paraît que sa mère à elle est morte aussi quand elle était petite. Mais on ne parle jamais d'elle. Je crois que nous ne sommes pas comme les autres.

Rita était interloquée. Personne autour d'elle n'avait jamais parlé de cela.

– Qu'est-ce que tu veux dire, Dee Dee?

– Je ne sais pas. Nous sentons des choses. Nous savons quand les gens ne nous aiment pas et nous veulent du mal.

– Mais qui pourrait te vouloir du mal, Dee Dee? Tu vivras jusqu'à l'âge de cent ans et tu auras des dizaines d'enfants.

– Je t'aime, Rita Mae. Tu as un cœur pur.

– Oh, Dee Dee! Non.

Rita Mae hocha la tête en pensant à ce qu'elle avait fait avec son petit ami.

Et, comme si elle avait lu dans ses pensées, Deirdre reprit :

– Non, Rita Mae, cela n'a aucune importance. Tu es bonne. Tu ne fais jamais de mal aux autres, même quand tu es vraiment malheureuse.

– Je t'aime aussi, Dee Dee, dit Rita, tout en ne comprenant pas tout ce que Deirdre lui disait. De sa vie, elle n'avait jamais dit à une autre femme qu'elle l'aimait.

Lorsque Deirdre fut expulsée de Sainte Ro', Rita crut mourir. Pourtant, elle savait que cela arriverait un jour.

Elle avait vu elle-même son amie avec un jeune homme dans le jardin du couvent. Elle l'avait vue se glisser dehors après le dîner, à l'insu de tout le monde. C'était à l'heure où les jeunes filles devaient prendre leur bain et se coiffer. C'était une des incongruités de Sainte Ro', d'après Rita. On les obligeait à se coiffer et à mettre un peu de rouge à lèvres parce que sœur Daniel prétendait que c'était l'« étiquette ». Mais Deirdre n'avait pas besoin de se coiffer. Ses boucles se mettaient en place toutes seules. Il lui suffisait d'y ajouter un ruban.

Deirdre disparaissait toujours à cette heure de la journée. Elle prenait son bain la première, se faufilait en bas et ne revenait que pour l'extinction des feux. Elle était toujours en retard, se dépêchait de rentrer pour la prière du soir, le visage rose, et elle adressait à la sœur Daniel un magnifique sourire innocent.

Rita se croyait la seule à savoir que Deirdre s'éclipsait ainsi. Elle détestait quand son amie n'était pas là.

Un soir, elle était descendue à sa recherche. Elle était peut-être aux balançoires. La nuit tombait vite en hiver. Et Rita était au courant, pour Deirdre et le crépuscule.

Ne la trouvant pas dans la cour, elle avait poussé jusqu'au jardin des sœurs. Il y faisait très sombre. Soudain, elle avait entendu la voix de son amie. Petit à petit, elle avait distingué dans la pénombre la silhouette de Deirdre. Elle était assise sur le banc de pierre. A cet endroit, les pacaniers étaient aussi épais et bas que dans la cour. Tout d'abord, Rita ne distingua que sa blouse blanche, puis son visage, et même le ruban violet dans ses cheveux. Enfin, elle aperçut l'homme assis près d'elle.

Tout était calme. Le juke-box du bar était muet. Aucun bruit ne venait du couvent. Même les lumières du réfectoire semblaient éloignées à cause des nombreux arbres plantés le long du cloître.

L'homme dit à Deirdre :

– Ma bien-aimée.

C'était un simple chuchotement, mais Rita l'entendit. Puis Deirdre répondit :

– Oui, tu me parles, je t'entends.

– Ma bien-aimée, répéta la voix.

Deirdre se mit à pleurer en disant quelque chose, un nom peut-être. Quelque chose comme : « Mon Lasher ».

Ils s'embrassèrent. Deirdre avait la tête renversée en arrière et les doigts blancs de l'homme étaient très visibles sur ses cheveux sombres. Celui-ci reprit :

– Je ne désire rien d'autre que ton bonheur, ma bien-aimée.

– Mon Dieu ! murmura Deirdre.

Soudain, elle se leva et se mit à courir sur le chemin bordé de lys. L'homme était devenu invisible. Le vent s'était levé et faisait battre les branches des pacaniers contre les porches du couvent. Le jardin tout entier semblait s'animer. Rita était seule.

Elle rentra, prise de remords. Elle avait honte d'avoir écouté. Elle se mit aussi à courir et grimpa les quatre étages menant au dortoir.

Deirdre n'arriva qu'une heure plus tard. Rita avait honte de l'avoir espionnée. « Ma bien-aimée »... Ces mots lui firent penser à une musique magnifique, aux hommes élégants des vieux films qu'elle avait vus à la télévision. Il était si beau. Elle n'avait pas bien vu son visage mais elle avait remarqué ses cheveux sombres, ses grands yeux, sa taille haute et ses vêtements raffinés. Un homme comme celui-là, elle n'aurait pas non plus hésité à lui donner des rendez-vous dans le jardin. Elle aurait fait n'importe quoi avec lui.

Lorsque Deirdre fut accusée, ce fut un cauchemar. Elle était avec les sœurs dans la cour de récréation et les autres pensionnaires avaient été consignées dans le dortoir. Mais tout le monde entendait. Deirdre avait fondu en larmes mais n'avait rien avoué.

– J'ai vu cet homme de mes propres yeux, s'écria sœur Daniel. Oseriez-vous me traiter de menteuse?

Ensuite, on avait emmené Deirdre au couvent pour voir mère Bernard mais celle-ci n'avait rien pu tirer d'elle non plus.

Rita avait le cœur brisé quand les religieuses vinrent empaqueter les affaires de son amie. Elle vit sœur Daniel sortir le collier d'émeraude de son écrin et l'examiner. A la façon dont elle le tenait, elle devait être persuadée que c'était du verre. Cela fit mal à Rita de la voir le toucher puis empoigner les chemises de nuit et les autres effets de Deirdre et les jeter dans la valise.

Plus tard, la même semaine, quand cet horrible accident arriva à sœur Daniel, Rita ne ressentit aucune pitié. Il lui était bien égal que la vieille religieuse meure asphyxiée dans une pièce verrouillée pendant que le chauffe-eau à gaz fonctionnait.

Elle avait autre chose à l'esprit que de pleurer sur le sort de quelqu'un qui avait fait du mal à Deirdre.

Un jour, elle eut une grave dispute avec Sandy, qui disait que Deirdre était folle.

– Tu sais ce qu'elle faisait la nuit? Je vais te le dire. Quand tout le monde dormait, elle repoussait ses couvertures et se mettait à remuer comme si quelqu'un l'embrassait! Je l'ai vue. Elle ouvrait la bouche et se tortillait sur le lit. Quand je dis se tortiller, tu vois ce que je veux dire!

– Ferme-la! cria Rita.

Elle essaya de gifler Sandy mais tout le monde lui tomba dessus. Ce fut Liz Conklin qui la tira sur le côté et lui dit de se calmer. Elle dit que Deirdre avait fait pire que rencontrer cet homme dans le jardin.

– Rita Mae, elle l'a fait entrer dans le bâtiment. Elle l'a fait monter jusqu'à notre étage. Je l'ai vu.

Liz chuchotait en regardant par-dessus son épaule, comme si elle craignait des oreilles indiscrètes.

– Je ne te crois pas, dit Rita.

– Je ne l'espionnais pas. Je ne voulais pas lui faire des ennuis. Je m'étais levée pour aller à la salle de bains et je les ai vus près de la fenêtre qui donne sur la cour. Ils étaient à deux pas de là où nous dormions toutes.

– A quoi ressemblait-il? demanda Rita, certaine que Liz mentait.

Mais Liz le décrivit parfaitement. Un homme grand, aux cheveux bruns, très distingué. Il embrassait Deirdre et chuchotait à son oreille.

– Rita Mae, elle était complètement folle de faire ça!

Des années plus tard, tandis que Jerry Lonigan lui faisait la cour, elle lui dit :

– Tout ce que je sais, c'est qu'elle était la fille la plus adorable que j'aie jamais connue. Elle était une sainte à côté de ces bonnes sœurs, je t'assure. Quand je croyais devenir folle dans ce pensionnat, elle me prenait la main et me disait qu'elle savait ce que je ressentais. J'aurais fait n'importe quoi pour elle.

Mais quand était venu le moment de faire quelque chose pour elle, Rita n'avait rien pu faire.

Plus d'un an avait passé. Rita n'était plus une adolescente et ne le regrettait pas. Elle avait épousé Jerry Lonigan, de douze ans son aîné, et qui était le plus gentil garçon qu'elle ait jamais connu. C'était un homme décent et agréable qui gagnait bien sa vie chez Lonigan et Fils, l'entreprise de pompes funèbres la plus ancienne de la paroisse, qu'il dirigeait avec son père.

Ce fut lui qui donna à Rita des nouvelles de Deirdre : elle était enceinte d'un homme qui s'était tué dans un accident de voiture et ses tantes allaient lui faire abandonner le bébé.

Rita voulait absolument aller la voir mais Jerry n'était pas d'accord.

– Mais qu'est-ce que tu crois pouvoir faire? Tu ne sais pas que sa tante, Mlle Carlotta, est juriste? Elle peut faire jeter Deirdre en prison si elle n'abandonne pas son bébé.

Mais Rita ne l'écouta pas. Remonter l'allée de cette énorme maison et sonner à la porte fut la chose la plus difficile qu'elle ait jamais eue à faire. Comme par hasard, ce fut Mlle Carlotta qui vint lui ouvrir, celle dont tout le monde avait peur.

Rita entra tout simplement, comme mue par un ressort. D'ailleurs, Mlle Carl n'avait pas du tout l'air méchant. Elle avait juste l'air sérieux d'une femme d'affaires.

– Je veux juste la voir. Elle était ma meilleure amie à Sainte Ro'...

Mais Mlle Carl lui opposa un refus poli. Rita essaya de la faire fléchir en lui expliquant combien elles avaient été proches au pensionnat. Rien à faire. Soudain, elle entendit la voix de Deirdre en haut de l'escalier.

– Rita Mae!

Le visage de Deirdre était baigné de larmes et ses cheveux en désordre. Elle se rua pieds nus dans l'escalier, Mlle Nancy, la plus robuste des tantes, sur ses talons.

Mlle Carl prit Rita par le bras et tenta de l'entraîner vers la porte.

– Attendez! cria Rita.

– Rita Mae, elles veulent me prendre mon bébé!

Mlle Nancy attrapa Deirdre par la taille et la souleva pour l'emmener dans l'escalier.

– Rita Mae! hurlait Deirdre. (Elle avait dans la main une sorte de petite carte blanche.) Appelle cet homme! Dis-lui de m'aider.

Mlle Carl se plaça devant Rita.

– Retournez chez vous, Rita Mae Lonigan!

Mais Rita ne bougeait pas. Deirdre se débattait et Mlle Nancy était en déséquilibre contre la rampe. Deirdre essaya de lancer la carte à Rita mais celle-ci retomba sur les marches. Mlle Carl s'avança pour la ramasser.

A ce moment-là, Rita eut l'impression de se retrouver en plein mardi gras, à essayer d'attraper les colifichets lancés des chars. Elle bouscula Mlle Carl et saisit vivement la carte.

– Rita Mae, appelle cet homme! criait Deirdre. Dis-lui que j'ai besoin de lui.

– C'est promis, Dee Dee!

Mlle Nancy ramenait Deirdre à l'étage de force, en la portant à moitié. C'était un spectacle abominable.

C'est alors que Mlle Carl attrapa le poignet de Rita.

– Donnez-moi ça, Rita Mae Lonigan! lui intima-t-elle.

Rita se dégagea et courut vers la porte, la petite carte serrée dans sa main. Elle entendit Mlle Carl courir derrière elle jusque dehors.

A cet instant, elle ressentit une vive douleur. La femme la soulevait presque de terre en la tirant par les cheveux.

– Lâchez-moi, espèce de sorcière! dit Rita, les dents serrées de rage.

Mlle Carl essaya de lui arracher la carte des mains. Elle tira dessus et la tordit dans tous les sens pour lui faire lâcher prise tout en continuant à tirer sur les cheveux. Jamais Rita n'avait vécu un moment d'une telle violence.

– Mais arrêtez! cria-t-elle.

Elle se débattit avec une telle force que Mlle Carl lâcha prise. Mais, immédiatement, elle recommença à la tirer par les cheveux. Rita Mae n'eut pas un instant d'hésitation : elle la frappa à la poitrine avec son bras et la vieille demoiselle tomba à la renverse dans les melias. Rita se rua vers la grille.

La tempête se levait. Les arbres remuaient dans tous les sens. Les énormes branches noires des chênes se balançaient dans le vent et l'on entendait un grondement. Des branches cognaient contre la maison et Rita entendit un bruit de verre brisé.

Elle s'arrêta et regarda en arrière. Une pluie de petites feuilles vertes et de petites branches tombait de tous côtés. On aurait dit le passage d'un cyclone. Mlle Carl, debout sur le chemin, observait les arbres. Au moins, elle n'avait rien de cassé.

Seigneur! La pluie allait tomber dans un instant et Rita serait trempée avant d'avoir rejoint Magazine Street, les cheveux en bataille et les larmes coulant sur son visage. De quoi avait-elle l'air?

Mais la pluie ne vint pas. Elle retourna chez Lonigan et Fils et s'effondra en s'asseyant dans le bureau de Jerry. Elle ne pouvait s'arrêter de pleurer en regardant la petite carte blanche.

– Regarde, Jerry! Mais regarde!

La carte était en lambeaux, trempée par la sueur de la paume de Rita.

– Les chiffres sont complètement effacés!

– Attends! dit Jerry.

Comme toujours, il fit preuve d'une grande patience, en homme bon qu'il avait toujours été. Il se pencha vers elle, prit la carte, la déplia sur le buvard du bureau et prit une loupe.

Le milieu était encore lisible :

LE TALAMASCA

Le reste n'était plus que des petites taches d'encre noire.

Jerry mit la carte entre deux gros livres, mais cela n'y fit rien. Son père arriva et jeta un coup d'œil. Mais il ne put rien faire non plus. Le nom de Talamasca ne lui disait rien, lui qui connaissait tout et tout le monde.

– Regarde! Il y a quelque chose au dos.

Aaron Lightner. Mais aucun numéro de téléphone. Il devait être écrit au recto.

Rita chercha Aaron Lightner et Talamasca dans l'annuaire. Elle appela les renseignements pour demander si ces noms étaient sur une liste rouge. Elle fit même publier des petites annonces dans le *Times Picayune* et le *States-Item.*

– Ma chérie, dit son beau-père, ne retourne pas dans cette maison. Ce n'est pas que j'aie peur de Mlle Carlotta ou de qui que ce soit, mais je ne veux pas que tu voies ces gens.

Rita vit Jerry et son père échanger un regard. Ils savaient quelque chose qu'ils gardaient pour eux. Rita savait que Lonigan et Fils avaient enterré la mère de Deirdre et que Red se souvenait de la grand-mère qui était « morte jeune », comme Deirdre le lui avait dit.

Mais ils étaient tenus au secret professionnel.

Une année s'écoula avant que Rita ne revît Deirdre. Le bébé était parti depuis longtemps, emmené par des cousins de Californie. Des gens très gentils, disait-on, des gens riches. L'homme était juriste, comme Mlle Carl. L'enfant était entre de bonnes mains.

A Saint Alphonse, sœur Bridget Marie apprit à Jerry que les religieuses de l'hôpital de la Pitié avaient dit que le bébé était une ravissante petite fille aux cheveux blonds et que le père Lafferty l'avait mise dans les bras de Deirdre en lui disant de l'embrasser. Puis on l'avait emmenée.

Rita frissonna d'horreur. C'était comme embrasser un défunt avant de refermer le cercueil.

Rien d'étonnant à ce que Deirdre ait fait une dépression. On l'avait transférée directement de l'hôpital au sanatorium.

– Ce n'est pas la première fois dans cette famille, dit Red Lonigan en secouant la tête. Lionel Mayfair est mort dans une camisole de force.

Rita lui demanda ce qu'il entendait par là, mais il ne répondit pas.

– Ils n'auraient pas dû faire ça. Deirdre est adorable. Elle ne ferait de mal à personne.

Enfin, Rita apprit que Deirdre était rentrée chez elle. Et, un dimanche, elle décida d'aller à la messe de 10 heures dans la chapelle fréquentée par les gens riches de Garden District. Elle s'était promis de passer devant la maison des Mayfair au retour mais elle n'eut pas à le faire : Deirdre était à la messe, encadrée par ses grands-tantes, Mlle Belle et Mlle Millie. Grâce à Dieu, pas de Mlle Carlotta.

Deirdre était dans un état pitoyable. Elle avait des cernes sous les yeux et portait une espèce de vieille gabardine aux épaules rembourrées qui ne lui allait pas du tout.

Après l'office, en descendant les marches de marbre, Rita avala sa salive, prit sa respiration et courut derrière son amie. Celle-ci lui adressa tout de suite un sourire magnifique mais, quand elle voulut parler, aucun son ne sortit de sa bouche. Puis, dans un murmure, elle articula :

– Rita Mae!

Rita se pencha pour l'embrasser et lui chuchota :

– Dee Dee, j'ai essayé de faire ce que tu m'as demandé mais je n'ai pas trouvé l'homme. La carte était trop abîmée.

Les yeux de Deirdre étaient vides. Se souvenait-elle? Heureusement, Mlle Millie et Mlle Belle étaient occupées à saluer des gens de connaissance. De toute façon, la pauvre vieille Mlle Belle ne se rendait jamais compte de rien.

Deirdre sembla alors se rappeler quelque chose.

– Ça ne fait rien, Rita Mae, dit-elle.

Elle lui adressa à nouveau son beau sourire, pressa la main de Rita, se pencha vers elle et l'embrassa sur la joue. Sa tante Millie dit alors :

– Allons-y, ma chérie.

Deirdre ne tarda pas à retourner au sanatorium : on l'avait retrouvée pieds nus dans Jackson Avenue en train de parler toute seule. Ensuite, on apprit qu'elle avait été envoyée dans un hôpital psychiatrique du Texas. Pour finir, Rita sut un jour que son amie était « incurable » et qu'elle ne retournerait plus jamais chez elle.

A la mort de Mlle Belle, le père de Jerry fut appelé chez les Mayfair. Mlle Carl ne semblait pas se rappeler sa bagarre avec Rita Mae. Des Mayfair vinrent de tous les coins pour assister aux obsèques, mais pas de Deirdre.

M. Lonigan détestait La Fayette nº 1. Ce cimetière était plein de tombes dévastées, dont on apercevait parfois les cercueils moisis et même des ossements. Faire un enterrement dans cet endroit le rendait malade.

Un après-midi, il y emmena Rita pour lui montrer les fameuses pierres tombales où l'on pouvait lire la longue liste des malheureux décimés par les épidémies de fièvre jaune. Il lui montra aussi la tombe des Mayfair avec ses douze caveaux énormes. Une petite barrière en fer courait tout autour et deux vases en marbre étaient pleins de fleurs fraîchement coupées.

– C'est bien entretenu, n'est-ce pas? dit-elle.

Sans répondre, M. Lonigan regarda fixement les fleurs. Il se racla la gorge et pointa le doigt vers les noms qu'il connaissait.

– Celle-ci, c'est Antha Marie. Elle est morte en 1941. C'était la mère de Deirdre.

– Celle qui est tombée par la fenêtre?

Pas de réponse.

– Et celle-là, Stella Louise, elle est morte en 1929. C'était la mère d'Antha. Et c'est celui-là, là-bas, son frère, qui a terminé dans une camisole de force après l'avoir tuée. En 1929 aussi.

– Il a tué sa propre sœur?

– Eh oui... Mlle Mary Beth, là, c'était la mère de Stella et de Mlle Carl. Et Mlle Millie est la fille de Remy Mayfair, l'oncle de Mlle Carl. Il est mort à First Street mais je ne l'ai pas connu. En revanche, je me souviens de Julien Mayfair. Il serait difficile de l'oublier. Il est resté bel homme jusqu'au jour de sa mort. Comme Cortland, son fils. Lui, il est mort l'année de la naissance du bébé de Deirdre. Ce n'est pas moi qui l'ai enterré. Sa famille vivait à Metairie. On dit que c'est toute cette histoire à propos du bébé qui l'a tué. Mais peu importe. Il avait quatre-vingts ans. La vieille Mlle Belle était la sœur aînée de Mlle Carl. Mais Mlle Nancy est la sœur d'Antha. La prochaine sera Mlle Millie, sans doute.

Rita ne s'intéressait pas à ces gens. Elle se rappelait Deirdre à Sainte Ro' quand elles s'asseyaient toutes les deux sur le lit. Le collier d'émeraude lui venait de Stella et d'Antha.

– Je trouve étrange qu'elles portent toutes le nom de Mayfair, dit-elle enfin. Pourquoi ne prennent-elles pas le nom de leur mari?

– Impossible. Si elles font ça, elles n'ont pas l'argent des Mayfair. C'est une disposition qui date de très longtemps. Il faut être une Mayfair pour disposer de la fortune des Mayfair. Cortland Mayfair était au courant de tout ça. C'était un fin juriste. Il ne travaillait que pour sa famille. Il me l'a dit un jour. C'était une question d'héritage.

Il fixait à nouveau les fleurs.

– Qu'y a-t-il, Red?

– Oh, juste un bruit qui court. On dit que ces vases ne sont jamais vides.

– Ce n'est pas Mlle Carl qui commande les fleurs?

– Pas à ma connaissance.

Il n'alla pas plus loin. C'était un homme qui n'en disait jamais plus long qu'il ne fallait.

Lorsqu'il mourut, un an plus tard, Rita eut autant de peine que pour son propre père. Elle se demandait aussi quels secrets il avait emportés avec lui. Il avait toujours été bon pour elle. Jerry changea beaucoup. Par la suite, chaque fois qu'il devait traiter avec de vieilles familles, il était horriblement nerveux.

Deirdre rentra à First Street en 1976, parfaitement idiote, disait-on, suite à des électrochocs.

Le père Mattingly lui rendit une visite. Elle était comme un bébé, dit-il à Jerry, ou comme une vieille femme sénile.

Rita alla aussi la voir. L'horrible dispute avec Mlle Carlotta était loin maintenant et, depuis, elle avait eu trois enfants. Cette vieille femme ne lui faisait plus peur. Elle apporta un joli déshabillé en soie blanche pour Deirdre.

Mlle Nancy l'accueillit dehors et dit à Deirdre :

– Regarde ce que Rita Mae Lonigan t'a apporté, Deirdre.

Aucune réponse. Qu'il était pénible de voir ce magnifique collier autour de son cou! Un si beau bijou sur une chemise de nuit si grossière, on aurait dit que ses tantes avaient voulu se moquer d'elle.

Ses pieds avaient l'air enflés et sensibles. Elle avait le regard fixe, la tête penchée sur le côté. Mais, sinon, c'était bien elle, toujours aussi jolie. Rita ressentit un besoin urgent de s'en aller.

Elle n'y retourna jamais mais il ne se passait pas une semaine sans qu'elle remonte la rue et fasse un signe à son amie, de la grille. Même si Deirdre ne remarquait même pas sa présence. Elle paraissait voûtée et amaigrie et ses bras n'étaient plus posés sur ses genoux mais croisés sur sa poitrine. Mais Rita n'était pas assez près pour s'en assurer.

A la mort de Mlle Nancy, Rita annonça à son mari qu'elle assisterait aux obsèques « par égard pour Deirdre ».

– Mais chérie, elle ne le saura même pas.

Peu importe, elle était décidée. Quant à Jerry, il en avait plus qu'assez des Mayfair. Il détestait les vieilles familles.

– Au moins, c'est une mort naturelle, sinon on me l'aurait dit.

Après avoir terminé son travail sur Mlle Nancy, cet après-midi-là, il raconta à Rita à quel point il lui était pénible d'entrer dans cette maison.

Comme dans l'ancien temps, les tentures de la chambre du haut étaient fermées et deux bougies bénites se consumaient devant un tableau de pietà. La pièce sentait l'urine. Et le cadavre de Mlle Nancy était dans cette chaleur depuis des heures avant qu'il n'arrive.

La pauvre Deirdre était sous le porche. L'infirmière noire lui tenait la main et disait son chapelet à haute voix, comme si Deirdre avait eu conscience de sa présence.

Mlle Carlotta refusait d'entrer dans la chambre funéraire. Elle était debout, bras croisés, dans le couloir.

– Le corps présente des contusions, Mlle Carl. Sur les bras et les jambes. A-t-elle fait une mauvaise chute?

– Elle a eu sa première attaque dans l'escalier, monsieur Lonigan.

Comme il regrettait que son père ne soit plus là! Il savait s'y prendre avec les vieilles familles.

– Alors, dis-moi, Rita! Pourquoi n'était-elle pas à l'hôpital? On n'est plus en 1842!

– Certaines personnes préfèrent mourir chez elles, Jerry. Tu as le certificat de décès?

Oui, il l'avait. Bien sûr qu'il l'avait. Mais il détestait vraiment ces vieilles familles.

– On ne sait jamais ce que ces gens ont dans la tête. Pas seulement les Mayfair, les autres aussi.

Rita avait assisté à la messe de requiem pour Mlle Nancy. Dans sa propre voiture, elle avait suivi la procession qui était passée devant la maison de First Street, par égard pour Deirdre. Mais rien n'indiquait que la jeune femme avait remarqué le passage des limousines noires.

Il y avait un tas de Mayfair à la cérémonie. Mais d'où venaient-ils donc tous? Rita distingua des accents de New York, de Californie et même d'Atlanta et d'Alabama. Et tous ces gens de La Nouvelle-Orléans! Elle avait eu du mal à croire ce qu'elle avait lu dans le registre. Certains venaient de Metairie, de l'autre côté du fleuve.

Il y avait aussi un Anglais aux cheveux blancs vêtu d'un costume en coton blanc et portant une canne. Il resta en arrière avec Rita. « Quelle chaleur épouvantable! » avait-il dit dans son élégant accent. Lorsque Rita avait trébuché sur le chemin, il l'avait retenue par le bras. C'était vraiment gentil de sa part.

Que pensaient tous ces gens de cette affreuse vieille maison? songea-t-elle. Et du cimetière La Fayette avec toutes ses tombes en ruine? La foule envahissait les allées étroites. Il y avait même un car de touristes arrêté devant les grilles. Le coup d'œil devait leur plaire!

Mais le plus grand choc fut la cousine qui avait emmené le bébé de Deirdre. Elle était là, Ellie Mayfair, de Californie. Jerry la lui indiqua du doigt. Grande, les cheveux noirs coiffés d'une grande capeline blanche, bronzée, elle portait une robe bleue en coton sans manches et des lunettes noires. On aurait dit une star de cinéma. Tout le monde se pressait autour d'elle pour lui serrer la main ou embrasser sa joue poudrée. Quand les gens se penchaient vers elle, lui parlaient-ils de la fille de Deirdre?

Rita s'essuya les yeux. « Rita Mae, ils veulent me prendre mon bébé! » Qu'avait-elle donc fait du morceau de carte blanche portant le mot « Talamasca »? Il devait être dans son missel. Elle ne jetait jamais rien. Elle devrait peut-être aborder cette femme et lui demander comment prendre contact avec la fille de Deirdre? Il faudrait bien qu'un jour cette fille sache ce que Rita avait à lui dire. Mais de quoi se mêlait-elle?

Elle était complètement effondrée et les gens s'imaginaient peut-être qu'elle pleurait pour Mlle Nancy. Elle s'était retournée pour cacher son visage et avait vu l'Anglais qui l'observait. Il arborait une expression plutôt étrange, comme s'il était ennuyé qu'elle pleure. Elle lui fit un petit signe rassurant. Mais il s'approcha quand même.

Il lui donna son bras et l'aida à rejoindre une petite allée où se trouvait un banc. Elle s'assit. Lorsqu'elle leva les yeux, elle aurait juré que Mlle Carl regardait vers elle et l'Anglais. Mais elle était très loin et le soleil se réfléchissait dans ses lunettes. Ce devait être une illusion.

L'Anglais lui avait alors remis une carte blanche en disant qu'il voulait lui parler. De quoi? se demanda-t-elle. Mais elle glissa la carte dans sa poche.

Il était tard, ce soir-là, lorsqu'elle retrouva la carte en cherchant le faire-part de décès. Elle y lut les mots qu'elle avait cherchés il y avait si longtemps. Talamasca et Aaron Lightner.

Elle chercha dans le missel le vieux morceau de carte. C'était bien la même. Sur la nouvelle, l'Anglais avait inscrit le nom de Monteleone Hotel et son numéro de chambre.

Elle alla trouver Jerry en train de boire dans la cuisine.

– Rita Mae, tu ne peux pas y aller! Tu n'as absolument rien à lui dire sur cette famille.

– Mais, Jerry, il faut que je lui dise ce qui s'est passé autrefois. Je dois le prévenir que Deirdre a essayé de le contacter.

– C'était il y a trop longtemps, Rita Mae. Le bébé est une adulte, maintenant. Elle est médecin, tu le sais? J'ai entendu dire qu'elle allait devenir neurochirurgien.

– Je m'en fiche, Jerry.

Elle s'effondra encore une fois mais, à travers ses larmes, elle fit une chose curieuse. Elle fixait la carte et apprenait par cœur le numéro de chambre de l'hôtel et le numéro de téléphone à Londres.

Comme elle s'y attendait, Jerry attrapa soudain la carte et la fourra dans sa poche de chemise. Elle ne prononça pas un mot et continua à pleurer. Jerry était l'homme le plus doux au monde mais il ne comprendrait jamais.

– C'était gentil de ta part d'aller aux obsèques, chérie.

Rita ne voulait pas s'opposer à son mari. Elle ne reparla pas de l'homme.

– Qu'est-ce que cette fille de Californie connaît de sa mère? Je veux dire, sait-elle que Deirdre ne voulait pas l'abandonner?

– Oublie tout ça, chérie, dit-il en hochant la tête. (Il se versa un bourbon et en but la moitié.) Si tu savais tout ce que je sais sur eux...

Jerry buvait trop de bourbon mais il n'était pas du genre à colporter des rumeurs. La discrétion était indispensable dans son métier. Mais il se mit à parler et Rita l'écouta.

– Deirdre n'a jamais eu sa chance dans cette famille. Elle a été maudite dès sa naissance. C'était ce que papa disait.

Jerry allait encore à l'école lorsque Antha, la mère de Deirdre, était tombée par la fenêtre, mais il travaillait déjà avec son père.

– On a été obligés de gratter les dalles pour enlever la cervelle. C'était atroce! Elle n'avait que vingt ans et elle était ravissante. Encore plus que Deirdre. Et tu aurais vu les arbres dans la cour! On aurait dit qu'il y avait un cyclone. Même les magnolias penchaient et se tordaient.

– Oui, je les ai déjà vus comme ça, dit Rita.

Elle se tut pour qu'il continue.

– Le pire a été quand nous sommes rentrés ici. Papa avait bien examiné Antha. Il nous a dit : « Toutes ces écorchures autour de ses yeux. Elle n'a pas pu se faire ça en tombant. Il n'y avait pas d'arbre sous cette fenêtre. » Il s'était aperçu qu'un de ses yeux avait été arraché de son orbite. Papa savait quoi faire dans ce genre de situation. Il a téléphoné au docteur Fitzroy et lui a dit qu'à son avis il fallait pratiquer une autopsie. Il lui a expliqué pourquoi, parce que le docteur n'était pas d'accord. Et puis le docteur Fitzroy a dit qu'Antha Mayfair avait perdu la tête et qu'elle avait voulu s'arracher les yeux. Mlle Carl avait essayé de l'en empêcher et Antha avait couru dans la chambre mansardée. Elle était tombée mais, à ce moment-là, elle n'avait plus tous ses esprits. Et Mlle Carl avait tout vu. Il n'y avait aucune raison pour que tout le monde en parle, surtout les journaux. Cette famille avait déjà suffisamment souffert avec Stella. Papa a répondu qu'il ne croyait pas qu'Antha s'était automutilée mais que si le docteur avait l'intention de signer le certificat de décès il n'y pouvait rien. Il n'y a jamais eu d'autopsie mais papa savait de quoi il parlait. Il m'a fait jurer de ne jamais en parler à personne. Et il me faisait confiance, comme j'ai confiance en toi, Rita Mae.

– Quelle horreur! murmura Rita. S'arracher les yeux.

Elle pria pour que Deirdre ne l'ait jamais su.

– Tu ne sais pas tout! reprit Jerry avant de boire un peu de bourbon. Quand nous avons fait sa toilette, elle portait le collier d'émeraude, celui que Deirdre porte maintenant, la fameuse émeraude Mayfair. La chaîne était tout entortillée autour de son cou et le pendentif était accroché à ses cheveux, dans son dos. Il était couvert de sang et d'on ne sait quoi d'autre. Même papa était horrifié, alors qu'il en avait vu d'autres. En ôtant les cheveux et les fragments d'os du bijou, il m'a dit : « Ce n'est pas la première fois que je nettoie ce collier. La dernière fois, il était autour du cou de Stella Mayfair, la mère d'Antha. »

– Celle qui a été tuée par son propre frère?

– Oui. C'était l'originale de la famille. Même avant la mort de sa mère, elle illuminait toute la maison et donnait de gigantesques réceptions avec des musiciens et de l'alcool de contrebande coulant à flots. Dieu seul sait ce que les tantes Carl, Millie et Belle en pensaient. Mais quand elle a commencé à ramener des hommes à la maison, Lionel a pris les choses en main et l'a abattue. Il était jaloux, c'est sûr. Devant tout le monde, dans le salon, il avait dit : « Je veux te tuer avant qu'il ne t'ait. »

– Tu veux dire que le frère et la sœur couchaient ensemble?

– Possible, chérie. Possible. Personne n'a jamais su le nom du père d'Antha. C'était peut-être Lionel. On disait que... Mais Stella se fichait de ce qu'on disait. Ça ne l'a jamais gênée d'avoir un enfant naturel.

– C'est la pire des histoires que j'aie jamais entendues, murmura Rita Mae dans un soupir. Surtout pour l'époque.

– C'était comme ça, chérie. Et papa n'est pas le seul à m'avoir parlé de tout cela. Lionel a tué Stella d'une balle dans la tête et tous ceux qui étaient présents sont devenus complètement fous. Ils se sont mis à casser les carreaux des fenêtres pour sortir. Une vraie panique. La petite Antha était en haut. Elle est descendue au milieu de cette folie collective et a vu sa mère morte sur le plancher du salon.

Rita secoua la tête. Qu'est-ce que Deirdre lui avait donc dit à ce sujet, déjà? « On m'a dit que sa mère était morte quand elle était petite, elle aussi, mais on ne parle jamais d'elle. »

– Lionel a fini dans une camisole de force. Papa disait toujours que c'était le remords qui l'avait rendu cinglé. Il n'arrêtait pas de crier que le diable le poursuivait, que sa sœur était une sorcière et qu'elle lui avait envoyé le diable. Finalement, il est mort d'une crise. Il a avalé sa langue. Quand on a ouvert sa cellule capitonnée, il était mort. Mais au moins, cette fois, le corps est revenu impeccable de chez le médecin légiste. Les écorchures du visage d'Antha, douze ans plus tard, ont toujours hanté papa.

– Pauvre Dee Dee ! Elle était peut-être au courant d'une partie de tout ça.

– Oui, même un bébé sait certaines choses. Tu le sais bien ! Et quand papa et moi sommes allés ramasser le corps d'Antha dans la cour, nous entendions la petite Deirdre vagir comme si elle sentait que sa mère était morte. Et personne n'allait la chercher pour la consoler. Je te le dis, cette petite est née sous le signe de la malédiction. Tous ces événements ne lui ont rien valu de bon. C'est pour ça qu'ils ont envoyé son bébé dans l'Ouest. Pour la mettre à l'abri. A ta place, chérie, je ne m'en mêlerais pas.

Rita pensa à la belle Ellie Mayfair. Elle était probablement dans l'avion de San Francisco, à présent.

– On dit que ces gens de Californie sont riches, reprit Jerry. C'est l'infirmière de Deirdre qui me l'a dit. Le père est un grand juriste, un vrai salaud. Mais il fait du fric. S'il y a une malédiction sur les Mayfair, la fille y a échappé.

– Jerry ! Tu ne crois pas aux malédictions ?

– Chérie, pense au collier d'émeraude. Papa a nettoyé deux fois le sang qu'il y avait dessus. Et j'ai toujours eu l'impression que Mlle Carlotta savait parfaitement qu'il était maudit. La première fois, tu sais ce qu'elle voulait que papa fasse ? Qu'il mette le collier dans le cercueil avec Stella. Il me l'a raconté. Mais il a refusé.

– C'est peut-être du toc, Jerry.

– Alors là, détrompe-toi. On pourrait acheter toute une partie de Canal Street avec cette émeraude. Papa l'a fait expertiser par Hershmann, de Magazine Street. Quand Mlle Carlotta lui a dit de le mettre dans le cercueil, il a fait venir Hershmann – ils étaient de vieux amis – et Hershmann a dit que c'était la plus belle émeraude qu'il ait jamais vue. Et qu'il était incapable de dire sa valeur mais que les bijoux comme celui-là finissaient dans une vitrine de musée.

– Et qu'est-ce que Red a dit à Mlle Carlotta ?

– Il a dit qu'il ne jetterait pas une émeraude d'un million de dollars dans un cercueil. Il l'a nettoyée avec de l'alcool, l'a mise dans un écrin de velours fourni par Hershmann et la lui a rendue. C'est ce que nous avons fait des années plus tard quand Antha est tombée par la fenêtre. Mais Mlle Carl ne nous a pas dit de l'enterrer, cette fois. Et elle n'a pas non plus demandé de chambre mortuaire dans le salon.

– Dans le salon ?

– Oui, c'est là que Stella a été exposée. Ça se faisait autrefois. On l'avait fait pour Julien Mayfair et pour Mlle Mary Beth, en 1925. Et c'était ce que Stella voulait. Elle l'avait écrit dans son testament. Mais pour Antha, ça s'est passé autrement. Nous avons rapporté le collier, papa et moi. Nous sommes entrés et Mlle Carl était dans le salon, sans lumière, et elle balançait le berceau de Deirdre à côté d'elle. Papa lui a mis le collier dans la main et tu sais ce qu'elle a fait? Elle a dit : « Merci, Red Lonigan » et elle l'a jeté dans le berceau.

– Et si le collier était vraiment maudit?

Rita ne pouvait s'empêcher de penser au collier autour du cou de Deirdre et à l'état de la jeune femme. Cette pensée lui était insupportable.

– Eh bien, s'il est maudit, la maison aussi. Parce que les bijoux et l'argent vont avec la maison.

– Tu veux dire que cette maison appartient à Deirdre?

– Rita, tout le monde le sait!

– Tu dis que la maison est à elle et que ces femmes y ont vécu toutes ces années pendant qu'elle était enfermée ailleurs et qu'elles l'ont ramenée dans cet état et que...

– Chérie! Ne te mets pas dans tous tes états. Oui, tout est à Deirdre. Comme c'était avant à Antha et à Stella. Et cela appartiendra à la fille de Californie quand Deirdre sera morte, sauf si quelqu'un arrive à faire modifier tous ces vieux papiers. Et je ne crois pas que ce sera toi. Ça remonte très, très loin, à l'époque de la plantation et même avant qu'ils viennent ici, quand ils étaient à Haïti. C'est une question d'héritage. Je me rappelle que Hershmann disait que Mlle Carl avait étudié le droit rien que pour trouver un moyen de modifier le testament. Mais elle n'y est jamais parvenue. Et avant la mort de Mlle Mary Beth tout le monde savait déjà que Stella était l'héritière.

– Et si la fille de Californie n'était pas au courant?

– C'est la loi, chérie. Et Mlle Carlotta, quoi qu'il en soit, est une bonne juriste. De toute façon, c'est lié au nom de Mayfair. Il faut avoir le nom pour hériter. Et cette fille s'appelle Mayfair. Je l'ai su quand elle est née. Et sa mère adoptive aussi, Ellie Mayfair, celle qui est venue aujourd'hui. Ils le savent. Les gens savent toujours quand il s'agit d'argent.

– Mais Jerry, et s'il y avait d'autres choses que la fille de Deirdre ne savait pas? Pourquoi n'est-elle pas venue aujourd'hui? Pourquoi ne veut-elle pas voir sa mère?

« Rita Mae, ils veulent me prendre mon enfant! »

Jerry ne répondit pas. Ses yeux étaient injectés de sang et il était un peu ivre à cause du bourbon.

– Papa en savait bien plus sur ces gens, encore plus que ce qu'il m'a dit. Un jour, il a dit qu'ils avaient raison d'éloigner le bébé de Deirdre et de le confier à Ellie Mayfair, pour son bien, et qu'Ellie Mayfair ne pouvait pas avoir d'enfant et que son mari était très déçu. Il allait la quitter quand Mlle Carl a téléphoné pour leur proposer le bébé. Papa m'a averti : « Ne le dis pas à Rita Mae, mais c'est une bénédiction pour tout le monde. Et le vieux M. Cortland, Dieu ait son âme, avait tort de ne pas être d'accord. »

Rita Mae savait ce qu'elle avait à faire. Elle n'avait jamais menti à Jerry Lonigan; elle ne lui dirait donc rien. Le lendemain après-midi, elle téléphona au Monteleone Hotel. L'Anglais venait de partir mais il était peut-être encore dans l'entrée. Le cœur de Rita battait dans sa poitrine pendant qu'elle attendait.

– Ici Aaron Lightner. Oui, madame Lonigan. Veuillez prendre un taxi, je le paierai. Je vous attends.

L'Anglais l'emmena au coin de la rue, au bar Desire Oyster. C'était un endroit agréable avec des ventilateurs au plafond, de grands miroirs et des portes ouvertes sur Bourbon Street. Ce quartier semblait très exotique à Rita. Elle n'avait jamais l'occasion de s'y rendre.

Ils s'assirent à une table de marbre et elle commanda un verre de vin blanc. Il était vraiment bel homme. Quel que soit son âge, il était plus beau que n'importe quel homme plus jeune. Et la façon dont il la fixait des yeux la faisait fondre.

– Parlez-moi, madame Lonigan. Je vous écoute.

Au début, elle essaya de parler calmement. Mais, au fur et à mesure, elle ne put plus s'arrêter. Bientôt, elle se mit à pleurer et il ne comprenait probablement pas un mot de ce qu'elle lui racontait. Elle lui remit le morceau de carte déchiré et lui parla des petites annonces.

Vint ensuite la partie difficile.

– Il y a des choses que cette fille de Californie ignore. La fortune lui appartient. Les hommes de loi le lui diront peut-être, mais pour la malédiction, monsieur Lightner? Je vous fais confiance. Je vous raconte des choses que mon mari ne veut pas que je dise. Mais si Deirdre vous a fait confiance, ça me suffit. Je vous le dis, les bijoux et la maison sont maudits.

Elle lui raconta tout ce qu'elle savait, tout ce que Jerry lui avait révélé, tout ce dont elle se souvenait.

Le plus étrange était qu'il ne semblait pas étonné ni choqué. Il lui répéta plusieurs fois qu'il ferait de son mieux pour que ces renseignements parviennent à la fille de Californie.

Lorsque tout fut dit et qu'elle se retrouva en train de se moucher, son verre de vin intact, l'homme lui demanda si elle voulait bien conserver la carte et le rappeler si un « changement » survenait pour Deirdre. Si elle n'arrivait pas à le joindre, elle devait laisser un message. Les gens qui répondraient au téléphone comprendraient. Il suffisait qu'elle dise que c'était à propos de Deirdre Mayfair.

Elle sortit son missel de son sac.

– Redonnez-moi le numéro, dit-elle. Et elle écrivit : « A propos de Deirdre Mayfair ».

Après, seulement, elle pensa à demander :

– Mais dites-moi, monsieur Lightner, comment connaissez-vous Deirdre?

– C'est une longue histoire, madame Lonigan. On pourrait dire que je suis cette famille depuis des années. J'ai deux toiles peintes par le père de Deirdre, Sean Lacy. L'une représente Antha. C'est lui qui a été tué sur l'autoroute de New York avant la naissance de Deirdre.

– Sur l'autoroute? Je ne l'ai jamais su.

– Personne ici ne doit le savoir, probablement. C'était un bon peintre. Il a fait un magnifique portrait d'Antha avec le fameux collier d'émeraude. Je l'ai trouvé chez un marchand de New York quelques années après leur mort.

– C'est curieux, cette histoire d'accident. Savez-vous qu'il est arrivé la même chose à l'homme que Deirdre devait épouser? Il a quitté la route du fleuve en venant à La Nouvelle-Orléans.

Elle crut percevoir un léger changement dans le visage de l'Anglais, mais elle n'en était pas certaine. Comme si ses yeux avaient rétréci l'espace d'une seconde.

– Oui, je le sais.

Il sembla penser à des choses qu'il ne voulait pas lui dire. Puis il reprit :

– Madame Lonigan, j'aimerais que vous me fassiez une promesse.

– De quoi s'agit-il?

– Si un événement se produit, quelque chose d'inattendu, et que la fille de Californie revienne, n'essayez pas de lui parler. Appelez-moi. Le jour ou la nuit, peu importe. Et je vous promets de prendre le premier avion.

– Vous voulez dire qu'il ne faut pas que je lui raconte tout ça moi-même?

– Exactement, dit-il en lui touchant la main pour la première fois, mais d'une façon très correcte. Ne retournez pas dans cette maison, surtout si la fille y est. Je vous promets que, si je ne peux pas venir moi-même, quelqu'un d'autre viendra qui fera exactement ce qu'il faut, quelqu'un qui connaît parfaitement toute l'histoire.

– Cela m'ôte un poids, vous savez.

Elle n'avait aucune envie de parler à cette étrangère et de lui raconter ce qu'elle savait. Soudain, pour la première fois, elle se demanda qui était cet homme. Avait-elle tort de lui faire confiance?

– Vous pouvez me faire confiance, madame Lonigan, dit-il, comme s'il avait lu dans ses pensées. Soyez-en assurée. J'ai rencontré la fille de Deirdre. C'est une personne calme et, disons, réservée. Il n'est pas facile de lui parler. Mais je crois que je saurai trouver les mots.

– Je comprends, monsieur Lightner.

Elle l'observait. Il savait peut-être qu'elle était troublée, que cet après-midi lui paraissait vraiment singulier. Toutes ces histoires de malédiction, de morts et de mystérieux collier d'émeraude.

– Oui, tout cela est étrange.

Rita se mit à rire.

– On jurerait que vous lisez dans mes pensées.

– Ne vous faites pas de souci. Je ferai en sorte que Rowan Mayfair sache que sa mère ne voulait pas l'abandonner. Je dois beaucoup à Deirdre, savez-vous? J'aurais dû être là quand elle avait besoin de moi.

Il n'en fallait pas plus pour Rita.

Cela faisait maintenant plus de douze ans que Deirdre avait pris place sous le porche et plus d'un an que l'Anglais était venu. Et on reparlait de mettre Deirdre dans un établissement. Sa maison tombait en ruine, le jardin était à l'abandon, et on allait à nouveau l'envoyer au loin.

C'était peut-être une bonne raison pour appeler l'Anglais. Fallait-il le prévenir? Rita n'arrivait pas à se décider.

– C'est une bonne chose de la faire partir, dit Jerry, avant que Mlle Carl ne soit plus capable de prendre la décison. Le fait est, chérie... Je suis désolé de te dire ça, mais Deirdre décline de plus en plus. On dit qu'elle est mourante.

Mourante!

Elle attendit que Jerry soit parti travailler et prit le téléphone. Elle savait que la communication figurerait sur la facture, mais tant pis. L'important était de faire comprendre à l'opératrice qu'elle voulait un numéro de l'autre côté de l'océan.

Une femme agréable lui répondit et, comme promis par l'Anglais, le P.C.V. fut accepté. Tout d'abord, Rita fut incapable de comprendre ce que disait la femme – elle parlait si vite – puis elle comprit que M. Lightner était aux Etats-Unis. A San Francisco. Elle allait l'appeler tout de suite. Rita pouvait-elle indiquer son numéro de téléphone?

– Oh non! Je ne veux pas qu'il m'appelle ici. Dites-lui simplement que j'ai appelé. C'est très important. Dites-lui que Rita Mae Lonigan a téléphoné à propos de Deirdre Mayfair. Elle est très malade, elle décline très vite. Elle est probablement mourante.

Rita pleurait lorsqu'elle raccrocha.

Cette nuit-là, elle rêva de Deirdre. A son réveil, elle se rappelait uniquement que Deirdre était là, que c'était le crépuscule et que le vent soufflait dans les arbres derrière Sainte Rose de Lima. Elle se leva et se rendit à la première messe du matin. Devant l'autel de la Sainte Vierge, elle alluma un cierge. Faites que M. Lightner vienne, pria-t-elle. Qu'il parle à la fille de Deirdre.

Tout en priant, elle se rendit compte que ce n'était pas l'héritage qui la tracassait, ni la malédiction du collier, car elle ne croyait pas que Mlle Carl voulait aller à l'encontre du testament et elle ne croyait pas aux malédictions.

En fait, elle ressentait dans son cœur un immense amour pour Deirdre Mayfair. Et elle estimait que sa fille avait le droit de savoir que sa mère avait été autrefois la plus douce et la plus gentille des créatures, une ravissante jeune fille que tout le monde aimait et qu'au printemps 1957 un bel homme élégant l'avait appelée au crépuscule : « Ma bien-aimée ».

Six

Il resta sous la douche dix bonnes minutes mais il ne dessoûlait toujours pas. Il se coupa deux fois en se rasant. Rien de grave, mais c'était un signe qu'il allait falloir se contrôler devant la femme qui devait venir, le médecin, cet être mystérieux qui l'avait arraché à la mer.

tante Viv l'aida à enfiler sa chemise. Il but une autre gorgée de café. Le goût était atroce, et pourtant c'était un bon café – il l'avait préparé lui-même. Une bière aurait mieux fait l'affaire. Mais c'était trop risqué.

– Mais qu'est-ce que tu vas faire à La Nouvelle-Orléans? interrogea tante Viv sur un ton plaintif.

Ses petits yeux bleus étaient humides et irrités. Elle releva les revers de sa veste kaki de ses mains fines et noueuses.

– Tu es sûr que tu n'as pas besoin d'un manteau plus chaud?

– Tante Viv. Nous sommes en août et je vais à La Nouvelle-Orléans. (Il l'embrassa sur le front.) Ne t'inquiète pas pour moi. Je me sens très bien.

– Michael, je ne comprends pas pourquoi...

– Tante Viv, je t'appellerai dès mon arrivée, je te le promets. De toute façon, tu as le numéro du Pontchartrain si tu veux laisser un message avant mon arrivée là-bas.

Il avait demandé la suite qu'elle avait prise il y avait des années, quand sa mère et lui étaient allés la voir. Il avait onze ans. Cette grande suite donnant sur Saint Charles Avenue avait même un piano demi-queue. Elle existait toujours et elle était libre. Oui, le piano y était encore.

La compagnie aérienne avait confirmé sa réservation en première classe sur le vol de 6 heures le lendemain matin. Tout allait comme il le voulait, surtout grâce au docteur Morris et à ce mystérieux docteur Mayfair qui n'allait pas tarder à arriver.

Il avait été furieux quand il avait su qu'elle était médecin. Mais Morris l'avait calmé.

– Michael, elle va venir vous chercher. Elle sait que vous êtes ivre et fou. Elle vous emmène chez elle à Tiburon et elle vous laissera même vous promener à quatre pattes sur son bateau.

– D'accord! Je vous suis très reconnaissant, vous savez?

– Alors, sortez du lit, prenez une douche et rasez-vous.

C'était fait, et rien ne l'empêcherait plus de faire ce voyage.

– Je n'y resterai pas longtemps, dit-il tendrement à sa tante.

Mais une sorte de pressentiment s'empara soudain de lui. Il avait l'impression distincte qu'il ne reviendrait plus jamais dans cette maison. Non, impossible. C'était l'alcool qui coulait dans ses veines et des mois de claustration qui lui troublaient l'esprit. Il embrassa sa tante.

– Je vérifie mes bagages.

Il prit une autre gorgée de café. Il se sentait mieux. Il nettoya soigneusement ses lunettes à monture d'écaille, les remit sur son nez et chercha sa paire de rechange dans la poche de sa veste.

– J'ai tout préparé, dit tante Viv en hochant la tête. (Elle était à côté de lui et pointait un doigt noueux vers les vêtements bien rangés.) Tes deux costumes légers et ta trousse de toilette. Tout est là. Et ton imperméable ! Ne l'oublie pas. Il pleut tout le temps à La Nouvelle-Orléans.

– Je l'ai pris, tante Viv, ne t'inquiète pas.

Il ferma la valise. Ce n'était pas la peine de lui dire que son imperméable était fichu parce qu'il s'était noyé avec. Le fameux Burberry avait été conçu pour les tranchées de la Première Guerre mondiale, certes, mais pas pour les noyades.

Il se peigna les cheveux, malgré le contact désagréable de ses gants. Il n'avait pas l'air soûl, à moins qu'il ne le soit trop pour s'en apercevoir. Il regarda le café. Finis-le, imbécile ! Cette femme vient juste pour faire plaisir à un tordu. Le moins que tu puisses faire est de ne pas te casser la figure devant elle.

– La sonnette !

Il attrapa sa valise. Prêt.

Puis à nouveau ce pressentiment. Était-ce une prémonition ? Il jeta un regard circulaire sur la pièce, sur les boiseries qu'il avait patiemment nettoyées et peintes, sur la petite cheminée dont il avait lui-même posé les briques. Il ne les reverrait plus. Il ne se coucherait plus jamais dans ce lit aux montants de cuivre et ne regarderait plus à travers les rideaux de pongé.

Tante Viv se hâta dans le couloir et appuya sur le bouton de l'Interphone.

– Oui ?

– C'est le docteur Rowan Mayfair. Pourrais-je voir M. Michael Curry ?

C'était le moment. Il se relevait d'entre les morts. Il descendit les deux étages en sifflotant. C'était si bon de bouger, de partir. Il faillit ouvrir la porte sans vérifier si des journalistes ne l'attendaient pas dehors. Il regarda à travers l'un des petits carreaux à facettes de la porte-fenêtre.

Une femme élancée était au pied de l'escalier extérieur, de profil car elle regardait vers la rue. Elle avait de longues jambes, un blue-jean et des cheveux blonds coupés au carré qui, sous l'effet du vent, caressaient doucement le creux de ses joues. Jeune, fraîche, extrêmement séduisante dans sa veste bleu marine et son pull à torsades.

Inutile de faire les présentations, c'était le docteur Mayfair. Une chaleur soudaine monta dans ses reins, traversa son corps et embrasa son visage. Quelles que soient les circonstances, c'était une femme qu'il aurait remarquée, mais le fait de savoir que c'était « elle » le terrassa. Il était content qu'elle ne le voie pas.

Voici donc la femme qui m'a repêché, songea-t-il, survolté par cette brutale bouffée de chaleur mêlée à une violente envie de toucher, de savoir, de posséder, même. On lui avait décrit un nombre incalculable de fois le déroulement du sauvetage, bouche à bouche et massages cardiaques. Il pensa à ses mains posées sur lui, à sa bouche sur la sienne. Il lui parut soudain insupportable qu'ils aient été séparés si longtemps après un tel moment d'intimité.

Même de profil, il reconnaissait vaguement son joli visage à la peau tendue et aux yeux gris lumineux. Elle était terriblement séduisante ainsi, appuyée sur la rampe, un pied posé sur la première marche.

Un irrésistible besoin de conquête monta en lui. Pas le temps de l'analyser et, de toute façon, il n'en avait pas réellement envie. Subitement, pour la première fois depuis l'accident, il se sentait heureux.

Sortir. Lui parler. Le moment tant attendu était arrivé. C'était si bon d'être attiré physiquement par elle.

Il jeta un regard rapide en haut et en bas de la rue. Personne à l'exception d'un homme dans une embrasure de porte, que le docteur Mayfair regardait d'ailleurs plutôt fixement. Ce vieil homme aux cheveux blancs et en costume trois pièces en tweed, tenant son parapluie comme une canne, ne pouvait être un journaliste.

La façon dont le docteur Mayfair continuait à le fixer était vraiment bizarre. D'autant que l'homme lui rendait son regard. Les deux silhouettes étaient immobiles, comme si cet échange de regards était on ne pouvait plus normal.

Il lui revint à l'esprit ce que tante Viv lui avait dit quelques heures auparavant à propos d'un Anglais qui était venu de Londres pour le rencontrer. Justement, cet homme faisait très anglais. Il avait fait le voyage pour rien.

Michael tourna la poignée de la porte. L'Anglais ne fit aucun mouvement vers lui mais le fixa comme il l'avait fait avec le docteur Mayfair un instant plus tôt. Michael sortit et ferma la porte derrière lui.

Lorsque le docteur Mayfair se retourna et lui adressa un sourire qui illumina son visage, il oublia instantanément le vieil homme. Il reconnut les sourcils blond cendré au tracé impeccable et les cils épais qui faisaient paraître ses yeux encore plus gris.

– Monsieur Curry, dit-elle d'une voix profonde et voilée, une voix magnifique. Nous devions donc nous revoir.

Elle tendit sa longue main pendant qu'il descendait vers elle. La façon dont elle l'examina de la tête aux pieds lui parut parfaitement naturelle.

– Merci d'être venue, docteur Mayfair, dit-il. (Il lui serra la main puis la lâcha tout de suite en pensant à ses gants.) Vous me ressuscitez une deuxième fois. J'étais en train de mourir dans cette chambre.

– Je sais. Votre valise, c'est parce que nous allons tomber amoureux et que vous allez vivre avec moi?

Il se mit à rire. Il adorait les femmes qui avaient la voix enrouée et il ne s'était pas souvenu de ce détail.

– Oh non, désolé, docteur Mayfair! Je prends l'avion pour La Nouvelle-Orléans demain matin à 6 heures. Je dois le faire. Je pensais prendre un taxi de là-bas... Je veux dire, de là où nous allons. Parce que si je reviens ici...

Il eut une impression de confusion, comme s'il avait perdu le fil de ce qu'il voulait dire.

– Je suis désolé.

Il avait effectivement perdu le fil. Il se croyait déjà à La Nouvelle-Orléans. Il avait le vertige. Il était au milieu de quelque chose d'une grande intensité. Mais il reprit conscience de l'humidité, du ciel lourd et eut la certitude que toutes les années d'attente étaient terminées, que ce à quoi il avait été préparé était sur le point d'arriver.

Il se rendit compte qu'elle l'examinait. Presque aussi grande que lui, elle l'observait avec une lueur d'amusement dans les yeux, comme si elle le trouvait beau ou intéressant, ou les deux. Il sourit parce que sa vue lui faisait aussi plaisir et qu'il était content, encore plus qu'il ne l'aurait avoué, qu'elle soit venue.

Elle lui prit le bras.

– Venez!

Elle se tourna lentement pour regarder dans la direction de l'Anglais puis elle tira Michael vers une Jaguar vert foncé. Elle ouvrit la porte, prit la valise de Michael avant qu'il puisse réagir et la déposa à l'arrière.

– Montez!

Elle ferma la portière.

Cuir fauve. Tableau de bord magnifique en bois. Il lança un regard par-dessus son épaule. L'Anglais n'avait pas bougé.

– C'est curieux, dit-il.

– Quoi? Vous le connaissez?

– Non, mais je pense qu'il est venu pour me voir. Un Anglais, je crois. Et pourtant, il n'a pas fait un geste quand je suis sorti.

Surprise, elle manœuvra quand même la voiture, fit demi-tour et passa devant l'Anglais en lui lançant un regard.

– Je jurerais l'avoir déjà vu.

Il se mit à rire, non pas à cause de ce qu'elle venait de dire mais à cause de sa façon de conduire. Elle tourna à droite sur les chapeaux de roue et accéléra dans Castro Street.

Michael avait l'impression d'être sur des montagnes russes. Il boucla sa ceinture pour ne pas passer à travers le pare-brise. Au premier stop, il avait déjà mal au cœur.

– Vous êtes certain de vouloir aller à La Nouvelle-Orléans, monsieur Curry? Vous n'avez pas l'air en forme. A quelle heure est votre avion?

– Il faut que j'aille à La Nouvelle-Orléans. C'est chez moi. Excusez-moi, je sais que cela paraît bizarre. Ce sont ces impressions qui m'assaillent. Je croyais qu'il n'y avait que mes mains mais ce n'est pas le cas. Vous avez entendu parler de mes mains, docteur Mayfair? Je suis complètement anéanti. Si vous voulez faire quelque chose pour moi, il y a un magasin de spiritueux à gauche, juste après la 18e Rue. Vous pouvez vous arrêter?

– Monsieur Curry...

– Docteur Mayfair, je vais vomir et salir votre belle voiture.

Elle s'arrêta en face du magasin. La foule du vendredi soir avait envahi Castro Street. L'ambiance était agréable, avec toutes ces portes de bars illuminés ouvertes sur la rue.

– Des grandes boîtes, dit-il. Miller. Un pack de six. Je ne les boirai pas toutes d'un seul coup. Vous voulez bien?

– Vous me demandez d'aller vous acheter du poison?

Elle rit d'une façon gentille. Sa voix profonde était veloutée et ses grands yeux étaient d'un gris parfait à la lumière des néons.

– Non, bien sûr, c'est moi qui vais y aller. Je ne sais pas à quoi je pensais. Il regarda ses gants. Pendant ma réclusion, c'est tante Viv qui s'occupait de tout pour moi. Excusez-moi.

– Miller. Six grandes boîtes, dit-elle en ouvrant la portière.

– Non, douze.

– Douze?

– Il est 11 h 30 et l'avion part à 6 heures demain matin.

Il chercha de l'argent dans sa poche mais elle traversa la rue, évitant un taxi, et s'engouffra dans le magasin.

Quel culot j'ai eu de lui demander ça, se dit-il, honteux. Ça commence mal.

Il savait que ce n'était pas entièrement vrai. Elle était vraiment adorable avec lui et il n'avait pas encore tout gâché. Il sentait déjà le goût de la bière.

La musique sourde venant des bars lui parut soudain trop forte et les couleurs de la rue trop vives. Les passants semblaient s'approcher trop près de la voiture. Voilà le résultat de trois mois et demi d'isolement, se dit-il. Tu ressembles à un type qui sort de prison.

Quel jour était-on? Vendredi, puisqu'il prenait l'avion demain, samedi. Mais quelle date? Il se demanda s'il pouvait fumer dans cette voiture.

Dès qu'elle eut posé le sac sur ses genoux, il l'ouvrit.

– On risque une amende de 50 dollars si on se fait prendre avec une boîte de bière ouverte dans la voiture.

– Si vous en avez une, je la paierai.

Il but près de la moitié d'une boîte en une seule gorgée. Pendant un moment, il se sentit mieux.

Elle traversa l'intersection de Market, tourna à gauche dans la 17e Rue, ce qui était interdit, puis accéléra en remontant la rue.

– La bière atténue les choses? demanda-t-elle.
– Rien ne les atténue. Elles m'arrivent de partout.
– De moi, par exemple?
– Non. Mais je suis bien avec vous. (Il but en s'accrochant pendant qu'elle tournait vers Haight.) Je n'ai pas l'habitude de me plaindre, docteur Mayfair. Mais depuis l'accident je n'arrive pas à me concentrer. Je ne peux même pas lire ni dormir.
– Je comprends. A la maison, vous pourrez aller sur le bateau et partout où vous voudrez. Mais j'aimerais d'abord vous préparer quelque chose à manger.
– Ça ne servirait à rien. J'ai une question à vous poser. J'étais mort à quel point quand vous m'avez trouvé?
– Cliniquement mort. Aucun signe vital. Sans intervention, votre mort biologique aurait été irréversible. Vous avez eu ma lettre?
– Vous m'avez écrit?
– J'aurais dû venir à l'hôpital.
Elle conduit comme un pilote de rallye, se dit-il. Elle pousse les vitesses à leur maximum.
– Vous avez dit au docteur Morris...
– Vous avez prononcé un nom, un mot, juste un murmure. Je n'ai pas distingué les syllabes. J'ai seulement entendu un « L »...
Un « L »... Il n'entendit pas le reste de ses paroles. Il savait qu'il était dans la voiture, qu'elle était en train de lui parler et qu'ils filaient vers Park Presidio Drive, mais il était ailleurs, au bord d'un espace irréel où un mot commençant par un « L » avait une importance cruciale. Une multitude d'êtres l'entouraient, se pressaient contre lui et étaient prêts à parler. La porte...
Il secoua la tête. Concentre-toi. Mais rien. Il fut pris de panique. Quand elle freina à un feu de Geary Street, il fut projeté en avant.
– Vous opérez les cerveaux comme vous conduisez? demanda-t-il.
– Effectivement.
Elle démarra lentement.
– Je suis désolé. Vous conduisez très bien. C'est moi qui... Avant l'accident, j'étais... différent. Un type heureux...
Perdue dans ses pensées, elle lui parut distraite quand il la regarda. Ils venaient de s'engager sur le pont. Le brouillard y était si épais qu'on ne voyait presque plus les autres voitures.
– Vous voulez me parler? demanda-t-elle en regardant la route. Vous voulez me dire ce qui se passe?
Il soupira devant l'ampleur de la tâche. Mais il savait que s'il commençait il ne pourrait plus s'arrêter.
– Mes mains, vous savez, j'ai des visions quand je touche quelque chose, mais...
– Parlez-moi de ces visions.
– Je sais ce que vous pensez. Vous êtes neurologue. Vous devez penser à un problème de lobe temporal ou quelque chose comme ça.

– Non, pas du tout.

Il but le reste de bière en trois gorgées rapides, jeta la boîte vide dans le sac et ôta son gant. Ils avaient dépassé le pont et le brouillard avait disparu, comme par magie. La clarté du ciel le surprit. Ils remontaient Waldo Grade.

Il contempla sa main, qui lui parut affreusement moite et ridée. Quand il se frotta les doigts, il eut une sensation presque plaisante. Il posa sa main sur celle de la jeune femme qui tenait le levier de vitesses. Elle n'essaya pas de l'enlever, lui lança un regard puis se concentra à nouveau sur la route. En entrant dans le tunnel, il retira la main de la jeune femme du levier et appuya son pouce dans sa paume.

Un doux murmure l'enveloppa et sa vision se brouilla. C'était comme si le corps de Rowan s'était désintégré et entourait le sien. Il craignit un instant qu'ils ne quittent la route. Mais il se rendit compte que c'était lui qui éprouvait cette sensation et non elle. Des battements de cœur lancinants émanaient de sa main chaude et une grande présence aérienne l'enveloppa et le caressa, comme des flocons de neige. C'était d'un érotisme intense contre lequel il ne pouvait rien.

Il vit soudain une grande cuisine moderne et un homme mourant sur le sol. Il y avait eu une dispute et des cris. Michael était au beau milieu de la scène. Rowan était agenouillée près de l'homme. « Je te hais. » Elle ferma les yeux et ôta son stéthoscope de ses oreilles. Elle avait du mal à croire à sa chance : il allait mourir.

La vision fut interrompue. La circulation s'était ralentie et Rowan avait retiré sa main de celle de Michael.

– Qu'avez-vous vu ? interrogea-t-elle.

Son visage était merveilleusement lisse.

– Vous ne le savez pas ? Mon Dieu, comme j'aimerais être débarrassé de ce pouvoir ! Je ne veux pas savoir toutes ces choses sur les gens.

– Dites-moi ce que vous avez vu.

– Il est mort par terre. Vous étiez contente. Il n'a pas divorcé. Elle n'a jamais su qu'il voulait le faire. Il faisait un mètre quatre-vingt-huit, il est né à San Rafael en Californie et cette voiture était à lui. Voilà ce que j'ai vu. Cela vous intéresse ? Vous voulez que je continue ? Je devrais vous demander pourquoi vous vouliez que je voie ça, que je sache qu'il était mort en arrivant à l'hôpital et qu'à votre retour ici vous vous êtes assise pour manger le plat qu'il avait préparé avant de mourir.

– J'avais faim, murmura-t-elle.

Il se secoua et ouvrit une boîte de bière. Un délicieuse odeur de malt emplit la voiture.

– Vous m'en voulez un peu, n'est-ce pas ?

Il était aveuglé par les phares venant d'en face. Dieu merci, ils quittaient la grand-route et tournaient dans la route étroite menant à Tiburon.

– Je vous aime beaucoup, finit-elle par répondre.

– Ça me fait plaisir. J'avais vraiment peur... Je suis content. Je ne sais pas pourquoi j'ai dit tout ça.

– C'est moi qui vous l'ai demandé.

Il rit et avala une grande gorgée de bière.

– Nous sommes presque arrivés, dit-elle. Pourriez-vous vous modérer avec la bière, s'il vous plaît? C'est le médecin qui vous parle.

Il but une autre gorgée. A nouveau la cuisine, l'odeur de viande rôtie dans le four, une bouteille de vin rouge ouverte, deux verres. Et plus encore. Tout ce qu'il avait à faire, c'était de continuer à y penser. « Je t'ai donné tout ce que tu voulais, Rowan. Tu sais bien que c'est à cause de toi que nous restions ensemble, elle et moi. Sinon, je serais parti depuis longtemps. Ellie ne te l'a jamais dit? Elle me mentait. Elle disait qu'elle pouvait avoir des enfants. Je savais que c'était un mensonge. J'aurais tout plaqué si tu n'avais pas été là. »

Ils tournèrent à droite, vers l'ouest, d'après lui, dans une rue boisée qui grimpait une colline et redescendait derrière. Dans l'obscurité de la nuit, il finit par apercevoir le superbe panorama de Sausalito s'étageant le long des collines jusqu'au petit port. Ils arrivaient.

– J'ai une question à vous poser, docteur Mayfair.

– Allez-y!

– Craignez-vous..., craignez-vous de me blesser?

– Pourquoi cette question?

– Il m'est venu l'idée curieuse que vous essayiez..., quand je vous ai tenu la main..., que vous essayiez de m'envoyer un avertissement.

Elle ne répondit pas. Il sut que ses paroles l'avaient troublée. Il descendirent la colline puis empruntèrent la route du front de mer. Petites pelouses, toits à peine visibles au-dessus de hautes grilles, magnifiques cyprès cruellement tordus par les vents d'ouest. Une enclave pour milliardaires. Il sentait la présence de l'eau avec une vivacité encore plus accrue que sur le Golden Gate.

Elle s'engagea dans une allée pavée et arrêta le moteur. Les phares éclairaient une énorme double porte en séquoia. De la maison il ne voyait qu'une forme obscure.

– J'ai quelque chose à vous demander, dit-elle.

Elle regardait tranquillement devant elle puis elle pencha la tête et ses cheveux cachèrent son profil.

– J'ai une dette envers vous, répondit-il sans hésiter. (Il but une autre gorgée de bière.) Que voulez-vous? Que j'entre, que je pose mes mains sur le sol de la cuisine pour vous dire ce qui s'est passé et ce qui l'a réellement tué?

Silence. Il songea à la proximité de la jeune femme, à la douce odeur de sa peau. Elle se tourna vers lui. Les réverbères faisaient des taches jaunes à travers les branches de l'arbre. Il crut d'abord qu'elle avait les yeux baissés puis s'aperçut qu'ils étaient ouverts et le regardaient.

– Oui, c'est ce que je veux. Ce genre de chose.

– D'accord. Pas de chance que ce soit arrivé pendant une dispute. Vous avez dû vous en vouloir.

Son genou frôla celui de Rowan. Silence glacial.

– Qu'est-ce qui vous le fait croire?

– Vous ne supportez pas l'idée de faire du mal à quelqu'un.

– C'est naïf.

– Je suis peut-être fou, docteur, mais pas naïf, dit-il en riant. La naïveté n'existe pas chez les Curry.

Il termina la boîte de bière puis se plongea dans la contemplation de la pâle lumière encadrant son menton, de ses cheveux bouclés. Sa lèvre inférieure avait l'air pleine, souple et délicieuse à embrasser...

– Disons que c'est de l'innocence, si vous préférez.

Il ne répondit pas. Si elle savait à quoi il pensait en regardant sa bouche!

– Et la réponse à cette question est oui, dit-elle en sortant de la voiture.

Il ouvrit sa portière et sortit aussi.

– Mais quelle question? demanda-t-il en rougissant.

Elle sortit la valise de l'arrière.

– Vous le savez très bien.

– Pas du tout!

Elle frémit en avançant vers la porte.

– Vous vouliez savoir si je coucherais avec vous. La réponse est oui.

Il la rattrapa au moment où elle franchissait la porte du jardin. Un large chemin cimenté menait à la maison.

– Je me demande vraiment pourquoi nous prenons la peine de parler.

Il lui prit la valise pendant qu'elle cherchait ses clés. L'air un peu troublée, elle lui fit signe d'entrer. Il ne fit pas attention quand elle lui prit le sac contenant les boîtes de bière.

La maison était bien plus belle qu'il ne l'imaginait. Il avait visité et exploré un nombre incalculable de vieilles maisons mais ne connaissait rien des grandes demeures modernes comme celle-ci.

Il découvrit un vaste plancher ininterrompu traversant la salle à manger, le salon et la salle de jeux. Au sud, à l'ouest et au nord, des baies vitrées ouvraient sur une large terrasse en bois éclairée par des projecteurs. Au-delà, la baie était noire et les petites lumières scintillantes de Sausalito, à l'ouest, paraissaient délicates et intimes par rapport à l'éclairage violent de San Francisco au sud.

A l'extrémité est de la maison se trouvait la cuisine qu'il avait aperçue dans sa vision : une vaste alcôve avec des placards et des plans de travail en bois sombre, des pots en cuivre luisants suspendus à des crochets en hauteur. Une cuisine aussi esthétique que fonctionnelle. Une profonde cheminée de pierre au foyer haut et large séparait la cuisine des autres pièces.

– Je pensais que vous n'aimeriez pas, dit-elle.

– Cette maison est magnifique, répondit-il dans un soupir. On dirait un bateau. Je n'ai encore jamais vu de maison aussi raffinée.

– Vous la sentez bouger? Elle est faite pour bouger avec l'eau.

Il traversa lentement l'épais tapis du salon et n'aperçut qu'à ce moment-là l'escalier en fer partant de derrière la cheminée. Une douce lumière ambrée tombait d'une porte ouverte à l'étage. Il pensa immédiatement aux chambres, à s'allonger près d'elle dans le noir. Il eut une bouffée de chaleur et lui jeta un regard. Avait-elle lu cette pensée-là aussi?

Elle était dans la cuisine, devant la porte du réfrigérateur ouverte, et, pour la première fois, il vit son visage dans la lumière. Sa peau avait la délicatesse d'un visage asiatique. Le sourire qu'elle lui adressa creusa deux fossettes dans ses joues.

Il avança vers elle, sentant sa présence physique, appréciant le mouvement de ses cheveux. Il aimait cette coupe courte, l'extrémité des cheveux balayant à peine la nuque en bougeant, et la trouvait éminemment féminine. Elle ferma la porte du réfrigérateur et la lumière disparut. C'est alors qu'il aperçut à travers la baie vitrée, du côté nord, tout à fait à sa gauche, l'énorme bateau ancré. Il lui parut gigantesque comme une baleine échouée et étonnamment proche des meubles et des tapis l'entourant. Une sorte de panique s'empara de lui, comme s'il ressentait la terreur éprouvée lors du sauvetage, qu'il aurait oubliée depuis. Il se sentit attiré de façon irrésistible vers le bateau et se retrouva près de la baie vitrée. Il s'arrêta, troublé, et la regarda défaire le loquet et faire glisser la porte de verre.

Une rafale de vent salé le frappa de plein fouet. Il entendit les craquements de l'énorme bateau et la pâle lumière de la lune lui parut lugubre et désagréable. Il sortit et approcha de l'eau noire. Le col de sa chemise battait contre sa joue. Il huma l'odeur de la mer.

Le moment était venu. Il fallait monter sur l'embarcation qui tanguait doucement contre les pneus en caoutchouc arrimés au ponton. Le pont lui parut glissant. Il se sentait mal à l'aise. A l'arrière du bateau, il empoigna le bastingage, posa un pied sur le pont, étonné un instant que le bateau s'enfonce sous son poids, et se hissa à bord.

Elle était juste derrière lui. Il détestait que le sol bouge sous ses pieds. Mais comment les gens pouvaient-ils aimer les bateaux? Enfin, l'embarcation se stabilisa. Le bastingage donnait une relative impression de sécurité. Il regarda à travers la porte vitrée de la cabine et aperçut le miroitement d'un tas d'appareils et de gadgets. Un escalier devait mener aux couchettes.

Ce qui l'intéressait, c'était le pont, à l'endroit précis où il avait été étendu après son sauvetage. Le vent sifflait à ses oreilles. Il se tourna vers la jeune femme, dont le visage était à contrejour des lumières lointaines. Elle sortit la main de sa poche et indiqua un endroit du pont.

– Juste là, dit-elle.

– Quand j'ai ouvert les yeux? Quand j'ai respiré pour la première fois?

Elle acquiesça.

Il s'agenouilla. Le mouvement du bateau était lent et de légers craquements se faisaient entendre de toutes parts. Il ôta ses gants, les enfouit dans sa poche et posa ses mains sur les planches. Froid. Humide. La vision, instantanée, le coupa du présent. Ce n'était pas le sauvetage mais des gens en conversation : le docteur Mayfair, l'homme mort qu'elle haïssait et une jolie femme plus âgée prénommée Ellie. Mais les voix n'étaient que des bruits. Il avait le vertige mais commença à tâter les planches comme un aveugle, à quatre pattes.

– Mon Dieu, donnez-moi le moment où j'ai recommencé à respirer, murmura-t-il.

Graham, Ellie, des voix se heurtant les unes aux autres. Il refusait de trouver dans sa tête les mots qui pourraient décrire ce qu'il voyait. Il se mit à plat ventre et sentit le sol rugueux sous sa joue.

Soudain, le moment qu'il recherchait apparut et le bois du pont sembla prendre feu. Le bateau bougeait, le vent était violent. Elle était penchée sur lui et il se vit allongé, le visage blanc et mouillé. Elle appuyait sur sa poitrine. « Réveillez-vous! Bon sang, réveillez-vous! »

Ses yeux s'ouvraient. La douleur dans sa poitrine était insupportable. Il ne sentait plus ses mains et ses jambes. Était-ce bien sa main qui prenait la sienne? « Expliquer. Tout expliquer avant que... »

Avant que quoi? Il essaya de s'accrocher, de pénétrer plus profondément dans sa vision. Avant que quoi? Mais il n'y avait rien d'autre que le visage ovale aux cheveux ramassés sous une casquette à visière.

Revenant soudain dans le présent, il tapa le pont du poing.

– Donnez-moi votre main! hurla-t-il.

Elle s'agenouilla près de lui.

– Pensez au moment où je me suis mis à respirer.

Mais il savait que c'était vain. Il ne vit que ce qu'elle avait vu : un mort ressuscitant. Un corps mort ballottant sous les pressions qu'elle imprimait à sa poitrine et la fente argentée entre ses paupières lorsqu'il avait ouvert les yeux.

Il resta longtemps étendu, le souffle inégal. Il avait froid mais pas autant que cette nuit fatidique. Il savait qu'elle était là à l'attendre patiemment. Il n'avait pas la force de crier. Il était anéanti. C'était comme si les images éclataient autour de lui au moment de leur apparition. Il lui fallait du repos. Ses poings étaient serrés, il était parfaitement immobile.

Mais il y avait quand même une toute petite chose : dès les premières secondes, il avait su que cette femme qu'il ne connaissait pas s'appelait Rowan.

Son esprit était douloureux. Il était fatigué, furieux et se sentait stupide. Il aurait pleuré si elle n'avait pas été là.

– Essayez encore, dit-elle.

– Cela ne sert à rien. C'est un autre langage et je ne sais pas comment m'en servir.

– Essayez!

Il essaya mais n'obtint rien de plus. Des visions de journées ensoleillées, Ellie, Graham, d'autres, plein d'autres. Des rayons de lumière qui auraient pu l'emmener dans une direction, la porte de la cabine battant au vent, un homme de haute taille sortant sur le pont, torse nu, et Rowan. Elle était là en permanence, auprès des autres personnages qu'il avait vus, et elle était parfois heureuse. Personne n'était jamais monté sur ce bateau sans elle.

Il se remit à genoux, plus ébranlé par sa seconde tentative. L'impression qu'il la connaissait déjà au moment du sauvetage n'était qu'une illusion. C'était une impression qui s'était mélangée avec les autres. Cela tenait peut-être au fait qu'il lui tenait la main. Il ne le saurait jamais.

Il s'assit.

– Merde! jura-t-il en enfilant ses gants.

Il sortit son mouchoir, se moucha et releva son col.

– Rentrons, dit-elle en prenant sa main comme s'il était un enfant.

Il fut surpris d'apprécier ce contact. Sur le ponton, il se sentit mieux.

– Merci, docteur. Cela valait la peine d'essayer et je vous remercie de me l'avoir permis.

Elle entoura sa taille et approcha son visage du sien.

– Cela marchera peut-être la prochaine fois.

Il eut à nouveau l'impression de la connaître et la sensation qu'il lui arrivait souvent de dormir dans une petite couchette où sa photo à lui était collée à un miroir.

– Rentrons, répéta-t-elle en l'entraînant.

La maison était un refuge agréable mais il était trop découragé et fatigué pour y penser. Malgré son envie de se reposer, il n'osait pas. Il devait prendre sa valise et se rendre à l'aéroport. Cette voie vers ce qui s'était passé était maintenant coupée. Il lui restait l'autre.

En repensant au bateau il songea qu'il voulait leur dire qu'il n'avait pas renoncé à la mission. C'était seulement qu'il ne se rappelait plus. Et cette histoire de porte... S'agissait-il d'une porte normale? Et le numéro? Il était extrêmement important.

Il appuya son front sur la porte vitrée.

– Je ne veux pas que vous partiez, chuchota-t-elle.

– Moi non plus, mais il le faut. Vous voyez, ils attendent quelque chose de moi. Ils m'ont dit ce que c'était et que je devais faire de mon mieux. Et je sais que mon retour à la vie est lié à tout cela.

Silence.

– C'est gentil de votre part de m'avoir amené ici.

Silence.

– Peut-être..., commença-t-elle.

– Peut-être quoi?

Elle était encore à contre-jour. Elle avait enlevé son manteau et était magnifique et gracieuse avec son large pull-over à torsades. De longues jambes, des pommettes adorables, des poignets étroits.

– Serait-il possible que l'on vous ait fait oublier à dessein?

Cela ne lui était jamais venu à l'esprit. Pendant un moment, il ne répondit rien.

– Vous y croyez, à mes visions? demanda-t-il. Vous avez lu les journaux? C'était vrai. Enfin..., dans les journaux on m'a fait paraître stupide et complètement fou mais pour les visions tout était vrai.

– Je vous crois, dit-elle simplement. (Elle fit une pause avant de poursuivre.) C'est toujours effrayant de se dire qu'on l'a échappé belle. Et vous l'avez vraiment échappé belle parce qu'il faisait presque nuit quand je vous ai repéré. Cinq minutes plus tard, je n'aurais pas pu vous voir.

– Vous cherchez des explications et c'est très gentil de votre part. J'apprécie énormément. Mais ce dont je me souviens, l'impression, je veux dire, est si forte que ce n'est pas la peine de l'expliquer. Ils étaient là, docteur Mayfair. Et...

– Qu'y a-t-il?

Il secoua la tête.

– Juste un de ces moments furtifs où j'ai l'impression de me rappeler quelque chose. Mais ça s'en va tout de suite. Ça m'est arrivé sur le pont aussi. L'impression que quand j'ai ouvert les yeux je savais ce qui s'était passé...

– Le mot que vous avez prononcé...

– Je ne l'ai pas retrouvé. Je ne me suis pas vu en train de prononcer un mot. Mais je crois que quand vous m'avez repêché je connaissais votre prénom. Je savais qui vous étiez.

Silence.

– Mais je n'en suis pas certain.

Il se détourna, stupéfait. Qu'était-il en train de faire? Où était sa valise? Il fallait qu'il parte. Mais il était trop fatigué et n'avait pas envie de partir.

– Je ne veux pas que vous partiez, dit-elle une nouvelle fois.

– Vraiment? Je peux rester un moment? (Il regarda sa mince silhouette se découpant sur la vitre.) J'aurais aimé vous rencontrer avant tout ça. J'aurais aimé... J'aimerais... Je veux dire, c'est bête, mais vous êtes très...

Il avança vers elle pour mieux la voir. Ses grands yeux devinrent visibles et sa bouche lui apparut généreuse et souple. Mais, en s'approchant, il eut une étrange illusion. Son visage paraissait menaçant et malveillant. De sous sa frange blonde, elle posait sur lui un regard haineux.

Il s'arrêta. Il se trompait sûrement. Elle était là, calme, ignorant la peur qui s'emparait de lui ou s'en moquant éperdument.

Ce fut elle qui s'avança vers lui. Comme elle était belle et triste! Comment avait-il pu se tromper à ce point? Elle était au bord des larmes.

– Qu'y a-t-il? murmura-t-il en ouvrant les bras.

Elle se blottit doucement contre lui. Ses seins étaient fermes contre sa poitrine. Il l'enveloppa de ses bras et caressa ses cheveux de ses mains gantées.

– Qu'y a-t-il? murmura-t-il à nouveau.

Plus qu'une question, c'était plutôt une caresse de mots rassurants. Il sentait son cœur battre contre lui. Il tremblait. Le besoin qu'il ressentait de la protéger se transformait en passion.

– Je ne sais pas, chuchota-t-elle. Je ne sais pas.

Elle se mit à pleurer doucement, leva les yeux, ouvrit la bouche et l'embrassa tendrement.

Il se sentit submergé par elle, comme dans la voiture quand il avait touché sa main. Mais cette fois c'était son doux corps voluptueux qui était contre lui. Il se mit à embrasser son cou, ses joues, ses yeux. Il la caressa et sentit sa peau sous son pull-over. Si seulement il pouvait ôter ses gants! Mais s'il le faisait, il serait perdu. Toute la passion de l'instant s'évanouirait, et, cela, il ne le voulait pas.

– Oui, oui. Comment pouvais-tu croire que je ne voudrais pas..., que je ne...? Serre-moi, Rowan. Serre-moi plus fort. Je suis là maintenant. Je suis avec toi.

Il recommença à l'embrasser. Elle renversa la tête en arrière et il embrassa son cou. Puis il la souleva dans ses bras, traversa la pièce, monta lentement l'escalier jusqu'à une grande chambre obscure donnant au sud. Il se laissa tomber sur le lit et recommença à l'embrasser, à lisser ses cheveux, appréciant de la toucher même à travers ses gants, contemplant ses yeux clos et ses lèvres entrouvertes. Elle l'aida quand il voulut lui ôter son pull-over. Elle le passa au-dessus de sa tête, ébouriffant ses cheveux.

Lorsqu'il aperçut ses seins à travers son caraco en soie, il se mit à les embrasser, sa langue effleurant le cercle foncé du mamelon. Puis il la déshabilla entièrement. Que ressentait-elle quand le cuir touchait sa peau, caressait ses bouts de sein? Il souleva un de ses seins et en embrassa la courbe – il aimait particulièrement cet endroit toujours chaud – puis prit dans sa bouche chaque mamelon l'un après l'autre en malaxant chaque sein avec la paume de sa main.

Rowan se tordait sous lui. Son corps bougeait dans tous les sens, ses lèvres attrapèrent son menton mal rasé puis sa bouche. Elle glissa ses mains sous sa chemise et caressa sa poitrine.

Michael était tellement excité qu'il eut peur de jouir. Il s'interrompit, se souleva sur les mains et essaya de reprendre sa respiration avant de se laisser tomber à côté de Rowan. Il savait qu'elle était en train d'enlever son jean. Il la rapprocha de lui, toucha la chair souple de son dos et descendit jusqu'à ses fesses.

Il ne pouvait plus attendre. D'un geste impatient, il enleva ses lunettes et les jeta sur la table de chevet. Il distinguait moins bien Rowan mais se souvenait de tous les détails de son corps. Il se mit au-dessus d'elle. Elle défit la fermeture à glissière de son pantalon et libéra son sexe. Il sentit la crinière de son pubis contre son bas-ventre, puis ses lèvres chaudes et son fourreau étroit quand il la pénétra.

– Prends-moi fort! susurra-t-elle.

Son ordre agit sur lui comme un aiguillon. Les formes fragiles de Rowan, sa chair souple le firent redoubler d'ardeur. Aucun des viols qu'il avait commis en imagination n'avait jamais été aussi brutal. Leurs hanches se heurtaient. Rowan gémissait tandis qu'il la prenait encore et encore. Il vit ses bras retomber, inertes, au moment précis où il ferma les yeux et explosa en elle.

Épuisé, il se laissa tomber à côté d'elle, le visage enfoui dans ses cheveux odorants. Elle se pelotonna contre lui, couvrit leurs corps avec le drap, se tourna vers lui et lui lécha le cou.

L'avion pouvait attendre, et la mission aussi. Il fallait laisser à la douleur le temps de s'en aller. Dans n'importe quel endroit et n'importe quelles circonstances, il aurait trouvé cette femme irrésistible. Maintenant, elle était bien plus encore, plus que délicieuse, chaude et pleine de mystère. Elle était divine.

– Rowan, murmura-t-il.

Oui, il savait tout d'elle.

Ils étaient en bas. Ils disaient : « Réveille-toi, Michael, descends nous rejoindre. » Ils avaient allumé un grand feu dans la cheminée. Ou autour d'eux, peut-être, comme un incendie de forêt. Il crut entendre le son de tambours. « Michael. » Etait-ce un rêve ou la réminiscence des défilés de mardi gras quand il était petit? La cadence infernale des orchestres, les flambeaux suspendus aux branches des chênes. Ils étaient en bas et l'attendaient. Pourtant, pour la première fois depuis toutes ces semaines, il n'avait envie ni de les voir ni de se souvenir. Il s'assit et contempla le ciel laiteux du petit matin. Il transpirait. Son cœur battait la chamade. Il mit ses lunettes.

Il n'y avait personne dans la maison, pas de tambours, pas d'odeur de feu. Personne à part eux deux. Mais elle n'était plus à côté de lui dans le lit. Il resta un moment à observer les meubles, aussi raffinés que ceux qu'il avait vus en bas la veille. Il y avait eu dans cette maison quelqu'un qui aimait beaucoup le bois. Les meubles étaient plutôt bas dans cette chambre. Rien n'interrompait la vue que l'on avait des fenêtres qui, partant du sol, montaient jusqu'au plafond.

Il sentit une odeur de feu et, en écoutant attentivement, il en entendit le crépitement. Un peignoir blanc en tissu éponge avait été préparé pour lui. Il l'enfila et descendit à la recherche de Rowan.

Il ne s'était pas trompé, un feu était allumé dans l'âtre. Mais aucune horde d'esprits ne voltigeait autour. Elle était assise jambes croisées près de la cheminée. Ses bras fins étaient presque perdus dans son peignoir. Elle tremblait et pleurait.

– Je suis désolée, Michael. Désolée, murmura-t-elle de sa voix veloutée.

Son visage était marqué et fatigué.

– Ma chérie, pourquoi dis-tu cela? demanda-t-il. (Il s'assit près d'elle et l'entoura de ses bras.) Rowan, de quoi es-tu désolée?

Elle se mit à parler de façon un peu décousue, si rapidement qu'il avait du mal à la suivre : elle avait trop attendu de lui, elle voulait tellement être avec lui, les derniers mois avaient été les pires de sa vie, d'une solitude insupportable.

Il couvrit ses joues de baisers.

– J'aime être avec toi, dit-il. Je veux être ici et nulle part ailleurs...

Il s'arrêta soudain en pensant à son avion. Ce voyage pouvait attendre. Il tenta péniblement de lui expliquer qu'il s'était cloîtré volontairement dans sa maison de Liberty Street.

– Je ne suis pas venue parce que je savais que cela arriverait, dit-elle. Et tu avais raison. Je voulais savoir, je voulais que tu touches ma main, le sol de la cuisine, là où il est mort. Je voulais... Tu vois, je suis différente de ce dont j'ai l'air.

– Je sais ce que tu es. Une personne très forte pour qui admettre qu'elle a un besoin est une chose terrible.

– Si seulement c'était tout, dit-elle en redoublant de pleurs.

– Parle-moi. Raconte-moi tout.

Elle se dégagea, se mit debout et commença à arpenter le sol de ses pieds nus sans se soucier du froid. Lorsqu'elle se mit à parler, ce fut un flot de paroles, de longues phrases débitées à une telle allure qu'il devait faire un effort pour écouter, pour séparer le sens de ce qu'elle disait de la beauté séduisante de sa voix.

Elle avait été adoptée quand elle avait un jour. On l'avait emmenée loin de sa ville natale qui, justement, était La Nouvelle-Orléans. Elle le lui avait écrit dans la lettre qu'il n'avait jamais reçue. Mais elle n'était jamais retournée là-bas depuis. Et elle ne savait même pas le nom de sa véritable mère. On l'avait amenée à Los Angeles en avion le jour de sa naissance et pendant des années on avait prétendu qu'elle y était née. C'était écrit sur son acte de naissance. C'était un de ces trucs à la noix qu'on avait inventés pour les enfants adoptés. Ellie et Graham lui avaient parlé un millier de fois du petit appartement à l'ouest de Hollywood et de leur bonheur quand ils l'avaient ramenée à la maison.

Mais ce n'était pas le problème. Le problème était que maintenant ils étaient morts et qu'ils avaient emporté avec eux toute l'histoire. Ils avaient mené grande vie tous les trois. Dans un monde égoïste et matérialiste, elle le reconnaissait. Aucun lien, ni famille ni amis, n'avait jamais troublé leur quête permanente de plaisir. Et c'était elle, Rowan, et personne d'autre, qui était auprès d'Ellie quand celle-ci réclamait sa morphine.

– J'ai failli la tuer pour abréger ses souffrances. Je ne pouvais pas... Personne ne peut me mentir. Je sais quand les gens mentent. Ce n'est pas que je puisse lire dans les pensées. C'est quelque chose de plus subtil. C'est comme si les gens parlaient tout haut en noir et blanc et que je voyais en couleurs ce qu'ils disent. Parfois, je capte une partie de leurs pensées. Et puis il y a autre chose. C'est ce que j'appelle mon diagnostic instinctif mais c'est plus que ça. J'ai posé mes mains sur elle. Elle était dans une période de rémission mais j'ai su tout de suite. Il lui restait six mois à vivre, tout au plus. Revenir ici quand tout a été terminé, dans cette maison ultramoderne bourrée de gadgets luxueux...

– Je sais.

– Et que reste-t-il maintenant? Une coquille vide. Ce n'est pas chez moi, ici. Ce n'est chez personne. Je regarde autour de moi et j'ai peur. Je n'ai pas pu empêcher la mort d'Ellie, je l'accepte, mais j'ai tué Graham.

– Mais non! Tu es médecin et tu sais bien que...

– Michael, tu es comme un ange qu'on m'aurait envoyé. Mais écoute-moi. Tu as un pouvoir dans tes mains. Tu sais qu'il est réel. Moi aussi j'en ai un. Je l'ai tué et avant lui j'ai tué deux autres personnes, un étranger et une petite fille, il y a bien longtemps. J'ai lu les rapports d'autopsie mais je sais que je les ai tués. J'ai choisi la médecine pour compenser ce pouvoir.

Elle reprit son souffle et se passa les doigts dans les cheveux. Elle avait l'air misérable et perdue dans son grand peignoir serré à la taille. Il avança vers elle mais elle lui fit signe de rester où il était.

– Voilà. Il fallait que je te le dise, à toi...

– Je suis là. Je t'écoute. Si tu veux me dire...

Comment exprimer le fait qu'elle le fascinait et l'absorbait entièrement?

Elle reprit, plus lentement cette fois, en lui parlant de son amour de la science. Elle ne pensait pas devenir neurochirurgien. C'était la recherche qui l'attirait. Les progrès incroyables, presque fantastiques, de la science neurologique. Elle voulait passer sa vie dans un laboratoire. Pour elle, l'héroïsme, c'était ça.

C'était là que son mentor était intervenu dans sa carrière. Peu importait son nom, de toute façon, il était mort peu après à la suite d'une série de petites attaques qu'aucun chirurgien au monde n'avait réussi à empêcher. Pour en revenir à sa carrière, cet homme l'avait emmenée une veille de Noël à l'institut de San Francisco. C'était le seul soir de l'année où l'institut était complètement vide et où il pouvait lui montrer sans risque quelque chose qui était totalement secret. Il s'agissait de recherches sur des fœtus vivants.

– J'ai vu ce petit fœtus dans un incubateur. Tu sais comment il l'appelait? L'avorton. Je suis désolée de te parler de ça car je sais ce que tu éprouves à propos de Chris...

Elle ne remarqua pas la réaction de Michael. Il ne lui avait jamais parlé de Chris et personne n'était au courant de ce surnom. Il resta silencieux en pensant à tous ces films d'horreur qu'il avait vus, dans lesquels on montrait d'horribles images de fœtus. Mais il ne voulait pas l'interrompre.

– Cette petite chose était maintenue en vie. La mère s'était fait avorter à quatre mois de grossesse. Et ce médecin développait des moyens de survie pour des fœtus encore plus jeunes. Il parlait d'élever des embryons dans des éprouvettes, non pas pour les implanter ensuite dans un utérus mais pour prélever leurs organes. Il avançait des arguments comme: le fœtus joue un rôle vital dans la chaîne humaine. Incroyable, non? Et le plus horrible de tout était que j'étais réellement fascinée. Je voyais les utilisations potentielles de ce qu'il me décrivait. Tu n'imagines pas ce à quoi j'aurais pu parvenir avec tant de moyens!

– Je comprends, dit-il doucement. J'en perçois l'horreur mais aussi l'attrait.

Le soleil se levait et commençait à balayer le plancher. Elle pleurait et écrasait ses larmes du dos de sa main.

Elle expliqua qu'elle s'était enfuie du laboratoire et qu'en même temps elle avait renoncé à la recherche, à tout ce qu'elle aurait pu accomplir en son nom, à sa soif de maîtriser les petites cellules fœtales et leur étrange plasticité. Comprenait-il bien qu'on pouvait les utiliser comme des transplants très spéciaux, qui continuaient à se développer, qui ne déclenchaient pas les réactions immunitaires habituelles, qui promettaient un avenir éblouissant?

– Il y a des lois contre cela, bien entendu, mais tu sais ce qu'il m'a dit? Qu'il y avait des lois parce que tout le monde savait que ce genre de pratique existait.

– Ce n'est pas étonnant. Pas du tout, même.

– A ce moment de ma vie, je n'avais tué que deux personnes mais je savais que je l'avais fait. C'est lié à ma personnalité profonde, à ma faculté de choisir de faire quelque chose, et à mon refus de l'échec. Ce n'est pas une simple question de volonté.

– De la détermination?

Elle hocha la tête.

– Un chirurgien se doit d'être déterminé. On arrive avec son couteau et on dit : « Je vais découper la moitié de votre cerveau et vous irez mieux. » Tu ne crois pas qu'il faut être déterminé et fort pour avoir ce culot?

Elle sourit amèrement.

– Mais la confiance n'est rien à côté de ce que j'aurais pu réaliser dans un laboratoire. Je vais te dire quelque chose que tu vas comprendre à cause de tes mains et de tes visions. Quelque chose que je ne raconterais jamais à un autre médecin parce que ce serait inutile. Quand j'opère, je vois en pensée ce que je fais. Je veux dire par là que je projette dans mon esprit une image multidimensionnelle des effets de mes gestes. Quand tu étais mort sur le pont et que j'ai soufflé dans ta bouche, je voyais en détail tes poumons, ton cœur, et la progression de l'air que je t'insufflais. Et juste avant de tuer l'homme à la jeep et la petite fille, je les ai imaginés en train de cracher du sang pour les punir de ce qu'ils avaient fait. A cette époque, ça n'allait pas plus loin, mais c'était le même processus.

– Mais ce pouvaient être des morts naturelles, Rowan.

Elle hocha la tête.

– Non. C'est moi qui l'ai fait, Michael. Et c'est le même pouvoir qui me guide quand j'opère. Et c'est aussi celui qui m'a permis de te sauver.

Il attendit qu'elle poursuive. Pour rien au monde il ne se serait disputé avec elle.

– Personne n'est au courant, dit-elle. Il m'est arrivé de me mettre à crier et à parler toute seule dans cette maison vide. Ellie était ma meilleure amie mais je ne pouvais pas lui en parler. Et qu'est-ce que j'ai fait? J'ai essayé de trouver mon salut dans la chirurgie. C'était le moyen le plus brutal et le plus direct. Mais l'opération la plus réussie ne me fera jamais oublier ce dont je suis capable. J'ai tué Graham. Tu sais, je crois qu'à ce moment-là j'ai repensé à Mary Jane dans la cour de récréation et à l'homme à la jeep. Et je suis presque sûre que j'avais l'intention de me servir de mon pouvoir mais tout ce dont je me souviens, c'est de l'artère. Je l'ai vue éclater. Je voulais qu'il meure pour épargner Ellie. Je l'ai fait mourir.

Elle s'interrompit, comme si elle n'était pas certaine de ce qu'elle venait de dire ou qu'elle se rendait compte que c'était bien véridique.

– Quand j'ai appris ton pouvoir par les journaux, reprit-elle, j'ai su que c'était vrai. J'ai compris l'épreuve que tu traversais. Cela fait partie de ces choses secrètes qui nous différencient des autres. Les gens ont constaté ton pouvoir mais, en ce qui concerne le mien, personne ne doit jamais savoir parce que cela ne doit jamais se reproduire...

– C'est ça qui t'inquiète? Que ça se reproduise?

– Je ne sais pas. Je pense à ces morts et je me sens terriblement coupable. C'est entre moi et la vie. Et pourtant je continue à vivre une vie formidable. (Elle rit doucement, comme pour s'excuser.) J'opère tous les jours. Ma vie est exaltante.

Elle le regardait sans le voir. La lumière éclairait ses cheveux blonds.

– Je voulais tout te raconter, dit-elle, la voix brisée. Je voulais... être avec toi et te raconter. C'est peut-être parce que je t'ai sauvé la vie. D'une certaine façon...

Cette fois, rien n'aurait pu l'empêcher d'aller vers elle. Il se leva lentement, la prit dans ses bras et se mit à embrasser son cou soyeux et ses joues baignées de larmes.

– Tu as eu raison, dit-il.

Il recula, enleva ses gants et les jeta par terre. Il contempla ses mains un instant puis la regarda. Ses larmes brillaient à la lueur du feu. Il plaça ses mains sur sa tête en murmurant son prénom. De toutes ses forces, il essaya de chasser les visions confuses qui affluaient. Il voulait la voir, elle, et rien d'autre, à travers ses mains. Il fut alors submergé par la même impression délicieuse que dans la voiture. Elle l'entourait de sa présence. Et soudain, comme si un violent courant électrique venait de parcourir ses veines, il sut tout d'elle : l'honnêteté et l'intensité de sa vie, son immense bonté. Les autres visions qui tentaient de s'interposer ne comptaient plus.

Il glissa ses mains sous son peignoir et toucha son petit corps mince si chaud, si délicieux sous ses doigts nus. Baissant la tête, il embrassa le bout de ses seins. Orpheline, seule, apeurée mais forte, si forte.

– Rowan, chuchota-t-il. Oublie tout ça maintenant.

Il la sentit s'abandonner, se laisser prendre par la chaleur qui montait dans leurs corps. Toute trace de souffrance disparut.

Il était allongé sur le tapis, le bras gauche replié sous sa tête, sa main droite tenant une cigarette au-dessus du cendrier, une tasse de café fumant posée à côté de lui. Il devait être au moins 9 heures. Il avait prévenu la compagnie aérienne qu'il prendrait l'avion de midi. Après avoir fait l'amour pour la deuxième fois, ils s'étaient raconté leur vie pendant des heures. Elle lui avait parlé de Tiburon, du bateau qu'elle ne manquait pas de sortir tous les jours depuis qu'elle l'avait, des écoles huppées où elle avait étudié. Elle s'étendit plus encore sur ses études de médecine, son attirance pour la recherche et ses rêves de découvertes dignes du docteur Frankenstein. Et puis elle s'était aperçue de son don pour la chirurgie dans une salle d'opération. Elle était un excellent chirurgien mais le disait sans forfanterie. Elle décrivit simplement l'exaltation qu'elle ressentait en travaillant, les gratifications immédiates qu'elle en retirait et comment, par désespoir, elle s'y était consacrée complètement depuis la mort de ses parents.

A son tour, Michael lui avait raconté brièvement son propre monde, répondant à ses questions, heureux qu'elle s'intéresse à lui. Le terme de « classe laborieuse » avait éveillé la curiosité de Rowan. Comment était-ce, dans le Sud? Il avait parlé des grandes familles, des enterrements en grande pompe, de la petite maison étroite avec son sol en linoléum, des jeux dans le jardin grand comme un mouchoir de poche. Avait-elle trouvé cela bizarre? Lui, oui. Mais ces pensées lui étaient douloureuses car il avait tant envie de retourner chez lui.

– Ce n'est pas seulement à cause d'eux, des visions et de tout ça. Je veux y retourner. Je veux me promener dans Annunciation Street...

– C'est le nom de la rue où tu as vécu?

Il ne mentionna pas les caniveaux encombrés de mauvaises herbes, les hommes assis sur les marches, une boîte de bière à la main, l'odeur du chou bouilli qui s'incrustait partout, les trains qui faisaient trembler les vitres.

Parler de sa vie à San Francisco avait été plus facile : Elizabeth et Judith, l'avortement qui avait détruit sa vie avec Judith, les dernières années et leur vide inexplicable, le sentiment d'attendre quelque chose... Il lui parla de son amour pour les maisons, des différents styles d'architecture qui cœxistaient à San Francisco, du petit hôtel d'Union Street qu'il avait tenu à décorer. Mais les maisons qu'il aimait vraiment étaient celles de La Nouvelle-Orléans. Il comprenait que les maisons soient hantées car elles étaient plus que de simples habitations. Il s'était même mis à divaguer sur les films d'horreur qui avaient pris tant d'importance dans sa vie, avec leurs images récurrentes de bébés et d'enfants qui se vengeaient... Il était peut-être mûr pour l'asile mais il se demandait si le problème des fous n'était pas simplement de prendre trop à la lettre ce qu'ils percevaient du monde. Qu'en pensait-elle? Et la mort? Il y pensait souvent mais, avant tout, depuis quelque temps – avant même l'accident –, il se disait que la mort de quelqu'un était sans doute le seul véritable événement surnaturel auquel il était donné à quelqu'un d'assister.

– Je ne parle pas pour les médecins mais pour les gens ordinaires. Quand on regarde un corps et que l'on se rend compte que la vie l'a quitté, que l'on peut s'évertuer à crier, le gifler, essayer de le faire asseoir, il reste mort, irrémédiablement mort...

– Je comprends ce que tu veux dire.

– La plupart d'entre nous ne voient ça qu'une ou deux fois dans leur vie. Parfois jamais. Ici, en Californie, il y a un tas de gens qui n'ont jamais vu un cadavre. Et quand on leur dit que quelqu'un est mort, ils se disent simplement qu'il aurait dû mieux surveiller son alimentation ou faire du sport...

Cela avait fait rire Rowan.

– Tous les gens s'imaginent que lorsqu'un patient meurt il a été tué! ajouta-t-elle. C'est pourquoi tous les médecins ont un avocat.

– C'est vrai, mais ça va encore plus loin. Les gens se croient immortels et quand quelqu'un meurt, ça se passe derrière des portes closes et on ferme le cercueil – si le pauvre plouc a eu le mauvais goût de demander un cercueil et des obsèques, ce que, bien entendu, ils trouvent inepte. Ils préféreraient un service mémorial dans un endroit à la mode où les gens ne parleraient même pas de la raison de leur présence. J'ai déjà assisté à ce genre de « réunion » où personne ne mentionne jamais le pauvre défunt.

– Parlons d'une autre sorte d'événement surnaturel. Par exemple, quand on se retrouve avec le corps d'un type mort sur le pont de son bateau, qu'on lui colle des claques, qu'on lui parle et que tout à coup ses yeux s'ouvrent et qu'il est vivant.

Elle lui avait adressé un sourire magnifique, il l'avait embrassée et la conversation s'était arrêtée là. Il était émerveillé d'avoir pu lui raconter toutes ses divagations sans lui faire perdre patience.

Pourquoi avait-il tant l'impression de voler du temps au temps? Pourquoi les choses n'étaient-elles pas toujours aussi simples?

Allongé sur le tapis, il songeait à quel point il appréciait cette femme, combien sa tristesse et sa solitude le peinaient. Il n'avait aucune envie de la quitter mais il devait partir.

Il avait l'esprit parfaitement clair. De tout l'été, il n'était jamais resté sobre aussi longtemps. Et il appréciait plutôt d'avoir l'esprit clair. Le café était bon. Il avait remis ses gants à cause de ces saloperies de visions confuses qui l'assaillaient sans arrêt : Graham, Ellie et un tas d'hommes différents, beaux, et toujours associés à Rowan. C'était déplaisant.

Le soleil était brûlant à travers les fenêtres donnant sur l'est. Il entendait Rowan s'activer dans la cuisine. Il se serait bien levé pour lui donner un coup de main mais elle s'était montrée convaincante.

– J'aime faire la cuisine, c'est comme la chirurgie. Ne bouge surtout pas !

Il songea qu'elle était le premier événement heureux qui lui arrivait depuis des semaines, qui lui faisait penser à autre chose qu'à l'accident et à sa petite personne. C'était un tel soulagement ! Il s'aperçut que depuis qu'il était avec elle il arrivait à se concentrer sur la conversation, sur l'amour qu'ils avaient fait ensemble. C'était si bon de connaître enfin le repos !

Jamais ses relations avec quelqu'un n'étaient allées si loin et si vite. Comment pourrait-il rester avec elle et l'aimer, peut-être, avec cette mission qu'il avait à accomplir ? Il devait absolument retourner chez lui et retrouver de quoi il s'agissait.

Quant au fait qu'elle soit elle aussi née à La Nouvelle-Orléans, cela n'avait rien à voir. Sa tête était trop pleine d'images du passé, et l'impression que le destin reliait ces images entre elles était trop forte pour que le souvenir de sa ville natale lui ait été transmis par elle. Sans compter que sur le bateau, la nuit dernière, il n'avait rien capté de tout cela. Il avait senti qu'il la connaissait déjà, oui, mais cela était également sujet à caution : quand elle lui avait raconté l'histoire de sa vie, il n'avait pas eu l'impression de la connaître déjà. Son pouvoir n'avait rien de scientifique. C'était physique, et sans doute mesurable, même contrôlable au moyen de quelque drogue abrutissante, mais pas scientifique. Cela aurait plutôt tenu de l'art ou de la musique.

Toujours était-il qu'il devait partir mais n'en avait aucune envie. Une pensée singulière lui vint à l'esprit : si seulement cet accident ne s'était pas produit et s'il avait fait sa connaissance dans un endroit plus ordinaire ! Mais elle faisait partie intégrante des événements, avec sa force et son étrangeté. Toute seule sur cet énorme bateau à la tombée de la nuit. Qui d'autre, sinon elle, aurait pu se trouver là ? Qui donc l'aurait sorti de l'eau ? Il n'avait pas de mal à la croire quand elle lui parlait de sa détermination et de ses pouvoirs.

Dans sa description détaillée du sauvetage, elle avait dit quelque chose de curieux. Elle avait précisé que dans l'eau très froide on perdait immédiatement connaissance. Mais elle ? Elle s'y était pourtant jetée d'un seul coup ? Elle lui avait juste dit :

– Je ne sais pas comment j'ai réussi à atteindre l'échelle.

– Tu crois que c'était à cause de ton pouvoir ? avait-il demandé.

Après un moment de réflexion, elle avait répondu :

– Oui et non. C'était peut-être simplement de la chance.

– Une sacrée chance pour moi, c'est sûr.

En disant cela, il avait ressenti un immense bien-être, sans très bien savoir pourquoi. Elle le savait peut-être car elle avait dit :

– Nous avons peur de ce qui nous rend différents des autres. Mais un tas de gens ont ces pouvoirs. Nous ne savons pas les mesurer mais ils font certainement partie de ce qui se passe entre les êtres humains. Je le vois bien à l'hôpital. Certains des médecins voient des choses mais sont incapables de dire comment. C'est pareil pour certaines infirmières. Je suppose qu'il y a des avocats qui savent pertinemment si telle personne est coupable ou non ou si les jurés vont voter pour ou contre. Et ils sont incapables d'expliquer comment ils savent. En fait, nous pourrons nous évertuer à apprendre, codifier, classifier et définir, la part de mystère restera incommensurable. Prends la recherche génétique, par exemple. La part d'hérédité est énorme dans un être humain. La timidité, le choix d'une marque de savon particulière et des milliers d'autres détails peuvent faire partie de l'héritage génétique. Mais le reste? Les gènes ne pourraient-ils pas transmettre des pouvoirs invisibles? C'est pour ça que je me sens si frustrée de ne rien savoir sur mes origines. Ellie était ma cousine au troisième degré ou quelque chose comme ça... Je ne sais rien d'autre sur ma famille.

Il avait acquiescé. Il avait parlé un peu de son père et de son grand-père et reconnu qu'il leur ressemblait plus qu'il ne voulait bien l'admettre.

– Il faut croire que l'on peut agir sur l'hérédité, que l'on peut manipuler les ingrédients, avait-il affirmé. Si on n'y croit pas, il n'y a aucun espoir.

– Bien sûr que l'on peut, tu l'as bien fait, toi. Et j'aimerais croire que je l'ai fait aussi. Au risque de paraître stupide, je crois que nous devrions...

– Dis-moi...

– Que nous devrions tendre à être parfaits... Et pourquoi pas?

Michael tira sur sa cigarette tout en continuant à réfléchir. Si seulement le besoin de retourner chez lui pouvait le quitter!

– Mets une autre bûche dans le feu, dit-elle en interrompant sa rêverie. Le petit déjeuner est prêt.

Elle servit le café et le jus d'orange et pendant cinq bonnes minutes il ne fit rien d'autre que manger. Il n'avait jamais eu aussi faim. Il but son café et elle remplit à nouveau sa tasse.

– C'était parfait, dit-il.

– Si tu restes, je te ferai un bon dîner ce soir et un autre petit déjeuner demain matin.

Il ne pouvait répondre. Pendant un moment, il l'examina en essayant de la voir non pas comme l'objet de son désir mais objectivement. Une vraie blonde, songea-t-il, à la peau douce, sans aucun duvet sur le visage ni sur les bras. Des sourcils cendrés et des cils sombres qui faisaient paraître ses yeux encore plus gris. Un visage de novice, aurait-on pu dire. Pas une trace de maquillage et la plénitude de sa bouche avait quelque chose de virginal comme celles des petites filles qui ne mettent pas encore de rouge à lèvres. Il aurait voulu rester là, avec elle, pour toujours...

– Et pourtant tu dois partir, dit-elle. Et les visions? Tu veux en parler?

Il hésita.

– Chaque fois que j'essaie de les décrire, cela se termine en une immense frustration. Et puis ça énerve les gens.

– Pas moi.

Les bras croisés, les cheveux joliment décoiffés, une tasse de café posée devant elle, elle semblait très calme. Elle était la femme résolue et décidée qu'il avait rencontrée la veille. Il s'enfonça dans son siège et regarda dehors. La baie était couverte de voiles gonflées et les mouettes qui survolaient le port de Sausalito ressemblaient à des fragments de papier.

– Tout cela a pris un temps infini. (Il lui lança un regard.) Tu vois ce que je veux dire? Comme autrefois, quand les gens se laissaient entraîner par les Petites Gens. Ils restaient chez eux une journée et à leur retour dans leur village ils s'apercevaient qu'ils étaient partis cinquante ans.

Elle se mit à rire.

– C'est une légende irlandaise?

– Oui. Je la tiens d'une vieille religieuse irlandaise. Elle nous racontait des histoires pas possibles. Par exemple qu'il y avait des sorcières à La Nouvelle-Orléans, dans Garden District, et qu'elles nous prendraient si on allait se balader dans ces rues... Il y avait beaucoup de gens dans mes visions mais je me souviens surtout d'une femme aux cheveux noirs. Je n'arrive plus à la voir mais je sais qu'elle m'était aussi familière que si je l'avais connue toute ma vie. Je savais son nom, je savais tout d'elle. Et pareil pour toi. J'ignore si tu étais présente pendant tout ce temps ou seulement à la fin, juste avant que tu me sauves. A ce moment-là, je savais peut-être que le bateau allait arriver et que tu étais là...

– Continue.

– Je crois que j'aurais pu ressusciter même si j'avais refusé de faire ce qu'ils me demandaient. Mais j'étais d'accord pour cette mission. J'ai l'impression..., j'ai l'impression que ce qu'ils attendaient de moi, ce qu'ils m'avaient révélé, avait un rapport avec mon passé. Tu me suis?

– Et ce serait pour ça qu'ils t'auraient choisi?

– Oui, exactement. J'étais celui qu'il leur fallait. Je sais que tout cela ressemble à une histoire de fou. On dirait un schizophrène qui entend des voix qui lui ordonnent de sauver le monde. J'en ai bien conscience... Tu sais ce que disent mes amis?

– Non.

Il ajusta ses lunettes et lui adressa son plus beau sourire.

– Michael n'est pas aussi stupide qu'il en a l'air.

Elle se mit à rire.

– Mais tu n'as pas l'air stupide. Tu as juste l'air trop beau pour être vrai. Tu le sais bien que tu es beau. De quoi te souviens-tu encore?

Il hésita, comme électrisé par le compliment. Et s'ils retournaient au lit? Non. L'heure de l'avion approchait.

– D'une histoire de porte. J'en jurerais. Mais ce souvenir s'amenuise avec le temps. Et puis il y avait un numéro et un bijou. Un bijou fabuleux. Tout ces éléments se tiennent et vont avec la nécessité de retourner à La Nouvelle-Orléans, dans cette rue où je me promenais enfant, pour accomplir quelque chose d'extrêmement important.

– Une rue?

– First Street. C'est une rue magnifique entre Magazine Street, près de là où je vivais, et Saint Charles Avenue. A cinq pâtés de maisons environ. C'est la partie ancienne de la ville que l'on appelle Garden District.

– Là où vivent les sorcières?

– Oui, les sorcières de Garden District, dit-il en souriant. D'après la sœur Bridget Marie, en tout cas.

– Ce quartier ensorcelé, il est lugubre?

– Non, pas vraiment. C'est surtout qu'il est sombre avec ses arbres immenses. Comme une forêt en plein milieu d'une ville. Les maisons sont très bourgeoises, gigantesques et entourées de jardins. Celle devant laquelle je passais tout le temps est étroite et très haute. Je m'arrêtais pour la contempler. Les rampes en fer forgé, surtout. Je n'arrête pas de les voir depuis l'accident. C'est ça qui me donne la certitude de devoir retourner là-bas de toute urgence. Tu vois, je suis ici mais j'ai des remords de ne pas avoir pris l'avion ce matin.

Un nuage passa sur le visage de Rowan.

– Je voudrais que tu restes quelque temps. Pour t'avoir avec moi mais aussi parce que tu n'es pas en forme. Il faut que tu te reposes et que tu oublies l'alcool.

– Tu as parfaitement raison mais c'est impossible. J'ai du mal à expliquer cette tension en moi. Je la ressentirai jusqu'à ce que je sois là-bas.

Il se mit à rire.

– Cela fait si longtemps que je suis en exil. La veille de l'accident, à mon réveil, j'ai pensé à notre voyage jusqu'à La Nouvelle-Orléans, avec ma mère. Il faisait chaud, très chaud...

– Quand tu seras parti, tu seras capable de ne boire aucune goutte d'alcool?

Il soupira et lui adressa un sourire – celui qui marchait toujours – et un clin d'œil.

– Tu préfères un boniment d'Irlandais ou la vérité?

– Michael...

Sa voix trahissait sa désapprobation mais aussi sa déception.

– Je sais, je sais. Tu as parfaitement raison. Tu n'imagines pas tout le bien que tu m'as fait en venant me chercher et en m'écoutant. Je voudrais bien faire ce que tu me demandes...

– Parle-moi encore de la maison.

– Elle est de style Renaissance classique. Tu connais? Mais avec quelques différences. Devant et sur les côtés, elle a des porches typiques de La Nouvelle-Orléans. C'est difficile à décrire à quelqu'un qui n'est jamais allé là-bas. Tu as vu des photos?

Elle secoua la tête.

– C'était un sujet tabou avec Ellie.

– C'est curieux.

– C'est pourtant la vérité.

– Ellie voulait faire comme si j'étais sa vraie fille. Si je la questionnais sur mes parents, elle pensait que j'étais malheureuse et qu'elle ne m'avait pas assez aimée. C'était inutile d'essayer d'ôter cette idée de sa tête. Avant de partir définitivement à l'hôpital, elle a tout brûlé dans la cheminée. Je l'ai vue faire. Des photos, des lettres, toutes sortes de choses. Elle savait qu'elle ne reviendrait pas.

Elle s'interrompit pour remplir les tasses de café.

– Après sa mort, je n'ai même pas pu mettre la main sur l'adresse de sa famille. Et son notaire n'avait pas le moindre renseignement non plus. Elle lui avait dit qu'elle ne voulait pas qu'on les prévienne. J'ai hérité de tout son argent. Et, pourtant, elle leur rendait visite à La Nouvelle-Orléans et leur téléphonait. Je n'ai jamais rien pu apprendre.

– C'est vraiment triste, Rowan.

– Mais assez parlé de moi. Et cette maison? Comment se fait-il que tu t'en souviennes maintenant?

– Les maisons là-bas sont très différentes de celles d'ici. Chacune a une personnalité, un caractère. Celle-là est sombre et massive. Elle fait un coin de rue. Je l'adorais. Il y avait un homme qui y vivait. On l'aurait dit sorti tout droit d'un roman de Dickens. Il était grand et très raffiné, du genre gentleman. Je l'apercevais dans le jardin.

Il hésita. Quelque chose lui revenait, un élément crucial...

– Qu'y a-t-il?

– Encore cette impression que tout cela a un rapport avec lui et la maison. (Il trembla comme s'il avait froid. Je n'arrive pas à comprendre.) Je sais que cet homme a quelque chose à voir là-dedans. Je ne crois pas que les gens que j'ai vus voulaient que j'oublie. Ils m'ont demandé d'agir vite parce qu'un événement allait se produire.

– Quel genre d'événement?

– Dans la maison.

– Et pourquoi voulaient-ils que tu retournes dans cette maison?

– Parce que j'ai le pouvoir d'y faire quelque chose, de changer quelque chose.

– Tu as souvent pensé à cette maison ces dernières années?

– Pratiquement jamais. Je ne l'ai jamais oubliée mais je n'y pensais pas spécialement, sauf quand je pensais à Garden District. C'était un lieu obsédant.

– Et pourtant cette obsession n'a commencé qu'après l'accident?

– C'est vrai. J'ai d'autres souvenirs de chez moi mais celui-ci est le plus intense.

Il avait cessé de parler mais elle le regardait comme si elle continuait à l'écouter. Il songea que son pouvoir obscurcissait les choses au lieu de les clarifier.

– Alors, quel est mon problème? interrogea-t-il. Je veux dire, en tant que neurochirurgien, qu'en penses-tu?

Elle se plongea dans ses pensées, silencieuse, immobile, les bras croisés, ses grands yeux gris fixés sur un point situé au-delà de la baie vitrée.

– Il faut que tu y ailles, aucun doute là-dessus. Tu ne trouveras pas le repos tant que tu ne l'auras pas fait. Va jeter un coup d'œil sur cette maison. Qui sait? Tu ne ressentiras peut-être rien quand tu la verras. De toute façon, il faut tenter le coup. Il y a peut-être une explication psychologique à cette idée fixe, mais je n'y crois pas beaucoup. Je pense que tu as vu quelque chose et que tu es allé quelque part mais que tu l'interprètes mal.

– Je n'ai rien à perdre à y aller, en tout cas.

– Tu crois que ce sont eux qui ont causé l'accident?

– Je ne me suis jamais posé la question.

– Jamais?

– Eh bien, je me suis dit qu'au moment de l'accident ils étaient là et qu'ils ont saisi cette occasion. Ce serait horrible qu'ils l'aient provoqué. Cela changerait pas mal de choses, tu ne trouves pas?

– Je ne sais pas. Ce qui me tracasse, c'est que s'ils sont assez puissants pour te dire des choses importantes à propos d'une mission, pour te maintenir en vie alors que tu aurais dû mourir et pour organiser ton sauvetage, alors pourquoi n'auraient-ils pas provoqué l'accident et causé ta perte de mémoire?

– J'en ai la chair de poule.

Elle s'apprêtait à reprendre la parole mais il l'interrompit d'un geste. Il cherchait les mots justes pour ce qu'il avait à dire.

– L'idée que je me fais d'eux est très différente. Je suis persuadé qu'ils existent dans un autre monde, aussi bien spirituellement que physiquement. Ce sont des...

– Des êtres supérieurs?

– C'est ça. Et ils ne pouvaient accéder à moi qu'à un moment où j'étais proche d'eux, c'est-à-dire entre la vie et la mort. C'était mystique, en quelque sorte, mais je souhaiterais trouver un autre mot. Cette communication s'est produite parce que j'étais physiquement mort. C'est-à-dire qu'ils appartiennent à une espèce différente. Ils ne pouvaient pas me faire tomber de la falaise et me noyer parce que, s'ils étaient capables d'intervenir de cette façon dans le monde matériel, ils n'auraient pas besoin de moi.

– Je comprends très bien ce que tu veux dire, mais...

– Oui?

– Tu pars du principe que ce sont des êtres supérieurs. Tu parles d'eux comme s'ils étaient bons et tu te sens obligé de faire ce qu'ils te demandent.

– Tu as raison. Ce sont des hypothèses. Mais, tu sais, c'est une question d'impression. Je me suis réveillé avec l'impression qu'ils étaient bons, que j'aurais la confirmation de leur bonté et que j'avais accepté la mission qu'ils me confiaient. Et je n'avais aucune raison de remettre ces certitudes en question. D'après toi, je devrais?

– Je peux me tromper et je ferais peut-être mieux de me taire. Mais tu te rappelles ce que je t'ai dit à propos des chirurgiens? Nous entrons allègrement dans la salle d'opération, le couteau à la main.

Il se mit à rire.

– Tu n'imagines pas à quel point ça me fait du bien de parler de tout ça ouvertement.

– Il y a autre chose, dit-elle.

– Oui?

– Chaque fois que tu parles du pouvoir de tes mains, tu dis que ce n'est pas important, que ce sont les gens que tu as vus qui le sont. Mais pourquoi les deux ne seraient-ils pas liés? Le pouvoir et ces gens?

– Ce n'est pas mon impression. J'ai le sentiment que ce pouvoir sert à distraire mon attention; que les gens me demandent de leur faire une démonstration et que pendant ce temps-là j'oublie que je dois retourner là-bas.

– Et quand tu verras la maison, tu la toucheras à mains nues?

Il réfléchit un long moment car il n'y avait pas encore pensé. Il s'était imaginé qu'en voyant la maison tout allait s'éclaircir.

– Je crois, dit-il enfin. Je toucherai la grille et, si je peux, je monterai l'escalier pour toucher la porte.

Pourquoi cette idée l'effrayait-elle tant? Voir la maison lui semblait merveilleux, mais toucher les objets... Il secoua la tête et croisa les bras. Toucher la grille. Toucher la porte...

Rowan était calme, visiblement perplexe, peut-être même soucieuse. Il l'étudia un certain temps en regrettant très fort de devoir partir.

– Ne pars pas déjà, Michael, dit-elle brusquement.

– Rowan, j'ai quelque chose à te demander. Ce papier que tu as signé, cet engagement de ne jamais aller à La Nouvelle-Orléans... Tu crois à la validité de ta promesse à Ellie?

– Bien sûr, répondit-elle presque tristement. Toi aussi, non?

– Comment ça?

– Tu es quelqu'un d'honorable. Tu es ce qu'on appelle un type bien.

– Espérons, en tout cas. Mais j'ai mal posé ma question... Y a-t-il une chance pour que tu y retournes avec moi?

Silence.

– Je sais que cela peut paraître prétentieux, reprit-il. Je sais qu'un certain nombre d'hommes sont déjà venus dans cette maison et que je ne suis peut-être pas l'homme de ta vie. Je...

– Arrête! Tu sais très bien que je pourrais tomber amoureuse de toi.

– Alors, écoute-moi bien parce que c'est très important. Il s'agit de nous. Si tu veux retourner là-bas pour voir où tu es née et où tes parents ont vécu... Alors pourquoi ne viens-tu pas avec moi?

Il soupira et enfonça les mains dans ses poches.

– Je sais que c'est beaucoup te demander. Et c'est très égoïste de ma part. Je suis juste un type bien qui a envie que tu viennes avec lui.

Les lèvres serrées, elle regardait dans le vide. Il s'aperçut qu'elle était au bord des larmes.

– J'aimerais y aller, réussit-elle à dire, les larmes coulant sur son visage.

– Rowan, je suis désolé. Je n'aurais pas dû.

Elle continuait à regarder dehors, vers l'eau, comme si c'était le seul élément auquel elle pouvait se raccrocher. Il se rendit compte qu'elle était la personne la plus seule qu'il ait jamais rencontrée.

– Rowan...

– Michael, murmura-t-elle. C'est moi qui suis désolée. C'est moi qui suis tombée dans tes bras. Ne te fais pas de souci pour moi.

– Non, ne dis pas ça.

Il voulut se lever pour la prendre dans ses bras mais elle lui prit la main au-dessus de la table.

– De quoi as-tu peur? demanda-t-il. Dis-le-moi.

Elle lui répondit si bas qu'il l'entendait à peine.

– J'ai peur d'être quelqu'un de mauvais, qui peut faire du mal.

– Rowan, ce n'est pas un péché de haïr Ellie et Graham pour t'avoir laissée seule, pour t'avoir élevée en t'isolant du reste de ta famille.

– Je le sais bien.

Elle eut un sourire de gratitude et de résignation mais elle ne croyait pas à ce qu'il venait de dire. Elle avait le sentiment qu'il était passé à côté de quelque chose d'important pour elle, et qu'il le savait. Il avait échoué comme la veille sur le bateau. Elle regarda les eaux profondes puis se tourna vers lui.

– Rowan, peu importe ce qui va se passer à La Nouvelle-Orléans. Nous allons nous revoir très bientôt. Je pourrais te jurer que je vais revenir mais je n'y crois pas. Quand j'ai quitté Liberty Street, je savais que je n'y reviendrais jamais. Mais nous nous reverrons. Si tu ne peux pas venir à La Nouvelle-Orléans, tu m'appelles et j'arrive.

Elle voulut l'accompagner à l'aéroport mais il insista pour prendre un taxi. C'était un trop long trajet et elle était fatiguée. Elle avait besoin de dormir.

Il prit une douche et se rasa. Cela faisait presque douze heures qu'il n'avait rien bu. Un véritable exploit!

Lorsqu'il redescendit, il la trouva assise, jambes croisées. Elle était adorable avec son pantalon en lainage blanc et un autre de ces gros pull-overs qui la rendaient encore plus longiligne. Elle sentait un parfum dont il avait connu le nom et qu'il aimait beaucoup.

Il l'embrassa sur la joue et la tint un long moment dans ses bras. Dix-huit ans nous séparent, se dit-il avec amertume.

Elle recula d'un pas, enfouit ses mains dans ses poches et pencha légèrement la tête tout en le regardant.

– Ne bois plus, Michael.

– Oui, docteur, dit-il en riant. Je pourrais te le promettre, mais quand l'hôtesse...

– Michael, ne bois ni dans l'avion, ni une fois arrivé. Tu vas être bombardé de souvenirs et tu ne connais personne là-bas.

– Vous avez raison, doc. Je ferai attention. Tout ira bien.

Il prit son walkman Sony dans sa valise et vérifia qu'il avait un livre pour le voyage.

– Vivaldi, dit-il en glissant l'appareil dans la poche de sa chemise. Et mon Dickens. Je deviens dingue si je voyage sans eux. C'est mieux que du Valium et de la vodka, je te le garantis.

Elle lui sourit délicieusement puis éclata de rire.

– Vivaldi et Dickens, murmura-t-elle. Tiens donc!

Il haussa les épaules.

– Chacun ses faiblesses. Mais pourquoi je m'en vais? Je suis complètement fou.

– Si tu ne m'appelles pas ce soir...

– Je t'appellerai plus tôt et plus souvent que tu ne peux l'espérer.

– Le taxi est là, dit-elle.

Il avait aussi entendu le coup de klaxon.

Il la prit dans ses bras, l'embrassa et la serra fort contre lui. Pendant un moment, il fut incapable de se détacher d'elle. Il repensa à ce qu'elle avait dit. Et s'ils avaient provoqué l'accident, l'amnésie. Un frisson glacé le parcourut. Et s'il oubliait tout pour toujours et restait ici avec elle? C'était une possibilité, la dernière chance offerte par le sort.

– Je crois que je t'aime, Rowan Mayfair, murmura-t-il.

– Oui, Michael Curry. Je crois que c'est ce qui nous arrive.

Elle lui adressa un sourire radieux et il lut dans ses yeux toute la force qu'il avait trouvée si séduisante ces dernières heures, et toute la tendresse, et toute la tristesse.

En attendant l'avion, il lui vint quelque chose à l'esprit. Ils avaient fait l'amour trois fois en quelques heures et il n'avait pris aucune précaution. Il ne lui en avait même pas parlé. C'était la première fois qu'il oubliait.

Après tout, elle était médecin et savait bien ce qu'elle faisait. Mais autant l'appeler. Ce serait bon de l'entendre. Il ferma son *David Copperfield*, et chercha un téléphone des yeux.

C'est alors qu'il revit l'homme, l'Anglais aux cheveux blancs et au costume de tweed. Il était assis quelques rangées plus loin, sa mallette et son parapluie auprès de lui, un journal plié dans la main.

Oh non! se dit Michael en se rasseyant. Il ne manquait plus que lui!

On appela les passagers pour l'embarquement et Michael regarda l'Anglais se lever, ramasser ses affaires et avancer vers la porte.

Quelques instants plus tard, le vieil homme ne lui jeta pas un regard quand Michael passa devant lui pour aller s'asseoir près d'un hublot, à l'arrière de la cabine de première classe. L'Anglais avait ouvert sa mallette et écrivait, très vite, apparemment, dans un grand cahier en cuir relié.

Michael commanda un bourbon avec une bière glacée avant le décollage. En arrivant à Dallas pour une escale de quarante minutes, il en était à sa sixième bière, au septième chapitre de *David Copperfield* et ne se rappelait même plus la présence du vieil Anglais.

Sept

Michael avait fait arrêter le chauffeur de taxi pour acheter de la bière, jubilant déjà de se retrouver dans la chaleur de l'été. Après avoir quitté l'autoroute, ils s'étaient engagés dans la misère familière et inoubliable du bas de Saint Charles Avenue. Michael eut les larmes aux yeux en voyant les chênes à l'écorce et au feuillage sombres, le long tramway grondant et cahotant, exactement comme dans ses souvenirs.

Même dans cette partie de la rue, où les fast-foods sordides, les bars minables, les immeubles-champignons surmontant des devantures de magasins bardées de planches clouées et les stations-service désertes se pressaient les uns contre les autres, il reconnaissait bien sa bonne vieille ville verdoyante. Même les trottoirs défoncés, envahis de mauvaises herbes, étaient plaisants à ses yeux.

– Mais regardez-moi ça! lança-t-il au chauffeur, qui n'avait cessé de parler de criminalité et des difficiles conditions de vie. Le ciel est violet, exactement comme dans mes souvenirs. Pendant toutes ces années, j'ai cru que c'était un tour de mon imagination et que j'avais coloré tout ça dans ma mémoire.

Le chauffeur se mit à rire.

– Ouais, on peut dire que c'est un ciel violet, si vous voulez.

– Ah ça, oui! Dites donc, vous, vous êtes né entre Magazine et le fleuve, non? Je reconnaîtrais cette voix entre toutes.

Michael ferma les yeux. Même la diatribe interminable du chauffeur était douce à ses oreilles. Il avait tant espéré cette chaleur odorante et tangible. Dans aucun autre endroit au monde l'air n'avait une telle présence vivante, où la brise vous embrasse et vous caresse, où le ciel est si animé. Mon Dieu! Qu'il était bon de ne plus avoir froid!

– Je suis vraiment le plus heureux des hommes, dit Michael. Regardez les arbres, dit-il en ouvrant les yeux.

– Mais d'où sortez-vous? demanda le chauffeur.

Le petit homme coiffé d'une casquette avait le coude posé sur le rebord de la fenêtre.

– J'étais en enfer, mon vieux. A propos, contrairement aux idées reçues, je peux vous dire qu'en enfer il ne fait pas chaud du tout. Regardez! C'est l'hôtel Pontchartrain. Il n'a pas bougé d'un pouce!

Il lui semblait encore plus élégant que par le passé, avec sa marquise bleue et sa cohorte de portiers et de chasseurs devant les portes de verre.

Michael ne tenait pas en place. Il était impatient de sortir, de marcher, d'arpenter les vieux trottoirs. Mais il avait demandé au chauffeur de le conduire d'abord à First Street.

Il termina sa seconde bière en débouchant sur Jackson Avenue, et tout changea alors. Les chênes étaient encore plus hauts et denses, les immeubles d'habitation cédaient la place aux maisons blanches aux colonnes corinthiennes, et tout parut soudain se couvrir d'un voile vert et brillant. Des clôtures en fer entouraient pelouses et jardins.

– Enfin chez moi, murmura-t-il.

A l'atterrissage, il avait regretté d'être si soûl car il avait eu du mal à ramasser sa valise et à trouver un taxi. Mais maintenant, c'était mieux comme ça. Lorsque le taxi tourna à gauche pour s'engager dans First Street, le cœur de Garden District, Michael était en extase.

– Vous vous rendez compte que ça n'a pas bougé d'un iota? dit-il au chauffeur.

Une immense gratitude s'empara de lui. Il passa la bière au chauffeur qui se mit à rire et refusa.

– Plus tard, vieux. Bon, où on va maintenant?

Au ralenti, comme dans un rêve, ils passaient devant des demeures massives. Trottoirs de brique, magnolias majestueux.

– Vous n'avez qu'à avancer tout doucement. Je vous dirai de vous arrêter.

Le chauffeur recommença à parler. En fait, il n'avait même jamais arrêté. Il parlait maintenant de la paroisse rédemptoriste. Il n'en restait plus grand-chose. Oui, Michael voulait voir la vieille église.

– J'étais enfant de chœur à Saint Alphonse, précisa-t-il.

Et puis non. Cela pouvait attendre... Il avait aperçu la maison, avec son long flanc sombre, sa rampe en fer aux motifs de roses, les chênes sentinelles déployant leurs branches gigantesques comme des bras puissants et protecteurs.

– C'est là, dit-il. (Sa voix n'était plus qu'un murmure.) Arrêtez-vous là.

Prenant la bière avec lui, il descendit et marcha jusqu'au coin de la rue pour regarder la maison en diagonale.

C'était comme si le silence s'était abattu sur le monde. Puis il distingua successivement le chant des cigales, et un autre son, qu'il avait complètement oublié, le cri aigu des oiseaux.

On se croirait au milieu des bois, songea-t-il, en admirant les galeries sombres et tristes dans l'obscurité naissante. Pas un seul mouvement n'était perceptible derrière les nombreuses persiennes en bois.

Le ciel marbré de violet et d'or étincelait au-dessus du toit. On apercevait la colonne de l'extrémité de la galerie du second étage et, sous la corniche, une bougainvillée luxuriante qui descendait du toit jusqu'à terre.

Malgré l'obscurité, Michael discernait ses fleurs pourpres, et même les rosaces de la rampe en fer.

Il poussa un long soupir affligé. Son bonheur inexprimable était teinté de tristesse. Toutes ces années! pensa-t-il avec regret. Ses souvenirs ne l'avaient trahi que sur un point : la maison était bien plus grande qu'il ne se l'était figurée.

Cet endroit respirait, était vivant, avec son feuillage touffu, ses rambardes rouillées, le chant des cigales, les ombres sous les grands chênes.

– C'est le paradis, murmura-t-il, les larmes lui venant aux yeux.

Le souvenir des êtres se rapprochait de lui, le caressait de ses ailes noires. « Oui, la maison, Michael. »

Il était comme pétrifié, sa bière froide serrée dans sa main gantée. Etait-ce la femme aux cheveux noirs qui lui parlait?

Sa seule certitude était que le crépuscule chantait, que la chaleur chantait. Il laissa son regard dériver sur les autres demeures autour de lui, remarquant l'harmonie des grilles, des colonnes et même des petits lagerstrœmias qui s'accrochaient à la vie sur des bandes de pelouse veloutée. Un sentiment de paix l'inonda, lui faisant oublier une seconde l'objet de sa présence. Il replongeait dans la douceur de son enfance.

Du fin fond de sa mémoire remontaient ses souvenirs de petit garçon se promenant dans la quiétude de ces rues et s'arrêtant devant cette même maison à la tombée du jour. Mais le présent reprenait le dessus, comme un prolongement de ses sensations d'autrefois.

Il porta de nouveau son regard sur la maison et son épaisse porte qui ressemblait à un énorme trou de serrure dans cette façade gigantesque. La porte. Oui, ils lui avaient parlé de la porte! Mais ce n'était pas une vraie porte. Et pourtant, cet énorme trou de serrure et le vestibule s'ouvrant derrière... Non, ce n'était pas une porte normale. Il ouvrit les yeux, les referma et les ouvrit à nouveau. Comme hypnotisé, il fixa les fenêtres d'une pièce du second étage et, inquiet, aperçut la lueur d'un feu.

Non, c'était impossible. Au même instant, il se rendit compte que c'était la lueur de bougies. Le scintillement était permanent et il se demanda pourquoi les habitants de la maison s'éclairaient à la bougie.

Le jardin plongeait petit à petit dans le noir. Il ferait bien de sortir de sa torpeur s'il voulait longer la grille pour jeter un coup d'œil dans la cour latérale. Mais la fenêtre éclairée le retenait. Il aperçut soudain la silhouette d'une femme passant devant le rideau et, à travers celui-ci, un piètre motif de fleur en haut d'un mur.

Il toucha des doigts les entrelacs de la grille tout en regardant la saleté et les débris se détachant du porche frontal délabré. Les camélias étaient devenus des arbres qui s'élançaient au-dessus de la rampe, l'allée dallée était couverte de feuilles. Il posa un pied sur la grille en fer. Rien de plus facile que de passer par-dessus.

– Eh, vieux!

Surpris, il se retourna. Le chauffeur de taxi était près de lui. Il paraissait encore plus petit qu'assis dans sa voiture. C'était un petit homme avec un gros nez et une casquette.

– Qu'est-ce que vous faites? Vous avez perdu votre clé?

– Je n'habite pas ici et je n'ai pas de clé.

Il se mit à rire de l'absurdité de la situation. Il se sentait étourdi. La brise montant du fleuve était agréable et la maison était si proche qu'il aurait pu la toucher.

– Allez, je vous ramène à votre hôtel. Le Pontchartrain, c'est ça? Je vais vous aider à monter dans votre chambre.

– Pas si vite, lança Michael. Attendez une minute !

Il se retourna et descendit la rue, étonné soudain du mauvais état du trottoir, violet lui aussi, comme dans ses souvenirs. Il essuya son visage. Des larmes. Il regarda vers la cour latérale.

Les lagerstrœmias avaient tellement poussé que leurs troncs cireux étaient maintenant très épais. La grande pelouse dont il se souvenait était couverte de mauvaises herbes et le vieux massif de buis complètement négligé. Mais il aimait toujours cet endroit et la vieille vigne croulant sous son fardeau de treilles emmêlées.

C'était là que se tenait l'homme, pensa-t-il en discernant dans la pénombre le lagerstrœmia qui montait jusqu'en haut du mur de la maison voisine.

– Où êtes-vous? murmura-t-il.

Soudain, il perçut la présence des visions. Il se sentit projeté contre la grille et l'entendit grincer. Un léger bruissement provenait des feuillages de l'autre côté, exactement à sa droite. Il se retourna. Mouvement dans les feuilles. Des fleurs de camélia abîmées gisaient par terre. Il s'agenouilla et en attrapa une à travers la grille. Le chauffeur était-il en train de lui parler?

– D'accord, mon vieux, dit Michael en observant la fleur écrasée dans sa main.

Soudain, quelque chose brilla par terre, devant lui. Une chaussure noire? Le bruissement se fit entendre à nouveau. C'était bien le bas d'un pantalon qu'il voyait, à deux pas de lui. Il y avait quelqu'un. En levant les yeux, il perdit l'équilibre et, tombant à genoux sur les pierres, il entrevit une silhouette le regardant à travers la grille, tout près, dangereusement près. Une main blanche se tendit vers lui. Michael se sentit pris de panique. Il écarquilla les yeux. Il n'y avait personne.

Le vide lui fit aussi peur que la disparition de la silhouette.

– Seigneur, aidez-moi! chuchota-t-il.

Son cœur cognait dans sa poitrine et il était incapable de se relever. Le chauffeur le tira par le bras.

– Venez avant qu'une patrouille de police ne passe!

Le chauffeur le remit brutalement sur ses pieds.

– Vous avez vu ça? murmura Michael. Seigneur tout-puissant, c'était le même homme! Je vous dis que c'était lui.

– Écoutez, vieux! Je vous ramène à l'hôtel, maintenant. On est dans Garden District, vous vous rappelez? Vous ne pouvez pas rester ici.

Michael se retourna, cherchant l'arbre des yeux. Mais il n'y avait pas d'arbre. Le chauffeur l'attrapa fermement et, soudain, deux autres mains s'emparèrent de lui. Il fit volte-face. C'était sûrement lui. Il allait devenir fou.

Mais ce n'était que l'Anglais de l'avion.

– Qu'est-ce que vous faites ici, vous? dit-il hargneusement.

Mais l'homme aux manières raffinées le regardait avec bienveillance.

– Je veux vous aider, Michael, répondit-il avec une grande gentillesse. Je vous serais reconnaissant si vous me permettiez de vous raccompagner à votre hôtel.

– J'ai bien l'impression que c'est ce qu'il y a de mieux à faire, dit Michael, se rendant compte qu'il avait du mal à articuler.

Il regarda à nouveau le jardin, la haute façade de la maison, presque perdue dans le noir. Le chauffeur de taxi et l'Anglais semblaient discuter ensemble. L'Anglais avait l'air de payer la course.

Michael voulut prendre de l'argent dans son pantalon mais sa main n'arrivait pas à trouver sa poche. Il s'écarta des deux hommes et tomba à nouveau en avant contre la grille. On ne voyait presque plus rien. Mais sous le lagerstrœmia, au loin, il aperçut presque distinctement une forme humaine, le pâle ovale du visage de l'homme, son col blanc amidonné et la même cravate en soie qu'autrefois.

– Venez, Michael. Je vous ramène, dit l'Anglais.

– Dites-moi d'abord quelque chose. (Il tremblait de tout son corps.) Vous avez vu l'homme?

C'est alors qu'il entendit la voix de sa mère : « Michael, tu sais bien qu'il n'y a personne. »

Huit

Après le départ de Michael, Rowan était restée assise à somnoler pendant des heures sur la terrasse ouest, se réchauffant au soleil et réfléchissant de façon plutôt décousue aux événements récents. Elle était à demi étourdie et délicieusement meurtrie par ce qui lui était arrivé.

Rien ne pouvait effacer sa honte et son remords d'avoir imposé à Michael ses doutes et sa peine.

Mais un bon neurochirurgien ne pouvait s'attarder trop longtemps sur ses erreurs. Il convenait plutôt, son instinct le lui dictait, de tenir cette erreur pour ce qu'elle était, de considérer de quelle façon elle pourrait éviter de la commettre à nouveau dans l'avenir et de tout reprendre à partir de là.

Elle fit donc le point sur sa solitude, sa tristesse, cet état de frustration qui l'avait fait tomber dans les bras de Michael mais aussi sur le plaisir que celui-ci avait pris à la réconforter, qui les avait rapprochés l'un de l'autre et avait influencé leur relation naissante d'une façon totalement imprévisible.

Elle qui avait si longtemps tenu séparés ses appétits intellectuel et physique, la médecine satisfaisant le premier et ses partenaires anonymes le second, la brusque convergence des deux dans la personne d'un homme bon, intelligent, irrésistiblement attirant, gai et beau, doublée de problèmes psychologiques et psychiques mystérieux, dépassait ses espérances. Elle secoua la tête, se sourit à elle-même et but une gorgée de café. « Dickens et Vivaldi, murmura-t-elle. Oh, Michael! S'il te plaît, reviens-moi. Reviens vite. » Cet homme était un don de la mer.

Mais qu'adviendrait-il de lui s'il revenait tout de suite? Son idée fixe sur les êtres, la maison et la mission le détruisait. De toute façon, elle avait le sentiment très net qu'il ne reviendrait pas.

Aucun doute, songea-t-elle, qu'il est maintenant complètement soûl et qu'il se soûlera encore plus avant d'atteindre sa mystérieuse maison. Elle aurait mieux fait de l'accompagner pour veiller sur lui et atténuer les chocs que ce voyage ne manquerait pas de provoquer.

En fait, elle l'avait abandonné par deux fois : la première lorsqu'elle l'avait remis trop tôt et trop facilement aux gardes-côtes et la seconde, ce matin, quand elle l'avait laissé partir seul pour La Nouvelle-Orléans.

Quant aux êtres qu'il avait rencontrés – elle ne cessait d'y penser –, elle n'avait pas d'opinion arrêtée sur eux, hormis le fait qu'ils ne pouvaient émaner d'un processus physiologique. Leur singularité et leur originalité l'étonnaient et l'effrayaient un peu. L'impression persistait en elle que Michael était d'une innocence dangereuse pour lui-même, d'une certaine naïveté vis-à-vis du mal. Il comprenait le bien mais pas le mal.

Et pourquoi, pendant le voyage en voiture, lui avait-il posé cette question étrange concernant un avertissement?

Il avait vu la mort de Graham quand il avait touché sa main parce qu'elle y pensait à ce moment-là. Et cette pensée la torturait. Pourquoi avoir interprété cela comme un avertissement? Avait-il ressenti quelque chose dont elle n'avait absolument pas conscience?

Plus elle restait ainsi, au soleil, plus elle se rendait compte que sa réflexion était incohérente et que l'absence de Michael était un supplice.

Elle monta dans sa chambre. Au moment de se mettre sous la douche, elle pensa soudain à quelque chose : elle avait complètement oublié d'utiliser un contraceptif avec Michael. Cela faisait bien longtemps qu'un tel oubli ne lui était pas arrivé.

Le mal était fait. Elle ouvrit le robinet et s'adossa au carrelage, laissant le jet l'asperger. Et si elle était enceinte? C'était parfaitement stupide. Elle ne voulait pas d'enfant et n'en avait jamais voulu. Elle repensa au fœtus du laboratoire, avec ses fils et ses tubes. Non, son destin était de sauver la vie et non de la donner. Bon, elle allait s'inquiéter un peu pendant deux semaines et tout irait bien quand elle saurait qu'elle n'était pas enceinte.

Elle avait tellement sommeil en sortant de la douche qu'elle savait à peine ce qu'elle faisait. Elle trouva près du lit la chemise que Michael avait enlevée la veille. Elle la plia soigneusement puis s'allongea en la tenant serrée entre ses bras, comme un enfant tenant sa peluche préférée.

Elle dormit pendant six heures.

A son réveil, elle sut qu'elle ne pourrait rester seule dans la maison. Michael avait laissé son empreinte partout. Elle entendait le timbre de sa voix et son rire, voyait ses grands yeux bleus la regarder sérieusement à travers ses lunettes d'écaille, sentait ses mains gantées toucher ses seins et sa joue.

Il était encore trop tôt pour qu'il téléphone.

Elle appela l'hôpital. Bien sûr qu'on avait besoin d'elle. On était samedi soir. Le service des urgences était comble et les victimes d'un accident sur l'autoroute 101 ne cessaient d'affluer.

Après cinq heures passées à opérer sans une pensée pour Michael, elle rentra chez elle. Il était 2 heures du matin. Pour la première fois depuis la mort d'Ellie, elle ne se retrouva pas en train de broyer du noir dans la maison vide.

Aucun message de Michael sur le répondeur. Elle était déçue mais guère surprise. Elle le vit descendre de l'avion visiblement ivre. Il devait être 4 heures à La Nouvelle-Orléans, elle ne pouvait décemment pas appeler l'hôtel à une heure pareille.

Autant ne plus y penser, se dit-elle en montant se coucher. Autant ne pas penser non plus au papier signé dans le coffre-fort ni à prendre un avion pour le rejoindre. Ne pas penser non plus à Andrew Slattery, un confrère, qui serait trop heureux de la remplacer à son travail pendant quelques semaines. Mais pourquoi donc avait-elle appelé Lark juste après minuit pour lui demander si Slattery n'avait toujours pas trouvé de poste? Il se passait quelque chose dans son petit cerveau enfiévré.

A 3 heures du matin, elle rouvrit les yeux. Il y avait quelqu'un dans la maison. Quel bruit, quelle vibration l'avaient réveillée? Elle l'ignorait, mais quelqu'un était là. Les chiffres lumineux de son réveil et les lumières distantes de la ville étaient le seul éclairage. Soudain, une grande rafale de vent et une giclée d'eau s'abattirent sur les fenêtres.

Elle se leva aussi calmement que possible, sortit son P.38 du tiroir, l'arma et se rendit en haut de l'escalier. Elle tenait l'arme des deux mains comme Chase, son amant policier, le lui avait montré. Elle s'était entraînée à s'en servir. Elle n'avait pas peur, elle était seulement en colère.

Aucun bruit de pas n'était audible. Seul le mugissement du vent dans la cheminée et contre la baie vitrée se faisait entendre.

Le salon, juste en bas, était baigné d'une lueur lunaire bleue. Une autre volée de gouttes frappa les fenêtres. Elle entendait le *Sweet Christine* battre contre les pneus en caoutchouc du ponton.

Sans un bruit, elle descendit lentement l'escalier, marche après marche, en balayant les pièces vides du regard à mesure qu'elle progressait. Aucun recoin de la maison ne pouvait lui échapper, à part la salle de bains derrière elle. Elle s'y dirigea.

La petite pièce était vide. La tasse de café de Michael était posée sur un meuble, l'odeur de son eau de toilette flottait dans l'air.

Sans quitter des yeux les pièces de devant, elle s'appuya contre le chambranle de la porte. La virulence du vent contre la baie vitrée l'inquiéta. Une telle tempête était inhabituelle pour un mois d'août. Ce phénomène se produisait généralement en hiver et, associé aux lourdes pluies qui s'abattaient sur les collines du comté de Marin, il provoquait souvent des torrents de boue qui emportaient parfois des maisons.

Elle observa, presque fascinée, les trombes d'eau qui aspergeaient les longues terrasses. Le pare-brise du *Sweet Christine* dégoulinait d'eau. Elle tendit l'oreille.

A part celui de la tempête qui faisait rage, aucun bruit étranger n'était perceptible. Cependant, il se passait quelque chose. Elle n'était pas seule, c'était une certitude. Et l'intrus n'était pas à l'étage, il était tout près et l'observait. Mais où? Cette sensation était inexplicable.

L'horloge de la cuisine fit un bruit presque imperceptible. Il était 3 h 5.

Quelque chose bougea sur sa gauche. Prenant sur elle, elle resta immobile et, sans tourner la tête, dirigea son regard de ce côté. Il y avait un homme sur la terrasse ouest.

Il avait un corps mince, un visage blême et des cheveux noirs. Son attitude n'avait rien de menaçant. Il se tenait très droit, les bras le long du corps. Ses vêtements très formels et élégants étaient totalement inopportuns par un temps pareil.

Sa rage s'intensifia mais elle se raisonna : il ne pouvait entrer par les portes de la terrasse ni passer à travers les vitres. Elle se retint de tirer pour ne pas percer le carreau. Et s'il était armé, il aurait déjà tiré sur elle. Elle était presque certaine qu'il l'avait aperçue et l'observait depuis un moment.

Tout doucement, elle tourna la tête. Il la dévisageait, effectivement.

Son audace la remplit de colère. Elle le regarda froidement s'approcher de la vitre.

– Viens, espèce de salaud, j'aurai plaisir à te tuer, murmura-t-elle.

Un frisson glacial parcourut tout son corps. Était-ce un voleur, un fou? Elle avait envie de le tuer, de le transpercer d'une balle de P.38 ou, plus simplement, d'utiliser son pouvoir meurtrier.

Lentement, avec les deux mains, elle leva l'arme et la dirigea sur lui, les bras tendus comme Chase le lui avait appris.

Imperturbable, l'intrus continuait à la fixer du regard. Ses cheveux noirs étaient ondulés, son visage émacié et blafard. Il affichait une expression presque implorante. Sa tête bougeait doucement, comme s'il lui parlait, la suppliait en silence.

Mais, pour l'amour de Dieu, qui êtes-vous? L'incongruité de la situation la frappa soudain. C'était une illusion d'optique, il ne pouvait en être autrement. Sa colère se transforma en suspicion puis en peur.

Les yeux noirs de l'être l'imploraient. Exaspérée par son impuissance et sa terreur, elle s'écria :

– Allez au diable!

Sa voix lui parut très forte dans le silence.

En réponse, comme pour la troubler encore plus et la vaincre définitivement, l'intrus disparut lentement. La silhouette devint d'abord transparente puis se désagrégea. Il ne resta plus que la vue terriblement inquiétante de la terrasse déserte.

L'immense panneau vitré grinça. Elle entendit un grand fracas comme si le vent avait usé de toutes ses forces pour se jeter contre les carreaux. Puis la mer sembla se calmer, les vagues s'apaisèrent et la maison retomba dans le silence. Même le *Sweet Christine* n'émettait plus maintenant qu'un bruit discret.

Rowan continuait à scruter la terrasse vide. Elle se rendit soudain compte que ses mains étaient moites et qu'elle tremblait. Son arme était terriblement lourde. Elle alla droit vers la baie vitrée et posa la main à l'endroit que l'être avait touché. C'était chaud. Ce n'était pas la chaleur d'une main, car il aurait fallu bien plus que cela pour réchauffer une vitre glaciale. On aurait dit qu'un faisceau de chaleur avait été appliqué sur le carreau.

Elle alla vers la cuisine, posa l'arme et prit le téléphone.

– Je dois joindre l'hôtel Pontchartrain à La Nouvelle-Orléans, dit-elle d'une voix tremblante. Pouvez-vous me mettre en communication?

Pendant l'attente, elle resta aux aguets, essayant de se rassurer.

Lorsqu'elle eut l'hôtel au bout du fil, elle était dans un état d'agitation fébrile.

– Il faut que je parle à Michael Curry, dit-elle précipitamment. Il a dû arriver ce soir. Je sais qu'il est 5h 20 à La Nouvelle-Orléans. Veuillez appeler sa chambre s'il vous plaît.

Les minutes d'attente lui semblèrent des heures.

– Désolé mais M. Curry ne répond pas.

– Essayez encore. Envoyez quelqu'un à sa chambre. Il faut absolument que je lui parle.

Le réceptionniste revint en disant qu'on n'arrivait pas à réveiller M. Curry et qu'il était impossible de pénétrer dans sa chambre sans son autorisation. Elle laissa un message urgent, raccrocha, s'assit près de la cheminée et tenta de réfléchir.

Elle était certaine, absolument certaine, de ce qu'elle avait vu : une apparition sur la terrasse, qui la regardait, s'était approchée d'elle et l'avait examinée. Un être capable d'apparaître et de disparaître à son gré. Elle avait même vu un reflet de lumière sur son col et des gouttes d'eau sur ses cheveux. Et la vitre était chaude à l'endroit où il l'avait touchée.

Elle avait beau essayer de raisonner en scientifique, une panique irrépressible la gagnait peu à peu. Dans cet endroit où elle s'était toujours sentie en sécurité, même seule, elle était maintenant terrorisée!

Et qu'est-ce que le vent et la pluie avaient à faire là-dedans? Cela, elle ne pouvait l'avoir imaginé! Et pourquoi cette créature lui était-elle apparue, à elle?

– Michael, murmura-t-elle. (Elle poussa un soupir moqueur.) Moi aussi je les vois.

Elle se leva et fit lentement le tour de la maison en allumant toutes les lumières.

– Parfait! Si tu reviens, ce sera en pleine lumière!

C'était pourtant absurde. Quelqu'un qui était capable de démonter les eaux de la baie Richardson devait aussi pouvoir couper un circuit électrique.

Mais l'éclairage la rassurait un peu. Elle alla s'enfermer dans sa chambre et s'étendit sur le lit, le pistolet à portée de la main.

Un fantôme. J'ai vu un fantôme. Qu'est-ce que cela pourrait être d'autre? Mais pourquoi m'est-il apparu, à moi? Elle revit son air implorant.

Michael, le seul être au monde qui pouvait la croire et en qui elle avait suffisamment confiance pour lui raconter cette aventure, n'était pas joignable.

Elle se sentait survoltée, un peu comme ce qu'elle avait ressenti après le sauvetage. J'ai vécu quelque chose de terrible et d'exaltant, avait-elle envie de confier à quelqu'un. Les yeux grands ouverts dans sa chambre inondée de lumière, elle réfléchissait. Pourquoi moi?

La façon dont il avait traversé la terrasse pour toucher la vitre était on ne peut plus étrange.

Lorsque le soleil se leva, elle se sentit soulagée. Michael allait se réveiller et l'appeler.

Dans la douce chaleur du soleil se déversant par la fenêtre, elle se blottit contre son oreiller, tira le couvre-lit sur elle et, à demi assoupie, pensa à Michael, aux poils soyeux de ses bras et à ses grands yeux posés sur elle. En s'endormant, elle se demanda si le fantôme avait un rapport avec son amant.

Les visions. Michael, cette créature a-t-elle quelque chose à voir avec les êtres que tu as rencontrés? Elle ouvrit les yeux pour chasser cette idée de sa tête. Après tout, Slattery pourrait la remplacer et si Ellie existait quelque part elle se moquait bien que Rowan retourne ou non à La Nouvelle-Orléans. Elle tomba dans un profond sommeil.

Neuf

Michael se réveilla en sursaut, assoiffé, transpirant de chaleur malgré la fraîcheur de la chambre. Il avait sur lui son pantalon, sa chemise et ses gants.

Mais où suis-je donc? se demanda-t-il. Il s'assit dans le lit. Au bout du petit couloir, il y avait un salon et un piano devant des rideaux à fleurs. Ce devait être sa suite de l'hôtel Pontchartrain.

Il ne se rappelait pas comment il avait échoué là et se sentit furieux d'avoir bu à ce point. Mais l'euphorie de la veille reprit vite le dessus : la maison de First Street sous le ciel violet.

Mais comment était-il arrivé jusqu'à l'hôtel? Le souvenir net d'avoir parlé à l'Anglais devant la maison de First Street entraîna celui de l'homme aux cheveux sombres qui le fixait des yeux derrière la grille en fer. Une sensation étrange le parcourut : non pas de la peur mais une impression de menace.

Comment cet homme avait-il pu si peu changer au fil des ans? Comment avait-il pu disparaître en un instant de sa vue?

Il eut brusquement le sentiment qu'il connaissait la réponse à ces questions, qu'il avait toujours compris que cet homme n'était pas un être ordinaire. Cette révélation lui arracha un sourire.

– Tu t'y perds, mon vieux, se dit-il.

Il examina rapidement la pièce. Le tapis un peu passé, l'appareil à air conditionné sous la fenêtre et le téléphone, une réplique d'ancien, avec son voyant de message allumé, lui procurèrent une impression de confort et de sécurité.

A sa gauche, il aperçut sa valise ouverte et, ô merveille, un seau à glace contenant trois grandes boîtes de sa bière favorite.

Il ôta le gant de sa main droite et en attrapa une. Instantanément, il perçut l'image d'un serveur en uniforme. Il remit son gant, ouvrit la bière et en but avidement la moitié. Il se leva et alla uriner dans la salle de bains.

Une douce lumière matinale filtrait à travers les stores à lattes. Il se brossa les dents.

Il avait un peu moins mal à la tête. Après s'être peigné et avoir terminé la canette de bière, il se sentit presque bien.

Il changea de chemise et de pantalon, prit une autre bière et s'engagea dans le petit couloir. Il déboucha sur une grande pièce au mobilier élégant.

Derrière une succession de canapés et de fauteuils en velours, l'Anglais était assis à une petite table en bois, penché sur un tas de papiers épars. Il portait une veste d'intérieur en velours gris nouée à la taille et un pantalon gris en tweed. Il posa sur Michael un regard extrêmement amical et bienveillant.

– Qui êtes-vous? demanda Michael.

– Je m'appelle Aaron Lightner, répondit l'Anglais sur un ton agréable. Je suis venu de Londres pour vous rencontrer.

– Ma tante m'a parlé de votre visite. Je vous ai vu fureter près de chez moi à Liberty Street. Pourquoi diable m'avez-vous suivi jusqu'ici?

– Parce que je veux vous parler, monsieur Curry, dit l'homme poliment, presque avec révérence. Il est tellement important que je vous parle que j'ai accepté le risque de désagréments possibles. Ma façon de faire vous importune, j'en suis conscient et je vous prie de m'en excuser. J'ai simplement voulu vous rendre service en vous ramenant ici et je dois souligner que je n'ai pas eu à vous forcer la main.

– Vraiment?

Michael se sentit irrité.

Cet homme était un vrai charmeur, il fallait l'admettre. Un regard sur les papiers sur la table le rendit fou furieux. Pour moins de 50 dollars, le chauffeur de taxi lui aurait donné un coup de main et, lui, il ne serait pas resté.

– Vous avez parfaitement raison, dit Lightner de la même voix douce et tempérée. J'aurais peut-être dû me retirer dans ma propre suite, juste audessus, mais je craignais que vous ne soyez malade. Et, pour être honnête, autre chose me tracassait.

Michael resta muet. Il était évident que l'homme avait lu dans ses pensées.

– C'est un petit tour qui m'intéresse. Vous pouvez le refaire?

– Si vous le voulez. Vous savez, il n'est pas difficile de lire dans les pensées d'un homme dans votre état d'esprit. Votre sensibilité exacerbée est à double tranchant, je le crains. Je peux vous montrer comment cacher vos pensées, si vous le désirez. Mais est-ce bien nécessaire? Car les gens comme moi ne courent pas les rues.

Michael sourit malgé lui. Tout cela avait été dit avec une telle humilité qu'il se sentait rassuré. L'homme inspirait la confiance. Il semblait la bonté même.

Il passa devant le piano et tira sur la cordelette des rideaux : il détestait la lumière électrique le matin. Il se sentit très heureux en apercevant Saint Charles Avenue par la fenêtre, la large bande de pelouse, les rails du tramway et le feuillage poussiéreux des chênes.

Il devait absolument retourner à la maison de First Street.

– Vous avez réussi à éveiller ma curiosité, dit-il en se retournant. Et je vous suis reconnaissant de m'avoir aidé. Je vous accorde donc vingt minutes pour m'expliquer qui vous êtes, pourquoi vous êtes là et de quoi il retourne. (Il s'assit sur le canapé en face de l'homme et éteignit la lampe.) Oh, à propos! Merci pour la bière. C'était une attention délicate.

– Il y en a d'autres dans le réfrigérateur de la cuisine, dit l'Anglais.

– Bien joué!

Michael se sentait à l'aise dans cette pièce. Le souvenir qu'il en gardait était assez flou mais elle était agréable avec son papier mural sombre, ses sièges en tapisserie et ses lampes en cuivre.

– Voudriez-vous un petit cognac?

– Non. Pourquoi avez-vous la suite au-dessus? Que se passe-t-il?

– Monsieur Curry, j'appartiens à une vieille organisation. On l'appelle le Talamasca. En avez-vous entendu parler?

Michael réfléchit un moment.

– Non.

– Elle remonte au XIe siècle. Et même plus loin, pour être exact. Mais nous avons pris le nom de Talamasca au XIe siècle et, depuis, nous avons une sorte de constitution et un règlement. Pour employer le langage moderne, je peux dire que nous sommes un groupe d'historiens qui s'intéressent en premier lieu aux phénomènes parapsychiques. La sorcellerie, les apparitions, les vampires et les gens doués de capacités psychiques remarquables, voilà ce qui nous intéresse. Nous tenons des archives extrêmement fournies sur ces domaines.

– Depuis le XIe siècle?

– Oui, et même avant, comme je vous l'ai dit. En règle générale, nous nous comportons en spectateurs. Nous n'aimons pas intervenir. Je vais vous montrer notre carte de visite et notre devise.

Il sortit une carte de sa poche, l'apporta à Michael et retourna s'asseoir.

LE TALAMASCA
Nous observons
et nous sommes toujours là

Il y avait des numéros de téléphone à Amsterdam, Rome et Londres.

– Vous avez des bureaux dans ces trois villes? demanda Michael.

– Nous les appelons des maisons mères. Donc, comme je l'ai dit, nous sommes surtout des observateurs. Nous recueillons des données, nous faisons des corrélations et des recoupements entre les informations et nous les archivons. Mais nous sommes très actifs quand il s'agit de communiquer ces informations aux gens qui peuvent en avoir besoin. Nous avons eu connaissance de votre expérience par les journaux de Londres et un contact à San Francisco. Nous pensons que nous pourrions... vous être utiles.

Michael ôta son gant droit en tirant lentement sur chacun de ses doigts et le mit de côté. Il reprit la carte et vit Lightner en train de mettre plusieurs cartes identiques dans sa poche, dans une autre chambre d'hôtel. A New York. Une odeur de cigare. Le bruit de la circulation. Une femme parlant vite avec un accent anglais...

Il songea : « Cet homme me dit-il la vérité? »

Les visions continuaient d'affluer, les voix se faisaient plus fortes, plus confuses. Dans le vacarme, Michael entendit Lightner lui parler.

– Concentrez-vous, monsieur Curry. Faites la part des choses dans ce que vous voyez. Sommes-nous des gens honnêtes ou non?

Michael hocha la tête en se répétant silencieusement la question. C'était trop pénible. Il jeta la carte sur la table en veillant à ne pas en effleurer le bois. Il tremblait légèrement. Il remit son gant et sa vue s'éclaircit.

– Qu'avez-vous appris ? demanda Lightner.

– Quelque chose sur les chevaliers du Temple, les Templiers. Vous leur avez volé leur argent.

– Quoi ?

Lightner était abasourdi.

– Vous leur avez volé leur argent. C'est comme ça que vous avez obtenu vos maisons mères. Vous les avez volés quand le roi de France les a arrêtés. Ils vous avaient donné leur trésor en dépôt et vous l'avez conservé. Vous êtes immensément riches. Et vous avez honte de ce qui s'est passé avec les Templiers. Ils ont été accusés de sorcellerie et anéantis. Ça, je l'ai appris dans les manuels d'histoire, bien entendu. J'étais excellent en histoire et je connais très bien celle des Templiers. Le roi de France voulait briser leur pouvoir. Apparemment, il ignorait tout de vous.

Après l'avoir observé d'un air amusé, Lightner s'était mis à rougir. Il semblait de plus en plus mal à l'aise.

Michael ne put s'empêcher de rire. Il remua les doigts de sa main droite.

– Vous m'avez bien dit de me concentrer et de faire la part des choses, non ?

– Je ne l'entendais pas comme ça mais, oui, c'est ce que je vous ai dit. Monsieur Curry, si vous avez des connaissances en histoire, vous n'ignorez pas que personne, à l'exception du pape, à Rome, n'aurait pu sauver les Templiers. En tant que petite organisation secrète, nous n'en avions pas le pouvoir. Et, pour être franc, lorsque les persécutions ont été terminées et que Jacques de Molay et les autres ont été brûlés vifs, il n'y avait plus personne à qui rendre l'argent.

Michael se remit à rire.

– Ce n'est pas à moi qu'il faut dire cela, monsieur Lightner. Il n'en reste pas moins que vous avez réellement honte d'événements qui se sont produits il y a six cents ans. Vous devez être de drôles de types. Pour votre gouverne, sachez que j'ai publié un article sur les Templiers et que je suis d'accord avec vous. Personne n'aurait pu les aider, pas même le pape, à mon avis. Et si vous aviez voulu intervenir, vous auriez aussi terminé sur un bûcher.

– Sans aucun doute, dit Lightner en rougissant légèrement. Alors, vous êtes convaincu que je vous ai dit la vérité ?

– Convaincu ?

Michael l'examina un long moment. Une fois encore, il eut la nette impression que cet homme partageait avec lui des valeurs qui lui étaient chères.

– Et c'est ce travail dont vous m'avez parlé qui vous a amené à me suivre, au risque de m'être désagréable, comme vous dites ?

Michael reprit la carte, avec une certaine difficulté à cause de son gant, et la glissa dans sa poche de poitrine.

– Pas tout à fait. Mais je veux vraiment vous venir en aide. Et si cela vous paraît prétentieux, je m'en excuse humblement et sincèrement.

– Je suppose que je ne vous étonnerai pas en vous disant que je prie depuis des semaines pour que quelqu'un m'aide. Je me sens un peu mieux depuis deux jours. Bien mieux, même. Je suis sur le point de faire... ce que j'ai le sentiment de devoir faire.

– A votre insu, vous avez un pouvoir extraordinaire.

– Ce pouvoir n'est pas important. Je vous parle de ma mission. Vous avez lu les journaux à ce sujet?

– Tout ce que j'ai pu trouver.

– Alors, vous n'ignorez pas que j'ai rencontré des êtres pendant que j'étais mort. Et qu'ils m'ont rendu la vie en me confiant une mission. Et que, de quelque façon que ce soit, je suis devenu amnésique à ce sujet.

– Oui, je comprends.

– Alors, vous savez que le pouvoir de mes mains n'a aucune importance.

Il avala une autre gorgée de bière.

– Personne ne croit à mon histoire de mission. Mais trois mois ont passé depuis l'accident et ce sentiment est toujours là. Cette mission a quelque chose à voir avec la maison où je suis allé hier soir.

L'Anglais l'examinait avec intensité.

– La maison aurait un rapport avec les êtres que vous avez vus?

– Oui. Mais ne me demandez pas pourquoi. Pendant des mois, cette maison n'a pas quitté mon esprit. Je l'ai vue dans mon sommeil. J'ai fait trois mille kilomètres parce qu'elle a un rapport avec la mission.

– Et Rowan Mayfair, qu'a-t-elle à voir là-dedans?

Michael posa lentement la boîte de bière et jeta un regard d'appréciation sur l'homme.

– Vous connaissez le docteur Mayfair? demanda-t-il.

– Non, mais je sais bien des choses sur elle et sa famille.

– Vraiment? Cela pourrait l'intéresser. Quel rapport entre sa famille et vous? Je croyais que vous m'attendiez devant chez moi parce que vous vouliez me parler.

Le visage de Lightner s'assombrit un instant.

– Je suis embarrassé, monsieur Curry. Mais vous allez sans doute me donner la réponse. Comment se fait-il que le docteur Mayfair se soit trouvé là?

– Écoutez, vos questions commencent à m'agacer. Elle était là pour m'aider. Elle est médecin.

– Elle était là en qualité de médecin? J'ai dû me tromper, alors. Ce n'est pas elle qui vous a envoyé ici?

– Envoyé ici? Grand Dieu, non! Et pourquoi ça? Elle ne voulait même pas que je vienne ici. En fait, j'étais si soûl quand elle est venue me chercher que je peux m'estimer heureux qu'elle ne m'ait pas fait jeter en prison. Mais où avez-vous pris cette idée?

– Vous ne connaissiez donc pas le docteur Mayfair avant de voir ces êtres?

– Non. Seulement cinq minutes après.

– Attendez! Je ne vous suis pas.

– C'est elle qui m'a repêché dans la mer, Lightner. La première fois que je l'ai vue, j'étais étendu sur le pont de son bateau.

– Mon Dieu! Je l'ignorais totalement.

– Et moi aussi, jusqu'à vendredi dernier. Je ne savais même pas son nom. Les gardes-côtes avaient oublié de le lui demander quand elle les a appelés. Mais elle m'a sauvé la vie. Elle a une sorte de sixième sens qui lui permet de savoir si un patient va survivre ou non. Elle a tout de suite essayé de me ramener à la vie. Je me demande parfois si les gardes-côtes auraient essayé si c'étaient eux qui m'avaient repêché.

Lightner se plongea dans un profond silence, les yeux rivés sur le tapis.

– Je voulais retourner sur son bateau, poursuivit Michael. J'étais sûr qu'en touchant le pont sans mes gants je retrouverais la mémoire. Et le plus curieux, c'est qu'elle m'y a poussé. Elle n'est pas un médecin ordinaire, vous savez.

– Je suis assez d'accord avec vous, dit Lightner. Et que s'est-il passé?

– Rien. J'ai simplement fait sa connaissance.

Il se demanda si Lightner pouvait deviner ce qui s'était passé entre eux.

– Je crois que vous me devez quelques réponses, monsieur Lightner. Que savez-vous exactement d'elle et de sa famille pour croire que c'est elle qui m'a envoyé ici?

– Eh bien, c'est précisément ce que je cherchais à savoir. Je pensais que cela avait un rapport avec votre pouvoir. Qu'elle vous avait demandé de faire des recherches pour elle. C'est la seule explication que j'avais pu trouver. Mais, monsieur Curry, comment avez-vous su pour la maison? Je veux dire, comment avez-vous fait le lien entre les êtres que vous avez vus et...?

– J'ai grandi dans cette ville, Lightner. J'adorais cette maison quand j'étais petit. Je passais sans arrêt devant et je ne l'ai jamais oubliée. Même avant ma noyade j'y pensais tout le temps. J'aimerais savoir à qui elle est et ce que tout cela signifie.

– Mais... dit Lightner dans un murmure. Vous ne savez vraiment pas à qui elle appartient ?

– Je viens de vous le dire.

– Vous avez pourtant essayé d'escalader la grille hier soir.

– C'est exact, je m'en souviens. Auriez-vous l'amabilité d'éclairer quelque peu ma lanterne, s'il vous plaît? Vous savez, pour moi, pour Rowan Mayfair, pour la maison. Vous savez, pour la famille de Rowan...

Il s'interrompit soudain et regarda fixement Lightner.

– La famille de Rowan! reprit-il. C'est elle qui possède la maison?

– Elle l'a fait construire, dit calmement Lightner. Et, si je ne m'abuse, elle reviendra à Rowan Mayfair au décès de sa mère.

– Je ne vous crois pas, murmura Michael.

C'était une façon de parler. Soudain, l'atmosphère des visions l'enveloppa et disparut presque immédiatement, comme toujours. Il regarda Lightner, incapable de formuler les questions qui se bousculaient dans sa tête.

– Monsieur Curry, s'il vous plaît. Veuillez m'expliquer en détail le lien entre la maison et les êtres. Ou, pour être plus précis, ce que vous savez de cette maison et les souvenirs d'enfance que vous en conservez.

– Pas avant que vous m'ayez dit ce vous savez, vous. Vous rendez-vous compte que Rowan...?

– En temps voulu, je vous dirai tout ce que je sais mais, en échange, je vous demande simplement de parler le premier. Il faut que vous me disiez la moindre chose dont vous vous souvenez, même si vous n'avez aucune idée de sa signification. Je saurai peut-être vous donner des éclaircissements. Vous me suivez?

– D'accord. Mes informations contre les vôtres. Mais avant, donnez-moi l'assurance que vous me raconterez tout.

– Je vous le promets.

Cela vaut la peine, se dit Michael. Il était le premier surpris d'avoir tant envie de s'ouvrir à cet homme, de tout lui raconter dans le moindre détail.

– D'accord, commença-t-il. Comme je vous l'ai dit, je passais tout le temps devant cette maison quand j'étais petit. Je faisais même un détour pour passer devant. J'habitais à Annunciation Street, à six pâtés de maisons de là. Je voyais un homme dans le jardin, le même qu'hier soir. Vous vous souvenez? Je vous ai demandé si vous l'aviez vu? Eh bien, je l'ai vu près de la grille et au fond du jardin. Et le pire, c'est qu'il n'avait pas changé d'un pouce. J'avais quatre ans la première fois et six quand je l'ai vu dans l'église.

– Vous l'avez vu dans une église?

– Oui, à Noël. Dans l'église Saint Alphonse. Je ne l'ai jamais oublié parce qu'il y avait la crèche. Il se trouvait sur les marches de l'autel latéral.

– Vous êtes certain que c'était lui?

– Absolument. Je l'ai revu une autre fois à un concert en ville. C'était Isaac Stern qui jouait et je ne l'oublierai jamais car c'était la première fois que j'entendais une musique aussi vivante. Vous voyez ce que je veux dire. L'homme me regardait.

Michael hésita. L'atmosphère de cet événement lointain lui revenait sans plaisir car c'était pendant une période triste de sa vie. Il secoua la tête. Lightner était en train de lire dans ses pensées, il en était persuadé.

– Elles ne sont pas claires quand vous êtes troublé, dit doucement Lightner. Mais c'est de la plus haute importance, monsieur Curry...

– A qui le dites-vous? Tout cela a un rapport avec ce que j'ai vu pendant ma noyade. Je le sais parce que je n'ai pas cessé d'y penser depuis. Dès mon réveil, je voyais cette maison et je n'avais qu'une idée en tête, c'était d'y retourner. C'était une idée fixe.

– Je vous demande encore un peu de patience, dit Lightner. Pourriez-vous me dire ce que vous vous rappelez au sujet des êtres? Vous m'avez dit que vous n'aviez pas tout oublié...

Michael fit une brève description de la femme aux cheveux noirs, du bijou, d'une vague porte...

– Probablement pas une porte de maison. Mais cela a quelque chose à voir avec la maison. Et un numéro que j'ai oublié. Non, pas une adresse. Un numéro à deux chiffres très important. Et une mission... Pour sauver quelque chose. Et je suis certain que je pouvais la refuser. Je ne crois pas qu'ils m'auraient laissé mourir si j'avais refusé. J'ai eu le choix et j'ai choisi de revenir et d'accomplir la mission. Je suis revenu à moi en me disant que j'avais quelque chose de très important à faire.

Lightner ne chercha pas à cacher sa surprise.

– Autre chose?

– Non. J'ai parfois l'impression d'être sur le point de tout me rappeler. J'ai commencé à repenser à la maison environ vingt-quatre heures après. Ou un peu plus. Et j'ai tout de suite senti le lien. Comme hier soir. J'étais venu au bon endroit pour trouver toutes les réponses mais il ne s'est rien passé. Je commence à devenir fou.

– On le deviendrait à moins... J'ai une suggestion à vous proposer. Serait-il possible que l'image de la maison vous soit venue du contact de vos mains avec Rowan après la noyade?

– Ce serait plausible si Rowan savait quoi que ce soit de cette maison. Elle ne sait absolument rien de La Nouvelle-Orléans ni de sa famille. Elle ne connaissait que sa mère adoptive qui est décédée l'an dernier.

Lightner semblait réticent à le croire.

– Écoutez..., dit Michael.

Il se sentait parti pour tout raconter et n'éprouvait aucune gêne à parler à cet homme, mais cela allait trop loin.

– A vous de parler, maintenant. Quand Rowan est venue me chercher vendredi, elle vous a vu. Elle a dit qu'elle vous avait déjà vu quelque part. Soyez franc avec moi, Lightner. Que savez-vous d'elle?

– Je vous dirai tout, dit gentiment Lightner, égal à lui-même. Mais, encore une fois, êtes-vous certain qu'elle n'a jamais vu de photo de la maison?

– Non, je lui ai posé la question. Elle est née à La Nouvelle-Orléans...

– Oui?

– Mais on l'a emmenée le jour même. Et plus tard, on lui a fait signer un papier par lequel elle s'engageait à ne jamais y retourner. Je lui ai demandé si elle avait vu des photos de la maison de sa famille de La Nouvelle-Orléans et elle m'a dit que non. Elle a même précisé qu'elle n'est pas parvenue à obtenir la moindre information sur sa famille après la mort de sa mère adoptive. Vous voyez? Ça ne peut pas venir d'elle. Mais nous sommes tous les deux impliqués.

– Qu'entendez-vous par là?

– Je veux dire qu'ils m'ont choisi à cause de mon passé... Qui j'étais, ce que j'étais, où je vivais. Tout se tient, mais je ne suis pas le centre de l'affaire. Le centre, c'est probablement Rowan. Il faut que je l'appelle pour lui dire que la maison appartient à sa mère.

– Ne le faites pas, Michael, dit soudain Lightner. Je vous en prie. Je n'ai pas rempli ma part de notre marché. Je ne vous ai pas encore tout dit.

– Mais enfin, vous rendez-vous compte? Elle a dû sortir le *Sweet Christine* au moment même où je suis tombé de la falaise. Nous devions nous rencontrer. Et ces êtres qui savaient tout, qui ont choisi d'intervenir.

– Oui, je me rends compte... Tout ce que je vous demande, c'est que nous échangions tous nos renseignements avant que vous n'appeliez Rowan.

L'Anglais continuait à parler mais Michael ne l'écoutait plus. Il se sentit soudain complètement désorienté, comme s'il allait s'évanouir. Il fallait qu'il s'accroche à la table. Mais ce n'était pas son corps, c'était son esprit qui chancelait. Et pendant une seconde magnifique, les êtres réapparurent. La femme aux cheveux noirs lui parlait et, d'une position avantageuse, en hauteur, où il était en apesanteur et libre, il aperçut un petit bateau sur la mer et dit : « Oui, je le ferai. »

Il retint sa respiration. Par crainte de perdre le fil, il ne chercha pas à forcer ses visions. Il resta sans bouger jusqu'à ce qu'elles s'estompent, le laissant à nouveau troublé, frustré et en colère.

– Oh, mon Dieu! murmura-t-il. Et Rowan qui n'a pas la moindre idée...

En ouvrant les yeux, il vit Lightner assis près de lui. Il avait le sentiment affreux d'avoir perdu plusieurs précieuses minutes.

– Une seconde ou deux, c'est tout, affirma Lightner. Vous avez failli vous écrouler.

– Vous n'imaginez pas à quel point il est atroce d'avoir perdu la mémoire. Et Rowan a dit quelque chose de vraiment étrange.

– Quoi donc?

– Que c'était peut-être eux qui ne voulaient pas que je me rappelle.

– Cela vous paraît étrange?

– Ils veulent que je me rappelle. Ils veulent que je fasse ce que je suis censé faire. La porte et le nombre 13. Et elle a dit autre chose encore. Elle m'a demandé comment je savais qu'ils étaient bons. Elle sous-entendait qu'ils avaient peut-être provoqué ma noyade... Je vous dis que je vais devenir fou.

– Ce sont des questions très pertinentes, dit l'Anglais dans un soupir. Mais vous avez parlé d'un nombre 13...

– C'est vrai? J'ai dit ça? Oui, le 13. Ca y est, c'est revenu! Le nombre 13!

– Écoutez-moi. Je ne veux pas que vous appeliez Rowan. Je vous demande de vous habiller et de venir avec moi.

– Attendez un peu, mon ami! Vous êtes un type très intéressant. Vous avez plus fière allure en veste d'intérieur que n'importe quel héros des films que j'ai vus et vous avez des manières très persuasives et très charmantes. Mais je suis très bien où je suis et j'ai l'intention de retourner à cette maison après avoir appelé Rowan...

– Et qu'allez-vous faire une fois devant la maison? Sonner?

– Je vais attendre l'arrivée de Rowan. Elle a envie de venir, vous savez. Elle veut voir sa famille.

– Et l'homme? Que vient-il faire là-dedans, d'après vous?

Michael s'arrêta sur son élan.

– Vous l'avez-vu? demanda-t-il.

– Non. Il ne m'en a pas laissé le temps. Il voulait que ce soit vous qui le voyiez. Et pourquoi? C'est ce que j'aimerais savoir.

– Mais vous savez tout de lui, n'est-ce pas?

– Oui.

– D'accord. A vous de parler, et tout de suite!

– Nous avons conclu un marché. Et il est indispensable que vous sachiez tout.

Il se leva, alla lentement jusqu'à la table et se mit à rassembler les papiers éparpillés. Il les rangea dans un grand dossier en cuir.

– Tout est là-dedans, reprit-il.

– Lightner, vous me devez quelques réponses.

– Ce dossier est un condensé des réponses, Michael. Il provient de nos archives et est entièrement consacré à la famille Mayfair, depuis l'année 1664. Mais je ne peux pas vous le remettre ici.

– Où, alors?

– Nous avons une maison près d'ici. Une vieille maison de plantation. C'est un endroit charmant.

– Non! s'impatienta Michael.

Lightner lui fit signe de se calmer.

– C'est à moins d'une heure et demie en voiture. J'insiste pour que vous vous habilliez et me suiviez. Vous lirez tranquillement le dossier à Oak Haven. Gardez vos questions jusqu'à la fin de votre lecture. Vous comprendrez alors pourquoi je vous ai prié de remettre à plus tard votre coup de téléphone au docteur Mayfair. Je crois que vous m'en remercierez.

– Il faut qu'elle voie ce dossier.

– C'est évident. Et si vous acceptez de le lui remettre en notre nom, nous vous en serions éternellement reconnaissants.

Michael examina encore une fois l'homme en essayant de faire la part entre son charme et le contenu ahurissant de ses paroles. D'un côté, il se sentait attiré vers lui et rassuré par ce qu'il savait et, de l'autre, soupçonneux. Et, plus que tout, il était fasciné de constater que les pièces du puzzle se mettaient petit à petit en place.

– Je ne peux pas aller avec vous, dit-il. Nul doute que vous êtes sincère mais je dois appeler Rowan et je veux que vous me donniez maintenant le dossier.

– Michael, il y a là-dedans des informations se rapportant à tout ce que vous m'avez raconté. Mais je ne vous les communiquerai qu'à mes conditions.

– Vous n'essayez pas de vous jouer de moi?

– Non. Certainement pas. Mais n'essayez pas de vous jouer de vous-même. Vous avez toujours su que cet homme n'était pas... ce qu'il semblait être, n'est-ce pas? Qu'avez-vous éprouvé hier soir en le voyant?

– Oui, je l'ai toujours su...

Il se sentait à nouveau désorienté. Une émotion inquiétante le traversa. Il revit l'homme en train de l'observer. Soudain, malgré lui, il fit une chose étonnante. Il leva la main droite et fit un rapide signe de croix.

Gêné, il regarda Lightner. Une idée très claire lui vint alors.

– Serait-il possible qu'ils aient organisé notre rencontre? Est-ce la femme aux cheveux noirs qui a tout arrangé?

– Vous en êtes le seul juge. Vous êtes le seul à savoir ce que ces êtres vous ont dit et qui ils sont.

– Mais je n'en sais rien!

Michael mit ses mains sur ses tempes. Il s'aperçut qu'il fixait le dossier des yeux. De larges lettres d'or repoussé, à demi usées, étaient inscrites sur la couverture.

– Les sorcières Mayfair, lut-il à voix basse. Je ne me trompe pas?

– Oui. Maintenant, allez-vous vous habiller et me suivre? Un bon petit déjeuner nous attend là-bas.

– Vous ne croyez pas aux sorcières? s'exclama Michael.

Mais ils revenaient. La pièce s'estompa et la voix de Lightner s'éloigna à nouveau. Michael trembla. Il se sentait mal. Il revit la pièce dans la lumière matinale, des années auparavant. Tante Vivian était assise ici et sa mère là. Appeler Rowan...

– Pas encore, dit Lightner. Lisez d'abord le dossier.

– Vous avez peur de Rowan. Vous voulez me protéger d'elle...

Il repensa au moment où il avait touché sa main dans la voiture. Avertissement. Puis dans ses bras, plus tard.

– Vous savez de quoi il retourne, dit Lightner. Rowan vous l'a dit.

– Oh, c'est stupide! Elle l'a juste imaginé.

– Non. Regardez-moi. Vous savez que je vous dis la vérité. Vous y avez pensé quand vous avez lu le mot « sorcières ».

– C'est faux. Il est impossible de tuer des gens simplement en souhaitant leur mort.

– Michael, je vous demande moins de vingt-quatre heures. Je vous fais confiance. Je vous demande de respecter nos méthodes et de nous consacrer ce temps.

– Je ne peux pas accepter ça! Rowan n'est pas une sorcière. C'est de la folie. Elle est médecin et elle m'a sauvé la vie.

Et dire que c'était sa maison, sa magnifique maison, celle qu'il avait adorée dès son plus jeune âge. Toutes ces années, il savait parfaitement que l'homme n'était pas réel. Toute sa vie il l'avait su. Depuis l'église...

– Michael, cet homme attend Rowan.

– Attend Rowan? Mais alors, pourquoi s'est-il montré à moi?

– Écoutez-moi, mon ami, dit l'Anglais en posant une main chaleureuse sur celle de Michael. Je n'ai pas l'intention de vous alarmer ni d'exploiter votre fascination. Cette créature est attachée à la famille Mayfair depuis des générations. Elle peut tuer des gens. Et le docteur Rowan Mayfair aussi. En fait, il se peut qu'elle soit la première de sa lignée à pouvoir tuer entièrement seule, sans l'aide de cette créature. Et ils ne vont pas tarder à se rencontrer. Alors, s'il vous plaît, habillez-vous et venez avec moi. Si vous acceptez de servir de médiateur en remettant à Rowan le dossier sur les sorcières Mayfair, nos vœux les plus chers auront été exaucés.

Calme, Michael tentait d'assimiler ce qu'il venait d'entendre. Ses yeux regardaient Lightner mais voyaient d'innombrables autres choses. Il avait maintenant du mal à expliquer ses impressions à l'égard de « l'homme », cet homme qui lui avait toujours paru magnifique, l'élégance personnifiée, une silhouette frêle et attendrissante qui semblait doué d'une sérénité que Michael lui enviait. Derrière la grille, la veille, il avait essayé de lui faire peur. Ou était-ce une illusion? Si seulement il pouvait le toucher sans ses gants!

– Mon rôle est d'intervenir, dit-il. Peut-être même au moyen de ce pouvoir qu'ont mes mains. Rowan a dit...

– Oui?

– Elle m'a demandé pourquoi je croyais que le pouvoir n'avait rien à voir dans tout cela. Pourquoi je persistais à croire qu'il était indépendant... Évidemment, ce don que j'ai reçu n'est peut-être pas seulement destiné à me rendre fou ou à distraire mon attention.

– C'est ce que vous pensiez?

Il acquiesça.

– Je crois bien. J'ai cru qu'il devait m'empêcher de venir ici et c'est pourquoi je me suis enfermé dans ma maison pendant deux mois. J'aurais pu trouver Rowan plus tôt...

Il regarda ses mains. Comme il détestait ces gants qui les faisaient ressembler à des prothèses!

– D'accord, dit-il enfin. Je vais avec vous. Je veux lire ce dossier. Mais je veux rentrer le plus vite possible. Je lui ai promis que je reviendrais si elle m'appelait. Je tiens à elle. Encore plus que vous ne le croyez. Et cela n'a rien à voir avec les êtres mais avec elle, personnellement... Je ne la ferai jamais passer après le reste.

– Pas même après les êtres? demanda Lightner avec respect.

– Non. On n'éprouve que deux ou trois fois dans sa vie ce que j'éprouve pour elle.

– Je comprends. Je vous retrouve en bas dans vingt minutes. Et j'aimerais que vous m'appeliez Aaron, si vous le désirez. Nous avons un long chemin à faire ensemble. Je crois que je me suis laissé aller à vous appeler Michael une ou deux fois. J'aimerais que nous soyons amis.

En moins de quinze minutes, Michael fut douché, rasé et habillé. Il défit ses bagages, ne gardant que l'essentiel, et, au moment de prendre sa valise, aperçut le voyant lumineux clignotant sur le téléphone. Mais pourquoi n'avait-il pas répondu la première fois qu'il l'avait aperçu? Il était furieux.

Il appela tout de suite le standard.

– Oui. Un certain docteur Rowan Mayfair vous a téléphoné, monsieur Curry. Vers 5 heures du matin.

La standardiste lui indiqua le numéro de Rowan.

– Elle a insisté pour que nous vous appelions et même pour que nous frappions à votre porte, précisa-t-elle.

– Et vous l'avez fait?

– Oui, monsieur Curry, mais vous n'avez pas répondu.

Et Aaron était là, pourtant, songea Michael avec rage.

– Nous n'avons pas osé nous servir du passe pour entrer.

– Bon. J'ai un message pour le docteur Mayfair si elle rappelle.

– Oui, monsieur Curry?

– Dites-lui que je suis bien arrivé, que je la rappellerai dans les vingt-quatre heures mais que je dois sortir pour l'instant. Je reviendrai plus tard.

Il laissa un billet de 5 dollars sur le couvre-lit pour la femme de chambre et sortit.

Le petit salon était plein d'animation lorsqu'il descendit et la salle du petit déjeuner était remplie de monde. Lightner, vêtu d'un costume impeccable en seersucker, l'attendait près de la porte de sortie. Il faisait très gentleman de la vieille école.

– Vous auriez pu répondre au téléphone, dit Michael, sans ajouter que Lightner ressemblait aux vieillards de son enfance qui faisaient leur promenade du soir dans Garden District.

– J'ai estimé que je n'en avais pas le droit, dit poliment Aaron. (Il ouvrit la porte à Michael et fit un geste vers une voiture grise – une limousine interminable – au coin de la rue.) De plus, je craignais que ce ne soit le docteur Mayfair, ajouta-t-il.

– Eh bien, c'était elle, dit Michael en grimpant à l'arrière de la voiture.

– Je vois. Mais vous ne l'avez pas rappelée? demanda-t-il en s'asseyant à côté de Michael.

– Un marché est un marché, répondit Michael en soupirant. Mais ça ne me plaît pas. J'ai essayé de vous faire comprendre ce qu'il y a entre

Rowan et moi. Vous savez, quand j'avais entre vingt et trente ans, tomber amoureux en une soirée était hors de question pour moi. Maintenant que j'ai la quarantaine bien tassée, ou bien je suis plus stupide que jamais ou bien j'ai beaucoup appris. Je suis capable d'évaluer une situation et de me rendre compte quand elle est proche de la perfection. Vous voyez ce que je veux dire?

– Je pense.

La voiture était un peu vieille mais très confortable avec ses sièges de cuir gris et son petit réfrigérateur sur le côté. Toute la place voulue pour les longues jambes de Michael. Saint Charles Avenue défila trop vite derrière les vitres teintées.

– Monsieur Curry, je respecte vos sentiments envers Rowan mais j'avoue que je suis à la fois surpris et intrigué. Oh, ne vous méprenez pas! Cette femme est extraordinaire à tous les points de vue. C'est un médecin incomparable et une jeune créature ravissante aux manières plutôt stupéfiantes. Je sais. Il faut que vous compreniez bien une chose : normalement, le dossier sur les sorcières Mayfair ne doit pas passer entre les mains de personnes étrangères à notre organisation ou à la famille Mayfair. En vous le montrant, j'enfreins le règlement et j'aimerais profiter de cet instant privilégié pour tout vous expliquer sur le Talamasca, comment nous opérons et la loyauté que nous vous demandons en échange de la confiance que nous vous faisons.

– D'accord! Il y a du café dans ce taxi de luxe?

– Oui, bien sûr.

Il sortit une bouteille thermos du vide-poche et remplit la timbale.

– Noir, c'est parfait.

A mesure que défilaient les hautes et fières maisons de l'avenue, avec leurs porches, leurs petites colonnes et leurs volets aux couleurs vives, la gorge de Michael se nouait. Une idée folle lui traversa l'esprit : un jour, il achèterait le même costume en seersucker que Lightner et se promènerait des heures sur l'avenue, comme les vieillards d'autrefois, suivant ses méandres parallèles à ceux du fleuve et passant devant ces maisons majestueuses qui résistaient au temps. Il se laissa dériver dans ce paysage abîmé mais magnifique, bien à l'abri dans la voiture aux glaces teintées.

– Oui, c'est beau, dit Lightner. Très beau.

– D'accord. Parlez-moi de votre organisation. Donc, vous circulez en limousine grâce aux Templiers. A part ça?

Lightner hocha la tête d'un air réprobateur, un faible sourire sur les lèvres. A la surprise de Michael, il se mit à rougir.

– Je plaisante, Aaron, dit Michael. Allez, dites-moi comment vous avez entendu parler des Mayfair. Et, pendant que vous y êtes, ayez l'obligeance de me dire ce qu'est une sorcière.

– Une sorcière est une personne capable d'attirer et de manipuler des forces invisibles. C'est la définition que nous avons donnée à ce terme. Elle pourrait tout aussi bien s'appliquer aux voyants et aux prophètes, d'ailleurs.

Nous avons été créés pour observer certains phénomènes comme celui des sorcières. Cela remonte à ce qu'on appelle maintenant le Haut Moyen Age, ou âge des ténèbres. C'était bien avant les persécutions contre la sorcellerie, comme vous le savez certainement. Et cela a débuté par l'intermédiaire d'un magicien – un alchimiste, comme il s'appelait lui-même – qui a commencé ses recherches dans un lieu isolé en rassemblant dans un grand livre tous les récits concernant le surnaturel qu'il avait lus ou entendus. Son nom et l'histoire de sa vie importent peu pour l'instant. Mais il fut probablement le premier historien à écrire sur l'occulte, l'invisible ou le mystérieux sans faire de suppositions ou d'affirmations sur l'origine démoniaque des apparitions et autres esprits. Et il exigeait de ses quelques disciples la même ouverture d'esprit. « Contentez-vous d'étudier les agissements de celui qu'on appelle l'ensorceleur, disait-il. Ne partez pas du principe que vous savez d'où lui vient son pouvoir. » Nous avons conservé ce principe. Nous ne sommes dogmatiques que lorsqu'il s'agit de défendre notre absence de dogme. Et, bien que nos membres soient nombreux et très sûrs, nous continuons à en chercher de nouveaux. Nous cherchons des gens qui respecteront notre passivité et nos méthodes lentes et soignées, qui seront aussi fascinés que nous par l'étude de l'occulte, qui sont doués d'un pouvoir extraordinaire comme celui de vos mains... Quand j'ai entendu parler de vous, j'ignorais totalement votre lien avec Rowan Mayfair ou avec la maison de First Street. J'ai simplement pensé à vous comme membre potentiel. Évidemment, je n'avais pas prévu de vous en parler aussi vite. Mais, étant donné les circonstances... Quoi qu'il en soit, je suis venu à San Francisco pour mettre nos connaissances à votre service et vous montrer, si vous le souhaitiez, comment utiliser votre pouvoir. Et puis, éventuellement, j'aurais évoqué avec vous le fait que vous pourriez apprécier notre mode de vie... Vous savez, il y avait quelque chose dans votre vie qui m'intriguait. D'après ce que j'avais lu et d'après une petite enquête que nous avons menée, j'avais l'impression qu'avant l'accident vous vous trouviez dans une impasse. C'était comme si vous aviez atteint vos objectifs mais que vous n'étiez pas satisfait... Mais revenons-en à notre organisation. Nous avons observé des phénomènes occultes dans le monde entier, vous vous en doutez. Et si notre travail sur les familles de sorcières n'en représente qu'une infime partie, il fait cependant partie des plus dangereux. Observer les phénomènes d'apparitions, de possession et de réincarnation ou lire dans les pensées ne présentent aucun danger. Avec les sorcières, c'est autre chose... Vous comprendrez cela en lisant le dossier. Tout ce que je vous demande, c'est de ne jamais parler de nous. Et si nous devions nous séparer, que ce soit d'une façon désagréable ou agréable, vous devrez respecter la vie privée des personnes mentionnées dans le dossier Mayfair...

– Vous savez que vous pouvez me faire confiance sur ce point. Vous me connaissez. Mais qu'entendez-vous par danger? Vous parlez de cet esprit, cet homme, ou de Rowan?

– Nous verrons cela plus tard. Que voudriez-vous savoir de plus sur nous?

– Le recrutement de vos membres, comment procédez-vous?

– Cela commence par un noviciat, comme dans un ordre religieux. Mais je précise qu'il ne s'agit pas de suivre des cours. Il s'agit d'apprendre une façon d'aborder la vie. Pendant les années de noviciat, on vit dans une maison mère. On rencontre les anciens membres, on travaille dans les bibliothèques et on peut consulter tous les documents à volonté...

– Le rêve! Excusez-moi, je vous ai interrompu.

– Après deux ans de préparation, nous commençons à parler sérieusement d'engagement et de recherches sur le terrain. Bien entendu, contrairement à ce qui se passe dans un ordre religieux, le vœu d'obéissance n'existe pas chez nous et chacun est libre de refuser une mission qu'on lui propose. Nous exigeons seulement de nos membres fidélité et confidentialité. Finalement, c'est une question de compréhension. Il s'agit de savoir si l'on veut ou non entrer dans une sorte de communauté très particulière...

– Je vois. Parlez-moi des maisons mères? Où se trouvent-elles?

– Celle d'Amsterdam est la plus ancienne. La plus grande est dans les environs de Londres et la plus secrète, à Rome. Bien entendu, l'Église catholique ne nous aime pas. Elle ne nous comprend pas. Elle nous met dans le même sac que le diable, comme les sorcières et les Templiers autrefois. Mais nous n'avons rien à voir avec le diable. S'il existe, il n'est pas de nos amis...

Michael se mit à rire.

– Vous pensez que le diable existe?

– Pour être franc, je ne sais pas. C'est la réponse que vous fera tout membre digne du Talamasca.

– Dites-moi quelque chose, Aaron.

– Si je peux...

– Est-ce qu'on peut toucher un esprit? Cet homme. On peut le toucher avec la main?

– Eh bien, parfois je me dis que ce serait tout à fait possible... Quant à savoir si l'esprit se laissera toucher, c'est une autre histoire. Vous vous en rendrez compte bientôt.

Michael hocha la tête.

– Tout est lié, alors. Les mains, les êtres, et même vous... et votre organisation.

– Attendez d'avoir lu l'histoire. Chaque chose en son temps...

Dix

En s'éveillant, à 10 heures, Rowan doutait de ce qu'elle avait vu. Dans la douceur du soleil réchauffant la maison, le fantôme lui parut totalement irréel. Elle essaya de faire revivre ce moment, avec le bruit sinistre de l'eau et du vent. Tout cela lui paraissait maintenant impossible.

Finalement, elle était contente de n'avoir pas réussi à joindre Michael. Elle l'aurait inquiété pour rien. D'un autre côté, comment aurait-elle pu imaginer une chose pareille? Un homme derrière la vitre, touchant le carreau et la regardant d'un air implorant.

Aucune trace ne subsistait de son passage. Elle sortit sur la terrasse, s'y promena et examina les pilotis et l'eau. Aucun signe sortant de l'ordinaire. Mais quelle sorte de signe aurait-il pu y avoir? Elle s'appuya à la rambarde, respirant le vent et heureuse que le ciel soit bleu. Plusieurs voiliers sortaient lentement et avec grâce de la marina. Bientôt, la mer en serait couverte. Elle avait presque envie de sortir le *Sweet Christine* mais y renonça et rentra dans la maison.

Pas d'appel de Michael. Il ne lui restait qu'à sortir le *Sweet Christine* ou aller travailler.

Elle s'apprêtait à partir pour l'hôpital lorsque le téléphone sonna. « Michael », murmura-t-elle. Mais la sonnerie provenait de l'ancienne ligne d'Ellie.

– Un appel pour Mme Ellie Mayfair, dit l'opératrice.

– Je suis désolée mais elle ne peut répondre, dit Rowan. Elle n'est plus ici.

Était-ce la bonne façon de s'exprimer? Ce n'était pas très agréable d'annoncer aux gens qu'Ellie était morte. Rowan entendit un bruit de conciliabule à l'autre bout du fil.

– Pouvez-vous nous dire à quelle heure nous pouvons la joindre?

– De la part de qui, s'il vous plaît?

Rowan posa son sac sur le comptoir de la cuisine. Il faisait bon et elle avait un peu chaud avec son manteau.

– Je serai heureuse de payer la communication si l'interlocuteur veut bien me parler, poursuivit Rowan.

Autres bruits de voix, puis la voix rauque d'une femme âgée se fit entendre.

– Je prends la communication.

L'opératrice raccrocha.

– Rowan Mayfair à l'appareil. Puis-je vous être utile?

– Vous pouvez me dire quand et où je peux joindre Ellie? dit la femme sur un ton impatient, contrarié peut-être, froid certainement.

– Êtes-vous de ses amis?

– Si je ne peux pas la joindre, j'aimerais parler à son mari, Graham Franklin. Vous avez son numéro de bureau, peut-être?

Quelle personne détestable, se dit Rowan. Mais elle avait le sentiment grandissant que c'était un membre de sa famille.

– On ne peut pas le joindre non plus. Si vous vouliez bien me dire qui vous êtes, je serais heureuse de vous expliquer la situation.

– Non merci. Je dois impérativement parler à Ellie Mayfair ou à Graham Franklin.

Sois patiente, se dit Rowan. C'est de toute évidence une vieille femme et elle fait partie de ta famille. Cela vaut la peine de tenir.

– Je suis désolée, dit Rowan. Ellie Mayfair est décédée d'un cancer l'an dernier. Et Graham est décédé deux mois avant elle. Je suis leur fille, Rowan. Puis-je faire quelque chose pour vous?

Silence.

– Je suis votre tante, Carlotta Mayfair, dit la femme. Je vous appelle de La Nouvelle-Orléans. Pourquoi ne m'a-t-on pas prévenue du décès d'Ellie?

Une rage immédiate enflamma Rowan.

– Je ne vous connais pas, mademoiselle Mayfair, dit-elle en s'efforçant de parler lentement et calmement. Je n'ai ni adresse ni numéro de téléphone de parents d'Ellie à La Nouvelle-Orléans. Ses instructions à son avocat étaient de ne pas prévenir sa famille.

Rowan s'aperçut soudain qu'elle tremblait et que sa main tenant le combiné était moite. Elle s'était montrée un peu rude. En même temps, elle était très excitée. Elle ne voulait pas que cette femme raccroche.

– Vous êtes toujours là, mademoiselle Mayfair? demanda-t-elle. Je suis désolée. Je crois que vous m'avez un peu prise au dépourvu.

– Oui, dit la femme. Nous avons toutes les deux été prises au dépourvu, je crois. Je me vois obligée de vous parler franchement.

– Je vous en prie.

– Il est malheureusement de mon devoir de vous annoncer que votre mère est décédée ce matin. Vous me comprenez? Il s'agit de votre mère. J'avais l'intention de le dire à Ellie pour qu'elle décide elle-même de la façon dont il convenait de vous l'annoncer. Je suis désolée que les choses se passent ainsi. Votre mère nous a quittés ce matin à 5 h 5.

Rowan était trop abasourdie pour répondre. La femme aurait pu lui assener un coup sur la tête, le résultat aurait été le même. Elle n'éprouvait pas de chagrin. C'était trop fort, trop atroce pour cela. Sa mère avait soudain fait irruption dans sa vie, vivante et existante, mais pour une fraction de seconde seulement. Rowan n'essaya pas de parler. Comme à son habitude, elle se réfugia dans le silence. Elle revit Ellie morte, au dépôt mortuaire, entourée de fleurs. Et le papier qui attendait depuis plus d'un an dans le coffre-fort. « Ellie, elle était vivante ! J'aurais pu la connaître. Mais maintenant elle est morte. »

– Ce n'est pas la peine que vous veniez, reprit la femme sur le même ton. En revanche, il faut que vous contactiez immédiatement votre avocat et qu'il m'appelle au sujet d'affaires importantes concernant vos biens.

– Oh, mais je veux venir, dit Rowan sans hésitation. Je veux voir ma mère avant qu'elle ne soit enterrée.

Au diable le papier et cette femme innommable.

– C'est peu approprié, répondit la femme d'un ton las.

– J'insiste, dit Rowan. Je n'ai pas l'intention de vous déranger mais je veux voir ma mère. Personne n'aura besoin de savoir qui je suis. Je veux simplement venir.

– Ce serait un voyage inutile. Et Ellie n'aurait pas été d'accord. Elle m'a assurée que...

– Ellie est morte! murmura Rowan dans un effort surhumain pour contrôler sa voix. (Elle tremblait de tout son corps.) Ecoutez, c'est très important pour moi. Ellie et Graham sont partis tous les deux, comme je vous l'ai dit. Je...

Elle n'arrivait pas à le dire. Avouer qu'elle était seule ferait trop larmoyant.

– Je me dois d'insister, dit la femme, pour que vous restiez où vous êtes.

– Pourquoi? Qu'est-ce que cela peut vous faire que je vienne? Je vous l'ai dit, personne ne saura qui je suis.

– Il n'y aura ni veillée ni enterrement public. Votre mère sera enterrée le plus vite possible. J'ai demandé que cela se fasse demain après-midi. Mes recommandations visent à vous épargner du chagrin. Mais si vous ne voulez pas m'écouter, faites comme bon vous semble.

– Je viens. A quelle heure, demain?

– Votre mère sera enterrée par la maison Lonigan et Fils, dans Magazine Street. La messe de requiem aura lieu à Sainte Mary's Assumption, dans Josephine Street. Je ne connais pas encore l'heure. Ce sera le plus tôt possible. Ce n'est pas la peine de faire des milliers de kilomètres...

– Je veux voir ma mère. Je vous demande d'attendre que je sois là.

– C'est hors de question, dit la femme d'un ton légèrement impatient ou fâché. Je vous conseille de partir tout de suite si vous êtes décidée à venir. Et ne comptez pas passer la nuit sous ce toit car je ne peux pas vous recevoir correctement. La maison vous appartient et je m'en irai le plus vite possible si vous le souhaitez. Mais je vous demande de descendre à l'hôtel jusque-là.

La femme lui indiqua l'adresse.

– Vous avez dit First Street? interrogea Rowan. (C'était la rue dont Michael lui avait parlé, elle en était certaine.) C'était la maison de ma mère?

– Je suis restée éveillée toute la nuit, dit la femme. Si vous venez, je pourrai tout vous expliquer.

Rowan allait poser une autre question quand, à son grand étonnement, la femme raccrocha.

Elle était si furieuse qu'elle ne ressentait aucune peine. Elle reposa rageusement le combiné, les dents serrées, et croisa les bras.

– Mon Dieu! Quelle femme horrible!

Mais ce n'était pas le moment de pleurer ou de penser à Michael. Elle se moucha, s'essuya les yeux, attrapa le bloc-notes de la cuisine et y griffonna les renseignements arrachés à la femme.

First Street, se dit-elle en regardant ce qu'elle avait écrit. C'était sûrement une coïncidence. Et Lonigan et Fils, les mots qu'Ellie avaient prononcés dans son délire. Rowan appela le service des renseignements de La Nouvelle-Orléans puis les pompes funèbres.

Un certain M. Jerry Lonigan lui répondit.
– Je suis le docteur Rowan Mayfair. J'appelle de Californie à propos d'un enterrement.
– Oui, docteur Mayfair, répondit l'homme d'une voix agréable qui lui rappela tout de suite celle de Michael. Je sais qui vous êtes. J'ai votre mère ici.
Dieu merci, pas besoin de subterfuge et de fausses explications. Rowan se demanda ce que l'homme savait d'elle. Son adoption avait-elle alimenté les ragots?
– Monsieur Lonigan, dit-elle en essayant d'être claire. Il est très important que j'assiste aux obsèques. Je veux voir ma mère avant qu'elle ne soit mise en terre.
– Je comprends tout à fait, docteur Mayfair. Mais Mlle Carlotta vient d'appeler pour dire que si votre mère n'était pas enterrée demain... Enfin, disons qu'elle a énormément insisté. Je peux prévoir la messe pour 3 heures de l'après-midi, au plus tard. Pensez-vous que vous serez là à temps? Je vais essayer de faire traîner le plus longtemps que je pourrai.
– Ça ira parfaitement. Je partirai ce soir ou tôt demain matin. Mais, monsieur Lonigan, si j'étais retardée...
– Docteur Mayfair, si je sais que vous êtes en route, je ne fermerai pas le cercueil avant que vous ne soyez là.
– Je vais vous laisser mon numéro de téléphone à l'hôpital. Si quoi que ce soit arrive, ayez la gentillesse de me prévenir.
Il nota le numéro.
– Ne vous inquiétez pas, docteur Mayfair. Votre mère sera encore chez nous quand vous arriverez.
Rowan eut les larmes aux yeux. Cet homme était si simple, si sincère.
– Monsieur Lonigan, pourriez-vous me dire quelque chose?
– Oui, docteur Mayfair.
– Quel âge avait ma mère?
– Quarante-huit ans.
– Quel était son nom?
De toute évidence, il parut surpris, mais il reprit rapidement le dessus.
– Deirdre. C'était une femme ravissante. Ma femme était une de ses amies. Elle l'adorait et lui rendait visite. Ma femme est juste à côté de moi. Elle est heureuse que vous ayez appelé.
Pour quelque raison, Rowan se sentit plus touchée par ce témoignage de sympathie que par toutes les bribes d'informations qu'elle avait glanées pendant cette journée. Elle appuya son mouchoir sur ses yeux et déglutit.
– Pouvez-vous me dire de quoi ma mère est morte, monsieur Lonigan? Qu'indique le certificat de décès?
– Cause naturelle, docteur Mayfair. Mais votre mère était très malade depuis de nombreuses années. Je peux vous donner le nom du médecin qui la soignait. Je crois qu'il accepterait de vous parler puisque vous êtes également médecin.

– Vous me le donnerez quand je serai là. Monsieur Lonigan, j'ai le nom d'un hôtel, le Pontchartrain. Est-il loin de chez vous et de l'église?

– Eh bien, vous pourriez venir ici à pied s'il ne faisait pas si chaud.

– Je vous appellerai dès que j'y serai. Mais promettez-moi encore que ma mère ne sera pas enterrée avant que...

– Ne vous faites aucun souci. Docteur Mayfair, il y a quelque chose dont ma femme voudrait que je vous parle.

– Je vous écoute, monsieur Lonigan.

– Votre tante, Carlotta Mayfair, ne veut pas que l'on annonce le décès dans le journal du matin et, de toute façon, je crois qu'il est un peu tard pour le faire. Mais il y a de nombreux Mayfair qui aimeraient certainement assister aux obsèques. Je veux parler des cousins. Ils seront sûrement hors d'eux quand ils sauront. Je ferai ce que vous voudrez, bien entendu, mais ma femme se demande si elle ne pourrait pas les prévenir. Elle en appellerait un ou deux et ils se chargeraient de prévenir les autres. Rita Mae, ma femme, trouve qu'il serait honteux d'enterrer Deirdre à l'insu de tout le monde et que vous aimeriez peut-être être entourée. Ils sont venus pour Mlle Nancy l'an dernier. Et Mme Ellie était là aussi.

Elle était venue! Ce fut un choc supplémentaire pour Rowan. La pensée qu'Ellie s'était retrouvée parmi ces nombreux cousins qu'elle-même n'avait jamais vus lui fit du mal. Sa colère et son amertume l'étonnèrent. Ellie avec les cousins. Et Rowan seule dans cette maison. Elle s'efforça de reprendre contenance. C'était peut-être là le pire moment qu'elle ait vécu depuis la mort d'Ellie.

– Oui, je vous en serais reconnaissante, monsieur Lonigan. Que votre femme fasse pour le mieux. J'aimerais voir ces cousins... Monsieur Lonigan, en ce qui concerne Ellie Mayfair, ma mère adoptive... Elle est morte aussi. L'an dernier. Si vous pensez que certains de ces cousins aimeraient être au courant...

– Je suis vraiment navré, docteur Mayfair. Nous l'ignorions. Oui, je serai heureux de les prévenir pour vous.

M. Lonigan était effectivement navré. C'était un homme au grand cœur et vraiment charmant.

– Au revoir, monsieur Lonigan. Je vous verrai demain après-midi.

Après avoir raccroché, elle eut l'impression que si elle se mettait à pleurer elle ne pourrait jamais s'arrêter. Elle s'assit sur le tabouret de la cuisine, le corps douloureux. Elle enfouit son visage dans ses mains et se mit à sangloter, dans la maison vide, un flot d'images défilant dans son esprit. Finalement, elle posa ses bras repliés sur la table, posa sa tête dessus et se mit à pleurer inlassablement, jusqu'à épuisement. Elle répétait sans cesse : Deirdre Mayfair, quarante-huit ans, morte, morte, morte.

Finalement, elle essuya son visage du dos de la main et alla s'allonger sur le tapis devant le feu. Sa tête lui faisait mal. Le monde entier lui semblait vide, hostile et dénué de tout espoir de chaleur ou de lumière.

Cela allait lui passer. Il le fallait. Elle avait déjà souffert le jour de l'enterrement d'Ellie et encore avant, dans le couloir de l'hôpital, quand elle criait de douleur. Mais il semblait impossible à Rowan que les choses s'arrangent. Lorsqu'elle repensa au papier du coffre-fort, elle se méprisa pour avoir respecté sa promesse. Et elle méprisa Ellie pour le lui avoir fait signer.

Cela faisait près d'une heure qu'elle était là, le soleil dardant ses rayons sur le parquet autour d'elle. Elle avait honte de sa solitude, honte d'être victime de son angoisse. Avant la mort d'Ellie, elle était très heureuse, dévouée à son travail, recevant chaleur et amour des siens et leur en donnant en retour. Pensant à sa dépendance vis-à-vis de Michael et au besoin qu'elle avait de lui, elle était doublement perdue.

Elle était inexcusable de l'avoir appelé en pleine nuit à cause d'un fantôme et d'avoir tant besoin de sa présence maintenant. Elle commença à se calmer. Puis il lui vint lentement à l'esprit que... Le fantôme, cette nuit. Et la mort de sa mère, cette nuit.

Elle s'assit en tailleur en essayant de rassembler ses souvenirs. Elle avait regardé l'heure juste avant l'apparition de l'homme. Il était 3 h 5. Et cette femme abominable lui avait dit que sa mère était morte à 5 h 5.

Exactement la même heure, avec le décalage horaire. Ce ne pouvait être une coïncidence. Évidemment, cela aurait été plus clair si sa mère lui était apparue. Mais c'était un homme étrange et curieusement élégant.

Repenser à l'expression implorante de celui-ci fit revenir son angoisse de la nuit. Elle se tourna et regarda anxieusement vers la vitre. Rien d'autre, bien sûr, que le ciel bleu limpide au-dessus des collines lointaines et la vue splendide sur la baie.

Avec un grand calme, elle se mit à passer en revue les mythes populaires dont elle avait entendu parler à propos de telles apparitions.

Qui que fût cet homme, il paraissait flou, sans substance et même trivial à côté du fait que sa mère était morte. Il y avait les funérailles et elle perdait un temps précieux.

Elle se leva et alla décrocher le téléphone. Elle appela le docteur Larkin chez lui.

– Lark, je dois partir, expliqua-t-elle. Un impondérable. Est-ce que Slattery pourrait me remplacer?

Comme sa voix était calme! Comme celle de l'ancienne Rowan. Mais c'était un leurre. Tout en parlant, elle regardait la baie vitrée et l'espace vide sur la terrasse, là où l'être grand et mince s'était tenu. Elle vit ses yeux sombres scrutant son visage. Elle suivait à peine ce que disait Lark. Je n'ai rien imaginé, se dit-elle.

Onze

Le trajet jusqu'à la maison du Talamasca prit moins d'une heure et demie.

En y arrivant, Michael avait déjà une connaissance assez circonstanciée de ce qu'était le Talamasca. Il avait promis à Aaron de garder confidentiel, à tout jamais, ce qu'il allait lire dans le dossier. Il adorait le principe même du Talamasca et la façon plaisante et civilisée qu'avait Aaron de présenter les choses. Et il s'était dit plus d'une fois que s'il n'avait pas été aussi attaché à cette « mission » qu'on lui avait confiée il aurait été ravi d'entrer dans le Talamasca.

Mais il se trouva stupide car c'était sa noyade qui lui avait apporté cette mission et ce pouvoir parapsychique qui, à leur tour, l'avaient mené au Talamasca.

Tout cela aiguisait en lui le sentiment que son amour pour Rowan – car nul doute que c'était de l'amour – était étranger à sa rencontre avec les êtres, tout en sachant que les êtres avaient un rapport avec Rowan. En approchant des grilles de la propriété, il tenta de l'expliquer à Aaron.

– Tout ce que vous m'avez dit me semble familier. Comme ce que j'ai éprouvé quand j'ai revu la maison hier soir. Et vous savez bien qu'il est impossible que j'aie déjà entendu parler du Talamasca auparavant et que j'aie tout oublié. Sauf s'ils m'ont dit d'oublier pendant que j'étais noyé. En revanche, mon affection pour Rowan ne me semble pas familière. C'est nouveau. Pendant que je prenais le petit déjeuner avec elle à Tiburon, j'ai regardé la mer et j'ai dit aux êtres, sur un ton de défi, que mes relations avec Rowan étaient précieuses pour moi.

Aaron l'écouta attentivement, comme toujours.

Dès qu'ils eurent pénétré dans la propriété, laissant le quai du fleuve derrière eux, Michael reconnut la maison : il l'avait vue dans des albums de photos. Depuis des décennies, l'allée bordée de chênes avait été photographiée d'innombrables fois. C'était une maison de rêve, luxueuse, avec sa perfection gothique, ses arbres gigantesques à l'écorce sombre déployant leurs branches noueuses et lourdes pour former une voûte ininterrompue jusqu'aux porches de la maison.

De grandes guirlandes moussues pendaient des branches et, de chaque côté, des racines protubérantes bordaient l'allée de gravier creusée d'ornières.

La voiture s'enfonça dans ce tunnel de verdure ponctué çà et là de rayons de soleil qui avaient réussi à percer l'épais feuillage. Tout au bout, on apercevait de hautes herbes et des massifs d'arbustes non taillés qui semblaient toucher le ciel.

Michael appuya sur un bouton pour baisser sa vitre.

– Respirez ce bon air! murmura-t-il.

– Oui, c'est remarquable, dit doucement Aaron.

Il avait un sourire indulgent. La chaleur était torride mais Michael n'y prenait pas garde.

Quand la voiture s'arrêta, il y eut un grand silence. Les deux hommes descendirent devant l'immense maison à deux étages. Bâtie avant la guerre de Sécession, c'était une de ces structures d'une simplicité sublime, massive et tropicale, une sorte de cube entouré de tous côtés par de profondes galeries et d'épaisses colonnes droites soutenant son toit plat.

Michael avait du mal à imaginer qu'au-delà du quai voisin circulaient les remorqueurs et les chalands aperçus moins d'une heure plus tôt du ferry essoufflé qui les transportait vers la rive sud. Mais tout cela était bien réel : la douce brise soufflant au-dessus du sol de brique, la large porte à double battant qui s'ouvrit soudain devant eux, le soleil se reflétant dans le carreau de la magnifique imposte semi-circulaire qui la surmontait.

Où était le reste du monde? Peu importait. Michael entendit à nouveau les bruits merveilleux qui l'avaient bercé dans First Street : le chant des insectes, les cris comme désespérés des oiseaux.

Aaron lui prit le bras pour le faire entrer. Michael n'eut pas l'air de s'apercevoir de la climatisation.

– Allons faire un petit tour, lui dit Aaron.

Michael l'entendit à peine. Il était entièrement absorbé par le bâtiment. Il aimait ce type de maison conçue autour d'une large entrée centrale, avec un escalier simple et de grandes pièces carrées parfaitement équilibrées de chaque côté. La restauration était somptueuse et le mobilier soigneusement choisi : des tapis vert foncé, des livres dans des vitrines en acajou et des rayonnages montant jusqu'au plafond dans toutes les pièces principales. Seuls quelques miroirs très ornés rappelaient la période d'avant-guerre et, à part un petit clavecin poussé dans un coin, tout le reste était résolument victorien, ce qui n'était aucunement déplaisant.

– On dirait un club privé, chuchota Michael.

C'était presque drôle. Quand ils passaient sans bruit devant une personne plongée dans un livre, celle-ci ne levait même pas la tête. L'atmosphère était très agréable. Il se sentait bien dans cet endroit. Il apprécia le rapide sourire de la femme qu'il croisa dans l'escalier. Il avait envie de prendre une chaise et de s'asseoir dans la bibliothèque. A travers les nombreuses portes-fenêtres, il apercevait le jardin verdoyant.

– Je vous conduis à votre chambre, dit Aaron.

– Aaron, je n'ai pas besoin de chambre. Où est le dossier?

– Vous avez besoin de calme pour lire.

Il amena Michael dans la chambre du premier étage la plus à l'est de la maison. Les portes-fenêtres ouvraient à la fois sur les galeries centrale et latérale. Malgré le tapis aussi sombre et épais que dans le reste de la maison, le décor tenait de la tradition des plantations avec ses deux commodes au plateau de marbre et un immense lit à baldaquin. Plusieurs épaisseurs d'édredons recouvraient le matelas de plume. Les montants de deux mètres cinquante de haut du lit n'étaient pas ciselés.

Mais la pièce disposait aussi de tout le confort moderne, dont un petit réfrigérateur et un téléviseur enfermés dans une armoire sculptée, ainsi qu'un bureau et une chaise installés dans l'angle, de sorte qu'ils faisaient à la fois face aux fenêtres de devant et de l'est. Le téléphone était couvert de boutons et de petits numéros indiquant les différents postes. Une paire de fauteuils reine Anne à oreillettes attendait devant la cheminée et une porte était ouverte sur la salle de bains attenante.

– Je prends la chambre, plaisanta Michael. Où est le dossier?

– Nous devrions d'abord prendre le petit déjeuner.

– Vous prenez votre petit déjeuner. Je me contenterai d'un sandwich pendant ma lecture. Vous m'avez promis. Le dossier, s'il vous plaît.

Aaron insista pour l'emmener jusqu'à une petite galerie, à l'arrière du second étage, donnant sur un jardin traditionnel aux chemins de gravier et aux fontaines patinées par les intempéries. Ils s'assirent pour déguster un petit déjeuner copieux typique de la Louisiane.

Michael était affamé. Comme avec Rowan, il apprécia d'être resté sobre. L'esprit très clair, il contempla le jardin vert où les branches des chênes descendaient jusque dans l'herbe.

– Tout s'est passé si vite, dit Aaron en lui passant la corbeille de biscuits fumants. J'ai l'impression d'avoir autre chose à vous dire mais je ne sais pas quoi. Nous voulions vous aborder sans précipitation. Mon intention initiale était de vous inviter à la maison mère de Londres et de vous introduire en douceur dans notre organisation. Même après des années de travail sur le terrain, jamais nous ne vous aurions demandé d'entreprendre une tâche aussi dangereuse que celle concernant les sorcières Mayfair. Personne dans notre organisation, à part moi, n'est qualifié pour cette tâche. Mais vous y êtes maintenant impliqué.

– Jusqu'au cou, dit Michael en continuant à manger. Mais je comprends ce que vous voulez dire. C'est comme si l'Église catholique me demandait de participer à un exorcisme tout en sachant pertinemment que je ne suis pas un prêtre ordonné.

– En quelque sorte. Je me dis parfois que notre absence de dogme et de rituel nous rend encore plus rigoureux. Notre définition du bien et du mal est plus subtile et nous n'aimons pas ceux qui ne se plient pas à notre règle.

– Écoutez, Aaron. Je ne parlerai pas de ce dossier à âme qui vive, sauf à Rowan. D'accord?

Aaron resta un moment pensif.

– Michael, quand vous aurez lu le document il faudra que nous discutions de ce que vous devrez faire. Attendez avant de dire non. Écoutez au moins mon conseil.

– Vous avez peur de Rowan, n'est-ce pas?

Aaron but une gorgée de café et regarda fixement son assiette. Il n'avait mangé qu'une moitié de biscuit.

– Je n'en suis pas sûr, répondit-il. Mon unique rencontre avec elle était très spéciale. J'aurais juré...

– Quoi?

– Qu'elle mourait d'envie de me parler. De parler à quelqu'un. Mais j'ai ressenti une certaine hostilité de sa part, comme si elle était surhumaine et rejetait instinctivement les êtres humains. J'ai ressenti sa différence, si je puis m'exprimer ainsi.

– Je veux le dossier, dit Michael.

Il s'essuya la bouche avec sa serviette et avala le reste de son café.

– Vous allez l'avoir, soupira Aaron.

– Je peux aller dans ma chambre, maintenant? Et serait-il possible d'avoir un peu plus de ce délicieux café?

– Bien sûr.

Aaron accompagna Michael et s'arrêta pour commander le café. Ensemble, ils descendirent jusqu'à la chambre, à l'étage inférieur.

Les tentures en damas sombre masquant les fenêtres de façade avaient été tirées et la lumière d'été, filtrée par les feuillages, pénétrait dans la pièce par chaque carreau.

La mallette contenant le dossier était posée sur le lit.

– Bien, mon ami, dit Aaron. On va vous apporter votre café. Le domestique ne frappera pas pour ne pas vous déranger. Installez-vous sur la galerie de devant, si vous voulez. Et lisez bien attentivement. Vous avez un téléphone si vous avez besoin de moi. Composez le numéro du standard et demandez Aaron. Je serai en bas. Je vais essayer de dormir un peu.

Michael ôta sa cravate et sa veste et entra dans la salle de bains pour se rafraîchir le visage. Au moment où il sortait ses cigarettes de sa valise, le café arriva.

Il fut surpris de voir Aaron reparaître, le visage troublé. Celui-ci demanda au jeune domestique de poser le plateau sur le bureau puis attendit qu'il soit sorti.

– Mauvaise nouvelle, Michael.

– C'est-à-dire?

– Je viens d'appeler Londres. Ils ont essayé de me joindre à San Francisco pour me dire que la mère de Rowan était mourante.

– Rowan voudra le savoir, Aaron.

– Trop tard. Deirdre Mayfair est décédée ce matin vers 5 heures. Nous étions en train de discuter, à ce moment-là.

– C'est terrible pour Rowan. Vous n'imaginez pas à quel point elle va être affectée.

– Elle arrive, Michael. Elle a pris contact avec l'entreprise de pompes funèbres et leur a demandé de reporter le service. Ils ont accepté. Elle leur a parlé de l'hôtel Pontchartrain. Nous allons vérifier si elle a réservé une chambre. Mais je crois qu'il faut nous attendre à ce qu'elle arrive très bientôt.

– Vous êtes pire que le F.B.I, vous savez?

– Oui, nous prenons beaucoup de précautions, dit tristement Aaron. Nous pensons à tout.

– Vous connaissiez la mère de Rowan?

– Oui, répondit Aaron avec amertume. Et je n'ai jamais pu faire quoi que ce soit pour l'aider. Cela nous arrive souvent. Mais cette fois ce sera peut-être différent.

Il tourna le bouton de la porte et poursuivit :

– Tout est là, dit-il en montrant le dossier du doigt. Mais nous n'avons plus le temps de parler.

Michael se sentait triste. L'émotion qu'il avait perçue chez Aaron le surprenait totalement mais le rassurait aussi. Il était peiné de n'avoir pas su trouver un mot de réconfort. S'il commençait à penser à Rowan, à imaginer la tenir dans ses bras et à essayer de tout lui expliquer, il deviendrait fou. Plus de temps à perdre.

Il prit le dossier sur le lit, le posa sur le bureau, attrapa ses cigarettes et s'assit sur la chaise en cuir. D'un geste absent, il prit la cafetière en argent, se servit une tasse et ajouta du lait chaud.

Une bonne odeur remplit la pièce.

Il souleva la couverture et prit la chemise brune marquée tout simplement : « LES SORCIÈRES MAYFAIR : numéro 1. » Elle contenait une épaisse liasse de feuillets dactylographiés et une enveloppe marquée : « Photocopies des documents originaux ».

Rowan lui manquait.

Il commença sa lecture.

Douze

Une heure plus tard, Rowan appela l'hôtel. Elle avait jeté dans des valises des vêtements légers en soie, des robes et des chemisiers achetés il y avait longtemps pour des vacances, des bijoux qu'elle n'avait jamais portés depuis le collège, des flacons de parfum encore bouchés et de fines chaussures à hauts talons qui n'étaient jamais sorties de leur boîte. La médecine lui avait fait oublier tous ces objets. Eh bien, c'était le moment de s'en servir ! Elle prit également un nécessaire de maquillage auquel elle n'avait pas touché depuis des années.

Une aimable voix à l'accent du Sud lui répondit. Oui, il y avait une suite libre. Non, M. Curry n'était pas là. Mais il avait laissé un message pour elle : il était sorti mais l'appellerait dans les vingt-quatre heures. Non, il n'avait pas dit où il allait ni quand il revenait.

– D'accord, dit Rowan dans un soupir las. Pouvez-vous prendre un message pour lui? Dites-lui que j'arrive. Ma mère est décédée et les funérailles ont lieu demain chez Lonigan et Fils. Vous avez bien noté?

– Oui, madame. Toutes mes condoléances pour votre mère. Je la voyais souvent sous le porche en passant devant la maison.

Rowan fut surprise.

– Dites-moi, interrogea-t-elle, parlez-vous de la maison de First Street ?

– Oui, docteur.

– Se trouve-t-elle dans un quartier appelé Garden District ?

– Oui, docteur. C'est ça.

Rowan murmura quelques remerciements et raccrocha. C'est le même endroit que celui que Michael m'a décrit, songea-t-elle. Mais comment se fait-il que ces gens soient au courant ? Je ne leur ai même pas dit le nom de ma mère.

C'était l'heure de partir. Elle sortit sur la terrasse nord et s'assura que le *Sweet Christine* était solidement arrimé. Elle ferma la cabine à clé et rentra dans la maison.

Encore quelques instants pour un dernier regard.

La maison lui semblait déserte et inutile. Le bateau aussi, d'ailleurs. Elle avait l'impression que le *Sweet Christine* lui avait bien servi mais qu'il avait fait son temps. Les hommes avec qui elle avait fait l'amour dans la cabine ne comptaient plus. Elle se demanda pourquoi elle n'avait pas emmené Michael dans la chaleur douillette de la cabine. Elle n'y avait même pas pensé. Michael semblait appartenir à un autre monde.

Elle eut l'envie soudaine de couler le *Sweet Christine* avec tous les souvenirs qui lui étaient rattachés. Mais c'était lui qui l'avait amenée à Michael. Elle perdait la tête !

Grâce à Dieu, elle partait pour La Nouvelle-Orléans. Grâce à Dieu, elle allait voir sa mère avant l'enterrement, et grâce à Dieu elle allait revoir Michael et tout lui raconter. Elle pensa amèrement au document dans le coffre-fort. Aucune importance ! Ce n'était même pas la peine d'aller le chercher pour le déchirer.

Elle ferma la porte sans se retourner.

DEUXIÈME PARTIE

LES SORCIÈRES MAYFAIR

Treize

LE DOSSIER DES SORCIÈRES MAYFAIR

Note du traducteur concernant les parties I à IV

Les quatre premières parties de ce dossier ont été écrites par Petyr Van Abel pour le Talamasca. Elles sont rédigées en latin, ou plutôt dans notre code latin, une forme de latin qu'utilisait le Talamasca du XIVe au XVIIIe siècle pour tenir ses épîtres et notes à l'abri des regards indiscrets.

Stefan Franck était alors le chef de notre ordre et la majeure partie du récit lui est adressée, dans un style simple, intime et parfois informel. Toutefois, Petyr Van Abel n'a jamais perdu de vue qu'il écrivait pour les archives et s'est toujours donné la peine de tout expliquer et clarifier à l'attention du lecteur non averti. On comprend donc pourquoi, par exemple, alors que son correspondant vit au bord d'un canal à Amsterdam, il fait la description dudit canal.

Si la vision que Petyr a du monde paraît étonnamment « existentielle » pour l'époque, il suffit de relire Shakespeare, qui avait écrit près de soixante-quinze ans plus tôt, pour constater que les penseurs de l'époque étaient athées, ironiques et existentiels. Il en va de même pour l'attitude de Petyr vis-à-vis de la sexualité. La grande répression du XIXe siècle nous fait oublier parfois que les deux siècles qui ont précédé étaient bien plus libéraux dans le domaine de la chair.

Quant à la biographie de Petyr Van Abel, presque une légende, elle est racontée dans un dossier portant son nom et se composant de dix-sept volumes comprenant la traduction intégrale de tous ses écrits, de tous les cas qu'il a étudiés et dans l'ordre chronologique où ils ont été rédigés.

Nous possédons également deux portraits de lui peints à Amsterdam, dont l'un a été commandé à Franz Hals par Roemer Franz, notre directeur de l'époque : Petyr est un grand jeune homme blond au visage ovale, au nez proéminent, au front haut et aux grands yeux inquisiteurs. L'autre portrait, peint vingt ans plus tard par Thomas de Keyser, révèle une stature plus imposante et un visage plus plein, bien qu'étroit, une moustache et une barbe bien entretenues et de longs cheveux blonds bouclés sous un chapeau noir à large bord. Sur les deux toiles, Petyr apparaît comme un homme détendu et plutôt enjoué, à la façon des portraits peints à l'époque.

Petyr a fait partie du Talamasca de sa jeunesse à sa mort, à l'âge de quarante-trois ans, comme le montrera ce dernier rapport complet écrit au Talamasca.

De son propre aveu, il n'était pas très doué pour lire dans les pensées (procédé qu'il disait ne pas aimer et dont il se méfiait) mais il était capable, par la pensée, de déplacer de petits objets, d'arrêter les horloges et autres petits « tours ».

Orphelin errant dans les rues d'Amsterdam, il eut son premier contact avec le Talamasca à l'âge de huit ans. Ayant senti que la maison mère abritait des esprits « différents », comme il l'était lui-même, il se mit à rôder autour jusqu'à une nuit d'hiver où il s'endormit sur les marches du perron. Il serait probablement mort de froid si Roemer Franz ne l'avait trouvé et ramené à l'intérieur de la maison. On s'aperçut par la suite qu'il était instruit, écrivait le latin et le hollandais et comprenait le français.

Ses souvenirs de petite enfance restèrent toujours très vagues mais il entreprit des recherches sur ses parents. Il découvrit l'identité de son père, Jan Van Abel, le fameux chirurgien de Leiden, ainsi que des écrits volumineux de sa main contenant des illustrations anatomiques et médicales fort célèbres à l'époque.

Petyr aimait à dire que notre ordre était à la fois son père et sa mère. Il en fut le membre le plus dévoué.

Aaron Lightner
le Talamasca, Londres, 1954

LES SORCIÈRES MAYFAIR
PARTIE I/TRANSCRIPTION I

Tiré des écrits de Petyr Van Abel
pour le Talamasca
1689

Septembre 1689, Montclève, France

Cher Stefan,

J'ai enfin atteint Montclève, sur le rebord des Cévennes. Cette petite ville fortifiée et sinistre, avec ses toits en tuile et ses bastions lugubres, s'apprête, m'a-t-on dit, à brûler une grande sorcière.

C'est le début de l'automne ici et l'air de la vallée est frais, tempéré peut-être par la chaleur de la Méditerranée. Des portes de la ville, la vue est des plus plaisantes sur les vignobles produisant le vin local, la blanquette de Limoux.

En ayant bu plus que mon soûl le premier soir, je me range au point de vue de la populace, qui affirme qu'il n'y en a pas de meilleur.

Mais tu sais, Stefan, je n'aime pas cette région car ses montagnes résonnent encore des cris des Cathares brûlés en si grand nombre il y a des lustres. Combien de siècles devront encore passer avant que la terre ait complètement absorbé le sang de ces malheureux?

Le Talamasca n'oubliera jamais. Pour nous qui vivons dans un monde de livres et de parchemins effrités, de bougies à la lueur vacillante, nous dont les yeux douloureux pleurent de fatigue dans la semi-obscurité, le passé est le présent. Je me rappelle, bien longtemps avant d'avoir entendu prononcer le nom de Talamasca, quand mon père parlait du massacre de ces hérétiques et des mensonges proférés contre eux. Car il avait beaucoup lu sur eux.

Quel rapport avec la tragédie de la comtesse de Montclève, me diras-tu? Elle va mourir demain sur le bûcher construit pour elle près des portes de la cathédrale Saint-Michel. Cette vieille ville fortifiée est toute de pierre, hormis les cœurs de ses habitants. Mais rien ne pourra empêcher l'exécution de cette femme, comme je vais le montrer.

Mon cœur saigne, Stefan. Je suis assailli de révélations et de souvenirs. L'histoire que je m'en vais conter est des plus surprenantes.

Mais prenons les choses dans l'ordre.

Tout d'abord, je ne pourrai pas empêcher l'exécution. La femme dont il s'agit est accusée non seulement d'être une sorcière puissante et non repentante mais également d'avoir empoisonné son époux.

C'est sa belle-mère qui l'a accusée de commercer avec Satan et d'avoir assassiné son mari. Les deux garçons de la pauvre comtesse se sont rangés du côté de leur grand-mère tandis que sa fille Charlotte, âgée de vingt printemps et fort belle, s'est enfuie aux Antilles avec son jeune mari martiniquais et leur fils nouveau-né pour ne pas subir le même sort que sa mère.

Mais tout n'est pas aussi simple et je vais t'expliquer ce que j'ai découvert. Avant de reprendre depuis le début et de plonger dans le passé, je dirai que nombre de faits qui se déroulent ici intéressent le Talamasca mais que celui-ci ne pourra rien faire. Je souffre mille morts car je connais la condamnée. C'est pour cela que je suis venu ici, rempli de l'espoir d'avoir fait erreur.

La dernière fois que je t'ai écrit, je venais de quitter l'Empire germanique et ses atroces persécutions dans lesquelles je n'ai pu faire grand-chose. J'ai assisté à deux bûchers collectifs à Trèves. Là-bas, les ecclésiastiques protestants se montrent tout aussi implacables que les catholiques. Ils sont persuadés que Satan a pris pied dans le pays, où il remporte des victoires, et s'acharnent contre de pauvres gens, des niais bien souvent, femmes, boulangers, charpentiers, mendiants et autres, le plus souvent honnêtes, en réalité.

Comme il est étrange que ces fanatiques religieux soient convaincus que le diable est assez stupide pour ne chercher à corrompre que les pauvres et les impuissants. Et pourquoi pas le roi de France, pour une fois?

Mais nous en avons déjà longuement discuté, toi et moi.

J'ai été attiré vers cet endroit, plutôt que vers Amsterdam, qu'il me tarde de revoir, car la nouvelle de ce procès, du fait de ses circonstances très particulières, a atteint des régions très reculées : c'est la comtesse qui est accusée, et non la sage-femme du village, une idiote, bègue de surcroît, et délatrice impénitente.

J'ai retrouvé ici de nombreux éléments communs à d'autres affaires. Par exemple, la présence du père Louvier, ce trop célèbre inquisiteur qui se vante d'avoir fait brûler vives des centaines de sorcières en dix ans et d'être capable de les débusquer où qu'elles soient. Cet homme a écrit un livre très populaire sur la sorcellerie et la démonologie qui circule partout en France. Il est lu avec une fascination extrême par des gens à demi illettrés qui étudient de près ses longues descriptions de démons comme si elles étaient des écritures bibliques alors qu'elles ne sont qu'inepties.

Ce livre a comme ensorcelé cette ville, et personne, dans notre ordre, ne sera surpris si je dis que c'est la vieille comtesse, la propre belle-mère de l'accusée, qui l'a montré à tout le monde. Sur les marches de l'église, elle a déclaré que sans ce précieux livre elle n'aurait jamais su qu'une sorcière vivait en son propre logis.

Mais je m'égare à nouveau.

Je suis arrivé à 4 heures cet après-midi. J'ai fait à cheval un lent et laborieux voyage à travers les montagnes avant de descendre vers le sud en direction de la vallée. Dès que j'ai aperçu la ville, se dressant au-dessus de moi comme une grande forteresse – ce qu'elle était autrefois –, je me suis promptement débarrassé de tous les documents susceptibles de trahir l'identité que j'ai prise pour me présenter dans cette ville : un prêtre catholique étudiant le fléau de la sorcellerie, parcourant le pays pour étudier les sorcières condamnées afin de mieux les bouter hors de sa propre paroisse.

J'ai placé tous ces objets dans un coffre, que j'ai enterré dans les bois. Puis, vêtu de ma plus belle tenue ecclésiastique, et autres accoutrements de circonstance, un crucifix d'argent autour du cou pour me présenter comme un riche membre du clergé, je me suis dirigé vers les portes, passant devant les tours du château de Montclève, celui de la pauvre comtesse que je ne connaissais que sous le nom d'Épouse de Satan ou Sorcière de Montclève.

Sans attendre, j'ai entrepris de questionner les passants sur le grand bûcher dressé au beau milieu de la place, devant les portes de la cathédrale, sur la présence de nombreux étals de camelots alors qu'aucune foire n'était annoncée et sur les gradins construits au nord de l'église et contre les murs de la prison. Je demandai aussi pourquoi les cours des quatre auberges de la ville étaient encombrées de chevaux et de carrosses et pourquoi il y avait tant de remous et de bavardages, de doigts pointés vers une haute fenêtre à barreaux de la prison ou vers l'infâme bûcher.

Cela avait-il quelque chose à voir avec la fête de Saint-Michel, le lendemain?

Personne n'hésita à me répondre que le jour de la Saint-Michel avait été choisi en l'honneur de Dieu, ses anges et ses saints pour faire brûler vive la belle comtesse qui serait exécutée le lendemain; qu'elle n'aurait même pas le soulagement d'être étranglée avant d'être brûlée, afin de servir d'exemple à toutes les sorcières du voisinage, qui étaient fort nombreuses; que la comtesse n'avait dénoncé aucun complice, même sous la torture, car le diable avait un grand pouvoir sur elle, mais que les inquisiteurs les débusqueraient sans son aide.

Des récits de tous ces gens, qui m'auraient mis dans un hébétement total si je n'avais pris sur moi, j'appris qu'aucun membre de cette communauté prospère n'avait constaté de ses propres yeux les grands pouvoirs de la comtesse : celle-ci guérissait volontiers les malades, préparait pour eux des potions aux herbes, imposait les mains sur leurs corps souffrants, sans exiger d'autre contrepartie que quelques prières.

Stefan, je me serais plutôt cru sur le point d'assister à une canonisation qu'à un supplice. Car, pendant cette première heure passée à glaner des renseignements dans les ruelles étroites, m'arrêtant pour parler à chacun, pas un passant n'eut un mot cruel pour la comtesse.

Nul doute que ces gens simples étaient plutôt tourmentés par le fait que c'était une bonne et grande dame qui allait être livrée aux flammes devant eux, comme si sa beauté et sa bonté allaient rendre le spectacle d'autant plus affligeant. Je te le dis, la crainte dans le cœur devant tant d'éloges et l'éclat dans leurs yeux quand ils parlaient de sa mort, j'en eus finalement assez et me dirigeai vers le bûcher, passant et repassant devant, inspectant sa grande taille.

Il faut de bien grandes quantités de bois et de charbon pour brûler un être humain dans sa totalité. Je fixai le bûcher des yeux avec horreur, comme toujours, me demandant pourquoi j'avais choisi ce travail, moi qui, entrant dans les villes comme celle-ci, avec ses bâtiments en pierre sèche, sa vieille cathédrale et ses trois clochers, n'entendais jamais le bruit de la foule mais le crépitement du feu, la toux et les râles des suppliciées. Tu sais que plus j'assiste à ces spectacles désolants, moins je m'y accoutume. Qu'y a-t-il dans mon esprit qui me force à retourner chaque fois vers ces horreurs?

Ai-je quelque crime à expier, Stefan? Et quand s'achèvera ma pénitence? Ne crois pas que je parle pour ne rien dire. Tu saisiras bientôt pourquoi je te parle ainsi. Je me suis retrouvé face à face avec une jeune femme que j'ai tendrement aimée et, plutôt que de ses charmes, j'avais gardé le souvenir aigu de son visage lorsque je l'avais vue pour la première fois, enchaînée, dans une charrette, sur une route déserte d'Écosse, quelques heures après qu'elle eut assisté à l'immolation par le feu de sa propre mère.

Si tu te souviens un peu d'elle, tu as peut-être déjà deviné la vérité.

Tandis que je passais et repassais devant le bûcher, entendant des négociants en vins stupides se vanter d'avoir déjà assisté à des exécutions, comme s'il y avait de quoi être fier, je ne connaissais pas encore toute l'histoire de la comtesse. Maintenant, je la connais.

Finalement, vers 5 heures, je me rendis dans la plus belle et la plus vieille auberge de la ville, juste en face de l'église, dont les fenêtres de façade donnent directement sur les portes de Saint-Michel et sur le lieu de l'exécution.

La ville se remplissant visiblement en vue de cet événement, je m'attendais à me faire éconduire. Quelle ne fut pas ma surprise lorsque je découvris que les occupants des pièces ayant la meilleure vue sur la place venaient d'être renvoyés car, malgré leurs beaux atours et leurs grands airs, on s'était aperçu qu'ils n'avaient pas un sou vaillant. Je payai aussitôt la fortune qu'on me réclamait pour ces « belles chambres » et, réclamant quantité de chandelles sous le prétexte d'écrire une bonne partie de la nuit, je montai le petit escalier de guingois et découvris un lieu relativement acceptable au matelas de paille décent, pas trop sale, tout bien considéré.

– Vous aurez une très bonne vue d'ici, m'annonça fièrement l'aubergiste.

Je me demandai combien de fois il avait assisté à un si affligeant spectacle et ce qu'il en pensait, mais il se mit à parler de la beauté de la comtesse Deborah et, tout en hochant tristement la tête comme l'avaient fait ses concitoyens en me parlant d'elle, de ce qui allait advenir.

– Deborah, vous avez dit? C'est son nom?

– Oui. Deborah de Montclève. Notre belle comtesse. Mais elle n'est pas française, vous savez. Si seulement elle avait été une sorcière un peu plus puissante...

Il fondit en larmes et inclina la tête.

Je crus que mon cœur allait éclater, Stefan. A cet instant, je devinai qui elle était.

– Continuez, dis-je à l'homme.

– Quand elle a vu son mari mourant, elle a dit qu'elle ne pouvait pas le sauver, qu'elle n'en avait pas le pouvoir...

Il fut à nouveau pris de sanglots.

J'installai mon écritoire, éteignis les bougies et descendis à la salle commune humide et sombre où brûlait un petit feu. Plusieurs hommes s'y réchauffaient et je m'assis à une table confortable. Je commandai un souper en essayant de chasser de mon esprit cette obsession que j'avais dès que je voyais un feu : les condamnés ressentaient-ils cette agréable chaleur avant qu'elle ne devienne une agonie et que leur corps ne se consume?

– Apportez-moi votre meilleur vin. Et j'aimerais le partager avec ces gentilshommes là-bas, en espérant qu'ils me parleront de cette sorcière car j'ai beaucoup à apprendre.

Mon invitation fut promptement acceptée et je me retrouvai au beau milieu d'un groupe d'hommes parlant tous en même temps, de sorte que je dus demander à l'un d'eux de poursuivre et faire taire les autres.

– Comment ont été produites les charges contre elles? interrogeai-je.

Le brouhaha repartit, dans lequel je parvins à comprendre que le comte était parti se promener à cheval en forêt, qu'il avait fait une chute et était rentré au château en chancelant. Après un bon repas et un somme, il s'était levé en grande forme et s'était préparé à partir à la chasse lorsqu'une forte douleur l'avait obligé à se remettre au lit.

La comtesse resta toute la nuit à son chevet avec sa belle-mère.

– La blessure est à l'intérieur, déclara la jeune femme. Je ne peux rien faire. Bientôt du sang va couler de ses lèvres. Je ne peux que lui donner de quoi soulager sa douleur.

Comme elle l'avait prédit, du sang se mit à remplir la bouche du comte qui geignait de plus en plus fort. Il supplia sa femme, qui avait soigné tant de gens, de lui appliquer ses meilleurs remèdes. Une fois encore, la comtesse confia à sa belle-mère et à ses enfants que la blessure de son mari était trop grave pour ses pouvoirs magiques. Des larmes jaillirent de ses yeux.

– Vous croyez vraiment qu'une sorcière peut pleurer? demanda l'aubergiste en essuyant la table.

J'avouai que, d'après moi, c'eût été fort étonnant.

L'assemblée continua à décrire l'agonie du comte qui criait de douleur malgré le vin et les herbes que sa femme lui avait fait absorber.

– Sauve-moi, Deborah, cria-il, refusant de parler au prêtre qui s'approchait.

Sa dernière heure venue, blanc, fiévreux, saignant des entrailles et de la bouche, il fit venir le prêtre auprès de lui et déclara que sa femme était une sorcière, que sa mère avait été brûlée vive comme sorcière et que c'était lui qui expiait pour tout le mal qu'elles avaient fait.

– Une sorcière! Elle me l'a avoué en m'envoûtant, en usant de tous les artifices des jeunes mariées, pleurnichant sur ma poitrine. C'est comme ça qu'elle m'a lié à elle et à sa vilenie. Sa mère lui a enseigné la magie noire dans la ville de Donnelaith, en Écosse. Et elle a été brûlée vive sous ses yeux.

Et à sa femme agenouillée près du lit, le visage enfoui dans ses mains, sanglotante, il cria :

– Deborah, pour l'amour de Dieu! Je suis à l'agonie. Tu as sauvé la femme du boucher, la fille du boulanger. Pourquoi ne me sauves-tu pas?

Le comte était si enragé que le prêtre ne parvint même pas à lui administrer le viatique. Il mourut ainsi en maudissant sa femme. Ce fut une mort atroce.

Lorsque les yeux de son mari se fermèrent, la jeune comtesse se mit à l'appeler, à l'assurer de son amour puis s'écroula, comme morte. Ses fils Chrétien et Philippe et sa fille Charlotte l'entourèrent pour la réconforter et se serrèrent contre elle, prostrée, à même le sol.

Mais la vieille comtesse était furieuse contre sa belle-fille et n'avait pas oublié les dernières paroles de son fils. Elle se rendit dans les appartements privés de la jeune femme et y découvrit, outre les innombrables onguents, huiles et potions qu'elle utilisait pour guérir et empoisonner, une singulière poupée grossièrement sculptée dans du bois, avec une tête en os, des yeux et une bouche dessinés et des cheveux noirs parsemés de petites fleurs en soie. D'horreur, la vieille comtesse laissa tomber l'objet. Fouillant partout, elle dénicha une quantité inimaginable de bijoux et d'or dans des coffrets et des petits sacs en soie et déclara que sa belle-fille les avait préparés pour les voler dès que son mari aurait trépassé.

La jeune comtesse fut arrêtée sur l'heure tandis que sa belle-mère emmenait ses petits-enfants dans ses appartements pour les informer de ce qui se passait et les gagner à sa cause contre la sorcière.

– Mais tout le monde savait, dit le fils de l'aubergiste, qui parlait plus qu'à son tour, que les bijoux appartenaient à la jeune comtesse. Elle les avait apportés avec elle d'Amsterdam où elle était la veuve d'un homme fortuné. Quand notre comte s'était mis à la recherche d'une épouse riche, il possédait en tout et pour tout un beau visage, des vêtements élimés, le château et les terres de son père.

Comme ces paroles me firent mal, Stefan! Attends, je vais bientôt te raconter mon histoire.

Des soupirs de tristesse émanaient de tout le petit groupe.

– Et elle était si généreuse de son or, dit un autre. Il n'y avait qu'à aller la voir et lui demander son aide.

– C'est une puissante sorcière, aucun doute, dit un autre. Comment aurait-elle pu autrement gagner tous les cœurs?

Mais il avait parlé sans haine et sans crainte.

J'étais bouleversé, Stefan.

– C'est donc la vieille comtesse qui a récupéré sa fortune? fis-je remarquer. Et qu'est devenue la poupée?

– Disparue, dirent-ils tous en chœur.

Disparue. Mais Chrétien avait juré avoir vu l'objet hideux et savoir qu'il venait du Malin. Il se porta même garant de ce que sa mère parlait à la poupée comme à une idole.

Et ils se remirent tous à parler en même temps, tenant des propos contradictoires, affirmant que la belle Deborah avait probablement tué son mari d'Amsterdam dès avant sa rencontre avec le comte. Car c'était ainsi qu'agissaient les sorcières, n'est-ce pas? Et personne ne pouvait contester le fait qu'elle était une sorcière puisque l'on connaissait l'histoire de sa mère.

– Mais a-t-on prouvé cette histoire sur la mort de sa mère? m'enquis-je.

– Le Parlement de Paris, auprès duquel elle a interjeté appel, a écrit au Conseil privé écossais qui a confirmé qu'une sorcière écossaise avait bien été brûlée à Donnelaith plus de vingt ans auparavant et que sa fille, Deborah, lui avait survécu et avait été emmenée au loin par la main de Dieu.

Quel supplice, Stefan! Je savais qu'il n'y avait plus aucun espoir. Quoi de plus accablant pour Deborah que sa mère ait été brûlée comme sorcière? Était-il vraiment nécessaire de demander si le Parlement de Paris l'avait déboutée?

– Oui. Et avec la lettre officielle de Paris il y avait une brochure illustrée, toujours diffusée en Écosse, parlant de la sorcière de Donnelaith qui était une sage-femme fourbe de grand renom jusqu'à ce que ses pratiques démoniaques soient révélées au grand jour.

Prétendant que j'avais déjà assisté à un grand nombre d'exécutions et que j'espérais en voir encore beaucoup, je demandai le nom de la sorcière écossaise en invoquant que j'avais peut-être lu les archives de son procès au cours de mes études.

– Mayfair, me fut-il répondu. Suzanne Mayfair.

Deborah. Elle ne pouvait être autre que l'enfant que j'avais sauvée dans les Highlands il y avait si longtemps.

– Et elle n'a rien confessé?

Ils répondirent que non mais qu'étant donné les témoignages contre elle cela n'avait que peu d'importance. Sa belle-mère l'avait vue s'adresser à des êtres invisibles. Ses fils aussi. Et sa fille Charlotte aussi. Mais celle-ci avait préféré fuir plutôt que répondre à des questions dirigées contre sa mère. D'autres personnes l'avaient vue faire bouger des objets sans y toucher et prédire l'avenir. Et elle savait quantité de choses impossibles.

– C'est le diable qui l'a mise en transe quand on l'a torturée, dit le fils de l'aubergiste. Sinon, comment un être humain pourrait-il n'avoir qu'un air hébété quand on lui applique un fer rouge sur la peau?

A ces mots, je commençai à me sentir malade, las et presque défait. Pourtant, je continuai à les questionner.

– Elle n'a pas dénoncé ses complices? Car c'est une chose qu'elles sont promptes à faire, d'ordinaire.

– Mais elle était la sorcière la plus puissante dont on ait jamais entendu parler par ici, mon père, dit l'aubergiste. Qu'aurait-elle eu besoin des autres? En entendant les noms de tous ceux qu'elle avait guéris, l'inquisiteur l'a comparée aux plus grandes sorcières de la mythologie, et même à la pythonisse d'Endor. S'il y avait une autre sorcière, c'était Charlotte. Vous auriez vu ce spectacle quand ses nègres venaient à l'église avec elle, le dimanche, avec leurs perruques et leurs vêtements de satin! Et les trois servantes mulâtresses de son bébé. Et son mari, grand et pâle, semblable à un saule pleureur et souffrant d'une grande faiblesse dont il est affligé depuis son enfance et que même la mère de Charlotte ne pouvait guérir. Si vous aviez vu Charlotte ordonner aux nègres de porter leur maître dans le village, lui faisant monter et descendre les escaliers, lui versant du vin et tenant la coupe à ses lèvres et portant sa serviette à son menton. Ils s'asseyaient à cette même table, l'homme aussi décharné que les saints sur les murs de l'église et les faces noires brillantes tout autour de lui tandis que le plus grand et le plus noir de tous, Reginald, faisait la lecture à son maître d'une voix tonitruante. Et dire que Charlotte a vécu parmi ces gens depuis l'âge de dix-huit ans avant de se marier, si jeune, avec Antoine Fontenay, de la Martinique.

– C'est sûrement Charlotte qui a volé la poupée, dit le fils de l'aubergiste, avant que le prêtre puisse mettre la main dessus. Qui d'autre dans cette maisonnée terrifiée aurait pu toucher un pareil objet?

– Mais vous avez dit que la mère était incapable de guérir la maladie de son mari? demandai-je doucement. Et Charlotte non plus, de toute évidence. Ces femmes ne sont peut-être pas des sorcières, après tout?

– Et que faites-vous de la fuite de Charlotte, alors? lança un autre, qui venait de se joindre à nous. Cela prouve bien qu'elles étaient toutes les deux sorcières. Dès que sa mère a été arrêtée, Charlotte s'est enfuie avec son mari, son enfant et ses nègres vers les Antilles d'où ils venaient. Mais elle n'est partie qu'après avoir passé une heure en prison avec sa mère parce qu'ils ont été assez stupides pour croire qu'elle allait la persuader de se confesser. Ce qu'elle n'a pas fait, bien entendu.

– C'était la sagesse, dis-je. Et où Charlotte est-elle partie?

– Retournée en Martinique, à ce qu'il paraît, avec son mari pâle et infirme qui y aurait fait fortune dans les plantations. Mais personne ne sait si c'est vrai.

Pendant plus d'une demi-heure, j'écoutai ces bavardages, le récit du procès et comment Deborah avait protesté de son innocence. On l'avait mise nue dans une cellule puis l'on avait coupé ses longs cheveux de jais avant de lui raser le sommet de la tête pour trouver la marque du diable.

– On l'a trouvée? demandai-je en tremblant de dégoût.

– Ils ont trouvé deux marques, dit l'aubergiste qui venait d'apporter une troisième bouteille de vin blanc, payée par moi, qu'il servit à tout le monde. Mais elle a prétendu qu'elle les avait de naissance et que tout le monde en avait des comme ça. Elle a demandé qu'on les cherche sur tous les habitants de la ville, mais en vain.

– Et la fille? demandai-je. Qu'a-t-elle dit sur sa mère avant de prendre la fuite?

– Pas un mot à personne. Et dans la nuit, elle est partie.

– Une sorcière, dit le fils de l'aubergiste. Sinon, comment aurait-elle pu laisser sa mère mourir seule, avec ses fils contre elle?

A cet instant précis, Stefan, je n'avais qu'une envie, c'était de quitter cette auberge pour aller parler au prêtre de la paroisse. Mais tu sais à quel point c'est dangereux. Car le risque était grand qu'il aille faire chercher l'inquisiteur au beau milieu de quelque ripaille, payée grâce au salaire de ses activités infâmes, et que celui-ci m'ait déjà vu dans un autre endroit et, horreur suprême, ait été au courant de mon travail et de mon imposture.

Pendant ce temps, mes nouveaux amis se régalaient de mon vin et disaient que de nombreux artistes illustres d'Amsterdam avaient fait le portrait de la jeune comtesse, si grande était sa beauté. Moi qui connaissais cette partie de l'histoire, je me retins de la leur raconter et leur offris une autre bouteille de vin avant de prendre congé.

La nuit était chaude et remplie d'éclats de voix et de rires. Toutes les fenêtres étaient ouvertes, des gens allaient et venaient devant la cathédrale, d'autres campaient le long des murs, prêts pour le spectacle, et aucune lumière n'était visible derrière la haute fenêtre à barreaux de la prison où la femme était incarcérée.

J'enjambai les gens assis discutant dans l'obscurité, me rendis à la sacristie, de l'autre côté du grand édifice, et actionnai le heurtoir de la porte. Une vieille femme me fit entrer et appela le prêtre. Un homme voûté aux cheveux gris arriva immédiatement et me salua en disant qu'il n'était pas au courant qu'un prêtre en voyage était arrivé en ville et que je devais quitter l'auberge pour venir loger chez lui.

Il accepta mon refus sans se faire prier, ainsi que mes excuses de ne plus pouvoir dire la messe à cause de l'état de mes mains. J'invoquai la dispense qui m'avait été accordée et autres mensonges nécessaires.

Par bonheur, l'inquisiteur était l'hôte de la vieille comtesse pour le dîner, en compagnie de tout ce que la ville comptait de notables, et ne reparaîtrait pas de la soirée.

A cet égard, justement, le prêtre était visiblement vexé parce que le juge, l'inquisiteur et les autres membres du clergé lui avaient ôté des mains toute l'affaire.

– Venez vous asseoir quelques instants, dit le prêtre. Je vais vous raconter ce que je sais d'elle.

Je lui posai sans attendre des questions d'importance, ayant le faible espoir que les habitants s'étaient trompés. Un appel avait-il été interjeté auprès de l'évêque? Oui, et celui-ci l'avait condamnée. Et auprès du Parlement de Paris? Oui, et il avait refusé d'entendre sa cause.

– La comtesse est-elle une sorcière si terrible?

– C'était de notoriété publique, répondit le prêtre dans un murmure en levant les sourcils. Mais personne n'avait le courage de dire la vérité. Le comte agonisant l'a fait pour soulager sa conscience. Et la vieille comtesse, en lisant le livre de l'inquisiteur, *Démonologie*, y a reconnu toutes les choses étranges auxquelles ses petits-fils et elle avaient assisté.

Il poussa un profond soupir.

– J'ai un autre terrible secret à vous révéler, poursuivit-il en baissant la voix. Le comte avait une maîtresse, une femme très puissante dont le nom ne doit absolument pas être prononcé dans cette procédure. Elle nous a dit elle-même que le comte était terrifié par la comtesse et s'efforçait toujours de bannir sa maîtresse de ses pensées en présence de sa femme parce qu'elle était capable de lire dans le cœur des gens.

– Bien des hommes mariés devraient suivre cet exemple, dis-je, dégoûté. Mais qu'est-ce que cela prouve?

– Vous ne comprenez pas? C'est pour ça qu'elle a empoisonné son mari après sa chute de cheval. En mettant cela sur le compte de la chute, elle pensait ne pas être inquiétée.

Je ne répondis rien.

– Tout le monde le sait. Et demain, quand la foule commencera à se rassembler, surveillez les regards et sur qui ils se portent. Vous apercevrez la comtesse de Chamillart, de Carcassonne, sur les gradins devant la prison. Mais attention ! Je ne vous dis pas que c'est elle !

J'étais de plus en plus effondré.

– Vous n'imaginez pas le pouvoir qu'a le diable sur cette sorcière, reprit-il.

– Racontez-moi ça, je vous prie.

– Malgré la torture du chevalet, du brodequin et du fer rouge appliqué sur la plante de ses pieds, elle n'a rien confessé. Elle a seulement appelé sa mère et crié : « Roelant, Roelant » puis « Petyr ». Ce sont sûrement les noms de ses démons car ce ne sont pas des gens d'ici. Et soudain, grâce à ces invocations, elle s'est trouvée dans un état d'hébétude et ne sentait plus la moindre douleur.

Je ne pouvais en entendre davantage !

– Puis-je la voir ? demandai-je. Il est très important pour moi que je voie cette femme de mes propres yeux et que je l'interroge, si c'est possible.

Je produisis alors mon énorme livre d'observations en latin, que le vieil homme lisait à peine, semble-t-il, et bafouillai quelques explications sur les procès auxquels j'avais assisté à Bamberg, sur la maison de la sorcière, les centaines de personnes torturées et bien d'autres choses qui firent grosse impression sur l'homme d'Église.

– Je vais vous amener à elle, dit-il enfin. Mais c'est très dangereux, je vous préviens. Quand vous la verrez, vous comprendrez.

– Que voulez-vous dire ? demandai-je tandis que nous descendions l'escalier à la lueur d'une chandelle.

– Eh bien, elle est restée très belle ! Cela indique à quel point le diable l'aime. C'est pourquoi on l'appelle l'épouse du diable.

Nous empruntâmes un tunnel passant sous la nef de la cathédrale, là où les Romains enterraient autrefois leurs morts, et passâmes dans la prison, de l'autre côté. Par un escalier en colimaçon, nous montâmes au dernier étage où la femme était gardée derrière une porte si épaisse que les gardiens avaient des difficultés à l'ouvrir. Levant son chandelier, le prêtre m'indiqua un coin de mur au fond de la cellule.

Une faible lueur passait à travers les barreaux. Et c'est là, sur un tas de paille, que je l'aperçus, le crâne rasé, maigre et pitoyable, vêtue d'une chemise longue en lambeaux. Et pourtant, elle était pure et étincelante comme un lys, ainsi que ses admirateurs me l'avaient décrite. On lui avait même rasé les sourcils et la forme parfaite de sa tête rasée conférait une sorte de rayonnement à ses yeux lorsqu'elle les posa sur nous, passant de l'un à l'autre avec un léger hochement de tête indifférent.

Toi aussi tu le connais, ce visage, Stefan. Tu l'as vu sur un tableau.

Avant de poursuivre ta lecture, Stefan, quitte ta chambre, descends dans l'entrée principale de la maison mère et regarde, au pied de l'escalier, le portrait de femme aux cheveux noirs peint par Rembrandt Van Rijn. C'est elle. C'est ma Deborah Mayfair. C'est cette femme chauve qui attend, tremblante, tandis que je suis en train d'écrire, dans la prison de l'autre côté de la place.

Je suis dans ma chambre d'auberge et je viens de la quitter. J'ai des bougies en suffisance, comme je te l'ai dit, plus de vin qu'il ne m'en faut, et un petit feu tente de chasser le froid. Je suis assis à la table devant la fenêtre et je vais maintenant tout te raconter.

J'ai rencontré cette femme il y a vingt-cinq ans. J'en avais alors dix-huit et elle douze.

C'était avant que tu arrives au Talamasca. Moi, j'y étais depuis six ans. A l'époque, on aurait dit que des bûchers de sorcières brûlaient d'un bout à l'autre de l'Europe et l'on m'avait sorti de mes études pour accompagner Junius Paulus Keppelmeister, un vieil érudit en matière de sorcières, dans ses voyages à travers l'Europe. Il venait d'entreprendre de m'enseigner ses quelques piètres méthodes pour sauver les sorcières, en les défendant quand il le pouvait et en les enjoignant de dénoncer leurs accusateurs comme complices, ainsi que les épouses des citoyens les plus en vue de la ville, afin de discréditer l'ensemble de l'enquête et de faire annuler les charges.

C'était la première fois que je m'aventurais hors de la maison mère et, lorsque Junius tomba malade et mourut à Édimbourg, je fus complètement désemparé. Nous faisions chemin pour enquêter sur le procès d'une Écossaise fourbe, très réputée pour ses pouvoirs de guérisseuse, qui avait fait tomber la grêle sur une laitière de son village et avait été accusée de sorcellerie alors que la laitière était indemne.

Sa dernière nuit dans ce monde, Junius m'ordonna de continuer sans lui et me conseilla de ne jamais me départir de ma fausse identité d'étudiant suisse calviniste. Étant bien trop jeune pour passer pour un pasteur, je ne pouvais me servir des documents que Junius utilisait pour sa propre identité mais, ayant voyagé en tant que son élève, en tenue civile de protestant, je résolus de n'y rien changer.

Tu n'imagines pas ma peur, Stefan.

Les bûchers d'Écosse me terrifiaient. Les Écossais étaient aussi cruels que les Français et les Allemands et ne tiraient apparemment aucun enseignement de leurs voisins anglais, plus miséricordieux et plus raisonnables. J'avais tellement peur lors de ce premier voyage que la beauté des Highlands ne fit aucun effet sur moi.

Que pourrais-je bien y faire, sans l'aide de Junius? En entrant dans le village, je m'aperçus que j'arrivais trop tard. La sorcière avait été brûlée le jour même et l'on venait d'amener les chariots devant emporter les restes du bûcher.

Charrette après charrette, on chargea les résidus de cendres, de bois, d'os et de charbon, puis la procession quitta la petite place, entourée de gens au visage solennel, pour se rendre dans la campagne. C'est là que j'aperçus Deborah Mayfair, la fille de la sorcière.

Les mains liées, la robe déchirée et sale, on l'avait amenée pour assister à la dispersion aux quatre vents des cendres de sa mère.

Elle était là, muette, ses cheveux noirs séparés par une raie et ondulant sur son dos, ses yeux bleus secs.

– Ça prouve que c'est une sorcière, dit une vieille femme. Elle ne verse pas une larme.

Mais moi je savais. Je connaissais cette pâleur de visage, cette démarche de somnambule, cette indifférence tandis que les cendres étaient éparpillées et que les chevaux les piétinaient pour les disperser. Je connaissais bien ce comportement car j'avais été moi-même un orphelin errant dans les rues d'Amsterdam après la mort de mon père. Je me rappelais la façon dont hommes et femmes me parlaient. Il ne me venait même pas à l'esprit de leur répondre, de détourner mon regard ou de changer mon attitude.

– Qu'est-ce qu'ils vont faire d'elle? demandai-je à la vieille femme.

– Ils devraient la brûler aussi, mais ils ont trop peur, répondit-elle. Elle est très jeune et c'est une enfant de l'amour. Personne ne lui ferait de mal par crainte de celui qui pourrait être son père.

Sur ce, la vieille femme se retourna et jeta un regard grave sur le château accroché aux rochers, à des lieues de l'autre côté de la verte vallée.

Tu sais, Stefan, les enfants n'ont pas été épargnés dans ces persécutions. Mais chaque village est différent. Et c'était l'Écosse. Et je ne savais pas ce qu'était une enfant de l'amour, ni qui vivait dans ce château, ni quelle importance tout cela pouvait avoir.

Je les regardai en silence mettre l'enfant dans une charrette et la ramener en ville. Ses cheveux sombres flottaient dans le vent tandis que les chevaux prenaient de la vitesse. Elle regardait droit devant elle, une brute à côté d'elle la tenant fermement pour l'empêcher de tomber quand les roues de la carriole s'enfonçaient dans les ornières de la route.

C'est alors que je pris ma décision. Il fallait coûte que coûte que je la sorte de là, au besoin par la ruse.

Laissant la vieille femme retourner à pied à sa ferme, je suivis la charrette jusqu'au village. La petite fille ne sortit qu'une fois de sa stupeur, en passant devant les vieilles pierres situées à l'extérieur du village. Il s'agissait d'un de ces cercles de pierres énormes, remontant à des temps très anciens, domaine dans lequel tu t'y entends bien mieux que moi. Elle fixa sur ce cercle un regard insistant pour une raison que j'ignore totalement.

Car, au loin dans le champ, au milieu du cercle, il n'y avait qu'un homme, à peine plus vieux que moi, grand, mince et aux cheveux sombres. Je le distinguais mal car le ciel était si clair que l'homme avait l'air transparent. Au point que je me suis même dit que c'était peut-être un esprit plutôt qu'un homme.

J'eus l'impression que leurs regards s'étaient croisés. Ce détail m'a frappé parce que jusque-là elle avait été si inerte que ce geste m'avait étonné. Je pense maintenant que c'était plus qu'un détail mais nous en débattrons plus tard.

Je partis sans attendre à la recherche de la commission désignée par le Conseil privé écossais, qui ne s'était pas encore dispersée car, selon la coutume, ses membres devaient souper ensemble aux frais de la défunte.

Lorsque j'entrai, l'aubergiste m'informa que la sorcière possédait beaucoup d'or, ce qui avait permis de payer son procès, sa torture, le juge, le bois et le charbon du bûcher et même la carriole qui avait emporté ses cendres.

– Joignez-vous à nous pour le souper, dit-il, c'est la sorcière qui régale.

Je déclinai l'invitation et me dirigeai vers les membres de la commission auxquels je me présentai comme un étudiant de la Bible très croyant. Je sollicitai d'eux la permission d'emmener en Suisse l'enfant de la sorcière, pour la remettre entre les mains d'un bon calviniste qui en ferait une bonne chrétienne et effacerait de sa mémoire le souvenir de sa mère.

En fait, toutes ces explications étaient inutiles. Il m'aurait suffi de prononcer le mot « Suisse » car ces gens me répondirent immédiatement que tout ce qu'ils désiraient était de se débarrasser de l'enfant au plus vite. Le duc lui-même ne voulait pas la brûler car elle était une enfant de l'amour, ce qui effrayait grandement les villageois.

– Et qu'est-ce qu'une enfant de l'amour, je vous prie?

Ils m'expliquèrent alors que les habitants des Highlands étaient fort attachés à leurs vieilles coutumes et qu'ils faisaient la veille du 1er mai de grands feux de joie autour desquels ils dansaient et festoyaient toute la nuit. Et c'était au cours de telles festivités que Suzanne, la jeune fille la plus méritante du village et reine de Mai cette année-là, avait conçu Deborah.

C'était une enfant de l'amour et tout le monde l'aimait car personne ne savait qui était son père. C'était peut-être un homme du village ou un noble et, dans l'ancien temps, une coutume païenne voulait que les enfants de l'amour soient considérés comme les enfants des dieux.

– Emmenez-la à ce bon pasteur suisse, mon frère, le duc en sera très satisfait. Mais mangez et buvez d'abord quelque chose. C'est la sorcière qui paie et les victuailles ne manquent pas.

Moins d'une heure plus tard, je quittai la ville à cheval, l'enfant assise devant moi. En traversant le tapis de cendres, au carrefour, elle ne jeta pas même un regard; pas plus que vers le château lorsque nous descendîmes la route longeant le bord du loch Donnelaith.

Dès notre arrivée à l'auberge où nous devions faire notre première halte, je saisis toute la dimension de ce que je venais de faire. Cette fille muette, sans défense, très belle, déjà très femme à bien des égards, était sous ma garde. Et moi, à peine plus âgé qu'un garçon, je l'avais emmenée sans autorisation du Talamasca, m'exposant ainsi aux plus terribles réprimandes à mon retour.

Nous prîmes deux chambres séparées, comme l'exigeait la bienséance, mais je craignais qu'elle n'en profitât pour s'échapper. Enveloppé dans ma cape, comme pour me protéger, je m'allongeai donc sur le matelas de paille en face d'elle et l'examinai en essayant de réfléchir à ce que j'allais faire.

A la lueur d'une chandelle dégageant une odeur pestilentielle, je m'aperçus que quelques mèches de ses cheveux noirs étaient nouées ensemble très haut de part et d'autre de sa tête, de façon à retenir dans son dos le reste de sa chevelure, et que ses yeux ressemblaient à des yeux de chat. Je veux dire par là qu'ils étaient ovales et étroits, qu'ils remontaient un peu aux extrémités et brillaient. Sous les yeux se trouvaient des joues rondes mais délicates. Ce n'était pas un visage de paysanne. Sous sa robe en lambeaux pointaient des seins ronds et pleins de femme, ses chevilles, qu'elle avait croisées pour s'asseoir sur le sol, étaient finement dessinées. Je ne pouvais regarder sa bouche sans avoir envie de l'embrasser et j'avais honte de ces viles pensées.

J'aurais bien voulu lire dans les siennes mais elle avait dû le sentir car elle avait complètement fermé son esprit.

Je finis tout de même par penser aux choses les plus élémentaires comme lui trouver de la nourriture et des vêtements décents. Je sortis donc chercher de quoi nous restaurer, du vin, une robe correcte, un seau d'eau chaude pour la toilette et une brosse à cheveux.

A mon retour, elle fixa ces objets comme si elle se demandait à quoi ils servaient. Je m'aperçus alors, seulement, qu'elle était couverte de saleté et de marques de fouet et qu'on voyait ses os sous sa peau.

Stefan, si tu savais... Je t'assure que j'avais pitié d'elle tandis que je la baignai après l'avoir déshabillée. Et pourtant, l'homme que j'étais brûlait de mille feux. Sa peau était claire et douce au toucher. Elle n'eut pas la moindre résistance pendant que je la lavais, ni quand je l'habillai et lui brossai les cheveux.

A cette époque, je tenais en majeure partie de mes lectures ce que je savais des femmes. Et cette créature me paraissait d'autant plus mystérieuse dans sa nudité et sa tranquillité impuissante. Mais, pendant tout ce temps, elle me regardait de ses yeux silencieux qui m'effrayaient quelque peu et me donnaient la sensation que si mes mains s'égaraient elle me foudroierait sur place.

Elle ne broncha pas lorsque je lavai les marques laissées sur son dos par la lanière du fouet. Je lui donnai à manger avec une cuillère en bois et elle se laissa faire avec la plus grande docilité.

Au cours de la nuit, je me réveillai en rêvant que je l'avais prise, très soulagé de constater que ce n'était pas le cas. Mais elle était éveillée et me regardait de ses yeux de chat. Je lui rendis son regard pendant un moment en essayant de deviner ses pensées. La lumière de la lune se déversait par la fenêtre, en même temps qu'une brise d'air frais vivifiant, et je constatai que son visage avait perdu son inertie. Il affichait maintenant une expression de malveillance et de colère qui m'épouvanta. On aurait dit une bête sauvage.

D'une voix apaisante, je tentai de lui dire en anglais qu'elle était en sécurité avec moi et que j'allais l'emmener dans un endroit où personne ne l'accuserait de sorcellerie et que ceux qui s'en étaient pris à sa mère étaient méchants et cruels.

Elle n'eut aucune réaction, sinon que son visage sembla moins implacable, comme si mes mots avaient atténué sa colère. Elle retomba ensuite dans son hébétude.

Je lui dis que j'appartenais à une organisation de bonnes gens qui ne voulaient pas faire de mal ni brûler les guérisseuses. Et que j'allais l'emmener à notre maison mère, où les gens se moquaient des choses auxquelles les chasseurs de sorcières croyaient.

– Ce n'est pas en Suisse, contrairement à ce que j'ai dit aux méchants là-bas, mais à Amsterdam, précisai-je. Tu as entendu parler de cette ville? C'est un lieu magnifique.

Elle eut l'air de comprendre mes paroles. Elle m'adressa un sourire méprisant et je l'entendis marmonner en anglais :

– Vous n'êtes pas un prêtre. Vous êtes un menteur!

Toute la journée et toute la nuit du lendemain, elle ne m'adressa pas la parole. Mais elle mangeait maintenant seule et semblait reprendre des forces.

La nuit suivant notre arrivée à Londres, je me réveillai en l'entendant parler tout haut dans notre chambre d'auberge. Me penchant, je vis qu'elle regardait par la fenêtre et je l'entendis dire en anglais, avec un fort accent écossais :

– Laisse-moi tranquille, diable! Je ne veux plus te voir.

Lorsqu'elle se retourna, je vis des larmes dans ses yeux. Plus que jamais elle avait l'air d'une femme. Elle n'eut pas l'air surprise de me voir éveillé. Elle se recoucha et se tourna vers le mur.

– A qui parliez-vous? lui demandai-je.

Elle ne répondit pas. Je m'assis dans le noir et me mis à lui parler, ignorant si elle m'entendait ou non. Je lui dis que si elle avait vu quelque chose, que ce soit un fantôme ou un esprit, ce n'était pas forcément le diable. Car qui pouvait dire qui étaient ces créatures invisibles? Je la priai de me parler de sa mère et de ce qui l'avait fait accuser de sorcellerie car j'étais certain qu'elle possédait des pouvoirs identiques à ceux de sa mère. Mais elle ne me répondit pas plus.

Le lendemain, je l'emmenai dans une maison de bains puis lui achetai une nouvelle robe mais cela ne parut pas l'intéresser. Elle regardait froidement la foule et les coches qui passaient. Impatient de quitter cet endroit et de rentrer chez moi, j'ôtai ma soutane et m'habillai en gentilhomme hollandais, ce qui me vaudrait certainement le plus grand respect et d'être bien servi.

Ce changement provoqua chez elle une sorte d'étonnement et elle m'adressa un nouveau sourire de dédain, comme si elle avait su que j'avais en tête quelque sordide dessein. Était-elle capable de lire dans mes pensées et de savoir que chaque fois que je me réveillais je pensais au moment où je l'avais baignée? J'espérais que non.

Elle était si jolie dans sa nouvelle robe. Je n'avais jamais vu plus jolie jeune fille. J'avais tressé une partie de ses cheveux et enroulé cette tresse au sommet de sa tête pour dégager son visage, comme je l'avais vu sur certaines femmes. Elle était tout bonnement ravissante.

Jusqu'à Amsterdam, nous nous fîmes passer pour un frère et une sœur hollandais. Comme je l'avais escompté, notre ville la réveilla de sa torpeur, avec ses jolis canaux bordés d'arbres, ses bateaux et ses jolies maisons à quatre ou cinq étages qu'elle examina avec une vigueur retrouvée.

En arrivant à la maison mère, avec le canal à ses pieds, et voyant que c'était « chez moi » et désormais chez elle, elle ne put cacher son émerveillement. Cette enfant ne connaissait du monde qu'un misérable village de bergers et les auberges vétustes dans lesquelles nous avions logé. Il est donc facile d'imaginer sa surprise lorsqu'elle vit un vrai lit dans une chambre hollandaise impeccable. Elle ne sortit pas de son mutisme mais l'ébauche de sourire qui fleurit sur ses lèvres était éloquente.

J'allai directement voir mes supérieurs, Roemer Franz et Petrus Lancaster, dont tu te souviens certainement, et leur narrai mon aventure.

Je fondis en larmes en leur disant que j'avais emmené l'enfant parce qu'elle était seule au monde et que je n'avais aucune excuse pour avoir dépensé tant d'argent. A mon grand étonnement, ils me pardonnèrent, et se mirent aussi à rire car ils connaissaient mes secrets les plus intimes. Roemer dit :

– Petyr, tu as fait une telle pénitence entre l'Écosse et ici que tu mérites une augmentation de traitement et peut-être même une chambre plus spacieuse au sein de cette maison.

Et ils rirent de plus belle.

Deborah refusa de répondre aux questions qui lui furent posées. Mais lorsque la femme de Roemer, qui vécut avec nous toute sa vie, alla vers elle et lui remit une aiguille et un canevas, Deborah se mit à broder avec un certain talent.

A la fin de la semaine, la femme de Roemer et les autres épouses lui avaient appris à confectionner de la dentelle. Des heures durant, elle tirait l'aiguille, ne répondant jamais quand on s'adressait à elle, mais scrutant ceux qui l'entouraient dès qu'elle levait la tête puis se remettant au travail sans un mot.

Elle semblait éprouver de l'aversion envers les femmes de notre organisation, non pas les épouses de nos membres, mais les étudiantes qui avaient elles aussi des pouvoirs. Elle ne me parlait toujours pas mais ne m'envoyait plus de regards noirs, et lorsque je lui proposais une promenade elle acceptait. Elle était sans cesse émerveillée par la ville et me permettait de lui offrir un verre à la taverne, bien que le spectacle de femmes respectables y buvant et y mangeant semblât l'étonner tout comme il étonnait les étrangers qui avaient l'habitude de voyager.

Pendant tout le chemin, je lui décrivais notre cité, lui racontais son histoire et sa tolérance, et comment des Juifs s'y étaient établis pour fuir la persécution en Espagne, et comment les catholiques y vivaient en paix parmi les protestants, et qu'il n'y avait plus ici d'exécutions pour sorcellerie. Je l'emmenais aussi chez les imprimeurs et les libraires.

Un jour, nous rendîmes une brève visite à Rembrandt Van Rijn, toujours entouré d'élèves. Nous bûmes un verre de vin en compagnie des jeunes peintres venus étudier avec le maître et ce fut ce jour-là qu'il vit Deborah pour la première fois. Plus tard, il allait faire son portrait.

Elle garda le silence pendant toute la visite mais je constatai qu'elle était ravie par le travail des peintres et que les portraits de Rembrandt l'attiraient tout particulièrement, ainsi que cet homme de génie lui-même. Nous nous rendîmes dans d'autres ateliers et parlâmes à d'autres artistes de nos amis, Emmanuel de Witte et d'autres, qui exerçaient alors leur art dans notre ville. Cela parut la revigorer et la rendre à la vie, son visage étant à certains moments très doux et avenant.

En passant devant les échoppes des bijoutiers, elle me faisait signe, en me touchant légèrement de ses doigts blancs, de nous arrêter. Ses doigts blancs. Je m'en souviens si bien.

Elle montra une grande fascination pour ceux qui taillaient et polissaient les diamants et pour les marchands et les riches mécènes qui venaient de toute l'Europe, voire du monde entier, afin d'acheter leurs fins bijoux. J'aurais aimé avoir suffisamment d'argent pour lui acheter quelque chose de beau. Bien entendu, très attirés par sa beauté et ses beaux vêtements – la femme de Roemer l'avait magnifiquement vêtue –, les marchands commencèrent à lui faire l'article et à lui proposer de voir leurs marchandises.

Une belle émeraude brésilienne sertie d'or, que l'on était en train de présenter à un riche Anglais, attira son attention. Lorsque l'Anglais y renonça à cause de son prix, elle s'assit à la table pour l'observer, comme si elle avait eu l'argent pour l'acheter ou que j'allais l'acquérir pour elle. On aurait dit qu'elle était envoûtée par la pierre rectangulaire fixée dans un filigrane de vieil or. Puis, en anglais, elle en demanda le prix et ne cilla pas lorsqu'on le lui indiqua.

J'assurai promptement le marchand que nous allions y réfléchir, puisque de toute évidence la jeune femme en avait envie, et, en souriant, je sortis avec elle. J'étais horriblement triste de ne pas pouvoir lui offrir ce bijou.

En longeant le quai, sur le chemin du retour, elle me dit :

– Ne soyez pas triste. Qui pourrait exiger cela de vous?

Et, pour la première fois, elle me sourit et pressa ma main. Mon cœur se mit à battre mais elle retomba dans sa froideur et son silence.

Le septième jour du séjour de Deborah dans la maison mère, une femme de nos membres, dont tu as beaucoup entendu parler bien qu'elle soit maintenant morte depuis des années, revint de Haarlem où elle avait rendu visite à son frère, un homme plutôt ordinaire. Elle, en revanche, n'était pas une femme ordinaire : je te parle de la grande sorcière Geertruid Van Stolk. Elle était à l'époque la plus puissante de toute notre communauté, hommes et femmes confondus. Dès son arrivée, on lui raconta l'histoire de Deborah et on lui demanda de parler à l'enfant et de voir si elle pouvait lire dans ses pensées.

Geertruid alla tout de suite la voir mais Deborah, l'entendant approcher, se leva de son tabouret en le renversant, jeta son ouvrage et s'adossa au mur. Elle fixa alors Geertruid d'un regard plein de haine puis chercha à sortir de la pièce, s'agrippant aux murs comme si elle avait cherché à les traverser, trouvant finalement la porte et se ruant dans le couloir menant à la rue.

Roemer et moi tentâmes de la retenir, la priant de se calmer et lui disant que personne ne lui voulait du mal. Enfin, Roemer me dit : « Il faut briser le silence de cette enfant. » Entre-temps, Geertruid m'avait passé un message en latin griffonné rapidement – « Cette enfant est une puissante sorcière » – que je passai à mon tour à Roemer, sans prononcer un mot.

Nous implorâmes Deborah de nous suivre dans le bureau de Roemer, une grande pièce confortable que tu connais bien puisque tu en as hérité, mais à l'époque elle était remplie de pendules, car il les adorait, qui ont maintenant été réparties dans toute la maison.

Roemer gardait toujours ouvertes les fenêtres donnant sur le canal et l'on eût dit que tous les bruits agréables de la ville entraient dans la pièce. Lorsqu'il pria Deborah de s'asseoir et de se calmer, elle semblait tranquille et réconfortée. Mais elle le regardait dans les yeux, comme lasse et peinée.

Peinée. Je lus sa peine à cet instant, au point que les larmes me montèrent aux yeux. Son masque impassible avait disparu et ses lèvres tremblaient lorsqu'elle dit en anglais :

– Qui sont ces femmes et ces hommes ici ? Au nom du ciel, qu'attendez-vous de moi ?

– Deborah, dit-il sur un ton apaisant, écoutez-moi attentivement. Je vais tout vous raconter. Pendant tout ce temps, nous avons essayé de savoir à quel point vous étiez capable de comprendre.

– Et qu'y a-t-il à comprendre? demanda-t-elle avec haine.

Avec sa voix vibrante et ses joues enflammées, elle devint une femme, dure et froide à l'intérieur, et affectée par les horreurs dont elle avait été témoin. Où était l'enfant en elle? m'interrogeai-je lorsqu'elle se tourna vers moi, puis vers Roemer qui, une fois n'est pas coutume, était intimidé. Mais il se reprit immédiatement et continua.

– Nous sommes un ordre d'érudits dont le dessein est d'étudier les personnes douées de pouvoirs singuliers, comme ceux qu'avait votre mère – dont on a dit à tort qu'ils lui venaient du diable – et ceux que vous possédez probablement. N'est-il pas vrai que votre mère avait le don de guérir ? Mon enfant, un tel pouvoir n'a rien à voir avec le diable. Vous voyez ces livres tout autour de vous ? Ils sont pleins d'histoires sur des gens que l'on appelle parfois des sorciers ou des sorcières. Si vous avez de tels pouvoirs, faites-nous confiance car nous pouvons vous enseigner ce qu'ils peuvent ou ne peuvent pas faire.

Je vis la haine revenir sur le visage de Deborah et Roemer murmura : « Elle lit nos pensées, Petyr, et elle peut cacher les siennes. »

– Mon enfant, ajouta-t-il, ce dont vous avez été témoin est terrible mais je suis certain que vous n'avez pas cru les accusations proférées contre votre mère. Dites-nous, je vous prie, à qui vous parliez à l'auberge, la nuit où Petyr vous a entendue. Si vous pouvez voir les esprits, dites-le-nous. Nous ne vous ferons jamais aucun mal.

Aucune réponse.

– Mon enfant, laissez-moi vous montrer mon propre pouvoir. Il ne me vient pas de Satan et je n'ai nul besoin de l'invoquer. Je ne crois pas à Satan. Regardez ces pendules autour de vous. La grande horloge là-bas, la pendule à votre gauche, celle posée sur la cheminée et encore celle qui est sur le bureau.

Elle les regarda, ce qui nous soulagea beaucoup, car au moins elle comprenait. Puis elle prit un air consterné lorsque Roemer, parfaitement immobile, les fit toutes arrêter. Le tic-tac cessa, laissant la place à un silence qui paraissait suffisamment profond pour masquer les bruits montant du canal.

– Mon enfant, ayez confiance en nous car nous partageons ces pouvoirs.

Me montrant du doigt, il me demanda de remettre les pendules en marche par la force de mon esprit. Je fermai les yeux et dis aux pendules : « Repartez. » Elles m'obéirent et la pièce se remplit à nouveau de leur tic-tac.

Le visage de Deborah passa d'une suspicion froide à un mépris soudain. Elle sauta de sa chaise et s'adossa aux rayons de livres en nous regardant tour à tour d'un air malveillant.

– Des sorciers ! cria-t-elle. Pourquoi ne me l'avez-vous pas dit ? Vous êtes tous des sorciers ! Vous obéissez à Satan ! (Les larmes coulaient sur ses joues. Elle hoqueta encore :) C'est vrai, vrai, vrai !

– Non, mon enfant, dit Roemer. Nous ne connaissons rien du diable ! Nous essayons seulement de comprendre ce que les autres condamnent.

– Deborah ! criai-je. Oubliez les mensonges qu'on vous a enseignés. Personne, dans la ville d'Amsterdam, ne voudrait vous brûler. Pensez à votre mère. Que disait-elle de ce qu'elle avait fait, avant qu'on la torture ?

Mais je n'avais pas trouvé les bonnes paroles. Je ne pouvais pas savoir, Stefan. Je ne pouvais pas. Lorsque son visage se crispa et qu'elle mit les mains sur ses oreilles, je compris mon erreur. Sa mère pensait qu'elle était mauvaise !

La bouche tremblante, Deborah se mit en colère.

– Méchants ! Sorciers ! Je vais vous montrer ce que le démon peut faire dans les mains d'une vraie sorcière.

Elle alla se placer au centre de la pièce, leva la tête vers la fenêtre et cria :

– Viens, mon Lasher, montre à ces pauvres petits sorciers ce qu'est le pouvoir d'une sorcière et de son démon. Casse toutes les pendules, l'une après l'autre.

Immédiatement, une grande ombre apparut dans l'encadrement de la fenêtre, comme si l'esprit qu'elle avait appelé s'était condensé.

Le verre fin des pendules se brisa, les joints collés du bois éclatèrent, les ressorts furent projetés à l'extérieur, les pendules de la cheminée et du bureau tombèrent au sol et la grande horloge s'écrasa par terre.

Roemer prit peur car il n'avait jamais vu un esprit si puissant, et tout ce que nous pûmes sentir fut la présence de la chose, lorsqu'elle passa près de nous à nous toucher.

– Allez au diable! Je ne serai pas votre sorcière! cria Deborah.

Les livres se mirent à tomber tout autour de nous, Deborah s'échappa et la porte claqua derrière elle. En réunissant nos forces, nous ne parvînmes pas à l'ouvrir.

Mais l'esprit était parti. Nous n'avions plus rien à redouter et, après un long silence, nous pûmes ouvrir la porte et sortîmes d'un pas rassuré. Deborah avait quitté la maison.

A cette époque, Stefan, Amsterdam était l'une des grandes métropoles d'Europe. Elle devait abriter dans les cent cinquante mille âmes ou plus. Et Deborah s'était évanouie dans cette grande ville. Les recherches que nous entreprîmes dans les bordels et les tavernes furent infructueuses. Nous nous rendîmes même chez la duchesse Anna, la plus riche putain d'Amsterdam, car nous imaginions que c'était un endroit où une beauté comme Deborah aurait pu trouver refuge. La duchesse, toujours contente de nous voir et de parler avec nous, nous servit un bon vin mais ignorait tout de cette mystérieuse enfant.

Ce fut une quinzaine de jours plus tard qu'un jeune étudiant de Rembrandt récemment arrivé d'Utrecht vint me dire que la jeune fille que je cherchais vivait chez le vieux portraitiste Roelant. Cet homme avait étudié de nombreuses années en Italie dans sa jeunesse et attirait beaucoup de gens curieux de voir son travail. Il était très malade, invalide, et ne parvenait plus à payer ses dettes.

J'allai donc immédiatement chez lui mais, alors que je le connaissais personnellement, je trouvai porte close : il n'avait pas de temps à consacrer aux « érudits déments », comme il nous appelait, et me fit dire en termes haineux que même à Amsterdam les gens singuliers comme nous devraient être interdits de cité.

Roemer me conseilla de me tenir tranquille quelque temps afin de me faire oublier. Or, les jours qui suivirent, j'appris que Roelant avait payé tous ses créanciers, qui étaient fort nombreux, et que lui et ses enfants de son premier mariage s'habillaient maintenant de riches vêtements.

On m'apprit également qu'il avait pris à son service une jeune Écossaise d'une grande beauté, Deborah, pour s'occuper de ses enfants et que celle-ci lui avait préparé pour ses doigts infirmes un onguent qui les avait déliés et qu'il avait repris le pinceau. La rumeur disait qu'il était grassement payé pour ses nouveaux portraits, mais il aurait fallu qu'il en peigne trois ou quatre par jour, Stefan, pour pouvoir se payer son nouveau train de vie.

La jeune Écossaise était riche, disait-on. Elle était la fille naturelle et bien-aimée d'un noble de son pays qui, ne pouvant la reconnaître, lui envoyait quantité d'argent que, par gratitude, elle partageait avec les Roelant. Quelle jolie fable, Stefan!

Tout allait donc pour le mieux sous le toit des Roelant et le vieil homme épousa la jeune fille avant la fin de l'année. Deux mois avant ce mariage, le maître Rembrandt avait déjà fait le portrait de Deborah et un mois après la cérémonie le tableau fut exposé dans le salon de Roelant pour que tout le monde puisse venir l'admirer.

Sur ce portrait, Deborah portait autour du cou cette même émeraude brésilienne qu'elle avait tant convoitée le jour où je l'avais emmenée en promenade. Elle était retournée l'acheter, ainsi que tous les bijoux qui lui plaisaient et les peintures de Hals et Judith Leister faites par Rembrandt qu'elle admirait tant.

Un jour, j'en eus assez d'attendre. La maison étant ouverte aux visiteurs désireux d'admirer le portrait dont Roelant était si fier, j'en franchis le seuil. Le vieux Roelant ne fit rien pour me barrer l'accès mais, au contraire, claudiqua vers moi appuyé sur sa canne, m'offrit de sa propre main un verre de vin et me montra du doigt sa bien-aimée, Deborah, apprenant le latin et le français avec un précepteur. Elle apprenait si vite, me dit-il, qu'il en était fasciné. Elle venait de lire les écrits d'Anna Maria Van Schurman qui prétendait que les femmes étaient aussi aptes à l'instruction que les hommes.

Comme il semblait déborder de joie!

Elle faisait maintenant plus vieille que son âge. Avec ses bijoux et sa robe de velours vert, on aurait dit qu'elle avait dix-sept ans. Elle portait de larges manches, des jupes volumineuses et un ruban vert orné de rosettes dans ses cheveux noirs. Avec le reflet du magnifique tissu qui la parait, ses yeux paraissaient verts. Je songeai soudain que Roelant ne devait pas connaître son âge car pas un seul mot de ce que je savais d'elle n'avait jamais franchi mes lèvres. Je restai là, pétrifié par sa beauté, et le coup fatal me fut porté lorsqu'elle leva les yeux et me sourit.

Je voulus m'en aller et fis un geste pour poser mon verre mais elle vint au-devant de moi, souriant toujours, me prit les mains et dit : « Petyr, venez avec moi », en m'entraînant dans un petit cabinet servant de lingerie.

Quel éclat et quelle grâce elle avait acquis! Une dame de la cour n'aurait pas mieux fait. Je me rappelai dans quel état je l'avais trouvée. Elle était métamorphosée. Grâce aux minces rayons de lumière qui parvenaient dans cette minuscule pièce, je l'examinai en détail. Je la trouvai robuste, parfumée, les joues roses. La grande émeraude brésilienne dans son filigrane d'or reposait entre ses seins généreux.

– Pourquoi n'avez-vous dit à personne que vous me connaissiez? me demanda-t-elle, comme si elle ignorait la réponse.

– Deborah, nous vous avons dit la vérité sur nous. Nous ne voulions que vous offrir un refuge et connaître vos pouvoirs. Venez nous voir quand vous le voudrez.

Elle se mit à rire.

– Vous êtes fou, Petyr, mais c'est grâce à vous que je suis sortie de la misère pour entrer dans cet endroit merveilleux.

Elle plongea la main dans une poche cachée dans les replis de ses jupes et en sortit une poignée d'émeraudes et de rubis.

– Prenez-les, Petyr!

– Deborah! Comment vous êtes-vous procuré ces pierres? murmurai-je. Et si l'on vous accusait de les avoir volées?

– Mon diable est trop malin pour cela, Petyr. Elles viennent de très loin. Je n'ai qu'à demander pour en obtenir à l'infini. C'est ce qui m'a permis d'acheter le bijou que je porte autour du cou. Le nom de mon diable est gravé au dos de la monture en or, Petyr. Mais vous savez son nom. Je vous adjure de ne jamais l'appeler car il me sert et ne peut que détruire tout autre que moi qui voudrait l'invoquer.

– Deborah, revenez chez nous, l'implorai-je. Même pour quelques instants, de temps à autre, pour parler avec nous, si votre époux le permet. L'esprit dont vous parlez n'est pas le diable mais il est puissant et peut faire le mal par insouciance ou par cette espièglerie qui caractérise les esprits. Deborah, ce n'est pas un jeu, vous devez le savoir! Ce que vous faites est dangereux. Plus vous parlerez à cette créature, plus elle sera puissante...

Elle m'imposa le silence. Elle arborait maintenant une expression de dédain. Lorsque je refusai une nouvelle fois de prendre les pierres précieuses, elle me traita de fou, expliquant que je ne savais pas faire usage de mes pouvoirs. Puis elle me remercia de l'avoir amenée dans la ville idéale pour une sorcière et, m'adressant un sourire mauvais, elle se mit à rire.

– Deborah, nous ne croyons pas à Satan mais nous croyons au mal, dis-je. Le mal, c'est ce qui est destructeur pour l'humanité. Je vous supplie de vous défier de cet esprit. Ne croyez pas ce qu'il dit de lui-même et de ses intentions. Car personne ne sait ce que ces créatures sont en réalité.

– Arrêtez! Vous me mettez en colère, Petyr. Qu'est-ce qui vous dit qu'il me parle? C'est moi qui lui parle. Pensez aux démonologies, Petyr, ces vieux livres écrits par un clergé fanatique qui croit aux démons, car ils contiennent plus de connaissances sur la façon de contrôler ces êtres invisibles que vous ne croyez. Je les ai vus dans vos rayonnages. Je connaissais le terme latin de démonologie car j'avais déjà vu de tels livres.

Ces livres étaient pleins de vérités mais aussi de mensonges, lui dis-je. Alors que je reculais avec tristesse, elle m'enjoignit une nouvelle fois de prendre les pierres. Je refusai. Elle les glissa dans ma poche et pressa ses lèvres chaudes contre ma joue. Je quittai la maison.

Roemer m'interdit de la revoir. Je ne lui ai jamais demandé ce qu'il avait fait des pierres. Les grands entrepôts renfermant le trésor du Talamasca ne m'ont jamais beaucoup intéressé. Je n'en sais pas plus aujourd'hui qu'alors : mes factures et mes vêtements sont payés et j'ai dans ma bourse les pièces dont j'ai besoin.

Même lorsque Roelant tomba malade, et Deborah n'y était pour rien, je te l'assure, Stefan, on m'a interdit de rendre visite à la jeune femme.

Mais le plus curieux de tout, Stefan, c'est que très souvent je la voyais dans des endroits singuliers, seule ou tenant l'un des fils de Roelant par la main, qui me regardait de loin. Je l'ai vue à plusieurs reprises dans la rue, et même une fois sous ma fenêtre de la maison du Talamasca, et encore une autre chez Rembrandt Van Rijn, assise en train de coudre près de Roelant et m'observant de ses yeux obliques.

A un certain moment, j'ai même eu l'impression qu'elle me poursuivait. Parfois, lorsque je me promenais seul en pensant à elle, je songeais à notre première rencontre et au moment où je lui avais donné à manger et l'avais lavée comme une enfant. Et, soudain, je me retournais et elle était là, marchant derrière moi dans une belle tenue en velours et me fixant du regard avant de tourner dans une autre rue.

Le mois précédant la mort de Roelant, une jeune femme peintre de talent, Judith de Wilde, alla s'installer sous le toit de Deborah et de son mari et y resta avec son père âgé, Anton de Wilde, après la mort de Roelant.

Lorsque les frères de Roelant eurent emmené ses fils à la campagne, la veuve Roelant et Judith de Wilde tinrent ensemble la maison, s'occupant du vieil homme avec une grande gentillesse et vivant dans la gaieté et les distractions : la maison était ouverte presque jour et nuit aux écrivains, poètes, érudits et peintres, ainsi qu'aux étudiants de Judith qui l'admiraient au même titre qu'un peintre de sexe masculin, car elle était merveilleuse. Tout comme un homme, elle était d'ailleurs membre de la guilde de Saint-Luc.

Roemer m'avait interdit d'entrer mais, maintes fois, j'étais passé devant la maison et, si je m'attardais un peu, je voyais l'ombre de Deborah apparaître derrière la vitre de la fenêtre du haut. Tantôt je n'apercevais que la lueur de l'émeraude, tantôt elle ouvrait la fenêtre et me suppliait vainement d'entrer.

Roemer lui-même alla la voir mais elle le congédia.

– Elle croit en savoir plus que nous, me dit-il. Mais elle ne sait rien car, autrement, elle ne jouerait pas à ce jeu dangereux. C'est une grossière erreur que font les sorcières de croire que leur pouvoir est total sur les forces invisibles qui leur obéissent. Et que deviennent sa volonté, sa conscience et son ambition? La créature la corrompt. Ce n'est pas naturel et extrêmement dangereux, Petyr!

– Serais-je capable, moi, d'appeler la créature si je le voulais, Roemer?

– Personne ne peut répondre à cela, Petyr. Si tu essayais, tu y arriverais peut-être. Et peut-être aussi que tu ne pourrais pas t'en débarrasser ensuite. C'est un piège. En tout cas, tu ne l'appelleras jamais avec ma bénédiction. Tu m'écoutes?

– Oui, Roemer, dis-je, obéissant comme toujours.

Mais il savait que mon cœur avec été corrompu et vaincu par Deborah, comme si elle m'avait ensorcelé.

– Nous ne pouvons plus rien faire pour elle, ajouta Roemer. Pense à autre chose.

Je fis de mon mieux pour lui obéir mais j'appris un jour que Deborah était courtisée par de nombreux nobles anglais et français. Sa fortune était si grande et si solide que personne ne songeait plus à s'interroger sur son origine ou à demander s'il y avait eu un temps où elle n'avait pas été riche. Son instruction progressait à grands pas et, entièrement dévouée à Judith de Wilde et à son père, elle n'avait aucune hâte de se remarier. Mais elle laissait ses différents prétendants lui rendre visite.

L'un d'eux parvint à ses fins.

Je n'ai jamais su qui elle avait épousé ni quand le mariage avait été célébré. Je ne la revis qu'une seule fois et j'ignorais alors que c'était la dernière nuit avant son départ.

Cette nuit-là, je fus réveillé par un bruit provenant de ma fenêtre. Me rendant compte que quelqu'un tapait au carreau, j'allai voir si quelque filou n'était pas monté sur le toit. Encore débutant dans l'organisation, on m'avait attribué une chambre ordinaire mais très confortable au cinquième étage de la maison.

La fenêtre était bel et bien fermée au loquet mais tout en bas, sur le quai, se trouvait une femme seule vêtue de noir qui regardait vers moi. Lorsque j'ouvris la fenêtre, elle me fit signe de descendre.

Je savais que c'était Deborah mais j'étais aussi troublé que si un succube s'était introduit dans ma chambre, avait repoussé mes draps et avait commencé à s'activer sur ma personne.

Je me glissai furtivement hors de la maison pour éviter toute question. Elle m'attendait, la magnifique émeraude scintillant dans l'obscurité, comme un œil géant en sautoir autour de son cou. Par les rues sombres, elle m'emmena jusque chez elle.

Quelle débauche de luxe dans sa maison! Meubles, épais tapis, parquets, argenterie, porcelaine fine, rien ne manquait. Elle m'entraîna à l'étage jusque dans sa chambre au lit de velours vert.

– Je me marie demain, Petyr.

– Pourquoi m'avoir amené ici, Deborah? demandai-je.

Je tremblais de désir, Stefan. Lorsqu'elle défit son vêtement et le laissa tomber par terre, dévoilant ses seins pleins et ronds enfermés dans son corset lacé, j'eus l'envie irrésistible de les toucher. La vue de sa taille, de son cou nu et de la courbe de ses épaules m'était un supplice. J'étais affamé de la moindre partie succulente de sa chair.

– Petyr, dit-elle en me regardant droit dans les yeux. Je sais que vous avez donné les pierres précieuses à votre organisation et que vous n'avez rien gardé pour vous. Alors je vais vous donner maintenant ce que vous désirez depuis le grand voyage que nous avons fait ensemble et que vous n'avez jamais voulu prendre par respect pour moi.

– Deborah, pourquoi faites-vous cela? demandai-je, déterminé à ne pas abuser d'elle car elle avait l'air complètement perdue, je le lisais dans ses yeux.

– Parce que j'en ai envie, Petyr. (Elle m'entoura de ses bras et me couvrit de baisers.) Oubliez le Talamasca, Petyr, et venez avec moi. Soyez mon époux et je n'épouserai pas cet homme.

– Mais Deborah, pourquoi me demander cela?

Pleine d'amertume et de tristesse, elle se mit à rire.

– J'ai besoin de votre compréhension, Petyr. J'ai besoin de quelqu'un à qui je n'aie rien à cacher. Nous sommes des sorciers, vous et moi, que nous appartenions à Dieu ou au diable. Vous m'avez toujours désirée et vous le savez fort bien. Laissez tout et venez avec moi. Si le Talamasca ne veut pas vous libérer, nous quitterons Amsterdam. Nous partirons ensemble et je vous donnerai tout. Restez près de moi et je n'aurai plus peur. Je vous raconterai qui je suis et ce qui est arrivé à ma mère. Je vous raconterai tout ce qui me trouble.

Les larmes lui vinrent aux yeux.

– Mon jeune fiancé est beau. Il représente tout ce dont je rêvais quand je restais assise, sale et pieds nus, devant la porte de la chaumière. Il est l'homme qui passait à cheval sur le chemin du château et c'est dans un château qu'il va m'emmener. J'ai l'impression de vivre un de ces contes de fées que ma mère me racontait. Mon passé me semble maintenant irréel. Ai-je vraiment vécu dans ce lieu, Petyr? Ai-je vraiment vu ma mère mourir?

– Ne ressassez pas ces mauvais souvenirs, Deborah. Le passé est enterré.

– Vous vous rappelez quand vous m'avez dit que ma mère n'était pas un être malveillant, que c'étaient les hommes qui lui avaient fait du mal. Qu'est-ce qui vous faisait croire cela?

– Pour l'amour de Dieu, Deborah, dites-moi si elle était une sorcière et ce qu'est une sorcière!

– Je me rappelle être allée dans les champs avec elle, par un ciel sans lune, là où il y avait les pierres.

– Et que s'est-il passé? Le diable est-il arrivé avec ses pieds fourchus?

Elle hocha la tête et me fit signe de me tenir tranquille.

– Petyr, c'est un juge de sorcières qui lui a enseigné la magie noire! Elle m'a montré le livre. Il est passé dans notre village alors que je n'étais qu'un nouveau-né vagissant et il est venu dans notre masure pour une plaie qu'il avait à la main. Il s'est assis près du feu avec ma mère et lui a parlé de tous les endroits où il était allé pour son travail et de toutes les sorcières qu'il avait fait brûler. « Fais attention, ma fille », lui a-t-il dit. Puis il a sorti de son sac en cuir le livre maudit, *Démonologie*. Il le lui a lu parce qu'elle ne lisait pas plus le latin qu'aucune autre langue et il approchait les images de la lueur du feu pour qu'elle les voie mieux. Cette nuit-là, il lui a parlé des tortures, des bûchers et des hurlements des suppliciés. « Fais attention, ma fille », lui a-t-il répété au moment de partir. J'avais six ou sept ans quand elle me l'a raconté. Nous étions assises ensemble près du feu de la cuisine. « Viens, tu vas voir », m'a-t-elle dit. Elle m'a emmenée dans les champs et nous nous sommes placées exactement au centre du cercle de pierres. Elle m'a pris la main, s'est mise à fredonner et nous avons commencé à danser en cercle. Elle chantonnait de plus en plus fort. A un moment, elle a prononcé les mots latins pour appeler le démon, elle a étendu les bras et elle lui a crié de venir. Il ne se passait rien. La nuit était vide. Je me suis rapprochée d'elle. Elle avait les mains froides. Puis je l'ai senti venir, de là-bas, au-dessus des herbages. Ce fut d'abord une brise puis un grand vent qui nous enveloppa complètement. Je l'ai senti toucher mes cheveux et ma nuque puis je l'ai entendu parler. Ce n'étaient pas vraiment des mots mais je l'ai entendu dire : « Je suis là, Suzanne. » Alors ma mère s'est mise à rire et à danser. Comme une enfant, elle riait en rejetant ses cheveux en arrière. « Tu le vois, mon bébé? » m'a-t-elle demandé. Et j'ai répondu que je le sentais et l'entendais. Puis il s'est remis à parler : « Appelle-moi par mon nom, Suzanne! » « Lasher, a-t-elle dit. Viens, mon Lasher. Provoque une tempête sur Donnelaith! Je saurai que je suis une puissante sorcière et que tu fais cela pour l'amour de moi. »

Quand nous avons atteint la cabane, le vent hurlait. Nous nous sommes assises près du feu en riant comme deux enfants. « Tu vois, tu vois, je l'ai fait », a-t-elle murmuré. Je l'ai regardée dans les yeux et j'y ai vu ce que j'y avais toujours vu et y verrai toujours jusqu'à ses derniers instants : un regard de simple d'esprit qui riait en se cachant derrière sa main. C'était un jeu pour elle, Petyr, un simple jeu!

– Je vois, ma bien-aimée.

– Ose encore me dire que ce n'est pas Satan. Qu'il n'est pas venu du royaume des ténèbres pour réclamer la sorcière de Donnelaith et la conduire au bûcher! C'était Lasher qui lui retrouvait les objets que d'autres avaient perdus, c'était Lasher qui lui apportait l'or qu'on lui a volé après sa mort, c'était Lasher qui lui enseignait les secrets de la perfidie qu'elle révélait à qui voulait bien les entendre. Et c'est Lasher qui a fait tomber la grêle sur la laitière qui s'était querellée avec elle. En châtiant ses ennemis, il a mis tout le monde au courant de son pouvoir! Elle n'avait aucune prise sur lui car elle ne savait pas comment se servir de lui. Et comme un enfant jouant avec le feu, c'est elle qui allumé son propre bûcher.

– Ne commettez pas la même erreur, Deborah, murmurai-je en embrassant son visage. En vérité, personne ne peut avoir prise sur un démon.

– Vous vous trompez, Petyr. N'ayez pas peur, je ne suis pas ma mère.

Nous nous assîmes près du petit feu. J'embrassai à nouveau sa tendre joue et rejetai en arrière ses longues mèches de cheveux humides.

– Petyr, je ne vivrai jamais dans la faim et la crasse comme elle. Je ne serai jamais à la merci de la folie des hommes.

– Ne vous mariez pas, Deborah! Ne partez pas! Venez au Talamasca et nous découvrirons ensemble la nature de cette créature...

– Non, Petyr. Vous savez que je ne ferai pas cela. (Elle sourit tristement.) C'est vous qui devez venir avec moi. Parlez-moi avec votre voix secrète, celle qui ordonne aux horloges de s'arrêter ou aux esprits de venir. Soyez mon époux et cette nuit sera la nuit de noces de deux sorciers.

Comme j'allais protester, elle me couvrit la bouche de sa main, puis de ses lèvres, et m'embrassa avec une telle chaleur que je me mis à déchirer ses vêtements et l'entraînai vers le lit. Derrière les lourds rideaux verts tirés autour de nous, je pris ce corps aussi tendre que celui d'une enfant, avec ses seins de femme, que j'avais baigné et habillé.

Écrire cela est une torture pour moi, Stefan. C'est un péché déjà ancien que je confesse. Je te dis tout ce que j'ai fait parce que je ne peux pas écrire sur cette femme sans me confesser.

Jamais je n'ai célébré les rites de l'amour avec plus d'abandon. Jamais je n'ai connu plus de volupté et de douceur.

Elle se croyait sorcière, Stefan, et donc mauvaise, et c'était pour elle les rites du démon qu'elle célébrait avec tant d'ardeur. Mais son cœur était tendre et aimant, je le jure, et ce mélange faisait un brouet de sorcière des plus rares et puissants.

Je ne quittai pas son lit avant le matin. Je m'habillai à la hâte avec pour seul désir son esprit et son corps. Mais il me fallait rentrer. Je devais tout raconter à Roemer. Je devais retourner à la maison mère, qui est ma seule famille.

– Au revoir, mon petit prêtre, me dit-elle. Porte-toi bien et puisse le Talamasca te récompenser pour ce que tu as fait en renonçant à moi. (Elle se répandit en larmes et j'embrassai avidement ses mains et mis mon visage une dernière fois dans son abondante chevelure.) Va, Petyr. Souviens-toi de moi, dit-elle quand je la quittai.

Un ou deux jours passèrent avant qu'on m'apprît son départ. J'étais inconsolable. Je passais mon temps sur mon lit à pleurer en essayant d'écouter ce que Roemer et Geertruid me disaient. Contrairement à ce que j'avais pensé, ils n'étaient pas du tout furieux contre moi.

Ce fut Roemer qui alla chez Judith de Wilde pour acheter le portrait que Rembrandt Van Rijn avait fait de Deborah, celui-là même qui est dans notre maison aujourd'hui.

Il me fallut près d'une année pour m'en remettre mais par la suite je n'ai jamais plus enfreint les règles du Talamasca. Je repris la route à travers les États germaniques, la France et l'Écosse pour sauver les sorcières et écrire sur elles et leurs tourments, comme nous l'avions toujours fait.

Ainsi, tu sais toute l'histoire de Deborah, Stefan. Quel choc pour moi lorsque j'appris des années plus tard, dans cette ville fortifiée des Cévennes, que la comtesse de Montclève n'était autre que Deborah Mayfair, la fille de la sorcière écossaise.

Tu comprends avec quelle peur et quel chagrin j'entrai dans la cellule, et comment, dans ma hâte, je ne m'aperçus pas tout de suite que la femme tapie dans ses haillons sur le lit de paille pourrait me reconnaître et m'appeler par mon vrai nom, dévoilant ainsi mon déguisement.

Mais cela ne se produisit pas.

Lorsque je pénétrai dans la cellule, soulevant le bas de ma soutane noire en digne membre du clergé ne voulant pas se souiller dans cette fange, je baissai les yeux sur elle mais ne lus sur son visage aucun signe indiquant qu'elle m'avait reconnu.

Le fait qu'elle me regarde fixement m'inquiéta et je dis au vieux prêtre que je devais l'examiner seul. Il était réticent mais je le rassurai en disant que j'avais déjà vu plus d'une sorcière et que je n'étais pas effrayé le moins du monde, que j'avais un tas de questions à lui poser et qu'il pouvait m'attendre au presbytère où je le rejoindrais bientôt. Je sortis quelques pièces d'or de ma poche et les lui donnai en disant : « Prenez-les pour votre église car je vous ai causé du dérangement. » L'abruti s'en alla.

On ferma la porte derrière moi et nous restâmes seuls. Je posai la bougie sur le seul meuble, une escabelle en bois, et je refoulai les larmes qui me venaient aux yeux. C'est alors que j'entendis sa voix, qui était presque un murmure.

– Petyr, c'est bien toi?

– Oui, Deborah.

– Tu n'es pas venu me sauver, n'est-ce pas? demanda-t-elle anxieusement.

Mon cœur fut foudroyé par le ton de sa voix. C'était la même voix que dans sa chambre d'Amsterdam, la dernière nuit. Elle avait peut-être cette résonance légèrement plus profonde et plus sombre due à la souffrance.

– Je ne peux pas, Deborah. J'essaierai mais je sais qu'il n'y a aucun espoir.

Elle n'eut pas l'air surprise et me sourit.

Reprenant la bougie, je m'approchai et m'agenouillai dans la paille devant elle pour la regarder dans les yeux. Ils n'avaient pas changé. Et cette forme maigre et cireuse était bien ma Deborah. Sa beauté était intacte.

Elle ne fit aucun geste vers moi mais examina mon visage comme si j'avais été un tableau. Puis, dans un flot de paroles faibles et misérables, je lui dis que j'ignorais tout de son sort quand j'étais arrivé dans cette ville pour le Talamasca et que j'avais découvert la mort dans l'âme qu'elle était celle dont j'avais tant entendu parler. Elle me fit taire d'un simple geste et dit :

– Je vais mourir demain et tu n'y peux rien.

– Je peux quand même un tout petit quelque chose pour toi. J'ai en ma possession une poudre qui, mélangée à de l'eau, fait une boisson soporifique. Si tu le veux, je t'en donnerai une dose mortelle et tu ne sentiras même pas les flammes.

Elle sembla très touchée par ma proposition.

– Petyr, je veux être en pleine possession de mes esprits quand on m'emmènera sur la place. Mais je dois t'avertir : il faut que tu aies quitté la ville quand l'heure sera venue, ou que tu te mettes à l'abri derrière une fenêtre close si tu es obligé de rester.

– Es-tu en train de me parler d'évasion?

– Non, Petyr, je n'en ai pas le pouvoir. Pour un esprit, mettre un petit bijou ou une pièce d'or dans les mains d'une sorcière est une chose, mais ouvrir les portes d'une prison et maîtriser des gardes armés en est une autre. C'est impossible.

Après quelques instants de silence, les yeux brillants, elle reprit :

– Sais-tu que mes propres fils ont témoigné contre moi ? Que Chrétien, mon fils bien-aimé, a traité sa mère de sorcière ?

– Je crois qu'on les y a forcés, Deborah. Tu veux que j'aille les voir ? Qu'est-ce que je peux faire pour toi ? Je sais que si tu avais pu guérir ton mari, le mot « sorcière » n'aurait jamais été prononcé.

Elle hocha la tête.

– C'est plus compliqué que cela, Petyr. Quand il est mort, je me suis dit que je n'avais rien à me reprocher. Mais après des mois de réflexion dans cette cellule, la faim et la douleur au ventre, je n'en suis plus sûre.

– Deborah, ne crois pas ce que tes ennemis disent de toi !

Elle ne répondit pas. Puis elle se tourna à nouveau vers moi.

– Petyr, tu peux faire quelque chose pour moi. Si demain on m'amène ligotée sur la place, demande que mes bras et mes jambes soient libérés pour que je puisse porter le lourd cierge en pénitence, comme c'est la coutume. Je crains les liens plus que les flammes !

– Je le ferai, promis-je, mais il n'y a pas de quoi t'inquiéter. Ils te feront traverser la ville en portant le cierge, jusqu'aux marches de la cathédrale, et c'est alors seulement qu'on te ligotera pour t'emmener au bûcher...

Je fus incapable de continuer.

– J'ai autre chose à te demander, dit-elle.

– Je t'écoute.

– Quand tout sera fini et que tu auras quitté la ville, écris ce que je vais te dire à ma fille, Charlotte Fontenay, épouse d'Antoine Fontenay à Saint-Domingue, à Hispaniola exactement, aux bons soins du marchand Jean-Jacques Toussaint, à Port-au-Prince.

Elle me fit répéter le nom et l'adresse complète.

– Même si c'est faux, dis à Charlotte que je n'ai pas souffert dans les flammes.

– Je m'arrangerai pour qu'elle me croie.

Deborah sourit amèrement.

– J'en doute, mais fais de ton mieux.

– Quoi d'autre ?

– Il y a un autre message que tu dois te rappeler mot pour mot. Dis-lui de faire attention, que celui que je lui ai envoyé pour la servir fait parfois pour nous des choses qu'il croit que nous voulons qu'il fasse. Et dis-lui aussi qu'il n'agit pas seulement en fonction de ce que nous lui disons mais aussi de ce que nous pensons. Tu comprends l'importance de ce message, Petyr ?

– Je comprends. Tu souhaitais la mort de ton mari parce qu'il te trompait et le démon l'a tué.

– C'est plus profond que cela. Je n'ai jamais voulu sa mort. Je l'aimais et je ne savais pas qu'il me trompait. Mais transmets mon message à Charlotte. Elle doit se protéger car mon serviteur invisible ne lui parlera pas de sa propre versatilité. Il ne peut lui parler de quelque chose qu'il ne comprend pas lui-même.

– Mais...

– Fais ce que je te demande, Petyr. Il aurait mieux valu que tu ne viennes pas ici. Elle a l'émeraude. Il ira la voir quand je serai morte.

– Qu'est-ce qui s'est passé avec ton mari, Deborah?

J'eus le sentiment qu'elle n'allait pas répondre. Finalement, elle dit :

– Mon mari était en train d'agoniser quand mon Lasher est venu me voir. Il m'a expliqué qu'il lui avait tendu un piège pour qu'il tombe de cheval dans les bois. « Comment as-tu pu faire une chose que je ne t'ai pas demandée? » lui ai-je dit. Et il m'a répondu : « Mais Deborah, si tu avais lu dans son cœur comme je l'ai fait, c'est ce que tu m'aurais dit de faire. »

Je me suis sentie glacée jusqu'aux os, Stefan. Depuis quand un démon invisible était-il autorisé à prendre des initiatives?

Je me rappelai les avertissements de Roemer.

– Tu as raison, me dit-elle tristement. (Elle avait lu dans mes pensées.) Il faut que tu écrives cela à Charlotte. Fais attention aux mots que tu choisiras au cas où la lettre tomberait dans des mains ennemies, mais écris-la pour que Charlotte sache tout ce que tu as à dire.

– Deborah, retiens cette créature. Permets-moi d'écrire à ta fille que tu lui demandes de jeter l'émeraude à la mer.

– C'est trop tard, Petyr. Les circonstances veulent que j'envoie mon Lasher à Charlotte quoi qu'il advienne. Mon Lasher est bien plus puissant que tu ne croies et il est devenu instruit.

– Instruit..., répétai-je, interloqué. Comment ça, instruit? Ce n'est qu'un esprit et les esprits sont des êtres facétieux. Le danger, avec eux, c'est justement qu'ils ne comprennent pas la complexité des souhaits qu'ils exaucent et causent notre ruine. Des milliers de contes en attestent. N'ai-je pas raison? Qu'est-ce que tu entends par « instruit »?

– Pense à ce que je t'ai dit, Petyr. Je t'ai dit que mon Lasher avait beaucoup appris et son erreur ne provient pas de son irrémédiable naïveté mais du fait que sa détermination ne cesse de se renforcer. Mais promets-moi, au nom de tout ce qui s'est passé entre nous, d'écrire à ma fille bien-aimée. Fais-le pour moi.

– Très bien! déclarai-je. Je le ferai mais je lui dirai aussi ce que je viens de te dire.

– Je suis d'accord, mon doux prêtre, mon tendre érudit, dit-elle avec amertume. Maintenant, va-t'en, Petyr. Ta présence m'est pénible. Mon Lasher est près de moi. Nous devons parler, tous les deux. N'oublie pas de te mettre à l'abri demain quand tu verras que mes mains et mes pieds sont sans entrave et que j'arriverai devant les portes de la cathédrale.

– Que Dieu te vienne en aide, Deborah! Si seulement je pouvais te faire sortir de cet endroit...

Et je me suis effondré, Stefan. J'ai perdu l'esprit.

– Deborah, dis-je, si ton serviteur, Lasher, peut te faire évader avec mon aide, dis-moi seulement ce que je dois faire.

Je me vis l'arrachant à la foule déchaînée et l'emmenant au-delà des murailles de la ville, jusque dans la forêt.

Si tu avais vu le sourire tendre et triste à la fois qu'elle m'adressa alors ! C'était le même qu'à notre séparation, des années plus tôt.

– Chimères, Petyr !

Son sourire s'élargit et elle eut l'air à moitié folle, à la lueur de la bougie. Son blanc visage était encore plus beau que la flamme de la bougie.

– Ma vie se termine mais elle a été bien remplie. Maintenant, va-t'en et transmets mon message à Charlotte. Mais seulement quand tu seras en sécurité hors de cette ville.

J'embrassai ses mains. On lui avait brûlé les paumes pendant les séances de torture. Elles portaient des escarres que j'embrassai aussi.

– Je t'ai toujours aimée, lui avouai-je.

Et je lui dis bien d'autres choses folles et tendres que je ne peux écrire. Elle supporta mes paroles avec une grande résignation. Elle savait déjà ce que je venais seulement de comprendre : que je regrettais de ne pas être parti avec elle, que je méprisais mon travail, toute ma vie et même ma personne.

– C'est bon d'être dans tes bras, chuchota-t-elle. (Puis elle me repoussa.) Pars, et rappelle-toi tout ce que je t'ai dit.

Je sortis comme un fou. La place continuait de se remplir de curieux venus pour l'exécution. A la lueur des torches, des gens installaient leurs étals tandis que d'autres dormaient sous des couvertures le long des murs.

Je dis au vieux prêtre que je n'étais pas du tout convaincu que la femme était une sorcière et que je voulais voir l'inquisiteur sur l'heure. Je te le dis, Stefan, j'étais prêt à remuer ciel et terre pour elle.

Le prêtre m'accompagna au château. Cet abruti était très content de se trouver avec quelqu'un d'important et de faire irruption au milieu du banquet auquel il n'avait pas été convié. Je m'avançai donc et, prenant le ton le plus assuré que je pouvais, questionnai directement l'inquisiteur en latin. La vieille comtesse, une femme à la peau mate, m'écouta avec une patience extraordinaire vu la manière dont je commençai.

L'inquisiteur, le père Louvier, un bel homme bien nourri à la barbe et aux cheveux soignés, aux yeux noirs scintillants, ne vit rien de suspect dans mes façons et se fit aussi obséquieux avec moi que si j'avais été un légat du pape. Après tout, pour autant qu'il le sache, il se pouvais que je le fusse, et il chercha presque à me réconforter lorsque je lui dis qu'une femme peut-être innocente allait être brûlée vive.

– Vous n'avez jamais vu une sorcière comme celle-ci, dit la comtesse en se mettant à rire d'une façon détestable et en m'offrant du vin.

Elle me présenta à la comtesse de Chamillart, assise à côté d'elle, et à tous les nobles des environs venus loger au château pour assister au supplice de la sorcière.

Chacune de mes questions et de mes objections fut accueillie par la même conviction inébranlable de l'assistance. Pour tous, cet épisode était une bataille gagnée contre le mal. Une fois l'exécution du lendemain achevée, tout serait dit.

– Mais cette femme n'a pas avoué, déclarai-je. Et son mari est tombé de cheval dans la forêt, de son propre aveu. Vous ne pouvez la condamner sur la seule accusation d'un mourant fiévreux !

– J'aimais mon fils plus que tout au monde..., dit la vieille comtesse, l'œil noir et la bouche pincée. Pauvre Deborah, ajouta-t-elle avec une parfaite hypocrisie. Ai-je déjà dit que je ne l'aimais pas et qu'il y avait un millier de choses que je ne pouvais lui pardonner ?

– Vous parlez trop ! interrompit Louvier d'un ton moralisateur et dans un grand geste théâtral. Le monstre était soûl.

– Je ne parle pas de sorcellerie, reprit la vieille femme, imperturbable. Je parle de ma bru, de toutes ses faiblesses et de tous ses secrets. Qui ignore encore dans cette ville que Charlotte est née trop tôt après le mariage ? Mais mon fils était aveuglé par cette femme et adorait Charlotte. Sans compter qu'il était reconnaissant envers sa femme pour la dot qu'elle lui apportait...

– Est-il nécessaire de parler de cela ? chuchota la comtesse de Chamillart, qui semblait trembler. Charlotte n'est plus parmi nous.

– On la retrouvera et on la brûlera comme sa mère, déclara Louvier.

Cette affirmation fut accueillie par des hochements de tête approbateurs.

Ils se mirent à parler entre eux de leur satisfaction après les exécutions et, quand je voulus continuer à les questionner, ils me firent signe de me tenir tranquille, de boire et de ne pas m'en mêler.

Comme ce dîner était convivial et calme ! Ces gens, assis à la table de Deborah et mangeant dans la vaisselle d'argent qui lui avait appartenu, se repaissaient du malheur de la pauvre femme qu'ils avaient jetée dans une cellule sordide.

Enfin, je suggérai qu'on lui permette de mourir par strangulation avant d'être brûlée. Mais c'était le cadet de leurs soucis.

– Cette sorcière n'est pas repentante, dit la comtesse de Chamillart, la seule qui parût être restée sobre.

– Elle ne souffrira qu'un petit quart d'heure, affirma l'inquisiteur en s'essuyant la bouche avec une serviette maculée. Qu'est-ce, à côté des flammes éternelles de l'enfer ?

Je partis et retournai sur la place encombrée où tout le monde semblait de joyeuse humeur. J'observai longuement le bûcher, le poteau et ses bracelets d'acier. Par hasard, je tournai la tête vers la triple arche des portes de l'église, sur la gauche. J'aperçus des sculptures du temps passé, dans lesquelles l'archange saint Michel terrassait par le feu les démons de l'enfer.

Les paroles de l'inquisiteur résonnaient dans ma tête. « Elle ne souffrira qu'un petit quart d'heure. Qu'est-ce, à côté des flammes éternelles de l'enfer ? »

Pauvre Deborah qui n'avait jamais fait de mal à personne, qui avait mis ses dons de guérison au service des plus pauvres et des plus riches et s'était montrée si imprudente!

Et son esprit vengeur, ce Lasher, qui avait voulu lui épargner du chagrin en foudroyant son mari, ce qui l'avait menée tout droit dans cette cellule! Était-il auprès d'elle, comme elle me l'avait dit? Ce n'était pas son nom qu'elle avait crié sous la torture, c'était le mien et celui de son ancien mari, Roelant.

Stefan, j'ai écrit tout cela ce soir autant pour éviter de devenir fou que pour nos archives. Je suis exténué. J'ai fait ma valise et suis prêt à quitter la ville dès que j'aurai vu la fin de cette horrible histoire. Je vais cacheter cette lettre et la mettre dans ma valise en y joignant la note habituelle, à savoir qu'au cas où je mourrais une récompense attendrait à Amsterdam celui qui l'y convoierait.

Car j'ignore ce que va apporter la lumière du jour. Et je commencerai une nouvelle lettre pour raconter la suite de cette tragédie si je me trouve demain soir dans une autre ville.

Le jour se lève. Je prie pour le salut de Deborah mais je sais que c'est en vain. Si je pensais qu'il m'écouterait, j'appellerais son diable. J'essaierais de lui ordonner quelque action désespérée. Mais je n'ai pas ce pouvoir. Il ne me reste qu'à attendre.

Cordialement vôtre
Petyr Van Abel
Montclève
Veille de la Saint-Michel, 1689

Michael avait achevé la lecture du premier manuscrit dactylographié. Il sortit le second du dossier et resta assis un long moment, les mains crispées dessus, espérant stupidement que Deborah serait épargnée.

Puis, incapable de rester plus longtemps assis, il décrocha le téléphone, appela l'opératrice et demanda à parler à Aaron.

– Cette toile d'Amsterdam, Aaron, celle signée de Rembrandt, vous l'avez toujours?

– Oui, elle est dans la maison mère d'Amsterdam. J'ai demandé une photo aux archives mais cela va prendre un peu de temps.

– Aaron, c'est la femme aux cheveux noirs? Vous le savez aussi bien que moi. Et l'émeraude, ce doit être le bijou que j'ai vu. Aaron, je jurerais que je connais Deborah. Elle doit être la femme qui est venue à moi et qui portait l'émeraude autour du cou. Et Lasher..., c'est sûrement le nom que j'ai prononcé quand j'ai ouvert les yeux sur le bateau.

– Mais vous n'en avez pas le souvenir?

– Non, mais je suis certain de ce que je dis... Aaron...

– Michael, n'essayez pas d'interpréter ni d'analyser. Reprenez votre lecture. Le temps nous est compté.

– Il me faut un stylo et du papier pour prendre des notes.

– Il vous faut un cahier pour marquer toutes vos pensées et tout ce qui vous revient à propos des visions.

– Exactement. J'aurais dû le faire depuis le début.

– Je vous en fais monter un. Mais continuez à lire, s'il vous plaît. Je vous fais porter aussi du café chaud. Sonnez s'il vous faut autre chose.

– Ça ira. Aaron, il y a tellement de choses...

– Je sais, Michael. Essayez de rester calme. Lisez.

Michael raccrocha, alluma une cigarette, but un peu du reste de café et fixa des yeux la couverture du second dossier.

Au premier coup frappé à la porte, il alla ouvrir.

La femme qu'il avait croisée dans l'entrée apportait le café, plusieurs stylos à bille et un ravissant cahier en cuir aux feuilles de papier réglé très blanches. Elle posa le plateau sur le bureau et emporta l'autre.

Il se rassit, se versa une tasse et ouvrit le cahier. Après avoir réfléchi un moment, si l'on peut appeler réflexion la confusion qui régnait dans son esprit, il traça sur le cahier le dessin d'un collier composé d'une pierre rectangulaire au centre, d'une bordure en filigrane et d'une chaîne d'or. Il le dessina comme il l'aurait fait pour un dessin d'architecture, avec des lignes droites très nettes et des détails légèrement ombrés.

Il l'étudia ensuite, en fourrageant dans ses cheveux avec sa main gauche gantée, puis reposa sa main sur le bureau. Il faillit rayer le dessin mais se ravisa, ouvrit le second dossier et se mit à lire.

Quatorze

LE DOSSIER DES SORCIÈRES MAYFAIR
PARTIE II

Marseille, France
Le 4 octobre 1689

Cher Stefan,

Je me trouve maintenant à Marseille après plusieurs journées de voyage. J'ai fait une étape à Saint-Rémy puis me suis remis en route sans me presser car mon épaule et mon cœur blessés me font souffrir.

J'ignore encore si la nouvelle des événements de Montclève est parvenue jusqu'ici. Avant d'entrer dans Saint-Rémy, j'ai ôté ma soutane et suis redevenu un voyageur hollandais aisé. Je pense que personne ne viendra me tracasser à propos de ce qui s'est passé dans les montagnes, car qui se douterait que je suis au courant?

J'écris à nouveau pour ne pas devenir fou autant que pour te rapporter, ce que je suis tenu de faire, tout ce qui s'est passé.

L'exécution de Deborah a commencé de la même façon que tant d'autres. Lorsque la lumière du matin est tombée sur la place, devant les portes de la cathédrale Saint-Michel, toute la ville y était rassemblée, pour le plus grand profit des aubergistes. La vieille comtesse, vêtue de noir, est arrivée accompagnée des deux enfants tremblants. Avec leurs cheveux et leur peau sombres, ils ne pourraient renier leur sang espagnol mais leur haute taille et la délicatesse de leur ossature traduisent celui de leur mère. Les deux garçons, terrifiés, furent juchés au sommet des gradins devant la prison, face au bûcher.

Le plus jeune, Chrétien, se mit à pleurer et à s'accrocher à sa grand-mère tandis que des murmures exaltés parcouraient la foule : « Chrétien, regardez Chrétien ! » L'enfant était assis, la lippe tremblante, mais son frère aîné, Philippe, ne manifestait que de la crainte et, peut-être, une certaine répugnance pour ce qui se passait autour de lui. La vieille comtesse les embrassait et les réconfortait tous les deux. C'est alors qu'apparurent la comtesse de Chamillart, le père Louvier et deux jeunes ecclésiastiques en grande tenue.

D'autres personnages importants, ou, en tout cas, de ces gens qui se croient importants, vinrent occuper petit à petit les places assises. Derrière toutes les fenêtres ouvertes se profilaient des visages impatients et les spectateurs debout se pressaient si près du bûcher qu'on pouvait se demander comment ils allaient faire pour ne pas brûler avec.

Enfin, les portes de Saint-Michel furent ouvertes en grand et l'on vit s'avancer sur le seuil le curé accompagné d'un personnage officiel abject muni d'un rouleau de parchemin, probablement le maire, et encadré de deux soldats en armes.

Entre eux apparut ma Deborah devant la foule frappée de stupeur. Elle se tenait bien droite, la tête haute, son corps fin couvert d'une chemise blanche descendant jusqu'à ses pieds nus. Elle portait devant elle le cierge de six livres et balayait la foule du regard.

Jamais de ma vie je n'ai vu un tel courage, Stefan. J'étais debout à la fenêtre de l'auberge d'en face, et mon regard baigné de larmes croisa le sien.

Je ne sais plus très bien ce qui se passa ensuite, hormis qu'au moment même où des centaines de têtes risquaient de se tourner vers moi pour voir qui la « sorcière » fixait ainsi, Deborah détourna les yeux. Elle les posa avec indifférence sur les étals des camelots, sur les groupes de gens qui reculaient sous le poids de son regard et, finalement, sur les gradins où la vieille comtesse tentait de résister à ce regard accusateur et sur la comtesse de Chamillart qui se mit à se tortiller sur son siège, rougissante, jetant un regard paniqué sur la vieille comtesse qui restait imperturbable.

Pendant ce temps, le père Louvier, ce grand inquisiteur triomphant, criait au maire d'une voix rauque de lire la proclamation qu'il tenait entre les mains « pour que le cérémonial commence ».

Un brouhaha s'éleva de la foule, le maire se racla la gorge, s'apprêta à lire et j'eus enfin la présence d'esprit de vérifier que les mains et les pieds de Deborah n'étaient pas entravés.

J'avais l'intention de quitter ma fenêtre et de fendre la foule, en jouant des coudes si nécessaire, pour aller me placer le plus près possible d'elle, tout risqué que cela fût.

J'étais en train de me retourner, le maire venant de commencer à lire, lorsque la voix de Deborah s'éleva pour réclamer le silence de la foule.

– Je ne vous ai jamais fait de mal, même au plus pauvre d'entre vous!

Elle parlait lentement et fort, sa voix se réfléchissant sur les murs de pierre, et, quand le père Louvier se leva pour lui intimer l'ordre de se taire, elle haussa la voix et déclara que personne ne l'empêcherait de parler.

– Faites-la taire! cria la vieille comtesse avec rage.

Louvier hurla une nouvelle fois au maire de lire la proclamation, et le pauvre curé, effrayé, regarda vers ses gardes qui s'étaient esquivés vers l'ombre.

– Je serai entendue! cria ma Deborah en faisant un pas en avant dans la lumière.

La foule recula d'autant.

– Je suis injustement condamnée pour sorcellerie car je ne suis pas une hérétique et je ne vénère pas Satan. Je n'ai fait de mal à aucun d'entre vous. Vous, mes fils, vous avez témoigné contre moi et je vous renie! Et vous, ma très chère belle-mère, vous vous êtes condamnée à l'enfer avec vos mensonges!

– Sorcière! cria la comtesse de Chamillart, en proie à la panique. Brûlez-la! Jetez-la sur le bûcher!

Sur ce, un certain nombre de gens avancèrent, tant par peur que par désir d'héroïsme et de s'attirer les faveurs des grands, ou peut-être seulement parce que la foule poussait. Les gardes ne bougèrent pas d'un pouce.

– Vous me traitez de sorcière, répondit Deborah en jetant le cierge sur le sol. Écoutez-moi! Je vais vous faire voir quelque chose que je ne vous ai pas encore montré.

La foule était remplie de terreur et certains commençaient à déserter la place et à pousser pour atteindre les ruelles voisines. Même les spectateurs des gradins s'étaient levés, et le jeune Chrétien enfouit son visage contre sa grand-mère en redoublant de sanglots.

Des centaines de paires d'yeux restaient fixées sur Deborah, qui avait levé ses bras fins et contusionnés. Ses lèvres remuaient mais aucun son n'en sortait. On entendit des cris perçants puis un bruit fracassant s'éleva au-dessus des toits, bien plus faible mais bien plus terrifiant que le tonnerre. Un grand vent se leva soudain, apportant avec lui un bruit de craquement que je ne reconnus pas tout de suite. C'étaient les vieux toits de la place qui cédaient.

Des tuiles se mirent à chuter des parapets, tombant çà et là en une pluie drue et mortelle, par dizaines, tandis que le vent hurlait et se concentrait au-dessus de la place. Les volets des auberges se mirent à battre sur leurs gonds et ma Deborah cria pour couvrir ce bruit assourdissant et les cris de panique de la foule.

– Viens maintenant, mon Lasher, sois mon bras vengeur, foudroie mes ennemis ! (Se courbant en deux, elle leva les mains, le visage rouge de colère.) Je te vois, Lasher, je te connais. Je t'appelle. (Elle se redressa et étendit les bras.) Détruis mes fils, détruis mes accusateurs ! Détruis ceux qui sont venus me voir mourir !

Et la chute des tuiles des maisons, de l'église, de la prison, de la sacristie et des auberges redoubla d'intensité, frappant à la tête les gens amassés en bas. Dans le vent, les gradins sommaires faits de planches fragiles, de piquets, de cordes et de mortier grossier commencèrent à trembler sur leurs bases, sous le poids des malheureux qui s'y accrochaient en hurlant de terreur.

Seul le père Louvier ne perdait pas son sang-froid.

– Brûlez-la, s'égosillait-il en essayant de fendre la foule paniquée qui n'hésitait pas à piétiner les corps tombés au sol. Brûlez la sorcière et la tempête s'arrêtera.

Personne ne fit un geste pour lui obéir et, bien que la cathédrale fût le seul refuge possible, personne n'osait y aller, Deborah étant toujours devant les portes, bras étendus. Les soldats avaient disparu, le prêtre avait reculé aussi loin qu'il avait pu et le maire était hors de vue.

Au-dessus de la mêlée, le ciel était noir. Les gens se débattaient, couraient dans tous les sens et tombaient les uns sur les autres. Sous la violente pluie de tuiles, la vieille comtesse, touchée à la tempe, perdit l'équilibre et s'effondra sur les corps affalés au pied des gradins. Lorsqu'une volée de pierres de la façade de la cathédrale s'abattit sur eux, les deux frères s'agrippèrent l'un à l'autre. Chrétien tomba à genoux au moment où les gradins s'écroulaient, entraînant dans leur chute les deux garçons et une vingtaine de personnes.

Apparemment, tous les gardes avaient quitté la place et le prêtre s'était enfui. Je vis ma Deborah reculer dans l'ombre de la cathédrale, les yeux toujours tournés vers le ciel.

– Je te vois, Lasher ! cria-t-elle. Mon fort et magnifique Lasher !

Puis elle s'évanouit dans l'obscurité de la nef.

Voyant cela, je descendis l'escalier en courant et me jetai dans la foule en délire. J'ignore ce que j'avais en tête à cet instant précis. Probablement de rejoindre Deborah et de profiter de la panique pour lui rendre sa liberté.

Sur la place, les tuiles continuaient à voler dans tous les sens ; j'en reçus une sur l'épaule et une autre sur la main. Deborah avait disparu de mon champ de vision et les portes de la cathédrale, malgré leur poids, battaient au vent.

Des volets arrachés s'abattaient sur la populace qui ne pouvait s'échapper. Des corps étaient entassés un peu partout. La vieille comtesse était morte et des gens trébuchaient sur son corps. Dans les décombres des gradins, j'aperçus Chrétien, dont le corps inanimé était si déjeté qu'il était impossible qu'il fût encore en vie.

Philippe avançait sur les genoux, une jambe cassée, à la recherche d'un abri. Mais un volet tomba sur sa nuque et le tua net.

Puis quelqu'un près de moi, recroquevillé contre le mur, cria :

– La comtesse! en pointant le doigt vers le haut.

Debout sur le parapet de la cathédrale, vacillant dangereusement, Deborah tendit à nouveau les mains vers le ciel et se mit à crier. Mais, avec le hurlement du vent, les cris des blessés, le vacarme des tuiles, des pierres et des morceaux de bois cassés, je n'entendis pas ce qu'elle disait.

Je courus vers la cathédrale et cherchai fébrilement l'escalier intérieur. Louvier était là, courant de droite et de gauche, cherchant lui aussi comment monter. Il trouva les marches avant moi et je lui emboîtai le pas.

Au moment où je parvins à l'air libre, un peu après lui, je vis Deborah tomber du toit. M'approchant du bord, j'aperçus en bas son pauvre corps disloqué sur les dalles du parvis. Son visage était tourné vers le haut, elle avait un bras replié sous la tête et l'autre croisé sur la poitrine et ses yeux étaient fermés comme si elle dormait.

Louvier poussa un juron.

– Brûlez-la, hissez son corps sur le bûcher!

Mais personne ne l'entendait. Consterné, il se retourna pour descendre et m'aperçut.

Il eut un regard ahuri lorsque, sans hésiter et de toutes mes forces, je le poussai dans le vide.

Personne ne m'a vu, Stefan. Nous étions au point culminant de Montclève. Aucun autre toit n'était plus haut que celui du sanctuaire. Du château, au loin, il n'y avait aucune vue sur ce parapet et personne n'avait pu me voir d'en bas puisque le corps de Louvier me masquait.

Je m'assurai que personne ne m'avait suivi en haut puis descendis jusqu'à la porte. Louvier était étendu là, aussi raide mort que ma pauvre Deborah et non loin d'elle, le crâne éclaté et les yeux grands ouverts.

Je suis incapable de dire combien de temps la tempête a continué mais elle s'était déjà modérée au moment où j'arrivai en bas. Un quart d'heure, peut-être. Ce quart d'heure de souffrance que Louvier avait estimé pour Deborah.

Des fenêtres de l'entrée de la cathédrale, je vis la place se vider, les derniers malheureux montant sur les cadavres bloquant les rues latérales. La clarté revint et la tempête se calma, pour s'éteindre progressivement. Je fixais toujours en silence le corps sans vie de Deborah. Du sang coulant de sa bouche avait maculé sa chemise blanche.

Après un long moment, de nombreuses personnes revinrent sur la place, cherchant leurs morts et secourant les blessés qui gémissaient de douleur et appelaient à l'aide. Petit à petit, la place fut nettoyée de ses cadavres. L'aubergiste et son fils arrivèrent en courant et s'agenouillèrent près de Louvier.

– Je vous avais dit qu'elle était une grande sorcière, me chuchota le fils.

Les gardes arrivèrent en tremblant et, sur l'ordre d'un jeune ecclésiastique blessé au front, soulevèrent le corps de Deborah, regardant tout autour d'eux comme s'ils craignaient que la tempête ne recommence, et l'emportèrent vers le bûcher. Des morceaux de bois et de charbon tombèrent lorsqu'ils grimpèrent à l'échelle. Ils déposèrent doucement Deborah et se hâtèrent de quitter les lieux.

Un jeune ecclésiastique à la robe déchirée alluma les torches et le bûcher s'embrasa. Il resta tout près, regardant le bois brûler, puis recula en titubant avant de s'écrouler, sans connaissance ou mort. Mort, j'espère.

En toute hâte, je remontai sur le toit de la cathédrale pour voir le corps de ma Deborah, mort et calme, à l'abri de la souffrance, se consumer dans les flammes. Je jetai un regard circulaire sur les toits de la ville, béants là où les tuiles avaient été arrachées, et me demandai si l'âme de Deborah s'était élevée dans les nuages.

Lorsque la colonne de fumée fut si épaisse et nauséabonde que je ne pouvais plus respirer, je retournai à l'auberge. Je fis ma valise et allai chercher mon cheval.

Après des heures de chevauchée à travers la forêt, souffrant dans ma chair mais encore plus dans mon cœur, j'arrivai à Saint-Rémy où je m'endormis d'un sommeil profond.

Personne n'était encore au courant. Très tôt le lendemain, je pris la route de Marseille.

Les deux dernières nuits, je restai à demi éveillé sur ma couche en repassant les événements dans mon esprit. Je pleurai toutes les larmes de mon corps sur le sort de Deborah et repensai à mon crime. Je n'éprouvais aucun remords. Si cela avait été à refaire, je l'aurais refait.

Néanmoins, j'ai commis un crime, Stefan. Je remets ma confession entre tes mains, m'exposant ainsi à ta réprobation et à celle de notre ordre. Car depuis quand sommes-nous habilités à pousser les juges de sorcières dans le vide comme je l'ai fait ?

Tout ce que je puis dire pour ma défense, c'est que j'ai commis ce crime dans un moment de passion et d'inconscience. Mais je n'en éprouve nul regret. Tu le sauras dès que tu poseras les yeux sur moi. Je n'essaierai même pas de feindre le remords.

Mes pensées ne vont pas vers ce meurtre mais vers ma Deborah, son esprit, Lasher, et ce que j'ai vu de mes propres yeux à Montclève. Elles se tournent vers Charlotte Fontenay, la fille de Deborah, partie non pas pour la Martinique, contrairement à ce que croient ses ennemis, mais pour Port-au-Prince, à Saint-Domingue. Je suis sans doute le seul à le savoir.

Stefan, je suis dans l'obligation de poursuivre plus avant mes recherches. Je dois aller voir la malheureuse Charlotte, lui parler du fond du cœur et lui dire ce que j'ai vu et ce que je sais.

Je ne peux me contenter de lui exposer les faits, de faire appel à son bon sens ni de la supplier comme je l'ai fait, plus jeune, pour Deborah. Je dois converser avec elle afin qu'elle me permette d'étudier avec elle cette créature sortie de l'invisible et du chaos pour faire plus de mal que tous les démons et esprits dont j'ai déjà entendu parler.

Mon intention est de considérer la nature de cette créature qui, pour épargner du chagrin à Deborah, a causé la mort de son mari, sans lui dire pourquoi, et ne le lui a avoué que sur ses instances. Je veux savoir s'il a pris une telle initiative dans le seul but de se faire passer pour un esprit bon et rusé.

Quelle que soit la réponse, cet esprit est des plus intéressants et inhabituels. Pense à sa force, Stefan, car je n'ai rien exagéré de ce qu'il est advenu de la populace de Montclève. Tu vas bientôt en entendre parler car c'était trop horrifiant et trop étonnant pour que l'histoire ne se répande pas prochainement au-delà des frontières.

Pendant mes longues heures de colère et de tourment, j'ai passé en revue tout ce que je connaissais des vieilles légendes sur les démons et autres esprits.

J'ai repensé aux écrits des magiciens et à leurs avertissements. J'ai repensé aux anecdotes et aux enseignements des Pères de l'Église car, tout ignorants qu'ils soient à bien des égards, les quelques connaissances qu'ils ont dans ce domaine coïncident avec les croyances des anciens, ce qui a son importance.

Car ce n'est pas un hasard si les érudits romains, grecs et hébreux et les chrétiens décrivent tous les mêmes entités et professent les mêmes mises en garde et formules pour les maîtriser.

Aux premiers jours de l'Église chrétienne, les Pères de l'Église croyaient que ces démons étaient en fait les anciens dieux païens. C'est-à-dire qu'ils croyaient à leur existence et les tenaient pour des créatures de moindre pouvoir, thèse que l'Église ne soutient certes plus aujourd'hui.

Néanmoins, les inquisiteurs ignares persistent dans cette erreur car, en accusant les sorcières de faire des chevauchées nocturnes, ils leur reprochent cette vieille croyance en la déesse Diane qui infestait l'Europe païenne avant l'avènement du christianisme. Et le démon au corps de bouc que la sorcière embrasse n'est autre que le dieu Pan.

Mais, pour en revenir à ce qui nous intéresse, tous les peuples, à un moment ou un autre, ont cru aux esprits et c'est ce qu'ils nous ont raconté que nous devons examiner. Si ma mémoire est bonne, je peux affirmer que les légendes et les livres de magie et de démonologie nous révèlent une kyrielle d'entités portant un nom et commandées par les sorciers et les sorcières. Le livre de Salomon les énumère et indique non seulement les noms et biens de ces êtres mais également de quelle manière ils apparaissent.

Bien qu'au Talamasca nous considérions depuis longtemps qu'une bonne partie de tout cela est pure imagination, nous savons que de telles entités existent et que les livres contiennent quelques précieux avertissements quant au danger que présente l'invocation de ces créatures capables d'exaucer nos souhaits d'une façon qui nous fait pleurer de désespoir, comme dans le vieux conte du roi Midas et l'histoire paysanne des trois souhaits.

La sagesse du magicien est définie comme la connaissance permettant de contenir et d'utiliser avec précaution le pouvoir de ces créatures invisibles de façon qu'il ne se retourne pas contre le magicien de manière imprévisible.

Mais, quoi que l'on puisse apprendre des écrits sur les esprits, a-t-on jamais entendu parler d'esprits capables d'apprendre? Et de changer?

Or Deborah m'a parlé deux fois de l'instruction de son esprit, ce qui tend à prouver qu'il est capable de changer.

Stefan, mon impression est que cette chose que Suzanne, la simple d'esprit, faisait sortir de l'invisible et du chaos, et son statut de serviteur de ces sorcières constituent un profond mystère et que, guidée par Deborah, elle est passée de l'état d'humble esprit de l'air, de faiseur de tempêtes, à celui d'affreux démon capable de tuer les ennemis de la sorcière lorsqu'il en reçoit l'ordre. Et je suis persuadé qu'il y a plus encore mais que Deborah n'a pas eu le temps ou la force de me l'apprendre. Il me faut l'enseigner à Charlotte, non pas pour la guider dans sa dévotion à cette chose mais dans l'espoir de m'interposer entre elle et lui et de neutraliser la créature par n'importe quel moyen.

De plus, je parierais que Charlotte ignore tout de ce démon et que Deborah ne l'a jamais initiée aux sciences occultes. Ce n'est qu'à la dernière heure que Deborah a confié ses secrets à sa fille et l'a envoyée au loin en espérant qu'elle lui survivrait et pour qu'elle ne la voie pas périr par le feu.

Stefan, je dois aller voir Charlotte. Je ne peux me dérober comme je l'ai fait avec Deborah, sur l'ordre de Roemer Franz. Si j'avais discuté et étudié avec Deborah, j'aurais peut-être eu raison d'elle et cette créature aurait pu être éliminée.

S'il te plaît, ne m'oblige pas à enfreindre la règle. Donne-moi l'autorisation. Envoie-moi à Saint-Domingue.

Car, quoi qu'il en soit, j'irai.

Cordialement vôtre.
Petyr Van Abel
Marseille

Le Talamasca
Amsterdam

Petyr Van Abel
Marseille

Cher Petyr,

Tes lettres ne manquent jamais de nous étonner mais tu t'es surpassé dans les deux dernières.

Nous les avons tous lues mot à mot puis nous avons réuni le conseil. Voici ses recommandations :

Tu dois rentrer sur-le-champ à Amsterdam.

Nous comprenons fort bien que tu veuilles aller à Saint-Domingue mais nous ne pouvons t'y autoriser. Et nous te prions de comprendre que, comme tu l'as admis toi-même, tu es impliqué dans les exactions du démon de Deborah Mayfair. En tuant le père Louvier, tu as exaucé les souhaits de cette femme et de son esprit.

Le fait que tu aies enfreint les règles du Talamasca en commettant cet acte nous inquiète fortement. Nous craignons pour toi et, à l'unanimité, nous pensons que tu dois rentrer pour prendre conseil et reprendre tes esprits.

Petyr, sous peine d'excommunication, nous t'ordonnons de revenir immédiatement.

Nous avons soigneusement étudié l'histoire de Deborah Mayfair en nous fondant sur tes lettres et sur les quelques observations que Roemer Franz a cru bon de coucher sur le papier. Nous nous accordons à dire que cette femme et ce qu'elle a fait avec son démon sont dignes du plus grand intérêt de la part du Talamasca. Veuille bien comprendre que nous avons la ferme intention d'obtenir tous les renseignements possibles sur Charlotte Fontenay et sa vie à Saint-Domingue.

Il n'est pas exclu que nous devions envoyer un messager aux Antilles pour parler avec elle. Mais cela ne peut être envisagé pour l'instant.

Il serait plus sage qu'après être revenu parmi nous tu écrives à cette femme pour lui faire savoir les circonstances de la mort de sa mère, en omettant ce qui concerne ton crime car ta culpabilité ne doit pas être connue, et lui dire ce que sa mère t'a confié. Tu l'inviteras à entrer en correspondance avec toi et tu pourras peut-être exercer sur elle une influence bénéfique sans risque pour toi-même.

C'est tout ce que tu pourras faire pour Charlotte Fontenay et, une fois encore, nous t'exhortons à rentrer. Par terre ou par mer, reviens le plus vite possible.

Sois cependant assuré de notre sympathie. Nous pensons que, si tu nous désobéis, seul le malheur t'attend aux Antilles. Nous avons pratiqué l'imposition des mains sur tes lettres et n'avons vu qu'obscurité et désastre.

Alexandre, celui d'entre nous qui possède le plus grand don de voir par le toucher a prédit que si tu allais à Port-au-Prince nous ne te reverrions jamais.

Je dois ajouter qu'Alexandre est allé imposer les mains sur le portrait de Deborah peint par Rembrandt. Il a été au bord de perdre connaissance, a refusé de parler et a dû se faire aider des domestiques pour monter dans sa chambre.

Pourquoi ce silence? lui ai-je demandé. Ce à quoi il m'a répondu que ce qu'il avait vu se passait de mots. Je me suis mis en colère et l'ai pressé de parler. « Je n'ai vu que mort et ruine. Il n'y avait ni silhouettes, ni nombres, ni mots. Que pourrais-je dire? » Et puis il a ajouté que si je voulais savoir je n'avais qu'à regarder encore le portrait, l'obscurité dont émergent pour toujours les sujets de Rembrandt, et observer de quelle façon la lumière n'éclaire que partiellement le visage de Deborah, une lumière fragile, engloutie pour toujours par l'obscurité.

– On peut dire la même chose de toute vie et toute histoire, persistai-je.

– Non, c'est prophétique, annonça-t-il. Et si Petyr va aux Antilles, il se fondra dans l'obscurité dont Deborah Mayfair n'aura émergé qu'un court instant.

Comprenne qui pourra! Je ne peux te cacher qu'Alexandre a précisé que tu irais aux Antilles, que tu ignorerais notre ordre et l'excommunication et que l'obscurité allait tomber.

Tu es suffisamment sensible pour savoir qu'aux Antilles tu n'auras pas besoin de rencontrer des démons ou des sorcières pour mettre ta vie en danger. La fièvre, la pestilence, les esclaves rebelles et les animaux sauvages t'y attendent, sans parler des périls du voyage maritime!

Dois-je préciser qu'aucun d'entre nous ne manque de comprendre ton désir de poursuivre ce monstre et sa sorcière jusqu'à Saint-Domingue? Que ne donnerais-je pas pour parler à quelqu'un comme cette Charlotte et lui demander ce que sa mère lui a appris et quelles sont ses intentions?

Mais, Petyr, tu as décrit le pouvoir de ce démon. Tu as relaté fidèlement les étranges révélations sur son compte faites par feu la comtesse Deborah Mayfair de Montclève. Sache que cette chose cherchera à t'empêcher de t'interposer entre Charlotte et elle, et qu'elle est capable de provoquer ta fin, comme elle l'a fait pour le pauvre comte de Montclève.

Tu as certainement raison quand tu conclus que la chose est plus habile que la plupart des démons.

Cette histoire est tout à fait tragique mais tu dois rentrer pour écrire à la fille de Deborah et, en sécurité à Amsterdam, laisser à nos bateaux le soin de lui porter tes lettres.

Tu pourrais être intéressé de savoir, tandis que tu te prépares à rentrer, que la nouvelle de la mort du père Louvier vient seulement d'atteindre la Cour de France.

Qu'une tempête ait frappé la ville de Montclève le jour de l'exécution de Deborah de Montclève ne t'étonnera pas. Que ce soit Dieu qui l'ait envoyée pour manifester son mécontentement devant l'ampleur de la sorcellerie en France et sa condamnation de cette femme non repentante t'intéressera aussi. Et que le bon père Louvier ait trouvé la mort en se portant au secours des pauvres gens frappés par des morceaux de brique t'ira certainement droit au cœur. On aurait dénombré une quinzaine de morts et les braves gens de Montclève ont mis fin à la tempête en brûlant la sorcière. Il en a été conclu que Notre Seigneur Jésus-Christ aimerait voir bien plus de sorcières démasquées et brûlées. Amen.

Avant peu, tout cela sera l'objet d'un pamphlet agrémenté de ses inévitables dessins et d'une litanie de mensonges. Nul doute que les presses d'imprimerie, qui ne cessent d'alimenter les feux qui brûlent les sorcières, sont déjà au travail.

Petyr, ne prends pas le temps de nous écrire. Reviens. Sache que nous t'aimons et que nous ne te condamnons pas pour ce que tu as fait ou pour ce que tu pourrais faire. Nous te disons ce que nous croyons devoir te dire.

Cordialement vôtre.
Stefan Franck
Amsterdam

Cher Stefan,

Je t'écris en toute hâte car je suis déjà à bord du *Sainte-Hélène*, le bateau français qui m'emmène vers le Nouveau Monde, et un garçon attend pour aller poster cette lettre.

Je ne peux faire autrement que d'aller voir Charlotte. Cela t'étonne-t-il? S'il te plaît, dis de ma part à Alexandre que je sais qu'il agirait de la même façon à ma place.

Stefan, tu te méprends sur mon compte quand tu dis que je suis impliqué dans les méfaits de ce démon. Il est vrai que j'ai enfreint nos règles par deux fois pour l'amour de Deborah Mayfair mais le démon n'a jamais fait partie de mon amour pour elle et quand j'ai poussé l'inquisiteur j'ai agi de mon propre gré.

Je l'ai fait pour Deborah et pour toutes les pauvres femmes ignorantes que j'ai vues hurler au milieu des flammes, pour celles qui ont péri sur le chevalet ou dans des geôles glaciales, pour les familles détruites et les villages ravagés par tous ces mensonges odieux.

Mais je perds mon temps à me justifier. Tu es bon de ne pas me condamner car, quoi qu'il en soit, c'est bel et bien un crime.

Il me faut parler de ce qui m'importe le plus, c'est-à-dire de ce que j'ai appris sur Charlotte Fontenay. Beaucoup se souviennent d'elle car c'est ici, à Marseille, qu'elle a embarqué. On m'a dit qu'elle était très riche, très belle avec sa chevelure aux boucles de lin et ses yeux bleus ensorcelants, et que son mari était très handicapé par une maladie contractée dans son enfance. Il n'est plus que l'ombre d'un homme. C'est pour cette raison que Charlotte l'a amené à Montclève, avec une pléthore de nègres pour s'occuper de lui. Elle voulait demander à sa mère de le guérir et de voir si son fils nouveau-né présentait les symptômes de la maladie de son père. Deborah a déclaré que l'enfant était en bonne santé. La mère et la fille ont préparé pour le mari de Charlotte un baume qui a beaucoup soulagé ses membres mais nul doute qu'il sera bientôt aussi infirme que son père, qui souffre de la même maladie.

Personne n'ignore ici que Charlotte et le jeune Antoine étaient très heureux de leur visite chez Deborah et qu'ils étaient déjà chez elle depuis plusieurs semaines quand la tragédie de la mort du comte a frappé la famille. Tu connais la suite. Toutefois, les gens de Marseille ne croient pas tant à la sorcellerie et imputent la folie de la persécution à la superstition des montagnards. Mais que vaudrait cette superstition sans ce fameux inquisiteur pour la maintenir vivante? Je te le demande.

Il m'est facile de questionner les gens sur ces deux-là car personne ne sait que j'étais dans les montagnes. Du reste, ceux que j'invite à boire un verre de vin avec moi semblent aimer parler de Charlotte et d'Antoine Fontenay, de même que la populace de Montclève aimait à me parler de toute la famille.

Le passage de Charlotte et d'Antoine Fontenay a fait du bruit ici car ils vivaient sur un grand pied et se montraient généreux envers tout le monde, distribuant les pièces, assistant à la messe accompagnés d'un cortège de nègres, comme à Montclève, ce qui ne manquait pas d'attirer l'attention. On dit aussi qu'ils payaient très bien tous les médecins qu'ils consultaient pour la maladie d'Antoine et l'on parle beaucoup de la cause de cette maladie : serait-ce la grande chaleur qui règne aux Antilles ou s'agirait-il d'une maladie affectant depuis longtemps les Européens?

La fortune des Fontenay est certaine car ils ont depuis longtemps des agents commerciaux dans cette ville. Mais en partant en toute hâte avant que l'arrestation de Deborah ne fût connue ils ont rompu tout lien avec leurs agents locaux et personne ne sait quelle était leur destination.

En me faisant passer, à grands frais, pour un riche marchand hollandais, comme je le fais toujours, j'ai réussi à découvrir le nom d'une belle jeune femme très gracieuse qui était une amie de Charlotte Fontenay. En lui disant simplement que j'avais connu et aimé Deborah de Montclève dans sa jeunesse à Amsterdam, j'ai gagné la confiance de la dame qui m'a fait certaines confidences.

Elle affirme que Charlotte est d'une nature séduisante et agréable et qu'il est impossible qu'elle soit une sorcière. Elle aussi attribue cette rumeur à l'ignorance des gens de la montagne. Elle a fait dire une messe pour le repos de l'âme de l'infortunée comtesse.

Quant à Antoine, l'impression de la dame est qu'il endure sa maladie avec un grand courage et qu'il aime profondément sa femme. Elle affirme que la raison de leur long voyage jusque chez Deborah est que le jeune homme n'est plus en mesure de concevoir des enfants et qu'il craint que son fils, bien que robuste et en bonne santé, n'hérite de sa maladie.

Il m'a été rapporté également que le père d'Antoine, maître de la plantation, était favorable à ce périple car il fait grand cas de la santé de son petit-fils, ses autres fils n'ayant plus ses faveurs du fait de leurs mœurs dissolues. Ils vivent avec leurs maîtresses noires et se préoccupent très peu de leur père.

Lorsque je lui demandai pourquoi personne n'avait pris la défense de Deborah, l'amie de Charlotte me confessa que le comte de Montclève n'avait jamais paru à la cour, pas plus que sa mère, qu'ils étaient d'anciens huguenots, que personne à Paris ne connaissait la comtesse, que Charlotte elle-même n'y avait fait qu'une brève apparition et que lorsque la rumeur courut que Deborah de Montclève était la fille sans père d'une sorcière écossaise, une simple paysanne au dire de tous, tout le monde lui tourna le dos.

– Ah! dit la jeune femme, ces montagnes et ces villes...

Elle-même avait grand-hâte de retourner à Paris. Car comment obtenir faveurs et avancement en dehors du service du roi?

Nous partons dans une heure et je n'ai pas le temps de t'en dire plus.

Stefan, est-il besoin de t'expliquer plus avant? Je dois voir cette fille, la mettre en garde contre l'esprit. D'où crois-tu que, née huit mois après que Deborah eut prit congé de moi à Amsterdam, elle tienne son teint clair et ses cheveux de lin? Penses-y!

Je te reverrai. Transmets mes amitiés à tous mes frères et sœurs du Talamasca. Je vais dans le Nouveau Monde. Je verrai Charlotte. Je vais conquérir ce Lasher et peut-être pourrai-je communiquer avec cette créature qui a une voix et un si grand pouvoir et apprendre certaines choses sur lui.

Cordialement vôtre.
Petyr Van Abel
Marseille

Quinze

LE DOSSIER DES SORCIÈRES MAYFAIR
PARTIE III

Port-au-Prince
Saint-Domingue

Stefan,

Après les deux brèves missives que je t'ai envoyées des ports où nous avons fait escale, je commence maintenant le journal de mes voyages, qui t'est adressé dans sa totalité.

Je me suis installé dans un logement des plus confortables, sinon luxueux, à Port-au-Prince. Je viens de passer deux heures à me promener dans les rues de cette ville coloniale, ébloui par ses ravissantes maisons, ses magnifiques bâtiments publics – dont un théâtre réservé aux opéras italiens –, ses riches planteurs et leurs épouses et ses quantités d'esclaves.

Aucun endroit que j'ai jamais visité n'égale Port-au-Prince en exotisme et je ne pense pas qu'aucune ville africaine puisse ravir autant les yeux.

L'endroit fourmille de nègres et d'une multitude d'étrangers pratiquant toutes sortes de commerces. J'ai également découvert l'existence d'une vaste population de couleur, fruit de l'union charnelle des planteurs avec leurs concubines africaines, dont la plupart ont été affranchis par leurs pères blancs et se sont établis comme musiciens, artisans, boutiquiers et mêmes femmes de mauvaise vie. Les femmes de couleur sont extraordinairement belles. Ce n'est pas moi qui irais blâmer les hommes qui les prennent pour maîtresses ou compagnes d'un soir. Nombre d'entre elles ont une peau dorée et de grands yeux noirs. De toute évidence, elles sont conscientes de leurs charmes. Elles s'habillent avec ostentation et possèdent elles-mêmes de nombreux esclaves noirs.

Quant à Charlotte et son mari, tout le monde les connaît ici mais personne n'est au courant pour la famille de Charlotte en Europe. Ils ont acheté une des plantations les plus vastes et les plus prospères de la région de Port-au-Prince, tout près de la mer. Elle se trouve à environ une heure de voiture de la ville, au bord de grandes falaises dominant les plages. Elle est renommée pour sa magnifique maison et ses dépendances qui constituent à elles seules une petite ville avec son maréchal-ferrant, ses maroquiniers, ses couturières, ses tisserands, ses ébénistes et autres. La culture du café et de l'indigo rapporte à chaque récolte une petite fortune.

Depuis la présence des Français ici, qui ont dû lutter âprement contre les Espagnols établis dans la partie sud-est de l'île, cette plantation a enrichi en peu de temps trois propriétaires successifs. Les deux premiers sont retournés à Paris, fortune faite, et le troisième est mort de la fièvre. La plantation appartient maintenant aux Fontenay, Antoine père et Antoine fils, mais tout le monde sait que Charlotte en est la véritable maîtresse.

On dit qu'elle en a pris la gestion en main, jusqu'au moindre détail, qu'elle parcourt les champs avec son contremaître et qu'elle connaît chaque esclave par son nom. Elle ne regarde pas à la dépense pour qu'ils aient de quoi manger et boire et la loyauté qu'ils lui témoignent en retour n'a pas d'égale. Elle va les voir chez eux, raffole de leurs enfants et sonde longuement l'âme des accusés avant de prendre des sanctions. Mais sa sévérité à l'égard des coupables est déjà légendaire. Ici, les maîtres ont sur leurs esclaves un pouvoir sans limites : ils peuvent les fouetter à mort si tel est leur bon plaisir.

La cohorte d'esclaves qui servent dans cette maison est soignée, vêtue à l'excès, privilégiée et, selon les marchands locaux, ne manque pas d'audace. Quatre femmes s'occupent uniquement de Charlotte. Seize personnes tiennent les cuisines et un nombre incalculable entretient les salons, salles de musique et de bal de la maison. Ayant beaucoup de temps libre, ces esclaves vont souvent à Port-au-Prince, de l'or plein les poches, et les boutiques ouvrent leurs portes pour eux à n'importe quelle heure.

Charlotte est la seule à ne presque jamais quitter le domaine, qui s'appelle Maye Faire et que l'on écrit toujours en deux mots.

Depuis son arrivée, elle a déjà donné deux bals splendides pendant lesquels son mari est resté assis sur un siège pour contempler les danseurs. Même le vieux Fontenay y a assisté. La bourgeoisie locale, qui ne pense qu'à se divertir, n'ayant pas grand-chose d'autre à faire, s'est prise d'affection pour Charlotte, grâce à ces bals, et s'impatiente déjà des prochains, ce en quoi Charlotte ne les décevra certainement pas.

Pour autant que je sache, seuls ses esclaves la qualifient de sorcière. Ils manifestent envers elle crainte et respect du fait de ses pouvoirs de guérison dont la réputation a déjà fait le tour de l'île. Mais, je te le répète, personne n'est au courant des événements qui se sont produits en France. Personne ne prononce jamais le nom de Montclève. On dit que cette famille vient de la Martinique.

Cet après-midi, fatigué de mes flâneries, je suis rentré ici, à mon logement, où m'attendaient deux esclaves pour me déshabiller et me baigner, si je l'avais souhaité. J'ai écrit à la jeune femme que j'aimerais lui rendre visite, que j'avais pour elle un message de la plus haute importance de la part de quelqu'un qui lui était très cher et qui m'avait fourni son adresse la nuit précédant sa mort. Je lui ai expliqué que j'étais venu en personne car le message était trop important pour que je le confie à une lettre. Et j'ai signé de mon nom.

Juste avant que je commence ce journal, la réponse m'est parvenue : je dois aller à Maye Faire ce soir même. Une voiture m'attendra devant l'entrée de l'auberge à la tombée du jour et je dois emporter ce dont j'aurai besoin pour y passer la nuit, et aussi la nuit prochaine, selon ma convenance. C'est ce que j'ai l'intention de faire.

Stefan, je suis impatient et je n'ai pas peur du tout. Je sais, pour y avoir longuement réfléchi, que c'est ma fille que je vais rencontrer. Mais dois-je le lui annoncer et comment?

Je vais aller prendre un bain, m'habiller correctement et me préparer à cette aventure. Je ne suis pas fâché de visiter une grande plantation coloniale. Stefan, comment te décrire le fond de mon cœur? C'est comme si jusqu'ici ma vie avait été une peinture faite de couleurs pâles et qu'elle prenait maintenant ses vraies couleurs sous le pinceau de Rembrandt Van Rijn.

Je sens que l'obscurité qui m'entoure commence à s'éclaircir. Et je ressens plus vivement le contraste entre les deux.

Ton serviteur,
Petyr

Post-scriptum : recopié et envoyé à Stefan Franck ce même soir.

Port-au-Prince
Saint-Domingue

Cher Stefan,

Cela fait une bonne quinzaine que je t'ai envoyé ma dernière lettre. Comment décrire ce qui s'est passé? Je crains de ne pas avoir le temps nécessaire, mon très cher ami, car je suis en sursis, mais je dois essayer. Il faut que je te dise tout ce que j'ai vu, souffert et fait.

C'est la fin de la matinée et je n'ai dormi que deux heures depuis mon retour à l'auberge. J'ai mangé un peu pour prendre des forces. J'espère et je prie pour que la créature qui m'a suivi et tourmenté pendant tout le trajet entre Maye Faire et ici soit finalement retournée auprès de la sorcière qui l'a envoyée après moi pour me rendre fou et me détruire. Mais je ne l'ai pas laissée faire.

Stefan, si ce monstre n'est pas vaincu, si ses assauts contre moi se renouvellent avec une vigueur mortelle, j'interromprai cette narration pour ne te donner que les éléments les plus importants, en phrases simples, et j'enfermerai cette lettre dans mon coffret de fer. J'ai déjà prévenu l'aubergiste ce matin qu'en cas de décès il devrait faire parvenir ce coffret à Amsterdam. J'ai aussi parlé avec un agent local, cousin et ami de notre agent de Marseille, pour qu'il récupère le coffret.

Laisse-moi te dire que, compte tenu de l'état dans lequel j'étais, ils m'ont pris pour un fou. Mais l'or que je leur ai montré a retenu leur attention et je leur ai promis une grande récompense à la remise du coffret et de cette lettre entre tes mains.

Stefan, tu avais raison avec tes mises en garde et tes pressentiments. Je m'enfonce de plus en plus dans le mal. Rien ne pourra me sauver. J'aurais dû rentrer à Amsterdam. C'est la seconde fois de ma vie que je ressens l'amertume du regret.

Que je sois en vie tient du miracle. Mes vêtements sont en lambeaux, mes chaussures sont inutilisables et mes mains ont été écorchées par les épines. Ma longue nuit de course à travers l'obscurité m'a donné des maux de tête. Mais je n'ai plus le temps de me reposer. Je n'ose pas monter sur un bateau car si la créature a décidé de me suivre, ce sera ici ou sur la mer. Et je préfère que ce soit sur la terre ferme afin que mon coffret de fer ne soit pas perdu.

Je dois prendre le temps qu'il me reste pour tout te raconter.

J'ai quitté cet endroit en début de soirée, le jour de ma dernière lettre. Revêtu de mes plus beaux habits, je suis descendu pour prendre la voiture qu'on m'avait envoyée. Après tout ce que j'avais vu dans les rues de Port-au-Prince, je m'attendais au plus bel équipage et mon attente ne fut pas déçue. C'était une voiture vitrée magnifique avec valet de pied, cochers et deux gardes armés à cheval. Tous étaient des Africains noirs en grande livrée, à la perruque poudrée et aux vêtements de satin.

Le voyage fut des plus plaisants. Dans le ciel s'étiraient de hauts nuages cotonneux et les collines étaient magnifiques avec leurs forêts luxuriantes, leurs bâtiments coloniaux entourés de fleurs et leurs bananiers plantureux.

Pas moins enchanteresse était la mer bleue que j'entrevoyais par moments. S'il existe une mer plus bleue que celle des Caraïbes, je ne l'ai jamais vue et, au crépuscule, elle est d'autant plus spectaculaire. Mais je reprendrai le sujet plus tard car j'ai eu tout le loisir d'observer sa couleur.

Sur la route, nous sommes passés devant deux maisons de plantation plus petites, très jolies, en retrait de la route derrière d'immenses jardins.

J'ai aussi admiré, tout près d'une rivière, un cimetière aux fins monuments de marbre portant des inscriptions en français. Tandis que nous passions lentement un petit pont, j'ai eu le temps de le contempler et de penser à ceux qui étaient venus vivre et mourir dans cette contrée sauvage.

Je parle de tout ceci pour deux raisons, la plus importante étant que mes sens étaient bercés par les beautés aperçues pendant le voyage, par le lourd crépuscule moite, par les immenses champs et le spectacle soudain de la maison de Charlotte devant moi, plus grande encore que dans mon imagination, au bout d'une route pavée.

Les lieux étaient éclairés à profusion. Je n'avais jamais vu autant de bougies, pas même à la cour de France. Des lanternes étaient suspendues aux branches des arbres. En approchant, j'ai vu que toutes les fenêtres du haut et du bas étaient ouvertes, découvrant des lustres, de magnifiques meubles et une profusion de couleurs provenant d'objets divers.

Mon esprit était si distrait par tant de merveilles que je fus surpris en apercevant la maîtresse des lieux venue à ma rencontre à la grille du jardin. Elle se tenait au milieu des parterres de fleurs, vêtue d'une robe en satin jaune citron semblable aux fleurs l'entourant, les yeux fixés sur moi d'une façon plutôt froide pour un visage si jeune et si tendre. On aurait dit une grande fille en colère.

Tandis que je descendais de voiture avec l'aide du valet de pied, elle s'approcha de moi. C'est alors seulement que je vis sa véritable taille : elle était grande pour une femme mais plus petite que moi.

Je la trouvai ravissante avec ses cheveux clairs mais aucune description qu'on m'avait faite d'elle ne m'avait préparé à une telle splendeur. Si Rembrandt l'avait connue, il aurait fait son portrait. Si jeune et cependant si semblable à du métal dur. Elle était richement vêtue, ornée de dentelle et de perles, la poitrine à demi dénudée, pourrait-on dire, et les bras magnifiquement soulignés par des manches resserrées et bordées de dentelle.

Tandis que nous nous dévisagions mutuellement, une impression effrayante passa entre nous. Cette femme au visage doux et jeune, aux joues et aux lèvres tendres et aux grands yeux bleus innocents m'examinait comme si une âme très différente, vieille et sage, se dissimulait en elle. Sa beauté m'envoûtait. Je fixais stupidement son long cou, la courbe de ses épaules et ses bras galbés.

J'eus soudain l'envie stupide d'enfoncer mon pouce dans la chair souple de son bras. Et j'eus l'impression qu'elle me regardait exactement de la même façon que sa mère, il y avait bien longtemps, lorsque j'avais lutté intérieurement pour ne pas me jeter sur elle dans cette auberge écossaise.

– Ainsi, vous êtes Petyr Van Abel, me dit-elle en anglais avec un léger accent écossais. Vous êtes venu.

Je t'assure, Stefan, qu'elle avait la même voix que Deborah jeune. Elles avaient dû beaucoup parler en anglais entre elles pour qu'on ne comprenne pas ce qu'elles se disaient.

– Mon enfant, répondis-je dans la même langue, merci de me recevoir. J'ai fait un long voyage pour vous voir mais rien n'aurait pu m'y empêcher.

Mais pendant tout ce temps, elle me jaugeait froidement, comme si j'avais été un esclave mis aux enchères, ne cherchant pas, contrairement à moi, à cacher l'évaluation qu'elle faisait de ma personne.

– Ma mère avait raison, vous êtes beau, dit-elle d'un air songeur en levant légèrement un sourcil. Vous êtes grand, droit et fort. En parfaite santé, n'est-ce pas?

– Mon Dieu, madame, quelles paroles étranges! répondis-je, embarrassé. Je ne sais si c'est un compliment ou non.

– Votre physique me plaît, dit-elle.

Et un sourire des plus singuliers se dessina sur son visage, à la fois intelligent, dédaigneux et puéril. Elle fit une sorte de moue, comme font les enfants, que je trouvai charmante. Ensuite, elle parut s'abîmer dans la contemplation de ma personne.

– Venez avec moi, Petyr Van Abel, dit-elle enfin. Dites-moi ce que vous savez de ma mère et de sa mort. Et, quelles que soient vos intentions, ne me mentez pas.

Il me sembla alors qu'il y avait en elle une grande vulnérabilité, comme si elle craignait que je ne la blesse. J'éprouvai une grande tendresse à son égard.

– Non, je ne suis pas venu pour proférer des mensonges, répondis-je. Vous n'êtes au courant de rien?

Elle attendit un moment avant de répondre.

– Rien.

J'eus l'impression qu'elle mentait. Elle me scrutait de la même façon que je le faisais avec les gens quand j'essayais de percer leurs pensées les plus secrètes.

Elle me prit par le bras en inclinant légèrement la tête puis m'entraîna vers la maison. La grâce de ses mouvements et l'effleurement de ses jupes contre ma jambe étaient un enchantement. Elle ne jeta pas un regard au régiment d'esclaves de part et d'autre de l'allée, qui tenaient des lanternes pour nous éclairer. En arrivant au pied des marches du perron, elle me fit tourner dans le chemin menant sous des arbres et chercha un banc en bois.

Sur sa prière, je m'assis. L'obscurité tomba rapidement sur nous. Les lanternes suspendues ici et là et les lumières venant de la maison nous éclairaient suffisamment.

– Dites-moi par où commencer, madame. Je suis votre serviteur.

– Soyez direct, m'intima-t-elle, les yeux fixés sur moi.

Elle se tourna légèrement vers moi, les mains posées sur ses genoux.

– Elle n'a pas péri par le feu. Elle s'est jetée du haut de la cathédrale.

– Dieu merci! murmura-t-elle. Enfin une parole humaine!

Je considérai ces paroles un moment. Sous-entendait-elle par là que Lasher lui avait déjà raconté la fin de sa mère mais qu'elle ne l'avait pas cru? Elle était très abattue et j'hésitais à poursuivre.

– Une grande tempête s'est abattue sur Montclève. Appelée par votre mère. Vos frères et la vieille comtesse sont morts.

Regardant droit devant elle, lourde de tristesse et peut-être de désespoir, elle ne dit rien. On aurait dit une petite fille.

Repartant plus loin en arrière pour reprendre mon récit, je lui expliquai comment j'étais arrivé en ville, comment j'avais rencontré sa mère, tout ce que celle-ci m'avait raconté sur Lasher, qu'il avait causé la mort du comte, à l'insu de Deborah, qu'elle l'avait fortement réprimandé et ce qu'il avait répondu pour sa défense. Je lui dis enfin à quel point Deborah avait tenu à ce que sa fille sache cela.

Tandis qu'elle m'écoutait, son visage s'assombrissait. Je lui expliquai la signification, d'après moi, des mises en garde de sa mère puis ce que je pensais de cet esprit.

Elle ne bougeait toujours pas. Son visage était si sombre qu'elle devait être dans une rage folle. Finalement, désireux de relancer le sujet, je lui dis que j'avais quelques connaissances sur les esprits mais elle m'interrompit.

– Ne me parlez plus de cela ! Et n'en parlez à personne ici !

– Certainement, m'empressai-je de répondre.

Je lui racontai les événements qui avaient suivi ma rencontre avec Deborah et lui décrivis sa mort en détail, en omettant de dire que j'avais poussé Louvier du haut du toit. Je dis simplement qu'il était mort.

Elle resta muette pendant un long moment. On aurait dit qu'elle allait pleurer.

– Ils ont cru que j'avais abandonné ma mère, murmura-t-elle. Vous savez que c'est faux !

– Je sais, madame. C'est votre mère qui vous a envoyée ici.

– Elle m'a ordonné de partir ! Ordonné ! « Va, Charlotte, je ne veux pas te voir mourir avant moi ou avec moi. Si je dois être brûlée, je ne supporterai pas que tu me voies ou que tu subisses le même sort. » Alors je lui ai obéi.

Sa bouche se tordit légèrement et je crus une nouvelle fois qu'elle allait fondre en larmes.

– J'aimais votre mère, lui dis-je.

– Je sais. Ils se sont tous montés contre elle, son mari et mes frères.

Je remarquai qu'elle n'avait pas dit « mon père » en parlant du comte. Je ne savais pas si je devais ou non aborder le sujet.

– Que puis-je dire pour apaiser votre cœur ? demandai-je. Ils ont été punis. Ils ne jouissent plus de cette vie qu'ils ont prise à Deborah.

– Voilà une phrase bien tournée, dit-elle dans un sourire amer.

Elle se mordit les lèvres et son petit visage me parut si tendre que je me penchai pour l'embrasser. Les yeux baissés, elle me laissa faire.

Elle semblait étonnée. Moi aussi, car j'avais trouvé ce baiser si agréable, en dépit des circonstances. Le parfum de sa peau était si doux et j'étais si près de sa poitrine que j'étais étourdi moi-même. Pour reprendre conscience, je lui dis immédiatement que je voulais reparler de l'esprit.

– Vous devez connaître mes pensées à propos de cet esprit et des dangers qu'il représente. Vous savez sans doute comment j'ai connu votre mère. Vous a-t-elle raconté toute l'histoire ?

Elle réfléchissait à mes paroles mais sa colère ne tombait pas.

– Savez-vous comment sa mère a fait venir ce démon, comme vous l'appelez?

– Par le livre que l'inquisiteur lui avait montré. C'est lui qui lui a tout appris. Avant cela, elle n'était qu'une sage-femme et rien de plus.

– Elle aurait pu être bien plus. Nous sommes tous plus que nous ne le paraissons. Rien qu'à penser à ce que je suis devenue ici depuis que j'ai quitté la maison de ma mère... Car c'était bien sa maison. C'est avec son or qu'on l'a meublée, qu'on a couvert de tapis les sols de pierre et qu'on alimentait en bois les cheminées.

– Les gens de là-bas me l'ont dit. Le comte n'avait que son titre quand il a fait sa connaissance.

– Et des dettes! Mais c'est le passé. Il est mort. Et je sais que vous m'avez dit tout ce que ma mère a dit. Vous m'avez dit la vérité. Je m'étonne seulement d'avoir envie de vous raconter ce que vous ne savez pas et ne pouvez deviner. Et je pense à ce que ma mère m'a dit de vous. Elle pouvait tout vous confesser.

– Je suis heureux qu'elle ait dit cela de moi. Je n'ai jamais parlé d'elle à quiconque.

– Sauf à votre ordre. Votre Talamasca.

– Mais ce n'est pas une trahison!

Elle se détourna de moi.

– Ma très chère Charlotte, j'ai aimé votre mère, comme je vous l'ai dit. Je l'ai implorée de se méfier de l'esprit et de son pouvoir. Je ne dis pas que j'avais prédit ce qui est arrivé. Mais j'avais peur pour elle. Je redoutais son ambition d'utiliser l'esprit à ses fins...

– Je ne veux pas en entendre davantage, dit-elle, à nouveau irritée.

Elle eut l'air de réfléchir puis reprit :

– Je ne subirai jamais ce que ma mère a subi, et sa mère avant elle.

– J'espère que non. J'ai traversé l'océan pour...

– Non. Vos avertissements et votre présence n'ont rien à voir là-dedans. Je ne subirai pas tout cela. Il y avait quelque chose de triste en ma mère, de triste et de brisé. Les blessures de son enfance n'ont jamais guéri.

– Je comprends.

– Je n'ai pas une telle blessure. J'étais une femme, ici, avant que ces horreurs lui arrivent. J'ai vu d'autres horreurs et vous les verrez aussi, ce soir, lorsque vous rencontrerez mon mari. Aucun médecin au monde ne saurait le guérir. Je n'ai de lui qu'un fils en bonne santé et ce n'est pas suffisant.

Elle se leva et je l'imitai.

– On nous attend, dit-elle. N'évoquez pas ma mère devant les autres. Ne dites rien. Vous êtes venu me voir...

– Parce que je suis marchand, que je veux m'établir à Port-au-Prince et que je voulais vous demander des conseils.

Elle hocha la tête d'un mouvement las.

– Moins vous en direz, mieux cela vaudra.

Elle se retourna et se dirigea vers les marches.

Tu imagines à quel point je me sentais misérable. Tantôt enfant, tantôt femme, elle me décontenançait complètement. Je n'aurais su dire si elle avait pris au sérieux mes avertissements et ceux que Deborah m'avait supplié de lui transmettre. En avais-je trop fait?

– Madame Fontenay, dis-je tandis que nous arrivions à la porte d'entrée. Nous devons en reparler. Ai-je votre promesse?

– Lorsque mon mari sera couché, nous serons seuls.

En prononçant cette phrase, elle me jaugea du regard d'une façon qui me mit le rose aux joues. Elle aussi avait les joues colorées. Elle étira sa lèvre inférieure et m'adressa un sourire espiègle.

Nous pénétrâmes dans l'entrée. Les murs étaient rehaussés de moulures et les bougies en cire d'un énorme lustre éclairaient brillamment l'endroit. Tout au fond, par une porte ouverte donnant derrière la maison, j'aperçus le bord de la falaise. Comme devant, des lanternes étaient suspendues aux branches des arbres. Soudain, je me rendis compte que le grondement que j'avais entendu n'était pas celui du vent mais de la mer.

Sur la droite, la salle à manger, qui s'étendait sur toute la largeur de la maison, disposait d'une vue encore plus magnifique sur les falaises et l'eau noire. Sans les quelques points de lumière qui éclairaient l'océan, je n'aurais rien pu voir. Le grondement des eaux parvenait délicieusement jusqu'à la salle à manger et la brise était moite et chaude.

Quant à la pièce elle-même, elle était splendide. On y trouvait tous les accessoires européens qui pouvaient s'accorder avec la simplicité coloniale. La table était recouverte de la plus fine nappe de coton qui soit, sur laquelle étaient disposées d'élégantes assiettes.

Je n'avais jamais vu en Europe une plus belle argenterie. Les candélabres étaient lourds et sculptés de motifs. Chaque place avait sa serviette bordée de dentelle et les chaises étaient tapissées du plus beau velours à franges. Au-dessus de la table se trouvait un énorme ventilateur carré en bois dont la suspension était assurée par un système de cordes et de crochets courant au plafond et descendant le long du mur du fond. Le bout de la corde en main, un petit enfant africain actionnait ce système savant.

A peine étais-je assis à gauche du haut de la table que de nombreux esclaves apparurent, tous finement vêtus de soie et de dentelle. Ils disposèrent rapidement toutes sortes de plats. Ce fut à ce moment qu'entra le jeune époux dont j'avais tant entendu parler.

Il se tenait droit et faisait glisser ses pieds sur le plancher mais tout son poids était soutenu par un grand Noir très musclé qui avait passé un bras autour de sa taille. Quant aux bras du pauvre homme, ils paraissaient aussi faibles que ses jambes. Ses poignets étaient tout recroquevillés et ses doigts inertes. Malgré tout, c'était un bel homme aux habits princiers, aux doigts couverts de bagues et à la tête couronnée d'une énorme et magnifique perruque parisienne. Il avait vraiment fière allure. Ses yeux étaient d'un gris perçant, sa bouche parfaitement dessinée et son menton puissant.

Une fois posé sur la chaise, il se démena pour s'installer plus confortablement, mais en vain. Le robuste esclave s'en occupa alors et disposa le siège comme son maître le désirait avant de reprendre sa place derrière lui.

Charlotte s'était assise, non pas à l'autre extrémité de la table mais à la droite de son époux, juste en face de moi, afin de pouvoir l'aider. Arrivèrent alors les frères, Pierre et André, comme j'allais bientôt l'apprendre. L'air abruti, la démarche et la diction incertaines, ils étaient tous deux déjà bien éméchés. Les suivaient quatre femmes bien habillées, deux jeunes et deux vieilles, des cousines résidant à demeure.

Juste avant le début du service apparut le docteur. Arrivant à l'instant d'une plantation voisine, cet homme, plutôt vieux et aviné, était vêtu de sombre, tout comme moi. Invité à se joindre à nous, il prit place et commença à boire du vin à pleines gorgées.

Chacun de nous avait un esclave derrière son siège pour nous servir et remplir nos verres à peine une gorgée bue.

Le jeune mari m'adressa la parole de façon très agréable et je remarquai tout de suite que son esprit n'était pas affecté du tout par sa maladie et qu'il aimait la bonne chère, que Charlotte et Reginald lui portaient à la bouche. Cet homme avait un ardent désir de vivre, c'était évident. Il fit remarquer que le vin était excellent et qu'il en approuvait le choix puis, tout en conversant poliment avec tout le monde, il avala deux bols de soupe de poisson.

Charlotte se mit à parler du temps puis de la plantation : son mari allait l'accompagner le lendemain pour inspecter les cultures, la jeune esclave achetée l'hiver précédent commençait à bien s'y entendre en couture, etc. Cette aimable conversation se déroula la plupart du temps en français, le jeune mari faisant preuve de beaucoup d'esprit dans ses réponses, s'interrompant pour me poser des questions polies sur les conditions de mon voyage, sur mes premières impressions quant à Port-au-Prince et autres remarques plaisantes sur la beauté du pays, comment ils avaient prospéré à Maye Faire et leur projet d'acheter la plantation voisine dès que son propriétaire, un joueur invétéré, aurait été convaincu de vendre.

Les frères avinés étaient les seuls enclins à discuter et firent plusieurs remarques sarcastiques. Le plus jeune, Pierre, qui n'avait aucun des traits de caractère agréables de son frère souffrant, rétorqua qu'ils avaient bien assez de terres, n'avaient nul besoin de la plantation adjacente et affirma que Charlotte s'y connaissait bien plus en matière de plantation qu'il ne seyait à une femme.

Ce commentaire reçut des acclamations bruyantes de la part d'André, qui avait taché tout le devant de sa chemise, parlait la bouche pleine et laissait des traces de gras sur son verre chaque fois qu'il buvait. Il était d'avis de tout vendre dès que leur père serait mort et de retourner en France.

Il s'ensuivit une grande querelle, tout le monde parlant en même temps, et l'une des vieilles femmes ne cessant de demander ce qui se passait.

Finalement, l'autre vieille femme, une petite chose toute rabougrie qui avait farfouillé tout le temps dans son assiette avec la diligence d'un insecte, leva soudain la tête et cria aux deux ivrognes :

– Vous n'êtes ni l'un ni l'autre capables de gérer cette exploitation !

Ce à quoi les accusés répondirent par des rires bruyants, tandis que les deux femmes plus jeunes regardaient Charlotte avec crainte puis effleuraient d'un regard doux son mari infirme, dont les mains gisaient comme des oiseaux morts de chaque côté de son assiette.

Puis la vieille dame fit une autre déclaration péremptoire.

– C'est Charlotte qui dirige tout ici !

Les jeunes femmes lancèrent à nouveau des regards craintifs, les deux frères ricanèrent de plus belle et Antoine esquissa un sourire indulgent.

C'est alors que l'infortuné mari commença à s'agiter et à trembler de tout son corps tandis que Charlotte se hâtait de lancer la conversation sur des sujets anodins. Elle me questionna à nouveau sur mon voyage, sur la vie à Amsterdam, sur la situation en Europe, dont dépendait grandement l'importation du café et de l'indigo, me certifia que la vie de plantation m'ennuierait à la longue car il n'y avait rien d'autre à faire qu'à manger, boire et rechercher les plaisirs, etc., jusqu'au moment où elle s'interrompit pour donner l'ordre à Reginald, le grand Noir costaud, d'aller chercher son beau-père.

– Il m'a parlé toute la journée, dit-elle calmement aux autres avec un vague air de triomphe.

– C'est un véritable miracle ! s'exclama André, qui mangeait salement en dédaignant couteau et fourchette.

Le vieux docteur fronça les sourcils en regardant Charlotte, indifférent à la nourriture qui dégoulinait de son col et au vin qui giclait de son verre, qu'il tenait d'une main incertaine. Il était probable qu'il allait tout répandre. Le jeune esclave derrière lui le surveillait avec inquiétude.

– Qu'entendez-vous par « parlé toute la journée » ? Il était dans un parfait état de prostration quand je l'ai laissé.

– Il change continuellement, précisa l'une des cousines.

– Il ne mourra jamais ! gronda la vieille dame, qui s'était remise à farfouiller méticuleusement dans son assiette.

Entra alors Reginald, qui soutenait un grand homme émacié aux cheveux gris. Un bras passé par-dessus l'épaule de l'esclave et la tête ballante, il nous fixa tour à tour de ses yeux brillants.

Il fut déposé sur une chaise à l'extrémité de la table. Maigre squelette sans forces, il fut attaché à son siège à l'aide d'une large ceinture de soie. Reginald, qui semblait décidément bien s'y entendre, lui releva le menton.

Immédiatement, les cousines le couvrirent de remerciements d'avoir bien voulu se joindre à eux. Lorsque le vieil homme se mit à parler, je ne fus pas le seul à être surpris.

Une main se leva d'un geste mou et heurté et retomba tout aussitôt sur la table. Au même moment, il ouvrit la bouche, sans que son visage bouge d'un pouce. Seule la mâchoire inférieure remuait. Une voix caverneuse et atone se fit entendre.

– Je ne suis pas près de mourir et je ne veux pas en entendre parler!

Une nouvelle fois, la main flasque se leva spasmodiquement et retomba bruyamment.

Charlotte examinait la scène de ses yeux étroits et scintillants. Pour la première fois, je la sentis concentrée. Toute son attention était dirigée sur le visage de l'homme et la main qui avait remué.

– Mon Dieu, Antoine! s'écria le docteur, vous ne pouvez pas nous blâmer de nous inquiéter.

– Mon esprit est resté intact! déclara le vieil homme de la même voix atone.

Tournant lentement la tête de façon saccadée, comme si ses articulations étaient en bois, il promena son regard de droite à gauche et l'arrêta sur Charlotte à qui il adressa un sourire oblique.

Me penchant pour m'éloigner de la lueur éblouissante des bougies, j'admirai l'étrange performance. C'est alors que je m'aperçus qu'il avait les yeux injectés de sang, que son visage semblait figé et que les expressions qu'il prenait avaient l'aspect de craquelures dans un bloc de glace.

– J'ai confiance en toi, ma bru bien-aimée, dit-il à Charlotte.

Sa voix, sans aucune modulation, faisait plutôt penser à un grognement.

– Oui, père, dit gentiment Charlotte. Je prendrai soin de vous, soyez-en assuré.

Se rapprochant de son mari, elle pressa sa main inerte. Quant à lui, il considérait son père avec suspicion et effroi.

– Mais, père, souffrez-vous? demanda-t-il doucement.

– Non, mon fils. Je ne souffre jamais.

Plutôt qu'une réponse, ces paroles me parurent vouloir rassurer. Le fils voyait dans l'état du père sa propre condition à venir.

Le vieil homme se mit à nouveau à tourner la tête, à la façon d'un pantin de bois. Je savais que ce n'était pas lui qui parlait, mais quelque chose à l'intérieur qui s'emparait de lui. Je perçus alors le vrai Antoine Fontenay, enfermé dans son propre corps, incapable de commander à ses cordes vocales et me fixant de ses yeux terrifiés.

Ce ne fut qu'une vision fugitive. Au même instant, je me tournai vers Charlotte qui m'observait froidement, comme si elle me défiait d'exprimer tout haut ce que j'avais perçu. Le vieil homme continuait à me fixer et, tout d'un coup, émit une sorte de gloussement strident.

– Pour l'amour de Dieu, Antoine! s'exclama la plus jolie des jeunes cousines.

– Père, prenez un peu de vin, suggéra le fils aîné.

Reginald fit un geste vers le verre mais, soudain, le vieil homme leva les deux mains, les abattit sur la table puis les souleva encore, les yeux brillants, s'empara du verre de ses pattes malhabiles, le porta à sa bouche et en renversa le contenu sur son visage, une partie parvenant jusque dans sa bouche, le reste ruisselant sur son menton.

L'assemblée était consternée. Seule Charlotte eut un petit sourire dur.

– Bien, père, allez vous coucher, dit-elle en se levant.

Reginald essaya en vain de rattraper le verre lorsque la main du vieil homme retomba lourdement sur la table : l'objet tomba en éclaboussant de vin toute la nappe.

Une fois encore, la bouche figée se fendit.

– Cette conversation m'ennuie. Je m'en vais.

– Oui, au lit, dit Charlotte. Nous monterons vous voir un peu plus tard.

Étais-je le seul à avoir saisi l'horreur de la situation ? Les membres sans vie du vieil homme étaient mus par une force démoniaque. Les cousines scrutaient l'homme en silence. Elles eurent des moues de révulsion tandis qu'on le détachait de sa chaise et qu'on l'emmenait.

Mes yeux rencontrèrent ceux de Charlotte. J'aurais juré qu'elle me considérait avec haine. Par couardise, je bus une gorgée de vin, qui était délicieux, tout en me rendant compte qu'il était incroyablement fort ou que j'étais incroyablement faible.

La vieille dame à moitié sourde, celle aux allures d'insecte, lança à la cantonade :

– Cela fait des années que je ne l'ai pas vu bouger ses mains ainsi !

– Eh bien moi, j'ai cru qu'il était le diable en personne ! dit la jolie cousine.

– Bon sang ! Il ne mourra jamais, marmonna André avant de s'écrouler, endormi, le nez dans son assiette.

Charlotte, imperturbable, rit doucement et dit :

– Il est loin d'être mort.

Puis un son à glacer le sang cloua tout le monde sur place. En haut de l'escalier, le vieil homme émit un rire diabolique.

Le visage de Charlotte se durcit. Après avoir caressé doucement la main de son mari, elle quitta rapidement la pièce, non sans m'avoir adressé un regard.

Le vieux docteur, trop imbibé d'alcool pour se lever de table, déclara dans un soupir qu'il devait rentrer. A cet instant, deux autres visiteurs se présentèrent, deux Français bien habillés, vers lesquels se précipita la jolie cousine tandis que les trois autres femmes se levaient pour sortir. La vieille dame regarda le frère endormi avec un air réprobateur en grommelant dans sa direction. L'autre fils se leva pour aider le docteur et tous deux sortirent non sans difficulté sur la galerie.

Resté seule avec Antoine et un bataillon d'esclaves desservant la table, je lui demandai s'il lui plairait de fumer un des excellents cigares que j'avais rapportés de Port-au-Prince.

– Prenez plutôt l'un des miens. Je cultive du tabac, ici.

Un jeune esclave apporta les cigares, les alluma et resta posté derrière le maître pour porter le cigare à sa bouche et le lui enlever chaque fois qu'il était nécessaire.

– Je vous prie d'excuser mon père, me dit Antoine à mi-voix, comme s'il ne voulait pas être entendu de l'esclave. Son esprit est intact mais cette maladie est une véritable horreur.

– Je l'imagine, répondis-je.

Des rires et des conversations nous parvenaient du salon, de l'autre côté du vestibule, où les femmes s'étaient installées avec les visiteurs, et peut-être avec le frère ivre et le docteur.

Deux esclaves vinrent chercher l'autre frère resté à table, qui se réveilla soudain, indigné et agressif, et frappa l'un des garçons qui se mit à pleurer.

– Arrête tes bêtises, André ! dit Antoine avec lassitude. Viens ici, mon pauvre garçon !

L'esclave obéit et l'ivrogne se glissa hors de la pièce.

– Prends la pièce dans ma poche, dit le maître.

L'esclave, habitué à ce rituel, obéit. Ses yeux brillaient lorsqu'il regarda sa récompense.

Enfin, Reginald et la maîtresse de maison reparurent, accompagnés cette fois par un jeune enfant aux joues roses, un doux agnelet, surveillé de près par deux mulâtresses, comme s'il avait été de porcelaine et qu'il risquait de se briser en tombant au sol.

L'enfant se mit à rire et à gesticuler de joie à la vue de son père. J'eus de la peine que son père ne puisse tendre les bras vers lui.

L'enfant ne présentait aucun signe d'infirmité mais je suppose qu'Antoine était en aussi bonne santé que lui au même âge. Ce bambin, le plus ravissant que j'aie jamais vu, tenait sa beauté à la fois de son père et de sa mère.

Finalement, les deux mulâtresses, fort jolies au demeurant, furent autorisées à l'enlever aux dangers de ce monde et l'emmenèrent.

Le père prit congé de moi, me priant de rester à Maye Faire aussi longtemps qu'il me plairait. Je pris un autre verre de vin, que je décidai être le dernier car j'avais un peu le vertige.

Charlotte me conduisit immédiatement sur la galerie obscure afin de contempler le jardin de devant et ses lanternes mélancoliques. En silence, nous nous assîmes sur un banc de bois.

Le vin me faisait tourner la tête et je me demandai comment j'avais pu boire autant. Lorsque je dis à Charlotte que je n'en désirais plus, elle insista pour me resservir.

– C'est mon meilleur. Je l'ai rapporté de France.

Par politesse, je le bus et fus saisi de torpeur. Une image floue des frères ivres me vint à l'esprit et, désireux de me reprendre, je me levai, attrapai le rebord de la balustrade et jetai un regard dans la cour. On aurait dit que la nuit était remplie de personnes sombres, des esclaves, peut-être. Une créature bien faite, à la peau plutôt claire, m'adressa un sourire en passant. Comme dans un rêve, j'entendis Charlotte parler.

– Eh bien, mon beau Petyr, qu'avez-vous de plus à me dire?

Quelles étranges paroles entre un père et sa fille, songeai-je. Car elle sait sûrement. Je me tournai vers elle et réitérai mes mises en garde. Ne comprenait-elle pas que cet esprit n'était pas ordinaire? Que cette chose qui pouvait prendre possession de son beau-père et le faire mouvoir selon sa volonté tirait d'elle sa force et qu'elle devait chercher à comprendre ce qu'étaient les esprits? Mais elle me fit taire.

A cet instant se déroula devant moi le spectacle le plus curieux qui fût : par la fenêtre de la salle à manger illuminée, je vis que les esclaves, dans leurs vêtements de satin bleu brillant, semblaient danser comme des lutins en nettoyant et en balayant la pièce.

– Quelle drôle d'illusion! dis-je.

Regardant à nouveau Charlotte, je m'aperçus qu'elle avait libéré ses cheveux, qui tombaient maintenant en cascade sur ses épaules, et qu'elle m'examinait froidement de ses yeux magnifiques. J'eus aussi l'impression qu'elle avait tiré sur le bas de ses manches, à la façon d'une tenancière de taverne, pour découvrir ses ravissantes épaules blanches et la naissance de sa poitrine. Qu'un père regarde sa fille de la façon dont je regardais la mienne était parfaitement ignoble.

– Vous croyez tout savoir, reprit-elle.

Dans ma confusion, j'avais perdu le fil de la conversation.

– Vous êtes semblable à un prêtre, m'a dit ma mère. Vous ne connaissez que règlements et idées. Qui vous dit que les esprits sont mauvais?

– Vous vous méprenez. Je n'ai pas dit mauvais mais dangereux. Ils sont hostiles à l'homme et impossibles à dominer. Je ne dis pas diaboliques mais inconnus.

Je reportai mes yeux sur le ballet des esclaves. Ils tournoyaient dans la pièce, sautillant, apparaissant aux fenêtres et disparaissant à nouveau. Je clignai des yeux pour fixer ma pensée.

– Et qu'est-ce qui vous fait penser que je ne connais pas intimement cet esprit? demanda-t-elle. Et que je ne suis pas capable de le dominer? Pensez-vous réellement que ma mère était incapable de le faire? Ne voyez-vous pas qu'il y a eu une progression entre Suzanne et Deborah puis entre Deborah et moi?

– Si, c'est vrai. J'ai bien vu l'homme, non? dis-je.

Mais je perdais le fil de ma pensée. Je ne parvenais pas à formuler correctement mon opinion. Et le souvenir du vieil homme entravait ma logique. J'avais envie de vin mais me refusais à en boire.

– Oui, dit-elle, me prenant le verre des mains. Ma mère ne savait pas qu'on pouvait envoyer Lasher à quelqu'un. Mais un prêtre aurait pu lui apprendre que les démons possèdent en permanence les humains, sans résultat, cependant.

– Qu'entendez-vous par sans résultat?

– Ils doivent renoncer. Ils ne peuvent devenir cette personne, même s'ils y sont fermement résolus. Ah! si seulement Lasher pouvait devenir le vieil homme...

Je fus horrifié, ce qui la fit sourire. Elle me pria de m'asseoir à côté d'elle.

– Exprimez le fond de votre pensée, me pressa-t-elle.

– Vous devez renoncer à cet esprit, vous en séparer, ne pas fonder votre vie sur son pouvoir car vous ne pourrez rien lui enseigner de plus. Il ne savait pas qu'il pouvait s'introduire dans un être humain avant que vous ne le lui enseigniez, est-ce que je me trompe?

Elle refusait de répondre.

– Ainsi, vous lui enseignez comment être un meilleur démon afin qu'il serve mieux vos intérêts! poursuivis-je. Qu'allez-vous encore lui apprendre, à cette chose qui peut entrer dans un être humain, provoquer des tempêtes, se transformer en joli fantôme dans un champ?

– Qu'entendez-vous par fantôme? demanda-t-elle.

Je lui racontai ce que j'avais vu à Donnelaith, la silhouette fantomatique au milieu des vieilles pierres, et que je savais que ce n'était pas un être de chair et de sang. Je m'aperçus que, de tout ce que je lui avais dit jusque-là, c'était ce qui retenait le plus son attention.

– Vous l'avez vu?

– Oui, et j'ai aussi vu votre mère le voir.

Elle murmura :

– Il ne m'est jamais apparu sous cette forme, à moi! Vous comprenez l'erreur de Suzanne, la simple d'esprit, alors! Elle croyait qu'il était le diable, comme on l'appelait à l'époque. C'était ce qu'il était pour elle.

– Mais son aspect physique n'avait rien de monstrueux. C'était même un bel homme.

Elle eut un rire malveillant et ses yeux brillèrent d'une soudaine vitalité.

– Elle s'imaginait que le diable était beau et c'est pourquoi Lasher s'est donné bel aspect pour elle. Vous savez, tout ce qu'il est vient de nous.

– Peut-être, peut-être...

– Et c'est justement cela qui m'intéresse au plus haut point. Il est incapable de rassembler ses pensées. C'est parce que Suzanne l'a appelé qu'il a pu le faire et parce que Deborah l'appelait qu'il a réussi à se concentrer davantage et à provoquer des tempêtes. Et moi je l'ai appelé pour qu'il entre dans le vieil homme. Et il se régale de ce petit jeu. Il nous regarde à travers les yeux du vieux comme s'il était humain et cela lui plaît. J'aime cet être qui peut se transformer et se développer.

– Charlotte, je vous implore...

– Petyr, je vais être franche car vous le méritez. Je ne suis pas une paysanne ou une enfant de l'amour craintive mais une femme née dans la richesse, instruite, et dont les moindres désirs ont toujours été satisfaits. Je suis dans ma vingt-deuxième année, je suis déjà mère et bientôt veuve, peut-être, et je dirige cet endroit. Je le faisais avant que ma mère me confie tous ses secrets et me donne Lasher. Et j'ai l'intention de l'étudier, de l'utiliser et de consolider ma force considérable. Vous ne pouvez que comprendre cela, Petyr Van Abel, car nous sommes de la même espèce, vous et moi. Nous sommes forts l'un et l'autre. Comprenez-vous que j'aime cet esprit? Je l'aime, m'entendez-vous? Car il obéit à ma volonté!

– Il a tué votre mère.

Et je lui rappelai toutes les supercheries des êtres surnaturels que content les légendes et les fables, en concluant par la morale de l'histoire : la raison ne peut comprendre cette chose, qui, elle-même, ne peut être raisonnée.

– Ma mère vous connaissait tel que vous étiez, dit-elle tristement en hochant la tête et en m'offrant un verre de vin que je refusai. Vous, au Talamasca, vous êtes aussi mauvais que les catholiques et les calvinistes, en fin de compte.

– Non. Nous sommes très différents d'eux! Nous tirons nos connaissances de l'observation et de l'expérience. Nous sommes de notre époque et ressemblons aux chirurgiens, aux médecins et aux philosophes et non aux gens de robe!

– Ce qui signifie?

– Ce qui signifie que nous nous instruisons d'après ce que nous observons. Telle est notre méthode. Je vous demande seulement de considérer cette créature et ce qu'elle a fait. Elle a détruit Suzanne et elle a détruit Deborah!

Silence.

– Vous venez de me fournir les moyens de l'examiner mieux. Vous me dites de le considérer comme le ferait un docteur et de renoncer aux incantations et autres procédés similaires.

– C'est pour cela que je suis venu, soupirai-je.

– Vous êtes venu pour de bien meilleures choses encore, dit-elle en m'adressant un sourire des plus charmeurs. Allez, soyons amis! Trinquons ensemble!

– J'aimerais aller me coucher.

Elle rit gaiement.

– Moi aussi, mais plus tard.

Elle me tendit à nouveau mon verre, que je bus par pure courtoisie. Et l'ivresse me regagna.

– C'est le dernier verre, réussis-je à articuler.

– Oh, mon meilleur bordeaux! Il faut le boire, dit-elle en poussant encore le verre vers moi.

– D'accord, d'accord! dis-je en obtempérant.

Comment aurais-je pu savoir ce qui allait se passer, Stefan? Étais-je déjà en train de regarder avec convoitise sa succulente petite bouche et ses adorables bras?

– Oh, mon adorable Charlotte, dis-je. Savez-vous combien je vous aime? Nous avons parlé d'amour mais je ne vous ai pas dit...

– Je sais, murmura-t-elle avec tendresse. Ne vous échauffez pas, Petyr. Je sais.

Elle se leva et me prit par le bras.

– Écoutez..., lui dis-je.

Au-dessous de nous, les lumières dansaient comme des lucioles dans les branches. Les arbres eux-mêmes semblaient se mouvoir et nous observer. Le ciel nocturne formait une voûte au-dessus de nous, ses nuages, éclairés par la lune, étaient plus haut que les étoiles.

– Venez, très cher, dit-elle en m'entraînant à sa suite dans l'escalier.

Mes jambes ne me soutenaient plus. Le vin me faisait tituber, Stefan.

Une musique s'éleva dans les airs, si l'on peut appeler cela une musique car il s'agissait de tambours africains accompagnés d'un cor sinistre et funèbre qui me plaisait et me déplaisait, tout à la fois.

– Laissez-moi partir, Charlotte, dis-je, tandis qu'elle m'entraînait vers les falaises. Je veux aller me coucher.

– C'est ce que vous allez faire.

– Alors pourquoi aller vers ces falaises, ma chère? Avez-vous l'intention de me pousser dans le vide?

Elle se mit à rire.

– Vous êtes si beau, malgré votre bienséance et vos manières hollandaises!

Elle se mit à danser devant moi, ses cheveux flottant dans la brise, silhouette souple se détachant sur l'océan scintillant.

Quelle beauté! Elle était encore plus belle que ma Deborah. Je baissai les yeux et aperçus le verre dans ma main gauche. Elle le remplit à nouveau et j'étais si assoiffé que je le bus comme du petit-lait.

Reprenant mon bras, elle me montra du doigt un chemin escarpé longeant périlleusement le bord de la falaise. Au-delà, j'aperçus un toit, des lumières et ce qui semblait être un mur blanchi à la chaux. Elle mit un bras autour de moi pour m'empêcher de tomber. Je sentais ses seins contre moi et sa joue qui touchait mon épaule.

– Je n'aime pas cette musique, dis-je. Pourquoi la jouent-ils?

– Elle les rend heureux. Les planteurs d'ici ne pensent pas suffisamment au bonheur de leurs esclaves. S'ils le faisaient, ils obtiendraient bien plus d'eux. Venez! De grands plaisirs vous attendent.

– Des plaisirs? Mais je n'en ai nul besoin.

Ma langue était chargée, ma tête tournait et je n'arrivais pas à m'habituer à la musique.

– Comment pouvez-vous dire que vous n'avez pas besoin de plaisirs? se moqua-t-elle. Qui peut affirmer pareille chose?

Nous étions arrivés au petit bâtiment et, à la lueur de la lune, je vis que c'était une maison construite au ras de la falaise. Les points lumineux que j'avais aperçus plus tôt dans la soirée venaient de sa façade. Nous arrivâmes devant une lourde porte qu'elle déverrouilla.

Elle riait toujours lorsque je l'arrêtai.

– Qu'est-ce que c'est? Une prison?

– Votre prison, c'est votre corps, répondit-elle en me poussant à l'intérieur.

Je résistai, avec la ferme intention de ressortir, mais la porte fut fermée et verrouillée de l'extérieur. Je jetai un regard circulaire autour de moi, furieux et troublé.

C'était un spacieux appartement pourvu d'un lit à baldaquin digne du roi d'Angleterre. De chaque côté brûlaient des bougies, et des tapis couvraient le sol carrelé. Le devant de la petite maison était complètement ouvert sur l'extérieur mais je compris vite pourquoi : il donnait sur un balcon suspendu dans le vide au-dessus de la plage et de la mer.

– Je n'ai pas l'intention de passer la nuit ici, dis-je, et si vous ne me procurez pas de voiture, je rentrerai à pied à Port-au-Prince.

– Ayez la bonté de m'expliquer pourquoi vous méprisez les plaisirs, dit-elle doucement en touchant mes vêtements. Vous devez avoir chaud. Tous les Hollandais portent-ils de tels habits?

– Faites arrêter les tambours, je vous prie. Je ne supporte plus ce bruit.

La musique semblait traverser les murs. Je percevais maintenant une légère mélodie plutôt rassurante mais qui ne cessait de s'ancrer en moi contre mon gré.

Je ne sais comment, je me retrouvai bientôt assis sur le bord du lit, Charlotte déboutonnant ma chemise. Sur la table se trouvait un plateau d'argent portant des bouteilles de vin et des verres de la plus belle facture. Charlotte s'en approcha, remplit un verre de bordeaux et me le mit d'office dans la main. Je voulus le jeter au sol mais elle retint mon bras, me regarda droit dans les yeux et dit :

– Petyr, buvez un peu pour mieux dormir. Lorsque vous aurez envie de partir, vous partirez.

– Vous mentez! dis-je.

A cet instant, je sentis des mains, qui n'étaient pas les siennes, se poser sur moi, et des jupes effleurer mes jambes. Deux mulâtresses étaient entrées, par je ne sais quel moyen, toutes deux absolument ravissantes et voluptueuses dans leurs jupes fraîchement repassées et leurs blouses à jabot. Elles se mouvaient avec facilité dans ce brouillard qui obscurcissait tous mes sens. Elles tapotèrent les oreillers, ajustèrent la moustiquaire entourant le lit et m'enlevèrent mes bottes et mon pantalon.

– Charlotte, je n'en veux plus, dis-je, tout en buvant quand même le vin qu'elle portait à ma bouche. (La torpeur m'envahit de nouveau.) Charlotte, que se passe-t-il?

– Je suis certaine que vous n'êtes pas insensible au plaisir, chuchota-t-elle en me caressant les cheveux d'une façon fort troublante. Je suis sérieuse. Écoutez-moi. Vous devez connaître ce qu'est le plaisir avant de décider si, réellement, vous n'en avez pas besoin.

– Je veux m'en aller.

– Non, Petyr. Pas maintenant, dit-elle, comme si elle s'adressait à un enfant.

Elle s'agenouilla à mes pieds, les yeux levés vers moi, sa robe enserrant ses seins à demi nus, de telle sorte que j'avais envie de les libérer.

– Buvez encore un peu, Petyr.

Fermant les yeux, je perdis tout sens de l'équilibre. La mélopée des tambours et du cor devenait de plus en plus lente et mélodieuse. Des lèvres effleurèrent mes joues et ma bouche et lorsque j'ouvris les yeux, inquiet, je vis que les mulâtresses étaient nues et s'offraient à moi.

A quelques pas, telle une image figée, Charlotte se tenait debout, une main posée sur la table. La situation m'échappait complètement. Les bougies vacillaient dans la brise, la musique s'était faite plus forte et je me retrouvai perdu dans la contemplation des deux femmes nues, de leur poitrine plantureuse et de la sombre toison laineuse entre leurs jambes.

L'une d'elles m'embrassa à nouveau, ses cheveux et sa peau très soyeux contre moi, et, cette fois, j'ouvris la bouche.

J'étais un homme perdu, Stefan.

Je fus allongé sur le dos et les deux femmes couvrirent mon corps de baisers. Aucune partie de mon anatomie n'échappait à leur habileté et chaque geste était prolongé d'une façon que mon ivresse rendait d'autant plus exquise. La douceur soyeuse de leur peau me rendait fou.

Je savais que Charlotte nous observait mais cela n'avait plus aucune importance. Embrasser ces deux femmes et leur rendre leurs caresses étaient les seules choses qui comptaient encore pour moi. La potion que j'avais bue visait sans nul doute à m'ôter toute retenue et, en même temps, à prolonger l'état dans lequel ces diablesses m'avaient mis.

La pièce se fit plus sombre et la musique plus apaisante. La fièvre me gagnait, délicieusement, lentement. J'étais complètement consumé de sensations des plus extraordinaires. Une des femmes me montra un long ruban de soie noire puis le posa sur mes yeux tandis que l'autre le nouait derrière ma tête.

Je ne saurais décrire à quel point cet asservissement soudain attisa la flamme qui brûlait en moi ni comment, les yeux bandés, tel Cupidon, je perdis le peu de pudeur qui me restait. Nous roulâmes sur le lit.

Dans cette obscurité excitante, je me mis à cheval sur ma victime.

Une bouche me lécha et des bras puissants m'attirèrent vers le bas contre des seins souples, un ventre et une peau parfumée. Ame perdue, je criai peu après de plaisir. C'est alors qu'on m'ôta le bandeau et qu'en baissant les yeux j'aperçus sous moi, dans la pénombre, le visage de Charlotte, les yeux clos, les lèvres écartées et les joues rouges, dans un état d'extase égal au mien.

Il n'y avait que nous deux dans le lit! La première pensée qui me vint à l'esprit fut : c'est ma fille, ma propre fille! Qu'ai-je fait?

Je la regardai droit dans les yeux et, m'emparant d'elle, je l'attirai vers moi. Allais-je la punir avec des baisers? Comment se pouvait-il que tant de rage et de passion soient mêlées?

Mon désir était tel que j'avais envie de l'écraser à nouveau sous moi. Quand elle rejeta la tête en arrière et soupira, je murmurai : « Ma fille. » Et j'enfouis ma tête entre ses seins nus.

Mais ma passion n'était pas encore satisfaite. Je l'entraînai à travers la pièce car j'avais envie de la prendre dans le sable. Ma rudesse ne l'effrayait pas. Mais elle me ramena sur le lit. Depuis la nuit à Amsterdam, avec Deborah, aucune étreinte ne m'avait apporté une telle délivrance.

– Espèce de sale petite sorcière! dis-je tendrement.

Elle le prit comme un baiser et se mit à se tortiller sous moi, soulevant son bassin pour se coller à moi. J'abaissai mes reins pour la prendre.

Heureux, je retombai sur le côté. J'avais à la fois envie de mourir et de la reprendre.

Avant l'aube, je lui refis deux fois l'amour. J'étais si soûl que j'avais à peine conscience de mes actes, ma seule certitude étant que tout ce que je recherchais chez une femme était là, à ma portée.

Lorsque l'aube se leva, j'étais allongé près d'elle et, comme elle dormait, je pus tout à loisir contempler sa beauté. Je me rappelai amèrement qu'elle s'était jouée de moi mais, à l'observer, j'appris plus en une heure que de toute ma vie comment était faite une femme.

Comme son jeune corps était charmant! Comme ses bras et sa peau fraîche étaient fermes et doux! Je ne voulais pas qu'elle se réveille et m'examine de son regard sage et rusé. J'avais envie d'effacer tout ce qui s'était passé.

Elle finit pas s'éveiller et nous parlâmes un moment, mais je me rappelle mieux ce que j'ai vu que les paroles que nous avons échangées.

Elle ne cessait de remplir mon verre de son poison et m'incitait à boire. Elle semblait triste et très impatiente de connaître mes pensées. Assise nue, auréolée de ses cheveux d'or, telle lady Godiva, elle était intriguée par le fait que j'avais vu Lasher dans le cercle de pierres, à Donnelaith.

Sous l'effet de la potion, je fus transporté en arrière et revis la scène. J'entendis les craquements de la charrette et vis ma précieuse petite Deborah avec, au loin, la sombre silhouette.

– Tu sais, c'est à Deborah qu'il voulait apparaître, m'entendis-je expliquer. Mais que je l'aie vu prouve qu'il peut apparaître à n'importe qui et que, par un moyen quelconque, il peut se donner forme humaine.

– Et comment fait-il?

Une fois encore, je tâchai d'extraire de ma mémoire les enseignements des anciens.

– Si cet esprit est capable de rassembler des pierres précieuses pour toi...

– Ce qu'il fait.

– ... alors il est aussi capable de rassembler de minuscules particules auxquelles il donne une forme humaine.

Instantanément, je me retrouvai à Amsterdam, au lit avec ma Deborah, et me rappelai, exactement comme si elle avait été là, toutes les paroles qu'elle m'avait dites cette nuit-là. Je les dis à ma fille, cette sorcière que je tenais dans mes bras, qui me versait du vin et que j'avais l'intention de prendre des centaines de fois avant de trouver le repos.

– Puisque tu sais que je suis ton père, pourquoi as-tu fait cela ? demandai-je, tout en cherchant à l'embrasser.

– J'ai besoin de ta force, mon père. Je veux un enfant de toi. Un fils qui n'héritera pas de la maladie d'Antoine ou une fille qui verra Lasher. Car Lasher ne se montre pas aux hommes.

Elle réfléchit un moment puis ajouta :

– De plus, tu n'es pas un homme ordinaire pour moi. Tu es lié à moi par le sang.

Ainsi, elle avait tout manigancé.

– Mais il y a plus encore, reprit-elle. Sais-tu ce que j'éprouve à être dans les bras d'un homme, un vrai ? A sentir sur moi un homme digne de ce nom ? Et qu'importe que ce soit mon père si mon père est l'homme le plus séduisant que j'aie jamais vu ?

Je dus répandre des larmes car je me rappelle qu'elle me consola. Elle s'agrippa à moi comme une enfant, lovée contre moi, et dit que nous étions les seuls, mis à part Deborah, à savoir certaines choses et que Deborah était morte. Puis elle pleura. Pour sa mère.

– Lorsqu'il est venu me dire qu'elle était morte, j'ai pleuré toutes les larmes de mon corps. Tout le monde venait frapper à la porte de ma chambre pour me faire sortir. Jusque-là, j'ignorais tout de lui. Ma mère m'avait simplement dit : « Mets le collier d'émeraude et sa lumière le mènera à toi. » Mais il n'avait pas besoin de cela puisque, quand il est venu, je n'avais pas encore mis le collier. J'étais allongée sur mon lit, seule dans le noir. Je ne croyais pas à son existence. J'avais la poupée aussi. Ma mère me l'avait confiée en me disant qu'elle était faite d'os et de cheveux de Suzanne. C'est Lasher qui lui a apporté les cheveux après qu'on les lui eut coupés en prison. Quant aux os, il les a ramassés sur le bûcher après l'exécution. J'ai fait ce qu'elle m'a dit avec la poupée mais Suzanne n'est pas venue ! Je n'ai rien senti ni rien entendu et j'ai mis en doute les croyances de ma mère. Et puis il est venu. Je l'ai senti venir dans l'obscurité et il m'a caressée.

– Caressée ?

– Oui. Il m'a touchée comme tu l'as fait. J'ai senti des lèvres sur mes seins et sur ma bouche. Il m'a caressée entre les jambes. Je me suis levée en songeant que je rêvais. Que c'était une réminiscence du temps où Antoine était un homme. Mais il était bien là ! Il m'a dit : « Tu n'as pas besoin d'Antoine, ma belle Charlotte. » C'est à ce moment-là que j'ai mis le collier.

– Il t'a dit qu'elle était morte ?

– Oui. Qu'elle était tombée des créneaux de la cathédrale et que tu avais envoyé l'inquisiteur à la mort. Il parle d'une façon très étrange.

– Raconte-moi.

Elle réfléchit.

– Je ne peux pas, dit-elle en soupirant.

Elle fit un gros effort et je vais faire mon possible pour reproduire ses paroles. « Je suis là, Charlotte. Je suis Lasher. L'esprit de Deborah est sorti de son corps. Il ne m'a pas vu. Il a quitté la terre. Les ennemis de Deborah couraient de gauche et de droite, apeurés. Vois-moi, Charlotte. Entends-moi. Car j'existe pour te servir, et pour cela uniquement. » Puis elle a soupiré avant de dire : « Mais il est encore plus étrange quand il me raconte une longue histoire. »

– Comment a-t-il fait pour se trouver près des pierres de Donnelaith? lui demandai-je. C'est là que Suzanne l'a invoqué pour la première fois?

– Il n'était nulle part quand elle l'a invoqué. Il a pris forme à son appel. C'est-à-dire qu'avant cela il n'avait aucune conscience de lui-même. Il l'a eue à partir du moment où c'est elle qui a eu conscience de lui. Et il s'est renforcé quand cette conscience m'a été transmise. C'est compliqué.

– Ce serait donc une sorte de flatterie qui lui donne forme?

– Tu parles de lui comme s'il était dénué de sentiments. C'est une erreur. Je l'ai même entendu pleurer.

– Dans quelles circonstances?

– A cause de la mort de ma mère. Si elle l'avait voulu, il aurait pu détruire tout Montclève. Les innocents, comme les coupables, auraient été châtiés. Mais ce n'était pas le propos de ma mère. Quand elle s'est jetée du haut de la cathédrale elle ne cherchait que son propre repos. Si elle avait été plus forte...

– Toi, tu es plus forte.

– Utiliser les pouvoirs de Lasher pour détruire ne vaut rien.

– Je reconnais là ta sagesse.

– Crois-tu que je pourrais te laisser quitter cet endroit avec tout ce que tu sais de lui et de moi?

– Ainsi, tu as l'intention de me tuer?

Elle se mit à pleurer, la tête enfouie dans l'oreiller.

– Reste avec moi, dit-elle. Ma mère te l'a demandé autrefois et tu as refusé. Reste avec moi. Avec toi j'aurai des enfants forts.

– Je suis ton père. Tu es folle de me demander pareille chose!

– Qu'importe! Nous sommes entourés d'obscurité et de mystère.

Sa voix m'emplit de tristesse.

Je me réveillai avant l'aube. Le ciel du matin était plein de grands nuages teintés de rose et le grondement de la mer était musique à mes oreilles. Charlotte avait disparu. La porte donnant sur le monde extérieur était close et je savais d'avance qu'elle était verrouillée. Les petites ouvertures percées dans les murs étaient si étroites que même un enfant n'aurait pu y passer. L'air frais de l'océan pénétrait dans la pièce par les fentes des jalousies.

Je considérai la lumière brillante. Bien que souillé irrémédiablement, j'aurais donné n'importe quoi pour être à Amsterdam. Alors que j'essayais de me lever, la tête et le ventre malades, je perçus une forme fantomatique à gauche des portes, dans un recoin sombre de la pièce.

Je la considérai longuement. Était-ce le produit de mon imagination embrumée ou un jeu d'ombres et de lumières? Non, c'était bel et bien un homme, grand, aux cheveux foncés, qui m'observait et semblait désireux de parler.

– Lasher, murmurai-je.

– Vous êtes fou d'être venu ici, dit-il. (Mais ses lèvres ne bougeaient pas et ce n'était pas par mes oreilles que je l'entendais.) Vous êtes fou d'avoir voulu une nouvelle fois vous interposer entre moi et la sorcière que j'aime.

– Qu'avez-vous fait à ma douce Deborah?

– Vous savez mais vous ne savez pas.

Je me mis à rire.

– Aurais-je l'honneur d'avoir été jugé par vous? (Je me redressai pour m'asseoir.) Montrez-vous mieux!

Sous mes yeux ébahis, la forme humaine se fit plus dense et vivante. Elle avait un nez fin, des yeux sombres et portait les mêmes habits que des années plus tôt en Écosse : un pourpoint en cuir, une culotte grossièrement taillée et une chemise simple à manches bouffantes.

– Qui êtes-vous, esprit? l'interrogeai-je. Dites-moi votre véritable nom. Pas celui que Deborah vous a attribué.

Une terrible expression amère parcourut son visage. Non, c'était plutôt que l'illusion avait commencé à se décomposer. L'air était rempli de lamentations, d'un horrible cri muet. La chose s'évanouit.

– Reviens! criai-je. Ou, si tu aimes Charlotte, va-t'en! Retourne dans le chaos d'où tu viens et laisse ma Charlotte en paix!

Je jurerais avoir entendu la créature me dire : « Je suis patient, Petyr Van Abel. Je vois très loin. Je boirai le vin et mangerai la chair et connaîtrai la chaleur de la femme quand tu ne seras plus. »

– Reviens! Explique-moi tout cela! Je t'ai vu, Lasher, aussi distinctement que la sorcière t'a vu. Et je peux te rendre fort.

Seul le silence me répondit. Ma tête retomba sur l'oreiller. C'était l'esprit le plus fort que j'eusse jamais vu. Aucun fantôme n'était plus fort ni plus visible. Et les paroles qu'il avait prononcées n'étaient pas le fait de la volonté de la sorcière.

Si seulement j'avais eu mes livres!

Je revis à nouveau en pensée le cercle de pierres de Donnelaith. Ce n'est pas sans raison que l'esprit est venu de cet endroit. Il ne s'agit pas d'un démon ordinaire et familier, d'un Ariel obéissant à la baguette magique de Prospero. Je me sentais si fiévreux que je repris du vin pour atténuer ma douleur.

Voici donc, Stefan, quelle fut ma première journée de captivité et de détresse.

Je commençais à bien connaître la petite maison et la falaise dont ne partait aucun sentier en direction de la plage. Même si j'avais eu un cordage pour l'attacher à la balustrade, je n'aurais jamais pu descendre jusqu'en bas.

Mais poursuivons ce récit.

Vers midi environ, Charlotte revint. Lorsque je vis les mulâtresses qui l'accompagnaient, je sus qu'elles n'étaient pas le fruit de mon imagination. Je les regardai en silence tandis qu'elles disposaient des fleurs fraîches dans la pièce. Elles avaient lavé et repassé ma chemise et apporté des vêtements légers adaptés au climat de cette contrée. Deux esclaves musclés étaient là pour m'empêcher de sortir pendant qu'elles tiraient un grand tub sur le sable. Elles le remplirent d'eau très chaude et m'avertirent que je pouvais prendre un bain au moment qu'il me plairait.

Je décidai de le prendre tout de suite, espérant me purifier de mes péchés, probablement. Une fois lavé et habillé de propre, ma barbe et ma moustache soignées, je m'assis et mangeai sans accorder un regard à Charlotte, restée seule avec moi.

Enfin, écartant mon assiette, je lui dis :

– Combien de temps comptes-tu me garder ici?

– Jusqu'à ce que j'aie conçu un enfant de toi. Je le saurai bientôt.

– Je ne te donnerai pas une seconde chance.

Mais à peine avais-je dit cela que je ressentis le désir de la veille. Comme dans un rêve, je m'imaginai en train de lui arracher sa robe et de libérer ses seins de leur gangue.

Elle savait. C'était évident. Elle s'assit sur mes genoux et me regarda dans les yeux.

– Arrache ma robe, si tel est ton désir. Tu ne peux pas sortir d'ici, alors profite de ta réclusion forcée.

Je tendis les mains vers sa gorge et, immédiatement, je fus projeté au sol. Mais ce n'était pas elle qui l'avait fait, elle s'était juste un peu écartée pour m'échapper.

– Ainsi, il est là! dis-je dans un soupir.

Il n'était pas visible mais je sentais sa présence juste au-dessus de moi.

– Prends ta forme humaine, comme ce matin! ordonnai-je. Parle-moi comme ce matin, espèce de lâche!

Toutes les pièces d'argenterie se mirent à trembler. Une grande ondulation parcourut la moustiquaire. Je partis d'un grand éclat de rire.

– Stupide petit démon! m'exlamai-je en me relevant et en époussetant mes vêtements.

La chose me frappa à nouveau mais j'attrapai la chaise par son dossier.

– Sale petit démon! Espèce de lâche, m'écriai-je encore.

Elle regardait la scène avec étonnement. Je ne saurais dire si l'expression de son visage reflétait de la suspicion ou de la peur. Puis elle marmonna quelque chose et je vis la moustiquaire de la fenêtre remuer. Il était parti. Nous étions seuls.

– Ne le défie plus jamais! me jeta-t-elle d'un air apeuré, les lèvres tremblantes. Je ne lui ai pas demandé de s'en prendre à toi.

– Ah oui? La puissante sorcière serait-elle incapable de le retenir?

Elle semblait perdue, accrochée au pilier du lit, la tête inclinée. Comme elle était attirante! Elle n'avait pas besoin d'être une sorcière pour ensorceler!

– Tu me veux, dit-elle doucement. Prends-moi et je te dirai quelque chose qui t'échauffera plus que n'importe quelle drogue.

– Mais encore?

– Je te veux, dit-elle. Je te trouve beau. Quand je suis allongée près d'Antoine, c'est toi que je désire.

– Dommage pour toi, ma fille, dis-je froidement.

Mais c'était un mensonge.

Elle se tut un moment puis vint vers moi et recommença son œuvre de séduction. Elle m'embrassa doucement, à la façon d'une fille aimante, puis commença à passer une main habile sur mon corps, ses baisers se faisant plus ardents. Je me sentis gagné par la même fièvre que les autres fois.

Mais, de rage, je luttai contre elle.

– Cela plaît-il à ton esprit? demandai-je en jetant un regard autour de nous. Apprécie-t-il que tu me laisses te toucher alors qu'il peut le faire?

– Ne le défie pas, dit-elle avec effroi.

– Il a beau te toucher, te caresser et t'embrasser, il ne peut te faire un enfant, n'est-ce pas? Il n'a rien de ces incubes capables de voler la semence des hommes endormis. C'est pourquoi il tolère que je vive jusqu'à ce que tu portes un enfant de moi.

– Il ne te fera aucun mal, Petyr. Je ne le laisserai pas faire. Je le lui ai interdit!

– N'oublie pas qu'il sait lire dans tes pensées, ma fille. Et qu'il peut prétendre obéir à tes ordres tout en faisant ce qu'il veut. Il est venu me voir ce matin et il s'est moqué de moi.

– Ne me mens pas, Petyr.

– Je ne mens jamais, Charlotte. Il est venu.

Et je lui décrivis son apparition et les paroles qu'il avait prononcées.

– Qu'est-ce que cela signifie à ton avis, ma mignonne? Tu penses toujours qu'il n'a pas de volonté propre? Tu es folle, Charlotte. Tu peux lui mentir à lui, mais pas à moi.

Je me mis à rire et, lisant du chagrin dans ses yeux, je ris de plus belle.

– J'aimerais bien vous voir ensemble, ton démon et toi, poursuivis-je. Allonge-toi et appelle-le, maintenant.

Elle me frappa, ce qui me fit rire encore plus fort. Son geste m'avait excité. Soudain, elle me gifla encore et encore et j'obtins ce que je recherchais : fou de désir, je la pris par les poignets et la plaquai sur le lit. Je lui arrachai sa robe et les rubans retenant ses cheveux. Elle fit de même avec les beaux vêtements que les servantes m'avaient mis et nos ébats furent plus ardents que jamais.

Nous fîmes l'amour trois fois. Alors que j'étais à demi endormi, elle me quitta en silence et je me retrouvai avec le grondement de la mer pour seule compagnie.

En fin d'après-midi, j'abandonnai l'idée de m'enfuir. J'avais tenté en vain d'enfoncer la porte à l'aide d'une chaise, de contourner le mur extérieur en passant par le balcon, de me glisser dans l'étroite ouverture des fenêtres. Rien à faire! L'endroit était une véritable prison. J'avais même essayé de monter sur le toit mais cette éventualité avait également été prévue.

Tandis qu'à l'horizon le soleil plongeait dans la mer, je m'assis près de la balustrade en buvant du vin et contemplai le bleu sombre des vagues qui se brisaient en écume sur la plage.

Durant toute ma captivité, pas une âme ne passa sur la plage. Je pense que la seule voie d'accès était la mer. De toute façon, celui qui s'y serait aventuré était condamné à mourir car, comme je l'ai déjà dit, il n'y avait aucun moyen d'escalader la falaise.

Mais la vue était magnifique. De plus en plus enivré par le vin, j'avais les yeux rivés sur les couleurs de la mer et sur la métamorphose de la lumière.

Je pris la résolution de ne plus jamais toucher Charlotte, même si elle me provoquait, de sorte que, me jugeant inutile, elle me laissât partir. Mais je soupçonnais fort qu'elle voudrait alors me tuer, ou que l'esprit s'en chargerait car je ne doutais pas qu'elle ne saurait l'empêcher.

J'ignore à quel moment je m'endormis et l'heure qu'il était lorsque je m'éveillai. Charlotte était là, assise près de la bougie. Je me levai pour me servir un verre de vin car je ne pouvais plus m'en passer. A peine avais-je bu que j'étais à nouveau tiraillé par la soif.

En la voyant, mes sens s'étaient à nouveau éveillés. Incapable de lui résister, j'avais encore envie d'elle. Je n'oublierai jamais l'expression de son visage quand elle me regarda.

J'allai vers elle tandis qu'elle venait vers moi et ce geste de tendresse était pour nous deux une humiliation.

Quand nous eûmes terminé, nous nous assîmes tranquillement et elle commença à me parler.

– Je suis au-dessus des lois, dit-elle. Les hommes et les femmes n'ont pas que des faiblesses. Certains d'entre nous ont aussi des vertus. Et la mienne est la force. Je dirige ceux qui m'entourent. C'est ce que je fais avec mon mari depuis notre première rencontre. Et je dirige cette exploitation avec une telle habileté que les autres planteurs s'en sont aperçus et viennent me demander des conseils. On peut même dire que je dirige toute la commune car j'en suis le plus riche planteur. Et je pourrais diriger toute la colonie si je le voulais. J'ai toujours eu cette force et je sais que tu l'as aussi. C'est elle qui te permet de défier toutes les autorités civiles et religieuses, d'aller dans les villages et les villes avec tous tes mensonges et de croire en ce que tu fais. Tu as soumis toutes les autorités sauf une, le Tamalasca, et encore ne lui es-tu pas entièrement inféodé.

Je n'y avais jamais pensé, mais elle avait raison. Je me gardai bien de le lui dire. Je bus en regardant l'océan. La lune s'était levée et traçait des sillons de lumière à la surface de l'eau. Je songeai que j'avais passé si peu de temps dans ma vie à contempler la mer.

Elle continuait à me parler.

– Je suis venue ici car c'est le seul endroit où je peux utiliser à plein ma force. Et j'ai l'intention d'avoir beaucoup d'enfants avant qu'Antoine ne meure. Si tu restes ici comme mon amant, il n'y a rien que tu ne pourras obtenir.

– Ne dis pas de bêtises! Tu sais que c'est impossible.

– Réfléchis. Tu es un bon observateur. Alors, qu'as-tu appris en observant ce qui se passe ici? Je te ferai construire une maison sur mes terres, avec une bibliothèque de la dimension qu'il te plaira. Tu pourras recevoir tes amis d'Europe. Tu auras tout ce que tu désires.

– J'ai besoin de plus que ce que tu m'offres, même si je parvenais à accepter le fait que tu es ma fille et que nous sommes en dehors des lois de la nature, pour ainsi dire.

– Quelles lois?

– Laisse-moi finir. J'ai besoin de plus que les plaisirs de la chair, de la beauté de la mer et de tous ceux de mes vœux que tu pourrais exaucer. J'ai besoin de plus que de l'argent.

– Pourquoi?

– Parce que j'ai peur de la mort. Je ne crois en rien et, par conséquent, comme beaucoup de ceux qui ne croient en rien, je dois faire quelque chose. Et ce quelque chose, c'est le sens que je donne à ma vie. Sauver les sorcières, étudier le surnaturel, voilà mes plaisirs. Ils me font oublier que j'ignore pourquoi nous sommes nés, pourquoi nous mourons et pourquoi le monde est monde. Si mon père n'était pas mort, j'aurais été chirurgien. J'aurais étudié les mécanismes du corps et, comme lui, j'aurais fait de magnifiques dessins d'anatomie. Et si le Talamasca ne m'avait pas trouvé après la mort de mon père, j'aurais peut-être été peintre. Mais ces métiers me sont maintenant interdits. Je n'ai aucune pratique et, de toute façon, c'est trop tard. Je dois donc retourner en Europe pour faire ce que j'ai toujours fait. Je n'ai pas le choix. Je deviendrais fou dans ce lieu sauvage. Et j'en viendrais à te haïr plus encore que maintenant.

Ma tirade l'intriguait. Son visage prit une expression pathétique et jamais mon cœur ne battit plus fort pour elle qu'en cet instant.

– Parle-moi, dit-elle. Raconte-moi ta vie.

– Certainement pas!

– Pourquoi?

– Parce que tu veux me la prendre. Tu me retiens contre mon gré.

Elle réfléchit en silence. Ses yeux tristes étaient magnifiques.

– N'es-tu pas venu pour me prendre sous ton emprise et me dicter ma conduite?

Je souris. Elle avait vu juste.

– D'accord, ma fille. Je vais te dire tout ce que je sais.

A ce moment précis, en mon second jour d'emprisonnement, tout bascula. Mais je l'ignorais encore.

Car ensuite je ne luttai plus contre elle, contre mon amour pour elle ni contre le désir que j'avais d'elle.

Nous discutâmes pendant des heures, moi enivré, elle toujours sobre, et je lui racontai toute l'histoire de ma vie afin qu'elle l'examine et que nous parlions de ce que je connaissais du monde.

De ce jour à celui de mon évasion, ma vie se résuma à boire, faire l'amour, discuter avec Charlotte et contempler la mer en rêvant.

Chaque jour, les servantes venaient m'habiller de beaux vêtements que Charlotte avait fait tailler pour moi. Quand elles venaient me couper les ongles et entretenir mes cheveux, je me laissais faire avec indifférence.

Je n'y trouvai rien à redire jusqu'au jour où Charlotte me révéla qu'elle avait confectionné une poupée avec la chemise que je portais le jour de mon arrivée, avec les rognures de mes ongles coupés et avec mes cheveux.

J'étais abasourdi et nul doute que c'était l'effet recherché car je n'eus aucune réaction quand elle entailla un de mes doigts avec son couteau et fit couler mon sang sur le corps de sa poupée. Elle s'arrêta lorsque l'objet ne fut plus qu'un petit corps entièrement rougi et couronné de cheveux blonds.

– Que comptes-tu faire avec cette horreur? demandai-je.

– Tu le sais très bien.

– Alors je suis condamné à mort, n'est-ce pas?

– Petyr, dit-elle d'un ton implorant, les larmes lui venant aux yeux, des années peuvent s'écouler avant que tu ne meures mais cette poupée me donne du pouvoir.

Je restai muet. Après son départ, je m'emparai du rhum, que l'on me fournissait toujours en abondance, et m'abreuvai jusqu'à l'ivresse complète.

Au milieu de la nuit, l'incident de la poupée me plongea dans un sentiment de profonde horreur. Je m'assis au bureau, pris une plume et écrivis tout ce que je savais des démons. Cette fois, mon dessein n'était plus de mettre Charlotte en garde mais de la guider du mieux que je pouvais.

J'estimais qu'elle devait savoir que toutes ces croyances avaient une certaine cohérence car nous savons que les démons sont d'autant plus forts que nous croyons en eux. C'est ainsi qu'ils sont susceptibles de devenir des dieux aux yeux de ceux qui les invoquent et qu'une fois leurs adorateurs conquis ils retournent dans le chaos d'où ils sont venus ou deviennent des entités mineures répondant à l'appel occasionnel du magicien.

Je ne cessai d'écrire sur le pouvoir des démons. J'évoquai qu'ils pouvaient créer des illusions, entrer dans des corps humains, faire bouger des objets, nous apparaître sous forme humaine, bien que nous ignorions comment ils s'y prennent.

Quant à Lasher, ma conviction était qu'il était constitué de matière dont les particules étaient réunies grâce à son pouvoir mais pour une courte durée seulement.

J'entrepris ensuite la description de la façon dont le démon m'était apparu, des paroles singulières qu'il m'avaient dites et du fruit de mes réflexions à ce sujet. J'avertis Charlotte de ce que cette créature pouvait être le fantôme vengeur d'une personne morte depuis longtemps car tous les anciens croyaient que les esprits des gens décédés jeunes ou de mort violente pouvaient se transformer en démons vengeurs tandis que les esprits des bonnes gens quittaient ce monde.

Je ne me rappelle plus tout ce que j'ai écrit encore car j'étais complètement abruti par l'alcool, et qui sait si les pages que je lui remis le lendemain n'étaient peut-être rien de plus qu'un gribouillage pitoyable? En tout cas, j'ai essayé de coucher le plus de choses possible sur le papier. Elle prétendit que je lui avais déjà parlé de tout cela.

Quant aux paroles de Lasher ce matin-là et à son étrange prédiction, elles la firent sourire. Chaque fois que je l'évoquais, elle me disait qu'il ne faisait que reproduire des fragments de nos conversations et que son discours n'avait aucun sens.

– Ce n'est que partiellement vrai, rétorquai-je. Il n'a pas l'habitude du langage mais il pense. C'est là que tu te trompes.

A mesure que les jours défilaient, je m'adonnais de plus en plus au rhum et au sommeil. Je n'ouvrais les yeux que pour voir si elle était là.

Chaque fois que je constatais son absence, fou de rage, prêt à la frapper, elle apparaissait. Magnifique, complaisante, douce entre mes bras, la poésie faite femme, avec ce visage que j'aurais peint si j'avais été un Rembrandt, elle m'entraînait au fin fond de son enfer.

Je n'étais jamais rassasié. A mes moments perdus, je rampais hors du lit pour me plonger dans la contemplation de l'océan ou de la pluie.

La solitude, la chaleur, le chant des oiseaux au loin et l'air frais des vagues venant mourir sur la plage nourrissaient mes pensées.

Dans ma geôle, j'eus le temps de comprendre tout ce que j'avais perdu dans la vie mais l'exprimer me remplirait de tristesse. Par moments, je m'imaginais être Lear, le roi fou d'une contrée sauvage, sur la lande, mettant des fleurs dans ses cheveux.

Un après-midi enfin, à la tombée du jour, réveillé par l'arôme alléchant d'un dîner chaud, je compris que je m'étais soûlé pendant une journée complète et qu'elle n'était pas venue.

Je dévorai mon dîner, l'alcool aiguisant mon appétit, je m'habillai de frais et m'assis pour réfléchir à ce que j'étais devenu et calculer depuis combien de temps j'étais là. Cela devait faire douze jours.

Je décidai que, quitte à déprimer complètement, je ne boirais plus une goutte d'alcool et que soit Charlotte me libérerait, soit je deviendrais fou.

Dégoûté de la faiblesse dont j'avais fait preuve jusque-là, j'enfilai mes bottes pour la première fois depuis ma captivité et le nouveau manteau que Charlotte m'avait apporté depuis un moment déjà. J'allai au balcon et me penchai pour contempler la mer une fois de plus. J'étais persuadé que ma geôlière préférerait me tuer que de me rendre ma liberté. Mais je n'en pouvais plus, il fallait que je sache.

Des heures passèrent, pendant lesquelles je restai absolument sobre. Puis Charlotte arriva. Elle était exténuée de sa longue journée à cheval pour surveiller la plantation et, lorsqu'elle vit que j'étais habillé, bottes et manteau compris, elle s'écroula sur une chaise et fondit en larmes.

Je ne dis rien car c'était à elle de décider si je pouvais partir ou non. Puis elle dit :

– J'attends un enfant.

Je ne répondis rien. Mais je savais que c'était la raison de sa longue absence.

Finalement, la voyant ainsi prostrée, la tête basse, je dis :

– Charlotte, laisse-moi partir !

Elle voulut alors me faire jurer que je quitterais l'île immédiatement et que je ne dévoilerais à personne ce que je savais d'elle, de sa mère et de ce qui s'était passé entre nous.

– Charlotte, dis-je, je vais retourner à Amsterdam par le premier bateau hollandais que je trouverai au port et tu ne me reverras jamais plus.

– Il faut me jurer que tu ne diras rien à personne, pas même à tes frères du Talamasca.

– Ils savent. Et je leur raconterai tout ce qu'ils ne savent pas encore. Ils sont mon père et ma mère.

– Petyr, tu n'as même pas le bon sens de me mentir. (Elle essuya ses larmes.) Je lui ai fait jurer de ne jamais te faire de mal. Il sait que s'il me désobéit je lui retirerai mon amour et ma confiance.

– Tu as fait un pacte avec le vent.

– Petyr, donne-moi ta promesse ! Donne-la-moi pour qu'il t'entende lui-même.

Je réfléchis un instant, impatient que j'étais d'être libre, de vivre, et de croire que les deux étaient possibles.

– Charlotte, je ne te ferai jamais de mal. Mes frères et mes sœurs du Talamasca ne sont ni des prêtres, ni des juges, ni des sorciers. Ce qu'ils savent de toi est secret au vrai sens du terme.

– Encore une fois, Petyr, encore une fois. De tout ton cœur, dit-elle d'une voix triste et impatiente. Après, tu me quitteras pour toujours et je ne verrai plus jamais tes yeux. Je ne verrai plus que ceux de notre enfant.

Je me mis à l'embrasser avec fougue, certain qu'elle me disait la vérité. J'étais certain qu'elle m'aimait, que, pendant cette dernière heure d'amour, nous étions au-dessus des lois, comme elle l'avait dit, et que l'amour qui nous unissait dépassait l'entendement.

Lorsque je me rhabillai, elle enfouit son visage dans l'oreiller et se mit à pleurer. Arrivé à la porte, je m'aperçus qu'elle n'était pas verrouillée et je me demandai si cela avait été le cas lors de ses précédentes visites.

Peu importait ! Ce que je voulais, c'était sortir de là, si l'odieux esprit ne m'en empêchait pas, ne pas regarder en arrière, ne pas dire un mot, ne pas chercher l'odeur de son corps ni penser au doux toucher de ses lèvres ou de sa main.

C'est pourquoi je ne lui demandai ni cheval ni voiture pour me ramener en ville.

Le trajet de l'aller avait pris une heure et je calculai que, puisqu'il n'était pas encore minuit, j'aurais regagné la ville avant l'aube. Oh, Stefan, heureusement que j'ignorais ce qui m'attendait! Aurais-je eu le courage, sinon, de me mettre en route.

Je m'interromps ici pour le moment. Cela fait douze heures que j'écris, il est près de midi et la créature est proche.

Je t'aime, mon cher ami, et je n'espère pas ton pardon. Conserve mes écrits car cette histoire n'est pas achevée et se poursuivra encore pendant des générations. Je le tiens de la bouche même de l'esprit.

Cordialement vôtre.
Petyr Van Abel
Port-au-Prince

Seize

LE DOSSIER DES SORCIÈRES MAYFAIR
PARTIE IV

Stefan,

Après m'être un peu rafraîchi, je reprends mon récit où je l'ai laissé. L'esprit est là. Il y a un instant, il s'est rendu visible à un pas de moi, sous son aspect humain, comme il en a coutume. Il a éteint ma bougie, bien qu'il n'ait pas le souffle humain nécessaire pour le faire.

J'ai dû descendre chercher du feu. A mon retour, mes fenêtres étaient ouvertes et battaient au vent. Je les ai refermées. Mon encre était renversée mais j'en avais en réserve. Les couvertures avaient été arrachées du lit et mes livres étaient éparpillés.

Dieu merci, mon coffret est en route vers toi. Je n'en dirai pas plus au cas où la chose saurait lire.

Elle émet un son semblable à des ailes qui battent, puis elle rit. Je me demande si Charlotte dort, dans sa chambre de Maye Faire. Si c'est le cas, c'est pourquoi l'esprit me harcèle.

Mais laisse-moi te relater, aussi vite que possible, les événements de la nuit dernière.

Je me mis en marche sur la route. La lune était haute et le sentier sinueux ouvert devant moi. Je marchais vite bien qu'étourdi par ma liberté retrouvée et étonné que l'esprit ne se soit pas interposé. J'humais l'air frais autour de moi, certain d'arriver à Port-au-Prince avant le lever du soleil.

Je suis vivant, me disais-je. Je suis sorti de ma prison et je vivrai peut-être assez longtemps pour regagner la maison mère!

Mais mon esprit était obnubilé par Charlotte et son pouvoir d'envoûtement sur moi. Je me la rappelais allongée sur le lit où je l'avais laissée. Je m'en voulais d'avoir abandonné tant de beauté et de sensualité car je l'aimais réellement, follement! L'idée que dans quelques heures je serais définitivement séparé d'elle m'était insupportable.

Je marchai et marchai. De temps à autre, j'apercevais une lueur au-dessus des champs obscurs de chaque côté du chemin. Une fois, un cavalier passa, comme pressé d'accomplir une mission importante. Il ne me vit même pas. Avec la lune et les étoiles pour seuls témoins, je réfléchissais à la lettre que j'allais t'écrire et à la façon dont je te décrirais les événements.

Cela faisait peut-être trois quarts d'heure que je marchais lorsque j'aperçus un homme au loin. Il était immobile et semblait me regarder approcher. Le plus curieux était que c'était un Hollandais. Je le reconnus à son immense chapeau noir.

Cela me fit penser que j'avais perdu le mien. Je le portais en arrivant à Maye Faire mais ne l'avais pas récupéré après que les esclaves me l'eurent pris avant le dîner du premier soir.

Je me demandai qui était ce Hollandais debout sur le bas-côté de la route à me regarder. C'était une forme sombre à la barbe et aux cheveux blonds.

Je ralentis car, curieusement, il ne bougeait pas. Et plus j'avançais plus je le trouvais étrange. Je me ressaisis en songeant que ce n'était après tout qu'un homme et que je n'avais aucune raison d'être sur la défensive.

Mais au même instant, je fus assez près pour voir son visage : c'était mon double! Immédiatement, il bondit vers moi et s'arrêta à un pas. Ma propre voix sortit de ses lèvres.

– Petyr, tu as oublié ton chapeau! s'exclama-t-il en partant d'un rire terrible.

Je tombai à la renverse sur la route, mon cœur battant à tout rompre dans ma poitrine. Il se pencha sur moi, tel un vautour.

– Mais ramasse ton chapeau, Petyr! Il est tombé dans la poussière!

– Ne m'approche pas! hurlai-je de terreur.

Me retournant, je rampai sur le côté, à la façon d'un crabe, pour échapper à l'apparition. Puis je me levai et me ruai sur lui comme un taureau mais je ne rencontrai que le vide. Sur la route déserte, il n'y avait que moi et mon chapeau noir écrasé dans la poussière.

Tremblant comme un enfant, je le ramassai et l'époussetai.

– Espèce de sale esprit! Je connais tous tes tours.

– Vraiment? dit une voix.

Celle d'une femme, cette fois. Je fis volte-face et aperçus une fraction de seconde ma Deborah lorsqu'elle était petite fille.

– Ce n'est pas elle! Tu n'es qu'un faiseur venu de l'enfer!

Stefan, cette vision fugitive me traversa le corps comme un coup d'épée. J'avais vu son sourire d'enfant et son œil brillant. Un sanglot monta dans ma gorge.

– Sale esprit! maugréai-je.

Lentement, je parvins à arrêter mes tremblements et à mettre mon chapeau.

Je me remis en marche, mais bien moins vite qu'avant. Partout où je posais les yeux j'avais l'impression de voir un visage ou une silhouette, mais ce n'étaient que des illusions : un bananier se balançant dans la brise, des fleurs rouges géantes somnolant sur leurs tiges, penchées au-dessus des clôtures bordant la route.

Je décidai de regarder droit devant moi. Mais j'entendis alors un bruit de pas derrière moi et le souffle d'un autre homme. Les pas étaient réguliers mais décalés par rapport aux miens. Je décidai de les ignorer mais je sentais le souffle chaud de la créature dans mon cou.

– Va au diable! criai-je en me retournant.

J'aperçus alors au-dessus de moi l'image monstrueuse de moi-même avec à la place de la tête un crâne nu et en flammes.

– Va au diable, te dis-je!

Et je repoussai le monstre de toutes mes forces tandis qu'il s'abattait sur moi, ses flammes me brûlant. Et, alors que je m'attendais à heurter le vide, je sentis une poitrine solide.

Grognant moi-même comme un monstre, je me débattis pour le faire reculer. Dans un souffle chaud, il s'évanouit. Je ne m'étais pas même rendu compte que j'étais tombé par terre.

La nuit s'était assombrie car la lune n'était plus haut dans le ciel et je me demandai combien d'heures il allait me falloir pour atteindre Port-au-Prince.

– D'accord, esprit du mal! Quoi qu'il arrive, je ne croirai plus mes yeux.

Sans hésiter, je me tournai dans la bonne direction et me mis à courir, les yeux baissés, jusqu'à perdre haleine. Finalement, je ralentis et poursuivis mon chemin, les yeux rivés sur la poussière sous mes pieds.

Peu après, j'aperçus à côté de moi des pieds nus en sang. Sachant qu'ils n'étaient pas réels, je n'y prêtai aucune attention.

– J'ai compris ton petit jeu, dis-je. Tu as promis de ne me faire aucun mal et tu tiens ta promesse. Ce que tu veux faire, c'est me rendre fou, n'est-ce pas?

Me rappelant les enseignements des anciens, à savoir que parler à un démon ne faisait que lui donner des forces, je me contentai de prier.

Les pieds et l'odeur de chair brûlée avaient disparu mais, au loin, j'entendis un bruit sinistre de bois que l'on fend à la hache.

Cette fois, ce n'est pas une illusion, songeai-je. La chose était en train de déraciner les arbres pour les mettre en travers de mon chemin.

Je poursuivis ma marche, me préparant à surmonter les obstacles et me rappelant que l'esprit cherchait à me rendre fou et que je ne devais pas tomber dans son piège. Lorsque j'aperçus le pont devant moi, je compris que j'étais presque arrivé à la hauteur de la rivière et que les bruits que j'entendais provenaient du cimetière! La créature était en train de profaner les tombes!

Une terreur sans égale s'empara de moi. Nous avons tous nos propres peurs, Stefan. Un homme peut être capable de percer hardiment les lignes ennemies mais incapable de rester seul dans une pièce à côté d'un cadavre. En ce qui me concerne, les cimetières ont toujours été pour moi un lieu de terreur. Maintenant que j'avais compris ce que l'esprit avait l'intention de faire, et sachant que j'allais devoir traverser le pont et le cimetière, j'étais pétrifié et trempé de sueur. J'étais incapable d'avancer.

Mais rester sur place était pure folie. Je me forçai à bouger et à m'approcher, pas après pas, du pont. C'est alors que je vis le cimetière ravagé et les cercueils arrachés à la terre. Je vis des corps en sortir, poussés comme des pantins par la créature.

– Petyr, cours! criai-je en essayant d'obéir à mon propre ordre.

Je traversai le pont en un clin d'œil mais les cadavres montaient vers moi des deux rives. Je les entendais! J'entendais aussi le bruit des cercueils pourris craquant sous leurs pas. Illusion! Leurre! me répétai-je, mais lorsque le premier cadavre atteignit le chemin devant moi, je me mis à crier comme une femme.

– Ne m'approchez pas!

Les bras putrides battaient l'air autour de moi. Je perdis l'équilibre et heurtai un autre corps en décomposition avant de tomber sur les genoux.

Je criais, Stefan! Je criais à l'esprit de mon père et à celui de Rœmer Franz de me venir en aide! Les monstres m'entouraient de toutes parts et me poussaient dans tous les sens. L'odeur de putréfaction était insoutenable.

Je me ruai sur eux en trébuchant et jouai des coudes pour leur échapper. Reprenant mon équilibre, j'ôtai mon manteau et me mis à courir en le lançant de droite et de gauche pour me protéger. Je m'aperçus qu'ils étaient trop faibles pour me résister et j'en profitai pour quitter le cimetière. Une fois sorti de ce cauchemar, je m'arrêtai un peu plus loin et m'agenouillai pour reprendre mon souffle.

Je les entendais toujours. Regardant par-dessus mon épaule, je vis une légion de corps à la démarche saccadée qui n'avaient pas renoncé à me poursuivre.

Me levant, je repris ma course effrénée, mon manteau sale à la main. J'avais perdu mon précieux chapeau. Quelques minutes plus tard, je les avais distancés. Je suppose qu'ils avaient enfin renoncé.

Mes pieds me faisaient mal et ma poitrine me brûlait. Mes manches étaient couvertes de lambeaux de chair et l'odeur putride me poursuivait. Mais tout était tranquille. La bagarre avait dû épuiser les forces de l'esprit. Il me fallait en profiter.

Le ciel commençait à s'éclaircir. J'entendis des charrettes derrière moi et, à droite et à gauche, les champs reprenaient vie. En arrivant au sommet d'une colline, j'aperçus la ville coloniale au-dessous de moi. Je poussai un énorme soupir.

Une des charrettes approchait. C'était une petite carriole brinquebalante chargée de fruits et de légumes et conduite par deux mulâtres à la peau claire. Ils s'arrêtèrent et me fixèrent du regard. Dans le meilleur français possible, je leur expliquai que j'avais besoin de leur aide et sortis de ma poche plusieurs pièces qu'ils prirent avec gratitude. Je sautai à l'arrière de la charrette.

Adossé à un monceau de légumes, je m'endormis malgré les cahotements du véhicule.

J'étais en train de rêver que j'étais de retour à Amsterdam quand je sentis une main tapoter gentiment ma main gauche. Je levai la droite pour faire de même puis ouvris les yeux, tournai la tête sur la gauche et aperçus le corps brûlé et noirci de Deborah. Chauve et racornie, elle me regardait de ses yeux bleus bien vivants. Ses dents grimaçaient derrière ses lèvres brûlées.

Je hurlai si fort que mes deux compagnons et le cheval en furent effrayés. Je dégringolai sur la route et, le cheval s'étant emballé, les deux hommes furent incapables de le faire arrêter. Bientôt, la carriole disparut de ma vue.

Les jambes croisées, je restai assis par terre à crier :

– Espèce de saleté d'esprit ! Qu'est-ce que tu veux exactement ? Vas-y ! Dis-le ! Pourquoi ne pas me tuer tout de suite ? Tu en as certainement le pouvoir !

Nulle voix ne me répondit mais je sentais sa présence. Levant les yeux, je le vis dans son aspect habituel, avec ses cheveux foncés et son pourpoint en cuir. C'était le bel homme que j'avais déjà vu par deux fois.

Assis sur la clôture bordant la route, bien réel puisque je voyais même les rayons du soleil sur lui, il me scrutait pensivement. Son visage était très pâle.

Ne ressentant aucune crainte, je le regardai fixement et perçus quelque chose de très important pour moi.

Il n'était pas une illusion. L'esprit s'était créé un véritable corps !

– Eh oui ! dit-il sans que ses lèvres bougent.

Je continuai à soutenir son regard. Par épuisement, sans doute, je n'avais pas peur du tout. Le soleil matinal se faisant plus vif, je vis qu'il traversait son corps et que les particules dont il était formé ressemblaient à des grains de poussière flottant dans la lumière.

– Tu es poussière, murmurai-je, en pensant à la phrase biblique.

Mais il avait déjà commencé à se désagréger. Son image pâlit et il n'en resta plus rien. Le soleil s'éleva au-dessus de la campagne, plus magnifique qu'aucun autre soleil matinal.

Charlotte s'était-elle réveillée ? L'avait-elle rappelé ? Je ne saurais répondre.

En moins d'une heure, j'avais regagné mon logement après m'être entretenu successivement avec notre agent local et l'aubergiste, comme je l'ai déjà dit.

D'après ma montre, que j'ai réglée à midi sur celle de l'auberge, il est bien plus de minuit maintenant. Et le monstre est resté dans ma chambre un bon moment.

Pendant plus d'une heure, il n'a pas cessé de venir et de repartir sous sa forme humaine. Il s'asseyait tour à tour dans l'un ou l'autre coin de la pièce. Une fois, je l'ai aperçu dans le miroir; il me regardait. Stefan, comment fait-il? Il est impossible que le miroir renvoie son image! Mais je refusai de lever les yeux sur lui et l'image finit par s'évanouir.

Il vient de se mettre à déplacer les meubles dans la chambre et à faire un bruit d'ailes qui battent. Je dois quitter cette pièce. Je vais faire partir cette lettre.

Cordialement vôtre.
Petyr

Stefan,

L'aube se lève et toutes mes lettres sont en route vers toi. Le bateau a levé l'ancre il y a une heure et je serais bien parti avec lui. Mais je suis bien conscient que, si la chose a l'intention de me détruire, il vaut mieux que je reste ici pour que mes lettres arrivent à bon port.

Je crois qu'elle est capable de faire sombrer un bateau car à peine avais-je posé le pied sur le pont, pour remettre les lettres au capitaine, que le vent s'est levé et que la pluie s'est mise à battre contre les carreaux. Le bateau lui-même tanguait dangereusement.

En me raisonnant, je me dis qu'il n'est pas suffisamment fort pour faire chavirer le bateau. Mais si je me trompais? Je ne veux pas risquer la vie des passagers.

J'ai donc décidé de rester ici, dans une taverne bondée de Port-au-Prince, car j'ai peur de rester seul.

Un peu plus tôt, je me suis rendu dans une autre taverne, où je me suis endormi. Au bout d'un quart d'heure environ, j'ai été réveillé par des flammes qui m'entouraient. Mais j'avais seulement renversé la bougie, qui avait mis le feu à du cognac répandu sur la table. L'aubergiste m'a réprimandé et m'a prié d'aller dépenser mon argent ailleurs. La chose était là, dans l'ombre, près de la cheminée. Si elle avait été capable de faire bouger son visage de cire, elle aurait souri.

Je suis si las, Stefan. Je suis retourné à ma chambre pour dormir mais l'esprit m'a fait tomber de mon lit.

Même dans ce lieu public plein de buveurs nocturnes et de voyageurs, il me joue des tours. Je sais que l'image de Rœmer, que je vois assis près du feu, n'est pas réelle. Et que la femme qui est apparue un instant dans l'escalier, que les clients de la taverne ont à peine remarquée, est Geertruid, morte depuis vingt ans. Je suis certain que l'esprit dérobe ces images dans mon esprit mais j'ignore comment il s'y prend.

J'ai essayé de lui parler. Dans la rue, je l'ai supplié de me dévoiler ses intentions. Je lui ai demandé si j'allais vivre, si je pouvais faire quelque chose pour qu'il cesse de me harceler et quels ordres Charlotte lui avait donnés.

Après m'être assis à une table et avoir commandé du vin – j'ai recommencé à boire en quantité – je l'ai vu faire bouger ma plume et griffonner sur ma feuille de papier : « Petyr va mourir. »

Je joins cette feuille à ma lettre car elle est l'œuvre d'un esprit. Peut-être Alexandre pourrait-il y imposer ses mains et apprendre quelque chose.

Quant à moi, je n'ai plus qu'un moyen pour sauver ma vie. Dès que j'aurai remis cette lettre à l'agent, j'irai voir Charlotte pour l'implorer d'arrêter le monstre. C'est la seule solution, Stefan. Encore faut-il que j'atteigne Maye Faire sans encombre.

Le pire qui puisse m'arriver, Stefan, serait que Charlotte sache très bien ce que le démon a entrepris avec moi et qu'elle soit l'instigatrice de ce dessein diabolique.

Si tu n'as plus de nouvelles de moi – je te rappelle que des bateaux hollandais quittent Port-au-Prince chaque jour à destination de notre bonne ville –, je te prie de bien vouloir suivre mes instructions.

Tout d'abord, écris à la sorcière pour lui annoncer ma disparition. Mais fais en sorte que la lettre n'émane pas de la maison mère et que l'adresse mentionnée pour la réponse ne permette pas au monstre de pénétrer dans nos murs.

Je te supplie de n'envoyer personne à ma recherche ! Car un tel envoyé connaîtrait un sort pire que le mien.

Essaie d'apprendre d'autres sources ce que devient cette femme et n'oublie pas que l'enfant qu'elle mettra au monde d'ici neuf mois est de moi.

Que te dire encore ?

Après ma mort, j'essaierai d'entrer en contact avec toi ou avec Alexandre. Mais, mon pauvre ami, je redoute fort qu'il n'y ait pas d'« après », que seules les ténèbres m'attendent et que mon temps dans la lumière soit révolu.

En ces dernières heures de ma vie, je n'éprouve aucun regret. Le Talamasca était tout pour moi et j'ai passé de nombreuses années à défendre les innocents et à chercher le savoir. Je vous aime, mes frères et mes sœurs du Talamasca.

Souvenez-vous de moi, non pas pour mes faiblesses, mes péchés et mon manque de jugement, mais pour l'amour que je vous porte.

Maintenant, je vais te raconter ce qui vient de se passer. C'est digne du plus grand intérêt.

J'ai revu Roemer, mon très cher Roemer, le premier dirigeant de notre ordre que j'aie connu. Il avait l'air si jeune et si beau et j'étais si heureux de le revoir que j'ai pleuré. Je ne voulais pas que son image disparaisse.

J'ai eu envie de profiter de cette apparition. N'émanait-elle pas de mon propre esprit ? Je lui ai parlé.

– Mon très cher Roemer, tu n'imagines pas à quel point tu m'as manqué. Où étais-tu ? Qu'as-tu appris ? Assieds-toi et bois un verre avec moi.

Alors, mon maître bien-aimé s'est assis, s'est accoudé à la table et m'a abreuvé des pires obscénités que j'aie jamais entendues. Il a dit qu'il allait m'arracher mes vêtements et me donner beaucoup de plaisir, qu'il en avait toujours eu envie quand j'étais jeune garçon, et même qu'il l'avait fait, la nuit, qu'il était entré dans ma chambre et qu'après il en avait bien ri.

Je devais avoir l'air pétrifié devant ce monstre qui, souriant comme Rœmer, susurrait à mon oreille des horreurs dignes de la pire des catins. Finalement, la bouche de la créature cessa de remuer mais se fendit et s'agrandit, découvrant une langue noire, énorme et brillante, qui se mit à grossir comme la bosse d'une baleine.

Tel un pantin, j'attrapai ma plume, la plongeai dans l'encre et me mis à décrire ce que je venais de voir. Pendant ce temps, l'apparition s'était évanouie.

J'en fus tout retourné, Stefan, et des souvenirs ont resurgi dans ma mémoire. Je vais te confier un secret. Bien entendu, Roemer n'a jamais pris de telles libertés avec moi ! Mais je me rappelle maintenant que j'ai prié pour qu'il le fasse ! Et le monstre a extirpé du fond de mon esprit qu'enfant, couché dans mon lit, je rêvais que Roemer vienne à moi, tire mes couvertures et se couche avec moi. J'en ai rêvé !

Il serait peut-être capable de me ramener ma mère. Nous nous assoirions ensemble près du foyer de la cuisine et chanterions.

Je dois partir. Le soleil est levé et la chose n'est plus là. Avant de me rendre à Maye Faire, je vais remettre la lettre à notre agent. A moins que les policiers ne m'arrêtent et ne me jettent en prison. J'ai vraiment l'air d'un vagabond qui a perdu l'esprit. Charlotte m'aidera. Elle retiendra ce démon.

Tout est dit.

Petyr

Note destinée aux archives

Cette lettre est la dernière reçue de Petyr Van Abel. Deux semaines après qu'elle fut arrivée à la maison mère, Jan Van Clausen, un marchand hollandais de Port-au-Prince, nous a fait parvenir la nouvelle de la mort de Petyr. Son corps a été découvert environ douze heures après que Petyr eut loué un cheval et quitté Port-au-Prince.

Les autorités locales ont conclu qu'il a été assassiné sur la route, probablement par une bande d'esclaves en fuite en train de profaner un cimetière qu'ils avaient déjà dévasté un jour ou deux auparavant.

De toute apparence, Petyr a été battu et emmené dans une vaste crypte en brique où il a été écrasé sous un arbre abattu et un monceau de débris. Lorsqu'on l'a retrouvé, les doigts de sa main droite étaient pris dans les débris comme s'il avait essayé de s'y creuser un chemin pour sortir.

Deux des doigts de sa main droite avaient été coupés et n'ont jamais été retrouvés.

Les responsables de la profanation et du meurtre n'ont jamais été découverts. Le fait que l'argent, la montre en or et les papiers de Petyr n'aient pas été volés ajoutent au mystère de sa mort.

Van Clausen a renvoyé à la maison mère les effets personnels de Petyr. A la demande de l'ordre, il a poursuivi les recherches sur les circonstances de sa mort.

Cela n'a pas donné grand-chose. Il a appris que, le jour et la nuit qui ont précédé le drame, tout le monde avait pris Petyr pour un fou. Il ne cessait de réclamer que ses lettres soient envoyées à Amsterdam et que la maison mère soit prévenue au cas où il serait retrouvé mort.

Plusieurs témoins ont dit l'avoir vu en compagnie d'un jeune homme étrange aux cheveux foncés avec lequel il échangeait de longues conversations.

Dix-sept

LE DOSSIER DES SORCIÈRES MAYFAIR PARTIE V

La famille Mayfair de 1689 à 1900
Récit abrégé d'Aaron Lightner

Après la mort de Petyr Van Abel, Stefan Franck décida qu'il n'y aurait plus, de son vivant, aucun contact direct avec les sorcières Mayfair. Cette décision fut prorogée par ses successeurs, Martin Geller et Richard Kramer.

Aux demandes de nombreux membres de tenter un nouveau contact, la réponse du bureau directeur fut toujours négative, à l'unanimité, et cette mesure de précaution resta en vigueur jusqu'au début du xxe siècle.

Toutefois, l'ordre continua à enquêter, de loin, sur la famille Mayfair. Il glanait ses informations auprès d'habitants de la colonie qui ignoraient les motifs et le but de ces recherches.

Méthodes de recherche

Pendant ces quelques siècles, le Talamasca développa tout un réseau d'« observateurs », dans le monde entier, qui envoyaient à la maison mère toutes sortes d'articles de journaux et lui rapportaient les rumeurs qui couraient. A Saint-Domingue, plusieurs personnes étaient chargées de ce travail, dont des marchands hollandais qui croyaient ces renseignements d'ordre purement financier et des résidents auxquels on disait simplement qu'il y avait en Europe des gens qui payaient cher pour obtenir des informations sur la famille Mayfair. A l'époque, les enquêteurs professionnels comparables aux détectives privés du XXe siècle n'existaient pas. Le Talamasca parvint de cette manière à collecter une énorme quantité d'informations.

Les informations concernant l'héritage des Mayfair furent obtenues par des voies détournées, et probablement illégales, notamment par le biais d'employés de banque que l'on gratifia de pots-de-vin en échange des services rendus. Bien qu'un peu plus scrupuleux à l'époque qu'aujourd'hui, le Talamasca a toujours recouru à de tels moyens. L'excuse invoquée était, et est toujours, que les archives ainsi constituées seraient par la suite consultées à divers titres par des dizaines de personnes. Quoi qu'il en soit, il n'a jamais subtilisé de lettres personnelles ni violé des domiciles ou des bureaux.

De temps à autre, nous avons obtenu la preuve que les Mayfair connaissaient notre existence. Un observateur au moins, un Français travaillant à l'époque comme contremaître dans la plantation Mayfair de Saint-Domingue, mourut de mort violente et suspecte. Cet incident nous a poussés à prendre davantage de mesures de précaution, ce qui a réduit la quantité d'informations que nous avons pu nous procurer les années qui ont suivi.

A PROPOS DU RÉCIT QUE VOUS ALLEZ LIRE

L'histoire qui suit est un résumé fondé sur toutes les notes et les documents collectés, dont plusieurs récits fragmentaires antérieurs. Un inventaire complet de ces documents est fixé sur les boîtes de documents entreposées dans nos archives de Londres.

J'ai commencé à me familiariser avec cette histoire en 1945, à mon entrée au Talamasca, avant d'être directement impliqué dans le dossier des sorcières Mayfair. J'ai achevé la première « version complète » de cette biographie en 1956. Depuis lors, je n'ai cessé de la mettre à jour. J'en ai effectué une révision complète en 1979 lorsque toute l'histoire, rapports de Petyr Van Abel inclus, a été saisie sur le système informatique du Talamasca. Cette technique moderne a facilité la mise à jour régulière du dossier par la suite.

Aaron Lightner, janvier 1989

Charlotte Mayfair Fontenay a vécu près de soixante-dix ans. A sa mort, en 1743, elle avait cinq enfants et dix-sept petits-enfants. Maye Faire est restée toute sa vie la plantation la plus prospère de Saint-Domingue. Plusieurs de ses petits-enfants sont retournés en France et leurs descendants ont péri pendant la Révolution française.

L'aîné de Charlotte, fils de son époux Antoine, n'hérita pas de la maladie de son père. En pleine santé, il se maria et donna sept enfants à sa femme. Au décès de sa mère, il n'hérita de la plantation que sur le papier. En fait, c'est sa sœur Jeanne-Louise, née neuf mois après la mort de Petyr, qui en fut la véritable héritière.

Toute sa vie, Antoine Fontenay III s'inclina devant la volonté de Jeanne-Louise et de son frère jumeau, Peter. Il n'est pas douteux que, le teint clair, les cheveux châtains et les yeux pâles, tous deux étaient les enfants de Petyr Van Abel.

Après la mort de son mari infirme, Charlotte mit au monde deux autres garçons. La rumeur leur attribue deux pères différents. Les deux garçons émigrèrent en France à l'âge adulte sous le nom de Fontenay.

Sur tous les documents officiels, Jeanne-Louise conserva le nom de Mayfair malgré son mariage avec un ivrogne aux mœurs dissolues. Le véritable compagnon de toute sa vie fut son frère Peter qui resta célibataire et mourut quelques heures avant elle, en 1771. Personne ne mit jamais en question le fait qu'elle se faisait appeler Mayfair car elle avait déclaré qu'il s'agissait d'une tradition familiale. Sa fille Angélique allait faire de même.

Charlotte porta jusqu'à sa mort le collier d'émeraude remis par sa mère. Il alla ensuite à Jeanne-Louise qui, à son tour, le transmit à Angélique, son cinquième enfant, née en 1725. A la naissance de celle-ci, le mari de Jeanne-Louise était un homme dément confiné dans une petite maison de la propriété qui, selon les descriptions qui en ont été faites, serait la maison où Petyr avait été retenu prisonnier des années auparavant.

Il est peu probable que cet homme fût le père d'Angélique. Il serait plus raisonnable de penser, sans certitude totale, qu'Angélique était la fille de Jeanne-Louise et de son frère Peter.

La petite fille appelait son oncle « papa » devant tout le monde et les domestiques disaient qu'elle tenait Peter pour son père et n'avait jamais connu l'homme de la petite maison qui, les dernières années de sa vie, était enchaîné comme un animal sauvage. Il convient de faire remarquer que les traitements infligés au pauvre fou n'étaient pas considérés comme cruels ou inhabituels par l'entourage.

La rumeur dit également que Jeanne-Louise et Peter partageaient un appartement constitué de chambres et de salons communiquant, qui avait été ajoutés à la vieille maison coloniale peu après le mariage de Jeanne-Louise.

Quelles que soient les rumeurs courant sur les habitudes secrètes de la famille, il est certain que Jeanne-Louise exerçait sur tous le même pouvoir que sa mère. Elle tenait ses esclaves sous sa coupe grâce à son immense générosité et à la grande attention qu'elle leur consacrait, à une époque où le contraire était pratique courante.

Jeanne-Louise est décrite comme une femme exceptionnellement belle, très admirée et très courtisée. On ne l'a jamais qualifiée de mauvaise, de sinistre ni de sorcière. Les gens contactés par le Talamasca du vivant de Jeanne-Louise ignoraient tout des origines européennes de la famille.

Il n'était pas rare que des esclaves en fuite viennent la trouver pour implorer son intervention auprès de leur maître cruel. Et, bien souvent, elle les rachetait, gagnant ainsi leur fidélité indéfectible. A Maye Faire, elle édictait ses propres lois et elle a fait exécuter plus d'un esclave qui lui avait été déloyal. Néanmoins, le dévouement de ses esclaves à son égard était légendaire.

Angélique, enfant préférée de Jeanne-Louise, était tout entière dévouée à sa grand-mère, Charlotte. Elle se trouvait du reste auprès d'elle quand la vieille femme avait rendu son dernier soupir.

La nuit de la mort de Charlotte, une fantastique tempête s'éleva autour de Maye Faire et ne s'éteignit qu'aux premières heures du lendemain. C'est à ce moment-là qu'un des frères d'Angélique fut retrouvé mort.

Angélique épousa en 1755 un planteur très beau et riche répondant au nom de Vincent Saint Christophe. Cinq ans plus tard, elle donna le jour à Marie-Claudette Mayfair, qui épousa Henri-Marie Landry et fut la première sorcière Mayfair à s'installer en Louisiane.

Marie-Claudette était d'une grande beauté et ressemblait autant, physiquement, à son père qu'à sa mère. Les cheveux très sombres, les yeux bleus, elle était petite et délicate. Son mari était un bel homme, ce qui faisait dire que les femmes Mayfair se mariaient pour la beauté mais jamais pour l'argent ou par amour.

Les caractéristiques attribuées à la famille du vivant de Charlotte, de Jeanne-Louise, d'Angélique et de Marie-Claudette étaient la respectabilité, la fortune et le pouvoir. La fortune des Mayfair était légendaire dans toutes les Caraïbes et tout litige avec la famille se terminait violemment. On disait qu'affronter les Mayfair portait malheur.

Les esclaves considéraient ces quatre femmes comme des sorcières puissantes. Ils allaient les voir quand ils étaient malades et croyaient que leurs maîtresses « savaient » tout.

Mais rien n'indique que des personnes autres que les esclaves prenaient cela au sérieux. Ni que les sorcières Mayfair provoquaient suspicion et peur chez leurs pairs. La prééminence de la famille resta sans partage. Les gens se disputaient les invitations à la plantation, où les réceptions étaient fréquentes et somptueuses. Entrer dans la famille par le mariage était très recherché.

Les hommes de la famille, alors que la législation française les y autorisait, ne cherchèrent jamais à prendre le contrôle de la fortune ou de la plantation. Au contraire, ils acceptaient la domination des femmes désignées. Les registres financiers et les rumeurs prouvent qu'ils étaient immensément riches.

Pendant toute cette période, la famille fut catholique. Elle soutenait l'Église catholique de Saint-Domingue, et un fils de Pierre Fontenay, le beau-frère de Charlotte, fut même ordonné prêtre. Deux femmes entrèrent au Carmel et l'une d'elles fut exécutée pendant la Révolution française avec tous les membres de sa congrégation.

L'argent gagné par la famille pendant toutes ces années où son café, son sucre et son tabac inondaient l'Europe et l'Amérique du Nord était le plus souvent déposé dans des banques étrangères. La fortune familiale était fantastique, même pour les multimillionnaires d'Hispaniola, et semblait comprendre également des quantités faramineuses d'or et de bijoux. Cela était peu commun pour une famille de planteurs, dont les fortunes sont habituellement terriennes et qui font facilement faillite.

Ainsi, la famille Mayfair survécut à la révolution haïtienne en conservant une fortune immense alors que toutes ses propriétés sur l'île étaient irrémédiablement perdues.

Ce fut Marie-Claudette qui établit le testament Mayfair en 1789, juste avant la révolution qui força la famille à quitter Saint-Domingue. Ses parents étaient déjà morts. Une fois établie en Louisiane, Marie-Claudette fit une nouvelle mouture du testament après avoir transféré une bonne part de son argent des banques de Hollande et de Rome vers celles de Londres et de New York.

Le testament

Le testament est constitué d'une série de dispositions extrêmement compliquées prises auprès des établissements bancaires détenant l'argent de la famille. Ces dispositions sont telles que la fortune ne peut être affectée par aucun droit successoral d'aucun pays. Elles prévoient que l'essentiel des avoirs et des biens de la famille sont entre les mains d'un seul membre de chaque génération, cet héritier étant désigné par le bénéficiaire vivant. Il est également prévu que, si le bénéficiaire meurt sans avoir désigné son héritier, la fortune revient à l'aînée de ses filles. En l'absence de descendant de sexe féminin, l'héritage passe à un homme. En outre, la bénéficiaire est libre de désigner un héritier de sexe masculin.

A la connaissance du Talamasca, aucun bénéficiaire de la succession n'est jamais décédé avant d'avoir désigné son héritier ou, plutôt, son héritière, puisque l'heureux élu n'a encore jamais été un homme. Rowan Mayfair, la plus jeune sorcière Mayfair en vie, a été désignée à sa naissance par sa mère, Deirdre, qui, elle-même, avait été désignée par sa mère Antha, elle-même désignée par Stella, etc.

Mais le testament n'oublie pas les autres enfants de la bénéficiaire (frères et sœurs de l'héritière) de chaque génération, la part attribuée aux femmes étant généralement le double de celle des hommes. Quoi qu'il en soit, aucun membre de la famille ne peut hériter s'il ne porte pas le nom de Mayfair, en public et en privé. Lorsque la loi lui interdisait cette pratique, l'héritière portait le nom de façon coutumière.

Le testament d'origine comporte également des dispositions complexes concernant les Mayfair destitués réclamant de l'aide, pour autant qu'ils aient toujours porté le nom et descendent de ceux qui l'ont porté. La bénéficiaire a par ailleurs la faculté de céder jusqu'à 10 pour 100 de l'héritage à des Mayfair qui ne sont pas ses enfants mais, encore une fois, s'ils ne portent pas le nom ces dispositions sont nulles et non avenues.

Au cours du XXe siècle, nombreux ont été les « cousins » qui ont reçu de l'argent de l'héritage, principalement par Mary Beth et sa fille Stella mais aussi par Deirdre, dont la fortune était gérée par Cortland Mayfair. La plupart d'entre eux sont maintenant « riches », ce type de legs s'étant généralement fait sous forme d'investissement ou de participation dans des affaires approuvées par la bénéficiaire ou son administrateur.

Le Talamasca a recensé à ce jour quelque cinq cent cinquante descendants portant le nom de Mayfair, dont une bonne moitié connaît le noyau de la famille installé à La Nouvelle-Orléans et est plus ou moins au courant du testament.

LES DESCENDANTS

Le Talamasca a enquêté sur bon nombre des descendants. Il a découvert que beaucoup possèdent des dons parapsychiques, la plupart modérés et quelques-uns exceptionnels. Au sein de la famille, on ne craint pas de dire que les ancêtres de Saint-Domingue étaient des « sorcières », des « maîtresses du diable », qu'elles lui avaient vendu leur âme et que le diable était ainsi à l'origine de la richesse de la famille.

Ces légendes sont le plus souvent racontées avec humour, par dérision en quelque sorte, mais aussi avec admiration et curiosité. Mais la majorité des descendants contactés par le Talamasca ne sait rien de vraiment concret sur son histoire, même s'il lui arrive de plaisanter en disant par exemple : « Nos ancêtres ont été brûlées sur un bûcher en Europe » ou : « Nous appartenons à une longue lignée de sorcières. »

Il n'est pas rare que ces gens aient été mêlés à des phénomènes de fantômes, de préconnaissance, de « coups de téléphone avec les morts » et de télékinésie. Des Mayfair ne connaissant pratiquement pas la famille de La Nouvelle-Orléans ont été impliqués dans pas moins de dix histoires de revenants qui ont été relatées dans divers livres. Trois Mayfair aux liens de parenté éloignés ont manifesté des pouvoirs fantastiques. Mais rien n'indique qu'ils les aient compris ou utilisés à quelque fin. A notre connaissance, ils n'ont aucun lien avec les sorcières, le testament, le collier d'émeraude ou Lasher.

On dit que tous les Mayfair « sentent » quand la bénéficiaire de l'héritage meurt.

Les descendants de la famille craignent Carlotta Mayfair, la « tutrice » de la bénéficiaire actuelle, Deirdre Mayfair, et la considèrent comme une « sorcière ». Mais, dans ce cas précis, le terme est plutôt pris dans son sens vernaculaire pour qualifier une femme désagréable que par allusion au surnaturel.

Résumé des documents se rapportant à la période de Saint-Domingue

Pour en revenir aux caractéristiques de la famille des années 1700, on peut indéniablement parler de force, de réussite, de fortune, de longévité et d'amitiés durables. Les sorcières de cette époque semblent avoir parfaitement su contrôler Lasher. Mais, pour être honnêtes, nous ignorons si cela est vrai. En fait, nous dirons plutôt que nous n'avons aucune preuve du contraire. Aucune vision spécifique de Lasher n'a été relatée, aucun événement tragique n'a frappé la famille.

Les seules preuves d'intervention surnaturelle sont les accidents subis par les ennemis de la famille, l'accumulation de bijoux et d'or par la famille et les innombrables récits d'esclaves quant à l'omnipotence ou l'infaillibilité de leurs maîtresses. Toutefois, il convient ici de prendre le mot « preuve » avec précaution.

La famille Mayfair en Louisiane au XIXe siècle

Plusieurs jours avant la révolution haïtienne (la seule révolte d'esclaves réussie de l'histoire), Marie-Claudette fut avertie par ses esclaves que sa famille et elle risquaient de se faire massacrer. Avec ses enfants, son frère Lestan, la femme et les enfants de ce dernier, son oncle Maurice, les deux fils de celui-ci, leurs femmes et leurs enfants, elle s'enfuit sans grande difficulté en emportant une quantité fabuleuse de biens personnels. Une véritable caravane de chariots quitta Maye Faire pour le port voisin. Près de cinquante esclaves, dont la moitié environ de métis probablement issus des hommes Mayfair, partirent pour la Louisiane avec la famille.

Dès leur arrivée en Louisiane, pratiquement, le Talamasca fut en mesure de recueillir des informations supplémentaires sur les sorcières Mayfair car, à partir de ce moment-là, la famille devint plus « visible » pour les gens. Arrachée à sa situation quasi féodale et à l'isolement qui était le sien à Saint-Domingue, elle se trouva brutalement en contact direct avec d'innombrables personnes nouvelles, dont des négociants, des ecclésiastiques, des marchands d'esclaves, des courtiers, des responsables coloniaux, pour n'en citer que quelques-uns. Sans compter que la fortune des Mayfair et leur soudaine entrée en scène, si l'on peut dire, éveillèrent la curiosité de tous.

Le progrès que connut le XIXe siècle, par ailleurs, contribua inévitablement à l'augmentation du flux d'informations. L'accroissement des journaux et des périodiques, la tenue systématique de dossiers détaillés et l'invention de la photographie facilitèrent grandement la compilation de récits anecdotiques plus détaillés sur la famille.

La transformation de La Nouvelle-Orléans en une ville portuaire fourmillante et prospère créa un environnement dans lequel des dizaines de personnes purent être questionnées sur les Mayfair sans que personne ne nous remarquât.

Il convient de noter, néanmoins, que, tout au long de notre étude minutieuse, si les Mayfair semblent avoir connu des changements radicaux au XIXe siècle, il se peut de la même façon que ce soient seulement nos méthodes d'investigation qui aient changé. A partir de cette période, nous avons pu en apprendre davantage sur ce qui se passait à huis clos.

Quoi qu'il en soit, les sorcières des années 1800, à l'exception de Mary Beth qui naquit en 1872, paraissent avoir été bien plus faibles que celles qui dominèrent la famille à Saint-Domingue. En effet, il se peut que leur déclin manifeste au XXe siècle ait débuté dès la guerre de Sécession. Mais, comme nous allons le voir, la situation est bien plus compliquée qu'il n'y paraît.

Les changements d'attitudes et, d'une manière générale, de mœurs, jouèrent un rôle prépondérant dans le déclin des sorcières. En d'autres termes, tandis que la famille devenait moins aristocratique et féodale et plus « civilisée » ou « bourgeoise », il se peut que ses membres ait un peu perdu de vue les questions de testament et de pouvoirs.

La psychiatrie moderne semble également avoir joué un rôle dans l'inhibition et la confusion des sorcières Mayfair. C'est un sujet que nous traiterons plus avant quand nous aborderons le XXe siècle.

Mais, dans la majorité des cas, nous ne pouvons qu'émettre des hypothèses. Même lorsqu'un contact direct a été établi entre les sorcières et notre ordre, au XXe siècle, nous n'en avons pas appris autant que nous l'avions espéré.

Cela dit...

L'HISTOIRE CONTINUE...

En arrivant à La Nouvelle-Orléans, Marie-Claudette installa sa famille dans une grande maison de la rue Dumaine et acheta immédiatement une énorme plantation à Riverbend, au sud de la ville. Elle y fit bâtir une maison encore plus grande et plus luxueuse qu'à Saint-Domingue. Cette plantation reçut le nom de La Victoire à Riverbend mais, par la suite, on l'appela simplement Riverbend. La bâtisse elle-même a été emportée par le fleuve en 1896 mais la majeure partie des terres appartient toujours aux Mayfair. Une raffinerie de pétrole y est aujourd'hui implantée.

Maurice Mayfair, oncle de Marie-Claudette, y vécut jusqu'à la fin de ses jours mais ses deux fils achetèrent des plantations adjacentes et vécurent donc très proches de leur cousine. Quelques-uns de leurs descendants y restèrent jusqu'en 1890 mais beaucoup d'autres s'établirent à La Nouvelle-Orléans. Ils engendrèrent un nombre croissant de « cousins » qui furent une constante dans la vie des Mayfair pendant les cent années qui suivirent.

Un grand nombre de dessins de la maison de Marie-Claudette et même plusieurs photos ont paru dans de vieux livres aujourd'hui épuisés. Elle était gigantesque, même pour l'époque, et, préfigurant l'ostentatoire style Renaissance classique, elle était d'une architecture coloniale simple, avec des colonnes ordinaires, un toit bizarre et des galeries, très analogue à celle de Saint-Domingue.

Marie-Claudette connut exactement la même réussite en Louisiane qu'à Saint-Domingue. Elle avait abandonné la culture du café et du tabac mais poursuivait celle du sucre. Elle avait acheté de plus petites plantations pour chacun des fils de Lestan et faisait de somptueux cadeaux à leurs enfants et petits-enfants.

Dès les premières semaines qui suivirent son arrivée, la famille fut considérée avec un respect mêlé de crainte et une certaine suspicion. Marie-Claudette, qui faisait peur aux gens, provoqua très vite un certain nombre de litiges en établissant ses affaires en Louisiane et n'hésitait pas à menacer tous ceux qui se mettaient en travers de son chemin. Elle acheta pour ses champs quantité d'esclaves que, selon la tradition de ses ancêtres, elle traitait fort bien. Il en allait autrement pour les marchands, qu'il lui arrivait fréquemment de chasser de chez elle à coups de fouet en les traitant d'escrocs.

En peu de temps, elle fut considérée comme une sorcière par ses esclaves : on disait qu'on ne pouvait la tromper, qu'elle pouvait donner le « mauvais œil » et qu'elle avait un démon qu'elle pouvait envoyer aux trousses de ceux qui l'avaient doublée. Son frère Lestan, plus apprécié, entra rapidement dans le cercle des planteurs buveurs et joueurs de la région.

Henri-Marie Landry, époux de Marie-Claudette, était un individu de naturel aimable mais passif qui s'en remettait entièrement à sa femme. Il passait son temps à lire des revues de botanique venant d'Europe, à collectionner des fleurs rares, à dessiner des plans pour l'énorme jardin qu'il cultivait à Riverbend. Il mourut dans son lit en 1824 après avoir reçu l'extrême-onction.

En 1799, Marie-Claudette donna le jour au dernier de ses enfants, Marguerite, qu'elle désigna plus tard comme l'héritière et qui vécut dans l'ombre de sa mère jusqu'à la mort de celle-ci en 1831.

La vie de famille de Marie-Claudette alimentait les ragots. On disait que sa fille aînée, Claire-Marie, était faible d'esprit et qu'elle se promenait partout en chemise de nuit et racontait des choses étranges mais charmantes à qui voulait l'entendre. Elle voyait des fantômes auxquels elle parlait tout le temps, parfois en plein milieu d'un repas, au grand étonnement des convives.

Elle « savait » aussi des choses sur les gens et révélait ces secrets à des moments peu choisis. Elle restait en permanence à la maison et, bien que plus d'un homme fût tombé amoureux d'elle, sa mère ne l'autorisa jamais à se marier.

Le seul fils de Marie-Claudette, Pierre, ne fut jamais non plus autorisé à prendre une épouse. Il tomba amoureux deux fois et se soumit à la volonté de sa mère qui lui refusait le mariage. Sa seconde « fiancée secrète » tenta de se suicider après avoir été rejetée et, par la suite, Pierre ne sortit pratiquement plus du domaine, où il tenait la plupart du temps compagnie à sa mère.

Pierre était considéré comme une sorte de docteur par les esclaves, qu'il soignait avec divers remèdes et potions. Il étudia même quelque temps la médecine avec un vieux docteur aviné de La Nouvelle-Orléans. Mais cela ne donna pas grand-chose. Il était aussi passionné de botanique et passait le plus clair de son temps à entretenir le jardin et à dessiner des fleurs.

En 1820, Pierre ne fit aucun mystère d'avoir pris une maîtresse quarteronne, une jeune femme exquise qui aurait pu passer pour blanche, selon la rumeur. Il eut d'elle deux enfants, une fille qui s'installa dans le Nord, et un fils, François, né en 1825, qui resta en Louisiane et prit en charge plus tard la paperasserie de la famille établie à La Nouvelle-Orléans. Il était très distingué et il semble que les Mayfair lui aient voué une certaine affection, surtout les hommes qui venaient en ville pour affaires.

Apparemment, tous les membres de la famille aimaient Marguerite. A dix ans, on fit faire un portrait d'elle, avec le collier d'émeraude autour du cou. A partir de 1927, le tableau resta accroché à un mur de la maison de First Street, à La Nouvelle-Orléans.

De stature délicate, Marguerite avait une chevelure sombre et de grands yeux noirs. Considérée comme une beauté, ses nurses l'appelaient « la petite gitane ». Contrairement à sa sœur simple d'esprit et à son frère docile, elle avait un caractère fort et un sens de l'humour caustique et imprévisible.

A l'âge de vingt ans, contre l'avis de Marie-Claudette, elle épousa Tyrone Clifford McNamara, un chanteur d'opéra très beau, de naturel peu réaliste, qui faisait des tournées dans tous les États-Unis, se produisant dans les Opéras de New York, Boston, Saint Louis et d'autres. Ce fut après l'un de ses départs en tournée que Marguerite quitta La Nouvelle-Orléans pour Riverbend, où elle fut bien accueillie par sa mère. En 1827 et 1828, elle donna naissance à deux garçons, Rémy et Julien. Durant cette période, McNamara rentra fréquemment à la maison mais pour de brèves visites. A

New York, Boston, Baltimore et ailleurs, il passait pour un fameux coureur de jupons, un buveur impénitent et un grand bagarreur. Mais, « ténor irlandais » très renommé à l'époque, il réunissait un important auditoire partout où il allait.

En 1829, Tyrone Clifford McNamara et une Irlandaise, probablement sa maîtresse, furent retrouvés morts après l'incendie d'une petite maison du quartier français, maison qu'il avait achetée pour cette femme. Les rapports de police et les articles de journaux de l'époque indiquent que le couple avait été asphyxié par la fumée tandis qu'il tentait d'échapper aux flammes.

On parla beaucoup de cet événement à La Nouvelle-Orléans, ce qui permit au Talamasca de recueillir plus d'informations sur la famille qu'il n'avait pu en obtenir depuis des années.

Un marchand du quartier français raconta à nos « témoins » que Marguerite avait envoyé son démon pour régler le sort de « ces deux-là » et que Marguerite en connaissait plus sur le vaudou que n'importe quel Noir de Louisiane. On disait qu'elle avait un autel vaudou dans sa maison, qu'elle confectionnait des onguents et des potions et qu'elle se promenait partout en compagnie de deux belles servantes quarteronnes, Marie et Virginie, et d'un cocher mulâtre répondant au nom d'Octavius.

Marie-Claudette était encore vivante mais ne sortait pratiquement plus. C'était Marguerite qui attirait l'attention partout où elle allait, son frère Pierre menant une vie très respectable, étant très discret sur sa maîtresse quarteronne et les enfants de l'oncle Lestan étant eux aussi très respectés et très aimés.

A l'approche de la trentaine, Marguerite avait déjà une silhouette décharnée et plutôt effrayante, avec ses cheveux mal soignés, ses yeux noirs luisants et un rire déconcertant qu'elle laissait éclater par moments. Elle portait toujours l'émeraude Mayfair.

Elle recevait marchands, courtiers et invités dans un immense bureau aux murs tapissés de livres et plein d'objets « horribles et dégoûtants » comme des crânes humains, des animaux empaillés, des trophées de safaris en Afrique et des tapis en peau de bête. Elle possédait un nombre incalculable de bocaux et de flacons mystérieux, dont les gens disaient qu'ils y avaient vu des morceaux de corps humain. Elle passait pour une grande collectionneuse de colifichets et d'amulettes fabriqués par des esclaves, tout spécialement ceux qui venaient d'être importés d'Afrique.

A l'époque, il y eut plusieurs cas de « possession » parmi ses esclaves, qui eurent pour conséquence la fuite d'esclaves témoins effrayés et la venue de prêtres à la plantation. Dans chacun des cas, la victime fut enchaînée et l'on tenta en vain de l'exorciser.

La rumeur disait qu'un de ces esclaves possédés était enchaîné dans une mansarde mais les autorités locales n'entreprirent jamais aucune enquête.

Au moins quatre témoins parlèrent du « mystérieux amant aux cheveux foncés » de Marguerite, un homme aperçu par ses esclaves dans ses appartements mais aussi dans sa suite de l'hôtel Saint Louis à son arrivée à La Nouvelle-Orléans et dans sa loge de l'Opéra français. La façon mystérieuse dont il apparaissait et disparaissait intriguait tout le monde.

Ce furent les premiers témoignages sur Lasher en plus de cent ans.

Presque tout de suite après la mort de Tyron Clifford McNamara, Marguerite se remaria avec un joueur sans le sou, du nom d'Arlington Kerr, qui disparut complètement six mois après le mariage. On sait uniquement de lui qu'il était « aussi beau qu'une femme », que c'était un ivrogne et qu'il jouait aux cartes toutes les nuits avec des compagnons de beuverie et le cocher mulâtre. Notons qu'on a plus souvent entendu parler de lui qu'on ne l'a vu. Ce personnage a-t-il réellement existé?

Quoi qu'il en soit, il fut considéré comme le père légitime de Katherine Mayfair, née en 1830, bénéficiaire suivante du testament et première sorcière Mayfair depuis des générations à ne pas avoir connu sa grand-mère, Marie-Claudette étant morte l'année suivante.

Partout, les esclaves répandirent la rumeur selon laquelle Marguerite avait tué Arlington Kerr et réparti ses restes entre plusieurs bocaux. Mais aucune enquête ne fut menée et la version officielle de la famille fut qu'Arlington Kerr n'avait jamais pu s'adapter à la vie de planteur et avait quitté la Louisiane, aussi fauché qu'à son arrivée.

A partir de ses vingt ans, Marguerite eut la réputation d'assister aux bals des esclaves et même de danser avec eux. Il ne fait aucun doute qu'elle avait le pouvoir de guérison des Mayfair et aidait les femmes à accoucher. Mais, le temps passant, on commença à l'accuser de voler les bébés. Elle fut donc la première sorcière Mayfair que les esclaves craignaient et qu'ils finirent pas abhorrer.

Passé l'âge de trente-cinq ans, elle ne dirigea plus vraiment la plantation mais passa le flambeau à son cousin Augustin, un fils de son oncle Lestan, qui se révéla un excellent gestionnaire.

Vers quarante ans, Marguerite était devenue une « vieille sorcière » alors qu'elle aurait été une belle femme si elle avait simplement pris le soin de relever ses cheveux et de prêter plus d'attention à sa tenue vestimentaire.

Lorsque Julien, son fils aîné, eut quinze ans, il commença à diriger la plantation aux côtés de son cousin Augustin puis, petit à petit, tout seul. Au repas de son dix-huitième anniversaire, un malheureux « accident » se produisit avec un nouveau pistolet : Julien tira dans la tête du « pauvre oncle Augustin » et le tua.

Cela aurait pu être un véritable accident, tout indiquant que par la suite Julien resta « prostré de chagrin ». Mais on dit également que les deux hommes étaient en train de se disputer l'arme quand le coup était parti. Selon certains, Julien aurait mis en cause l'honnêteté d'Augustin, celui-ci aurait menacé de se faire sauter la cervelle et Julien aurait tenté de l'en empêcher. Selon d'autres, Augustin aurait accusé Julien d'un « crime contre la nature » avec un autre garçon, les deux hommes se seraient querellés, Augustin aurait sorti l'arme et Julien aurait essayé de la lui prendre.

Quoi qu'il en soit, personne ne fut accusé d'aucun crime et Julien devint l'administrateur incontesté de la plantation. Dès l'âge de quinze ans, il avait fait preuve d'excellentes dispositions dans ce domaine, restaurant l'ordre parmi les esclaves, et il doubla le rendement de l'exploitation en moins de dix ans. Toute sa vie, il resta le véritable administrateur de la propriété alors que c'était Katherine, sa plus jeune sœur, qui était l'héritière en titre.

Marguerite passa les trente dernières années de sa longue vie à lire dans la bibliothèque plein de choses « horribles et dégoûtantes ». Elle se tenait de longues conversations, seule devant un miroir, et parlait longuement avec ses plantes, dont beaucoup venaient du jardin créé par son père, Henri-Marie Landry.

Les esclaves finirent par la haïr et ne s'approchaient plus d'elle, à l'exception de ses quarteronnes Virginie et Marie. On disait que, vers la fin de sa vie, Virginie ne se gênait pas pour la malmener.

En 1859, une esclave fugitive raconta au curé que Marguerite lui avait volé son bébé et l'avait découpé pour le donner au diable. Le prêtre avertit les autorités locales et il y eut une enquête. Mais Julien et Katherine, très aimés et admirés par tout le monde, expliquèrent que la femme avait fait une fausse couche et que le fœtus avait été baptisé et enterré convenablement.

Quelles que soient les circonstances, Rémy, Julien et Katherine grandirent heureux et entourés d'un grand luxe, profitant de tout ce que La Nouvelle-Orléans d'avant-guerre leur offrait : le théâtre, l'opéra et des réjouissances privées en quantité.

Ils allaient fréquemment en ville tous les trois, avec juste une gouvernante quarteronne pour chaperon, descendaient dans une suite somptueuse de l'hôtel Saint Louis et dévalisaient les magasins à la mode avant de retourner dans leur campagne. Un scandale éclata lorsque Katherine voulut assister aux célèbres bals réservés aux quarteronnes, où les jeunes métisses dansaient avec leurs soupirants blancs. Elle y alla avec ses quarteronnes, fut présentée comme étant une métisse et trompa bien son monde. Avec ses cheveux très foncés, ses yeux noirs et son teint pâle elle n'avait rien d'africain, mais c'était le cas de nombreuses quarteronnes.

La vérité révélée causa un grand remue-ménage. Les jeunes gens blancs qui avaient dansé avec elle en la croyant de « couleur » se sentirent humiliés et outragés mais Katherine, Julien et Rémy trouvèrent cela très amusant. Julien dut même se battre en duel et blessa grièvement son adversaire.

En 1857, alors que Katherine avait dix-sept ans, ses frères et elle achetèrent un terrain à Garden District, dans First Street, et louèrent les services de Darcy Monahan, l'architecte irlandais, pour y construire une maison. L'idée venait probablement de Julien, qui désirait un pied-à-terre en ville.

Katherine et Darcy Monahan tombèrent follement amoureux l'un de l'autre et Julien, terriblement jaloux de sa sœur, ne l'autorisa pas à se marier si jeune. Une gigantesque querelle de famille s'ensuivit. Julien quitta Riverbend pour s'installer dans un appartement du quartier français avec un compagnon dont il savait seulement qu'il venait de New York. Il était très beau et si dévoué à Julien que les gens murmuraient qu'ils étaient amants.

La rumeur précise que Katherine s'installa à La Nouvelle-Orléans pour vivre seule avec Darcy Monahan dans la maison de First Street, encore inachevée, et que les deux amants se juraient un amour éternel dans des chambres sans toit ou dans le jardin en friche. Julien, de plus en plus furieux, implora sa mère, Marguerite, d'intervenir, mais celle-ci ne s'intéressait pas à la question.

Pour finir, Katherine menaça de s'enfuir si l'on n'accédait pas à son souhait et Marguerite donna son approbation officielle à un mariage religieux en petit comité. Sur un daguerréotype pris à l'issue de la cérémonie, Katherine porte l'émeraude Mayfair.

Katherine et Darcy s'installèrent dans la maison de First Street en 1858 et Monahan devint l'architecte le plus à la mode des beaux quartiers de La Nouvelle-Orléans. De nombreux témoins firent l'éloge de la beauté de Katherine et du charme de Darcy et racontèrent que les bals qu'ils donnaient dans leur nouvelle maison étaient très réussis.

En 1859, Katherine donna le jour à un garçon prénommé Clay puis eut trois autres enfants qui moururent en bas âge. En 1865, elle mit au monde un autre garçon, Vincent, puis deux autres enfants morts en bas âge.

On dit que la perte de ces enfants lui brisa le cœur, qu'elle tint leur mort pour un jugement de Dieu et que, de jeune fille gaie et pleine de vivacité, elle devint une femme manquant d'assurance et désespérée. Néanmoins, sa vie avec Darcy semble avoir été riche et pleine. Elle l'aimait beaucoup et lui apportait tout son soutien dans son travail.

Précisons ici que la guerre de Sécession n'avait affecté en rien la famille Mayfair et sa fortune. La Nouvelle-Orléans fut très vite conquise et occupée et échappa donc aux bombardements et aux incendies. De plus, les Mayfair avaient bien trop d'argent en Europe pour que l'occupation ou les fluctuations économiques de la Louisiane aient des effets sur eux.

Cette vie heureuse prit fin en 1871, lorsque Darcy mourut de la fièvre jaune. Katherine, le cœur brisé et à demi folle, supplia son frère Julien de venir habiter chez elle. Vivant alors dans son appartement du quartier français, il accourut immédiatement et mit les pieds pour la première fois dans la maison depuis qu'elle était achevée.

Julien resta alors avec Katherine nuit et jour pendant que les domestiques s'occupaient des enfants délaissés. Il dormait avec elle dans la chambre de maître au-dessus de la bibliothèque, dans la partie nord de la maison, et même les passants entendaient Katherine pleurer et se lamenter en permanence sur la mort de Darcy et de ses bébés.

A deux reprises, elle tenta de s'empoisonner. Les domestiques racontèrent que des médecins arrivèrent précipitamment dans la maison, lui administrèrent des antidotes, la forcèrent à marcher alors qu'elle était à demi inconsciente et ne tenait pas sur ses jambes et que Julien, désespéré, était incapable de retenir ses larmes.

Finalement, Julien ramena Katherine et les deux garçons à Riverbend et, en 1872, Katherine mit au monde Mary Beth Mayfair, qui fut baptisée comme la fille de Darcy Monahan. Née dix mois et demi après la mort de Darcy, elle était plus vraisemblablement la fille de Julien.

Tout le monde savait que Julien et Katherine dormaient dans le même lit et que Katherine n'avait pu avoir d'amant après la mort de Darcy puisqu'elle n'était jamais sortie de la maison, sauf pour retourner à la plantation.

Mais il semble que les pairs des Mayfair n'aient jamais accordé de crédit à cette histoire.

Non seulement Katherine était respectable à tous autres égards, mais elle était fabuleusement riche et généreuse, ce qui la faisait apprécier de tous. Elle n'hésitait pas à donner de l'argent à ses parents et amis que la guerre avait ruinés. Ses tentatives de suicide suscitèrent donc une grande compassion de la part de tous. L'influence financière de la famille était incommensurable à l'époque et Julien était très populaire dans la haute société de La Nouvelle-Orléans. Ainsi, le vieux scandale des bals de quarteronnes fut bientôt oublié et il est fort peu probable qu'il ait eu un impact sur la vie privée ou publique des Mayfair.

La Katherine de 1872 est décrite comme toujours jolie malgré ses cheveux prématurément gris et comme une personne enjouée et engageante qui s'attache facilement les gens. Une ravissante ferrotypie bien conservée la montre assise avec un bébé endormi sur les genoux et ses deux petits garçons à côté d'elle. Elle semble en bonne santé et arbore une expression très sereine : une femme séduisante avec une légère tristesse dans les yeux. Elle ne porte pas l'émeraude Mayfair.

Tandis que Mary Beth et ses frères aînés, Clay et Vincent, étaient élevés à la campagne, le frère de Julien, Rémy Mayfair, et sa femme – une petite-fille de Lestan Mayfair – prirent possession de la maison Mayfair et y vécurent pendant des années. Ils eurent trois enfants portant tous le nom de Mayfair, dont deux ont des descendants en Louisiane.

Ce fut pendant cette période que Julien commença à faire des visites à First Street, pour finalement installer son bureau dans la bibliothèque. Deux murs de la pièce étaient couverts de rayonnages où il conservait les archives familiales restées jusque-là à la plantation. Julien adorait les livres, les classiques autant que les romans populaires. Ses auteurs favoris étaient Nathaniel Hawthorne, Edgar Allan Poe et Charles Dickens.

Il semble que des disputes avec Katherine l'aient poussé à s'installer en ville. Mais il ne négligeait pas pour autant ses devoirs à Riverbend. S'il retournait souvent à la plantation, c'était pour sa nièce (ou sa fille) Mary

Beth qu'il comblait de cadeaux et emmenait passer les week-ends à La Nouvelle-Orléans. Cette dévotion ne l'empêcha pas de se marier en 1875 avec une cousine Mayfair d'une grande beauté, une descendante de Maurice.

Elle s'appelait Suzette, et Julien l'aimait tellement qu'il commanda pas moins de dix portraits d'elle les premières années de leur mariage. Ils vivaient dans la maison de First Street en totale harmonie avec Rémy et sa famille; sans doute parce que Rémy était en tout point soumis à Julien.

Il semble que Suzette ait beaucoup aimé la petite Mary Beth, en plus des quatre enfants qu'elle eut les cinq années qui suivirent : trois garçons et une fille prénommée Jeannette.

Katherine ne retourna jamais de son propre gré dans la maison de First Street, qui lui rappelait trop Darcy. Lorsque, très âgée, elle fut contrainte d'y retourner, sa santé mentale en fut très affectée. A la fin du siècle, elle n'était plus qu'une pauvre silhouette décharnée, toujours vêtue de noir et errant dans les jardins à la recherche de son Darcy.

De toutes les sorcières Mayfair étudiées à ce jour, elle fut indubitablement la plus faible et la moins importante. Ses enfants Clay et Vincent étaient tous deux très respectables mais quelconques. Ils se marièrent tôt et eurent de nombreux enfants. Leurs descendants vivent aujourd'hui à La Nouvelle-Orléans.

Katherine passait le plus clair de son temps auprès de sa mère, Marguerite, qui, au fil des ans, devenait de plus en plus singulière. Un visiteur, dans les années 1880, la qualifia d'« impossible », de vieille femme qui errait jour et nuit en habits de dentelle blanche tachés et passait des heures à lire tout haut dans la bibliothèque, d'une voix monocorde épouvantable. Elle insultait les gens à tout propos, avait une nette préférence pour sa nièce Angéline (la fille de Rémy) et sa fille Katherine et confondait toujours ses petits-fils Clay et Vincent avec leurs oncles Julien et Rémy.

Elle ne mourut qu'à l'âge de quatre-vingt-dix-neuf ans, Katherine en ayant alors soixante et un.

Hormis l'inceste, courant dans la famille depuis Jeanne-Louise et Peter, aucune rumeur ne courait concernant Katherine.

Les serviteurs noirs, esclaves ou affranchis, ne l'ont jamais crainte et il n'y eut durant cette période aucune vision d'un mystérieux amant aux cheveux noirs. Rien ne prouve non plus que Darcy Monahan soit mort d'autre chose que de la fièvre jaune.

Les membres du Talamasca se sont toujours demandé si Julien ne fut pas en fait le « sorcier » de toute cette période. Peut-être était-il le seul médium naturel de sa génération car, tandis que Marguerite vieillissait, il commença à manifester son pouvoir. On suppose également que Katherine était un médium naturel mais qu'elle avait rejeté ce rôle lorsqu'elle était tombée amoureuse de Darcy. Ce serait la raison pour laquelle Julien aurait été si opposé à son mariage. Car il connaissait les secrets de la famille.

Il est donc indispensable d'étudier Julien en détail. Dans les années 50, nous avons recueilli des informations formidables à son sujet. Les documents le concernant sont très nombreux ; trois de ses portraits à l'huile sont exposés dans des musées américains et un à Londres.

Les cheveux noirs de Julien devinrent complètement blancs alors qu'il était encore relativement jeune. Les nombreux portraits et photos de lui montrent un homme d'une présence et d'un charme considérables et d'une grande beauté. Certains ont dit qu'il ressemblait à son père, le chanteur d'opéra Tyrone Clifford McNamara.

Mais certains membres du Talamasca trouvent qu'il ressemble fortement à ses aïeux Deborah Mayfair et Petyr Van Abel qui, en revanche, ne se ressemblaient pas du tout. Il a la haute taille, le profil et les yeux bleus de Petyr mais aussi les pommettes délicates et la bouche de Deborah. Sur certains de ses portraits, son expression est curieusement semblable à celle de Deborah.

On dirait que ce portraitiste du XIXe siècle connaissait le Rembrandt de Deborah – ce qui était impossible puisqu'il n'a jamais quitté notre chambre forte – et qu'il a sciemment cherché à imiter la « personnalité » fixée sur la toile par le maître. Il convient d'ajouter que sur nombre de photos, malgré son air sévère imposé par les conventions photographiques de l'époque, Julien sourit.

Il s'agit d'un sourire à la Mona Lisa, mais tout de même d'un sourire. On a l'impression que Julien trouvait les « prises de vues » amusantes. Sur les photos prises vers la fin de sa vie, au XXe siècle, il sourit toujours mais de façon bien plus franche et généreuse, et semble tout simplement heureux.

Nul doute que Julien fut le chef de famille toute sa vie, régissant plus ou moins celle de ses nièces, de ses neveux, de sa sœur Katherine et de son frère Rémy.

Il était bien connu qu'il suscitait crainte et confusion chez ses ennemis. On a raconté que, au cours d'une dispute, il avait enflammé les vêtements d'un homme. Le feu fut rapidement éteint et l'homme guérit de ses graves brûlures mais aucune action légale ne fut jamais entreprise contre Julien. En fait, personne, police locale incluse, ne crut à cette fable, et Julien se mettait à rire quand on lui posait des questions à ce sujet. Mais un témoin a par ailleurs raconté que Julien pouvait allumer un feu par le simple effet de sa volonté et que sa mère se moquait de lui à ce propos.

Jusqu'à cette époque, aucun Mayfair n'était jamais allé à l'école. Mais tous recevaient une excellente instruction privée. Julien eut plusieurs précepteurs dans sa jeunesse. L'un d'eux, un beau Yankee de Boston, fut retrouvé noyé dans un bayou près de Riverbend et l'on raconte que c'est Julien qui l'a étranglé et jeté à l'eau. Une fois de plus, il n'y eut aucune enquête et la famille Mayfair manifesta son indignation devant une telle calomnie. Les domestiques qui avaient fait courir ce bruit se rétractèrent aussitôt.

Ce maître d'école de Boston fut pour nous une formidable source d'informations. Il passait son temps à parler des étranges habitudes de Marguerite et de la peur qu'elle inspirait aux esclaves. C'est de lui que nous tenons la description des bocaux et des flacons remplis de restes humains. Il alla jusqu'à prétendre avoir repoussé les avances de Marguerite. En fait, ses bavardages étaient si vicieux et si peu avisés que plus d'une personne crut bon d'avertir la famille.

Julien l'a-t-il tué? Nul ne le saura jamais. Quoi qu'il en soit, s'il l'a fait, ce n'est pas sans raison, eu égard aux mœurs de l'époque.

On disait que Julien distribuait les pièces d'or étrangères comme s'il s'était agi de menue monnaie, et que, dans les restaurants à la mode, les serveurs se disputaient pour servir à sa table. Cavalier émérite, il possédait plusieurs chevaux, deux attelages et deux équipages.

Même âgé, on le voyait souvent monter le matin sa jument marron. Il remontait Saint Charles Avenue jusqu'à Carrolton puis revenait et jetait des pièces aux enfants noirs qu'il croisait.

Après sa mort, quatre témoins prétendirent avoir vu son fantôme passer à cheval dans la brume de Saint Charles Avenue, témoignages qui furent relatés dans les journaux de l'époque.

On a également dit un grand nombre de fois qu'il avait le don d'ubiquité, c'est-à-dire qu'il pouvait se trouver dans plusieurs endroits en même temps. Des esclaves racontèrent par exemple qu'il était dans la bibliothèque mais que, très peu de temps plus tard, il était vu dans le jardin de derrière. Ou bien qu'une servante l'avait vu sortir par la porte de devant et qu'en se retournant elle l'avait aperçu en train de descendre l'escalier.

Plus d'un domestique préféra quitter la maison de First Street plutôt que de servir l'« étrange Monsieur Julien ».

Nous supposons que la confusion fut créée par des apparitions de Lasher. D'ailleurs, les descriptions qui ont été faites plus tard des vêtements de Lasher indiquent une ressemblance évidente avec ceux que portait Julien sur deux de ses portraits. Le Lasher mentionné tout au long du xxe siècle était toujours vêtu de la même façon que Julien avait pu l'être dans les années 1870 et 1880.

Nous tenons pour certain que Julien aimait sa mère, Marguerite, bien qu'il ne passât que peu de temps en sa compagnie. Il achetait sans arrêt des livres pour elle à La Nouvelle-Orléans et en commandait à New York et en Europe. Leur seule dispute qui attira l'attention porta sur le mariage de Katherine avec Darcy Monahan. Marguerite frappa Julien à plusieurs reprises devant les domestiques. Au dire de tous, Julien en fut très meurtri et se retira en larmes.

Après la mort de Suzette, sa femme, Julien passa encore moins de temps à Riverbend. Ses enfants furent élevés exclusivement à First Street. Personnage jusque-là débonnaire, même s'il était déjà apparu plusieurs fois à l'opéra et au théâtre avec sa nièce (ou sa fille) Mary Beth, Julien joua un rôle plus actif dans la société, donnant de nombreux bals de charité et soutenant de jeunes musiciens amateurs qu'il présentait à l'occasion de petits concerts privés dans le grand salon de First Street.

Julien réalisait des profits énormes à Riverbend mais il se bâtit également une immense fortune avec ses deux filiales de New York. Cela lui permit d'acheter dans toute La Nouvelle-Orléans des biens immobiliers qu'il laissa à sa nièce Mary Beth, alors même que celle-ci, héritière désignée des Mayfair, était promise à une fortune plus colossale que celle de Julien.

Suzette, sa femme, fut pour Julien une grande déception. Leurs domestiques et leurs amis ont rapporté des disputes fréquentes. On disait que Suzette était très religieuse et supportait mal la nature frivole de son époux : elle refusait les bijoux et les beaux vêtements qu'il voulait lui faire porter, n'aimait pas sortir le soir et n'appréciait que la musique douce. Créature adorable, au teint pâle et aux yeux brillants, elle était d'une nature souffreteuse et mourut peu après les quatre naissances rapprochées de ses enfants. Sa fille Jeannette avait un don de double vue ou un pouvoir parapsychique, c'est une certitude.

Des domestiques l'entendirent plus d'une fois crier à la vue d'un fantôme ou d'une apparition. Ses frayeurs soudaines et ses ruées dans la rue se firent fréquentes et les habitants de Garden District s'y habituèrent. On en parla même dans les journaux. En fait, Jeannette fut à l'origine des premières « histoires de fantômes » qui allaient se répandre autour de First Street.

On raconte que Julien n'avait aucune patience avec Jeannette et l'enfermait parfois. Mais, sinon, il adorait ses enfants. Ses trois fils fréquentèrent Harvard puis revinrent pratiquer le droit civil à La Nouvelle-Orléans et amassèrent une immense fortune. Leurs descendants sont tous des Mayfair et c'est le cabinet juridique fondé par les fils de Julien qui administre depuis lors l'héritage Mayfair.

Nous possédons au moins sept photos de Julien avec ses enfants, dont quelques-unes avec Jeannette (qui mourut jeune). La famille y apparaît toujours joyeuse et les frères Barclay et Cortland ressemblent à leur père. Barclay et Garland moururent à soixante ans passés, tandis que Cortland ne mourut qu'en octobre 1959, à l'âge de quatre-vingts ans. J'ai été en contact direct avec lui l'année précédant son décès, mais nous y reviendrons en temps voulu.

Les preuves les plus intéressantes dont nous disposons au sujet de Julien concernent Mary Beth mais aussi la naissance de Belle, sa première fille. Julien allait au-devant des moindres désirs de Mary Beth : il donnait en son honneur les bals les plus somptueux de toute La Nouvelle-Orléans et les allées du jardin de First Street, les balcons et les fontaines furent tous créés pour la célébration du quinzième anniversaire de Mary Beth.

A quinze ans, la jeune fille était déjà grande. Sur les photos, elle est majestueuse, grave et belle, avec ses grands yeux noirs et ses sourcils magnifiquement dessinés. Toutefois, elle arbore une expression d'indifférence. Cette apparente absence de narcissisme ou de vanité est une caractéristique commune à tous les clichés pris d'elle pendant toute sa vie. Parfois, son attitude masculine est d'une désinvolture presque provocante.

Mais était-ce réellement de la provocation ou plutôt de la distraction? On disait fréquemment qu'elle ressemblait à sa grand-mère Marguerite mais pas du tout à sa mère Katherine.

En 1888, Julien et Mary Beth partirent pour l'Europe, où ils séjournèrent un an et demi. Au cours de leur absence, ils envoyèrent de nombreuses lettres à des amis et à des parents annonçant le « mariage » de Mary Beth, alors âgée de seize ans, avec un Mayfair écossais – un cousin du Vieux Monde – et la naissance d'une petite fille prénommée Belle. Le mariage, célébré dans une église catholique d'Écosse, fut décrit en détail par Julien dans une lettre adressée à une amie du quartier français, une bavarde invétérée, qui fit circuler la lettre dans tout son entourage. D'autres lettres de Julien et de Mary Beth décrivaient le mariage de façon plus succincte pour d'autres amis et parents bavards.

Lorsque Katherine apprit le mariage de sa fille, elle prit le lit et refusa de manger et de parler pendant cinq jours. Ce n'est qu'après avoir été menacée d'être envoyée dans un asile qu'elle accepta de se lever et de manger un peu de soupe. « Julien est le diable », murmura-t-elle avant de renvoyer tout le monde de sa chambre.

Malheureusement, le mystérieux lord Mayfair trouva la mort en tombant de la tour de son château ancestral d'Écosse, deux mois avant la naissance de sa fille. Une fois de plus, Julien envoya chez lui le récit détaillé des événements. Mary Beth écrivit des lettres éplorées à ses amis.

Ce lord Mayfair était fort probablement un personnage fictif. Mary Beth et Julien voyagèrent effectivement en Écosse, passèrent quelque temps à Édimbourg et visitèrent même Donnelaith, où ils achetèrent le château sur la colline, au-dessus de la ville, décrit par Petyr Van Abel. Mais, depuis les années 1600, il ne restait de ce château, autrefois habitation familiale du clan de Donnelaith, qu'une ruine abandonnée. Aucun registre d'Écosse ne confirme l'existence de lords Mayfair.

Néanmoins, au cours de ses investigations depuis le début du siècle, le Talamasca a déniché des preuves étonnantes quant aux ruines de Donnelaith. Un incendie a dévasté le château à l'automne 1689, c'est-à-dire aux alentours de l'exécution de Deborah à Montclève. Nous n'avons pu découvrir si c'était le même jour. Dans cet incendie ont péri les derniers membres du clan de Donnelaith, le vieux lord, son fils aîné et son jeune petit-fils.

Il est tentant de supposer que le vieux lord était le père de Deborah Mayfair, personnage lâche qui n'était pas intervenu contre l'exécution de la pauvre Suzanne, paysanne simple d'esprit, alors même que sa fille Deborah risquait de connaître un sort identique.

Qui sait? Mais nous n'avons pas non plus le moyen de savoir si Lasher a joué ou non un rôle dans l'incendie qui a décimé la famille de Donnelaith. L'histoire nous indique seulement que le corps du vieil homme a brûlé, que le petit-fils a été asphyxié par la fumée et que plusieurs femmes de la famille sont mortes en se jetant du haut des créneaux. Le fils aîné serait mort lorsque l'escalier de bois qu'il était en train de descendre s'est effondré.

L'histoire nous enseigne par ailleurs que Julien et Mary Beth ont acheté le château après avoir simplement passé une demi-journée dans ses ruines. Il appartient toujours aux Mayfair aujourd'hui, et d'autres Mayfair l'ont visité.

Il n'a jamais été occupé ni restauré mais simplement nettoyé de tous ses débris et entretenu en l'état. Du vivant de Stella, au XXe siècle, il fut ouvert au public.

Personne n'a jamais su pourquoi Julien l'avait acheté, ce qu'il en savait et ce qu'il voulait en faire. Il est probable qu'il ait été au courant de l'histoire de Deborah et de Suzanne, qu'il l'ait apprise par les archives familiales ou par Lasher.

Qui savait quoi et quand? Le Talamasca a consacré beaucoup de temps à cette question car les Mayfair du XIXe ne semblaient pas connaître à fond leur histoire. Katherine avoua à plusieurs reprises qu'elle ignorait presque tout des origines de sa famille et, en 1920, Mary Beth dit aux prêtres de l'église Saint Alphonse que tout était « parti en poussière ». Elle semblait même avoir quelque difficulté à expliquer aux étudiants en architecture qui avait construit Riverbend et quand.

Quoi qu'il en soit, Julien était à Donnelaith en 1888 et acheta le château en ruine. Et, jusqu'à la fin de ses jours, Mary Beth maintint que lord Mayfair était le père de sa pauvre petite Belle, qui se révéla être l'extrême inverse de sa puissante mère.

Pour reprendre la chronologie, les soi-disant oncle et nièce rentrèrent chez eux avec la petite Belle fin 1889 et Marguerite, âgée de quatre-vingt-dix ans et fort décrépite, s'intéressa beaucoup à l'enfant.

En fait, Katherine et Mary Beth gardaient en permanence un œil sur l'enfant car Marguerite se promenait avec elle dans les bras et l'oubliait n'importe où, sur une marche d'escalier ou sur une table. Julien riait de tant de précautions et dit plusieurs fois devant des domestiques que le bébé avait un ange gardien très spécial qui prenait soin de lui.

Mary Beth, Julien et Belle vécurent heureux ensemble à First Street, et Mary Beth, bien qu'adorant danser, aller au théâtre ou assister à des soirées, n'était pas pressée de trouver un « autre » mari.

Finalement, elle se remaria, comme nous le verrons, avec un homme du nom de Daniel McIntyre et mit au monde trois autres enfants : Carlotta, Lionel et Stella.

En 1891, la nuit précédant la mort de Marguerite, Mary Beth se réveilla en criant dans sa chambre de First Street. Elle voulait absolument partir immédiatement pour Riverbend, affirmant que sa grand-mère était mourante. Les serviteurs trouvèrent Julien assis, immobile, dans la bibliothèque du premier étage, apparemment en train de pleurer. Il ne paraissait pas entendre ni voir Mary Beth qui le suppliait de l'emmener à Riverbend.

Une jeune servante irlandaise entendit alors la vieille gouvernante quarteronne dire que l'homme assis au bureau n'était peut-être pas Monsieur Julien et qu'il fallait le chercher. La jeune Irlandaise fut terrifiée, surtout lorsque la gouvernante se mit à appeler « Michié Julien » dans toute la maison tandis que Julien ne bougeait toujours pas et regardait fixement devant lui sans rien entendre.

Finalement, Mary Beth partit à pied et Julien sortit de son hébétude, se passa les doigts dans ses cheveux blancs et ordonna aux serviteurs d'avancer le coupé de ville. Il rattrapa Mary Beth juste avant Magazine Street.

Il vaut la peine de mentionner que Julien avait alors soixante-trois ans, était très beau, avec la prestance d'un acteur. Mary Beth avait dix-neuf ans et était ravissante. Belle n'avait que deux ans et l'on ne parle pas d'elle dans cet épisode.

Julien et Mary Beth arrivèrent à Riverbend juste au moment où des messagers partaient pour aller les chercher. Marguerite était pratiquement dans le coma et serrait dans ses mains osseuses une drôle de petite poupée qu'elle appelait « maman », pour la plus grande confusion du médecin et de l'infirmière qui racontèrent tout cela ensuite.

La poupée était un objet affreux avec pour membres de vrais os humains maintenus en place par un fil de fer noir et une crinière de cheveux blancs fixés sur sa tête en chiffon aux traits grossièrement dessinés.

Katherine, âgée de soixante et un ans, et ses deux fils étaient tous trois assis depuis des heures à côté du lit. Rémy aussi était présent. Il était à la plantation depuis un mois avant le déclin de sa mère.

Le père Martin venait d'administrer l'extrême-onction à Marguerite et des cierges bénits brûlaient sur l'autel.

Lorsque Marguerite rendit son dernier soupir, le prêtre regarda avec curiosité Katherine se lever, s'approcher de la boîte à bijoux de la coiffeuse, qu'elle avait toujours partagée avec sa mère, en sortir le collier d'émeraude et le donner à Mary Beth. Celle-ci l'accepta avec des remerciements, le mit autour de son cou et continua à pleurer.

Le prêtre observa alors que la pluie commençait à tomber et que le vent faisait rage autour de la maison. Les volets claquaient et des feuilles tombaient partout. Julien avait l'air ravi et riait.

Katherine semblait lasse et effrayée. Mary Beth était inconsolable. Clay, jeune homme de belle prestance, semblait fasciné par ce qui se passait. Son frère Vincent, lui, paraissait indifférent.

Julien ouvrit les fenêtres pour laisser entrer le vent et la pluie, ce qui effraya le prêtre et le dérangea quelque peu car on était en hiver. Mais il n'osa pas bouger, bien que la pluie tombât sur le lit. Les arbres battaient contre les murs de la maison et le prêtre avait peur qu'une branche ne passât par la fenêtre, dont il était tout proche.

Julien, imperturbable mais les yeux pleins de larmes, embrassa Marguerite, lui ferma les yeux et lui prit la poupée, qu'il plaça à l'intérieur de son manteau. Puis il posa ses mains sur la poitrine de la morte et expliqua longuement au prêtre que sa mère était née à la fin du siècle précédent, qu'elle avait vécu presque cent ans et qu'elle avait vu et compris des choses qu'elle n'avait jamais pu dire à personne.

Lorsque le prêtre se hasarda timidement à demander si l'on pouvait fermer la fenêtre, Julien lui rétorqua que le ciel pleurait pour Marguerite et qu'il serait irrespectueux de fermer la fenêtre. Ensuite, il balaya de la main les cierges bénits de l'autel catholique, ce qui offensa le prêtre et étonna Katherine.

– Allez, Julien! Ne fais pas l'idiot! murmura Katherine.

Ce à quoi Vincent ne put s'empêcher de rire et Clay sourit malgré lui. Tout le monde regarda le prêtre, horrifié. Julien adressa à l'assemblée un sourire enfantin et un haussement d'épaules puis, regardant à nouveau sa mère, il s'agenouilla et enfouit son visage dans les couvertures à côté d'elle.

Après avoir quitté la maison, le prêtre s'aperçut qu'à quelques centaines de mètres de là il n'y avait ni pluie ni vent. Le ciel était plutôt clair. Il s'approcha de Clay, assis sur une chaise blanche près du portail d'entrée de la propriété. Il fumait en regardant la tempête au loin, très visible dans l'obscurité. Le prêtre le salua mais Clay ne sembla pas l'avoir entendu.

On pourrait ajouter ici bon nombre d'autres anecdotes concernant Julien et on le fera peut-être un jour. On en saura d'ailleurs plus à son sujet à mesure que se déroulera l'histoire de Mary Beth.

Mais on ne peut passer au cas de Mary Beth sans traiter un autre aspect de la personnalité de Julien : sa bisexualité. Comme je l'ai dit, Julien, très jeune, a été accusé de « crime contre la nature », à la suite de quoi, accidentellement ou délibérément, il a tué l'un de ses oncles. J'ai également mentionné son compagnon du quartier français à la fin des années 1850.

Julien allait avoir de nombreux compagnons de cette sorte pendant toute sa vie mais nous ne savons rien de la plupart d'entre eux.

Les deux dont nous sommes parvenus à apprendre quelque chose sont un quarteron nommé Victor Grégoire et un Anglais s'appelant Richard Llewellyn.

En quelque sorte secrétaire particulier et valet de Julien dans les années 1880, Victor Grégoire logeait dans le quartier des domestiques de First Street. Il était remarquablement beau, comme tous les compagnons de Julien, qu'ils soient hommes ou femmes. La rumeur le disait descendant des Mayfair.

Quoi qu'il en soit, Julien l'aimait beaucoup, mais tous deux s'étaient disputés en 1885, vers l'époque du décès de Suzette. D'après le peu que nous savons sur cette dispute, Victor accusait Julien de ne pas traiter Suzette, très malade, avec suffisamment de compassion. Et Julien, outré, avait sauvagement frappé Victor. Les cousins ont tellement raconté cette histoire dans la famille que des étrangers en ont eu connaissance.

Il semble que Victor avait tout à fait raison et que, en tant que serviteur le plus dévoué de Julien, il s'était permis de dire la vérité à son maître. Tout le monde savait que personne n'était plus proche de Julien que lui et qu'il aurait fait n'importe quoi pour lui.

Ajoutons également qu'il est manifeste que Julien aimait Suzette, tout déçu qu'il fût par elle, et qu'il s'occupait bien d'elle. Ses fils estimaient certainement qu'il aimait leur mère et, aux obsèques de Suzette, Julien était éploré. Il réconforta le père et la mère de Suzette pendant des heures et prit du temps sur ses affaires pour rester auprès de sa fille Jeannette qui ne se remit jamais de la disparition de sa mère.

Les descendants des frères et sœurs de Suzette disent aujourd'hui que « grand-tante Suzette », qui vivait autrefois à First Street, avait en fait été rendue folle par son mari, un homme pervers, cruel et malveillant qui présentait tous les symptômes de l'insanité congénitale. Mais ces racontars sont vagues et peu fiables.

Pour en revenir à Victor, le pauvre garçon mourut tragiquement pendant que Julien et Mary Beth étaient en Europe. En rentrant un soir, il fut renversé par une voiture, fit une mauvaise chute et se cogna la tête. Deux jours plus tard, il succomba à une commotion cérébrale. Julien l'apprit à son retour à New York et fit ériger pour lui un magnifique monument funéraire au cimetière n° 3 de Saint Louis.

Le témoignage de Richard Llewellyn

Richard Llewellyn est le seul observateur de Julien jamais interrogé par un membre de l'ordre. En fait, il était bien plus qu'un observateur.

Ce qu'il avait à dire, à propos de Julien mais aussi d'autres membres de la famille, rend son témoignage particulièrement intéressant, bien que ses affirmations restent pour la plupart non corroborées. Il nous a procuré certains des détails les plus intimes que nous connaissions sur la famille Mayfair.

C'est pourquoi nous estimons nécessaire de reproduire ses paroles dans leur totalité.

Richard Llewellyn arriva à La Nouvelle-Orléans en 1900, à l'âge de vingt ans, et entra au service de Julien pour occuper exactement la même fonction que Victor auparavant. Car, en dépit de ses soixante-douze ans, Julien s'occupait toujours de la fabrication du coton, de transactions immobilières, d'opérations bancaires et autres. Jusqu'à la semaine même de sa mort, quelque quatorze années plus tard, il travailla chaque jour dans sa bibliothèque de First Street.

Llewellyn travailla pour lui jusqu'à sa mort et, en 1958, alors que je commençais mes investigations sur le terrain concernant les sorcières Mayfair, il m'avoua spontanément qu'il avait été son amant.

En 1958, Llewellyn avait soixante-dix-sept ans. C'était un homme de taille moyenne, bien bâti, aux cheveux noirs bouclés semés de gris et aux grands yeux bleus et légèrement protubérants.

Il possédait une librairie de livres anciens dans le quartier français, dans Chartres Street, spécialisée dans les livres de musique, en particulier sur les opéras. Dans sa boutique, un phonographe passait des enregistrements de Caruso, et Llewellyn, invariablement assis à son bureau de l'arrière-boutique, était toujours en costume et cravate.

C'était un legs de Julien qui lui avait permis d'acheter l'immeuble, dont il habitait le second étage. Jusqu'à un mois avant sa mort, en 1959, il ne cessa pas de travailler dans la boutique.

Je lui rendis visite à plusieurs reprises pendant l'été 1958, mais je ne réussis qu'une seule fois à le faire parler à cœur ouvert. Et je dois admettre que le vin que je lui fis boire sans parcimonie y aida beaucoup. J'ai employé cette méthode du repas et du bon vin coulant à flots, sans aucune honte, avec plus d'un témoin. Elle est particulièrement efficace à La Nouvelle-Orléans, surtout en été.

Je provoquai une rencontre parfaitement « fortuite » avec Llewellyn en entrant dans sa boutique un après-midi de juillet et en abordant le sujet des grands castrats de l'opéra, dont Farinelli. Je n'eus aucune difficulté à convaincre Llewellyn de fermer boutique à 14 h 30 pour venir déjeuner avec moi chez Galatoire.

Je me gardai de lancer trop vite la conversation sur les Mayfair. Au moment que je jugeai opportun, je m'y risquai timidement à propos de la vieille maison de First Street. Je lui dis franchement que cette maison et ses habitants m'intriguaient. Mon interlocuteur était alors plutôt gris et n'hésita pas à se plonger dans ses souvenirs sur ses premiers jours à La Nouvelle-Orléans.

Tout d'abord, il ne dit pas un mot de Julien. Ce n'est qu'au bout d'un moment qu'il commença à m'en parler comme si je connaissais très bien l'homme. J'introduisis quelques dates et noms bien connus qui lancèrent immédiatement la conversation sur le sujet qui m'intéressait. Nous quittâmes Galatoire pour un petit café tranquille de Bourbon Street et poursuivîmes la conversation jusqu'après 20 h 30.

A l'époque, nous n'utilisions pas encore le magnétophone et, en rentrant à l'hôtel, je reconstituai notre entretien du mieux que je pus, en essayant de me rappeler les expressions particulières employées par Llewellyn. Mais cela reste une reconstitution. J'en ai omis mes propres questions et je crois qu'en substance cette reconstitution est fidèle.

Pour l'essentiel, Llewellyn était profondément amoureux de Julien et eut un grand choc quand il découvrit que son employeur avait au moins dix ou quinze ans de plus qu'il ne le croyait. Mais il ne l'apprit que lorsque Julien eut sa première attaque, début 1914. Jusque-là, Julien avait été pour Llewellyn un amant plutôt romantique et vigoureux et Llewellyn resta avec lui jusqu'à sa mort, quatre mois plus tard. A cette époque, Julien était partiellement paralysé mais continuait à passer une ou deux heures par jour dans son bureau.

Llewellyn me fournit une description excellente de Julien au début des années 1900. C'était un homme mince, qui s'était un peu tassé mais restait alerte et énergique, de bonne humeur et plein d'imagination.

Llewellyn m'avoua franchement que Julien l'avait initié aux secrets érotiques, lui avait appris à être un amant attentionné mais l'avait aussi emmené à Storyville, le fameux quartier chaud de La Nouvelle-Orléans, où il l'avait introduit dans les meilleures maisons.

Mais passons tout de suite à son récit.

« Il m'en a appris, des trucs. Et quel sens de l'humour il avait! On aurait dit que le monde entier n'était pour lui qu'une immense farce. Il n'y avait jamais chez lui la moindre trace d'amertume. Je vais vous raconter des détails très intimes. Il me faisait l'amour exactement comme si j'étais une femme. Si vous ne voyez pas de quoi je veux parler, ce n'est pas la peine que je vous l'explique. Et sa voix, son accent français! Je peux vous dire que chaque fois qu'il commençait à me parler à l'oreille...

« Il me racontait toujours des histoires très drôles sur ses galipettes avec ses autres amants et les tours qu'ils jouaient à tout le monde. L'un d'eux, Aleister, s'habillait en femme pour accompagner Julien à l'opéra. Et personne ne s'est jamais douté de rien. Julien a essayé de me persuader d'en faire autant, mais je lui ai répondu que je ne m'en sentais pas capable. Il a très bien compris. Il était vraiment une bonne nature. En fait, il était impossible de l'entraîner dans une dispute. Il disait qu'il en avait eu plus que sa part, qu'il n'en voulait plus et que cela l'épuisait.

« La seule fois où je l'ai trompé, je suis rentré deux jours plus tard en m'attendant à une dispute terrible. En fait, il m'a accueilli avec une sorte de cordialité détachée. J'ai vite compris qu'il savait ce que j'avais fait et avec qui et, de la façon la plus aimable et la plus sincère, il m'a demandé comment j'avais pu être si bête. C'était atroce. J'ai fondu en larmes et lui ai avoué que j'avais voulu faire preuve d'indépendance.

« Il a accepté mon explication avec un sourire. Il m'a tapoté l'épaule et m'a dit de ne pas m'en faire. Je peux vous dire que l'envie m'a passé pour toujours de le tromper! C'était si dur de se sentir aussi mal alors que lui était si calme.

« Alors il m'a raconté qu'il savait lire dans les pensées et qu'il était capable de voir ce qui se passait ailleurs. Il en a énormément parlé. Je ne saurai jamais s'il était sérieux ou pas. Il avait des yeux magnifiques. C'était un très beau vieil homme et il avait un goût vestimentaire très sûr. Quand il portait un costume de coton blanc avec un gilet de soie jaune et un panama blanc, il était splendide. Je crois que j'essaie de l'imiter aujourd'hui. N'est-ce pas triste? Je passe mon temps à vouloir ressembler à Julien Mayfair.

« Oh, ça me rappelle qu'un jour il a fait quelque chose de vraiment étrange pour me faire peur! Je ne sais toujours pas comment il s'y est pris. La veille, nous avions parlé du physique de Julien quand il était jeune. Nous avions regardé un tas de photos de lui. C'était presque une reconstitution de l'histoire de la photographie : les premières photos étaient des daguerréotypes, puis il y avait les ferrotypes, puis les photos cartonnées sépia et enfin les photos noir et blanc un peu comme celles d'aujourd'hui. Il m'en a montré toute une flopée et je lui ai dit : “ J'aurais vraiment aimé te connaître quand tu étais jeune. Tu étais vraiment beau... " Je me suis arrêté tout d'un coup, honteux. Je craignais de l'avoir blessé. Mais il me souriait. Je n'oublierai jamais. Il était assis à une extrémité de son canapé en cuir, les jambes croisées, me regardant à travers la fumée de sa pipe, et il m'a dit : " Eh bien, Richard, si tu as envie de savoir comment j'étais à cette époque, je te le montrerai peut-être. Tu vas être surpris. "

« Ce soir-là, je suis allé en ville. Je ne me rappelle plus pour quoi faire. Juste pour sortir, peut-être. Cette maison était si oppressante parfois ! Elle était pleine d'enfants, de vieilles gens. Et puis il y avait Mary Beth Mayfair. Elle avait... une certaine présence, pour être poli. Ne vous méprenez pas. J'aimais bien Mary Beth. Tout le monde l'aimait bien. Je l'aimais beaucoup, même. Jusqu'à la mort de Julien, en tout cas. Mais elle avait une façon de remplir une pièce quand elle entrait ! Elle éclipsait tout le monde. Et puis il y avait son mari, le juge McIntyre.

« Le juge McIntyre était un parfait ivrogne. Il était toujours ivre et il ne tenait pas bien le vin. Il m'est arrivé plus d'une fois de partir à sa recherche dans les bars irlandais de Magazine Street pour le ramener à la maison. En fait, les Mayfair n'étaient pas son genre. C'était un homme bien élevé, un Irlandais de pure souche. Mais je pense que Mary Beth lui donnait un complexe d'infériorité. Elle lui faisait sans arrêt des réflexions : il devait mettre sa serviette sur ses genoux, il ne devait pas fumer le cigare dans la salle à manger, ou il faisait grincer sa fourchette en mangeant et ça la dérangeait. Elle n'arrêtait pas de l'asticoter mais je crois qu'il l'aimait sincèrement. C'est pour ça qu'elle le blessait si facilement. Il aurait fallu que vous la connaissiez pour comprendre. Elle n'était pas belle. Elle était... absolument captivante !

« Mais, vous savez, le juge McIntyre n'était pas le genre d'Irlandais à rester auprès de sa femme. Il préférait être en compagnie d'hommes, à boire et à discuter tout le temps. Pas avec des hommes comme Julien mais avec des hommes comme lui, des Irlandais buveurs et discutailleurs. Il passait le plus clair de ses soirées à son club mais plus d'une fois il s'est rendu dans des lieux peu raffinés, dans Magazine Street.

« A la maison, il était très bruyant. Mais il était un bon juge. Il ne buvait jamais avant de rentrer du tribunal et comme il rentrait tôt il avait tout son temps pour être fin soûl à 10 heures du soir. Alors il sortait et vers minuit Julien me disait : " Richard, je crois que tu devrais aller le chercher. "

« Julien était très conciliant. Il trouvait le juge McIntyre très drôle et riait à tout ce qu'il disait. Le juge parlait des heures et des heures de l'Irlande et de la situation politique là-bas et Julien attendait qu'il ait fini puis disait avec une lueur dans l'œil : " Je m'en fiche pas mal qu'ils s'entretuent. " Alors le juge McIntyre s'énervait, Mary Beth riait, hochait la tête et donnait un coup de pied à Julien sous la table. Je me demande comment le juge a pu vivre si longtemps. Il est mort en 1925, trois mois après Mary Beth. On a dit qu'il avait eu une pneumonie. Vous pensez ! On l'a retrouvé dans un caniveau la veille de Noël. Il faisait si froid que les canalisations étaient gelées. Une pneumonie!

« On m'a raconté que, quand Mary Beth était agonisante, elle souffrait tellement que les doses de morphine qu'on lui administrait auraient dû la tuer. Elle était allongée, à demi inconsciente, et son mari entrait, ivre, et la réveillait en disant : " Mary Beth, j'ai besoin de toi. " Et elle répondait : " Viens, Daniel, allonge-toi à côté de moi. " Et dire qu'elle était si souffrante! C'est Stella qui m'a raconté... la dernière fois que je l'ai vue. Enfin, vivante. J'y suis retourné une fois après. Pour les obsèques de Stella. Elle était là, dans le cercueil. La façon dont Lonigan avait refermé la plaie tenait du miracle. Elle était si belle. Et tous les Mayfair étaient là aussi. Mais la dernière fois que je l'ai vue vivante, comme je l'ai dit, elle m'a raconté des choses sur Carlotta et la façon dont elle traitait Mary Beth les derniers mois. A vous faire dresser les cheveux sur la tête!

« Imaginez une fille indifférente à sa mère en train de mourir. Mais Mary Beth ne s'en rendait pas compte. Elle était couchée, souffrante, à demi consciente, m'a dit Stella. Elle ne savait même pas où elle était et se mettait parfois à parler tout haut à Julien, comme si elle le voyait dans la pièce. Stella restait auprès d'elle jour et nuit. Mary Beth l'adorait.

« Mary Beth m'a dit un jour qu'elle pourrait mettre tous ses autres enfants dans un sac et les jeter dans le Mississippi. Stella était la seule qui comptait. Elle plaisantait, bien sûr. Elle n'était jamais méchante avec ses enfants. Je me rappelle qu'elle faisait la lecture à Lionel pendant des heures quand il était petit. Et elle l'aidait à faire son travail scolaire. Elle engageait pour lui les meilleurs professeurs quand il ne voulait pas aller à l'école. Aucun de ses enfants n'était très brillant. A part Carlotta, bien sûr. Stella s'est fait renvoyer de trois écoles successives, je crois. Carlotta était la seule à faire des merveilles et ça lui a fait beaucoup de bien.

« Mais où en étais-je? Ah oui! Parfois j'avais l'impression de ne pas avoir ma place dans cette maison. Quoi qu'il en soit, je suis sorti. Je suis allé au quartier. C'était la belle époque de Storyville, vous savez. La prostitution y était légale et Julien m'avait emmené une fois chez Lulu White et dans d'autres endroits à la mode. Ça ne le dérangeait pas que j'y aille sans lui.

« Donc, ce soir-là, Julien était bien installé dans sa chambre du troisième étage, avec ses livres, son chocolat chaud et son Victrola. Ça lui était égal que je sorte. De toute façon, il savait très bien que je ne faisais que regarder. Alors, j'ai commencé à déambuler devant ces petites maisons avec les filles qui m'apostrophaient et me proposaient de monter avec elles. Evidemment, je n'étais pas du tout intéressé.

« Et puis j'ai posé les yeux sur ce ravissant jeune homme. Il était dans une des ruelles, les bras croisés, adossé à une maison, et il me regardait. " Bonsoir, Richard ", m'a-t-il dit. J'ai tout de suite reconnu sa voix et son accent français. C'était Julien. Il avait à peine vingt ans! J'ai failli pousser un cri. C'était pire que de voir un fantôme. Et puis, d'un seul coup, il a disparu.

« Je suis immédiatement rentré à First Street. Julien m'attendait à la porte. Il était en robe de chambre et tirait sur son abominable pipe tout en riant. " Je t'avais dit que je te montrerais comment j'étais quand j'avais vingt ans! " Et il n'arrêtait pas de rire.

« Je me rappelle que je l'ai suivi dans le salon. C'était une pièce charmante. Pas comme aujourd'hui. Vous auriez vu ça! Il y avait des meubles français splendides que Julien avait achetés en Europe quand il y était allé avec Mary Beth. C'était sobre, élégant et tout simplement magnifique. Le mobilier Arts déco était une idée de Stella. Franchement! Et elle trouvait formidable de mettre des palmiers en pots partout! Le seul beau meuble était le piano Bözendorfer. L'endroit ne ressemblait plus à rien quand j'y suis allé pour l'enterrement de Stella. Elle a été exposée dans la maison, dans la pièce même où elle a été abattue, vous savez. Mais où en étais-je?

« Ah oui! Cette nuit incroyable! Je venais de voir Julien jeune en ville, qui m'avait parlé en français. A mon retour, je l'ai suivi au salon et il s'est assis sur le canapé, a allongé ses jambes et m'a dit : " Ah! Richard. J'aurais tant de choses à te raconter et à te montrer. Mais je suis vieux maintenant. A quoi bon? La seule consolation de la vieillesse est de ne plus avoir besoin d'être compris. Une sorte de résignation s'installe en même temps que nos artères durcissent. "

« Mais j'étais toujours bouleversé de ce que j'avais vu. " Julien, dis-je, je veux savoir comment tu as fait. " Il ne m'a pas répondu. C'était comme si je n'avais pas été là. Il regardait le feu fixement. Il faisait toujours allumer les deux feux dans cette pièce, en hiver. Il y a deux cheminées, dont l'une est un peu plus petite que l'autre.

« Un peu plus tard, il s'est réveillé et m'a rappelé qu'il était en train d'écrire l'histoire de sa vie et que je pourrais la lire après sa mort, peut-être. Il n'était pas sûr.

« Il a eu une vie très intéressante, vous savez. Il était né bien avant la guerre de Sécession et il en avait beaucoup vu. Je l'accompagnais souvent en ville à cheval, dans les beaux quartiers. Nous traversions Audubon Park et il me parlait des jours où toute cette terre était une plantation. Il parlait du bateau à vapeur de Riverbend, du vieil opéra et des bals de quarteronnes. Il n'arrêtait pas de parler. J'aurais dû tout écrire. Il racontait aussi ces histoires au petit Lionel et à Stella. Ils l'écoutaient bouche bée. Il les emmenait aussi avec nous dans la voiture à cheval, leur montrait certains endroits du quartier français et leur racontait de merveilleuses petites histoires.

« J'aurais bien voulu la lire, son autobiographie. Je me rappelle que plusieurs fois je suis entré dans la bibliothèque pendant qu'il l'écrivait. Il écrivait à la main mais il avait une machine à écrire. Et ça ne le dérangeait pas du tout d'avoir les enfants dans ses jambes. En général, Lionel lisait près du feu et Stella jouait à la poupée sur le canapé. Il continuait à écrire.

« Et puis, après sa mort, Mary Beth m'a dit qu'il n'y avait aucune autobiographie. Quand je lui ai demandé de me permettre de lire ce qu'il avait écrit, elle m'a répondu avec désinvolture qu'il n'y avait rien. Elle n'a pas voulu que je touche quoi que ce soit sur son bureau. Et elle a fermé à clé la porte de la bibliothèque. Je l'ai détestée pour ça. Elle aurait pu convaincre n'importe qui qu'elle disait la vérité. Elle était très forte pour ça, avec son assurance. Mais moi j'avais vu le manuscrit. »

Ce qui m'intéressait, c'était l'époque de Storyville et ce qu'y faisait Julien. Je posai la question à Llewellyn.

« Il adorait vraiment cet endroit et les femmes de chez Lulu White l'adoraient, je vous le dis. Elles s'occupaient de lui comme s'il était un roi. Et c'était pareil partout où il allait. Il s'en passait des choses, là-bas, mais je n'aime pas tellement en parler. Ce n'était pas que j'étais jaloux mais c'était un endroit plutôt choquant pour un Yankee honnête comme moi. »

Llewellyn se mit à rire.

« Mais vous comprendrez mieux si je vous raconte. La première fois que Julien m'y a emmené, c'était en hiver. Son cocher nous avait conduits devant la porte d'une des meilleures maisons. Il y avait un pianiste qui jouait là-bas. Manuel Perez, peut-être, ou Jelly Roll Morton. Nous l'avons écouté en buvant du champagne. C'était un bon champagne et des filles sont venues vers nous avec leurs tenues voyantes et leurs minauderies. Elles s'appelaient la duchesse de ceci et la comtesse de cela et essayaient de séduire Julien. Il s'est montré charmant avec tout le monde. Finalement, il a choisi une femme d'un certain âge, plutôt ordinaire, à mon grand étonnement. Il a dit que nous montions tous les deux. Évidemment, je n'en avais aucune envie. Rien n'aurait pu me persuader d'y aller mais Julien m'a simplement souri et m'a dit que je serais seulement spectateur et que j'avais des choses à apprendre. C'était tout lui, ça !

« Et que croyez-vous qu'il s'est passé dans la chambre ? En fait, ce n'était pas la femme qui intéressait Julien mais ses filles, deux fillettes de neuf et onze ans. Leur rôle était d'aider à la préparation, c'est-à-dire... examiner Julien, en quelque sorte, pour être certain qu'il n'avait pas... vous savez... et puis le laver. J'étais complètement stupéfait de voir ces enfants accomplir cette tâche intime. Et quand Julien est passé à l'acte avec la mère, les petites filles étaient aussi sur le lit ! Elles étaient très mignonnes, l'une avec ses cheveux noirs, l'autre avec ses boucles blondes. Elles portaient une petite chemise et des bas noirs. Vous vous rendez compte ? Le pire, c'est qu'elles étaient attirantes, même pour moi, je pense. Vous auriez vu leurs petits mamelons pointer à travers leurs chemises ! On ne peut pas vraiment parler de poitrine. Je ne sais pas pourquoi elles étaient si attirantes. Elles étaient adossées à la haute tête de lit sculptée – vous savez, une de ces horreurs fabriquées à la machine qui monte jusqu'au plafond et est surmontée d'un demi-ciel de lit et d'une couronne – et elles l'ont embrassé comme de petits anges affectueux quand il... il... est monté sur la mère, pour ainsi dire.

« Bien entendu, pendant tout ce temps il s'est comporté de la façon la plus gentille possible dans pareille situation. On aurait dit Darius, le roi de

Perse, dans son harem. Mais il n'y avait pas en lui la moindre gêne ni la moindre grossièreté. Après, il a bu encore un peu de champagne avec elles. Même les fillettes en ont bu. La mère a tenté d'exercer son charme sur moi, mais sans succès. Julien serait resté toute la nuit si je n'avais pas demandé à partir. Il apprenait aux deux petites filles un “ nouveau poème ”. J'ai l'impression qu'il leur en apprenait un chaque fois qu'il y allait. Les gamines lui récitèrent les trois ou quatre dernières leçons, dont un sonnet de Shakespeare. Le nouveau poème était d'Elizabeth Barrett Browning.

« J'étais impatient de m'en aller. En rentrant, je l'ai littéralement agressé : “ Julien, quoi que nous soyons, nous sommes aussi des adultes. Ce n'étaient que des enfants, lui dis-je. – Allez, Richard ! me répondit-il. Ne sois pas bête. Ce sont de fausses enfants. Elles sont nées dans une maison de passe et elles vivront ainsi toute leur vie. Je ne leur ai rien fait qui aurait pu les blesser. Et si je n'avais pas été avec leur mère ce soir, quelqu'un d'autre m'aurait remplacé. Mais je vais te dire ce qui me frappe réellement, là-dedans. C'est que, quelles que soient les circonstances, c'est le sens de la vie qui l'emporte. Bien sûr, cette existence est bien misérable. Comment pourrait-il en être autrement ? Et, pourtant, ces fillettes réussissent à vivre, à respirer et à s'amuser. Elles rient et elles sont pleines de curiosité et de tendresse. Elles s'adaptent, pourrait-on dire. Elles s'adaptent et elles parviennent au firmament à leur façon. ”

« Je sais qu'il allait souvent à Storyville sans m'emmener. Mais je vais vous dire autre chose de plutôt curieux... (Il hésita. Il avait besoin d'être un peu aidé.) Il emmenait Mary Beth avec lui. Il l'a emmenée chez Lulu White et à l'Arlington. Mary Beth s'est déguisée en homme pour pouvoir entrer.

« Je les ai vus sortir plus d'une fois ensemble et si vous aviez connu Mary Beth vous comprendriez. Elle n'était pas laide du tout mais pas très fine. Elle était grande, forte et avait des traits plutôt épais. Vêtue d'un des costumes trois pièces de son mari, elle faisait un très bel homme. Elle enroulait ses longs cheveux à l'intérieur d'un chapeau, portait une écharpe autour du cou et parfois des lunettes, je me demande d'ailleurs pourquoi.

« Je me rappelle que ça s'est produit au moins cinq fois. Et je les ai entendus en parler après. Ils disaient qu'ils avaient dupé tout le monde. Le juge les accompagnait parfois mais je crois que Julien et Mary Beth préféraient y aller sans lui.

« Une fois, Julien m'a dit que c'était comme ça que le juge et Mary Beth s'étaient rencontrés. C'était à Storyville, environ deux ans avant mon arrivée dans la maison. Il n'était pas encore juge, juste Daniel McIntyre. A leur première rencontre, ils avaient passé la nuit à jouer et McIntyre n'avait su que le lendemain matin que Mary Beth était une femme. Il a compris alors qu'il ne pourrait plus la quitter.

« Julien m'a tout raconté. Ils étaient sortis pour écouter le Razzy Dazzy Spasm Band. Vous en avez peut-être entendu parler ? C'était un excellent orchestre. Je ne sais dans quelles circonstances Julien et Mary

Beth, qui se faisait appeler Jules pour l'occasion, ont rencontré Daniel McIntyre, mais ils sont partis tous les trois en goguette, à la recherche d'une bonne salle de billard. Mary Beth excellait au billard à blouses.

« Le jour était levé quand ils ont décidé de rentrer. A ce moment-là, le juge a gratifié " Jules " d'une grande tape dans le dos. Mary Beth a enlevé son chapeau, sa longue chevelure s'est déroulée sur ses épaules, elle a dit qu'elle était une femme et le juge a failli mourir sur place.

« Je crois qu'il est tombé amoureux d'elle ce jour-là. Je suis arrivé l'année suivant leur mariage. Ils avaient déjà Mlle Carlotta. Lionel est né dix mois plus tard et Stella, la plus ravissante de tous, un an et demi après.

« A vrai dire, le juge est resté amoureux de Mary Beth jusqu'à la fin. C'était justement là son problème. 1913 fut la dernière année de mon séjour dans cette maison. Il était juge depuis plus de huit ans, grâce à l'influence de Julien, et je peux vous affirmer qu'il aimait toujours autant sa femme. A sa façon, elle l'aimait aussi. Elle se serait débarrassée de lui, sinon.

« Évidemment, il y avait ces jeunes gens. Ses garçons d'écurie et ses messagers. Ils étaient tous très beaux. Vous les auriez vus descendre l'escalier de derrière, un peu effrayés ! Mais elle aimait le juge et je vais vous dire autre chose. Je crois qu'il ne s'est jamais douté de rien.

« Je me suis toujours demandé comment elle pouvait supporter Carlotta. La petite avait treize ans quand je suis parti. C'était une vraie sorcière, cette gosse ! Elle voulait aller à l'école et Mary Beth a tenté de l'en dissuader. Mais la gamine était têtue et sa mère a fini par céder.

« Mary Beth rejetait facilement les gens et on peut dire que c'est ce qu'elle a fait avec Carlotta. Elle était d'une froideur exaspérante. A la mort de Julien, elle m'a expulsé de la bibliothèque et de la chambre du troisième étage. Je ne l'oublierai jamais. " Allez, Richard ! Vous descendez, vous prenez une tasse de café puis vous faites vos bagages ", m'a-t-elle dit, comme si elle s'adressait à un enfant. C'était une femme qui semblait n'avoir aucune émotion. Sauf quand je lui ai dit que Julien était mort. Elle a carrément piqué une crise ! Mais de courte durée. Et puis, quand elle a vu qu'il était bel et bien mort, elle s'est reprise. Elle l'a redressé puis a arrangé les couvertures. Je ne l'ai pas vue verser une seule larme de plus.

« Mary Beth a fait quelque chose d'étrange le jour des obsèques. Le cercueil était exposé, ouvert, dans la pièce de devant, bien sûr. Tous les Mayfair de Louisiane étaient là. Une longue file de voitures à cheval et d'automobiles s'étirait dans First Street et Chestnut Street. Et il pleuvait des trombes d'eau ! J'avais l'impression qu'il n'allait jamais cesser de pleuvoir. La pluie était si dense qu'elle formait comme un voile autour de la maison.

« On veillait donc Julien. Ce n'était pas à proprement parler une veillée irlandaise parce qu'il y avait beaucoup de bruit. Il y avait de quoi boire et manger et, comme à l'accoutumée, le juge était fin soûl. Devant tout le monde, Mary Beth a pris une chaise, l'a placée juste à côté du cercueil, a plongé sa main dans le cercueil, a pris la main sans vie de Julien et s'est littéralement assoupie sur sa chaise, la tête penchée sur le côté, en tenant la main de Julien.

« C'était un geste très tendre. J'avais toujours été jaloux d'elle mais je l'ai aimée pour avoir fait ça. J'aurais voulu l'avoir fait moi-même. Julien avait l'air bien dans son cercueil. Vous auriez vu le nombre de parapluies au cimetière La Fayette le lendemain! Quand on a descendu le cercueil dans la fosse, j'ai cru mourir. Alors, Mary Beth est venue vers moi, a posé un bras autour de mes épaules et a murmuré, de façon à ce que je l'entende : " Au revoir, mon cher Julien! " Elle a fait ça à ma place, j'en suis certain. Mais c'était le geste le plus chaleureux qu'elle ait jamais eu. »

A ce moment-là, je dus l'aider à poursuivre. Je lui demandai si Carlotta avait pleuré à l'enterrement.

« Non. Je ne me souviens d'ailleurs pas qu'elle ait été là. C'était une enfant épouvantable. Sans aucun humour et s'opposant à tout le monde. Julien m'a dit un jour que Carlotta allait gâcher sa vie de la même façon que Katherine, sa sœur, avait gâché la sienne. " Il y a des gens qui n'aiment pas vivre, m'a-t-il dit. Ils ne supportent pas la vie. Ils la traitent comme une maladie atroce. " Cela m'a fait rire. J'y ai repensé plus d'une fois, depuis. Julien aimait la vie. Il avait été le premier de la famille à acheter une automobile. C'était une Stutz Bearcat. Nous parcourions toute La Nouvelle-Orléans. Il trouvait ça merveilleux!

« Il s'asseyait à l'avant à côté du conducteur – c'était moi qui conduisais, bien sûr – enveloppé dans une couverture, avec ses lunettes, riant comme un enfant pendant que je tournais la manivelle. C'était follement amusant! Stella aussi aimait cette voiture. J'aimerais l'avoir aujourd'hui. Mary Beth me l'a proposée mais je l'ai refusée. Je ne voulais pas en prendre la responsabilité, je suppose. J'aurais dû accepter.

« Mary Beth l'a donnée plus tard à l'un de ses amants, un jeune Irlandais qu'elle avait engagé comme cocher. Il n'y connaissait absolument rien aux chevaux, je me rappelle. Je crois qu'il est devenu agent de police, après. Je sais qu'elle lui a donné la voiture parce que je l'ai rencontré un jour. Nous avons discuté et il m'en a parlé. Oui, Julien aimait la vie. Il n'a jamais vraiment été vieux.

« Julien m'a parlé de sa vie avec sa sœur Katherine avant la guerre. Il avait joué avec elle les mêmes tours qu'avec Mary Beth plus tard. Mais il n'y avait pas de Storyville à l'époque. Ils allaient à Gallatin Street, là où se trouvaient les bars les plus chauds de la ville. Katherine s'habillait en jeune marin et elle mettait un bandage sur sa tête pour cacher ses cheveux. " Elle était adorable, m'a dit Julien. Tu l'aurais vue! Ce Darcy Monahan l'a détruite. Elle lui a vendu son âme. Je te le dis, Richard. Si un jour tu veux vendre ton âme à quelqu'un, ne la vends pas à un être humain. Tu ferais une bien mauvaise affaire. "

« Julien disait des choses très bizarres. Quand je suis arrivé dans la maison, Katherine était déjà une vieille femme éteinte et folle. Complètement folle ! Elle passait son temps à radoter. Elle restait assise sur un banc, dans le jardin de derrière, et parlait des heures à son défunt mari, Darcy. Ça dégoûtait Julien. Sa religion aussi. Et je crois qu'elle avait de l'influence sur Carlotta. Mais je n'en suis pas sûr. Carlotta allait avec elle à la messe de la cathédrale.

« Un jour, je me souviens, Carlotta a eu une dispute terrible avec Julien. Mais je n'ai jamais su à quel propos. Julien était un homme si doux. Il était facile de l'aimer. Mais cette enfant ne pouvait pas le supporter. Donc, ils hurlaient en français dans la bibliothèque. Je n'ai pas compris le moindre mot. Finalement, Julien est sorti, les larmes aux yeux, et il est monté. Il avait une coupure au visage et pressait son mouchoir dessus. Je crois que cette petite peste l'avait frappé. C'est la seule fois que je l'ai vu pleurer.

« Cette odieuse Carlotta était d'une froideur ! Elle l'a regardé monter l'escalier puis elle a dit qu'elle sortait devant la maison pour attendre le retour de son père. Mary Beth était là. Elle lui a dit : “ Tu vas l'attendre longtemps parce que, à l'heure qu'il est, il doit être complètement ivre à son club. Et on ne le mettra pas dans une voiture avant 10 heures. Alors tu ferais mieux de mettre un manteau. ”

« Elle ne l'avait pas dit méchamment mais avec une certaine indifférence, comme toujours. Mais vous auriez vu la façon dont la petite fille regardait sa mère. Je crois qu'elle lui reprochait l'alcoolisme de son père. Elle avait bien tort. Un homme comme Daniel McIntyre aurait été ivrogne même marié à la Vierge Marie.

« Mais Carlotta n'a jamais compris. Je crois que Lionel et Stella avaient compris, eux. Ils aimaient tous les deux leurs parents. Du moins est-ce l'impression que j'ai toujours eue. Je crois que parfois Lionel était un peu embarrassé par son père. Mais c'était un bon garçon, très aimant. Quant à Stella, elle adorait son père et sa mère.

« Ah, ce Julien ! Je me souviens que la dernière année il a fait la chose la plus condamnable qui soit. Il a emmené Lionel et Stella dans le quartier français pour leur faire voir des choses... indécentes, pourrait-on dire. Ils n'avaient pas plus de dix et onze ans ! Je ne blague pas ! Et vous savez, je ne crois pas que c'était la première fois. C'était seulement la première fois qu'il n'avait pas réussi à me le cacher. Il avait fait habiller Stella en matelot et elle était vraiment mignonne. Ils avaient fait une virée toute la nuit et il leur avait montré les clubs chics. Mais il ne les avait pas fait entrer, quand même. Même lui ne serait pas allé jusque-là. En tout cas, ils avaient bien bu, je peux vous l'assurer.

« Je ne dormais pas quand ils sont rentrés. Lionel était calme, comme d'habitude. Mais Stella était surexcitée à cause de tout ce qu'elle avait vu. Nous nous sommes assis sur les marches et nous avons discuté sans bruit bien longtemps après que Lionel eut aidé Julien à monter dans sa chambre.

« Stella et moi avons ouvert une bouteille de champagne dans la cuisine. Elle disait qu'elle avait l'âge de prendre quelques verres et elle ne m'a pas écouté quand j'ai voulu l'en empêcher. Tous les trois, avec Lionel, nous étions en train de danser dans le patio quand le soleil s'est levé. Stella s'essayait au ragtime. Elle l'avait vu danser pendant leur virée. Elle disait que Julien allait les emmener en Europe et dans le monde entier. Évidemment, il ne l'a jamais fait. Je crois qu'ils ne connaissaient pas l'âge réel de Julien. Pas plus que moi, d'ailleurs. Quand j'ai vu l'année 1828 inscrite sur sa pierre tombale, j'ai reçu un choc. Mais j'ai compris bien des choses sur lui à ce moment-là. Il avait vu passer presque un siècle...

« Stella aurait dû vivre aussi vieille que lui, c'est sûr. Elle m'a dit un jour quelque chose que je n'oublierai jamais. C'était longtemps après la mort de Julien. Nous déjeunions au Court of the Two Sisters. Elle avait déjà Antha et elle ne se souciait pas de se marier. Elle m'a dit que Julien avait examiné la paume de sa main et lui avait prédit qu'elle vivrait aussi longtemps que lui et que ce serait une longue vie.

« Et voilà qu'elle s'est fait tuer par Lionel alors qu'elle n'avait même pas trente ans ! Seigneur ! Mais, vous savez, c'est Carlotta qui était derrière tout ça. »

Llewellyn n'était plus très cohérent. Je le pressai sur la question de Carlotta et de la mort de Stella mais il ne voulut rien entendre. Il commençait à prendre peur. Il revint sur le sujet de l'« autobiographie » de Julien et son désir de l'obtenir. Il aurait donné n'importe quoi pour entrer dans la maison et mettre la main dessus, si le manuscrit était toujours dans la chambre d'en haut, évidemment. Mais tant que Carlotta était là-bas, il n'avait aucune chance d'y parvenir.

Désireux de ne perdre aucune occasion, je demandai à Llewellyn s'il se passait des choses étranges dans cette maison, des événements surnaturels. (C'est-à-dire, autres que le pouvoir de Julien de provoquer des apparitions.)

Sa réaction à ma question concernant un fantôme fut très vive.

– Oh, ça ! dit-il. C'était horrible, vraiment horrible. Je ne veux pas en parler. D'ailleurs, ce devait être le fruit de mon imagination.

Je l'aidai à remonter dans son appartement au-dessus de la boutique. Il ne cessait pas de me répéter que Julien lui avait laissé de l'argent pour acheter l'immeuble et ouvrir sa boutique. Julien savait qu'il adorait la poésie et la musique et qu'il détestait son travail de secrétaire. Il avait voulu l'affranchir et c'était chose faite. Mais ce que Llewellyn convoitait pardessus tout, c'était l'autobiographie de Julien.

Lorsque je tentai de lui parler à nouveau quelques jours plus tard, il fut poli mais circonspect. Il s'excusa d'avoir été si ivre et d'avoir tant parlé, tout en reconnaissant que cela lui avait fait plaisir. Je ne réussis pas à l'inviter une nouvelle fois à déjeuner ni à me reparler de Julien Mayfair.

Les six mois qui suivirent, je m'arrêtai un certain nombre de fois à sa boutique. Je lui posai un tas de questions sur la famille mais fus incapable de regagner sa confiance. Un jour, je lui demandai ce qu'il pensait des histoires de fantômes qui couraient à propos de la maison de First Street.

Son visage fut parcouru de la même expression que le premier soir où j'avais discuté avec lui. Il détourna les yeux et haussa les épaules en disant :

– Je ne sais pas. C'était peut-être ce qu'on pourrait appeler un fantôme. Je n'aime pas y penser. J'ai toujours cru que c'étaient... mes remords qui provoquaient en moi cette vision.

Brutalement, il changea de sujet.

A chacune de mes visites ultérieures, il se montra courtois mais réservé.

Au printemps 1959, après que je l'eus pressé – un peu trop, peut-être –, de parler, il me dit que les Mayfair étaient une famille dure et bizarre.

– Je ne veux pas me les mettre à dos, dit-il. Cette Carlotta Mayfair est un vrai monstre.

Il avait l'air très mal à l'aise.

Je lui demandai si elle lui avait causé des ennuis. Ce à quoi il répondit qu'elle en causait à tout le monde. Je me sentis alors obligé de lui avouer que je connaissais Carlotta Mayfair, qu'elle me connaissait aussi et se souciait peu de moi. Elle savait que je m'intéressais à l'histoire de sa famille.

– Mais je ne lui ai jamais dit que j'avais parlé avec vous. C'est hors de question. Je ne me permettrais jamais de répéter à quiconque ce que vous m'avez confié.

Il ne parut pas particulièrement soulagé ni impressionné par mon affirmation. Il semblait distrait, troublé. Puis il me dit une chose vraiment singulière que j'écrivis dès mon retour à l'hôtel. Il dit qu'il n'avait jamais cru à la vie après la mort mais que, quand il pensait à Julien, il était convaincu qu'il existait encore quelque part.

– Vous devez me prendre pour un fou mais c'est pourtant la vérité. La nuit qui a suivi notre rencontre, je jurerais avoir rêvé de lui. Il m'a dit plein de choses. A mon réveil, je ne me rappelais plus très bien mon rêve mais je sentais qu'il ne voulait plus que je vous parle. Cela m'ennuie de vous en parler quand même mais... j'ai le sentiment de devoir vous le dire.

Je l'assurai que je le croyais. Il poursuivit en disant que dans son rêve Julien était différent de celui qu'il avait connu. Quelque chose en lui avait complètement changé.

– Il semblait plus sage, plus gentil, et il ne faisait pas vieux... sans faire vraiment jeune, non plus. Je n'oublierai jamais ce rêve. Il semblait... réel. Je jurerais que Julien était au pied de mon lit et je me rappelle une chose précise. Il m'a dit que certaines choses étaient prédestinées mais qu'elles pouvaient être empêchées.

– Quelle sorte de choses? lui demandai-je.

Il hocha simplement la tête. Malgré mon insistance, je ne pus rien tirer de lui. Il reconnut uniquement qu'à son avis Julien ne lui avait fait aucun reproche quant à notre conversation. Mais il avait le sentiment qu'il était encore là et il se sentait déloyal. Par la suite, je ne réussis jamais à lui faire répéter cette histoire.

Je le vis pour la dernière fois fin 1959. Il avait terriblement vieilli, une sorte de tremblement agitait sa bouche et sa main gauche et il avait du mal à articuler.

Au début, je crus qu'il ne me remettait pas. Puis il me reconnut et commença à s'agiter.

– Venez avec moi dans l'arrière-boutique, me dit-il.

Péniblement, il essaya de se lever de son siège et je dus l'aider. Il tenait à peine sur ses jambes. Nous passâmes une porte barrée par un rideau poussiéreux et entrâmes dans une petite réserve. Il s'arrêta net, comme s'il venait d'apercevoir quelque chose. Je ne vis rien du tout.

Il émit un petit rire singulier et fit un geste vague de la main. Puis il prit une boîte dans ses mains tremblantes et en sortit une pile de photos, toutes de Julien. Il me les tendit. On aurait dit qu'il voulait me dire quelque chose mais qu'il ne trouvait pas ses mots.

– Je ne peux pas exprimer ce que ces photos représentent pour moi, lui dis-je.

– Je sais, répondit-il. C'est pour cela que je vous les donne. Vous êtes la seule personne qui ait jamais compris Julien.

Je me sentis horriblement triste. L'avais-je compris? Sans doute. Llewellyn avait permis que Julien prenne vie sous mes yeux. C'était un homme séduisant.

– A-t-il souffert quand il est mort? demandai-je.

Llewellyn réfléchit puis secoua la tête.

– Non, pas vraiment. Sa paralysie lui était un peu pénible, bien sûr. Comme pour n'importe qui. Mais il adorait les livres. Il lisait tout le temps. Il est mort tôt dans la matinée. Je le sais parce que je suis resté auprès de lui jusqu'à 2 heures du matin. Après, j'ai éteint la lumière et je suis descendu. Vers 6 heures, une tempête m'a réveillé. Il pleuvait si fort que la pluie cognait sur les rebords des fenêtres. Dehors, les branches de l'érable faisaient un raffut de tous les diables. J'ai couru dans la chambre de Julien. Son lit était sous la fenêtre.

« Figurez-vous qu'il avait réussi à se redresser pour ouvrir la fenêtre. Je l'ai trouvé mort, les yeux fermés, sur l'appui de la fenêtre, comme s'il avait voulu respirer de l'air frais avant de pousser son dernier soupir. La scène aurait été très paisible s'il n'y avait eu cette tempête, la pluie qui tombait sur lui et même des feuilles qui rentraient dans la pièce. On a dit plus tard qu'il avait eu une attaque fatale et tout le monde s'est demandé comment il avait pu ouvrir la fenêtre. Je n'ai rien dit mais j'ai pensé...

– Oui? le pressai-je.

Il haussa les épaules et reprit d'une voix mal assurée.

– Mary Beth est devenue folle quand je l'ai appelée. Elle l'a attrapé et l'a remis sur son lit. Elle l'a même giflé. « Réveille-toi, Julien. Ne m'abandonne pas! » J'ai eu toutes les peines du monde à refermer la fenêtre. Alors un des vantaux s'est rouvert brusquement. C'était atroce!

« Et puis cette horrible Carlotta est montée avec les autres, qui voulaient l'embrasser une dernière fois. Millie, la fille de Rémy, nous a aidés à arranger les couvertures. Mais Carlotta refusait de s'approcher et de nous aider. Elle était sur le palier, les mains jointes, comme une religieuse, et fixait la porte des yeux. Et Belle, cet adorable petit ange. Elle est arrivée avec sa poupée et s'est mise à pleurer. Puis Stella est montée sur le lit et s'est étendue à côté de Julien en posant une main sur sa poitrine.

Llewellyn sourit en hochant la tête puis se mit à rire doucement, comme s'il se rappelait un détail attendrissant. Il dit quelque chose que je ne compris pas puis se racla la gorge avec difficulté.

– Stella... Tout le monde l'adorait sauf Carlotta. Carlotta n'a jamais...

Je le pressai de continuer et évoquai le sujet du fantôme. Des tas de gens disaient que la maison était hantée.

Je ne sais s'il me comprit. Il retourna s'asseoir à son bureau et, alors que j'étais convaincu qu'il m'avait complètement oublié, il dit qu'il y avait quelque chose dans la maison mais ne savait pas comment l'expliquer.

– Il y avait des choses..., dit-il avec un air dégoûté. Et je jurerais qu'ils étaient tous au courant. Parfois, c'était juste une impression..., l'impression que quelqu'un nous observait tout le temps. J'en ai parlé à Julien. Je lui ai dit que la chose était dans la chambre avec nous, que nous n'étions pas seuls et qu'elle... nous regardait. Mais il s'est mis à rire et m'a dit que j'étais trop timoré. Mais je jurerais que la chose était là! Elle venait quand Julien et moi... étions... ensemble.

– Vous avez vu quelque chose?

– Seulement à la fin.

Il dit autre chose que je ne compris pas. J'insistai et il secoua la tête en pinçant les lèvres.

– Ce devait être mon imagination, reprit-il dans un murmure. Mais les jours qui ont précédé la mort de Julien, la chose était tout le temps là, dans son lit.

Il prit un air renfrogné, ses yeux m'observant de dessous ses sourcils broussailleux.

– Terrible, terrible..., marmonna-t-il encore en tremblant.

– Vous l'avez vue?

Il détourna son regard. Je lui posai plusieurs autres questions mais je savais que je l'avais perdu. Lorsqu'il reprit la parole, je distinguai péniblement qu'il parlait des autres, qui étaient au courant mais faisaient comme si de rien n'était.

Puis il me regarda à nouveau et dit :

– Ils ne voulaient pas que je sache qu'ils savaient. Ils étaient tous au courant. Tous. J'ai dit à Julien : « Il y a quelqu'un d'autre dans cette maison et tu le sais. Tu sais ce qu'il aime, ce qu'il veut et tu ne veux pas me l'avouer. » Et il m'a répondu : « Allez, viens, Richard! » Puis il a usé de tout son... pouvoir de persuasion, pour ainsi dire, pour que je n'y pense plus. Vous voyez ce que je veux dire? Mais la dernière semaine, cette horrible dernière semaine, la créature était là, dans le lit. J'en suis sûr. J'étais assis sur la chaise, je me suis réveillé et je l'ai vue. C'était le fantôme d'un homme et il faisait l'amour à Julien. Mon Dieu! Quel spectacle! Car vous voyez, je savais que ce n'était pas réel. Pas du tout. C'était impossible. Et pourtant, je le voyais.

Il détourna les yeux, le tremblement de sa bouche s'accentuant. Il essaya de tirer un mouchoir de sa poche. Je ne savais pas si je devais l'aider.

Puis il hocha la tête et me dit qu'il ne pouvait plus parler. Il semblait à bout de forces. Il me dit qu'il ne restait plus à la boutique toute la journée et qu'il allait bientôt remonter. Je le remerciai vivement pour les photos et il murmura que oui, il était content que je sois venu, qu'il m'avait attendu pour me les donner.

Je n'ai jamais revu Richard Llewellyn. Il est mort environ cinq mois après notre dernière entrevue. Il a été enterré au cimetière La Fayette, non loin de Julien.

Il était 2 h 10 du matin. Michael interrompit sa lecture parce que ses yeux se fermaient tout seuls et qu'il devait absolument dormir un peu.

Il resta un bon moment assis sans bouger, scrutant le dossier qu'il venait de refermer. Il fut surpris par les petits coups frappés à la porte.

– Entrez!

Aaron entra calmement. Une robe de chambre en soie matelassée, nouée à la taille, recouvrait son pyjama.

– Vous avez l'air fatigué, dit-il. Vous devriez vous coucher.

– Je sais. Quand j'étais jeune, il me suffisait d'un bon café pour rester éveillé. Plus maintenant. Je n'arrive pas à garder les yeux ouverts.

Il s'appuya contre le dossier de son siège, prit une cigarette dans sa poche et l'alluma. Le besoin de dormir se fit soudain si fort qu'il ferma les yeux et laissa presque sa cigarette tomber de ses doigts. Mary Beth, songea-t-il. Tellement de questions...

Aaron s'installa dans le fauteuil à oreillettes dans un coin de la pièce.

– Rowan a annulé son vol de minuit. Elle ne sera pas là avant demain après-midi.

– Comment faites-vous pour savoir tant de choses? demanda Michael d'une voix ensommeillée.

Mais ce n'était pas la question qui le préoccupait le plus. Il tira une autre bouffée de cigarette et regarda l'assiette de sandwiches devant lui. Il n'y avait pas touché.

– C'est bon, dit-il. Si je me lève à 6 heures et que je lis tout d'un trait, j'aurai fini demain soir.

– Et puis nous parlerons. Nous aurons beaucoup de choses à nous dire avant que vous retrouviez Rowan.

– Je sais, croyez-moi. Aaron, qu'est-ce que je viens faire dans tout ça? Pourquoi ai-je vu cet homme depuis que je suis gamin? Avez-vous peur de cet esprit?

– Oui, bien sûr, répondit Aaron sans la moindre hésitation.

Michael fut surpris.

– Vous y croyez, alors? Et vous, vous l'avez vu?

– J'y croyais avant de l'avoir vu. Mes collègues l'ont vu et ils ont raconté ce qu'ils avaient vu. En tant que membre aguerri du Talamasca, j'ai accepté leurs témoignages.

– Alors vous reconnaissez que cette chose peut tuer?

Aaron réfléchit un moment.

– Écoutez, autant vous le dire tout de suite. Et essayez de vous le rappeler. Cette chose peut faire du mal mais elle a tout son temps pour le faire. Ce que j'essaie de vous dire, c'est que Lasher tue par ruse. Il est capable de provoquer des effets physiques, bouger des objets, faire tomber des branches d'arbre, faire voler des pierres, ce genre de chose. Mais il manie ce pouvoir de façon maladroite, voire paresseuse. La ruse et l'illusion sont ses meilleures armes.

– Mais il a poussé Petyr Van Abel dans un tombeau...

– Non, Petyr a été retrouvé dans un tombeau. Ce qui a dû se produire, c'est qu'il y est entré lui-même, dans un état proche de la folie qui l'empêchait de distinguer l'illusion de la réalité.

Michael ne dit rien. Il tira sur sa cigarette, revoyant en pensée la vague déferlante s'écraser sur la falaise d'Ocean Beach. Il se revit debout là-haut, son écharpe volant dans le vent, ses doigts glacés.

– En résumé, ne surestimez jamais cet esprit. Il est faible. S'il ne l'était pas, il n'aurait pas besoin des Mayfair.

Michael leva les yeux.

– Redites-moi ça!

– S'il n'était pas faible, il n'aurait pas besoin des Mayfair. Il a besoin de leur énergie. Et quand il attaque, il utilise l'énergie de sa victime.

– Vous venez de me rappeler quelque chose que j'ai dit à Rowan. Elle m'a demandé si les êtres que j'avais vus m'avaient fait tomber de la falaise. Je lui ai répondu qu'ils en seraient incapables, qu'ils n'étaient pas assez forts. S'ils étaient assez forts pour faire tomber un homme dans la mer et le faire se noyer, ils n'auraient pas besoin d'apparaître à des gens. Ils n'auraient pas besoin de me confier une mission.

Aaron ne répondit pas.

– Vous voyez ce que je veux dire?

– Oui. Mais je vois aussi ce qu'elle a voulu dire.

– Elle m'a demandé pourquoi j'étais si certain qu'ils étaient bons. Sa question m'a choqué, mais elle la trouvait logique.

– Sans doute.

– Je sais qu'ils sont bons. (Michael écrasa sa cigarette.) Je sais aussi que c'est Deborah que j'ai vue. Elle veut que je m'oppose à ce Lasher. J'en ai la certitude. Vous vous rappelez ce que Llewellyn vous a dit? Que Julien lui était apparu en rêve mais qu'il était différent, qu'il était plus sage que quand il était vivant. Eh bien, c'est aussi l'impression que j'ai eue pour Deborah dans ma vision. Elle veut arrêter cet esprit que Suzanne et elle ont introduit dans le monde et dans sa famille!

– C'est là que se pose la question : pourquoi Lasher s'est-il montré à vous?

– Oui. Nous tournons en rond.

Aaron éteignit la lampe à côté de lui et celle du bureau. Il ne restait plus que la lumière de la table de chevet.

– Je vous ferai réveiller à 8 heures. Je crois que vous aurez terminé votre lecture en fin d'après-midi. Un peu avant, peut-être. Ensuite, nous discuterons et vous pourrez... prendre une décision.

– Vous ne m'avez pas répondu pour hier soir, demanda Michael. Avez-vous vu l'esprit quand il était juste devant moi, de l'autre côté de la barrière? Oui ou non?

Aaron ouvrit la porte. Il semblait réticent à répondre.

– Oui, Michael. Je l'ai vu. Très distinctement. Plus que les fois précédentes. Il vous souriait. Il semblait même... vous tendre la main. Comme s'il avait voulu vous dire bonjour. Je dois partir, maintenant. Je vais me coucher. Nous parlerons demain matin.

– Attendez un instant!

– Extinction des feux, Michael.

La sonnerie du téléphone le tira de son sommeil. Le soleil déversait un flot de lumière dans la chambre, de chaque côté de son lit. Pendant un moment, il se sentit complètement désorienté. Rowan venait de lui parler. Elle lui avait dit qu'elle aurait bien voulu qu'il soit là avant qu'on ne referme le couvercle. Mais quel couvercle? Il vit une main blanche sans vie posée sur de la soie noire.

Il s'assit et aperçut le bureau, la mallette et la pile de dossiers. Il murmura : « Le couvercle du cercueil de sa mère. »

Il regarda le téléphone qui sonnait puis décrocha le combiné. C'était Aaron.

– Descendez pour le petit déjeuner, Michael!

– Est-elle dans l'avion?

– Elle vient de quitter l'hôpital. Je ne pense pas qu'elle arrive à l'hôtel avant 2 heures. Les obsèques débutent à 3 heures. Si vous ne voulez pas descendre, je vous fais monter quelque chose. Il faut que vous mangiez.

– Oui, faites-moi monter quelque chose. Où ont lieu les obsèques?

– Chez Lonigan et Fils. Magazine Street.

– Ah oui! Je connais.

C'étaient eux qui avaient enterré sa grand-mère, son grand-père et même son père.

– Ne vous inquiétez pas, Aaron, je suis bien ici. Montez me tenir compagnie, si vous le voulez. Mais il faut que je m'y remette.

Il prit une douche rapide, mit des vêtements propres et, en sortant de la salle de bains, trouva son petit déjeuner sous des cloches d'argent, sur un plateau couvert d'un napperon de dentelle. Les sandwiches de la veille avaient disparu et le lit était fait. Des fleurs fraîches avaient été posées près de la fenêtre. Il sourit et hocha la tête. Il entraperçut Petyr Van Abel dans une jolie chambre de la maison mère d'Amsterdam, au XVIIe siècle... Il se demanda s'il était maintenant considéré comme un membre de l'ordre, si on allait lui imposer toutes les contraintes de sécurité et de secret. Et que penserait Rowan de tout cela? Il avait tant de choses à expliquer à Aaron concernant Rowan...

Il but sa première tasse de café de la journée, ouvrit le dossier suivant et se mit à lire.

Dix-huit

Il était 5 h 30 du matin quand Rowan prit enfin le chemin de l'aéroport. Slattery conduisait la Jaguar. Les yeux rouges de fatigue, elle surveillait machinalement la circulation, mal à l'aise d'avoir laissé le volant à quelqu'un. Mais Slattery avait accepté de garder la voiture en son absence et elle s'était dit qu'il valait mieux qu'il se familiarise tout de suite avec sa conduite. Et puis, de toute façon, tout ce qu'elle voulait, c'était être à La Nouvelle-Orléans. Le reste n'avait aucun intérêt pour elle.

Sa dernière soirée à l'hôpital s'était presque déroulée comme prévu. Elle avait passé des heures à faire le tour du propriétaire avec Slattery, le présentant aux patients, aux infirmières, aux internes et aux médecins résidents, faisant de son mieux pour rendre la transition moins pénible pour tout le monde. Cela n'avait pas été facile. Slattery était un homme anxieux et jaloux. Il était franchement désagréable avec ceux qu'il considérait comme ses inférieurs. Mais il était bien trop ambitieux pour être un mauvais médecin. Il était prudent et malin.

Bien que détestant l'idée de tout lui confier, elle était contente qu'il soit là. Elle avait le sentiment de plus en plus fort qu'elle ne reviendrait pas. Elle tenta de se raisonner mais elle ne pouvait se débarrasser de cette idée. Son sens spécial lui avait dit de préparer Slattery à prendre définitivement la relève, et c'était ce qu'elle avait fait.

A 11 heures du soir, au moment de partir pour l'aéroport, un de ses patients – un cas d'anévrisme – s'était plaint de violents maux de tête et de cécité subite. De toute évidence, il souffrait d'une nouvelle hémorragie. Il fallait pratiquer d'urgence l'opération prévue pour le mardi suivant.

En jetant un regard circulaire sur la salle d'opération, elle s'était dit : C'est la dernière fois. Je ne reviendrai pas dans cette pièce.

Pendant quatre heures, entre le passé et l'avenir, elle opéra avec Slattery à ses côtés, ne le laissant pas prendre les choses en main, alors qu'il en mourait d'envie.

Elle resta dans la salle de réveil avec son patient pendant quarante-cinq minutes. Elle n'avait pas envie de le laisser. Elle plaça plusieurs fois ses mains sur ses épaules pour visionner ce qui se passait dans son cerveau. Était-ce pour l'aider ou pour se calmer elle-même? Aucune idée. Mais elle usa de tout son pouvoir, murmurant parfois au malade qu'il devait guérir, que le défaut de sa paroi artérielle avait été réparé.

– Longue vie à vous, monsieur Benjamin, chuchota-t-elle.

Slattery apparut sur le pas de la porte, douché et rasé, prêt à l'emmener à l'aéroport.

– Venez, Rowan! Partons d'ici avant qu'il y ait une autre urgence!

Alors que la voiture prenait la sortie de l'autoroute vers l'aéroport, Rowan songeait que Slattery était le médecin le plus ambitieux qu'elle ait jamais rencontré. Elle savait qu'il la méprisait, tout simplement parce qu'elle était un chirurgien extraordinaire, qu'elle avait le poste qu'il convoitait et qu'elle allait bientôt revenir.

Un froid démoralisant la gagna. Elle était en train de lire dans ses pensées : si l'avion s'écrasait, il pourrait prendre sa place pour toujours. Elle lui lança un regard et leurs yeux se rencontrèrent l'espace d'une seconde. Elle le vit rougir de gêne.

Combien de fois lui était-ce déjà arrivé par le passé, surtout quand elle était fatiguée? Peut-être qu'elle n'était plus sur ses gardes quand elle avait sommeil et que cet horrible pouvoir télépathique en profitait pour se manifester à son gré?

C'était pourtant une bonne chose qu'il veuille autant son poste. Sinon, elle n'aurait trouvé personne pour la remplacer au pied levé.

Elle songea soudain que, tout en adorant l'hôpital universitaire, elle pouvait bien exercer n'importe où. N'importe quel centre médical bien équipé, avec des infirmières et des techniciens, ferait l'affaire.

Alors pourquoi ne pas dire à Slattery qu'elle ne reviendrait pas? Pourquoi ne pas mettre fin à l'angoisse qui le rongeait? La raison en était simple. Elle ne savait pas pourquoi elle sentait si fort qu'elle partait pour toujours. Cela avait peut-être un rapport avec Michael et avec sa mère. Mais c'était parfaitement irrationnel.

Avant même que Slattery n'arrête la voiture, elle avait ouvert sa porte. Elle sortit de la Jaguar et mit son sac sur son épaule.

Puis elle se retrouva en train de regarder bêtement Slattery lui tendre sa valise. Un frisson glacé la parcourut une nouvelle fois. Elle lut de la malveillance dans les yeux du médecin. Cette nuit avait dû être un supplice pour lui. Il était si impatient. Et il la détestait tant. Elle le sentit physiquement en lui prenant la valise des mains.

– Bonne chance, Rowan, dit-il avec une gentillesse forcée.

Il aurait aussi bien pu ajouter : J'espère que vous ne reviendrez pas.

– Slat, dit-elle. Merci pour tout. Il y a autre chose que je voudrais vous dire. Je ne crois pas... Enfin, il y a de grandes chances pour que je ne revienne pas.

Il eut du mal à cacher sa satisfaction. Elle fut presque désolée pour lui quand elle le vit s'efforcer de garder une expression neutre.

– C'est juste une impression, ajouta-t-elle. Je l'annoncerai à Lark en temps utile, bien entendu. Et officiellement...

– Bien sûr.

– Mais n'hésitez pas à redécorer le bureau à votre goût, insista-t-elle.

Et profitez bien de la voiture. Je l'enverrai chercher tôt ou tard. Probablement tard, d'ailleurs.

En lui adressant un petit geste indifférent, elle se dirigea vers les portes de verre.

Une douce exaltation s'empara d'elle. Malgré la douleur dans ses yeux et son immense fatigue, elle se sentait pleine d'allant. Au comptoir, elle prit un aller simple en première classe.

Elle se promena un moment dans la boutique de cadeaux, s'acheta une paire de lunettes foncées qu'elle trouvait très chic et un livre – une absurde histoire d'espionnage qui lui sembla fantastique sur le moment.

Dans le *New York Times*, elle lut qu'il faisait très chaud à La Nouvelle-Orléans. Elle fut contente d'avoir mis sa tenue en coton blanc, dans laquelle elle se sentait jolie. Elle alla aux toilettes, se brossa les cheveux, remit un peu de ce rouge à lèvres pâle et de ce fard qu'elle n'avait pas touchés depuis des années. Puis elle mit ses lunettes.

Assise sur un siège en plastique devant la porte d'embarquement, elle se sentit complètement à la dérive, sans attaches. Plus de boulot, personne dans la maison de Tiburon. Et Slat rentrant à San Francisco dans la Jag de Graham. Gardez-la, docteur. Sans regret. Je vous l'offre.

Puis elle pensa à sa mère, morte et froide sur une table chez Lonigan et Fils. Une impression d'obscurité l'envahit, au beau milieu des lumières fluorescentes monotones et des passagers du matin avec leurs mallettes et leurs costumes bleus. Elle repensa à ce que Michael lui avait dit de la mort : c'était le seul événement surnaturel que la plupart des gens pouvaient vivre. Il avait raison.

Des larmes silencieuses embuèrent ses yeux. Heureusement qu'elle portait ses lunettes fumées. Des tas et des tas de Mayfair aux obsèques...

Elle s'endormit dès qu'elle fut installée dans l'avion.

Dix-neuf

LE DOSSIER DES SORCIÈRES MAYFAIR PARTIE VI

La famille Mayfair de 1900 à 1929

Les méthodes de recherche au XXe siècle

Comme nous l'avons mentionné dans l'introduction sur la famille au XIXe siècle, nos sources d'informations sur les Mayfair devinrent plus abondantes et plus intéressantes à mesure que les décennies passaient.

A l'approche du xxe siècle, le Talamasca avait toujours ses enquêteurs traditionnels mais engagea également des détectives professionnels. Un certain nombre d'entre eux travaillaient, et travaillent toujours, pour nous à La Nouvelle-Orléans. Ils ont obtenu des résultats excellents, non seulement pour recueillir toutes sortes de commérages mais aussi pour examiner des questions spécifiques dans des archives et interroger des dizaines de gens sur la famille Mayfair, de la même façon qu'un auteur de série noire pourrait le faire aujourd'hui.

Vers la fin du siècle dernier, une autre source précieuse fut mise à notre disposition. Nous pourrions l'appeler, à défaut d'une meilleure expression, la légende familiale. Ainsi, bien que les Mayfair fussent souvent totalement muets sur leurs contemporains et très réticents quant au testament de la famille, ils avaient commencé vers les années 1890 à révéler de petites anecdotes et histoires à propos de leurs aïeux.

Bien entendu, la majeure partie de cette légende est trop vague pour nous être utile et concerne la plupart du temps la grande vie de plantation devenue mythique dans de nombreuses familles de Louisiane et qui ne jette aucun éclaircissement sur nos préoccupations. Quoi qu'il en soit, ces légendes coïncident dans certains cas avec des bribes d'informations que nous avons obtenues d'autres sources.

Une autre forme de commérage qui apparut vers le début du siècle est ce que nous appelons le « commérage juridique », c'est-à-dire celui des secrétaires juridiques, clercs de notaire, juristes et juges qui connaissaient les Mayfair ou travaillaient avec eux, ainsi que les amis et familles de ces divers personnages sans lien de parenté avec les Mayfair.

Les fils de Julien, Barclay, Garland et Cortland, étant tous devenus des juristes distingués, Carlotta étant avocate, une bonne partie des petits-enfants de Julien ayant également fait leur droit, ce réseau de contacts d'origine juridique était bien plus étendu qu'on ne pourrait le supposer. Sans compter que les activités financières des Mayfair étaient si importantes que de nombreux autres juristes s'en occupaient.

Lorsque la famille commença à se chamailler, au xxe siècle, lorsque Carlotta commença à contester la garde de la fille de Stella, lorsque des dissensions éclatèrent quant au testament, les commérages juridiques devinrent une source inestimable de détails passionnants.

Le caractère ethnique d'une famille en mutation

Vers 1900, l'identité ethnique de la famille Mayfair connut des transformations.

De souche franco-écossaise, la famille incorpora à la génération suivante le sang hollandais de Petyr Van Abel mais devint ensuite presque exclusivement française.

A compter de 1826, en revanche, à partir du mariage de Marguerite

Mayfair avec le chanteur d'opéra Tyrone Clifford McNamara, la branche héritière de la famille commença à pratiquer régulièrement des mariages avec des Anglo-Saxons.

D'autres branches, en particulier les descendants de Lestan et de Maurice, restèrent résolument françaises et quand leurs membres se rendaient à La Nouvelle-Orléans ils préféraient vivre dans le centre avec d'autres créoles francophones, c'est-à-dire dans le quartier français ou à proximité ou sur Esplanade Avenue.

La branche héritière, à partir du mariage de Katherine avec Darcy Monahan, s'enracina dans les beaux quartiers, le très « américain » Garden District. Et, bien que Julien Mayfair (à demi irlandais lui-même) eût parlé français toute sa vie et épousé une cousine francophone, Suzette, il donna à ses trois fils des prénoms bien anglais et une éducation tout américaine. Son fils Garland épousa une fille d'origine germano-irlandaise et Barclay fit de même plus tard. Comme nous l'avons vu plus haut, Mary Beth épousa un Irlandais, Daniel McIntyre, en 1899.

Leur mariage fut célébré en l'église Saint Alphonse et, depuis, tous les baptêmes des Mayfair de First Street ont été célébrés dans ce lieu de culte. Après s'être fait renvoyer des bonnes écoles privées, les enfants Mayfair suivirent les cours de l'école paroissiale de Saint Alphonse pendant de brèves périodes. Certains de nos témoignages sur la famille proviennent d'ailleurs de religieuses et de prêtres catholiques irlandais de cette paroisse.

Après la mort de Julien, en 1914, Mary Beth ne parla plus beaucoup le français, même avec ses cousins francophones, et il se peut que cette langue ait complètement disparu dans la branche héritière. Carlotta Mayfair ne l'avait jamais apprise et il est improbable que Stella, Antha ou Deirdre aient jamais connu plus de quelques mots d'une langue étrangère.

Concernant l'influence de la culture irlandaise sur la famille, il convient avant tout de se rappeler que, chez les Mayfair, la paternité de chacun des enfants n'est jamais certaine. De plus, ainsi que les « légendes » colportées au XXe siècle par les descendants le montreront, les incestes pratiqués à chaque génération n'étaient pas réellement secrets. Néanmoins, l'influence de la culture irlandaise se fait sentir.

Il faut également faire remarquer – pour ce que cela vaut – qu'à la fin des années 1800 la famille prit à son service de plus en plus d'employés irlandais, qui devinrent pour le Talamasca une source d'informations inestimable.

L'engagement de ces Irlandais n'avait rien à voir en soi avec l'origine de la famille. A l'époque, c'était plutôt une sorte de tendance car de nombreux Irlando-Américains vivaient dans ce qu'on appelait Irish Channel ou dans le quartier bordant le fleuve, situé entre les quais du Mississippi et Magazine Street, la limite sud de Garden District. Certains de ces employés étaient des servantes et des garçons d'écurie à demeure. D'autres ne venaient que le jour ou occasionnellement. Dans l'ensemble, ils n'étaient pas aussi dévoués envers la famille que les métis et les Noirs et racontaient bien plus volontiers à l'extérieur ce qui se passait à First Street.

Mais, bien que les renseignements qu'ils avaient fournis au Talamasca soient extrêmement précieux, ils doivent être manipulés avec précaution.

Les domestiques irlandais travaillant dans et autour de la maison avaient tendance à croire aux fantômes, au surnaturel et au pouvoir des femmes Mayfair à provoquer des événements. En bref, ils étaient très superstitieux. C'est pourquoi les récits de ce qu'ils ont vu ou entendu tiennent parfois du fantastique et contiennent souvent des descriptions frappantes et terrifiantes.

Néanmoins, pour des raisons évidentes, ces témoignages ont une grande importance et la majeure partie a pour nous un son familier.

En fin de compte, on peut dire en résumé que, pendant la première décennie de ce siècle, les Mayfair de First Street se considéraient comme irlandais, faisaient souvent des remarques dans ce sens, et apparaissaient pour tous ceux qui les côtoyaient – domestiques et pairs – comme typiquement irlandais dans leur folie, leur excentricité et leur penchant pour le morbide. Plusieurs de leurs détracteurs les avaient baptisés ces « fous furieux d'Irlandais ». Un prêtre allemand de Saint Alphonse était même allé jusqu'à les décrire comme vivant « dans un état perpétuel de mélancolie celtique ». Des voisins et des amis qualifiaient Lionel, le fils de Mary Beth, d'« alcoolique irlandais délirant » et son père, Daniel McIntyre, se voyait attribuer la même étiquette par tous les tenanciers de bars de Magazine Street.

Sans grand risque, on peut dire qu'avec la mort de « Monsieur Julien » (qui était à demi irlandais) la maison de First Street avait perdu ses derniers vestiges de caractère français ou créole. La sœur de Julien, Katherine, et son frère, Rémy, l'avaient déjà précédé dans la tombe, ainsi que sa fille Jeannette. Ainsi, malgré les grandes réunions familiales dont faisaient partie des centaines de cousins francophones, le noyau de la famille était constitué de catholiques irlando-américains.

Cela nous amène à une autre observation capitale : avec la mort de Julien, la famille a sans doute perdu son dernier membre qui connaissait l'histoire des Mayfair. C'est plus que probable. A force de conversations avec ses descendants et de légendes grotesques sur le temps de la plantation, cette hypothèse devient une conviction.

En conséquence, à partir de 1914, les membres du Talamasca enquêtant sur les Mayfair avaient constamment l'impression de mieux connaître la famille que celle-ci ne se connaissait elle-même. Ce fait était pour eux une grande cause de confusion et de tension.

Dès avant la mort de Julien, l'ordre fut amené à se demander de façon cruciale s'il fallait ou non tenter des contacts avec la famille. Après la mort de Mary Beth, cette question devint même déchirante.

Mais nous devons poursuivre notre récit, en remontant à l'année 1891, pour nous concentrer sur le personnage de Mary Beth Mayfair, qui va nous mener jusqu'au XXe siècle. Elle fut peut-être la plus puissante des sorcières Mayfair.

Mary Beth est la sorcière de la famille que nous connaissons le mieux depuis Charlotte. Toutefois, après examen de toutes les informations, elle reste un mystère car sa personnalité ne transparaît qu'à travers des anecdotes rapportées par des domestiques et des amis de la famille.

L'HISTOIRE DE MARY BETH MAYFAIR

La semaine qui suivit la mort de Marguerite, en 1891, Julien fit transporter les effets personnels de Marguerite de Riverbend à First Street. Il loua deux chariots pour déménager de nombreux bocaux et bouteilles emballés avec précaution, plusieurs malles bourrées de lettres et de papiers divers, quelque vingt-cinq cartons de livres et plusieurs malles au contenu disparate.

Nous savons que les bocaux et les bouteilles intégrèrent le troisième étage de la maison de First Street et aucun témoin contemporain n'en a plus jamais parlé.

C'est à cette époque que Julien s'installa dans une chambre du troisième étage, celle où il mourut, ainsi que Richard Llewellyn nous l'a raconté.

La plupart des livres de Marguerite, dont d'obscurs textes en allemand et en français ayant trait à la magie noire, furent rangés sur des rayons de la bibliothèque du rez-de-chaussée.

Mary Beth reçut l'ancienne chambre de maître de l'aile nord, au-dessus de la bibliothèque, qui, depuis, a toujours été la chambre de la bénéficiaire du testament. La petite Belle, encore trop jeune à l'époque pour montrer des signes de déficience mentale, reçut la première chambre après le hall d'entrée mais, les premières années, elle dormit souvent avec sa mère.

Mary Beth portait régulièrement l'émeraude des Mayfair. Et l'on peut dire que c'est à cette époque que, devenue adulte et maîtresse de maison, elle réalisa sa destinée : la société de La Nouvelle-Orléans commença à s'intéresser à elle et les premières transactions financières portant sa signature apparurent dans les archives publiques à ce moment-là.

Sur de nombreux portraits photographiques, elle porte l'émeraude, et les gens parlaient d'elle avec admiration. De plus, sur beaucoup de ces photos, elle est habillée en homme. En fait, des dizaines de gens ont corroboré le témoignage de Richard Llewellyn selon lequel Mary Beth avait coutume de se travestir et de sortir avec Julien vêtue comme un homme. Avant son mariage avec Daniel McIntyre, ces sorties avaient pour but non seulement les bordels du quartier français mais également une quantité d'activités sociales. Dans les bals, Mary Beth apparaissait souvent en cravate blanche et queue-de-pie.

Bien que la société fût en général scandalisée par un tel comportement, les Mayfair poursuivirent leur chemin grâce à leur argent et à leur charme.

Ils prêtaient sans intérêt à ceux que les diverses dépressions d'après-guerre mettaient dans le besoin, faisaient des dons presque ostentatoires aux œuvres de charité et, sous la direction de Clay Mayfair, Riverbend continuait à amasser une fortune avec ses abondantes récoltes de sucre.

Ces premières années, Mary Beth avait provoqué très peu d'inimitié. Même ses détracteurs ne parlaient pas d'elle comme d'une personne vicieuse ou cruelle mais la qualifiaient plutôt de froide, pragmatique, indifférente aux sentiments des autres et masculine.

Cependant, toute forte et de haute taille qu'elle fût, elle n'était pas une femme masculine. Beaucoup de gens la décrivent comme voluptueuse et, à l'occasion même, belle. D'après les photos de cette période, elle présentait effectivement une silhouette séduisante en tenue d'homme. Et plus d'un membre du Talamasca a fait remarquer que contrairement à Stella, Antha et Deirdre Mayfair – ses fille, petite-fille et arrière-petite-fille – qui étaient de délicates « beautés du Sud », Mary Beth ressemblait plutôt à ces pulpeuses vedettes du cinéma américain qui allaient fleurir après sa mort, dont Ava Gardner et Joan Crawford.

Les cheveux de Mary Beth restèrent noirs comme du jais jusqu'à sa mort, à l'âge de quarante-quatre ans. Nous ne connaissons pas sa taille exacte mais elle devait avoisiner le mètre soixante-dix-huit. Elle n'était pas ronde mais bien charpentée et forte et marchait à grands pas. Le cancer qui la tua ne fut découvert que six mois avant sa mort et elle resta une femme « attirante » jusqu'aux dernières semaines de sa vie. Elle disparut alors dans sa chambre de malade et n'en ressortit pas vivante.

Nul doute que Mary Beth n'avait que peu d'intérêt pour sa beauté physique. Toujours bien soignée, et parfois éblouissante en robe de bal et manteau de fourrure, personne ne dit jamais qu'elle était séduisante. En fait, ceux qui la traitaient de « non féminine » parlaient surtout de ses manières directes, de sa brusquerie et de son apparente indifférence envers ses propres charmes.

Il est intéressant de noter que toutes ces caractéristiques – manières directes, pragmatisme, droiture et froideur – seront attribuées plus tard à sa fille Carlotta, qui n'a jamais été la bénéficiaire du testament.

Ceux qui appréciaient Mary Beth et faisaient de bonnes affaires avec elle la qualifiaient de « bon tireur » et de femme généreuse incapable de mesquinerie. Ceux qui ne l'appréciaient pas la traitaient d'insensible et d'inhumaine. Ce sera également le cas pour Carlotta Mayfair.

Nous traiterons en détail, un peu plus loin, le sens des affaires de Mary Beth et son appétit pour le plaisir. Disons seulement, pour l'instant, qu'en ces premières années elle fut à l'origine, autant que Julien, du mode de vie de la maison de First Street. Elle organisait elle-même un grand nombre de réceptions et persuada Julien de l'emmener en Europe en 1896, voyage au cours duquel ils firent la tournées des capitales, de Madrid à Londres.

Depuis son enfance, Mary Beth partageait la passion de Julien pour les chevaux et ils montaient fréquemment à cheval ensemble. Ils aimaient aussi le théâtre et allaient voir toutes sortes de pièces, des grandes productions shakespeariennes aux petites pièces locales. Et tous deux avaient le même amour de l'opéra. Plus tard, Mary Beth fit installer un Victrola dans presque toutes les pièces de la maison et écoutait continuellement des disques d'opéra.

Il semble par ailleurs que Mary Beth aimait que la maison soit pleine de gens. Son intérêt pour sa famille ne se limitait pas aux petites réunions intimes. Au contraire, toute sa vie elle ouvrit ses portes aux cousins qui lui rendaient visite.

Quelques récits concernant son hospitalité suggèrent qu'elle aimait avoir les gens sous son emprise et être le centre de toutes les attentions. En fait, on parle plus souvent d'elle comme d'une personne s'intéressant plus aux autres qu'à elle-même. L'absence totale de narcissisme et de vanité chez cette femme reste étonnant pour ceux qui examinent le dossier. La générosité, plus qu'une soif de pouvoir, semble une explication plus appropriée de ses relations familiales.

En 1891, la maisonnée de First Street se composait de Rémy Mayfair, qui faisait bien plus vieux que son frère aîné Julien et dont on disait qu'il se mourait de consomption, ce qu'il fit en 1897; des fils de Julien, Barclay, Garland et Cortland, les premiers Mayfair à être envoyés dans des pensions de la côte est où ils furent très brillants; de Millie Mayfair, la seule des enfants de Rémy qui soit restée célibataire, et enfin, outre Julien et Mary Beth, de leur fille, Belle, dont on disait déjà qu'elle souffrait de déficience mentale.

Vers la fin du siècle, la maison hébergeait aussi Clay Mayfair, le frère de Mary Beth, ainsi que, après la destruction de Riverbend, la malheureuse Katherine Mayfair, sans compter, occasionnellement, quelques cousins.

Mary Beth mourut d'un cancer en septembre 1925 mais on peut affirmer qu'elle changea très peu au fil des années : ses passions et priorités de la fin du XIXe siècle étaient pratiquement restées les mêmes la dernière année de sa vie.

Nous ignorons si elle a jamais eu un ami proche ou un confident hors de la famille, et son véritable caractère est plutôt difficile à décrire. Elle n'a jamais eu la personnalité ludique et aimable de Julien et semblait peu friande de grands drames. Même lors des innombrables réunions de famille où elle dansait et supervisait les séances de prises de vues et le service, on ne l'a jamais décrite comme l'« âme de la soirée ». Elle semble plutôt avoir été une femme forte, calme, aux objectifs bien définis.

Dans quelle mesure ses pouvoirs occultes ont-ils servi ces objectifs? La question est d'importance. Différentes preuves permettent de s'en faire une idée.

Pour le personnel irlandais de First Street, elle a toujours été une « sorcière » ou une personne ayant des pouvoirs vaudous. Mais leurs récits diffèrent nettement d'autres que nous possédons et doivent être pris avec les précautions d'usage.

Néanmoins...

Les domestiques parlaient souvent des sorties de Mary Beth dans le quartier français pour consulter les prêtresses vaudoues, de son autel dans sa chambre, devant lequel elle vénérait le diable. Ils disaient qu'elle savait quand on lui mentait, où on était allé, où se trouvait chaque membre de la famille et ce que ces gens faisaient à tout instant. De plus, elle n'en faisait aucun mystère.

On disait également que les domestiques noirs se tournaient vers elle quand ils avaient des démêlés avec les prêtresses vaudoues locales, qu'elle savait quelle poudre utiliser ou quelle bougie faire brûler pour conjurer un sort et qu'elle commandait aux esprits. Plus d'une fois, Mary Beth elle-même déclara que le vaudou n'était que cela – savoir commander aux esprits – et que le reste n'était que folklore.

Une cuisinière irlandaise qui avait travaillé occasionnellement pour la famille entre 1895 et 1902 raconta à nos enquêteurs que Mary Beth lui avait dit qu'il y avait toutes sortes d'esprits et que les plus modestes étaient les plus faciles à commander, que n'importe qui pouvait les invoquer s'il le voulait vraiment ; qu'elle en avait pour garder toutes les pièces de la maison et les objets qui s'y trouvaient et qu'elle conseillait à la cuisinière de ne pas les invoquer. Cela présentait des dangers et il valait mieux les laisser aux gens comme Mary Beth qui pouvaient les voir et les sentir.

– On pouvait les sentir dans la maison, avait affirmé la cuisinière. Et si on fermait les yeux à demi, on pouvait les voir. Mais Mlle Mary Beth n'avait pas à le faire. Elle les voyait très clairement tout le temps, elle leur parlait et les appelait par leur nom.

Nous disposons d'au moins quinze récits différents sur l'autel vaudou de Mary Beth, sur lequel elle faisait brûler de l'encens et des bougies de différentes couleurs et auquel elle ajoutait de temps à autre des statuettes de saints en plâtre. Mais aucun n'indique où il était exactement placé. (Il est intéressant de noter que tous les employés noirs interrogés sur cet autel devenaient immédiatement muets.)

Certaines de ces histoires sont plutôt farfelues. On nous a dit par exemple, et à plusieurs reprises, que Mary Beth ne faisait pas que s'habiller en homme mais qu'elle devenait véritablement un homme quand elle sortait ainsi, avec sa canne et son chapeau. Et aussi qu'elle était assez forte pour envoyer au tapis n'importe quel homme qui s'en prenait à elle.

Tôt un matin, alors qu'elle se promenait à cheval sur Saint Charles Avenue sans Julien (il était déjà très malade), un homme aurait tenté de la désarçonner. Elle se serait transformée en homme, aurait à moitié tué le type avec ses poings et l'aurait traîné au bout d'une corde, derrière son cheval, jusqu'au poste de police. « Des tas de gens l'ont vu », nous a-t-on rapporté. Cette histoire se perpétua jusqu'en 1935 dans Irish Channel. Les rapports de police de l'époque mentionnent bien cette bagarre et l'« arrestation du quidam », qui eurent lieu en 1914. L'assaillant mourut dans sa cellule quelques heures plus tard.

L'histoire la plus intéressante de toutes concernant cette période nous vient d'un cocher de fiacre. En 1910, il nous raconta qu'un jour de 1908 il avait pris Mary Beth dans son véhicule dans la rue Royale et que, bien qu'il fût certain qu'elle était montée seule (il s'agissait d'un cabriolet à cheval) il l'avait entendue parler avec quelqu'un pendant tout le trajet. Lorsqu'il ouvrit la porte une fois arrivé à First Street, il vit un bel homme assis à côté d'elle. Ils semblaient en grande conversation mais elle s'interrompit brusquement quand elle vit le cocher et émit un petit rire. Elle lui donna deux belles pièces d'or en lui disant qu'elles valaient bien plus que le prix de la course et qu'il ferait mieux de les dépenser rapidement. Lorsque le cocher leva les yeux pour regarder l'homme descendre de la voiture, il ne vit absolument personne.

Nos archives regorgent de récits de domestiques concernant les pouvoirs de Mary Beth et tous ont un point commun : Mary Beth était une sorcière qui exerçait son pouvoir chaque fois qu'elle, ses biens ou sa famille étaient menacés. Mais, une fois encore, n'oublions pas que ces récits du personnel diffèrent énormément d'autres témoignages que nous avons.

Quoi qu'il en soit, si l'on prend la vie de Mary Beth dans son ensemble, d'autres sources prouvent de façon convaincante ses pouvoirs de sorcellerie.

Pour autant que nous le sachions, Mary Beth avait trois passions dominantes.

La première, mais non la plus importante, était son désir de faire de l'argent et d'impliquer les membres de sa famille dans la constitution d'une immense fortune. Il n'est rien de dire qu'elle connut le succès dans ce domaine.

Pratiquement depuis le début de sa vie, nous avons des traces d'histoires de trésors, de bijoux, de porte-monnaie pleins de pièces d'or inépuisables. D'ailleurs, elle distribuait volontiers des pièces d'or aux pauvres qu'elle croisait. On disait aussi qu'elle leur conseillait toujours de « vite dépenser les pièces » parce que tout ce qu'elle sortait de son porte-monnaie magique y revenait toujours.

En ce qui concerne les pierres précieuses et les pièces, il se peut qu'une étude minutieuse des finances de la famille à partir d'archives publiques et leur analyse par des spécialistes révèle que des apports mystérieux et inexplicables de richesses aient joué un rôle dans toute l'histoire. Mais ce n'est qu'une hypothèse.

Plus pertinente est cependant la question de l'utilisation que Mary Beth faisait de son pouvoir de divination ou de ses connaissances occultes dans ses investissements.

Un simple coup d'œil à ses résultats indique qu'elle était un génie financier. Elle était bien plus intéressée que Julien à faire fructifier sa fortune et possédait de toute évidence la faculté de savoir ce qui allait se passer. D'ailleurs, elle avertissait souvent ses pairs des crises et faillites bancaires imminentes, même si ceux-ci ne l'écoutaient jamais.

En fait, la diversification des investissements de Mary Beth est un défi à toute explication rationnelle. Comme on le disait, elle était « dans » tout : le courtage du coton, l'immobilier, les transports maritimes, les chemins de fer, la banque, le commerce et même, plus tard, la contrebande d'alcool. Elle investissait sans arrêt dans des affaires aventureuses qui se révélaient très fructueuses. Elle était à la base même de la fabrication de plusieurs produits chimiques et d'inventions qui lui rapportaient des sommes faramineuses.

On pourrait même dire que, sur le papier, tout cela était invraisemblable : elle en savait trop, trop souvent et s'en servait trop bien.

La réussite de Julien, tout importante qu'elle fût, peut très bien être attribuée à sa compétence et à son sens des affaires mais, en ce qui concerne Mary Beth, une telle explication est insuffisante. Julien, par exemple, ne s'intéressait pas du tout aux inventions modernes, d'un point de vue investissements en tout cas. Mary Beth, elle, avait une véritable passion pour les gadgets et la technologie et ne fit jamais aucune erreur dans ce domaine. Il en allait de même pour les transports maritimes, dans lesquels Julien n'y connaissait pratiquement rien, alors que Mary Beth s'y entendait parfaitement. De la même façon, si Julien adorait acheter des immeubles, dont des usines et des hôtels, il n'a jamais acheté de terrains non bâtis alors que Mary Beth en avait acquis dans tous les États-Unis et les revendait en réalisant d'énormes bénéfices. En fait, sa façon de prévoir quand et où des villes allaient se développer est parfaitement inexplicable.

Mary Beth était également très douée pour présenter sa richesse sous un jour favorable. Elle montrait juste ce qu'il fallait pour servir ses objectifs. Ainsi, personne ne se posait jamais les questions qui auraient été inévitables si elle avait tout révélé de ses succès. Et, toute sa vie, elle évita la publicité. Son mode de vie à First Street n'a jamais été particulièrement ostentatoire, hormis les automobiles qu'elle avait en tel nombre qu'elle dut louer des garages dans tout le quartier. Très peu de gens connaissaient l'étendue de sa fortune et de ses pouvoirs.

Des faits prouvent qu'elle menait une grande partie de son activité commerciale à l'insu des autres, c'est-à-dire qu'elle avait une kyrielle d'employés qu'elle voyait dans ses bureaux en ville mais qui ne venaient jamais dans son bureau de First Street. Travailler pour elle était un « boulot très juteux », nous raconta un vieil homme qui se souvenait qu'un de ses amis partait souvent faire de longs voyages pour le compte de Mary Beth – à Londres, Paris, Bruxelles, Zurich... –, emportant souvent avec lui d'énormes sommes d'argent. Il voyageait toujours en première classe, descendait dans des hôtels de luxe et Mary Beth le gratifiait souvent de primes. Selon une autre source, Mary Beth faisait souvent de tels voyages à l'insu de sa famille.

Nous avons cinq récits indiquant qu'elle se vengeait des gens qui essayaient de la flouer. D'après l'un d'eux, son secrétaire, un certain Landing Smith, s'était un jour enfui avec une somme de trois cent mille dollars appartenant à Mary Beth. Il avait pris un paquebot pour l'Europe sous un faux nom, convaincu qu'il avait réussi son escroquerie. Après trois jours en mer, il se réveilla au milieu de la nuit et aperçut Mary Beth assise sur le bord de son lit. Elle ne se contenta pas de reprendre l'argent mais se mit à frapper son secrétaire avec sa cravache et le laissa tout ensanglanté sur le sol de la cabine, où le steward le retrouva quelque temps plus tard. Smith lui raconta tout mais Mary Beth et l'argent restèrent introuvables. Cette histoire fut rapportée dans les journaux locaux mais Mary Beth refusa toujours de confirmer ou de nier qu'on lui ait jamais volé quelque chose.

Depuis un drame survenu en 1919, la branche de la famille descendant de Clay Mayfair – établie aujourd'hui à New York – est brouillée avec la branche de La Nouvelle-Orléans.

A cette époque, Mary Beth investissait énormément dans le secteur bancaire de New York. Une grave dispute éclata entre elle et un cousin qui, en résumé, ne croyait pas dans le plan d'action de Mary Beth et chercha à le saper à l'insu de sa cousine. Elle fit donc son apparition un jour dans le bureau du jeune homme, à New York, lui arracha les papiers des mains, les jeta en l'air et ils s'enflammèrent. Ensuite, elle l'avertit que, s'il essayait encore une fois de tromper un membre de la famille, elle le tuerait. Le garçon se mit alors à raconter cette histoire à qui voulait l'entendre et ruina ainsi sa réputation et sa vie professionnelle. Les gens pensaient qu'il était fou. Il se suicida par défenestration trois mois après l'apparition de Mary Beth dans son bureau. Aujourd'hui encore, sa famille attribue sa mort à Mary Beth et parle d'elle et de ses descendants avec haine.

Un jour, peut-être, quelqu'un écrira un livre sur Mary Beth Mayfair. Tout est dans les archives. Mais, aujourd'hui, seul le Talamasca sait que Mary Beth a étendu son influence financière et son pouvoir dans le monde entier, qu'elle a bâti un empire financier si immense, si solide et si diversifié que son démantèlement progressif se poursuit encore de nos jours.

Mais le sujet mérite plus d'attention que nous ne pouvons lui accorder. Si des spécialistes se penchaient sur la question, en examinant avec soin les documents publics à la portée de tous, nul doute qu'ils découvriraient un cas important d'utilisation de pouvoirs occultes pendant des siècles aux fins de bâtir une immense fortune. Les pierres précieuses et les pièces d'or n'en représenteraient qu'une part infime.

En conclusion, Mary Beth laissa sa famille bien plus riche qu'elle ne le savait et cette richesse perdure encore aujourd'hui.

La seconde passion de Mary Beth était sa famille. Dès le début de sa vie professionnelle active, elle impliqua ses cousins (ou frères) Barclay, Garland, Cortland et d'autres Mayfair dans ses affaires. Elle les fit entrer dans les sociétés qu'elle avait créées, employait des juristes Mayfair et des banquiers Mayfair dans ses transactions. En fait, dans la mesure du possible, elle préférait employer des Mayfair plutôt que des étrangers et elle pressait les autres Mayfair d'en faire autant. Lorsque sa fille Carlotta alla travailler dans un cabinet juridique n'appartenant pas à la famille, elle fut déçue mais elle ne prit aucune mesure contre la décision de sa fille. Elle dit simplement que Carlotta manquait de bon sens.

Vis-à-vis de Stella et de Lionel, Mary Beth était d'une indulgence notoire et leur permettait de recevoir des amis pendant plusieurs jours d'affilée ou les week-ends. Quand elle était trop occupée pour les accompagner, elle les envoyait en Europe avec un précepteur et une gouvernante. Et elle donnait pour eux des réceptions d'anniversaire au faste légendaire auxquelles d'innombrables parents étaient invités. Elle était tout aussi généreuse envers sa fille Belle, sa fille adoptive Nancy et sa nièce Millie, qui continuèrent à vivre à First Street après sa mort alors qu'elles étaient les bénéficiaires de fonds de placement qui leur permettaient une indépendance financière incontestable.

Mary Beth gardait le contact avec tous les Mayfair du pays et organisa de nombreuses réunions avec ceux de Louisiane.

Les grands dîners de famille étaient courants à First Street. Mary Beth dépensait un argent fou pour avoir les meilleures cuisinières, et de nombreux récits indiquent que les cousins adoraient aller à First Street. Ils aimaient les longues discussions après le dîner et étaient tous personnellement dévoués à Mary Beth qui avait la faculté déconcertante de ne jamais oublier un anniversaire ou une date de remise de diplôme et envoyait toujours à cette occasion des cadeaux en espèces.

Comme nous l'avons déjà dit, Mary Beth aimait beaucoup danser avec Julien dans sa jeunesse. Lors de ces réceptions, elle encourageait jeunes et vieux à danser et engageait parfois des professeurs pour apprendre à ses invités les dernières danses à la mode. Julien et elle amusaient les enfants avec toutes sortes de bouffonneries et, parfois, les orchestres de danse qu'ils engageaient scandalisaient les Mayfair les plus collet monté. Julien mort, Mary Beth dansa moins mais aimait regarder les autres.

Elle n'invitait pas les Mayfair à ces réunions, ils étaient tenus d'y assister, et elle se montrait parfois désagréable vis-à-vis de ceux qui déclinaient ses invitations. Deux incidents témoignent de sa colère contre des cousins qui avaient opté pour le nom de leur père plutôt que pour celui de Mayfair.

Plusieurs amis de la famille nous ont raconté que Mary Beth était à la fois aimée et crainte par ses proches. Tandis que Julien, surtout dans sa vieillesse, était considéré comme adorable et charmant, Mary Beth était considérée comme redoutable.

Plusieurs témoignages montrent qu'elle voyait dans l'avenir mais n'aimait pas utiliser ce pouvoir. Lorsqu'on sollicitait d'elle une prédiction ou un coup de pouce pour prendre une décision, elle prévenait souvent que la « double vue » n'était pas une chose simple et que prédire l'avenir pouvait être « délicat ». Néanmoins, elle le faisait à l'occasion. Par exemple, elle avait annoncé à Maitland Mayfair, le fils de Clay, qu'il mourrait s'il montait dans un avion. Sa prophétie se réalisa. Thérèse, la femme de Maitland, reprocha à Mary Beth la mort de son mari, mais celle-ci se contenta de lui répondre : « Je vous avais prévenus, non? S'il n'était pas monté dans cette saleté d'avion, il ne se serait pas écrasé avec. »

Les frères de Maitland furent anéantis par sa mort. Ils prièrent Mary Beth d'empêcher de tels drames si elle le pouvait, ce à quoi elle répondit qu'elle pouvait essayer. Une fois encore, elle souligna le côté épineux de la chose. En 1921, le fils de Maitland, Maitland junior, envisagea d'entreprendre une expédition dans la jungle africaine. Sa mère, tout à fait opposée à ce projet, en appela à Mary Beth pour empêcher le garçon de le mettre à exécution ou pour faire une prédiction.

Mary Beth étudia la question pendant un certain temps puis expliqua à sa façon directe que l'avenir n'était pas prédéterminé mais seulement prévisible. Sa prédiction fut que le garçon mourrait s'il allait en Afrique mais que s'il restait des événements encore pires allaient se produire. Maitland junior changea donc d'avis, resta à la maison et périt dans un incendie six mois plus tard. (Le jeune homme, ivre mort, fumait dans son lit.) A ses obsèques, Thérèse demanda à Mary Beth pourquoi elle n'avait pas empêché cette tragédie. Celle-ci répondit d'une façon presque désinvolte qu'elle avait vu ce qui allait se passer mais qu'elle n'avait rien pu faire pour l'empêcher. Il aurait fallu changer la personnalité de Maitland junior et cela n'était pas de son ressort. Toutefois, elle était tout à fait bouleversée par ces événements et souhaitait que ses parents cessent de lui demander de prédire l'avenir.

– Quand je regarde dans l'avenir, aurait-elle dit, je vois à quel point la plupart des gens sont faibles et le peu qu'ils font pour combattre le sort ou le destin. Pourtant, on peut très bien lutter. Mais Maitland ne voulait rien changer.

Elle aurait alors haussé les épaules et quitté le cimetière La Fayette à grandes enjambées, comme à son habitude.

Nous disposons d'innombrables récits sur les prédictions et les conseils de Mary Beth. Ils se ressemblent tous. Elle déconseillait certains mariages et ses recommandations se révélaient toujours judicieuses. Ou alors elle poussait à s'engager dans certaines entreprises qui donnaient des résultats excellents. Mais tout indique qu'elle était très prudente quant à ce pouvoir et ne faisait pas ces prédictions de bon cœur. Un jour, elle s'en ouvrit à un prêtre de la paroisse. Elle lui aurait dit que n'importe quel individu fort pouvait changer l'avenir pour le compte des autres et que cela se produisait tout le temps. Étant donné le nombre d'êtres humains vivant sur cette terre, de telles personnes étaient si rares que prédire l'avenir était d'une simplicité déconcertante.

– Nous avons donc notre libre arbitre, reconnaissez-le, avait dit le prêtre.

– Absolument, et il est essentiel que nous l'exercions. Rien n'est prédéterminé et, grâce à Dieu, il n'y a pas beaucoup de gens forts capables de bouleverser ce qui est établi car il y a autant de mauvaises gens qui apportent la guerre et le désastre que de visionnaires qui font le bien.

Pour ce qui concerne l'attitude des membres de la famille, ceux-ci se rendaient compte que Mary Beth et Julien n'étaient pas comme les autres et, dans les périodes difficiles, hésitaient à s'adresser à eux. Cela signifiait pour eux obtenir des avantages mais aussi contracter des obligations.

Par exemple, une descendante de Lestan Mayfair, enceinte sans être mariée, alla demander l'aide de Mary Beth. Elle reçut une grosse somme d'argent pour s'en sortir avec son enfant mais acquit la conviction, plus tard, que Mary Beth avait causé la mort du père de son enfant.

Un autre Mayfair, très apprécié de Mary Beth, fut condamné pour coups et blessures à la suite d'une querelle d'ivrognes dans une boîte de nuit du quartier français. Il déclara ensuite craindre davantage la réprobation et le châtiment de Mary Beth que ceux d'un tribunal. Il fut abattu en tentant de s'évader de prison et Mary Beth refusa qu'il soit enterré au cimetière La Fayette.

Une autre malheureuse jeune fille, Louise Mayfair, enceinte elle aussi hors mariage, mit au monde à First Street sa fille, Nancy (que Mary Beth adopta et reconnut comme un des enfants de Stella). La jeune maman mourut deux jours après la naissance et la rumeur dit que Mary Beth, furieuse du comportement irresponsable de Louise, l'avait laissée mourir seule, sans soins.

Mais les récits sur les pouvoirs occultes ou les exactions de Mary Beth dans le cadre de sa famille sont relativement peu nombreux. Même en tenant compte de la réserve de la famille et de la réticence des Mayfair à parler de la branche héritière, rien ne montre de façon probante que Mary Beth était considérée comme une sorcière par ses cousins. Bien des Mayfair ne croyaient pas aux « ridicules superstitions » colportées par les domestiques, les voisins et, occasionnellement, par des membres de la famille. Ils trouvaient risible l'histoire du porte-monnaie de pièces d'or, disaient que les superstitions du personnel n'était que résurgences des temps révolus de la plantation et se plaignaient des commérages venant du voisinage et de la paroisse.

Une fois encore, précisons que la majorité des récits sur les pouvoirs de Mary Beth nous vient des domestiques.

En résumé, Mary Beth était aimée et respectée par sa famille, ne régissait pas la vie et les décisions des gens, sauf lorsqu'il s'agissait de loyauté envers la famille, et, à part quelques erreurs notables, savait choisir les membres de la famille pour travailler avec elle, ceux-ci lui faisant entière confiance, l'admirant et aimant travailler avec elle. Elle gardait secrètes ses activités étranges vis-à-vis de ceux avec qui elle faisait des affaires et aimait se retrouver en famille.

La troisième grande passion ou obsession de Mary Beth était sa soif de plaisir. Comme nous l'avons vu, Julien et elle adoraient danser, donner des réceptions, aller au théâtre, etc. Elle eut aussi de nombreux amants.

Si la famille est totalement muette sur le sujet, les commérages des employés sont pour nous une abondante source de renseignements. Sans compter les voisins parlant des « beaux garçons » qui se trouvaient là, censés accomplir des tâches pour lesquelles ils n'avaient souvent aucune qualification.

L'histoire racontée par Richard Llewellyn à propos de la Stutz Bearcat offerte au jeune cocher irlandais a été vérifiée tout simplement dans les registres d'immatriculation. Les cadeaux somptueux, parfois des sommes énormes, offerts à ces beaux jeunes gens permettent aussi de penser qu'ils étaient bien les amants de Mary Beth. Car, sinon, pourquoi aurait-elle fait un cadeau de Noël de 5 000 dollars à un jeune cocher incapable de diriger un attelage ou à un homme de main incapable de manier un marteau ?

Il est intéressant de remarquer qu'en examinant globalement toutes les informations sur Mary Beth nous avons plus de récits sur ses appétits sensuels que sur tout autre aspect de sa personne. En d'autres termes, les récits concernant ses amants, son amour du vin, de la bonne chère et de la danse sont nettement supérieurs en nombre à ceux se rapportant à ses pouvoirs occultes et à ses talents en matière de finances.

Mais en considérant toutes ces descriptions, nous remarquons que, pour l'époque, elle se comportait plus comme un homme que comme une femme, prenant ses plaisirs plutôt à la façon d'un homme, sans se préoccuper de la bienséance et de sa respectabilité. Vu sous cet angle, son comportement n'a en fait rien d'incongru. Mais, à l'époque, les gens ne le considéraient pas ainsi, bien entendu, et trouvaient son amour du plaisir plutôt mystérieux, pour ne pas dire sinistre. Par sa désinvolture vis-à-vis de ses actes et son refus d'attacher de l'importance aux réactions d'autrui, elle accentuait ce côté mystérieux.

Quant à son habitude de se travestir, elle le fit si longtemps et si bien que tout le monde finit par s'y habituer. Dans les dernières années de sa vie, elle sortait souvent en costume de tweed et, avec sa canne, se promenait pendant des heures dans Garden District. Elle ne se souciait même plus de relever ses cheveux ou de les dissimuler sous un chapeau. Pour tous, serviteurs et voisins, c'était Mlle Mary Beth qui se promenait, la tête légèrement penchée, à très grands pas, en faisant de petits signes nonchalants à ceux qui la saluaient au passage.

Quant à ses amis, le Talamasca ne sait presque rien sur eux. Celui que nous connaissons le mieux est Alain Mayfair, un jeune parent, encore qu'il ne soit même pas certain qu'il ait été son amant. Il a travaillé pour elle en tant que secrétaire ou chauffeur, ou les deux, de 1911 à 1913, mais il était souvent en voyage en Europe. Il avait à l'époque une vingtaine d'années, était très beau et parlait le français, sauf avec Mary Beth, qui préférait l'anglais. Il semble qu'en 1914 ils eurent un désaccord mais personne ne sait très bien à quel propos. Le jeune homme partit alors pour l'Europe rejoindre les forces armées de la Première Guerre mondiale et mourut au combat. Son corps ne fut jamais retrouvé mais Mary Beth organisa pour lui une cérémonie de commémoration grandiose à First Street.

Kelly Mayfair, un autre parent, travailla aussi pour elle entre 1912 et 1918. C'était un jeune homme d'une grande beauté aux cheveux roux et aux yeux verts (sa mère était d'origine irlandaise). Il s'occupait des chevaux et, contrairement aux autres amants de Mary Beth, s'y entendait fort bien. La seule indication qu'il puisse avoir été son amant est qu'ils dansaient souvent ensemble aux réunions de famille et qu'ils eurent plus tard de nombreuses querelles orageuses entendues par des servantes, des blanchisseuses et même des ramoneurs.

Mary Beth donna à Kelly une somme d'argent faramineuse pour qu'il tente sa chance en tant qu'écrivain. Il s'installa à New York, dans Greenwich Village, travailla quelque temps pour le *New York Times* et mourut de froid dans un appartement vétuste, ivre mort. C'était son premier hiver à New York et il semblait ne pas en avoir évalué les dangers. Quoi qu'il en soit, Mary Beth fut très attristée par sa mort. Elle fit ramener le corps et l'enterra comme il se devait, en l'absence des parents de Kelly, révoltés par ce qui s'était passé. Elle fit inscrire quatre mots sur la pierre tombale : « Ne crains plus rien ». Il se peut que ce soit une référence au célèbre vers de Shakespeare dans *Cymbeline* : « Ne crains plus la chaleur du soleil ni la fureur de l'hiver. » Mais elle refusa de s'en expliquer.

Les autres « beaux garçons » qui firent tant parler nous sont inconnus. Des ragots disent qu'ils étaient tous superbes et « pas commodes ». Les servantes et les cuisinières ne les appréciaient guère.

Qui sait? Mary Beth aimait peut-être seulement les regarder?

Ce dont nous sommes sûrs, c'est que, du jour où elle l'a rencontré, Mary Beth a aimé Daniel McIntyre, même s'il est tout d'abord entré dans la famille en tant qu'amant de Julien.

Abstraction faite du récit de Richard Llewellyn, nous savons que Julien a rencontré Daniel McIntyre vers 1896 et qu'il a fait d'importantes affaires avec lui, avocat plein de promesses d'un cabinet de Camp Street fondé par son oncle une dizaine d'années auparavant.

Lorsque Garland Mayfair eut terminé son droit à Harvard, il entra dans ce cabinet. Cortland le rejoignit plus tard et tous deux travaillèrent avec Daniel McIntyre jusqu'à ce qu'il fût nommé juge en 1905.

Les photos de Daniel à l'époque montrent un homme pâle, mince, aux cheveux blond-roux. Il était assez beau et avait un air de ressemblance avec Richard Llewellyn et Victor. Les visages de ces trois hommes étaient exceptionnellement beaux et frappants, Daniel ayant l'avantage de posséder des yeux verts particulièrement étincelants.

Daniel McIntyre était issu d'une vieille famille irlandaise, c'est-à-dire d'immigrants arrivés en Amérique bien avant les grandes famines de la pomme de terre des années 1840, et il est peu probable qu'aucun de ces ancêtres ait jamais été pauvre.

Son grand-père, un courtier millionnaire autodidacte, se fit construire dans les années 1830 une magnifique maison dans Julia Street. C'est là que le père de Daniel, Sean McIntyre, le plus jeune des quatre fils, fut élevé. Jusqu'à la crise cardiaque qui l'emporta à l'âge de quarante-huit ans, Sean McIntyre fut un médecin éminent.

Au dire de tous, Daniel était un brillant avocat d'affaires et de nombreux documents d'archives attestent qu'il donna d'excellents conseils à Julien dans diverses affaires. Il le représenta également, avec succès, dans plusieurs procès civils d'importance. Une petite anecdote nous fut racontée plus tard par un des employés du cabinet. Lors d'un de ces procès, Julien et Daniel eurent une grave dispute au cours de laquelle Daniel ne cessait de répéter : « Julien, laisse-moi régler cette affaire légalement ! » Ce à quoi Julien répondait invariablement : « D'accord, si tu y tiens absolument, fais-le. Mais je te dis que je pourrais très bien faire regretter à ce type d'être né ! »

Les archives publiques indiquent par ailleurs que Daniel avait beaucoup d'imagination pour amener Julien à faire ce qu'il voulait et l'aider à découvrir des informations sur les gens qui lui faisaient obstacle dans ses activités professionnelles.

Le 11 février 1897, à la mort de sa mère, Daniel quitta leur appartement des beaux quartiers, dans Saint Charles Avenue, y laissa sa sœur aux bons soins d'infirmières et de servantes et s'installa dans une suite somptueuse du vieil hôtel Saint Louis. Selon les grooms, les serveurs et les chauffeurs de taxi qu'il gratifiait de généreux pourboires, il y mena une vie de roi. Julien Mayfair, son visiteur le plus assidu, passait souvent la nuit dans la suite de Daniel.

Daniel était déjà un gros buveur à l'époque, et de nombreux employés de l'hôtel ont rapporté qu'ils devaient souvent l'aider à monter dans sa chambre. Cortland gardait en permanence un œil sur lui et, plus tard, lorsque Daniel acheta une automobile, il lui proposait toujours de le reconduire chez lui. Il semble que Cortland aimait beaucoup Daniel : il le défendait toujours devant le reste de la famille ce qui, les années passant, devint une tâche de plus en plus ingrate.

Rien n'indique que Mary Beth et Daniel se soient rencontrés pendant cette période. Peut-être gêné par sa liaison avec Julien, il ne semble pas que Daniel soit jamais allé à la maison de First Street. Il était probablement plus prude que la plupart des amants que Julien avait eus. En tout cas, il fut à notre connaissance le seul amant de Julien à avoir une carrière professionnelle indépendante.

Quelle que soit l'explication, il rencontra Mary Beth à la fin de 1897, et le récit de Richard Llewellyn est le seul que nous ayons. Sont-ils tombés amoureux comme Llewellyn l'a dit? Nous l'ignorons, mais ils ont commencé à paraître fréquemment ensemble en société.

Mary Beth avait alors vingt-cinq ans et était extrêmement indépendante. Et ce n'était un secret pour personne que la petite Belle – l'enfant du mystérieux lord Mayfair écossais – n'avait pas toute sa tête. Très douce et très aimable, elle était incapable d'apprendre les choses les plus simples et avait des réactions émotionnelles très fortes pour une enfant de quatre ans. Tout le monde savait qu'elle ne conviendrait pas comme héritière puisqu'elle ne se marierait probablement jamais. La famille en discutait ouvertement à l'époque.

Un autre sujet de conversation grave fut la destruction de la plantation de Riverbend. La maison, construite avant le début du siècle par Marie-Claudette, était située sur un terrain avançant jusqu'au fleuve. Vers 1896, il devint évident que le fleuve allait un jour tout emporter et tout fut tenté en vain pour éviter le pire. Il aurait fallu ériger une digue derrière la maison mais le sol autour de la maison fut petit à petit inondé et, une nuit, la maison sombra dans les marais. En une semaine, il n'y eut plus une trace des splendeurs passées.

Pour Mary Beth et Julien, c'était une véritable tragédie car, entre autres, la pauvre Katherine, la mère de Mary Beth, refusait de partir s'installer à La Nouvelle-Orléans dans la maison que Darcy Monahan avait fait construire pour elle.

Finalement, on lui administra un sédatif pour le voyage mais, nous l'avons déjà dit, elle ne se remit jamais du choc et devint folle, errant dans les jardins, parlant tout le temps à Darcy, cherchant sa mère, Marguerite, et retournant sans arrêt tous les tiroirs, à la recherche d'objets qu'elle disait avoir perdus.

Mary Beth la supportait. Toutefois, un médecin fut scandalisé, un jour, de l'entendre dire qu'elle était heureuse de faire de son mieux pour sa mère mais qu'elle ne la trouvait pas « particulièrement intéressante » et qu'elle aurait aimé que l'on trouve un médicament qui aurait pu la calmer.

Nous ignorons si un médicament fut effectivement administré à Katherine. Elle commença à errer dans les rues vers 1898 et un jeune mulâtre fut engagé uniquement pour la suivre partout. Elle mourut dans son lit, à First Street, dans la nuit du 2 janvier 1905 et, à notre connaissance, aucune tempête ni aucun événement particulier ne marqua son décès. Elle était restée plusieurs jours dans le coma et Mary Beth et Julien se trouvaient auprès d'elle quand elle rendit son dernier soupir.

Le 15 janvier 1899, au cours d'une cérémonie religieuse grandiose, Mary Beth épousa Daniel McIntyre. Jusque-là, la famille avait toujours été fidèle à l'église Notre-Dame mais à partir de cette date elle lui préféra l'église irlandaise de Saint Alphonse.

Nous pouvons affirmer sans grand risque que ce changement fut une idée de Daniel mais aussi que c'était le cadet des soucis de Mary Beth. Elle allait souvent à l'église avec ses enfants et ses petits-neveux. On se demande un peu pourquoi. Julien, lui, n'y mettait jamais les pieds, sauf pour les mariages, les funérailles et les baptêmes.

Le mariage de Daniel et de Mary Beth fut donc célébré en grande pompe. Une réception gigantesque fut donnée dans la maison de First

Street et des parents affluèrent de partout. La famille de Daniel, moins importante en nombre que les Mayfair, était là au grand complet. De l'avis de tous, les époux étaient très épris l'un de l'autre, très heureux, et la fête dura jusque tard dans la nuit.

Le couple partit en voyage de noces à New York, puis s'embarqua pour l'Europe, où il séjourna quatre mois, et dut écourter son voyage en mai car Mary Beth était déjà enceinte. En réalité, Carlotta Mayfair naquit sept mois et demi après le mariage de ses parents, le 1er septembre 1899.

Le 2 novembre de l'année suivante, Mary Beth mit au monde Lionel, son seul fils. Et enfin, le 10 octobre 1901, elle donna naissance à son dernier enfant, Stella.

Légalement, ces trois enfants étaient ceux de Daniel McIntyre mais on peut légitimement se demander, étant donné l'histoire de la famille, qui était leur vrai père.

Tout prouve, au vu des dossiers médicaux et des photos, que Carlotta était bien la fille de Daniel. Elle avait hérité non seulement de ses yeux verts mais aussi de sa magnifique chevelure bouclée blond-roux.

Quant à Lionel, s'il avait le même groupe sanguin que Daniel et lui ressemblait un peu, il ressemblait aussi beaucoup à sa mère. Il avait ses yeux sombres et son « expression », qui s'accentua de plus en plus avec l'âge.

Quant à Stella, son groupe sanguin, déterminé lors d'une autopsie superficielle en 1929, indique qu'elle ne pouvait être la fille de Daniel. C'est d'ailleurs le fait que Carlotta ait demandé le groupe sanguin de sa sœur qui attira l'attention du Talamasca sur ce sujet.

Est-il la peine de préciser que Stella ne ressemblait en rien à son père? En revanche, elle ressemblait à Julien, avec son ossature délicate, ses cheveux noirs bouclés et ses yeux sombres très brillants. Mais comme nous ne disposons pas du groupe sanguin de Julien, nous ne pouvons rien affirmer.

Stella aurait pu être la fille d'un des amants de Mary Beth mais nous ignorons si elle en avait un avant sa naissance. Les commérages concernant les amants de Mary Beth ne commencèrent que plus tard mais cela signifie peut-être qu'à mesure que le temps passait elle se moquait qu'on soit au courant de sa vie intime.

Cortland Mayfair, le second fils de Julien, représente une autre éventualité. Au moment de la naissance de Stella, c'était un jeune homme de vingt-deux ans terriblement séduisant. (Son groupe sanguin, obtenu finalement en 1959, est compatible avec celui de l'enfant.) Faisant ses études à Harvard, il rentrait de temps à autre à First Street, où il revint définitivement en 1903. Tout le monde savait qu'il aimait beaucoup Mary Beth et que toute sa vie il s'intéressa à la branche héritière.

Malheureusement pour le Talamasca, Cortland fut toute sa vie un homme secret et très réservé, même aux yeux de ses frères et de ses enfants. Il adorait lire et était une sorte de génie en matière d'investissements. A notre connaissance, il ne se confiait à personne. Même ses proches ont donné des versions contradictoires de ce qu'il faisait, quand et pourquoi.

Le seul aspect de sa personnalité sur lequel tout le monde s'accorde est son dévouement envers la gestion de l'héritage et sa volonté de faire de l'argent pour lui-même, ses frères, leurs enfants et Mary Beth.

A la mort de Mary Beth, ce fut lui qui empêcha Carlotta de démanteler l'empire financier de sa mère en reprenant la gestion de toutes ses affaires pour le compte de Stella, la bénéficiaire, qui se moquait pas mal de tout cela tant qu'elle pouvait faire ce qui lui plaisait.

De son propre aveu, Stella n'y connaissait rien aux affaires d'argent. Et, contre l'avis de Carlotta, elle plaça ses intérêts entre les mains de Cortland. Avec son fils Sheffield, Cortland continua à gérer la fortune familiale après la mort de Stella.

Mais, pour en revenir aux questions de paternité, d'autres faits tendent à montrer que Cortland était le père de Stella. Sa femme, Amanda Grady Mayfair, avait une profonde aversion pour Mary Beth et toute la famille et n'accompagnait jamais Cortland à First Street. Cela n'empêchait pas Cortland d'y aller tout le temps et d'y emmener ses cinq enfants pour qu'ils connaissent bien sa famille.

Amanda finit par quitter Cortland quand leur dernier fils, Pierce Mayfair, termina Harvard en 1935. Elle quitta La Nouvelle-Orléans et alla s'installer à New York chez sa jeune sœur.

En 1936, Amanda raconta à l'un de nos enquêteurs lors d'un cocktail que sa belle-famille était mauvaise, que si elle disait la vérité sur elle on la prendrait pour une folle et que, malgré l'insistance de ses fils, pour rien au monde elle ne retournerait dans le Sud parmi ces gens. Un peu plus tard dans la soirée, légèrement éméchée, elle demanda à notre enquêteur, dont elle ignorait le nom, s'il croyait que les gens pouvaient vendre leur âme au diable. Elle dit que son mari l'avait fait, qu'il était « plus riche que Rockefeller », elle aussi, ainsi que ses fils. « Ils brûleront tous en enfer un de ces jours, dit-elle. Vous pouvez en être certain. »

Lorsque l'enquêteur lui demanda si elle croyait à ce genre de chose, elle répondit qu'il y avait dans le monde moderne des sorcières qui pouvaient jeter des sorts.

– Elles peuvent vous faire croire que vous êtes où vous n'êtes pas et que vous voyez des choses qui ne sont pas là. C'est ce qu'elles ont fait à mon mari. Et vous savez pourquoi ? Parce que mon mari est un sorcier puissant. J'ai vu moi-même ce qu'il est capable de faire.

Lorsqu'on lui demanda à brûle-pourpoint si son mari lui avait fait du mal, elle dit (à ce parfait étranger) que non. Puis elle se mit à pleurer en disant que son mari lui manquait énormément et qu'elle ne voulait plus parler de lui.

Une autre circonstance indique que Cortland et Stella étaient liés : après la mort de Julien, Cortland emmena Stella et son frère Lionel en Angleterre et en Asie. Cortland avait laissé ses cinq enfants avec sa femme et il semble avoir été l'instigateur de ce voyage. Il s'était occupé de toutes les démarches et s'était arrangé pour ne rentrer à La Nouvelle-Orléans que dix-huit mois plus tard.

Après la Grande Guerre, Cortland quitta à nouveau sa femme et ses enfants pour voyager avec Stella pendant un an. De plus, il a toujours pris le parti de Stella dans les querelles familiales.

En résumé, ces faits ne constituent pas des preuves mais il se peut que Cortland ait été le père de Stella. Toutefois, malgré son grand âge, Julien aurait aussi pu l'être.

Quoi qu'il en soit, Stella fut de loin l'enfant chérie de tous dès sa naissance et Daniel McIntyre l'aima autant que si elle avait été sa propre fille. A-t-il jamais su qu'elle ne l'était pas?

Nous savons peu de choses de la prime jeunesse des trois enfants. La description de Richard Llewellyn est la plus intime que nous ayons.

A mesure que les enfants grandissaient, on parla de plus en plus de dissensions au sein de la famille. Et quand Carlotta fut envoyée en pension au Sacré-Cœur à l'âge de quatorze ans, tout le monde savait que c'était contre l'avis de Mary Beth et que Daniel, lui aussi, en avait le cœur brisé et aurait préféré que sa fille revienne plus souvent à la maison. Personne ne dit jamais que Carlotta était une enfant heureuse. Mais il est difficile de réunir des informations sur elle car elle est toujours en vie et même les gens qui la connaissent depuis cinquante ans la craignent, redoutent son influence et sont très réticents à parler d'elle.

Toutefois, dès son enfance, Carlotta fut très admirée pour son caractère brillant. Les religieuses qu'elle eut comme professeurs disaient même qu'elle était un génie. Du Sacré-Cœur, elle passa dans un établissement d'enseignement supérieur puis à la faculté de droit de Loyola alors qu'elle était encore jeune.

Lionel, lui, commença à fréquenter l'école à l'âge de huit ans. Il était un enfant calme, avait de bonnes manières et ne causa jamais d'ennuis à personne. On l'aimait bien. Un précepteur à plein temps l'aidait dans son travail scolaire et il fut un élève exceptionnel. Mais il ne noua aucune relation d'amitié en dehors de la famille. Ses cousins étaient ses seuls compagnons de jeux quand il n'était pas à l'école.

L'histoire de Stella fut dès le début très différente. Au dire de tous, c'était une enfant particulièrement attirante et séduisante. Elle avait de doux cheveux noirs ondulés et d'immenses yeux noirs. Quand on regarde les nombreuses photos prises d'elle de 1901 à sa mort, en 1929, il est impossible de l'imaginer à une autre époque tellement elle était de son temps, avec ses fines hanches de garçon, sa petite bouche rouge et ses cheveux bouclés.

Sur les premières photos, elle est une petite tentatrice à la peau blanche, espiègle et attendrissante.

La nuit de sa mort, selon les nombreux témoins oculaires, elle était une femme fatale au pouvoir inoubliable, dansant un charleston endiablé dans sa jupe courte frangée et ses bas scintillants, dardant sur tout le monde ses immenses yeux. Dans la pièce, les hommes ne pouvaient détacher leurs yeux d'elle.

Lorsque Lionel fut envoyé à l'école, Stella supplia qu'on lui permette d'y aller aussi. C'est en tout cas ce qu'elle dit aux religieuses du Sacré-Cœur. Mais après trois mois d'externat elle fut renvoyée parce qu'elle faisait peur aux autres élèves. Elle lisait dans les pensées et aimait démontrer ce pouvoir, pouvait gifler les gens sans les toucher, avait un sens de l'humour imprévisible et riait de ce que disaient les religieuses en prétendant que c'étaient des mensonges flagrants. Sa conduite mortifiait Carlotta, qui n'avait aucun contrôle sur elle. Elle adorait Stella et fit tout ce qu'elle pouvait pour la persuader de se tenir correctement.

Stella suivit ensuite les cours de l'Ursuline Academy, suffisamment longtemps pour y faire sa première communion. Mais elle fut renvoyée peu après, pour des motifs sensiblement identiques. Cette fois, apparemment, elle fut accablée car elle s'amusait beaucoup à l'école et n'aimait pas rester à la maison toute la journée avec sa mère et oncle Julien qui disaient toujours qu'ils étaient occupés. Elle avait envie de jouer avec d'autres enfants. Sa gouvernante l'ennuyait. Elle avait envie de sortir.

Elle fut ensuite inscrite dans quatre écoles privées successives, ne passant pas plus de trois ou quatre mois dans chacune. Finalement, elle se retrouva à l'école paroissiale Saint Alphonse où elle était la seule des élèves irlando-américaines à se rendre chaque jour en classe en Packard avec chauffeur.

La sœur Bridget Marie, une femme d'origine irlandaise qui mourut à quatre-vingt-dix ans à l'hôpital de la Pitié de La Nouvelle-Orléans, se souvenait bien d'elle, même cinquante ans plus tard. En 1969, elle me raconta que Stella Mayfair était une sorte de sorcière.

A l'école Saint Alphonse, elle fut encore accusée de lire dans les pensées, de rire quand les gens lui mentaient, de faire voler des objets et de parler à un ami invisible, un « familier », selon les propres mots de sœur Bridget Marie, qui faisait tout ce qu'elle voulait, dont retrouver des objets perdus et faire voler des objets dans les airs.

Mais Stella ne manifestait pas ces pouvoirs en permanence. Parfois, elle essayait de se retenir pendant de longues périodes. Elle adorait la lecture, l'histoire et l'anglais. Elle aimait jouer avec les autres petites filles dans la cour de l'école de Saint Andrew Street et elle aimait beaucoup les religieuses.

Celles-ci furent séduites par la fillette. Elles la laissaient entrer dans le jardin du couvent pour cueillir des fleurs avec elles ou l'emmenaient dans le parloir après les cours pour lui apprendre la broderie, pour laquelle elle était très douée.

– Elle n'était pas méchante, je dois le reconnaître. Et si elle l'avait été, elle aurait été un monstre. Dieu sait les horribles choses qu'elle aurait pu inventer ! Je ne crois pas qu'elle voulait réellement causer des ennuis. Mais elle prenait un malin plaisir à exercer ses pouvoirs. Elle aimait contempler les regards d'étonnement des gens à qui elle racontait leurs rêves de la nuit précédente.

« Et puis elle se jetait à corps perdu dans certaines activités. Par exemple, elle se mettait à dessiner toute la journée pendant des semaines puis elle jetait les crayons et n'y retouchait plus jamais. Ou alors la broderie. Elle faisait des choses adorables mais s'énervait à la moindre erreur et jetait les aiguilles en disant qu'elle ne broderait plus jamais. Je n'ai jamais vu une enfant aussi changeante. C'était comme si elle cherchait quelque chose auquel elle pourrait se consacrer entièrement mais qu'elle ne trouvait jamais.

« Ce qu'elle adorait faire, et dont elle ne se lassait jamais, c'était raconter des histoires aux autres filles. Elles se rassemblaient autour d'elle et restaient suspendues à ses lèvres jusqu'à ce que la cloche sonne. Mais c'étaient de drôles d'histoires : des histoires de fantômes dans de vieilles maisons de plantation pleines d'horribles secrets, où des gens étaient assassinés, et des histoires de vaudou dans les îles. Elle connaissait aussi des histoires de pirates. C'étaient les pires de toutes. Tout avait un tel accent de vérité quand on l'écoutait! Pourtant, ce ne pouvaient être que des inventions! Qu'aurait-elle pu connaître des pensées et des sentiments d'un groupe de pauvres types prisonniers sur un galion quelques heures avant qu'une brute de pirate ne les précipite à la mer?

« Mais les autres filles faisaient des cauchemars à cause de toutes ces histoires et les parents venaient nous voir pour nous demander où leur fille avait entendu de telles horreurs.

« Nous passions notre temps à appeler Mlle Mary Beth pour lui demander de la garder quelques jours à la maison. Grâce à Dieu, de temps en temps elle en avait assez de l'école et disparaissait plusieurs mois de suite.

« Et puis un beau matin, vers les 10 heures – elle ne se souciait pas beaucoup des horaires de l'école –, la limousine faisait son apparition au coin de Constance et de Saint Andrew et Stella en sortait, avec son petit uniforme. Une vraie poupée! Elle apportait un sac rempli de cadeaux joliment enveloppés pour chacune des sœurs, qu'elle connaissait toutes par leur nom, et embrassait tout le monde. « Sœur Bridget Marie, murmurait-elle à mon oreille, vous m'avez manqué. » Alors j'ouvrais la boîte et j'y trouvais – c'est arrivé plus d'une fois, je vous l'assure – une petite chose que j'avais toujours voulu avoir. Une fois, c'était un petit Enfant Jésus vêtu de soie et de satin, une autre le plus magnifique des rosaires, tout de cristal et d'argent. Quelle enfant! Quelle enfant étrange, surtout!

« Mais, c'était la volonté de Dieu, elle finit par ne plus jamais venir. Elle avait une gouvernante à domicile qui lui donnait des leçons et je crois qu'elle en a eu assez de Saint Alphonse. On disait que le chauffeur pouvait l'emmener où elle voulait. Lionel non plus n'est jamais allé dans l'enseignement supérieur, si je me rappelle bien. Il a commencé à aller et venir avec Stella et je crois bien que c'est vers cette époque que le vieux Monsieur Julien est mort.

« Si vous saviez comme elle a pleuré à son enterrement! Nous ne sommes pas allées au cimetière, bien entendu. Aucune des sœurs n'y allait à l'époque, mais nous avons assisté à la messe. Stella était effondrée, sanglotait, et Carlotta la soutenait. Vous savez, après la mort de Stella, tout le monde a dit que Carlotta ne l'avait jamais aimée. En tout cas, elle n'a jamais été méchante avec elle. Jamais. Je me rappelle qu'à la messe d'enterrement de Julien elle soutenait sa sœur qui pleurait toutes les larmes de son corps.

« Mlle Mary Beth était comme en transes. C'est un profond chagrin que j'ai lu dans ses yeux quand elle s'est avancée dans l'allée derrière le cercueil. Elle avait ses enfants auprès d'elle. Son regard était absent. Son mari n'était pas là, bien sûr. Le juge McIntyre n'était jamais là quand elle avait besoin de lui. C'est du moins ce que j'ai entendu dire. Il était ivre mort depuis que le vieux Monsieur Julien nous avait quittés. Au point qu'on avait beau le secouer dans tous les sens et l'asperger d'eau froide, on n'a pas réussi à le réveiller. Le jour des obsèques, il était je ne sais où. On m'a dit qu'on avait dû le ramener d'une taverne de Magazine Street. C'est un miracle qu'il ait vécu aussi longtemps!

Quelques mois après la mort de Julien, Lionel interrompit ses études et partit pour l'Europe avec Stella, Cortland et Barclay. Ils traversèrent l'océan sur un grand paquebot de luxe quelques mois seulement avant que n'éclate la Grande Guerre.

Voyager en Europe se révélant impossible, ils passèrent plusieurs semaines en Écosse, visitèrent le château de Donnelaith puis partirent pour des contrées plus exotiques. En prenant des risques considérables, ils réussirent à atteindre l'Afrique, passèrent quelque temps au Caire et à Alexandrie, puis partirent pour l'Inde. Au fur et à mesure de leur périple, ils envoyèrent chez eux des caisses entières de tapis, de statues et autres objets d'art.

En 1915, las de voyager et s'ennuyant de sa famille, Barclay quitta les autres et risqua sa vie pour retourner en bateau à New York. Le *Lusitania* venant d'être coulé par un sous-marin allemand, la famille tout entière fut très inquiète pour Barclay, qui fit cependant son apparition à First Street, un beau matin, avec plein d'histoires fabuleuses à raconter.

Six mois plus tard, les conditions de voyage n'étaient pas plus favorables lorsque Cortland, Stella et Lionel décidèrent de rentrer à leur tour. Heureusement, des paquebots de luxe continuaient à assurer la traversée, malgré le danger, et le trio rentra sans encombre à La Nouvelle-Orléans juste avant Noël 1916.

Stella avait alors quinze ans.

Sur une photo prise cette année-là, Stella porte l'émeraude. Tout le monde savait qu'elle était l'héritière. Il semble que Mary Beth était particulièrement fière d'elle. Elle l'appelait l'« intrépide » et, bien que déçue du refus de Lionel de retourner à l'école pour entrer ensuite à Harvard, elle paraissait avoir accepté tous ses enfants. Carlotta avait son propre appartement dans une des dépendances et se rendait chaque jour à l'université de Loyola dans une voiture avec chauffeur.

La loyauté caractérisant les membres de la famille nous a rendu la tâche difficile : nous avons eu du mal à déterminer ce que les cousins pensaient de Stella et s'ils étaient au courant des problèmes qu'elle avait eus à l'école.

Toutefois, de nombreux témoignages indiquent que Mary Beth disait aux domestiques que Stella était l'héritière désignée ou que Stella hériterait de tout. Par deux fois, il est fait mention dans nos archives, hors contexte, de la phrase : « Stella a vu l'homme. »

Nous ignorons si Mary Beth s'est jamais expliquée sur cette étrange affirmation. Nous savons seulement qu'elle était adressée à une lingère du nom de Mildred Collins et à une domestique irlandaise appelée Patricia Devlin.

Quoi qu'il en soit, il semble que Mary Beth ait eu l'habitude de faire ce genre de remarque devant des domestiques. Et nous avons le sentiment que dans ces instants elle leur confiait quelque chose que, peut-être, elle ne pouvait ou ne voulait confier à des gens de sa condition.

Et il est fort possible que Mary Beth ait également fait cette sorte de remarque à d'autres car, pendant les années 20, de vieilles gens d'Irish Channel étaient au courant pour « l'homme ». Deux sources différentes ne suffisent pas à déterminer le bien-fondé de cette « superstition » à propos des femmes Mayfair, selon laquelle un « esprit ou allié de sexe masculin » les aiderait dans leur pratique vaudoue ou leur sorcellerie.

Ce que nous savons à coup sûr, c'est qu'il s'agit de Lasher. Que savons-nous de lui ?

Il est possible, par exemple, que l'héritière de chaque génération doive manifester son pouvoir en voyant « l'homme » hors de la présence de la sorcière qui la précède. Et devait-elle de son propre gré rapporter ce qu'elle avait vu ?

Une fois de plus, nous mesurons ici l'insuffisance de nos connaissances.

Ce que nous savons, en revanche, c'est que les gens qui connaissaient « l'homme » et en parlaient ne faisaient pas forcément le lien entre lui et la silhouette aux cheveux noirs qu'ils auraient personnellement vue. Ils ne faisaient même pas le rapport entre lui et le personnage mystérieux aperçu un jour dans le fiacre de Mary Beth, car les récits proviennent de sources tout à fait distinctes et personne n'a jamais fait le rapprochement, à part nous.

Mais revenons-en à la chronologie. Après la mort de Julien, Mary Beth était à l'apogée de son influence financière et de ses projets. Or la perte de Julien semble l'avoir beaucoup éprouvée car, pour la première fois, la rumeur la disait « malheureuse ». Mais cela ne dura pas. Son calme légendaire semble avoir repris le dessus bien avant que ses enfants ne reviennent de l'étranger.

Nous savons qu'elle s'est disputée avec Carlotta lorsque cette dernière est entrée chez Byrnes, Brown et Blake, le cabinet d'avocats dans lequel elle travaille encore aujourd'hui. Mais, finalement, Mary Beth accepta la décision de sa fille de travailler « en dehors de la famille » et fit entièrement rénover son petit appartement. Carlotta y vécut pendant des années, allant et venant sans devoir passer par la grande maison.

Dès le début de sa carrière, elle acquit la réputation d'être une brillante juriste. Mais elle n'avait aucune envie de mettre les pieds dans un tribunal et, aujourd'hui encore, elle travaille dans l'ombre des avocats du cabinet.

Ses détracteurs l'ont qualifiée de « rien de plus qu'une employée très appréciée ». En fait, il est plus que probable qu'elle soit devenue la « charpente » de Byrnes, Brown et Blake. Elle est au courant de tout et, si elle disparaissait, le cabinet aurait du mal à la remplacer.

Bien des avocats de La Nouvelle-Orléans ont dit qu'avec Carlotta ils en avaient appris bien plus qu'à l'université. En résumé, on peut dire qu'elle n'a jamais cessé d'être une avocate civile brillante et efficace ayant une connaissance fantastique et totalement fiable du droit des affaires.

En dehors des problèmes avec Carlotta, la vie de Mary Beth se poursuivit ainsi presque jusqu'à la fin. Même l'alcoolisme de Daniel McIntyre ne semble pas l'avoir beaucoup affectée. Selon la famille proche, Mary Beth fut extrêmement gentille avec son mari les dernières années de leur vie.

A partir de cet instant, l'histoire des sorcières Mayfair est véritablement celle de Stella. Nous reviendrons plus tard sur la maladie et le décès de Mary Beth.

De mary beth a stella

Mary Beth continua donc à se consacrer à ses trois grandes passions. Pendant ce temps, les incartades de sa fille Stella se firent de plus en plus fréquentes. A l'âge de seize ans, Stella était devenue un personnage à scandale pour la bonne société de La Nouvelle-Orléans. Elle conduisait ses automobiles comme un casse-cou, buvait dans les bars clandestins et dansait jusqu'à l'aube.

Pendant huit ans, elle vécut dans la plus grande frivolité, sans s'inquiéter le moins du monde des affaires financières de sa famille, ne pensant ni au mariage ni à l'avenir. A l'inverse de sa mère, calme et mystérieuse, Stella était la plus insouciante, la plus extravagante et la plus audacieuse des sorcières Mayfair et la seule dont l'unique souci était de s'« amuser ».

On dit que Stella se faisait continuellement arrêter pour excès de vitesse ou tapage nocturne et que « Mlle Carlotta arrangeait tout ». Des rumeurs disent que Cortland en avait parfois assez de sa « nièce » et l'exhortait à mieux se conduire et à mieux s'occuper de ses « responsabilités ». Mais Stella n'avait aucune espèce d'intérêt pour l'argent ou les affaires.

Une secrétaire de Mayfair & Mayfair a décrit en détail l'une des visites de Stella au bureau : elle est apparue dans un manteau de fourrure fringant, avec de très hauts talons, une bouteille de whisky de contrebande dans un sac en papier, qu'elle a bue au goulot tout au long de la réunion, éclatant de rire chaque fois que l'on prononçait une phrase en jargon juridique compliqué.

Cortland semblait être sous le charme mais un peu fatigué de toutes ces démonstrations. Il lui assura qu'il s'occuperait de tout.

En 1921, Stella fut enceinte. De qui ? Personne ne le saurait jamais. Il se peut que ce soit de Lionel. C'est en tout cas sur lui que portèrent les soupçons à l'époque.

Quoi qu'il en soit, elle annonça purement et simplement qu'elle n'avait pas besoin de mari, que le mariage en général ne l'intéressait pas et qu'elle aurait son bébé. Elle avait l'air enchantée à l'idée d'être mère et décréta que l'enfant s'appellerait Julien si c'était un garçon et Antha si c'était une fille.

Antha naquit en novembre 1921. Des tests sanguins montrent que Lionel pouvait très bien être son père. Mais elle ne lui ressemblait pas du tout.

En 1922, la guerre terminée, Stella déclara qu'elle voulait faire ce grand tour d'Europe dont elle avait été frustrée lorsque la guerre avait éclaté. Avec une gouvernante pour le bébé, un Lionel réticent (il avait appris le droit avec Cortland et n'avait pas envie de partir) et Cortland, content de s'éloigner de son travail, malgré la réprobation de sa femme, la joyeuse compagnie passa une année complète en Europe.

Selon les descendants de Cortland, ce grand tour ne fut, du début à la fin, qu'une immense beuverie. Stella et Lionel jouèrent pendant des semaines au casino de Monte-Carlo. Ils descendirent dans les meilleurs hôtels d'Europe, visitèrent des musées et de vieilles ruines, emportant toujours avec eux des bouteilles de bourbon. Aujourd'hui, les petits-enfants de Cortland parlent encore des lettres que leur grand-père envoyait chez lui, pleines de descriptions humoristiques. Il envoya d'innombrables cadeaux à sa femme, Amanda, et à ses fils.

Un drame se produisit pendant le voyage. La gouvernante qui s'occupait d'Antha souffrit d'une « attaque » en Italie et fit une grave chute dans des escaliers à Rome. Elle mourut à l'hôpital quelques heures plus tard. Cette femme s'appelait Bertha Marie Becker.

Or, avant de mourir, elle parla beaucoup au médecin qui la soigna et au prêtre qui arriva un peu plus tard. Elle leur dit que Stella, Lionel et Cortland étaient des « sorciers », qu'ils étaient « mauvais », qu'ils lui avaient jeté un sort et qu'un « fantôme » voyageait avec eux. C'était un homme sombre qui apparaissait près du berceau d'Antha à n'importe quelle heure du jour et de la nuit. Elle raconta que le bébé pouvait faire apparaître l'homme et riait de plaisir quand il était penché au-dessus d'elle, que l'homme ne voulait pas être vu de Bertha et que c'était lui qui avait provoqué son accident en la traquant à travers la foule.

Le médecin et le prêtre en conclurent que Bertha, employée illettrée, était une démente. Le docteur précisa dans son témoignage que les employeurs de la jeune femme, des gens très aimables et très aisés, n'avaient épargné aucune dépense pour qu'elle soit bien traitée, qu'ils étaient très affectés par son état et qu'ils avaient pris toutes les dispositions pour que le corps soit rapatrié.

A notre connaissance, personne ne fut au courant de cette histoire à La Nouvelle-Orléans. La mère de Bertha ne soupçonna apparemment rien lorsqu'on lui apprit que sa fille était morte après avoir fait une chute. Elle reçut de Stella une grosse somme d'argent et, en 1955, les descendants de la famille Becker en parlaient encore.

En dépit de cette tragédie, les Mayfair ne rentrèrent pas chez eux. Cortland écrivit une lettre très triste pour relater les faits à son épouse et à ses fils et expliqua qu'il avait engagé une « charmante Italienne » et qu'elle s'occupait mieux d'Antha que la pauvre Bertha.

Cette Italienne, âgée d'une trentaine d'années, s'appelait Maria Magdalena Gabrielli. Elle rentra à La Nouvelle-Orléans avec la famille et fut la gouvernante d'Antha jusqu'à ce que la fillette eût neuf ans.

Nous ignorons si elle a vu Lasher. Elle vécut à First Street jusqu'à sa mort et ne parla jamais à personne en dehors de la famille. On dit qu'elle avait reçu une très bonne éducation, qu'elle savait lire et écrire l'anglais, le français et l'italien et que son passé était entaché d'un « scandale ».

Cortland quitta les autres en 1923, à leur arrivée à New York. Stella, Lionel, Antha et l'Italienne s'installèrent à Greenwich Village, où Stella se prit d'amitié pour de nombreux intellectuels et artistes, fit quelques tentatives pour peindre des tableaux, qu'elle qualifiait toujours d'« atroces », et se mit un peu à l'écriture – « hideuse » – et à la sculpture – « une horreur ».

D'après les commérages, Stella était extrêmement généreuse. Elle fit des « dons » fabuleux à divers peintres et poètes, acheta une machine à écrire à un écrivaillon sans le sou, un chevalet à un peintre et offrit même une voiture à un poète.

Pendant ce temps, Lionel reprit ses études, apprenant le droit constitutionnel avec un des Mayfair de New York. Il passa aussi un temps considérable dans les musées et traînait fréquemment Stella à l'opéra, qu'elle trouvait ennuyeux, aux concerts, qu'elle aimait un peu mieux, et aux ballets, qu'elle adorait.

Les Mayfair de New York dépeignent Lionel et Stella comme absolument je-m'en-foutistes et charmants, d'une énergie inépuisable, qui passaient leur temps à s'amuser et à réveiller des membres de la famille en frappant à leur porte au petit matin.

Sur deux photos prises à New York, Stella et Lionel ont l'air très heureux. Lionel fut toute sa vie un homme à la taille mince, aux yeux verts hérités du juge McIntyre et aux cheveux blond vénitien. Il ne ressemblait pas du tout à Stella. Des proches ont fait remarquer plus d'une fois que les nouveaux venus étaient étonnés quand ils apprenaient que Lionel et Stella étaient frère et sœur. Ils s'imaginaient qu'ils étaient autre chose l'un pour l'autre.

Nous ignorons si Stella avait des amants. En fait, son nom n'a jamais été associé à celui d'un homme, à part Lionel. Malgré tout, on disait qu'elle aimait beaucoup les jeunes gens. Deux jeunes artistes ont déclaré être fous d'amour pour elle mais qu'elle avait toujours « refusé de se laisser enchaîner ».

Lionel était un personnage calme et plutôt réservé. Il adorait regarder Stella danser et rire. Lui-même aimait beaucoup danser avec elle. Mais il vivait toujours dans son ombre. Il semblait tirer sa vitalité d'elle et, quand elle n'était pas là, il était « comme un miroir vide ». On remarquait à peine sa présence.

Enfin, en 1924, Stella, Lionel, Antha et Maria rentrèrent à La Nouvelle-Orléans. Mary Beth donna une énorme réception familiale à First Street et les descendants de la famille disent encore avec tristesse que ce fut sa dernière réception avant qu'elle ne tombe malade.

A cette époque, un incident très étrange se produisit.

Comme nous l'avons mentionné, le Talamasca disposait d'une équipe d'enquêteurs avertis travaillant à La Nouvelle-Orléans. Ceux-ci ne posaient jamais de questions sur les informations qu'on leur demandait de réunir sur telle ou telle famille. L'un d'eux, spécialisé dans les divorces, avait fait savoir depuis longtemps aux photographes en vogue de la ville qu'il paierait grassement toute photo de la famille Mayfair, surtout de la branche vivant à First Street.

L'un de ces photographes, Nathan Brand, qui possédait un studio à la mode dans Saint Charles Avenue, fut appelé à First Street pour faire les photos de cette énorme réception. Un peu à la façon d'un photographe de mariage.

Une semaine plus tard, il apporta ses clichés à Mary Beth et à Stella, qui choisirent ceux qu'elles voulaient, laissant les autres de côté.

Mais Stella reprit l'un des clichés laissés de côté – une photo de groupe avec sa mère et sa fille, où Mary Beth tenait un gros collier d'émeraude autour du cou d'Antha – et inscrivit au dos : « Pour le Talamasca. Amitiés. Stella. D'autres observent aussi. » Puis, remettant la photo au photographe, elle éclata de rire en expliquant que son ami enquêteur comprendrait de quoi il retournait.

Le photographe était très embarrassé. Il clama son innocence puis présenta ses excuses. Mais, quoi qu'il dise, Stella ne cessait de rire. Enfin, d'une façon des plus charmantes et rassurantes, elle lui dit : « Monsieur Brand, vous ne faites que vous enfoncer davantage. Donnez juste la photo à l'enquêteur. » Et c'est ce qu'il fit.

L'objet nous parvint un mois plus tard et eut un effet décisif sur notre approche de la famille Mayfair.

A cette époque, le Talamasca n'avait désigné aucun membre particulier sur l'enquête Mayfair. Lorsqu'elles arrivaient, les informations allaient rejoindre les dossiers tenus par les archivistes. Arthur Langtry, un érudit exceptionnel et brillant spécialiste de la sorcellerie, connaissait bien le dossier mais s'occupait depuis toujours de trois autres cas qui devaient l'obséder jusqu'à la fin de sa vie.

Il accepta de relire toutes les pièces du dossier mais des affaires pressantes l'en empêchèrent. Il eut simplement le temps de recruter un quatrième détective pour La Nouvelle-Orléans et de découvrir un excellent nouveau contact : Irwin Dandrich, fils désargenté d'une famille fabuleusement riche, qui se mouvait dans les hautes sphères de la société et vendait des informations à qui en recherchait, détectives, avocats chargés de divorces, enquêteurs d'assurances et même des journaux à scandale.

Je me permets de rappeler au lecteur que le dossier, à l'époque, ne contenait pas le présent récit car tous les documents n'avaient pas encore été collationnés. Il contenait les lettres et le journal de Petyr Van Abel, un tas de témoignages, des photos, des coupures de journaux, etc. Une chronologie était périodiquement mise à jour par les archivistes mais elle était pour le moins sommaire.

Cette photographie et son message sans équivoque causèrent donc un certain remue-ménage au sein du Talamasca. Au point qu'un jeune membre, un Texan du nom de Stuart Townsend (devenu presque anglais depuis le temps qu'il vivait à Londres) demanda à étudier le dossier des sorcières Mayfair en vue de diriger les investigations. Après un examen attentif de sa demande, le dossier fut remis entre ses mains.

Stuart s'occupant déjà de plusieurs autres affaires d'importance, il lui fallut trois ans pour achever son étude. Nous reviendrons sur lui et sur Arthur Langtry en temps voulu.

Après son retour, Stella reprit la vie qu'elle menait avant de partir pour l'Europe. Elle fréquentait les bars clandestins, donnait des réceptions pour ses amis, était invitée à de nombreux bals de mardi gras, où elle faisait toujours sensation, et se comportait en général en femme fatale.

Nos enquêteurs n'eurent aucun mal à réunir des informations à son sujet car elle ne se cachait pas et alimentait les ragots de toute la ville. Irwin Dandrich écrivit même à notre agence de détectives de Londres que son travail se résumait à entrer dans les salles de bal et à écouter tout ce qu'on racontait sur Stella. Quelques coups de téléphone passés le samedi matin lui fournissaient également des flots d'informations.

Grâce à Dandrich et à d'autres, l'idée que l'on pouvait se faire de Stella, après son retour d'Europe, s'est faite de plus en plus précise. Selon les proches, Carlotta désapprouvait le comportement de sa sœur et se disputait souvent à ce sujet avec Mary Beth. Elle réclamait sans cesse, et en vain, que Stella se calme un peu. D'autres témoignages (dont ceux des domestiques et de Dandrich) corroborent ce point mais Mary Beth ne se souciait guère des incartades de sa fille, la trouvait délicieusement insouciante, et refusait qu'elle soit bridée.

Elle aurait même dit à l'un de ses collègues (qui s'empressa de le rapporter à Dandrich) : « Stella est comme je serais si je devais refaire ma vie depuis le début. J'ai travaillé trop pour obtenir trop peu. Qu'elle s'amuse ! »

Mary Beth était alors déjà gravement malade et probablement très fatiguée. De plus, elle était une femme trop fine pour ne pas apprécier les différentes révolutions culturelles des années 20, que nous ne pouvons apprécier à leur juste valeur en cette fin de xxe siècle.

La véritable révolution sexuelle de ce siècle a débuté dans les années 30, en cette période tumultueuse de grande révolution vestimentaire pour les femmes. Non contentes d'abandonner corsets et jupes longues, elles ont par la même occasion jeté leurs bonnets par-dessus les moulins, passant leurs nuits à boire et à danser dans les bars, ce qui aurait été totalement impensable dix ans plus tôt. L'adoption des voitures fermées conféra à tous une intimité sans précédent et une grande liberté de mouvement. La radio était dans tous les foyers d'Amérique, tant ruraux qu'urbains, le cinéma faisait rêver avec ses images glamour et les revues, les livres, les pièces de théâtre furent radicalement métamorphosés par une franchise, une liberté et une tolérance nouvelles.

En 1925, les médecins diagnostiquèrent chez Mary Beth un cancer incurable. Les cinq mois suivants, jusqu'à sa mort, elle souffrit tellement qu'elle ne sortait plus de la maison.

Retirée dans la chambre au nord, au-dessus de la bibliothèque, elle passa ses derniers jours à peu près supportables à lire les romans qu'elle n'avait jamais lus jeune. De nombreux parents lui rendant visite lui apportaient toutes sortes de grands classiques de la littérature. Mary Beth montrait un intérêt particulier pour les sœurs Brontë, ainsi que pour Dickens, dont Julien lui faisait la lecture quand elle était petite.

Daniel McIntyre était terrifié à l'idée que sa femme allait le quitter. Lorsqu'on lui fit comprendre que Mary Beth ne guérirait jamais, il sombra complètement et définitivement dans l'alcool et l'on dit que personne ne l'avait jamais revu à jeun ensuite.

Pendant cette période, Carlotta revint s'installer dans la maison afin d'être proche de sa mère et passa de longues nuits à veiller auprès d'elle. Lorsque Mary Beth souffrait trop pour lire, Carlotta lui faisait la lecture à haute voix. Elle lui lut ainsi *Les Hauts de Hurlevent* et une bonne partie de *Jane Eyre*.

Stella avait mis un terme à ses frasques et restait à la maison pour préparer les repas de sa mère – bien souvent trop malade pour avaler quoi que ce soit – et demander l'avis de médecins du monde entier, par courrier ou par téléphone.

Finalement, l'après-midi du 11 septembre 1925, Mary Beth perdit connaissance. Le prêtre présent entendit un énorme coup de tonnerre et rapporta que la pluie s'était mise à tomber. Stella quitta la chambre et se rendit dans la bibliothèque pour téléphoner à tous les Mayfair de Louisiane et de New York.

Selon le prêtre, les domestiques et de nombreux voisins, les Mayfair commencèrent à affluer en une vague incessante à partir de 16 heures et pendant douze heures. Des voitures étaient garées tout le long de First Street, jusqu'à Saint Charles Avenue et dans Chestnut Street, de Jackson à Washington.

Le déluge continua, diminuant un peu pendant quelques heures pour devenir une bruine puis se transformant en une pluie dense. Il pleuvait dans tout Garden District mais nulle part ailleurs dans la ville. Personne ne s'en aperçut.

De plus, la majorité des Mayfair de La Nouvelle-Orléans s'était équipée de parapluies et d'imperméables, comme s'ils avaient su à quoi s'attendre.

Des domestiques s'affairaient à servir du café et du vin européen de contrebande aux visiteurs, qui remplissaient les salons, la bibliothèque, l'entrée, la salle à manger et s'asseyaient même sur les marches de l'escalier.

A minuit, le vent se mit à mugir. Les énormes chênes postés comme des sentinelles devant la maison commencèrent à branler si fortement qu'il était à craindre que leurs branches ne cassent. Les feuilles tombaient aussi fort que la pluie.

La chambre de Mary Beth était bondée. Ses enfants, ses neveux et nièces étaient tous là, dans un profond silence respectueux. Carlotta et Stella étaient assises au pied de son lit, loin de la porte, et les parents entraient et sortaient sur la pointe des pieds.

Daniel McIntyre restait invisible. Il avait pris une cuite carabinée et s'était couché dans l'appartement de Carlotta, au-dessus des écuries.

Vers 1 heure du matin, des Mayfair au visage solennel attendaient sous le porche devant la maison, certains patientant même sous la pluie, se protégeant tant bien que mal avec leurs parapluies ou des journaux, le col relevé. D'autres étaient restés dans leurs voitures.

A 1 h 35, le docteur Lyndon Hart fut témoin d'un phénomène bizarre. Il confessa plus tard à plusieurs de ses confrères que « quelque chose d'étrange » s'était produit dans la pièce.

En 1929, il fit à Irwin Dandrich le récit suivant.

– Je savais qu'elle était presque morte. J'avais arrêté de vérifier son pouls car je trouvais que me lever sans cesse et adresser un simple signe de tête à l'assistance pour indiquer qu'elle vivait toujours manquait de dignité. Chaque fois que j'approchais du lit, des murmures anxieux parcouraient la foule, jusque dans le couloir.

« Ainsi, pendant la dernière heure, je me suis abstenu de faire quoi que ce soit. J'attendais en regardant autour de moi. Seule la famille très proche était près du lit, à part Cortland et son fils Pierce. Elle avait les yeux à demi ouverts, la tête tournée vers Stella et Carlotta. Carlotta lui tenait la main. La malade respirait de façon très irrégulière. Je lui avais administré autant de morphine qu'il était possible.

« C'est à ce moment-là que ça s'est produit. J'étais peut-être en train de rêver dans un demi-sommeil mais cela m'a paru très réel sur l'instant. J'ai aperçu tout un groupe de personnes un peu hétéroclite : une vieille dame que je connaissais de vue était penchée au-dessus de Mary Beth, et un vieil homme très grand et distingué, qui me paraissait familier, était présent aussi. Et puis également un jeune homme pâle vêtu d'une façon très guindée, avec des vêtements magnifiques mais complètement démodés. Il lui a embrassé les lèvres puis lui a fermé les yeux.

« Pris d'inquiétude, je me suis immédiatement levé. Les parents pleuraient dans le couloir. Quelqu'un sanglotait. Cortland Mayfair pleurait. Et la pluie avait redoublé. Le tonnerre était même assourdissant. Il y a eu un éclair et j'ai vu que Stella me regardait d'une façon apathique et misérable. Carlotta pleurait aussi. J'ai compris que ma patiente était morte.

« Je ne suis jamais parvenu à m'expliquer ce phénomène. J'ai immédiatement examiné Mary Beth et confirmé que c'était fini. Mais ils savaient déjà. Tous. Tentant désespérément de cacher ma confusion, j'ai aperçu la petite Antha dans un coin, à quelques pas derrière sa mère. Le grand jeune homme était avec elle puis, subitement, il a disparu. En fait, il a disparu si vite que c'était à se demander s'il avait jamais été là.

« Mais je vais vous dire pourquoi je suis certain qu'il était là. Quelqu'un d'autre l'a vu. C'était Pierce Mayfair, le fils de Cortland. Juste après la disparition du jeune homme, je me suis retourné et j'ai vu que Pierce regardait exactement au même endroit que moi un instant plus tôt. Il a regardé Antha puis moi. Tout de suite, il a essayé de paraître naturel, comme si de rien n'était, mais je sais qu'il a vu cet homme.

« Quant au reste, il n'y avait plus aucune vieille femme et le grand vieillard était invisible. Mais savez-vous qui c'était? Je crois que c'était Julien Mayfair. Je ne l'ai pas connu mais j'ai vu un portrait de lui un peu plus tard, sur le mur de l'entrée, en face de la porte de la bibliothèque.

« A dire la vérité, je ne crois pas qu'aucune personne présente dans la chambre ne m'ait prêté la moindre attention. Les servantes ont commencé à laver le visage de Mary Beth et à la préparer pour que les parents viennent lui rendre les derniers hommages. Quelqu'un a allumé des bougies. La pluie n'arrêtait pas de tomber. Elle ruisselait contre les carreaux.

« Je me rappelle avoir fendu la foule pour descendre l'escalier. J'ai retrouvé le père McKenzie dans la bibliothèque et j'ai rempli le certificat de décès. Le prêtre était assis sur le canapé avec Belle et essayait de la réconforter en lui disant que sa mère était montée au ciel et qu'elle la reverrait un jour. Pauvre petite Belle! « Je ne veux pas qu'elle aille au ciel et je veux la voir tout de suite », a-t-elle dit.

« C'est au moment de partir que j'ai aperçu le portrait de Julien Mayfair et que je me suis rendu compte que c'était lui que j'avais vu dans la chambre. Une chose étrange s'est encore produite. J'étais si ébahi quand j'ai vu le portrait que j'ai laissé échapper : « C'est l'homme. »

« Une personne non loin de moi, qui fumait une cigarette, je crois, a levé les yeux, m'a vu, a regardé le portrait sur sa gauche puis a dit avec un petit rire : « Oh non! Ce n'est pas l'homme. C'est Julien. »

« Par la suite, quand j'ai eu estimé qu'un laps de temps suffisant s'était écoulé, j'ai raconté cet incident à Cortland. Cela ne l'a pas du tout perturbé. Il m'a écouté et m'a dit que j'avais bien fait de lui en parler mais qu'il n'avait rien vu de spécial dans la chambre.

« Mais n'allez pas raconter cette histoire à tout le monde. Les fantômes sont monnaie courante à La Nouvelle-Orléans mais les médecins qui les voient le sont moins ! Et je ne crois pas que Cortland apprécierait s'il savait que je vous ai raconté cette histoire. Bien sûr, je n'en ai jamais parlé à Pierce. Quant à Stella, je crois sincèrement qu'elle se soucie bien peu de ce genre de chose. Si elle se soucie de quelque chose, j'aimerais bien savoir de quoi.

Les funérailles de Mary Beth furent grandioses, aussi grandioses que son mariage vingt-six ans plus tôt. Tout le monde s'accorde à dire que Daniel McIntyre n'y a pas assisté jusqu'au bout. Après la messe, Carlotta l'a ramené à la maison avant de rejoindre les autres qui quittaient l'église.

Avant que le cercueil ne soit descendu dans la fosse, plusieurs personnes firent une courte allocution. Pierce dit que Mary Beth avait été son mentor, Cortland rendit hommage à son sens de la famille et à sa générosité envers tous, et Barclay déclara qu'elle était irremplaçable et que ceux qui la connaissaient et l'aimaient ne l'oublieraient jamais. Lionel passa son temps à consoler Belle et Millie.

La petite Antha n'était pas présente, pas plus que Nancy (une Mayfair adoptée, dont nous avons déjà parlé, et que Mary Beth faisait passer pour une fille de Stella).

Stella était complètement abattue mais ne manqua pas de choquer tout le monde en s'asseyant sur une tombe proche pendant les allocutions, balançant ses jambes et buvant à la bouteille quantité de liqueur. Avant la fin de l'oraison funèbre de Barclay, elle lui lança, assez fort : « Allez, Barclay ! Qu'on en termine ! Elle détestait ce genre de chose. Si tu continues elle va ressusciter et te dire de la boucler. »

L'entrepreneur des pompes funèbres remarqua qu'un grand nombre de parents se mirent à rire tandis que d'autres essayaient de se retenir pour ne pas en faire autant. Barclay riait aussi, tandis que Cortland et Pierce esquissaient un sourire. On raconte que la branche française de la famille était mortifiée par la conduite de Stella tandis que la branche irlandaise pouffait de rire.

Barclay se moucha puis dit : « Au revoir, ma bien-aimée. » Puis il embrassa le cercueil, recula et tomba en sanglotant dans les bras de Cortland et de Garland.

Stella descendit de sa tombe, s'approcha du cercueil, l'embrassa et dit au prêtre : « Allez, mon père, finissez-en ! »

Lorsque le prêtre eut achevé de dire les paroles en latin, Stella prit une rose dans un des bouquets, en cassa la tige et la planta dans ses cheveux.

Les plus proches parents retournèrent à First Street et, avant minuit, des morceaux de piano et des chants si forts provenaient du salon que les voisins furent choqués.

Les funérailles du juge McIntyre furent moins grandioses mais très tristes. Beaucoup de Mayfair l'appréciaient énormément.

Avant de poursuivre, nous voulons faire remarquer une fois encore que

Mary Beth fut la dernière sorcière puissante de la lignée. On peut se demander ce qu'elle aurait fait de son pouvoir si elle n'avait pas été si attachée à sa famille, si pragmatique et si indifférente à la vanité et à la notoriété. Tout ce qu'elle avait fait était destiné exclusivement à sa famille. Sa recherche du plaisir s'était exprimée à travers les réunions qu'elle organisait pour que la famille garde une image forte d'elle-même.

Stella n'avait pas cet amour de la famille et n'était pas non plus pragmatique. La notoriété ne la dérangeait pas et elle accordait une grande importance au plaisir. Mais, pour que le portrait soit plus complet, il faut aussi faire remarquer qu'elle n'était pas ambitieuse. En fait, elle semblait avoir bien peu de buts dans la vie.

Sa devise aurait pu être : « Vivre ».

L'HISTOIRE DE STELLA

Selon la légende familiale et les commérages des voisins et des paroissiens, Stella se déchaîna après la disparition de ses parents.

Tandis que Cortland et Carlotta se débattaient dans les histoires de gestion de l'héritage, Stella donnait des réceptions tapageuses à First Street et les rares réunions familiales qu'elle organisa en 1926 furent tout aussi choquantes, avec bière et bourbon de contrebande coulant à flots, orchestres de jazz et invités dansant le charleston jusqu'à l'aube. Certains des parents plus âgés ne restaient pas longtemps et d'autres ne retournèrent plus à First Street, n'étant plus invités ou ne voulant plus venir.

Entre 1926 et 1929, Stella coupa progressivement les liens familiaux tissés par sa mère et perdit contact avec une grande partie de la famille.

« Ce fut le début de la fin », commenta l'un des cousins. « En fait, Stella n'avait pas envie de s'ennuyer avec tout ça », nous dit un autre. Et un troisième : « Nous en savions trop sur elle et elle le savait. Elle n'avait pas envie de nous voir. »

L'image que nous avons de Stella durant cette période est celle d'une jeune fille très active, très heureuse, qui n'avait aucun esprit de famille mais bien d'autres centres d'intérêt. Elle était notamment très attirée par les jeunes écrivains et artistes et un tas de gens intéressants venaient souvent à First Street, dont des écrivains et des peintres qu'elle avait fréquentés à New York.

De nombreux intellectuels assistaient à ses réceptions et elle devint très populaire parmi ceux qui ne craignaient pas de prendre des risques sociaux. La bonne société de La Nouvelle-Orléans, dans laquelle Julien avait évolué, lui avait pratiquement fermé ses portes. C'est en tout cas ce que prétendait Irwin Dandrich. Mais Stella s'en moquait.

Elle menait la vie de bohème à la mode dans le quartier français, fréquentait les cafés et les galeries d'art, ramenait des musiciens pour qu'ils jouent chez elle et ouvrait grandes ses portes à tous les poètes et peintres sans le sou.

Pour les domestiques, ce mode de vie était un facteur de chaos, pour le voisinage, c'était un scandale et du bruit. Mais Stella n'était pas une buveuse invétérée comme l'avait été son Irlandais de père. Au contraire, on ne l'a jamais décrite comme une alcoolique et il semble qu'elle ait eu durant cette année une vie intellectuelle intense.

Elle entreprit de changer tout le mobilier de la maison et dépensa une fortune en peintures, rideaux et meubles délicats très onéreux de style Arts déco. Le salon fut envahi de palmiers en pots, comme Richard Llewellyn l'avait décrit. Elle acheta un grand piano Bösendorfer et fit installer un ascenseur en 1927, après avoir fait construire une gigantesque piscine sur la pelouse derrière la maison et un cabanon pour que ses invités puissent se doucher et s'habiller sans devoir entrer dans la maison.

Tout cela – ses nouveaux amis, les réceptions et la nouvelle décoration – choqua les parents les plus collet monté, qui se détournèrent complètement d'elle lorsque, un an après la mort de Mary Beth, elle abandonna définitivement les réceptions familiales.

Pour le mardi gras de 1927, elle donna un bal masqué dont on parla pendant six mois à La Nouvelle-Orléans. Des gens de toute condition y assistèrent, la maison était magnifiquement éclairée, du champagne de contrebande fut servi à profusion et un orchestre de jazz jouait sous la véranda. Des dizaines d'invités se baignèrent nus et, au matin, au dire de voisins scandalisés, la réception n'était plus qu'une véritable orgie. Les cousins qui n'avaient pas été conviés étaient furieux. Certains appelèrent Carlotta pour lui demander des explications mais tout le monde savait la réponse : Stella ne voulait pas qu'une bande de tristes sires lui gâchent sa soirée.

Des domestiques rapportèrent que Carlotta était outrée par le bruit et scandalisée de voir que la soirée dégénérait. Sans parler du prix qu'elle allait coûter. Peu avant minuit, elle quitta la maison en emmenant Antha et Nancy et n'y reparut pas avant l'après-midi du lendemain.

Ce fut la première dispute en public entre Stella et Carlotta. Mais des proches racontèrent qu'elles avaient fini par se réconcilier. Lionel s'était arrangé pour que les deux sœurs fassent la paix et Stella avait accepté de rester plus souvent à la maison avec Antha, d'être moins dépensière et de faire moins de bruit. La question de l'argent semblait très importante pour Carlotta, qui trouvait que remplir une piscine de champagne était un péché.

Plus tard dans l'année, le premier d'une série d'incidents mondains se produisit. Stella invita certains Mayfair à une « soirée intéressante » où l'on devait parler de l'histoire de la famille et des « dons parapsychiques » uniques de certains de ses membres. Le bruit courut qu'il était question de rites vaudous. (Selon les témoignages de domestiques, Stella s'y connaissait bien en vaudou et certains disaient que des gens de couleur du quartier français l'y avaient initiée.)

De nombreux parents ne comprirent pas la raison de cette réunion, ne prirent pas au sérieux la rumeur concernant les pratiques vaudoues et furent vexés de ne pas être conviés.

En fait, cette petite réunion causa de grands remous dans la famille. Pourquoi Stella avait-elle pris la peine d'étudier la généalogie de la famille et d'inviter tel ou tel parent que personne n'avait vu depuis des lustres alors qu'elle n'avait même pas la courtoisie d'inviter ceux qui avaient connu et aimé Mary Beth? Les portes de la maison avaient toujours été ouvertes à tout le monde et, maintenant, Stella faisait une sélection pour choisir les heureux élus.

Malgré les ragots et les rancœurs des uns et des autres, nous n'avons pas pu retrouver qui était présent à cette étrange soirée. Nous savons seulement que Lionel, Cortland et son fils Pierce étaient là. (Pierce n'avait que dix-sept ans et allait à l'école chez les jésuites. Son inscription à Harvard avait été acceptée.)

Nous savons aussi que la réunion dura toute la nuit et que Lionel partit avant la fin, « dégoûté ». Les invités refusèrent par la suite de raconter aux absents ce qui s'était passé et furent critiqués par tout le monde. D'autres petites réunions secrètes eurent lieu, les invités étant tenus de jurer de ne jamais révéler ce qui s'y déroulait.

Carlotta aurait eu de grandes discussions avec Cortland à ce sujet. Elle tenait absolument à ce qu'Antha et Nancy quittent la maison. Mais Stella n'aurait jamais accepté qu'Antha aille en pension.

Pendant ce temps, Lionel et Stella ne cessaient de se disputer. Un témoin anonyme appela l'un de nos détectives pour lui dire que Stella et Lionel s'étaient querellés dans un restaurant et que Lionel était parti, furieux.

Lorsque notre enquêteur commença à poser des questions à droite et à gauche, il découvrit que tout le monde en ville savait que la famille se déchirait à propos de la petite Antha. Stella menaçait de repartir pour l'Europe avec sa fille et suppliait Lionel de l'accompagner. Carlotta ordonnait à Lionel de ne pas céder.

C'est à ce moment-là que Lionel commença à se montrer à la messe de la cathédrale Saint Louis en compagnie d'une petite-nièce de Suzette Mayfair, Claire Mayfair, dont la famille vivait dans une magnifique maison d'Esplanade Avenue. Cette relation fit beaucoup jaser.

Selon les domestiques, on se chamaillait souvent dans la famille. Il n'était pas rare d'entendre des claquements de portes et des éclats de voix.

Lorsque Carlotta voulut interdire les réunions vaudoues, Stella lui demanda de quitter la maison. « Plus rien n'est pareil sans mère, dit Lionel. Tout a commencé à dégénérer à la mort de Julien, mais sans mère, c'est devenu impossible. Carlotta et Stella sont comme chien et chat dans cette maison. »

Antha et Nancy ne seraient jamais allées à l'école sans l'intervention de Carlotta. Les archives scolaires que nous avons pu examiner montrent que c'est elle qui a inscrit Antha à l'école et s'est rendue aux diverses convocations priant la famille de l'en retirer. Au dire de tous, Antha était complètement inapte à toute scolarité. En 1928, elle fut renvoyée de Saint Alphonse.

La sœur Bridget Marie, qui se souvient aussi bien d'Antha que de sa mère, raconte à peu près les mêmes histoires sur Stella et sa fille. Le récit qu'elle m'en fit en 1969 vaut la peine d'être mentionné dans son entier.

– Antha était toujours avec son ami invisible. A n'importe quel moment, elle se retournait pour lui murmurer quelque chose comme si personne d'autre n'avait été là. Quand elle ne connaissait pas les réponses aux questions qu'on lui posait, il les lui soufflait. Toutes les sœurs le savaient.

« Le pire de tout, c'est que certaines des autres élèves le voyaient aussi. C'était toujours dans la cour de l'école. Comme je vous l'ai dit, la fillette était timide. Elle allait s'asseoir seule pour lire un livre près du grand mur en briques et il arrivait tout de suite. Un homme! Vous rendez-vous compte? Lorsque nous avons appris que c'était un homme adulte, nous avons toutes été choquées. Jusque-là, nous avions cru qu'il s'agissait d'un jeune enfant ou d'une sorte d'esprit enfantin, si vous voyez ce que je veux dire. Mais c'était un homme grand aux cheveux sombres.

« Non, je ne l'ai jamais vu. Aucune des sœurs ne l'a vu. Les élèves, oui. Et elles en ont parlé au père Rafferty. Moi aussi, d'ailleurs. C'est lui qui a appelé Carlotta Mayfair pour qu'elle retire Antha de l'école.

« Ce n'était pas la peine d'appeler sa mère. Tout le monde savait qu'elle s'adonnait à la sorcellerie. Elle allait acheter des bougies noires dans le quartier français pour ses rites vaudous. Vous savez qu'elle faisait participer d'autres Mayfair à ces rites? Je l'ai appris bien plus tard. Elle avait recherché les autres parents qui étaient des sorciers et elle les faisait venir chez elle.

« Elle organisait des séances où l'on allumait les bougies noires, où l'on faisait brûler de l'encens et où l'on chantait des chants célébrant le diable. On m'a dit qu'ils faisaient apparaître leurs ancêtres. Je ne sais plus qui m'a dit ça mais j'en suis certaine. Et j'y crois.

Pendant l'été 1929, Pierce renonça à son projet d'entrer à Harvard et, contre l'avis de son père et de ses oncles, décida d'aller à Tulane. Il avait assisté à toutes les réunions secrètes de Stella et, selon Dandrich, ils étaient très proches l'un de l'autre... Pierce n'avait pas dix-huit ans.

Fin 1928, Carlotta déclara à des collègues que Stella était une mère indigne et qu'il fallait saisir le tribunal pour qu'on lui retire la garde de sa fille. Cortland nia cette rumeur mais tout le monde savait qu'on en était là. Carlotta avait demandé aux frères Mayfair de se ranger à ses côtés.

Pendant ce temps, Stella et Pierce traînaient ensemble jour et nuit, emmenant souvent la petite Antha avec eux. Stella lui achetait sans arrêt des poupées, l'emmenait prendre le petit déjeuner chaque matin dans un hôtel différent du quartier français. Pierce accompagnait Stella quand celle-ci acheta dans Decatur Street un immeuble qu'elle voulait transformer en appartement pour être tranquille.

« Que Millie et Belle gardent la maison de First Street, et Carlotta, par la même occasion! » déclara-t-elle à l'agent immobilier. Pierce riait à tout ce que Stella disait. Antha, petite fille mince de sept ans, au teint de porcelaine et aux doux yeux bleus, était présente, avec son énorme nounours. Stella, Pierce, Antha et l'agent immobilier allèrent ensuite déjeuner ensemble. L'agent dira à Dandrich par la suite : « Elle est charmante, absolument charmante. Je crois que les gens de First Street sont bien trop sinistres pour elle. »

En 1928, Carlotta engagea une procédure légale pour obtenir la garde d'Antha dans le dessein, apparemment, de l'envoyer à l'école.

Cortland fut horrifié que Carlotta aille si loin. Lui qui avait été jusque-là en termes amicaux avec elle menaça de s'opposer légalement à elle si elle ne renonçait pas à son projet. Barclay, Garland, le jeune Sheffield et d'autres membres de la famille prirent position en faveur de Cortland. Personne ne laisserait Carlotta traîner Stella devant les tribunaux pour qu'on lui enlève sa fille tant que Cortland serait vivant.

Lionel, torturé par cette histoire, prit également le parti de Cortland. Il suggéra même que Stella parte quelque temps pour l'Europe avec lui en laissant Antha à la garde de Carlotta.

Finalement, Carlotta retira sa demande de garde légale mais ses relations avec les descendants de Julien en furent définitivement altérées. Tout le monde commença à se disputer pour des questions d'argent.

Au cours de l'année 1927, Carlotta avait persuadé Stella de lui signer une procuration pour s'occuper de certaines affaires. Après la dispute pour la garde d'Antha, elle essaya de se servir de cette procuration pour prendre des décisions capitales concernant l'héritage qui, depuis la mort de Mary Beth, était entièrement géré par Cortland.

Les frères Mayfair, Cortland, Garland, Barclay et, plus tard, Pierce, Sheffield et d'autres, refusèrent d'honorer ce document. Ils refusèrent de se conformer à l'ordre de Carlotta de liquider les investissements très audacieux mais profitables qu'ils avaient faits depuis des années pour le compte de la succession. Ils firent venir Stella à leur bureau pour qu'elle révoque la procuration et réaffirme qu'ils étaient les seuls administrateurs de sa fortune.

Des querelles interminables s'ensuivirent et se poursuivent encore aujourd'hui. Après la bataille juridique pour la garde d'Antha, Carlotta ne fit plus jamais confiance aux fils de Julien. Elle ne cessa de leur réclamer des renseignements, des explications sur leur gestion de l'héritage, menaçant de les traîner en justice au nom de Stella (et plus tard d'Antha et de Deirdre) au moindre doute. Ce manque de confiance les vexa profondément mais ils répondirent patiemment à ses questions et tentèrent de lui expliquer honnêtement ce qu'ils faisaient. Mais Carlotta n'était jamais satisfaite et posait de nouvelles questions, provoquait des réunions, les harcelait au téléphone et proférait à leur encontre des menaces à peine voilées.

Il est intéressant de noter que presque tous les employés de Mayfair & Mayfair semblaient habitués à ce petit jeu.

En 1928, les frères furent obligés de quitter la maison de First Street où ils étaient tous nés. Vingt-cinq ans plus tard, quand Pierce et Cortland demandèrent à examiner certains biens ayant appartenu à Julien, ils ne furent même pas autorisés à entrer dans la maison.

A l'automne 1928, cependant, Pierce vivait pratiquement à plein temps à First Street et à partir du printemps 1929 il était partout avec Stella et jouait pour elle le rôle polyvalent de « secrétaire personnel, chauffeur, punching-ball et oreiller pour pleurer ». Cortland n'en était pas enchanté mais laissait faire. Il disait à ses amis et à ses proches que Pierce était un gentil garçon, qu'il se lasserait de cette vie et qu'il irait faire des études dans l'Est comme tous les garçons de son âge l'avaient fait.

L'histoire montrera qu'il ne s'est jamais lassé de cette vie et de Stella. Mais nous abordons maintenant l'année 1929 et nous devons interrompre ce récit pour parler du cas étrange de Stuart Townsend, un de nos frères du Talamasca, qui désirait si ardemment prendre contact avec Stella l'été de cette année-là.

Vingt

LE DOSSIER DES SORCIÈRES MAYFAIR
PARTIE VII

La disparition de Stuart Townsend

En 1929, Stuart Townsend, qui étudiait l'affaire Mayfair depuis des années, demanda au conseil du Talamasca à Londres de lui permettre de prendre contact avec la famille Mayfair.

Il avait le sentiment très fort que le message écrit par Stella au dos de la photo signifiait qu'elle désirait ce contact. De plus, il était convaincu que les trois derniers sorciers et sorcières Mayfair, Julien, Mary Beth et Stella, n'étaient ni des meurtriers ni des êtres malfaisants. Pour lui, prendre contact avec la famille ne présentait aucun danger et pourrait apporter des « choses merveilleuses ».

Avant de commencer ce récit, il n'est pas inutile de faire quelques précisions préliminaires.

Tout d'abord, le dossier que nous avions constitué sur les sorcières Mayfair indiquait que nous étions en présence d'une famille dotée de pouvoirs parapsychiques dont l'histoire était très précieuse pour nous. Nous avions prouvé sans doute possible que les Mayfair avaient des contacts avec le monde invisible et le pouvoir de manipuler des forces occultes pour servir leurs desseins. Mais nous ignorions encore bien des faits. Les persuader de bien vouloir nous parler et de partager nos secrets aurait été pour nous un grand pas en avant.

Stella n'était pas le personnage secret et réservé qu'avait été Mary Beth. Si nous pouvions la convaincre de notre discrétion et du désintéressement de notre travail, elle nous révélerait certainement les faits qui nous faisaient défaut. Cortland Mayfair nous parlerait peut-être aussi.

En deuxième lieu, il faut préciser que notre « vigilance », depuis des années, constituait certainement une violation de l'intimité des Mayfair. Selon Stuart, nous nous étions « immiscés » dans tous les aspects de leur vie. Nous avions étudié ces gens comme des spécimens et prétendions justifier nos actions en invoquant que nous étions disposés à mettre nos archives à la disposition des gens que nous étudiions.

En fait, nous ne l'avions jamais fait avec les Mayfair et le moment était peut-être venu.

Troisièmement, nous avions un lien unique avec cette famille puisque le sang de Petyr Van Abel, notre frère, coulait dans ses veines. Pourquoi ne pas prendre contact avec eux pour leur parler de cet ancêtre?

Enfin, un tel contact ne pouvait-il pas avoir un effet bénéfique sur l'intrépide Stella si elle savait qu'il existait d'autres gens comme elle? Ne serait-elle pas ravie de savoir que des gens étudiaient de telles personnes en vue de comprendre les arcanes du monde invisible? En d'autres termes, ne serait-elle pas contente d'apprendre ce que nous savions sur le monde parapsychique dans son ensemble?

Le conseil considéra tous les éléments apportés par Stuart, évalua l'étendue de ses connaissances sur les sorcières Mayfair et conclut que les bonnes raisons pour prendre contact l'emportaient sur les mauvaises. Il ignora toute notion de danger et autorisa Stuart à se rendre en Amérique.

Dans un état d'exaltation totale, Stuart partit pour New York le lendemain et, dès son arrivée, envoya deux lettres au Talamasca. De La Nouvelle-Orléans, il en envoya une troisième, sur du papier à en-tête de l'hôtel Saint Charles, dans laquelle il indiquait qu'il avait contacté Stella, qu'il l'avait trouvée très réceptive et qu'il déjeunait avec elle le lendemain.

On n'entendit plus jamais parler de Stuart Townsend. Tout ce que nous savons, c'est qu'un certain jour du mois de juin 1929 il disparut sans laisser de trace.

La vie de Stuart Townsend

La vie de Stuart Townsend eut-elle un lien avec ce qui lui est arrivé ou avec les sorcières Mayfair? Je ne saurais le dire.

Stuart attira l'attention de notre ordre lorsqu'il avait vingt-deux ans. Nos bureaux de Londres reçurent un jour d'un de leurs enquêteurs en Amérique une petite coupure de journal le concernant. L'article était intitulé : « Le garçon qui fut quelqu'un d'autre pendant dix ans ».

Stuart naquit dans une petite ville du Texas en 1895. Son père, médecin local, était un homme très cultivé et respecté. Sa mère venait d'une famille aisée et s'occupait des œuvres de charité convenant à une dame de son rang. Deux gouvernantes s'occupaient de leurs sept enfants, dont Stuart était l'aîné, et ils vivaient dans une grande maison victorienne blanche, dans la seule et unique rue huppée de la ville.

Stuart partit en pension en Nouvelle-Angleterre à l'âge de six ans. Dès le début, il fut un excellent élève et, lorsqu'il retournait chez lui l'été, il vivait de façon plutôt retirée, lisant dans sa chambre jusque tard dans la nuit. Il avait de nombreux amis, toutefois, choisis parmi les notables de la ville, des fils et des filles de hauts responsables, de juristes et de grands propriétaires terriens. Il semble que tout le monde l'aimait bien.

A l'âge de dix ans, Stuart fut pris d'une fièvre terrible qui ne correspondait à aucune maladie connue. Son père en conclut qu'elle était d'origine virale mais ne trouva aucune explication satisfaisante. Stuart passa ensuite deux jours à délirer.

Lorsqu'il fut guéri, il n'était plus Stuart. Il prétendait être une jeune femme s'appelant Antoinette Fielding, parlait anglais avec un accent français, jouait admirablement du piano, semblait très hésitant concernant son âge, où elle vivait, ce qu'elle faisait dans la maison de Stuart.

Avant sa maladie, Stuart parlait un peu le français mais n'avait jamais su jouer du piano. Lorsqu'il s'assit au piano du salon et se mit à jouer du Chopin, sa famille crut devenir folle.

Quant au fait qu'il croyait être une fille et se mettait à pleurer quand il se voyait dans une glace, c'était plus que sa mère ne pouvait supporter. Après une semaine environ de ce comportement hystérique et mélancolique, on réussit à persuader Stuart-Antoinette de ne plus réclamer de robes, d'accepter qu'il avait un corps de garçon, de bien vouloir croire qu'il était Stuart Townsend et de reprendre les activités qui devaient être les siennes.

Néanmoins, il était impensable qu'il retourne à l'école. Et Stuart-Antoinette, que la famille se mit à appeler Tony pour simplifier la situation, passa ses journées à jouer au piano et à écrire ses Mémoires dans un grand album pour tenter de percer le mystère de son identité.

Lorsque le docteur Townsend lut le journal de son fils, il s'aperçut que le français dans lequel il était écrit dépassait de loin le niveau que son fils de dix ans avait acquis avant les événements. Il se rendit compte par ailleurs que tous les souvenirs qui y figuraient concernaient le Paris des années 1840, comme l'indiquaient clairement les références qui y était faites à des opéras, à des pièces de théâtre et aux moyens de transport.

Il apparaissait de ce document qu'Antoinette Fielding était de père français et de mère anglaise, que ses parents n'étaient pas mariés et qu'Antoinette, fille choyée d'une prostituée de luxe, Louisa Fielding, avait mené une vie de recluse, sa mère voulant la protéger de la fange des rues. La grande consolation de la fillette était la musique.

Le docteur Townsend, captivé par cette lecture, rassura sa femme en lui disant qu'il découvrirait le fin mot de cette histoire et entreprit une enquête pour savoir si une certaine Antoinette Fielding avait bien vécu à Paris. Cette occupation lui prit cinq ans.

Pendant ce temps, « Antoinette » resta dans le corps de Stuart, jouant au piano d'une façon obsessionnelle et, quand elle se risquait dehors, se perdant toujours ou ayant des accrochages avec les « durs » de la ville. Finalement, elle resta à la maison et devint une sorte d'invalide hystérique, demandant qu'on lui laisse ses repas devant la porte et descendant jouer au piano la nuit.

Enfin, grâce à un détective privé de Paris, le docteur Townsend réussit à apprendre qu'une certaine Louisa Fielding avait été assassinée à Paris en 1865. Elle était bien une prostituée mais rien n'indiquait qu'elle ait eu un enfant. Le docteur Townsend était dans une impasse. Las de chercher à résoudre ce mystère, il finit par se faire à la situation du mieux qu'il pouvait : son jeune et ravissant garçon Stuart était parti pour toujours et remplacé par une invalide déjetée, au visage blanc rongé par des yeux fiévreux, à l'étrange voix asexuée et vivant en recluse derrière des volets clos. Le médecin et sa femme s'accoutumèrent aux concerts nocturnes mais pas à la dégradation psychique de leur enfant qui, petit à petit, perdait le souvenir de son passé. Néanmoins, ils échangeaient parfois quelques paroles agréables en français ou en anglais puis l'adolescente émaciée retournait à ses livres, comme si son père n'était plus là.

Cette situation dura jusqu'aux vingt ans de Stuart. Une nuit, il fit une chute dans l'escalier qui lui valut une grave commotion. Le médecin, à demi éveillé et attendant que l'inévitable musique monte du salon, découvrit son fils inconscient dans l'entrée et l'emmena d'urgence à l'hôpital. Stuart resta dans le coma pendant deux semaines.

Lorsqu'il se réveilla, il était à nouveau Stuart. Il n'avait plus aucun souvenir d'avoir été quelqu'un d'autre et croyait avoir toujours dix ans. Lorsqu'il entendit une voix masculine sortir de sa propre gorge, il fut horrifié. Et lorsqu'il découvrit son corps d'homme, le choc fut énorme.

Complètement amorphe, il restait assis sur son lit d'hôpital tandis qu'on lui racontait ce qui s'était passé pendant les dix dernières années. Bien entendu, il ne parlait plus un mot de français et ne pouvait plus jouer une seule note de piano. Tout le monde savait pourtant qu'il n'était doué ni pour les langues ni pour la musique!

De retour à la maison, il venait à table pour le dîner et passait son temps à fixer du regard ses frères et sœurs « gigantesques », son père aux cheveux gris et sa mère, qui ne pouvait le regarder sans fondre en larmes. Le téléphone et l'automobile, qui en étaient à leurs balbutiements quand il avait cessé d'être Stuart en 1905, le sidéraient. La lumière électrique lui faisait peur. Mais les pires de ses tourments étaient son corps d'adulte et le fait que son enfance et son adolescence lui avaient échappé.

C'est alors qu'il dut affronter les véritables problèmes. A vingt ans, il avait les émotions et l'instruction d'un enfant de dix ans. Il se mit à prendre du poids, son teint s'améliora et il faisait des balades à cheval avec ses anciens amis. On engagea un précepteur pour son enseignement scolaire, il lut avidement journaux et revues et fit de longues promenades au cours desquelles il s'entraînait à bouger et à réfléchir comme un adulte.

Mais il vivait dans une perpétuelle angoisse. Très attiré par les femmes, il ne savait que faire de cette attirance. Il était très susceptible. Sa virilité lui paraissait complètement déplacée. Finalement, il commença à se disputer avec tout le monde et, découvrant qu'il pouvait boire en toute impunité, il se mit à tâter de la bouteille dans les bars locaux.

Bientôt, toute la ville fut au courant de son histoire et les ragots allèrent bon train. Bien que le journal local, par égard pour son père, n'eût jamais relaté ces événements, ils parvinrent aux oreilles d'un journaliste de Dallas qui se permit d'écrire un long article qui parut en 1915 dans l'édition du dimanche d'un journal texan. D'autres journaux lui emboîtèrent le pas et c'est ainsi que nous fûmes mis au courant deux mois plus tard.

Toutes sortes de curieux abordèrent alors Stuart. Un écrivain local voulut écrire un roman sur lui et des correspondants de revues nationales sonnèrent à sa porte. La famille était en émoi et Stuart dut réintégrer sa chambre, où il passa son temps à broyer du noir : on lui avait volé dix ans de sa vie, il n'était plus qu'un inadapté sans espoir.

La famille reçut probablement un abondant courrier déplaisant. Néanmoins, un paquet du Talamasca arriva jusqu'à Stuart fin 1916. L'ordre lui envoyait deux livres célèbres sur des cas de possession semblables ainsi qu'une lettre l'informant que nous avions des connaissances approfondies sur le problème et que nous serions heureux d'en parler avec lui.

Stuart répondit immédiatement et c'est ainsi qu'à l'été 1917 il rencontra notre correspondant à Dallas, Louis Daly, et accepta avec gratitude de venir à Londres. Le docteur Townsend, très mitigé, finit par se laisser convaincre par Louis, et Stuart arriva chez nous le 1er septembre 1917.

Il fut admis comme novice l'année suivante et resta avec nous jusqu'à la fin.

Son premier projet, bien entendu, fut l'étude de son propre cas et des autres cas de possession que nous avions enregistrés. Sa conclusion, et celle des autres spécialistes du Talamasca, fut qu'il avait été possédé par l'esprit d'une femme décédée.

Il resta persuadé que l'esprit d'Antoinette Fielding aurait pu être chassé de son corps si l'on avait consulté une personne compétente, voire un prêtre catholique. Car si l'Église catholique considère de tels cas comme purement démoniaques – ce sur quoi nous ne sommes pas d'accord –, nul doute que ses techniques d'exorcisation sont efficaces.

Les cinq années suivantes, Stuart ne fit rien d'autre qu'étudier ces cas et interrogea des dizaines de victimes. Il en résulta un nombre de notes incalculable. Sa conclusion fut qu'il existe une grande variété d'entités capables de posséder des gens. Certaines sont des fantômes, d'autres n'ont jamais été des êtres humains et d'autres encore sont simplement une « seconde personnalité » du corps qu'elles investissent. Il restait persuadé qu'Antoinette Fielding avait bien existé et que, comme beaucoup d'autres fantômes, elle n'avait jamais su ni compris qu'elle était morte.

En 1920, Stuart se rendit à Paris pour trouver des documents concernant Antoinette Fielding. Il ne découvrit rien sur elle mais les rares éléments qu'il réussit à réunir sur Louisa Fielding corroboraient ce qu'Antoinette-Stuart avait écrit sur sa mère. Le temps ayant effacé toute trace de ces personnes, Stuart resta cependant insatisfait.

Fin 1920, il se résigna à ne jamais savoir qui avait été Antoinette et se mit à travailler sur le terrain pour le compte du Talamasca. Il accompagna Louis Daly pour intervenir dans des cas de possession, exerçant avec lui une forme d'exorcisme que Daly pratiquait très efficacement.

Daly fit grande impression sur Stuart. Il devint son mentor et Stuart se fit remarquer pour sa patience et son efficacité. Il n'avait pas son pareil pour réconforter les victimes. Après tout, il était aussi passé par là.

Stuart travailla sans relâche sur le sujet jusqu'en 1929. Son emploi du temps le lui permettant, il lut le dossier des sorcières Mayfair et présenta alors au Talamasca sa demande de contact avec Stella.

Il avait alors trente-cinq ans, mesurait un mètre quatre-vingts, avait les cheveux blond cendré et les yeux gris foncé. De faible corpulence, il avait le teint clair. Il aimait s'habiller avec élégance, admirait profondément les manières anglaises et aspirait à les imiter. C'était un bel homme, dont la spontanéité et l'innocence presque enfantines étaient vraiment plaisantes. Il ne rattrapa jamais les dix années de sa vie qu'il avait perdues.

Par moments, il se montrait impétueux, sortait de ses gonds et devenait rageur quand des obstacles, même mineurs, s'interposaient. Mais il se contrôlait très bien quand il était sur le terrain et, lorsqu'il piquait une colère dans la maison mère, on le ramenait sans peine à la raison.

Il était aussi capable de tomber profondément et passionnément amoureux. Ce fut le cas avec Helen Kreis, un membre du Talamasca qui mourut dans un accident de voiture en 1924. Stuart en fut très affecté pendant deux ans.

Nous ne saurons peut-être jamais ce qui s'est passé entre lui et Stella Mayfair mais on peut supposer qu'elle fut le seul autre amour de sa vie.

Si je peux exprimer ici mon sentiment personnel, j'estime que Stuart Townsend n'aurait jamais dû être envoyé à La Nouvelle-Orléans. D'une part parce que ses sentiments vis-à-vis de Stella étaient bien trop affectifs, d'autre part parce qu'il manquait d'expérience dans ce domaine spécifique.

Pendant son noviciat, il avait étudié diverses sortes de phénomènes parapsychiques et en avait beaucoup discuté avec les autres membres. De plus, il avait passé énormément de temps avec Arthur Langtry.

Mais, en fait, il ne connaissait pas grand-chose aux sorcières. Et, à l'instar de ceux de nos membres qui ne se sont occupés que de fantômes, de possessions ou de réincarnation, il ignorait tout simplement ce dont les sorcières étaient capables.

En résumé, Stuart partit pour La Nouvelle-Orléans sans préparation et sans mise en garde. Et malgré tout le respect que je dois à ceux qui dirigeaient le Talamasca en 1929, je ne pense pas qu'on l'aurait laissé faire aujourd'hui.

Enfin, à notre connaissance, Stuart ne possédait aucun pouvoir extraordinaire. Il n'était pas médium et n'avait aucune arme extrasensorielle pour affronter son adversaire que, du reste, il ne percevait pas comme tel.

La disparition de Stuart fut déclarée à la police de La Nouvelle-Orléans le 25 juillet 1929, soit un mois plein après son arrivée. Le Talamasca avait essayé de le joindre par télégramme et par téléphone. Irwin Dandrich l'avait cherché sans résultat. L'hôtel Saint Charles, d'où Stuart avait dit avoir écrit son unique lettre au Talamasca, nia l'avoir jamais vu. Personne ne se souvenait de lui.

Le 28 juillet, les autorités annoncèrent à nos enquêteurs locaux qu'elles ne pouvaient rien faire de plus. Toutefois, sur l'instance de Dandrich et du Talamasca, elles acceptèrent d'envoyer un représentant chez les Mayfair pour demander à Stella si elle avait vu et parlé au jeune homme. C'était sans espoir mais Stella étonna tout le monde en se souvenant immédiatement de Stuart.

Oui, elle l'avait rencontré. Comment aurait-elle pu oublier ce grand Texan d'Angleterre? Ils avaient déjeuné puis dîné ensemble et passé une nuit entière à discuter. Non, elle ignorait complètement ce qui avait pu lui arriver. En fait, elle fut même très inquiète à l'idée qu'un malheur ait pu lui arriver. Oui, il lui avait dit être descendu à l'hôtel Saint Charles. Pourquoi diable lui aurait-il menti à ce sujet? Elle se mit à pleurer. Elle était dans un tel état que les policiers voulurent mettre fin à l'entretien. Mais elle les retint en leur posant des questions. Avaient-ils parlé aux gens du Court of Two Sisters? Elle y avait emmené Stuart et il avait aimé cet endroit. Peut-être y était-il retourné? Et il y avait un bar de Bourbon Street où ils avaient discuté tôt le lendemain matin.

Les policiers allèrent se renseigner dans ces établissements. Tout le monde connaissait Stella. Oui, il était possible qu'elle soit venue avec un homme. Elle vient toujours avec un homme. Mais personne ne se rappelait Stuart Townsend.

Les policiers allèrent enquêter dans d'autres hôtels mais les effets de Stuart Townsend ne furent jamais retrouvés.

Finalement, le Talamasca décida de mener sa propre investigation. Arthur Langtry quitta Londres pour découvrir ce qu'il était advenu de Stuart. L'idée de l'avoir laissé entreprendre cette mission seul torturait sa conscience.

Arthur Langtry fut sans doute l'enquêteur le plus compétent que le Talamasca ait jamais compté. Il passa toute sa vie à étudier plusieurs grandes familles de sorcières et les documents qu'il a laissés sont les plus précieux que nous ayons sur le sujet.

Tous ceux d'entre nous qui ont été obsédés toute leur vie par les sorcières Mayfair sont profondément attristés que Langtry n'ait jamais pu leur consacrer suffisamment de son temps.

Néanmoins, Langtry se sentit responsable de la disparition de Stuart Townsend et rien n'aurait pu l'empêcher de partir pour la Louisiane en août 1929. Il avait des remords de ne pas s'être opposé à cette mission alors qu'il sentait, au fond de lui-même, qu'il ne fallait pas que Stuart y aille.

– J'étais si impatient que quelqu'un aille là-bas, confessa-t-il avant son départ de Londres. J'étais si impatient que quelque chose se produise. Alors, je me suis mis dans la tête que cet étrange jeune Texan ferait des merveilles.

Langtry avait alors près de soixante-quatorze ans. C'était un homme de haute taille, émacié, aux cheveux gris acier, au visage rectangulaire et aux yeux caves. Sa voix était extrêmement plaisante et ses manières méticuleuses. S'il était affecté par les infirmités mineures dues à son grand âge, dans l'ensemble il était en bonne santé.

Il avait tout vu pendant ses années au service du Talamasca. Médium puissant, il était dénué de toute peur face aux manifestations surnaturelles. Mais il n'agissait jamais avec précipitation ou à la légère. Il ne sous-estimait jamais aucun phénomène et, comme l'indiquent ses enquêtes, il était fort et très confiant.

Dès qu'il apprit la disparition de Stuart, il fut convaincu de sa mort. Relisant rapidement le dossier Mayfair, il comprit tout de suite l'erreur du Talamasca.

Arrivé à La Nouvelle-Orléans le 28 août 1929, il se fit connaître immédiatement à l'hôtel Saint Charles et envoya une lettre à Londres, comme l'avait fait Stuart. Il donna son nom, son adresse et le numéro de téléphone de Londres à plusieurs des gens rencontrés à l'hôtel de sorte que, si besoin était, personne ne puisse nier l'avoir vu. Il appela la maison mère de sa chambre, lui indiqua le numéro de la chambre et quelques détails concernant son arrivée.

Puis il rencontra l'un de nos plus compétents détectives au bar de l'hôtel, fit mettre les consommations sur sa note, et se fit confirmer tout ce que le Talamasca lui avait dit. Le détective lui apprit que Stella refusait désormais de coopérer pour l'enquête et prétendait ne rien savoir. Elle en avait assez et ne voulait plus parler aux enquêteurs.

Langtry l'appela de sa chambre. Il était plus de 4 heures de l'après-midi mais il eut l'impression de la réveiller. Avec réticence, elle voulut bien reparler de Stuart et semblait réellement bouleversée.

– J'ignore totalement ce qu'il est devenu, dit-elle avant de se mettre à pleurer. Je l'aimais bien. Vraiment. C'était un homme très étrange. Nous avons couché ensemble, vous savez?

Langtry était désarmé par une telle franchise. Il était persuadé que ses larmes étaient vraies.

– C'est vrai, poursuivit-elle, imperturbable. Je l'ai emmené dans un de ces endroits atroces du quartier français. Je l'ai dit à la police. Je l'aimais beaucoup, vraiment beaucoup! Je lui ai dit de ne pas s'approcher de la famille. Je l'avais prévenu! Il avait des idées très arrêtées mais il ne savait rien. Je lui ai dit de partir. C'est peut-être ce qu'il a fait. Je crois qu'il a simplement suivi mon conseil.

Langtry l'implora de l'aider à découvrir la vérité. Il expliqua qu'il était l'un de ses collègues et qu'ils se connaissaient de longue date.

– Collègue? Vous voulez dire que vous êtes membre de ce groupe?

– Oui, le Talamasca...

– Alors, écoutez-moi! Qui que vous soyez, vous pouvez venir ici. Mais demain soir. Je donne une réception avec toutes sortes de gens. Si quelqu'un vous demande qui vous êtes, ce qui est fort peu probable, dites que Stella vous a invité et demandez à me voir. Mais, pour l'amour de Dieu, ne parlez surtout pas de Townsend et ne prononcez pas le nom de votre...

– Le Talamasca...

– Oui, c'est ça. Alors écoutez-moi bien! Il y aura des centaines de gens en tenue de soirée. Soyez discret. Vous venez vers moi et en faisant mine de m'embrasser vous me glissez votre nom à l'oreille. Comment vous appelez-vous, déjà?

– Langtry. Arthur.

– Bon. Ce n'est pas difficile à se rappeler. N'oubliez pas d'être très prudent. Je ne peux pas rester plus longtemps au téléphone. Vous viendrez, n'est-ce pas? Il faut que vous veniez!

– Je viendrai, dit Langtry, se demandant si c'était un piège. Mais pourquoi toutes ces précautions? Je ne...

– Écoutez, dit-elle en baissant la voix. Tout cela est très joli, votre organisation, votre bibliothèque et toutes vos merveilleuses enquêtes. Mais ne vous laissez pas abuser. Notre monde n'est pas fait de séances de spiritisme où des parents morts nous disent à quelle page d'un livre regarder pour trouver l'acte de propriété perdu depuis des générations... Vous me comprenez? Quant à toutes ces histoires de vaudou, c'est de la rigolade. Au fait, nous n'avons aucun ancêtre écossais. Nous sommes tous français. Mon oncle Julien a juste acheté un château écossais pendant un voyage en Europe. Alors, oubliez toutes ces fadaises, s'il vous plaît. En revanche, je peux vous dire certaines choses. Venez vers 8 heures, d'accord? Mais, quoi qu'il arrive, n'arrivez pas le premier. Il faut que je vous laisse. Vous n'imaginez pas les problèmes que nous avons ici. Pour être franche, je n'ai jamais demandé à naître dans cette famille de cinglés! Sans compter que j'attends trois cents personnes pour demain alors que je n'ai pas un seul ami.

Elle raccrocha.

Langtry, qui avait pris toute la conversation en sténo, s'occupa tout de suite de la transcrire en clair, au carbone, et se rendit directement à la poste – il ne faisait pas confiance à l'hôtel – pour envoyer une copie à Londres. Puis il alla louer une tenue de soirée pour le lendemain.

« Je nage en pleine confusion, écrivait-il dans la lettre. J'étais convaincu qu'elle s'était débarrassée du pauvre Stuart et maintenant je ne sais plus que penser. Elle ne ment pas, j'en suis certain. Mais de quoi a-t-elle peur? Je ne pourrai m'en faire une idée que quand je l'aurai vue. »

En fin d'après-midi, il appela Irwin Dandrich, l'espion de service dans la haute société, et l'invita à dîner dans un restaurant en vogue du quartier français.

Dandrich n'avait rien de nouveau sur la disparition de Stuart mais il apprécia beaucoup le dîner. Il ne cessa de bavarder sur Stella. Apparemment, les gens disaient qu'elle brûlait la chandelle par les deux bouts.

– Il est impossible de boire cinq cognacs par jour tous les jours de sa vie et de vivre longtemps, dit-il avec un geste désabusé, comme s'il suggérait que le sujet l'ennuyait alors que c'était tout le contraire. Et sa relation avec Pierce est un pur scandale. Il a à peine dix-huit ans. Tout cela est vraiment stupide de la part de Stella. Cortland était son principal allié contre Carlotta et elle a eu l'idée saugrenue de séduire son fils préféré! Et Dieu sait comment Lionel réagira. C'est un monomaniaque et sa monomanie a un nom : Stella.

Il demanda à Dandrich s'il irait à la réception.

– Moi, je ne manquerais cela pour rien au monde, répondit celui-ci. Il va y avoir un sacré feu d'artifice : Stella a interdit à Carlotta d'emmener Antha hors de la maison. Carlotta ne décolère pas. Elle menace d'appeler la police si tous ces voyous se tiennent mal.

– A quoi ressemble-t-elle? interrogea Langtry.

– C'est Mary Beth avec du vinaigre dans les veines à la place d'un bon vin millésimé. Elle est brillante mais n'a aucune imagination. Elle est riche mais n'a aucun désir. Elle est horriblement pragmatique, méticuleuse, travailleuse et... d'un ennui insupportable. Évidemment, c'est elle qui s'occupe de tout. De Millie, de Belle, de Nancy et d'Antha. Et il y a chez eux un couple de vieux domestiques qui ne savent même plus comment ils s'appellent ni ce qu'ils font mais elle s'occupe d'eux comme des autres. C'est bien la faute de Stella. Elle a toujours laissé Carlotta s'occuper des engagements, des licenciements, des chèques à signer et des coups de gueule à pousser! Et Lionel et Cortland qui se retournent contre elle! Non, pour rien au monde je ne manquerais cette soirée, à votre place! Ce sera peut-être la dernière pour un bon moment.

Langtry passa la journée du lendemain à explorer les bars et le petit hôtel du quartier français (un bouge) où Stella avait emmené Stuart. L'impression ne le lâchait pas que Stuart était allé dans ces endroits et que le récit que Stella avait fait de leurs pérégrinations était la vérité.

A 8 heures, prêt pour la soirée, il se fit amener en taxi à la maison de First Street.

« Les rues étaient bondées de voitures. Les gens faisaient la queue depuis la grille pour entrer et toutes les fenêtres étaient éclairées. J'entendais les cris perçants d'un saxophone bien avant d'avoir atteint les marches du perron. Il n'y avait personne à la porte et je suis simplement entré, me frayant un chemin à travers la foule. Tout le monde fumait, riait et se saluait sans me prêter attention.

« Les invités se faisaient plus nombreux à chaque minute. Des gens dansaient. Il y avait un tel monde de tous côtés, bavardant, riant et buvant au milieu d'un épais nuage bleu de fumée de cigarettes, que je ne voyais pas un meuble. Ils devaient être luxueux, probablement. On aurait dit le salon d'un grand paquebot, avec des palmiers en pots partout, des lampes Arts déco torturées et des sièges délicats.

« L'orchestre était installé sous le porche latéral, juste derrière deux portes-fenêtres ouvertes. Le bruit était assourdissant. Je me demande comment les gens parvenaient à s'entendre dans tout ce brouhaha.

« J'allais m'en aller quand mes yeux sont tombés sur un couple de danseurs. J'ai su immédiatement que la jeune femme était Stella. Elle était fantastique. Elle portait une petite robe en soie dorée, ou plutôt, selon moi, un vestige de chemise bordée de franges couvrant à peine ses genoux. Un semis de minuscules paillettes dorées agrémentait ses collants très fins et un ruban de satin doré ceignait sa courte chevelure noire et ondulée. Elle portait de délicats bracelets d'or autour des poignets et sur sa gorge reposait l'émeraude Mayfair, très démodée mais éblouissante sur sa peau nue.

« C'était une femme enfant, mince, très féminine malgré sa poitrine plate, ses lèvres rouge braise et ses immenses yeux noirs étincelant littéralement comme des pierres précieuses tandis qu'elle contemplait la foule en adoration devant elle, sans jamais manquer un pas de danse. Ses petits pieds chaussés de fragiles souliers à talons hauts frappaient sans pitié le parquet ciré et, rejetant la tête en arrière, elle riait avec délice en tournoyant, ondulant ses hanches fines, les bras étendus.

« " Allez, Stella ! " l'encouragea quelqu'un. Malgré le rythme endiablé, elle parvenait, on ne sait comment, à communier avec ses admirateurs tout en s'abandonnant voluptueusement à la danse.

« Quant à son partenaire, je ne le distinguai pas tout de suite mais c'était un très jeune homme qui lui ressemblait énormément. Il avait la même peau claire qu'elle, les mêmes yeux noirs et la même chevelure, noire elle aussi. Mais ce n'était qu'un adolescent. Son visage avait la pureté de la porcelaine et il était très grand et corpulent.

« Il explosait de la même vitalité que Stella. A la fin de la danse, elle leva les bras et se laissa tomber en arrière, en toute confiance, dans les bras du jeune homme. Il l'étreignit sans aucune pudeur, laissa ses mains courir sur le torse de Stella puis l'embrassa tendrement sur la bouche. Mais il n'y avait ni ostentation ni provocation dans son geste. Je crois qu'il ne voyait qu'elle.

« La foule se referma autour d'eux. Quelqu'un versa du champagne dans la bouche de Stella, qui se lovait contre le corps du jeune garçon, et la musique reprit. D'autres couples, modernes et très gais, se mirent à danser.

« Ce n'était pas le moment de m'approcher d'elle, me dis-je. Il n'était que 8 h 10 et j'avais besoin de quelques instants pour examiner les lieux. De toute façon, je me sentais désarmé par l'apparition de la jeune fille. Un grand vide s'était emparé de moi. J'étais convaincu qu'elle n'avait fait aucun mal à Stuart. Entendant son rire résonner dans la pièce, je repris ma difficile progression vers les portes menant à l'entrée.

« La maison possède un hall d'entrée exceptionnellement long pourvu d'un escalier droit. Les étages étaient complètement sombres et l'escalier y menant, désert. Mais des dizaines de gens se pressaient vers une pièce brillamment éclairée au bout du hall.

« Je décidai de suivre le mouvement afin d'explorer quelque peu l'endroit mais lorsque je posai la main sur le pilastre j'aperçus quelqu'un en haut des marches. Soudain, je me rendis compte que c'était Stuart. Le choc fut si grand que je faillis l'appeler. Mais je sentis quelque chose de bizarre.

« Il semblait parfaitement réel et la façon dont la lumière l'éclairait d'en bas était très réaliste. Mais son expression me frappa et je compris que la scène ne pouvait être réelle. Car, s'il me regardait et, de toute évidence, me reconnaissait, son visage affichait une profonde tristesse et une grande détresse.

« Il lui fallut un certain temps pour s'apercevoir que je l'avais vu et il ne m'adressa qu'un hochement de tête las et grave. Je continuai à le fixer du regard, poussé dans tous les sens par la foule, dans ce vacarme assourdissant, et, une fois encore, il hocha la tête gravement. Puis il leva la main droite et me fit signe de m'en aller.

« Je n'osais pas bouger. Je restai parfaitement calme, comme toujours en pareille circonstance, résistant à l'envie de courir vers lui, me concentrant sur le bruit, la foule et même la musique. Je m'efforçai de mémoriser tout ce que je voyais. Ses vêtements étaient sales et débraillés. Le côté droit de son visage était abîmé ou, du moins, décoloré.

« Finalement, je commençai à gravir les marches. Le fantôme sembla alors se réveiller de sa torpeur. Une nouvelle fois, il hocha la tête et me fit signe de partir.

« – Stuart ! murmurai-je. Parle-moi si tu le peux !

« Je continuai mon ascension, les yeux rivés sur lui. L'expression de peur sur son visage se renforçait. Je vis qu'il était couvert de poussière et que son corps montrait des signes de décomposition. Je sentais même l'odeur ! Puis l'inévitable se produisit : l'image commença à s'effacer. “ Stuart ! ” appelai-je désespérément. Mais la silhouette s'assombrit et j'aperçus à travers elle une femme de chair et d'os, extraordinairement belle. Elle descendit l'escalier et passa près de moi, dans un froufrou de soie pêche et de bijoux étincelants, laissant sur son passage un nuage de parfum.

« Stuart était parti. L'odeur du corps en décomposition aussi. La femme murmura des excuses en m'effleurant puis cria quelque chose à des gens dans l'entrée.

« Je regardais toujours vers le haut, comme si je ne l'avais même pas vue. Elle se retourna et me prit le bras.

« – La fête, c'est en bas, me dit-elle.

« – Je cherche les toilettes, répondis-je précipitamment.

« – En bas aussi, mon lapin. A côté de la bibliothèque. Je vais vous montrer, c'est juste derrière l'escalier.

« Je la suivis gauchement jusqu'à la pièce la plus au nord de la maison. C'était une pièce immense à l'éclairage tamisé. Des rayons de livres montaient jusqu'au plafond, les meubles étaient en cuir et une seule lampe était allumée dans un coin. Le grand miroir suspendu au-dessus de la cheminée reflétait cette unique lampe.

« – C'est par là, me dit-elle en montrant du doigt une porte fermée avant de s'éclipser promptement.

« J'aperçus soudain un homme et une femme s'étreignant sur le canapé en cuir. Il se levèrent en hâte et partirent. La pièce faisait contraste avec celle où l'on dansait : tout n'y était que poussière et silence. L'odeur de cuir et de papier moisi montait aux narines. Je me sentis soulagé d'être seul.

« Je m'écroulai dans un fauteuil à oreillettes face à la cheminée, le dos à la foule des invités passant dans l'entrée, observant leurs reflets dans la glace, bien à l'abri de cette faune remuante. Je priai le ciel pour qu'aucun autre couple d'amoureux ne vienne s'ébattre dans la pièce.

« Je sortis mon mouchoir pour m'essuyer le visage. Je transpirai misérablement tout en luttant pour me rappeler dans les moindres détails ce que j'avais vu.

« Nous avons tous notre propre théorie concernant les apparitions – pourquoi elles apparaissent sous telle ou telle forme, pourquoi elles font ce qu'elles font. La mienne ne concorde peut-être pas avec celles des autres mais j'avais au moins une certitude. Stuart avait choisi de se montrer à moi sous cette forme débraillée parce que ses restes étaient dans cette maison ! Et, pourtant, il m'implorait de quitter les lieux ! Il m'adressait un avertissement !

« Cet avertissement valait-il pour l'ensemble du Talamasca ? Ou seulement pour Arthur Langtry ? Je broyais du noir tandis que mon pouls retrouvait son rythme normal. Comme toujours après une expérience de ce type, je sentis monter une bouffée d'adrénaline, impatient de découvrir tous les mensonges que masquent toujours les manifestations surnaturelles.

« Mais comment m'y prendre ? Il fallait absolument que je parle à Stella, mais comment me faire connaître d'elle ? Et l'avertissement de Stuart ? Contre quel danger avait-il voulu me mettre en garde ?

« Je songeais à tout cela, le vacarme se poursuivant derrière moi, lorsque je sentis confusément que quelque chose avait radicalement changé dans la pièce. Je levai lentement les yeux et vis le reflet de quelqu'un dans la glace au-dessus de la cheminée. Je regardai par-dessus mon épaule mais mes yeux ne rencontrèrent que le vide. Je tournai à nouveau mon regard vers la glace.

« Un homme m'observait. Tandis que je l'examinais, une autre bouffée d'adrénaline monta en moi, mes sens s'aiguisèrent et l'image se fit de plus en plus précise jusqu'à devenir celle d'un jeune homme pâle aux yeux sombres qui me regardait avec colère et malveillance.

« Depuis que je travaille pour le Talamasca, je n'avais encore jamais vu d'apparition si réussie. L'homme paraissait avoir une trentaine d'années, sa peau était sans défaut et légèrement colorée, il avait les joues roses et de légers cernes sous les yeux. Ses vêtements étaient très démodés. Quant à ses cheveux, ils étaient ondulés et mal peignés, comme si l'homme y avait simplement passé ses doigts. La bouche semblait souple, jeune et légèrement rougeoyante. Je voyais même les fines lignes creusant ses lèvres et l'ombre d'une barbe naissante.

« Mais le tout était horrible car ce n'était ni un être humain, ni un tableau, ni un reflet mais quelque chose d'infiniment plus vivant et cependant inerte.

« Les yeux marron étaient remplis de haine et, soudain, la bouche se fendit en un rictus de colère puis de rage sourde.

« Lentement, je portai mon mouchoir à mes lèvres.

« – As-tu tué mon ami, esprit? murmurai-je. (Jamais je ne m'étais senti aussi remonté.) Eh bien, esprit? murmurai-je encore.

« La silhouette faiblit. Elle perdit de sa solidité et de son animation. Le visage aux traits magnifiques et à l'émotion si expressive s'estompait lentement.

« – On ne se débarrasse pas si facilement de moi, esprit. Nous avons deux comptes à régler, n'est-ce pas? Petyr Van Abel et Stuart Townsend. Sommes-nous d'accord?

« L'illusion semblait incapable de me répondre. Puis, subitement, le miroir se mit à trembler et redevint un simple miroir lorsque la porte de la pièce claqua. J'entendis des bruits de pas. Le miroir était vide. Il ne reflétait plus que des boiseries et des livres.

« Je me retournai et vis une jeune femme s'avancer vers moi, les yeux fixés sur la glace, dans une attitude tenant à la fois de la colère, de la confusion et de la détresse. C'était Stella. Elle se campa devant le miroir, me tournant le dos, puis fit volte-face.

« – Eh bien, vous allez avoir quelque chose à raconter à vos amis de Londres, n'est-ce pas? dit-elle. (Elle semblait au bord de l'hystérie.) Vous pourrez leur dire que vous avez vu ça!

« Elle tremblait de tout son corps. Les franges de sa robe frémissaient. Angoissée, elle saisit fermement la gigantesque émeraude sur sa gorge.

« Je tentai de me lever mais elle me fit rasseoir et prit place sur le canapé à ma gauche, posant une main sur mon genou. Elle se pencha tout près de moi, si près que je voyais le mascara de ses longs cils et la poudre de ses joues. Elle ressemblait à une grande poupée, à une star de cinéma nue sous sa fine robe de soie.

« – Vous pouvez m'emmener avec vous? dit-elle. En Angleterre. Voir ces gens du Talamasca. Stuart m'a dit que c'était possible.

« – Vous me dites ce qui est arrivé à Stuart et je vous emmène où vous voulez.

« – Mais je ne sais rien! (Ses yeux s'emplirent de larmes.) Ecoutez! Il faut que je parte d'ici. Je ne lui ai fait aucun mal. Je ne fais jamais de mal à personne. Vous ne me croyez pas? Vous ne voyez pas que je dis la vérité?

« – D'accord. Que voulez-vous de moi?

« – Que vous m'aidiez. Emmenez-moi avec vous en Angleterre. J'ai mon passeport et plein d'argent. (Elle ouvrit le tiroir de la table basse à côté du canapé et en sortit une épaisse liasse de billets de vingt dollars.) Tenez, vous pourrez acheter les billets de train. Je vous retrouve, ce soir.

« Avant que je puisse répondre, elle leva les yeux, inquiète. La porte s'était ouverte et le jeune homme avec qui je l'avais vue danser entra.

« – Stella, je te cherchais...

« – Oh, mon chéri, j'arrive, dit-elle en se levant. Peux-tu aller me chercher un verre, s'il te plaît? demanda-t-elle en réajustant sa cravate puis en le faisant tourner sur lui-même et le poussant vers la porte.

« Le jeune homme était visiblement soupçonneux mais bien élevé. Il faisait ce qu'on lui demandait. Dès qu'elle eut refermé la porte, elle revint vers moi. Elle avait les joues rouges, presque fiévreuses. J'eus l'impression qu'elle était une jeune femme innocente et sincère.

« – Allez à la gare! me supplia-t-elle. Achetez les billets et je vous retrouverai au train.

« – Mais quel train? A quelle heure?

« – Je ne sais pas quel train! Je ne sais pas à quelle heure! dit-elle en se tordant les mains. Il faut que je parte d'ici. Bon, je viens avec vous.

« – Cela me paraît plus pratique. Vous pourrez m'attendre dans le taxi pendant que je prendrai mes bagages à l'hôtel.

« – Oui, c'est une bonne idée! murmura-t-elle. Et nous prendrons le premier train en partance. Nous pourrons toujours changer de destination plus tard.

« – Et lui?

« – Qui, lui? Oh, Pierce? Ce n'est pas un problème. C'est un amour, je sais comment le prendre.

« – Non, je ne parle pas de Pierce. Je parle de l'homme que j'ai vu dans le miroir, celui que vous avez obligé à disparaître.

« Elle eut un air complètement désespéré. On aurait dit un animal traqué mais je ne crois pas que c'était à cause de moi.

« – Écoutez! Ce n'est pas moi qui l'ai fait disparaître. C'est vous! (Elle fit un effort pour se calmer et posa sa main sur sa poitrine palpitante.) Il ne nous empêchera pas de partir. Faites-moi confiance!

« A cet instant, Pierce reparut. Quand il ouvrit la porte, un flot de bruits cacophoniques l'accompagna. Stella lui prit la coupe de champagne avec gratitude et en but la moitié.

« – Je vous reverrai dans quelques minutes, me dit-elle avec gentillesse. Dans quelques minutes. Vous serez là, n'est-ce pas? Et puis non, après tout, pourquoi n'iriez-vous pas prendre un peu l'air? Allez sous le porche devant la maison, je vous rejoins.

« Pierce savait qu'elle préparait quelque chose. Son regard passa d'elle à moi et il eut une expression d'impuissance. Elle lui prit le bras et le dirigea vers la sortie. Je jetai un regard sur le tapis. Les billets de vingt dollars étaient éparpillés partout. Je les ramassai en hâte et les replaçai dans le tiroir avant de sortir dans le hall.

« Juste en face de la porte de la bibliothèque, j'aperçus le portrait de Julien. J'aurais aimé avoir le temps de l'examiner. Je commençai à me frayer un chemin à travers la foule des invités pour atteindre la porte d'entrée.

« Au bout de trois minutes, j'avais à peine fait quelques mètres que je revis l'homme du miroir. Cette fois, il était dans un coin de l'entrée et me regardait par-dessus l'épaule d'un invité.

« J'essayai de le capter une nouvelle fois mais n'y parvins pas. Les gens se pressaient contre moi, exactement comme s'ils avaient voulu me bloquer, ce qui ne pouvait être le cas. Alors que je n'étais plus qu'à quelques pas de la porte, je me rendis compte que quelqu'un devant moi tendait le doigt vers l'escalier. Me retournant, j'aperçus une enfant sur les marches, une jolie petite fille aux cheveux blonds. C'était Antha. Elle faisait plutôt petite pour ses huit ans. Pieds nus, elle portait une chemise de nuit en flanelle et pleurait en regardant par-dessus la rampe, en direction des portes du salon.

« Je me tournai aussi dans cette direction et j'entendis quelqu'un pousser un cri. La foule, apparemment horrifiée, s'écarta et un homme roux apparut dans l'embrasure de la porte, légèrement sur ma gauche, face à la pièce. Pétrifié d'horreur, je le vis lever un pistolet dans sa main droite et appuyer sur la gâchette. Le coup de feu ébranla la maison et la foule fut prise de panique. Tout le monde criait en essayant de sortir dans le jardin. Un pauvre diable était tombé au sol et les autres le piétinaient dans leur précipitation.

« Stella était étendue par terre au milieu de la salle de bal, la tête tournée sur le côté, les yeux dirigés vers le hall d'entrée. Je me ruai vers elle mais pas suffisamment vite pour empêcher l'homme roux de se placer au-dessus d'elle et de tirer un autre coup. Le corps de Stella se convulsa et du sang jaillit de sa tempe. J'attrapai le poignet de l'assassin et il tira un autre coup. Mais la balle s'enfonça dans le parquet. Les cris redoublèrent. J'entendis des bruits de verre brisé. Quelqu'un essaya d'attraper l'homme par-derrière et je réussis à lui arracher son arme, marchant malencontreusement sur les pieds de Stella.

« Je tombai à genoux avec l'arme puis la lançai par terre le plus loin possible. Le meurtrier se débattait contre une demi-douzaine d'hommes qui tentaient de le maîtriser. Les carreaux des fenêtres explosèrent en s'éparpillant sur nous. Du sang coulait sur le cou de Stella et sur l'émeraude qui reposait de travers sur sa poitrine.

« Un énorme coup de tonnerre couvrit les cris qui venaient de tous les côtés, un déluge de pluie entra en rafales dans la pièce et les lumières s'éteignirent.

« A la lueur des éclairs qui se succédaient, je vis que des hommes entraînaient le meurtrier hors de la pièce. Une femme à genoux près de Stella souleva son poignet sans vie et poussa un cri déchirant.

« Quant à la petite fille, elle était entrée dans la pièce et regardait sa mère d'un air effaré. Elle se mit à crier :

« – Maman, maman, maman !

« – Que quelqu'un la fasse sortir ! hurlai-je.

« Quelques personnes l'entourèrent et essayèrent de l'emmener. Je m'écartai de leur chemin, à quatre pattes, et ne me relevai qu'en arrivant à la porte-fenêtre du porche. Dans une autre lueur blanche, je vis quelqu'un prendre l'arme et la remettre à un autre, puis à un autre, qui tenait l'objet comme s'il était vivant. Les empreintes digitales n'avaient aucune importance car il y avait de nombreux témoins. Je n'avais plus aucune raison de rester plus longtemps. Me retournant, je sortis sous le porche puis sous la pluie torrentielle.

« Des dizaines de personnes étaient agglutinées là, les femmes criant, les hommes essayant, tant bien que mal, de les protéger avec leurs vestes. Tout le monde était trempé et tremblait, de froid et de peur. Les lumières revinrent une seconde mais s'éteignirent de nouveau. En haut, une fenêtre s'ouvrit brutalement dans une pluie de verre brisé et un nouveau vent de panique parcourut la foule.

« Je me hâtai vers le fond de la propriété, espérant ainsi m'éclipser parderrière. Je courus dans le chemin dallé, grimpai les deux marches du patio entourant la piscine puis jetai un regard vers l'allée menant à la grille. Malgré la pluie dense, je vis qu'elle était ouverte et qu'au-delà brillaient les pavés luisants de la rue. Le tonnerre grondait au-dessus des toits et un éclair illumina le jardin désert, avec ses balustrades, ses camélias, ses serviettes de bain drapées sur les squelettes des chaises en fer. Le vent soufflait avec une force inimaginable.

« Soudain, j'entendis des sirènes et me précipitai vers l'allée. Un homme était là, immobile et raide, au milieu d'un massif de bananiers, à droite de la grille. Tout en avançant, je le regardai bien en face. C'était l'esprit qui m'apparaissait une fois de plus, pour une raison que j'ignorais. Mon cœur se mit à battre dangereusement et un étourdissement passager me prit. Mes tempes étaient serrées comme dans un étau, comme si mon sang ne circulait plus.

« Il avait gardé le même aspect. Les gouttes de pluie brillaient en tombant sur ses épaules, sur les revers de sa veste et sur ses cheveux. Mais c'était son visage qui était frappant. Il était transfiguré par l'angoisse et ses joues étaient trempées de larmes silencieuses tandis qu'il me regardait.

« – Dieu du ciel, parle-moi si tu le peux ! dis-je, comme je l'avais fait pour l'esprit de Stuart.

« J'étais si affolé par tout ce que j'avais vu que je me précipitai sur lui, essayant de l'attraper par les épaules pour l'obliger à répondre à ma question.

« Il se volatilisa et les bananiers se mirent à balancer violemment. Mais ce devait être le vent et la pluie. Mon cœur battait à tout rompre et j'eus un nouvel étourdissement. Il était temps de m'en aller.

« Je courus dans Chestnut Street, croisant des dizaines de gens hébétés, errant et pleurant, puis, lorsque je m'engageai dans Jackson Avenue, le vent et la pluie cessèrent. Je me retrouvai au milieu de la circulation. Tout était normal. Je hélai un taxi.

« Dès mon retour à l'hôtel, je fis mes bagages et les descendis moi-même à la réception, où je payai ma note. Le même taxi me déposa à la gare où j'attrapai le train de minuit pour New York. Je suis maintenant dans mon wagon-lit.

« Je posterai cette lettre dès que possible et, jusque-là, je la garderai sur moi en espérant qu'on la retrouve si quelque chose m'arrive.

« Si nous ne devions plus nous revoir, je vous supplie de prendre très au sérieux le conseil que je vais vous donner. N'envoyez personne d'autre dans cet endroit. Pas pour l'instant, en tout cas. Observez, comme le dit notre devise, et attendez. Rendez-vous à l'évidence et essayez de tirer quelque enseignement des récents événements. Et, par-dessus tout, étudiez à fond le dossier Mayfair et mettez-y de l'ordre.

« La justice ne peut rien pour Stuart. Nous ne pouvons compter sur elle. Il est évident que l'enquête qui sera menée après l'horreur de cette nuit n'ira pas jusqu'à fouiller la propriété des Mayfair. Et à quel titre pourrions-nous demander une telle fouille?

« Mais nous n'oublierons pas Stuart. Au crépuscule de ma vie, je sais qu'il y aura un jour un règlement de comptes, pour Stuart et pour Petyr. Avec qui et comment? Je l'ignore. Je ne parle ni de compensation ni de vengeance. Je parle de compréhension de ce qui s'est passé. Je parle de vérité. »

Arthur posta sa lettre de Saint Louis, dans le Missouri. Une mauvaise copie au papier carbone fut envoyée deux jours plus tard de New York, accompagnée d'un bref post-scriptum dans lequel Arthur expliquait qu'il prenait le bateau du retour à la fin de la semaine.

Après deux jours en mer, il fit appeler le médecin de bord, se plaignant de douleurs à la poitrine et demandant un médicament contre l'indigestion. Une demi-heure plus tard, le médecin découvrit le corps d'Arthur, mort, apparemment, d'une crise cardiaque. Il était 6 h 30, le soir du 7 septembre 1929.

Vingt et un

Il l'embrassait en lui caressant les seins. Le plaisir était intense, paralysant. Elle essaya de lever la tête. En vain. Le ronronnement permanent des moteurs de l'avion l'endormait. C'est un rêve. Si réel, cependant. Elle s'y replongea. Plus que quarante-cinq minutes avant d'atterrir à La Nouvelle-Orléans. Elle essaya de s'éveiller. Mais il l'embrassa à nouveau, forçant doucement mais fermement sa langue à travers ses lèvres. Ses doigts touchaient ses seins et les pinçaient légèrement, comme si elle était nue sous la petite couverture en laine. Comme il savait s'y prendre ! Elle se tourna complètement vers le hublot en soupirant. Personne ne faisait attention à elle. La cabine de première classe était à moitié vide.

Il lui pinça à nouveau les seins, un tout petit peu plus fort. Délicieux. N'aie pas peur de me brusquer. Presse tes lèvres plus fort sur les miennes. Remplis-moi avec ta langue. Elle ouvrit la bouche et il toucha ses cheveux, lui envoyant une nouvelle décharge inattendue. C'était un véritable miracle, ce mélange de sensations, de frissons courant le long de son dos et de ses bras et cette chaleur entre ses jambes. Viens dans moi ! Remplis-moi. Avec ta langue mais avec toi aussi. Durcis encore.

Elle jouit en silence, frémissant sous la couverture, les cheveux tombés devant son visage. Elle se rendait à peine compte qu'elle n'était pas nue, que personne n'avait pu la toucher et lui donner tant de plaisir. Et cela recommençait. Son cœur s'arrêta de battre, le sang lui monta à la tête. Et cette sensation entre ses cuisses...

Tu vas mourir si cela ne s'arrête pas, Rowan. Une main caressa sa joue. Il embrassa ses paupières.

Soudain, elle ouvrit les yeux. Aveugle un moment, elle aperçut la cabine. Le petit rideau était tiré et, autour d'elle, tout était baigné d'une lueur gris pâle lumineuse. Elle s'appuya sur le dossier du siège, attendant de nouvelles décharges électriques. Son regard dérivait paresseusement sur le plafond. Elle essaya de se réveiller.

Mon Dieu ! Elle devait avoir une de ces têtes après cette petite orgie ! Son visage devait être rouge.

Très lentement, elle se releva et se lissa les cheveux avec les mains. Elle essaya de faire revenir le rêve, non pas pour sa sensualité mais pour comprendre, pour savoir qui était l'homme. Pas Michael, en tout cas. Malheureusement.

Seigneur Dieu ! songea-t-elle. Je l'ai trompé avec personne. C'est vraiment curieux. Elle appuya ses mains contre ses joues. Très chaudes. Elle sentait encore le plaisir.

– Combien de temps avant l'atterrissage ? demanda-t-elle à l'hôtesse qui passait.

– Trente minutes. Votre ceinture est attachée?

Elle se carra dans son siège et se laissa délicieusement aller. Mais comment un rêve pouvait-il aller si loin?

– Vous désirez boire quelque chose avant d'atterrir?

– Du café, s'il vous plaît.

Elle ferma les yeux. Qui était-il, l'amant de son rêve? Ni visage, ni nom. Juste la sensation de quelqu'un de plus délicat que Michael. Le mot « éthéré » lui vint à l'esprit. L'homme lui avait parlé, elle en était certaine. Mais tout, sauf la réminiscence du plaisir, avait disparu.

En s'asseyant pour boire son café, elle sentit une légère irritation entres ses jambes. Probablement un effet des puissantes contractions musculaires. Heureusement, il n'y avait personne autour d'elle. Mais elle n'aurait jamais laissé les choses aller si loin si elle n'avait pas été bien à l'abri de sa couverture. Enfin, si on lui avait laissé la possibilité de se réveiller...

Elle but lentement une gorgée de café et releva le store en plastique. Des marécages verts s'étendaient à ses pieds, éclairés par le soleil de l'après-midi. Un fleuve marron serpentait tout autour de la ville distante. Elle ressentit une soudaine allégresse. Presque arrivée. Le bruit des moteurs s'intensifia tandis que l'avion amorçait sa descente.

Elle ne voulait plus penser à son rêve et souhaitait même sincèrement ne jamais l'avoir fait. Subitement, il lui parut écœurant. Elle se sentit souillée, fatiguée et furieuse. Un peu révoltée, même. Elle voulait penser à sa mère et à Michael.

– Où es-tu, Michael? murmura-t-elle en fermant les yeux.

Vingt-deux

LE DOSSIER DES SORCIÈRES MAYFAIR
PARTIE VIII

La famille de 1929 à 1956

Après la mort de Stella

En octobre et en novembre 1929, le marché boursier s'effondra et le monde entier sombra dans la « Grande Crise ». Les Années folles étaient révolues. Partout, des gens fortunés perdirent tout ce qu'ils possédaient et d'anciens milliardaires se jetèrent par les fenêtres. Cette époque naissante d'austérité forcée créa une réaction culturelle inévitable contre les excès des années 20. Jupes courtes, alcooliques mondains et films révélant des mœurs sexuelles particulières passèrent de mode.

A la maison des Mayfair, les lumières qui s'étaient éteintes à la mort de Stella ne furent jamais rallumées; son cercueil exposé dans le salon avait été éclairé avec des bougies. Lionel, son frère meurtrier, fut enterré peu de temps après elle.

Six mois après la mort de Lionel, les meubles Arts déco de Stella, ses innombrables peintures contemporaines et ses kyrielles de disques de jazz, de ragtime et de blues disparurent des pièces de First Street. Tout ce qui ne fut pas remisé dans le grenier fut déposé dans la rue.

Les meubles victoriens sévères conservés depuis la perte de Riverbend refirent leur apparition et les volets des fenêtres donnant sur Chestnut Street furent cloués pour toujours.

Mais cette métamorphose n'avait rien à voir avec la fin des Années folles, ni le krach, ni la crise.

La firme familiale Mayfair & Mayfair avait depuis longtemps retiré ses prodigieux actifs du marché boursier pour les investir dans les chemins de fer. Dès 1924, elle avait liquidé ses immenses terrains en Floride et réalisé de fabuleux bénéfices. Elle conserva toutefois ses terrains fonciers de Californie en vue du boom qui ne tarderait pas à s'y produire. Ayant investi des millions dans l'or, le franc suisse, les mines de diamant d'Afrique du Sud et autres affaires profitables, la famille était toujours en mesure de prêter de l'argent aux amis et aux parents qui avaient tout perdu.

Ce faisant, et sans parcimonie, la famille renforça ainsi ses contacts politiques et sociaux, se protégeant un peu plus encore contre toute ingérence éventuelle.

Lionel Mayfair ne fut jamais interrogé par la police sur le meurtre de Stella. Deux heures après la mort de sa sœur, il fut admis dans un sanatorium privé où, les jours suivants, des médecins éprouvés l'écoutaient divaguer sans arrêt sur le diable qui parcourait librement la maison de First Street et la petite Antha qui l'emmenait dans son lit.

« Il était avec Antha, je le sais. Tout le temps. Et mère n'était plus là. Il n'y avait plus personne. Juste Carlotta qui se disputait tout le temps avec Stella. Les portes claquaient, on entendait des cris. Nous étions une maisonnée d'enfants privés de leur mère. Ma sœur Belle s'agrippait à sa poupée en pleurant. Et Millie, la pauvre petite chose, disait son chapelet dans le noir en hochant la tête. Et Carlotta qui luttait pour prendre la place de mère mais en était incapable. Elle n'est qu'un vulgaire soldat de plomb à côté de mère! Stella lui lançait des objets à la figure. " Tu crois que tu vas m'enfermer? " disait-elle. Stella était hystérique.

« Des enfants, voilà ce que nous étions. Chaque fois que je frappais à sa porte, Pierce était avec elle. Je le savais très bien. Elle me mentait. Et lui. Avec Antha. Je l'ai vu. Je le voyais sans arrêt. Je les ai vus ensemble dans le jardin. Elle savait qu'il était avec Antha. Et elle laissait faire.

« " Tu vas le laisser la prendre? " disait Carlotta. Et comment aurait-elle pu l'en empêcher? Antha était sous les arbres et chantait avec lui. Elle lançait des fleurs en l'air et il les faisait flotter. Je l'ai vu de mes propres yeux! Et plus d'une fois! Je l'entendais rire. Et mère n'a jamais rien fait. Vous ne pouvez pas comprendre. Une famille d'enfants abandonnés. Et pourquoi étions-nous des enfants? Parce que nous ne savions pas faire le mal. Et mère, le savait-elle? Et Julien?

« Vous savez pourquoi Belle est une imbécile? C'est un problème de consanguinité! Et Millie ne vaut guère mieux. Savez-vous qu'elle est la fille de Julien? Dieu m'en est témoin. Et elle le voit et elle ment en prétendant le contraire. Je sais bien qu'elle le voit.

« " Laisse-la tranquille! disait Stella. Cela n'a pas d'importance. " Je sais que Millie peut le voir. Ils ont transporté des caisses et des caisses de champagne pour la réception. Et Stella dansait sur la musique du phonographe. " Essaie de bien te tenir pendant la fête, Lionel. " Pour l'amour du ciel! Personne ne savait donc ce qui se tramait?

« Et Carl qui voulait envoyer Stella en Europe! Personne ne pouvait forcer Stella à quoi que ce soit. Et qu'est-ce que ça aurait changé, qu'elle soit en Europe? J'ai essayé d'en parler à Pierce. Je l'ai pris à la gorge et je lui ai dit : " Je vais t'obliger à m'écouter. " Je l'aurais tué lui aussi si j'avais pu. Mais pourquoi ne m'en ont-ils pas empêché? " Vous ne voyez pas qu'il a Antha, maintenant? Êtes-vous tous aveugles? " Voilà ce que je leur ai dit. Tous aveugles! »

Et ainsi de suite à longueur de journée. Ce qui précède figure intégralement dans le dossier médical. Suit une note : « Le patient continue à divaguer sur des " lui ", des " il ", des " elle " et des " eux " et un de ces personnages est censé être le diable. »

La veille des obsèques de Stella, trois jours après le meurtre, Lionel tenta de s'évader. Il fut repris et interné.

– Je me demande comment ils ont fait pour arranger si joliment Stella, dira un parent longtemps après. Elle était ravissante.

– Ce fut la dernière réception de Stella, dit un autre. Elle avait laissé des instructions sur la marche à suivre et vous savez ce que j'ai appris plus tard? Qu'elle avait écrit tout cela quand elle avait treize ans! Où va se nicher le romantisme chez une fillette de treize ans!

Romantique, elle l'était, au dire de tout le monde, habillée en blanc dans un cercueil ouvert, entourée de dizaines de bougies en cire jetant une lumière spectaculaire.

– Je dirais que cela ressemblait à une procession de mai, dira un cousin. Avec tous ces lys blancs odorants, Stella avait l'air d'une reine de Mai!

Cortland, Barclay et Garland accueillaient les parents venus par centaines. Pierce fut autorisé à rendre ses derniers hommages à Stella mais fut ensuite vite expédié dans la famille de sa mère à New York. Les miroirs de la maison furent drapés selon la coutume irlandaise sans que personne ne sache qui en avait donné l'ordre.

La nuit suivant les obsèques, Lionel se réveilla en criant dans son asile.

– Il est là, il ne veut pas me laisser tranquille!

A la fin de la semaine, on lui mit la camisole de force et, le 4 novembre, on le plaça dans une cellule capitonnée. Tandis que les médecins s'interrogeaient sur l'utilité d'électrochocs, Lionel était prostré dans un coin et tentait désespérément d'échapper à son bourreau invisible.

Les infirmières racontèrent à Irwin Dandrich qu'il criait à Stella de l'aider.

– Il me rend fou! Mais pourquoi ne me tue-t-il pas? Stella, aide-moi! Stella, dis-lui de me tuer!

« Le diagnostic est qu'il souffre d'une forme de démence incurable, nous écrivit l'un de nos détectives. De toute façon, s'il guérissait, il devrait être jugé pour meurtre. Dieu sait ce que Carlotta a raconté aux autorités. Mais peut-être qu'elle n'a rien dit du tout et que personne ne lui a demandé quoi que ce soit. »

Le matin du 6 novembre, seul, Lionel fut apparemment pris de convulsions et mourut d'asphyxie après avoir avalé sa langue. Il n'y eut pas de veillée funèbre. Les parents qui vinrent à l'enterrement furent priés d'aller directement à l'église Saint Alphonse et les employés des pompes funèbres leur dirent de ne pas se rendre au cimetière. Mlle Carlotta ne voulait personne.

Toutefois, ils se massèrent derrière les grilles du cimetière La Fayette n° 1 et virent de loin que l'on plaçait le cercueil de Lionel à côté de celui de Stella.

« Tout était fini, tout le monde le savait, commenta un parent par la suite. Mais le pauvre Pierce finit par surmonter l'épreuve. Il entreprit des études à Columbia puis entra à Harvard l'année suivante. Mais, jusqu'au jour de sa mort, personne ne fit jamais allusion à Stella en sa présence. Et il haïssait Carlotta. La seule fois que je l'ai entendu parler d'elle, il disait qu'elle était la responsable et qu'elle aurait dû appuyer elle-même sur la gâchette. »

Pierce devint même un excellent juriste et joua un rôle éminent dans l'expansion de la fortune des Mayfair. Il mourut en 1986. Un de ses fils, Ryan, né en 1936, est aujourd'hui l'épine dorsale de Mayfair & Mayfair. Un second fils, un autre Pierce, est le jeune juriste le plus prometteur de la ville.

Mais ceux qui avaient annoncé que tout était fini avaient raison.

Avec la mort de Stella, le pouvoir des sorcières Mayfair fut effectivement brisé. Stella fut la première des sorcières descendant de Deborah à mourir jeune, et de mort violente. Par la suite, aucune autre sorcière Mayfair ne dirigea la maison de First Street ni ne géra directement la fortune. L'héritière actuelle n'est qu'une pauvre catatonique muette et sa fille, Rowan Mayfair, un jeune neurochirurgien vivant à plus de trois mille kilomètres de First Street, ignore tout de sa mère, de l'héritage et de sa ville natale.

Aucune autopsie ne fut pratiquée sur Arthur Langtry. Il fut inhumé en Angleterre, dans le cimetière du Talamasca, selon les dispositions qu'il avait prises depuis longtemps. Rien ne prouve qu'il soit mort de mort violente. Sa dernière lettre, celle décrivant le meurtre de Stella, laisse entendre qu'il souffrait déjà de troubles cardiaques.

Pour le conseil du Talamasca, en revanche, Arthur Langtry était une nouvelle victime des sorcières Mayfair. Et le fait qu'il ait vu l'esprit de Stuart fut considéré par ces hommes de savoir comme une preuve de ce que Stuart était mort dans la maison de First Street. Comment était-il mort? Voilà ce que le Talamasca voulait savoir. Était-ce l'œuvre de Carlotta? Le cas échéant, pourquoi?

Le principal argument mettant Carlotta hors de cause est peut-être déjà évident et le sera de plus en plus au fil de ce récit : toute sa vie, elle fut une catholique pratiquante, une avocate à l'honnêteté scrupuleuse et une citoyenne respectueuse des lois. Ses critiques acharnées contre Stella se fondaient apparemment sur ses propres convictions morales, ou du moins est-ce ce que sa famille, ses amis et des observateurs occasionnels affirment.

D'un autre côté, une vingtaine de personnes sont fermement persuadées que c'est elle qui a poussé Lionel à tuer Stella, sans pour autant lui avoir mis l'arme dans les mains. Et même si elle l'avait fait, un acte aussi émotionnel n'avait rien à voir avec le meurtre de sang-froid d'un parfait étranger.

Lionel serait-il le meurtrier de Stuart Townsend? Ou Stella elle-même? Et comment exclure Lasher? Si l'on considère que cette créature a une personnalité et une histoire, le meurtre de Townsend ne ressemblerait-il pas plus, en toute logique, aux façons de faire d'un esprit qu'à celle d'un des habitants de la maison?

Le scénario le plus acceptable consisterait peut-être à impliquer tous ces suspects : par exemple, Stella aurait invité Townsend à First Street, où Lasher l'aurait tué, puis, prise de panique, elle se serait adressée à Carlotta ou à Lionel, voire à Pierce, qui l'aurait aidée à cacher le corps et à rendre muet le personnel de l'hôtel.

Malheureusement, ce scénario, et d'autres, laisse trop de questions sans réponse. Par exemple, pourquoi Carlotta se serait-elle mêlée à une telle mise en scène? N'aurait-elle pu se servir de la mort de Townsend pour se débarrasser une fois pour toutes de sa petite sœur? Quant à Pierce, impossible de croire qu'un jeune homme aussi innocent ait pu être impliqué. En ce qui concerne Lionel, la question est : s'il était au courant de la mort ou de la disparition de Stuart, pourquoi n'en a-t-il pas dit un mot pendant ses crises de délire? Il a pourtant bien parlé de tout le reste.

Enfin, si l'une de ces personnes avait aidé Stella à enterrer le corps dans le jardin, pourquoi se préoccuper d'enlever les effets de Stuart de l'hôtel et de soudoyer les employés pour qu'ils prétendent ne l'avoir jamais vu?

Rétrospectivement, le Talamasca eut peut-être tort de ne pas poursuivre l'affaire Stuart Townsend, de ne pas exiger une enquête approfondie, de ne pas avoir tanné la police pour qu'elle intervienne.

Or, les jours qui suivirent le meurtre de Stella, personne ne voulait « déranger » les Mayfair avec des questions sur un mystérieux Texan d'Angleterre. Et nos enquêteurs ne réussirent pas à rompre le silence des employés de l'hôtel, pas plus qu'ils n'obtinrent le moindre indice sur l'identité de celui qui les avaient achetés. Il serait stupide de croire que la police aurait fait mieux.

Avant de laisser de côté cette affaire non résolue, nous devons encore considérer une « opinion » contemporaine, celle qu'Irwin Dandrich confia à l'un de nos détectives à la Noël 1929.

– Je vais vous confier le secret qui permet de comprendre cette famille. Cela fait des années que je les observe, et pas seulement pour vos drôles d'oiseaux de Londres. Je les ai observés de la façon dont tout le monde les observe ici, c'est-à-dire en se demandant en permanence ce qui se passe derrière ces volets clos. Ce secret, c'est que Carlotta Mayfair n'est pas la catholique honnête et vertueuse qu'elle a toujours prétendu être. Il y a quelque chose de mystérieux et de mauvais chez cette femme. Elle est destructrice et rancunière. Elle aurait préféré que la petite Antha devienne folle plutôt que comme Stella. Et elle aurait préféré que cette maison devienne lugubre et déserte plutôt que d'y voir des gens s'amuser.

En surface, ces remarques paraissent simplistes mais, en réalité, elles sont peut-être bien plus vraies qu'il n'y paraissait à l'époque. Aux yeux du monde, Carlotta représentait certainement l'honnêteté, la vertu, la droiture, etc. A partir de 1929, elle assista tous les jours à la messe, donnait généreusement à l'église et aux œuvres paroissiales et si, en privé, elle menait une lutte de tous les jours contre Mayfair & Mayfair pour obtenir l'administration de la fortune d'Antha, elle était la générosité même.

Elle ne fut jamais critiquée pour ne pas avoir rouvert la maison à la famille ou organisé des réunions familiales. Bien au contraire, l'avis général fut qu'elle avait suffisamment souffert. Elle passait même pour une sorte de sainte femme aux yeux des siens.

Mon opinion, pour ce qu'elle vaut, après quarante années passées à étudier cette famille, est que le jugement de Dandrich n'est pas loin de la vérité. Ma conviction personnelle est que Carlotta représente un mystère aussi grand que Mary Beth ou Julien. Et nous n'avons fait que gratter le vernis de ce qui se passe dans cette maison.

La position du Talamasca

Le Talamasca décida en 1929 qu'on ne ferait plus aucune tentative de contact personnel.

Notre directeur, Evan Neville, estimait qu'il fallait avant toute chose suivre le conseil d'Arthur Langtry et prendre au sérieux la mise en garde du spectre de Stuart Townsend. Pour l'instant, il fallait éviter les Mayfair.

Certains des plus jeunes membres du conseil pensaient au contraire que nous devions écrire à Carlotta Mayfair. Selon eux, quel mal cela pouvait-il faire et de quel droit gardions-nous les informations que nous possédions ?

Cela entraîna d'âpres discussions. Les aînés rappelèrent aux plus jeunes que Carlotta Mayfair était, selon toute vraisemblance, responsable de la mort de Stuart et, encore plus probablement, de celle de Stella. Quelle obligation pouvions-nous bien avoir envers un tel personnage ? Si nous devions parler à quelqu'un, c'était à Antha. Mais, pour cela, il fallait attendre qu'elle ait vingt et un ans.

De plus, en l'absence de contact personnel valable, comment pouvions-nous transmettre nos informations à Carlotta Mayfair, et quelles informations ? Qu'en ferait-elle ? Comment les utiliserait-elle vis-à-vis d'Antha ? Quelle serait sa réaction ? Et si nous racontions tout à Carlotta, pourquoi pas à Cortland, à ses frères et au reste de la famille ? Et si nous le faisions, quelles en seraient les conséquences pour ces gens ? De quel droit envisagions-nous une telle ingérence dans leur vie ?

Et ainsi de suite...

Comme toujours en pareil cas, les règles, les objectifs et l'éthique du Talamasca furent entièrement reconsidérés. Il fut décidé que l'histoire de la famille Mayfair, de par sa longueur et ses détails, était précieuse pour les spécialistes de l'occulte que nous étions et que nous allions continuer à rassembler des renseignements sur elle, quelle que fût l'opinion de nos plus jeunes membres sur l'éthique et le reste. Cependant, nous dûmes reconnaître que notre tentative de contact avait été une grossière erreur. Nous devions attendre qu'Antha ait vingt et un ans avant d'envisager une approche prudente qui, de toute façon, dépendrait du membre compétent que nous pourrions à ce moment-là affecter à cette mission.

Tandis que le conseil continuait à se chamailler, il devint clair que presque personne parmi nous ne connaissait parfaitement l'histoire des sorcières Mayfair car le dossier était trop volumineux et trop compliqué pour que quelqu'un l'examine comme il se devait, et en un laps de temps raisonnable.

De toute évidence, le Talamasca devait trouver un membre qui accepterait de se consacrer à plein temps au dossier et de prendre des décisions intelligentes et responsables quant aux mesures nécessaires sur le terrain. Et, par suite de la mort tragique de Stuart Townsend, cette personne devait avoir les meilleures références qui soient, à la fois sur le plan des connaissances et de l'expérience pratique. Son premier travail consisterait donc, à partir des éléments disparates du dossier, à rédiger un long récit cohérent et lisible. Alors, seulement, cette personne serait autorisée à étoffer son étude en procédant à une enquête directe en vue d'un contact éventuel.

Ce plan n'avait qu'un seul gros défaut : cette personne de confiance ne fut trouvée qu'en 1953 et, à cette époque, la vie tragique d'Antha Mayfair avait pris fin. L'héritière était une petite fille de douze ans au teint blême qui avait déjà été renvoyée de son école pour « avoir parlé avec son ami invisible », fait voler des fleurs dans les airs, retrouvé des objets perdus et lu dans les pensées.

– Elle s'appelle Deirdre, dit Evan Neville, le visage empreint d'inquiétude et de tristesse, et elle grandit dans cette vieille maison sinistre de la même façon que l'avait fait sa mère, seule avec ces vieilles femmes, et Dieu seul sait ce qu'elles savent ou croient de leur histoire, des pouvoirs de cette enfant et de cet esprit que l'on a déjà aperçu à ses côtés.

Le jeune membre choisi, enthousiasmé par cette révélation, entre autres, et par sa lecture attentive du dossier, décida qu'il fallait agir vite.

Ce jeune membre que je suis, avant de passer à la brève et triste histoire d'Antha, tient tout d'abord à se présenter.

L'entrée en scène de l'auteur de ce récit, Aaron Lightner

Né à Londres en 1921, je suis devenu membre à part entière du Talamasca en 1943, après mes études à Oxford. Mais j'ai commencé à travailler pour l'ordre à l'âge de sept ans et j'ai vécu à la maison mère depuis mes quinze ans.

En fait, j'ai été porté à l'attention du Talamasca en 1928 par mon père anglais (traducteur de latin) et ma mère américaine (professeur de piano) lorsque j'avais six ans : mes effrayantes aptitudes télékinésiques les poussèrent à chercher une aide extérieure. Je faisais bouger les objets rien qu'en me concentrant sur eux ou en leur disant de bouger et, même si ce pouvoir n'a jamais été très fort, il perturbait beaucoup les gens qui en étaient témoins.

Mes parents, inquiets, soupçonnaient que ce pouvoir allait de pair avec d'autres caractéristiques psychiques, dont ils avaient eu un aperçu. Ils m'envoyèrent chez divers psychiatres, dont l'un finit par leur dire : « Emmenez-le au Talamasca. Ses pouvoirs sont réels. Seul le Talamasca est capable de travailler avec quelqu'un comme lui. »

Le Talamasca ne se fit pas prier et mes parents se sentirent soulagés. « Si vous essayez de réprimer ce pouvoir qu'a votre fils, les prévint Evan Neville, vous n'arriverez à rien avec lui. Vous mettriez même son bien-être en danger. Laissez-nous travailler avec lui et lui enseigner comment contrôler et utiliser ses capacités métapsychiques. » Non sans quelque réticence, mes parents acceptèrent.

Au début, j'allais tous les samedis à la maison mère près de Londres, et à dix ans j'y passais tous les week-ends et les étés. Mon père et ma mère me rendaient fréquemment visite. Finalement, mon père entreprit la traduction des vieilles archives en latin du Talamasca en 1935 et travailla avec nous jusqu'à sa mort, en 1972. Depuis son veuvage, il vivait à la maison mère. Mes deux parents adoraient l'énorme bibliothèque du Talamasca et, sans aspirer à devenir membres officiels de l'organisation, ils le furent de fait presque toute leur vie.

Je n'ai jamais été ce que l'on appellerait un médium puissant. Ma capacité limitée à lire dans les pensées me sert surtout dans mes investigations sur le terrain, en particulier dans les situations dangereuses. Et mon pouvoir télékinésique me sert rarement pour des choses pratiques.

A dix-huit ans, j'était dévoué corps et âme au mode de vie et aux objectifs du Talamasca. Je ne concevais pas le monde sans lui. Que j'aille à l'école ou que je voyage avec mes parents, mon vrai foyer était la maison mère.

Lorsque j'eus achevé mes études à Oxford, je fus reconnu comme membre à part entière mais, en réalité, je l'étais déjà depuis bien longtemps. Les grandes familles de sorcières étaient déjà mon terrain de prédilection et j'avais lu tout ce qui existait sur les persécutions pour sorcellerie. Les gens répondant à notre définition de sorcier ou de sorcière exerçaient sur moi une véritable fascination.

C'est sous la direction d'Elaine Barrett, notre investigatrice la plus compétente dans le domaine, que j'ai effectué mon premier travail sur le terrain en Italie. C'est elle qui m'a parlé la première des sorcières Mayfair, lors d'une conversation amicale. Elle m'a raconté le destin de Petyr Van Abel, de Stuart Townsend et d'Arthur Langtry et m'a invité à entreprendre la lecture du dossier à mes heures perdues. Combien de fois m'est-il arrivé, pendant l'été et l'hiver 1945, de m'endormir au milieu des papiers du dossier éparpillés sur le sol de ma chambre! A l'époque, je commençais à griffonner des notes en vue de rédiger un récit circonstancié.

Mais ce n'est qu'en 1953 que l'on m'a confié définitivement le dossier. L'idée était que je me mette au récit et que, lorsqu'il serait achevé, on discute de l'utilité ou non de m'envoyer à La Nouvelle-Orléans pour rencontrer les habitants de la maison de First Street.

On me rappelait sans cesse que, quelles que soient mes aspirations, je devais procéder avec la plus grande précaution. Antha Mayfair était morte de mort violente, de même que le père de sa fille Deirdre et qu'un parent de New York, le docteur Cornell Mayfair, venu à La Nouvelle-Orléans en 1945 pour examiner la petite Deirdre, âgée de huit ans, Carlotta prétendant que la mère de la fillette, Antha, avait été malade mentale de naissance.

Je me suis donc mis à la traduction du journal de Petyr Van Abel. Parallèlement, on m'avait alloué un budget illimité pour intensifier les recherches dans toutes les directions. C'est ainsi que j'ai entamé une enquête à longue distance sur l'état de la petite Deirdre Mayfair, âgée de douze ans, fille unique d'Antha.

J'espère de tout cœur que, malgré les petites ruses que j'ai dû employer dans mon travail, je n'ai jamais trahi la confiance de personne.

Le second facteur intervenant dans les interrogatoires que je mène et mon travail sur le terrain est ma capacité à lire dans les pensées. Ainsi, il m'arrive fréquemment de piocher – des noms et des détails dans les pensées des gens. Je n'inclus jamais ces informations dans mes rapports. Elles ne sont pas assez fiables. Mais elles me servent bien souvent de fil directeur au cours de mes recherches. Et cette caractéristique est indubitablement liée à mon sens du danger, ainsi que le récit qui suit va le révéler...

Il est temps maintenant de retourner à notre récit et de reconstituer l'histoire tragique de la vie d'Antha et de la naissance de Deirdre.

Les sorcières Mayfair de 1929 à nos jours

Antha Mayfair

La mort de Stella marqua la fin d'une époque pour la famille Mayfair. Et l'histoire tragique de sa fille, Antha, et de l'enfant unique de celle-ci, Deirdre, reste entourée d'un épais mystère.

Les années passant, le personnel de First Street se réduisit à un couple de serviteurs silencieux, inaccessibles et totalement loyaux. Les dépendances de la propriété, en l'absence de servantes, de cochers et de garçons d'écurie, tombèrent petit à petit en ruine.

Les femmes de First Street menaient des existences de recluses. Belle et Millie devinrent d'« adorables vieilles dames », allant quotidiennement à la messe et s'arrêtant au milieu de leurs travaux de jardinage pour bavarder avec les voisins passant devant la grille de fer.

Six mois après la mort de sa mère, Antha fut renvoyée d'une pension canadienne, dernière institution publique qu'elle fréquenta. Curieusement, notre détective n'eut aucun mal à faire dire aux professeurs de la fillette qu'elle avait effrayé tout le monde avec sa façon de lire dans les pensées, de parler avec son ami invisible et de menacer tous ceux qui se moquaient d'elle ou parlaient derrière son dos. C'était une enfant nerveuse, qui pleurait tout le temps, qui se plaignait sans arrêt d'avoir froid, quel que soit le temps, et qui souffrait constamment de fièvre et de refroidissements inexpliqués.

Carlotta Mayfair la ramena en train du Canada et, à ce que nous savons, la fillette ne passa depuis lors pas une seule nuit en dehors de First Street jusqu'à ses dix-sept ans.

A ce moment-là, la maison était devenue on ne peut plus lugubre. Ses volets n'étaient jamais ouverts, sa peinture s'écaillait, son jardin était envahi de mauvaises herbes, les lauriers-roses s'emmêlant avec les camélias et les gardénias si amoureusement soignés des années auparavant. Après l'incendie qui ravagea l'écurie en 1938, des herbes folles remplirent l'espace inoccupé dans le fond de la propriété. Un autre bâtiment abandonné fut rasé peu après et rien ne subsista à part l'ancienne garçonnière et un grand chêne magnifique dont les branches s'étendaient désespérément par-dessus les mauvaises herbes.

En 1934, nous commençâmes à recevoir les premiers témoignages d'artisans qui avaient dû renoncer à effectuer les travaux de réparation qu'on leur avait commandés. Les frères Molloy racontèrent à tout le monde qu'ils avaient abandonné l'idée de repeindre la maison parce que chaque fois qu'ils avaient le dos tourné leurs échelles tombaient par terre, leurs pots de peinture se renversaient ou leurs pinceaux se retrouvaient dans la boue.

– Au moins six fois, raconte Davey Molloy, ma peinture s'est renversée par terre. Et je vous affirme que jamais de ma vie je n'ai renversé un seul pot de peinture ! Et voilà ce que m'a dit Mlle Carlotta : « C'est vous qui l'avez renversée. » Eh bien, quand mon échelle s'est renversée, avec moi dessus, ça a été le bouquet. Je suis parti.

Le frère de Davey, Thompson, avait son idée sur le responsable. – C'est ce type aux cheveux bruns qui nous regarde tout le temps. J'ai dit à Mlle Carlotta : « Vous ne croyez pas que c'est lui qui fait ça ? Ce type qui est toujours là-bas sous l'arbre ? » Elle a fait celle qui ne comprenait pas. Mais il passait son temps à nous surveiller. A un moment où j'essayais de rafistoler la façade sur Chestnut Street, je l'ai vu qui me regardait à travers les volets de la bibliothèque. J'en ai eu la chair de poule. Qui est-il ? Un parent ? Je ne veux plus travailler là-bas. Même si les temps sont dificiles.

En 1935, tout le monde savait dans Irish Channel qu'on ne pouvait rien faire sur cette vieille maison. Lorsque deux jeunes gens furent engagés pour nettoyer la piscine, l'un d'eux fut poussé dans l'eau stagnante et faillit se noyer. L'autre a eu toutes les peines du monde à le sortir de là.

– Je n'y voyais rien. Je me tenais à mon copain et nous appelions à l'aide. Nous nous débattions dans cette gadoue et, heureusement, il a réussi à s'accrocher au bord et m'a sauvé. Et puis la vieille femme noire, la tante Easter, est arrivée avec une serviette pour nous nettoyer et elle nous a dit : « Éloignez-vous de cette piscine. Ne vous occupez pas de la nettoyer. Allez-vous-en ! »

Peu après, un article parut dans le *Times Picayune*, disant qu'une « mystérieuse demeure des beaux quartiers » ne pouvait être réparée. Dandrich découpa l'article et l'envoya à Londres.

L'un de nos détectives invita la journaliste à déjeuner. Elle était contente d'en parler et, oui, c'était bien la maison Mayfair. Tout le monde était au courant. Un plombier avait raconté qu'il était resté coincé pendant des heures sous la maison en essayant de réparer une canalisation. Il avait fini par perdre connaissance et quand il avait repris conscience on l'avait emmené à l'hôpital. Et puis il y avait eu l'homme du téléphone qui avait été appelé pour installer un poste dans la bibliothèque. Il disait qu'il ne remettrait jamais les pieds dans cette maison. Un des portraits du mur l'avait regardé et il était sûr qu'il y avait un fantôme dans cette pièce.

– J'aurais pu en écrire encore plus long, dit la jeune femme, mais les gens du journal ne veulent pas d'ennuis avec Carlotta Mayfair. Je vous ai dit pour le jardinier ? Il y va régulièrement pour tondre l'herbe et il m'a dit des choses vraiment bizarres quand je l'ai appelé. « Oh, il ne me dérange pas. Nous nous entendons bien. Nous sommes même amis. » A qui croyez-vous qu'il faisait allusion? Quand je lui ai posé la question, il m'a répondu : « Allez-y! Vous le verrez. Il a toujours été là. Mon grand-père le voyait. Il ne peut ni bouger ni parler. Il se met juste dans un coin d'ombre et il vous observe. Et puis il se volatilise d'un seul coup. Il ne me dérange pas. On me paie bien pour mon travail. J'ai toujours travaillé là-bas. Il ne me fait pas peur. »

– Je crois que Carlotta était l'instigatrice de ces stupides histoires de fantômes, dit un parent, des années plus tard. Elle voulait tenir les gens éloignés. Nous avons bien ri quand nous avons entendu ces histoires rocambolesques.

– Des fantômes à First Street? C'était la faute de Carlotta si tout tombait en ruine. Elle a toujours eu l'art d'économiser un franc pour en prodiguer mille. C'est la différence entre elle et sa mère.

La famille, pendant toute cette période, s'inquiétait pour Antha. Officiellement, c'était une « malade mentale » et Carlotta l'emmenait chez des psychiatres mais « ça ne donnait rien ». L'enfant avait été irrémédiablement traumatisée par le meurtre de sa mère. Elle vivait dans un monde imaginaire de fantômes et de compagnons invisibles. On ne pouvait pas la laisser seule et elle n'avait pas le droit de sortir de la maison.

Les parents appelaient souvent Cortland Mayfair pour qu'il aille vérifier qu'elle se portait bien mais il n'était pas le bienvenu à First Street. Des voisins ont rapporté qu'il s'était fait éconduire plusieurs fois.

– Il y allait à chaque Noël, dira l'un de ces voisins. Sa voiture s'arrêtait devant la grille, son chauffeur sortait lui ouvrir la portière et prenait tous les paquets dans le coffre. Des tas et des tas de cadeaux. Carlotta sortait sur le perron et lui serrait la main. Elle ne le faisait jamais entrer.

Le Talamasca n'a jamais retrouvé de dossier médical sur Antha. Elle passait ses journées à lire sous le grand chêne de derrière ou à rester assise, les coudes posés sur ses genoux, sous le porche latéral.

Une domestique qui travaillait dans la maison d'en face a rapporté qu'elle la voyait tout le temps parler à « cet homme aux cheveux bruns qui lui rend sans arrêt visite. Ce doit être un cousin. Il s'habille drôlement bien ».

A quinze ans, Antha sortait parfois seule. Un facteur a raconté qu'il voyait souvent cette mince jeune fille à l'expression rêveuse se promener seule dans la rue ou avec « un beau jeune homme » qui avait des cheveux bruns, un costume et une cravate.

– Ils s'amusaient à me faire une peur bleue, a raconté le laitier. Un jour, je sortais en sifflotant de chez le docteur Milton, dans Second Street, et ils étaient juste devant moi, sous le magnolia, dans l'ombre. Elle était très tranquille et il était debout à côté d'elle. J'ai failli leur rentrer dedans. Ils étaient en train de chuchoter et je crois qu'elle a eu aussi peur que moi.

Nous n'avons dans notre dossier aucune photo de cette époque. Mais tous les témoins décrivent Antha comme une jolie jeune fille.

– Elle avait un regard distant, dit une femme qui la voyait à la chapelle. Elle n'avait pas la vivacité de Stella. Elle avait toujours un air rêveur et, pour dire la vérité, j'étais désolée de la savoir seule dans cette maison avec toutes ces femmes. Ne répétez pas ce que je vais vous dire mais Carlotta est une méchante femme. Ma servante et ma cuisinière savaient tout sur elle. Elles disaient qu'elle attrapait cette pauvre fille par le poignet et lui enfonçait ses ongles dans la peau.

A part ces quelques éléments, nous ne savons presque rien sur Antha de 1930 à 1938 et il semble que ses proches parents non plus. La seule conclusion sûre que nous puissions tirer est que « l'homme aux cheveux bruns » était Lasher. Et, si c'est exact, nous avons plus de témoignages sur sa présence pendant cette période que pendant les décennies qui ont précédé.

En avril 1938, il y eut une violente querelle familiale à First Street. Des fenêtres furent brisées, des gens criaient et, finalement, une jeune femme éplorée portant un sac à main sortit en courant par la grille de devant, en direction de Saint Charles Avenue. C'était bel et bien Antha. A l'abri derrière leurs rideaux de dentelle, les voisins virent arriver une voiture de police quelques minutes plus tard, toutes sirènes hurlantes. Carlotta alla jusqu'au coin de la rue pour demander aux policiers de rattraper la jeune fille.

Le soir, Carlotta appela tous les Mayfair de New York pour les avertir qu'Antha s'était enfuie et se dirigeait vers Manhattan. Elle les pria de l'aider dans ses recherches. Les cousins firent fonctionner le téléphone arabe. Quelques jours plus tard, Irwin Dandrich écrivit à Londres que « la pauvre petite Antha » avait repris sa liberté. Mais jusqu'où irait-elle?

Assez loin.

Pendant des mois, la police, des détectives et des membres de la famille ne parvinrent pas à retrouver sa trace. Carlotta fit trois fois le voyage à New York et offrit une importante récompense à tout policier qui proposerait de se joindre aux recherches. Elle alla jusqu'à appeler Amanda Grady Mayfair, qui venait de quitter son mari, Cortland.

Amanda raconta par la suite à notre enquêteur :

– C'était épouvantable. Elle m'a invitée à déjeuner au Waldorf. Évidemment, je n'avais aucune envie d'y aller mais je savais qu'elle était bouleversée à cause d'Antha. Et puis je voulais lui dire ce que j'avais sur le cœur, c'est-à-dire que c'était sa faute si Antha s'était enfuie, qu'elle n'aurait jamais dû l'isoler de ses oncles, tantes et cousins qui l'aimaient tant.

« Mais, dès que je me suis assise à table, elle a commencé à me menacer. « Que ce soit bien clair, Amanda. Si vous hébergez Antha, je vous ferai les pires ennuis. » J'avais envie de lui jeter mon verre à la figure. J'étais hors de moi. Alors je lui ai dit : « Carlotta Mayfair, à compter de maintenant, je vous interdis de me parler, de me téléphoner, de m'écrire ou de venir chez moi. J'en ai eu assez de vous à La Nouvelle-Orléans. J'en ai eu assez de ce que votre famille faisait à Pierce et à Cortland. Je vous conseille de ne plus jamais m'approcher. » Je vous assure que j'avais la rage au ventre quand j'ai quitté le Waldorf. Mais, vous savez, c'est sa grande technique. Elle vous accuse dès qu'elle vous voit et comme ça vous n'avez aucune possibilité de l'accuser.

En hiver 1939, nos enquêteurs repérèrent Antha de la façon la plus simple du monde. Elaine Barrett, dans une réunion de routine avec Evan Neville, suggéra qu'Antha devait financer sa fugue avec les fameux bijoux et pièces d'or des Mayfair. Pourquoi ne pas se renseigner dans les boutiques de New York où l'on pouvait vendre de tels objets? C'est ainsi qu'Antha fut localisée dans le mois qui suivit.

Effectivement, depuis son arrivée elle avait vendu des pièces d'or pour subvenir à ses besoins. Tous les numismates de New York connaissaient cette ravissante jeune femme aux bonnes manières et à l'agréable sourire qui leur apportait les pièces les plus rares. Elle prétendait qu'elles venaient d'une collection de famille.

La suivre à sa sortie d'une de ces boutiques jusqu'à un grand appartement de Christopher Street, à Greenwich Village, fut un jeu d'enfant. Elle vivait avec un certain Sean Lacy, un jeune peintre irlando-américain à l'avenir prometteur qui avait déjà exposé avec succès plusieurs de ses œuvres. Antha était devenue écrivain. Tous les habitants de l'immeuble et du pâté de maisons connaissaient le jeune couple et nos enquêteurs purent recueillir un tas de renseignements en un rien de temps.

Antha était le seul soutien de Sean Lacy. Elle lui achetait tout ce qu'il voulait et il la traitait comme une reine.

– Il fait tout pour elle. Mais pourquoi ne le ferait-il pas?

L'appartement était un « endroit merveilleux », plein de livres et de bons gros vieux sièges bien rembourrés.

– Sean n'a jamais aussi bien peint. Il a fait trois portraits d'elle, tous très intéressants. Et la machine à écrire d'Antha ne cesse de crépiter. Elle a déjà vendu une histoire à une petite revue littéraire de l'Ohio. Ils ont fêté ça. Elle était si heureuse! Elle est un peu naïve mais c'est une fille sensationnelle.

– Elle serait un bon écrivain si elle écrivait sur ce qu'elle connaît, dit une jeune femme dans un bar, qui prétendait avoir été la maîtresse de Sean. Mais elle s'évertue à écrire de ces histoires morbides sur une vieille maison violette de La Nouvelle-Orléans, où vit un fantôme, et autres sornettes peu commerciales. Elle ferait mieux d'oublier tout ça et d'écrire sur ce qu'elle vit ici, à New York.

En hiver 1940, Elaine Barrett demanda à notre meilleur détective de New York, Allan Carver, d'essayer d'obtenir un entretien avec Antha. Elle aurait adoré venir elle-même mais elle était complètement bloquée. Allan était un homme d'une cinquantaine d'années, suave et distingué, qui travaillait pour nous depuis des années. Il lui répondit qu'il n'y avait rien de plus facile et que ce serait même un plaisir pour lui.

– Je l'ai suivie jusqu'au Metropolitan Museum of Art puis je suis littéralement tombé sur elle tandis qu'elle était assise devant l'un des Rembrandt, l'admirant, mais l'air plutôt perdu dans ses pensées. Elle est vraiment très mignonne mais très bohème d'allure. Elle était enveloppée dans un lainage et portait les cheveux sur les épaules. Je me suis assis près d'elle et j'ai engagé la conversation. Aimait-elle Rembrandt ? Oui. Et New York, en général ? Elle adorait la vie à New York et n'irait ailleurs pour rien au monde. La ville de New York était pour elle un être vivant. Elle n'avait jamais été aussi heureuse qu'en ce moment.

« Je n'avais aucune chance de sortir du musée en sa compagnie car elle était trop réservée et trop correcte. Je devais donc faire le plus vite possible.

« Je lui ai fait parler d'elle, de sa vie, de son mari et de ses écrits. Oui, elle voulait être écrivain et Sean était d'accord. Il ne serait heureux que si elle aussi connaissait le succès. « Vous savez, c'est le seul métier que je puisse exercer. Je ne suis préparée à aucun autre. Quand on a vécu le genre de vie que j'ai vécu, on n'est bon à rien. Seule l'écriture peut vous sauver. » Cette façon de parler de sa vie était très touchante. Elle avait l'air à la fois sans défense et complètement authentique. Je crois que si j'avais eu trente ans de moins je serais tombé amoureux d'elle.

« – Mais quel genre de vie avez-vous menée ? la pressai-je. Vous avez un accent mais j'ignore d'où. En tout cas, vous n'êtes pas de New York.

« – Du Sud. C'est un autre monde. (Elle devint soudain triste, agitée, même.) Je veux tout oublier. Je ne veux pas vous paraître désagréable mais c'est une attitude que je me suis imposée. J'écris sur mon passé mais je ne veux pas en parler. J'en ferai quelque chose d'artistique, si je peux, mais je refuse d'en parler.

« – Eh bien, dites-moi ce que vous écrivez. Racontez-moi une de vos histoires, par exemple, ou un de vos poèmes.

« – S'ils sont bons vous les lirez un jour ou l'autre.

« Elle m'adressa un sourire d'adieu et partit. Je crois qu'elle commençait à avoir des soupçons. Tout le temps que nous parlions, elle jetait des regards inquiets autour de nous. Je lui ai même demandé si elle attendait quelqu'un. Elle me dit que non, enfin pas vraiment, mais qu'« on ne sait jamais ». Elle agissait comme si elle pensait que quelqu'un nous observait. Et comme mes collègues nous surveillaient de près, je me suis senti mal à l'aise.

Pendant des mois, les rapports qui nous parvenaient indiquaient qu'Antha et Sean étaient heureux mais, en avril 1941, ils changèrent.

– Eh bien, elle est enceinte, dit le peintre qui habitait au-dessus. Et il ne veut pas garder l'enfant. Elle, évidemment, elle le veut et je me demande ce qui va arriver. Il connaît un médecin qui pourrait régler la question mais elle ne veut pas en entendre parler. Ça me rend malade. Elle est bien trop fragile. Je l'entends pleurer la nuit.

Le 1er juillet, Sean mourut dans un accident de voiture (une défaillance mécanique) en revenant d'une visite à sa mère malade dans le nord de l'État de New York. Hystérique, Antha dut être hospitalisée à Bellevue. « Nous ne savions pas quoi faire, dit le peintre. Elle a crié sans arrêt pendant trois heures d'affilée. Finalement, nous avons appelé Bellevue. Je ne saurai jamais si nous avons eu raison. »

Les registres de Bellevue indiquent qu'Antha s'arrêta de crier et même de faire le moindre geste ou d'émettre le moindre son dès son admission à l'hôpital. Elle resta catatonique pendant plus d'une semaine. Puis elle écrivit sur un morceau de papier : « Cortland Mayfair, avocat, Nouvelle-Orléans. » La société de Cortland fut contactée à 10 h 30 le lendemain matin et Cortland appela immédiatement sa femme, Amanda Grady Mayfair, dont il était séparé. Il la supplia d'aller voir Antha à Bellevue et de rester avec elle jusqu'à son arrivée.

Une dispute épouvantable commença entre Cortland et Carlotta. Il insistait pour s'occuper lui-même d'Antha puisque c'était à lui qu'elle avait demandé de l'aide. Carlotta et Cortland prirent le train ensemble pour ramener Antha.

Lors d'un déjeuner bien arrosé et plein d'émotion, Amanda Grady Mayfair raconta toute l'histoire à son ami (et notre informateur) Allan Carver qui en profita pour l'interroger sur sa famille du Sud et ses bizarreries. Amanda lui parla de sa pauvre petite nièce.

– ... C'était tout simplement atroce. Antha ne pouvait pas parler. Elle essayait mais ça ne sortait pas. Elle était si fragile. La mort de Sean l'a détruite. Vingt-quatre heures ont passé avant qu'elle n'écrive l'adresse de son appartement de Greenwich Village. J'y ai couru avec Ollie Mayfair, un des petits-enfants de Rémy, et nous avons récupéré ses affaires. C'était d'un triste ! J'ai cru que toutes les toiles de Sean appartenaient à Antha, puisqu'elle était son épouse. Mais les voisins sont arrivés et nous ont dit qu'Antha et Sean n'étaient pas mariés. La mère et le frère de Sean étaient déjà passés et ils sont revenus avec une malle pour tout emporter. Je crois que la mère de Sean en voulait à Antha d'avoir entraîné son fils dans la vie d'artiste de Greenwich Village.

« J'ai dit à Ollie qu'ils pouvaient tout prendre sauf les portraits d'Antha. Je les ai pris, ainsi que ses vêtements et ses effets personnels et puis le vieux porte-monnaie en velours rempli de pièces d'or. J'avais entendu parler de ce porte-monnaie et, si vous connaissez les Mayfair comme vous le dites, vous devez aussi être au courant. Et ses manuscrits ! Je les ai pris aussi. Il y avait des nouvelles, quelques chapitres d'un roman et des poèmes.

« A mon retour à l'hôpital, Carlotta et Cortland étaient déjà là. Ils se disputaient dans le couloir. Il faut avoir vu et entendu une dispute entre eux pour y croire : ce n'étaient que chuchotements, petits gestes et lèvres pincées. C'était quelque chose ! Ils n'avaient l'air de rien, mais moi je savais qu'ils étaient prêts à s'entre-tuer.

« – Elle est enceinte, vous savez ? ai-je dit. Les médecins vous l'ont annoncé ?

« – Elle aurait dû s'en débarrasser, a dit Carl.

« J'ai cru que Cortland allait mourir sur place. Et moi j'étais si choquée que je ne savais pas quoi dire. Je hais Carlotta. Je me fiche pas mal que cela se sache. Je la hais profondément. Je l'ai détestée toute ma vie. Penser qu'elle puisse être seule avec Antha me donne des cauchemars. Alors j'ai dit à Cortland, devant Carlotta : « Antha a besoin qu'on s'occupe d'elle. C'est une femme, maintenant. C'est à elle de dire où elle veut aller. Si elle veut rester à New York, elle peut venir chez moi. Ou chez Ollie. »

« Carlotta est allée parler aux médecins. Et, comme d'habitude, elle a obtenu ce qu'elle voulait. Elle s'est arrangée pour qu'Antha soit officiellement transférée dans un hôpital psychiatrique de La Nouvelle-Orléans. Elle faisait comme si Cortland n'était pas là. Alors, je suis allée téléphoner à tous les Mayfair de La Nouvelle-Orléans. Tous. Même la jeune Béatrice Mayfair, d'Esplanade Avenue, la petite-fille de Rémy. Je leur ai tous dit qu'Antha était malade, enceinte et qu'elle avait besoin d'affection.

« Puis il s'est produit un incident très triste. A la gare, Antha m'a fait signe de m'approcher d'elle et elle m'a murmuré à l'oreille : « Gardez mes affaires, tante Mandy. Sinon elle va tout jeter. » Quand je pense que j'avais déjà tout fait expédier à First Street! J'ai appelé mon fils Sheffield pour lui raconter et lui ai demandé de faire le maximum pour Antha quand elle serait rentrée.

Antha retourna en Louisiane en train avec son oncle et sa tante et fut immédiatement admise à l'asile Sainte Anne, où elle resta six semaines. Ses nombreux visiteurs rapportèrent qu'elle était pâle et parfois incohérente mais qu'elle avait l'air de se remettre.

A New York, Allan Carver arrangea une autre rencontre fortuite avec Amanda Grady Mayfair.

– Comment va la petite nièce?

– Oh, c'est un véritable drame! Vous n'imaginez pas. Savez-vous que la tante a dit aux médecins de l'asile de faire avorter Antha sous prétexte qu'elle était malade mentale et qu'elle ne devait absolument pas avoir d'enfant? Avez-vous jamais entendu pire? Quand mon mari me l'a raconté, je lui ai dit que je ne lui pardonnerais jamais s'il laissait faire. Bien sûr, il m'a répondu que personne ne ferait de mal au bébé. Quand j'ai appelé Béatrice Mayfair pour tout lui raconter, Cortland était furieux. « C'est ça! Mets tout le monde sur le pied de guerre pendant que tu y es! » Et c'est exactement ce que je voulais faire. J'ai dit à Béa : « Va la voir et ne laisse personne t'en empêcher. »

Le Talamasca n'a jamais pu vérifier ce projet d'avortement. Mais les infirmières de Sainte Anne ont raconté à nos enquêteurs que des dizaines de Mayfair étaient venus voir Antha à l'asile.

« Ils ne se laissent pas abattre quand on leur dit non, écrivit Irwin Dandrich. Ils insistent pour la voir. Apparemment, tout va bien. Elle est folle de joie à l'idée d'avoir un bébé et tout le monde la couvre de cadeaux. Sa jeune cousine Béatrice lui a apporté de la layette en dentelle ancienne qui a appartenu à une certaine grand-tante Suzette. Bien sûr, personne n'ignore ici qu'Antha n'a jamais été mariée avec le peintre de New York. Mais qu'est-ce que ça peut faire ? C'est une Mayfair et, quoi qu'il arrive, elle restera Mayfair. »

Les cousins se montrèrent tout aussi pressants quand Antha quitta Sainte Anne et retourna à First Street pour sa convalescence. Elle s'installa dans l'ancienne chambre de Stella, au nord de la maison. Elle avait des infirmières vingt-quatre heures sur vingt-quatre et nous n'eûmes aucun mal à obtenir d'elles des informations.

Cortland passait tous les soirs après son travail.

– La maîtresse de maison ne voulait pas de lui, je crois, dit l'une des infirmières. Mais il venait systématiquement. Ainsi qu'un jeune homme qui s'appelait Sheffield, il me semble. Tous les soirs, ils s'asseyaient près de la patiente et discutaient avec elle un petit moment.

– Je ne vois aucun trouble mental chez elle, dira une autre. La tante nous emmène dans le couloir et nous pose des questions vraiment curieuses. Elle prétend que la patiente est malade mentale et qu'elle peut faire du mal à quelqu'un. Mais les médecins ne nous ont rien dit à ce sujet. Elle est calme et mélancolique. Elle fait bien plus jeune qu'elle ne l'est en réalité. Mais elle n'a rien d'une malade mentale dangereuse.

Deirdre Mayfair naquit le 4 octobre 1941 à l'ancien hôpital de la Pitié, sur les bords du fleuve, qui fut détruit plus tard. A l'évidence, l'accouchement ne présenta aucune difficulté particulière et Antha reçut une dose massive d'anesthésique, comme c'était la pratique en ce temps-là. Aux heures de visite, les Mayfair envahissaient les couloirs. La chambre d'Antha étaient remplie de fleurs et le bébé était une magnifique petite fille en pleine santé.

Mais le flot d'informations fourni par Amanda Grady Mayfair s'interrompit brusquement deux semaines après le retour d'Antha chez elle. Les visiteurs étaient éconduits par la servante noire, tante Easter, ou par Nancy, qui avait démissionné de son travail pour s'occuper du bébé.

Lorsque Béatrice téléphona à propos du baptême, on lui répondit qu'il avait déjà eu lieu à Saint Alphonse. Hors d'elle, elle appela Amanda à New York, ce qui eut pour résultat qu'une vingtaine de cousins forcèrent littéralement la porte de la maison de First Street un dimanche après-midi.

– Antha était ravie de les voir, dit Amanda à Allan Carver. Elle était folle de joie. Elle ignorait totalement que des gens avaient téléphoné ou étaient passés pour la voir. Personne ne l'avait prévenue. C'était Carlotta qui avait tout manigancé et elle en était très blessée. Tout le monde changea immédiatement de sujet de conversation. Mais Béatrice était furieuse contre Nancy. Pauvre Nancy ! Elle ne faisait qu'obéir aux ordres de Carlotta.

Le 30 octobre de cette année-là, Antha devint officiellement la bénéficiaire de l'héritage Mayfair. Elle signa une procuration désignant Cortland et Sheffield comme ses représentants légaux pour toutes les questions d'argent. Et elle demanda qu'on mette immédiatement des fonds à sa disposition pour remettre la maison en état. On dit qu'elle fut très étonnée de découvrir que l'endroit lui appartenait. Elle n'en avait jamais eu la moindre idée.

Sheffield raconta plus tard à sa mère qu'Antha avait été délibérément trompée concernant l'héritage. Quand on lui expliqua tout, Antha se montra blessée et même un peu choquée. C'était la faute de Carlotta. Mais elle estimait que Carlotta avait dû vouloir la préserver.

Antha et ses invités partirent déjeuner chez Galatoire. Elle était inquiète à l'idée de laisser le bébé mais, malgré cela, elle passa un bon moment là-bas. En partant, Sheffield l'entendit poser une question à son père :

– Ce qui revient à dire qu'elle n'aurait pas eu le droit de me mettre dehors ?

– C'est ta maison, ma chérie, répondit Cortland. Elle a la permission d'y vivre mais cela dépend entièrement de toi.

Antha prit un air très triste.

– Elle n'arrêtait pas de me menacer de me jeter à la rue si je ne faisais pas ce qu'elle voulait.

Quelques jours plus tard, Antha et le bébé allèrent déjeuner avec Béatrice Mayfair dans un autre restaurant en vogue du quartier français. Une nurse les accompagnait pour promener le bébé dans un magnifique landau blanc pendant le déjeuner. Béatrice raconta par la suite à Amanda qu'Antha était devenue une jeune femme et qu'elle écrivait à nouveau. Elle travaillait sur un roman et avait l'intention de rénover entièrement la maison de First Street. Surtout la piscine. Elle parla un peu de sa mère et du plaisir qu'elle avait à donner de grandes fêtes. Elle semblait pleine de vie.

A la mi-novembre, Antha écrivit une petite lettre à Amanda pour la remercier de l'avoir aidée à New York et de lui faire suivre son courrier de Greenwich Village. Elle était en train d'écrire des nouvelles et avait repris son roman.

Lorsque M. Bordreaux, le facteur, passa pour sa tournée du matin, le 10 décembre à 9 heures, Antha l'attendait à la grille. Elle avait plusieurs grandes enveloppes à envoyer à New York mais ne voulait pas laisser le bébé seul pour se rendre à la poste. Elle lui demanda s'il pouvait prendre ses plis et lui paya l'affranchissement.

– Elle était tout excitée, dira-t-il. Elle allait devenir écrivain. Quelle fille adorable ! Je n'oublierai jamais. J'ai fait quelques remarques sur le bombardement de Pearl Harbor et lui ai dit que mon fils s'était engagé la veille. Eh bien, figurez-vous qu'elle n'était même pas au courant pour le bombardement et pour notre entrée en guerre. On aurait dit qu'elle vivait dans un rêve.

La « fille adorable » mourut l'après-midi même. Lorsque le facteur revint pour sa tournée de l'après-midi, à 3 h 30, la pluie tombait en trombe sur Garden District et une foule de gens était rassemblée dans le jardin des

Mayfair. Un corbillard était arrêté en plein milieu de la rue. Le vent soufflait très fort mais M. Bordreaux ne se pressa pas de partir.

– Mlle Belle sanglotait sous le porche. Et Mlle Millie voulait m'expliquer ce qui se passait mais elle n'arrivait à prononcer un seul mot. Et puis Mlle Nancy m'a crié : « Allez-vous-en, monsieur Bordreaux ! Nous sommes en deuil. Éloignez-vous de cette pluie ! »

M. Bordreaux traversa la rue et s'abrita sous le porche d'une maison voisine. Le maître des lieux lui raconta qu'Antha Mayfair était morte. Elle était tombée du troisième étage.

Nous ne saurons probablement jamais ce qui s'est passé cet après-midi du 10 décembre 1941. M. Bordreaux fut le dernier « étranger » à voir Antha et à lui parler. La nurse de l'enfant, une vieille femme du nom d'Alice Flanagan, s'était fait porter malade ce jour-là.

Selon le rapport de police et les informations qui ont pu filtrer de la famille Lonigan et des prêtres de la paroisse, Antha aurait sauté ou serait tombée par la fenêtre de l'ancienne chambre de Julien peu avant 3 heures.

La version de Carlotta est la suivante.

Elles s'étaient disputées à propos du bébé parce que Antha avait tellement décliné qu'elle ne pensait même pas à nourrir sa fille.

– Elle n'était pas prête à être mère, dit-elle au policier. Elle passait des heures à taper à la machine et Nancy et les autres devaient tambouriner à sa porte pour lui dire que Deirdre pleurait dans son berceau parce qu'elle avait faim.

Antha serait devenue « hystérique » en entendant cela. Elle aurait grimpé l'escalier quatre à quatre pour se réfugier dans la chambre mansardée de Julien, en criant qu'on la laisse tranquille. Carlotta, craignant qu'Antha ne se blesse – ce qui lui arrivait souvent, d'après elle –, aurait couru derrière elle jusque dans la chambre. Elle aurait découvert qu'Antha avait essayé de s'arracher les yeux et était en sang. Quand Carlotta avait essayé de la maîtriser, Antha se serait débattue et serait tombée à la renverse par la fenêtre, sur le toit du porche en fer forgé. Elle aurait rampé jusqu'au bord puis aurait perdu l'équilibre ou sauté intentionnellement. Elle serait morte sur le coup en se cognant la tête sur les pavés, trois étages plus bas.

Cortland fut effondré lorsqu'il apprit le décès de sa nièce et se rendit immédiatement à First Street. Au téléphone, il dira plus tard à Amanda que Carlotta était dans tous ses états. Le prêtre était avec elle, un certain père Kevin. Carlotta ne cessait de dire que personne à part elle n'avait compris à quel point Antha était fragile. « J'ai voulu l'arrêter, répétait-elle. Mais qu'est-ce que je pouvais faire d'autre ? » Millie et Belle étaient trop bouleversées pour parler. Nancy, elle, avait des choses franchement désagréables à dire. Elle prétendait que toute sa vie Antha avait été gâtée et protégée et qu'elle avait la tête pleine de rêves stupides.

Lorsque Alice Flanagan, la nurse, fut contactée par Cortland, elle parut effrayée. Elle était âgée et presque aveugle. Elle dit qu'elle n'avait jamais constaté qu'Antha s'automutilait, ni qu'elle était hystérique. La nurse prenait ses ordres de Mlle Carlotta, qui avait toujours été bonne pour sa famille. Elle ne voulait pas perdre son emploi. « Je veux juste m'occuper de cet adorable bébé, dit-elle à la police. Elle a besoin de moi, maintenant. »

Elle s'en occupa jusqu'aux cinq ans de la fillette.

Aucune véritable enquête ne suivit la mort d'Antha et il n'y eut pas d'autopsie. Après avoir examiné son corps, l'entrepreneur des pompes funèbres eut quelques soupçons et conclut qu'Antha ne s'était pas fait elle-même ses blessures au visage. Il prit contact avec le médecin de famille qui lui conseilla de se taire. Antha était aliénée, tel fut le verdict officiel. Elle avait été instable toute sa vie, fait des séjours à Bellevue et à Sainte Anne et avait toujours dépendu de tiers.

Depuis la mort de Stella, personne n'avait vu l'émeraude Mayfair sur Antha et elle n'apparaissait sur aucun des portraits d'Antha peints par Sean. Personne n'en avait jamais entendu parler à New York. Mais quand elle mourut, Antha portait l'émeraude à son cou.

La question qui se pose coule de source : pourquoi la portait-elle à son dernier jour? L'émeraude avait-elle précipité sa fin? Et si les blessures sur le visage d'Antha n'étaient pas de l'automutilation, étaient-elles le fait de Carlotta? Dans ce cas, pourquoi?

Quoi qu'il en soit, une fois de plus la maison de First Street s'entoura de secret et les projets de rénovation d'Antha ne furent jamais réalisés. Après de violentes querelles dans les bureaux de Mayfair & Mayfair, Cortland alla jusqu'à déposer une requête devant le tribunal pour obtenir la garde de Deirdre. Le petit-fils de Clay Mayfair, Alexander, se manifesta. Sa femme, Eileen, et lui possédaient une jolie demeure à Metairie et proposaient d'adopter l'enfant, ou simplement de la prendre en charge, selon ce qui agréerait à Carlotta.

Carlotta se contenta de rire au visage de ces « bons samaritains », comme elle les appelait. Elle dit au juge, et à tous ceux qui lui posèrent la question, qu'Antha avait souffert d'une grave maladie mentale et qu'elle avait peut-être transmis cette tare à sa fille. Elle n'avait aucune intention de laisser quelqu'un emmener Deirdre loin de sa maison maternelle, ou de la charmante Mlle Flanigan, ou de sa chère Belle, ou de sa Millie bien-aimée qui adoraient toutes l'enfant et avaient tout leur temps à lui consacrer.

Cortland refusant de céder, Carlotta le menaça sans équivoque. Sa femme l'avait quittée, n'est-ce pas? Avait-il envie que la famille sache, après tant d'années, quelle sorte d'homme il était en réalité?

Le juge trancha. A ses yeux, Carlotta était une femme à la vertu sans taches et au jugement excellent. Pourquoi la famille n'acceptait-elle pas cet état de fait? Si tous les orphelins avaient des tantes comme Millie, Belle et Carlotta, le monde serait meilleur.

L'administration de l'héritage fut laissée entre les mains de Mayfair & Mayfair et l'enfant aux bons soins de Carlotta. L'affaire était réglée.

Une seule autre personne tenta de remettre en question l'autorité de Carlotta. C'était en 1945.

Cornell Mayfair, un parent de New York, venait de terminer son internat de médecine au Massachusetts General Hospital. Il se destinait à la psychiatrie. Il avait appris de sa cousine par alliance, Amanda Grady Mayfair, mais aussi de Louisa Ann Mayfair, l'aînée des petites-filles de Garland (avec laquelle il avait eu une liaison), des « histoires incroyables » sur la maison de First Street. Qu'est-ce que c'était que cette histoire de « démence congénitale »? Cornell était très intéressé. Toujours épris de Louisa Ann, qui avait préféré retourner à La Nouvelle-Orléans plutôt que de l'épouser et vivre au Massachusetts, il ne comprenait pas l'attachement de la jeune femme à sa ville natale. Il décida donc de visiter La Nouvelle-Orléans et de rencontrer sa famille de First Street.

Le 11 février, il arriva en ville et obtint de Carlotta la permission de lui rendre visite.

Il resta environ deux heures dans la maison, dont une partie seul avec la petite Deirdre, âgée de quatre ans.

– Je ne peux pas vous dire ce que j'ai découvert, dira-t-il à Amanda au téléphone, mais cette enfant ne doit pas rester dans un tel environnement. Et, pour être franc, je ne veux pas que Louisa Ann soit mêlée à ça. Je vous raconterai tout dès mon retour à New York.

Amanda insista pour qu'il appelle Cortland afin de lui dire son inquiétude et Cornell reconnut que Louisa Ann lui avait fait la même suggestion.

– Je m'en occuperai un peu plus tard, répondit-il. J'en ai plus qu'assez de Carlotta et ça ne me dit rien de rencontrer un autre membre de la famille aujourd'hui.

Persuadée que Cortland pourrait faire quelque chose, Amanda l'appela pour tout lui raconter. Il fut reconnaissant de l'intérêt du médecin pour l'enfant. Il rappela Amanda plus tard pour lui annoncer qu'il dînait avec lui. Ce cousin lui paraissait sympathique et il était impatient d'entendre ce qu'il avait à dire.

Cornell ne se présenta pas au rendez-vous et Cortland l'attendit pendant une heure avant de l'appeler à sa chambre d'hôtel. Aucune réponse. Le lendemain matin, la femme de chambre de l'hôtel trouva le corps de Cornell. Il était étendu tout habillé sur son lit, les yeux à demi ouverts. Il y avait un verre de bourbon à moitié vide sur sa table de chevet. La cause de la mort n'était pas visible.

L'autopsie révéla qu'il avait absorbé une petite quantité d'un narcotique puissant. On conclut à une overdose accidentelle et l'enquête fut close. Amanda Grady Mayfair se reprocha d'avoir poussé le jeune médecin à se rendre à La Nouvelle-Orléans. Louisa Ann ne se remit jamais de son décès et est toujours célibataire aujourd'hui. Un Cortland défait ramena le cercueil à New York.

Cornell fut-il une nouvelle victime des sorcières Mayfair? Une fois de plus, nous devons avouer que nous l'ignorons. Un détail, toutefois, nous indique que Cornell n'a pas succombé à un mélange de narcotique et d'alcool. Le médecin légiste qui l'examina avant que son corps ne fût emmené de l'hôtel avait remarqué la rupture des vaisseaux capillaires de ses yeux et nous savons que c'est un symptôme d'asphyxie. Il est possible que quelqu'un ait versé la drogue dans le verre de Cornell avant de l'étouffer avec un oreiller.

Lorsque le Talamasca eut la possibilité de mener sa propre enquête, toutes les pistes étaient brouillées. Personne à l'hôtel ne fut capable de se rappeler si Cornell Mayfair avait eu des visiteurs cet après-midi-là. Avait-il commandé son bourbon au service d'étage? Personne ne leur avait jamais posé ces questions. Des empreintes digitales? Elles n'avaient pas été relevées. Après tout, il ne s'agissait pas d'un meurtre...

Mais il est temps de revenir à Deirdre, l'actuelle héritière, orpheline à l'âge de deux mois et élevée par ses vieilles tantes.

Deirdre Mayfair

La maison de First Street continua à se délabrer. La piscine était devenue une mare à l'odeur fétide, envahie de lentilles d'eau et de glaïeuls, et sa fontaine ne déversait plus qu'une eau verdâtre. Les volets de la chambre de maître, au nord de la maison, furent à nouveau cloués. La peinture gris-violet des murs n'en finissait pas de s'écailler.

La vieille Mlle Flanagan, presque complètement aveugle sa dernière année, s'occupa de Deirdre jusqu'à son cinquième anniversaire. De temps en temps, elle promenait l'enfant dans le quartier, dans une poussette, mais elle ne traversait jamais la rue.

A cette époque, Cortland était devenu le portrait de son père, Julien. Des photos de la fin des années 50 montrent un homme de grande taille, mince, aux cheveux noirs et aux tempes grisonnantes. Son visage très ridé ressemblait étonnamment à celui de son père, hormis le fait que ses yeux étaient bien plus grands, comme ceux de Stella. Mais il avait l'expression agréable de Julien et souvent son sourire aimable.

Au dire de tous, la famille aimait Cortland et ses employés lui vouaient une véritable adoration. Alors qu'elle l'avait quitté depuis des années, Amanda semblait l'aimer encore, du moins est-ce ce qu'elle dit à Allan Carver l'année où elle mourut. Amanda se plaignait de ce que ses fils n'aient jamais compris pourquoi elle avait quitté leur père et, de toute façon, elle n'avait pas l'intention de le leur dire.

Comment était Deirdre à cette époque? Nous savons seulement qu'elle était une jolie petite fille et que ses cheveux noirs étaient fins et ondulés, comme ceux de Stella. Ses yeux bleus étaient grands et sombres.

La maison de First Street était donc à nouveau fermée au monde extérieur et une génération entière de passants avait fini par s'habituer à sa façade sévère et négligée. Aucun ouvrier ne pouvait y travailler et seul le vieux jardinier et son fils étaient heureux de venir tondre l'herbe.

A mesure que les paroissiens mouraient, certaines légendes concernant les Mayfair disparurent avec eux. Bientôt, plus personne ne fut capable de parler de Julien, de Katherine, de Rémy ou de Suzette.

Le fils de Julien, Barclay, mourut en 1949, et son frère Garland en 1951. Le fils de Cortland, Grady, mourut la même année que Garland après une chute de cheval dans Audubon Park. Sa mère, Amanda, mourut peu après, comme si le décès de son cher Grady avait été plus qu'elle ne pouvait en supporter. Des deux fils de Pierce, seul Ryan « connaissait l'histoire de la famille » et régalait les plus jeunes de légendes étranges.

Irwin Dandrich mourut à son tour en 1952 mais son rôle avait déjà été repris par un autre « enquêteur mondain », Juliette Milton, qui recueillit un grand nombre de récits auprès de Béatrice Mayfair, entre autres, avec qui elle déjeunait régulièrement et qui ne semblait pas gênée par le fait que Juliette était une bavarde invétérée. Tout comme Dandrich, Juliette n'avait pas des manières insidieuses. Toutefois, elle aimait le mélodrame et écrivait des lettres incroyablement longues à nos juristes de Londres qui lui versaient chaque année des fortunes.

Comme Dandrich, elle ne savait pas à qui allaient ses informations et, si elle se posait la question au moins une fois par an, elle ne cherchait pas à y répondre.

Durant son enfance, en tout cas, Deirdre suivit les traces de sa mère en se faisant renvoyer d'une école après l'autre à cause de ses « drôles de manières ».

Une fois encore, sœur Bridget Marie, alors âgée de plus de soixante ans, vit l'« ami invisible » en action dans la cour de l'école Saint Alphonse. Le Sacré-Cœur, les Ursulines, Saint Joseph, personne ne voulut garder l'enfant. Et, pendant des mois, elle restait à la maison. Des voisins la voyaient souvent courir dans le jardin ou grimper sur le gros chêne derrière la maison.

Il n'y avait plus vraiment de domestiques à First Street. La fille de tante Easter, Irène, s'occupait de la cuisine et du ménage. Tous les matins, elle lavait les pavés et à 3 heures on pouvait la voir rincer sa serpillière sous le robinet du jardin de derrière.

Nancy Mayfair tenait la maison, à sa manière brusque et agressive, comme en témoignèrent les livreurs et les prêtres.

Millie et Belle, deux vieilles dames pittoresques sinon belles, soignaient les rares rosiers sauvés de la jungle qui envahissait toute la propriété, de la grille de devant jusqu'au mur du fond.

Toute la famille assistait le dimanche à la messe de 9 heures, à la chapelle. La petite Deirdre portait une robe de marin et un chapeau de paille orné de rubans, Carlotta son tailleur de travail foncé avec une blouse à cravate et les vieilles dames, Millie et Belle, des robes en gabardine bordées de dentelle, des chaussures de corde noires et des gants foncés.

Mlle Millie et Mlle Belle allaient souvent faire les courses ensemble le lundi. Elles prenaient un taxi jusque chez Gus Mayer ou Godchaux, les plus belles boutiques de La Nouvelle-Orléans, où elles achetaient leurs robes gris perle, leurs chapeaux à voilette et autres atours élégants. Elles seules représentaient la famille de First Street aux enterrements, aux baptêmes, et même, de temps à autre, à un mariage. Mais elles n'allaient que rarement à la réception qui suivait la cérémonie.

Millie et Belle assistaient aussi aux obsèques des paroissiens et participaient à la veillée. Le mardi soir, elles allaient à la messe à la chapelle et parfois, l'été, elles y emmenaient la petite Deirdre et lui donnaient des petits morceaux de chocolat pour qu'elle soit sage.

Ces deux vieilles dames étaient très respectées par la communauté de Garden District, surtout par les gens qui ignoraient les tragédies et les secrets de leur famille. En outre, leur maison n'était pas la seule à se délabrer derrière une grille rongée par la rouille.

Nancy Mayfair, en revanche, semblait ne pas être née dans le même monde. Elle était toujours mal fagotée, ses cheveux étaient sales et mal peignés. Personne ne douta jamais qu'elle était la sœur de Stella, ce qui était faux. Elle commença à porter des chaussures de corde noires dès l'âge de trente ans. Pour payer les livreurs, elle sortait en bougonnant de l'argent d'un vieux porte-monnaie élimé. Ou alors elle criait de la galerie d'en haut pour dire au mendiant attendant à la porte de s'en aller.

Ce fut donc avec ces femmes que la petite Deirdre passait son temps quand elle n'essayait pas désespérément d'attirer l'attention sur elle dans une salle de classe. Les paroissiens la comparaient de plus en plus à sa mère. Mais ceux qui la connaissaient mieux détectèrent très tôt certaines différences entre la mère et la fille.

Si Antha avait toujours été docile et de nature craintive, il y eut dès le début chez Deirdre une certaine rébellion et, indubitablement, de la sensualité. Des voisins la voyaient souvent courir « comme un garçon manqué » dans le jardin. A cinq ans, elle grimpait jusqu'en haut du chêne. Parfois elle se cachait dans les buissons longeant la grille et surgissait pour effrayer les passants.

A neuf ans, elle fit sa première fugue. Carlotta appela Cortland à la rescousse. Finalement, une Deirdre frigorifiée et tremblante se présenta à l'orphelinat Sainte Elizabeth de Napoleon Avenue en disant qu'elle était « maudite » et « habitée par le diable » et qu'il fallait appeler un prêtre. Cortland et Carlotta la ramenèrent à la maison.

« Elle a une imagination débordante », dit Carlotta. Cette phrase devint une rengaine.

Un an plus tard, la police trouva Deirdre en train d'errer sous la pluie le long de Bayou Saint John. Elle grelottait et pleurait en disant qu'elle avait peur de rentrer chez elle. Pendant deux heures elle raconta des mensonges aux policiers : elle était une gitane arrivée en ville avec un cirque, sa mère avait été tuée par le dompteur, elle avait tenté de « se suicider avec un poison rare » mais avait été emmenée dans un hôpital en Europe où l'on avait changé tout son sang.

– Il y avait quelque chose de pathétique chez cette enfant, dira plus tard le policier. Elle avait l'air très sérieux et son regard avait une expression de désolation. Elle n'a même pas levé les yeux quand son oncle et sa tante sont venus la chercher. Elle prétendait ne pas les connaître. Ensuite, elle a dit qu'ils la gardaient enchaînée dans une chambre.

A dix ans, Deirdre fut envoyée en Irlande dans une pension recommandée par un prêtre d'origine irlandaise de la cathédrale Saint Patrick. On disait que c'était une idée de Cortland. Mais les sœurs du comté de Cork renvoyèrent Deirdre chez elle au bout d'un mois à peine.

Pendant deux ans, la fillette étudia avec une préceptrice du nom de Mlle Lampton, une amie de Carlotta du temps du Sacré-Cœur. Mlle Lampton raconta à Béatrice Mayfair que Deirdre était une charmante petite fille très brillante. « Elle a trop d'imagination, c'est là son problème. Et elle passe trop de temps seule. » Quand Mlle Lampton partit dans le Nord pour épouser un veuf qu'elle avait rencontré en vacances, Deirdre pleura pendant des jours.

Ces années eurent leur lot de disputes. Les gens entendaient des cris et voyaient souvent Deirdre s'enfuir de la maison en pleurant. Ou alors elle grimpait dans le chêne jusqu'à ce qu'elle soit hors de portée d'Irène ou de Mlle Lampton. Parfois elle y restait jusqu'à la tombée de la nuit.

Une transformation vint avec l'adolescence. Elle devint introvertie et secrète et n'avait plus rien d'un garçon manqué. A treize ans, elle était bien plus voluptueuse qu'Antha à l'âge adulte. Elle portait ses cheveux noirs ondulés avec une raie au milieu et retenus par un ruban couleur lavande. Ses grands yeux bleus avaient toujours une lueur de méfiance et d'amertume. En fait, elle avait l'air brisée, disaient les paroissiennes qui l'apercevaient à la messe.

– C'était déjà une belle femme, dira l'une d'elles. Et ces vieilles dames ne le savaient pas. Elles l'habillaient comme si elle était une gamine.

L'été précédant son quartorzième anniversaire, Deirdre fut admise en urgence au nouvel hôpital de la Pitié. Elle avait tenté de s'ouvrir les veines. Béatrice lui rendit visite.

– Cette fille a des dispositions qu'Antha n'avait pas, raconta-t-elle à Juliette Milton. Mais elle a besoin d'avis féminins sur certaines choses. Elle voulait que je lui achète des cosmétiques. De toute sa vie, elle n'était allée qu'une fois dans un magasin.

Béatrice lui apporta les cosmétiques à l'hôpital mais on lui dit que Carlotta avait interdit les visites. Lorsque Béatrice appela Cortland, il lui avoua ignorer pourquoi Deirdre avait tenté de se suicider. « Elle avait peut-être simplement envie de sortir de cette maison. »

La même semaine, Cortland prit des dispositions pour que Deirdre aille en Californie. Elle prit l'avion pour Los Angeles, où elle s'installa chez la fille de Garland, Andrea Mayfair, qui avait épousé un médecin de l'hôpital des Cèdres du Liban. Mais Deirdre fut de retour au bout de deux semaines.

Les Mayfair de Los Angeles ne dirent à personne ce qui s'était passé mais leur fils unique, Elton, raconta des années plus tard à nos enquêteurs que la pauvre cousine de La Nouvelle-Orléans était complètement folle. Elle se croyait maudite et avait parlé de suicide, ce qui avait horrifié ses parents qui l'avaient emmenée chez des médecins. Ceux-ci avaient décrété qu'elle ne serait jamais normale.

– Mes parents voulaient l'aider, surtout ma mère. Mais nous étions partagés. Ce qui a mis le feu aux poudres, c'est quand mes parents l'ont vue une nuit dans la cour avec un homme. Elle n'a jamais voulu le reconnaître. Elle n'a pas cessé de nier. Alors ils ont eu peur qu'il se passe quelque chose. Elle avait treize ans et elle était vraiment mignonne. Ils l'ont renvoyée chez elle.

Ce fut à cause du même mystérieux compagnon que Deirdre fut renvoyée de la pension de Sainte Rose de Lima, à l'âge de seize ans. Elle venait d'y passer un semestre complet et l'incident se produisit au milieu du trimestre du printemps. Tout le monde disait qu'elle était très heureuse à Sainte Ro' et qu'elle avait dit à Cortland ne jamais vouloir retourner à la maison. Elle adorait les balançoires de la cour de derrière et, le soir, elle allait y chanter des chansons avec une autre pensionnaire, Rita Mae Dwyer (plus tard Lonigan), qui se souvient d'elle comme d'une personnalité rare et spéciale, élégante et innocente, romantique et douce.

En 1988, Rita Mae nous fournit un certain nombre de détails sur le renvoi de Deirdre.

Elle rencontrait son « mystérieux ami » dans le jardin des religieuses, au clair de la lune. Ils parlaient à voix basse mais Rita Mae les avaient entendus.

– Il l'appelait « ma bien-aimée ». Je n'avais jamais rien entendu d'aussi romantique, à part dans les films.

Sans défense et sanglotante, Deirdre ne dit pas un mot lorsque les sœurs l'accusèrent d'« introduire un homme dans l'enceinte de l'école ». Elles les avaient épiés de derrière les fenêtres de la cuisine du couvent. « Ce n'était pas un garçon, dira l'une des religieuses, hors d'elle, devant toutes les pensionnaires rassemblées. C'était un homme ! Un homme adulte ! »

La condamnation de la jeune fille, qui figure dans son dossier scolaire, est sans appel : « C'est une enfant fourbe. Elle a laissé un homme la toucher de façon indécente. Son innocence n'est qu'une façade. »

Aucun doute n'est possible : l'homme mystérieux était Lasher. Les religieuses et, plus tard, Mme Lonigan le décrivent comme ayant des cheveux bruns, des yeux marron et de magnifiques vêtements démodés.

Mais l'élément notable de cette histoire est que Rita Mae aurait entendu Lasher parler. Par ailleurs, elle nous a dit que Deirdre avait l'émeraude Mayfair à la pension et qu'elle la lui avait montrée, ainsi que le mot gravé au verso : « Lasher ». Si l'histoire de Rita Mae est véridique, Deirdre ne savait pas grand-chose de sa mère ni de sa grand-mère. Elle savait que l'émeraude lui venait de ces femmes mais ignorait comment elles étaient mortes.

En 1956, tout le monde savait dans la famille que Deirdre était effondrée lorsqu'elle fut expulsée de Sainte Rose de Lima. Elle dut faire un séjour de six semaines à Sainte Anne. Nous n'avons pas pu mettre la main sur son dossier médical mais des infirmières ont rapporté qu'elle avait demandé un électrochoc et qu'elle en avait obtenu deux. Elle avait presque dix-sept ans.

D'après ce que nous savons des pratiques médicales de l'époque, nous pouvons avancer que les électrochocs étaient bien plus forts qu'aujourd'hui, pour ne pas dire dangereux, et qu'ils provoquaient des pertes de mémoire pouvant durer des heures, voire des jours.

Carlotta ramena Deirdre à la maison et la jeune fille s'y languit pendant un mois. Selon des témoignages, on la voyait souvent dans le jardin en compagnie d'une silhouette sombre. Un livreur de Solari, l'épicier, eut « une peur bleue » en quittant les lieux lorsqu'il vit « cette fille aux yeux bizarres et cet homme » au milieu du massif de bambous près de la piscine.

Certains de ces témoignages parvinrent aux oreilles de Béatrice. « Je me demande si elle est surveillée. Elle est si... bien développée physiquement », dit-elle à Juliette. Juliette l'accompagna un jour à First Street.

– La jeune fille errait dans le jardin. Béatrice s'approcha de la grille et l'appela. Pendant quelques minutes, Deirdre sembla ignorer qui était Béa. Puis elle est allée chercher la clé de la grille. Bien sûr, c'est Béa qui a parlé tout le temps. Mais la jeune fille est d'une grande beauté. Surtout à cause de son côté étrange. Elle paraît à la fois très méfiante et pourtant s'intéresser à beaucoup de choses. Elle a eu un coup de foudre pour le camée que je portais. Je le lui ai offert et elle était heureuse comme un enfant. Je dois ajouter qu'elle était pieds nus et portait une robe en coton vraiment sale.

A l'approche de l'automne, nous reçumes quantité de rapports indiquant des querelles et des cris dans la maison. Les voisins allèrent jusqu'à appeler la police à deux reprises. J'ai pu me procurer le récit complet du premier de ces incidents. C'était en septembre.

– Je n'aime pas aller là-bas, me dit le policier. Vous savez, ennuyer les familles de Garden District n'est pas mon occupation préférée. Et Carlotta Mayfair, celle qu'on appelle Mlle Carl et qui travaille pour le juge, nous a mal reçus.

« – Qui vous a appelés? Qu'est-ce que vous voulez? Qui êtes-vous? Montrez-moi vos papiers! Je vais en parler au juge Byrnes si vous revenez.

« Finalement, mon collègue lui a dit que des gens avaient entendu la jeune fille crier et que nous voulions lui parler pour nous assurer qu'elle allait bien. J'ai cru que Mlle Carl allait le tuer sur place. Mais elle est allée chercher la jeune Deirdre, celle dont tout le monde parle. Elle pleurait et tremblait de tous ses membres. Elle a dit à mon collègue, C.J. : « Dites-lui de me rendre les affaires de ma mère. Elle a pris les affaires de ma mère. »

« Mlle Carl a dit qu'elle en avait assez de cette « intrusion », qu'il s'agissait d'un problème de famille et que la police n'avait pas à s'en mêler. Si nous ne partions pas, elle allait appeler le juge Byrnes. Alors, Deirdre est sortie en courant de la maison et s'est précipitée vers la voiture de patrouille. « Emmenez-moi! » criait-elle.

« Alors Mlle Carl a eu une drôle de réaction. En regardant la jeune fille près de notre voiture, elle s'est mise à pleurer. Elle essayait de le cacher. Elle a pris son mouchoir et y a enfoui son visage. De toute évidence, elle ne savait plus à quel saint se vouer.

« C.J. a dit : « Mademoiselle Carl, que pouvons-nous faire pour vous ? » Elle est passée près de lui, a parcouru l'allée et a posé sa main sur la jeune fille en disant : « Deirdre, tu veux retourner à l'asile ? S'il te plaît, Deirdre. S'il te plaît. » Et elle a fondu en larmes. Elle n'arrivait plus à parler. Alors la jeune fille l'a regardée de ses grands yeux étranges et s'est mise aussi à sangloter. Mlle Carl a passé son bras autour des épaules de Deirdre et l'a ramenée dans la maison.

– Êtes-vous certain que c'était Carl ? demandai-je au policier.

– Oh oui ! tout le monde la connaît. Je n'oublierai jamais cette histoire. Le lendemain, elle a appelé le chef et elle a essayé de nous faire renvoyer, C.J. et moi.

Une autre patrouille répondit à l'appel d'un voisin une semaine plus tard. Nous savons seulement que Deirdre tentait de s'enfuir de la maison quand les policiers sont arrivés. Ils ont réussi à la persuader de s'asseoir sur les marches du perron et d'attendre l'arrivée de son oncle Cortland.

Deirdre fit une fugue le lendemain. Il y eut de nombreux coups de téléphone et Cortland arriva précipitamment à First Street. Mayfair & Mayfair appela la famille de New York pour qu'elle parte à la recherche de Deirdre, comme pour sa mère des années auparavant.

Amanda Grady Mayfair était décédée. La mère du docteur Cornell Mayfair, Rosalind, ne voulait rien avoir à faire avec la « clique de First Street », comme elle disait. Elle téléphona quand même aux autres cousins de New York. Puis la police appela Cortland à La Nouvelle-Orléans pour lui annoncer que Deirdre avait été retrouvée errant pieds nus et divaguant dans Greenwich Village. Il semblait qu'elle avait été violée. Cortland s'envola pour New York le soir même et ramena Deirdre le lendemain matin.

Une fois de plus, Deirdre fut internée à Sainte Anne. Une semaine plus tard, elle en sortit pour aller vivre dans la vieille maison de famille de Cortland à Metairie.

Carlotta était défaite et découragée. Elle avoua au juge Byrnes et à son épouse qu'elle avait échoué avec sa nièce et qu'elle craignait qu'elle ne soit « jamais normale ».

Quand Béatrice lui rendit visite un dimanche, elle la trouva assise seule dans le salon, les rideaux tirés. Pas un mot ne franchit ses lèvres.

– Je me suis rendu compte plus tard qu'elle fixait des yeux l'endroit même où l'on plaçait le cercueil autrefois, quand la veillée funèbre se déroulait à la maison. Elle se contentait de me dire « oui », « non » ou « hum » quand je lui posais des questions. Finalement, cette épouvantable Nancy est venue me proposer du thé glacé. Elle a eu l'air outrée quand j'ai accepté. Je lui ai dit que j'allais me servir moi-même mais elle a répondu que tante Carl ne l'entendrait pas ainsi.

Lorsque Béatrice eut son content de tristesse et d'impolitesse, elle s'en alla. Elle se rendit à Metairie pour faire une visite à Deirdre.

La maison était très chaleureuse, pleine de couleurs vives, avec des papiers peints très gais, un mobilier traditionnel et plein de livres. Une multitude de portes-fenêtres ouvraient sur le jardin, la piscine et la pelouse.

Toute la famille s'accordait à dire que c'était l'endroit idéal pour Deirdre. Cortland assura à Béatrice que Deirdre se reposait. Ses problèmes avaient été alimentés par la manie du secret et les erreurs de jugement qui caractérisaient Carlotta.

– Mais il ne me dira jamais ce qui se passe réellement, raconta-t-elle à Juliette. Il ne le fait jamais. Qu'entend-il par « secret » ?

Béatrice prit fréquemment des nouvelles auprès de la servante. Deirdre se portait très bien, elle avait pris des couleurs. Elle avait même reçu la visite d'un beau jeune homme. Ils étaient sortis se promener dans le jardin.

– Qui cela peut-il être ? demanda Béatrice à Juliette, pendant un déjeuner. J'espère que ce n'est pas ce vaurien qui lui a valu tant d'ennuis à Sainte Ro' !

« J'ai l'impression, écrivit Juliette à son contact de Londres, que la famille ne se rend pas compte que cette fille a un amant. On les voit tout le temps ensemble et tous les témoignages concordent ! »

Le fait marquant de cette histoire est que Juliette Milton n'avait jamais entendu de rumeurs de fantômes, de sorcières, de sorts ou d'autres manifestations surnaturelles à propos de la famille Mayfair. Béatrice et elle croyaient en toute bonne foi que l'homme mystérieux était un être en chair et en os.

Pendant ce temps, dans Irish Channel, les langues allaient bon train sur « Deirdre et l'homme ». Et par « homme » ils n'entendaient pas un être humain. La sœur âgée du père Lafferty était au courant pour « l'homme ». Elle essaya d'en parler à son frère mais il ne voulut pas l'écouter. Elle se confia à un vieil ami nommé Dave Collins et à notre enquêteur, qui l'accompagnait dans Constance Street quand elle revenait de la messe.

Mlle Rosie, qui travaillait à la sacristie, était au courant elle aussi. « D'abord Stella, puis Antha et maintenant Deirdre », dit-elle à son neveu, un étudiant de Loyola qui la prit pour une vieille femme superstitieuse.

Les choses en étaient là, l'été de 1958, lorsque je me préparai à me rendre à La Nouvelle-Orléans.

Elaine Barrett, l'un des membres les plus éminents du Talamasca, était décédée l'année précédente et l'ordre me considérait (de façon imméritée) comme son expert en matière de sorcières. Ceux que la mort de Stuart Townsend et d'Arthur Langtry avait tant effrayés et qui m'avaient interdit d'aller à La Nouvelle-Orléans étaient morts.

L'affaire de Deirdre Mayfair me passionnait. J'avais le sentiment que ses pouvoirs parapsychiques, en particulier sa capacité à voir et à communiquer avec des esprits, étaient en train de la rendre folle.

Vingt-trois

LE DOSSIER DES SORCIÈRES MAYFAIR
PARTIE IX

L'histoire de Deirdre Mayfair,
entièrement révisée en 1989

J'arrivai à La Nouvelle-Orléans en juillet 1958, où je descendis dans un petit hôtel du quartier français. Je rencontrai sans tarder nos meilleurs enquêteurs et consultai les archives publiques pour vérifier quelques points.

Au fil des années, j'avais obtenu les noms de plusieurs des proches de la famille Mayfair, que je tentai de contacter. Ma rencontre avec Richard Llewellyn, nous l'avons vu, fut couronnée de succès et m'occupa un certain temps.

Je m'arrangeai également pour « tomber par hasard » sur une jeune enseignante laïque de Sainte Rose de Lima qui avait connu Deirdre et m'expliqua plus ou moins les raisons de son renvoi. Malheureusement, cette jeune personne croyait que Deirdre avait eu une liaison avec « un homme âgé » et qu'elle était vile et fourbe. D'autres jeunes filles avaient vu l'émeraude Mayfair et la conclusion avait été que Deirdre l'avait volée à sa tante. Car, autrement, comment une enfant de cet âge pourrait-elle être en possession d'un bijou d'une telle valeur?

Plus je parlais avec cette femme, plus je me rendais compte que la sensualité de Deirdre avait fait grande impression. « Elle était si... mûre, vous voyez. Une fille de seize ans ne devrait pas avoir une poitrine aussi volumineuse. »

Pauvre Deirdre! Je fus à deux doigts de demander à ce professeur si elle pensait qu'une mutilation aurait été nécessaire. Je rentrai à l'hôtel, me requinquai avec un cognac et me fis la leçon sur les dangers de ne pas maîtriser ses émotions.

Malheureusement, la leçon ne porta pas lorsque je visitai Garden District le lendemain, et le surlendemain, passant des heures dans les rues tranquilles et examinant la maison sous tous ses angles. Après des années passées à lire sur cet endroit et ses habitants, j'étais dans un état d'exaltation totale. Mais si une maison exsudait une atmosphère de malédiction, c'était bien celle-là.

Elle était dans un état lamentable, la peinture violette n'était plus qu'un souvenir, des mauvaises herbes poussaient dans les lézardes, la vigne vierge envahissait les porches au point de cacher complètement les balustrades en fer forgé, et les lauriers-roses, abandonnés à eux-mêmes, masquaient entièrement la vue du jardin.

On sentait tout de même qu'elle avait dû être romantique. Mais, dans la touffeur estivale, les rayons du soleil apportaient à ce lieu une chaleur poussiéreuse, et tout paraissait sombre, glauque et décidément déplaisant. Pendant les heures oisives où j'examinai les lieux, je m'aperçus que les passants traversaient invariablement la rue pour éviter de passer devant.

Quelque chose de mauvais habitait cette maison, y vivait, y respirait, attendait, et peut-être pleurait ses morts.

M'accusant une nouvelle fois, et à juste titre, de me laisser aller à mes émotions, je tentai de préciser mon impression. Ce « quelque chose » était mauvais parce qu'il était destructeur. Il « vivait et respirait » dans le sens qu'il influençait l'environnement et que l'on sentait sa présence. Quant à mon sentiment qu'il pleurait ses morts, il suffisait de se rappeler que depuis la mort de Stella aucun ouvrier n'avait pu mener à bien des réparations. Ainsi, depuis la mort de Stella, le déclin de la maison avait été constant. La chose voulait-elle que la maison pourrisse comme le corps de Stella dans sa tombe ?

Tant de questions sans réponse ! J'allai au cimetière La Fayette pour étudier le caveau des Mayfair. Un aimable gardien m'informa qu'il y avait toujours des fleurs fraîches dans les vasques de pierre devant l'entrée de la crypte alors qu'on ne voyait jamais la personne qui les y plaçait.

– Pensez-vous que ce soit un ancien amant de Stella Mayfair ? demandai-je.

– Oh non ! répondit le vieillard en riant. Dieu du ciel, non ! C'est plutôt lui. Le fantôme des Mayfair. C'est lui qui apporte les fleurs. Et, vous savez, il les prend parfois sur l'autel de la chapelle. Celle qui est à l'angle de Prytania et de Third. Le père Morgan est arrivé ici dans tous ses états un après-midi. Il venait de mettre des glaïeuls sur l'autel et il les a retrouvés ici, dans les vasques. Il est allé sonner à la maison de First Street et Mlle Carl lui a dit d'aller au diable.

L'homme ne pouvait plus s'arrêter de rire à l'idée qu'on veuille envoyer un prêtre au diable.

Au volant d'une voiture de location, je pris la route du fleuve menant à Riverbend et explorai les vestiges de la plantation. En rentrant, je téléphonai à Juliette Milton pour l'inviter à déjeuner.

Elle fut plus qu'heureuse quand je lui demandai de parler de moi à Béatrice Mayfair. Celle-ci accepta mon invitation à déjeuner, admettant sans poser de question l'explication selon laquelle je m'intéressais à l'histoire des États du Sud et à celle de la famille Mayfair en particulier.

Béatrice Mayfair avait trente-cinq ans. C'était une jeune femme aux cheveux foncés, vêtue avec goût, dont l'accent était un doux mélange de celui du Sud et de La Nouvelle-Orléans. Du point de vue de sa famille, elle était une sorte de « rebelle ».

Chez Galatoire, nous discutâmes à bâtons rompus durant trois heures, au cours desquelles elle me raconta des quantités d'anecdotes sur la famille. Je pus ainsi vérifier, ce que je soupçonnais, que les contemporains de la famille ne savaient rien du tout, ou si peu, de leur passé lointain. Il s'agissait plutôt d'une sorte de légende, où tous les noms étaient mélangés et où les prétendus scandales étaient considérés comme des absurdités.

Béatrice ne savait pas qui avait fait construire Riverbend, ni quand. Même chose pour First Street. Elle croyait que c'était Julien. Quant aux histoires de fantômes et de porte-monnaie plein de pièces d'or, elle y avait cru quand elle était jeune mais plus maintenant. Sa mère était née à First Street et elle savait des choses très étranges sur cette maison. Elle en était partie à l'âge de dix-sept ans pour épouser Aldrich Mayfair, un arrière-petit-fils de Maurice, et Aldrich n'aimait pas que sa femme parle de cette maison.

– Mes parents sont très secrets, dit Béatrice. Je ne crois pas que mon père se souvienne. Il a plus de quatre-vingts ans. Et ma mère ne dira rien. Moi, je ne me suis pas mariée avec un Mayfair et mon mari ignore tout de la famille. Je n'ai aucun souvenir de Mary Beth. J'avais deux ans quand elle est morte. J'ai des photos de moi assise à ses pieds, entourée de tous les enfants en bas âge de la famille. En revanche, je me rappelle bien Stella. Je l'adorais.

– Vous croyez que la maison est hantée? Que le mal y est présent?

– C'est Carlotta. C'est elle, le mal. Si c'est ce genre de chose que vous voudriez savoir, c'est dommage que vous n'ayez pas connu Amanda Grady Mayfair, la femme de Cortland. Elle croyait à des trucs rocambolesques. Mais c'était très intéressant... dans un certain sens. On dit que c'est à cause de ça qu'elle a quitté Cortland. Elle disait qu'il savait que la maison était hantée et qu'il voyait des esprits et leur parlait. J'étais scandalisée qu'une femme de cet âge puisse croire à de telles sornettes. Elle était convaincue qu'il y avait une sorte de complot satanique. Je crois que c'était la faute de Stella. Mais elle n'en avait pas conscience, elle était trop jeune pour comprendre. Elle n'était pas méchante. Cette réputation de reine vaudoue, c'est de la calomnie. Elle couchait avec n'importe qui mais si c'est cela qu'on appelle de la sorcellerie, alors la moitié de La Nouvelle-Orléans devrait être brûlée sur un bûcher.

Et ainsi de suite. Nos bavardages commencèrent à prendre un tour plus intime tandis que Béatrice piochait dans son assiette et fumait ses cigarettes.

– Deirdre est frustrée sexuellement, dit-elle. C'est ça son vrai problème. Elle a été surprotégée. Rien d'étonnant à ce qu'elle fréquente des hommes bizarres. Je compte sur Cortland pour s'occuper d'elle. Il est en quelque sorte le patriarche de la famille et le seul capable de se mesurer à Carlotta. Pour une sorcière, c'est une sorcière, celle-là. Rien que penser à elle me donne des frissons. Il ne faut pas que Deirdre retombe sous son emprise, ce serait une catastrophe.

A cette époque, on parlait de mettre Deirdre à l'automne dans une petite université du Texas. En fait, il s'agissait d'une petite école d'État pour jeunes filles, fortement subventionnée, où l'on observait les traditions des écoles privées coûteuses. La grande question était de savoir si Carlotta laisserait Deirdre y aller. « S'il y a une sorcière dans la famille, c'est Carlotta », commenta Béatrice.

Une fois encore, elle en revenait à son sujet de prédilection : Carlotta. Ses critiques acerbes s'appliquaient autant à sa façon de s'habiller (professionnelle) que de parler (professionnelle). Brusquement, Béatrice se pencha au-dessus la table et dit :

– Savez-vous que cette sorcière a tué Irwin Dandrich?

Je répondis que non seulement je l'ignorais, mais que je n'en avais jamais eu le moindre son de cloche; qu'en 1952 on nous avait annoncé que Dandrich était décédé d'une crise cardiaque dans son appartement, peu après 4 heures de l'après-midi; que tout le monde savait qu'il avait des problèmes cardiaques.

– Je lui ai parlé le jour de sa mort, dit Béatrice, satisfaite de l'effet qu'elle venait de produire. Il m'a dit que Carlotta l'avait appelé pour l'accuser d'espionner sa famille et qu'elle lui avait dit : « Si vous voulez en savoir plus long sur nous, pourquoi ne pas venir? Ce que je vous dirai dépassera toutes vos espérances. » Je lui ai conseillé de ne pas y aller. « Elle va vous poursuivre en justice, lui ai-je dit. Elle vous a sûrement préparé quelque chose d'épouvantable. Elle est hors d'elle. » Mais il ne m'a pas écoutée. « Je vais aller voir cette maison moi-même, m'a-t-il répondu. Personne n'y est entré depuis la mort de Stella. » Je lui ai fait promettre de m'appeler tout de suite après mais il ne l'a jamais fait. Il est mort cet après-midi-là. Elle l'a empoisonné. J'en suis sûre. On a dit que c'était une crise cardiaque mais, en réalité, elle lui a fait prendre un poison à effet retardé pour qu'il rentre chez lui et meure dans son propre lit.

– Qu'est-ce qui vous en donne la certitude?

– Parce que ce n'est pas la première fois. Deirdre a dit à Cortland qu'il y avait un cadavre dans la mansarde de la maison. Un cadavre!

– C'est Cortland qui vous l'a dit?

Elle hocha gravement la tête.

– Pauvre Deirdre! Chaque fois qu'elle disait ce genre de chose aux médecins, on lui faisait un électrochoc. Cortland dit qu'elle a des visions. Ça, c'est tout Cortland! Il croit que la maison est hantée, il prétend qu'il parle à des fantômes mais un cadavre sous les toits, ça, pas question d'y croire!

Elle se mit à rire doucement puis redevint très sérieuse.

– Mais je parie que c'était vrai. Je me souviens de l'histoire d'un jeune homme qui a disparu juste avant la mort de Stella. Je l'ai appris des années après. C'est Dandrich qui m'en a parlé. C'était un Texan d'Angleterre qui avait disparu après avoir passé la nuit avec Stella. Amanda le savait aussi. La dernière fois que je l'ai vue à New York, nous reparlions de tout ça et elle m'a dit : « Et ce jeune homme qui a disparu curieusement? » Alors elle a fait le rapprochement avec Cornell, ce cousin qu'on a retrouvé mort dans sa chambre d'hôtel juste après une visite à Carlotta. Je vous dis qu'elle les empoisonne et qu'ils rentrent chez eux pour y mourir. Ce Texan était une sorte d'historien qui venait d'Angleterre. Il connaissait le passé de notre famille...

Soudain, une lueur traversa son esprit. J'étais un historien qui venait d'Angleterre. Elle se mit à rire.

– Monsieur Lightner, vous feriez bien de regarder où vous mettez les pieds.

Elle se carra dans son siège et se mit à rire doucement.

– Vous devez avoir raison. Mais croyez-vous à tout cela, mademoiselle Mayfair?

Elle eut un temps de réflexion.

– Oui et non. Moi, j'aurais tendance à tout mettre sur le dos de Carlotta. Mais je crois qu'elle est trop stupide pour empoisonner quelqu'un. J'y ai réfléchi. Surtout après la mort d'Irwin. Je l'aimais beaucoup. Et il est mort juste après une visite à Carlotta. J'espère que Deirdre va aller dans cette école du Texas. Et si Carlotta vous invite à prendre le thé, refusez!

Je l'aidai à monter dans son taxi.

– Si vous parlez à Cortland, m'avertit-elle, ne lui dites pas que vous m'avez vue. Il me prend pour une affreuse commère. Mais demandez-lui, pour ce Texan. On ne sait jamais.

Dès que le taxi eut démarré, j'appelai Juliette Milton.

– Ne vous approchez sous aucun prétexte de cette maison, lui dis-je. N'entrez jamais en contact avec Carlotta, pour quelque raison que ce soit. Et n'allez plus jamais déjeuner avec Béatrice. Nous vous enverrons un chèque substantiel. Vous êtes hors du coup.

– Mais qu'est-ce que j'ai fait? Qu'est-ce que j'ai dit? Béatrice est vraiment trop bavarde. Elle raconte ces histoires à tout le monde. Je n'ai jamais rien répété qui ne soit pas de notoriété publique.

– Vous avez fait un travail formidable. Mais il y a des dangers. Des dangers très précis. Faites ce que je vous dis.

– Oh, je vois! Elle vous a raconté que Carlotta tuait les gens. C'est complètement inepte! A l'entendre, Carlotta serait allée à New York pour tuer Sean Lacy, le père de Deirdre. Mais c'est d'une absurdité effarante!

Je réitérai ma mise en garde, ou mes ordres, peu importe.

Le lendemain, je me rendis à Metairie, garai ma voiture et me promenai dans les rues calmes entourant la maison de Cortland. A part les grands chênes et le vert velouté des pelouses, ce quartier n'avait rien à voir avec celui de La Nouvelle-Orléans. On aurait pu se croire dans une banlieue cossue de Houston ou d'Oklahoma City. Très beau, très tranquille. Une impression de sécurité. Je ne vis pas Deirdre. Je l'espérais heureuse dans ce petit paradis.

Je voulais la voir de loin avant de l'approcher. Je laissai des messages chez Cortland mais il ne me rappela pas. Pour finir, sa secrétaire déclara qu'il ne voulait pas me parler, qu'il avait appris que j'avais parlé à des parents proches et qu'il souhaitait que je laisse sa famille tranquille.

La semaine suivante, j'appris de Juliette que Deirdre venait de partir pour cette école de Denton, au Texas, et que le mari de Rhonda Mayfair, Ellis Clement, y enseignait l'anglais dans des classes à effectif réduit de jeunes filles bien élevées. Carlotta était totalement opposée à ce que Deirdre aille là-bas. Cela s'était fait sans son accord et elle était brouillée avec Cortland.

Il me paraissait évident que Deirdre avait été admise dans cette école sous un « statut spécial » puisqu'elle n'était jamais vraiment allée à l'école. On lui avait attribué une chambre seule dans le dortoir des élèves de première année et elle avait été inscrite pour un programme complet d'études générales.

J'arrivai à Denton deux jours plus tard. La ravissante petite école, avec ses murs de brique couverts de lierre, était située sur des collines verdoyantes et entourée de pelouses magnifiquement entretenues. On n'aurait jamais dit que c'était une institution d'État.

Avec mes trente-six ans, mes cheveux prématurément gris et mon costume en coton bien coupé, je n'eus pas de mal à me promener dans le campus sans attirer l'attention. On me prit sans doute pour un membre de la faculté. Je m'arrêtai longuement sur un banc pour écrire dans mon carnet, feuilletai des livres dans la petite bibliothèque, errai dans les couloirs des vieux bâtiments, échangeant quelques plaisanteries avec de vieux professeurs ou des jeunes filles en blouse et jupe plissée.

Je tombai par hasard sur Deirdre le lendemain de mon arrivée. Sortant du dortoir, un modeste bâtiment de l'époque du roi George, elle se promena pendant une heure environ dans tout le campus. C'était une ravissante jeune fille aux cheveux noirs très longs, qui trottait dans les petites allées bordées d'arbres anciens. Elle portait l'uniforme des élèves : blouse en coton et jupe.

La voir enfin fut un grand moment. Tout en la suivant de loin, je me demandais ce que j'allais faire. Devais-je la laisser tranquille? Fallait-il lui dire que je connaissais ses antécédents familiaux? De quel droit me trouvais-je là?

En silence, je la regardai retourner au dortoir. Le lendemain, je la suivis jusqu'à la salle de classe où se passait son premier cours de la journée, puis dans un réfectoire en sous-sol où elle but une tasse de café en mettant des pièces dans un juke-box. Elle choisissait toujours la même chanson : un air de Gershwin chanté par Nina Simone.

J'avais le sentiment qu'elle appréciait sa liberté. Elle lut quelque temps puis se mit à regarder autour d'elle. Je me sentais incapable de me lever pour aller vers elle. Je partis avant elle et retournai dans mon petit hôtel.

L'après-midi, je revins au campus et, dès que j'approchai du dortoir, je l'aperçus. Cette fois, elle portait une robe à manches courtes en coton blanc.

A nouveau, elle semblait se promener au hasard mais elle se dirigea vers l'arrière du campus, loin des pelouses envahies de monde, m'entraînant à sa suite jusqu'à une sorte de jardin botanique mal entretenu. C'était un endroit si ombragé et plein d'herbes hautes que je pris peur pour elle.

Finalement, de hauts massifs de bambous nous isolèrent du bruit de la foule et même de la rue avoisinante. L'air était aussi lourd qu'à La Nouvelle-Orléans mais un peu plus sec.

Je descendis avec précaution un petit chemin passant sur un pont et levai les yeux. Deirdre était arrêtée et me regardait sans bouger sous un gros arbre en fleur. Levant la main droite, elle me fit signe d'approcher.

– Monsieur Lightner, que voulez-vous?

Sa voix était basse et légèrement tremblante. Elle n'avait l'air ni en colère ni effrayée. Je fus incapable de lui répondre. Soudain, je m'aperçus qu'elle portait l'émeraude. Elle devait être dissimulée sous sa robe à sa sortie du dortoir.

Je voulus dire quelque chose de simple, d'honnête et de raisonnable. A la place, je lui dis :

– Je vous ai suivie, Deirdre.

– Je sais, fit-elle.

Elle me tourna le dos en me faisant signe de la suivre et me fit descendre quelques marches étroites, couvertes de mousse, menant dans un endroit retiré où des bancs de pierre formaient un cercle. Personne ne pouvait nous voir du sentier. Les bambous craquaient dans la brise. L'étang proche dégageait une odeur fétide. Mais l'endroit était d'une beauté indéniable.

Elle s'installa sur un banc. Les ombres faisaient ressortir la blancheur de sa robe. L'émeraude scintillait sur sa poitrine. Je m'assis en face d'elle.

Danger, Lightner, me dis-je. Tu es en danger.

– Monsieur Lightner, dites-moi ce que vous voulez.

– Deirdre, je sais beaucoup de choses. Sur vous, sur votre mère, sur sa mère et sur la mère de sa mère. Histoires, secrets, commérages, généalogie..., toutes sortes de choses, en vérité. Dans une maison d'Amsterdam, il y a le portrait d'une femme, votre ancêtre. Son nom était Deborah. C'est elle qui a acheté cette émeraude chez un bijoutier hollandais, il y a des centaines d'années.

Elle ne sembla pas surprise. Elle m'examinait, à l'affût de mensonges et de mauvaises intentions.

– Deirdre, poursuivis-je, dites-moi si vous voulez savoir ce que je sais. Voulez-vous voir les lettres d'un homme qui a aimé votre aïeule Deborah? Voulez-vous que je vous raconte comment elle est morte en France, comment sa fille a traversé l'océan pour s'établir à Saint-Domingue? Le jour de sa mort, Lasher a provoqué une tempête sur le village...

Je m'interrompis, comme si les mots avaient séché dans ma bouche. Son visage avait subi une transformation frappante. Pendant un moment, je crus que la rage s'était emparée d'elle. Puis je me rendis compte qu'une lutte intérieure la consumait.

– Monsieur Lightner, murmura-t-elle, je ne veux rien savoir. Je veux oublier ce que je sais déjà. Je suis venue ici pour échapper à tout ça.

Je restai muet un moment, sentant le calme revenir en elle. C'était moi qui étais perdu. Puis elle dit :

– Monsieur Lightner (sa voix était très ferme bien que pénétrée d'émotion), ma tante dit que vous étudiez notre famille parce que vous croyez que nous sommes des gens particuliers et que, si vous le pouviez, vous aideriez le mal en nous, par simple curiosité. Non, ne vous méprenez pas. Elle veut dire par là qu'en parlant du mal vous ne feriez que le renforcer. En l'étudiant, vous lui donneriez plus de vie.

Ses doux yeux bleus imploraient ma compréhension. Comme elle semblait équilibrée et étonnamment calme !

– C'est comme les spirites, monsieur Lightner, reprit-elle de la même voix polie et sympathique. Ils veulent parler aux esprits de leurs ancêtres morts et malgré leurs bonnes intentions ils ne font que renforcer des démons dont ils ignorent tout...

– Je sais de quoi vous parlez, croyez-moi. Ma seule intention est de vous communiquer nos informations pour que vous sachiez que si vous...

– Mais, voyez-vous, je ne veux rien savoir. Je veux que le passé reste derrière moi. (Sa voix faiblit légèrement.) Je ne veux pas rentrer chez moi.

– Très bien, dis-je. Je comprends parfaitement. Je vous demande une seule chose. Prenez cette carte et rappelez-vous mon nom et mes numéros de téléphone. Si vous avez besoin de moi, appelez-moi.

Elle prit la carte, l'examina un moment puis la glissa dans sa poche. Je la regardai en silence, scrutant ses grands yeux bleus innocents et essayant de ne pas m'attarder sur la beauté de son jeune corps, de ses seins au contour exquis sous sa robe de coton. Son visage me parut très triste.

– Il est le diable, monsieur Lightner, murmura-t-elle.

– Alors pourquoi portez-vous l'émeraude, ma chère? demandai-je impulsivement.

Un sourire éclaira son visage. Elle referma sa main droite sur l'émeraude et tira sur la chaîne qui se cassa.

– Pour une bonne raison, monsieur Lightner. C'était la meilleure façon de l'apporter ici. Je vous la donne.

Elle étendit le bras et laissa tomber la pierre dans ma main. Je baissai les yeux. J'avais du mal à croire que je tenais cet objet dans ma main. Je songeai : Il me tuera, vous savez. Il me tuera pour la reprendre.

– Non, il ne peut pas faire ça ! dit-elle.

Elle me regardait d'un air effaré.

– Bien sûr qu'il le peut, répondis-je.

– Oh, mon Dieu ! murmura-t-elle en fermant les yeux. Il ne peut pas, répéta-t-elle, mais sans grande conviction. Je ne crois pas qu'il puisse faire une pareille chose.

– J'en prends le risque. Je garde l'émeraude. Certaines personnes ont des armes particulières, pour ainsi dire. Je peux vous aider à comprendre les vôtres. Est-ce aussi ce que fait votre tante? Dites-moi ce que je peux faire pour vous.

– Partir ! dit-elle tristement. Il ne faut plus... plus jamais me parler de tout cela.

– Deirdre, est-il capable de vous apparaître quand vous ne voulez pas qu'il vienne ?

– Arrêtez, monsieur Lightner ! Si je ne pense pas à lui, si je ne parle pas de lui (elle porta ses mains à ses tempes), si je refuse de le regarder, peut-être...

– Que cherchez-vous ?

– La vie, monsieur Lightner. Une vie normale. Vous n'imaginez pas ce que ces mots signifient pour moi. Une vie ordinaire, celle de toutes les filles d'ici, avec leurs nounours et leurs petits amis qui les embrassent à l'arrière d'une voiture. La vie, quoi !

Elle était si bouleversée que je l'étais aussi. Tout cela était bien trop dangereux. Et, pourtant, elle avait mis l'objet dans ma main ! Je le sentais. Je le caressais avec mon pouce. L'émeraude était froide et dure.

– Monsieur Lightner, pouvez-vous me débarrasser de lui ? Ma tante dit que seul un prêtre pourrait y arriver. Mais le prêtre ne croit pas en lui, monsieur Lightner. Et on ne peut exorciser un démon quand on n'a pas la foi.

– Il ne se montre pas au prêtre, Deirdre ?

– Non, dit-elle avec amertume, un léger sourire sur les lèvres. Pourquoi le ferait-il ? Il n'est pas un de ces esprits inférieurs que l'on peut chasser avec de l'eau bénite et des prières. Cela n'a aucune prise sur lui.

Elle s'était mise à pleurer. Elle attrapa l'émeraude, me l'arracha des doigts et l'envoya de toutes ses forces à travers les fourrés. Je l'entendis tomber dans l'eau. Deirdre tremblait de tout son corps.

– Elle reviendra, dit-elle. Elle revient toujours !

– Vous pouvez peut-être l'exorciser.

– Oui, c'est ce que ma tante a toujours dit. « Ne le regarde pas, ne lui parle pas, ne le laisse pas te toucher. » Mais il revient toujours, sans me demander la permission. Et...

– Oui ?

– Quand je suis seule et malheureuse...

– Il est là ?

– Oui, il est là.

La pauvre enfant était au supplice. Il fallait faire quelque chose !

– Et quand il vient, Deirdre ? Je veux dire, si vous ne luttez pas et le laissez venir, sous sa forme visible, qu'est-ce qui se passe ?

Étonnée et blessée, elle me regarda.

– Je ne comprends pas ce que vous voulez dire.

– Je sais que lutter contre lui est atrocement pénible. Que se passerait-il si vous ne luttiez pas ?

– Je mourrais et le monde autour de moi aussi. Il n'y aurait plus que lui.

Elle passa le revers de sa main sur sa bouche. Cela fait si longtemps qu'elle vit dans ce cauchemar, me dis-je. Comme elle est forte et cependant impuissante et effrayée!

– Oui, c'est vrai, monsieur Lightner. J'ai peur. Mais je ne vais pas mourir. Je vais le combattre et je gagnerai. Il faut que vous partiez et que vous ne vous approchiez plus jamais de moi. Et je ne prononcerai plus jamais son nom, je ne le regarderai plus et je ne l'inviterai plus à venir. Il me laissera tranquille. Il partira. Il trouvera quelqu'un d'autre à... aimer.

– Vous aime-t-il, Deirdre?

– Oui, chuchota-t-elle.

L'obscurité tombait et je ne distinguais plus bien ses traits.

– Que veut-il, Deirdre?

– Vous le savez très bien! C'est moi qu'il veut, monsieur Lightner. Parce que je le fais venir. (Elle sortit un petit mouchoir de sa poche et s'essuya le nez.) Il m'a prévenue que vous alliez venir. Il a dit une chose étrange que je n'arrive pas à me rappeler. Une sorte de malédiction, quelque chose comme : « Je mangerai la chair et boirai le vin et j'aurai la femme quand il pourrira dans sa tombe. »

– J'ai déjà entendu ces paroles, dis-je.

– Il faut que vous partiez. Vous êtes un homme sympathique. Je vous aime bien. Je ne veux pas qu'il vous arrive malheur. Je lui dirai de ne pas...

Elle s'interrompit, désemparée.

– Deirdre, je crois pouvoir vous aider...

– Non!

– Je peux vous aider à le combattre si vous le voulez. Je connais des gens en Angleterre...

– Non!

J'attendis. Puis je dis doucement :

– Si vous avez besoin de mon aide, appelez-moi.

Elle ne répondit rien. Je sentais qu'elle était exténuée et presque désespérée. Je lui indiquai où j'habitais à Denton et ajoutai que j'y serais jusqu'au lendemain et que si je n'avais aucune nouvelle d'elle je m'en irais. J'avais un goût amer d'échec mais je ne voulais plus la tourmenter. Je jetai un regard dans le massif de bambous. Il faisait de plus en plus sombre. Il n'y avait aucune lumière dans ce jardin.

– Mais votre tante se trompe, dis-je sans être certain qu'elle m'écoutait. Nous voulons vous dire ce que nous savons, vous donner ce que nous avons. C'est vrai que nous nous intéressons à vous parce que vous êtes quelqu'un de particulier. Mais nous nous intéressons bien plus à vous qu'à lui. Vous pourriez venir chez nous à Londres. Et y rester aussi longtemps que vous le désirerez. Nous vous présenterons d'autres gens qui ont combattu des esprits. Nous vous aiderons. Et, vous savez, nous trouverons peut-être comment vous débarrasser de lui.

Je la regardai timidement, craignant de lire de la souffrance sur son visage. Elle n'avait pas cessé de me fixer. Ses yeux étaient tristes et embués de larmes et ses mains reposaient, inertes, sur ses genoux. Juste derrière elle, il était là, à moins d'un mètre, me regardant de ses yeux marron.

Je ne pus réprimer un cri et, saisi de panique, je sautai sur mes pieds.

– Qu'y a-t-il? me cria-t-elle. (Terrifiée, elle se leva d'un bond et se jeta dans mes bras.) Dites-moi! Qu'y a-t-il?

Il était parti. Un frisson de brise chaude traversa les bambous. Rien que des ombres. Et une chute de température, comme si l'on venait de refermer la porte d'un four brûlant.

Je fermai les yeux, la tenant aussi fermement que possible, essayant de ne pas trembler et de la réconforter tout en mémorisant ce que j'avais vu : un jeune homme malicieux, souriant froidement derrière elle, vêtu de sombre, toute son énergie concentrée dans ses yeux brillants, ses dents blanches et sa peau luisante.

Elle devenait presque hystérique. La main crispée sur la bouche, elle ravalait ses sanglots. Elle me repoussa violemment et monta en courant le petit escalier menant au chemin.

– Deirdre! appelai-je.

Mais elle avait disparu dans l'obscurité. J'aperçus une tache blanche parmi les arbres puis le bruit de ses pas disparut lui aussi.

Je me retrouvai seul dans ce vieux jardin botanique. Il faisait noir et, pour la première fois de ma vie, j'étais mort de peur. J'avais si peur que la colère me prit. Je me mis à la suivre, ou plutôt à suivre le chemin qu'elle avait emprunté, en m'efforçant de ne pas courir mais de mettre un pied devant l'autre, sans précipitation, jusqu'à ce que j'aperçoive les lumières distantes des dortoirs et la route de service derrière. Lorsque j'entendis enfin le bruit de la circulation, je me sentis en sécurité.

Je regagnai l'hôtel sans encombre, montai dans ma chambre et demandai Londres au téléphone. Une heure se passa avant qu'on puisse m'obtenir la communication. Pendant ce temps, je restai allongé sur mon lit, le téléphone à côté de moi et une seule idée m'obsédait : je l'avais vu. J'avais vu l'homme que Petyr et Arthur avaient vu. J'avais vu Lasher de mes propres yeux.

Scott Reynolds, notre directeur, était calme quand je l'eus enfin au bout du fil, mais il se montra inflexible.

– Rentrez immédiatement.

– Scott, je n'ai pas fait tout ce chemin pour me laisser effrayer par un esprit que nous étudions depuis trois cents ans.

– Est-ce ainsi que vous vous servez de votre jugeote, Aaron? Vous qui connaissez l'histoire des sorcières Mayfair dans ses moindres détails? Cette créature n'essaie pas de vous effrayer mais de vous appâter. Elle veut que vous tourmentiez cette fille avec vos questions. Elle est en train de la perdre et vous êtes son seul espoir de la récupérer. C'est la tante qui a raison. En faisant parler cette fille, vous redonnez à l'esprit l'énergie qui lui fait défaut.

Scott était à deux doigts de m'ordonner de tout laisser tomber. Je lui fis alors valoir que j'étais plus âgé que lui, que j'avais refusé le poste de directeur qui lui avait finalement échu et que je n'allais pas me laisser priver de cette affaire.

Le lendemain, je laissai un message à Deirdre pour l'informer que je serais au Royal Court, à La Nouvelle-Orléans. Je me rendis à Dallas dans la voiture de location puis pris le train pour La Nouvelle-Orléans. Ce voyage de huit heures me permettrait d'écrire mon journal.

Je repensai aux événements. La jeune fille avait renoncé à ses pouvoirs parapsychiques. Sa tante avait tout fait pour qu'elle rejette Lasher. Mais, de toute évidence, la bataille était perdue. Que se produirait-il si nous l'aidions? La chaîne héréditaire se briserait-elle? L'esprit quitterait-il cette famille?

Tout en jetant mes pensées sur le papier, j'étais poursuivi par mon souvenir de l'apparition. La créature était si puissante! Elle était mieux incarnée et plus puissante qu'aucun des fantômes que j'avais déjà vus. Et, pourtant, son image n'était que fragmentaire.

D'après mes connaissances, seuls les fantômes de gens récemment décédés apparaissaient avec une telle substance. Par exemple, celui du pilote tué au combat qui était apparu le jour même de sa mort dans le salon de sa sœur. Celle-ci avait dit par la suite : « Il était si réel que je voyais même la boue sur ses chaussures! »

Les fantômes des gens morts depuis longtemps n'ont jamais une telle densité, une telle vivacité. Et les entités désincarnées? Elles étaient capables de prendre possession du corps d'un être vivant ou d'un mort, mais apparaître d'elles-mêmes dans un état aussi solide?

Cette créature aimait apparaître. C'était pourquoi tant de témoins l'avaient vue. Elle aimait avoir un corps, ne serait-ce que pour une fraction de seconde. Elle ne se contentait pas de parler à la sorcière d'une voix atone ou de former une image qui n'existait que dans l'esprit de la jeune fille. Non, elle se rendait matérielle afin que d'autres la voient et l'entendent. Et en faisant un effort, très important probablement, elle pouvait même avoir l'air de pleurer ou de sourire.

Quel était son dessein? Prendre des forces pour faire des apparitions de plus en plus longues et parfaites? Et quelle était la signification de la malédiction que Petyr avait rapportée dans une de ses lettres : « Je boirai le vin et mangerai la chair et connaîtrai la chaleur de la femme quand tu ne seras plus. »

Et enfin, pourquoi ne me tourmentait-elle pas à l'instant présent? Avait-elle utilisé l'énergie de Deirdre pour apparaître ou la mienne?

J'avais le sentiment que tant que je resterais éloigné de Deirdre elle ne me ferait aucun mal. Ce qui était arrivé à Petyr Van Abel avait un lien avec ses pouvoirs médiumniques et avec la façon dont la créature les avait manipulés. Chez moi, ces pouvoirs étaient très réduits. Mais ce serait une erreur de sous-estimer la créature. Je devais être sur mes gardes.

Dès mon arrivée à La Nouvelle-Orléans, à 8 heures du soir, une série de petits incidents désagréables se produisit. D'abord, je faillis me faire écraser par une voiture en sortant d'Union Station. Ensuite, le taxi qui m'emmena à l'hôtel faillit entrer en collision avec une autre voiture dans un virage.

C'est mon imagination, me dis-je. Mais en montant l'escalier menant à ma chambre, au premier étage, une partie de la vieille rampe en fer forgé se détacha sous ma main. Je faillis perdre l'équilibre. Le concierge se répandit en excuses. Une heure plus tard, tandis que je notais ces incidents dans mon carnet, un incendie éclata au troisième étage de l'hôtel.

Pendant près d'une heure, je dus attendre dehors, dans cette rue étroite du quartier français, en compagnie des autres clients de l'hôtel, jusqu'à ce que le début d'incendie soit étouffé. Quand je lui demandai ce qui s'était passé, un employé embarrassé marmonna quelque chose sur des ordures dans un placard et m'assura que tout était rentré dans l'ordre.

Pendant un long moment, je considérai la situation. Tous ces faits pouvaient n'être que des coïncidences. J'étais indemne et ce qu'il me fallait maintenant c'était une disposition d'esprit résolue. Je décidai de me mouvoir désormais avec bien plus de circonspection, de regarder attentivement autour de moi et d'épier en permanence tout ce qui se passait.

La nuit passa sans incident majeur, mis à part le fait que je me réveillais tout le temps. Le lendemain matin, après le petit déjeuner, je téléphonai à nos détectives de Londres et leur demandai d'engager un enquêteur au Texas pour surveiller Deirdre Mayfair aussi discrètement que possible.

Puis j'écrivis une longue lettre à Cortland. Je lui expliquai qui j'étais, ce qu'était le Talamasca et comment nous avions suivi l'histoire des Mayfair depuis le XVIIe siècle, époque à laquelle l'un de nos membres avait sauvé Deborah Mayfair dans son village natal de Donnelaith. Je lui parlai de Deborah, peinte par Rembrandt à Amsterdam, et lui exposai que nous nous intéressions aux descendants de Deborah à cause de leurs pouvoirs parapsychiques, qui se manifestaient à chaque génération, que nous étions désireux d'entrer en contact avec la famille afin de faire connaître le contenu de nos archives à ceux qui seraient intéressés.

Je recopiai ma lettre à l'intention de Carlotta Mayfair et, après mûre réflexion, ajoutai l'adresse et le numéro de téléphone de l'hôtel. Après tout, pourquoi se cacher derrière un numéro de boîte postale?

Je me rendis à First Street, glissai la lettre pour Carlotta dans la boîte puis en fis de même à Metairie, chez Cortland. Cela fait, pris d'une prémonition, je retournai à l'hôtel et prévins la réception que je serais au bar du premier étage et y resterais toute la soirée.

Le petit bar tranquille donnait sur une cour charmante. Pour une raison que je ne saurais expliquer, je m'installai dos à cette cour, face aux portes donnant sur le couloir. Je me sentais bien.

Vers 8 heures, je levai les yeux de mon journal et m'aperçus que quelqu'un était debout tout près de ma table. C'était Cortland.

Je venais de terminer mon récit sur les sorcières Mayfair, comme je l'ai déjà dit, et j'avais étudié un grand nombre de photos de Cortland. Mais quand nos regards se croisèrent, ce ne fut pas à ces photos-là que je pensai.

L'homme de grande taille aux cheveux foncés qui me souriait était l'image même de Julien Mayfair, mort en 1914. Les différences étaient infimes : c'était Julien avec des yeux plus grands, des cheveux plus sombres et une bouche peut-être un peu plus généreuse. Mais c'était Julien tout craché. Soudain, son sourire me parut grotesque comme un masque.

Dieu merci, ce n'est pas Carlotta, me dis-je. C'est alors qu'il me répondit :

– Je ne pense pas que vous aurez des nouvelles de ma cousine Carlotta. Mais je crois qu'il est temps que nous parlions, tous les deux.

Sa voix était très agréable mais dénuée de toute sincérité. La lueur de ses yeux était charmante mais plutôt glaçante.

Il était évident que cet homme me haïssait ou me considérait comme un être nuisible. Il se tourna et interpella le barman :

– La même chose pour M. Lightner, s'il vous plaît, et un xérès pour moi.

Il s'assit de l'autre côté de la petite table de marbre, ses longues jambes croisées.

– Cela vous ennuie-t-il si je fume, monsieur Lightner? Merci.

Il sortit de sa poche un magnifique étui à cigarettes en or, m'offrit une cigarette que je refusai et s'en alluma une. A nouveau, son comportement amical me parut complètement forcé. Je me demandai l'impression qu'il ferait à une personne normale.

– Je suis content que vous soyez venu, monsieur Mayfair.

– Appelez-moi Cortland, dit-il. Il y a tellement de M. Mayfair.

Je sentis un danger et fis un gros effort pour cacher mes pensées.

– Si vous voulez bien m'appeler Aaron, je vous appellerai Cortland avec plaisir.

Il hocha la tête et adressa un sourire distrait à la serveuse qui apportait nos verres. Il but une gorgée de xérès.

C'était un personnage extrêmement séduisant. Je pensai à Llewellyn et à la description qu'il m'avait faite de Julien. Mais il fallait que je sorte tout cela de mon esprit. Mon intuition me disait que je courais un danger et le charme subjuguant de cet homme y était pour quelque chose. Il se croyait très séduisant et très habile, et il l'était.

Regardant mon verre de bourbon, je fus frappé par la position de sa main sur son étui à cigarettes, à deux doigts de mon verre. J'étais convaincu que cet homme me voulait du mal. C'était complètement inattendu. Jusque-là, je croyais que le danger viendrait de Carlotta.

– Veuillez m'excuser, dit-il en feignant un air de surprise, comme s'il venait de se rappeler quelque chose. J'ai un médicament à prendre... si je le trouve.

Il fouilla dans ses poches puis sortit quelque chose de son manteau. C'était un petit flacon de comprimés.

– Appréciez-vous votre séjour à La Nouvelle-Orléans? me demanda-t-il. (Il se retourna pour demander un verre d'eau.) Je sais que vous êtes allé au Texas pour voir ma nièce. Mais vous avez certainement visité la ville.

Que pensez-vous de ce jardin derrière vous? Il a une histoire. On vous l'a racontée?

Je me tournai pour regarder par-dessus mon épaule. J'aperçus les pavés, une fontaine et, au-delà, dans l'ombre, un homme debout devant une porte. Un homme mince, à contre-jour, sans visage, immobile. Le frisson qui parcourut ma colonne vertébrale avait quelque chose de délicieux. Je continuai à regarder l'homme et, lentement, sa silhouette disparut.

Je me retournai, et Cortland me dit :

– Une femme s'est suicidée dans ce petit jardin. Il paraît qu'une fois par an l'eau qui coule de la fontaine est toute rouge de son sang.

– Tout à fait charmant, murmurai-je.

Il leva son verre d'eau et en but la moitié. Avalait-il ses comprimés? Le petit flacon avait disparu. J'observai mon verre. Pour rien au monde je ne l'aurais touché. Je jetai un regard distrait sur mon stylo, laissé à côté de mon carnet, puis le mis dans ma poche. J'étais si absorbé par tout ce que j'avais vu et entendu que je ne ressentais aucun besoin de parler.

– Eh bien, monsieur Lightner! Venons-en au fait!

– Bien sûr, dis-je.

Un sentiment d'exaltation me parcourut. J'étais assis en face du fils de Julien, Cortland, qui venait de glisser une drogue, létale, indubitablement, dans mon verre. Il pensait s'en sortir aussi facilement. Soudain, je pris conscience de la réalité. J'étais en plein dedans. Je n'étais plus dans mes archives, à Londres. J'étais au cœur de l'histoire.

Je dus lui sourire. Je savais qu'un sentiment écrasant de tristesse allait suivre cette bouffée d'émotion. Le salaud essayait de me tuer.

– J'ai étudié cette histoire du Talamasca et tout le reste, dit-il d'une voix parfaitement artificielle. Nous ne pouvons rien pour vous. Nous ne pouvons vous obliger à nous révéler vos informations sur notre famille parce qu'elles sont très confidentielles et ne sont pas destinées à être publiées ou mal utilisées. Nous ne pouvons vous obliger à arrêter de réunir des renseignements tant que vous n'enfreignez aucune loi.

– C'est parfaitement exact.

– Mais nous pouvons vous donner du fil à retordre et vous rendre légalement impossible de vous approcher de nous. Mais cela serait onéreux pour nous et ne vous arrêterait probablement pas. Du moins si vous êtes bien ce que vous dites.

Il fit une pause, tira sur sa cigarette et lança un regard vers mon verre.

– Me suis-je trompé dans la commande, monsieur Lightner?

– Vous n'avez rien commandé. La serveuse a juste apporté un autre verre de la boisson que j'ai bue tout l'après-midi. J'aurais dû vous en empêcher, j'ai bien assez bu comme ça.

Ses yeux se durcirent. En fait, son masque souriant s'était complètement volatilisé. En ce court instant où il ne se surveillait pas, il paraissait presque jeune.

– Vous n'auriez pas dû aller au Texas, monsieur Lightner, dit-il froidement. Vous n'auriez jamais dû bouleverser ma nièce.

– Je suis d'accord avec vous. Je n'aurais pas dû la bouleverser. Mais j'étais inquiet pour elle et je voulais lui offrir mon aide.

– C'est très présomptueux de votre part.

Je sentais chez lui un soupçon de colère. Ou était-il simplement ennuyé que je ne boive pas mon bourbon? Je le regardai un long moment, laissant mon esprit se vider jusqu'à ce que tout son, tout mouvement et toute couleur en soit effacé. Il n'y avait plus que son visage et une petite voix dans ma tête m'apprenant ce que je voulais savoir.

– Oui, c'est très présomptueux. Mais, vous voyez, c'est un de nos membres, Petyr Van Abel, qui était le père de Charlotte Mayfair. Elle est née en France en 1664. Quand, plus tard, il a fait le voyage jusqu'à Saint-Domingue pour voir sa fille, elle l'a emprisonné. Et avant que votre esprit, Lasher, lui fasse trouver la mort sur une route déserte près de Port-au-Prince, il s'est accouplé avec sa propre fille et est devenu le père de Jeanne-Louise, la fille de Charlotte. Il était donc le grand-père d'Angélique et l'arrière-grand-père de Marie-Claudette, qui a fait construire Riverbend et institué l'héritage que vous administrez maintenant pour le compte de Deirdre. Vous me suivez?

De toute évidence, il était incapable de prononcer un mot. Il me regardait, sa cigarette se consumant entre ses doigts. Je ne percevais aucun signe de malveillance ou de colère. En lui jetant un regard amical, je poursuivis :

– Vos ancêtres sont les descendants de notre membre Petyr Van Abel. Les sorcières Mayfair et le Talamasca ont donc un lien de parenté. D'autres choses encore nous rapprochent, après toutes ces années. Stuart Townsend, par exemple, notre membre disparu à La Nouvelle-Orléans après avoir rendu visite à Stella en 1929. Vous souvenez-vous de lui? Le mystère de sa disparition n'a jamais été élucidé.

– Vous êtes fou, monsieur Lightner, dit-il sans changer d'expression.

Il tira sur sa cigarette et l'écrasa alors qu'il en restait la moitié.

– Votre esprit, ce Lasher, a tué Petyr Van Abel, dis-je posément. Est-ce lui que j'ai aperçu à l'instant? Là-bas? (Je fis un geste vers le jardin.) Il est en train de rendre votre nièce complètement folle, n'est-ce pas?

Cortland subit soudain un changement notable. Son visage, magnifiquement encadré par ses cheveux sombres, prit un air médusé.

– Vous êtes sérieux?

Ce furent ses premiers mots sincères depuis le début de notre entrevue.

– Bien sûr. A quoi bon essayer de tromper quelqu'un qui sait lire dans les pensées? Ce serait stupide, non? (Je regardai mon verre.) Tout aussi stupide qu'espérer que je boive ce bourbon et meure de la même façon que Stuart Townsend ou Cornell Mayfair.

Il tenta de cacher sa déconvenue derrière un regard inexpressif.

– C'est une très grave accusation.

– J'ai toujours cru que c'était Carlotta. Je me suis trompé, n'est-ce pas? C'était vous.

– Ce que vous pensez n'intéresse personne! murmura-t-il. Comment osez-vous me dire cela?

Il ravala sa colère, remua un peu sur son siège, les yeux toujours fixés sur moi, prit son étui en or et alluma une autre cigarette. Son attitude se métamorphosa soudainement et, pour la première fois, il eut l'air honnête.

– Que diable cherchez-vous, monsieur Lightner? Très sérieusement, que voulez-vous?

– Nous voulons vous connaître! dis-je, plutôt surpris de m'entendre. Vous connaître parce que nous en savons long sur vous et pourtant nous ne savons rien. Nous voulons vous dire tout ce que nous savons, la moindre information que nous avons, concernant qui vous êtes et qui il est. Et nous voulons que vous nous parliez, que vous nous fassiez confiance et nous admettiez. Et, enfin, nous voulons dire à Deirdre Mayfair : « Il y a d'autres gens comme vous, qui voient des esprits. Nous savons combien vous souffrez et nous pouvons vous aider. Vous n'êtes pas seule. »

Il m'examina, se carra dans son fauteuil, détourna les yeux, fit tomber la cendre de sa cigarette et demanda un autre verre.

– Pourquoi ne buvez-vous pas mon bourbon? l'interrogeai-je. Je n'y ai pas touché.

Je me surprenais encore. Il me regarda.

– Je n'aime pas le bourbon. Merci bien.

– Qu'avez-vous mis dedans?

Il se replongea dans ses pensées. L'air vraiment mal à l'aise, il regarda le garçon poser son verre sur la table.

– Ce que vous avez écrit dans votre lettre sur le portrait de Deborah Mayfair, à Amsterdam, c'est vrai?

J'acquiesçai.

– Nous avons des portraits de Charlotte, Jeanne-Louise, Angélique, Marie-Claudette, Marguerite, Katherine, Mary Beth, Julien, Stella, Antha et Deirdre...

Il eut un geste d'impatience.

– Je suis venu à cause de Deirdre, repris-je. La jeune fille à qui j'ai parlé au Texas est au bord de la dépression nerveuse.

– Vous pensez que vous l'avez aidée?

– Non, et je le regrette profondément. Je peux comprendre que vous refusiez tout contact avec nous. Mais nous pouvons vraiment aider Deirdre.

Pas de réponse. Il but son xérès. J'essayai de voir les choses de son point de vue mais je n'y parvins pas. Je n'avais jamais tenté d'empoisonner quelqu'un. Je n'avais pas la moindre idée de la personne qu'il était réellement. L'homme que je connaissais d'après l'histoire de sa famille n'avait rien à voir avec celui-là.

– Votre père, Julien, m'aurait-il parlé? demandai-je.

– Aucune chance, dit-il en levant les yeux, comme venant de se réveiller. (Pendant un instant, il eut l'air perdu.) Mais ne savez-vous pas, d'après vos observations, qu'il était l'un d'eux?

– Et vous?

– Non, dit-il avec empressement en secouant la tête. Pas vraiment. (Il eut l'air triste et parut vieux.) Écoutez, espionnez-nous si vous le désirez. Traitez-nous comme une famille royale...

– C'est exactement ce que nous faisons.

– Vous êtes des historiens, d'après ce que m'ont dit mes contacts à Londres. Historiens, érudits, parfaitement respectables, inoffensifs...

– Je suis flatté.

– Mais laissez ma nièce tranquille. Elle a une chance d'être heureuse, maintenant. Et tout cela doit se terminer maintenant. Il le faut.

– Est-elle l'un d'eux? demandai-je.

– Bien sûr que non. Justement. Vous ne voyez pas qu'il n'y a personne pour prendre la suite? Vous vous seriez donc démenés pour rien? N'avez-vous pas constaté la désintégration du pouvoir? Stella n'était pas non plus l'un d'eux. La dernière était Mary Beth. Enfin, Julien, mon père, et Mary Beth...

– Je sais. Et votre ami le spectre? Va-t-il permettre que cela finisse?

– Vous croyez à Lasher? (Il sourit imperceptiblement.) Vraiment, monsieur Lightner, vous y croyez?

– Je l'ai vu, dis-je simplement.

– Pure imagination, monsieur. Ma nièce m'a dit qu'il faisait très sombre dans ce jardin.

– Cessez donc! Avons-nous fait tout ce chemin pour dire de pareilles bêtises? Je l'ai vu, Cortland. Il a souri quand je l'ai aperçu. Et il était très substantiel et très vivant.

Le sourire de Cortland se fit plus petit, plus ironique. Il leva les sourcils et soupira.

– Il aimerait sûrement vous entendre, monsieur Lightner.

– Est-ce que Deirdre peut le faire partir?

– Bien sûr que non. Mais elle peut l'ignorer. Elle peut vivre comme s'il n'existait pas. Antha n'y arrivait pas et Stella ne le voulait pas. Mais Deirdre est plus forte qu'elles. Elle tient beaucoup de Mary Beth. C'est ce que les autres ne comprennent pas...

Il sembla se reprendre pour ne pas aller plus loin. Il ramassa son étui à cigarettes et son briquet et se leva lentement.

– Envoyez-moi votre récit, je le lirai. Ensuite, peut-être, nous pourrons en reparler. Mais ne vous approchez plus de ma nièce, monsieur Lightner. Comprenez bien que je ferai tout pour la protéger de ceux qui voudraient l'exploiter ou lui faire du mal. Tout, vous m'entendez!

Il se retourna pour s'en aller.

– Et mon verre? demandai-je en me levant. Et si j'appelais la police pour qu'elle l'examine?

– Monsieur Lightner, nous sommes à La Nouvelle-Orléans! (Il sourit et me fit un clin d'œil charmant.) Allez, retournez à votre tour de guet et à votre télescope et observez-nous de loin!

Je le regardai partir. Il marchait avec grâce à longues foulées. Il se retourna en atteignant la porte et m'adressa un signe de main sympathique.

J'allais ramasser mon carnet et mon stylo pour monter dans ma chambre lorsque je vis le concierge dans le couloir, dans l'encadrement de la porte. Il avança vers moi.

– Vos bagages sont prêts, monsieur Lightner. Et votre voiture arrive.

Il était très aimable. On ne lui avait pas dit qu'il était chargé de m'expulser de la ville.

– Vraiment? Et vous avez tout emballé? dis-je en regardant mes deux sacs.

Sortant dans le couloir, je vis une vieille et longue limousine noire s'arrêter devant la porte.

– C'est ma voiture? demandai-je encore.

– Oui. M. Cortland nous a dit de prendre des dispositions pour que vous attrapiez l'avion de 10 heures pour New York. Quelqu'un vous attend avec votre billet à l'aéroport. Il vous reste suffisamment de temps.

– Quelle délicate attention!

Je sortis des billets de ma poche mais le porteur les refusa.

– M. Cortland s'est occupé de tout, monsieur. Dépêchez-vous si vous ne voulez pas manquer l'avion.

– Effectivement. Mais je suis superstitieux avec les voitures noires. Appelez-moi un taxi, s'il vous plaît.

Le taxi m'emmena non pas à l'aéroport mais à la gare. Je réussis à obtenir une couchette pour Saint Louis et, de là, me rendis à New York. Lorsque j'eus Scott au téléphone, il se montra à nouveau inflexible. Il fallait réévaluer les données. Je devais arrêter mes recherches et rentrer tout de suite.

A mi-chemin au-dessus de l'Atlantique, je tombai malade. En arrivant à Londres, j'avais une forte fièvre. Scott m'attendait avec une ambulance pour me conduire à l'hôpital. Je passais mon temps à perdre et à reprendre conscience.

– Cherchez une trace de poison, eus-je la force de dire.

Ce furent mes derniers mots pendant huit heures. Lorsque je revins à moi, j'avais toujours de la fièvre mais j'étais très rassuré d'être en vie. Scott et deux autres bons amis étaient dans ma chambre.

– Vous avez effectivement été empoisonné. Le pire est passé. Vous rappelez-vous votre dernier verre avant de monter dans l'avion?

– Cette femme, dis-je.

– Racontez-moi.

– J'étais au bar de l'aéroport, à New York. J'avais pris un scotch. Elle était empêtrée dans ses bagages et elle m'a demandé si je pouvais aller lui chercher un porteur. Elle toussait comme une tuberculeuse. Elle avait l'air mal en point. Pendant que j'allais chercher le porteur, elle s'est assise à ma table.

– Elle vous a empoisonné au ricin. C'est un poison très courant et puissant. C'est probablement aussi ce que Cortland a mis dans votre bourbon. Vous êtes hors de danger mais vous allez vous sentir mal encore deux jours.

– Seigneur!

J'avais à nouveau des crampes d'estomac.

– Ils ne nous parleront jamais, Aaron, dit Scott. Pourquoi le feraient-ils? Ils tuent des gens. C'est fini. Pour l'instant, en tout cas.

– Ils ont toujours tué des gens, Scott, dis-je d'une voix faible. Mais pas Deirdre Mayfair. Je veux mon journal.

Les crampes devinrent insupportables. Je refusai l'injection que me proposait le médecin.

– Aaron, c'est le médecin-chef du service de toxicologie! Sa réputation est irréprochable. Nous avons contrôlé les infirmières et il n'y a que des gens à nous dans cette pièce.

A la fin de la semaine, je pus retourner à la maison mère et pendant ma convalescence je relus toute l'histoire Mayfair. J'y ajoutai certains éléments, dont le témoignage de Richard Llewellyn et ceux de quelques personnes que j'avais rencontrées avant d'aller voir Deirdre au Texas.

Ma conclusion était que Cortland s'était débarrassé de Stuart et probablement de Cornell. Cela se tenait. Et pourtant il restait tellement de zones d'ombre. Que voulait protéger Cortland en commettant ces crimes? Et pourquoi combattait-il constamment Carlotta?

Entre-temps, nous avions reçu des nouvelles de Carlotta sous la forme d'un mitraillage de lettres de menaces envoyées par son cabinet juridique au nôtre, nous enjoignant de « cesser notre ingérence » dans sa vie privée, de lui communiquer la totalité des informations que nous possédions sur elle et sa famille, de « maintenir une distance de sécurité de cent mètres entre nous et chacun des membres de sa famille et leurs propriétés et de ne rien entreprendre, sous quelque forme et de quelque façon que ce soit, pour prendre contact avec Deirdre Mayfair », etc., jusqu'à la nausée, aucune de ces menaces ou requêtes n'ayant la moindre validité en droit.

Nous donnâmes pour consigne à nos avocats de ne pas répondre et le conseil se réunit pour discuter de toute cette affaire.

Une fois de plus, nous avions tenté un contact et avions été refoulés. Or il fallait continuer les investigations et l'on me donna carte blanche. Mais plus personne ne devait approcher la famille.

Je ne discutai pas la conclusion du conseil. A ce moment-là, je ne pouvais même pas boire un verre de lait sans me demander si j'allais en mourir. Et je n'arrivais pas à chasser de mon esprit le sourire artificiel de Cortland.

Suite de l'histoire de Deirdre Mayfair

Mes enquêteurs du Texas étaient trois grands professionnels, dont deux avaient autrefois travaillé pour le gouvernement des États-Unis. Tous les trois reçurent pour instruction de ne jamais déranger ni effrayer Deirdre, quoi qu'il arrive.

– Le bonheur de cette jeune fille et sa tranquillité d'esprit me tiennent à cœur. N'oubliez pas qu'elle a un pouvoir télépathique. Alors si vous l'approchez à moins de quinze mètres elle saura que vous la surveillez. S'il vous plaît, faites bien attention.

Qu'ils m'aient cru ou non, ils suivirent ma consigne à la lettre et nous n'avons jamais su si Deirdre se savait observée.

Elle se comporta très bien durant le semestre d'automne. Ses notes étaient excellentes, ses compagnes et ses professeurs l'aimaient bien. Toutes les six semaines environ, sa cousine Rhonda Mayfair et le professeur Ellis Clement, son mari et professeur d'anglais de Deirdre, l'emmenaient dîner en ville.

Le registre des sorties indique également que Cortland allait souvent la chercher le vendredi ou le samedi pour passer la soirée à Dallas.

Carlotta et Cortland ne se parlaient toujours pas. Ils échangeaient des lettres haineuses sur des détails financiers concernant Deirdre.

– Il essaie de la prendre entièrement sous sa coupe, pour son bien, dit une secrétaire de Cortland à une amie. Cette vieille femme n'arrivera pas à ses fins. Elle le menace de le traîner devant les tribunaux.

Au cours du trimestre de printemps, l'état de Deirdre commença à se détériorer. Elle manquait des cours et ses compagnes de dortoir disaient qu'elle pleurait parfois toute la nuit et ne répondait pas quand elles frappaient à sa porte. Un soir, elle fut ramassée par le service d'ordre du campus dans un petit parc, en ville. Elle semblait ne pas savoir ce qu'elle faisait là.

Finalement, elle fut convoquée au bureau du doyen. Elle manquait trop souvent les cours et, quand elle y assistait, ses professeurs se plaignaient de son inattention.

En avril, elle commença à avoir des nausées tous les matins. Au bout d'un certain temps, ses compagnes, qui l'entendaient vomir dans la salle de bains commune, allèrent voir la responsable des dortoirs.

– Personne ne voulait la dénoncer. Nous avions peur. Et si elle avait essayé de se faire du mal? dira l'une des pensionnaires.

Lorsque la responsable des dortoirs suggéra à Deirdre qu'elle était peut-être enceinte, celle-ci fondit en larmes et dut être hospitalisée jusqu'à ce que Cortland aille la chercher, le 1er mai.

Ce qui s'est passé ensuite reste un mystère. D'après les registres de l'hôpital de la Pitié de La Nouvelle-Orléans, on peut supposer que Deirdre fut directement emmenée dans cet établissement et qu'elle y avait une chambre individuelle. Les religieuses infirmières, dont beaucoup étaient des professeurs à la retraite de l'école Saint Alphonse et avaient connu Deirdre, vérifièrent que le médecin de Carlotta, le docteur Gallagher, s'occupait de Deirdre et qu'effectivement elle attendait un enfant.

– Cette jeune fille va se marier, dit-il aux sœurs, et je ne veux pas que l'on médise à son sujet. Le père est un professeur de Denton, au Texas, et il est en route pour La Nouvelle-Orléans.

Trois semaines plus tard, sous sédatif et surveillée par une infirmière,

Deirdre fut ramenée en ambulance à First Street. Dans la paroisse, tout le monde avait appris qu'elle était enceinte, qu'elle allait bientôt se marier et que son futur mari, un professeur, était « un homme marié ».

Ce fut un véritable scandale pour ceux qui connaissaient la famille depuis des générations. Les vieilles paroissiennes chuchotaient entre elles sur les marches de l'église : « Un homme marié, vous vous rendez compte ? » Quand Mlle Millie et Mlle Belle passaient devant eux, les gens leur lançaient des regards furtifs. Certains disaient que Carlotta ne s'en mêlerait pas. Ce furent Mlle Millie et Mlle Belle qui emmenèrent Deirdre chez Gus Mayer pour lui acheter une adorable robe bleue, des escarpins en satin bleu, un sac blanc et un chapeau pour le mariage.

– Elle était tellement abrutie par les médicaments qu'elle ne devait même pas savoir où elle était, dira l'une des vendeuses. C'est Mlle Millie qui a tout choisi. Deirdre était assise, blanche comme un linge, et répétait « Oui, tante Millie » comme un automate.

A l'époque, les médecins croyaient que le placenta protégeait le bébé contre les drogues administrées à sa mère. Des infirmières racontèrent qu'à sa sortie de l'hôpital Deirdre était tellement bourrée de médicaments qu'elle ne comprenait même pas ce qui se passait autour d'elle. Carlotta était venue en début d'après-midi, ce jour-là, et l'avait fait sortir de l'établissement.

– Un peu plus tard, Cortland Mayfair est venu lui rendre visite, m'apprit un jour, sous le sceau du secret, sœur Bridget Marie. Il s'est mis dans une colère noire quand il a vu qu'elle n'était plus là !

Les commérages des bureaux respectifs de Cortland et Carlotta ne firent qu'épaissir le mystère. Dans un accès de colère, Cortland dit un jour à sa secrétaire que Carlotta croyait pouvoir l'empêcher d'entrer dans la maison où il était né. « Eh bien, elle se fait des illusions ! » aurait-il ajouté.

Le 1er juillet apporta son lot d'informations qui firent rapidement le tour de la paroisse. Le futur mari de Deirdre, ce « professeur » qui quittait sa femme pour l'épouser, s'était tué en voiture sur la route longeant le fleuve. La barre d'accouplement de sa voiture s'était rompue et la voiture avait tiré à droite, à grande vitesse, heurté un chêne et explosé. Deirdre Mayfair, célibataire et à peine âgée de dix-huit ans, allait abandonner son bébé. Un membre de la famille allait l'adopter. Mlle Carlotta s'occupait de toutes les formalités.

– Mon grand-père fut outré quand il entendit parler de l'adoption, rapporta Ryan Mayfair de nombreuses années plus tard. Il voulait parler à Deirdre et entendre de sa propre bouche qu'elle voulait abandonner son enfant. Mais il n'arrivait pas à pénétrer dans la maison de First Street. Alors il est allé voir le père Lafferty mais celui-ci était du côté de Carlotta.

Tous ces événements sont tragiques car on est en droit de penser que Deirdre aurait échappé à la malédiction de First Street si le père de son enfant n'avait pas trouvé la mort dans un accident de la route. Année après année, cette triste histoire fut colportée par les paroissiens et me parvint en

1988 par l'intermédiaire de Rita Mae Lonigan. Tout porte à croire que le père Lafferty croyait à l'histoire du père texan. C'était aussi le cas des Mayfair : Béatrice, Pierce et même Rhonda et son mari, Ellis Clement.

Mais tout cela était faux.

Dès le début, nos enquêteurs ne cachèrent pas leur scepticisme. Un professeur du collège avec Deirdre Mayfair ? Lequel ? Ellis Clement, sous constante surveillance, était à exclure. Il connaissait à peine Deirdre.

En fait, il n'existait à Denton aucun homme qui aurait fréquenté Deirdre. On ne l'avait jamais vue en compagnie d'un homme. De plus, aucun professeur de l'université ou d'une école voisine n'était jamais mort dans un accident de voiture en Louisiane. Et, à notre connaissance, il n'y eut même aucune victime d'accident sur cette route au cours de l'année 1959.

Cette pure invention cachait-elle une histoire encore plus scandaleuse et tragique ? Nous avons mis du temps à rassembler les pièces du puzzle. Lorsque nous avons appris l'accident, les démarches légales pour l'adoption du bébé de Deirdre étaient déjà faites. Et, lorsque nous avons su qu'il n'y avait eu aucun accident, l'adoption était un fait accompli.

Selon les archives du tribunal, Ellie Mayfair vint à La Nouvelle-Orléans pendant le mois d'août de cette année-là pour signer les papiers d'adoption dans le bureau de Carlotta bien qu'aucun membre de la famille n'ait eu vent de son passage.

Graham Franklin, le mari d'Ellie, raconta à un de ses associés que l'adoption avait causé un sacré grabuge dans la famille.

– Ma femme cessa toutes relations avec son grand-père. Celui-ci ne voulait pas que nous adoptions Rowan. Heureusement, ce vieux corniaud est mort avant la naissance du bébé !

Mlle Millie et Mlle Belle achetèrent des liseuses et des chemises de nuit magnifiques chez Gus Mayer. Les vendeuses l'interrogèrent à propos de « la pauvre Deirdre ».

– Oh ! elle va du mieux possible, dit Mlle Millie. Ce fut terrible, vraiment terrible !

– Mlle Belle raconta à une femme, dans la chapelle, que Deirdre traversait « à nouveau une mauvaise passe ».

Que s'est-il réellement passé à First Street pendant tous ces mois ? Nous pressâmes nos enquêteurs de découvrir tout ce qu'ils pouvaient. A notre connaissance, une seule personne vit Deirdre pendant les derniers mois de sa « réclusion » mais nous ne pûmes l'interroger avant 1988.

A l'époque, son médecin et l'infirmière qui veillait sur elle huit heures par jour étaient muets comme des tombes.

Le père Lafferty disait que la jeune fille s'était résignée à l'adoption. Lors d'une visite, Béatrice Mayfair ne fut pas autorisée à la voir mais but un verre de vin avec Millie qui lui dit que toute cette affaire lui brisait le cœur.

Le 1er octobre, Cortland était affreusement inquiet. Ses secrétaires rapportèrent qu'il ne cessait d'appeler Carlotta et que chaque fois qu'il se rendait à First Street il se faisait éconduire. Enfin, l'après-midi du 20 octobre, il raconta à sa secrétaire qu'il entrerait dans la maison et verrait sa nièce, dût-il enfoncer la porte.

A 5 heures, un voisin l'aperçut assis au bord du trottoir, à l'angle de First Street et de Chestnut Street, les vêtements déchirés et du sang coulant d'une coupure à la tempe.

– Appelez-moi une ambulance, dit-il. Il m'a poussé dans l'escalier!

La femme du voisin resta à ses côtés jusqu'à l'arrivée de l'ambulance mais il ne prononça pas un mot de plus. Il fut emmené d'urgence au dispensaire Touro. L'interne de service racontera plus tard que Cortland était contusionné, que son poignet était brisé et qu'il saignait de la bouche. « Cet homme a des blessures internes », dit-il. Et il appela immédiatement l'équipe d'urgence.

Cortland attrapa alors la main de l'interne et lui demanda d'aider Deirdre Mayfair qui était retenue prisonnière dans sa propre maison. « Ils vont lui prendre son bébé contre sa volonté. Aidez-la! » Puis il mourut.

Une autopsie hâtive indiqua des hémorragies internes importantes et des blessures à la tête. Lorsque le jeune interne parla de demander une enquête judiciaire, les fils de Cortland s'empressèrent de le rassurer. Ils venaient de parler avec leur cousine Carlotta Mayfair. Leur père était tombé dans l'escalier, avait refusé qu'on appelle un médecin et avait quitté la maison tout seul. Carlotta ne se doutait pas qu'il était blessé à ce point et ignorait qu'il s'était assis sur le trottoir à l'angle de la rue. Elle avait beaucoup de chagrin. Le voisin aurait dû sonner à la porte.

Aux obsèques de Cortland, on raconta la même histoire à la famille. Belle et Millie assises tranquillement derrière lui, Pierce, le fils de Cortland, s'adressa à tout le monde pour dire que son père avait l'esprit embrouillé au moment où il avait déclaré au voisin qu'un homme l'avait poussé dans l'escalier. En fait, aucun homme n'était présent à First Street. Carlotta l'avait vu tomber elle-même, ainsi que Nancy, qui s'était précipitée en vain pour le rattraper.

Quant à l'adoption, Pierce était farouchement pour. Sa nièce Ellie donnerait au bébé l'environnement idéal. Il était dramatique que Cortland fût contre cette adoption mais, après tout, il avait quatre-vingts ans. Depuis quelque temps, sa faculté de jugement commençait à s'altérer.

Les obsèques furent grandioses et se déroulèrent sans incident. L'entrepreneur des pompes funèbres indiquera seulement des années plus tard que plusieurs vieillards de la famille, assis tout au fond pendant le petit « discours » de Pierce, s'étaient montrés très sarcastiques. « Bien sûr qu'il n'y a aucun homme dans cette maison », dit l'un d'entre eux. « Oh non! Pas d'homme, juste quelques adorables vieilles dames. » « Je n'ai jamais vu d'homme là-bas, et vous? » « Non, jamais de la vie. » Et ainsi de suite.

Lorsque des cousins se présentèrent à la maison pour voir Deirdre, on leur servit la même histoire que celle de Pierce à l'enterrement et on leur dit que Deirdre ne se sentait pas assez bien pour les voir. D'ailleurs, elle ne voulait même pas voir Cortland. Elle ignorait et devait continuer à ignorer qu'il était mort.

Apparemment, tout le monde tenait l'adoption pour la meilleure solution. Cortland n'aurait jamais dû s'en mêler. Comme le dira Ryan Mayfair, son petit-fils : « La pauvre Deirdre n'était pas plus faite pour être mère que la Folle de Chaillot. Mais je crois que mon grand-père se sentait responsable. C'était lui qui l'avait emmenée au Texas. Il s'en voulait. Il voulait être certain qu'elle désirait abandonner l'enfant. Mais ce que voulait Deirdre n'était peut-être pas ce qu'il y avait de plus important. »

A l'époque, j'appréhendais les informations en provenance de la Louisiane. La nuit, dans mon lit, je ne cessais de penser à Deirdre, me demandant s'il y avait un moyen de savoir ce qu'elle voulait vraiment ou ressentait. Scott Reynolds était plus impitoyable que jamais : pas question d'intervenir. Deirdre savait où nous joindre. Cortland aussi. Carlotta Mayfair aussi. Nous ne pouvions rien faire de plus.

Ce n'est qu'en janvier 1988, près de trente ans plus tard, que je sus par une amie d'enfance de Deirdre, Rita Mae Dwyer Lonigan, que Deirdre avait tenté désespérément de me joindre. J'en eus le cœur brisé. Quand je pense que j'avais passé des nuits, trente ans plus tôt, à me dire : « Je ne peux pas l'aider mais je dois essayer. Mais comment faire ? Par quel moyen y arriver ? »

En fait, je n'aurais probablement rien pu faire pour elle. Si Cortland n'avait pu empêcher l'adoption, comment aurais-je pu y parvenir ? Et pourtant, dans mes rêves, je me vois sortir Deirdre de la maison de First Street et l'amener à Londres. Et je la vois comme une jeune femme normale et en pleine santé.

La réalité est tout autre.

Le 7 novembre 1959, Deirdre donna le jour, à 5 heures du matin, à Rowan Mayfair, une petite fille aux cheveux clairs, pesant près de quatre kilos et en pleine santé. Quelques heures plus tard, émergeant à peine de son anesthésie générale, Deirdre était entourée d'Ellie Mayfair, du père Lafferty, de Carlotta Mayfair et de deux religieuses infirmières qui racontèrent plus tard la scène dans le détail à sœur Bridget Marie.

Le père Lafferty tenait le bébé dans ses bras. Il expliqua qu'il venait de le baptiser dans la chapelle de l'hôpital et montra à Deirdre le certificat de baptême au nom de Rowan Mayfair.

– Embrassez votre bébé, Deirdre, dit-il. Et donnez-le à Ellie. Elle est prête à partir.

Deirdre obtempéra. Elle avait insisté pour que l'enfant porte le nom de Mayfair et, cette condition remplie, elle laissait partir son bébé. Aveuglée par les larmes, elle l'embrassa et laissa Ellie le lui prendre des bras. Puis elle tourna la tête et se mit à sangloter dans l'oreiller. Le père Lafferty dit : « Il vaut mieux la laisser seule. »

Plus de dix ans plus tard, sœur Bridget Marie expliqua la signification du prénom Rowan.

– Carlotta est la marraine de l'enfant. Je crois qu'ils ont choisi l'un des médecins comme parrain, pressés qu'ils étaient de procéder au baptême. Lorsque Carlotta a dit au prêtre que le prénom de l'enfant était Rowan [1], celui-ci lui a dit :

– Vous savez, Carlotta Mayfair, ce n'est pas un prénom de sainte.

Alors, à sa manière abrupte, Carlotta répondit :

– Ignorez-vous, mon père, que le sorbier était et est toujours l'arbre qui protège de la sorcellerie et du mal? En Irlande, on accroche une branche de sorbier au-dessus de la porte de la maison afin de protéger la famille. Rowan sera le prénom de cette enfant!

Et Ellie Mayfair, cette jeune femme plutôt mièvre, a acquiescé de la tête.

– Est-ce vrai? demandai-je. On met une branche de sorbier au-dessus de la porte en Irlande?

Gravement, sœur Bridget Marie hocha la tête.

– Heureusement!

Qui est le père de Rowan Mayfair?

L'analyse de sang faite à l'hôpital indique que le groupe sanguin du bébé correspond à celui de Cortland Mayfair, décédé moins d'un mois plus tôt. J'aimerais rappeler que Cortland était peut-être également le père de Stella et des informations récentes provenant de l'hôpital Bellevue ont confirmé qu'il était probablement aussi celui d'Antha.

Deirdre « devint folle » avant de quitter la maternité. Les religieuses racontèrent qu'elle pleurait à longueur de temps et criait tout le temps : « Tu l'as tué! » Elle entrait dans la chapelle de l'hôpital pendant la messe et criait : « Tu l'as tué. Tu m'as laissée seule parmi mes ennemis. Tu m'as trahie! » Il fallut l'emmener de force et l'interner à l'asile Sainte Anne où, à la fin du mois, elle sombra dans la catatonie.

– C'était l'amant invisible, croit sœur Bridget Marie encore aujourd'hui. Elle criait et le maudissait parce qu'il avait tué son professeur. Ce démon avait fait cela car il la voulait pour lui tout seul. Un amant démoniaque, voilà ce qu'il était. Il parcourait les rues de Garden District la nuit.

Cette histoire est très éloquente, mais comme il est plus que probable que ce professeur n'a jamais existé, quelle signification donner aux paroles de Deirdre? Est-ce Lasher qui a poussé Cortland dans l'escalier ou l'a-t-il à ce point effrayé que le vieil homme est tombé tout seul? Si oui, pourquoi?

On peut dire que cela marqua la fin de la vie de Deirdre Mayfair car, pendant dix-sept ans, elle fut internée dans diverses institutions psychiatriques où elle reçut des doses massives de drogues et des électrochocs. Lorsqu'elle retournait chez elle, elle n'était plus que le fantôme d'elle-même.

---

1. Le terme anglais *rowan tree* désigne un arbre qui porte plusieurs noms en français : sorbier commun, sorbier des oiseaux, sorbier des ciseleurs, sorbier sauvage, arbre à grives *(N.d.T.)*.

Enfin, en 1976, on la ramena définitivement à First Street. C'était une invalide aux yeux écarquillés, muette, nerveuse et complètement amnésique.

– Elle est incapable de se rappeler ce qui s'est passé la minute précédente, dira un médecin. Elle vit entièrement dans le présent. On pourrait dire qu'elle a la tête totalement vide.

C'est également la description que l'on fait de certaines très vieilles personnes atteintes de sénilité qui restent assises des heures durant dans les services de gérontologie des hôpitaux du monde entier. De plus, on a expliqué à ses divers médecins et infirmières qu'on l'abrutissait de médicaments pour empêcher ses crises d'« agitation ».

Comment Deirdre est-elle devenue cette aliénée, ce « gentil légume » assis sur une chaise? Les traitements de choc successifs qui lui furent infligés à partir de 1959 y ont certainement contribué mais aussi les doses massives de tranquillisants.

Comment justifier un pareil traitement? Deirdre cessa de parler de façon cohérente dès 1962. Lorsqu'elle n'était pas sous tranquillisant, elle criait et pleurait sans cesse. De temps à autre, elle cassait un tas d'objets et parfois elle restait simplement allongée, ses yeux roulant dans ses orbites, et braillait.

Au fil des ans, nous avons réussi à interroger à peu près chaque mois un médecin, une infirmière ou quelqu'un qui avait pénétré dans la maison de First Street. Mais les renseignements que nous possédons sont plutôt fragmentaires. Les dossiers médicaux, confidentiels, sont plutôt difficiles à consulter. Mais nous avons appris que, dans deux établissements au moins où Deirdre avait reçu un traitement, il n'existe aucun dossier à son nom.

Un médecin a reconnu devant l'un de nos enquêteurs qu'il avait détruit son dossier. Un autre, parti à la retraite peu après s'être occupé d'elle, n'a laissé que quelques notes sibyllines à son sujet : « Incurable. Tragique. La tante demande un traitement ininterrompu. Sa description du comportement de sa nièce n'est pas crédible. »

Bien que, toute sa vie d'adulte, Deirdre ait été continuellement abrutie de drogues, les témoins ayant vu « un mystérieux homme aux cheveux bruns » sont légion. Des infirmières de Sainte Anne prétendirent avoir vu « un homme entrer dans sa chambre ». Dans un hôpital du Texas où elle séjourna brièvement, un médecin dit avoir aperçu un « mystérieux visiteur qui disparaissait tout simplement quand je voulais l'interroger ou lui demander qui il était. »

Tout comme avant, aucun artisan ne pouvait travailler dans la maison de First Street. Certains parlaient même d'« un homme qui rôdait par là » et ne voulait pas qu'on touche à la maison.

Le vieux jardinier vient toujours et, de temps à autre, repeint la clôture rouillée.

Sinon, First Street croule sous les branches de chêne, les grenouilles coassent toute la nuit autour de la piscine de Stella, couverte de nénuphars et de glaïeuls. La balançoire de Deirdre est tombée depuis longtemps de sa branche, dans le fond de la propriété. Son assise – une simple planche de bois – gît dans les hautes herbes, toute décolorée et déformée.

Bien des passants s'arrêtant pour regarder Deirdre dans son fauteuil à bascule, sous le porche, ont aperçu un « cousin beau garçon » venu en visite. Des infirmières ont donné leur congé à cause de « cet homme qui va et vient comme un revenant » ou parce qu'elles voyaient de drôles de choses du coin de l'œil et avaient l'impression d'être épiées.

– Il y a une sorte de fantôme qui rôde partout, dit une jeune infirmière qui prévint son agence de placement qu'elle ne retournerait jamais dans cette maison. Je l'ai vu une fois à la lumière du soleil. Je n'ai jamais rien vu d'aussi effrayant.

Lorsque j'interrogeai cette jeune fille au cours d'un déjeuner, elle n'eut pas beaucoup de détails à ajouter.

– Juste un homme avec des cheveux bruns, des yeux marron, une jolie veste et une chemise blanche. Mon Dieu ! C'était terrifiant ! Il était juste là, en plein soleil, à côté d'elle, et il me regardait. J'ai laissé tomber mon plateau et me suis mise à hurler.

Plus d'un membre du personnel médical quitta brusquement la famille et un médecin fut même congédié en 1976. Nous continuons à rechercher ces gens pour enregistrer leur témoignage. Nous essayons de leur en dire le moins possible sur la raison pour laquelle nous voulons savoir ce qu'ils ont vu et quand.

Toutes ces données laissent à penser que l'esprit de Deirdre a été détruit au point qu'elle ne peut plus contrôler l'évocation de Lasher. C'est-à-dire que, inconsciemment, elle lui donne le pouvoir d'apparaître près d'elle sous une forme très réaliste. Mais, si elle refuse sa présence, elle n'a plus la capacité de le contrôler ou de le faire partir.

En résumé, elle est un médium dénué d'esprit, une sorcière inopérante à la merci de cette créature familière qui ne la quitte jamais.

Mais une autre possibilité est envisageable : Lasher serait là pour la réconforter, veiller sur elle et la rendre heureuse d'une façon que nous ne sommes pas capables de comprendre.

En 1980, il y a près de huit ans, j'ai réussi à me procurer un ancien vêtement de Deirdre qui avait servi de chiffon à poussière avant de finir dans une poubelle. Je l'ai ramené avec moi en Angleterre et l'ai remis à Lauren Grant, l'un de nos meilleurs psychométriciens.

– Je vois le bonheur, dit-elle. Ce vêtement appartient à quelqu'un de béatement heureux. Elle vit dans des rêves de jardins verts, de ciel crépusculaire et d'aurore magnifique. Il y a des branches basses. Et une balançoire suspendue à un arbre extraordinaire. Est-ce une enfant ? Non, une femme. La brise est chaude. (Lauren massa le tissu et le serra contre sa joue.) Oh, elle a le plus beau des amants ! Quel amant ! Il ressemble à un tableau. On le dirait tout droit sorti de *David Copperfield*. Il est doux et quand il la touche elle se laisse faire. Qui est cette femme ? N'importe quelle femme au monde aimerait être à sa place. Pendant quelque temps, du moins.

J'ai vu Deirdre de loin à plusieurs reprises depuis 1976. A l'époque, j'étais déjà allé trois fois à La Nouvelle-Orléans pour m'informer. Depuis, j'y suis retourné un grand nombre de fois.

A chaque visite, j'ai rencontré de nouveaux « témoins » qui m'en ont appris davantage sur « l'homme aux cheveux bruns » et les mystères entourant First Street. Ces récits se ressemblent tous. Mais, bien qu'elle ne soit pas encore morte, nous sommes arrivés à la fin de l'histoire de Deirdre.

Il est temps maintenant d'étudier en détail sa fille et héritière, Rowan Mayfair, qui n'a jamais remis les pieds dans sa ville natale depuis le jour où on l'a emmenée en avion, six heures après sa naissance.

Et, bien qu'il soit encore trop tôt pour rédiger un récit cohérent sur Rowan, tout indique que cette femme, qui ignore tout de sa famille, de ses origines et de son héritage, est peut-être la sorcière la plus puissante que la famille Mayfair ait jamais conçue.

Vingt-quatre

L'air conditionné lui donna une sensation agréable après la touffeur de la rue. Mais, après être restée un instant debout, anonyme, dans l'entrée de Lonigan et Fils, elle se rendit compte que la chaleur l'avait un peu rendue malade. L'air glacé la saisit, comme si elle avait eu de la fièvre. La foule grouillante, à quelques pas d'elle, avait quelque chose d'irréel.

De sa place, elle ne voyait pas l'intérieur du cercueil, adossé au mur du fond de la seconde pièce. Tandis que les gens allaient et venaient devant elle, elle apercevait par instants le bois poli, les poignées d'argent et le satin recouvrant l'intérieur du couvercle ouvert.

Les muscles de son visage se crispèrent. Le cercueil. Traverser cette pièce, puis l'autre, et regarder. Son visage était complètement contracté. Son corps aussi. Aller jusqu'au cercueil et regarder. N'est-ce pas ce que l'on fait en pareille circonstance?

Oui, c'était bien ce que les gens faisaient. L'un après l'autre, ils s'approchaient du cercueil et regardaient dedans.

Tôt ou tard, quelqu'un allait s'apercevoir de sa présence et lui demanderait peut-être qui elle était.

Mais, pour l'instant, personne ne faisait attention à elle et elle observait les hommes en costume clair, les femmes aux belles robes, avec leurs chapeaux et leurs gants. Cela faisait des années qu'elle n'avait pas vu de femmes en vêtements de couleur gaie. Il y avait au moins deux cents personnes de tous les âges.

Elle aperçut des vieillards en costume de coton blanc, avec des cannes, de jeunes garçons mal à l'aise avec leur col fermé et leur cravate. Les nuques de ces vieux et de ces jeunes avaient quelque chose de vulnérable. De jeunes enfants jouaient autour des adultes, des nouveau-nés babillaient sur les genoux de leurs parents, des bambins marchaient à quatre pattes sur la moquette rouge foncé.

Une petite fille d'une douzaine d'années, aux cheveux roux ornés d'un ruban, la fixait du regard. En Californie, Rowan n'avait jamais vu une fillette de cet âge avec un vrai ruban dans les cheveux et un gros nœud en satin couleur pêche.

Tous ces gens endimanchés ! songea-t-elle. Les conversations étaient presque joyeuses. On aurait dit un mariage.

Un mouvement de la foule lui permit d'apercevoir le cercueil presque en entier. Un petit vieillard frêle en costume de seersucker gris observait le corps de la défunte. Avec peine, il s'agenouilla sur le prie-Dieu. Rowan n'avait encore jamais vu de costume en seersucker, sauf dans un film en noir et blanc, où les pales d'un ventilateur tournaient et un perroquet caquetait sur son perchoir tandis que Sidney Greenstreet disait quelque chose de sinistre à Humphrey Bogart.

Elle eut l'impression d'avoir plongé dans le passé, dans un monde qui n'existait plus en Californie. C'était peut-être cela qui était si curieusement réconfortant, comme dans l'épisode de *La Quatrième Dimension* où un homme d'affaires surmené descend de son train de banlieue pour se retrouver dans une ville heureuse du XIXe siècle.

« Nos obsèques, à La Nouvelle-Orléans, étaient formidables. Dis à mes amis de venir », avait dit Ellie. Mais son enterrement pénible n'avait ressemblé en rien à celui-ci. Ses amis bronzés, gênés par la mort, avaient passé leur temps rivés sur leurs chaises pliantes.

Et toutes ces fleurs ! Il y en avait partout. D'immenses bouquets de roses, de lys et de glaïeuls nichés entre les petites chaises aux pieds ouvragés et jusque dans les coins de la pièce, d'énormes couronnes placées sur des supports en métal. Parsemées de gouttelettes d'eau scintillantes, les fleurs frémissaient dans l'air frais, avec leurs nœuds blancs et leurs rubans dont certains portaient le nom de Deirdre en lettres d'argent.

Soudain, elle eut l'impression que le prénom de sa mère était écrit partout dans la pièce et que les rubans appelaient : « Deirdre ! Deirdre ! » Les femmes en robe du dimanche buvaient du vin blanc dans des verres à pied, la petite fille aux cheveux roux la regardait toujours et une religieuse en robe bleu foncé, au voile blanc et aux bas noirs, assise sur le bord d'une chaise, appuyée sur sa canne, entourée de fillettes, écoutait un homme qui lui parlait à l'oreille.

Tous ces bouquets dégagaient un tel arôme. Ellie disait toujours que les fleurs de Californie ne sentaient rien. Un doux parfum flottait dans la pièce.

Mais elle eut un nouveau haut-le-cœur et la forte odeur ne faisait qu'aggraver les choses. Le cercueil était loin et la foule le masquait entièrement. Elle repensa à la vieille maison sombre « à l'angle du côté du fleuve », comme l'avait dit le réceptionniste de l'hôtel. C'était sûrement celle que Michael voyait tout le temps. Sauf s'il y en avait des centaines comme celle-là, avec un motif de roses dans le fer forgé et une cascade sombre de bougainvillées se déversant sur le mur gris délavé. Quelle maison magnifique !

La foule se fendit soudain et elle aperçut à nouveau le long flanc du cercueil. Était-ce le profil d'une femme sur un coussin de satin qu'elle voyait ? Le cercueil d'Ellie était fermé et Graham n'avait pas eu d'enterrement. Ses amis s'étaient simplement réunis dans un bar en ville.

Il faut que tu ailles près de ce cercueil. Il faut que tu regardes dedans. C'est pour ça que tu es venue, que tu as brisé ton serment envers Ellie. C'est pour voir ta mère de tes propres yeux. Mais suis-je vraiment dans la réalité ? N'est-ce pas un rêve ? Regarde la petite fille, avec son bras passé autour des épaules de la vieille femme. Elle a une large ceinture avec un nœud autour de la taille. Et elle porte des chaussettes blanches.

Si seulement Michael était là ! Ce monde est le sien. Si seulement il pouvait ôter ses gants et poser sa main sur celle de la morte. Mais que verrait-il ? Un entrepreneur de pompes funèbres lui injecter dans les veines un liquide d'embaumement ? Ou son sang coulant dans la rainure de la table d'embaumement ?

Eh bien ! Qu'attends-tu ? Pourquoi ne bouges-tu pas ?

Elle recula contre l'encadrement de la porte en regardant une vieille femme aux cheveux jaune pâle ouvrir ses bras en direction de trois petits enfants. Chacun son tour, ils embrassèrent la joue tremblante de la vieille dame. Tous ces gens sont-ils la famille de ma mère ?

Elle revit la maison, dépouillée de ses détails, sombre et fantastiquement grande. Elle comprit pourquoi Michael aimait cet endroit. Mais il ne savait pas que c'était la maison de sa mère. Il n'était pas au courant de ce qui se passait. Il était parti. Et peut-être leur histoire était-elle achevée, après seulement un week-end...

La porte s'ouvrit derrière elle. En silence, elle fit un pas de côté. Un couple âgé passa devant elle comme si elle n'avait pas été là : une femme majestueuse avec de magnifiques cheveux gris acier relevés en un chignon torsadé et une robe-chemisier en soie, et un homme au costume blanc froissé, au cou épais et à la voix douce.

– Béatrice ! s'exclama quelqu'un en les voyant. Un beau jeune homme vint embrasser la ravissante femme aux cheveux gris.

– Ma chérie, entre ! dit une voix féminine. Non, personne ne l'a vue, elle devrait arriver d'un moment à l'autre.

Des voix ressemblant à celle de Michael, mais différentes. Deux hommes discutant à voix basse se placèrent entre Rowan et le couple qui entrait dans la seconde pièce. La porte d'entrée s'ouvrit encore une fois, laissant entrer un souffle chaud du dehors.

Rowan alla se placer dans l'angle opposé, d'où elle voyait parfaitement le cercueil. La moitié inférieure du couvercle était fermée. Pourquoi cela avait-il un air grotesque ? Elle l'ignorait. Un crucifix était fixé dans le satin au-dessus de la tête de la femme. Non pas qu'elle vît la tête, mais elle la devinait.

Allez, Rowan ! Vas-y ! Va jusqu'au cercueil ! Est-ce plus difficile que d'entrer dans une salle d'opération ? Évidemment, ils vont tous te voir mais ils ne savent pas qui tu es. Les muscles de son visage et sa gorge se contractèrent à nouveau. Impossible de bouger.

Puis quelqu'un lui parla. Elle aurait dû tourner la tête et répondre, mais elle en était incapable. La petite fille au ruban l'observait toujours. Elle devait se demander pourquoi elle ne répondait pas.

– ... Jerry Lonigan. Puis-je vous aider ? Êtes-vous le docteur Mayfair ?

Rowan le regarda stupidement. Il avait des mâchoires lourdes et de magnifiques yeux bleu faïence, des billes parfaitement rondes et bleues.

– Docteur Mayfair ?

Elle regarda la main de l'homme. Large, épaisse, une vraie patte. Prends-la, au moins, puisque tu ne peux pas parler.

La crispation de son visage empira. Elle fit un petit mouvement de la tête vers le cercueil. Je veux... Mais aucun son ne sortit de sa bouche. Allez, Rowan, tu as fait trois mille kilomètres pour ça.

L'homme glissa son bras autour de sa taille et lui pressa légèrement le dos.

– Vous voulez la voir, docteur Mayfair ?

La voir, lui parler, la connaître, l'aimer, être aimée d'elle... Elle avait l'impression que son visage était un bloc de glace. Et ses yeux étaient complètement écarquillés, elle le sentait.

Elle posa son regard sur les petites billes bleues et fit un signe de la tête. Un silence complet s'était installé dans la pièce. Avait-elle parlé si fort ? Mais non, elle n'avait rien dit. On aurait dit que tout le monde la regardait tandis qu'elle avançait dans la pièce avec l'homme.

Même les enfants avaient cessé de jouer. La pièce sembla s'obscurcir. Tout le monde bougeait lentement et sans un son. M. Lonigan dit :

– Voulez-vous vous asseoir, docteur Mayfair ?

Elle fixait la moquette. Le cercueil était à six mètres. Ne lève pas les yeux, se dit-elle. Ne les lève pas avant d'avoir atteint le cercueil. Ne regarde pas, ce doit être horrible. Mais ce ne pouvait l'être plus qu'une table d'autopsie. A part que... c'était sa mère.

Une femme se plaça derrière la petite fille rousse et posa sa main sur son épaule.

– Rowan ? Je m'appelle Alicia Mayfair. Je suis une cousine au quatrième degré de Deirdre. Voici Mona, ma fille.

– Rowan, je suis Pierce Mayfair, dit le beau garçon à sa droite en tendant la main. Je suis l'arrière-petit-fils de Cortland.

– Ma chérie, je suis Béatrice, votre cousine.

Une bouffée de parfum. C'était la femme aux cheveux gris acier. Rowan sentit sa peau douce contre sa joue.

– ... Cecilia Mayfair, la petite-fille de Barclay, le second fils de Julien né à First Street. Et voici sœur Marie-Claire. Ma sœur, voici Rowan, la fille de Deirdre.

– ... Timothy Mayfair, votre cousin au quatrième degré. Nous sommes heureux de vous connaître, Rowan.

– Peter Mayfair, nous nous reparlerons tout à l'heure. Garland était mon père. Ellie vous a-t-elle parlé de lui?

Mon Dieu! Ce sont tous des Mayfair. Polly Mayfair, Agnès Mayfair, les filles de Philip Mayfair, Eugenia Mayfair, et ainsi de suite. Combien étaient-ils ? Ce n'était pas une famille mais une légion. Elle serrait chaque main, s'accrochant en même temps au pauvre M. Lonigan qui la tenait fermement. Tremblait-elle? Non, pas vraiment.

Des lèvres effleurèrent sa joue.

– ... Clancy Mayfair, l'arrière-petite-fille de Clay. Clay est né à First Street avant la guerre de Sécession. Voici ma mère, Trudy Mayfair. Venez, Mère... Laissez-la passer...

– ... si heureuse de vous voir, ma chérie. Avez-vous vu Carlotta?

– Mlle Carlotta ne se sentait pas bien, intervint M. Lonigan. Elle nous retrouve à l'église.

– ... Elle a quatre-vingt-dix ans, vous savez.

– Voulez-vous un verre d'eau? Elle est blanche comme un linge. Pierce, va lui chercher un verre d'eau.

– Magdalene Mayfair, l'arrière-petite-fille de Rémy. Rémy a vécu à First Street pendant des années. Voici mon fils, Garvey, et ma fille, Lindsey. Et voilà Dan. Dan, dis bonjour au docteur Mayfair. C'est l'arrière-petit-fils de Vincent. Ellie vous a-t-elle parlé de Clay, de Vincent et...

Non, de personne. « Promets-moi que tu n'iras jamais là-bas, que tu ne chercheras jamais à savoir. » Mais pourquoi? Pour l'amour du ciel, pourquoi? Tous ces gens...

– Vous vous sentez bien?

– Je suis Lily, ma chérie, Lily Mayfair. Vous n'arriverez jamais à vous rappeler tous nos noms. N'essayez même pas.

– ... là si vous avez besoin de nous, Rowan. Vous sentez-vous bien?

Oui, très bien. Mais je ne peux pas parler, ni bouger. Je...

Ses muscles se crispèrent une fois de plus. Tout son corps était raide. Elle serra la main de M. Lonigan. Il leur dit qu'elle allait maintenant rendre ses hommages à la défunte. Leur disait-il de s'en aller? Un homme prit sa main gauche.

– Je suis Guy Mayfair, le fils d'Andrea. Voici ma femme, Stéphanie, la fille de Grady. Ellie était sa cousine germaine.

Rowan voulait répondre. Serrait-elle les mains assez fort? Embrassait-elle la vieille femme qui l'embrassait affectueusement? Un autre homme lui parla mais sa voix était trop faible. Il était vieux et parlait de Sheffield.

Le cercueil était tout au plus à cinq mètres. Elle n'osait pas lever les yeux ou les détourner d'eux par peur de le voir.

– Rowan, dit quelqu'un à sa gauche. Je vous présente Fielding Mayfair, le fils de Clay.

C'était un homme si vieux qu'elle voyait tous les os de son crâne à travers sa peau diaphane et toutes les rides autour de ses yeux caves. On le soutenait car il ne tenait pas debout tout seul. Était-ce pour la voir qu'il faisait un tel effort? Elle lui tendit la main.

– Il veut vous embrasser, ma chérie.

Elle effleura sa joue de ses lèvres.

Il parlait très lentement. Lorsqu'il leva la tête vers elle, elle vit que le blanc de ses yeux était jaune. Elle essaya de comprendre ce qu'il disait. Quelque chose à propos de Lestan Mayfair et de Riverbend. Mais qu'est-ce que Riverbend? Elle serra sa main douce, soyeuse, noueuse et forte.

– Vous voulez que je vous accompagne jusqu'au cercueil? lui dit le beau garçon au visage frais de jeune étudiant. Je m'appelle Pierce. Nous avons fait connaissance il y a une minute. Je suis un cousin germain d'Ellie.

Oui, le cercueil. C'est le moment. Elle regarda dans sa direction et quelqu'un fit un pas en arrière pour lui dégager la vue. Elle leva les yeux au-dessus de la tête posée sur le coussin et vit un bouquet de fleurs fixé sur le couvercle ouvert. Juste à sa droite se trouvait un homme aux cheveux blancs qu'elle avait déjà vu. La femme à côté de lui pleurait en égrenant son chapelet. Tous les deux la regardaient. Mais comment pouvait-elle bien connaître cet homme? Elle savait même qu'il était anglais et qu'elle reconnaîtrait sa voix s'il parlait.

Jerry Lonigan l'aida à avancer. Le beau garçon, Pierce, était à côté d'elle.

– Elle est malade, Monty, dit la jolie vieille femme. Va lui chercher de l'eau.

– Vous devriez peut-être vous asseoir...

Rowan secoua la tête en formant le mot « non » avec sa bouche. Elle regarda à nouveau l'homme aux cheveux blancs. La femme près de lui pleurait en s'essuyant le nez et il lui chuchotait quelque chose, les yeux fixés sur Rowan. Il la regardait comme si elle lui parlait. Puis, tout lui revint. C'était au cimetière du comté de Sonoma où Graham et Ellie étaient enterrés. C'était l'homme qu'elle avait vu près de la tombe. « Je connais votre famille de La Nouvelle-Orléans. » Soudain, une autre pièce du puzzle trouva sa place. C'était l'homme qui attendait dans la rue de Michael, deux soirs plus tôt, dans Liberty Street.

– Voulez-vous un verre d'eau? demanda Jerry Lonigan.

Mais comment était-ce possible? Comment cet homme pouvait-il être là et qu'avait-il à voir avec Michael?

Pierce dit qu'il allait chercher une chaise.

– Elle va s'asseoir ici.

Il fallait qu'elle bouge. Elle ne pouvait pas rester ainsi à regarder l'Anglais et lui demander des explications.

– Tenez, Rowan, buvez ça. C'est frais.

Elle sentit l'odeur du vin. Elle aurait aimé en boire mais rien à faire pour remuer la bouche. Elle secoua la tête et essaya de sourire. Je ne crois pas pouvoir bouger la main. Et vous attendez tous que je fasse un geste. Autrefois, elle croyait que les médecins qui s'évanouissaient pendant une autopsie étaient des imbéciles. Maintenant, elle se disait qu'elle était en train d'apprendre la vraie vie dans cette salle.

Mais que croyais-tu? Qu'elle allait t'attendre ici, vivante, jusqu'à ton arrivée? Jusqu'à ce que tu te rendes compte... Ici, dans ce pays si étrange.

L'Anglais s'approcha d'elle. Qui êtes-vous? Pourquoi êtes-vous ici? Pourquoi paraissez-vous si déplacé dans cet endroit? Mais il ne l'était pas. Il était comme les autres habitants de ce pays étranger, si convenable et aimable, aucune touche d'ironie, de gêne ou de faux-semblant sur son visage. Il s'approcha tout près d'elle et fit gentiment partir le jeune homme.

Elle baissa les yeux. Des rangées de fleurs de chaque côté du prie-Dieu en velours. Elle avança, sans pouvoir s'empêcher d'enfoncer ses ongles dans la main de M. Lonigan. Elle essaya de dégager sa main et fut étonnée de se rendre compte qu'elle était près de tomber. L'Anglais lui prit le bras gauche tandis que M. Lonigan la tenait par le droit.

– Rowan, écoutez-moi, dit doucement l'Anglais à son oreille de son accent sec mais mélodieux. Michael serait là s'il avait pu. Je suis venu à sa place. Il viendra ce soir, dès qu'il pourra.

Elle le regarda, interloquée, le soulagement la faisant presque frissonner. Michael allait venir. Il n'était pas loin. Mais comment était-ce possible?

– Oui, tout près, mais retenu ailleurs. Il n'a pas pu faire autrement, dit l'Anglais avec sincérité.

A nouveau, elle vit la maison obscure de First Street, celle dont Michael n'avait cessé de lui parler. Quand elle l'avait aperçu dans l'eau, il ressemblait à un ballot de vêtements flottant à la surface. Ce ne pouvait être un noyé, à des kilomètres de la terre ferme...

– Qu'est-ce que je peux faire pour vous? dit l'Anglais d'une voix basse et attentionnée. Voulez-vous approcher du cercueil?

Oui, s'il vous plaît. Aidez-moi! Mes jambes sont paralysées. Il glissa son bras autour de sa taille et l'aida à marcher. Autour d'eux, les conversations avaient repris, ou plutôt des murmures pleins de respect dont elle percevait des bribes. « ... elle n'a pas voulu venir ici. Elle est furieuse que nous soyons tous là. » « Tais-toi, elle a quatre-vingt-dix ans bien sonnés et il fait au moins trente-sept degrés dehors. » « Je sais, je sais. »

Rowan gardait les yeux baissés sur les poignées d'argent, les fleurs, le prie-Dieu en velours juste devant elle. La nausée. La chaleur puis l'air frais et l'odeur des fleurs planant autour d'elle comme une brume invisible. Il faut que tu le fasses. Calmement et tranquillement. Tu ne peux pas manquer ça.

Lentement, elle se força à lever les yeux jusqu'à ce qu'elle aperçoive le visage de la morte allongée sur le satin. Lentement, sa bouche s'ouvrit. Les crispations se transformèrent en spasmes. Elle essaya de toutes ses forces d'empêcher sa bouche de s'ouvrir. Elle serra les dents très fort. Le tremblement qui la parcourut fut si violent que l'Anglais resserra son étreinte. Lui aussi regardait vers le bas. Il avait connu sa mère!

La regarder. Rien d'autre ne comptait plus. Aucune urgence, aucune inquiétude. Juste regarder son visage...

– Elle va s'évanouir! Pierce, aide-la!

– Non, nous la tenons bien. Ça ira, dit Jerry Lonigan.

Elle semblait si parfaitement, si hideusement morte, et si jolie! Elle était parée pour l'éternité, avec son rose à lèvres brillant sur sa bouche pleine, son rouge sur ses joues enfantines, ses cheveux noirs étalés sur le satin, libres et magnifiques, et son chapelet disposé entre ses doigts.

Rowan en avait pourtant vu des cadavres! Des corps poignardés et des noyés morts dans leur sommeil après leur arrivée à l'hôpital. Elle les avait vus sans couleur, injectés de produits chimiques et disséqués après des semaines, des mois ou des années pour les cours d'anatomie. Elle avait vu les mains gantées d'un médecin-légiste sortir leurs organes rouge sang au cours des autopsies.

Mais cela, jamais. Jamais un cadavre aussi ravissant vêtu de soie bleue et de dentelle, sentant le fard à joues, les mains crispées sur un chapelet. Elle semblait sans âge. On aurait dit une petite fille géante, avec son air innocent et son visage épargné par le temps.

Oh, si seulement elle pouvait ouvrir les yeux! J'aimerais tant voir les yeux de ma mère! Elle est si jeune, dans cette pièce remplie de vieilles personnes!

Elle se pencha et retira doucement ses mains de celles de l'Anglais. Elle les posa sur les mains pâles de la morte. Comme elles étaient dures! Aussi dures que les grains du chapelet. Dures et froides. Elle ferma les yeux et pressa ses doigts sur cette chair rigide. Si morte, sans aucun souffle de vie.

Si Michael était là, pourrait-il, en la touchant, savoir si elle était morte sans crainte et sans douleur? Saurait-il la raison de tous ces secrets? Pourrait-il toucher cette chair inanimée et y entendre le chant de la vie? Oh, mon Dieu, s'il vous plaît! Pourquoi m'a-t-elle abandonnée? J'espère qu'elle n'est pas morte dans la peur et la souffrance mais dans la paix.

Lentement, elle leva la main et essuya ses larmes. Ses muscles n'étaient plus du tout contractés.

Elle recula en gardant les yeux fixés sur la femme du cercueil et se laissa entraîner dans une petite pièce par l'Anglais. M. Lonigan annonça que le moment était venu de défiler un par un devant le cercueil et que le prêtre était arrivé.

Très étonnée, Rowan vit un vieillard de haute taille se pencher gracieusement et embrasser le front de la morte. Béatrice, la belle femme aux cheveux gris, en fit de même et murmura quelque chose à la défunte. Ce fut ensuite le tour d'un enfant que l'on dut soulever puis celui d'un vieil homme chauve qui murmura à mi-voix : « Adieu, ma chérie ! »

M. Lonigan fit doucement asseoir Rowan. Elle se tourna et la jeune femme en larmes qu'elle avait vue près de l'Anglais se pencha vers elle et la regarda droit dans les yeux :

– Elle ne voulait pas vous abandonner !

– Rita Mae ! s'exclama M. Lonigan en poussant la femme lors de la pièce, vers un petit couloir.

L'Anglais l'observait dans l'embrasure de la porte menant à la grande pièce. Il lui fit un petit signe triste de la tête.

« Elle ne voulait pas vous abandonner ! »

Rowan se demanda quelle impression cela faisait d'embrasser cette peau dure ? Tous, chacun son tour, le faisaient comme s'il s'était agi de la chose la plus naturelle, la plus simple au monde. La petite rousse était en train de se hisser sur la pointe des pieds, debout sur le prie-Dieu.

– Rowan, voulez-vous rester un peu seule avec elle ? demanda quelqu'un. Ce sera votre tour quand tout le monde sera passé. Le prêtre attendra, si vous voulez. Mais rien ne vous y oblige.

Elle posa son regard sur les doux yeux gris de l'Anglais. Mais ce n'était pas lui qui avait parlé. C'était Jerry Lonigan, avec son visage rose et ses yeux bleu faïence. Au bout du petit couloir, Rita Mae, sa femme, n'osait pas s'approcher.

– Oui, seule une dernière fois, murmura Rowan.

Ses yeux cherchèrent ceux de Rita Mae qui, en hochant gravement la tête, forma avec sa bouche le mot « vrai ».

Oui, faire ses adieux, l'embrasser comme les autres l'avaient fait...

Vingt-cinq

LE DOSSIER DES SORCIÈRES MAYFAIR
PARTIE X

Rowan Mayfair

RÉSUMÉ STRICTEMENT CONFIDENTIEL, MIS A JOUR EN 1989
ACCÈS PROTÉGÉ PAR UN CODE INFORMATIQUE

Rowan Mayfair fut légalement adoptée par Ellen Louise Mayfair et son mari, Graham Franklin, le jour de sa naissance, le 7 novembre 1959.

Elle fut emmenée par avion à Los Angeles où elle vécut avec ses parents adoptifs jusqu'à l'âge de trois ans. La famille partit ensuite s'installer en Californie, à San Francisco, et vécut deux ans à Pacific Heights.

Lorsque Rowan eut cinq ans, la famille emménagea définitivement à Tiburon, de l'autre côté de la baie de San Francisco, dans une maison que Graham et Ellie avaient fait construire. Cette demeure est une merveille de baies vitrées, de poutres apparentes en pin rouge d'Amérique, de robinetterie et d'appareils ménagers ultra-modernes. Elle comporte de vastes terrasses et dispose de son propre ponton et d'un chenal privé que l'on fait draguer deux fois par an. De la maison, on voit Sausalito, de l'autre côté de la baie Richardson, et San Francisco au sud. Rowan y vit seule aujourd'hui.

Au moment où j'écris, Rowan a presque trente ans. Elle mesure un mètre soixante-quinze et porte ses cheveux blonds coupés au carré. Avec ses grands yeux gris pâle, elle est indéniablement séduisante. Sa peau est magnifique, ses sourcils sont droits, ses cils foncés et sa bouche est vraiment belle. On peut dire qu'elle n'a pas l'éclat de Stella ni le charme d'Antha ou la sensualité de Deirdre. Elle est délicate mais légèrement masculine. Sur certaines photos, elle fait penser à Mary Beth.

Malgré leurs différences, elle ressemble, selon moi, à Petyr Van Abel. Elle n'a pas ses yeux caves et ses cheveux blonds sont plutôt cendrés que dorés. Mais son visage est étroit comme celui de Petyr et elle a, comme lui, un air nordique.

Résumé sur les parents adoptifs de Rowan, Ellie Mayfair et Graham Franklin

Ellen Louise Mayfair était la fille unique de Sheffield, le fils de Cortland Mayfair. Née en 1923 et âgée de six ans à la mort de Stella, elle vécut presque uniquement en Californie depuis son entrée à l'université de Stanford à l'âge de dix-huit ans. A trente et un ans, elle épousa Graham Franklin, un diplômé de Stanford. Il avait huit ans de moins qu'elle. Il semble que, mise en pension au Canada à l'âge de huit ans, six mois après la mort de sa mère, et établie ensuite en Californie, elle ait eu très peu de contacts avec sa famille.

Son père, Sheffield Mayfair, ne s'était apparemment jamais remis de la mort de son épouse et rendait souvent visite à Ellie mais ne la ramenait jamais dans sa ville natale. Il était le plus calme et le plus réservé des fils de Cortland et probablement le plus décevant puisque, bien que travaillant avec ténacité dans le cabinet familial, il participait rarement aux décisions importantes.

Graham Franklin ne connaissait rien de sa belle-famille et faisait parfois à ce sujet des remarques purement fantaisistes. « Ma femme vient d'une grande plantation du Sud. » « Ils sont de ces gens qui cachent leur or sous les lattes des planchers. » « Je crois qu'ils descendent des flibustiers. » « Oh, la famille de ma femme ? C'étaient des négriers, n'est-ce pas, chérie ? Et ils ont tous du sang noir. »

Dans la famille, on disait à l'époque de l'adoption qu'Ellie avait signé les papiers de Carlotta en disant qu'elle ne laisserait jamais Rowan découvrir quoi que ce soit sur ses véritables origines ni retourner en Louisiane.

Les papiers en question font partie du dossier d'adoption : il s'agit d'accords entre les parties portant, entre autres, sur des sommes d'argent prodigieuses.

La première année de la vie de Rowan, plus de cinq millions de dollars furent virés en plusieurs fois du compte de Carlotta Mayfair à ceux d'Ellie. Bénéficiaire d'un fonds fiduciaire que lui avait laissé son père Sheffield, renforcé plus tard par son grand-père Cortland, Ellie était très riche. Elle établit un fabuleux fonds fiduciaire pour sa fille adoptive, auquel elle ajouta en deux ans la moitié des cinq millions.

La moitié restante fut transférée directement à Graham qui l'investit avec prudence et succès, principalement dans l'immobilier (une véritable mine d'or, en Californie), en même temps que la fortune d'Ellie. Juriste de renom, il gagnait fort bien sa vie mais n'avait aucune fortune familiale. A sa mort, les biens colossaux qu'il possédait en communauté avec sa femme étaient les résultats de son emploi judicieux de l'héritage d'Ellie.

Tout porte à croire que Graham était envieux de sa femme et lui en voulait de sa dépendance financière envers elle. Ses revenus n'auraient jamais été suffisants pour son train de vie – yachts, voitures de sport, vacances fantastiques, luxueuse demeure à Tiburon. Régulièrement, il tirait de son compte commun avec Ellie des sommes énormes destinées aux diverses maîtresses qu'il entretint successivement.

Lorsqu'il apprit qu'Ellie était atteinte d'un cancer incurable, il fut pris de panique. Ses associés et ses amis ont rapporté son « incapacité totale » à assumer la maladie d'Ellie. Il ne voulait pas en discuter avec elle, n'écoutait pas ce que disaient les médecins et refusait d'entrer dans la chambre d'hôpital de sa femme. Il installa sa maîtresse dans Jackson Street, juste en face de son bureau de San Francisco, et allait la voir jusqu'à trois fois par jour.

Sans attendre, il élabora un plan pour dépouiller Ellie de son immense fortune et s'employa à faire reconnaître sa femme comme incapable majeure afin de vendre à sa maîtresse la maison de Tiburon. Mais il mourut deux mois avant Ellie d'une crise cardiaque. Ellie hérita de tout.

La dernière maîtresse de Graham, Karen Garfield, était un jeune mannequin charmant de New York. Elle fit le récit de tous ses malheurs à nos enquêteurs. Graham lui avait laissé un demi-million, elle n'avait pas à se plaindre, mais ils avaient prévu de vivre ensemble, d'aller « aux îles Vierges, sur la Riviera ». Karen mourut après une succession de crises cardiaques, dont la première eut lieu une heure après qu'elle fut allée à la maison de Graham pour essayer de « s'expliquer » avec Rowan.

– Cette garce ! Elle n'a rien voulu que je prenne. Tout ce que je voulais, c'était quelques souvenirs. Elle m'a dit : « Sortez de la maison de ma mère ! »

Karen vécut encore deux semaines, ce qui lui laissa suffisamment de temps pour raconter un tas de vilaines choses sur Rowan. Mais, apparemment, elle ne fit jamais le lien entre ses problèmes cardiaques et sa visite à Rowan. Comment l'aurait-elle pu ?

Lorsque Ellie mourut, Rowan dit aux meilleurs amis de sa mère qu'elle avait perdu sa seule véritable amie. C'était probablement vrai. Toute sa vie, Ellie fut une créature très douce et fragile, aimée de tous. Selon ses amis, elle avait tout le charme des femmes du Sud, tout en étant sportive, une vraie Californienne des temps modernes, faisant facilement vingt ans de moins que son âge. La jeunesse semblait chez elle une obsession. Son autre obsession était le bien-être de Rowan.

A partir de ses cinquante ans, elle se fit faire deux liftings par an, fréquentait les salons de beauté de luxe et se faisait teindre les cheveux. Sur les photos du couple prises un an avant sa mort, elle fait plus jeune que lui. Entièrement dévouée à Graham et dépendant complètement de lui, elle ignorait tout de ses affaires. Elle dit un jour à une de ses amies : « Il rentre tous les soirs à 6 heures et il est toujours là quand j'éteins la lumière. »

Aux yeux de tous, outre son physique, le charme de Graham tenait à son irrépressible amour de la vie et à la grande affection qu'il témoignait à son entourage, dont sa femme.

Un de ses amis de toujours, un vieux juriste, l'a exprimé ainsi à notre enquêteur :

– Il n'avait jamais de problèmes avec ses liaisons parce qu'il était toujours attentionné avec Ellie. J'en connais plus d'un par ici qui feraient mieux de suivre son exemple. Ce que les femmes détestent, c'est l'indifférence. Si vous les traitez comme des reines, elles vous laisseront avoir autant de concubines que vous voulez en dehors du palais.

La dernière fois que j'ai personnellement vu Ellie, c'était aux obsèques de Nancy Mayfair, à La Nouvelle-Orléans, en janvier 1988. C'était alors une belle femme d'un mètre soixante-cinq, âgée de soixante-trois ou soixante-quatre ans, à la peau bronzée et aux cheveux noir de jais. Ses yeux bleus étaient cachés derrière des lunettes cerclées de blanc, sa robe de coton à la mode flattait sa silhouette svelte. On aurait dit une vedette de cinéma. Six mois plus tard, elle était morte.

A sa mort, Rowan hérita de tout, dont le fonds fiduciaire de la famille plus un autre qui avait été établi à son nom à sa naissance, ce qu'elle ignorait totalement.

Comme elle travaillait très dur, son héritage n'avait rien changé à sa vie. Mais nous en reparlerons en temps voulu.

Rowan mayfair de l'enfance a nos jours

Une surveillance très discrète de Rowan nous a appris que l'enfant fut très précoce dès le début et semblait posséder des pouvoirs psychiques ignorés de ses parents adoptifs. De toute évidence, Ellie Mayfair refusait de reconnaître la moindre « particularité » chez sa fille. Quoi qu'il en soit, Rowan était « la fierté et la joie » d'Ellie et Graham.

Elle partageait la passion de ses parents pour les bateaux. Dès ses plus tendres années, elle les accompagnait en mer et sut manier le petit voilier de Graham, le *Wind Singer*, dès l'âge de quatorze ans. Lorsque Graham eut acheté un bateau de haute mer, le *Great Angela*, la famille prit l'habitude de partir faire de longues croisières plusieurs fois par an.

Lorsque Rowan eut atteint ses seize ans, Graham lui offrit un gros bimoteur de haute mer qu'elle baptisa le *Sweet Christine*. Le *Great Angela* étant maintenant trop vieux, la famille naviguait désormais sur le *Sweet Christine*, mais Rowan restait le seul maître à bord.

Bien que très bonne nageuse, Rowan n'est pas un marin casse-cou. Son lourd bateau de douze mètres, de fabrication hollandaise, est très stable sur une mer houleuse mais n'est pas conçu pour la vitesse.

Ce qu'elle préfère, c'est être seule à bord, hors de vue de la terre, par tout temps. Elle aime la brume, le vent et le froid.

Tous ceux qui l'ont observée s'accordent à dire qu'elle est une personne solitaire et très calme qui préfère le travail aux distractions. A l'école, elle était une élève appliquée et à l'université une chercheuse tout aussi appliquée. Sa garde-robe, qui faisait l'admiration de ses camarades de classe, était l'œuvre d'Ellie et d'elle seule. Rowan ne s'intéressait pas du tout aux vêtements. Elle affectionnait surtout les tenues de marin : jeans, chaussures de voile, pulls trop grands, casquettes et marinières en laine bleue.

Dans le monde médical, de la neurochirurgie en particulier, son assiduité n'a rien de remarquable vu sa profession. Mais, même dans ce domaine, son attitude avait quelque chose d'« obsessionnel ». Née pour être médecin, son choix de la chirurgie au détriment de la recherche étonna tout le monde.

– Quand elle était au labo, dira un de ses collègues, sa mère était obligée de lui téléphoner pour lui dire de prendre le temps de manger et de dormir.

Les pouvoirs télépathiques

Les pouvoirs de médium de Rowan commencèrent à se manifester à l'école, quand elle avait six ans. Des professeurs interrogés à son sujet de façon informelle (ou détournée) racontèrent toutes sortes d'histoires étonnantes sur la capacité de l'enfant à lire dans les pensées.

Quoi qu'il en soit, rien de ce que nous avons découvert n'indique que Rowan était une paria ou une enfant inadaptée. Elle passa toute sa scolarité en tête de classe. Sur les photos de classe, c'est une ravissante petite fille à la peau bronzée et aux cheveux blondis par le soleil. Elle semble secrète, comme si elle n'appréciait pas trop l'intrusion de l'appareil photo, mais jamais mal à l'aise.

Ses pouvoirs télépathiques étaient surtout connus de ses professeurs et leurs témoignages présentent des points communs :

– Ma mère venait de mourir. Ne pouvant me rendre dans le Vermont pour son enterrement, j'étais très malheureuse. Personne ne le savait mais, à une récréation, Rowan est venue me voir. Elle s'est assise près de moi et m'a pris la main. J'ai failli fondre en larmes devant tant de tendresse. « Je suis désolée pour votre mère », m'a-t-elle dit. Puis elle est restée à côté de moi en silence. Quand je lui ai demandé comment elle savait, elle m'a répondu : « Je l'ai juste su dans ma tête. » Je crois que cette enfant savait un tas de choses de cette façon. Elle savait quand les autres enfants étaient jaloux d'elle. Elle était bien seule !

Une autre fois, une fillette est restée absente de l'école pendant trois jours et l'administration de l'école ne parvenait pas à joindre ses parents. Rowan dit tranquillement au directeur qu'il n'y avait aucune raison de s'inquiéter, que la grand-mère de la petite fille était morte et que la famille était partie à l'enterrement, dans un autre État, en oubliant complètement de prévenir l'école. Cela fut avéré. Encore une fois, Rowan ne put s'expliquer autrement que par : « Je l'ai su dans ma tête. »

En 1966, elle avait alors huit ans, elle eut recours pour la dernière fois, à notre connaissance, à son pouvoir de télépathie. Elle alla expliquer au directeur qu'une fillette de sa classe était très malade et devrait consulter un médecin. Mais elle ne put en dire davantage.

Le directeur fut horrifié. Il appela Ellie et insista pour que sa fille consulte un psychiatre, invoquant que seule une enfant au cerveau dérangé pouvait dire « quelque chose comme ça ». Ellie promit d'en discuter avec Rowan mais celle-ci n'eut rien de plus à ajouter.

Une semaine plus tard, on diagnostiqua chez la petite camarade une forme rare de cancer des os. Elle mourut avant la fin du trimestre.

Ce fut probablement l'inquiétude d'Ellie qui mit un terme à ce genre d'incident dans la vie de Rowan. Ses amis étaient parfaitement au courant. « Ellie était proche de l'hystérie. Elle voulait que Rowan soit normale. Elle disait qu'elle ne voulait pas d'une fille dotée d'étranges pouvoirs. »

D'après le directeur de l'école, Graham prit tout cela pour une coïncidence mais il agonit d'injures la personne qui appela pour lui annoncer le décès de la pauvre petite fille.

Coïncidence ou non, Rowan arrêta à ce moment-là de montrer son pouvoir et décida habilement de « passer à la clandestinité ». Ou peut-être a-t-elle délibérément éliminé ou affaibli son pouvoir. En tout cas, malgré tous nos efforts, nous n'avons jamais retrouvé trace d'une manifestation ultérieure de ce pouvoir. Tous les souvenirs que les gens ont d'elle se rapportent à son caractère brillant, à son énergie infatigable et à son amour de la science et de la médecine.

– Dans l'enseignement supérieur, elle était l'adolescente qui collectionnait tous les insectes et les cailloux et les appelait par un nom latin très compliqué.

– Effrayant, absolument effrayant, dira son professeur de chimie. Je n'aurais pas été surpris si on m'avait annoncé qu'elle avait réinventé la bombe H en un week-end.

L'unique petit ami qu'eut Rowan dans son adolescence était aussi brillant et réservé qu'elle. Mais il ne fut pas à la hauteur. Lorsque Rowan fut reçue à l'université de Berkeley et pas lui, ils rompirent. Leurs amis en firent le reproche au jeune homme. Plus tard, il partit dans l'Est et devint chercheur à New York.

Un de nos enquêteurs lui « rentra dedans » dans un musée et réussit à amener la conversation sur les médiums et les gens qui lisent dans les pensées. L'homme parla tout de suite de son ancienne petite amie. Il pensait toujours à elle avec amertume.

– J'aimais cette fille. Je l'aimais sincèrement. Elle s'appelait Rowan Mayfair et avait un physique peu ordinaire. Mais elle était impossible. Elle connaissait mes pensées avant moi, elle savait quand j'étais sorti avec quelqu'un d'autre. Et tout cela la laissait de marbre. C'était vraiment inquiétant. J'ai appris qu'elle était devenue neurochirurgien. C'est effroyable. Que se passera-t-il si un patient pense quelque chose de négatif sur elle juste avant d'être anesthésié? Découpera-t-elle cette pensée de son cerveau?

A son entrée à Berkeley, en 1976, Rowan savait qu'elle serait médecin. En préparation de médecine, elle eut partout les meilleures notes et suivit des cours tous les étés (en prenant tout de même quelques vacances avec Ellie et Graham). Ainsi, elle sauta une année complète et termina première de sa promotion en 1979. Elle entra en faculté de médecine à l'âge de vingt ans, décidée à faire carrière dans la recherche neurologique.

Ses progrès furent qualifiés de phénoménaux. Nombreux furent les professeurs qui dirent d'elle qu'elle était l'étudiant le plus brillant qu'ils aient jamais eu.

– Les étudiants l'avaient surnommée docteur Frankenstein, dit l'un, car elle ne cessait de parler de transplantation de cerveau et de fabrication d'un cerveau à partir de pièces détachées. Mais, en plus de tout, elle était un vrai être humain. Elle avait la tête bien faite et beaucoup de cœur.

– Elle était plus que brillante, reconnut un autre. C'était une sorte de mutante. Non, je ne plaisante pas. Elle était capable d'étudier les animaux de laboratoire et de prédire ce qui allait se passer. Elle posait les mains sur eux et disait : « Ce médicament ne convient pas. » Je vais vous dire autre chose. Elle pouvait les guérir. Un des médecins plus âgés m'a dit un jour que si elle ne faisait pas attention, elle pourrait fausser toutes les expériences en guérissant les cobayes. J'y crois. Je suis sorti avec elle une fois. Elle ne m'a guéri de rien, mais qu'est-ce qu'elle était chaude! Au sens propre du terme. C'était comme faire l'amour à quelqu'un qui a de la fièvre. Et c'est exactement ce que l'on dit des guérisseurs. On sent une chaleur émaner de leurs mains. J'y crois. Je pense qu'elle n'aurait pas dû se tourner vers la chirurgie. Elle aurait dû faire de l'oncologie.

Le pouvoir de guérison de Rowan

Dès que Rowan entra comme interne à l'hôpital, ses pouvoirs de guérison et de diagnostic furent si rapidement de notoriété publique que nos enquêteurs n'avaient que l'embarras du choix.

En résumé, Rowan Mayfair est la première sorcière Mayfair guérisseuse depuis Marguerite Mayfair à Riverbend, avant 1835.

Toutes les infirmières interrogées ont une histoire « fantastique » à raconter à son propos. Elle avait un diagnostic infaillible et savait toujours quoi faire. Elle rafistolait des gens qui avaient l'air tout juste bons pour la morgue.

– Elle est capable d'arrêter une hémorragie, dit l'une d'elles. Je l'ai déjà vue faire. Un jour, elle a attrapé la tête d'un petit garçon et a regardé son nez. « Stop ! » a-t-elle murmuré. Je l'ai entendue. Et il a arrêté de saigner.

Ses confrères plus sceptiques attribuent ses résultats au pouvoir de suggestion.

– On dirait qu'elle emploie des rites vaudous. Il lui suffit de dire à son patient : « Maintenant, nous allons faire cesser cette douleur. » Et, bien sûr, la douleur s'arrête. Elle les hypnotise.

Les vieilles infirmières noires de l'hôpital savent qu'elle a « le pouvoir ». Parfois, elles lui demandent de leur « imposer les mains » quand elles souffrent de quelque chose. Elles ne jurent que par elle.

– Elle vous regarde dans les yeux. « Dites-moi où ça fait mal », dit-elle. Elle frotte l'endroit avec ses mains et la douleur disparaît !

Au dire de tous, Rowan adorait son travail à l'hôpital. Il semble que la décision de renoncer à la recherche pour se consacrer à la chirurgie fut presque traumatisante pour elle. A l'automne 1983, elle passa le plus clair de son temps avec un certain docteur Karl Lemle, de l'institut Keplinger de San Francisco, qui travaillait sur la maladie de Parkinson.

A l'hôpital, la rumeur disait que Lemle essayait de débaucher Rowan en lui proposant un salaire exorbitant et des conditions de travail idéales mais qu'elle ne se sentait pas prête à quitter la salle des urgences ou d'opération.

Pendant la période de Noël 1983, elle eut une violente querelle avec Lemle et ne prit plus ses appels. C'est en tout cas ce qu'il raconta à tout le monde à l'hôpital les mois qui suivirent.

Nous n'avons jamais pu savoir ce qui s'était passé entre eux. A l'automne 1984, elle accepta un déjeuner avec lui. Des témoins les virent au bord de la dispute à la cafétéria de l'hôpital. Une semaine plus tard, Lemle fut admis à l'hôpital privé de Keplinger à la suite d'une petite crise cardiaque. Une autre suivit, puis encore une autre et, moins d'un mois plus tard, il était mort.

A part nous, personne ne paraît avoir fait le lien entre la mort de Lemle et Rowan.

Quoi qu'il se soit passé entre elle et son mentor – c'est ainsi qu'elle l'appelait avant leur brouille –, elle se consacra à la neurochirurgie peu après 1983 et n'opéra plus que sur les cerveaux dès 1985. Au moment où j'écris, elle termine son temps de résidente en neurochirurgie et sera sans aucun doute accréditée et définitivement engagée à l'hôpital universitaire avant la fin de l'année.

Les histoires abondent sur les vies qu'elle a sauvées sur la table d'opération, sur sa capacité sans égale à savoir si une opération pourrait sauver tel patient, sur sa façon de raccommoder les blessures par hache ou balle, les fractures du crâne à la suite de chutes ou d'accidents de voiture, sur ses opérations dix heures d'affilée sans faiblir, sur son habileté à manier les internes apeurés et les infirmières à cran et sur sa manie de passer outre les conseils de ses confrères et supérieurs qui lui reprochent parfois de prendre trop de risques.

« Rowan la faiseuse de miracles », l'appelait-on déjà.

Malgré sa réussite, Rowan reste très aimée à l'hôpital. Elle est un médecin sur lequel les autres peuvent se reposer. De plus, elle se gagne toujours la dévotion des infirmières avec lesquelles elle travaille. En fait, ses relations avec ces femmes sont si exceptionnelles qu'elles méritent une explication.

Rowan a toujours tenu à établir des contacts personnels avec les infirmières et elle manifeste pour leurs problèmes personnels le même intérêt extraordinaire que pour ses professeurs autrefois. Toutes rapportent qu'elle semble savoir quand elles ne vont pas bien, qu'elle compatit toujours quand elles ont des problèmes d'ordre familial et qu'elle trouve toujours un moyen d'exprimer sa gratitude quand elles lui rendent un service, et tout cela de la part d'un médecin intransigeant qui exige le maximum de ses collègues de travail.

D'avoir conquis les infirmières de la salle d'opération, dont celles qui sont réputées pour ne pas aimer les médecins femmes, a fait de Rowan une véritable légende au sein de l'hôpital. Les infirmières qui qualifient les autres chirurgiens femmes d'« aigries » ou de « trop supérieures » ou de « vraies garces » considèrent Rowan comme une sainte.

Il convient de préciser que dans le monde médical actuel certaines infirmières de salle d'opération refusent encore de tendre les instruments à des femmes et, aux urgences, des patients refusent d'être soignés par des femmes. Ils exigent que ce soient les jeunes internes masculins qui les soignent et obligent les femmes plus confirmées à rester en retrait et à observer.

Ce type de réticence ne s'applique pas à Rowan. Si ses confrères ont à se plaindre d'elle, ce serait plutôt de sa réserve. Elle n'explique pas assez ce qu'elle fait aux jeunes médecins auxquels elle est censée apprendre le métier. C'est difficile pour elle mais elle fait de son mieux.

A partir de 1984, on peut dire qu'elle semble avoir échappé complètement à la malédiction pesant sur les Mayfair, aux événements atroces qui ont gâché la vie de sa mère et de sa grand-mère, et qu'elle est engagée dans une brillante carrière.

Une observation pas à pas de sa vie ne donne aucun signe de la présence de Lasher ou, en tout cas, d'un quelconque fantôme ou esprit ou revenant.

Et ses pouvoirs de télépathie et de guérison lui sont d'une aide extraordinaire dans sa carrière de chirurgien.

Si tout le monde admire ses résultats fantastiques, personne ne songe à la qualifier de « bizarre » ou d'« étrange » ni d'un quelconque adjectif se rapportant au surnaturel.

Un médecin interrogé sur la réputation de Rowan s'est même contenté de répondre :

– C'est un génie. Que dire de plus ?

Les pouvoirs télékinétiques de Rowan

Un autre aspect de la vie de Rowan, découvert récemment, est bien plus important et représente l'un des faits les plus troublants de l'histoire des Mayfair. Nous venons seulement de commencer son étude et, à mesure que nous poursuivons notre enquête, une question cruciale se pose : devons-nous envisager la possibilité d'un contact avec Rowan dans un futur proche, sachant qu'elle ignore totalement son contexte familial et qu'un tel contact mettrait fin à cette ignorance ? C'est une grave responsabilité.

En 1988, après la mort de Graham Franklin, notre enquêteur local nous écrivit une brève description de l'événement assortie seulement de quelques détails, dont le fait que l'homme était mort dans les bras de Rowan.

Étant au courant des dissensions entre Graham et son épouse agonisante, Ellie, nous lûmes ce rapport avec une grande circonspection. Rowan était-elle pour quelque chose dans ce décès ? Notre curiosité était grande.

Cherchant des informations sur le projet de divorce de Graham, nos enquêteurs prirent contact avec sa maîtresse, Karen Garfield, et nous annoncèrent que celle-ci avait subi plusieurs attaques cardiaques. Enfin, deux mois après la mort de Graham, ils nous firent part de celle de Karen.

Sans y attacher aucune importance, ils nous rapportèrent également que Rowan et Karen s'étaient rencontrées le jour même où Karen avait été admise d'urgence à l'hôpital à la suite d'une crise cardiaque. Celle-ci avait parlé à un de nos enquêteurs – « Vous êtes un chouette type, je vous aime bien » – quelques heures après avoir vu Rowan. En fait, elle était en train de parler à cet homme quand, ne se sentant pas bien, elle avait interrompu la conversation.

Les enquêteurs ne firent pas le lien entre cette entrevue et la maladie de Karen. Nous, oui. Son dossier d'autopsie indique qu'elle souffrait d'une faiblesse congénitale du muscle cardiaque et de la paroi artérielle. Après une hémorragie artérielle et une importante défaillance cardiaque, son muscle cardiaque étant déjà mal en point, elle ne se remit jamais. Les crises qui suivirent l'affaiblirent progressivement et, finalement, elle mourut.

Seule une transplantation cardiaque aurait pu la sauver mais, ayant un groupe sanguin très rare, c'était hors de question. De toute façon, il était trop tard.

Le cas de Karen nous parut vraiment inhabituel, d'autant que, jusque-là, son état ne lui avait jamais causé de problème. En étudiant le rapport d'autopsie de Graham, nous constatâmes que lui aussi était mort d'une rupture d'anévrisme. Une importante hémorragie l'avait tué presque instantanément.

Nous donnâmes donc l'ordre à nos enquêteurs de fouiller dans le passé de Rowan pour voir s'il s'y trouvait des cas de mort subite par défaillance cardiaque, accident cérébrovasculaire et autre cause de traumatisme interne. Il s'agissait donc de retrouver les anciens professeurs et camarades de classe de Rowan ainsi que les étudiants de Berkeley ou ses collègues de l'hôpital universitaire qui pourraient se souvenir d'événements de ce genre. La tâche n'était pas facile.

Honnêtement, je ne pensais pas que cette enquête donnerait quelque chose.

Les gens doués de ce type de pouvoir télékinésique – qui consiste à infliger aux gens des dommages internes graves – sont extrêmement rares, même dans les annales du Talamasca. De plus, aucun membre de la famille Mayfair n'avait jamais manifesté une telle aptitude.

Nombre d'entre eux s'étaient montrés capables de faire bouger des objets, de claquer des portes à distance, de faire trembler des vitres mais, chaque fois, il s'agissait probablement de pure sorcellerie, plutôt que de télékinésie, c'est-à-dire d'une manipulation de Lasher ou d'un quelconque esprit inférieur.

En attendant, nous entreprîmes d'étudier tous les renseignements que nous avions sur Rowan. Après tout, nous ne pouvions prendre le risque, à partir d'une hypothèse qui ne reposait pas sur grand-chose, de bouleverser sa vie. A dire vrai, j'avais le sentiment que nous devions nous préparer à clore le dossier de Rowan et des sorcières Mayfair dès que Deirdre serait délivrée par la mort.

Peut-être ne poserait-elle jamais les yeux sur la maison de First Street, peut-être le « charme » était-il rompu. Carlotta Mayfair serait finalement victorieuse.

D'un autre côté, il était encore trop tôt pour conclure. Et qui empêcherait Lasher de se manifester à cette jeune femme extrêmement médiumnique, qui lisait dans les pensées avec plus de facilité que sa mère et sa grand-mère, et dont la force et l'ambition incommensurables rappelaient celles de ses ancêtres Marie-Claudette, Julien, Mary Beth, dont elle ignorait jusqu'à l'existence? Mais pour combien de temps encore?

Tout en méditant là-dessus, je me pris à penser à Petyr Van Abel, dont le père avait été un grand chirurgien et anatomiste à Leiden et que l'on citait encore dans les livres d'histoire. J'étais impatient de dire à Rowan : « Regardez ce nom. C'était un illustre médecin hollandais connu pour son étude de l'anatomie. Il est votre ancêtre. Son sang et son talent vous ont peut-être été transmis au fil des générations. »

J'en étais là à l'automne 1988 lorsque nos enquêteurs commencèrent à trouver des cas singuliers de morts subites dans le passé de Rowan. Une petite fille se serait battue avec elle dans une cour d'école à San Francisco et serait morte d'une hémorragie cérébrale, à quelques pas de Rowan, avant l'arrivée de l'ambulance.

Puis, en 1974, Rowan aurait échappé de peu à un viol, son agresseur succombant à une crise cardiaque fatale tandis qu'elle se débattait pour lui échapper.

Un après-midi de 1984, se plaignant d'un violent mal de tête, le docteur Karl Lemle, de l'institut Keplinger, aurait dit à sa secrétaire qu'il venait de voir Rowan et qu'il ne comprenait pas son animosité à son égard. Alors qu'il essayait de lui parler, elle l'avait interrompu sèchement devant les autres médecins de l'hôpital universitaire et, ensuite, il avait eu horriblement mal à la tête. Il aurait réclamé de l'aspirine à sa secrétaire et, le soir même, il aurait été hospitalisé. Quelques semaines plus tard, il mourut à la suite d'hémorragies successives.

Cela faisait donc cinq morts par accident cérébrovasculaire ou cardiovasculaire parmi les proches de la jeune femme. Trois d'entre eux étaient morts en sa présence, deux autres l'avaient vue quelques heures avant de tomber malades.

J'ordonnai à mes enquêteurs de dresser une liste des personnes qui avaient connu Rowan, à l'école, à l'hôpital et ailleurs, et de comparer les noms avec les registres de décès de San Francisco et des villes natales de chacune de ces personnes. Je savais que cela prendrait des mois.

Or, quelques semaines plus tard, ils trouvèrent un autre décès. Owen Gander, l'un de nos meilleurs enquêteurs et l'un des rares à connaître l'objet de nos recherches, m'envoya son rapport.

A Berkeley, en 1978, Rowan eut une terrible dispute avec une autre étudiante, qu'elle accusait d'avoir délibérément touché à son matériel de laboratoire. Rowan avait perdu son sang-froid – fait extrêmement rare – et avait cassé une éprouvette en la jetant par terre avant de tourner le dos à l'autre fille. Celle-ci s'était alors moquée d'elle jusqu'à ce que d'autres étudiants s'interposent et lui disent d'arrêter.

Les vacances de printemps débutant le lendemain, la fille était rentrée chez elle à Palo Alto le soir même. A la fin des vacances, elle mourut d'une hémorragie cérébrovasculaire. Rien n'indique que Rowan ait été au courant de son décès.

Après avoir lu le rapport, j'appelai immédiatement Gander.

– Qu'est-ce qui vous fait croire qu'elle n'est pas au courant? demandai-je.

– Aucun de ses amis ne l'est. Lorsque j'ai constaté ce décès dans les registres de Palo Alto, j'ai contacté leurs camarades. Tous se rappelaient cette dispute mais ignoraient ce qu'était devenue la fille. Ils m'ont répondu : « On ne l'a jamais revue », « Elle a dû laisser tomber ses études », « Peut-être qu'elle est retournée à Stanford », etc.

Je conseillai à Gander d'agir avec la plus grande discrétion pour savoir si Rowan savait ce qui était arrivé à la maîtresse de Graham.

– Appelez-la un soir et demandez Graham Franklin. Si elle vous dit qu'il est mort, expliquez-lui que vous essayez de joindre Karen Garfield. Mais troublez-la le moins possible et ne restez pas longtemps au téléphone.

Gander me rappela le lendemain.

– Vous aviez raison.

– A quel sujet?

– Elle ne se rend compte de rien. Elle ne savait même pas que Karen Garfield était morte. Elle m'a dit qu'elle vivait quelque part dans Jackson Street à San Francisco et elle m'a suggéré d'appeler l'ancienne secrétaire de Graham. Aaron, elle ne sait pas.

– Comment vous a-t-elle paru?

– Bizarre, un peu ennuyée mais polie. Elle a une voix magnifique, plutôt exceptionnelle. Je lui ai demandé si elle avait déjà vu Karen. J'avais peur d'être allé trop loin mais elle m'a répondu qu'elle ne la connaissait pas et que Karen avait été une amie de son père. Je la crois parfaitement sincère.

– En tout cas, elle sait forcément pour son père, pour la petite fille et pour le violeur.

– C'est probable, Aaron. Mais elle ne l'a peut-être pas fait intentionnellement. Vous ne croyez pas? Elle était complètement hystérique quand la petite fille est morte, et pareil après la tentative de viol. Quant à son père, elle faisait tout pour le ressusciter quand l'ambulance est arrivée. Je vous dis qu'elle ne sait pas. Ou, en tout cas, si elle sait elle ne contrôle pas les événements.

– Il est impossible qu'elle ne sache pas. Elle est médecin. N'oubliez pas que cette fille est un génie du diagnostic. Si elle ne sait pas pour son père, nous faisons peut-être erreur sur toute la ligne.

– Nous ne faisons pas erreur, Aaron. Nous avons affaire à un brillant neurochirurgien qui descend d'une famille de sorcières et qui peut tuer les gens rien qu'en les regardant. Elle en est consciente et c'est pourquoi elle passe chaque jour de sa vie en salle d'opération. Pour compenser en quelque sorte. Et quand elle sort en ville, c'est accompagnée d'une sorte de héros qui vient de sauver un gamin coincé dans un grenier en flammes ou d'un policier qui vient d'empêcher un ivrogne de battre sa femme à mort.

En décembre 1988, je me rendis en Californie. J'étais déjà allé aux États-Unis en janvier de la même année pour assister aux funérailles de Nancy Mayfair et je regrettais profondément de ne pas être allé sur la côte ouest pour apercevoir Rowan. Mais personne ne se doutait à l'époque qu'Ellie et Graham allaient tous les deux mourir dans les six mois.

Rowan était désormais seule dans la maison de Tiburon. Je tenais à la voir en chair et en os, même de loin, car j'avais en tête de me faire ma propre idée d'elle.

Grâce au ciel, nous n'avions pas découvert d'autre cas de mort suspecte dans son passé. Elle avait un emploi du temps très chargé, pour ne pas dire inhumain, à l'hôpital, et j'eus bien plus de mal que je l'imaginais à l'entrevoir : elle sortait du bâtiment par un parking souterrain et, en rentrant chez elle, mettait sa voiture dans un garage fermé. Le *Sweet Christine,* amarré juste devant sa porte, était entièrement caché derrière une haute clôture en bois.

Je décidai de la suivre en sortant de l'hôpital mais m'aperçus qu'elle n'avait aucun horaire fixe. Il m'était impossible de me renseigner discrètement et la zone proche des salles d'opération était interdite au public. La salle d'attente, réservée aux familles des patients en cours d'intervention, était étroitement surveillée et le reste de l'hôpital était un vrai labyrinthe. Je ne savais que faire.

Incapable de me décider, j'invitai Gander à boire un verre à l'hôtel. D'après lui, qui l'observait depuis plus de quinze ans, Rowan était une femme perturbée qui avait pris de plein fouet le décès de ses parents. De plus, il confirmait que depuis quelques mois elle ne rencontrait plus d'« hommes en bleu », comme il appelait ses amants.

Je dis à Gander que je ne voulais pas quitter la Californie sans apercevoir la jeune femme, dussé-je faire le pilier près de sa voiture dans le parking souterrain – la pire des choses à faire.

– Je ne ferais pas ça, mon vieux, me dit-il. Les parkings souterrains sont des endroits à donner la chair de poule. Ses petites antennes de médium vous repéreraient tout de suite, elle interpréterait mal votre intérêt à son égard et tout d'un coup vous ressentiriez une douleur dans la tête et vous...

– J'ai compris, Owen, le coupai-je. Mais il faut que je la voie dans un lieu public sans qu'elle remarque ma présence.

– Eh bien, provoquez les choses! Faites un petit tour de sorcellerie. N'est-ce pas ce que l'on appelle la synchronicité?

Le lendemain, j'avais un petit travail à faire. Je me rendis au cimetière où Ellie et Graham étaient enterrés, afin de photographier les inscriptions de la pierre tombale. J'avais déjà demandé deux fois à Gander de s'en charger mais il ne l'avait jamais fait. Je le soupçonne d'avoir préféré à cela certains autres aspects de son travail.

Au cimetière, un fait remarquable se produisit : Rowan fit son apparition.

J'étais agenouillé au soleil et prenais note des inscriptions que je venais de photographier. Soudain, je pris conscience d'une présence. Une grande jeune femme vêtue d'une salopette délavée et d'une marinière bleue montait la colline. C'était une jeune créature ravissante au visage très frais. J'avais du mal à croire qu'elle avait trente ans.

Son visage n'avait presque aucune ride. Elle avait exactement la même tête que sur les photos d'elle datant de nombreuses années mais elle me faisait penser à quelqu'un d'autre. Soudain, je compris. Petyr Van Abel! Elle avait la même blondeur et les mêmes yeux pâles. De type très scandinave, elle paraissait extrêmement indépendante et forte.

Elle s'approcha de la tombe et s'arrêta à quelques pas de moi, toujours agenouillé avec mon carnet.

Je me mis immédiatement à lui parler mais je ne me rappelle pas mes paroles exactes. J'étais si troublé que je ne savais quelle explication lui donner de ma présence. Très lentement, je ressentis une impression de danger, comme avec Cortland des années auparavant. Un danger énorme. Soudain, son doux visage se remplit d'une vive malveillance avant de se fermer complètement.

Je m'aperçus avec horreur que je venais de lui parler de sa famille. Je lui avais dit que je connaissais les Mayfair de La Nouvelle-Orléans. C'était la justification la plus stupide que je pouvais trouver. Je lui proposai de prendre un verre pour discuter de la famille. Seigneur Dieu! Et si elle avait accepté!

Mais elle ne prononça pas un mot. Toutefois, j'aurais juré qu'elle essayait de me communiquer un message disant qu'elle ne pouvait accepter mon offre, qu'une chose terrible et douloureuse l'en empêchait et qu'elle était complètement perdue. De ma vie je n'avais perçu une douleur si profonde.

Il me vint soudain à l'esprit qu'elle était consciente d'avoir tué des gens et de détenir un pouvoir mortel. Elle se ferma hermétiquement, comme si elle s'enterrait vivante à l'intérieur d'elle-même.

Après tout, ce n'était peut-être pas de la malveillance que j'avais décelée un moment auparavant. Mais, quoi que ce fût, c'était maintenant terminé. J'étais en train de la perdre. Pourquoi était-elle venue? Que voulait-elle faire? Je ne le saurais jamais.

Je lui tendis ma carte et la lui mis dans la main. Mais, sans méchanceté, elle me la rendit. Un éclair de malveillance la traversa une nouvelle fois, comme un rai de lumière à travers le trou d'une serrure. Il disparut tout de suite. Le corps tendu, elle se retourna et s'en alla.

J'étais si secoué que je ne pus bouger pendant un moment et la regardai s'éloigner. Je la vis monter dans une superbe Jaguar verte et démarrer sans un regard en arrière.

Étais-je malade? Étais-je affligé d'un mal soudain? Allais-je mourir? Bien sûr que non. Rien de cela ne se produisit. Et pourtant, je savais ce dont elle était capable. Je le savais, elle le savait et elle me l'avait fait comprendre. Mais pourquoi?

Lorsque je regagnai l'hôtel Campton Place, à San Francisco, j'étais complètement perdu. Je décidai de ne plus rien entreprendre pour le moment.

Je dis à Gander :

– Maintenez la surveillance. Approchez-vous aussi près que vous l'oserez. Guettez toute manifestation de son pouvoir et prévenez-moi tout de suite.

– Alors, vous n'allez tenter aucun contact?

– Pas maintenant. Cela ne se justifie pas tant que rien d'autre ne se sera produit. J'entends par là, soit qu'elle tue à nouveau quelqu'un, exprès ou accidentellement, soit que sa mère meure et qu'elle décide de retourner à La Nouvelle-Orléans.

– Aaron, c'est de la folie! Il faut établir un contact! Vous ne pouvez pas attendre qu'elle retourne à La Nouvelle-Orléans. Écoutez, mon vieux, je ne prétends pas en savoir aussi long que vous mais, d'après tout ce que vous m'avez raconté, elle est le plus puissant médium que sa famille ait jamais engendré. Qu'est-ce qui vous dit qu'elle n'est pas aussi une puissante sorcière? Quand sa mère disparaîtra, pourquoi ce Lasher manquerait-il une occasion pareille?

J'appelai Scott Reynolds à Londres. Il n'était plus notre directeur mais, à part moi, il était le membre du Talamasca qui connaissait le mieux le dossier Mayfair.

– Je suis d'accord avec Owen, me dit-il. Il faut établir le contact. Il le faut. Vous lui avez dit exactement ce qu'il fallait au cimetière et vous le savez parfaitement bien. C'est pour cela que vous lui avez dit connaître sa famille et que vous lui avez tendu votre carte. Parlez-lui. Vous le devez.

– Non, je ne suis pas d'accord avec vous. C'est injustifié.

– Aaron, cette femme est un médecin consciencieux et pourtant elle tue des gens! Croyez-vous qu'elle le veuille? D'un autre côté...

– Oui?

– Si elle le sait, ce contact pourrait être dangereux. Je dois avouer que je ne sais pas ce que je ferais à votre place.

Je réfléchis à tout cela et décidai de ne rien faire. Tout ce qu'Owen et Scott avaient dit était vrai mais c'était pure conjecture. Nous ignorions si Rowan avait déjà tué délibérément. Sans compter qu'elle n'était peut-être pas responsable des six morts.

Nous ne pouvions savoir si elle aurait un jour le collier d'émeraude. Nous ignorions si elle irait un jour à La Nouvelle-Orléans. Nous ignorions si son pouvoir lui permettait de voir un esprit ou d'aider Lasher à se matérialiser. Évidemment, nous pouvions supposer tout cela mais, voilà, ce n'était rien de plus que des suppositions.

Nous étions donc en présence d'un médecin se tuant à la tâche, qui sauvait des vies tous les jours et qui n'était pas touché par la noirceur pesant sur la maison de First Street. Effectivement, elle avait un pouvoir détestable qu'elle pouvait à tout moment réutiliser, exprès ou par inadvertance. Eh bien, si cela arrivait, j'établirais un contact.

– Ah, je vois, me dit Owen. Vous attendez qu'il y ait un autre cadavre.

– Je ne crois pas qu'il y en aura un autre, dis-je avec colère. De plus, si elle ne sait pas qu'elle est la cause de ces décès, pourquoi nous croirait-elle?

– Conjectures, dit Owen. Comme tout le reste.

En janvier 1989, Rowan n'eut dans son entourage aucune autre mort suspecte. Au contraire, elle travailla sans relâche à l'hôpital pour « accomplir des miracles ».

A La Nouvelle-Orléans, Deirdre Mayfair est toujours assise toute la journée dans son fauteuil à bascule, les yeux rivés sur le jardin à l'abandon. La dernière vision de Lasher – « un charmant jeune homme debout près d'elle » – date de deux semaines.

Carlotta Mayfair approche les quatre-vingt-dix ans. Ses cheveux sont tout blancs mais sa coiffure n'a pas changé depuis cinquante ans. Sa peau est laiteuse et ses chevilles sont enflées au-dessus de ses chaussures ordinaires en cuir noir. Mais sa voix est toujours ferme et elle continue à aller à son bureau quelques heures chaque matin. Parfois, elle déjeune avec de jeunes avocats avant de rentrer en taxi à la maison.

Le dimanche, elle va à la messe à pied. Des paroissiens lui proposent de la conduire à la chapelle, ou ailleurs, en voiture, mais elle refuse toujours en disant qu'elle aime marcher et que l'air frais la maintient en bonne santé.

A notre connaissance, Rowan ne connaît toujours pas ces gens et l'histoire de sa famille.

La nuit dernière, après avoir achevé la version définitive de ce condensé, j'ai rêvé de Stuart Townsend, que je n'avais rencontré qu'une fois quand j'étais petit garçon. Dans mon rêve, il était dans ma chambre et me parlait depuis des heures. En me réveillant, je ne me rappelais que ses derniers mots : « Vous comprenez ce que je veux dire? Tout est prévu d'avance ! »

Non, je ne comprends pas. Je ne sais pas pourquoi Cortland a tenté de me supprimer. Je ne sais pas pourquoi un homme pareil se laisserait aller à une telle extrémité. Je ne sais pas ce qui est réellement arrivé à Stuart. Je ne sais pas pourquoi Stella était si désespérée qu'elle a supplié Arthur Langtry de l'emmener avec lui. Je ne sais pas ce que Carlotta a fait à Antha et si Cortland était le père de Stella, d'Antha et du bébé de Deirdre. Vraiment, je n'y comprends rien !

Mais il y a une chose dont je suis certain. Un jour, malgré sa promesse à Ellie Mayfair, Rowan Mayfair retournera à La Nouvelle-Orléans et exigera des réponses. Des dizaines et des dizaines de réponses. Je suis heureux d'observer et d'attendre.

Aaron Lightner
Le Talamasca
Londres
Le 15 janvier 1989

Vingt-six

Ainsi se poursuivait ce rituel exotique, étrange, pittoresque et sombrement magnifique. Les gens s'engouffrèrent dans d'immenses limousines qui les emmenèrent en silence dans les petites rues étroites, bondées et dénuées d'arbres.

Devant une haute église de brique, Sainte Marie de l'Assomption, les longues voitures pesantes s'arrêtèrent l'une après l'autre. Personne ne semblait faire attention aux bâtiments en ruine de l'école, avec leurs fenêtres brisées et les mauvaises herbes sortant triomphalement du moindre interstice.

Carlotta attendait sur les marches de l'église, grande, raide, sa fine main tachetée agrippée à la crosse de sa canne en bois. A côté d'elle se tenait un homme charmant aux cheveux blancs et aux yeux bleus, pas beaucoup plus âgé que Michael. La vieille femme le congédia d'un geste brusque et fit signe à Rowan de la suivre.

L'homme recula avec le jeune Pierce, après avoir brièvement serré la main de Rowan. Il y eut quelque chose de furtif dans sa façon de chuchoter son nom, « Ryan Mayfair », et de jeter un regard inquiet vers la vieille femme. Rowan comprit qu'il était le père de Pierce.

Tout le monde pénétra dans l'immense nef à la suite du cercueil. Les bruits de pas claquaient sous les arcs gothiques, la lumière frappait les somptueux vitraux et les statues de saints.

Il devait y avoir un millier de personnes. Les enfants poussaient des cris perçants jusqu'à ce que leurs mères les fassent taire. Les paroles du prêtre résonnaient dans le vide.

La vieille dame au dos bien droit, à côté d'elle, ne disait rien. Ses mains fragiles tenaient un livre épais rempli d'images pieuses. Ses lourds cheveux blancs retenus en chignon étaient couronnés d'un feutre noir sans bord. Aaron Lightner était resté à l'arrière, dans l'ombre, près des portes. Rowan aurait aimé l'avoir près d'elle. Béatrice Mayfair pleurait doucement au deuxième rang. Pierce était assis à côté de Rowan, les bras croisés, les yeux rivés sur les statues de l'autel et les angelots au-dessus. Son père, qui semblait plongé dans la même transe, tourna une fois la tête pour fixer ses yeux bleus perçants, sans la moindre gêne, sur Rowan.

Des centaines de personnes allèrent communier. Des vieux, des jeunes, des enfants. Carlotta refusa qu'on l'aide. Elle revint en s'appuyant sur sa canne qui cognait sourdement sur le sol et s'agenouilla, tête baissée. Elle était si menue que son tailleur sombre en gabardine avait l'air vide, comme un vêtement sur un cintre, et que ses jambes ressemblaient à des allumettes plantées dans ses chaussures.

Une odeur d'encens envahit les lieux lorsque le prêtre se mit à tourner autour du cercueil avec son encensoir d'argent. Enfin, la procession retourna vers les voitures garées dans la rue sans arbres. Des dizaines d'enfants noirs, les uns pieds nus, les autres torse nu, étaient rassemblés sur le trottoir craquelé. Des femmes noires, les bras nus croisés, arboraient un visage renfrogné.

Était-ce bien l'Amérique?

Puis, très lentement, le cortège de voitures précédé par le fourgon mortuaire s'ébranla, des centaines de gens marchant de part et d'autre et des enfants courant devant.

Le cimetière ceint de murs était un véritable village de tombes à toits pointus, certaines ayant leur petit jardin. Des sentiers se croisaient çà et là en passant devant une crypte à l'abandon ou un grand monument élevé à la mémoire de pompiers d'une autre époque ou d'orphelins ou de riches qui avaient eu l'argent nécessaire pour agrémenter la pierre de quelques vers poétiques.

La gigantesque crypte des Mayfair était entourée de fleurs. Une petite clôture de fer forgé encerclait l'édifice. Des urnes de marbre étaient placées aux quatre coins du toit pourvu d'un péristyle. Ses trois travées contenaient chacune douze caveaux de la taille d'un cercueil. On avait retiré la pierre de marbre recouvrant l'un d'eux. Noir et béant, il attendait de recevoir le cercueil de Deirdre.

Poussée gentiment vers le premier rang, Rowan se tenait à côté de la vieille femme. Le soleil se réverbérait sur la petite monture argentée de ses lunettes tandis qu'elle fixait du regard le mot « Mayfair » gravé en lettres géantes dans la partie inférieure du péristyle.

Rowan regardait aussi dans cette direction. D'une voix basse et respectueuse, le jeune Pierce lui expliqua que la crypte n'avait que douze caveaux mais que de nombreux Mayfair étaient enterrés là, comme l'indiquait la pierre tombale. Les vieux cercueils étaient détruits lorsqu'il fallait faire de la place pour de nouveaux occupants et les restes étaient glissés dans un autre endroit situé sous la tombe.

Rowan dit dans un souffle :

– Alors, ils sont tous là? Pêle-mêle, là-dessous?

– Non, ils sont au ciel ou en enfer, dit Carlotta Mayfair d'une voix cassante et sans âge.

Elle n'avait même pas tourné la tête.

Pierce recula, comme effrayé par Carlotta, un bref sourire gêné fendant son visage. Ryan scrutait la vieille femme.

Les employés des pompes funèbres avancèrent, le cercueil sur leurs épaules, le visage rougi par l'effort, des gouttes de sueur ruisselant sur leurs fronts. Ils posèrent leur lourd fardeau sur un support muni de roues.

C'était le moment des dernières prières. La chaleur était insupportable. Béatrice tamponnait ses joues rouges avec un mouchoir. Les personnes âgées, à part Carlotta, s'étaient assises comme elles pouvaient, le plus souvent sur les murets des tombes avoisinantes.

Rowan laissa son regard dériver sur le sommet de la tombe, le péristyle ornementé et, au-dessus du nom « Mayfair », en bas-relief, une longue porte ouverte. Ou était-ce un grand trou de serrure? Elle n'était pas sûre.

Une légère brise s'éleva, faisant remuer les feuilles des arbres et rafraîchissant un peu l'assemblée. Au loin, près des portails du cimetière, Aaron Lightner était en compagnie de Rita Mae Lonigan qui avait fini de pleurer et avait ce regard perdu des gens qui ont veillé un mourant pendant toute une nuit.

Une dernière chose frappa énormément Rowan. A mesure que l'assistance sortait du cimetière, il devint manifeste qu'un petit groupe de gens se dirigeait vers l'élégant restaurant de l'autre côté de la rue.

M. Lightner lui fit des adieux murmurés, lui promettant que Michael allait venir. Elle avait envie de lui poser des questions mais le regard sévère et froid de Carlotta l'en empêcha. De toute évidence, Lightner l'avait également remarqué et il était impatient de se retirer. Saisie, Rowan lui fit un signe d'adieu. La chaleur la rendait à nouveau nauséeuse. Rita Mae lui murmura un adieu affligé. Des centaines d'inconnus en firent de même en passant rapidement devant elle puis s'arrêtèrent pour embrasser Carlotta. La procession lui paraissait interminable. « Nous nous reverrons, Rowan. » « Restez-vous quelque temps, Rowan? » « Au revoir, tante Carl. Prenez soin d'elle. » « A bientôt, tante Carl. Venez nous voir à Metairie. » « Tante Carl, je vous téléphone la semaine prochaine. » « Tante Carl, vous vous sentez bien? »

Enfin, la rue fut vide, à l'exception du flot constant de voitures et des clients chics qui sortaient du restaurant d'en face.

– Je ne veux pas y aller, dit la vieille femme en regardant froidement les stores bleu et blanc.

– Oh, tante Carl, quelques instants seulement, dit Béatrice Mayfair.

– Je veux être seule, répondit la vieille dame. Je vais rentrer seule à pied. (Elle fixa ses yeux sur Rowan. Son visage usé, sans âge, était intelligent.) Reste avec eux tant que tu voudras, dit-elle sur le ton d'un ordre. Puis viens me voir. Je t'attendrai. A la maison de First Street.

– Quand voulez-vous que je vienne? demanda prudemment Rowan.

Un sourire froid et ironique effleura les lèvres de la vieille femme.

– Tu viens quand tu en as envie. Ce sera bien assez tôt. J'ai des choses à te dire. Je serai là.

Une fois les portes vitrées du restaurant refermées derrière eux, Rowan jeta un regard en arrière sur le mur blanc du cimetière et les petits toits pointus en émergeant.

Les morts sont si proches qu'ils peuvent nous entendre, songea-t-elle.

– Vous savez, dit Ryan, à La Nouvelle-Orléans on ne les oublie jamais.

Vingt-sept

Le crépuscule cendré s'assombrissait au-dessus des arbres. Le ciel n'était presque plus visible. Les chênes étaient noirs et denses et le peu de lumière d'été qui restait ne parvenait plus à accrocher les graviers blancs de l'allée.

Michael était assis dans la galerie frontale de la maison, les pieds posés sur la rambarde en bois, une cigarette aux lèvres. Il avait terminé sa lecture et se sentait très exalté : Rowan et lui seraient l'objet du prochain chapitre, celui qui n'était pas encore écrit.

Pendant un long moment, il s'attacha presque désespérément au plaisir de sa cigarette en contemplant la métamorphose du ciel. L'obscurité s'étendait maintenant à perte de vue, la digue au loin disparaissant au point qu'il ne distinguait plus des voitures que les boules lumineuses de leurs phares. Chaque son, chaque odeur et chaque changement de couleur provoquait en lui un déluge de souvenirs agréables. Cet endroit était chez lui et les cigales y chantaient comme nulle part ailleurs.

Mais le silence, l'attente, les pensées submergeant son esprit étaient une torture.

Pourquoi Aaron n'appelait-il pas? Les funérailles devaient être terminées maintenant. Il devait être sur le chemin du retour, et peut-être que Rowan l'accompagnait. Ils iraient faire une promenade dans la soirée et parleraient de tout ça, à l'abri dans cet endroit sûr.

Mais il lui restait encore un dossier à lire. Mieux valait s'y mettre tout de suite. Il écrasa sa cigarette dans le cendrier et ouvrit le dossier.

Des feuilles volantes, certaines manuscrites, d'autres dactylographiées. Il commença sa lecture.

COPIE EXPÉDIÉE À LA MAISON MÈRE DU TALAMASCA À LONDRES
par Aaron Lightner

Août 1989,
Parker Meridien Hotel
New York

« Rencontre fortuite » avec le médecin de Deirdre Mayfair (depuis 1983) vient de s'achever. Plusieurs surprises.

Enverrai transcription manuscrite de l'entrevue (bande magnétique perdue, le médecin me l'a demandée) que je terminerai dans l'avion pour la Californie.

Le médecin dit avoir vu Lasher, à deux reprises, non seulement auprès de Deirdre mais aussi assez loin de First Street. La deuxième fois, dans un bar de Magazine Street, Lasher s'est nettement matérialisé (chaleur, mouvement de l'air décrits par le médecin).

Le médecin est également convaincu que Lasher voulait l'empêcher d'administrer à Deirdre ses tranquillisants. Et que, quand Lasher lui est apparu plus tard, il essayait de l'attirer à First Street pour qu'il intervienne de quelque façon en faveur de Deirdre.

Il n'a pensé à cette interprétation que plus tard. Quand les apparitions se produisaient, il avait peur. Lasher ne parlait pas ni n'envoyait de messages télépathiques. Au contraire, il a l'impression que l'esprit tentait désespérément de communiquer et ne pouvait le faire qu'à travers ses apparitions muettes.

Ce médecin n'est apparemment pas un médium naturel.

Je ne peux qu'en conclure que Lasher a considérablement gagné en force ces vingt dernières années ou qu'il en a toujours eu plus que nous l'imaginions et qu'il peut en fait se matérialiser quand il le veut.

Je ne veux pas tirer de conclusion hâtive. Mais cela semble plus que probable. Et le fait que Lasher n'ait pas réussi à implanter des paroles claires ou des suggestions dans l'esprit du médecin renforce mon opinion selon laquelle le médecin lui-même n'est pas un médium et ne peut avoir aidé ces matérialisations.

Comme nous le savons, en ce qui concerne Petyr Van Abel, Lasher œuvrait sur l'énergie et l'imagination de ce médium puissant qui souffrait d'un profond sentiment de culpabilité et de conflits intérieurs. Pour Arthur Langtry, Lasher était confronté à un médium exercé et ses apparitions et/ou matérialisations ne se produisaient qu'à First Street, à proximité d'Antha ou de Stella.

Lasher peut-il se matérialiser où et quand il veut ? A-t-il la force de le faire à de grandes distances de la sorcière ?

C'est ce que nous devons découvrir.

Cordialement vôtre.
Aaron

P.-S. : N'essaierai pas de voir Rowan Mayfair à San Francisco. Contact avec Michael Curry prioritaire. Reçu appel de Gander ce matin avant de quitter New York. M'a dit que Curry est maintenant quasi grabataire dans sa maison. Me prévenir à l'hôtel Saint Francis en cas de nouveaux développements dans l'affaire Mayfair. Resterai à San Francisco aussi longtemps que nécessaire pour établir le contact avec Curry et lui offrir mon aide.

Michael feuilleta rapidement le reste du dernier dossier. Il contenait tous les articles de journaux le concernant, qu'il avait d'ailleurs déjà lus, et deux grandes photos de lui, sur papier brillant, de United Press International. Suivait sa biographie dactylographiée, tirée en majeure partie des coupures de presse jointes.

Eh bien, il connaissait maintenant le dossier Michael Curry. Il repoussa les documents, alluma une cigarette et retourna au récit manuscrit de la rencontre d'Aaron avec le médecin au Parker Meridien.

La fine écriture d'Aaron était facile à lire. Les descriptions des apparitions de Lasher étaient soulignées. Il termina le récit, d'accord avec les remarques d'Aaron.

Il se leva, prit le dossier avec lui et rentra s'asseoir au bureau. Son carnet à la couverture de cuir était là où il l'avait laissé. Il s'assit, jeta un regard circulaire sur la pièce, remarquant à peine la brise du fleuve qui soulevait les rideaux et la nuit noire. Il jeta un coup d'œil désintéressé sur le plateau de repas posé sur l'ottomane. Les plats étaient toujours sous les cloches d'argent. Il n'y avait pas touché.

Il prit son stylo et se mit à écrire.

« J'avais six ans quand j'ai vu Lasher dans l'église, derrière la crèche de Noël. Ce devait être en 1947. Deirdre devait avoir le même âge que moi et se trouvait peut-être dans l'église. Mais j'ai le fort sentiment qu'elle n'y était pas. Lorsque Lasher m'est apparu dans l'auditorium municipal, elle était peut-être là. Mais, une fois encore, “ Qui sait? ”, pour citer la phrase favorite d'Aaron.

« Néanmoins, les apparitions en elles-mêmes n'ont rien à voir avec Deirdre. Je ne l'ai jamais vue dans le jardin de First Street ni ailleurs, à ma connaissance du moins.

« De toute évidence, Aaron a déjà couché par écrit ce que je lui ai dit. Sa suggestion est tout à fait pertinente : Lasher m'est apparu alors que la sorcière n'était pas alentour. Il est probablement capable de se matérialiser où il veut.

« Une question demeure : pourquoi? Pourquoi moi? Toutes ces coïncidences sont un véritable supplice. Mes nerfs sont mis à rude épreuve.

« Par exemple, même si cela n'est pas d'une grande importance, je connais Rita Mae Dwyer Lonigan. J'étais avec elle et Marie-Louise sur le bateau la nuit où elle s'est soûlée avec son petit ami, Terry O'Neill. C'est à cause de cela qu'elle a été envoyée à Sainte Ro' où elle a rencontré Deirdre. Je me rappelle que Rita Mae est allée à Sainte Ro'.

« Cela a-t-il une signification?

« Autre chose : et si certains de mes aïeux avaient travaillé dans Garden District? Je n'en ai aucune idée. Je sais seulement que la mère de mon père était orpheline et avait été élevée à Sainte Margaret. Je ne crois pas qu'elle ait eu un père légitime. Et si sa mère avait été servante dans la maison de First Street? Mais mon esprit s'emballe...

« Ces gens sont des spécialistes de la consanguinité. Pour les chevaux et les chiens, on appelle ce genre d'opération des croisements consanguins. Tout au long de l'histoire des Mayfair, les plus beaux spécimens masculins ont pratiqué la consanguinité avec les sorcières afin de renforcer certains de leurs caractères génétiques; les caractères psychologiques, sans aucun doute, mais les autres? Si j'ai bien lu cette saleté d'histoire, Cortland était le père de Stella et de Rowan mais pouvait également être celui d'Antha, même si tout le monde pense que c'était Lionel.

« Donc, si Julien était le père de Mary Beth... Cela vaudrait vraiment la peine de mettre toutes ces données dans un ordinateur pour étudier cette histoire de consanguinité. Il faudrait établir un tableau. Je raconterai tout cela à Rowan. Elle comprendra certainement. Elle m'a dit quelque chose sur l'impopularité de la recherche génétique. Les gens refusent d'admettre que la génétique est un aspect déterminant chez tout être humain. Cela m'amène à la question du libre arbitre et c'est justement cela qui me rend fou.

« Rowan est le résultat génétique de tous ces croisements : grande, mince, sexy, en pleine santé, brillante, forte et réputée. Un médecin de génie qui a le pouvoir d'ôter la vie mais préfère la sauver. Et revoilà la notion de libre arbitre.

« Mais moi, mon libre arbitre, où en est-il? Autrement dit, qu'est-ce qui est " prévu d'avance ", pour reprendre les termes de Townsend dans mon rêve?

« Peut-être suis-je parent de ces gens par l'intermédiaire des employés irlandais qui ont travaillé pour eux? Ou peut-être se croisent-ils tout simplement quand ils ont besoin de reprendre de la vigueur? Mais n'importe lequel des héros policiers ou pompiers de Rowan aurait pu remplir cette tâche. Alors pourquoi moi? Pourquoi a-t-il fallu que je me noie ou qu'on m'ait noyé – ce que je ne crois toujours pas? Et, pourtant, c'est à moi seul que Lasher s'est montré quand j'étais petit.

« Mon Dieu! Quelle interprétation donner à tout cela? Il y a de quoi devenir fou! Peut-être étais-je destiné à Rowan depuis le tout début, que ma noyade n'était pas voulue et que c'est pour cela qu'elle m'a sauvé? Je ne peux pas accepter que ma noyade était délibérée car si c'était le cas, tout le reste pourrait l'être aussi. Cette idée m'épouvante!

« Je pourrais écrire ainsi pendant trois jours d'affilée, à divaguer sur le papier, à discuter tel point ou tel autre. Tout cela ne m'explique pas la signification de la porte. Pas un seul élément de tout ce que j'ai lu ne m'apporte le moindre éclaircissement sur cette image. Et le numéro? A moins que le numéro treize soit inscrit au-dessus d'une porte, je ne vois vraiment pas à quoi tout cela peut rimer.

« Cette fameuse porte est peut-être tout bonnement celle de First Street. Ou alors, la maison elle-même pourrait être une sorte de portail. Mais tout cela ne tient pas debout.

« Et le pouvoir de mes mains? Je ne sais toujours pas à quoi il sert. Peut-être à toucher Lasher quand il se matérialisera, pour savoir qui il est en réalité, d'où il vient et ce qu'il veut des sorcières. Mais comment le toucher autrement que s'il veut l'être?

« Bien sûr, j'enlèverai mes gants et je poserai mes mains sur des objets ayant un lien direct avec cette histoire. A First Street, si Rowan le veut bien, maintenant qu'elle en est la maîtresse de maison. Mais cette perspective me terrorise. Je ne peux concevoir que ce soit là le but de ma mission. Pour la première fois, j'ai peur de toucher des objets ayant appartenu à des morts. Mais je dois essayer. Je dois tout tenter !

« Presque 9 heures du soir. Aaron n'est toujours pas de retour. Il fait noir. Le calme règne ici. Je ne tiens pas en place dans cette chambre, malgré ses jolies lampes de cuivre. Je ne veux pas regarder les tableaux sur les murs et encore moins les miroirs. Je crains trop que quelque chose me fasse peur.

« Je déteste avoir peur.

« L'attente est insupportable. Evidemment, je ne peux pas reprocher à Aaron de ne pas être là à la minute où j'ai terminé ma lecture. Mais les obsèques de Deirdre sont achevées et je dois attendre Aaron, l'esprit obsédé par les Mayfair. J'attends parce que je l'ai promis. Aaron n'a pas appelé. Il faut que je voie Rowan.

« Encore une chose : si je ferme les yeux et que je repense aux visions, si j'évoque les impressions qui ont été les miennes, je persiste à croire que les gens que j'ai vus étaient bons. On m'a renvoyé pour une mission de la plus haute importance. Et c'est moi qui ai choisi – le libre arbitre, encore – d'accepter la mission.

« Je n'éprouve aucun sentiment positif ou négatif à l'idée de la porte et du nombre treize. Et c'est vraiment déroutant.

« Je ne crois pas que Lasher soit bon. Vraiment pas. Nul doute qu'il a détruit plusieurs de ces femmes. Peut-être a-t-il détruit tous ceux qui lui résistaient. La question posée par Aaron : " Quel est le dessein de cette créature ? " est très pertinente. Elle fait des choses par elle-même. Mais pourquoi la qualifier de créature ? Qui l'a créée ? La même personne qui m'a créé, moi ? Et qui est-ce ? Appelons-la plutôt une entité.

« Cette entité est mauvaise.

« Pourquoi Lasher m'a-t-il souri dans l'église quand j'avais six ans ? Il ne veut certainement pas que je le touche et que je découvre son dessein. Et si je me trompais ?

« Quoi qu'il en soit, je vais devenir fou si je reste ici plus longtemps. Il faut que je voie Rowan, que je rassemble les pièces du puzzle et que je remplisse ma mission car je crois que c'est la meilleure partie de moi-même qui l'a acceptée.

« J'aimerais qu'Aaron soit là. Je l'aime bien. Je les aime bien. Je comprends ce qu'ils cherchent à faire. Je comprends. Personne n'aimerait savoir qu'il est observé et épié. Mais je comprends. Rowan comprendra aussi. Il le faut.

« Quand je pense à quel point je suis impliqué dans toute cette histoire, surtout depuis que l'entité m'a regardé par-dessus la grille, je me dis : Heureusement qu'ils sont là pour " observer ", comme ils disent. Heureusement qu'ils savent ce qu'ils savent.

« Car autrement... Et Rowan le comprendra. Encore mieux que moi, peut-être, parce qu'elle verra des choses que je ne vois pas. Et c'est peut-être aussi ce qui est “ prévu d'avance ”. Mais voilà que je remets ça...

« Aaron ! Revenez ! »

Vingt-huit

Tandis que le taxi s'éloignait, elle resta plantée devant la grille de fer forgé, le silence se refermant petit à petit sur elle. Impossible d'imaginer une maison plus désolée et menaçante. La lumière impitoyable des réverbères tombait comme une pleine lune à travers les branches des arbres et venait frapper les dalles fendues et les marches de marbre jonchées de feuilles mortes. Sur les hautes colonnes cannelées, des taches de moisissure avaient en partie remplacé la peinture blanche et les planches inégales du porche partaient en poussière. La porte ouverte laissait passer une pâle lumière vacillante à l'intérieur de la maison.

Lentement, elle promena son regard sur les volets clos et le jardin à l'abandon. La pluie fine qui avait commencé à tomber dès sa sortie de l'hôtel s'était transformée en une bruine légère. L'asphalte de la rue était luisant et les gouttes ne faisaient qu'effleurer son visage et ses épaules.

C'est donc ici que ma mère a vécu, songea-t-elle. Et où ma grand-mère est née et mon arrière-grand-mère aussi. C'est ici qu'Ellie s'est assise près du cercueil de Stella.

La porte était-elle ouverte à son intention ? Avait-on poussé le portail de la grille en prévision de sa venue ? L'énorme encadrement en bois de la porte ressemblait à un gigantesque trou de serrure, évasé à la base et effilé vers le haut. Où avait-elle déjà vu une porte ressemblant à un trou de serrure ? Ah oui ! sur la tombe du cimetière La Fayette. Quelle ironie ! Cette maison avait justement été une tombe pour sa mère.

La petite pluie n'avait pas réussi à atténuer la chaleur mais une brise s'était levée. La brise du fleuve, lui avait-on dit en la raccompagnant à son hôtel. La brise et l'odeur de la pluie étaient délicieuses. Le parfum de fleurs sauvages n'avait rien à voir avec celui du cimetière quelques heures auparavant. Il était irrésistible.

Elle se sentait légère et presque nue dans les vêtements de soie qu'elle venait d'enfiler. Elle essaya de discerner la maison dans l'obscurité, de reprendre sa respiration, de maîtriser l'émotion de tout ce qu'elle avait vu mais seulement à moitié compris.

Ma vie est brisée en deux, se dit-elle. Mon passé s'éloigne comme un bateau aux amarres rompues, comme si l'eau était le temps et l'horizon la démarcation de ce qui avait de l'importance.

Ellie, pourquoi? Pourquoi m'as-tu coupée de tout cela? Ils étaient tous au courant, eux. Ils savaient mon nom, le tien et que j'étais sa fille. Pourquoi étaient-ils tous là, par centaines, à prononcer encore et encore le même nom : Mayfair?

« Venez au bureau quand vous lui aurez parlé », avait dit le jeune Pierce aux joues roses. Malgré son jeune âge, il était déjà associé dans le cabinet fondé il y avait si longtemps par son arrière-grand-père. « Le grand-père d'Ellie aussi, vous savez? » avait dit Ryan, le cousin germain d'Ellie, avec ses cheveux blancs et ses traits si bien ciselés. Non, elle ne savait pas. Elle ignorait qui était qui, d'où ces gens venaient et pourquoi on ne lui avait jamais rien dit.

Trouverait-elle les réponses une fois passée cette porte béante? Son avenir l'attendait-elle dans cette maison? Ou peut-être ne serait-ce qu'un simple chapitre de sa vie, sur lequel elle ne reviendrait pas une fois quitté ce monde étrange qu'on lui avait caché pendant trente ans? Oh non! certainement pas. Ce qu'elle était en train de vivre était comme un enchantement, ce genre d'envoûtement après lequel rien n'était plus jamais pareil. Et chaque moment passé dans cette famille jusque-là étrangère, le Sud, l'histoire, les parents, l'amour offert l'entraînaient à des années-lumière de ce qu'elle avait été ou avait voulu être.

S'étaient-ils douté une seconde de l'attrait de ce nouveau monde pour elle? Toutes ces invitations, ces promesses de visites et de conversations à bâtons rompus, de fidélité et d'intimité familiales!

Ses parents. Avaient-ils la moindre idée de la signification de ce mot pour elle après le monde stérile et égoïste dans lequel elle avait vécu, comme une plante verte en pot qui n'aurait jamais connu le soleil, la pleine terre, et n'aurait vu de la pluie que celle qui battait contre un double vitrage?

J'ai choisi la médecine pour trouver le monde viscéral, se dit-elle. Ce n'est que dans les salles d'attente et dans les couloirs du service des urgences que j'ai aperçu, de loin, des familles unies, des générations pleurant ou riant ou chuchotant ensemble lorsque l'ange de la mort les survolait.

– Vous voulez dire qu'Ellie ne vous a jamais dit qui était son père? Elle ne vous a jamais parlé de Sheffield, de Ryan, de Grady, de...?

Encore et toujours, elle avait dû répondre non.

Ellie était revenue, elle. Elle s'était tenue dans ce même cimetière pour l'enterrement de tante Nancy. Puis elle était allée dans le même restaurant et avait sorti de son sac une photo de Rowan. « Notre fille médecin. » Agonisante, sous morphine, elle lui avait dit : « J'aimerais qu'ils me ramènent chez moi mais c'est impossible. Ils ne peuvent pas faire ça. »

Après qu'on l'eut déposée à l'hôtel, Rowan était montée prendre une douche et se changer, à cause de la chaleur, et pendant un bon moment elle avait ressenti une amertume qu'elle avait été incapable de raisonner ni de rationaliser. Elle n'avait même pas pu pleurer. Elle avait eu beau se dire que parmi tous ces gens, un bon nombre aurait aimé pouvoir échapper à cette immense toile de liens sanguins et de souvenirs. Mais elle n'arrivait pas à les comprendre.

Quelles vérités allait-elle trouver derrière cette porte? Quelle vérité sur la femme-enfant endormie dans le cercueil? A un moment, elle avait pensé : Est-ce que, par miracle, l'un de vous saurait qui était mon père?

– Carlotta voudra... le lui dire.

– ... si jeune quand vous êtes née.

– Père ne nous a jamais dit...

Il lui restait simplement à pousser ce portail, gravir les marches de marbre, traverser le plancher pourri, pousser la porte entrouverte. Et pourquoi pas? Elle avait tellement envie de goûter à l'obscurité de l'intérieur que Michael ne lui manquait même plus. Il n'aurait pas pu le faire avec elle.

Soudain, comme dans un rêve, la lumière devint plus vive derrière la porte. Celle-ci s'ouvrit en grand et la frêle silhouette de la vieille femme apparut. Sa voix cassante sonna clair dans le noir. Elle avait presque des intonations irlandaises.

– Alors, tu te décides à entrer, Rowan Mayfair?

Elle poussa la grille. Les marches étaient glissantes et elle dut les gravir lentement.

Carlotta avait disparu mais, en pénétrant dans l'entrée, Rowan aperçut sa silhouette au loin, sur le seuil d'une vaste pièce dont l'éclairage suffisait à illuminer l'entrée haute de plafond.

Elle passa devant un escalier haut et raide et, à droite, devant des portes ouvrant sur un vaste salon. La lumière de la rue jetait dans cette pièce une lueur d'un blanc lunaire et révélait un long parquet luisant et, çà et là, quelques meubles indéfinissables.

Elle passa ensuite devant une porte fermée, sur sa gauche, puis, entrant dans la lumière, elle se retrouva dans une grande salle à manger.

La lueur vacillante de deux bougies posées sur la table ovale était la seule lumière qui éclairait cette pièce de l'intérieur. Elle révélait des fresques murales représentant des chênes moussus et des champs labourés. Les portes et les fenêtres s'élevaient jusqu'à trois mètres soixante du sol. En se retournant vers l'entrée, elle constata que la porte de cette pièce était gigantesque. Son encadrement montait jusqu'au plafond.

Elle regarda la femme assise à l'extrémité de la table. Son épaisse chevelure bouclée paraissait encore plus blanche dans la pénombre et les bougies projetaient deux petites flammes inquiétantes dans les verres de ses lunettes.

– Assieds-toi, Rowan Mayfair. J'ai un tas de choses à te dire.

Une odeur de poussière ou de moisi montait des sièges rembourrés. Ou était-ce du tapis et des tristes tentures?

Peu importait. Mais il y avait une autre odeur, un arôme délicieux qui rappelait le bois et le soleil et, curieusement, Michael. L'odeur était plaisante. Michael, le charpentier, l'aurait certainement comprise. Un parfum de bois dans une vieille maison, renforcé par la chaleur qui s'y était accumulée durant la journée. L'odeur, plus forte, des bougies en cire était aussi perceptible.

Les flammes des bougies se réflétaient dans les centaines de larmes de cristal du grand lustre suspendu au plafond.

– Je suis trop vieille pour grimper là-haut et changer les ampoules. Eugenia aussi. Elle ne peut plus le faire.

D'un petit signe de tête, elle indiqua un coin sombre.

Étonnée, Rowan s'aperçut qu'une femme noire s'y tenait, une créature spectrale au cheveu rare, les bras croisés, extrêmement frêle. On ne distinguait de ses vêtements qu'un tablier taché.

– Vous pouvez partir, dit Carlotta à la Noire. A moins que ma nièce ait envie de boire quelque chose. Tu n'as pas soif, Rowan, n'est-ce pas?

– Non, merci, mademoiselle Mayfair.

– Appelle-moi Carlotta. Ou Carl si tu veux. Il y a trop de Mlles Mayfair.

La vieille servante noire passa devant la cheminée, contourna la table et disparut dans l'entrée. Carlotta la regarda partir, comme si elle voulait attendre d'être seule avec sa nièce pour reprendre la parole.

Elle leva les yeux vers Rowan et lui fit un geste vers un siège près de la table.

Rowan s'assit dos aux fenêtres ouvrant sur la cour et tourna légèrement son siège pour faire face à sa tante.

Elle aperçut d'autres fresques murales. Une maison de plantation aux colonnades blanches entourée de collines ondulantes.

En regardant la vieille femme, elle fut soulagée de ne plus voir les petites flammes vaciller dans ses lunettes. Elle ne voyait plus qu'un visage sombre, des verres de lunettes luisant dans la lumière, l'imprimé à fleurs de la robe à manches longues et les fines mains émergeant de la dentelle bordant les manches, dont les doigts noueux tenaient quelque chose ressemblant à une boîte à bijoux en velours.

Elle poussa brusquement la boîte vers Rowan.

– C'est à toi. C'est un collier d'émeraude. Il t'appartient, la maison t'appartient, ainsi que le terrain sur lequel elle est construite et tout ce qu'elle contient. En plus de cela, il y a une fortune qui fait à peu près cinquante fois ce que tu possèdes aujourd'hui. Cent fois peut-être. Mais, avant de réclamer ton dû, écoute bien ce que j'ai à te dire.

Elle fit une pause et scruta le visage de Rowan. La jeune fille se dit que tout ce qui caractérisait cette femme, sa voix et son comportement en général, n'avait pas d'âge. C'était presque inquiétant, comme si l'esprit d'une jeune personne habitait cette vieille carcasse et lui conférait une animation étrange pour son âge véritable.

– Non, dit la femme. Je suis vieille, très vieille. Ce qui m'a maintenue en vie, c'est probablement l'attente de sa mort et j'ai redouté pendant longtemps le moment où tu viendrais ici. J'ai prié pour qu'Ellie vive longtemps et qu'elle te garde auprès d'elle de longues années jusqu'à ce que Deirdre ne soit plus que poussière dans sa tombe et que la chaîne soit brisée. Mais le destin m'a réservé une autre petite surprise.

– Elle a fait tout ce qu'elle a pu pour me tenir éloignée. Elle m'a fait signer une promesse de ne jamais venir. Je ne l'ai pas tenue.

La vieille femme resta silencieuse.

– Je voulais venir, poursuivit Rowan. (Puis, aussi doucement que possible, elle demanda :) Pourquoi avez-vous voulu me tenir à l'écart ? Y a-t-il une terrible histoire là-dessous ?

La femme la dévisagea en silence.

– Tu es une femme forte. Aussi forte que ma mère. Tu as ses yeux. Ils te l'ont dit ? En était-il d'assez vieux pour se souvenir d'elle ?

– Je ne sais pas.

– Qu'as-tu vu de tes propres yeux ? As-tu vu quelque chose ou quelqu'un d'extraordinaire ?

Rowan tressaillit. Tout d'abord, elle crut avoir mal compris puis, en une fraction de seconde, repensa au fantôme apparu à 3 heures du matin et lui associa de façon inexplicable son rêve dans l'avion, dans lequel un être invisible la caressait et la violait.

Malgré sa confusion, elle aperçut le sourire de la vieille femme. Mais il n'était ni amer ni triomphant. Simplement résigné. Le visage de Carlotta redevint triste et songeur. Dans la pâle lumière, sa tête ressembla un moment à un crâne vide.

– Il est donc venu te voir, dit-elle en soupirant. Et il a posé ses mains sur toi.

– Je ne sais pas. Expliquez-moi.

Mais la femme se contenta d'attendre en la fixant.

– C'était un homme mince et élégant. Il est venu à 3 heures du matin. Au moment de la mort de ma mère. Je l'ai vu aussi distinctement que je vous vois mais ce fut assez bref.

La femme baissa les yeux. Rowan crut qu'elle les avait fermés mais elle aperçut une petite lueur entre ses paupières. Carlotta croisa ses mains devant elle sur la table.

– C'était lui, dit-elle. C'était l'homme qui a rendu ta mère folle et sa mère avant elle. L'homme qui a servi ma mère et imposé sa loi à tous ceux qui l'entouraient. T'ont-ils parlé de lui, les autres ? T'ont-ils prévenue ?

– Ils ne m'ont rien dit.

– Parce qu'ils ne savent pas. Maintenant, ils ont compris qu'ils ne savaient pas et ils nous laissent ces secrets. Ce qu'ils auraient dû faire dès le début.

– Mais qu'est-ce que j'ai vu ? Pourquoi est-il venu me voir ?

Une fois encore, elle pensa au rêve dans l'avion mais se trouvait incapable de faire le lien entre les deux événements.

– Parce qu'il croit que tu es à lui maintenant. Pour t'aimer, te caresser et régner sur toi tout en prétendant te servir.

Rowan se sentit à nouveau confuse et son visage s'embrasa. Caresser. L'ambiance obsédante du rêve lui revint.

– Il prétendra le contraire. Mais c'est un mensonge. Il te fera sienne et te rendra folle si tu refuses de lui obéir. C'est ce qu'il leur a fait à toutes. (Elle s'arrêta, le front plissé, les yeux errant sur la surface poussiéreuse de la table.) Sauf à celles qui étaient assez fortes pour lui résister, faire de lui l'esclave qu'il prétendait être et l'utiliser à leur profit...

Sa voix chancela.

– Expliquez-moi.

– Il t'a caressée, n'est-ce pas?

– Je ne sais pas.

– Oh si! tu le sais. Le rouge te monte aux joues, Rowan Mayfair. Eh bien, laisse-moi te demander, ma fille, mon indépendante jeune fille qui a déjà eu tant d'hommes, était-ce aussi bon qu'avec un simple mortel? Réfléchis avant de parler. Il te dira qu'aucun mortel ne peut te donner autant de plaisir que lui. Alors, c'est vrai? C'est un plaisir qui se paie très cher.

– J'ai cru que c'était un rêve.

– Mais tu l'as vu?

– C'était la nuit précédente. Les caresses, c'était dans un rêve. C'était différent.

– Il l'a caressée jusqu'à la fin. Toute bourrée de drogues qu'elle était, tout stupide qu'était son regard et mécanique sa démarche. Quand elle se couchait le soir, il venait la caresser. Comme une vulgaire putain, elle se contorsionnait sur le lit... Tu es fâchée que je te dise ça? Tu crois que c'était agréable à voir?

– Je pense qu'elle était malade et que c'était humain de sa part.

– Non, ma chère, leurs rapports n'avaient rien d'humain.

– Vous voulez me faire croire que j'ai vu un fantôme, qu'il caressait ma mère et qu'en quelque sorte j'en ai hérité?

– Oui, et ravale ta colère. Elle est dangereuse.

Rowan était abasourdie. Une vague de peur et de confusion la submergea.

– Vous lisez dans les pensées?

– Oui, du mieux que je peux. J'aimerais y arriver encore mieux. Ta mère n'était pas la seule à avoir ce pouvoir dans cette maison. Il y a trois générations, c'était moi qui devais recevoir le collier. Je l'ai vu quand j'avais trois ans, si fort qu'il pouvait glisser sa chaude main dans la mienne et même me soulever dans les airs. Oui, soulever mon corps. Mais je l'ai refusé. Je lui ai tourné le dos. Je lui ai dit de retourner dans l'enfer d'où il était venu. Et j'ai utilisé mon pouvoir pour le combattre.

– Et ce collier? Il me revient parce que je l'ai vu?

– Il te revient parce que tu es la seule fille et qu'aucun choix n'est possible. Il te reviendrait même si tes pouvoirs étaient très faibles. Mais cela n'a aucune importance. Tes pouvoirs sont grands, très grands et l'ont toujours été. (Elle fit une pause et examina de nouveau Rowan, le visage dénué de toute expression.) Imprécis, oui, incohérents, c'est certain, et incontrôlés, probablement. Mais grands.

– Ne les surestimez pas.

– Ellie m'en a parlé il y a bien longtemps. Elle m'a dit que tu pouvais faire voler les fleurs et faire bouillir de l'eau. « Elle est une sorcière plus puissante qu'Antha ou Deirdre. » Voilà ce qu'elle m'a dit en pleurant et en implorant mes conseils sur ce qu'elle pouvait faire. « Garde-la loin ! lui ai-je dit. Fais en sorte qu'elle ne revienne jamais et qu'elle ne sache jamais ! Assure-toi qu'elle n'apprenne pas à utiliser ses pouvoirs. »

– Je ne veux pas me fâcher avec vous, dit Rowan d'une petite voix. Je veux seulement comprendre ce que vous me dites et savoir pourquoi on m'a éloignée...

La vieille femme sombra dans un silence pensif. Ses doigts caressèrent l'écrin de velours puis se refermèrent dessus sans plus bouger, comme les mains flasques de Deirdre dans le cercueil.

Rowan détourna les yeux. Au-dessus de la cheminée, une fresque représentait le ciel.

– Ce que je te dis ne te rassure pas un peu ? Ne t'es-tu pas demandé, pendant toutes ces années, si tu étais la seule au monde capable de lire dans les pensées, la seule à savoir d'avance quand quelqu'un de ton entourage allait mourir, la seule à pouvoir évincer quelqu'un par le seul pouvoir de ta colère ? Regarde les bougies. Tu peux les faire éteindre et se rallumer. Fais-le !

Rowan fixa les petites flammes. Elle tremblait littéralement. Si vous saviez. Si vous saviez ce que je pourrais faire, maintenant...

– Mais je le sais. Je sens ta force parce que moi aussi je suis forte, plus qu'Antha ou Deirdre. C'est comme ça que je l'ai tenu en échec dans cette maison, que je l'ai empêché de me faire du mal, que j'ai réussi à mettre trente ans entre lui et l'enfant de Deirdre. Éteins les bougies et rallume-les. Je veux te voir le faire.

– Je ne le ferai pas. Et je veux que vous arrêtiez de jouer avec moi. Contentez-vous de me dire ce que vous avez à dire et arrêtez ce petit jeu. Dites-moi qui il est et pourquoi vous m'avez enlevée à ma mère.

– Je t'ai enlevée à ta mère pour t'éloigner de lui et de ce collier, de la malédiction et de la fortune dont il est à l'origine. Je t'ai enlevée à elle pour briser sa volonté et la séparer d'une béquille sur laquelle elle se serait appuyée et d'une oreille dans laquelle elle aurait déversé le fruit de son esprit torturé.

Glacée de terreur, Rowan ne répondit rien. Elle revit en pensée la femme aux cheveux noirs dans son cercueil. Elle revit le cimetière La Fayette envahi par la nuit, calme et désert.

– Pendant trente ans, tu as pris des forces loin de cette maison et de cette histoire démoniaque. Tu es devenue un médecin d'une trempe inégalable et, quand tu as fait du mal avec ton pouvoir, le remords t'a poussée à te sacrifier davantage.

– Comment savez-vous tout cela?

– Je le vois. De façon imprécise, mais je le vois. Je vois le mal mais pas les actes eux-mêmes car ils sont obscurcis par le remords et la honte.

– Alors que voulez-vous de moi? Une confession? Vous avez dit vous-même que je tournais le dos à ce que j'avais fait de mal.

– « Tu ne tueras point », murmura la vieille femme.

Une douleur envahit Rowan puis, consternée, elle vit un sourire moqueur s'élargir sur le visage de Carlotta. Comprenant la ruse, elle se sentit impuissante. Car, en une fraction de seconde, la vieille femme avait réussi à faire naître dans la pensée de Rowan l'image même qu'elle recherchait.

– Tu as tué. De colère et de rage, tu as pris des vies. Tu l'as fait délibérément. Tu as cette force.

Rowan guetta les verres ronds captant la lumière et les yeux sombres à peine visibles.

– T'ai-je appris quelque chose? dit la femme.

– Vous mettez ma patience à l'épreuve. Laissez-moi vous rappeler que je ne vous ai rien fait. Je ne suis pas venue exiger de vous des réponses. Je ne vous ai fait aucun reproche. Je ne suis pas venue réclamer ce bijou, cette maison ou quoi que ce soit qui s'y trouve. Je suis simplement venue voir ma mère et j'ai franchi le pas de cette porte parce que vous m'y avez invitée. Je suis là pour écouter et non pour que vous vous jouiez de moi. Et je n'ai pas peur de votre fantôme.

La vieille femme la regarda fixement puis leva les sourcils et éclata d'un rire étonnamment féminin.

– C'est une belle tirade, ma fille. Il y a soixante-quinze ans, ma mère m'a dit qu'il aurait fait pleurer de jalousie les dieux grecs tellement il était beau quand il venait dans sa chambre. (Elle se détendit, se pinça les lèvres et sourit à nouveau.) Mais il ne l'a jamais empêchée de fréquenter ses amants mortels. Elle aimait le même type d'homme que toi.

– Ellie vous a dit ça aussi?

– Ellie m'a dit bien des choses, mais jamais qu'elle était malade. Elle ne m'a pas dit qu'elle allait mourir.

– Quand les gens sont mourants, ils ont peur. Ils se sentent seuls. Personne ne peut mourir pour eux.

La vieille femme baissa les yeux et resta silencieuse un long moment. Puis ses mains se mirent à nouveau à bouger sur l'écrin et l'ouvrirent. Elle le tourna légèrement pour que la lumière des bougies aille frapper l'émeraude à l'intérieur, posée sur sa chaîne en or. C'était la plus grosse pierre que Rowan ait jamais vue.

– J'ai rêvé de la mort, dit Carlotta en regardant la pierre. J'ai prié pour qu'elle vienne.

Elle leva lentement les yeux. Son esprit semblait s'être fermé et avoir sombré dans la tristesse. Pendant un moment, elle oublia de se cacher derrière son masque de rudesse et de ruse.

– Viens ! dit-elle en se levant. J'ai plein de choses à te montrer et nous n'avons plus beaucoup de temps.

– Pourquoi dites-vous cela ? (Quelque chose changea dans l'attitude de la vieille femme.) Et pourquoi me regardez-vous de cette façon ?

Carlotta se contenta de sourire.

– Viens, te dis-je. Apporte la bougie si tu veux. Certains éclairages fonctionnent encore mais la plupart des fils électriques sont complètement effilochés. Suis-moi.

Elle se leva et attrapa sa canne accrochée à son siège. Curieusement, elle se mit à marcher avec une certaine assurance et passa devant Rowan qui l'observait en protégeant la flamme de la bougie du creux de sa main.

La petite lueur vacilla tandis qu'elles avançaient dans le couloir d'entrée. Elle se réfléchit sur la surface lustrée du vieux portrait d'un homme qui sembla soudain vivant. On aurait dit qu'il regardait Rowan. Elle s'arrêta et tourna ostensiblement la tête pour regarder. Mais ce n'était qu'une illusion.

– Qu'y a-t-il ? demanda Carlotta.

– J'ai juste cru...

Elle regarda le portrait de l'homme aux yeux noirs, bien enfoui sous des couches de vernis fragile et craquelé.

– Quoi ?

– Aucune importance, dit Rowan en reprenant sa marche. La lumière m'a donné l'impression qu'il avait bougé.

La femme regarda fixement le portrait, Rowan à côté d'elle.

– Tu verras bien des choses étranges dans cette maison. Tu vas passer devant des pièces vides et tu rebrousseras chemin parce que tu croiras avoir vu une silhouette bouger ou quelqu'un en train de te regarder.

Rowan dévisagea Carlotta. Elle ne semblait plus jouer. C'était une femme solitaire, errante et pensive.

Elle se retourna et se dirigea vers une haute porte au pied de l'escalier et appuya sur un bouton. Dans un bruit de cliquetis, l'ascenseur descendit et s'arrêta pesamment. La femme tourna la poignée, ouvrit la porte et replia avec effort la porte de cuivre.

Elles entrèrent dans la cabine, sur un carré de tapis élimé. Les parois étaient recouvertes d'un papier sombre et une ampoule suspendue au plafond métallique déversait sur elles une pâle lueur.

– Ferme les portes.

Rowan obéit.

Le couloir du deuxième étage était encore plus sombre que celui du bas. L'air y était plus chaud aussi. Aucune porte ou fenêtre ouverte ne laissait entrer l'éclairage de la rue et la faible lumière de la bougie se reflétait sur des portes blanches et une autre cage d'escalier.

– Entre dans cette pièce, dit Carlotta en ouvrant une porte sur sa gauche.

Des draperies sombres en lambeaux, comme en bas, et un lit en bois étroit avec un ciel de lit sculpté représentant un aigle. Un dessin similaire était sculpté dans la tête de lit.

– C'est le lit dans lequel ta mère est morte.

Rowan regarda le matelas nu et aperçut une grosse tache sombre légèrement luisante. Des insectes! Des dizaines de petits insectes qui se délectaient de la tache sombre. Lorsqu'elle avança, ils s'enfuirent aux quatre coins du matelas. Rowan faillit laisser tomber la bougie.

La vieille femme semblait enveloppée dans ses pensées, comme pour se protéger.

– C'est écœurant! dit Rowan. Quelqu'un devrait nettoyer cette pièce!

– Tu pourras la faire nettoyer si tu veux. C'est ta chambre maintenant.

La chaleur et les insectes donnaient à Rowan la nausée. Elle recula et appuya sa tête contre le chambranle de la porte. D'autres odeurs fétides lui parvenaient.

– Que voulez-vous me montrer d'autre? demanda-t-elle calmement.

Ravale ta colère, se dit-elle intérieurement. Les murs étaient fanés, la petite table de chevet était couverte de statues de plâtre et de bougies. Sale, moche, écœurant. Elle est morte dans la saleté. Ici. Négligée.

– Non, dit la vieille femme. Pas négligée. Quelle conscience avait-elle de ce qui l'entourait, à la fin? Tu n'as qu'à lire le dossier médical.

Carlotta retourna dans le couloir.

– Il faut continuer à pied. L'ascenseur ne va pas plus haut.

J'espère qu'il ne va pas falloir que je l'aide, songea Rowan. La seule idée de toucher cette femme lui était insupportable. Elle essaya de reprendre sa respiration et de calmer le tumulte en elle. L'air lourd, confiné et plein de souvenirs d'odeurs encore pires semblait se coller à elle, à ses vêtements et à son visage.

Elle regarda la femme gravir pesamment marche après marche.

– Viens avec moi, Rowan Mayfair, dit-elle par-dessus son épaule. Apporte la lumière.

Rowan suivit. L'air était de plus en plus chaud. Levant les yeux, elle aperçut le palier du troisième étage. A mesure qu'elle montait, il lui parut que toute la chaleur de la maison s'était accumulée dans cet endroit.

Par la fenêtre de droite, l'éclairage de la rue arrivait sans grande conviction. Il y avait deux portes, une à gauche et une en face d'elles.

La vieille femme ouvrit celle de gauche.

– Regarde, il y a une lampe à huile à l'intérieur. Allume-la.

Rowan posa la bougie et souleva le verre de la lampe. L'odeur d'huile était désagréable. Elle alluma la mèche à la flamme de la bougie. La grande flamme qui s'éleva se renforça encore quand elle remit le verre en place. Elle souleva la lampe et aperçut une vaste pièce au plafond bas, remplie de poussière, d'humidité et de toiles d'araignée. De minuscules insectes fuirent la lumière. Un bruissement sec l'effraya mais la bonne odeur de la chaleur et du bois était forte dans ce lieu, au point de couvrir légèrement celle de tissu moisi et de pourriture.

Des malles étaient empilées contre les murs et des caisses encombraient le vieux lit de cuivre placé sous l'une des deux fenêtres. Un entrelacs de vigne vierge avait colonisé les carreaux. La lumière faisait ressortir les feuilles brillantes de pluie. Les rideaux, tombés depuis longtemps, étaient affaissés en tapon sur les rebords des fenêtres.

Sur le mur de gauche, de chaque côté de la cheminée au manteau de bois, des rangées de livres couraient jusqu'au plafond. Il y avait aussi des livres partout sur les sièges capitonnés qui paraissaient gonflés par l'humidité. La lumière de la lampe se réfléchit sur les montants de cuivre du vieux lit. Rowan aperçut une vieille paire de chaussures en cuir près d'un épais tapis roulé et poussé devant la cheminée.

Ces chaussures avaient quelque chose de bizarre et ce rouleau de tapis rebondi aussi. N'était-il pas lié avec une chaîne, plutôt qu'avec une ficelle, ce qui aurait été plus approprié?

Rowan s'aperçut que Carlotta la regardait.

– C'était la chambre d'oncle Julien, dit-elle. C'est par cette fenêtre que ta grand-mère Antha s'est jetée sur le toit du porche et est morte en tombant en bas, sur les dalles.

Rowan serra plus fort le pied de la lampe.

– Ouvre la première malle sur ta droite.

Hésitant un instant, sans bien savoir pourquoi, Rowan finit par s'agenouiller sur le sol poussiéreux et posa la lampe près de la malle. Elle examina le couvercle et la serrure cassée.

– Tu vois ce qu'il y a dedans?

– Des poupées. Des poupées faites de... cheveux et d'os.

– Oui, des os et des cheveux humains. Et de la peau humaine et des rognures d'ongles. Des poupées à l'effigie de tes ancêtres de sexe féminin, dont les plus anciennes remontent trop loin pour qu'on se rappelle leurs noms. Elles vont tomber en poussière si tu y touches.

Rowan les observa attentivement, rangée après rangée, placées avec précaution sur un lit de mousseline. Chacune avait un visage peint et de longs cheveux. Certaines avaient des bâtons en guise de bras et de jambes, d'autres avaient un corps souple et n'avaient presque pas de formes. La plus récente et la plus jolie de toutes était en soie et portait des perles sur sa robe. Son visage était fait d'os luisant, avec un nez et des yeux, et une bouche peinte à l'encre, ou peut-être avec du sang.

– Oui, c'est du sang. Et c'est ton arrière-grand-mère, Stella.

La petite poupée semblait faire une grimace à Rowan. Quelqu'un avait collé des cheveux noirs et des os dépassaient de la petite robe en soie.

– D'où viennent les os?

– De Stella.

Rowan posa l'objet et eut un mouvement de recul, les doigts crispés. Elle n'aurait jamais dû toucher. Elle souleva un coin de mousseline et aperçut d'autres rangées de poupées. En dessous, il n'y avait pratiquement plus que de la poussière.

– Elles remontent aux lointaines origines, en Europe. Prends la plus ancienne. Tu vois laquelle c'est?

– Inutile, elle va tomber en miettes si je la touche. De toute façon, je ne sais pas laquelle c'est.

Rowan remit le tissu en place avec soin. Quand ses doigts frôlèrent un os, elle ressentit comme un choc. Comme si un flash de lumière était passé devant ses yeux. Son esprit enregistra les possibilités médicales... trouble du lobe temporal, attaque. Le diagnostic semblait inepte, d'un autre monde.

Elle scruta les petits visages.

– Qui les a faites?

– Tout le monde. Cortland est descendu une nuit pour couper un pied de ma mère, Mary Beth, dans son cercueil. C'est lui aussi qui a pris les os de Stella. Elle savait qu'il le ferait parce que ta grand-mère Antha était trop jeune pour s'en charger.

Rowan trembla de tout son corps. Elle rabaissa le couvercle de la malle et, prenant la lampe, se releva en frottant la poussière de ses genoux.

– Ce Cortland, qui était-il? Ce n'était pas le grand-père de Ryan?

– Oui, c'est cela. Cortland le magnifique, le vicieux, l'instrument de cet esprit qui a dirigé notre famille pendant des siècles. Cortland qui a violé ta mère quand elle lui réclamait son aide. Cortland qui s'est accouplé avec Stella pour donner naissance à Antha, la mère de Deirdre, et qui t'a conçue avec Deirdre, toi, sa fille et arrière-petite-fille.

Rowan essayait de suivre les méandres de sa généalogie.

– Et qui a fait la poupée de ma mère? demanda-t-elle en soutenant le regard de Carlotta.

– Personne. Mais tu peux aller au cimetière pour desceller la tombe et prendre ses mains. Tu crois que tu pourrais le faire? Il t'aidera, tu sais, l'homme que tu as déjà vu. Il viendra si tu mets le collier et que tu l'appelles.

– Pourquoi cherchez-vous à me blesser? Je n'ai rien à voir avec tout ça.

– Je te dis simplement ce que je sais. La magie noire était leur passe-temps préféré. De tout temps. Je te dis ce que tu dois savoir pour faire ton choix. T'abaisseras-tu à de telles pratiques? Veux-tu les perpétuer? Irais-tu prendre ces horreurs dans tes mains et invoquer les esprits des morts afin de jouer à la poupée avec tous les diables de l'enfer?

– Je n'y crois pas. Je ne crois pas à ce que vous croyez, vous.

– Je crois ce que j'ai vu. Je crois à ce que je ressens quand je les touche. Elles sont pleines du malin, de la même façon que les reliques sont pleines de sainteté. Mais leurs voix sont les siennes, les voix du diable. Tu n'as pas cru à ce que tu as vu quand il t'est apparu?

– J'ai vu un homme aux cheveux sombres. Il n'était pas un être humain. C'était une sorte d'hallucination.

– C'était Satan. Il te dira que c'est faux et il te donnera un beau nom. Il te parlera de poésie. Mais il est le diable pour une raison toute simple. Il ment. Il détruit. Et il te détruira, ainsi que ta progéniture, s'il le peut, afin d'arriver à ses fins. Car ses fins sont tout ce qui l'intéresse.

– Et quelles sont ses fins ?

– Prendre vie, tout comme nous. Voir et sentir ce que nous voyons et sentons.

Carlotta se retourna et, s'aidant de sa canne, s'approcha du mur de gauche, près de la cheminée. Elle s'arrêta devant le tapis roulé et jeta un regard sur les livres.

– Des histoires. Les histoires de tous ceux qui sont venus avant. C'est Julien qui les a écrites. C'était sa chambre, son antre. C'est là qu'il a écrit ses confessions : Comment il a couché avec sa sœur Katherine pour engendrer ma mère, Mary Beth, avec qui il a conçu ma sœur Stella. Et quand il a voulu faire la même chose avec moi, je lui ai craché à la figure. Et je l'ai menacé de le tuer. Magie noire, sorts maléfiques. Voilà comment il punissait ses ennemis et séduisait ses amants. Tous les anges du ciel n'auraient jamais suffi à apaiser son besoin de luxure.

– Tout est écrit là ?

– Tout ça et d'autres choses encore. Mais je n'ai jamais lu ces livres et ne le ferai jamais. Cela m'a suffi de lire dans ses pensées quand il était assis à longueur de journée dans la bibliothèque, à plonger sa plume dans l'encre et à rire tout seul.

– Et pourquoi ces livres sont-ils encore là ? Pourquoi ne pas les avoir brûlés ?

– Parce que je savais que si tu venais il faudrait que tu les lises. Tu dois vérifier par toi-même qui il était car ce qu'il dit de son propre aveu ne peut que le condamner. Lis et choisis. Antha n'a pas su faire le choix. Deirdre n'a pas pu. Mais toi, tu peux. Tu es forte, intelligente et sage malgré ta jeunesse. Je le vois en toi.

Elle posa ses deux mains sur la crosse de sa canne et détourna les yeux.

– Moi, j'ai choisi, dit-elle doucement, presque à regret. Je suis allée à l'église après que Julien m'eut touchée, après qu'il m'eut chanté son petit couplet et dit des mensonges. Je me suis agenouillée et j'ai prié. J'ai dit : « Mon Dieu, protège-moi. Sainte Mère, protège-moi. Laissez-moi le combattre avec mon pouvoir. »

Ses yeux fuirent une nouvelle fois, retournant dans le passé, peut-être. Pendant un long moment, ils errèrent sur le tapis à ses pieds, tout bosselé et ficelé avec sa chaîne rouillée.

– Je savais à quoi m'attendre, reprit-elle. Pendant des années, j'ai appris tout ce dont j'avais besoin. J'ai appris leurs sorts et leurs secrets. J'ai appris à invoquer les esprits inférieurs qu'ils commandaient. J'ai appris à « le » combattre dans toute sa gloire, avec l'aide des esprits, et je savais même le congédier d'un claquement de doigts. En quelque sorte, j'ai retourné leurs propres armes contre eux.

Elle prit un air renfrogné et lointain. Elle guettait les réactions de Rowan et semblait en même temps y être indifférente.

– J'ai dit à Julien que je ne porterais pas d'enfant de lui et qu'il devait arrêter de me jouer ses petits tours habituels comme se changer en beau jeune homme dans mes bras alors que je sentais sa chair desséchée et savais que c'était lui. Je lui ai dit que s'il me touchait encore je promettais d'utiliser mon pouvoir pour le repousser et que je n'avais pas besoin de mains humaines pour m'aider. Et j'ai vu la peur dans ses yeux alors que je ne savais même pas encore comment je pourrais tenir ces promesses. Mais peut-être n'était-ce que la peur de quelqu'un qu'il était incapable de séduire, de troubler et de se gagner. (Elle sourit.) C'est une chose terrible, tu sais, pour quelqu'un qui ne vit qu'au travers de la séduction.

Elle se plongea dans un silence songeur.

Rowan prit sa respiration, ignorant la sueur perlant sur son visage et la chaleur de la lampe. Elle se sentait malheureuse de toutes ces années perdues. Des années vides, de routine monotone, d'amertume et d'une puissance implacable, de celles qui peuvent tuer...

– Oui, tuer, soupira la vieille femme. Je l'ai fait. Pour protéger des vies, contre lui qui n'a jamais été vivant et les aurait possédées s'il avait pu.

– Vous lui avez parlé? Vous avez dit qu'il était venu vers vous quand vous étiez enfant et qu'il vous a murmuré à l'oreille des mots que personne d'autre ne pouvait entendre. Vous lui avez demandé qui il était et ce qu'il voulait?

– Tu crois qu'il m'aurait dit la vérité? Il ne dit jamais la vérité, n'oublie pas cela. On lui donne des forces en lui posant des questions. (Carlotta s'approcha soudain d'elle.) Brise la chaîne, mon enfant! Tu es la plus forte de toutes! Brise la chaîne et il retournera en enfer, car dans ce vaste monde il ne trouvera jamais quelqu'un de ta force. Tu ne comprends pas? C'est lui qui a créé cette force en obligeant sœur et frère, oncle et nièce, fils et mère – oui, ça aussi – à se croiser pour engendrer une sorcière encore plus puissante afin de reconquérir à la génération suivante la force qu'il a perdue à la précédente, et plus encore.

– Sorcière? Vous avez dit sorcière?

– Elles étaient toutes des sorcières. Tu n'as donc pas compris! Ta mère, sa mère, sa grand-mère. Même Julien, cet être méprisable, le père de ton père Cortland, était un sorcier. C'eût été mon destin si je ne m'étais pas rebellée.

Rowan serra son poing gauche, enfonçant ses ongles dans la paume de sa main et regardant fixement la vieille femme qu'elle trouvait répugnante mais dont elle n'arrivait pas à se détacher.

– L'inceste, ma fille, était le moindre de leurs péchés. L'inceste pour renforcer la lignée, pour doubler les pouvoirs, purifier le sang, engendrer une sorcière fourbe et terrible à chaque génération, et cela depuis des temps immémoriaux. Parles-en à l'Anglais, celui qui est venu avec toi à l'église et qui t'a tenu le bras. Demande-lui les noms des femmes dont les poupées sont dans cette malle. Il sait. Il te parlera de magie noire et de généalogie.

Elle passa devant Rowan, le bas de sa robe frôlant la cheville de la jeune fille, s'appuyant sur sa canne, et s'arrêta sur le palier pour faire signe à Rowan de la suivre.

Quand elles arrivèrent dans la dernière pièce du troisième étage, une odeur infecte les prit à la gorge. Rowan recula. C'était irrespirable.

Levant la lampe bien haut, elle vit une espèce de placard plein de bocaux et de flacons rangés sur des étagères de fortune. Ils étaient remplis d'un liquide noirâtre et trouble. L'odeur de pourriture, de putréfaction et de produits chimiques lui tordit le ventre. L'idée lui était insupportable que ces récipients puissent se casser et répandre leur odeur nauséabonde.

– Ils appartiennent à Marguerite, la mère de Julien et de Katherine, ma grand-mère. Ces noms ne te disent probablement rien. Mais n'oublie pas ce que je vais te dire. Marguerite a rempli ces bocaux d'horreurs. Tu verras quand tu les ouvriras. Et surtout, fais-le toi-même si tu veux éviter les ennuis. Elle était... guérisseuse. Elle avait le même don que toi. Elle imposait ses mains sur les malades et réparait les hernies ou guérissait les cancers. Voilà ce qu'elle faisait de son don. Approche la lampe.

– Je ne veux pas voir.

– Tu es médecin, non? N'as-tu pas disséqué des cadavres de tous âges?

– Je suis chirurgien. J'opère pour préserver et prolonger la vie. Je ne veux pas voir ces horreurs maintenant...

Tout en parlant, elle examinait les bocaux. Dans le plus grand, le liquide était encore suffisamment clair pour révéler une forme ronde et molle. Elle n'en croyait pas ses yeux! C'était une tête. Elle recula instinctivement, comme si elle s'était brûlée.

– Dis-moi ce que tu as vu!

– Pourquoi m'infligez-vous ce spectacle? dit Rowan d'une voix à peine audible. (Dans le bocal, les yeux pourris semblaient la regarder. Elle se retourna et regarda la vieille femme.) J'ai vu enterrer ma mère aujourd'hui. Que voulez-vous de moi?

– Je te l'ai dit.

– Non, vous voulez me punir d'être revenue et de vouloir savoir. Vous me punissez parce que j'ai enfreint vos ordres. (La vieille femme fit-elle une grimace?) Vous ne comprenez donc pas que je suis seule au monde maintenant? Je veux connaître ma famille. Vous ne m'imposerez pas votre volonté.

Silence. La chaleur était oppressante. Rowan se demanda combien de temps elle pourrait tenir.

– C'est ce que vous avez fait avec ma mère? dit-elle d'une voix vibrante de colère. Vous lui avez imposé votre volonté?

Elle recula comme si la colère l'obligeait à s'éloigner de la vieille femme. Sa main serrait fort la lampe devenue brûlante.

– Cette pièce me rend malade.

– Pauvre petite, dit Carlotta. Ce que tu as vu dans le bocal est la tête d'un homme. Regarde-la mieux quand le moment viendra. Regarde aussi les autres.

– Tout est pourri et décomposé. On ne pourrait rien en faire. Je veux sortir d'ici.

En regardant à nouveau le bocal, elle fut remplie d'horreur. Elle plaqua sa main gauche sur sa bouche, comme pour se protéger. Dans le liquide trouble, elle vit le trou noir d'une bouche aux lèvres putréfiées et aux dents brillantes. Les yeux n'étaient plus qu'une sorte de gelée. Ne regarde pas! Mais qu'y avait-il juste à côté? Quelque chose remuait. Des vers! Le bocal n'était plus hermétique!

Elle quitta la pièce et s'appuya sur le chambranle de la porte, la lampe lui brûlant la main. Les battements de son cœur résonnaient dans ses oreilles et elle crut ne pas pouvoir surmonter sa nausée. Elle était sur le point de vomir sur le plancher à côté de cette horrible femme vicieuse. Carlotta repassa devant elle. Elle l'entendit descendre l'escalier, plus lentement qu'à l'aller, accélérant légèrement le pas en arrivant sur le palier.

– Descends, Rowan Mayfair! Éteins la lampe mais allume la bougie avant et apporte-la.

Rowan se redressa lentement. Luttant contre la nausée, elle retourna dans la chambre, posa la lampe sur la petite table près de la porte. Elle porta sa main à sa bouche pour atténuer la brûlure puis alluma la bougie. La mèche s'enflamma et elle éteignit la lampe. Ses yeux tombèrent sur l'étrange tapis roulé et la paire de chaussures posée au bout.

Non, pas posée. Elle tendit lentement la jambe et avança son pied gauche jusqu'à ce qu'il touche l'une des chaussures. Elle donna un petit coup de pied. La chaussure tomba, révélant un os blanchâtre émergeant d'un pantalon pris à l'intérieur du tapis roulé.

Paralysée, elle ne pouvait détacher son regard de l'os et du tapis. Elle le longea et aperçut à l'autre extrémité quelque chose qu'elle n'avait pu voir auparavant : des cheveux bruns. C'était un corps enroulé dans un tapis! Il devait être là depuis une éternité. Et sur le plancher, il y avait une tache noirâtre, à côté du tapis. C'était le sang du cadavre qui avait coulé et séché par terre. On y distinguait encore les insectes qui s'étaient laissé prendre dans ce liquide gluant.

« Rowan, promets-moi de ne jamais y retourner. Promets-moi! »

De quelque part en bas, elle entendit la voix de la vieille femme.

– Descends, Rowan Mayair!

Rowan Mayfair, Rowan Mayfair, Rowan Mayfair...

Se refusant à se dépêcher, elle sortit en jetant un dernier regard à l'homme ficelé dans le tapis et au morceau d'os blanc. Puis elle ferma la porte et descendit sans se presser.

La vieille femme attendait devant la porte ouverte de l'ascenseur, éclairé par la lumière blafarde de l'ampoule.

– Vous savez ce que j'ai trouvé! dit-elle en s'arrêtant.

La petite lumière vacilla un moment, projetant des ombres pâles sur le plafond.

– Tu as trouvé le mort dans le tapis.

– Pour l'amour du ciel, que s'est-il passé dans cette maison? Vous êtes tous complètement dingues!

Comme la vieille femme était maîtresse d'elle-même! Presque détachée. Elle pointa le doigt vers l'ascenseur.

– Viens avec moi. Il n'y a plus rien à voir et pas grand-chose à ajouter...

– Oh que si! Il y a encore plein de choses à dire, au contraire. Par exemple, avez-vous raconté tout cela à ma mère? Lui avez-vous montré ces saletés de bocaux et de poupées?

– Ce n'est pas moi qui l'ai rendue folle, si c'est ce que tu insinues.

– Je crois que n'importe qui vivant dans cette maison peut devenir fou.

– Moi aussi. C'est pourquoi je t'ai envoyée au loin. Viens maintenant!

– Dites-moi ce qui est arrivé à ma mère.

Rowan emboîta le pas de la vieille femme et entra dans l'ascenseur poussiéreux. Elle ferma rageusement la porte derrière elle. Quand l'ascenseur s'ébranla, elle se tourna et observa le profil de sa tante. Vieille, oui, bien vieille. Sa peau est jaunie comme du parchemin et son cou si mince et frêle qu'on aperçoit ses veines à travers sa peau fragile. Oui, très fragile.

L'ascenseur s'arrêta brutalement. La femme ouvrit la porte et sortit dans le couloir.

– Dites-moi comment ça s'est passé.

Elles traversèrent le long salon de devant, Carlotta ouvrant la marche.

La faible lueur de la bougie éclaira la pièce. Même dans cet état d'abandon, elle était magnifique avec ses cheminées de marbre surmontées de hauts miroirs luisant dans l'ombre lugubre. Toutes les ouvertures sur l'extérieur étaient des portes-fenêtres à guillotine. Aux deux extrémités de la pièce, les miroirs se renvoyaient leur propre image. Rowan y aperçut les lustres et sa propre silhouette se reflétant à l'infini.

– Oui, c'est une illusion d'optique intéressante, dit Carlotta.

Elle s'approcha de l'une des deux portes-fenêtres latérales.

– Ouvre-la. Tu n'as qu'à la glisser vers le haut. Tu en as la force.

Elle prit la bougie des mains de Rowan et la posa sur un petit guéridon. Rowan tendit les bras pour défaire le loquet et souleva sans difficulté le vantail jusqu'au-dessus de sa tête.

Elle aperçut le porche et la nuit, et sentit l'air frais du dehors. Soulagée, elle resta un moment sans bouger, laissant l'air caresser son visage et ses mains. Elle se poussa de côté lorsque la vieille femme sortit.

La bougie, restée à l'intérieur, s'éteignit. Rowan sortit dans l'obscurité. La brise apporta un souffle odorant, délicieusement doux.

– L'odeur de l'arbre triste, dit Carlotta. C'est une variété de jasmin.

La balustrade du porche était couverte d'un entrelacs de vigne vierge dont les vrilles dansaient dans la brise et les feuilles battaient comme des ailes d'insectes. Des fleurs étincelaient dans la pénombre, blanches, délicates et magnifiques.

– C'est là que ta mère restait assise, jour après jour. Et là-bas, sur les dalles, c'est là que sa mère est morte en tombant de l'ancienne chambre de Julien. C'est moi qui l'ai fait sauter. Je crois que je l'aurais poussée de mes propres mains si elle n'avait pas sauté. Je lui ai arraché les yeux comme j'avais essayé de le faire à Julien.

Elle fit une pause et jeta un regard vers la nuit, vers les formes élevées des arbres se découpant sur le ciel plus clair. La lumière froide des réverbères éclairait l'herbe haute sur le devant du jardin.

La nuit paraissait hostile et terrible, la maison affreuse et sinistre. Vivre et mourir ici, avoir passé ses jours et ses nuits dans ces horribles pièces, être morte dans cette chambre crasseuse. C'était insoutenable. Un sentiment de profonde horreur montait en elle. Aucun mot n'aurait pu exprimer ce qu'elle ressentait. Aucun mot pour exprimer sa répugnance à l'égard de cette vieille femme.

– J'ai tué Antha, dit Carlotta. Exactement comme si je l'avais poussée moi-même. Je voulais qu'elle meure. Elle berçait Deirdre et il était là, près d'elle, observant le bébé et le faisant rire ! Elle le laissait faire et lui parlait de sa petite voix, lui disant qu'il était son seul ami maintenant que son mari était mort. Elle m'a dit : « C'est chez moi, ici. Je peux te jeter dehors si je veux. » Voilà ce qu'elle m'a dit. Et moi je lui ai répondu : « Je vais t'arracher les yeux si tu ne renonces pas à lui. Sans tes yeux, tu ne pourras plus le voir. Et tu ne laisseras pas le bébé le voir. »

La vieille femme marqua une pause. Écœurée et misérable, Rowan attendait dans le silence étouffant de la nuit.

– As-tu déjà vu un œil sorti de son orbite et pendant sur la joue d'une femme, au bout de nerfs sanguinolents ? C'est ce que je lui ai fait. Elle s'est mise à crier et à sangloter comme un enfant mais je l'ai fait quand même. Elle a voulu m'échapper en tenant son œil dans ses mains et je l'ai poursuivie dans l'escalier. Et crois-tu qu'il a essayé de m'en empêcher ?

– Moi j'aurais essayé, dit Rowan d'une voix amère. Pourquoi me raconter tout ça ?

– Parce que tu voulais savoir ! Et si tu veux savoir ce qui est arrivé à ta mère, tu dois savoir ce qui est arrivé avant. Et tu dois savoir que j'ai fait cela pour briser la chaîne. (Elle se retourna et regarda Rowan. La froide lumière blanche brillait dans ses lunettes.) Je l'ai fait pour toi et pour moi, et pour Dieu, s'il existe. Je l'ai forcée à passer par la fenêtre. « Voyons si tu pourras le voir encore si tu es aveugle ! je lui ai crié. Alors tu pourras le faire venir ! » Et ta mère hurlait dans son berceau. J'aurais dû la tuer aussi. J'aurais dû le faire pendant qu'Antha était étendue sur les dalles. Si seulement j'en avais eu le courage ! (Elle fit une nouvelle pause.) Mais je ne pouvais pas tuer une si petite chose. Je n'ai pas pu me résoudre à prendre un oreiller et à le mettre sur son visage. J'ai pensé aux histoires des temps anciens où les sorcières sacrifiaient des bébés en les jetant dans un chaudron au moment du Sabbat. Nous, les Mayfair, sommes des sorcières. Fallait-il que je sacrifie ce bébé comme elles le faisaient autrefois ? Je n'ai pu m'y résoudre... Et, bien sûr, il le savait. Il aurait tout cassé dans la maison pour m'en empêcher.

Rowan attendit jusqu'à ce que sa patience soit à bout, jusqu'à ce que sa haine et sa colère soient trop violentes pour qu'elle puisse les retenir. D'une voix dure, elle demanda :

– Et que lui avez-vous fait ensuite, à ma mère, pour briser la chaîne, comme vous dites ? (Silence.) Dites-le-moi.

La vieille femme soupira, le regard perdu dans le vide.

– Dès sa plus tendre enfance, quand elle jouait dans le jardin, là, je l'ai suppliée de le combattre. Je lui ai dit de ne pas le regarder. Je lui ai appris à se détourner de lui. Et j'ai gagné la bataille. J'ai battu en brèche sa mélancolie, sa folie et ses pleurs, ses aveux répugnants quand elle me disait qu'elle l'avait laissé venir dans son lit. J'avais gagné jusqu'à ce que Cortland la viole ! Ensuite, j'ai fait ce que j'avais à faire pour qu'elle t'abandonne et ne te retrouve jamais.

« J'ai fait ce que j'avais à faire pour qu'elle n'ait jamais la force de s'enfuir, de te chercher, te réclamer et t'entraîner dans sa folie, son remords et son hystérie. Quand un hôpital refusait de lui faire des électrochocs, je l'emmenais dans un autre. Et je leur disais ce qu'il fallait pour qu'ils l'attachent dans son lit et lui donnent des tranquillisants et des électrochocs. Je m'arrangeais pour qu'elle se mette à crier et qu'ils lui administrent ce qu'il fallait.

– Taisez-vous !

– Pourquoi ? Tu voulais savoir, non ? Oui, quand elle se tortillait dans son lit comme un chat au soleil, je leur disais de lui faire des piqûres...

– Ça suffit !

– ... deux ou trois fois par jour. Ça m'est égal si vous la tuez, faites-lui les piqûres. Je ne veux plus la voir comme ça...

– Arrêtez ! Je vous en prie.

– Pourquoi ? Jusqu'au jour de sa mort, elle lui a appartenu. Le dernier mot qu'elle a prononcé était son nom. Tu ne vois donc pas que j'ai fait tout cela pour toi, Rowan !

– Ça suffit maintenant ! siffla Rowan en levant les mains, doigts écartés. Arrêtez ! Je pourrais vous tuer à cause de ce que vous me dites. Comment osez-vous parler de Dieu et de la vie alors que vous avez fait ça à une jeune fille que vous aviez élevée dans cette maison crasseuse. Elle était malade et vous... Que Dieu vous vienne en aide, vous êtes une sorcière. Vous êtes une vieille femme cinglée et cruelle. Que Dieu vous vienne en aide, mais soyez maudite !...

Le visage de la vieille femme se figea. L'espace d'une seconde, dans la faible clarté, elle sembla pâlir, ses yeux ronds comme des billes et sa mâchoire pendante.

Rowan émit un grognement et serra les lèvres pour stopper le flot de ses paroles, sa rage et sa douleur.

– Allez au diable, espèce de sorcière ! cria-t-elle encore, avalant à moitié ses mots, le corps tordu par la colère qu'elle n'arrivait pas à contenir.

La vieille femme fronça les sourcils. Elle tendit la main et sa canne tomba au sol. Elle réussit à faire un pas en avant puis agrippa de sa main droite le dossier du fauteuil à bascule juste devant elle. Son corps frêle fit une sorte de contorsion et s'effondra sur le siège. Sa tête heurta les barreaux du dossier et elle cessa de bouger. Sa main glissa de l'accoudoir et se retrouva ballant dans le vide.

On n'entendait plus un bruit, à part un léger bourdonnement continu, comme si les insectes et les grenouilles chantaient et que le bruit lointain de la circulation accompagnait leur chant.

Rowan était immobile, les bras le long de son corps, inertes et inutiles, et observait le mouvement des arbres se découpant sur le ciel. Le coassement des grenouilles cessa soudain. Une voiture, dont les phares percèrent un court instant l'épais feuillage mouillé, passa devant la grille.

Rowan vit leur lumière passer sur sa peau puis faire briller la canne en bois couchée sur le sol, près des chaussures noires de Carlotta, placées de travers comme si elle s'était tordu la cheville.

Est-ce qu'on pouvait voir la vieille femme morte de dehors? Et la grande femme blonde derrière elle?

Rowan fut parcourue d'un tremblement. Elle se cambra en arrière, leva une main et attrapa une mèche de ses cheveux qu'elle tira jusqu'à ce que la douleur soit insupportable.

Sa rage était partie. Elle se retrouvait seule dans le noir, serrant fort sa mèche de cheveux dans ses doigts tremblants, comme pour prolonger la douleur. Elle avait froid malgré la chaleur de la nuit. Elle se sentait seule, comme dans un abîme d'où tout espoir de lumière et de bonheur avait disparu.

Lentement, elle s'essuya la bouche sans délicatesse, à la façon d'un enfant, et regarda la main inerte de la morte. Elle claquait des dents, complètement glacée. Elle se mit à genoux, prit la main de Carlotta et chercha son pouls, qu'elle ne trouva pas, elle le savait d'avance, puis reposa la main sur les genoux de la morte en regardant le filet de sang qui coulait de son oreille, jusque dans son cou et sur son col blanc.

– Je ne voulais pas... murmura-t-elle avec peine.

Derrière elle, l'obscure maison attendait. L'idée de se retourner pour lui faire face était insoutenable. Un bruit distant la remplit d'effroi. Ce fut la pire des peurs qu'elle ait jamais ressenties. En pensant aux pièces sombres, elle ne pouvait se résoudre à se retourner et à rentrer dans la maison.

Elle se releva lentement et jeta un regard sur les hautes herbes et sur un pied de vigne vierge complètement tordu. Frémissante, elle leva les yeux vers les nuages dérivant au-dessus de la cime des arbres et entendit un petit bruit sortir de ses propres lèvres, une sorte de gémissement désespéré.

– Je ne voulais pas... répéta-t-elle.

Dans une prière silencieuse, elle implora de tout son cœur que tout cela ne se soit pas produit et qu'elle ne soit jamais venue dans cet endroit.

Loin de là, comme dans un autre monde, il y avait des gens. Michael, l'Anglais, Rita Mae Lonigan et tous les Mayfair qui s'étaient attablés avec elle au restaurant. Même Eugenia, perdue quelque part dans cette maison, qui dormait et rêvait peut-être.

Et pourtant, elle était complètement seule. Elle venait de tuer cette femme cruelle de la même façon atroce qu'elle-même avait tué. Qu'elle en soit maudite! Qu'elle aille en enfer pour tout ce qu'elle avait dit et fait! Mais je ne voulais pas... Je le jure.

Elle s'essuya à nouveau la bouche puis croisa ses bras sur sa poitrine, rentra sa tête dans ses épaules et se mit à trembler. Elle devait se retourner, traverser la maison et sortir.

Non, elle ne pouvait pas faire ça. Il fallait appeler quelqu'un, raconter, crier pour qu'Eugenia vienne, et faire ce qui devait être fait.

Mais l'idée de parler à des étrangers, maintenant, et de leur raconter des mensonges était un véritable supplice.

Elle pencha doucement la tête sur le côté et observa le corps inanimé, brisé. Les cheveux blancs étaient tout propres et semblaient si doux! Sa vie misérable et malheureuse dans cette maison avait pris fin.

Elle ferma les yeux, porta ses mains à son visage et se mit à prier. Aidez-moi parce que je ne sais pas quoi faire. Je ne sais pas ce que j'ai fait et je ne peux pas le défaire. Tout ce que cette vieille a dit est vrai. J'ai toujours su que le mal était en moi et en eux et c'est pourquoi Ellie m'a emmenée. Le mal.

Elle avait vu le fantôme derrière la baie vitrée, à Tiburon. Elle sentit les mains invisibles la toucher, comme dans l'avion.

Le malin.

– Où es-tu? murmura-t-elle dans le noir. Pourquoi aurais-je peur de rentrer dans cette maison?

Elle leva la tête. Du salon derrière elle vint un autre bruit, comme une vieille lame de parquet qui craque sous les pas. Il était si faible que ç'aurait aussi bien pu être une saleté de rat. Mais elle savait que non. Son instinct détectait une présence. Quelqu'un de proche, dans l'obscurité, dans le salon. Pas la vieille Noire. Ce n'était pas un bruit de pantoufles.

– Montre-toi à moi! murmura-t-elle encore, sa peur se muant en colère. Maintenant!

Elle entendit à nouveau le bruit et se retourna lentement. Silence complet. Elle baissa les yeux une dernière fois sur la vieille femme puis rentra dans la maison. Les hauts miroirs étroits se faisaient face, les lustres poussiéreux semblaient attirer la lumière à eux.

– Je n'ai pas peur de toi. Je n'ai peur de rien ici. Montre-toi comme tu l'as fait par le passé.

Pendant un instant, les meubles eux-mêmes eurent l'air vivants, comme si les petites chaises sculptées l'observaient, comme si les livres, dans leurs vitrines, avaient entendu son défi et attendaient d'être témoins de ce qui allait se passer.

– Pourquoi ne viens-tu pas? As-tu peur de moi?

Un craquement sourd se fit entendre à l'étage.

A pas tranquilles, elle sortit dans l'entrée, consciente de sa respiration laborieuse. Elle regarda d'un air absent la porte d'entrée grande ouverte. La lumière de la rue était laiteuse et les feuilles des chênes étaient sombres et brillantes. Elle émit un long soupir presque involontaire, se retourna et s'éloigna de cette lumière réconfortante. Elle retraversa l'entrée et se dirigea vers la salle à manger déserte où elle avait laissé l'émeraude, dans son écrin de velours.

Il était là. Il y était forcément.

– Pourquoi ne viens-tu pas? murmura-t-elle, surprise par sa petite voix frêle.

Les ombres semblèrent bouger mais aucune forme ne se matérialisa. Un courant d'air dans les rideaux, sans doute.

La boîte à bijoux était toujours sur la table. Une odeur de bougie flottait dans l'air. Elle souleva le couvercle de ses doigts tremblants et toucha la pierre.

– Allez viens!

Elle prit l'émeraude, étonnée par son poids, la souleva très haut jusqu'à ce qu'elle capte la lumière puis mit le collier autour de son cou.

Elle eut alors la singulière impression de se voir en train d'accomplir ce geste. Elle se vit, Rowan Mayfair, dépouillée de tout son passé, si loin de l'aventure qui lui arrivait qu'elle ne s'en rappelait même plus les détails, debout comme une âme en peine dans une maison sinistre et étrangement familière.

Familière, elle l'était! Ces hautes portes en arc brisé lui étaient familières. Elle avait l'impression que ses yeux avaient effleuré mille fois ces fresques murales. Ellie avait marché dans cette pièce. Sa mère avait vécu et était morte ici. Comme les verrières et la maison en bois de Californie lui semblaient lointaines! Pourquoi avait-elle attendu si longtemps pour venir ici?

L'émeraude reposait sur la soie de son chemisier. Ses doigts la caressaient, comme aimantés. C'était irrésistible.

– C'est ça que tu veux?

Derrière elle, dans l'entrée, elle entendit un bruit sans équivoque. Toute la maison l'entendit, en renvoya l'écho, comme la caisse d'un grand piano restituant la moindre vibration d'une corde. Il y avait quelqu'un.

Son cœur battait à lui en faire mal. Elle restait là, la tête penchée, comme rêvant à demi éveillée. Elle se retourna et leva les yeux. A quelques mètres d'elle, elle discerna une silhouette floue ressemblant à un homme de haute taille.

Tous les petits bruits nocturnes semblèrent s'évanouir tandis qu'elle s'escrimait à distinguer la créature dans la pénombre. Etait-ce une illusion ou voyait-elle les contours d'un visage? On aurait dit qu'une paire d'yeux l'observait.

– Je ne te conseille pas de me jouer un de tes tours, murmura-t-elle.

Toute la maison lui renvoya ses paroles, en les accompagnant de sortes de craquements et de soupirs. Puis, comme par magie, la silhouette s'éclaircit, se renforça et se volatilisa d'un seul coup.

– Non, ne pars pas! supplia-t-elle, doutant soudain de ses yeux.

Tandis que, désespérée, elle cherchait encore des yeux dans l'ombre, une forme plus sombre se dessina près de la porte d'entrée. Elle se rapprocha dans un nuage de poussière voltigeante. Rowan entendit très distinctement des bruits de pas. Certaine de ne pas se tromper, elle reconnut les épaules massives et les cheveux noirs et bouclés.

– Rowan? C'est toi?

Une voix solide, familière, humaine.

– Oh, Michael! cria-t-elle en se précipitant dans ses bras. Michael, grâce au ciel!

Vingt-neuf

Eh bien, songea-t-elle, assise seule à la table de salle à manger, victime supposée des horreurs qui se sont produites dans cette maison, j'appartiens maintenant à cette catégorie de femmes qui tombent dans les bras d'un homme et le laissent s'occuper de tout.

Mais comme Michael était beau en pleine action! Il avait appelé Ryan Mayfair, la police et Lonigan et Fils. Il avait parlé aux policiers en civil dans le langage qu'ils comprenaient. Si quelqu'un avait remarqué ses gants noirs, personne n'avait fait de réflexion. Probablement parce qu'il parlait si vite, fournissant les explications qui s'imposaient, accélérant le rythme pour que l'on en arrive vite aux conclusions.

– Elle est simplement venue ici et n'a aucune idée de l'identité du cadavre de la mansarde. La vieille femme ne lui a rien dit. Et elle est sous le choc maintenant. La vieille femme est morte juste là, dehors. Le corps de la mansarde est là depuis longtemps et je vous demande de ne rien déranger dans la pièce. Emportez les restes. Elle veut savoir autant que vous qui était cet homme. Tenez, voilà Ryan Mayfair. Ryan, Rowan est dans la pièce d'à côté. Elle est dans tous ses états. Avant sa mort, Carlotta lui a montré un cadavre en haut.

– Un cadavre? Vous êtes sérieux?

– Ils doivent l'emmener. Pourriez-vous monter avec Pierce pour vérifier qu'ils ne touchent à rien d'autre? Rowan est là-bas. Elle est exténuée. Elle pourra parler un peu plus tard dans la matinée.

Même envers la vieille Eugenia, Michael s'était montré très protecteur. Il avait passé son bras autour de ses épaules et l'avait accompagnée pour voir « la vieille Mlle Carl » avant que Lonigan n'enlève le corps du fauteuil à bascule. La pauvre Eugenia avait pleuré en silence. « Voulez-vous que j'appelle quelqu'un? Vous ne voulez pas rester seule cette nuit dans cette maison, n'est-ce pas? Dites-moi ce que vous voulez faire. Je peux faire venir quelqu'un pour rester auprès de vous. »

Avec Lonigan, son vieil ami, tout s'était passé à merveille. Michael avait soudain perdu tout accent californien et parlait exactement comme Jerry, et comme Rita, qui était venue avec lui dans le fourgon. Ils étaient de vieux amis. Jerry avait bu de la bière avec le père de Michael sur le perron de sa maison trente-cinq ans auparavant et Rita était aussi sortie avec Michael à l'époque d'Elvis Presley. Elle se jeta au cou de Michael : « Michael Curry ! »

Errant dans la maison, Rowan les avait regardés à la lueur des gyrophares de la police. Pierce téléphonait dans la bibliothèque. Elle n'avait même pas encore visité cette pièce. Une faible lumière électrique l'éclairait, illuminant les objets en cuir et le tapis chinois.

– ... eh bien, Mike, disait Lonigan, il faut que tu dises au docteur Mayfair que cette femme avait quatre-vingt-dix ans et qu'elle ne se maintenait en vie que pour Deirdre. Nous savions qu'elle ne lui survivrait pas longtemps. Le docteur Mayfair n'a rien à se reprocher, Mike, elle est médecin mais elle ne peut pas faire de miracles.

Ah non? se dit Rowan.

– Mike Curry? Vous êtes le fils de Tim Curry? s'exclama le policier en uniforme. C'est ce qu'on m'a dit. Mon père et le vôtre étaient cousins éloignés, vous savez? Ils se connaissaient très bien. Ils buvaient de la bière ensemble chez Corona.

Le cadavre de la mansarde, ensaché et étiqueté, fut enfin emporté et le petit corps desséché de Carlotta fut allongé sur une civière, comme si elle était encore vivante, et porté dans le fourgon mortuaire. Peut-être serait-il couché sur la même table d'embaumement que celui de Deirdre la veille?

Pas de veillée mortuaire, pas de cérémonie d'enterrement, rien du tout, avait dit Ryan. Elle lui en avait donné l'ordre la veille. Elle l'avait aussi dit à Lonigan.

– Il y aura une messe de requiem dans une semaine, précisa Ryan, vous serez toujours là?

Où irais-je et pourquoi? J'ai trouvé le lieu auquel j'appartiens. Cette maison. Je suis une sorcière. Je suis une meurtrière. Et, cette fois, je l'ai fait volontairement.

Retournant dans la salle à manger, elle entendit le jeune Pierce, du seuil de la bibliothèque.

– Elle n'a pas l'intention de passer la nuit ici, n'est-ce pas?

– Non, nous retournons à l'hôtel, répondit Michael.

– Il ne faut pas qu'elle reste seule. Cette maison est très angoissante. Me croirez-vous si je vous dis que quand je suis entré dans la bibliothèque il y avait un portrait au-dessus de la cheminée et que maintenant il y a un miroir?

– Pierce! jeta Ryan sur un ton de reproche.
– Désolé, Papa, mais...
– Pas maintenant, mon fils, s'il te plaît.
– Je vous crois, le rassura Michael avec un petit rire. Je resterai avec elle.
– Rowan?
Ryan s'approcha doucement d'elle, la pauvre orpheline, la victime, alors qu'elle était la coupable. Agatha Christie aurait tout compris, elle.
– Oui, Ryan.
Il s'assit à la table, en prenant soin de ne pas effleurer sa surface poussiéreuse avec la manche de son costume impeccablement coupé. Sa tenue d'enterrement. La lumière frappait son visage, ses yeux bleus étaient froids et bien plus clairs que ceux de Michael.
– Vous savez que cette maison est la vôtre.
– Elle me l'a dit.
– Mais ce n'est pas tout.
– Privilèges, hypothèques?
Il secoua la tête.
– Non, vous n'avez aucun souci à vous faire du côté financier, et jusqu'à la fin de vos jours. Venez me voir au bureau dès que vous voudrez, je vous expliquerai tout cela.
– Seigneur! dit Pierce, c'est l'émeraude? (Il venait d'apercevoir l'écrin à l'autre extrémité de la table.) Et tous ces gens qui vont et viennent!
Son père lui adressa un regard entendu et patient.
– Personne ne va la voler, mon fils, soupira-t-il.
Il jeta un regard inquiet à Rowan, prit l'écrin et le contempla comme s'il ne savait pas quoi en faire.
– Qu'y a-t-il? demanda Rowan.
– Elle vous en a parlé?
– Quelqu'un vous en a parlé, à vous? demanda-t-elle calmement.
– C'est toute une histoire, répondit-il avec un petit sourire forcé.
Il posa l'écrin devant elle et le tapota avant de se lever.
– Qui était l'homme dans la mansarde, ils le savent? interrogea-t-elle.
– Ils ne tarderont pas à le savoir. Il avait un passeport et des papiers. Ce qu'il en restait, du moins.
– Où est Michael? demanda-t-elle.
– Je suis là, mon ange. Tu veux que je te laisse seule?
Dans le noir, ses mains gantées étaient presque invisibles.
– Je suis fatiguée. Si nous rentrions? Ryan, je peux vous appeler demain?
– Quand vous voudrez, Rowan.
Ryan et Pierce embrassèrent Rowan sur la joue. Comme ils ont embrassé ma mère, songea-t-elle. Puis elle se rendit compte que c'était le contraire. Ils embrassaient les morts comme ils embrassaient les vivants.
Des mains chaudes, le sourire de Pierce dans la pénombre. Demain, téléphone, déjeuner, discuter, etc.

Le bruit de l'ascenseur dans sa descente aux enfers. Dans les films, les gens vont en enfer en ascenseur.

– Vous avez votre clé, Eugenia. Revenez demain. Faites selon votre habitude. Vous avez besoin d'argent?

– J'ai été payée, monsieur Mike. Merci, monsieur Mike.

Le policier plus âgé revint. Il devait être sur le pas de la porte d'entrée car on l'entendait mal.

– Oui, Townsend ... Passeport, portefeuille, tout est là.

Portes refermées. Obscurité. Calme.

Michael revint.

La maison était vide. Ils n'étaient plus que tous les deux. Il s'était arrêté sur le seuil de la salle à manger et l'observait.

Silence. Il prit une cigarette et enfouit le paquet dans sa poche. Ce ne devait pas être pratique avec ses gants, mais il y arrivait sans problème.

– Qu'est-ce que tu en dis? demanda-t-il. Sortons d'ici.

Il tassa sa cigarette sur le verre de sa montre. Une allumette s'enflamma. La lueur éclaira un instant ses yeux bleus, la salle à manger et les fresques murales.

Il y a yeux bleus et yeux bleus. Était-il possible que ses cheveux aient poussé si vite en si peu de temps? Ou était-ce juste l'humidité de l'air chaud qui les rendait si épais et bouclés?

Le silence résonnait à ses oreilles. Tout le monde était parti.

La place était libre, avec tous ses tiroirs, ses placards, ses bocaux et ses boîtes. Mais l'idée de toucher à quoi que ce soit répugnait Rowan. Tout cela ne lui appartenait pas. C'était à la vieille femme. C'était humide, froid, pourri comme elle. Et Rowan n'avait pas envie de bouger, de remonter l'escalier ou d'inspecter quoi que ce soit.

– Il s'appelait Townsend? demanda-t-elle.

– Oui. Stuart Townsend.

– Qui diable était-il? Ils le savent?

Michael réfléchit un moment, enleva un morceau de tabac de sa lèvre et fit passer le poids de son corps sur son autre jambe. La virilité à l'état pur, songea Rowan. C'était presque pornographique.

– Je sais qui il était, poursuivit Michael en soupirant. Aaron Lightner, tu te souviens de lui? Il sait tout sur lui.

– Mais de quoi parles-tu?

– Tu veux qu'on parle ici? (Ses yeux explorèrent le plafond.) J'ai la voiture d'Aaron. Nous pourrions rentrer à l'hôtel ou aller quelque part en ville.

Ses yeux apprécièrent la moulure en plâtre du plafond et le lustre. Il y avait quelque chose de furtif et de coupable dans sa façon d'admirer les lieux dans un moment pareil. Mais il n'avait rien à lui cacher.

– C'est cette maison, n'est-ce pas? Celle dont tu m'as parlé en Californie?

Il posa ses yeux sur elle.

– Oui, c'est celle-là. (Il eut un petit sourire triste et hocha la tête.) C'est bien elle.

Il fit tomber la cendre de sa cigarette dans la paume de sa main puis se dirigea lentement vers la cheminée. Le lourd mouvement de ses hanches, celui de sa grosse ceinture de cuir étaient très érotiques. Elle le regarda jeter les cendres dans l'âtre vide. Il aurait aussi bien pu les jeter par terre, vu l'état du sol cela n'aurait pas changé grand-chose.

– Tu dis que M. Lightner sait qui était cet homme?

Il eut l'air mal à l'aise. Très sexy et très mal à l'aise. Il tira une bouffée de sa cigarette.

– Lightner appartient à une organisation, dit-il en sortant une carte de sa poche de chemise. (Il la posa sur la table.) Ils appellent cela un ordre. Comme un ordre religieux mais cela n'a rien de religieux. C'est le Talamasca.

Rowan frémit.

– J'ai déjà vu cette carte. Il m'en a donné une en Californie. Il t'a dit que nous nous étions rencontrés en Californie?

Michael hocha la tête.

– Sur la tombe d'Ellie, dit-il.

– Mais comment se fait-il que vous soyez amis et qu'il connaisse le type de la mansarde? Je suis fatiguée, Michael. J'ai l'impression que je pourrais me mettre à crier sans plus jamais pouvoir m'arrêter. Si tu ne me dis pas... (Elle s'interrompit et baissa les yeux sur la table, pleine de désespoir.) Je ne sais plus ce que je dis.

– Cet homme, Townsend, était un membre de l'ordre. Il est venu ici en 1929 pour établir un contact avec la famille Mayfair.

– Pourquoi?

– Ils observent cette famille depuis trois cents ans. Tu vas avoir du mal à comprendre tout ce que je vais te raconter...

– Et, comme par hasard, cet homme est ton ami?

– Non, attends! Il n'y a aucune coïncidence là-dedans. Je l'ai rencontré devant cette maison le soir de mon arrivée. Je l'avais déjà vu à San Francisco. Tu te rappelles? Le soir où tu es venue me chercher chez moi. Nous pensions tous les deux qu'il était journaliste. Je ne lui avais jamais parlé et je ne l'avais jamais vu avant.

– Je m'en souviens.

– Le soir de mon arrivée ici, il était devant la maison. J'étais complètement soûl. J'avais bu dans l'avion. Je sais, je n'ai pas tenu la promesse que je t'avais faite. Je suis venu ici et j'ai vu... l'autre homme dans le jardin. Mais ce n'était pas vraiment un être humain. J'ai cru que si, au début. Mais j'avais déjà vu ce type quand j'étais petit. Chaque fois que je passais devant la maison. Je t'en ai parlé, tu te rappelles? Eh bien, il faut que je t'explique que... ce n'est pas un homme réel.

– Je sais. Je l'ai vu. (Une décharge électrique la traversa.) Continue à parler. Je te raconterai quand tu auras fini.

Il la regarda anxieusement. Il était frustré, inquiet. Il s'appuya sur le manteau de la cheminée et examina la jeune femme, son visage à demi éclairé par la lumière du couloir. Elle se sentit submergée par une grande tendresse pour cet homme protecteur à la voix si douce, qui semblait tellement craindre de la blesser.

– Raconte-moi le reste, dit-elle. J'ai des choses terribles à te dire. Tu es le seul à qui je puisse me confier. Alors raconte-moi d'abord ce que tu sais, cela me facilitera les choses. Je ne savais pas comment te dire que j'avais vu cet homme. C'était après ton départ, sur la terrasse, à Tiburon. Je l'ai vu juste au moment où ma mère est morte à La Nouvelle-Orléans. Mais je ne savais pas qu'elle était morte. Je ne savais encore rien d'elle.

Il acquiesça d'un signe de tête mais se sentait toujours gêné.

– Si je ne peux pas te faire confiance à toi, je ne parlerai à personne, reprit-elle. Dis-moi tout ce que tu sais. Dis-moi pourquoi cet Aaron Lightner a été si gentil avec moi cet après-midi, aux funérailles, quand tu n'étais pas là. Je veux savoir qui il est et comment tu l'as connu. Ai-je le droit de te poser cette question?

– Ma chérie, tu peux me faire confiance. Ne te fâche pas contre moi, s'il te plaît.

– Oh, ne t'inquiète pas! Il faut plus qu'une querelle d'amoureux pour que je te foudroie du regard et que tu tombes raide mort.

– Rowan, ce n'est pas ce que je...

– Je sais, je sais, murmura-t-elle. Mais tu sais que j'ai tué cette vieille femme. (Il fit un petit geste d'impuissance et hocha la tête.) Tu sais que je l'ai fait. Tu es le seul à savoir. (Puis un soupçon terrible lui vint à l'esprit.) Tu as dit à Lightner ce que je t'ai dit? Ce que je peux faire?

– Non, protesta-t-il, l'implorant silencieusement de la croire. Non, mais il est au courant, Rowan.

– Au courant de quoi?

Il ne répondit pas tout de suite. Il haussa les épaules, sortit pensivement une autre cigarette et sa boîte d'allumettes.

– Je ne sais pas par où commencer, avoua-t-il. Par le commencement, sans doute. (Il souffla une bouffée de fumée et reposa son coude sur le manteau de la cheminée.) Je t'aime. Vraiment. Je ne sais pas comment cela s'est produit. J'ai un tas de soupçons et j'ai peur. Mais je t'aime. Si cela était voulu, je veux dire prédestiné, je suis un homme perdu. Perdu car je n'accepte pas qu'on décide pour moi. Mais je ne veux pas renoncer à notre amour. Peu importe ce qui va se passer. Tu as entendu ce que j'ai dit?

Elle hocha la tête.

– Il faut tout me dire sur ces gens, dit-elle.

Au fond d'elle-même, elle dit aussi : Sais-tu à quel point je t'aime et je te désire?

Michael attrapa une chaise placée contre un mur, la retourna et s'assit à califourchon en face de Rowan en croisant les bras sur le dossier du siège.

– Ces deux derniers jours, dit-il, je suis resté enfermé dans une maison à une centaine de kilomètres d'ici et j'ai lu l'histoire des Mayfair que ces gens ont reconstituée.

– Le Talamasca?

Il acquiesça.

– Il y a trois cents ans vivait un homme s'appelant Petyr Van Abel. Son père avait été un illustre chirurgien de l'université de Leiden en Hollande. Il existe encore des livres écrits par ce médecin, Jan Van Abel.

– Je le connais. C'était un anatomiste.

Il lui sourit.

– Eh bien, il est ton ancêtre, mon ange. Tu ressembles à son fils. C'est du moins ce que dit Aaron. A la mort de Jan Van Abel, Petyr s'est retrouvé orphelin et est devenu membre du Talamasca. Il savait lire dans les pensées et voyait des fantômes. Il était ce que d'autres auraient appelé un sorcier mais le Talamasca l'a recueilli pour le protéger. Finalement, il s'est mis à travailler pour eux. Un aspect de son travail consistait à sauver des gens accusés de sorcellerie dans d'autres pays. Ce Petyr Van Abel est allé un jour en Écosse pour essayer d'intervenir dans le procès d'une sorcière appelée Suzanne Mayfair. Mais il est arrivé trop tard et la seule chose qu'il a pu faire – qui s'est révélée capitale, en fin de compte – a été d'emmener la fille de la sorcière, Deborah, loin de cette ville afin de lui éviter le même sort que sa mère : le bûcher. Mais avant de la sauver, il a vu cet homme, cet esprit. Et il a constaté que la petite Deborah l'avait vu aussi. Il en a déduit que c'était elle qui le faisait apparaître, ce qui s'est révélé exact. Deborah n'est pas restée longtemps avec l'ordre, en Hollande. Elle a réussi à séduire Petyr et a eu de lui, à son insu, une fille, Charlotte. Charlotte est partie pour le Nouveau Monde et c'est elle qui a fondé la famille Mayfair. Depuis lors, tous les Mayfair sont des descendants de Charlotte. Et à chaque génération, jusqu'à aujourd'hui, au moins une femme a hérité des pouvoirs de Suzanne et Deborah. C'est-à-dire, entre autres, la faculté de voir cet homme aux cheveux bruns, cet esprit. Elles sont ce que le Talamasca appelle les sorcières Mayfair.

Rowan émit un petit son mi-amusé, mi-nerveux. Elle se redressa sur sa chaise et observa les petits changements visibles sur le visage de Michael tandis qu'il triait dans son esprit ce qu'il allait dire.

– Les gens du Talamasca, reprit-il en choisissant ses mots avec soin, sont des érudits, des historiens. Ils possèdent des milliers de témoignages sur les visions de cet homme aux cheveux bruns, dans cette maison et tout autour. Il y a trois cents ans, quand Petyr Van Abel s'est rendu à Saint-Domingue pour parler à sa fille Charlotte, cet esprit l'a rendu fou et l'a conduit à la mort. (Il tira sur sa cigarette, en jetant un regard circulaire sur la pièce, mais sans la voir.) Comme je te l'ai expliqué, j'ai vu cet homme plusieurs fois depuis l'âge de six ans. Chaque fois que je passais devant la maison mais, en plus, contrairement à tous les gens interrogés par le Talamasca au fil des ans, je l'ai vu aussi ailleurs. L'autre nuit, quand je suis revenu après toutes ces années, je l'ai revu. Quand j'ai raconté ça à Aaron, quand je lui ai dit que je voyais cet homme depuis que j'étais haut comme trois pommes et que c'était toi qui m'avais sauvé, il m'a remis le dossier du Talamasca sur les sorcières Mayfair.

– Il ne savait pas que c'était moi qui t'avais sorti de l'océan?

Michael hocha la tête.

– Il est venu me voir à San Francisco à cause de mes mains. Leur domaine, ce sont les gens qui ont des pouvoirs spéciaux. C'était de la routine pour lui. Il voulait me rencontrer, un peu comme Petyr Van Abel voulait intervenir pour empêcher l'exécution de Suzanne Mayfair. Et puis il t'a vue devant chez moi. Il t'a vue passer me prendre et tu sais ce qu'il a cru? Il a cru que tu m'avais engagé pour que je vienne ici, à La Nouvelle-Orléans, en tant que médium, pour explorer ton passé. (Il tira la dernière bouffée de sa cigarette et envoya le mégot dans l'âtre.) C'est ce qu'il a cru jusqu'à ce que je lui dise pourquoi tu étais venue me voir, que tu n'avais jamais vu cette maison, pas même en photo. Et ce que tu dois faire maintenant, c'est lire le dossier des sorcières Mayfair. Mais il y a autre chose... en ce qui me concerne.

– Les visions?

– Exactement. (Il sourit. Son visage était chaleureux et magnifique.) Tu te souviens quand je t'ai dit que j'avais vu une femme et un bijou...?

– Ce serait l'émeraude?

– Je ne sais pas, Rowan. Je ne sais pas et, en même temps, je sais. Je suis convaincu que cette femme était Deborah Mayfair, qu'elle portait l'émeraude autour du cou et que j'ai été envoyé ici pour faire quelque chose de précis.

– Combattre cet esprit?

Il secoua la tête.

– C'est plus compliqué. C'est pourquoi tu dois lire le dossier. Il le faut. Tu ne dois pas te sentir offensée qu'un tel dossier existe.

– Et qu'est-ce que le Talamasca retire de tout ça?

– Rien, répondit-il. Savoir, c'est tout ce qu'ils veulent. Ils aimeraient comprendre. En quelque sorte, ils sont des détectives du monde parapsychique.

– Et monstrueusement riches, je suppose.

– Oui, bourrés d'argent.

– Tu plaisantes?

– Non, ils ont autant d'argent que toi. Autant que toute l'Église catholique, que le Vatican. Ne te méprends pas. Ils n'ont aucune intention de te soutirer quoi que ce soit...

– Je veux bien te croire. Mais tu es si naïf, Michael. Vraiment.

– Pourquoi dis-tu ça, Rowan? Qu'est-ce qui t'a mis ça dans la tête? Tu me l'as déjà dit et ça me rend complètement dingue!

– Michael, tu es un grand naïf. Mais, dis-moi, tu crois toujours que les gens de tes visions étaient bons? Qu'ils sont des êtres supérieurs?

– Oui, je le crois.

– Cette femme aux cheveux noirs, cette sorcière condamnée qui portait un bijou et qui t'a fait tomber de la falaise, tu la crois toujours bonne?

– Rowan, ne tire pas de conclusion hâtive! Rien ne prouve que tout cela soit lié! Tout ce que je sais...

– Tu as vu cet homme-esprit depuis l'âge de six ans? Je vais te dire quelque chose, Michael. Cet homme n'est pas bon. Et cette femme aux cheveux noirs n'est pas bonne non plus.

– Rowan, il est un peu tôt pour faire ce genre d'interprétation.

– D'accord. Je ne veux pas te rendre fou. Pas plus que je ne veux te mettre en colère. Je suis si heureuse que tu sois là, avec moi, dans cette maison et que tu comprennes tout cela... Je suis contente de ne pas être seule et je veux que tu restes auprès de moi.

– Je sais.

– Mais, toi, ne fais pas non plus d'interprétations hâtives. Le mal est ici. Je le sens aussi fort que celui qui est en moi. C'est quelque chose qui pourrait nuire à beaucoup de gens. Encore plus que par le passé. Et toi, tu serais le preux chevalier, sans peur et sans reproche, qui viendrait de passer le pont-levis sur son fier destrier?

– Rowan, ne parle pas comme ça!

– D'accord! Ils ne t'ont pas fait noyer. Mais le fait que tu connaisses tous ces gens, Rita Mae et Jerry Lonigan, serait un pur hasard?

Elle posa ses coudes sur la table et enfouit sa tête dans ses mains. Elle n'avait aucune idée de l'heure. La nuit semblait plus calme que jamais. De temps à autre, on entendait quelques légers craquements dans la maison. Mais ils étaient seuls. Complètement seuls.

– Tu sais, dit-elle, quand je repense à cette vieille femme, je pense tout de suite au mal. Et elle était persuadée de représenter le bien. Elle croyait combattre le diable. La notion du bien et du mal était très confuse chez elle.

– Elle a tué Townsend, dit Michael.

Elle leva les yeux et le fixa.

– Tu en es sûr?

– J'ai posé mes mains sur lui. J'ai senti l'os. C'est elle qui a fait ça. Elle l'a ficelé dans ce tapis. Il était peut-être drogué, je l'ignore. Mais il est mort dans le tapis, je le sais. Il y a fait un trou avec ses dents.

– Mon Dieu! murmura Rowan.

Elle ferma les yeux, imaginant la scène.

– Et il y avait des gens dans la maison. Ils n'ont rien entendu. Ils ne savaient pas qu'il était en train d'agoniser là-haut. Ou, en tout cas, s'ils le savaient, ils n'ont rien fait.

– Et pourquoi aurait-elle fait une chose pareille?

– Parce qu'elle nous détestait. Je veux dire, le Talamasca.

– Pourquoi dis-tu « nous »?

– C'est un lapsus, mais très révélateur. J'ai l'impression d'être des leurs. En venant me voir, ils me l'ont plus ou moins demandé. Ils se sont confiés à moi. Ce que j'ai voulu dire, c'est qu'elle haïssait tous les gens du dehors qui savaient quelque chose. Aaron est en danger. Tu m'as demandé ce que le Talamasca avait à retirer de tout ça. Moi je dis qu'il risque de perdre un autre membre.

– Explique-toi.

– En rentrant de l'enterrement pour passer me prendre, Aaron a vu un homme devant lui sur la route. En voulant l'éviter, il a fait deux tonneaux et a réussi à sortir de la voiture avant qu'elle n'explose. C'était l'esprit. Je le sais et lui aussi.

– Il est blessé?

Michael secoua la tête.

– Il savait très bien ce qui se passait mais il ne pouvait pas prendre de risques. Imagine que l'homme sur la route soit vraiment un quelconque piéton... Il s'est violemment heurté la tête.

– On l'a emmené à l'hôpital?

– Oui, docteur. Il va bien. C'est à cause de ça que j'ai mis si longtemps à venir. Il ne voulait pas que je vienne. Il voulait que ce soit toi qui viennes, dans leur maison à la campagne, pour lire le dossier. Mais je suis venu quand même. Je savais que cette créature ne me tuerait pas. Je n'ai pas encore rempli ma mission.

– Ils veulent que tu brises la chaîne, dit Rowan. C'est ce que la vieille femme voulait dire. « Brise la chaîne! » Elle parlait de l'héritage qui vient de Charlotte, je suppose, bien qu'elle n'ait parlé de personne qui remonterait aussi loin. Elle m'a dit avoir tenté elle-même de briser cette fameuse chaîne et que moi je pouvais le faire.

– Ça, c'est évident mais il y a autre chose. Pourquoi s'est-il montré à moi?

– Bon, écoute-moi. Je vais lire le dossier. Sans sauter une seule page, je te le promets. Mais j'ai vu cette créature, moi aussi. Elle ne fait pas qu'apparaître, elle se matérialise aussi.

– Quand l'as-tu vue?

– La nuit de la mort de ma mère, je te l'ai dit. A l'heure même de sa mort. J'ai essayé de t'appeler. J'ai téléphoné à l'hôtel mais tu n'y étais pas. Je crevais de trouille. Mais il n'y a pas eu que l'apparition. La mer était si démontée que la maison bougeait sur ses pilotis. Et pourtant, je me suis renseignée, il n'y a eu cette nuit-là dans la baie de Richardson ou de San Francisco aucune tempête, aucun tremblement de terre ni quoi que ce soit de naturel. Mais il y a plus encore. La fois suivante, il m'a touchée.

– Quand?

– Dans l'avion. J'ai cru que c'était un rêve. Après, j'étais tout irritée, comme si...

– Tu veux dire que...

– Je croyais être en train de dormir. Mais ce que j'essaie de te faire comprendre, c'est qu'il ne se limite pas à des apparitions. Il a un côté physique très particulier. Il faut que j'en comprenne les paramètres.

– Eh bien, voilà une attitude scientifique très louable. Puis-je me permettre de te demander si ses caresses ont provoqué en toi une réaction, disons... moins scientifique?

– Bien sûr. C'était agréable parce que j'étais à demi endormie. Mais quand je me suis réveillée, j'ai eu l'impression d'avoir été violée. C'était atroce.

– Oh, parfait! Tout à fait charmant. Tu sais que tu as le pouvoir d'empêcher cette créature de commettre ce genre de violation.

– Je sais. Et maintenant que je sais aussi qui il est, je le ferai. Mais si quelqu'un m'avait prévenue avant-hier qu'un être invisible allait se glisser sous mes vêtements pendant un vol vers La Nouvelle-Orléans, cela ne m'aurait pas servi à grand-chose parce que je ne l'aurais pas cru. Nous savons en tout cas qu'il ne me veut pas de mal. Et à toi non plus, fort probablement. Mais nous ne devons pas oublier qu'il s'en prendra à quiconque cherchera à contrecarrer ses plans. Et cela concerne directement ton ami Aaron.

– Exact.

– Tu as l'air fatigué, Michael. C'est toi qui as besoin d'être ramené à l'hôtel et mis au lit. Si nous y allions?

Sans répondre, il se redressa sur son siège et se frotta la nuque.

– Il y a quelque chose que tu ne dis pas.

– Quelle chose? demanda Rowan.

– Je ne le dirai pas non plus.

– Allez! Dis-le!

– Tu ne veux pas lui parler? Tu ne veux pas lui demander toi-même qui il est et ce qu'il est? Tu ne crois pas que tu pourrais communiquer avec lui mieux qu'aucun d'entre eux ne l'a jamais fait? Peut-être que non. Moi oui. Je veux lui parler. Je veux savoir pourquoi il m'est apparu quand j'étais petit. Et pourquoi il s'est approché si près de moi l'autre soir que j'aurais pu le toucher. Je veux savoir ce qu'il est. Et, quoi qu'en dise Aaron, je suis certain d'être assez malin pour me faire comprendre de lui, pour le raisonner. C'est peut-être exactement le genre d'égard qu'il cherche à obtenir des gens qui le voient. Il se peut qu'il compte là-dessus. Si tu n'as pas ressenti cela, tu es de loin bien plus maligne et forte que moi. Je n'ai jamais parlé à un fantôme ou à un esprit. Et pour rien au monde je ne manquerais cette occasion, même sachant ce que je sais et ce qu'il a fait à Aaron.

Il se leva, toucha la boîte à bijoux et la fit glisser vers lui. Il l'ouvrit et contempla l'émeraude.

– Allez! dit-elle. Touche-la.

– Elle ne ressemble pas au dessin que j'en ai fait, chuchota-t-il. En faisant mon dessin, je l'ai imaginée au lieu d'essayer de me rappeler.

Il hocha la tête. Sur le point de refermer le couvercle, il se ravisa, ôta son gant et posa ses doigts sur la pierre.

Elle attendit en silence. Mais elle lut sur son visage la déception et l'angoisse. Il soupira et ferma la boîte.

– Je t'ai vue la mettre autour de ton cou. Et j'étais devant toi.

Il remit son gant.

– C'était au moment où tu es arrivé.

– Je n'ai même pas remarqué que tu la portais.

– Tu as vu autre chose?

– Seulement que tu m'aimes, dit-il d'une voix faible. Tu m'aimes vraiment.

– Il t'aurait suffi de me toucher pour le savoir.

Il sourit, mais d'un sourire triste et confus. Il enfouit ses mains dans ses poches, comme pour s'en débarrasser, et pencha la tête en avant. Elle attendit un moment, détestant le voir ainsi.

– Allons-nous-en! dit-elle. Cet endroit te fait encore plus de mal à toi qu'à moi. Rentrons à l'hôtel.

– J'ai besoin d'un verre d'eau. Tu crois qu'il y a de l'eau fraîche dans la maison? J'ai chaud.

– Je ne sais pas. Je ne sais même pas s'il y a une cuisine. On trouvera peut-être un puits avec un seau couvert de mousse. Ou une fontaine magique.

Il rit doucement.

– Cherchons un peu d'eau.

Se levant, elle le suivit par la porte arrière de la salle à manger. C'était une sorte d'office, avec un petit évier et de hautes vitrines remplies de vaisselle en porcelaine. Il prit son temps en passant devant, comme pour évaluer l'épaisseur des murs.

– Par ici, dit-il en passant la porte suivante.

Il pressa un vieux bouton noir dans le mur. Une lumière blafarde révéla une longue pièce à deux niveaux, la partie haute étant réservée à la cuisine et la partie basse, deux marches en dessous, agrémentée d'une cheminée, étant aménagée pour le petit déjeuner.

Les pièces étaient très propres, démodées mais fonctionnelles.

L'armoire réfrigérante aux immenses et lourdes portes occupait la moitié d'un mur.

– Si tu trouves un cadavre à l'intérieur, je ne veux pas le savoir, dit Rowan.

– Non, il y a juste de la nourriture et de l'eau glacée. Il sortit la bouteille d'eau. Dans le Sud, il y a une bouteille d'eau glacée dans chaque maison.

Il fouilla dans un des placards au-dessus de l'évier et trouva deux verres à moutarde qu'il posa sur le comptoir immaculé.

L'eau fraîche était merveilleuse. Rowan se rappela la vieille femme : sa maison, en fait, son verre, peut-être. Un verre dans lequel elle avait déjà bu, en tout cas. Elle fut prise de révulsion et posa le verre dans l'évier.

Oui, on dirait une cuisine de restaurant, se dit-elle. L'endroit avait été formidablement équipé il y avait très longtemps, à l'époque où l'on avait enlevé le mobilier victorien si prisé maintenant à San Francisco. Tout était en chrome étincelant.

– Qu'allons-nous faire, Michael? dit-elle.

Il regarda le verre dans sa main puis leva les yeux vers elle. Aussitôt, la tendresse qu'elle lut dans ses yeux lui alla droit au cœur.

– Nous aimer, Rowan. Tu sais, je suis catégorique pour les visions mais je suis tout aussi certain que notre amour ne fait partie d'aucun plan prédéterminé.

Elle s'avança vers lui et glissa ses bras autour de sa taille. Elle sentit ses mains remonter dans son dos et se refermer chaudement et tendrement sur sa nuque et ses cheveux. Il la tint serrée et enfouit sa tête dans son cou avant de l'embrasser tendrement sur les lèvres.

– Aime-moi, Rowan. Fais-moi confiance et aime-moi, dit-il d'une voix à la sincérité émouvante.

Il recula et sembla se retirer un peu à l'intérieur de lui-même. Il prit sa main, entraîna la jeune fille vers la porte-fenêtre et l'ouvrit. Pas de verrou, ni sur aucune autre, fort probablement.

– Est-ce que nous pouvons sortir? demanda-t-il.

– Bien sûr que nous pouvons. Pourquoi me poses-tu la question?

Ils pénétrèrent sous un porche bien plus petit que celui où la vieille femme avait rendu l'âme. Ils descendirent les marches en bois menant à l'allée pavée.

– Tout cela n'est pas en si mauvais état, finalement.

– Et la maison? On peut la sauver?

– Cette maison? (Il sourit en hochant la tête, ses yeux bleus étincelant.) Chérie, cette maison sera encore debout bien après que nous aurons quitté ce monde. De ma vie, je ne suis jamais entré dans une maison aussi magnifique.

Il s'interrompit, comme honteux de s'enflammer pour un endroit que la tragédie avait frappé tant de fois.

– Tu l'aimes, n'est-ce pas?

– Je l'aime depuis mon enfance, dit-il. Je l'aime malgré tout ce qui s'y est passé, malgré le cadavre de la mansarde. Je l'aime parce que c'est ta maison. Elle est magnifique. Elle l'était, magnifique, quand elle a été construite et le sera encore dans cent ans.

Il la prit dans ses bras et elle se colla à lui, se nichant contre lui. Elle le sentit embrasser ses cheveux. Ses mains gantées effleurèrent sa joue. Elle avait envie de lui arracher ses gants mais n'en dit rien.

– Tu sais, c'est bizarre, reprit-il. Pendant toutes ces années en Californie, j'ai travaillé dans bien des maisons. Et je les aimais toutes. Mais aucune ne m'a jamais fait sentir ma mortalité comme celle-ci. Je ne me suis jamais senti aussi petit et mortel. C'est parce que je sais qu'elle sera encore là quand j'aurai disparu.

Ils tournèrent les talons et s'enfoncèrent dans le jardin, trouvant les dalles au milieu des herbes folles. Les bananiers étaient si denses que leurs grandes feuilles leur balayaient le visage.

Une odeur rance leur parvint aux narines, une odeur nauséabonde de marécage. Rowan s'aperçut qu'il y avait une longue piscine. Elle était tellement envahie de verdure qu'on ne distinguait la surface de l'eau que par endroits. Des nénuphars poussaient partout, des insectes invisibles bourdonnaient tout autour, des grenouilles coassaient et l'eau ne cessait de bouger, luisant entre les herbes. On entendait un bruit de suintement, comme si des fontaines alimentaient encore la piscine. En concentrant son regard, Rowan vit les jets déversant un fin filet d'eau.

– C'est Stella qui l'a fait construire, dit Michael. Il y a plus de cinquante ans. C'était une piscine. Le jardin se l'est appropriée. La nature a repris le dessus.

Comme il avait l'air triste! On aurait dit qu'il voyait confirmé quelque chose qu'il n'avait pu se résoudre à croire. Ce prénom avait frappé Rowan. Dans ses dernières semaines de délire, Ellie avait dit : « Stella dans le cercueil. »

Michael regarda la façade de la maison, son haut pignon au troisième étage, avec ses deux cheminées jumelles se découpant sur le ciel à la lueur de la lune et des étoiles. Les fenêtres carrées tout en haut, la pièce où l'homme était mort et où Antha avait voulu échapper à Carlotta. Elle avait fait une chute vertigineuse, était retombée sur le toit du porche, pour s'écraser sur les dalles.

Elle se pressa plus fort contre Michael et referma ses mains dans son dos, faisant porter tout son poids contre lui.

Elle regarda le ciel pâle et ses quelques étoiles scintillantes puis le souvenir de la vieille femme lui revint et elle fut de nouveau submergée par une impression de mal. Elle repensa à l'expression de la vieille femme au moment de sa mort. Elle repensa à ses paroles et au visage de sa mère dans le cercueil, reposant pour l'éternité sur le satin blanc.

– Qu'y a-t-il, ma chérie? demanda Michael.

Elle pressa son visage contre sa chemise et recommença à trembler, comme elle l'avait fait par accès toute la soirée. Il la serra plus fort et c'était bon.

Mais elle n'arrivait pas à se débarrasser de cette impression de mal. Le mal semblait présent dans le ciel, dans l'arbre géant courbé au-dessus de sa tête et dans l'eau visible par endroits au milieu des herbes. Non, la nature n'y était pour rien. Le mal était présent en elle et, soudain, elle prit conscience que cette impression ne provenait pas de la vieille femme et de sa malveillance mais d'un fort pressentiment. Les efforts d'Ellie avaient été vains car Rowan avait ce pressentiment depuis fort longtemps. Toute sa vie, peut-être, elle avait su qu'un mystère l'entourait, un grand mystère à multiples facettes, profond, effrayant.

Cette longue journée dans cette ville tropicale embaumée, aux coutumes démodées, lui avait révélé la toute première facette de ce mystère. Il y en aurait d'autres. Ce que la vieille femme lui avait dit n'était qu'un commencement.

Ce grand mystère et moi tirons nos forces des mêmes racines : le bien et le mal. Parce que, en fin de compte, les deux sont indissociables.

– Rowan, partons d'ici. Nous aurions dû nous en aller plus tôt. C'est de ma faute.

– Non, murmura-t-elle, j'aime cet endroit. Pourquoi ne pas rester? C'est si sombre, si tranquille et magnifique!

L'odeur enivrante de cette fleur revint, celle que la vieille femme avait appelée l'arbre triste.

– Tu sens, Michael? dit-elle en regardant les nénuphars brillant dans la pénombre.

– C'est l'odeur des nuits d'été à La Nouvelle-Orléans, répondit-il. La même odeur que lorsqu'on se promène seul, en sifflant, en faisant cliqueter les piquets des grilles avec un bâton. C'est l'odeur des promenades nocturnes dans les rues du quartier.

Il baissa les yeux vers elle, essayant de discerner son visage.

– Rowan, quoi qu'il arrive, ne vends jamais cette maison. Même si tu dois t'en aller et ne jamais la revoir, même si tu en viens à la détester. Ne la vends pas. Ne la laisse pas tomber entre les mains de quelqu'un qui ne l'aimerait pas. Elle est trop belle. Elle doit survivre à tout cela, comme nous.

Elle ne répondit pas. Elle ne pouvait lui avouer sa crainte qu'ils ne survivraient pas, qu'ils allaient tout perdre. Puis elle se rappela le visage de la vieille femme, en haut dans la mansarde, là où un homme était mort bien longtemps auparavant : « Tu peux choisir. Tu peux briser la chaîne! » La vieille femme tentait laborieusement de transcender sa malveillance, sa méchanceté et sa froideur, d'offrir à Rowan quelque chose qu'elle-même percevait comme pur. Et tout ça dans la pièce où cet homme, emmailloté dans un tapis, avait agonisé pendant que la vie continuait dans les pièces du dessous.

– Partons, chérie. Retournons à l'hôtel. J'insiste. Nous allons nous jeter sur le lit et nous y rouler ensemble. Que penses-tu de mon programme?

– On y va à pied, Michael? J'ai envie de me promener lentement dans le noir.

– D'accord, mon amour.

Il n'y avait aucune clé pour fermer les portes. Ils laissèrent les lumières allumées et prirent le chemin de la grille rouillée.

Michael ouvrit la voiture et prit une mallette qu'il montra à Rowan. Tout était là-dedans, mais elle ne pouvait pas lire le dossier avant qu'il ne lui ait expliqué plusieurs points. Il lui proposa d'en parler le lendemain matin au petit déjeuner. D'ailleurs, il avait promis à Aaron qu'il ne lui laisserait pas le dossier sans quelques explications préalables. Aaron voulait qu'elle comprenne bien tout.

Elle acquiesça. Elle avait confiance en Aaron Lightner car personne ne pouvait la tromper et, de toute façon, il n'avait aucun intérêt à le faire. Lorsqu'elle repensa à lui, à sa main sur son bras aux obsèques, elle eut le sentiment que lui aussi était naïf, comme Michael. Leur naïveté provenait du fait qu'ils ne voyaient pas la méchanceté chez les gens.

Elle était si fatiguée. Après l'excitation de toute cette journée, elle se sentait fourbue. Jetant un regard en arrière vers la maison, elle pensa une fois encore à la vieille femme, froide, ratatinée, morte dans le fauteuil. Personne ne pourrait jamais comprendre ni venger sa mort.

Michael s'arrêta pour regarder la porte d'entrée. Rowan tira un peu sur sa manche en s'approchant de lui.

– On dirait un grand trou de serrure, tu ne trouves pas? demanda-t-elle.

Il acquiesça mais semblait loin, perdu dans ses pensées.

– C'est comme ça qu'on appelait ce style architectural : la porte en trou de serrure, murmura-t-il. C'est ce mélange de styles égyptien, grec et italien qu'on affectionnait particulièrement à l'époque de la construction de cette maison.

– Eh bien, le résultat est plutôt bon, dit-elle d'un ton las.

Elle aurait voulu lui parler de la porte sculptée sur la tombe du cimetière mais elle était trop fatiguée.

Ils marchèrent lentement en passant par Philip Street, Prytania et Jackson Avenue. Les maisons et les jardins étaient ravissants. Puis ils prirent Saint Charles, passant devant les boutiques et les bars fermés et les grands immeubles de location. De temps en temps, une voiture les dépassait et un tramway prenait un virage dans un grand bruit métallique, ses fenêtres vides éclairées par une lumière jaune.

Ils firent l'amour sous la douche, s'embrassant et se caressant avec frénésie et maladresse. Le cuir des gants rendait Rowan folle de désir quand il effleurait ses seins nus ou descendait entre ses cuisses. Elle oublia tout : la maison, la vieille femme et la pauvre Deirdre. Il n'y avait plus que Michael, son large torse viril dont elle avait rêvé et son sexe dur entre ses mains.

Lorsqu'ils se mirent au lit, bien réchauffés et secs, l'air conditionné soufflant doucement, Michael retira ses gants.

– Je ne peux pas m'empêcher de te toucher, lui murmura-t-il. C'est plus fort que moi. Raconte-moi comment c'était quand il t'a caressée. Je ne devrais pas te le demander, je le sais. Mais j'ai vu son visage et...

Elle s'enfonça dans l'oreiller, regardant Michael dans la pénombre. Elle aimait sentir le poids de son corps sur elle. Elle ferma sa main droite et frotta les articulations de ses doigts sur la barbe de son menton.

– C'était comme me caresser moi-même, dit-elle d'une voix douce, attrapant la main gauche de Michael pour l'embrasser. (Il se raidit et son sexe se durcit contre la cuisse de Rowan.) Ce n'était pas cette tornade de sensualité que l'on ressent à deux.

Il la couvrit de baisers à lui en faire mal. Elle le laissa faire puis, affamée et réclamant son dû, elle chercha sa bouche.

Elle se réveilla à 4 heures du matin. « C'est l'heure d'aller à l'hôpital. Non. » Michael dormait profondément et ne sentit pas le doux baiser qu'elle posa sur sa joue. Elle enfila le peignoir en éponge qu'elle trouva dans le placard et passa silencieusement dans le salon de la suite.

Tout était désert et tranquille. Elle adorait le calme des rues au petit matin. Rien n'empêchait d'aller y danser à sa guise parce qu'à cette heure-là les feux rouges et les lignes blanches ne comptaient pas.

Elle avait l'esprit clair et se sentait parfaitement bien. La maison l'attendait, mais depuis si longtemps qu'elle pouvait bien patienter encore un peu.

Au standard, on lui dit que c'était trop tôt pour le café mais qu'un certain M. Lightner avait laissé un message pour M. Curry et elle. Il retournerait à l'hôtel plus tard dans la journée et était joignable à la maison de retraite. Elle nota le numéro de téléphone.

Elle entra dans la petite cuisine, trouva du café et s'en prépara une tasse. Elle ferma avec précaution la porte de la chambre et celle donnant sur le petit couloir entre la chambre et le salon.

Où était donc ce fameux dossier des sorcières Mayfair? Qu'est-ce que Michael avait fait de la mallette?

Elle fouilla le petit salon aux sièges volantés puis le petit bureau, les placards et même la cuisine. Elle retourna dans la chambre et regarda Michael dormir.

Rien dans la salle de bains.

Malin, très malin, Michael. Mais je vais trouver. Elle l'aperçut alors derrière une chaise.

Petit manque de confiance de sa part, se dit-elle. Elle prit la mallette en surveillant la respiration de Michael et, sur la pointe des pieds, se glissa dans le couloir, ferma les deux portes et posa la mallette sur un guéridon.

Armée de la tasse de café qu'elle s'était préparée dans la cuisine et de cigarettes, elle s'assit sur le canapé et consulta sa montre. 4 h 15.

Elle sortit les chemises, dont chacune portait ce titre étrange : Dossier des sorcières Mayfair. Cela la fit sourire.

– Naïfs, murmura-t-elle. Ils sont tous naïfs. L'homme de la mansarde l'était probablement aussi. Et la vieille femme, cette sorcière dans l'âme?

Elle alluma une cigarette et se demanda pourquoi elle avait l'impression d'avoir tout compris, contrairement à Aaron et Michael.

Feuilletant rapidement les diverses chemises, elle évalua la taille du manuscrit comme elle le faisait toujours quand elle s'apprêtait à ingurgiter d'une seule traite des textes scientifiques.

Elle en avait pour quatre heures tout au plus. Avec un peu de chance, Michael ne se réveillerait pas avant qu'elle ait fini. Le reste du monde dormait. Elle s'installa confortablement sur le canapé, les pieds nus posés sur le guéridon, et entama sa lecture.

A 9 heures, elle prit le chemin de First Street. Lorsqu'elle arriva au coin de Chestnut Street, le soleil était déjà haut dans le ciel et les oiseaux chantaient à gorge déployée dans la voûte feuillue au-dessus de sa tête. Le croassement strident d'un corbeau troubla un instant ce joyeux concert. Des écureuils sautillaient le long des branches épaisses qui s'étendaient jusqu'au-dessus des grilles et des murs de brique. Les trottoirs propres étaient déserts. Tout le quartier semblait livré à ses fleurs, ses arbres et ses maisons. Même le bruit occasionnel des voitures était absorbé par le calme et la verdure.

Aaron Lightner l'attendait déjà à la porte.

Elle l'avait appelé à 8 heures pour prendre rendez-vous. De loin, elle voyait qu'il était inquiet de sa réaction à ce qu'elle avait lu.

Elle prit son temps pour traverser le carrefour et s'approcha lentement, les yeux baissés, repassant dans son esprit le long récit et tous ses détails.

Lorsqu'elle fut devant lui, elle lui prit la main. Elle n'avait pas préparé ce qu'elle allait dire et savait que ce serait une épreuve pour elle. Mais c'était bon d'être là, de serrer chaleureusement sa main en étudiant l'expression de son visage ouvert et agréable.

– Merci, dit-elle d'une voix qui lui parut faible. Vous avez répondu à toutes les questions qui me tourmentaient concernant ma vie. En fait, vous ne pouvez imaginer ce que vous avez fait pour moi. Avec vos observateurs, vous avez découvert la partie la plus sombre en moi et vous l'avez éclairée. (Elle hocha la tête, tenant toujours sa main dans la sienne, luttant pour poursuivre.) Je ne sais pas comment dire ce que j'ai à dire, avoua-t-elle. Je ne suis plus seule. Je comprends mieux qui je suis.

Elle soupira. Ses mots étaient si vides par rapport aux émotions et au soulagement qu'ils voulaient exprimer.

Il avait l'air étonné et légèrement confus. Elle ressentit sa grande bonté et sa confiance.

– Que puis-je faire pour vous? demanda-t-il avec une franchise désarmante.

– Entrons dans la maison pour discuter.

Trente

Michael s'assit dans le lit et consulta le réveil. 11 heures. Comment avait-il pu dormir si longtemps? Il avait pourtant laissé les rideaux ouverts pour que la lumière le réveille. Mais quelqu'un les avait fermés. Et ses gants? Où étaient-ils? Il les trouva, les enfila et sortit du lit.

La mallette avait disparu. Il le savait avant même de regarder derrière la chaise.

Il mit son peignoir et passa dans le salon. Personne. Juste une odeur persistante de café et de cigarette. Sur le guéridon, la sacoche vide à côté de deux piles de chemises.

– Ah ! Rowan, grogna-t-il.

Aaron ne le lui pardonnerait jamais. Rowan avait lu la partie disant que Karen Garfield et le docteur Lemle étaient morts après l'avoir vue. Elle avait lu toutes les informations glanées au fil des années auprès de Ryan Mayfair, Béa et d'autres qu'elle avait sûrement rencontrés pendant les obsèques. Ça et un millier d'autres détails qu'il ne se rappelait pas sur le moment.

Il retourna dans la chambre, inquiet. Et si tous ses vêtements avaient disparu ? Non, ils devaient être dans l'autre chambre. Il se gratta la tête, hésitant sur ce qu'il devait faire : appeler la chambre de Rowan, appeler Aaron ou se mettre à hurler. C'est alors qu'il aperçut le message, juste à côté des piles de chemises. Une feuille volante à en-tête de l'hôtel couverte d'une écriture sûre.

« 8 h 30.

Michael,

Ai lu le dossier. Je t'aime. Ne t'inquiète pas. Ai rendez-vous à 9 heures avec Aaron. Peux-tu venir à la maison à 3 heures ? J'ai besoin d'y être un peu seule. Si tu ne viens pas, laisse-moi un message à l'hôtel.

La pythonisse d'Endor. »

« La pythonisse d'Endor » ? Qui c'était celle-là ? Ah oui ! la femme à qui le roi Saül avait demandé de faire apparaître les visages de ses ancêtres. En d'autres mots, Rowan avait survécu à la lecture du dossier. Le petit prodige ! Le chirurgien des cerveaux ! « Lu le dossier » ! Lui, il avait mis deux jours.

Il appela le service de chambre.

– Faites-moi monter un énorme petit déjeuner. Des œufs, du gruau de maïs, un plein bol, du jambon, des toasts et un grand pot de café. Et dites au serveur d'utiliser sa clé, je serai en train de m'habiller. Et ajoutez 20 pour 100 pour le service. Et faites aussi monter de l'eau glacée.

Il relut le message. Aaron et Rowan étaient ensemble. Il en ressentait une grande appréhension. Il comprit les craintes d'Aaron quand il lui avait remis le dossier. Et il n'avait pas voulu l'écouter, il était trop impatient de lire. Après tout, il ne pouvait pas en vouloir à Rowan pour son impatience ; il était passé par là lui aussi.

Mais son sentiment de malaise persistait. Elle ne comprenait pas Aaron et il ne la comprenait sûrement pas non plus. Elle le trouvait naïf. Et puis il y avait Lasher. Que pensait-il de tout cela ?

La veille, avant de quitter Oak Haven, Aaron lui avait dit : « C'était l'homme. Je l'ai reconnu à la lumière des phares. Je savais qu'il me jouait un tour mais je ne pouvais pas prendre le risque. » « Qu'allez-vous faire ? » avait demandé Michael. « Très attention, avait-il répondu. Que puis-je faire d'autre ? »

Elle voulait qu'il la retrouve à First Street à 3 heures parce qu'elle voulait un peu de temps à elle. Avec Lasher? Comment allait-il pouvoir contenir ses émotions jusqu'à 3 heures?

Eh bien, tu es à La Nouvelle-Orléans, mon vieux! Tu n'es pas encore retourné dans ton quartier. C'est le moment de le faire.

Il quitta l'hôtel à 11 h 45. L'air chaud le surprit agréablement lorsqu'il mit les pieds dehors. Après trente ans passés à San Francisco, le froid et le vent l'avaient fortifié.

En marchant allègrement vers le centre-ville, il s'aperçut qu'à côté des rues en montagnes russes de San Francisco, celles toutes plates de La Nouvelle-Orléans facilitaient la marche. On aurait dit que tout était plus facile : chaque respiration, chaque pas. Dès qu'il eut traversé Jackson Avenue, il admira les gros chênes à l'écorce noire typiques de cette partie de la ville. Pas de vent froid lui glaçant le visage, pas la lumière éblouissante du ciel de la côte Pacifique.

Il choisit Philip Street pour entrer dans Irish Channel. Il ralentit son allure, comme autrefois, sachant que la chaleur allait augmenter, que ses vêtements allaient lui coller à la peau, que l'intérieur de ses chaussures allait devenir humide et qu'il devrait dans peu de temps enlever sa veste kaki pour la jeter sur son épaule.

Mais, bientôt, il oublia tout cela. S'étendait devant lui le paysage de son enfance heureuse. Il oublia jusqu'à ses inquiétudes pour Rowan. Il se replongea dans son passé, au fil des murs couverts de lierre et des jeunes lagerstrœmias aux fleurs cotonneuses.

Enfin, il traversa Magazine et sa circulation pour se retrouver de plain-pied dans Irish Channel. Les maisons semblaient sombrer, les colonnes avaient cédé la place à des poteaux, les chênes avaient disparu, de même que les micocouliers géants de l'angle de Constance Street. Mais peu importait. C'était son quartier.

Annunciation Street lui brisa le cœur. Des détritus et de vieux pneus jonchaient le sol. La maisonnette où il avait vécu était à l'abandon. Ses portes et ses fenêtres étaient bouchées par de vulgaires planches de contreplaqué patinées et la cour dans laquelle il avait joué n'était plus qu'une jungle de mauvaises herbes entourée d'une clôture avec une chaîne. Où étaient passées les belles-de-nuit roses qui fleurissaient été comme hiver? Où étaient les bananiers qui poussaient près de la remise? La petite épicerie du coin de la rue était cadenassée et le vieux bar ne montrait aucun signe de vie.

Petit à petit, il se rendit compte qu'il était le seul Blanc aux alentours.

Il s'enfonça dans ce qui lui semblait n'être que tristesse et décrépitude. Ici, une maison joliment peinte, là une ravissante petite Noire aux cheveux tressés, agrippée à la grille d'un jardin, le fixant de ses yeux ronds inquiets. Tous les gens qu'il avait connus semblaient partis depuis longtemps.

Ce quartier appartenait maintenant à la population noire et il sentit des regards froids le suivre quand il tourna dans Josephine Street en direction des vieilles églises et de l'école. Encore des maisons aux ouvertures condamnées par des planches clouées, le rez-de-chaussée d'un logement complètement pillé, des meubles, ou ce qu'il en restait, empilés dans un recoin.

Malgré le paysage désolé qu'il venait de voir, l'état d'abandon de l'école le choqua. Les vitres de toutes les fenêtres étaient brisées. Et là, le gymnase qu'il avait aidé à construire paraissait si usé, si oublié.

Seules les églises Sainte Marie et Saint Alphonse se dressaient encore, fières, indestructibles. Mais les portes étaient verrouillées. Dans la cour de la sacristie de Saint Alphonse, l'herbe lui montait jusqu'aux genoux. Même les vieux boîtiers électriques étaient ouverts et les fusibles arrachés.

– Voulez voir l'église?

Il se retourna. Un petit homme presque chauve, au ventre rebondi et au visage transpirant lui parlait.

– Pouvez allez au presbytère. On vous f'ra visiter.

Michael acquiesça.

Le presbytère lui aussi était verrouillé. Il sonna et attendit. Une petite femme aux verres épais et aux cheveux courts lui parla à travers la vitre.

Il sortit une poignée de billets de vingt dollars.

– J'aimerais faire un don. J'adorerais visiter les deux églises si c'était possible.

– Vous ne pourrez pas voir Saint Alphonse. L'église est désaffectée. Elle est dangereuse. Du plâtre tombe partout.

Du plâtre! Il se souvenait des magnifiques fresques peintes du plafond dont les saints, perchés dans un ciel bleu, le regardaient d'en haut. Sous ce même toit, il avait été baptisé, fait sa première communion et sa confirmation. Et, le dernier jour, il avait remonté l'allée centrale, en aube blanche, avec les autres lauréats de son école supérieure, sans même penser à tout bien regarder pour la dernière fois, pressé qu'il était de partir dans l'Ouest avec sa mère.

– Mais où sont-ils tous partis?

– Déménagé, dit-elle en le priant de la suivre. Et les gens de couleur ne viennent pas.

– Mais pourquoi est-ce que tout est verrouillé?

– Les cambriolages.

Elle le dirigea à travers le sanctuaire. Il avait servi la messe ici. Il avait préparé le vin sacré. Un petit frisson de bonheur le parcourut quand il vit les rangées de statues de saints en bois, la longue nef et ses arcs gothiques. Splendides, intacts.

Il n'eut pas besoin de recourir à son imagination pour revoir les étudiants en uniforme sortant des rangées pour aller communier. Les filles en chemisier blanc et jupe de laine bleue, les garçons en chemise et pantalon kaki. A huit ans, il avait tenu l'encensoir sur ces marches.

– Prenez votre temps, dit la petite femme. Repassez par le presbytère quand vous aurez terminé.

Il resta assis une demi-heure au premier rang. Il ne savait pas très bien ce qu'il faisait. Emmagasiner, peut-être, les détails que sa mémoire avait laissés de côté. Ne plus jamais oublier les noms, gravés sur une plaque de marbre, des morts enterrés sous l'autel. Ne jamais oublier les anges peints tout en haut. Ou le vitrail, à l'extrême droite, dont les anges et les saints portaient des sandales en bois. Étrange! Ce détail avait-il une explication? Et dire qu'il ne l'avait jamais remarqué alors qu'il avait passé tant d'heures dans ce lieu saint...

Penser à Marie-Louise, avec ses gros seins tendant son chemisier blanc amidonné, lisant son missel pendant la messe. Et Rita Mae Dwyer qui avait un physique de femme à quatorze ans. Tous les dimanches, elle portait des talons très hauts et d'immenses boucles d'oreilles dorées. Le père de Michael était l'un des hommes chargés de la quête. Il descendait les allées avec son panier accroché au bout d'un long bâton, rangée après rangée, arborant une solennité de circonstance. Sauf cas de force majeure, dans une église catholique on ne se permettait même pas de murmurer à cette époque-là.

Mais que s'était-il imaginé? Qu'ils seraient tous là, à l'attendre? Une douzaine de Rita Mae vêtues de robes fleuries?

La veille, Rita Mae lui avait dit : « N'y retourne pas, Mike. Garde tes souvenirs intacts. »

Enfin, il se leva et se dirigea vers les vieux confessionnaux en bois. Sur le mur, une plaque énumérait la liste des donateurs qui avaient contribué à la restauration de l'église. Il ferma les yeux et imagina entendre les enfants jouer dans la cour de l'école – un brouhaha de voix et de cris à l'heure de la cantine.

Mais rien. Aucun bruissement des portes battantes lorsque les paroissiens entraient et sortaient. Juste un vide solennel et la Vierge couronnée au-dessus de l'autel.

Soudain, il lui vint à l'esprit qu'il lui fallait prier. Demander à la Vierge ou à Dieu pourquoi on l'avait ramené ici et pourquoi il avait été sauvé des eaux. Mais la dévotion de son enfance n'existait plus.

Au lieu de cela lui revint une image bien plus triviale et gênante. Marie-Louise et lui avaient l'habitude de se rencontrer devant l'église pour échanger des secrets. Un jour, sous une pluie battante, elle avait reconnu, comme à regret, que non, elle n'était pas enceinte. Elle était contrariée qu'il lui pose la question et furieuse qu'il soit si visiblement soulagé de la réponse. « Tu ne veux pas que nous nous mariions? Toutes ces cachotteries sont stupides. »

Que se serait-il passé s'il avait épousé Marie-Louise? Il revit ses grands yeux marron, tristes et déçus.

Sa voix lui revint : « Tu sais très bien que tu m'épouseras tôt ou tard. Nous sommes faits l'un pour l'autre. »

Était-il fait pour quitter cet endroit, pour mener la vie qu'il avait menée, pour voyager si loin? Fait pour tomber de la falaise et s'enfoncer doucement dans les eaux tumultueuses, loin des lumières terrestres?

Il pensa à Rowan, pas seulement à son physique mais à tout ce qu'elle représentait pour lui. Il songea à sa douceur, sa sensualité, son mystère, son corps souple et tendu lové contre le sien sous les draps, à sa voix de velours et à ses yeux froids. Il pensa à la façon qu'elle avait de le regarder avant qu'ils fassent l'amour, sans aucune timidité, oubliant complètement son propre corps tant elle était absorbée par le sien. En quelque sorte, elle le regardait comme un homme regarde une femme. Pleine de désir et d'agressivité et cependant si merveilleusement soumise entre ses bras.

Si seulement il pouvait croire à quelque chose! Soudain, il sut à quoi. Il croyait à ses visions et à la bonté de ces êtres. Il y croyait avec autant de foi que les gens qui croient en Dieu ou aux saints.

Cela lui parut aussi stupide que les autres croyances religieuses. « Et pourtant j'ai vu, j'ai senti, je me rappelle, je sais... » Rien du tout. Aucune certitude. Rien de ce qu'il avait lu dans le dossier Mayfair ne lui avait remis en mémoire les précieux moments qu'il n'arrivait pas à se rappeler, à part l'image de Deborah. Tout convaincu qu'il était, il ne se rappelait aucun détail ni aucune parole.

Sur une impulsion, les yeux toujours rivés sur l'autel, il fit le signe de la croix. Il y avait tant d'années, il le faisait au moins trois fois par jour. Curieusement, délibérément, il le fit une seconde fois. « Au nom du Père, du Fils et du Saint-Esprit », les yeux fixés sur la Vierge.

Il resta encore un peu debout en silence, ses mains gantées enfoncées dans ses poches, remonta l'allée jusqu'à la table de communion, gravit les marches de marbre, traversa le sanctuaire et se retrouva dans la maison du prêtre.

Le soleil dardait ses rayons sur Constance Street, impitoyable. Pas d'arbres. Le jardin du prêtre, caché derrière son haut mur de brique, et la pelouse près de Sainte Marie étaient brûlés, roussis et poussiéreux.

Le petit homme chauve au visage transpirant était assis sur les marches du presbytère, les bras croisés sur ses genoux. Il suivait des yeux des pigeons gris allant se jucher en haut de la façade écaillée de Saint Alphonse.

– Faudrait les empoisonner, dit-il. Salissent tout.

Michael alluma une cigarette et en proposa une à l'homme. Il la prit en le remerciant d'un hochement de tête. Michael lui donna sa boîte d'allumettes pratiquement vide.

– Fils, tu ferais mieux d'enlever cette montre en or et de la cacher dans ta poche. Ne te promène pas avec ça au poignet, tu comprends?

– S'ils veulent ma montre, il faudra qu'ils prennent mon poignet avec et le poing qui y est attaché.

Le vieil homme haussa les épaules.

A l'angle de Magazine et de Jackson, Michael entra dans un bar sombre et crasseux, dans le bâtiment de bardeaux le plus triste qu'il ait jamais vu. A San Francisco, il n'y avait pas un seul endroit aussi moche. Un Blanc assis comme une ombre au bout du comptoir, au visage ridé et émacié, le fixa des yeux. Le tenancier aussi était blanc.

– Donnez-moi une bière, dit Michael.
– Quelle marque?
– Je m'en fiche pas mal.

A 3 heures pile, il était devant la grille ouverte. C'était la première fois qu'il revoyait la maison sous le soleil et son cœur se mit à battre plus fort. « Ici, oui. » Malgré son état négligé, elle était magnifique, somptueuse, sommeillant sous les treilles, ses longs volets couverts d'une peinture verte écaillée mais tenant bon sur leurs gonds d'acier.

En la contemplant, un vertige le prit. Quelle qu'en soit la raison obscure, il était revenu. « Faire ce que je suis censé faire... »

Il gravit les marches de marbre, poussa la porte et pénétra dans le long et large hall d'entrée. A San Francisco, il n'avait jamais pénétré à l'intérieur d'une telle structure, ne s'était jamais tenu sous un plafond aussi haut et n'avait jamais vu des portes aussi hautes et ravissantes.

Malgré le trait de poussière grasse qui courait le long des murs, les lattes du plancher semblaient encore saines. La peinture des moulures du plafond n'était plus qu'un souvenir mais celles-ci semblaient encore en bon état. Tout ce qu'il voyait lui inspirait de l'amour : les encadrements de porte en forme de serrure, les fins pilastres et les balustres de l'escalier. Il aimait sentir la solidité du plancher sous ses pieds et la chaude odeur de bois de la maison le remplissait de bonheur. Il n'y avait qu'une maison au monde pour sentir aussi bon.

– Michael? Entre.

Il passa la première porte du salon. Rowan avait ouvert tous les rideaux mais il faisait toujours sombre. La lumière se glissait tant bien que mal à travers les lattes des volets.

Elle était assise sur le long canapé de velours marron. Ses cheveux encadraient magnifiquement son visage. Elle avait mis une de ces grandes chemises de coton froissées, aussi légère que de la soie, et son visage et sa gorge semblaient bronzés dans le tee-shirt blanc qu'elle portait dessous. Son pantalon blanc soulignait la longueur de ses jambes, ses pieds nus dans des sandales blanches, les ongles légèrement vernis de rouge étaient étonnamment sexy.

– La pythonisse d'Endor, dit-il en se penchant amoureusement pour l'embrasser sur la bouche.

Il la sentit frémir.

– Tu es restée toute seule ici?

Elle se poussa pour qu'il s'assoie à côté d'elle.

– Et pourquoi pas? dit-elle de sa voix lente et profonde. Je quitte l'hôpital officiellement cet après-midi. Je vais prendre un poste ici. Je reste dans cette maison.

Il poussa un long sifflement et sourit.

– Tu es sérieuse?

– Qu'est-ce que tu en penses ?

– Je ne sais pas. Je suis allé dans Irish Channel et pendant tout le chemin jusqu'ici je me suis dit que tu m'attendais peut-être avec tes bagages, prête à rentrer.

– Aucun risque. J'ai passé un coup de fil à mon patron, à San Francisco. Il va appeler trois ou quatre hôpitaux d'ici pour me trouver une place. Et toi ?

– Comment ça, et moi ? Tu sais pourquoi je suis ici. Où irais-je ? C'est ici qu'ils m'ont amené. Ils ne me disent pas si je dois aller ailleurs ni ce que je dois faire. Ils ne me disent rien. Et je n'arrive toujours pas à me rappeler. Malgré les quatre cents pages que j'ai lues, rien ne m'est revenu. Tout ce que je sais, c'est que la femme était Deborah. Mais je ne me souviens pas de ce qu'elle m'a dit.

– Tu es fatigué et tu as chaud, dit-elle en posant sa main sur le front de Michael. Tu dis n'importe quoi.

Il émit un petit rire de surprise.

– Et toi, la pythonisse d'Endor ? Tu as lu toute l'histoire ? Nous sommes empêtrés dans une sacrée toile d'araignée et nous ne savons même pas qui l'a tissée. (Il tendit ses mains gantées et regarda ses doigts.) Nous n'en savons fichtre rien.

Elle lui adressa un regard calme, lointain, qui fit paraître son visage extrêmement froid. Ses yeux gris brillaient dans la lumière.

– Alors, tu as lu ? Qu'est-ce que tu en penses ?

– Michael, calme-toi ! Nous ne sommes pris dans aucune toile d'araignée. Tu veux un conseil ? Oublie-les ! Oublie ce qu'ils veulent, ces gens que tu as vus dans tes visions. Oublie-les dès maintenant.

– Comment ça, « oublie-les » ?

– Bon, écoute-moi. Je suis restée des heures assise à réfléchir à tout ça. Voilà ce que j'ai décidé : je reste ici parce que c'est ma maison et que je l'aime. Et j'aime ma famille que j'ai rencontrée hier. Je veux les connaître. Je veux entendre leurs voix et connaître leurs visages et apprendre ce qu'ils ont à m'apprendre. Et aussi, je sais que, où que j'aille, je serai incapable d'oublier cette vieille femme et ce que je lui ai fait.

Elle s'arrêta, une émotion soudaine transfigurant le visage de Michael pendant une seconde, puis disparaissant, le laissant tendu et froid. Elle croisa les bras, un pied posé sur le guéridon.

– Tu m'écoutes ? reprit-elle.

– Bien sûr !

– O.K. Je veux que tu restes aussi. Pas à cause des événements ou de la toile d'araignée. Pas à cause des visions ou de l'esprit. Parce qu'il n'y a aucun moyen de comprendre ce que tout cela signifie, Michael, ni pourquoi toi et moi nous nous sommes rencontrés. Aucun moyen de savoir.

Il acquiesça.

– Je te suis.

– Ce que je veux te dire, c'est que je reste ici malgré l'esprit et tout le reste, malgré la coïncidence qui a fait que je t'ai repêché dans la mer et que tu es qui tu es.

Il acquiesça de nouveau, avec un peu d'hésitation, se rassit et aspira une longue goulée d'air sans la quitter des yeux.

– Ne me dis pas que tu ne veux pas communiquer avec cette créature, que tu ne veux pas savoir le fin mot de l'histoire...

– Bien sûr que je veux comprendre. Mais ce n'est pas ça qui me fait rester. De toute façon, cette créature se fiche pas mal que nous soyons à Montclève, en France, ou à Tiburon, en Californie, ou à Donnelaith, en Écosse. Et, en ce qui concerne tes visions, il faudra bien qu'elles reviennent pour t'expliquer ce qu'elles attendent de toi, tu sais!

Elle s'interrompit, essayant manifestement de trouver des mots pas trop durs.

– Michael, reprit-elle, si tu veux rester, tu dois le faire pour un autre motif que celui-là. Disons, pour être avec moi, ou parce que tu es né ici, ou parce que tu penses pouvoir être heureux ici. Ce quartier a été ton premier amour et peut-être que tu pourrais l'aimer à nouveau.

– Je n'ai jamais cessé de l'aimer.

– Mais ne fais rien en pensant aux visions. Ignore-les!

– Rowan, c'est à cause d'elles que je me trouve dans cette pièce. Ne perds pas ça de vue. N'oublie pas que nous ne nous sommes pas rencontrés dans un club nautique...

Elle poussa un long soupir.

– J'insiste pour que tu les oublies.

– Est-ce qu'Aaron t'en a parlé? Est-ce ce qu'il t'a conseillé?

– Je ne lui ai pas demandé ses conseils, dit-elle patiemment. Je l'ai rencontré pour deux raisons. D'abord, je voulais lui reparler pour avoir la confirmation qu'il était un honnête homme.

– Conclusion?

– Je le connais, maintenant. Il n'est pas très différent de toi et de moi.

– C'est-à-dire?

– Il a une vocation. De la même façon que la mienne est d'opérer et la tienne de faire revivre des maisons comme celle-ci. (Elle réfléchit une minute.) Comme toi et moi, il est bourré d'illusions.

– Je comprends.

– La deuxième raison est que je voulais lui exprimer ma reconnaissance pour tout ce qu'il m'a apporté. Je voulais le rassurer, lui dire que je n'éprouvais aucun ressentiment à son égard et qu'il avait ma totale confiance.

Michael était tellement soulagé qu'il ne l'interrompit pas. Mais il n'en revenait pas.

– Il a rempli les blancs les plus importants de ma vie, poursuivit-elle. Je ne crois pas qu'il ait compris à quel point c'était crucial pour moi. Il y a deux jours, je n'avais ni passé ni famille. Aujourd'hui, j'ai enfin les réponses aux graves questions que je me posais. Chaque fois que je pense à ma maison de Tiburon, je me dis : « Tu n'as pas besoin d'y retourner. Tu n'y seras plus jamais seule. » Et ça me fait un bien fou.

– Je dois t'avouer que je n'imaginais pas que tu réagirais comme ça. J'ai cru que tu serais furieuse et peut-être même blessée.

– Michael, peu m'importe comment Aaron s'est procuré ces informations. Ce qui importe, c'est qu'il n'aurait pu me les fournir s'il ne les avait pas réunies, de quelque manière que ce soit. Je serais restée avec le souvenir de la vieille femme et de toutes les atrocités qu'elle m'a racontées. J'aurais fait la connaissance de tous ces cousins souriants qui m'ont offert leur sympathie mais aucun d'eux n'aurait été capable de me raconter toute l'histoire parce qu'ils ne la connaissent pas. Ils n'en connaissent que des fragments. Tu sais, Michael, il y a des gens qui reçoivent des cadeaux mais ignorent comment s'en servir. Je dois apprendre. Cette maison est un cadeau. Mon histoire en est un aussi et elle m'apporte la possibilité d'accepter ma famille ! Et ça, Dieu m'en est témoin, c'est le plus beau cadeau qui soit.

Le soulagement de Michael était total. Les paroles de Rowan chantaient à ses oreilles. Mais il restait surpris.

– Et l'épisode du dossier concernant Karen Garfield et le docteur Lemle ? J'avais si peur que tu le prennes mal !

Le visage de Rowan s'imprégna de tristesse. Immédiatement, Michael regretta sa brusquerie. C'était impardonnable de sa part.

– Tu ne me comprends pas, dit-elle d'une voix égale. Tu ne comprends pas le genre de personne que je suis. Je voulais savoir si oui ou non j'avais ce pouvoir ! Je me suis fait connaître de toi parce que je voulais que tu me touches avec tes mains pour me dire s'il était réellement en moi. Tu n'as pas pu me le dire et c'est Aaron qui s'en est chargé. Il me l'a confirmé. Mais la vérité, toute cruelle qu'elle soit, est moins pénible que l'incertitude.

– Je vois, dit-il doucement.

– J'avais une autre raison pour vouloir rencontrer Aaron.

– Laquelle ?

Elle resta songeuse pendant un moment.

– Je ne suis pas en communication avec cet esprit, ce qui signifie que je ne peux pas le contrôler. Il ne s'est pas vraiment révélé à moi et il se peut qu'il ne le fasse pas.

– Mais Rowan, tu l'as déjà vu et il t'attend !

Elle réfléchit, ses doigts tripotant négligemment un petit fil sur le bord de sa chemise.

– Je lui suis hostile, Michael. Je ne l'aime pas et je crois qu'il le sait. Pendant que j'étais seule ici, je l'ai invité à se montrer, mais je le hais et j'en ai peur.

Michael réfléchissait.

– Il est allé trop loin, reprit-elle.

– Tu veux dire, parce qu'il t'a...

– Non. Je parle de ce que je suis. Il a contribué à la création d'un médium qu'il ne peut séduire ni rendre fou. Michael, si je peux tuer un être de chair et de sang avec mon pouvoir invisible, comment crois-tu que Lasher considère mon hostilité? Elle rejeta ses cheveux en arrière d'une main tremblante. J'éprouve une haine farouche pour cette créature. Je me rappelle ce que tu as dit hier soir, bien sûr. Lui parler, le raisonner, apprendre ce qu'il veut. Mais ma haine est la plus forte pour l'instant.

Michael l'étudia en silence. Il ressentit une bouffée d'amour pour elle.

– Ce que tu as dit est parfaitement juste, dit-il. Je ne comprends pas vraiment qui tu es. Je t'aime mais je ne te comprends pas.

– Tu penses avec ton cœur, dit-elle en touchant tendrement sa poitrine. C'est pour cela que tu es si bon. Et si naïf. Mais le mal qui sommeille en moi est le même que celui de tout le monde. Les gens me surprennent rarement, même quand ils me mettent en rogne.

Michael n'avait pas envie de la contrarier, mais il n'était pas naïf!

– J'ai réfléchi à tout ça pendant des heures, poursuivit-elle. A ce pouvoir de rompre les vaisseaux sanguins et les aortes et de provoquer la mort comme avec une formule magique. Si ce pouvoir doit me servir à faire le bien, ce sera pour détruire cette entité. Peut-être pourra-t-il agir aussi efficacement sur l'énergie qu'elle contrôle que sur les cellules sanguines?

– Cela ne m'était pas venu à l'esprit.

– Je suis médecin et, en tant que tel, je vois bien que cette entité n'existe que par sa relation permanente avec notre monde physique. Sa constitution a forcément une explication. De la même façon que l'électricité en avait une avant qu'on ne la découvre.

– Ses paramètres? Tu as employé ce terme hier soir. Je me demande si, quand elle se matérialise, elle est suffisamment solide pour que je puisse la toucher.

– Toute la question est là. Quelle est sa constitution quand elle se matérialise? Je dois découvrir ses paramètres. Mes propres pouvoirs fonctionnent conformément aux lois de notre monde physique, ne l'oublie pas. Il faut que je découvre aussi leurs paramètres.

Une expression de souffrance revint sur son visage, le tordant jusqu'à ce que son doux visage soit au bord de se froisser, comme celui d'une poupée de celluloïd en feu.

– J'ai quelque chose à te dire sur cette vieille femme, Carlotta, et sur mon pouvoir... commença-t-elle.

– Tu n'es pas obligée d'en parler.

– Elle savait que j'allais la tuer. Elle m'a provoquée exprès. J'en jurerais.

– Pourquoi?

– Cela faisait partie de son plan. Je n'arrête pas d'y penser. Elle voulait peut-être me briser, briser ma confiance. Elle n'a pas cessé de culpabiliser Deirdre pour la blesser et c'est ce qu'elle a probablement fait avec Antha. Mais je n'ai pas l'intention de m'appesantir là-dessus. Nous avons tort de parler d'eux et de ce qu'ils veulent : Lasher, les visions, la vieille femme. Ils ont tracé des cercles pour nous et je ne veux pas y entrer.

– Je ne sais que trop ce que tu veux dire!

Il la quitta lentement des yeux et prit ses cigarettes dans sa poche. Plus que trois. Il lui en offrit une mais elle refusa. Elle l'observait.

– Un jour, nous pourrons nous asseoir à table, boire un verre de vin ensemble, ou de bière, et parler d'eux. De Petyr Van Abel, Charlotte, Julien et tous les autres. Mais pas maintenant. Pour l'instant, je veux faire la part des choses, séparer le tangible du mystique. Et j'aimerais que tu fasses pareil.

– Je te suis parfaitement. (Il chercha ses allumettes.) Oh! je n'en ai plus. Je les ai données à un vieux.

Elle glissa sa main dans la poche de son pantalon, en extirpa un fin briquet en or et lui alluma sa cigarette.

– Merci.

– Chaque fois que nous nous concentrons sur eux, le résultat est le même. Nous devenons passifs et confus.

– Tu as raison.

Il repensa au temps passé dans sa chambre sombre de Liberty Street à essayer de se rappeler et de comprendre.

– Nous devenons passifs et confus, répéta-t-elle. Et nous ne sommes plus maîtres de notre réflexion, ce qui est exactement le contraire de ce que nous devons faire.

– Je suis d'accord avec toi. J'aimerais seulement avoir ta sérénité et me contenter de ces demi-vérités sans avoir besoin de plonger dans les ténèbres pour me perdre en hypothèses.

– Ne te laisse pas manipuler. Trouve l'attitude qui te donnera le maximum de force et de dignité, quoi qu'il puisse arriver.

– Tu veux dire tendre à la perfection?

– Quoi?

– En Californie, tu m'as dit que nous devrions tous essayer de tendre à la perfection.

– Ah oui! j'ai dit ça. Eh bien, j'y crois. J'essaie toujours d'imaginer la chose parfaite à faire. Ne me considère pas comme un monstre si je ne fonds pas en larmes, Michael. Ne crois pas que j'ignore ce que j'ai fait à Karen Garfield et au docteur Lemle. Ou à cette petite fille. J'en suis parfaitement consciente.

– Rowan, je ne voulais...

– Avant de te rencontrer, j'ai pleuré pendant un an. J'ai commencé à la mort d'Ellie. Ensuite j'ai pleuré dans tes bras. Et encore quand on m'a annoncé au téléphone la mort de Deirdre, que je n'avais même pas connue. J'ai pleuré quand je l'ai vue dans son cercueil. J'ai pleuré pour elle hier soir. Et j'ai pleuré pour la vieille femme aussi. Mais je ne vais pas passer ma vie à verser des larmes. J'ai maintenant cette maison, ma famille et l'histoire qu'Aaron m'a donnée. Et puis je t'ai. J'ai une chance inespérée, alors sur quoi pourrais-je bien pleurer? Je te le demande.

Elle le fixait des yeux, bouillant littéralement de rage et en proie à une lutte intérieure.

– Tu vas finir par me faire pleurer si tu continues, Rowan.

Elle rit malgré elle. Son visage s'adoucit magnifiquement.

– D'accord, j'arrête, dit-elle. Mais avant, il faut que je te dise qu'une seule chose pourrait encore me faire pleurer. Ce serait de te perdre.

– Bien, murmura-t-il.

Il l'embrassa furtivement avant qu'elle réussisse à l'en empêcher. Elle fit un petit geste pour qu'il se rassoie et l'écoute sérieusement.

– Dis-moi, qu'est-ce que tu veux faire, toi? Qu'y a-t-il au fond de toi en ce moment?

– Je veux rester ici. Je me demande ce qui m'a pris de quitter cet endroit.

– Bon, voilà ce qui s'appelle parler. Nous sommes enfin revenus dans la réalité.

Elle sourit.

– Tu vois, je suis enfin chez moi et, quoi qu'il arrive, je veux y rester.

– Qu'ils aillent tous au diable, Michael. Ignorons-les jusqu'à ce qu'ils nous donnent une raison de faire autrement.

Comme elle était mystérieuse! Quel mélange déconcertant de rudesse et de douceur! Il avait peut-être commis l'erreur de confondre force et froideur chez les femmes. C'était une erreur courante de la part des hommes.

– Ils reviendront vers nous, dit-elle. Ils y seront obligés. Et, au moment opportun, nous déciderons de ce que nous devrons faire.

– Tu as raison. Et si j'enlevais mes gants? Crois-tu qu'ils reviendraient tout de suite?

– De toute façon, pas question de retenir notre respiration jusque-là.

– Non, dit-il en riant.

Il se sentait de plus en plus serein, plein d'enthousiasme. Seule persistait une légère trace d'inquiétude malgré les paroles revigorantes de Rowan.

Il regarda vers le miroir à l'autre extrémité de la pièce et y aperçut les réflexions à l'infini des lustres, innombrables, dans une tache floue de lumière argentée, en marche vers l'éternité.

– Tu aimes m'aimer? demanda-t-elle.

– Quoi?

– Ça te plaît? insista-t-elle d'une voix frémissante.

– Oui, j'aime t'aimer. Mais j'ai un peu peur parce que tu ne ressembles à aucune autre personne que j'ai connue. Tu es si forte.

– Oui. Je pourrais te foudroyer sur place si je le voulais. Toute ta force d'homme n'y pourrait rien.

– Ce n'est pas ce que j'ai voulu dire.

Il se retourna pour la regarder. L'espace d'un instant, le visage de Rowan devint incroyablement froid et fourbe, les paupières à demi closes et les yeux brillants. Elle avait cet air de méchanceté qu'il lui avait déjà vu à Tiburon.

Elle se redressa lentement dans un bruissement de tissu et, instinctivement, il s'écarta d'elle. Il avait la chair de poule. C'était le même genre de frayeur que lorsqu'on aperçoit un serpent dans l'herbe à quelques centimètres de ses chaussures ou quand, dans un bar, le type assis à côté de soi se retourne avec un couteau à cran d'arrêt pointé sur soi.

– Mais qu'est-ce que tu as? murmura-t-il.

Il vit alors qu'elle tremblait de tous ses membres, que ses joues étaient tachetées de rose mais blafardes. Elle tendit les mains vers lui, le regarda, puis joignit ses mains en les serrant fort, comme essayant de contenir un sentiment indicible.

– Mon Dieu! dit-elle. Je ne haïssais même pas Karen Garfield. Que Dieu me vienne en aide! Je...

Il voulait désespérément l'aider mais ne savait que faire. Elle tremblotait comme une flamme, mordait sa lèvre inférieure, sa main droite broyant sa main gauche.

– Chérie, arrête! Tu te fais du mal.

Quand il la toucha, il eut l'impression d'un contact avec de l'acier.

– Je jure que je ne le voulais pas. C'est comme une impulsion et je n'ai jamais cru que je pouvais réellement... J'étais si furieuse contre Karen Garfield. Quel culot elle a eu de venir chez Ellie, d'entrer dans sa maison...

– Je sais. Je comprends.

Elle se détourna de lui, replia ses genoux devant sa poitrine et regarda dans le vide. Elle était un peu plus calme mais ses yeux étaient curieusement écarquillés et ses doigts toujours serrés à l'extrême.

– Je suis surprise que tu n'aies pas pensé à la réponse la plus évidente, dit-elle.

– Que veux-tu dire?

– Eh bien que ta mission est peut-être de me tuer.

– Mais comment peux-tu songer à une chose pareille?

Il s'approcha d'elle, balaya les cheveux qui étaient tombés sur le visage de la jeune femme et l'attira vers lui. Elle le regarda comme si elle était à cent lieues de là.

– Chérie, écoute-moi, reprit-il. N'importe qui peut tuer. Rien de plus facile. Il y a des millions de façons de le faire. En tant que médecin, tu en connais même que j'ignore. Cette femme, Carlotta, toute menue qu'elle était, elle a tué un homme qui avait suffisamment de force pour l'étrangler d'une seule main. Les femmes avec qui j'ai dormi pouvaient me tuer n'importe quand dans mon sommeil. Tu le sais. Un scalpel, une épingle à chapeau, un poison. C'est vraiment facile. Mais la grande majorité d'entre nous n'utilise jamais ces moyens et n'y songe même pas. C'est ce qui s'est produit toute ta vie mais aujourd'hui tu sais que tu as un pouvoir qui échappe aux lois du libre choix, de l'impulsion et de la maîtrise de soi. Quelque chose dont la compréhension nécessite une très grande subtilité. Et tu as cette subtilité. Maintenant, tu as la force de comprendre ta force.

Elle acquiesça tout en continuant à trembler.

– Rowan, poursuivit-il, tu m'as demandé d'ôter mes gants le soir de notre rencontre et de tenir tes mains. Je t'ai fait l'amour sans mes gants. Juste ton corps et le mien, nos mains se touchant, les miennes te caressant partout. Et qu'est-ce que j'ai vu, Rowan? Qu'est-ce que j'ai senti? La bonté et l'amour, c'est tout. (Il l'embrassa sur la joue et rejeta en arrière les cheveux tombés sur le front de la jeune femme.) Tu as raison sur bien des points, Rowan, mais pas sur celui-ci. Je ne suis pas là pour te faire du mal. Je te dois la vie.

Il l'embrassa encore mais elle était toujours froide et tremblante, hors de sa portée.

Elle lui prit les mains et les repoussa gentiment, en hochant la tête, avant de les embrasser. Elle n'avait pas envie qu'il la touche.

Il resta un moment à réfléchir, contemplant la longue pièce ornementée, les hauts miroirs et leurs cadres foncés, le vieux piano poussiéreux et les épais rideaux décolorés.

N'y tenant plus, il se leva et se mit à marcher de long en large devant le canapé. Puis, se retournant brusquement, il demanda :

– Il y a un moment, tu as parlé de passivité et de confusion. Eh bien voilà, Rowan, c'est bien de confusion qu'il s'agit.

Recroquevillée sur le canapé, fixant le plancher des yeux, elle ne répondit pas.

Il retourna vers elle et la souleva du canapé pour la prendre dans ses bras. Ses joues étaient toujours pâles malgré les taches roses. Il pressa doucement ses lèvres contre les siennes et ne rencontra aucune résistance, presque de l'indifférence, comme s'il s'était agi de la bouche d'une personne évanouie ou endormie. Puis, lentement, elle revint à la vie. Elle accrocha ses mains autour de son cou et lui rendit son baiser.

– Rowan, lui chuchota-t-il à l'oreille, il y a bel et bien une toile d'araignée et nous sommes en plein dedans. Mais je crois toujours que les gens qui nous ont réunis tous les deux étaient bons. Et ce qu'ils veulent de moi est bon. C'est une conjecture mais j'en suis néanmoins persuadé. De la même façon que je sais que tu es bonne aussi.

Il l'entendit soupirer et sentit la vie dans ses seins pressés contre sa poitrine. Quand elle s'écarta, ce fut avec une grande douceur.

– On s'en fiche pas mal, après tout, murmura-t-elle comme pour elle-même. (Mais elle semblait fragile et incertaine.) Parler, parler, parler! C'est à eux de faire le premier pas maintenant. Tu as fait tout ce que tu pouvais. Et moi aussi. C'est à eux de venir à nous.

– Oui, laissons-les venir.

Elle se tourna vers lui, l'invitant en silence à s'approcher, le visage implorant et presque triste. L'amour qu'il avait pour elle était si précieux et pourtant il avait vraiment peur.

– Qu'allons-nous faire, Michael? dit-elle en souriant magnifiquement.

– Je ne sais pas, chérie. Je ne sais pas, dit-il en haussant les épaules.

– Tu sais ce que je voudrais que tu fasses tout de suite?

– Non mais, quoi que ce soit, je te l'accorde.

Elle prit sa main.

– Parle-moi de cette maison, dit-elle en le regardant droit dans les yeux. Dis-moi tout ce que tu sais sur une maison comme celle-là et si tu penses qu'on peut la sauver.

– Ma chérie, elle n'attend que ça. Elle est aussi solide que n'importe quel château de Montclève ou de Donnelaith.

– Tu peux le faire? Pas de tes propres mains, bien sûr...

– J'adorerais le faire de mes propres mains, dit-il en regardant ses gants. Cela fait trop longtemps que je n'ai pas tenu un marteau et manié une scie. (Il regarda l'arc peint au-dessus d'eux et le plafond fissuré et écaillé.) Oh oui! j'adorerais.

Il se demanda si elle comprenait à quel point c'était important pour lui. Travailler dans une maison comme celle-ci, et celle-ci plus que toute autre, était le rêve de toute sa vie. Il se rappela son enfance, quand il se tenait devant la grille, quand il allait dégoter à la bibliothèque de vieux livres contenant des illustrations de cette maison, de la pièce où il se trouvait maintenant, de cette entrée. Jamais il n'aurait cru qu'il visiterait un jour cet endroit.

Dans sa vision, la femme avait dit: « Convergeant en ce moment même vers le temps, cette maison et le moment crucial où... »

– Michael? Tu veux le faire?

Comme derrière un voile, il vit que le visage de Rowan s'était éclairé comme celui d'un enfant.

« C'est vous, Deborah? »

– Michael, enlève tes gants! dit Rowan sur un ton qui le surprit. Remets-toi au travail! Redeviens toi-même! Depuis cinquante ans, personne n'a été heureux dans cette maison, personne n'y a aimé! Le temps est venu pour nous de nous aimer dans ce lieu, de nous l'approprier. Je l'ai su dès que j'ai achevé la lecture du dossier. Michael, nous sommes chez nous ici.

« Mais tu peux changer... Ne pense pas une seconde que tu n'en as pas le pouvoir, car ce pouvoir vient de... »

– Michael! Réponds-moi.

« Changer quoi? Ne me laissez pas comme ça. Dites-moi! »

Mais c'était fini. Il se rappela soudain la présence de Rowan. Elle attendait qu'il lui réponde.

La maison aussi attendait, majestueuse sous les couches de rouille et de saleté, sous ses ombres et ses treilles emmêlées, dans la chaleur et l'humidité.

– Oui, chérie, oui, dit-il comme s'éveillant d'un rêve, les sens soudain aiguisés par le parfum du chèvrefeuille, le chant des oiseaux et la chaleur du soleil.

Il se retourna.

– La lumière, Rowan. Il faut laisser entrer la lumière. Viens! dit-il en lui prenant la main. Voyons si nous pouvons ouvrir ces vieux volets.

Trente et un

Tranquillement, ils commencèrent l'exploration de la maison. Au début, ils eurent l'impression d'avoir échappé à l'attention des gardiens d'un musée et n'osaient pas abuser de cette liberté fortuite.

Mais, petit à petit, la chaleur ombragée se faisant de plus en plus familière, ils s'enhardirent. Rien que dans la bibliothèque, ils passèrent une heure à feuilleter les grands classiques reliés de cuir et les vieux registres de la plantation de Riverbend, déçus lorsqu'ils virent qu'ils étaient gorgés d'humidité et fichus. Tous les comptes étaient pratiquement illisibles.

Ils ne touchèrent pas les papiers du bureau que Ryan Mayfair voulait récupérer mais passèrent en revue les portraits encadrés accrochés aux murs.

– Ce doit être Julien.

Un bel homme ténébreux et souriant.

– Qu'est-ce qu'il y a derrière lui?

L'arrière-plan s'était tellement assombri avec le temps que Michael le distinguait à peine. Puis il s'aperçut que Julien se tenait sous le porche du devant de la maison.

– Oui, et là, cette vieille photo, ce doit être Julien et ses fils. Celui qui est juste à côté de lui, c'est Cortland. C'est mon père.

Là encore, ils étaient regroupés sous le porche, souriants. Comme ils avaient l'air gais et vifs!

Et que verrais-tu si tu les touchais, Michael? Comment sais-tu si ce n'est pas ce que veut Deborah?

Dans le petit office haut de plafond, ils découvrirent une kyrielle de rayons garnis de fabuleux services en porcelaine : Minton, Lenox, Wedgwood, Royal Doulton. Des motifs fleuris, orientaux, bordés d'or et d'argent.

Il y avait des caisses et des caisses d'argenterie, des centaines de pièces très ouvragées, nichées dans du feutre, dont des services très anciens marqués de l'initiale « M ».

Ils trouvèrent des chandeliers en argent, des soupières à punch, des plats de service, des assiettes à pain et à beurre, de vieux pichets à eau, des cafetières, des théières et des carafes. Ils avaient l'impression délicieuse de chiner. En frottant du doigt les pièces en argent oxydées, ils mettaient à nu, comme par magie, le brillant du métal précieux.

Au fond des placards, ils dénichèrent des bols de toutes tailles en cristal taillé, des plats et des assiettes en cristal au plomb.

Les nappes et les piles de serviettes anciennes étaient hors d'usage. Le fin coton et la dentelle avaient pourri sous l'effet de l'humidité, seul le monogramme « M » brodé sur chaque pièce de linge ayant été épargné.

Comme par miracle, plusieurs, enveloppées dans du papier bleu et conservées dans un tiroir en cèdre, en avaient réchappé. Il y avait de la dentelle ancienne merveilleusement jaunie par le temps et, au milieu, des ronds de serviette faits d'os, d'argent et d'or.

Le soleil de fin d'après-midi se déversait en rayons obliques à travers les fenêtres de la salle à manger. Les fresques murales étaient vibrantes de vie, révélant un tas de petits personnages égaillés dans les champs de la plantation. La grande table oblongue, fine et robuste à la fois, n'avait probablement pas bougé depuis un siècle. Des chaises Chippendale au dossier savamment sculpté étaient alignées contre le mur.

– Dînerons-nous un jour aux chandelles dans cette pièce?

– Oui, murmura-t-elle. Oui!

Dans le grand office, ils trouvèrent des pièces de verrerie délicates en nombre suffisant pour un banquet royal : des timbales de belle facture, des gobelets à fond épais bordés de fleurs, des verres à xérès, à cognac, à vin blanc et à vin rouge, des coupes à champagne, des verres au plomb, des verres à dessert et des décanteurs assortis, à bouchon de verre, des pichets en cristal taillé et, là encore, des dizaines de jolis plats étincelant dans la lumière.

Tant de trésors, songea Michael. Tout semblait attendre un coup de baguette magique pour reprendre vie.

– Je rêve de grandes réceptions, dit Rowan. Comme autrefois. Je réunirai tous les Mayfair et je couvrirai la table de mets délicieux.

Michael observa son profil en silence. Elle tenait dans sa main un long verre à pied très délicat et admirait ses reflets dans la lumière.

– Tout est si gracieux et tentant, dit-elle. Je ne pensais pas que la vie pouvait être comme ce à quoi elle ressemble ici. J'ignorais qu'il existait des maisons comme celle-ci en Amérique. Comme tout cela est étrange! J'ai voyagé dans le monde entier mais je n'ai jamais vu d'endroit comme celui-ci. On dirait que le temps l'a complètement oublié.

Michael ne put réprimer un sourire.

– Les choses changent très lentement par ici. Dieu en soit remercié.

Ils sortirent dans le jardin, tournèrent autour de la vieille piscine et sa cabane à l'abandon.

– Tout est très solide, expliqua Michael en examinant les portes coulissantes, le lavabo et la douche. C'est réparable. Regarde, c'est du cyprès. C'est indestructible. Et la tuyauterie est en cuivre. Je réparerai tout ça en un ou deux jours.

Ils traversèrent les hautes herbes jusqu'aux anciennes dépendances. Il ne restait plus qu'une partie de la charpente, tout à fait derrière.

– Pas si mauvais que ça, dit Michael. Ce devait être un logement pour les domestiques.

Ils trouvèrent le chêne dans lequel Deirdre grimpait se réfugier. Il s'élevait à vingt-cinq mètres environ au-dessus de leurs têtes. Son feuillage était sombre et poussiéreux. Au printemps, ses jeunes feuilles allaient être d'un joli vert tendre. De généreux massifs de bananiers s'épanouissaient au soleil. A l'arrière de la propriété, le magnifique mur de brique bordant Chestnut Street était couvert de lierre et de glycine.

– La glycine est encore en fleur, dit Michael. J'adore sa couleur. Quand je passais dans la rue, je la touchais pour regarder les pétales frémir.

Pourquoi diable n'enlèves-tu pas tes gants un instant, juste pour sentir ces tendres pétales sous tes doigts?

Rowan avait les yeux fermés. Écoutait-elle le gazouillis des oiseaux? Il embrassa du regard l'aile arrière du corps de maison principal. Ces porches étaient réservés aux domestiques, avec leurs balustrades blanches et le treillage blanc qui préservait leur intimité. La vue du treillage le rendit heureux. Toutes ces couleurs et ces textures étaient celles de chez lui.

Chez lui. Comme s'il avait vécu ici! Les autres passants qui avaient admiré la maison l'avaient-il aimée autant que lui? D'une certaine façon, il y avait toujours vécu puisque, depuis son départ, il n'avait pensé qu'à elle...

Tu ne peux pas imaginer la force de l'attaque...

– Michael?

– Oui, chérie.

Il l'embrassa et respira la délicieuse odeur du soleil dans ses cheveux. La chaleur faisait luire la peau de Rowan. Il ouvrit grand les yeux et laissa la lumière de l'après-midi les remplir, bercé par le doux bourdonnement des insectes.

Des tissus de mensonges...

Rowan passa devant lui dans les hautes herbes.

– Il y a des dalles ici, Michael. Tout est dallé!

Il la suivit dans le jardin de devant. Ils découvrirent des petites statues grecques, des satyres en ciment magnifiquement patinés par le temps, leurs yeux aveugles regardant à travers les massifs de buis, une nymphe de marbre perdue dans les sombres camélias cireux et un minuscule lantanier fleurissant superbement.

Ils aperçurent la forme blanche du fauteuil à bascule de Deirdre au-dessus des treilles.

– Ils ont dû les tailler pour qu'elle puisse voir, dit-il. Regarde comme elles ont poussé de l'autre côté, luttant contre les bougainvillées.

– Tout ça nous appartient, maintenant. A toi et à moi.

Comme elle avait l'air innocente! Comme son doux sourire était sincère! Elle l'entoura de ses bras.

– Et si tout était pourri à l'intérieur, Michael? Combien de temps faudrait-il pour remettre en état tout ce qui a besoin de l'être?

– Viens ici et regarde, dit-il. Les porches des domestiques s'élèvent bien droit. Les fondations de cette maison sont en parfait état. Il n'y a apparemment aucune fuite au premier étage. Aucune! Autrefois, c'était par là que les domestiques entraient et sortaient. C'est pourquoi il y a tant de portes-fenêtres. J'ai vérifié une à une les fenêtres et les portes. Elles sont toutes d'aplomb.

Rowan leva les yeux vers les fenêtres de la chambre de Julien. Pensait-elle à nouveau à Antha?

– Je sens la malédiction quitter cette maison, murmura-t-elle. C'était cela qui était prévu. Que nous venions ici pour nous aimer et redonner vie à cette maison.

Oui, c'est ce que je crois, pensa-t-il. Mais il ne dit rien. Le calme qui les entourait lui semblait peut-être trop vivant. Il avait peur de réveiller quelque chose d'invisible qui observait et écoutait.

– Tous les murs sont en brique solide, Rowan. Et certains font jusqu'à cinquante centimètres d'épaisseur. Je les ai mesurés avec la main en passant les différents seuils. Ils ont été couverts de plâtre à l'extérieur pour que la maison semble faite de pierre. C'était la mode à l'époque. Tu vois le rainurage de la peinture? C'était pour donner l'illusion que la maison était construite en gros blocs de pierre. Quel mélange de styles! Du fer forgé ouvragé, des colonnes corinthiennes, doriques et ioniques et des encadrements de portes en trous de serrures!

– Ah oui! les trous de serrures, dit-elle. Au fait, je voulais te dire que j'en ai vu ailleurs. C'était sur la tombe des Mayfair. Tout en haut.

– Comment ça, tout en haut?

– Il y a une sorte d'encadrement de porte sculpté, comme dans la maison. Je te montrerai. Nous pourrions y aller aujourd'hui ou demain.

Pourquoi cela le mettait-il mal à l'aise? Une embrasure de porte sculptée sur la tombe? Il détestait les cimetières et les tombes. Mais, tôt ou tard, il fallait qu'il aille voir. Il continua à parler, refoulant son sentiment de malaise, désireux de se concentrer sur la maison devant lui, baignée de soleil.

– Il y a aussi des fenêtres sculptées au nord, dit-il. C'est une influence architecturale que l'on nomme l'italianisme. Mais le tout se tient quand même. Ces plafonds hauts de quatre mètres cinquante sont faits pour ce climat. Ce bâtiment est une citadelle contre la chaleur.

Rowan passa son bras autour de la taille de Michael et le suivit à l'intérieur. Ils montèrent le long escalier obscur.

– Regarde, le plâtre tient bien, expliqua-t-il. Il est sûrement d'origine. C'est l'œuvre de fabuleux artisans. Il n'y a pas la moindre fissure. Quand je descendrai sous la maison, je suis certain de découvrir que les murs plongent droit dans le sol et que les bases sont impeccables. C'est évident. Tout est de niveau et bien solide.

– Et moi qui ai cru qu'elle était fichue, la première fois que je l'ai vue.

– Essaie d'imaginer ces murs sans ce vieux papier peint et repeins-les avec des couleurs vives et chaudes. Essaie de voir toutes ces boiseries en laqué blanc.

– Elle est à nous. A partir de maintenant, la suite du dossier Mayfair, c'est nous.

– L'histoire de Rowan et Michael, dit-il en esquissant un sourire. (Il s'arrêta en haut de l'escalier.) Au second étage, tout est encore plus simple. Les plafonds sont moins hauts de cinquante centimètres et il n'y a pas de moulure en forme de couronne. Tout est à une moindre échelle.

Elle rit et secoua la tête.

– Et quelle est la hauteur de ces pièces? Quatre mètres?

Ils rebroussèrent chemin et pénétrèrent dans la première chambre du devant de la maison. Ses fenêtres ouvraient à la fois sur les porches de façade et de côté. Le livre de prières de Belle était posé sur la commode. Son nom était gravé en lettres dorées sur la couverture. Aux murs, des photos encadrées étaient suspendues à des chaînes rouillées.

– Encore Julien. C'est sûrement lui, dit Michael. Et Mary Beth. Regarde comme tu lui ressembles, Rowan.

– C'est ce qu'on m'a dit.

Le chapelet de Belle, son nom gravé au dos du crucifix, était resté sur l'oreiller du lit à baldaquin. Quand Michael toucha l'édredon en plume, de la poussière s'envola. Le ciel de lit en satin était orné d'une couronne de roses.

– Michael, c'est la plus belle chambre, dit Rowan derrière lui. Elle donne à la fois sur le sud et l'ouest. Aide-moi à ouvrir la fenêtre.

Ils forcèrent le loquet récalcitrant.

– On se croirait dans une cabane perchée dans un arbre, reprit Rowan.

Elle sortit sur la galerie, posa une main sur la colonne corinthienne cannelée et regarda les branches tordues des chênes.

– Regarde les fougères qui poussent sur les branches, Michael. Des centaines de fougères miniatures. Et là! Un écureuil! Deux, même! Nous les avons effrayés. C'est étrange. On a l'impression d'être dans un bois. Il n'y a qu'à enjamber la balustrade et nous pourrions grimper dans les arbres, jusqu'au ciel.

Michael vérifia l'état des chevrons.

– C'est solide, comme le reste. Et le fer forgé n'est même pas rouillé. Il a juste besoin d'un bon coup de pinceau. Pas de fuite dans l'auvent non plus.

Il parcourut des yeux les petits oliviers le long de la grille de devant. Il se revoyait enfant devant le portail. Rowan lui prit soudain la main et l'entraîna à l'intérieur.

– Regarde, cette porte communique avec la chambre d'à côté. Nous pourrions en faire un salon. Et les deux pièces donnent sur le porche latéral.

Michael fixait une photographie dans un cadre ovale. Ce devait être Stella.

– Ne serait-ce pas merveilleux? dit-elle. Ce sera le salon.

Il regarda à nouveau la couverture de cuir blanc du missel et les mots « Belle Mayfair » en lettres d'or. Juste une seconde, se dit-il, le toucher et me dire que Belle était si douce et si bonne. Comment pourrait-elle te faire du mal?

– Michael?

Non, il ne fallait pas. S'il commençait, il ne pourrait plus s'arrêter. Et ces chocs électriques qui le transperçaient quand il utilisait son pouvoir le tueraient. Et la cécité, l'inévitable cécité qui le frappait quand les images voltigeaient tout autour de lui. Et la cacophonie de toutes les voix. Non, ne le fais pas. Personne ne t'a dit que tu devais le faire.

Soudain, la pensée que quelqu'un pourrait l'y obliger, lui arracher ses gants et le forcer à toucher ces objets lui fut insupportable. Il se sentait lâche. Et Rowan qui l'appelait! En partant, il jeta un dernier regard sur le livre de prières.

– Michael, c'était sûrement la chambre de Millie. Elle a aussi une cheminée.

Rowan se tenait devant une haute commode, un mouchoir monogrammé à la main.

– Ces chambres me font l'effet de lieux saints, dit-elle.

– Oui, elles ont toutes des cheminées, dit-il d'un air absent. Je vais examiner les briques des foyers. Ces petits âtres n'étaient pas faits pour le bois mais pour le charbon.

Rowan était devant la porte du placard.

– Tu sens cette odeur, Michael?

– Enfin, Rowan Mayfair, tu n'as jamais senti l'odeur du camphre dans une vieille penderie?

Elle rit doucement.

– Je n'ai jamais vu de vieille penderie, Michael Curry. Je n'ai jamais vécu dans une vieille maison ni même visité un vieil hôtel. Pour mon père adoptif, rien ne valait la pointe du modernisme. Et Ellie ne supportait pas la vue de ce qui était vieux ou usé. Elle jetait tous ses vêtements au bout d'un an.

– Tu n'as pas l'impression d'être tombée sur une autre planète?

– Non, pas vraiment. C'est juste une autre dimension.

Elle effleura pensivement les vieux vêtements accrochés dans la penderie. Elle ne voyait que des ombres.

– Et dire qu'on arrive à la fin du siècle et qu'elle a toujours vécu dans cette pièce. (Elle recula.) Dieu que je déteste ce papier peint! Regarde, il y a une fuite là!

– Eh bien on refera le plafond. Deux jours de travail.

– Tu es un génie.

Il rit en hochant la tête.

– Regarde cette vieille salle de bains, dit Rowan. Chaque chambre a la sienne. J'essaie d'imaginer tout ça propre et terminé...

– Moi, je vois parfaitement bien le résultat.

La chambre de Carlotta était au fond du couloir. On aurait dit une grande caverne lugubre avec son lit à baldaquin au taffetas fané et ses quelques chaises à housse. La pièce sentait le renfermé. Une étagère était garnie de livres de droit et d'ouvrages de référence. Ici, il y avait un chapelet et un livre de prières. On aurait dit qu'elle venait de les poser. Et là, ses gants blancs, une paire de boucles d'oreilles en camée et une rangée de perles noires.

– On appelait ce genre de collier les perles de Grand-Maman, dit Michael. J'avais complètement oublié ce détail.

Il tendit le bras pour les toucher puis retira vivement sa main gantée, comme s'il s'était approché d'une source de chaleur.

– Je ne me sens pas bien ici, dit Rowan. Je ne veux pas toucher ce qui lui a appartenu. (Elle avait l'air dégoûtée par les objets posés sur la commode et par les vieux meubles.) Ryan a dit que Gerald Mayfair va venir chercher tout ça. Elle a légué ses effets personnels à la grand-mère de Gerald.

Rowan se retourna brutalement, comme si quelque chose l'avait surprise, et regarda d'un air presque furieux le miroir accroché entre les fenêtres latérales.

– Encore cette odeur de camphre!

Ils passèrent par la porte arrière de la chambre. Elle ouvrait sur un petit couloir d'où partaient quelques marches donnant sur deux petites chambres en enfilade.

– C'était là que les servantes devaient dormir autrefois, expliqua Michael. C'est l'aile des domestiques. Mais ils n'ont certainement pas utilisé cette porte de communication car elle est relativement récente. On a percé le mur de brique. Autrefois, les employés entraient dans la maison principale par le porche.

Ils retournèrent dans la grande chambre. Rowan passa avec précaution sur le tapis usé et Michael la suivit jusqu'à la fenêtre. Ils repoussèrent doucement le rideau fragile pour regarder les trottoirs de Chestnut Street et la belle façade de la grande maison d'en face.

– Regarde, elle donne sur le fleuve, dit Michael. Et la remise des voitures à cheval est toujours debout. Le stuc se détache des briques. Cette maison aussi a été maquillée en pierre.

– On voit les chênes de toutes les fenêtres, dit Rowan à voix basse, comme pour ne pas déranger la poussière. Le ciel est d'un bleu si profond. Même la lumière est différente ici. On dirait celle de Florence ou de Venise.

– Exactement.

A nouveau, Michael regarda avec appréhension les objets ayant appartenu à cette femme. Le malaise de Rowan était peut-être contagieux. Il s'imagina obligé d'ôter ses gants et de poser sa main nue sur ces objets.

– Qu'y a-t-il, Michael?

– Allons-nous-en, dit-il d'une voix faible.

Il lui attrapa la main et l'entraîna vers le couloir.

Elle le suivit avec réticence dans la chambre de Deirdre. Son trouble et sa révulsion se renforcèrent mais elle était obligée d'y aller. Michael la vit passer un regard avide sur les photos encadrées et les petites chaises victoriennes cannées. Il la serra contre lui quand elle posa les yeux sur la tache du matelas.

– C'est atroce. Je vais faire venir quelqu'un pour nettoyer tout ça.

Il regarda aussi la tache brune ovale dont le centre semblait gluant. La femme avait-elle eu une hémorragie avant de mourir?

– Je ne sais pas, murmura Rowan. (Michael n'avait pourtant pas parlé à voix haute. Elle soupira.) J'ai déjà réclamé son dossier médical. Ryan s'en occupe officiellement. Je lui ai parlé aujourd'hui. Il a appelé le médecin et parlé à l'infirmière, Viola. C'est une vieille femme adorable. Elle a évoqué Dickens à propos de la vie de Deirdre. Tout ce que m'a appris le médecin, c'est qu'il n'y avait aucune raison de l'emmener à l'hôpital. Toute cette histoire est insensée. Il n'a pas apprécié que je lui pose des questions et a sous-entendu que j'avais tort. Pour lui, l'attitude la plus humaine était de la laisser mourir.

Michael resserra son étreinte et effleura la joue de Rowan de ses lèvres.

– Qu'est-ce que c'est que ces bougies? demanda-t-elle en regardant le petit autel. Et cette horrible statue?

– La Sainte Vierge. Quand elle porte un cœur nu, je crois qu'on l'appelle le Cœur immaculé de Marie. Je ne sais plus très bien. Les bougies sont bénites. J'ai aperçu leur lueur de dehors, le premier soir. Je ne savais pas qu'elle était mourante. Si j'avais su... je ne sais pas. Je ne savais même pas qui vivait là.

– Mais pourquoi ces bougies bénites?

– C'est pour réconforter le mourant. Le prêtre vient et lui donne ce qu'on appelle les derniers sacrements. Je l'ai accompagné plusieurs fois quand j'étais enfant de chœur.

– Mais pourquoi ne l'ont-ils pas emmenée à l'hôpital?

– Rowan, si tu avais été là, toi, tu crois que tu aurais pu faire quelque chose? Je ne pense pas. De toute façon, cela n'a plus d'importance.

– Ryan m'a dit qu'il y a dix ans, à peu près, Carlotta lui a supprimé ses drogues. Elle ne réagissait à aucun stimulus. Ryan dit qu'on a tenté tout ce qui était possible. Mais je saurai quand j'aurai vu le dossier. Je me sentirai mieux... ou moins bien.

Elle s'éloigna du lit.

– Elle a arrêté le temps, non? dit-elle en se retournant.

– Qui?

– Cette horrible Carlotta. Elle a arrêté le temps dans cette maison. Imagine des petites filles grandissant dans une maison pareille. On dirait qu'elles n'ont jamais rien eu de joli, ni quelque chose de bien à elles. Son règne est achevé pour toujours.

Soudain, elle alla prendre la Vierge en plâtre et la lança à travers la pièce. La statuette s'écrasa sur le sol de marbre de la salle de bains, brisée en trois morceaux. Elle les regarda fixement, comme choquée par son geste.

Michael était sidéré. Une crainte superstitieuse, totalement irrationnelle, s'empara de lui. La Vierge était cassée. Il aurait voulu prononcer des paroles magiques pour réparer le mal. Ou faire quelque chose comme jeter du sel par-dessus son épaule ou toucher du bois. Puis son œil perçut quelque chose qui brillait dans l'ombre. Un petit tas d'objets scintillants sur la table.

– Regarde, Rowan, dit-il doucement en glissant ses doigts dans le cou de la jeune femme. Regarde sur l'autre table.

A côté de la boîte à bijoux ouverte se trouvait le porte-monnaie de velours dont sortaient des pièces d'or, des perles et des centaines de pierres précieuses.

– Mon Dieu ! laissa-t-elle échapper.

Elle contourna le lit et regarda ce trésor comme s'il était vivant.

– Tu n'y croyais pas ? demanda Michael, incertain d'y avoir cru lui-même. Elles n'ont pas l'air vraies, tu ne trouves pas ?

Elle le regarda par-dessus le lit vide.

– Michael, tu veux bien toucher quelque chose ayant appartenu à Deirdre ? Sa chemise de nuit, par exemple. Ou le lit...

– Non, je ne veux pas. Nous avons dit que...

Elle baissa la tête. Ses cheveux cachaient ses yeux.

– Rowan, ça ne servirait qu'à nous embrouiller, reprit-il. Je verrais probablement l'infirmière qui l'a aidée à enfiler sa chemise de nuit ou le médecin, ou une voiture qu'elle a regardée passer devant la maison. Je ne sais pas me servir de mon pouvoir. Aaron m'a appris quelques rudiments mais je ne maîtrise rien. Je verrais sûrement quelque chose d'horrible et l'idée m'en est insupportable. Cela m'effraie, Rowan, parce qu'elle est morte. Au début, j'ai touché toutes sortes de choses que les gens m'apportaient. Mais je ne peux plus...

– Et si c'était le bonheur que tu voyais ? Tu sais, comme cette femme à Londres qui a touché le vêtement qu'Aaron lui a apporté ?

Sa voix était dénuée de toute provocation. Michael regarda les bougies bénites puis la statue brisée. Il revit la procession de mai et l'immense statue de la Vierge, transportée à travers les rues sur son socle. Des milliers de fleurs. Et il repensa à Deirdre dans le jardin botanique, parlant à Aaron dans la pénombre. « Je veux une vie normale. »

Contournant le lit, il avança vers la commode ancienne et ouvrit le tiroir du haut. Des chemises de nuit en flanelle blanche, un doux parfum de lavande, des vêtements d'été en soie véritable.

Il souleva une fine chemise de nuit rebrodée de fleurs pastel, la posa sur le meuble et ôta ses gants. Il frotta ses mains l'une contre l'autre puis prit le vêtement des deux mains en fermant les yeux.

– Deirdre, chuchota-t-il. Seulement Deirdre.

Un endroit béant s'ouvrit devant lui. Puis, dans une lumière vacillante, il aperçut des centaines de visages. Des voix gémissaient et pleuraient. C'était insupportable. Un homme s'avança vers lui en marchant sur les corps des autres. « Non ! Stop ! » dit-il en lâchant le vêtement. Les yeux toujours fermés, il essaya de se rappeler ce qu'il avait vu l'espace d'un instant. Des centaines de gens remuant dans tous les sens et quelqu'un lui parlant d'une voix narquoise.

– Mais qu'est-ce que c'était ? dit-il en regardant stupidement ses mains.

En bruit de fond, il avait entendu le son cadencé d'un tambour, un son familier.

Mardi gras, des années plus tôt. Dans les rues glaciales, avec sa mère. Oui, c'était bien le même tambour. La lumière venait des flambeaux.

– Je ne comprends pas, dit-il.

– Qu'est-ce que tu dis?

– Ce que j'ai vu n'a aucun sens. (Il lança un regard furieux vers la chemise de nuit et tendit la main pour la reprendre.) Deirdre, dans ses derniers jours, dit-il. (Il toucha doucement le tissu.) Je vois ce qu'elle a vu du porche. Lasher est là, à côté d'elle. Elle est contente qu'il soit là. (Il reposa la chemise de nuit.) Du soleil et des fleurs. Et elle allait... bien.

– Merci, Michael.

– Je ne veux plus recommencer, Rowan. Je suis désolé. Je ne veux plus.

Et pourtant, il était là, dans cette maison si convoitée, et il avait le pouvoir. Et c'était probablement eux qui le lui avaient donné! Il n'était qu'un lâche, lui qui ne cessait de répéter qu'il voulait faire ce qu'ils lui disaient.

Il tendit la main et toucha le pied du lit de Deirdre. Des infirmières, une femme de ménage poussant un aspirateur usé, quelqu'un gémissant en une plainte monocorde. Il laissa ses doigts courir sur le matelas. Une jambe blanche, comme faite en pâte, et Jerry Lonigan soulevant le corps en disant tout bas à son assistant : « Regarde cet endroit, regarde bien. » Quand il toucha le mur, il vit le visage de Deirdre. Un sourire idiot, de la bave sur son menton. Il toucha la porte de la salle de bains et vit une infirmière la brusquant, lui disant de venir, de se remuer un peu, qu'elle le pouvait très bien. Douleur, voix d'homme, va-et-vient de la femme de ménage, bourdonnement des moustiques. Une plaie sur son dos, mon Dieu, regardez, à l'endroit qui frottait depuis des années contre le dossier du fauteuil à bascule, une plaie suppurante enduite de talc, quelle ignominie! Je ne peux plus...

Il se retourna et passa près de Rowan. Il écarta la main qu'elle lui tendait pour l'arrêter. Il toucha la rampe de l'escalier. Une robe de coton, des pieds nus sur le vieux tapis. Quelqu'un qui pleure, qui crie.

– Michael!

Il monta l'escalier en suivant les pieds devant lui. Le bébé pleurait dans le berceau. Ses cris s'entendaient jusqu'en haut.

Odeur de produits chimiques et de pourriture dans les bocaux. Il les avait aperçus la veille. Elle lui en avait parlé mais maintenant il fallait qu'il les regarde, qu'il les touche. Toucher les bocaux ignobles de Marguerite. La main sur la rampe, il revit Rowan monter avec une lampe à la main. Rowan furieuse et misérable, essayant d'échapper à la vieille femme qui la torturait avec ses paroles méchantes. Puis la femme noire avec son chiffon à poussière et un vitrier remplaçant le carreau de la fenêtre surplombant l'auvent. Dieu quelle odeur nauséabonde! La chambre de Deirdre. Le bruit perçant d'autres voix. Et la porte, juste en face, quelqu'un qui rit, un homme parlant en français, mais aucun mot audible, l'odeur est derrière lui.

C'est la chambre de Julien, son lit. Encore un rire, mêlé cette fois de pleurs de bébé. Quelqu'un montant l'escalier en courant, juste derrière lui. En touchant la porte, il vit encore Eugenia se plaignant de l'odeur. La voix monotone de Carlotta, des mots indiscernables et la sinistre tache là où Townsend était étendu, tentant de respirer par le trou du tapis. La cheminée, Julien. Le même homme, oui, celui qu'il avait vu en touchant la chemise de nuit de Deirdre. Oui, toi, Julien, le regardant. Je te vois. Les bruits de pas encore. Non, je ne veux pas voir ça. Mais il tendit la main vers le rebord de la fenêtre, attrapa le cordon du rideau et le fit remonter dans un grincement. Les fenêtres sales.

Antha passa près de lui en coup de vent, plongea par la fenêtre, se précipitant vers le toit en dessous, terrifiée, les cheveux en bataille collés contre son visage mouillé. Son œil! Il pend sur sa joue! « Ne me fais pas de mal! Ne me fais pas de mal! Lasher, aide-moi! » sanglote-t-elle.

– Rowan!

Et Julien, pourquoi n'intervient-il pas? Pourquoi reste-t-il là à pleurer en silence, sans rien faire. « Tu peux appeler le diable et tous les saints, ils ne t'aideront pas », dit Carlotta en se penchant par la fenêtre.

Et Julien qui ne bouge toujours pas. « Je te tuerai, je te tuerai, tu ne... », dit encore Antha.

Elle est partie, elle est tombée. Son cri tourbillonne comme un grand drapeau rouge gonflé par le vent. Julien cache son visage dans ses mains. Impuissant. Le chaos revient. Carlotta devient floue. Michael s'agrippe au montant du lit de fer. Julien est assis, très distinct pendant un court moment. Je te connais, avec tes yeux sombres, ta bouche souriante, tes cheveux blancs. Ne me touche pas! « Eh bien, Michael, enfin! »

Sa main s'écrase sur les caisses empilées sur le lit, qu'il ne voit pas. Il ne voit rien d'autre que la lumière vacillante qui donne forme à l'image d'un homme assis sur les couvertures. Puis plus rien. Ça revient. Julien essaie de sortir du lit... « Non, ne vous approchez pas de moi! »

– Michael!

Il jette les caisses par terre et trébuche sur les livres. Les poupées, où sont les poupées? Dans la malle. C'est ce qu'a dit Julien, n'est-ce pas? Il l'a dit en français. Un rire, un chœur de rires. Un bruissement de jupes autour de lui. Son genou heurte quelque chose et il se met à ramper vers la malle. Loquets rouillés. Pas grave. Il soulève le couvercle. L'image floue de Julien tend un doigt vers la malle. Michael rabat violemment le couvercle. Les gonds sautent. Qu'est-ce que c'est que ce bruit de taffetas autour de lui? De pieds raclant le sol. Et ces silhouettes penchées sur lui, qui vont et qui viennent. « Allez-vous-en! Laissez-moi respirer! Laissez-moi regarder! » Le bruissement ressemble à celui des robes des bonnes sœurs de l'école, celles qui couraient dans les couloirs pour frapper les garçons et les faire mettre en rangs.

« Regarde les poupées ! Ne les abîme pas ! Elles sont si vieilles et fragiles avec leurs affreux visages gribouillés tournés vers toi. Regarde celle-là, avec ses yeux en boutons et ses nattes grises, et ses petits vêtements d'homme, parfaitement cousus, jusqu'au pantalon. Mais ce sont des os humains ! »

Mary Beth ! Il la prend dans ses mains. Sa jupe à godets effleure son visage. S'il lève les yeux vers elle, il verra qu'elle le regarde. Il l'a déjà vue. Il n'y a aucune limite à ce qu'il peut voir. Mais ses visions ne cessent de se troubler. Rowan s'approche comme à travers une déchirure dans un morceau de tissu, le prend par le bras et, soudain, il voit Charlotte. A-t-il touché la poupée ? Il baisse les yeux. Elles sont disposées çà et là sur le coupon de mousseline.

Mais où est Deborah ? Deborah, il faut que tu me dises... Il replie le tissu. Entend-il pleurer ? Quelqu'un a pleuré ? C'est le bébé dans le berceau ou Antha sur le toit. Ou tous les deux. Encore Julien, parlant rapidement en français, un genou à terre, près de lui. Je ne comprends pas. Un millième de seconde. Parti. Vous allez me rendre fou. A quoi servirai-je si je deviens fou ? Débarrassez-moi de toutes ces jupes !

– Michael !

Il plonge la main sous la mousseline. Il sent sous ses doigts la plus ancienne des poupées, tout osseuse, et au-dessus, il voit les cheveux blonds de Charlotte. Cela signifie que la frêle petite chose entre elles deux est sa Deborah. Des insectes s'en échappent au moment où il la touche. Ses cheveux se désagrègent. Mon Dieu, elle tombe en miettes ! Même les os ! D'horreur, il recule. Ca sent le brûlé, il voit un corps se tordre sur un bûcher et une voix lui ordonne en français de faire quelque chose. Oui, mais quoi ?

– Deborah, dit-il en la touchant à nouveau. Deborah !

Elle est si abîmée qu'il a peur que son simple souffle ne la détruise définitivement. Stella rit. « Parle-moi ! » dit-elle les yeux fermés. A côté d'elle, le jeune homme rit. Vous ne croyez tout de même pas que ça va marcher ! Que voulez-vous de moi ?

Les jupes se pressent tout autour de lui. Des voix parlent en français et en anglais. Il essaie d'attraper Julien. Il le faut. Mais c'est comme essayer de capturer une pensée, un souvenir, quelque chose qui voltige dans l'esprit pendant que l'on écoute de la musique. Il pose sa main sur la petite poupée de Deborah et l'écrase contre les autres. Les détruire.

– Deborah !

Rien, rien. Qu'est-ce que j'ai fait ? Dites-le-moi !

Rowan l'appelle. Elle le secoue et le frappe presque.

– Arrête ! dit-il. Elles sont toutes ici, dans cette maison. Tu ne vois pas ? Elles attendent, elles... elles...

Comme elle était forte ! Elle n'abandonna pas et le força à se mettre debout.

– Laissez-moi tranquille !

Il les voyait partout.

– Michael! Arrête! Ça suffit maintenant, arrête!...

Sortir d'ici.

Il s'accrocha au chambranle de la porte. En se retournant vers la chambre, il ne vit que les caisses et les livres. Son visage était dégoulinant de sueur. Et ses vêtements étaient trempés. Il passa ses mains nues sur sa chemise en tremblant. Il vit Rowan et un tas de gens autour de lui. Mais rien de distinct. Il en avait assez de tous ces visages anonymes, de ces impressions fugitives qui se succédaient à toute allure. Et l'odeur des bocaux...

C'est cela que vous vouliez? Que je revienne pour toucher des objets et que je comprenne? Deborah, où es-tu?

Pourquoi riaient-ils tous? Eugenia encore, avec son chiffon à poussière. Pas vous! Allez-vous-en! Je veux voir les morts, pas les vivants! Le rire de Julien. Et encore ces pleurs qui n'en finissaient pas. Et une voix basse maudissant on ne sait qui : « Je te tuerai, te tuerai, te tuerai. »

– Ça suffit, Michael! Arrête!

– Non, il y a encore les bocaux. Ça ne suffit pas. Il faut que je règle ça une bonne fois pour toutes.

Il repoussa Rowan, étonné encore une fois par la force avec laquelle elle essayait de l'arrêter. Il ouvrit la porte du placard. Si seulement ils pouvaient tous arrêter de parler. Et qu'on fasse taire ce bébé!

Les bocaux.

L'odeur était pestilentielle. Il posa sa main sur le verre sale et, à travers ses doigts écartés, aperçut un œil fixé sur lui. Mon Dieu, une tête humaine! Mais ses mains sur le bocal ne percevaient rien de précis, seulement des images aussi troubles que le liquide à l'intérieur du récipient.

Ses doigts s'attaquèrent au cachet de cire. La magnifique femme en chair et en os sur le seuil de la porte était Rowan.

Il brisa le cachet et plongea une main dans le liquide, les narines agressées par l'odeur toxique qui s'en dégageait. Il eut un haut-le-cœur qui ne l'empêcha pas de saisir la tête par ses cheveux gluants comme des algues, dont la majeure partie se détacha.

La tête était à moitié décomposée. Il avait le pouce enfoncé dans la joue putride. En extrayant l'objet macabre, il heurta le récipient contre le sol et fut aspergé du liquide puant. Tenant la tête à bout de bras, il l'entendit parler. Ses traits bougeaient et elle riait aussi. Les cheveux étaient bruns et les yeux injectés de sang marron. Du sang coulait de la bouche morte qui parlait.

« Eh oui, Michael. Je serai de chair et de sang quand tu ne seras plus que des os. »

L'homme dans son entier était assis sur le lit, nu et mort mais cependant vivant parce que habité par Lasher. Il battait des bras et ouvrait la bouche. A côté de lui, Marguerite, la chevelure ébouriffée, la main posée sur l'épaule de l'homme, sa grande jupe de taffetas étalée en un cercle de lumière rouge autour d'elle, tenant le cadavre exactement comme Rowan essayait de le tenir maintenant.

Michael laissa échapper la tête qui tomba sur le lit. Il se mit à genoux, près de vomir. Il sentit son estomac se contracter et une douleur enserrer ses côtes. Vomir. Je ne peux pas me retenir. Il se retourna, essaya de ramper... et répandit le contenu de son estomac sur le sol.

Rowan le prit par les épaules. Il aperçut la tête sur le lit. Il voulait parler à Rowan mais sa bouche était pâteuse. Mon Dieu, quels dégâts! Il y avait du vomi partout.

– Lasher, dit-il à Rowan en s'essuyant la bouche. Il est dans la tête.

« Michael, quand tu ne seras plus qu'un tas d'os, comme ceux que tu tiens dans tes mains. »

– De la chair? C'est de la chair?

Il donna un coup dans la tête qui roula par terre comme une balle de caoutchouc.

– Michael!

Il avait à nouveau la nausée mais cette fois il allait se retenir. Il prit appui sur le bord de l'étagère pour se relever. Eugenia. « Je déteste l'odeur qu'il y a ici, mademoiselle Carl. » « Laissez, Eugenia. »

Il se retourna et s'essuya frénétiquement les mains sur sa veste.

– Il entrait dans les corps des morts, Rowan. Il les possédait. Il voyait à travers leurs yeux et parlait grâce à leurs cordes vocales. Il utilisait les corps mais ne pouvait les ressusciter. Il ne pouvait forcer les cellules à se multiplier à nouveau. Alors, elle gardait les têtes. Il entrait dedans et regardait avec leurs yeux.

Michael se retourna et saisit les bocaux l'un après l'autre. Rowan était à côté de lui. Les têtes le regardaient à travers le verre vitreux. Des cheveux bruns, des cheveux blonds striés de mèches brunes, le visage d'un Noir parsemé de taches blanches, des cheveux blancs rayés de mèches brunes.

– Regarde, Rowan! Il pénétrait dans les têtes mais il modifiait aussi les tissus. Il faisait réagir les cellules mais ne pouvait les faire revivre.

Michael serra le poing et donna un grand coup sur un bocal qui tomba par terre. Rowan ne tenta pas de l'en empêcher. Elle le tenait par la taille et lui demandait doucement de sortir de la chambre avec elle.

– Regarde ça, Rowan!

Au fond de l'étagère, derrière le récipient qu'il venait de casser, il y avait un bocal au liquide très limpide et au cachet intact. Comme dans un rêve, il entendit la voix de Rowan :

– Ouvre-le! Casse-le!

Le bruit de la chute du bocal fut couvert par le bourdonnement des voix. Michael ramassa la tête sans faire attention à son odeur et à sa texture spongieuse.

Il vit la chambre et Marguerite assise devant la coiffeuse, la taille fine, se tournant vers lui pour le regarder, édentée, les yeux sombres et vifs, les cheveux comme une cascade de mousse, et Julien, fin comme un roseau, avec ses cheveux blancs mais jeune, les bras croisés. Laisse-moi te voir, Lasher. Puis le corps sur le lit, demandant à Marguerite de le rejoindre. Les doigts morts décomposés ouvrant son corset et touchant ses seins bien vivants, le sexe mort en érection entre ses jambes. « Regarde-moi, change-moi. Regarde-moi, change-moi. »

Julien avait-il tourné le dos? Non. Il était au pied du lit, les mains posées sur le montant, le visage éclairé par la faible lueur de la bougie. Fasciné, sans crainte.

Et cette chose entre tes mains! C'est son visage! Celui que tu as vu dans le jardin, à l'église, dans l'auditorium. Le visage que tu as vu tant de fois! Et les cheveux bruns. Oui, les cheveux bruns.

Michael laissa tomber la tête à côté des autres et recula. Mais les yeux le fixaient toujours et les lèvres remuaient. Est-ce que Rowan voyait ça?

– Tu l'entends parler?

Malgré les voix tout autour, il n'en entendait qu'une :

« Tu ne peux pas m'arrêter. Et tu ne peux pas l'arrêter non plus, elle. Tu obéis à ma volonté. Ma patience est aussi grande que celle du Tout-Puissant. Je vois à l'infini. Je vois le treize. Je serai chair quand tu seras mort. »

– Il me parle! Ce démon me parle! Tu l'entends?

Avant même de se rendre compte de ce qu'il faisait, il se retrouva en bas de l'escalier. Son cœur résonnait dans ses oreilles et il avait du mal à respirer. Il ne pouvait pas en supporter plus. Il avait toujours su que cela se passerait ainsi. Un vrai cauchemar. Mais que voulaient-ils de lui? Qu'est-ce qu'elle voulait? Ce monstre lui avait parlé. Cette créature qu'il avait vue dans le jardin lui avait parlé à travers cette tête pourrie! Il n'était pas un lâche, il était un simple être humain. Mais c'en était trop.

Il arracha sa veste et la jeta dans un coin du hall d'entrée. Et toute cette saleté sur ses mains.

La chambre de Belle. Propre et calme. Désolé pour toute cette crasse, je voudrais m'allonger un peu sur le lit. Elle l'aida.

Le couvre-lit était propre. Plein de poussière mais blanc et propre. Et le soleil qui passait à travers les fenêtres ouvertes était magnifique. Belle. Il toucha la tendre Belle.

Elle lui apporta ses gants et lui essuya les mains avec une serviette chaude. Son visage était grave.

– Calme-toi, Michael. J'ai apporté les gants. Reste calme.

Il sentit un objet froid contre sa joue. C'était le chapelet de Belle. Il essaya de le démêler de ses cheveux.

Belle. La très charmante Belle!

– Repose-toi, Michael, dit Belle d'une voix aussi douce et chaude que celle de tante Viv. N'aie pas peur de moi, Michael, je ne suis pas des leurs.

– Faites-leur dire ce qu'ils me veulent. Pas eux, ici, mais ceux qui sont venus à moi. C'était Deborah?

– Détends-toi, Michael. S'il te plaît.

– Vous serez là quand je me réveillerai?

– Non, chéri. Je ne suis d'ailleurs pas vraiment là. C'est leur maison, Michael. Je ne suis pas des leurs.

Dormir.

Il serra les grains du chapelet. Millie dit : « C'est l'heure d'aller à l'église. » Les pièces sont si propres et calmes. C'est notre maison maintenant. C'est pourquoi je l'aimais tant quand j'étais petit. Notre maison. Jamais une dispute entre Belle et Millie. Quel amour cette Belle, avec son joli visage malgré son âge ! Comme une fleur séchée dans un livre, qui serait restée colorée et odorante.

Deborah a dit : « ... pouvoir incommensurable, pouvoir de transmuer... »

Il frissonna.

« ... pas facile, difficile à un point inimaginable, sans doute la chose la plus difficile que vous... »

« J'y arriverai ! »

Dormir.

Dans son sommeil, il entendit un bruit réconfortant de verre brisé.

A son réveil, Aaron était là. Rowan avait rapporté des vêtements propres de l'hôtel et Aaron aida Michael jusqu'à la salle de bains pour qu'il se lave et se change.

Chacun de ses muscles lui faisait mal. Son dos était douloureux. Ses mains le brûlaient. Jusqu'à ce qu'il remette ses gants et avale une gorgée de bière donnée par Aaron, il fut dans le même état que toutes ces semaines passées, à Liberty Street. Il était courbaturé et ses yeux étaient fatigués comme s'il avait lu des heures dans un éclairage trop faible.

– Je n'ai pas l'intention de me soûler, leur dit-il.

Rowan lui expliqua qu'une forte accélération de son rythme cardiaque l'avait mis dans un état de fatigue extrême. Son pouls avait battu aussi fort que s'il avait couru un kilomètre en deux minutes trente. Il fallait absolument qu'il se repose et, surtout, qu'il garde ses gants.

D'accord. Rien ne lui aurait fait plus plaisir que de couler ses mains dans du béton !

Ils rentrèrent à l'hôtel tous les trois, commandèrent à dîner et s'assirent tranquillement dans le salon de la suite. Pendant deux heures, il leur raconta tout ce qu'il avait vu.

– Je ne sais toujours pas ce que je viens faire là-dedans. Mais je sais qu'il sont dans la maison. Vous vous rappelez quand Cortland a dit qu'il n'était pas des leurs ? Belle m'a dit qu'elle non plus. A moins que ce ne soit un tour de mon imagination ! Eh bien, tous les autres sont dans la maison. Et cette créature était capable d'altérer la matière. Très peu, mais elle le faisait. Elle possédait les cadavres et travaillait sur les cellules. Elle veut Rowan. C'est une certitude. Elle veut que Rowan utilise son pouvoir pour altérer la matière. De tous ceux avant elle, c'est elle qui a le plus grand pouvoir. Elle connaît bien les cellules, comment elles fonctionnent et comment elles sont structurées !

Rowan parut frappée par ces mots. Aaron raconta qu'une fois Michael endormi, elle s'était assurée que son pouls était normal et avait téléphoné à Aaron pour qu'il vienne. Il avait apporté plein de glace pour conserver les spécimens trouvés dans le grenier. Ensemble, ils avaient ouvert tous les bocaux, photographié leur contenu et les avaient fait emporter.

Ils étaient à Oak Haven maintenant. On les avait congelés et ils seraient envoyés à Amsterdam dans la matinée. Aaron avait aussi emporté les livres de Julien et la malle aux poupées, qui seraient également expédiés à la maison mère un peu plus tard.

A première vue, les livres étaient de simples registres rédigés en français. Si la biographie de Julien dont avait parlé Richard Llewellyn existait, elle n'était pas dans le grenier.

Michael se sentit soulagé que tous ces objets aient quitté la maison. Il en était à sa quatrième bière et se moquait de ce qu'en pensaient les deux autres. De toute façon, il ne voulait pas se soûler.

Soudain, il eut honte de tous les dégâts qu'il avait causés.

– Et comment vas-tu, ma chérie, après une expérience aussi folle ? Je ne te suis pas d'une grande aide. J'ai dû te faire une peur bleue. Tu ne regrettes pas d'avoir quitté la Californie ?

– Je n'ai pas eu peur, répondit-elle affectueusement. Et j'ai adoré m'occuper de toi. Tout cela me fait beaucoup réfléchir. Il y a un tas de petits engrenages qui tournent dans ma tête. Ça fait un drôle de mélange.

– Explique-toi.

– Je veux ma famille. Je veux mes cousins, qu'ils soient mille ou plus, ou moins. Je veux ma maison. Je revendique mon histoire, celle qu'Aaron nous a donnée. Mais je refuse catégoriquement cette saleté d'esprit. Je n'en veux pas... tout séduisant qu'il soit.

Michael hocha la tête.

– Je te l'ai dit hier soir. Il est irrésistible.

– Non, pas irrésistible. Séduisant.

– Et dangereux, suggéra Aaron. Nous en sommes plus certains que jamais. Nous savons maintenant qu'il est capable de changer la matière.

– Je n'en suis pas persuadée. J'ai examiné ces trucs puants du mieux que je pouvais. Les changements sont insignifiants et uniquement superficiels.

– O.K. Mais tu as déjà entendu parler d'une créature capable de faire ça ? C'est bien de changements définitifs qu'il s'agit. Ils sont restés tels quels pendant un siècle.

– Tu sais ce dont la volonté est capable, Michael, dit Rowan. Il y a des gens qui peuvent contrôler leur corps à un point incroyable. Ils peuvent même se faire mourir, entrer en lévitation, arrêter les battements cardiaques, faire augmenter la température. Tous ces phénomènes ont été constatés. La matière peut obéir à l'esprit et nous commençons seulement à étudier ces phénomènes. La créature a changé le tissu sous-cutané d'un cadavre. Et alors? Ce n'était pas un corps vivant, d'après ce que tu m'as dit. Tout cela est plutôt sommaire et imprécis.

– Tu m'étonnes, dit Michael assez froidement.

– Pourquoi?

– Je ne sais pas. Excuse-moi mais j'ai l'horrible impression que tout cela est prévu d'avance, que ce n'est pas un hasard si tu es un brillant médecin! Tout est planifié, je te dis.

– Calme-toi, Michael. Il y a bien trop de hic pour qu'il y ait un plan prédéfini. N'oublie pas l'histoire de la famille, elle est complètement désordonnée.

– Il veut devenir humain, Rowan. Voilà ce que signifie ce qu'il a dit à Petyr Van Abel et à moi. Il veut que tu l'aides à devenir humain. Qu'est-ce que le fantôme de Stuart Townsend vous a dit, Aaron? « Tout est prévu d'avance. »

– Oui, répondit pensivement Aaron. Mais il ne faut pas trop chercher à interpréter mon rêve. De toute façon, à mon avis, cet esprit ne peut pas devenir humain. Il veut un corps, sans doute, mais il ne sera jamais un être humain.

– Eh bien moi je pense qu'il a tout prévu. Il a prévu que Rowan serait enlevée à Deirdre. Et c'est pour ça qu'il a tué Cortland. Il voulait qu'elle reste à l'écart jusqu'à ce qu'elle soit non seulement une sorcière mais aussi un médecin. Et il a planifié jusqu'à son retour.

– Et si on parlait de mes projets à moi, intervint Rowan. Je vais réclamer l'héritage et la maison, comme je te l'ai dit. Je veux restaurer la maison et y vivre. Je n'en démordrai pas. Et cet esprit, tout mystérieux qu'il soit, ne se mettra pas en travers de mon chemin, si j'ai mon mot à dire. Je t'ai dit qu'il était allé trop loin.

Elle regarda Michael, presque avec colère.

– Tu me suis? demanda-t-elle.

– Oui, je reste avec toi. Et je trouve que tu as raison d'aller de l'avant. On peut commencer les réparations de la maison dès que tu voudras. Moi aussi j'en ai envie.

Rowan avait l'air très satisfaite mais son apparente sérénité troublait Michael. Il se tourna vers Aaron.

– Qu'en pensez-vous? De mon rôle là-dedans et de ce que l'esprit a dit? Vous devez avoir une interprétation à nous proposer.

– Michael, l'important c'est votre interprétation à vous. Vous devez absolument comprendre ce qui vous est arrivé. Moi je n'ai aucune interprétation sûre à donner.

– Vos collègues sont une sacrée bande de moines, grommela Michael. « Nous observons et nous sommes toujours là. » Aaron, pourquoi tout cela?

Aaron rit de bon cœur en hochant la tête.

– Michael, les catholiques offrent en permanence les consolations de l'Église. Pas nous. Je ne connais pas le pourquoi de toute cette histoire.

Tout ce que je peux faire, c'est vous apprendre à contrôler votre pouvoir pour qu'il cesse de vous tourmenter quand vous en avez assez.

– Tant mieux, parce qu'en ce moment il faudrait me payer cher pour enlever mes gants et serrer la main du président des États-Unis!

– Quand vous voudrez, Michael. Je suis à votre service. A tous les deux, d'ailleurs.

Il dévisagea Rowan un bon moment puis posa à nouveau son regard sur Michael.

– Inutile de vous conseiller d'être prudent, je présume? ajouta-t-il.

– Bien sûr, dit Rowan. Mais et vous? S'est-il produit autre chose depuis l'accident de voiture?

– Des petites choses. Elles ne sont pas très importantes en elles-mêmes et sont peut-être le fruit de mon imagination. J'ai l'impression d'être surveillé et, en quelque sorte, menacé.

Rowan voulut l'interrompre mais il fit un geste.

– Je suis sur mes gardes, ne vous inquiétez pas, poursuivit-il. Je connais bien ce genre de situation. Mais un fait très étrange se produit : quand je suis avec vous ou l'un de vous deux, je ne sens pas cette... cette présence. Je me sens en parfaite sécurité.

– S'il vous fait du mal, dit Rowan, ce sera sa dernière erreur. Parce que j'essaierai de le tuer dès que je le verrai. Toutes ses manigances auront été vaines.

Aaron réfléchit un moment.

– Pensez-vous qu'il le sache? interrogea Rowan.

– Peut-être bien. Mais, pour être sincère, j'ignore ce qu'il sait. Michael a raison. Il veut un corps humain. Aucun doute là-dessus. Mais ce qu'il sait et ne sait pas... je l'ignore. Je ne sais même pas ce qu'il est réellement. (Il but une gorgée de café puis regarda Rowan.) Il va prendre contact avec vous, c'est évident. Vous le savez. Votre antipathie à son égard ne l'empêchera pas de vous approcher. Il attend la première occasion.

– Seigneur Dieu! s'exclama Michael.

Rowan regardait Aaron.

– Que feriez-vous à ma place?

– Je me le demande, répondit Aaron. En tout cas, il est très dangereux, je ne vous le dirai jamais assez.

– C'est ce que j'ai cru comprendre.

– Et il est très rusé.

– Ça aussi. Vous croyez que je devrais prendre contact la première?

– Non. Le laisser venir est la chose la plus sage que vous puissiez faire. Et pour l'amour de Dieu, essayez de contrôler la situation en permanence.

– Aucun moyen d'y échapper, alors?

– Je ne crois pas. Je devine même ce qu'il va faire quand il vous abordera.

– Quoi donc?

– Il va vous demander votre entière coopération et votre discrétion. Faute de quoi, il refusera de se montrer ou de vous dire ce qu'il veut.

– Cela va t'isoler de nous, Rowan, dit Michael.

– Exactement, reprit Aaron.

– Qu'est-ce qui vous fait dire qu'il agira de cette façon? demanda Rowan.

Aaron haussa les épaules.

– C'est ce que je ferais à sa place.

Rowan se mit à rire gentiment.

– Il est très fourbe et imprévisible, dit Aaron. Je serais déjà mort s'il le voulait. Et pourtant, il ne me tue pas.

– Il sait que je le haïrais s'il s'en prenait à vous.

– C'est peut-être une explication. Quoi que vous fassiez, Rowan, n'oubliez jamais le contenu du dossier. N'oubliez pas le sort de Suzanne, Deborah, Stella, Antha et Deirdre. Peut-être que si nous connaissions toute l'histoire de Marguerite, Katherine, Marie-Claudette et des autres de Saint-Domingue nous verrions probablement qu'elle est tout aussi tragique. Et le grand responsable de toutes ces souffrances et ces morts, c'est Lasher.

Rowan sembla perdue dans ses pensées pendant un bon moment.

– Si seulement il pouvait disparaître, murmura-t-elle.

– Ce serait trop lui demander, à mon avis, dit Aaron. (Il soupira, consulta sa montre et se leva.) Je vous laisse maintenant. Je serai en haut dans ma suite si vous avez besoin de moi.

– J'ai encore une question à vous poser, dit Michael. Qu'avez-vous ressenti quand vous étiez dans la maison?

Aaron poussa un petit rire et secoua la tête.

– Vous devez l'imaginer. Mais ce qui m'a surpris le plus, c'est que la maison est magnifique. Majestueuse et attirante, avec toutes ses fenêtres ouvertes et le soleil qui entre à flots. Je la croyais bien plus sinistre et je me trompais.

– C'est une maison merveilleuse, dit Rowan. Et elle change déjà. Elle commence à nous appartenir. Combien de temps faudra-t-il pour la remettre dans son état d'origine, Michael?

– Pas longtemps. Deux ou trois mois. A Noël, elle sera terminée. Je suis impatient. Si seulement cette impression me quittait...

– Quelle impression?

– Que tout est prévu d'avance.

– N'y pense plus, dit Rowan.

– J'ai une suggestion à vous faire, intervint Aaron. Après une bonne nuit de sommeil, faites exactement ce que vous avez envie de faire : réglez les questions juridiques et commencez à vous occuper de la maison. Mais restez sur vos gardes. Sans arrêt. Lorsque notre mystérieux visiteur se manifestera, posez vos conditions.

Michael resta les yeux fixés sur sa bière tandis que Rowan raccompagnait Aaron à la porte. Elle revint s'asseoir près de lui et glissa un bras autour de son cou.

– J'ai peur, dit-il. Je déteste cette situation.
– Je sais, Michael. Mais nous allons gagner.

Alors que Rowan dormait depuis des heures, Michael se leva, alla dans le salon et prit son cahier. Il se sentait bien maintenant et les événements étranges des derniers jours lui semblaient très loin. Encore endolori de partout, il se sentait toutefois reposé. Que Rowan soit à quelques pas de lui et Aaron au-dessus était réconfortant.

Il écrivit tout ce qui lui était revenu à l'esprit avant d'enlever ses gants. C'est-à-dire presque rien. Puis il passa au moment où il avait pris la chemise de nuit de Deirdre entre ses mains.

« Les mêmes tambours qu'au défilé de mardi gras. A part que le bruit était effrayant, comme provoqué par une énergie destructrice. Je me rappelle autre chose, maintenant. Dans la maison de Rowan à Tiburon. Après avoir fait l'amour. Je me suis réveillé avec l'impression qu'il y avait un incendie et des gens en bas. C'était la même atmosphère sinistre. Mais il y avait juste Rowan en bas, près du feu qu'elle avait allumé dans la cheminée. Du feu et des gens, plein de gens entassés.

« Quand j'ai vu Julien en haut, puis Charlotte, Mary Beth et la pauvre Antha passant par la fenêtre, cela n'a ravivé aucun souvenir. Ils n'étaient pas dans mes visions. Et Deborah n'était qu'un corps se tordant dans les flammes. Elle n'était pas avec eux. Cela doit vouloir dire quelque chose. »

Il relut ce qu'il avait écrit. Deborah ne serait donc pas des leurs? C'était pour ça qu'elle n'était pas là?

Il se remit à écrire.

« Antha portait une robe de coton et une ceinture en cuir verni. En tombant sur le toit, elle a déchiré ses bas. Ses genoux saignaient. Mais le plus horrible était son œil sorti de son orbite. Et le son de sa voix. Je l'emporterai jusque dans ma tombe. Et Julien. Il avait l'air aussi réel qu'elle. Il était vêtu de noir et il était jeune. Pas un petit garçon mais un homme vigoureux. Même dans le lit, il ne faisait pas vieux. Et Lasher a dit quelque chose de nouveau. A propos de patience, d'attente... et du nombre treize.

« Mais treize quoi? Si c'est le numéro d'une maison, je ne l'ai pas encore vu. Les bocaux, il n'y en avait pas treize. Une vingtaine plutôt. Je vérifierai auprès de Rowan. Ce monstre n'a pas du tout parlé de porte. Il m'a juste dit que je serai mort quand il sera de chair et de sang. Mort. Tombes. Rowan avait dit quelque chose la veille. A propos d'une porte en trou de serrure gravée sur la tombe des Mayfair.

« J'irai vérifier demain. Si le nombre treize est gravé quelque part, j'en saurai peut-être plus. »

Il laissa le cahier sur la table et retourna se coucher.

Dans son sommeil, Rowan avait le visage aussi lisse et dénué d'expression que celui d'un mannequin de cire. La chaleur de sa peau le surprit lorsqu'il l'embrassa. En bougeant paresseusement, elle se retourna et noua ses bras autour de lui.

– Michael... murmura-t-elle d'une voix ensommeillée. L'archange saint Michel... Je t'aime.

– Je t'aime aussi, chérie, chuchota-t-il. Tu m'appartiens.

Il sentit la chaleur de ses seins contre son bras. Elle se retourna et se rendormit profondément.

Trente-deux

L'héritage.

Une foule d'idées avait fleuri dans son esprit pendant la nuit : hôpitaux, cliniques, magnifiques laboratoires peuplés de brillants chercheurs...

Tout ça, tu peux le faire.

Personne ne comprendrait, à part Michael et Aaron. Les autres ne comprendraient pas parce qu'ils ignoraient les secrets révélés par le dossier. Ils ne savaient pas pour les bocaux.

Ils savaient certaines choses mais n'avaient jamais entendu parler de Suzanne Mayfair, sage-femme et guérisseuse d'un village crasseux d'Écosse, ni de Jan Van Abel, assis à son bureau de Leiden et traçant à l'encre les muscles et les veines d'un torse écorché. Comment auraient-ils su pour Marguerite et le cadavre sur le lit parlant avec la voix d'un esprit pendant que Julien observait? Julien qui avait mis les bocaux dans le grenier au lieu de les détruire près d'un siècle plus tôt.

Aaron savait. Michael savait. Ils comprendraient son rêve d'hôpitaux, de cliniques et de laboratoires, de guérir des milliers de corps souffrants.

Quel sale tour je vais te jouer, Lasher!

Si seulement elle pouvait oublier Carlotta. Le véritable fantôme de la maison, c'était elle et non ceux que Michael avait vus. En repensant à ce que Michael avait enduré, son sang se glaça dans ses veines. Si seulement elle savait comment s'y prendre, elle repousserait tous les démons du monde pour lui.

La vieille femme. A voir la posture de son corps inerte dans le fauteuil, on aurait dit qu'elle allait rester là pour toujours. Et l'odeur qu'elle dégageait était pire que celle des bocaux : celle de la culpabilité. Rowan avait commis le crime parfait. Cette odeur dépravait tout : la maison, l'histoire, le rêve d'hôpitaux.

Nous voulons entrer, vieille femme. Je veux ma maison et ma famille. Les bocaux ont été détruits et leur contenu est ailleurs maintenant. Je connais l'histoire. J'expierai pour tout cela. Laissez-moi entrer et je remporterai la victoire.

Elle s'en voulait d'avoir pressé Michael d'enlever ses gants. Plus jamais elle ne le ferait. Michael ne supportait pas son pouvoir ni le souvenir des visions. Il en souffrait trop.

C'était la noyade qui avait provoqué leur rencontre, pas les forces mystérieuses tapies dans la maison. Pas les voix sortant des têtes décomposées, des fantômes en taffetas. La force de Michael et la sienne étaient à l'origine de leur amour et leur avenir était la maison, la famille et l'héritage qui allait permettre à la médecine d'accomplir des millions de miracles.

Qu'étaient tous les fantômes et toutes les légendes de la terre comparés à ces réalités ? Dans son sommeil, elle voyait monter les bâtiments. Elle voyait l'immensité. Je ne voulais pas tuer la vieille femme, c'était mal...

A 6 heures, le journal arriva en même temps que le petit déjeuner :

UN SQUELETTE TROUVÉ DANS UNE MAISON RÉPUTÉE DE GARDEN DISTRICT

C'était inévitable. Ryan l'avait prévenue qu'on ne pourrait étouffer l'affaire. Transie, elle lut l'article, amusée par le style désuet du journaliste.

Comment nier que la demeure Mayfair avait toujours été associée à la tragédie ? Ou que la personne qui aurait pu jeter la lumière sur la mort de ce Texan, Stuart Townsend, était Carlotta Mayfair, qui était morte la nuit même où les restes du corps avaient été découverts ?

L'article rendait ensuite hommage à Carlotta. Rowan se sentit rongée par le remords.

A tous les coups, un membre du Talamasca était en train de découper l'article. Aaron était peut-être aussi en train de le lire à l'étage au-dessus. Qu'allait-il écrire à ce sujet dans le dossier ? Penser au dossier la réconforta.

En fait, elle était bien plus à l'aise que n'importe quel être humain normalement constitué l'aurait été à sa place. Car, quoi qu'il arrivât, elle était une Mayfair parmi les Mayfair et ses chagrins secrets étaient entremêlés d'autres, plus anciens et plus complexes. De plus, bien que coupable du meurtre de la vieille femme, elle n'était pas seule.

Après avoir lu l'article, elle resta un long moment sans bouger, les mains crispées sur le journal, indifférente à la pluie qui faisait rage dehors et à son petit déjeuner qui refroidissait.

Quels que soient ses sentiments, il fallait souffrir en silence pour la vieille femme, laisser le remords se coaguler dans son esprit. De toute façon, elle était morte. On n'y pourrait rien changer.

En fait, les événements s'étaient succédé à une telle rapidité qu'elle n'était plus maîtresse de ses réactions. Elle ne faisait plus que passer d'une émotion à l'autre. La veille, tandis que Michael était allongé sur le lit, son pouls très rapide et son visage rouge, elle avait paniqué. Elle s'était dit : « Si je perds cet homme, je mourrai avec lui. J'en fais le serment. » Une heure plus tard, elle brisait les bocaux l'un après l'autre, rassemblant leur contenu dans un plat blanc et les examinant à l'aide d'une pince à glaçons avant de les remettre à Aaron. Le médecin en elle avait repris le dessus.

Entre ces moments de crise, elle se laissait dériver, observait, se rappelait.

Ce matin, à 4 heures, elle s'était réveillée en se demandant où elle était. Puis tout lui était revenu. Un flot mêlé de malédictions et de bénédictions, son rêve d'hôpital, Michael à côté d'elle et le désir intense qu'elle avait de lui.

Assise dans le lit, les bras passés autour de ses genoux repliés, elle s'était demandé si le sens érotique de la femme n'était pas plus aiguisé que celui de l'homme. Les cheveux écrasés sur le front de Michael et leur façon de boucler sur sa nuque l'excitaient horriblement.

Les hommes n'étaient-ils pas un peu plus directs? Étaient-ils vraiment capables de devenir fous en voyant une cheville? Dostoïevski l'avait dit, mais elle en doutait. Pour l'instant, elle était à l'agonie : la toison sur le poignet de Michael, sa montre en or sur ce fond sombre... Elle imagina ses manches relevées sur son bras, idée qui, pour quelque raison, l'excitait bien plus qu'un bras complètement nu, et sa main allumant une cigarette. Tout cela était terriblement érotique. Et même sa voix lente et tonitruante, pleine de tendresse, lorsqu'il parlait au téléphone avec tante Viv.

A genoux dans cette pièce atroce, la veille, il avait lutté et s'était débattu. Allongé sur le lit poussiéreux, plus tard, elle l'avait trouvé irrésistible dans son épuisement, ses mains larges et puissantes reposant sur le dessus-de-lit. Elle avait défait sa ceinture et son pantalon. L'idée que cette force de la nature était entièrement à sa merci avait été délicieusement érotique. Mais lorsqu'elle avait senti son pouls, la terreur s'était emparée d'elle.

Elle était restée longtemps assise à côté de lui, jusqu'à ce que son pouls soit redevenu normal, que sa peau ait refroidi et que sa respiration soit régulière. Comme son corps était parfait, avec ses poils sombres sur la poitrine, et ses bras, et ses mains tellement plus grandes que les siennes!

Sa peur avait refroidi sa passion. Mais ses peurs ne duraient jamais longtemps.

Ce matin, elle avait eu envie de le réveiller en prenant son sexe dans sa bouche. Mais il avait besoin de dormir après tant d'épreuves. Elle pria pour que son sommeil soit peuplé de beaux songes. Et puis, elle l'épouserait dès qu'elle pourrait décemment le lui demander. Et ils auraient le reste de leur vie, ensemble dans la maison de First Street, pour penser à la bagatelle.

Deux heures plus tard, tandis qu'il pleuvait des trombes dehors et que son petit déjeuner refroidissait, elle rêvassait, retournant dans sa tête le passé et l'avenir, songeant à l'inévitable rencontre qui allait se produire.

La sonnerie du téléphone la fit sursauter. Ryan et Pierce l'attendaient en bas pour l'emmener en ville.

Elle rédigea rapidement un message à l'intention de Michael, lui indiquant qu'elle se rendait au cabinet Mayfair et reviendrait pour le dîner, à 6 heures au plus tard. « Garde Aaron auprès de toi et ne va pas seul dans la maison. »

– Je veux t'épouser, dit-elle à voix haute en posant le message sur la table de nuit. (Michael ronflait doucement sur l'oreiller.) L'archange et la sorcière, dit-elle encore plus fort.

Mais il dormait profondément. Elle risqua un baiser sur son épaule nue, caressa doucement le muscle de son bras, au point qu'elle faillit se remettre au lit...

Elle referma la porte derrière elle.

Les petits immeubles en brique de Carondelet Street défilaient sous ses yeux. Le ciel ressemblait à de la pierre polie derrière la pluie torrentielle. Les éclairs fendaient cette pierre d'une veine lumineuse et le tonnerre éclatait pour aller mourir un peu plus loin.

Ils arrivèrent enfin dans un quartier de gratte-ciel et passèrent deux pâtés de maisons prolongés par un garage souterrain.

Les spacieux bureaux de Mayfair & Mayfair, situés au trentième étage d'un immeuble, n'avaient rien d'étonnant avec leurs meubles traditionnels et leur moquette épaisse. Deux des juristes Mayfair qui l'attendaient étaient des femmes et un autre était un vieillard. Des baies vitrées, on avait vue sur le fleuve, gris comme le ciel, peuplé de remorqueurs et de péniches.

Café. Conversation quelconque avec Ryan, l'homme aux cheveux blancs et aux yeux bleus aussi opaques que du marbre, parlant de façon interminable d'« investissements considérables », d'« effets à long terme », de « domaines possédés depuis plus d'un siècle » et d'investissements de base « plus importants que vous n'oseriez l'imaginer ».

Elle attendait. Ils devaient lui en dire plus.

Enfin, ils se décidèrent à énumérer des noms et des détails qu'elle analysa consciencieusement. Elle commença à voir des hôpitaux et des cliniques se découper sur un ciel nuageux. Sans bouger, sans afficher une seule émotion, elle laissa Ryan parler.

Des pâtés de maisons entiers à Manhattan et Los Angeles ? La majorité des capitaux de la chaîne hôtelière Markham Harris Resorts ? Des galeries commerciales à Beverly Hills, Coconut Grove, Boca Raton et Palm Beach ? Des immeubles en copropriété à Miami et Honolulu ? Et encore ces « très gros » investissements en bons du Trésor, en francs suisses et en or.

Son esprit dérivait, mais jamais très loin. Ainsi, Aaron avait vu juste dans le dossier.

Elle but son café en silence. Ses yeux allaient d'un Mayfair à l'autre, tous silencieux tandis que Ryan poursuivait sa litanie. Emprunts de collectivités locales, concessions pétrolières, quelques capitaux prudents dans l'industrie des loisirs et, dernièrement, dans l'informatique. De temps à autre, elle hochait la tête et prenait quelques notes avec son stylo en argent.

Oui, bien sûr, elle comprenait que le cabinet s'était occupé de tout pendant plus d'un siècle. Julien l'avait fondé dans ce but. Et, bien sûr, elle se rendait bien compte que la gestion de l'héritage était étroitement liée avec les affaires financières de l'ensemble de la famille, « toujours pour le plus grand bien de l'héritage, bien entendu. Car c'est lui qui prime. Et il n'y a jamais eu conflit d'intérêts car... ».

– Je comprends.

– Nous avons toujours eu une approche prudente mais, pour apprécier parfaitement ce que je dis, il faut comprendre ce que cela sous-entend concernant une fortune aussi immense. Il ne serait pas exagéré de la comparer au budget d'un pays producteur de pétrole. Et notre politique a toujours été de conserver et de protéger plutôt que d'étendre ou développer. Car lorsqu'un tel capital est correctement préservé de l'inflation, de l'érosion monétaire ou de toute ingérence extérieure, l'expansion se fait d'elle-même. Elle est virtuellement illimitée et le développement dans toutes les directions est inévitable...

– S'agirait-il de milliards?

Une onde silencieuse traversa la pièce. Une gaffe de Yankee? Elle ne perçut aucun signe de malhonnêteté mais de confusion, de crainte.

Toujours aucune réponse.

– Des milliards, répéta-t-elle. Pour le foncier uniquement.

– Eh bien, oui. C'est exact. Des milliards rien que pour le foncier.

Comme ils paraissaient tous embarrassés et mal à l'aise! On aurait dit qu'un secret défense venait d'être divulgué.

Elle sentit soudain la peur de ces gens, la révulsion de Lauren Mayfair, la plus âgée des deux femmes. C'était une blonde de soixante-dix ans environ, au menton ridé et poudré, qui la dévisageait de l'autre extrémité de la table, s'imaginant déjà que l'héritière n'aurait aucune reconnaissance pour ce que le cabinet avait fait pour elle. A sa droite, il y avait Anne-Marie Mayfair, une femme de quarante ans environ, brune, jolie, maquillée et vêtue avec goût. Scrutant Rowan de derrière ses lunettes d'écaille, elle aussi semblait convaincue qu'un quelconque désastre allait se produire.

Et Randall Mayfair, le petit-fils de Garland, cet homme mince à la crinière grise et duveteuse, les yeux endormis sous ses épais sourcils et ses paupières légèrement mauves. Il n'avait pas l'air d'avoir peur mais semblait résigné de nature.

Lorsque leurs regards se croisèrent, Randall lui répondit en silence : « Bien entendu, vous ne comprenez pas. Comment le pourriez-vous? Combien de personnes pourraient comprendre? Ainsi, vous allez vouloir tout prendre en main. Mais c'est bien stupide de votre part. »

– Vous me sous-estimez, dit Rowan d'une voix monotone, ses yeux balayant le groupe. Moi je ne vous sous-estime pas. Je veux juste savoir de quoi il retourne. Je ne peux pas rester passive. Ce serait faire preuve d'irresponsabilité.

Un grand silence tomba. Pierce souleva sa tasse de café et but sans un bruit.

– Ce que nous voulons dire, dit Ryan calmement et courtoisement, pour être très pragmatique, c'est qu'on peut vivre dans un luxe royal avec seulement une fraction des intérêts que rapporte le réinvestissement d'une fraction des intérêts que rapporte... et cætera, sans toucher au capital. Est-ce que vous me suivez?

– Je vous le redis : je ne peux pas rester passive et ignorante.

Silence. Encore une fois, ce fut Ryan qui le rompit. Conciliant et fort bien élevé.

– Que voulez-vous savoir précisément?

– Tout dans les moindres détails. Ou plutôt devrais-je dire l'anatomie. Je veux voir le corps tout entier pour en étudier l'organisme.

Randall et Ryan échangèrent un bref regard.

– C'est tout à fait raisonnable mais moins simple que vous ne l'imaginez, répondit Ryan.

– Alors, une chose en particulier. Quelle proportion de cet argent va à la médecine? Y a-t-il des institutions médicales dans tout ça?

On aurait dit qu'elle venait de proclamer une déclaration de guerre. Elle sentit chez Anne-Marie, Lauren et Randall la même hostilité qu'elle avait ressentie depuis son arrivée dans cette ville. Lauren, un doigt posé sous sa lèvre inférieure, était trop polie pour le montrer et ne faisait que fixer Rowan des yeux. Elle regarda enfin Ryan qui reprit la parole.

– Nos actions philanthropiques ne concernent pas la médecine à proprement parler. La Fondation Mayfair s'occupe d'art et d'enseignement, de télévision pédagogique en particulier, et attribue des bourses à plusieurs universités. Et puis, bien entendu, nous faisons de très importantes donations à des organisations caritatives.

– Je connais, dit-elle doucement. Mais nous parlons de milliards. Les hôpitaux, les cliniques et les laboratoires sont des établissements qui réalisent d'importants bénéfices. Je ne parlais pas d'actions philanthropiques, en fait. Je pensais à un domaine qui peut avoir un très grand impact bénéfique sur des vies humaines.

Comme cet instant était exaltant! Très intime aussi. C'était comme la première fois qu'elle s'était approchée d'une table d'opération et qu'elle avait tenu des instruments dans ses mains.

– Nous ne nous sommes jamais orientés vers la médecine, dit Ryan. C'est un domaine qui nécessiterait une étude gigantesque et une totale restructuration... Vous savez, Rowan, tout ce réseau d'investissements s'est construit au fil de plus d'un siècle. Ce n'est pas une fortune qui serait perdue en cas d'effondrement du marché de l'argent ou si l'Arabie Saoudite inondait la planète de pétrole gratuit. Il s'agit d'une diversification quasiment unique dans les annales de la finance et d'opérations menées avec précaution qui ont résisté à deux guerres mondiales et à d'innombrables crises un peu moins graves.

– Je comprends, dit-elle. Mais il me faut des informations. Je veux tout savoir. Je pourrais commencer par la dernière déclaration fiscale. Ce qu'il me faut, c'est apprendre, m'initier. Nous pourrions organiser des réunions au cours desquelles nous discuterions des différents secteurs d'activité impliqués. Il me faut surtout des statistiques. Elles représentent la réalité, finalement...

Nouveau silence, confusion, échange de regards. La pièce était devenue trop petite et encombrée.

– Vous voulez un conseil? demanda Randall d'une voix plus grave et rauque que celle de Ryan mais tout aussi patiente. C'est pour cela que vous nous payez, après tout.

Rowan ouvrit les mains.

– Je vous en prie.

– Reprenez votre travail de neurochirurgien. Vous avez des revenus suffisants pour vous offrir tout ce que vous voulez, mais n'essayez pas de comprendre d'où vient cet argent. A moins que vous n'ayez envie de renoncer à votre métier et de devenir comme nous : des gens qui passent leur temps en réunions, en discussions avec des conseillers financiers, des courtiers, des juristes et des comptables avec leurs calculatrices. C'est pour ce travail que vous nous payez.

Rowan étudia son interlocuteur, avec ses cheveux gris mal peignés, ses yeux lourds, ses grandes mains appuyées sur la table. Sympathique. Très sympathique. Et pas un menteur. Aucun d'eux, d'ailleurs. Ni menteurs, ni voleurs, du reste. Une gestion intelligente de telles sommes nécessite beaucoup de talent et leur procure des revenus supérieurs à ce dont des voleurs pourraient rêver.

Mais ce sont tous des juristes, même le charmant jeune Pierce avec ses yeux de porcelaine. Et les hommes de loi ont une conception de la vérité extrêmement fluctuante et en contradiction avec celle des autres.

Elle tourna son regard vers le fleuve. Pendant un moment, l'exaltation l'avait aveuglée. Elle aurait voulu que la chaleur se retire de son visage. L'important était qu'elle comprenne de quoi il retournait, qu'ils ne lui cachent rien et qu'ils ne se sentent pas blessés ou diminués parce qu'elle voulait savoir.

– Cela représente combien? demanda-t-elle, les yeux fixés sur le fleuve, sur une longue péniche tirée à contre-courant par un remorqueur usé à la proue recourbée.

Silence.

– Vous vous représentez mal la situation, dit Randall. Tout tient d'une seule pièce, comme une grande toile...

– J'imagine. Mais j'ai besoin de savoir et vous ne pouvez m'en blâmer. En d'autres termes, je pèse combien?

Pas de réponse.

– Faites une approximation.

– C'est difficile. Ce ne serait pas réaliste de...

– Sept milliards et demi?

Silence prolongé. État de choc. Elle avait dû toucher très près. Le chiffre déclaré à l'administration fiscale, peut-être, qu'elle avait capté dans un de ces esprits si fermés.

Ce fut Lauren qui répondit. Son expression avait très légèrement changé. Elle se redressa en tenant son crayon entre ses deux mains.

– Vous avez droit à cette information, dit-elle d'une voix féminine délicate qui convenait très bien à ses cheveux blonds et ses boucles d'oreilles en perle. Légalement, vous avez le droit de savoir ce qui vous appartient. Nous allons coopérer totalement car, éthiquement, nous y sommes tenus. Mais je dois dire, à titre personnel, que je trouve votre attitude très intéressante. Je serai heureuse de parler avec vous de chaque aspect de l'héritage, jusqu'au moindre détail. Ma seule crainte est que vous ne vous lassiez de ce petit jeu avant d'avoir toutes les cartes en main. Mais je suis déterminée à m'y mettre.

Se rendait-elle compte à quel point elle était condescendante? Probablement pas. Après tout, l'héritage avait été entre les mains de ces gens pendant plus de cinquante ans. Ils méritaient qu'on soit patient avec eux.

– Il n'y a pas d'autre façon possible, dit Rowan. Je ne trouve pas intéressant de vouloir savoir mais impératif de savoir.

La femme préféra se taire. Ses traits délicats restèrent immobiles, ses petits yeux pâles s'écarquillèrent légèrement et ses fines mains tremblaient un peu. Les autres la regardaient.

Rowan comprit soudain que c'était elle le cerveau de la société et non Ryan, contrairement à ce qu'elle avait cru. En silence, elle reconnut son erreur, se demandant si la femme pouvait percevoir ses pensées.

– Puis-je vous poser une question? demanda Lauren en la regardant droit dans les yeux. C'est une question purement professionnelle.

– Bien entendu.

– Supporterez-vous d'être riche? Immensément riche?

Rowan eut envie de sourire. C'était une question amusante mais, une fois encore, condescendante et insultante. Plusieurs réponses lui vinrent à l'esprit mais elle opta pour la plus simple.

– Oui. Et je veux construire des hôpitaux.

Silence.

Lauren hocha la tête, croisa les bras sur la table et regarda toute l'assistance.

– Je n'y vois aucun inconvénient, dit-elle calmement. C'est une idée intéressante. Et, de toute façon, nous sommes là pour faire ce que vous voulez.

Oui, c'était elle le cerveau de l'affaire. Elle avait laissé Ryan et Randall parler mais c'était elle qui serait le professeur et, éventuellement, l'obstacle.

– Je crois que nous pourrions passer maintenant aux problèmes immédiats, dit Rowan. Il vous faudra probablement un inventaire de ce qui est dans la maison. Quelqu'un en a parlé, il me semble. Et puis, il y a les affaires de Carlotta. Quelqu'un voudra-t-il les faire enlever?

– Oui. Et pour la maison, dit Ryan, vous avez pris une décision?

– Je veux la restaurer et y habiter. J'ai l'intention de me marier avec Michael Curry. Avant la fin de l'année, probablement. Nous y vivrons.

On aurait dit qu'une grande lumière s'était allumée dans la pièce. Chacune des personnes présentes semblait baignée de lumière.

– Formidable ! s'exclama Ryan.

– Quelle bonne nouvelle ! dit Anne-Marie.

– Vous n'imaginez pas ce que représente cette maison pour nous, dit Pierce.

– Si vous saviez à quel point tout le monde sera heureux de l'apprendre, dit Lauren.

Seul Randall restait calme. Il dit presque tristement :

– Oui, c'est merveilleux.

– Mais il faudrait que quelqu'un vienne chercher les effets de la vieille femme, reprit Rowan. Je ne veux pas entrer dans la maison tant que ce ne sera pas fait.

– Parfaitement, dit Ryan. Nous commencerons l'inventaire demain. Et Gerald Mayfair va venir tout de suite prendre les affaires de Carlotta.

– Il faudrait aussi des gens pour faire le ménage et nettoyer du sol au plafond une chambre du troisième étage. Nous débuterons les travaux de restauration dès qu'ils auront fait partir l'odeur et enlevé les matelas. Tous les matelas, je crois...

– Je m'en occupe, Rowan, dit Pierce. (Il était déjà debout.) Vous voulez des matelas neufs ? Ce sont des lits doubles, n'est-ce pas ? Alors, il faut quatre matelas. Je les ferai livrer dans l'après-midi.

– Magnifique ! dit Rowan. La chambre sous les toits est impeccable et il suffit de démonter le lit de Julien pour le faire restaurer.

– Entendu. Que puis-je faire d'autre ?

– C'est déjà formidable. Michael fera le reste. Il va s'occuper lui-même de la restauration de la maison.

– Oui, il fait ça très bien, je crois, dit Lauren.

Soudain, elle se rendit compte qu'elle avait commis un impair. Elle baissa les yeux puis regarda Rowan en essayant de cacher son embarras. Il était clair qu'ils avaient mené leur petite enquête sur Michael. Savaient-ils pour ses mains ?

– Nous aimerions vous garder encore un peu, Rowan. Il y a quelques papiers à signer concernant la propriété...

– Bien sûr. Au travail ! Je ne demande pas mieux.

– Parfait. Et ensuite, nous vous emmènerons déjeuner. Chez Galatoire, ça vous convient ?

– Ça me va très bien.

C'était parti.

Elle arriva à la maison à 3 heures. Il faisait terriblement chaud et le ciel était couvert. La chaleur semblait s'être amassée et stagnait sous les chênes. En sortant du taxi, elle aperçut de minuscules insectes essaimant dans les zones d'ombre. Mais la maison la captiva instantanément. Enfin seule ici. Les bocaux n'étaient plus là, Dieu merci, ni les poupées, ni ce qui appartenait à Carlotta.

Elle avait les clés à la main. On lui avait montré les documents concernant la maison. Elle avait été intégrée à l'héritage en 1888 par Katherine. Elle était bien à elle. Ainsi que tous les milliards dont personne ne voulait parler.

Gerald Mayfair, jeune homme de belle prestance au visage affable, sortit sur le perron. Il expliqua qu'il allait partir et qu'il avait mis le dernier carton de Carlotta dans le coffre de sa voiture.

L'équipe du ménage était partie depuis une demi-heure.

Il regarda Rowan avec une certaine nervosité quand elle lui tendit la main. Il ne devait pas avoir plus de vingt-cinq ans et ne ressemblait pas aux membres de la famille de Ryan. Ses traits étaient plus fins et il n'avait pas l'assurance des autres. Mais il avait l'air gentil. Il avait l'air d'un brave garçon, selon l'expression consacrée.

Rowan le remercia d'avoir fait aussi vite et l'assura qu'elle serait à la messe de requiem pour Carlotta.

– Savez-vous si elle a été... enterrée? demanda-t-elle, hésitant sur le mot à employer pour parler de quelqu'un qu'on mettait dans un tiroir en pierre.

Elle avait été enterrée le matin. Il y était allé avec sa mère et à leur retour ils avaient trouvé le message leur demandant d'aller chercher les affaires de Carlotta.

Rowan lui dit qu'elle avait apprécié sa rapidité et qu'elle avait envie de connaître tous les membres de la famille. Il hocha la tête.

– C'était gentil de la part de vos deux amis d'être venus, dit-il.

– Mes amis? Venir où?

– Ce matin, au cimetière. M. Lightner et M. Curry.

– Ah oui! bien sûr. Je... j'aurais dû y aller aussi.

– Cela n'a pas d'importance. Elle ne voulait pas de cérémonie et, sincèrement...

Il resta un moment silencieux en regardant la maison, comme s'il voulait dire quelque chose.

– Vous allez vivre ici?

– Nous allons la remettre dans l'état où elle était du temps de ses splendeurs. Mon mari... enfin, l'homme que je vais épouser, est un expert en matière de vieilles maisons. Il dit qu'elle est tout à fait solide et il a hâte de s'y mettre.

Gerald hésitait encore.

– Vous savez qu'elle a vécu un certain nombre de tragédies. C'est ce que tante Carlotta disait toujours.

– Et le journal de ce matin aussi, dit-elle en souriant. Mais elle a aussi vécu des moments de grand bonheur, il y a longtemps. Pendant des dizaines d'années. Je veux qu'elle retrouve ce bonheur.

Elle attendit patiemment puis demanda :

– Qu'est-ce que vous vouliez me dire, en fait?

Les yeux de Gerald parcoururent son visage. Il souleva légèrement les épaules, soupira et regarda à nouveau la maison.

– Je crois qu'il faut que je vous dise que Carlotta... voulait que je brûle la maison après sa mort.

– Vous êtes sérieux?

– Je n'ai jamais eu l'intention de le faire. Je l'ai dit à Ryan et Lauren. A mes parents aussi. Mais il fallait que je vous le dise à vous. Elle était inflexible. Elle m'a même dit comment procéder. Je devais mettre le feu dans le grenier avec une lampe à huile qui se trouvait là-haut, puis aux rideaux du premier étage et finir par le rez-de-chaussée. Elle m'a fait promettre. Elle m'a donné une clé. (Il la tendit à Rowan.) Vous n'en avez pas vraiment besoin, précisa-t-il. La porte d'entrée n'a jamais été fermée pendant cinquante ans. Mais elle avait peur que quelqu'un la ferme. Elle savait qu'elle ne mourrait pas avant Deirdre.

– Quand vous a-t-elle dit ça?

– Très souvent. La dernière fois, c'était il y a une semaine. Juste avant la mort de Deirdre, quand ils ont su qu'elle était mourante. Elle m'a appelé, tard dans la soirée, pour me rappeler ma promesse. « Brûle tout », a-t-elle dit.

Il hocha la tête et regarda de nouveau vers la maison.

– Je voulais juste vous le dire, reprit-il. Je pensais que vous deviez savoir.

– Et que pouvez-vous me dire d'autre?

– Quoi d'autre? (Il haussa les épaules.) Soyez prudente. Très prudente. Cette maison est vieille et sinistre et... elle n'est peut-être pas ce qu'elle a l'air d'être.

– C'est-à-dire?

– Ce serait plutôt une sorte de piège. (Il secoua la tête.) Je ne sais plus ce que je dis. C'est une image qui me vient à l'esprit. Vous savez que... que nous avons tous une sorte de don pour sentir certaines choses...

– Je sais.

– Eh bien, je crois seulement que je voulais vous prévenir. Vous ne savez rien de nous.

– Carlotta vous a-t-elle parlé de ce piège?

– Non, c'est une vue qui m'est toute personnelle. Je suis venu ici plus souvent que les autres. J'étais le seul que Carlotta voulait voir ces dernières années. Elle m'aimait bien. Je me demande pourquoi. Parfois, je venais par simple curiosité. Mais j'étais loyal envers elle. Cette maison était comme un gros nuage obscurcissant ma vie.

– Vous êtes content que ce soit fini.

– Oui. C'est terrible à dire mais elle ne voulait pas vivre aussi longtemps. Elle m'en a parlé. Elle était fatiguée et voulait mourir. C'est un après-midi où j'étais seul ici, à l'attendre, que j'ai pensé à l'histoire du piège. Je ne sais pas ce que cela signifie. Simplement, si vous sentez quelque chose, ne le négligez pas...

– Avez-vous déjà vu quelque chose ici?

Il réfléchit un instant, comprenant très bien ce qu'elle voulait dire.

– Une fois, peut-être. Dans le hall d'entrée. Mais il se peut que je me le sois imaginé.

Ils restèrent silencieux. L'entretien était terminé et il voulait partir.

– J'ai été très heureux de parler avec vous, Rowan, dit-il avec une ébauche de sourire. Appelez-moi si vous avez besoin de moi.

Elle le raccompagna à la grille et jeta un regard discret sur la Mercedes gris métallisé qui s'en allait.

Vide. Calme.

Une odeur d'huile de pin planait. Elle monta l'escalier et passa rapidement de chambre en chambre. Des matelas neufs, encore emballés dans du plastique, sur tous les lits. Les draps et les couvre-lit étaient bien pliés et rangés dans un coin. Les planchers avaient été nettoyés.

Une odeur de désinfectant au troisième étage.

Elle monta tout en haut. La brise entrait par la fenêtre du palier ouverte. La pièce aux bocaux était impeccable, à part une tache très sombre qui ne partirait probablement jamais. Il n'y avait plus un morceau de verre.

La chambre de Julien avait été nettoyée. Les boîtes avaient été empilées, le lit en cuivre démonté et posé contre le mur sous les fenêtres, qui étaient propres elles aussi. Les livres avaient été rangés sur les étagères. La substance gluante qui se trouvait à l'endroit où Townsend était mort avait été grattée.

Elle descendit dans la cuisine. Là encore, une bonne odeur d'huile de pin et de bois embaumait l'air.

Un vieux téléphone noir était posé sur le comptoir en bois de l'office. Elle composa le numéro de l'hôtel.

– Qu'est-ce que tu fais? demanda-t-elle à Michael.

– Je suis sur mon lit et je me sens bien seul. Je suis allé au cimetière avec Aaron ce matin. Je suis épuisé. J'ai mal partout, comme si je m'étais battu. Où es-tu? Tu n'es pas là-bas?

– Si. Il fait chaud et c'est complètement vide. Les affaires de la vieille femme sont parties, les matelas aussi et la chambre du grenier est impeccable.

– Tu es seule là-bas?

– Oui. C'est magnifique. Le soleil s'est levé.

– J'arrive.

– Non, je retourne à l'hôtel à pied. Je veux que tu te reposes et que tu te fasses faire un check-up.

– Tu plaisantes?

– On t'a déjà fait un électrocardiogramme?

– Si tu continues à me torturer, je vais faire une crise cardiaque. J'ai fait un électrocardiogramme après ma noyade et mon cœur est parfait. Ce dont j'ai besoin, c'est d'une cure massive d'exercices érotiques sur une durée indéterminée.

– Ça dépendra de ton pouls quand j'arriverai.

– Allez, Rowan! Je n'ai pas besoin d'un check-up. Si tu n'es pas là dans dix minutes, je débarque.

– C'est plus de temps qu'il ne m'en faut.

Elle marcha lentement à travers la salle à manger et passa dans le hall d'entrée. La lumière du soleil faisait briller les lattes du parquet.

Un grand sentiment de bien-être l'envahit. Elle resta immobile quelques secondes pour écouter, sentir, essayer de prendre possession de cet instant, de se rappeler l'angoisse de la veille et de l'avant-veille pour la comparer à la paix de l'instant présent. Une fois encore, l'horreur de la tragédie la réconforta car elle y avait sa place. Et elle avait la ferme intention de se racheter.

Elle se dirigea vers la porte d'entrée et aperçut un grand vase de roses sur la table. Était-ce une attention de Gerald? Il avait peut-être oublié de la prévenir.

Elle s'arrêta pour contempler les magnifiques fleurs somnolentes, rouge sang, qui ressemblaient plutôt à une composition florale pour un enterrement, songea-t-elle. Comme si on les avait prises dans un cimetière.

Son sang se glaça quand elle pensa à Lasher. Ne jetait-il pas des fleurs aux pieds de Deirdre? L'émotion fut si violente qu'elle entendait les battements de son cœur. Mais quelle idée absurde! C'était sûrement Gerald, ou Pierce quand il était venu s'occuper des matelas. Après tout, c'était un vase ordinaire, à moitié rempli d'eau claire! Et ces fleurs venaient de chez un fleuriste!

Tandis que son pouls redevenait régulier, elle se rendit compte que le bouquet avait quelque chose d'étrange. Elle n'y connaissait pas grand-chose en roses mais, d'habitude, elles étaient plus petites. Comme celles-ci étaient grosses et rouge foncé! Et les tiges, et les feuilles. Habituellement, les feuilles de rose étaient en forme d'amande. Pas celles-ci. Elles présentaient aussi une multitude de petits points. C'était vraiment curieux.

Elle avança vers la porte en essayant de retrouver son impression de bien-être. Cette maison ressemblait plutôt à un temple. Elle se retourna pour regarder vers l'escalier. C'était là-haut qu'Arthur avait aperçu Stuart Townsend.

Personne. Dans le hall non plus. Pas plus que sous le porche où la vigne vierge grimpait partout.

– Tu as peur de moi? dit-elle à voix haute. (Cela lui fit drôle de prononcer ces mots.) Tu croyais me faire peur et tu es en colère parce que je ne te crains pas? C'est ça?

Souriant légèrement, elle retourna vers les roses, en prit une et la porta à ses lèvres pour sentir ses pétales soyeux. Elle était vraiment énorme. Il y avait un nombre incroyable de pétales, qui avaient l'air complètement désordonnés. Ils commençaient déjà à se faner. Elle savoura leur doux parfum pendant une seconde puis sortit dans le jardin et jeta la fleur par terre avant de franchir la grille.

TROISIÈME PARTIE

VIENS DANS MON SALON

Trente-trois

Des travaux de restauration délirants débutèrent dès le jeudi matin alors que, la veille, au cours du dîner à Oak Haven avec Aaron et Rowan, Michael avait parlé d'avancer pas à pas.

Pour ce qui concernait la tombe, il avait écrit dans son cahier toutes ses pensées se rapportant à la porte et au nombre treize, et ne voulait plus s'y attarder.

La visite au cimetière avait été lugubre. Le ciel était couvert, mais il avait quand même apprécié la promenade avec Aaron. Celui-ci lui avait montré comment bloquer certaines des sensations perçues par ses mains. Il s'était entraîné à toucher à mains nues des piliers de grille ou des branches de lantanier sauvage et à repousser les images qui lui parvenaient. A sa grande surprise, cela marchait relativement bien.

Mais le cimetière. Il avait détesté cet endroit, avec sa beauté romantique en décrépitude. Il avait détesté les monceaux de fleurs flétries restant de l'enterrement de Deirdre et le trou béant dans lequel on allait déposer Carlotta.

Tout à coup, il s'était aperçu que la tombe comportait douze cryptes et qu'avec la porte sculptée au-dessus, le tout formait treize portails. Ce fut à cet instant qu'arriva son vieil ami Jerry Lonigan, accompagné de quelques Mayfair très pâles et suivi d'un cercueil posé sur des roues. On avait ensuite descendu le cercueil dans sa cavité et le prêtre avait procédé à une petite cérémonie très brève.

Douze cryptes, la porte en forme de trou de serrure, le cercueil en place, et c'était fini. Ses yeux se posèrent à nouveau sur la porte, qui était identique à celles de la maison, mais pourquoi? Puis tout le monde avait échangé quelques propos aimables et on s'était séparés.

Le cimetière avait été plongé dans un silence enivrant. Depuis le début de cette odyssée fantastique, aucune des choses qu'il avait vues, pas même les bocaux, ne l'avait rempli d'une terreur aussi grande que cette tombe.

– C'est ça, le treize, avait-il dit à Aaron.

– Bien plus de gens ont été enterrés ici, avait expliqué Aaron. Vous savez comment on procède.

– C'est plus compliqué que ça. Regardez : douze cryptes et une porte. Je savais que le nombre et la porte avaient un rapport. Mais je ne sais pas ce que cela signifie.

Cette pensée lui avait été insupportable. Même la créature voulant devenir humaine ne provoquait pas tant d'appréhension chez lui.

Pendant le dîner, dans le patio de Oak Haven, enveloppés dans le crépuscule cendreux, ils avaient décidé une nouvelle fois de ne plus se perdre en interprétations hasardeuses. Il fallait faire ce qu'ils avaient décidé. Michael et Rowan avaient passé la nuit à Oak Haven, ce qui les avait changés un peu de l'hôtel, et quand Michael avait été réveillé par le soleil à 6 heures du matin, Rowan buvait déjà sa deuxième tasse de café sur la galerie. Elle ne tenait pas en place.

Dès son arrivée à La Nouvelle-Orléans, à 9 heures, Michael se mit à l'œuvre. Il ne s'était jamais autant amusé.

Dans une voiture de location, il écuma la ville pour relever les noms des entrepreneurs qui travaillaient sur les plus belles maisons des beaux quartiers. Il discuta avec des patrons et des ouvriers et fut même parfois autorisé à entrer dans les maisons pour voir la progression des travaux. Il parla salaires et demanda les noms de charpentiers et de peintres qui avaient besoin de travail.

Il appela les cabinets d'architectes réputés pour s'occuper de somptueuses demeures et leur demanda de lui recommander des artisans. La gentillesse des gens le frappa. Et dès qu'il mentionnait le nom de Mayfair, ils étaient trop heureux de lui rendre service.

A 1 heure, il avait déjà recruté trois équipes de peintres excellents et une équipe des meilleurs plâtriers de la ville, des quarterons descendant de familles noires affranchies bien avant la guerre de Sécession et qui replâtraient les plafonds et les murs des maisons de La Nouvelle-Orléans depuis sept à huit générations.

Il avait aussi engagé deux équipes de plombiers, une entreprise de couverture et un jardinier-paysagiste de renom chargé de remettre le jardin en état. A 2 heures, l'homme vint parcourir la propriété avec Michael et, pendant une demi-heure, répertoria les camélias géants, les azalées et les roses anciennes que l'on pourrait sauver.

Une équipe spéciale devait venir le vendredi matin pour vider la piscine, la récurer, mesurer l'importance des réparations et retaper son équipement technique vieillot. Rendez-vous fut également pris pour le lendemain avec un cuisiniste, ainsi que des ingénieurs chargés d'examiner les fondations de la maison et ses porches. Enfin, un excellent charpentier et homme à tout faire nommé Dart Henley fut enchanté d'être nommé bras droit de Michael.

Entre-temps, Ryan Mayfair était arrivé pour entreprendre l'inventaire légal des biens de Deirdre et Carlotta Mayfair. Un groupe de jeunes juristes comprenant Pierce, Franklin, Isaac et Wheatfield Mayfair, tous descendants en ligne directe des fondateurs du cabinet, arrivèrent accompagnés d'une cohorte d'experts et d'antiquaires pour répertorier, estimer et étiqueter chaque lustre, chaque tableau, chaque miroir et chaque fauteuil.

Des meubles français anciens d'une valeur inestimable furent descendus du grenier, dont quelques chaises et tables en parfait état. Les pièces Art déco de Stella, tout aussi délicates et bien conservées, furent regroupées.

Des douzaines de tableaux, de tapis roulés, de vieilles tapisseries et tous les lustres de Riverbend furent découverts dans des caisses.

Il faisait déjà nuit quand Ryan eut terminé.

– Bonne nouvelle : pas d'autre cadavre, lui annonça-t-il.

Un peu plus tard, il lui téléphona pour lui dire que le fantastique inventaire était à peu de chose près identique à celui effectué après la mort d'Antha. Il n'avait eu qu'à reprendre l'ancienne liste et cocher chaque élément au fur et à mesure. Même le nombre de pièces d'or et de bijoux était inchangé.

Michael était rentré à l'hôtel avant elle et avait dégusté un délicieux plat exotique qu'il s'était fait monter. Au retour de Rowan, il lui montra les livres d'architecture qu'il avait glanés dans les librairies, dans lesquels se trouvaient des photos des maisons entourant celles de Rowan et des magnifiques demeures de Garden District.

Rowan entreprit de lire les divers papiers qu'elle avait à signer. Elle avait ouvert un compte joint à la banque Whitney, où elle avait déposé trois cent mille dollars pour la rénovation de la maison. Elle tendit à Michael le document bancaire qu'il devait signer et un carnet de chèques.

– Tu ne dépenseras jamais assez d'argent pour cette maison, lui dit-elle. Elle mérite ce qu'il y a de mieux.

Michael poussa un petit rire ravi. C'était le rêve de sa vie : restaurer une maison avec un budget illimité, une sorte de grande œuvre d'art pour laquelle chaque décision serait prise dans les plus pures intentions.

A 8 heures, Rowan descendit boire un verre au bar de l'hôtel avec Béatrice et Sandra Mayfair et remonta une heure plus tard. Cela s'était fort bien passé, ses cousines faisant toute la conversation. Elle aimait le son de leurs voix. Elle avait toujours aimé écouter les gens, surtout quand ils parlaient tant et qu'elle n'avait rien besoin de dire. Le lendemain, elle devait prendre le petit déjeuner avec quelques autres cousins.

– Tu sais, dit-elle à Michael, elles connaissent des choses qu'elles ne me disent pas, et aussi que les plus anciens de la famille en savent long. C'est à eux que je dois parler. Il faut que je gagne leur confiance.

Le vendredi, pendant que plombiers et couvreurs s'affairaient, que les plâtriers allaient et venaient avec leurs seaux et leurs échelles et qu'une machine bruyante commençait à pomper l'eau de la piscine, Rowan alla en ville pour signer des papiers.

Michael se mit au travail avec les carreleurs dans la salle de bains de devant. Il avait été décidé de terminer d'abord la salle de bains et la chambre de devant afin que Michael et Rowan puissent s'y installer dès que possible. Et Rowan avait voulu qu'on installe une douche sans toucher à la vieille baignoire. Il fallait donc faire sauter une partie du carrelage, en rajouter d'autre et entourer la baignoire d'un panneau de verre.

– Ce sera fait dans trois jours, avait promis l'artisan.

Les plâtriers étaient déjà en train de décoller le vieux papier peint du plafond de la chambre. Il fallait appeler l'électricien car les fils du vieux lustre en cuivre n'étaient pas isolés. Rowan et Michael voulaient aussi faire installer un ventilateur à pales au plafond.

Vers 11 heures, Michael sortit sous le porche du salon. Deux femmes de ménage travaillaient bruyamment en plaisantant dans la pièce derrière lui. Le décorateur recommandé par Béa prenait les mesures des fenêtres pour confectionner de nouveaux rideaux.

Michael regarda le vieux fauteuil à bascule. Il avait été gratté et astiqué. Le porche avait été balayé.

Il prit une profonde respiration en contemplant le lagerstrœmia de la pelouse.

– Pas encore d'échelle renversée, Lasher?

Son murmure se dispersa dans les airs.

Rien que le bourdonnement des abeilles, le bruit des travaux, le moteur d'une tondeuse et d'une souffleuse à feuilles naviguant dans les allées. Il consulta sa montre. Les spécialistes de la climatisation devaient arriver d'une minute à l'autre. Il avait conçu un système de huit pompes à chaleur qui fournirait à la fois l'air conditionné et le chauffage. Le seul problème était l'emplacement de la machinerie, le grenier étant rempli de caisses et de meubles.

Il fallait aussi qu'il s'occupe des planchers. Celui du salon, toujours aussi magnifique, datait sans doute du temps où Stella y organisait des bals. Mais les autres étaient très abîmés. De toute façon, il fallait attendre que les plâtriers aient fini avant d'entreprendre quoi que ce soit. Ils faisaient trop de saletés. Et les peintres, où en étaient-ils à l'extérieur? Ah mais non! ils devaient attendre que les couvreurs aient fixé les murs de parapet tout en haut. De toute façon, ils avaient le sablage des fenêtres et des volets à faire en attendant.

Tout cela était follement amusant. Mais pourquoi tant de hâte? On avait tout le temps.

Il ne voulait pas avouer à Rowan qu'il ne s'était toujours pas débarrassé de son appréhension, de sa certitude qu'on les observait et que la maison était en quelque sorte vivante. Cela provenait peut-être des images qu'il avait vues dans le grenier, toutes ces jupes en taffetas autour de lui. Il ne croyait pas aux fantômes mais la bâtisse avait absorbé la personnalité de tous les Mayfair qui y avaient vécu. Il avait tout le temps l'impression que s'il se retournait il verrait quelqu'un ou quelque chose qui n'était pas réellement là.

– Vous vouliez quelque chose, monsieur Mike? demanda la jeune femme de ménage.

Il secoua la tête.

Se retournant, il regarda le fauteuil vide. N'avait-il pas bougé? C'était stupide. Il ferma son cahier et retourna travailler.

Eugenia était là. Elle voulait absolument travailler. Personne ne connaissait la maison mieux qu'elle, elle y avait travaillé pendant cinq ans. Elle avait dit à son fils le matin même qu'elle n'était pas trop vieille et qu'elle travaillerait jusqu'à ce qu'elle tombe raide morte.

Le décorateur demanda si le docteur Mayfair était sûr de vouloir des rideaux en soie. Il avait toute une kyrielle de damas et de velours qui coûteraient deux fois moins cher.

Lorsque Michael alla chercher Rowan chez Mayfair & Mayfair à l'heure du déjeuner, elle était encore en train de signer des papiers. Il fut surpris du bon accueil que lui réserva Ryan.

– Avant Antha et Deirdre, la coutume était que l'héritière fasse des donations dans une occasion comme celle-ci, lui expliqua-t-il. Rowan a tenu à faire revivre cette tradition. Nous sommes en train de dresser une liste des Mayfair qui pourraient en avoir besoin et Béatrice appelle tout le monde au téléphone. Vous savez, ce n'est pas aussi stupide que ça en a l'air. La plupart des Mayfair ont de l'argent et en ont toujours eu. Mais d'autres ont des enfants au collège, en faculté de médecine, ou aimeraient s'acheter une maison. C'est très généreux de la part de Rowan de perpétuer la coutume.

Mais il y avait quelque chose de fourbe et de calculé dans l'attitude de Ryan, comme s'il voulait tester Michael en lui donnant ces bribes d'information. Michael hocha la tête en disant :

– Bonne idée.

Plus tard dans l'après-midi, Michael et Rowan retournèrent à la maison pour discuter avec les ouvriers autour de la piscine. L'odeur qui se dégageait de la boue retirée du fond de la piscine était pestilentielle. Torse et pieds nus, les ouvriers l'emportaient dans des brouettes. Le ciment ne présentait aucune fissure importante. Le contremaître annonça à Michael qu'il aurait tout réparé vers le milieu de la semaine suivante.

– J'aimerais que ce soit plus rapide, dit Rowan. Je préfère vous payer plus cher pour que vous travailliez ce week-end. Je ne supporte pas de voir la piscine dans cet état.

Les ouvriers furent heureux à l'idée d'une augmentation de salaire et tous furent d'accord pour travailler le week-end.

Michael téléphona à d'autres peintres pour qu'ils viennent s'occuper du cabanon. Ils acceptèrent de travailler le samedi pour une augmentation de 50 pour 100 de leur salaire horaire. Ils repeindraient les portes en bois, répareraient la douche, le lavabo et les petites cabines pour se changer.

– De quelle couleur veux-tu la maison, demanda Michael à Rowan. Ils vont s'y mettre bientôt. Pour le cabanon et les dépendances, tu veux la même couleur que la maison?

– Dis-moi ce que tu veux, toi.

– Moi je garderais la couleur violette qu'elle a toujours eue et le vert foncé pour les volets. En fait, je serais d'accord pour garder exactement les mêmes couleurs : bleu pour les toits des porches, gris pour les planchers des porches et noir pour le fer forgé. Au fait, j'ai trouvé quelqu'un pour remplacer les morceaux de fer forgé qui manquent. Il est déjà en train de fabriquer les moules.

– Engage tous les ouvriers dont tu as besoin. Et le violet est parfait pour moi. Et puis, si tu dois prendre une décision sans moi, n'hésite pas. Je veux que cette maison soit exactement comme tu penses qu'elle doit être. Et ne regarde pas à la dépense.

– Chérie, tu es le client idéal. Les travaux progressent plus vite que prévu. Tu vois le type qui vient de sortir par-derrière? Je te parie qu'il vient me dire qu'il a un problème avec les murs de la salle de bains. Je m'y attendais.

– Ne travaille pas trop dur, lui chuchota-t-elle à l'oreille.

Sa voix profonde et veloutée le fit frémir. Un frisson d'excitation passa entre ses jambes quand elle appuya ses seins contre son bras. Pas le temps!

– Travailler trop dur? Mais je suis à peine en train de m'échauffer. D'ailleurs, ça me donne des envies tout ça. J'ai repéré dans le quartier quelques maisons irréristibles auxquelles j'aimerais bien m'attaquer quand j'en aurai fini ici. Tu peux me croire, cette maison est la première d'une longue série!

– Il te faut combien pour les racheter?

– Ma chérie, j'ai suffisamment d'argent pour ça, dit-il en l'embrassant furtivement. J'ai plein d'argent. Demande à ton cousin Ryan si tu ne me crois pas. Je serais très surpris qu'il n'ait pas fait une enquête serrée sur l'état de mes finances.

– Michael, s'il se permet un seul mot de travers...

– Rowan, je suis aux anges. Calme-toi!

Le samedi et le dimanche filèrent à la même allure folle. Les jardiniers travaillèrent jusqu'à la tombée de la nuit pour couper les mauvaises herbes et dégager les vieux meubles de jardin en fer forgé littéralement enracinés dans le sol.

Rowan, Michael et Aaron installèrent la vieille table et les chaises au beau milieu de la pelouse et y prirent tous leurs repas.

Aaron avançait dans la lecture des registres de Julien mais il s'agissait principalement de listes de noms et de quelques phrases lapidaires très énigmatiques. Aucune trace d'autobiographie.

– A mon avis, il s'agit d'une liste de petites vengeances.

Il leur lut quelques exemples :

– « 4 avril 1889, Hendrickson a eu ce qu'il méritait. 9 mai 1889, Carlos payé en nature. 7 juin 1889, furieux contre Wendell pour sa mauvaise humeur d'hier soir. Lui ai montré une ou deux choses. Plus de souci à se faire à son sujet. » Et ainsi de suite, page après page, registre après registre. De temps en temps, on trouve des petites cartes, des dessins et des notes financières, mais c'est tout. Il doit y avoir environ vingt-deux entrées par an. Si cette fameuse autobiographie existe, elle n'est pas là.

– Ça vous tente de monter au grenier? demanda Rowan.

– Pas maintenant. J'ai fait une chute hier soir.

– Que s'est-il passé?

– C'était dans l'escalier de l'hôtel. L'ascenseur était trop long à arriver et je suis monté à pied. Je suis tombé sur le palier du premier. Ç'aurait pu être pire.

– Aaron, pourquoi n'en avez-vous pas parlé?

– Eh bien, c'est fait. C'est un incident banal, hormis le fait que je ne me souviens pas d'avoir raté une marche. J'ai la cheville un peu endolorie et je préfère remettre le grenier à plus tard.

Michael vit que Rowan bouillait de colère. Ça se voyait sur son visage.

– On vous a poussé? demanda-t-elle d'une voix faible.

– Peut-être.

– Il vous tourmente.

– Je crois. Il aime aussi mettre du désordre dans les livres de Julien quand il en a l'occasion. C'est-à-dire dès que j'ai quitté la pièce.

– Pourquoi fait-il cela?

– Il veut peut-être attirer votre attention. De toute façon, je suis capable de me protéger. Dites-donc, les travaux avancent à toute allure!

– Impeccable, dit Michael.

Mais il se sentait fort triste. Après le déjeuner, il accompagna Aaron à la grille.

– Je m'amuse un peu trop, n'est-ce pas? lui demanda-t-il.

– Certainement pas, répondit Aaron. Quelle drôle d'idée!

– Je voudrais que le moment arrive. Je me sens capable de gagner. L'attente me rend fou. Qu'est-ce qu'il attend à votre avis?

– Et vos mains? J'aimerais que vous essayiez d'enlever vos gants de temps en temps.

– C'est ce que je fais. Je les enlève quelques heures tous les jours. Mais je n'arrive pas à me faire à la chaleur et à cette sensation de sifflement, même quand j'arrive à tout repousser comme vous me l'avez appris. Vous ne voulez pas que je vous raccompagne à pied jusqu'à l'hôtel?

– Bien sûr que non. Je vous verrai ce soir si vous avez le temps de boire un verre.

– D'accord. Vous ne trouvez pas que ce qui m'arrive est comme un rêve qui se réalise?

– Pour moi aussi, vous savez.

– Vous me faites confiance?

– Quelle question!

– Vous croyez que je vais l'emporter? Que je vais faire ce qu'ils me demandent?

– A votre avis?

– Je crois qu'elle m'aime et que tout ce qui va arriver sera merveilleux.

– Moi aussi.

Trente-quatre

Son moment préféré était toujours l'aurore. Même si elle avait lu tard, elle ouvrait les yeux à 4 heures du matin. De son côté, même s'il s'était couché tôt, Michael dormait toujours du sommeil du juste jusqu'à 9 heures, à moins qu'on ne le secoue comme un prunier ou qu'on ne lui crie dans les oreilles.

Parfait. Cela lui laissait du temps pour la tranquillité que son esprit lui réclamait. Elle n'avait jamais connu un homme qui l'acceptât aussi totalement. Pourtant, il y avait des moments où elle avait besoin de s'isoler.

– Je veux passer le reste de mes jours avec toi, lui chutota-t-elle à l'oreille en passant ses doigts dans la barbe naissante de son compagnon. Mon esprit et mon corps ont besoin de toi.

Aucun risque de le réveiller.

C'était une heure formidable pour se promener dans les rues désertes. Le soleil se levait à peine, les écureuils couraient sur les branches des chênes et les grilles scintillaient de rosée. Le ciel était marbré de rouge.

La maison était fraîche à cette heure-là et, ce matin, elle en était particulièrement contente car le climat de la région commençait à lui peser. Et elle avait une tâche pénible à accomplir.

Elle aurait dû le faire plus tôt mais elle avait volontairement relégué cette corvée dans un coin de son cerveau pour profiter des bonnes choses qui s'étaient offertes à elle.

En montant l'escalier, elle s'aperçut qu'elle était impatiente. Un petit frisson d'excitation la prit par surprise. Elle entra dans l'ancienne chambre de maître, celle de sa mère, et se dirigea vers la table de chevet au dessus de marbre où elle avait laissé la bourse contenant les pièces d'or. L'écrin était toujours là, lui aussi. Malgré les allées et venues, personne n'avait osé y toucher.

Elle observa les pièces. Dieu seul savait d'où elles provenaient. Elle prit le sac et l'écrin et les descendit dans sa pièce favorite, la salle à manger.

La douce lumière du matin commençait à percer à travers les carreaux sales. Une bâche recouvrait à moitié le plancher et une immense échelle double attendait dans un coin.

Elle repoussa le napperon couvrant la table, ôta le morceau de tissu protégeant une des chaises et s'assit en posant ses trésors devant elle.

– Tu es là, murmura-t-elle. Je sais que tu es là. Tu m'observes.

Elle sortit une poignée de pièces et les étala pour mieux les contempler à la lumière. Des pièces romaines, pas besoin d'être un expert pour le deviner. Et là, une pièce espagnole dont les chiffres et les lettres étaient extraordinairement lisibles. Elle fouilla dans le sac et en extirpa d'autres trouvailles. Des pièces grecques? Elle n'en était pas certaine. Elles étaient un peu collantes à cause de l'humidité et de la poussière. Elle avait envie de les astiquer. Elle se dit subitement que ce serait un petit travail idéal pour Eugenia.

Au moment où elle souriait à cette idée, il lui sembla entendre un bruit. Un vague bruissement. Michael aurait dit que c'était le bois qui chantait. Elle n'y prêta pas attention.

Elle rassembla les pièces et les replaça dans la bourse, qu'elle mit de côté. Elle prit la boîte à bijoux. C'était un objet très ancien, rectangulaire, aux gonds ternis. Le velours était complètement usé par endroits et l'on apercevait parfois le bois en dessous. C'était une boîte profonde munie de six compartiments.

Les bijoux étaient tout mélangés : boucles d'oreilles, colliers, bagues et broches étaient emmêlés. Au fond de la boîte, comme autant de petits cailloux, se trouvait ce qui semblait être des pierres brutes. Étaient-ce des rubis, des émeraudes véritables? Elle avait du mal à le croire. Elle aurait été incapable de distinguer une vraie perle d'une fausse, ni l'or massif du plaqué. Mais les colliers étaient de véritables objets d'art, talentueusement fabriqués. En les touchant, elle se sentit pleine de respect, mais aussi de tristesse.

Elle pensa à Antha se hâtant dans les rues de New York avec une poignée de pièces à vendre. Elle pensa à sa mère assise sur le fauteuil sous le porche, de la bave coulant sur son menton, avec toute cette fortune à sa portée et le collier Mayfair autour du cou, à la façon d'un colifichet de pacotille.

L'émeraude Mayfair. Elle n'y avait pas repensé depuis le premier soir, lorsqu'elle l'avait rangée dans le vaisselier. Elle se leva et se rendit dans l'office, où elle trouva le petit coffret en velours, juste là où elle l'avait laissé, entre les tasses et les soucoupes de valeur.

Elle retourna à la table, posa l'objet et l'ouvrit avec précaution. Le joyau des joyaux : grand, rectangulaire, luisant merveilleusement dans sa monture d'or.

Le premier soir, cet objet lui avait paru irréel et légèrement répugnant. Maintenant, elle avait l'impression qu'il était une chose vivante ayant une histoire à raconter. Elle hésita à le sortir du coffret. Il ne lui appartenait pas. Il appartenait à celles qui avaient cru en lui et l'avaient porté avec fierté. Celles qui avaient voulu Lasher.

L'espace d'un instant, elle eut envie d'être des leurs. Elle essaya de refouler cette idée mais c'était bien ce qu'elle ressentait : l'envie d'accepter de tout son cœur la totalité de l'héritage.

Voilà qu'elle appelait le diable, comme une sorcière, maintenant ! Elle rit doucement.

Il lui vint pour la première fois à l'esprit qu'il n'était pas juste de le considérer comme son ennemi juré avant même de l'avoir rencontré.

– Qu'attends-tu ? demanda-t-elle tout haut. Tu es chez toi ici. Et tu es là. Tu m'écoutes et tu m'observes.

Elle se carra sur sa chaise, laissant courir ses yeux sur les fresques murales qui prenaient vie sous le soleil naissant. Pour la première fois, elle y distingua une femme minuscule et nue dans l'encadrement d'une fenêtre de la maison de plantation. Et une autre assise sur la rive vert foncé du petit lagon. Cela la fit sourire, comme si elle avait découvert un secret. Elle se demanda si Michael avait vu ces deux beautés couleur fauve. Cette maison était remplie de choses à découvrir, de la même façon que son jardin triste et mélancolique.

Derrière les fenêtres, le laurier-cerise se mit à se balancer dans la brise, comme si un vent agitait ses branches rigides et sombres. L'arbre se mit à battre contre la balustrade du porche, à frotter contre le toit au-dessus puis redevint calme, le vent semblant s'éloigner vers le lagerstrœmia distant.

La façon dont les hautes branches minces, parsemées de fleurs roses, se laissaient prendre par cette danse était enchanteresse. L'arbre entier se mit à battre contre le mur gris de la maison voisine, laissant tomber une pluie de feuilles pommelées. On aurait dit une lumière s'éparpillant en minuscules morceaux.

Ses yeux s'embrumèrent légèrement. Elle était consciente de la relaxation de ses membres et de s'enfoncer dans une vague torpeur. Elle se laissait prendre par la danse de l'arbre et par la pluie verte qui tombait du laurier-cerise.

Soudain, elle se rendit compte que le mouvement des branches n'était pas naturel.

– Toi ! murmura-t-elle.

Lasher était là, au milieu des arbres, de la même façon qu'il apparaissait à Deirdre à la pension. Et Rita Mae qui n'avait jamais compris la description qu'elle avait faite à Aaron Lightner !

Elle s'était raidie sur sa chaise. L'arbre s'inclinait vers elle puis reprenait sa place avec grâce, ses branches masquant complètement le soleil. La pièce était devenue chaude et Rowan manquait d'air.

Elle ne se souvenait pas de s'être levée mais elle était maintenant debout. Oui, il était là. C'était forcément lui qui faisait bouger les arbres. Aucune force naturelle n'aurait pu les faire bouger ainsi. Elle sentit les poils de ses bras se hérisser et une vague de froid sur sa tête, comme si quelqu'un la touchait.

– Pourquoi ne parles-tu pas? Je suis seule.

Comme sa voix avait un timbre étrange! Mais d'autres sons parvinrent à ses oreilles. Un camion s'arrêta et des voix se firent entendre dehors. Les ouvriers. Ils poussèrent la grille qui grinça. Elle attendit, la tête penchée, et entendit tourner la poignée de la porte.

– Bonjour docteur Mayfair!

– Bonjour Dart. Bonjour Rob. Bonjour Billy.

Des pas lourds montèrent l'escalier. Elle entendit encore la vibration de l'ascenseur que l'on faisait descendre puis le bruit de la portière en cuivre que l'on ouvrait.

Elle se retourna nonchalamment, rassembla tous ses trésors et les porta dans le tiroir du vaisselier, là où elle avait retrouvé le linge de maison moisi. La vieille clé était toujours dans la serrure. Elle la tourna et la mit dans sa poche.

Puis elle sortit lentement de la maison, mal à l'aise, abandonnant les lieux aux ouvriers.

A la porte, elle se retourna pour regarder en arrière. Plus de brise dans le jardin. Pour s'assurer de ce qu'elle avait vu, elle fit demi-tour et prit le sentier contournant le porche où sa mère avait passé sa vie et longea la galerie de service qui courait le long de la salle à manger.

C'était le silence absolu.

– Qu'est-ce qui t'empêche de me parler? murmura-t-elle. Tu as peur?

Aucun mouvement. La chaleur montait des dalles sous ses pieds. Des nuages de moucherons microscopiques s'agglutinaient dans l'ombre. Les grands lys blancs assoupis s'inclinaient vers elle et un craquement sourd attira son regard vers les profondeurs du jardin : dans un recoin sombre, la haute tige d'un grand glaïeul violet, après s'être courbée, se remettait maintenant en position verticale, comme après le passage d'un chat pressé.

Elle ne pouvait en détacher ses yeux. Les paupières alourdies par la chaleur, elle chassa de la main un nuage de moucherons. La fleur n'était-elle pas en train de grandir?

Non. Le haut de la tige était simplement brisé. Elle trouva la fleur monstrueusement énorme mais ce n'était peut-être qu'une impression : la chaleur, le calme, l'arrivée soudaine des ouvriers comme des intrus dans son domaine, juste au moment où elle se sentait vraiment en paix. Elle était probablement contrariée.

Elle sortit un mouchoir de sa poche et s'essuya les joues avant de reprendre le chemin de la grille. Elle était troublée, confuse. Elle se sentait coupable d'être venue seule et se demandait si quelque chose de non naturel venait de se produire.

Tous ses projets pour la journée lui revinrent. Tant de choses à faire!

Michael devait tout juste se lever. Si elle se dépêchait, elle pourrait prendre son petit déjeuner avec lui.

Trente-cinq

Le lundi matin, Michael et Rowan se rendirent en ville pour se procurer leur permis de conduire de Louisiane. Sans ce document, impossible d'acheter une voiture.

Lorsqu'ils remirent aux autorités leur permis californien, ce fut pour eux comme un cérémonial définitif et exaltant. C'était comme renoncer à son passeport ou à sa nationalité. Michael lança un regard à Rowan, qui avait son sourire secret et ravi.

Ils dînèrent au Desire Oyster Bar d'un gumbo brûlant, plein de crevettes et d'andouilles, accompagné de bière glacée. Les portes du bar étaient ouvertes sur Bourbon Street, le ventilateur du plafond brassait de l'air frais autour d'eux et une douce musique de jazz leur parvenait du bar Mahogany Hall en face.

– C'est le son de La Nouvelle-Orléans, commenta Michael. C'est une forme de jazz contenant une véritable joie de vivre. Il n'y a jamais rien de triste dans cette musique, même pendant les enterrements.

– Allons nous promener, dit Rowan.

Ils passèrent la soirée dans le quartier français, fuyant les lumières crues de Bourbon Street pour flâner devant les boutiques élégantes de Royal et de Chartres et revenir au point de vue panoramique sur le fleuve, en face de Jackson Square.

Il était si bon après une longue promenade de s'asseoir sur un banc devant le fleuve, à regarder les lueurs sombres de l'eau, les bateaux qui dansaient, ornés de guirlandes d'ampoules qui les faisaient ressembler à des gâteaux de mariage.

Les touristes qui passaient étaient très gais. On entendait des conversations à mi-voix et de soudains éclats de rire. Des couples s'étreignaient dans l'ombre. Un saxophoniste jouait une mélodie hachée et sentimentale et des gens jetaient des pièces dans le chapeau placé devant lui.

Finalement, ils retournèrent dans les rues encombrées et fendirent la foule jusqu'au vieux Café du Monde pour prendre un de leurs fameux cafés au lait et manger des beignets au sucre. Ils restèrent assis un moment dans l'air chaud puis flânèrent encore devant les boutiques du vieux marché français, en face des tristes mais gracieux immeubles de Decatur Street, avec leurs balcons en fer forgé et leurs minces colonnettes en fer.

Quelle sensation extraordinaire pour Michael que de se retrouver dans sa ville, de l'argent plein les poches ! Que de savoir qu'il pouvait acheter ces maisons dont il rêvait dans son enfance désespérée !

Rowan semblait impatiente, heureuse, curieuse de tout ce qui l'entourait. Aucun regret, apparemment. Mais il était si tôt...

Elle papotait tout le temps, de sa voix si profonde et si charmeuse qu'il écoutait à peine ce qu'elle disait. Elle était d'accord pour dire que les gens étaient vraiment adorables : ils prenaient leur temps dans tout ce qu'ils faisaient et étaient si dénués de méchanceté que c'en était incroyable. L'accent des membres de sa famille la déconcertait. Béatrice et Ryan avaient une pointe d'accent de New York. Celui de Louisa était complètement différent et le jeune Pierce n'avait pas le même que son père. Et pourtant, tous avaient par moments un peu le même accent que Michael.

– Ne le leur dis pas, chérie, l'avertit-il. Je suis originaire de l'autre côté de Magazine Street et ils le savent. Sois-en certaine.

– Ils te trouvent merveilleux, dit-elle. Pierce dit que tu es vieux jeu.

Michael se mit à rire.

– Peut-être bien!

Ils restèrent tard à discuter en buvant de la bière. La vieille suite était aussi grande qu'un appartement, avec son bureau, sa cuisine, son salon et sa chambre. Michael ne s'enivrait plus et il savait que Rowan l'avait remarqué. Mais elle n'en disait rien. C'était parfait.

L'hôpital lui manquait-il? Oui. Mais cela n'avait aucune importance. Elle avait un grand projet d'avenir qu'elle révélerait bientôt.

– Mais tu ne renonces pas à la médecine? Tu ne peux pas faire ça?

– Bien sûr que non, répondit-elle patiemment. Au contraire. Je ne pense qu'à la médecine, mais d'un point de vue différent.

– C'est-à-dire?

– Il est trop tôt pour en parler. Je ne suis pas certaine moi-même. Cette histoire d'héritage change tout pour moi et plus j'en saurai là-dessus, plus les choses changeront. Je fais une sorte d'internat chez Mayfair & Mayfair. (Elle fit un geste vers les papiers posés sur la table.) Et j'avance à grands pas.

– C'est vraiment ce que tu veux faire?

– Michael, tout ce que nous faisons dans la vie, c'est dans l'attente de quelque chose. J'ai grandi avec de l'argent mais les sommes impliquées n'avaient aucune commune mesure avec celles d'aujourd'hui. Avec l'argent des Mayfair, on peut financer des programmes de recherche, construire des laboratoires et probablement une clinique à côté d'un centre médical. (Elle haussa les épaules.) Tu vois ce que je veux dire?

– Ouais, mais si tu fais cela, tu n'entreras plus dans une salle d'opération. Tu deviendras administrateur, un point c'est tout.

– Peut-être bien. En fait, cet héritage est un défi que je dois relever. Il faut que je fasse fonctionner mon imagination.

Il acquiesça.

– Je vois ce que tu veux dire. Tu crois qu'ils vont te mettre des bâtons dans les roues?

– En phase finale, sûrement, quand je serai prête à agir. Mais peu importe. Je ferai les changements en douceur et avec le plus de tact possible.

– Quels changements?

– Là encore, c'est trop tôt. Je ne suis pas encore prête à coucher tout cela noir sur blanc. Mais je pense à un centre neurologique ici, à La Nouvelle-Orléans, qui serait équipé du matériel le plus moderne et de laboratoires indépendants.

– Doux Jésus! Je n'aurais jamais pensé à une pareille chose.

– Avant, je savais que je n'aurais jamais l'occasion d'inaugurer un programme de recherche et de le diriger complètement. Tu vois ce que je veux dire? Fixer les objectifs, les normes, le budget. Elle eut un regard absent. Le point important est de considérer l'étendue de l'héritage. Et de penser par moi-même.

Sans savoir pourquoi, Michael se sentit vaguement mal à l'aise. Un frisson glacé parcourut son échine lorsqu'il l'entendit dire :

– Le rachat de mes fautes, Michael. Guérir grâce à l'héritage Mayfair. Tu comprends? Partant de Suzanne et de Jan Van Abel, le chirurgien, la famille aboutirait à un grand centre médical, à la pointe de la technologie, consacré à sauver des vies.

Incapable de répondre quoi que ce soit, Michael réfléchissait.

– Tout est possible, insista-t-elle en guettant la réaction de Michael. Une petite flamme dansait dans ses yeux.

– Proche de la perfection.

– Pourquoi fais-tu cette tête? Qu'y a-t-il?

– Je ne sais pas.

– Michael, arrête de penser à ces visions. Arrête de penser à des gens invisibles dans le ciel qui devraient donner un sens à notre vie. Il n'y a pas de fantômes dans le grenier. Pense à toi.

– C'est ce que je fais, Rowan. Ne te fâche pas. Ton idée est géniale. Parfaite. Je ne sais pas pourquoi elle me rend mal à l'aise. Sois patiente avec moi, chérie. Comme tu l'as dit, nos rêves doivent être proportionnels à nos moyens. Tout ça me dépasse un peu.

– Tout ce que tu dois faire, c'est m'aimer et m'écouter réfléchir tout haut.

– Je suis avec toi, Rowan. Je trouve ton idée formidable.

– Mais tu as du mal à l'imaginer. Je comprends. Moi-même, je n'en suis qu'au début. Mais bon sang! L'argent est là, Michael. Cela représente une somme parfaitement indécente. Pendant deux générations, les juristes de cette famille ont bâti cette fortune et l'ont laissée se multiplier comme un monstre tentaculaire.

– Oui, je sais.

– Il y a longtemps qu'ils ont oublié que c'étaient les biens d'une seule personne. Cette fortune s'appartient à elle-même, en quelque sorte. Elle est bien trop monstrueuse pour que quelqu'un puisse la posséder et la contrôler.

– Bien des gens seraient d'accord avec toi.

Mais il ne pouvait s'empêcher de repenser à son séjour à l'hôpital de San Francisco où, étendu sur son lit, il se disait que sa vie avait un sens et que tout ce qu'il avait fait et été allait être racheté.

– Oui, ça rachètera tout, dit-il. N'est-ce pas?

Alors pourquoi revoyait-il cette tombe, avec ses douze ouvertures, la porte au-dessus, le nom Mayfair inscrit en grandes lettres et les fleurs se balançant dans la chaleur suffocante?

Pour se changer les idées, il s'adonna à la meilleure distraction qu'il connaissait : juste contempler Rowan, penser à la caresser et résister à son désir alors qu'elle n'était qu'à quelques centimètres de lui et avait certainement envie de se laisser faire.

Ça marchait. Un petit déclic se fit soudain dans son esprit torturé. Il songea à ses longues jambes nues, à la délicatesse et à la plénitude de ses seins sous son chemisier en soie. Il se pencha, pressa ses lèvres contre le cou de la jeune femme et poussa un petit gémissement.

– Tu te décides enfin? demanda-t-elle.

– Il était temps, tu ne trouves pas? Et si je te portais au lit?

– J'adorerais. Tu ne l'as pas refait depuis la première fois.

– Mon Dieu! C'est proprement impardonnable. Ce que je peux être vieux jeu!

Il passa son bras gauche sous les cuisses chaudes et soyeuses de Rowan et le droit sous ses épaules. Il l'embrassa en la soulevant, exultant intérieurement de ne pas avoir perdu son équilibre. Il l'avait dans ses bras, légère, se cramponnant à lui et d'une docilité complice. L'amener jusqu'au lit fut un jeu d'enfant.

Le mardi, les spécialistes de l'air conditionné se mirent au travail. Joseph, le décorateur, avait déjà emporté les meubles français qui devaient être restaurés. Les magnifiques lits du temps de la plantation n'avaient besoin que d'un bon nettoyage et les femmes de ménage pouvaient s'en occuper.

Les plâtriers avaient terminé dans la chambre de devant. Les peintres fermèrent la pièce avec des bâches en plastique afin de la protéger contre la poussière du reste de la maison. Rowan avait choisi une couleur champagne pour les murs et du blanc pour le plafond et les boiseries. Les tapissiers avaient pris leurs mesures dans les étages. Les menuisiers étaient en train de sabler le plancher en pin de la salle à manger qui, pour une raison obscure, avait été recouvert d'un parquet de chêne et n'avait besoin que d'une couche de peinture fraîche.

Rowan était assise en tailleur dans le salon avec le décorateur, entourée d'échantillons de tissus aux couleurs vives. Elle voulait pour la salle à manger des rideaux en damas foncé assortis aux fresques murales fanées. En haut, elle voulait que tout soit gai et clair.

Michael éplucha les nuanciers de peinture et choisit des tons pêche pour l'étage inférieur, un beige foncé pour la salle à manger et du blanc pour la cuisine et l'office. Il demanda des devis à des laveurs de carreaux et aux sociétés de nettoyage des lustres. L'horloge de parquet située dans le salon fut donnée à réparer.

Le vendredi matin, la domestique de Béatrice, Trina, acheta du linge de maison neuf pour les différentes chambres des étages, dont des oreillers et des édredons, et rangea les draps avec des sachets d'herbes dans les armoires et les tiroirs du buffet. Les travaux de canalisations du grenier étaient achevés. Le vieux papier peint avait été enlevé dans la chambre de Millie, la chambre de malade et celle de Carlotta, et les plâtriers avaient pratiquement terminé la préparation des murs.

Pendant ce temps, une autre équipe de peintres travaillait dans le salon.

La seule fausse note de la journée fut, vers midi, la discussion de Rowan au téléphone avec le docteur Larkin. Elle lui avait annoncé qu'elle prolongeait son congé et il lui avait répondu qu'il avait le sentiment qu'elle laissait tomber, que son héritage et sa belle maison de La Nouvelle-Orléans l'avaient détournée de sa vraie vocation. Il était évident que les projets qu'elle lui avait exposés n'avaient fait que le mettre davantage en colère. Finalement, Rowan s'énerva : elle ne tournait pas le dos à l'œuvre de sa vie, elle pensait à de nouveaux horizons et quand elle aurait envie d'en parler avec lui elle le lui ferait savoir.

Lorsqu'elle raccrocha, elle était hors d'elle. Elle n'avait même pas l'intention de retourner en Californie pour fermer la maison de Tiburon.

– J'en ai froid dans le dos rien qu'à y penser, dit-elle. Je me demande pourquoi ce sentiment est si fort. Je ne veux plus revoir cet endroit. Je n'arrive pas à croire que je me suis enfuie. Il faudrait que je me pince pour être certaine de ne pas rêver.

Michael la comprenait très bien. Toutefois, il lui conseilla de laisser un certain laps de temps s'écouler avant de vendre la maison.

Le vendredi, vers 2 heures de l'après-midi, ils se rendirent chez le concessionnaire Mercedes de Saint Charles Avenue, dans le même pâté de maisons que l'hôtel. Lorsqu'il était enfant, Michael rentrait chez lui à pied de la vieille bibliothèque de Lee Circle, entrait dans la grande salle d'exposition et s'amusait à ouvrir les portières de ces fantastiques voitures allemandes jusqu'à ce qu'il se fasse remarquer par le vendeur. Il ne raconta pas cette anecdote à Rowan. Il aurait eu au moins un souvenir par pâté de maisons à raconter.

Il regarda Rowan signer son chèque pour l'achat de deux voitures : une petite décapotable 500 SL à deux places et une grosse berline luxueuse à quatre portes. Toutes les deux étaient couleur crème avec des sièges en cuir caramel car c'étaient les seuls modèles qu'ils avaient sur place.

La veille, il s'était offert une fourgonnette américaine luxueuse dans laquelle il pourrait enfourner tout ce qu'il voulait et qui était cependant puissante et confortable, avec air conditionné et radio. Il fut étonné que

Rowan ne fasse aucune remarque humoristique sur son achat : deux voitures d'un seul coup et pas les moins coûteuses! Elle n'avait même pas l'air de s'y intéresser.

Elle demanda au vendeur de livrer la berline à First Street, de la rentrer dans le garage de derrière et de laisser les clés au Pontchartrain. Ils emmenaient la décapotable avec eux.

Elle sortit du magasin, remonta Saint Charles Avenue et s'arrêta en douceur devant l'hôtel.

– Si nous partions ce week-end? demanda-t-elle. Si nous oubliions un peu la famille et la maison?

– Déjà? s'étonna-t-il.

En fait, il rêvait de dîner sur un de ces bateaux-restaurants naviguant sur le fleuve.

– Je vais te dire pourquoi. J'ai fait la découverte intéressante que les plus belles plages de sable blanc de Floride sont à moins de quatre heures d'ici. Tu le savais?

– C'est exact.

– Il y a quelques maisons à vendre dans une ville de Floride du nom de Destin et l'une d'elles a même un ponton privé. J'ai appris tout cela de Wheatfield et Béatrice. Wheatfield et Pierce allaient autrefois à Destin au début du printemps. Et Béatrice y va tout le temps. Ryan a appelé l'agent immobilier pour moi. Qu'est-ce que tu en dis?

– Eh bien, pourquoi pas?

Un autre souvenir. L'été de ses quinze ans, il était allé avec sa famille sur ces plages très blanches de la péninsule de Floride. Une mer verte dans un crépuscule rouge. Il repensa au jour de sa noyade, juste une heure avant de rencontrer Rowan Mayfair.

– Je ne savais pas que nous étions si près du Golfe, dit Rowan. C'est une eau sérieuse. Je veux dire, aussi sérieuse que l'océan Pacifique.

– Je sais, dit-il en riant. Je sais reconnaître une eau sérieuse quand je la vois.

Et il éclata de rire.

– Tu sais, je pourrais trouver quelqu'un pour me convoyer le *Sweet Christine* jusqu'ici ou même acheter un nouveau bateau. Tu as déjà navigué dans le Golfe ou la mer des Caraïbes?

– Jamais.

Il secoua la tête.

– Bon, c'est juste une affaire de quatre heures pour aller là-bas, Michael. On y va? On aura fait nos bagages en un petit quart d'heure.

Ils firent un dernier arrêt à la maison.

Eugenia était assise à la table de la cuisine, en train d'astiquer les assiettes en argent.

– Quel bonheur de voir cette maison reprendre vie! s'exclama-t-elle.

– A qui le dites-vous! dit Michael en posant un bras autour de ses frêles épaules. Dites-moi, Eugenia, que diriez-vous de réintégrer votre ancienne chambre?

Elle fut enchantée et se déclara prête à s'y installer dès ce week-end. Elle était trop vieille pour supporter tous les enfants de son fils. Ils la faisaient trop crier. Elle serait heureuse de revenir. Oui, elle avait toujours les clés.

– Mais on n'en a pas besoin ici.

Les peintres travailleraient tard dans la soirée et les ouvriers nettoyant le jardin ne s'arrêteraient qu'à la tombée de la nuit. Dart Henley accepta de bon cœur de superviser les opérations en l'absence de Michael.

– Regarde, la piscine est presque finie, dit Rowan.

Tout le travail de rebouchage était terminé et il n'y avait plus qu'à apposer la couche de peinture finale.

Toutes les mauvaises herbes avaient disparu des dallages, les plongeoirs avaient été remis en état et la ravissante balustrade en pierre à chaux avait été entièrement dégagée. L'épais massif de buis avait été élagué et d'autres vieilles chaises et tables en fer forgé avaient été découvertes dans les buissons qu'on avait déracinés. On avait également retrouvé des petites marches descendant du porche latéral, ce qui prouvait qu'il y avait eu un accès de ce côté avant l'existence de Deirdre. On pouvait de nouveau sortir par les portes-fenêtres latérales du salon, traverser les dalles et descendre sur la pelouse.

– Tu crois que tu vas pouvoir t'arracher à cet endroit? demanda Rowan. (Elle lui donna les clés de la voiture.) Tu veux prendre le volant? Je crois que ma façon de conduire te rend nerveux.

– Seulement quand tu brûles les feux rouges et les stops à toute allure, répondit-il. Tu comprends, deux infractions au code de la route en même temps, ça me rend nerveux.

– D'accord, beau gosse, c'est toi qui conduis. Mais débrouille-toi pour qu'on arrive en quatre heures.

Il jeta un dernier regard à la maison. La lumière était semblable à celle de Florence. Elle délavait la haute façade orientée au sud et la faisait ressembler à un vieux palais italien. Tout allait à merveille.

Il ressentit une douleur étrange : un mélange de tristesse et de pur bonheur.

Je suis là, bien là, songea-t-il. Ce n'est plus un rêve. Et les visions lui semblaient très loin et irréelles. Il n'avait pas eu d'autre flash depuis bien longtemps.

Mais Rowan et les belles plages blanches du Sud attendaient. Il lui traversa soudain l'esprit qu'il serait vraiment excitant de lui faire l'amour dans un lit encore différent.

Trente-six

Ils entrèrent à 8 heures dans la ville de Fort Walton, en Floride, après avoir quitté Pensacola à une allure d'escargot : le monde entier semblait aller à la plage ce soir. Poursuivre jusqu'à Destin était risquer de ne plus trouver de chambre.

La seule qui restait était située dans l'aile la plus ancienne de l'Holiday Inn. Tout l'or du monde n'aurait pu acheter une suite dans un grand hôtel. Et la petite ville bondée, avec tous ses néons, était un brin déprimante.

La chambre elle-même était quasiment inhabitable. Elle sentait mauvais, était mal éclairée, son mobilier était plus qu'à bout de souffle et ses lits défoncés. Michael et Rowan enfilèrent leurs maillots de bain et, franchissant la porte vitrée au bout du couloir, se retrouvèrent sur la plage.

C'était comme un monde qui s'ouvrait à eux, chaud et merveilleux, sous un ciel magnifiquement étoilé. Même le vert transparent de l'eau était visible au clair de lune et la brise n'était pas froide du tout. Elle était même plus soyeuse que celle du fleuve, à La Nouvelle-Orléans. Et le sable était d'un blanc d'une pureté irréelle, aussi fin que du sucre sous leurs pieds.

Ils entrèrent ensemble dans l'eau. Pendant un moment, Michael eut du mal à croire à sa délicieuse température et à sa douceur scintillante autour de ses chevilles. Il se revit soudain à Ocean Beach, de l'autre côté du continent, les doigts gelés, le vent mordant du Pacifique lui fouettant le visage, repensant à cet endroit merveilleux où il était maintenant, lieu presque mythique sous la voûte céleste du Sud.

Les dunes blanches luisaient comme de la neige au clair de lune et les lumières distantes des plus grands hôtels scintillaient doucement sous le ciel noir étoilé. Il étreignit Rowan, sentant ses membres mouillés se coller contre lui.

– C'est un paradis, dit-elle. Michael, comment as-tu pu quitter cette région ?

Elle s'écarta de lui sans attendre la réponse et se mit à nager en longues brasses en direction de l'horizon.

Il resta au même endroit, scrutant le ciel, découvrant la constellation d'Orion et son groupe de sept étoiles brillantes. S'il avait déjà été à ce point heureux dans sa vie, il n'en avait aucun souvenir.

Oui, de retour chez moi. Et avec elle. Le reste n'a aucune importance. Pas maintenant... songea-t-il.

Ils passèrent leur samedi à chercher une maison. La majeure partie du front de mer allant de Fort Walton à Seaside était occupée par de grandes résidences et des immeubles en copropriété très hauts. Les villas étaient rares et coûtaient très cher.

Vers 3 heures de l'après-midi, ils entrèrent dans « la maison » : un bâtiment moderne spartiate aux plafonds bas et aux murs blancs sévères. A travers les fenêtres rectangulaires, la vue ressemblait à une succession de tableaux entourés de cadres sobres. L'horizon coupait ces tableaux exactement en deux. En bas, le haut ponton servait de protection contre les vagues déferlantes au moment des ouragans.

Par une longue jetée, ils montèrent sur les dunes puis descendirent sur la plage par des marches de bois. Sous le soleil, la blancheur du sable était incroyable. L'eau était d'un vert mousseux parfait.

Il aimait cet endroit et dit à Rowan qu'avant toute chose, il aimait le contraste entre ici et le luxe de La Nouvelle-Orléans. La maison était bien conçue, avec ses carrelages couleur corail, ses moquettes épaisses et sa cuisine chromée. Cubiste, austère et inexplicablement belle dans son genre.

Tandis que Rowan et l'agent immobilier rédigeaient une proposition d'achat, Michael sortit sur la terrasse et ferma à demi les yeux pour contempler l'eau. Il essaya d'analyser la sérénité qu'elle produisait sur lui : elle était probablement due à la chaleur et au brillant profond des couleurs. Rétrospectivement, il avait l'impression que les teintes de San Francisco avaient toujours été mélangées à de la cendre et que le ciel n'avait jamais été complètement visible au-dessus de la brume ou de l'écran des nuages.

Il ne parvenait pas à faire un lien entre ce merveilleux paysage et le Pacifique froid et gris, ou ses souvenirs trop vagues du sauvetage en hélicoptère et de sa douleur lorsqu'il était allongé sur la civière, les vêtements trempés. Cette plage et cette étendue d'eau étaient les siennes. Elles ne lui feraient aucun mal. Peut-être même apprécierait-il de naviguer dans ces eaux sur le *Sweet Christine*. Mais, pour être honnête, cette idée le rendait légèrement malade.

En fin d'après-midi, ils dînèrent dans un petit restaurant de poissons près de la marina de Destin. C'était un endroit grossier et bruyant où l'on buvait la bière dans des gobelets en plastique mais le poisson frais était excellent. Au crépuscule, ils retournèrent sur la plage du motel et s'installèrent dans de vieux sièges en bois. Michael prenait quelques notes sur des idées qu'il avait eues pour First Street. Rowan, la peau dorée par le soleil, dormait. Il se rendit compte à quel point elle était encore jeune.

Il la réveilla gentiment au moment où le soleil commençait de plonger dans la mer. Énorme et d'un rouge sanguin, il projetait son reflet rouge dans la mer vert émeraude. Michael ferma les yeux devant cette beauté insoutenable.

A 9 heures, après un dîner correct dans un restaurant donnant sur la baie, l'agent immobilier les appela. L'offre de Rowan pour l'achat de la maison avait été acceptée. Aucun problème. Elle pourrait sans doute avoir les clés dans deux semaines.

Le dimanche après-midi, ils visitèrent la marina de Destin. Le choix de bateaux était fabuleux mais Rowan caressait toujours l'idée de faire venir le *Sweet Christine*. Elle voulait un bateau de haute mer et aucun de ceux qu'elle vit n'égalait le sien en luxe et en robustesse.

En fin d'après-midi, ils prirent le chemin du retour. Sur un air de Vivaldi, ils assistèrent au coucher du soleil en longeant Mobile Bay. Le ciel semblait sans limites et baignait d'une lumière magique l'amoncellement de nuages sombres au-dessus de la mer. L'odeur de la pluie se mêlait à celle de la chaleur.

Chez moi. Là où le ciel est comme dans mes souvenirs. Là où la campagne s'étend à l'infini et où l'air est mon ami.

Enfin, le soleil disparut dans une traînée d'or. Les bois sombres et humides se refermèrent sur eux tandis qu'ils entraient dans le Mississippi, les poids lourds à dix-huit roues passaient en grondant, les lumières des petites villes brillaient au loin puis disparaissaient.

Après un long moment, lorsque l'obscurité fut totale et que la seule vue était celle des feux arrière des autres voitures, Rowan dit :

– C'est notre lune de miel, n'est-ce pas?

– Je suppose.

– Je veux dire, c'est le meilleur moment. Après, tu vas te rendre compte de qui je suis en réalité.

– C'est-à-dire?

– Tu veux gâcher notre lune de miel?

– Impossible! (Il la regarda.) Rowan, de quoi parles-tu? (Pas de réponse.) Tu es la seule personne au monde que je connais vraiment. Et tu es la seule avec qui je ne prends pas de gants. J'en sais plus sur toi que tu n'imagines.

– Que ferais-je sans toi? murmura-t-elle en se carrant sur son siège et en étirant ses longues jambes.

– C'est-à-dire?

– Je ne sais pas. J'ai pensé à quelque chose.

– Oserai-je te demander à quoi?

– Il ne se montrera que quand il sera prêt.

– Je sais.

– Il veut que tu sois là, ajouta-t-elle. Il se tient à distance à cause de toi. Le premier soir, il s'est montré à toi uniquement pour te séduire.

– J'en ai la chair de poule. Et pourquoi voudrait-il te partager?

– Je ne sais pas. Je lui ai donné des occasions d'apparaître et il ne l'a pas vraiment fait. Des choses bizarres se sont produites mais je ne suis pas certaine...

– Quel genre de choses?

– Oh, rien de bien important. Tu es fatigué. Tu veux que je conduise un peu?

– Ah ça, non! D'ailleurs, je ne suis pas fatigué. Je ne veux pas qu'il s'interpose dans notre conversation. J'ai le sentiment qu'il va bientôt se manifester.

Tard dans la nuit, il se réveilla seul dans le grand lit de l'hôtel. Il trouva Rowan assise dans le salon. Elle avait pleuré.

– Rowan, qu'y a-t-il?

– Rien, Michael. Rien de plus que ce qui arrive à une femme une fois par mois. (Elle fit un petit sourire forcé.) C'est seulement... Tu vas me trouver stupide mais j'espérais être enceinte.

Il lui prit la main, se demandant si c'était le bon moment pour l'embrasser. Lui aussi était déçu mais il était surtout heureux qu'elle ait envie d'avoir un enfant. Il n'avait jamais eu le courage de lui demander ses sentiments à ce sujet.

– Ç'aurait été formidable, chérie. Vraiment formidable.

– Ça t'aurait fait plaisir?

– Tu ne peux pas savoir à quel point.

– Michael, si on se mariait?

– Rien ne me rendrait plus heureux. Mais tu es sûre que c'est ce que tu veux?

Elle lui adressa un sourire indulgent.

– Michael, tu n'as pas l'intention de te sauver, de toute façon. A quoi bon attendre?

Il rit de bon cœur.

– Et Mayfair Unlimited, Rowan? Les cousins, la société? Tu sais ce qu'ils vont dire?

Elle hocha la tête et eut le même sourire de connivence.

– Tu veux savoir ce que je pense? Nous serions complètement ridicules de ne pas nous marier.

Le blanc de ses yeux était encore un peu rougi mais son visage était serein. Elle était si agréable à regarder, si douce au toucher!

– Faisons le mariage à First Street, Michael, reprit-elle de sa voix rauque, les yeux plissés de malice. Qu'en penses-tu? Ce serait parfait, non? Un mariage sur l'herbe.

Parfait. Comme le projet d'hôpital. Parfait.

Il se demandait pourquoi il était hésitant. C'était malgré lui. C'était trop beau pour être vrai. Cet amour qu'elle lui portait, la fierté qu'il faisait naître en lui. Entre toutes, c'était justement la femme qu'il aimait et dont il avait besoin qui l'aimait et avait besoin de lui.

Soudain, l'évidence le frappa, magnifique et délicieuse : se marier. Épouser Rowan. Et la promesse éblouissante d'un enfant. Ce genre de bonheur lui était si complètement étranger qu'il en avait presque peur. Presque seulement.

Cela lui sembla la seule chose à faire à tout prix. Ce serait préserver ce qu'ils avaient et ce qu'ils voulaient contre le courant obscur qui les avait fait se rencontrer. Et lorsqu'il pensa aux années à venir et à toutes les possibilités qui s'offraient à eux, son bonheur fut inexprimable.

En retournant dans la chambre, elle lui dit qu'elle aimerait passer sa nuit de noces dans la maison de First Street et partir en Floride pour leur lune de miel. N'était-ce pas l'idéal? Les ouvriers pourraient certainement terminer la chambre en deux semaines.

– Je te le garantis, promit-il.

Dans le grand lit ancien de la chambre de façade. Il entendait presque le fantôme de Belle dire : « Comme je suis heureuse pour vous ! »

Trente-sept

Son sommeil était agité. Elle remua, se retourna et mit son bras sur le dos de Michael en se collant contre son corps chaud. L'air conditionné était presque aussi agréable que la brise du golfe de Floride. Soudain, elle sentit quelque chose dans sa nuque et ses cheveux. Elle fit un geste pour libérer ses cheveux. Elle sentit quelque chose de froid sur sa poitrine. Cette sensation lui déplaisait.

Elle se mit sur le dos, rêvant à moitié qu'elle se trouvait dans la salle d'opération et qu'elle avait une tâche très délicate à accomplir. Il lui fallait imaginer clairement ce qu'elle voulait faire, laisser son esprit guider ses mains, ordonner au sang de ne pas couler, commander aux tissus de se ressouder. Le corps de l'homme devant elle était ouvert de l'entrejambe au sommet de la tête. Ses minuscules organes étaient à découvert, frémissants, rouges, bien trop petits par rapport à la taille du corps, et attendant visiblement qu'elle les fasse grandir.

– C'est trop, je ne peux pas faire ça, dit-elle. Je suis neurochirurgien, pas sorcière !

Elle distinguait chaque vaisseau des jambes et des bras, comme si le corps était un de ces écorchés en plastique parcourus de veines rouges servant à apprendre aux enfants les mécanismes de la circulation sanguine. Les pieds remuaient. Eux aussi étaient trop petits. L'homme les tortillait comme pour les faire grandir. Son visage était totalement inexpressif mais il la regardait.

Un nouveau tiraillement dans ses cheveux. Elle fit un geste et, cette fois, attrapa quelque chose entre ses doigts. Une chaîne? Elle ne voulait pas perdre le fil de son rêve. Elle savait maintenant que c'était un rêve mais voulait absolument savoir ce qu'il allait advenir de cet homme et comment l'opération allait se terminer.

– Docteur Mayfair, posez votre scalpel, dit Lemle. Vous n'en avez plus besoin.

– Non, docteur Mayfair, dit Lark, il ne vous sert à rien.

Ils avaient raison. La petite lame d'acier n'était d'aucune utilité dans un pareil cas. Il ne s'agissait pas de couper mais de construire. Elle observait la longue plaie ouverte, les organes souples remuant comme des plantes, comme le monstrueux iris du jardin. A mesure qu'elle guidait les cellules, son esprit cherchait les explications qu'elle devait donner aux jeunes médecins pour qu'ils comprennent bien ce qu'elle faisait.

– Le nombre des cellules est suffisant, vous voyez. Elles existent en profusion. Ce qu'il faut, c'est leur fournir un ADN supérieur, pour ainsi dire, une espèce de stimulant nouveau pour former des organes d'une taille adéquate.

Ainsi fut fait et la plaie se referma sur les organes, qui avaient atteint une taille normale. L'homme tourna la tête. Ses yeux s'ouvraient et se fermaient comme ceux d'une poupée.

Des applaudissements éclatèrent de tous côtés. Elle leva les yeux et fut étonnée de ne voir que des Hollandais. Elle était à Leiden, coiffée d'un grand chapeau noir et vêtue d'une longue tunique à grandes manches. C'était un tableau de Rembrandt, bien sûr, *La Leçon d'anatomie.* Voilà pourquoi le corps était si net. Mais cela n'expliquait pas pourquoi elle en avait vu si clairement l'intérieur.

– Vous avez un don, mon enfant ! Vous êtes une sorcière, dit Lemle.

– Exact, dit Rembrandt.

Quel vieil homme délicieux ! Il était assis dans un coin, la tête penchée, ses cheveux brun-roux devenus très fins avec l'âge.

– Il ne faut pas que Petyr vous entende, dit-elle.

– Rowan, enlève l'émeraude, dit Petyr, du bout de la table d'opération. Enlève-la. Elle est autour de ton cou.

L'émeraude ?

Elle ouvrit les yeux et son rêve s'évanouit.

Très lentement, elle aperçut des objets familiers. La porte de la penderie, la table de chevet. Puis Michael, son bien-aimé, dormant à côté d'elle.

Elle sentit à nouveau l'objet froid sur sa poitrine nue et ce qui s'était pris dans ses cheveux. Elle savait ce que c'était.

– Mon Dieu !

Elle mit sa main gauche sur sa bouche, mais trop tard pour arrêter son cri. Sa main droite saisit l'objet sur son cou comme s'il s'était agi d'un insecte répugnant.

Elle s'assit et regarda la paume de sa main. Une grosse larme de sang vert. Elle avala difficilement sa salive : elle avait cassé la chaîne en or et sa main tremblait de façon incontrôlable.

Michael l'avait-il entendue crier ? Elle se pencha au-dessus de lui mais il ne bougea pas.

– Lasher ! murmura-t-elle, balayant les coins d'ombre du regard pour l'apercevoir. Tu veux vraiment que je te haïsse !

L'espace d'une seconde, le rêve redevint clair. Tous les médecins quittaient la table.

– Bravo, Rowan ! Magnifique !

– Une nouvelle ère s'ouvre devant nous, Rowan.

– C'est tout simplement un miracle, ma chère, dit Lemle.

– Jette-la, Rowan, dit Petyr.

Elle lança l'émeraude qui retomba sur le tapis dans un bruit sourd. Elle enfouit son visage dans ses mains puis, fiévreusement, toucha son cou et sa poitrine, comme si l'objet honni avait laissé de la poussière ou de la crasse sur elle.

– Tu n'aurais pas dû faire ça. Je te hais, murmura-t-elle. C'est cela que tu veux?

Elle eut l'impression d'entendre un soupir ou un bruissement. Au-delà de la porte du couloir, elle aperçut les rideaux du salon faiblement éclairés par la lumière de la rue. Ils remuaient légèrement. Le bruit venait probablement de là.

Les rideaux et le souffle lent de Michael. Elle se sentit stupide d'avoir jeté la pierre. Posant ses mains sur sa bouche, les genoux relevés, elle scruta l'obscurité.

– Pourquoi as-tu si peur?

Elle se leva, enfila sa robe de chambre et sortit pieds nus dans le couloir. Michael dormait toujours.

Elle ramassa le bijou et enroula avec précaution la chaîne cassée autour de lui. Quelle stupidité d'avoir brisé un objet aussi ancien et fragile.

– Mais tu as été stupide de faire ça, Lasher, murmura-t-elle. Je ne la mettrai jamais. Pas de mon plein gré, en tout cas.

Dans un grincement de ressorts, Michael se retourna dans le lit. Avait-il murmuré quelque chose? Son prénom peut-être?

Elle retourna sans bruit dans la chambre et s'agenouilla pour attraper son sac dans un coin de la penderie. Elle plaça le collier dans la poche munie d'une fermeture à glissière.

Son tremblement avait cessé mais sa peur s'était transformée en colère. Elle savait qu'elle serait incapable de se rendormir.

Seule dans le salon au lever du soleil, elle pensait à tous les vieux portraits de la maison, ceux qu'elle avait passés en revue, nettoyés et préparés avant qu'ils soient accrochés, les plus vieux, ceux qu'elle était la seule de la famille à pouvoir identifier. Charlotte et ses cheveux blonds, si diaphane sous la couche de vernis qu'elle ressemblait à un fantôme. Jeanne-Louise accompagnée de son frère jumeau debout derrière elle. Marie-Claudette et ses cheveux gris, surmontée d'un petit tableau de Riverbend.

Toutes portaient l'émeraude. Il y avait eu tant de tableaux de ce bijou. Rowan ferma les yeux et s'assoupit légèrement sur le canapé de velours. Elle avait envie d'un café mais se sentait trop paresseuse pour s'en faire un. Avant l'histoire du collier, elle était en train de rêver. De quoi, déjà? Cela avait un rapport avec l'hôpital et une opération, mais elle avait oublié. Lemle était là. Ce Lemle qu'elle haïssait de toutes ses forces...

Et Lasher...

Je t'ai percé à jour. Je connais tes trucs. Personne ne se rend bien compte à quel point tu es puissant. Tu es capable de faire pousser des feuilles sur la tige d'une rose morte. D'où tiens-tu ton beau physique quand tu apparais? Et pourquoi ne prends-tu pas forme pour moi? As-tu peur que je te détruise et de ne plus avoir la force de te matérialiser?

Ne suis-je pas encore en train de rêver? Une fleur se métamorphosant sous ses yeux... Des cellules se multipliant et se transformant...

Le rêve. Tout le monde sortait dans les couloirs, à Leiden. Vous savez ce qu'ils ont fait à Michael Servetus, dans la Genève calviniste, quand il a décrit la circulation sanguine en 1553? Ils l'ont brûlé sur un bûcher avec tous ses livres « hérétiques ». Attention, docteur Van Abel!

Je ne suis pas une sorcière.

Aucun d'entre nous ne l'est, bien entendu. C'est juste une question de réévaluation de notre concept des principes naturels.

Rien de naturel dans ces roses.

Et cette façon qu'a l'air de danser ici, attrapant les rideaux, les faisant bouger, remuant les papiers sur le guéridon devant elle, lui soulevant même des mèches de cheveux et la refroidissant. Rien que des trucs. Elle ne voulait plus de ce rêve. Est-ce que les patients de Leiden se lèvent toujours et s'en vont à pied après une leçon d'anatomie?

Tu n'oses pas te montrer, n'est-ce pas?

Elle retrouva Ryan à 10 heures et lui parla de son projet de mariage, essayant d'être le plus catégorique possible pour éviter les questions.

– Il y a une chose que j'aimerais que vous fassiez pour moi, dit-elle en sortant le collier d'émeraude de son sac. Pourriez-vous mettre ceci dans un coffre, là où personne ne pourrait y toucher?

– Bien sûr, je peux le garder ici, au bureau. Mais, Rowan, il y a plusieurs petites choses que je dois vous expliquer. Ce testament est très ancien et vous allez devoir être patiente. Les dispositions stipulées sont originales et un peu bizarres mais néanmoins explicites. Je crains que vous ne soyez obligée de porter cette émeraude à votre mariage.

– Vous n'êtes pas sérieux?

– Vous savez, ces petites exigences pourraient certainement être annulées par un tribunal mais, pour nous, il est indispensable de les observer à la lettre afin d'éviter toute éventualité qu'un tiers se mette dans l'idée de contester l'héritage à un point quelconque de son histoire. Or, cette fortune est si...

Et ainsi de suite. Il poursuivit sa démonstration d'une façon toute juridique. Elle avait compris. Lasher avait remporté un round. A n'en pas douter, il connaissait très bien les termes du testament. Il ne s'était pas trompé dans le choix de son cadeau de mariage.

Rowan réussit à ravaler sa colère. Elle détourna les yeux et regarda par la fenêtre du bureau sans voir le ciel chargé et le tumulte du fleuve à ses pieds.

– Cette chaîne est cassée. Je vais la faire réparer, dit Ryan.

Trente-huit

La nouvelle ne parut surprendre personne. Aaron porta un toast au petit déjeuner puis retourna travailler dans la bibliothèque de First Street où, à la demande de Rowan, il répertoriait les livres rares.

Le gentil Ryan aux yeux bleus si froids vint serrer la main de Michael le mardi après-midi. En quelques mots sympathiques, il ne cacha pas qu'il était impressionné par les réalisations de Michael, ce qui induisait qu'une enquête avait été menée sur lui, exactement comme on enquête dans une société sur un candidat à un poste.

– Évidemment, mener une enquête sur le fiancé de l'héritière Mayfair est une chose très délicate, admit-il finalement. Mais, vous savez, je n'ai pas eu le choix...

– Ce n'est pas grave, dit Michael en riant. S'il y a quoi que ce soit que vous aimeriez savoir et que vous n'avez pas trouvé, demandez-moi. Ce sera plus simple.

– Eh bien, pour commencer, comment avez-vous fait pour réussir sans commettre de crime?

Michael rit de bon cœur.

– Quand vous verrez cette maison dans un ou deux mois, vous comprendrez, répondit-il.

Mais il n'était pas stupide au point de croire que sa modeste fortune avait impressionné l'homme. Qu'étaient quelques millions en valeurs de premier ordre comparés à l'héritage Mayfair? Non, Ryan faisait plutôt allusion au fait que Michael avait commencé très bas, c'est-à-dire de l'autre côté de Magazine Street.

Ils firent quelques pas ensemble sur la pelouse fraîchement tondue. Les plates-bandes d'origine avaient retrouvé leur place, ainsi que les petites statues grecques aux quatre coins de la cour.

Le tracé d'origine du jardin avait été intégralement reconstitué. La longue forme octogonale de la pelouse était la même que celle de la piscine. Les dalles parfaitement carrées avaient été posées en losanges jusqu'aux balustrades en pierre à chaux qui partageaient le patio en rectangles et bordaient les chemins qui se croisaient à angle droit, encadrant à la fois le jardin et la maison. Les vieux treillages marquant les portes avaient été remis d'aplomb. Repeintes en noir, les rampes ouvragées en fer forgé montraient à nouveau leurs fioritures et leurs rosettes.

Béatrice, impressionnante avec son grand chapeau rose et ses grandes lunettes carrées cerclées d'argent, retrouva Rowan à 2 heures de l'après-midi pour discuter des détails du mariage. Rowan avait fixé la date au samedi en huit.

– Moins de quinze jours! s'était écriée Béatrice, dans tous ses états.

Impossible! Il fallait tout faire dans les règles de l'art. Rowan ne comprenait-elle pas la signification de ce mariage pour la famille? Ceux d'Atlanta et de New York voudraient certainement être de la fête.

Il fallait remettre au dernier samedi d'octobre. D'ailleurs, la rénovation de la maison serait terminée et tout le monde serait heureux de voir le résultat.

Rowan avait cédé. Michael et elle pourraient sûrement attendre jusque-là, d'autant qu'ainsi ils passeraient leur nuit de noces dans la maison et que la réception s'y tiendrait aussi.

Michael était d'accord : cela lui donnait huit bonnes semaines pour que la maison ait l'air de quelque chose. Au moins, le rez-de-chaussée et les chambres de devant seraient terminés.

– Ça fera deux bonnes raisons de faire la fête, conclut Béa. Votre mariage et la réouverture de la maison. Mes chéris, vous allez faire un plaisir immense à tout le monde.

Oui, tous les Mayfair de la création seraient invités. Béatrice dressa une liste des traiteurs puis estima que l'on pouvait inviter un millier de personnes en plantant des tentes au-delà de la piscine et sur la pelouse. Aucun souci à se faire. Les enfants auraient le droit de se baigner, n'est-ce pas?

Oui, ce serait comme dans l'ancien temps, à l'époque de Mary Beth. Rowan aimerait-elle avoir des vieilles photos des dernières réceptions données avant la mort de Stella?

– Nous réunirons toutes les photos pour la réception, dit Rowan. Nous les exposerons pour que tout le monde puisse en profiter.

– Ce sera merveilleux!

Soudain, Béatrice tendit le bras et saisit la main de Michael.

– Puis-je vous poser une question, chéri, maintenant que vous faites partie de la famille? Pourquoi diable portez-vous ces affreux gants?

– Je vois des choses quand je touche les gens, dit-il avant de pouvoir se retenir.

Les grands yeux gris de Béatrice s'élargirent.

– Oh, comme c'est étrange! Vous savez que Julien avait ce pouvoir? C'est ce qu'on m'a toujours dit. Et Mary Beth aussi. S'il vous plaît, permettez-moi...

Elle commença à retrousser le gant, ses longs ongles roses griffant un peu la peau de Michael.

– Je peux? Cela ne vous dérange pas?

Elle ôta complètement le gant et le tint en l'air avec un sourire triomphant mais innocent.

Il ne fit pas un geste. Il resta passif, la main ouverte et les doigts légèrement recourbés. Il la regarda poser sa main sur la sienne puis la referma. Un tas d'images sans queue ni tête affluèrent dans son esprit. Il ne capta rien de précis à part une atmosphère, une ambiance saine. Comme un rayon de soleil et de l'air frais et une impression très nette d'innocence. « Pas l'une des leurs. »

– Qu'avez-vous vu ? demanda-t-elle.

– Rien, dit-il en retirant sa main. Cela signifie une bonté et un bonheur absolus. Ni misère, ni maladie, rien du tout.

– Vous êtes un amour, dit-elle, livide et sincère. Elle se pencha pour l'embrasser. Mais comment avez-vous fait pour dénicher une crème d'homme pareille, Rowan ?

Sans attendre la réponse, elle ajouta :

– Je vous aime beaucoup tous les deux. Vous êtes le couple le plus adorable que je connaisse. Vous, avec vos yeux bleus, Michael, et vous avec votre délicieuse voix caramélisée, Rowan !

– Puis-je vous embrasser sur la joue, Béatrice ? demanda tendrement Michael.

– Vous êtes un sacré type, dit-elle avec un geste théâtral. Allez-y ! Elle ferma les yeux et les rouvrit en arborant un sourire radieux.

Rowan souriait, amusée. Il fallait maintenant que Béatrice l'emmène en ville au bureau de Ryan. Encore de ces interminables questions juridiques à régler. Elles s'en allèrent.

Michael se rendit compte que son gant était tombé dans l'herbe. Il se pencha pour le ramasser et le remit.

« Pas l'une des leurs. »

Mais d'où venait cette voix ? Qui lui avait fourni cette information ? Peut-être était-ce simplement qu'il commençait à assimiler les leçons d'Aaron ? Pouvoir poser des questions, par exemple.

Il leva lentement les yeux. Il devait y avoir quelqu'un sous le porche latéral, dans l'ombre, qui le regardait. Mais il ne vit rien d'autre que les peintres travaillant sur le fer forgé. Le porche était splendide, dépouillé de sa vieille porte-moustiquaire et de ses rampes de fortune en bois. Il formait une sorte de pont entre le long salon et la magnifique pelouse.

Et c'était là qu'ils allaient se marier... Comme pour exprimer leur satisfaction, les grands lagerstrœmias se mirent à danser dans la brise, leurs ravissantes fleurs roses remuant gracieusement contre le ciel bleu.

Lorsqu'il rentra à l'hôtel, dans l'après-midi, une enveloppe l'attendait de la part d'Aaron. Il la déchira en montant à sa suite et, une fois la porte refermée sur le monde extérieur, il en sortit une photo brillante en couleurs.

Dans une obscurité divine, œuvre de Rembrandt, une ravissante femme aux cheveux bruns le regardait. Elle semblait vivante et avait le même sourire que celui qu'il venait de voir sur le visage de Rowan. L'émeraude Mayfair brillait de tous ses feux dans ce crépuscule magistral. L'illusion était si intense qu'il avait l'impression que le papier allait se dissoudre pour ne laisser que le visage, flottant dans l'air, aussi translucide qu'un fantôme.

Était-ce sa Deborah, la femme qu'il avait aperçue dans ses visions ? Il ne savait pas. Il étudia longuement la photo mais elle ne lui disait rien.

– Que voulez-vous de moi ? murmura-t-il.

Quelqu'un lui avait pourtant dit quelque chose, un peu plus tôt, quand il avait touché la main de Béatrice. Quelqu'un avait utilisé le pouvoir dans un but précis. Ou était-ce simplement sa voix intérieure qui avait parlé ?

Il enleva ses gants, comme il le faisait toujours, maintenant, quand il était seul dans sa suite. Il prit son stylo et son carnet et commença à écrire.

« Je pense que c'était effectivement une utilisation du pouvoir car les images avaient moins d'importance que le message. Je ne sais pas si cela s'est déjà produit, même quand j'ai touché les bocaux. Les messages étaient mêlés aux images et Lasher me parlait directement. Mais tout était mélangé. C'était plutôt différent. »

Et s'il touchait la main de Ryan ce soir, au dîner, pendant qu'ils seraient tous réunis à table, au Carribean Room ? Que lui dirait la voix intérieure ? Pour la première fois, il était impatient d'utiliser le pouvoir. Peut-être parce que la petite expérience avec Béatrice s'était bien passée.

Il aimait bien Béatrice et il n'avait peut-être vu que ce qu'il voulait voir : un être humain ordinaire faisant partie de cette réalité qui comptait tant pour Rowan et lui.

Je me marie le 1er novembre ! Mon Dieu, il faut que j'appelle tante Viv. Elle serait tellement déçue si je ne le faisais pas.

Il posa la photo sur la table de chevet de Rowan pour qu'elle la voie et aperçut une jolie fleur posée là. Une fleur blanche qui ressemblait à un lys mais avait quelque chose de différent. Il la prit et l'examina en tâchant de comprendre ce qu'elle avait de particulier. Il se rendit compte qu'elle était bien plus grande que les lys qu'il connaissait et que ses pétales avaient l'air fragiles.

Jolie fleur. Rowan avait dû la cueillir en revenant de la maison. Il passa dans la salle de bains, remplit un verre d'eau, plaça le lys dedans et remit le verre sur la table de chevet.

Bien longtemps après le dîner, seul dans sa suite avec ses livres, il s'aperçut qu'il n'avait pas pensé à toucher la main de Ryan. Ce dîner avait été un excellent moment. Le jeune Pierce avait régalé l'assistance de vieilles légendes de La Nouvelle-Orléans, dont Michael se souvenait bien mais que Rowan ne connaissait pas, et à raconter des anecdotes sur divers cousins.

Ce dîner lui avait agréablement rappelé celui qui avait réuni sa mère, sa tante et lui dans ce même restaurant, lorsqu'il était petit garçon, lors d'une visite de tante Viv.

Tante Viv arrivait avant la fin de la semaine suivante. Elle était très désemparée mais tenait à venir.

Vers minuit, il laissa ses livres d'architecture et entra dans la chambre au moment où Rowan éteignait la lumière.

– Rowan, si tu voyais cette chose, tu me le dirais, n'est-ce pas?

– De quoi parles-tu, Michael?

– Si tu voyais Lasher, tu me le dirais tout de suite?

– Bien sûr. Pourquoi me poses-tu cette question? Tu ne peux pas laisser tes livres et venir te coucher?

Il vit que la photo de Deborah avait été posée contre le pied de la lampe et que le beau lys blanc était devant.

– Elle était belle, n'est-ce pas? reprit Rowan. Je suppose que rien au monde ne pourrait convaincre le Talamasca de se défaire du tableau.

– Je ne sais pas. Probablement que non. Tu sais, cette fleur est extraordinaire. Cet après-midi, quand je l'ai mise dans l'eau, j'aurais juré qu'elle n'avait qu'un bouton. Maintenant elle en a trois. Je ne les avais même pas remarqués.

Rowan eut l'air étonnée. Elle tendit la main, sortit la fleur de l'eau avec précaution et l'examina.

– C'est quelle sorte de fleur?

– C'est une variété de lys. Mais, normalement, elle ne fleurit jamais à cette saison. Où l'as-tu trouvée?

– Moi? Mais je ne l'avais jamais vue.

– Je pensais que tu l'avais cueillie quelque part.

– Mais non!

Leurs yeux se rencontrèrent. Elle fut la première à détourner son regard. Elle haussa les sourcils puis hocha la tête et remit le lys dans le verre.

– Ce doit être un cadeau.

– Pourquoi tu ne la jettes pas?

– Ne t'énerve pas, Michael. Ce n'est qu'une fleur. C'est le genre de petit tour dont il est friand, tu te rappelles?

– Je ne m'énerve pas, Rowan. C'est juste qu'elle commence déjà à se faner. Regarde, elle devient toute marron. Je n'aime pas ça.

– D'accord, dit-elle calmement. Jette-la. Mais ne t'inquiète pas.

– Bien sûr que non. Pourquoi s'inquiéter? Il s'agit juste d'un démon tricentenaire qui est doté d'un esprit et qui peut faire voler les fleurs. Est-ce que je devrais vraiment me réjouir pour un lys étrange qui sort de nulle part? Il l'a sans doute fait pour Deborah. Quelle délicate attention!

Il se retourna et regarda à nouveau la photo. Comme une centaine de sujets peints par Rembrandt, sa Deborah semblait le regarder droit dans les yeux.

Il fut étonné d'entendre Rowan rire.

– Tu sais que tu es adorable quand tu te mets en colère? dit-elle. Mais ton explication est probablement la bonne.

Il emporta le lys dans la salle de bains et le jeta dans la poubelle. Quand il revint, Rowan l'attendait les bras croisés, l'air serein et une invitation dans le regard. Il ne repensa même pas à ses livres dans le salon.

Le lendemain soir, il se rendit seul à pied à First Street. Rowan était sortie avec Cecilia et Clancy Mayfair pour faire le tour des avenues à la mode de la ville.

La maison était calme et vide, Eugenia passant la soirée avec ses deux fils et leurs enfants. Il avait la maison pour lui tout seul.

Il alla dans le salon et observa pendant un long moment son propre reflet dans le miroir au-dessus de la cheminée, le bout incandescent de sa cigarette luisant comme une luciole dans l'obscurité.

Une maison comme celle-ci n'est jamais silencieuse, songea-t-il en écoutant les craquements des chevrons et des planchers. Celui qui ne connaissait pas la maison aurait juré que quelqu'un marchait à l'étage supérieur ou que quelqu'un venait de fermer une porte dans la cuisine. Et puis il y avait ce bruit étrange, comme les pleurs d'un bébé tout au loin.

Michael revint lentement sur ses pas en traversant la salle à manger et la cuisine sombre puis sortit par les portes-fenêtres. Une lumière douce baignait la nuit autour de lui. Elle provenait des lanternes de la cabane et des spots immergés dans la piscine.

La piscine, entièrement retapée, était remplie à ras bord. Elle faisait très luxueuse avec son long octogone d'eau bleue scintillant de mille feux.

Il s'agenouilla et trempa sa main dans l'eau. Un peu trop chaude pour ce début de septembre, mais agréable pour se baigner la nuit.

Une pensée lui traversa l'esprit. Pourquoi ne pas piquer une petite tête maintenant? Il se ravisa, se disant que le tout premier plongeon dans la piscine était un moment à partager avec Rowan. Et puis, à quoi bon? Rowan s'amusait bien avec Cecilia et Clancy et l'eau était si tentante! Il ne s'était pas baigné dans une piscine depuis des années.

Il jeta un regard en arrière vers les quelques fenêtres éclairées se dessinant sur le mur violet de la maison. Personne ne pouvait le voir. Il se déshabilla entièrement et plongea sans réfléchir.

Comme la vie était belle! Il descendit jusqu'au fond de la piscine et se retourna pour regarder la surface vue d'en dessous.

Puis, après une impulsion sur le sol, il se laissa remonter et se mit à nager comme un petit chien en regardant les étoiles. Soudain, il entendit du bruit tout autour de lui. Des rires, des gens parlant fort, s'interpellant joyeusement et, en bruit de fond, la plainte enlevée d'un orchestre de jazz.

Il se retourna, surpris, et découvrit que la pelouse était éclairée de lanternes et couverte de monde. Partout, de jeunes couples dansaient sur les dalles ou sur l'herbe. Chaque fenêtre était illuminée. Un jeune homme en smoking plongea juste devant lui en l'éclaboussant.

Sa bouche se remplit d'eau. Le bruit était assourdissant. A l'autre extrémité de la piscine se tenait un vieil homme en queue-de-pie et cravate blanche.

– Michael! cria-t-il. Revenez tout de suite, avant qu'il ne soit trop tard!

Accent britannique. C'était Arthur Langtry. Michael se mit à nager rapidement vers lui mais, avant d'avoir fait trois brasses, il perdit son souffle. Il ressentit une terrible douleur dans les côtes et vira pour atteindre le côté du bassin.

Lorsqu'il attrapa le bord, la nuit était vide et tranquille.

Pendant une seconde, il n'eut aucune réaction. Il resta là, pantelant, essayant de contrôler ses battements cardiaques et attendant que la douleur s'estompe. Ses yeux scrutèrent le patio vide, les fenêtres et la pelouse déserte.

Il essaya de se hisser hors de l'eau mais son corps était terriblement lourd et froid. Une fois sorti, il resta debout, tremblant, puis se dirigea vers la cabane où il prit la serviette sale qu'il avait utilisée dans la journée. Il se frictionna fébrilement, retourna dehors et contempla encore une fois le jardin désert et la maison obscure. Les murs violets avaient exactement la même couleur que le ciel crépusculaire.

Sa respiration bruyante était le seul bruit perçant le silence. La douleur avait disparu et, lentement, il s'efforça d'avaler plusieurs grandes bouffées d'air.

Avait-il peur? Était-il en colère? Honnêtement, il l'ignorait. Il était sans doute en état de choc. Et encore... Il se sentait capable de piquer un sprint, en tout cas, mais commençait à avoir mal à la tête. Il ramassa ses vêtements et se rhabilla, sans hâte.

Pendant un long moment, il resta assis sur le banc en fer, fumant une cigarette et essayant de se rappeler exactement ce qu'il avait vu. La dernière réception de Stella. Arthur Langtry.

Encore un petit tour de Lasher?

Au loin, parmi les camélias situés au-delà de la pelouse, il crut voir quelque chose bouger. Un écho de pas. Mais ce n'était qu'un promeneur nocturne.

Il écouta jusqu'à ce que les pas s'éloignent puis entendit un train passer, exactement comme dans Annunciation Street quand il était enfant. Et encore les pleurs de bébé. Non, c'était le sifflement du train.

Il se leva, écrasa sa cigarette et rentra dans la maison.

– Tu ne me fais pas peur, dit-il d'un ton désinvolte. Et je ne crois pas que c'était Arthur Langtry.

Quelqu'un avait-il soupiré dans le noir? Il se retourna. La salle à manger était complètement vide. Il reprit son chemin, ponctuant le silence du bruit de ses pas.

Rentré à l'hôtel, il appela Aaron du salon et l'invita à descendre boire un verre au bar. C'était un endroit très confortable aux petites tables éclairées d'une lumière tamisée et où les clients étaient rares.

Ils prirent une table dans un coin. Après un demi-verre de bière avalé en un temps record, Michael raconta à Aaron ce qui s'était passé et lui décrivit l'homme aux cheveux gris.

– Je n'ai pas envie d'en parler à Rowan, vous savez.

– Pourquoi? demanda Aaron.

– Parce qu'elle ne veut pas savoir. Elle ne veut pas me voir bouleversé encore une fois. Cela la rend folle d'inquiétude. Elle essaie de se montrer compréhensive mais les événements ne l'affectent pas de la même façon que moi et elle se met en colère.

– Dites-lui simplement et calmement ce qui est arrivé. Ne réagissez pas d'une façon qui pourrait la bouleverser, sauf si c'est ce qu'elle réclame, bien entendu. Mais ne gardez aucun secret, Michael, surtout un secret comme celui-ci.

Michael resta silencieux un bon moment. Aaron avait presque terminé son verre.

– Aaron, ce pouvoir qu'elle possède... Y a-t-il une possibilité de le tester, ou de s'en servir, ou d'apprendre jusqu'où il va?

Aaron hocha la tête.

– Oui, mais elle a l'impression de s'en être servie toute sa vie pour guérir. Et elle a raison. Quant à son aspect négatif, elle ne veut pas le développer, elle veut le maîtriser complètement.

– Oui, mais vous croyez qu'elle aurait envie de jouer un peu avec, de temps en temps? Dans des conditions de laboratoire, par exemple?

– Avec le temps, peut-être. Pour l'instant, je crois qu'elle est trop absorbée par son idée de centre médical. Comme vous l'avez dit, elle veut être avec sa famille et réaliser ses projets. Et je dois admettre que ce Mayfair Medical est une idée extraordinaire. Je crois que Mayfair & Mayfair est impressionné mais qu'il répugne à l'exprimer.

Aaron termina son verre de vin.

– Et vous? reprit-il en faisant un geste vers les mains de Michael.

– Oh, ça va de mieux en mieux. J'enlève mes gants de plus en plus fréquemment. Je ne sais pas...

– Et pendant que vous nagiez?

– Je les avais enlevés, je présume. Je n'y ai même pas pensé. Je... Vous pensez qu'il y a un rapport?

– Non, je ne crois pas. Mais je pense que vous avez raison de supposer que ce n'était peut-être pas Langtry. Ce n'est qu'une impression, mais je n'imagine pas que Langtry essaierait de communiquer de cette façon. Racontez tout à Rowan. Vous voulez qu'elle soit parfaitement sincère avec vous, n'est-ce pas? Alors, dites-le-lui.

Michael savait qu'Aaron avait raison. Il était habillé pour le dîner et attendait dans le salon de la suite quand Rowan arriva. Il lui tendit un verre et lui raconta l'incident de la façon la plus concise possible.

Tout de suite, il perçut son inquiétude. Elle était en quelque sorte déçue qu'un événement pénible vienne une nouvelle fois obscurcir l'idée fixe qu'elle avait que tout allait pour le mieux. Elle semblait muette. Elle s'assit sur le canapé à côté des paquets qu'elle avait rapportés. Elle ne toucha pas au verre.

– C'était encore un de ses tours, dit Michael. C'est l'impression que j'ai eue. Comme pour le lys. Nous devons continuer comme si de rien n'était.

C'était ce qu'elle voulait entendre, non?

– Oui, c'est exactement ce que nous devons faire, dit-elle, légèrement irritée. Est-ce que ça... t'a choqué? Je crois qu'un truc comme ça m'aurait rendue complètement folle.

– Non, dit-il. C'était atroce mais plutôt fascinant. Je trois que ça m'a mis en colère. J'ai eu... euh, une de ces petites crises...

– Michael!

– Non, non! Rasseyez-vous, docteur Mayfair. Je vais bien. C'est juste que dans ce genre de situation je me sens horriblement fatigué. En fait, c'est peut-être simplement la peur. Quand j'étais gamin, je suis allé un jour aux montagnes russes de Pontchartrain Beach. Quand nous sommes arrivés tout en haut, je me suis dit que pour une fois je n'allais pas me contracter et simplement me laisser aller. Une chose très étrange s'est produite. J'ai ressenti les mêmes crampes dans mon estomac et mes côtes. C'était affreusement douloureux! Comme si mon corps se crispait contre mon gré. C'est la même chose qui s'est passée dans la piscine.

Elle n'y comprenait rien. Elle était assise, bras croisés et lèvres serrées. Finalement, d'une voix d'outre-tombe, elle dit :

– Il y a des gens qui meurent d'une crise cardiaque sur les montagnes russes.

– Je ne vais pas mourir.

– Comment peux-tu en être si sûr?

– Parce que je suis déjà mort une fois. Mon heure n'est pas encore arrivée.

Rowan eut un rire amer.

– Très drôle! dit-elle.

– Je suis tout à fait sérieux.

– Ne va jamais plus là-bas seul. Ne lui donne plus une occasion de s'en prendre à toi.

– Rowan! Cette créature ne me fait pas peur. En plus, j'adore aller là-bas et...

– Et quoi?

– De toute façon, il va se montrer un jour ou l'autre.

– Et qu'est-ce qui te fait dire que c'était Lasher? demanda-t-elle d'une voix calme. Et si c'était bien Langtry? Et s'il voulait que tu me quittes?

Michael eut un rire de dérision.

Rowan se leva et quitta la pièce. Il ne l'avait jamais vue se comporter ainsi. Elle réapparut un instant plus tard, sa sacoche en cuir noir à la main.

– Ouvre ta chemise, s'il te plaît.

Elle sortit son stéthoscope.

– Rowan! Arrête! C'est une plaisanterie?

Elle se tenait devant lui, le stéthoscope à la main, et regardait le plafond. Puis elle posa les yeux sur lui et sourit.

– Nous allons jouer au docteur. D'accord? Ouvre ta chemise.

– Seulement si tu ouvres la tienne, dit-il en obtempérant.

– Arrête d'essayer de me faire rire, Michael. Respire profondément.

Il fit ce qu'elle lui demandait.

– Alors, qu'est-ce que tu entends là-dedans?

Rowan se redressa et rangea son instrument dans la sacoche. Elle s'assit à côté de lui et appuya ses doigts sur son poignet.

– Alors?

– Tu as l'air de bien te porter. Je n'entends aucun murmure et je ne détecte ni problème congénital ni dysfonctionnement ni faiblesse d'aucune sorte.

– Ce bon vieux Michael Curry est en parfait état de fonctionnement! Et ton sixième sens, qu'est-ce qu'il te dit?

Elle posa ses mains sur le cou de Michael puis glissa ses doigts dans le col ouvert et caressa sa peau. C'était si doux et si différent de ses caresses habituelles qu'il en eut des frissons dans le dos et, aussitôt, le désir s'empara de lui.

Il était à deux doigts de se jeter bestialement sur elle et elle devait le sentir. Mais elle restait impassible. Ses yeux étaient vitreux et elle le regardait si calmement qu'il fut pris d'inquiétude.

– Rowan? murmura-t-il.

Elle retira lentement ses mains, semblant redevenir elle-même, les posa sur les genoux de Michael puis les fit remonter lascivement jusqu'à sa braguette.

– Alors, que te dit ton sixième sens? demanda-t-il encore, résistant à l'envie qui le démangeait de lui arracher ses vêtements.

– Que tu es l'homme le plus beau et le plus séduisant que j'aie jamais eu dans mon lit, dit-elle avec langueur. Que tomber amoureuse de toi était vraiment une excellente idée. Et que notre premier enfant sera incroyablement beau et fort. Voilà ce qu'il me dit.

– Tu te moques de moi? Tu n'as pas vraiment vu ça?

– Non, mais c'est ce qui va se produire. (Elle posa sa tête sur l'épaule de Michael.) Des choses merveilleuses vont nous arriver parce que nous allons les faire arriver. Si on commençait par aller au lit?

A la fin de la semaine, Mayfair & Mayfair tint sa première réunion sérieuse concernant la création du centre médical. En accord avec Rowan, il fut décidé de réaliser parallèlement plusieurs études de faisabilité pour le centre, sa taille optimale et l'emplacement le plus approprié à La Nouvelle-Orléans.

Rowan s'attaqua à la lecture du montage technique des hôpitaux américains. Elle parla au téléphone pendant quatre heures avec Larkin, son ancien patron, et appela d'autres médecins du pays pour obtenir suggestions et idées.

Elle n'avait plus aucun doute que son rêve le plus grandiose allait pouvoir se réaliser en n'utilisant qu'une infime partie de son capital, ou même seulement ses intérêts. C'était du moins dans ces termes que Lauren et Ryan Mayfair en parlaient et c'était la bonne façon d'envisager la question.

– Et pourquoi pas, un jour, investir jusqu'à mon dernier sou dans la médecine? dit Rowan en privé à Michael. Dans la création de vaccins, d'antibiotiques, de salles d'opération et de lits d'hôpital?

La rénovation de la maison allait d'un si bon train que Michael avait le temps de visiter d'autres propriétés. A la mi-septembre, il acheta un énorme magasin sur Magazine Street, à quelques pâtés de maisons de First Street et de là où il était né. C'était un bâtiment d'origine, surmonté d'un appartement et bordé d'une galerie en fer forgé tout le long du trottoir.

Michael s'amusait follement. Le salon de First Street était presque terminé et un certain nombre de tapis chinois et de fauteuils français de Julien y avaient repris place. L'horloge de parquet fonctionnait à nouveau.

Tous les membres de la famille les suppliaient de quitter l'hôtel et de venir s'installer chez l'un ou l'autre jusqu'au mariage. Mais ils appréciaient trop leur immense suite sur Saint Charles Avenue.

Et puis, il y avait Aaron à l'étage supérieur et tous les deux l'aimaient vraiment beaucoup. Un jour sans un café, un verre ou une petite discussion avec lui manquait de charme. Et si un nouveau petit incident lui était arrivé, il n'en avait dit mot.

Béatrice et Lily Mayfair avaient entrepris Rowan sur le sujet du mariage en blanc à l'église Sainte Marie de l'Assomption. Apparemment, le testament exigeait un mariage catholique et une grande cérémonie semblait indispensable pour satisfaire le clan. Rowan parut heureuse de s'y résoudre.

De son côté, Michael était aux anges.

Il était encore plus emballé qu'il ne voulait bien l'avouer. Il n'aurait jamais imaginé qu'un événement aussi magique et traditionnel puisse se produire dans sa vie. C'était Rowan qui avait pris la décision et il n'avait cherché en aucune manière à l'influencer. Un mariage formel, en blanc, dans l'église où il avait été enfant de chœur, c'était inespéré!

Les jours se rafraîchirent et un bel automne parfumé s'installa sur la ville. Michael se rendit soudain compte qu'il allait passer son premier Noël avec Rowan dans la nouvelle maison. Ils allaient pouvoir décorer un immense sapin dans le salon ! Tante Viv s'était installée à La Nouvelle-Orléans et s'inquiétait pour ses effets personnels restés à San Francisco. Michael lui promettait chaque jour d'aller les y chercher. Il était heureux que tante Viv aime La Nouvelle-Orléans et les Mayfair.

Oui, ce serait un Noël qui dépasserait ses rêves les plus fous : une maison magnifique, un sapin splendide et un grand feu dans la cheminée de marbre.

Noël...

Inévitablement, le souvenir de Lasher lui revint à l'esprit : sa présence dans l'église, mélangée à l'odeur des aiguilles de sapin et des bougies, et le petit Jésus en plâtre souriant dans la mangeoire.

Pourquoi Lasher l'avait-il regardé avec tant de tendresse ce jour-là, près de la crèche ?

Pourquoi ça et pourquoi tout le reste ? La question restait entière. Il n'obtiendrait peut-être jamais de réponse. Peut-être même avait-il déjà rempli, à son insu, la mission qu'on lui avait confiée en le ramenant à la vie ? Peut-être n'avait-elle jamais consisté en autre chose que revenir dans sa ville natale, aimer Rowan et être heureux ensemble dans cette maison ?

Mais ce ne pouvait être aussi simple. Cela n'aurait eu aucun sens. Ce serait un miracle si cet état de grâce durait toujours. Un miracle comme celui de la création de Mayfair Medical, du désir de Rowan d'avoir un enfant et du fait que cette maison serait bientôt à eux... Un miracle comme celui de voir un fantôme vous observer dans une église ou sous un lagerstrœmia par une nuit froide.

Trente-neuf

C'est reparti pour un tour, se dit Rowan. C'était peut-être la cinquième réception en l'honneur de leurs fiançailles. Il y avait eu un thé chez Lily, un déjeuner chez Béatrice, un dîner offert par Cecilia au restaurant Antoine et une petite réception dans la ravissante maison de Lauren sur Esplanade Avenue.

Et maintenant, on était à Metairie, « chez Cortland », comme ils disaient toujours bien que la maison fût habitée depuis des années par Gifford, Ryan et leur plus jeune fils, Pierce. Cette belle journée d'octobre était idéale pour une réception en plein air réunissant au moins deux cents personnes.

Le mariage était pour dans dix jours, le 1er novembre, jour de la Toussaint. D'ici là, il y aurait encore deux thés et un déjeuner dans un lieu et à une date à confirmer.

– Tout est prétexte pour faire la fête ! avait dit Claire Mayfair. Chérie, vous n'imaginez pas depuis combien de temps nous attendons une telle occasion.

Les gens s'éparpillaient sur la pelouse, sous les magnolias bien taillés, et dans les pièces à plafond bas de la coquette maison en brique. Anne-Marie avait été enchantée du projet d'hôpital de Rowan et se faisait un plaisir de la présenter à des dizaines de gens entraperçus aux obsèques et à des dizaines d'autres dont elle ignorait jusqu'à l'existence.

Un serveur à la peau très noire et à l'accent haïtien servait du bourbon ou du vin blanc dans des verres en cristal. Des cuisinières à la peau sombre et en uniforme amidonné retournaient d'énormes gambas pimentées sur un gril installé en plein air. Ces dames Mayfair, dans leurs robes pastel, avaient l'air de fleurs au milieu des hommes en costume blanc. Quelques bambins marchaient à quatre pattes dans l'herbe ou mettaient leurs menottes roses sous le jet de la petite fontaine au centre de la pelouse.

Rowan s'était trouvé une place confortable sur une chaise de jardin blanche sous le plus gros des magnolias. Tout en serrant la main des gens qui lui étaient présentés, elle sirotait doucement un bourbon. Elle commençait à aimer le goût de ce poison et se sentait même un peu « partie ».

Plus tôt, en passant sa robe de mariée et son voile pour le dernier essayage, elle s'était curieusement sentie exaltée par toutes ces péripéties et contente qu'on lui ait plus ou moins forcé la main. Elle allait être la « Princesse du jour » et elle ne se faisait plus tout un monde de porter l'émeraude qui, d'ailleurs, était restée en sécurité dans le coffre depuis cette nuit terrible. Mais elle n'avait pu se résoudre à parler à Michael de sa mystérieuse apparition autour de son cou. Elle savait qu'elle aurait dû lui en parler et, plusieurs fois, avait été à deux doigts de le faire.

De toute façon, il n'était rien arrivé depuis. Plus de fleur déformée sur sa table de chevet. Le temps avait passé très vite, avec tous les travaux, le mobilier de la maison de Floride à trouver et la préparation de leur lune de miel officielle.

La chance avait aussi voulu qu'Aaron soit complètement accepté par la famille. Désormais, il était invité à toutes les réunions de famille. A l'entendre, Béatrice était littéralement tombée amoureuse de lui et elle le taquinait sans pitié sur ses manières de vieux garçon britannique et sur les nombreuses veuves Mayfair dont les cœurs étaient à prendre. Elle était allée jusqu'à l'emmener au concert avec Agnès Mayfair, une splendide cousine plus âgée dont le mari était décédé l'année précédente.

Rowan se demandait comment Aaron allait se sortir de cette situation. Mais elle savait d'expérience qu'il avait le talent de s'insinuer dans les bonnes grâces de n'importe qui. Même Lauren, ce véritable iceberg, semblait bien l'aimer.

Aaron était aussi un compagnon formidable pour tante Vivian. Tout le monde devrait avoir une tante Vivian, se disait Rowan. C'était une petite femme fragile débordant d'amour et de douceur qui buvait les paroles de Michael. Elle rappelait à Rowan la description de Millie et de Belle faite par Aaron.

Déménager n'avait pas été facile pour tante Vivian. Et bien que les Mayfair l'aient reçue à bras ouverts, elle ne se faisait pas à leur dynamisme et leurs bavardages incessants. Cet après-midi, elle avait tenu à rester à la maison pour trier les quelques affaires qu'elle avait apportées.

L'attitude de Michael à l'égard de sa tante était une raison de plus pour l'aimer : personne n'était plus gentil et patient que lui. « Elle est ma seule famille, Rowan, avait-il fait remarquer une fois. Je n'ai plus personne d'autre. Tu sais, si cela n'avait pas marché entre toi et moi, je serais au Talamasca maintenant. Ce serait lui ma famille. »

Raison de plus pour vouloir que cela marche! Même le fantôme de First Street restait curieusement invisible, comme s'il voulait lui aussi que ça marche. Ou était-ce que la fureur de Rowan l'avait battu en brèche? Pendant les jours qui avaient suivi l'apparition du collier, elle n'avait cessé de le maudire à voix basse.

La famille avait également accepté le principe du Talamasca, même si Aaron restait volontairement évasif à son sujet. Il avait simplement expliqué qu'il était une sorte d'érudit globe-trotter et qu'il s'intéressait depuis toujours à la famille Mayfair parce qu'elle était une vieille famille distinguée du Sud.

Et un érudit capable de dénicher un tableau d'une de leurs ancêtres prénommée Deborah, immortalisée par le grand Rembrandt, de surcroît, authentifiée par la présence du fameux collier d'émeraude, était tout à fait le genre d'historien qu'il leur fallait. Tout le monde fut étonné par les anecdotes de leur propre histoire qu'Aaron leur avait révélées. Et eux qui avaient toujours cru que Julien avait inventé tout cette histoire d'ancêtres écossais!

S'ils étaient au courant de ce qui s'était passé entre Aaron et Cortland ou Carlotta des années plus tôt, ils n'en soufflèrent mot. Ils ignoraient que Stuart Townsend avait été membre du Talamasca. D'ailleurs la découverte de ce corps mystérieux les avait bouleversés. Tout semblait indiquer qu'ils tenaient Stella pour responsable de sa présence dans le grenier.

– Il est probablement mort d'une dose trop forte d'opium ou d'alcool au cours d'une de ses réceptions scandaleuses. Ou alors elle l'a enroulé dans le tapis et l'a complètement oublié.

– Peut-être l'a-t-elle étranglé?

Rowan s'amusait bien à les écouter parler et éclater de rire. Elle ne percevait jamais la moindre vibration malveillante. Elle sentait toujours leurs bonnes intentions.

Mais ils avaient des secrets, surtout les plus âgés. A chaque réception, elle le ressentait de plus en plus fort. En fait, à mesure que la date du mariage approchait, elle était certaine que quelque chose se tramait.

Les plus âgés n'étaient pas passés à First Street uniquement pour présenter leurs vœux de bonheur ou s'émerveiller devant les rénovations. Ils étaient curieux et craintifs. Avaient-ils des secrets à lui confier, voulaient-ils la mettre en garde? Ou alors avaient-ils des questions à lui poser ou encore voulaient-ils tester leurs propres pouvoirs? Elle n'avait jamais rencontré de gens aussi affectueux et cependant aussi habiles à cacher leurs émotions négatives. C'était un phénomène des plus curieux.

Il allait peut-être se passer quelque chose aujourd'hui, qui sait?

Beaucoup des aînés étaient là, les liqueurs coulaient à flots et le temps était magnifique. Le ciel était d'un bleu de porcelaine parfait et de grands nuages passaient rapidement, comme des galions poussés par un alizé.

Rowan but une autre gorgée de bourbon et se délecta de la sensation de brûlure dans sa gorge. Elle chercha Michael des yeux.

Il était là, toujours prisonnier de l'accaparante Béatrice et de la ravissante Gifford, descendant de Lestan Mayfair par sa mère et de Clay Mayfair par son père. Elle avait épousé le petit-fils de Cortland, Ryan. Il existait entre les deux époux d'autres liens de parenté mais Rowan avait perdu le fil de ces éclaircissements généalogiques au moment où elle s'était aperçue que les doigts pâles de Gifford étaient fermement agrippés au bras de Michael.

Mais qu'est-ce que l'homme de sa vie pouvait bien avoir de si fascinant pour qu'elles soient toutes comme des mouches autour de lui? Et pourquoi Gifford était-elle si nerveuse, d'abord? Pauvre Michael! Il ne se rendait même pas compte qu'elles lui faisaient les yeux doux! Assis, ses mains gantées enfouies dans ses poches, il hochait la tête et souriait aux plaisanteries. Il n'avait absolument pas conscience de leur badinage, de la flamme dans leurs yeux, de l'éclat séducteur de leurs rires.

A dire vrai, il était si séduisant dans son nouveau costume trois pièces en coton blanc – « Tu veux dire qu'il faut que je m'habille comme un marchand de glaces? » avait-il plaisanté – que Béatrice lui avait fait acheter chez Perlis. « Chéri, vous êtes un vrai gentleman du Sud maintenant! »

Il était tout simplement pornographique! Le mot n'était pas trop fort. Quand il retroussait ses manches, par exemple, quand il accrochait son paquet de Camel dans la manche droite roulée de sa chemise, quand il mettait un crayon derrière son oreille et discutait avec les charpentiers ou les peintres et quand il avançait d'un pas en faisant mine de donner un coup de poing au type en face de lui.

Et puis il y avait ses bains dans la piscine, entièrement nu, lorsque tout le monde avait quitté les lieux; et la fois où ils étaient retournés en Floride pour prendre possession de la nouvelle maison et qu'elle l'avait regardé dormir tout nu sur la terrasse, avec pour seuls vêtements sa montre en or et la petite chaîne autour de son cou. C'était encore plus excitant que s'il n'avait rien porté du tout!

Et il était si parfaitement heureux! Il était le seul au monde à aimer cette maison plus que les Mayfair eux-mêmes. Il en était obsédé. Il ne ratait pas une occasion de mettre la main à la pâte avec les ouvriers. Il enlevait ses gants de plus en plus souvent. S'il le voulait, il arrivait à vider les objets des images qu'ils lui renvoyaient, et il empêchait les autres d'y toucher pour être tranquille. Il avait maintenant toute une série d'outils qu'il était le seul à utiliser et dont il se servait régulièrement, à mains nues.

Grâce à Dieu, les fantômes et les revenants les laissaient tranquilles. Et il fallait qu'elle arrête de se tourmenter pour lui et son harem.

Mieux valait se concentrer sur le groupe l'entourant elle : la majestueuse Felice venait d'apporter une chaise près d'elle, la jolie et volubile Margaret Ann était assise dans l'herbe et l'austère Magdalene, celle qui faisait jeune mais ne l'était pas, étaient depuis un moment en train de regarder les autres dans un silence inaccoutumé.

De temps à autre, une tête se tournait, quelqu'un la regardait et elle percevait une vague sensation d'arrière-pensée, une question peut-être, qui s'évanouissait immédiatement. Mais cela venait toujours d'un des aînés : Felice, la benjamine de Barclay, âgée de soixante-quinze ans, ou Lily, soixante-huit ans, petite-fille de Vincent, ou Peter Mayfair, le chauve aux yeux humides et brillants et au cou épais, le plus jeune fils de Garland, qui avait l'air d'en savoir long et était un des plus méfiants de tous.

Puis il y avait Randall, plus âgé probablement que son oncle Peter, qui avait l'air d'un sage. Affalé sur un banc dans un coin, il la fixait sans cesse, même si quelqu'un lui bouchait la vue, comme s'il voulait lui dire une chose primordiale mais ne savait pas par où commencer.

Je veux savoir. Je veux tout savoir.

Pierce la regardait avec une admiration craintive non dissimulée. Il s'était rallié au projet de Mayfair Medical et était presque aussi impatient qu'elle qu'il prenne forme. Dommage qu'il ait perdu de la chaleur qu'il avait eue au début. Il avait presque l'air de s'excuser quand il lui présentait tel ou tel jeune homme en expliquant brièvement son lien de parenté et ce qu'il faisait dans la vie. Elle avait envie de le mettre à l'aise. Sa gentillesse ne cachait pas la moindre trace d'égoïsme.

Elle remarqua avec plaisir qu'après lui avoir présenté quelqu'un il en faisait de même pour Michael avec une cordialité inexpliquée. En fait, tout le monde était agréable avec Michael. Gifford ne cessait de remplir son verre de bourbon et Anne-Marie, si près de lui qu'elle frôlait son épaule, lui faisait la conversation.

Laisse tomber, Rowan. Tu ne peux pas mettre un si beau spécimen dans une cage!

Un groupe se formait autour d'elle puis se séparait pour laisser un nouveau groupe s'approcher. Les bavardages portaient presque exclusivement sur la maison de First Street.

Cette maison était un symbole pour eux tous et ils avaient détesté la voir se décrépir, autant qu'ils avaient détesté Carlotta. C'était ce que Rowan percevait derrière leurs félicitations. La maison était enfin libérée de son ignoble asservissement et il était amusant de constater qu'ils étaient au courant des toutes dernières modifications. Ils savaient même les couleurs que Rowan avait choisies pour des pièces qu'ils n'avaient pas encore visitées.

Que pensaient-ils de son projet d'hôpital? Lors des quelques brèves conversations qu'elle avait pu avoir en dehors des bureaux, elle les avait trouvés étonnamment réceptifs. Le nom Mayfair Medical les enchantait.

Il était capital pour elle de faire œuvre de pionnier, avait-elle expliqué la semaine précédente à Béa et Cecilia. Elle devait répondre à des besoins dont personne ne s'était encore préoccupé. Un environnement idéal pour la recherche, voilà ce qu'il fallait, mais pas un institut semblable à une tour d'ivoire. Ce devait être un véritable hôpital dont une grande partie des lits devait être gratuite. S'il pouvait attirer les meilleurs neurologues et neurochirurgiens du pays et devenir le centre le plus novateur, le plus efficace et le plus complet pour le traitement des problèmes neurologiques, pourvu d'un confort sans égal et d'un équipement de pointe, son rêve deviendrait réalité.

Chaque jour, son projet s'affinait. Elle imaginait un programme de formation mettant l'accent sur les aspects humains pour faire oublier toutes les horreurs et tous les abus de la médecine moderne. Elle voulait fonder une école d'infirmières d'où sortiraient diplômées des sortes de super-infirmières aux responsabilités élargies.

Le nom Mayfair Medical deviendrait synonyme de compétence et d'humanisme dans la profession.

Oui, ils seraient tous fiers. Comment pourrait-il en être autrement?

– Un autre verre?

– Oui, un bourbon. Merci bien.

Le bourbon était meilleur très frais mais traître. Et elle se rendait compte qu'elle avait un peu abusé. Elle prit une autre gorgée et leva son verre pour porter un toast silencieux avec quelqu'un à l'autre bout du jardin. On portait toast sur toast en l'honneur de la maison et du mariage. On ne parlait que de ça.

– Rowan, j'ai des photos de toutes les époques...

– ... et ma mère a conservé tous les articles de journaux...

– Vous savez, la maison est dans tous les ouvrages sur La Nouvelle-Orléans. J'ai des livres très anciens. Je peux les déposer à votre hôtel, si vous voulez...

– ... un tas de daguerréotypes... Katherine, Darcy et Julien. Vous savez que Julien se faisait toujours photographier devant la porte d'entrée? J'ai sept photos de lui dans cet endroit.

La porte d'entrée?

Les Mayfair arrivaient de plus en plus nombreux. Le vieux Fielding, le fils de Clay, arriva enfin. Il était totalement chauve, avait une peau presque translucide et des yeux bordés de rouge. On l'amenait près d'elle.

Dès qu'il se fut assis, les jeunes affluèrent pour le saluer.

Hercule, le serveur haïtien, mit un verre de bourbon dans la main du vieillard.

– Ça ira comme ça, monsieur Fielding?

– Oui, Hercule, surtout rien à manger! Je ne supporte pas la nourriture. J'ai déjà suffisamment mangé pour toute une vie.

Sa voix était profonde et sans âge, comme celle de Carlotta.

– Carlotta est partie, dit-il à Béatrice, venue l'embrasser. Je suis le plus vieux maintenant.

– Ne parlez pas de ça. Vous resterez avec nous pour toujours, dit Béa, qui répandait autour d'elle un parfum doux et floral, aussi onéreux que sa magnifique robe en soie rouge.

Fielding se tourna vers Rowan.

– Ainsi, vous restaurez First Street. Votre futur mari et vous allez donc y vivre. Tout s'est bien passé jusqu'à présent?

– Bien sûr, pourquoi? demanda-t-elle en souriant.

– Formidable, Rowan! dit-il en posant sa main sur la sienne. Formidable.

Le blanc de ses yeux était jauni et contrastait avec ses fausses dents très blanches.

– Pendant toutes ces années, elle n'a jamais voulu que quelqu'un touche à la maison, reprit-il avec une touche de colère. Une vieille sorcière, voilà ce qu'elle était.

Les femmes retinrent leur respiration. C'était exactement ce que Rowan attendait : que le vernis craque.

– Grand-père, pour l'amour de Dieu! dit Gifford.

Elle ramassa la canne tombée dans l'herbe et l'accrocha au dossier du vieillard, qui l'ignora.

– C'est la vérité, dit-il. Elle a tout laissé tomber en ruine. C'est un miracle que l'on ait pu restaurer cet endroit.

– Grand-père! dit Gifford, au bord du désespoir.

– Laisse-le parler, chérie, intervint Lily avec un léger tremblement. Ses doigts noués autour de son verre, elle épiait les réactions de Rowan.

– Vous croyez pouvoir me faire taire, reprit le vieil homme. Elle disait que tout était à cause de lui. Elle croyait à son existence et se servait de lui.

Un silence gêné était tombé sur l'assistance. D'autres groupes se joignirent au leur. Rowan aperçut du coin de l'œil que la silhouette sombre de Randall bougeait.

– Grand-père, vous ne devriez pas... tenta encore Gifford.

– Mais c'était elle, dit Fielding. C'était elle qui voulait que tout s'écroule autour d'elle. Je me demande parfois pourquoi elle n'a pas mis le feu à la maison, comme cette horrible gouvernante dans *Rebecca*. J'ai toujours craint qu'elle ne le fasse et qu'elle ne brûle aussi toutes les vieilles photos. Vous voyez ces photos? Celles où Julien et ses fils posent devant la porte?

– La porte? Vous voulez dire cette porte en forme de trou de serrure à l'entrée de la maison?

Michael avait-il entendu ? Oui, il s'approchait, essayant manifestement de faire taire Cecilia qui ne cessait de chuchoter à son oreille. Aaron n'était pas loin non plus, sous le magnolia. Personne ne s'intéressait à lui. Il avait les yeux fixés sur le groupe. Si seulement elle pouvait faire en sorte que personne ne se rappelle sa présence.

Mais tout le monde avait les yeux rivés sur Fielding qui hochait la tête et Felice qui haussait le ton et faisait cliqueter ses bracelets d'argent en pointant le doigt sur lui.

– Racontez-lui, dit-elle. J'estime que vous devez le faire. Si vous voulez mon avis, Carlotta voulait cette maison. Elle voulait tout diriger. Et elle en a été la maîtresse de maison jusqu'à sa mort, n'est-ce pas ?

– Elle ne la voulait pas du tout, grommela Fielding. Son seul objectif était de la détruire.

– Et la porte ? demanda Rowan.

– Grand-père, je vous ramène...

– Tu ne me ramèneras nulle part, Gifford, dit-il d'une voix rajeunie par sa détermination. Rowan s'installe dans cette maison et j'ai des choses à lui dire.

– C'est une magnifique maison, elle va l'adorer ! dit Magdalene. Que cherchez-vous à faire ? A l'effrayer ?

Randall se tenait derrière Magdalene, les sourcils haussés, les lèvres pincées, toutes les rides de son long visage marquées. Il regardait Fielding.

– Que vouliez-vous me dire ? demanda Rowan.

– Ce ne sont que de vieilles légendes, intervint Ryan, légèrement irrité mais se contenant. De vieilles légendes complètement stupides et sans signification à propos d'une porte.

Michael alla se placer derrière Fielding et Aaron se rapprocha un peu, à l'insu de tout le monde.

– Eh bien moi, je veux savoir, dit Pierce.

Il se tenait à gauche, derrière Felice et à côté de Randall. Felice fixait Fielding, malgré sa tête qui dodelinait un peu parce qu'elle avait trop bu.

– Mon arrière-grand-père a été peint devant la porte, poursuivit Pierce. Ce portrait est dans la maison. Il était toujours représenté devant cette porte.

– Et pourquoi pas ? demanda Ryan. C'était là qu'ils vivaient. Souvenez-vous qu'avant Carlotta c'était la maison de notre arrière-grand-père.

– C'est ça, murmura Michael. C'est là que j'ai vu la porte. Sur les photos. J'aurais dû les regarder de plus près...

Ryan lui jeta un regard. Rowan tendit la main vers Michael et lui fit signe de s'approcher d'elle. Les yeux de Ryan suivirent la progression de Michael jusqu'à ce qu'il s'arrête derrière la chaise de Rowan. Pierce s'était remis à parler et Michael s'assit dans l'herbe à côté de Rowan, qui posa une main sur son épaule. Aaron s'était encore rapproché.

– Même sur les vieilles photos, disait Pierce, ils sont devant la porte. Toujours une porte en forme de trou de serrure. Soit celle de devant, soit une de celles...

– Oui, la porte, s'exclama Lily. Elle est sur la tombe. Exactement la même. Et personne ne sait qui l'a sculptée.

– C'était Julien, évidemment, dit Randall d'une voix forte. Et il savait ce qu'il faisait parce que cette porte avait une signification toute particulière pour lui, et tous ceux de son époque.

– Si vous lui racontez toutes ces bêtises, dit Anne-Marie, elle ne va plus vouloir...

– Mais je tiens à savoir, répliqua gentiment Rowan. Du reste, rien au monde ne pourrait nous empêcher d'emménager dans cette maison.

– A votre place, je n'en serais pas si sûr, dit Randall d'un ton solennel.

Lauren lui lança un regard désapprobateur.

– Ce n'est pas le moment de raconter des histoires effrayantes, murmura-t-elle.

– Faut-il vraiment remuer toute cette boue? s'écria Gifford.

Elle était visiblement bouleversée. Quant à Pierce, il était ennuyé. Mais il se trouvait à l'opposé de sa mère. Ryan, lui, était proche d'elle. Il lui prit le bras et lui murmura quelque chose à l'oreille.

– Que signifie la porte? demanda Rowan. Pourquoi posaient-ils tous devant?

– Je n'aime pas qu'on parle de ça, s'écria Gifford. Je me demande pourquoi vous éprouvez le besoin de remuer le passé chaque fois que nous nous réunissons. Nous ferions mieux de penser à l'avenir.

– Nous parlons justement de l'avenir, dit Randall. Cette jeune femme doit savoir certaines choses.

– J'aimerais savoir pour la porte, dit Rowan, une fois de plus.

– Eh bien, allez-y, vieilles badernes que vous êtes! dit Felice. Vous vous décidez enfin à faire quelque chose après avoir joué la politique de l'autruche pendant toutes ces années.

– La porte a un lien avec le pacte et la promesse, dit Fielding. C'est un secret qui se transmet de génération en génération depuis le tout début.

Rowan lança un regard à Michael, assis les genoux relevés et les bras repliés autour. Bien qu'au-dessus de lui elle vît son expression de peur et de confusion, cette même expression qu'il avait quand il parlait de ses visions, si étrange qu'il ressemblait à quelqu'un d'autre.

– Je n'ai jamais entendu parler d'une promesse, dit Cecilia. Pas plus que d'un pacte ou d'une porte, d'ailleurs.

Peter Mayfair les avait rejoints. Aussi chauve que Fielding, il avait le même regard acéré. Maintenant, tout le monde était rassemblé autour du petit groupe, en un cercle de trois ou quatre rangées.

– C'est parce qu'ils n'en parlaient pas, dit Peter d'une voix théâtrale. C'était leur secret et ils voulaient que personne ne soit au courant.

– Qui ça, « ils »? demanda Ryan. Es-tu en train de parler de mon grand-père? (Sa voix était légèrement altérée par l'alcool.) Tu parles de Cortland, n'est-ce pas?

– Je ne veux pas... murmura Gifford.

Mais Ryan lui fit signe de se taire.

– Cortland était l'un des leurs, bien entendu, dit Fielding en regardant Peter. Tout le monde le savait.

– Oh, c'est affreux! dit Magdalene avec colère. J'aimais beaucoup Cortland.

– Nous étions nombreux à l'aimer, dit Peter. J'aurais fait n'importe quoi pour lui mais il était l'un des leurs. Et ton père aussi, Ryan. Pierce l'a été jusqu'à la mort de Stella. Et le père de Randall aussi, n'est-ce pas?

– Qu'est-ce que tu entends par « l'un des leurs »? demanda Pierce « le Jeune ». J'ai entendu cette expression toute ma vie. Qu'est-ce que ça veut dire?

– Rien, dit Ryan. Ils formaient une sorte de club, un club mondain.

– Ça, c'est le moins qu'on puisse dire! s'exclama Randall.

– Tout cela est mort avec Stella, dit Magdalene. Ma mère était proche de Stella et elle assistait à ses réceptions. Il n'y avait pas treize sorcières. C'étaient des sornettes, ça!

– Treize sorcières? demanda Rowan.

Elle sentait la tension de Michael. A travers une petite brèche dans le cercle, elle pouvait voir Aaron. Il s'était adossé à l'arbre et regardait vers le ciel comme s'il ne pouvait les entendre, mais Rowan savait bien qu'il n'en perdait pas une miette.

– Cela fait partie de la légende, dit froidement Fielding. Cela fait partie de l'histoire de la porte et du pacte.

– Quelle est cette histoire? demanda Rowan.

– Ils devaient tous être sauvés par la porte et les treize sorcières, dit Fielding en regardant Peter. C'était l'histoire, c'était la promesse.

Randall secoua la tête.

– C'était une énigme. Stella n'a jamais su avec certitude ce qu'elle signifiait.

– Stella essayait de rassembler les treize sorcières à ses réceptions? demanda Rowan.

– Oui, dit Fielding. C'est exactement ce qu'elle voulait faire. Elle-même se qualifiait de sorcière. Quant à sa mère, Mary Beth, c'était pareil. Elle ne s'en cachait même pas. Elle disait qu'elle avait le pouvoir et qu'elle voyait l'homme.

– Je ne vous laisserai pas... dit Gifford d'une voix proche de l'hystérie.

– Pourquoi? Pourquoi est-ce si effrayant? demanda doucement Rowan. Ce ne sont que de simples légendes.

Silence. Tout le monde l'étudiait, chacun attendant que ce soit un autre qui prenne la parole. Lauren lançait à Rowan un regard furieux. Celui de Lily était plutôt soupçonneux. Ils savaient tous qu'elle faisait l'innocente.

– Ce ne sont pas des légendes, jeta Fielding.

– Parce qu'ils y croyaient! dit Gifford, le menton relevé, la lèvre tremblante. Parce que des gens ont fait de mauvaises actions au nom de ces sornettes.

– Quelles mauvaises actions? demanda Rowan. Vous voulez dire ce que Carlotta a fait à ma mère?

– Je parle des choses que Cortland a faites, dit Gifford. (Elle tremblait de tout son corps.) Voilà! (Elle regarda Ryan puis Pierce, son fils, et à nouveau Rowan.) Oui, Carlotta aussi. Ils ont tous trahi votre mère. Oh, il y a tant de choses que vous ignorez!

– Chut, Gifford! Tu as trop bu, murmura Lily.

– Rentre dans la maison, Gifford, dit Randall.

Ryan prit sa femme par le bras et se pencha pour lui murmurer quelque chose. Pierce quitta sa place et se joignit à eux. Les deux hommes éloignèrent Gifford du groupe.

– Ils croyaient à la magie noire, dit Fielding. Et ils croyaient aux treize sorcières et à la porte mais ils ignoraient ce qu'ils devaient en faire.

– Et quelle était leur interprétation? demanda Béatrice. Tout cela est fascinant. Racontez-nous.

– Pour que tu ailles tout raconter à ton club, dit Randall. Comme d'habitude.

Gifford entrait dans la maison avec Ryan. Pierce ferma les portes-fenêtres sur eux.

– Non, je veux savoir, insista Béatrice en avançant et en croisant les bras. Si Stella ne connaissait pas la signification, qui la connaissait?

– Julien, dit Peter. Mon grand-père. Il savait. Et il l'a dit à Mary Beth. Il l'a même écrit mais Mary Beth a tout brûlé. Elle l'a dit à Stella mais Stella n'a jamais vraiment compris.

– Stella ne faisait jamais attention à rien, ajouta Fielding.

– A rien du tout, dit encore Lily, tristement. Pauvre Stella! Elle ne pensait qu'à ses réceptions, son alcool de contrebande et ses amis un peu bizarres.

– Pas vraiment, corrigea Fielding. Justement, c'était le problème. Elle voulait en jouer. Et quand quelque chose se passait mal, elle prenait peur et noyait ses larmes dans du champagne. Elle voyait des choses qui auraient convaincu n'importe qui d'autre mais elle n'a pas cru à la porte, à la promesse et aux treize sorcières jusqu'à ce que Julien et Mary Beth aient disparu. Mais c'était trop tard.

– Elle aurait donc brisé la chaîne de transmission des informations? demanda Rowan. Ils lui avaient confié des secrets avec le collier et le reste?

– Le collier n'a jamais joué un rôle si important que cela, dit Lily. Carlotta en a fait tout un plat uniquement parce qu'on ne peut pas le prendre... enfin, parce qu'on ne peut pas l'enlever à celle qui en a hérité. Et Carlotta s'était mis dans la tête que si elle enfermait le collier elle mettrait fin à tous les événements. C'était devenu une idée fixe chez elle.

– Et Carlotta savait ce que signifiaient la porte et les treize sorcières, dit Peter en jetant un regard vaguement dédaigneux à Fielding.

– Comment le sais-tu? intervint Lauren. Carlotta n'a certainement jamais parlé de ça.

– Bien sûr que non, répondit Peter. Je le sais parce que Stella l'a dit à ma mère. Carlotta savait et elle refusait de l'aider. Stella essayait de faire en sorte que la vieille prophétie se réalise. Soit dit en passant, il ne s'agissait absolument pas de sauver qui que ce soit.

– D'après qui? interrogea Fielding.

– D'après moi, justement.

– Et qu'est-ce que tu en sais? demanda Randall avec une légère pointe de sarcasme dans la voix. Cortland m'a dit lui-même que si l'on réussissait à réunir les treize sorcières, la porte s'ouvrirait entre les mondes.

– Entre les mondes! s'esclaffa Peter. J'aimerais savoir le rapport avec l'idée de sauver quelque chose. Cortland ne savait rien. Pas plus que Stella. S'il avait su quelque chose, il aurait aidé Stella. Il était là. Et moi aussi.

– Là quand? demanda Fielding avec méfiance.

– Stella donnait des réceptions pour essayer de découvrir la signification, répondit Peter. Et j'y étais.

– Comment aurais-tu pu y être? demanda Margaret Ann. C'était il y a un siècle!

– Oh non! C'était en 1928, dit Peter. J'avais douze ans et mon père était furieux que ma mère m'autorise à y aller. Et Lauren y était aussi. Elle avait quatre ans.

Lauren acquiesça de la tête. Ses yeux semblaient rêveurs, comme si elle était en train de se rappeler.

– Stella a choisi treize d'entre nous, dit Peter, en fonction de nos pouvoirs. Vous savez? Nos dons parapsychiques : lire dans les pensées, voir des esprits et faire bouger des objets. Nous étions tous réunis dans cette maison dans le but de faire ouvrir la porte. Nous nous mettions en cercle et nous commencions à nous concentrer. Il fallait qu'« il » apparaisse au milieu de nous et ainsi il cesserait d'être un fantôme. Il entrerait dans notre monde.

Un silence de plomb tomba. Béatrice regardait Peter comme s'il était lui-même un fantôme. Fielding observait Peter avec une incrédulité manifeste et peut-être un peu de dédain.

Le visage de Randall était impassible.

– Rowan ignore de quoi vous parlez, dit Lily.

– Oui, je crois qu'il vaut mieux nous en tenir là, ajouta Anne-Marie.

– Elle sait, dit Randall en regardant Rowan droit dans les yeux.

Rowan regarda Peter.

– Qu'entendez-vous par entrer dans notre monde? demanda-t-elle.

– Cela veut dire qu'il ne serait plus un esprit. Il ne ferait plus qu'apparaître mais resterait... physiquement.

Randall examinait Rowan avec une certaine perplexité.

Fielding partit d'un rire sec et méprisant.

– Ce doit être une invention de Stella, ricana-t-il. Ce n'est pas ce que mon père m'a dit. Sauvés, il m'a dit. Tous ceux qui faisaient partie du pacte devaient être sauvés. Je me rappelle l'avoir entendu le dire à ma mère.

– Vous ne croyez tout de même pas à tout ça, s'exclama Béatrice.

Fielding hocha la tête.

– Sauvés, c'est ce qu'il a dit. Quand la porte s'ouvrirait. C'était une énigme et Mary Beth n'en connaissait pas plus la clé que les autres. Carlotta jurait ses grands dieux que c'était une invention, mais ce n'était pas vrai. Elle cherchait seulement à tourmenter Stella. Je ne pense même pas que Julien savait.

– Connaissez-vous les paroles de l'énigme? demanda Michael.

Fielding se tourna vers la gauche et le regarda. Soudain, tout le monde sembla s'apercevoir de la présence de Michael et concentra son attention sur lui.

– Oui, quel était l'intitulé de l'énigme? insista Rowan.

Randall regarda Peter et tous deux regardèrent Fielding.

Le vieillard hocha encore une fois la tête.

– Je n'ai jamais su. Je sais simplement que lorsqu'il y aurait treize sorcières, la porte s'ouvrirait enfin. Et la nuit de la mort de Julien, mon père a dit : « Sans Julien, ils ne seront plus jamais treize. »

– Et qui leur avait révélé l'énigme? demanda Rowan. Qui est l'homme?

Tous les regards étaient à nouveau fixés sur elle. Même Anne-Marie semblait avoir une appréhension et Béatrice était affolée comme si quelqu'un avait gravement violé l'étiquette. Lauren la regardait d'une façon pour le moins étrange.

– Elle ne veut pas savoir tout ce que cela signifie, dit enfin Béatrice.

– Je crois qu'il vaut mieux oublier tout ça, dit Felice.

– Pourquoi? Pourquoi oublier? demanda Fielding. Vous ne croyez pas que l'homme va aller la voir comme il l'a fait pour toutes les autres? Qu'est-ce qui a changé?

– Vous allez l'effrayer! s'écria Cecilia. Et, pour être franche, vous me faites peur aussi.

– Est-ce cet homme qui a révélé l'énigme? demanda Rowan.

Personne ne bougea.

Que pourrait-elle bien leur dire pour qu'ils se remettent à parler, à vider leur sac?

– Carlotta m'a parlé de l'homme, dit-elle. Je n'ai pas peur de lui.

Comme le jardin était silencieux tout à coup! Tout le monde était réuni en cercle, à part Ryan qui était parti avec Gifford. Même Pierce était à nouveau là, juste derrière Peter. La nuit tombait et les serviteurs avaient disparu, comme s'ils s'étaient sentis indésirables.

Anne-Marie attrapa une bouteille sur une table et, dans un grand bruit, remplit son verre. Quelqu'un tendit la main vers la bouteille. Puis un autre. Mais tous les yeux étaient fixés sur Rowan.

– L'un d'entre vous a vu l'homme? demanda Rowan.

Le visage de Peter était solennel et impénétrable. Il ne sembla même pas se rendre compte que Lauren versait du bourbon dans son verre.

– Moi, je donnerais n'importe quoi pour le voir au moins une fois, dit Pierce.

– Et moi donc! dit Béatrice. En tout cas, je n'essaierais pas de m'en débarrasser. Je lui parlerais...

– Tais-toi, Béa! dit Peter violemment. Tu ne sais pas de quoi tu parles, comme d'habitude!

– Toi oui, je suppose, dit Lily d'un ton acerbe, prenant manifestement Béa sous sa protection. Viens ici, Béa. Assieds-toi avec les femmes. S'il doit y avoir une bagarre, sois au moins dans le bon camp.

Béatrice s'assit dans l'herbe à côté de la chaise de Lily.

– Espèce d'imbécile! Je te déteste! dit-elle encore à l'intention de Peter. J'aimerais bien voir ta réaction si tu le voyais.

Peter haussa les sourcils et but une gorgée de bourbon.

Fielding ricana en marmonnant quelque chose dans sa barbe.

– Je suis allé à First Street et suis resté des heures à attendre qu'il se manifeste, dit Pierce. Si seulement j'avais pu l'apercevoir!

– Pour l'amour du ciel! supplia Anne-Marie. Comme si tu n'avais rien de mieux à faire!

– Ne laisse pas ta mère entendre ça, murmura Isaac.

– Vous y croyez tous, dit Rowan. Certains d'entre vous ont bien dû le voir.

– Mon père dit que c'est une invention, une simple légende, dit Pierce.

– C'est faux, dit Peter gravement. L'homme est aussi réel qu'un éclair ou que le vent.

Il se retourna vers Pierce puis vers Rowan, comme pour réclamer leur attention et leur compréhension. Puis ses yeux se posèrent sur Michael.

– Je l'ai vu, reprit-il. La nuit où Stella nous avait tous réunis. Et je l'ai revu depuis. Lily et Lauren aussi. Et toi, Felice, je sais que tu l'as vu. Et vous, Fielding. Vous l'avez vu la nuit de la mort de Mary Beth, à First Street. Je le sais. Qui ne l'a pas vu parmi ceux qui sont ici? Les plus jeunes, c'est tout.

Il regarda Rowan.

– Demandez-leur, ils vous le diront, ajouta-t-il.

– Dites-moi ce que vous avez vu, dit Rowan en soutenant le regard de Peter.

Peter prit un temps de réflexion. Il regarda autour de lui en s'arrêtant sur Margaret Ann, puis sur Michael et enfin sur Rowan. Il leva son verre et le vida avant de commencer.

– Il était là, une présence flamboyante et chatoyante, et pendant ce court instant j'aurais juré qu'il était aussi solide que n'importe quel être de chair et de sang. Je l'ai vu se matérialiser en dégageant de la chaleur. Et puis j'ai entendu ses pas sur le sol de l'entrée quand il s'est mis à marcher vers nous. Il était aussi réel que vous et moi et nous a tous regardés l'un après l'autre. Et puis il s'est volatilisé, comme d'habitude. Nous avons senti une nouvelle vague de chaleur, une odeur de fumée et une forte brise a traversé toute la maison en arrachant les rideaux des fenêtres. Il était parti. Il ne pouvait pas tenir longtemps et nous n'étions pas assez forts pour l'aider.

Nous, les treize sorcières, comme Stella nous appelait. Mais nous n'étions pas de la trempe de Julien, de Mary Beth ou de Grand-Mère Marguerite, à Riverbend. Carlotta, elle qui était encore plus puissante que Stella, c'est moi qui vous le dis, refusait de nous aider. Elle était allongée sur son lit, en haut, fixant le plafond, et disait son chapelet à haute voix. Après chaque « Je vous salue Marie », elle disait : « Faites qu'il retourne en enfer! Faites qu'il retourne en enfer! »

Il se pinça les lèvres et fit la grimace en voyant son verre vide. Il se mit à le secouer pour faire entrechoquer les cubes de glace. Une fois encore, il parcourut l'assemblée des yeux en s'arrêtant sur chacun, même sur la petite Mona aux cheveux roux.

– Peter Mayfair a vu l'homme, déclara-t-il. Lauren, Lily et Randall pourront parler pour eux-mêmes. Moi, je l'ai vu et vous pourrez le dire à vos petits-enfants.

Nouveau silence. L'obscurité était presque tombée et, au loin, les cigales se mirent à striduler. Il n'y avait pas un souffle d'air et chaque fenêtre de la maison était maintenant éclairée.

– Oui, dit Lily en soupirant. Autant que vous le sachiez, dit-elle à Rowan en souriant. Il est là et nous l'avons tous vu à plusieurs reprises. Nous l'avons vu sous le porche auprès de Deirdre. Nous l'avons vu en passant devant la maison. Nous l'avons vu un certain nombre de fois contre notre gré.

– Ne les laissez pas vous chasser de la maison! dit Magdalene.

– Non, ce n'est pas ce que nous voulons, ajouta Felice. Si vous voulez mon avis, oubliez les légendes. Oubliez ces absurdités sur les treize sorcières et la porte. Et oubliez-le, lui! Il n'est rien de plus qu'un fantôme et, si vous trouvez cela étrange, ça ne l'est pas.

– Il ne peut rien vous faire, dit Lauren.

– Non, il ne peut rien contre vous, dit Felice. Il est comme la brise.

– Qui sait? dit Cecilia. Il n'est peut-être même plus dans la maison.

Tout le monde la regarda.

– Personne ne l'a vu depuis la mort de Deirdre, après tout.

Une porte claqua, suivie d'un bruit de verre brisé. Le groupe se fendit et Gifford fit son apparition au centre du cercle, le visage humide et sale, les mains tremblantes.

– Rien faire! Faire du mal à personne! C'est ça que vous lui dites? Il a tué Cortland! Voilà ce qu'il a fait. Après que Cortland eut violé votre mère! Vous le saviez, Rowan?

– Tais-toi, Gifford, lui intima Fielding.

– Cortland est votre père, cria Gifford. Tu parles qu'il ne peut rien faire! Chassez-le, Rowan! Dirigez votre force contre lui et faites-le disparaître pour toujours! Exorcisez la maison! Brûlez-la s'il le faut... Brûlez-la!

Un murmure de protestation parcourut l'assistance. Les uns étaient méprisants, les autres indignés. Ryan, qui venait d'apparaître, essayait à nouveau de calmer Gifford. Elle se retourna et le gifla. Tout le monde retint son souffle. Visiblement, Pierce était mortifié et désespéré.

Lily se leva et quitta le groupe. Felice, en la suivant, faillit tomber dans sa hâte. Anne-Marie se mit debout et aida Felice à partir. Mais les autres ne bougèrent pas, y compris Ryan qui s'essuyait le visage avec son mouchoir, pour se donner une contenance. Gifford était toujours là, les poings serrés, les lèvres tremblantes. Béatrice aurait bien voulu faire quelque chose mais ne savait pas quoi.

Rowan se leva et s'approcha de Gifford.

– Gifford, écoutez-moi. N'ayez pas peur. C'est l'avenir qui nous intéresse et non le passé.

Elle lui prit les deux bras et Gifford, non sans réticence, leva les yeux vers elle.

– Je ferai ce qui est bon, reprit Rowan. Ce qui est bon pour la famille. Vous me comprenez?

Gifford éclata en sanglots, la tête inclinée, comme si son cou était devenu trop faible pour la soutenir. Ses cheveux lui tombèrent devant les yeux.

– Seuls les mauvais peuvent être heureux dans cette maison! dit-elle. Et ils étaient mauvais. Cortland était mauvais!

– Elle a trop bu, dit Cecilia.

Quelqu'un alluma l'éclairage du jardin.

– Écoutez-moi bien, Gifford, dit Rowan, parlant surtout pour les autres.

Elle vit les yeux de Béatrice fixés sur elle. Michael l'observait, debout derrière la chaise de Fielding.

– Je vous ai tous écoutés, poursuivit Rowan. Et j'ai beaucoup appris. Mais j'ai quelque chose à vous dire. La seule façon de survivre à cet étrange esprit et ses machinations est de le considérer dans une large perspective. La famille et la vie font partie de cette perspective. Et nous ne le laisserons jamais détruire la famille ou détruire la vie. Je crois que Mary Beth et Julien pensaient comme moi et j'ai l'intention de suivre leur exemple. Si quelque chose m'apparaît à First Street, toute mystérieuse qu'elle soit, elle ne prendra jamais le dessus sur le reste.

Gifford semblait envoûtée. Peu à peu, Rowan se rendait compte de la singularité du moment que tous venaient de vivre. Elle se rendit compte à quel point ses paroles étaient étranges et à quel point elle devait paraître étrange à tous, à prononcer ce petit discours tout en tenant par les bras cette femme fragile et hystérique.

Elle desserra doucement sa prise. Gifford recula et se retrouva dans les bras de Ryan. Ses yeux restaient écarquillés, vides et rivés sur Rowan. Mais elle ne disait rien.

Tout le monde était pétrifié. Lorsqu'elle regarda Michael, Rowan lut sur son visage la même expression d'étonnement et, derrière, cet air de sombre détresse qu'elle lui connaissait.

Soudain, Peter attrapa la main de Rowan.

– Vous êtes sage. Si vous vous laissiez prendre, vous gâcheriez votre vie.

– C'est très vrai, appuya Randall. C'est ce qui est arrivé à Stella. Et à Carlotta aussi. Elles ont gâché leur vie.

Il semblait impatient de s'en aller. Il se retourna et s'éclipsa sans un au revoir.

– Allez, jeune homme, aidez-moi, dit Fielding à Michael. La fête est finie. Au fait, toutes mes félicitations pour votre mariage. Je vivrai peut-être assez longtemps pour y assister. Mais, s'il vous plaît, n'invitez pas le fantôme.

Michael eut l'air désorienté. Il lança un regard à Rowan puis au vieil homme, et l'aida à se lever.

Plusieurs jeunes s'approchèrent pour dire à Rowan de ne pas se laisser décourager par la bizarrerie des Mayfair. Anne-Marie l'enjoignit de poursuivre son projet. Une brise légère vint enfin rafraîchir l'atmosphère.

– Tout le monde aura le cœur brisé si vous n'emménagez pas dans la maison, dit Margaret Ann.

– Vous n'allez pas renoncer? demanda Clancy.

– Bien sûr que non, répondit Rowan en souriant. Quelle idée!

Aaron observait Rowan d'un air impassible. Béatrice revint se répandre en excuses pour l'attitude de Gifford.

Les autres revenaient avec leurs manteaux et leurs sacs. Il faisait complètement nuit et l'air était délicieusement frais. La fête était finie.

Les adieux durèrent trente minutes. La rengaine était tout le temps la même : restez, ne partez pas, restaurez la maison, oubliez les légendes. Ryan présenta ses excuses pour Gifford. Rowan lui fit comprendre que cela n'avait aucune importance.

– Vous serez très heureux à First Street, dit-il.

Lorsque Michael apparut aux côtés de Rowan, Ryan lui serra la main.

En se retournant pour partir, Rowan vit Aaron à la grille avec Gifford et Béatrice. Gifford semblait complètement rassérénée.

– Ne vous faites aucun souci, disait Aaron avec son accent britannique si séduisant.

Gifford l'étreignit soudainement. Il lui rendit gentiment son étreinte et lui baisa la main. Ils étaient là tous les trois, Gifford livide et l'air fatiguée, lorsque la limousine d'Aaron arriva.

– Ne vous inquiétez de rien, Rowan, dit affectueusement Béatrice. Nous déjeunons ensemble demain, n'oubliez pas. Et votre mariage sera le plus beau qui soit!

Rowan sourit.

– Ne vous en faites pas, Béa.

Rowan et Michael s'engouffrèrent à l'arrière de la voiture, suivis d'Aaron qui prit sa place favorite, dos à la route, juste derrière le chauffeur. La voiture démarra.

L'air glacé de la climatisation fut un grand soulagement pour Rowan.

L'humidité et l'atmosphère du jardin lui collaient à la peau. Elle ferma les yeux un moment et avala une grande goulée d'air.

Lorsqu'elle les rouvrit, elle s'aperçut que la voiture roulait sur Metairie Road. Ils passèrent devant le nouveau cimetière de la ville qui lui parut lugubre derrière les vitres fumées. Le monde est toujours affreux à travers les vitres fumées d'une voiture, songea-t-elle.

Elle se tourna vers Michael et fut énervée de voir qu'il arborait toujours cette expression horrible.

– Rien n'a changé, lui dit-elle. Tôt ou tard, il viendra et il luttera contre moi pour arriver à ses fins. Mais il sera le perdant. Nous avons simplement obtenu plus d'informations sur le nombre et la porte. Et c'est ce que nous voulions.

Michael ne répondit rien.

– Mais rien n'a changé, insista-t-elle. Rien du tout.

Michael ne répondait toujours pas.

– Ne broie pas du noir, lui dit-elle durement. Je n'ai aucune intention de réunir une assemblée de treize sorcières. J'ai des choses bien plus importantes à faire. Et je n'ai absolument pas cherché à effrayer les autres. Je pense que je n'ai pas dit ce qu'il fallait. Je n'ai pas utilisé les bons mots.

– Ils se trompent, dit Michael, presque à voix basse.

Il fixait Aaron qui les regardait en restant impassible.

A sa voix, elle sentit que Michael était tout retourné.

– Qu'est-ce que tu veux dire?

– Personne n'a besoin de réunir treize sorcières. Ce n'est pas ce que l'énigme veut dire. Ils se sont trompés parce qu'ils ne connaissent pas leur propre histoire.

– Mais de quoi parles-tu?

Elle ne l'avait jamais vu dans un tel état depuis le jour où il avait cassé les bocaux. Elle savait que son pouls battait très fort. Elle détestait qu'il soit comme ça.

– Michael, je t'en prie!

– Rowan, compte tes ancêtres! La créature attendait treize sorcières, et tu es la treizième à partir de Suzanne. Compte-les. Suzanne, Deborah, Charlotte, Jeanne-Louise, Angélique, Marie-Claudette, Marguerite, Katherine, Mary Beth, Stella, Antha et Deirdre. Et puis toi, Rowan! La treizième et la plus puissante. C'est elle la porte qui peut faire entrer l'esprit. Tu es la porte, Rowan. C'est pourquoi il y a douze cryptes et non treize dans la tombe. La treizième est la porte.

– D'accord, dit Rowan, se forçant à la patience. (Elle fit un geste d'excuse.) Et nous le savions, n'est-ce pas? Ce démon l'avait prédit. Il voit loin, il te l'a dit. Il voit le treize. Mais il ne voit pas tout. Il ne voit pas qui je suis.

– Non, ce n'est pas ça qu'il a dit. Il a dit qu'il voyait à l'infini! Et aussi qu'il ne pouvait pas t'arrêter et que je ne pouvais pas t'arrêter. Il a dit que sa patience était aussi grande que celle du Tout-Puissant.

– Michael, interrompit Aaron. Cet esprit ne vous dit pas forcément la vérité. Ne tombez pas dans le piège. Il joue avec les mots. C'est un menteur.

– Je sais, Aaron. Ce démon ment. Je sais ! Mais qu'attend-il donc ? Les jours se succèdent et nous sommes contraints d'attendre. Ça me rend fou !

Rowan prit son poignet mais, dès qu'il s'en aperçut, il écarta sa main.

– Quand j'aurai besoin d'un médecin, je te le dirai, d'accord?

Vaincue, elle regarda ses mains posées sur ses genoux. L'esprit avait dit : « Quand tu seras mort... » Elle entendait le cœur de Michael battre à tout rompre. Il avait la tête tournée mais elle savait qu'il se sentait très mal. Son sixième sens lui avait appris qu'il était en bonne santé et aussi vigoureux qu'un homme moitié plus jeune que lui mais il avait tous les symptômes de ce stress qui le dévorait par moments.

Toute cette aventure commençait à être pénible. Les terribles secrets du passé avaient tout gâché. Ce n'était pas ça qu'elle avait voulu, tout au contraire. Il aurait peut-être mieux valu ne rien dire du tout, comme Gifford les en avait suppliés.

– Michael, dit Aaron de sa voix calme. Il persifle et il ment. Quel droit a-t-il de faire une prophétie? Et quel autre but pourrait-il avoir que parvenir à ses fins, quitte à mentir sur toute la ligne?

– Mais qui est-il? demanda Michael. Aaron, je ne voudrais pas me raccrocher désespérément à un semblant d'espoir, mais quand je suis allé à la maison le premier soir, croyez-vous qu'il m'aurait parlé si vous n'aviez pas été là? Pourquoi s'est-il montré à moi?

– Michael, j'aurais plusieurs explications pour chacune de ses apparitions. Mais j'ignore si j'ai raison. Le plus important est de partir du principe qu'il n'est qu'un mystificateur et de le considérer comme tel.

– Exactement, dit Rowan.

– Ce petit jeu me tape sur les nerfs, dit Michael. On m'a donné tout ce que je voulais : la femme que j'aime et la maison dont je rêvais depuis toujours. Et pour couronner le tout, nous voulons un enfant! Qu'on me dise la règle du jeu! Lui, il parle, alors que ceux qui sont venus à moi se taisent. Si seulement je pouvais me débarrasser de cette impression que tout est prévu d'avance!

– Michael, il faut te reprendre, dit Rowan. Tout se passe pour le mieux, et comme nous l'avons souhaité. Depuis la mort de Carlotta, tout s'est merveilleusement passé. Tu sais, il y a des moments où je me dis que je fais exactement ce que ma mère aurait voulu que je fasse. Tu ne trouves pas ça dingue? J'ai l'impression de faire ce dont Deirdre a rêvé pendant toutes ces années.

Pas de réponse.

– Michael, tu n'as pas entendu ce que j'ai dit aux autres? reprit-elle. Tu ne crois pas en moi?

– Promets-moi une chose, Rowan. (Il lui prit la main et glissa ses doigts entre les siens.) Promets-moi que si tu vois cette créature tu me le diras tout de suite.

– Michael! Tu te comportes comme un mari jaloux!

– Tu sais ce que m'a dit le vieil homme quand je l'ai aidé à monter dans sa voiture? demanda-t-il.

– Tu parles de Fielding?

– Oui. Il m'a dit : « Soyez prudent, jeune homme. » Mais qu'est-ce qu'il voulait dire?

– Qu'il aille au diable! murmura Rowan, folle de rage.

Elle dégagea sa main de celle de Michael.

– Mais pour qui se prend-il, ce vieux barbon? Comment a-t-il osé te dire ça? Il ne viendra pas à notre mariage. Pas question qu'il franchisse la porte de ma maison!

Elle s'interrompit, incapable d'en dire davantage, suffoquant de colère. Elle avait mis toute sa confiance dans la famille et Fielding l'avait poignardée par-derrière. Elle fondit en larmes. Elle avait envie... de gifler Michael. Mais c'était le vieil homme qu'elle avait envie de gifler. Comment avait-il pu oser?

– Je suis désolé, Rowan, murmura Michael.

– Va au diable, toi aussi! dit-elle. Tu ferais mieux de leur résister au lieu de tourner comme une toupie chaque fois qu'une pièce du puzzle trouve sa place. Ce n'est pas la Sainte Vierge que tu as vue dans tes visions. C'était un de leurs tours.

– Non, c'est faux.

Il avait l'air complètement désespéré. Rowan avait le cœur brisé mais maintenant qu'elle avait donné libre cours à sa colère elle ne voulait plus faire marche arrière. Elle avait peur de dire ce qu'elle pensait réellement : Écoute. Je t'aime, mais il ne t'est jamais venu à l'esprit que ton seul rôle dans l'histoire a été de me faire revenir ici, de me faire rester et de me donner un enfant qui deviendrait l'héritier du testament? Cet esprit a peut-être provoqué ta noyade, ton sauvetage, tes visions et tout le reste. Et c'est pour ça qu'Arthur Langtry t'est apparu. C'est pour ça qu'il t'a dit de partir avant qu'il ne soit trop tard.

– Allons, dit doucement Aaron. Le vieil homme a simplement voulu se rendre intéressant. C'était une sorte de compétition entre Randall, Peter et lui, à celui qui se mettrait le plus en avant. Ne soyez pas trop dure avec lui. Ce n'est qu'un vieillard. Je sais de quoi je parle.

Rowan s'essuya le nez et leva les yeux vers lui. Il souriait. Elle lui rendit son sourire.

– Sont-ils bons, Aaron? A votre avis?

Elle faisait exprès d'ignorer la présence de Michael.

– Ce sont de bonnes gens, Rowan. Bien meilleurs que beaucoup d'autres, ma chère. Et ils vous aiment. Le vieil homme aussi. Vous représentez l'événement le plus exaltant des dix dernières années de sa vie. Les autres n'essaient pas de le mettre à l'écart, vous l'avez remarqué. Il cherchait simplement à s'attirer l'attention de tous. Et, bien entendu, malgré tous les secrets qu'ils connaissent tous, ils en savent moins long que vous.

– Vous avez raison, murmura-t-elle.

Elle était exténuée et se sentait misérable. Lorsqu'elle se laissait aller à ses émotions, elle en sortait toujours triste et meurtrie.

– D'accord, dit-elle encore. J'aurais demandé à Fielding de me conduire à l'autel si je n'avais pas quelqu'un d'autre en vue.

Elle essuya ses larmes et se tamponna les lèvres.

– C'est de vous que je parle, Aaron, reprit-elle. Je sais que je vous préviens un peu tard, mais accepteriez-vous de le faire?

– Ma chère, c'est un honneur pour moi. Rien ne me ferait plus plaisir. (Il lui serra la main.) S'il vous plaît, ne pensez plus à ce vieux fou.

– Merci, Aaron.

Elle s'appuya contre le dossier du siège et reprit sa respiration avant de se tourner vers Michael. Elle avait des remords de l'avoir délibérément laissé en dehors de la conversation. Il avait l'air si doux et désemparé. Elle dit :

– Tu t'es calmé ou tu viens de faire une crise cadiaque? Ton silence est inquiétant.

Michael se mit à rire. La glace était brisée. Ses yeux bleus brillaient lorsqu'il lui sourit.

– Tu sais, quand j'étais enfant, dit-il en lui reprenant la main, je rêvais d'avoir un fantôme familier! Je me disais que ce devait être merveilleux d'habiter dans une maison hantée.

Il était redevenu lui-même, joyeux et fort. Rowan se pencha et appuya ses lèvres contre la joue de son fiancé.

– Je suis désolée de m'être emportée.

Aaron les regardait avec un petit sourire. Tous les trois étaient fatigués. Cette conversation avait épuisé leurs dernières forces.

Rowan se demanda comment elle pourrait leur faire comprendre que tout allait marcher pour le mieux, qu'elle triompherait et qu'aucune tentation ne pourrait la détourner de son amour, ses rêves et ses projets.

Il viendrait, il essaierait son charme sur elle mais elle ne succomberait pas. Le pouvoir qu'elle détenait, nourri par douze sorcières, suffirait à le détruire. Le nombre treize te portera malheur, espèce de démon! Et la porte sera pour toi celle de l'enfer.

Elle revit les roses dans le vase, sur la table de l'entrée. Quelle horreur! Et ce glaïeul dans l'ombre. Atroce. Et, pis que tout, l'émeraude autour de son cou, dans le noir, froide et lourde sur sa peau nue. Non, elle ne pourrait se résoudre à en parler à son fiancé.

Il était l'homme le plus courageux et le plus fort qu'elle ait jamais connu, mais elle devait le protéger. En tout cas, il ne pouvait rien pour elle, c'était clair. Pour la première fois, elle se rendit compte que quand le moment arriverait elle serait complètement seule pour faire face. Mais, depuis le début, c'était inévitable.

QUATRIÈME PARTIE

LA FIANCÉE DU DIABLE

Quarante

Ce souvenir resterait-il le meilleur de sa vie ? Les mariages ont toujours quelque chose de magique pour les gens. Celui-ci, en plus du fait qu'il était le sien, prenait pour elle une dimension toute particulière : il se passait dans l'Ancien Monde et à la mode d'autrefois. Vu la froideur et la solitude du monde d'où elle venait, il avait d'autant plus de saveur !

La veille, elle était allée prier seule à l'église. Michael avait été surpris. Priait-elle vraiment ?

– Je ne sais pas, répondit-elle.

Elle avait juste envie de s'asseoir dans l'église sombre, décorée de rubans et de nœuds blancs en prévision du mariage, avec son tapis rouge tout le long de l'allée centrale, pour parler à Ellie, lui expliquer pourquoi elle avait rompu sa promesse, pourquoi elle faisait cela et l'assurer que tout irait pour le mieux.

Elle expliqua et expliqua. Même pour l'émeraude.

– Sois auprès de moi, Ellie. Accorde-moi ton pardon. J'en ai tant besoin.

Puis elle avait parlé à sa mère. Très simplement et sans paroles. Elle se sentait proche d'elle et avait essayé d'effacer Carlotta de ses souvenirs.

Finalement, elle avait terminé ses prières d'une bien étrange façon. Elle avait allumé des cierges pour ses deux mères, un pour Antha et un pour Stella. Quel rituel apaisant qu'allumer ces petites mèches et regarder les flammes danser devant la statue de la Vierge. Cette pratique catholique lui parut pleine de sens. On aurait presque pu croire que les petites flammes gracieuses étaient des prières vivantes.

Puis elle était partie à la recherche de Michael qui passait des moments formidables dans la sacristie à se rappeler tous ses souvenirs d'enfance avec le vieux prêtre.

Il était 9 heures, la cérémonie commençait enfin.

Raide et calme dans ses atours blancs, elle attendait en rêvant. L'émeraude reposait sur la dentelle couvrant sa poitrine, son vert scintillant se reflétant sur son visage. Même ses cheveux cendrés et ses yeux gris lui avaient paru pâles dans le miroir. La pierre lui avait curieusement rappelé les statues de Jésus et Marie avec leurs cœurs rouges, comme celle qu'elle avait cassée de colère dans la chambre de sa mère.

Mais elle chassa sans mal toutes ces sombres pensées. L'immense nef de Sainte Marie de l'Assomption était pleine à craquer. Les Mayfair de New York, de Los Angeles, d'Atlanta et de Dallas étaient là. Il y avait plus de deux mille personnes. Au son de l'orgue, les demoiselles d'honneur se mirent en marche. Les garçons d'honneur, tous des Mayfair, bien entendu, prirent l'un après l'autre le bras d'une demoiselle d'honneur. Le grand moment était arrivé.

Elle avait l'impression de ne plus savoir mettre un pied devant l'autre mais elle s'en sortit à merveille. Elle ajusta rapidement son long voile blanc et sourit à Mona qui, comme à son habitude, portait un ruban dans ses cheveux roux. Elle prit le bras d'Aaron et ils emboîtèrent le pas à la petite fille en suivant le rythme de la musique. Les yeux de Rowan balayaient les centaines de visages à sa droite et à sa gauche.

Lorsqu'elle aperçut enfin Michael, si adorable dans son habit gris, les larmes lui montèrent aux yeux. Comme il était beau, son amant, son archange ! Il la regardait venir, les mains serrées devant lui – sans ses horribles gants – et la tête légèrement inclinée, comme pour protéger son âme de la lumière vive.

Lorsqu'elle arriva à sa hauteur, il fit un pas de côté pour se placer près d'elle. Elle se tourna vers Aaron, qui souleva son voile et le rabattit doucement vers l'arrière. Un frisson la parcourut. Ce geste était un véritable symbole. Ce n'était pas le voile de sa virginité ou de sa modestie qui venait d'être levé, c'était celui de sa solitude. Aaron prit sa main et la mit dans celle de Michael.

– Soyez toujours bon avec elle, Michael, chuchota-t-il.

Rowan ferma les yeux en souhaitant que cette sensation pure dure toujours. Puis elle leva lentement les yeux vers l'autel resplendissant avec toutes ses rangées de saints en bois.

Lorsque le prêtre commença à prononcer les paroles traditionnelles, les yeux de Michael s'embuèrent de larmes. Elle le sentait trembler et s'agripper à sa main.

Elle avait peur d'être incapable de dire un mot. Elle s'était sentie un peu malade ce matin – l'inquiétude peut-être – et elle avait un peu le vertige.

En cet instant de quiétude parfaite, elle eut l'impression que la cérémonie les enveloppait d'une force protectrice invisible. Ses amies et elle avaient tant ri autrefois de ce genre de cérémonies désuètes ! Et maintenant que c'était son tour, elle la savourait et ouvrait tout grand son cœur pour recevoir toute la grâce possible.

Enfin, elle entendit prononcer les termes du testament Mayfair, sans lesquels la cérémonie ne pouvait être célébrée :

– ... maintenant et pour toujours, en public comme en privé, devant votre famille et vos amis, sans exception, et en toutes qualités, vous ne serez connue que sous le nom de Rowan Mayfair, fille de Deirdre Mayfair, petite-fille d'Antha Mayfair, tandis que votre mari devant la loi sera appelé par son propre nom...

– Oui.

– Néanmoins, d'un cœur pur, voulez-vous prendre cet homme, Michael James Timothy Curry...

– Oui.

C'était fait. Les derniers mots résonnèrent sous la haute voûte cintrée. Michael se tourna et la prit dans ses bras. Il l'avait fait des centaines de fois dans l'obscurité de leur chambre d'hôtel mais, aujourd'hui, c'était pour un baiser public et cérémonieux. Elle se laissa faire, soumise, les yeux baissés, et l'assemblée entière observa un profond silence. Elle entendit Michael chuchoter :

– Je t'aime, Rowan Mayfair.

Elle répondit :

– Je t'aime, Michael Curry, mon archange.

Se pressant contre lui, elle l'embrassa encore une fois.

Les premières notes de la marche nuptiale s'élevèrent, triomphantes. Un grand bruissement parcourut l'église. Rowan se retourna vers la gigantesque assemblée, face au soleil se déversant à travers les vitraux. Prenant le bras de Michael, elle se mit à descendre l'allée centrale.

De chaque côté, elle ne voyait que sourires et signes de tête. On aurait dit que l'église tout entière était touchée par le bonheur simple qui la submergeait.

Ce n'est qu'au moment de monter dans la limousine, quand les Mayfair les arrosèrent de poignées de riz, dans un concert de rires, qu'elle pensa aux obsèques qui avaient eu lieu dans cette église et à leur cortège de voitures noires.

Elle s'assit confortablement, posa la tête sur l'épaule de Michael, souriante, les yeux clos, passant en revue les temps forts de sa vie : la remise des diplômes à Berkeley, son premier jour d'internat, la première fois qu'elle était entrée dans une salle d'opération et la première fois qu'elle avait entendu, à la fin d'une intervention : « Bravo, docteur Mayfair, vous pouvez refermer. »

– Oui, le plus beau jour de ma vie, murmura-t-elle. Et il ne fait que commencer.

Des centaines d'invités s'égaillaient sur la pelouse, sous les immenses tentes blanches dressées dans tout le jardin. Les buffets, recouverts de nappes blanches, croulaient sous des monceaux de plats typiques du Sud :

écrevisses à l'étouffée, crevettes à la créole, jambalaya, huîtres chaudes, poissons grillés et un délicieux mélange de haricots rouges et de riz en légume d'accompagnement. Des serveurs en livrée versaient le champagne dans des flûtes et des barmen confectionnaient à la demande toutes sortes de cocktails aux bars installés dans le salon, la salle à manger et près de la piscine.

L'orchestre de Dixieland jouait furieusement et gaiement sous un dais blanc devant la grille et, de temps à autre, la musique couvrait le bruit des conversations animées.

Pendant des heures, adossés au long miroir de l'extrémité du salon, Rowan et Michael reçurent un à un les invités, serrant les mains, remerciant et écoutant patiemment les explications généalogiques des uns et des autres.

Les anciens compagnons d'études de Michael étaient venus en nombre, grâce aux efforts diligents de Rita Mae Lonigan, et formaient dans un coin un joyeux groupe bruyant se racontant, entre autres, des souvenirs de football. Rita avait même retrouvé un couple de cousins perdus de vue, une vieille femme très gentille s'appelant Amanda Curry dont Michael se souvenait avec tendresse et un certain Franklin Curry qui était allé à l'école avec son père.

Si quelqu'un appréciait encore plus la fête que Rowan, c'était bien Michael. Béatrice venait l'embrasser avec exubérance au moins deux fois toutes les demi-heures, lui arrachant quelques larmes embarrassées, et il fut touché par la grande gentillesse avec laquelle Lily et Gifford prirent tante Vivian sous leur aile.

Enfin, le cérémonial des félicitations et des remerciements prit fin. Rowan se retrouva libre d'aller de groupe en groupe et de se rendre compte du succès de la fête, d'approuver les exploits des traiteurs et de l'orchestre et de les remercier.

Grâce à une douce brise, la chaleur était tout à fait supportable. Quelques invités se retirèrent tôt, la piscine était remplie des cris joyeux de bambins à moitié nus et de quelques adultes déjà ivres qui avaient sauté dans l'eau tout habillés.

Les caisses de champagne se succédaient. Le noyau dur des Mayfair, soit une centaine de personnes que Rowan connaissait déjà personnellement, s'était éparpillé un peu partout, comme en terrain conquis, les uns sur les marches de l'escalier, les autres visitant les chambres pour admirer les transformations ou s'extasiant devant les piles de cadeaux plus onéreux les uns que les autres.

Tout le monde s'émerveillait de la restauration de la maison : la couleur pêche des murs du salon, les rideaux en soie beige, le vert sombre de la bibliothèque égayé par les lambris blancs laqués plaisaient à tous. Les invités s'arrêtaient devant les vieux portraits nettoyés, dont les cadres avaient été refaits et qui étaient accrochés sur les murs de l'entrée et des pièces du bas.

Peter et Randall s'étaient installés dans la bibliothèque et fumaient la pipe en commentant les divers portraits, estimant leur date approximative et leur auteur. Combien pourrait bien coûter sur le marché ce « soi-disant » Rembrandt?

A la première goutte de pluie, l'orchestre rentra s'installer à une extrémité du salon, les tapis chinois furent roulés et de jeunes couples, enlevant leurs chaussures pour se mettre à l'aise, se mirent à danser.

Entourée de toutes parts de visages rayonnants, Rowan avait perdu la trace de Michael. A un certain moment, elle passa dans les toilettes attenantes à la bibliothèque, en faisant un signe de la main à Peter qui était maintenant seul et semblait assoupi.

Elle y resta un moment debout, la porte verrouillée, le cœur battant, se regardant à peine dans la glace.

Elle avait l'air complètement épuisée, fanée, et ressemblait à peu de chose près à son bouquet de mariée qu'elle devait jeter un peu plus tard à la foule du haut de l'escalier. Son rouge à lèvres s'était effacé, ses joues étaient pâles mais ses yeux brillaient comme l'émeraude. Elle la toucha pour la remettre en place sur son décolleté de dentelle. Elle ferma les yeux et pensa au tableau de Deborah. Oui, elle avait bien fait de la porter. Elle avait bien fait de tout faire comme ils l'avaient souhaité. Elle se regarda à nouveau dans la glace, se cramponnant à l'instant présent afin de le garder en mémoire pour toujours, comme une précieuse photo glissée entre les pages d'un agenda.

Retournant dans le salon, et dans le vacarme de l'orchestre et des danseurs, elle se mit à la recherche de Michael. Soudain, elle l'aperçut, seul, adossé contre la cheminée et fixant des yeux un point à l'autre extrémité de la pièce bondée. Elle connaissait cette expression sur son visage, ces joues roses et cette agitation.

Il ne s'aperçut pas qu'elle s'était approchée de lui. Il ne l'entendit pas prononcer son prénom. Elle suivit la direction de son regard mais ne vit que des couples de danseurs et la pluie ruisselant sur les carreaux.

– Michael, que se passe-t-il?

Il ne bougea pas. Elle souleva sa main droite et fit doucement tourner la tête de Michael vers elle en répétant son prénom. Il détourna les yeux pour regarder à nouveau dans la même direction. Plus rien. C'était fini.

Le front de Michael et sa lèvre supérieure étaient perlés de sueur. Elle s'approcha de lui et posa sa tête sur son épaule.

– Qu'est-ce que c'était? demanda-t-elle.

– Rien... murmura-t-il, essoufflé. J'ai cru avoir vu... Ça ne fait rien. C'est parti.

– Qu'est-ce que c'était, Michael?

– Rien. (Il la prit par les épaules et l'embrassa un peu rudement.) Rien ne pourra gâcher cette journée, Rowan.

– Reste avec moi, dit-elle. Ne me quitte plus.

Elle l'entraîna hors du salon. Ils traversèrent la bibliothèque et entrèrent dans les toilettes. Là, ils seraient seuls. Elle avait passé ses bras autour de la taille de son mari et sentait son cœur battre très vite. Enfin, le bruit et la musique ne furent plus qu'un son étouffé.

– Ça va bien, chérie, dit-il enfin, respirant mieux. Je t'assure. Les choses que je vois n'ont aucune signification. Ne t'inquiète pas. S'il te plaît. Je vois des images et je capte des impressions à propos d'événements qui se sont passés il y a longtemps, c'est tout. Allez! Regarde-moi. Embrasse-moi. Je t'aime.

La soirée approchant, la fête battait toujours son plein. Les mariés découpèrent leur gâteau dans un crépitement de flashes et de rires légèrement avinés. Des plateaux de friandises et de pleins pots de café passèrent dans la foule. Les Mayfair s'étaient formés en petits groupes et discutaient bruyamment un peu partout. La pluie redoublait. Le tonnerre se faisait entendre de temps à autre. Les bars étaient toujours ouverts, la plupart des invités continuant de boire à l'excès.

Finalement, le jeune couple ne partant pour la Floride que le lendemain, il fut décidé que Rowan devait lancer « maintenant » son bouquet du haut de l'escalier, ce qui devait être le clou de la soirée. Elle gravit les marches, s'arrêta à mi-hauteur, regarda à ses pieds la marée de visages attentifs tournés vers elle puis, fermant les yeux, lança son bouquet en l'air. Les invités poussèrent des cris et jouèrent un peu des coudes pour attraper ce trophée. Finalement, la ravissante Clancy Mayfair brandit le bouquet au-dessus de sa tête, sous un tonnerre d'acclamations. Pierce l'entoura fièrement de ses bras comme pour déclarer au monde entier qu'il était ravi de la chance de son épouse.

Ainsi, ce sont Pierce et Clancy qui l'ont eu, se dit Rowan en redescendant. Au loin, près de la cheminée, Peter souriait tandis que Randall et Fielding discutaient avec passion.

L'orchestre du soir venait d'arriver. Il attaqua une valse et tout le monde s'anima en entendant cette bonne vieille musique sans âge. Quelqu'un baissa l'éclairage. Des couples plus âgés se levèrent pour danser et Michael entraîna Rowan vers le milieu du salon. Ce fut un autre moment parfait, aussi riche et tendre que la musique qui les portait. Bientôt, toute la pièce fut remplie de danseurs.

Si Michael avait encore eu une de ces affreuses visions, il n'y paraissait pas. Ses yeux était amoureusement rivés sur sa femme.

A 9 heures du soir, arrivés probablement à un moment d'émotion dans telle ou telle conversation avec un cousin perdu de vue depuis longtemps, plusieurs invités étaient en train de pleurer; à moins que ce ne soient l'alcool et la danse qui les aient fait pleurer de fatigue. Pour Béatrice, en tout cas, noyant ses larmes dans le giron d'Aaron, cela semblait être une attitude naturelle. De même pour Gifford, qui venait, pendant des heures, d'expliquer à une tante Viv très patiente des choses qui semblaient de la première importance.

A 10 heures, il restait encore environ deux cents personnes. Rowan avait ôté ses hauts souliers de satin blanc et s'était assise sur une bergère près de la cheminée. Ses longues manches relevées, fumant une cigarette, les jambes repliées sous elle, elle écoutait Pierce lui raconter son dernier voyage en Europe. Elle ne se rappelait même plus quand et où elle avait enlevé son voile et avait plus mal aux pieds qu'après huit heures d'opération. Elle avait faim mais il ne restait plus que des desserts. Et la cigarette lui donnait la nausée. Elle l'écrasa.

Michael et le vieux prêtre de la paroisse étaient en conversation animée devant l'autre cheminée du salon. L'orchestre avait laissé Strauss pour des slows romantiques. Çà et là, des voix chantaient *Blue Moon* ou *La Valse du Tennessee* en même temps que l'orchestre. Il ne restait plus une miette du gâteau de mariage.

A 11 heures, Aaron embrassa Rowan et la prévint qu'il ramenait tante Vivian chez elle et qu'il serait à l'hôtel si l'on avait besoin de lui. Il lui souhaita un bon voyage pour Destin.

Michael accompagna Aaron et sa tante jusqu'à la porte d'entrée. Ses amis partirent pour finir la soirée au bar Parasol, dans Irish Channel, après avoir fait promettre à Michael qu'ils dîneraient tous ensemble dans quelques semaines. L'escalier était toujours barré par un groupe de gens en grande conversation.

Enfin, Ryan se leva, réclama le silence et déclara que la réception était terminée! Tout le monde devait récupérer ses affaires et laisser les jeunes mariés seuls. Attrapant une coupe de champagne, il se tourna vers Rowan.

– Aux jeunes mariés! annonça-t-il. A leur première nuit dans cette maison!

Il fut accueilli par des applaudissements. Chacun prit un dernier verre et tout le monde trinqua. « Dieu bénisse cette maison! » s'exclama le prêtre juste avant de sortir. Une douzaine de voix répétèrent sa prière.

– A Darcy Monahan et Katherine, cria quelqu'un.

– A Julien, Mary Beth, Stella...

Les adieux, comme toujours dans cette famille, prirent plus d'une demi-heure en embrassades et promesses de se revoir.

Enfin, tout fut terminé. Ryan fut le dernier à partir, après avoir payé les traiteurs et vérifié que tout s'était bien passé.

– Bonne nuit, mes chers, dit-il.

La porte d'entrée se referma.

Rowan et Michael se regardèrent un long moment puis éclatèrent de rire. Michael attrapa sa femme par la taille puis la fit tourner autour de lui avant de la reposer doucement sur le sol. Elle se blottit contre lui, la tête contre sa poitrine.

– Nous l'avons fait, Rowan! Ça s'est passé exactement selon leurs souhaits. Nous y sommes arrivés! C'est fait.

Rowan ne cessait de rire, à la fois délicieusement fatiguée et excitée. L'horloge frappa douze coups.

– Écoute ! murmura-t-elle. Il est minuit.

Il la prit par la main, éteignit la lumière et ils montèrent en courant l'escalier sombre.

Une seule pièce était éclairée, leur chambre. Ils s'arrêtèrent sur le seuil.

– Rowan ! Regarde ce qu'elles ont fait ! dit Michael.

La chambre avait été préparée de façon exquise par Béatrice et Lily. Un énorme bouquet de roses odorantes avait été placé sur le manteau de la cheminée, entre deux chandeliers d'argent.

Sur la coiffeuse, une bouteille de champagne dans un seau plein de glace et deux coupes attendaient sur un plateau d'argent.

Le lit avait été préparé : le couvre-lit en dentelle était replié, les rideaux blancs du lit étaient tirés et attachés aux montants de la tête de lit.

Un ravissant déshabillé de soie blanche était plié sur un côté du lit et un pyjama en coton blanc de l'autre côté. Une rose liée à un ruban était posée sur les oreillers et une bougie se trouvait sur la table de chevet du côté droit du lit.

– Quelle délicate attention de leur part ! dit Rowan.

– C'est notre nuit de noces, Rowan. L'horloge vient de s'arrêter de sonner. C'est l'heure fatale, chérie.

Ils se regardèrent et se mirent à rire sans pouvoir s'arrêter. Ils étaient trop fatigués pour faire autre chose que se glisser sous les draps.

– Nous pourrions au moins boire un peu de champagne avant de nous écrouler, dit Rowan.

Michael acquiesça et retira son habit gris.

– Il faut vraiment que je t'aime pour avoir accepté de porter un vêtement pareil, dit Michael.

– Allez ! Tout le monde fait ça ici ! Tiens, aide-moi, s'il te plaît, ajouta-t-elle en se retournant.

Michael défit la fermeture à glissière de sa robe, qui tomba à ses pieds. Elle détacha l'émeraude de son cou et la posa sur le manteau de la cheminée.

Enfin, tout fut rangé et ils s'installèrent confortablement dans le lit pour déguster une coupe de champagne frappé. Michael était nu. Rowan, sachant qu'il adorait la caresser à travers la soie, avait gardé son déshabillé sur elle. Malgré leur fatigue, ils se laissèrent gagner par le moelleux de leur nouvelle couche et, la lumière tamisée, ils s'abandonnèrent à leur passion.

Ils firent l'amour rapidement et violemment, comme elle l'aimait, dans le lit géant en acajou, qui semblait sculpté dans de la pierre.

Rowan s'allongea contre Michael, pantelante et satisfaite, et écouta les battements de son cœur. Finalement, elle s'assit, lissa un peu sa chemise de nuit pour la défroisser et but une longue gorgée de champagne.

Michael s'assit derrière elle, un genou replié, alluma une cigarette et appuya sa tête en arrière, contre la tête de lit.

– Rowan, tout s'est merveilleusement passé. C'était une journée parfaite.

A part que tu as vu quelque chose qui t'a effrayé, songea-t-elle. La journée avait effectivement été parfaite, à part cet incident étrange.

Elle but encore un peu, savourant sa fatigue et le goût du champagne, et s'aperçut qu'elle était trop crispée pour s'endormir.

Elle eut soudain un léger vertige et la même petite nausée que le matin. Elle fit un geste pour écarter la fumée de cigarette de Michael.

– Qu'y a-t-il? demanda-t-il.

– Rien. Les nerfs, je suppose. Quand j'ai remonté l'allée de l'église, j'ai eu l'impression de prendre un scalpel pour la première fois.

– Je vois ce que tu veux dire. Je vais éteindre ma cigarette.

– Non, le tabac ne me dérange pas. Je fume aussi de temps en temps.

Mais c'était bien la fumée, pourtant. Comme un peu plus tôt dans la soirée. Elle se leva et entra pieds nus dans la salle de bains.

Pas d'Alka-Seltzer, le seul médicament qui faisait du bien dans des moments semblables. Elle avait dû le mettre dans l'office avec l'aspirine, le sparadrap et les quelques médicaments qu'elle avait apportés. Elle revint mettre ses pantoufles et son peignoir.

– Où vas-tu? demanda Michael.

– En bas. Je vais chercher de l'Alka-Seltzer. Je ne sais pas ce que j'ai. Je reviens tout de suite.

– Attends! Je descends avec toi.

– Mais non! Reste là. Tu n'es pas habillé. Je reviens dans deux secondes. Je vais peut-être prendre l'ascenseur.

La maison n'était pas complètement obscure. Une pâle lueur venant du jardin illuminait le parquet ciré de l'entrée, la salle à manger et même l'office. Elle n'eut pas de mal à descendre sans allumer la lumière.

Elle trouva l'Alka-Seltzer dans l'office et prit un des verres en cristal qu'elle avait achetés avec Lily et Béa. Elle remplit le verre d'eau au petit évier situé au milieu de la cuisine et but en fermant les yeux.

Ça allait mieux. C'était peut-être psychologique mais elle se sentait mieux.

– Bien. Je suis content que tu te sentes mieux.

– Merci, dit-elle en pensant que cette voix était magnifique et douce, avec une légère touche d'accent écossais. Une ravissante voix mélodieuse.

Elle ouvrit soudain les yeux et, médusée, recula contre la porte du réfrigérateur.

Il était là. De l'autre côté du comptoir. A deux mètres à peine. L'expression de son visage était plus froide que sa voix et tout à fait humaine. Il avait l'air un peu contrit mais pas implorant comme la première nuit à Tiburon.

Cet homme ne pouvait être que réel : debout dans la cuisine, la regardant fixement, grand, les cheveux bruns, de grands yeux sombres et une bouche terriblement sensuelle.

La lumière passant à travers les portes-fenêtres révélait qu'il portait une chemise et un gilet en cuir vert. C'étaient de très vieux vêtements cousus à la main.

– Eh bien? Où est ta volonté de me détruire, ma belle? murmura-t-il. Où est ton pouvoir de me repousser en enfer?

Rowan était incapable de contrôler les tremblements qui agitaient son corps. Le verre glissa de ses mains mouillées et s'écrasa impitoyablement sur le sol. Elle poussa un profond soupir tout en maintenant son regard sur lui. Ce qui lui restait de raison évalua sa taille à plus d'un mètre quatre-vingts. Il avait des bras très musclés, des mains puissantes et ses cheveux étaient comme légèrement décoiffés par un coup de vent. Il n'avait rien à voir avec cet homme androgyne qu'elle avait aperçu sur la terrasse de Tiburon.

– Quel aspect aimerais-tu que je prenne, Rowan? Encore plus beau? Michael n'est pas parfait. Il est humain mais pas parfait.

Pendant un instant, elle eut si peur qu'elle ressentit en elle un fort pincement, comme si elle allait mourir. Elle s'approcha de lui, défiante et folle de rage, les jambes flageolantes, passa derrière le comptoir et toucha sa joue.

Un peu rêche, comme celle de Michael. Et les lèvres soyeuses. Mon Dieu! Elle trébucha en reculant et se retrouva paralysée, incapable de bouger ou de parler.

– Tu as peur de moi, Rowan? dit-il en remuant à peine les lèvres. Pourquoi? Tu m'as ordonné de laisser ton ami Aaron tranquille et je l'ai fait, n'est-ce pas?

– Que veux-tu?

– Ah, ce serait bien long à t'expliquer, répondit-il, de son accent écossais prononcé. Et ton amant, ton mari, t'attend. C'est ta nuit de noces, tu te rappelles? Il s'inquiète parce que tu ne remontes pas.

Son visage se ramollit, soudain tordu par la douleur. Comment une illusion pouvait-elle avoir l'air si vivante?

– Va, Rowan! Retourne auprès de lui, dit-il tristement. Et si tu lui dis que je suis là, tu lui feras un mal infini. Je continuerai à me cacher et l'angoisse de l'attente le dévorera. Je ne viendrai plus que quand j'en aurai envie.

– D'accord, je ne lui dirai rien. Mais ne lui fais aucun mal. Ne t'avise pas de lui faire peur ou de l'inquiéter. Et tous tes petits tours, tu peux les oublier! Sinon, j'en fais le serment, je ne te reparlerai plus jamais et je te chasserai.

Le beau visage prit une expression tragique et les yeux marron se remplirent de tristesse.

– Comme tu voudras, Rowan. Je ne désire rien de plus au monde que de contenter ma Rowan. Viens à moi quand il dormira. Cette nuit, demain, viens quand tu veux. Le temps n'existe pas pour moi. Je serai là quand tu prononceras mon nom. Mais viens seule et en secret. Sinon, je ne répondrai pas. Je t'aime, ma belle Rowan. Mais j'ai de la volonté.

La silhouette se mit à vaciller puis à briller et, enfin, devint transparente. Un souffle d'air chaud la frappa et elle se retrouva seule dans le noir.

Elle porta sa main à sa bouche. La nausée encore. Elle était toute tremblante, prête à crier, quand elle entendit les pas reconnaissables de Michael derrière elle. Elle se força à ouvrir les yeux.

Il avait juste enfilé un jeans.

– Qu'est-ce qui se passe, mon amour? murmura-t-il. (Apercevant les morceaux de verre par terre, au pied du réfrigérateur, il alla les ramasser et les déposa dans l'évier.) Rowan! Qu'est-ce qui se passe?

– Rien, Michael, dit-elle en essayant de contrôler son tremblement et les yeux embués de larmes. J'ai mal au cœur, c'est tout. Ça m'est arrivé ce matin et cet après-midi. Hier aussi, à vrai dire. C'est l'odeur du tabac. Ça va aller, je t'assure.

– Tu ne sais pas ce que c'est?

– Non, je suppose... Enfin, l'odeur du tabac ne me faisait pas cet effet avant mais...

– Docteur Mayfair, tu es sûre que tu ne sais pas?

Elle sentit les mains de Michael sur ses épaules. Ses cheveux effleurèrent doucement les siens quand il se pencha pour lui embrasser le bout des seins. Elle fondit en larmes en se tenant la tête.

– Docteur Mayfair, même moi je sais ce que c'est.

– Mais de quoi parles-tu? J'ai juste besoin de dormir. Je remonte.

– Tu attends un bébé, chérie. Regarde-toi dans la glace.

Tout doucement, il caressa ses seins. Elle les sentit plus durs que d'habitude, plus ronds. Tout de suite, elle comprit qu'il avait raison.

Elle redoubla de larmes et se laissa attirer contre lui. Son corps endolori par les terribles moments qu'elle avait vécus dans la cuisine l'empêchait de bouger. Elle se dit qu'il ne pourrait jamais la porter jusqu'en haut. Elle avait tort. Elle se laissa emmener, pleurant contre sa poitrine, les mains attachées autour de son cou.

Il la déposa tendrement sur le lit et l'embrassa. Comme dans un rêve, elle le vit souffler les bougies et revenir près d'elle.

– Je t'aime tant, Rowan. (Il pleurait aussi.) Je t'aime tant. Je n'ai jamais été aussi heureux. Ce sont comme des vagues de bonheur. Et, chaque fois que je crois avoir atteint le paroxysme, une nouvelle vague déferle. Quel merveilleux cadeau de mariage, tu te rends compte? Je me demande ce que j'ai fait pour mériter tant de bonheur.

– Je t'aime aussi, mon amour. Je suis si heureuse.

Quand il se glissa sous les draps, elle se retourna et se blottit contre lui. En pleurant dans l'oreiller, elle attrapa son bras et le posa sur ses seins.

– Tout est parfait, murmura-t-il.

– Rien ne pourra gâcher ces instants. Rien.

Quarante et un

Elle se réveilla avant lui. La première nausée du matin passée, elle fit les bagages puis descendit dans la cuisine. Tout était propre et tranquille. Aucune trace des événements de la veille. La piscine scintillait de mille feux et le soleil réfléchissait une lumière douce sur les meubles en osier.

Elle examina le comptoir et le sol. Rien. Pleine de révulsion et de colère, elle prépara rapidement du café, pour quitter le plus vite possible cet endroit, et le monta à Michael.

Il ouvrait les yeux.

– Si nous partions maintenant? suggéra-t-elle.

– Je pensais partir cet après-midi, dit-il, tout ensommeillé. Mais on peut y aller maintenant si tu préfères.

Toujours aussi prévenant, son héros! Il l'embrassa tendrement sur la joue. Sa barbe naissante piquait délicieusement.

– Comment te sens-tu? poursuivit-il.

– Ça va bien maintenant. (Elle toucha du doigt le petit crucifix en or emmêlé dans la sombre toison de la poitrine de son mari.) J'ai eu une demi-heure pénible ce matin. Ça va sûrement me reprendre. Je n'aurai qu'à dormir dans ces moments-là. J'adorerais arriver à Destin à temps pour marcher sur la plage sous le soleil.

– Tu devrais peut-être consulter un médecin avant notre départ?

– Je suis médecin, dit-elle en souriant. Et tu te rappelles ce sens spécial que j'ai? Je sens que tout va pour le mieux là-dedans, dit-elle en plaquant sa main contre son ventre.

– Est-ce que ton sens spécial te dit si c'est une fille ou un garçon?

Elle se mit à rire.

– Je préfère que ce soit une surprise, répondit-elle.

– Rowan, tu es... contente pour le bébé?

– Bien sûr, Michael! Je suis vraiment très heureuse. C'est juste à cause des nausées... Écoute, on ne va pas l'annoncer tout de suite aux autres. Nous attendrons notre retour de Floride. Sinon, notre lune de miel serait gâchée.

– Accordé!

Il plaça sa main chaude sur le ventre de Rowan.

– Il va falloir attendre encore un peu avant que tu le sentes, n'est-ce pas? demanda-t-il.

– Il doit faire moins d'un demi-centimètre de long et peser moins de trente grammes, tu sais. Mais je le sens quand même. Il barbote dans un état de béatitude complet.

Michael poussa un profond soupir de satisfaction.

– Comment allons-nous l'appeler? demanda-t-il.

– Qu'est-ce que tu dirais de Chris? Ce ne serait pas trop... pénible pour toi, comme souvenir?

– Oh non! c'est merveilleux. Ce sera Christopher pour un garçon et Christine pour une fille. Quel âge aura-t-il à Noël?

– Eh bien, il a maintenant dans les six ou sept semaines. Huit peut-être. Donc, j'en serai à peu près à quatre mois de grossesse à Noël. Il sera entièrement constitué mais ses yeux seront encore fermés. Pourquoi cette question? Tu hésites entre un camion de pompiers et une batte de base-ball?

Michael gloussa de rire.

– Pas du tout! Je me disais seulement que c'est le plus beau cadeau de Noël dont je pouvais rêver. Noël a toujours été une fête très importante pour moi. Ce sera le plus beau de ma vie, à part celui de l'année d'après, quand notre fille se promènera partout en tapant sur son camion de pompiers avec sa batte de base-ball.

Il avait l'air si vulnérable, innocent et confiant. Elle lui planta un baiser sur les lèvres, passa dans la salle de bains et ferma les yeux en s'adossant à la porte fermée à clé.

– Espèce de démon, murmura-t-elle. Tu as tout calculé, n'est-ce pas? Tu apprécies ma haine? C'était ça que tu voulais?

Puis elle se rappela le visage dans la cuisine sombre, et la voix douce comme une caresse : « Je ne désire rien de plus au monde que de contenter ma Rowan. »

Ils prirent la route vers 10 heures. Michael conduisait et Rowan dormait. Lorsqu'elle ouvrit les yeux, ils étaient déjà en Floride. Ils traversaient la forêt de pins séparant l'autoroute de la petite route côtière. Rowan avait l'esprit clair et reposé, et lorsqu'elle aperçut le Golfe, elle se sentit en sécurité, comme si la cuisine sombre de La Nouvelle-Orléans et l'apparition n'avaient jamais existé.

Le temps était frais, mais pas plus que par n'importe quelle journée d'été du nord de la Californie. Ils enfilèrent leurs gros pulls et firent une promenade sur la plage déserte. A la tombée du jour, ils dînèrent près du feu, toutes fenêtres ouvertes à la brise du Golfe.

Vers 8 heures, Rowan se remit au travail sur le projet de Mayfair Medical : elle avait entrepris une étude comparative entre les grandes chaînes d'hôpitaux « avec but lucratif » et celles « sans but lucratif », qui l'intéressaient bien plus.

Mais elle était d'une humeur vagabonde. Elle n'arrivait pas vraiment à se concentrer sur les questions de pertes et profits et d'effets pervers des différents systèmes.

Finalement, elle prit quelques notes et alla se coucher. Elle resta allongée des heures dans la chambre pendant que Michael travaillait sur les travaux de restauration dans l'autre pièce. Elle écoutait le rugissement du Golfe à travers les portes ouvertes et sentait sur elle la brise caressante.

Qu'allait-elle faire? Tout raconter à Michael et Aaron, comme elle l'avait promis? Si elle faisait cela, le spectre ne se montrerait plus, recommencerait probablement ses vilains tours et la tension ne ferait qu'augmenter au fil des jours.

Les mains posées sur son ventre, elle repensa à son bébé. Était-il en train de rêver? Elle se représenta les minuscules circonvolutions de son cerveau en formation. Ce n'était plus un embryon mais un fœtus, maintenant. Elle ferma les yeux pour écouter, et sentir. D'accord. Puis son fort pouvoir télépathique commença à l'effrayer.

Avait-elle le pouvoir de faire du mal à cet enfant en elle? Cette pensée terrifiante lui était insupportable. Lorsqu'elle repensa à Lasher, elle sentit qu'il était une menace pour ce petit être fragile puisqu'il en était une pour elle et que le bébé n'avait qu'elle au monde.

Comment pourrait-elle le protéger contre son pouvoir et ce passé sombre qui allaient le prendre au piège? Chris. Tu ne grandiras pas au milieu des malédictions et des esprits. Elle tenta de libérer son esprit de ces pensées noires en imaginant la mer dehors, les vagues venant mourir inlassablement sur la plage, toutes différentes bien qu'appartenant à la même force, aussi immense que monotone.

Détruire Lasher. Le séduire comme il essaie de te séduire. Découvrir ce qu'il est et le détruire. Tu es la seule à pouvoir le faire. Si tu en parles à Michael ou Aaron, il va se cacher. Tu dois te taire et faire ce que tu as à faire.

4 heures du matin. Elle avait dû s'endormir. L'homme de sa vie était allongé contre elle, son bras puissant la tenant délicatement et sa main posée sur sa poitrine. Elle venait de refaire son cauchemar terrible avec tous ces Hollandais en grands chapeaux noirs et une foule révoltée qui réclamait le sang de Jan Van Abel.

Elle détestait ce rêve.

Elle se leva, traversa la moquette épaisse et sortit sur la terrasse en bois. Le ciel n'avait jamais été plus vaste et clair et rempli de minuscules étoiles scintillantes. L'écume des vagues noires était d'un blanc pur. Aussi blanc que le sable qui luisait au clair de lune.

Tout en bas, sur la plage, il y avait une silhouette d'homme grand et mince regardant vers elle. Sois maudit. Doucement, la silhouette s'amenuisa puis disparut.

Rowan tremblait, la tête penchée, les mains posées sur la rambarde de bois.

« Tu viendras quand je t'appellerai. »

« Je t'aime, Rowan. »

Horrifiée, elle se rendit compte que la voix ne venait de nulle part. Ce n'était qu'un murmure à l'intérieur d'elle, tout autour d'elle.

« Je t'attends, Rowan. »

« Laisse-moi tranquille. Ne dis plus un mot et ne te montre plus, sinon je ne t'appellerai jamais. »

Furieuse, amère, elle se retourna et rentra dans la chambre. Elle se recoucha auprès de Michael et s'agrippa à lui dans le noir. Elle avait désespérément envie de le réveiller et de tout lui raconter.

Mais elle devait agir seule. Elle le savait. Elle l'avait toujours su.

Pendant une semaine, elle eut mal au cœur tous les matins. Puis la nausée cessa et les jours qui suivirent furent merveilleux, comme si elle redécouvrait les bonheurs du matin.

L'esprit ne lui parlait pas et ne se montrait plus. Lorsqu'elle pensait à lui, elle imaginait sa colère comme une chaleur desséchante frappant les mystérieuses cellules de sa forme et les asséchant jusqu'à ce qu'il n'en reste plus rien. Mais, surtout, quand elle pensait à lui elle avait peur.

La vie suivait cependant son cours, puisqu'elle devait garder ce secret pour elle.

Les journées chaudes s'espaçaient et les deux époux avaient la plage pour eux tout seuls. La pureté du silence de cette maison isolée au sommet des dunes était magique. Quand l'air était chaud, elle restait assise pendant des heures sous un énorme parasol à lire des revues médicales et les documents que Ryan lui faisait parvenir par coursier.

Elle lisait aussi les livres sur les enfants qu'elle dénichait dans les librairies locales. Les explications étaient vagues et plutôt sentimentales mais la lecture était distrayante. Surtout les photos de bébés, avec leurs petits visages expressifs, leurs cous potelés et leurs petits pieds et mains à croquer. Elle était impatiente d'annoncer la nouvelle à la famille. Elle parlait au téléphone avec Béatrice pratiquement un jour sur deux. Mais il valait mieux ne rien lui dire encore. S'il y avait un problème et qu'ils étaient au courant, la déception serait terrible pour tout le monde.

Les jours où il faisait trop froid pour se baigner, ils arpentaient la plage pendant des heures. Ils dînaient dans les meilleurs restaurants et exploraient en voiture les pinèdes et les grands complexes sportifs équipés de courts de tennis et de terrains de golf. Mais ils appréciaient par-dessus tout d'être chez eux, avec la mer en bruit de fond.

Michael était inquiet pour ses affaires. Avec une équipe qui travaillait sur la maison d'Annunciation Street et la société qu'il avait montée dans Magazine Street, il avait une foule de petits problèmes à régler par téléphone. Sans compter que les peintres continuaient leur travail à First Street, dans la chambre de Julien, et que les couvreurs terminaient la réparation du toit.

Pour lui, la lune de miel s'éternisait un peu trop, d'autant que Rowan la prolongeait de jour en jour.

Mais il était si prévenant. Il satisfaisait les moindres désirs de sa femme et semblait avoir une capacité sans borne à tirer parti de chaque moment, qu'ils se promènent sur la plage main dans la main, qu'ils prennent un repas rapide dans un restaurant de fruits de mer, qu'ils visitent les bateaux à vendre dans la marina ou qu'ils lisent chacun de son côté dans leur petit coin favori de la maison.

Pour Thanksgiving, ils dînèrent sur la terrasse, la nuit même où une tempête s'abattit sur Destin. Le vent hurlait contre les portes et les fenêtres puis la tempête s'éloigna le long de la côte.

Ils restaient des heures au coin du feu à parler de Chris, de la chambre qu'ils transformeraient en nursery et de l'emploi du temps de Rowan quand elle serait mère. Pas question de délaisser l'enfant au profit du centre médical : elle passerait toutes ses matinées avec lui, irait travailler à midi et, bien entendu, ils auraient toute l'aide voulue pour s'occuper de la maison.

Grâce à Dieu, Michael ne demandait jamais si elle avait « vu cet horrible type ». Elle serait bien embarrassée s'il le faisait. Son secret était enfermé dans un coin profond de son esprit et elle avait jeté la clé dans un puits.

Le temps se rafraîchissait. Elle n'aurait bientôt plus aucune excuse pour prolonger leur séjour. Tôt ou tard, il faudrait rentrer.

Pourquoi ne pas tout avouer à Michael et Aaron plutôt que de tout garder pour elle ? Mais plus elle restait à Destin, plus elle se persuadait de n'en rien faire.

Elle voulait parler à l'esprit. Le souvenir qu'elle avait de lui dans la cuisine était empreint d'une attirance pour lui, surtout à cause de la douceur de sa voix. Oui, elle voulait le connaître ! C'était exactement comme Michael l'avait prédit juste après la mort de Carlotta. Qu'était Lasher ? D'où venait-il ? Quels secrets se cachaient sous son visage tragique ? Qu'avait-il à dire sur la porte et les treize sorcières ?

Il lui suffisait de l'appeler. De garder le secret et de prononcer son nom.

Tu n'es qu'une sorcière ! se dit-elle avec un profond sentiment de culpabilité. Tout le monde le sait. Ils le savaient l'après-midi où tu as parlé à Gifford ; ils ont senti le pouvoir qui émanait de toi et que tout le monde prenait avant pour de la froideur. Le vieil homme, Fielding, avait raison de nous mettre en garde. Et Aaron sait, non ? Bien sûr qu'il sait.

Tout le monde sait, sauf Michael. Il est si facile à tromper !

Et si elle décidait de ne plus mentir ? Aurait-elle le courage de prendre cette décision ? Ou peut-être n'en avait-elle pas envie ? Elle faisait attendre le démon comme il l'avait fait attendre.

Quoi qu'il en soit, elle ne ressentait plus d'aversion pour lui, cette haine qui avait suivi l'épisode dans l'avion. Sa colère était toujours là, mais la curiosité et l'attirance ne cessaient de se renforcer...

Le premier jour vraiment froid, Michael sortit sur la plage et s'assit à côté d'elle. Il devait rentrer.

– Voilà ce qui se passe, expliqua-t-il. Tante Viv veut récupérer ses affaires à San Francisco et personne ne peut fermer la maison de Liberty Street pour moi. J'ai aussi quelques décisions à prendre au sujet de mon ancien magasin. Mon comptable vient de m'appeler pour me dire qu'il avait trouvé un locataire potentiel. Il faut que j'aille faire moi-même l'inventaire.

Et ainsi de suite : vendre un ou deux terrains, expédier certaines choses, louer sa maison et autres détails à régler. En plus, on avait besoin de lui à La Nouvelle-Orléans.

– Je préfère aller à San Francisco tout de suite. On est presque en décembre et Noël n'est plus très loin. Tu comprends, Rowan?

– Bien sûr. Nous pouvons rentrer ce soir.

– Mais tu n'es pas obligée du tout, chérie. Tu peux très bien rester en Floride jusqu'à mon retour, ou aussi longtemps que tu voudras.

– Non, je viens avec toi. Je monte faire les bagages. De toute façon il commence à faire trop froid ici. Ce matin, quand je suis sortie, c'était glacial.

– Atroce, non?

– Mais pas aussi froid que l'été en Californie, ajouta-t-elle.

Il partit et elle resta un moment assise sur son transat, la tête appuyée en arrière. Le Golfe était d'une couleur argentée éclatante, comme souvent lorsque le soleil est à son zénith. Elle laissa sa main gauche tomber dans le sable poudreux comme du sucre, en prit une poignée et le laissa couler entre ses doigts.

Mais, après tout, ça tombait très bien qu'ils doivent rentrer. Elle serait seule à First Street. A croire que quelqu'un avait tout arrangé...

– N'en fais pas trop, l'ami, murmura-t-elle dans la brise fraîche. Je ne te pardonnerai jamais si tu t'en prends à mon amour. Veille à ce qu'il me revienne sain et sauf.

Quarante-deux

Minuit. Pourquoi avait-elle l'impression que c'était la bonne heure? Peut-être parce que Pierce et Clancy étaient restés si tard et qu'elle avait eu besoin ensuite d'une heure de tranquillité. Il n'était que 10 heures en Californie mais Michael avait déjà appelé, exténué par son long voyage. Il devait dormir maintenant.

Il avait eu l'air ravi que tout là-bas lui paraisse sans intérêt et il avait hâte de rentrer. Il lui manquait déjà. Comme elle se sentait seule dans ce grand lit vide!

Mais l'autre l'attendait.

Lorsque le dernier coup de minuit sonna, elle se leva, enfila son peignoir de soie et ses pantoufles de satin et descendit.

Et où allons-nous nous rencontrer, mon amant démoniaque?

Dans le salon, devant les énormes miroirs, les rideaux tirés? C'était sans doute le meilleur endroit.

Elle traversa le plancher en pin puis le tapis chinois jusqu'à la première cheminée. Les cigarettes de Michael sur la table. Un verre de bière à demi plein. Les cendres du feu qu'elle avait allumé un peu plus tôt, par cette première nuit froide dans le Sud.

On était le 1er décembre. Le bébé avait maintenant ses paupières et ses oreilles commençaient à se former. « Pas de problème du tout, avait dit le gynécologue. Des parents en parfaite santé, aucune maladie et une mère dans une condition excellente. Mangez correctement et, au fait, qu'est-ce que vous faites dans la vie? »

Aujourd'hui, elle avait entendu Michael parler avec Aaron au téléphone. « Tout va bien. Curieusement. Rien à signaler à part la vision de Stella pendant la réception de mariage. Mais c'était peut-être un tour de mon imagination. J'avais bu pas mal de champagne. (Pause.) Non, rien du tout. »

Aaron savait reconnaître les mensonges, n'est-ce pas? Il savait. Mais le problème avec ces pouvoirs paranormaux, c'est qu'on ne sait jamais quand ils marchent. En général, ils font défaut quand on en a le plus besoin. Après tous les flashes sans queue ni tête qu'il avait vus, et les pensées déchiffrées malgré lui dans les esprits des autres, le monde était soudain rempli de visages de bois et de voix atones.

Aaron était peut-être seul. Il n'avait rien trouvé d'intéressant dans les cahiers de Julien. Rien non plus dans les registres de la bibliothèque, à part les comptes de la plantation. Et rien dans les grimoires et les livres de démonologie réunis au fil des années, à l'exception d'ouvrages sur la sorcellerie qu'on pouvait se procurer n'importe où.

La rénovation de la maison était achevée. Il n'y avait plus un coin sombre. La chambre de Julien avait été transformée en bureau pour Michael, avec une table à dessin, des rangements pour ses plans et des rayonnages pour ses nombreux livres.

Rowan était debout au centre du tapis chinois, face à la cheminée. Elle pencha la tête, joignit ses mains et pressa ses doigts contre ses lèvres. Qu'attendait-elle? Pourquoi ne disait-elle pas : « Lasher »?

Lentement, elle leva les yeux et regarda dans le miroir au-dessus de la cheminée.

Derrière elle, dans l'embrasure de la porte, éclairé à contre-jour par la lumière de la rue, elle l'aperçut.

Son cœur se mit à battre la chamade mais elle resta immobile. Elle le regardait dans la glace, calculant, mesurant, définissant, essayant de rassembler toutes ses facultés, humaines et surhumaines, pour saisir de quoi était faite cette créature.

– Tourne-toi vers moi, Rowan.

Sa voix était comme un baiser dans l'obscurité. Il n'avait ni ordonné ni supplié. C'était comme la demande d'un amant dont le cœur serait brisé s'il était éconduit.

Elle se retourna. Il était dans l'encadrement de la porte, les bras croisés. Il portait un costume sombre démodé ressemblant à ceux que portait Julien sur ses portraits des années 1890, avec un col blanc montant et une cravate de soie. Le tableau était splendide. Et quel ravissant contraste avec ses mains puissantes, comme celles de Michael, et les traits forts de son visage. Ses cheveux étaient mêlés de mèches blondes et sa peau était mate. Il lui faisait penser à Chase, son amant policier.

– Change ce que tu voudras, dit-il gentiment.

Et, avant qu'elle puisse répondre, elle vit la silhouette se modifier, les cheveux pousser légèrement, blondir, la peau prendre le teint bronzé de Chase et les yeux s'éclaircir. L'espace d'un court instant, ce fut exactement Chase. Puis les traits changèrent à nouveau et l'esprit reprit l'apparence qu'il avait eue dans la cuisine. C'était probablement sous cet aspect qu'il était apparu au cours des siècles, hormis le fait qu'il avait gardé le teint de Chase.

Involontairement, elle avait avancé vers lui. Elle n'était plus qu'à quelques mètres. Elle était moins effrayée qu'exaltée. Son cœur battait toujours à tout rompre mais elle ne tremblait pas. Elle tendit la main, comme elle l'avait fait dans la cuisine, et toucha son visage.

Une barbe mal rasée, de la peau qui n'en était pas. Son sens du diagnostic lui disait qu'il n'avait ni peau ni os ni organes internes. Il n'était qu'une enveloppe remplie d'un champ énergétique.

– Un jour, j'aurai des os, Rowan. Tous les miracles sont possibles.

Ses lèvres avaient à peine bougé et il perdait déjà sa forme. Il avait épuisé ses forces.

Elle le regarda fixement, se concentrant pour le retenir, et elle le vit redevenir solide.

– Aide-moi à sourire, ma belle, dit la voix, sans mouvement des lèvres, cette fois. Je te sourirais, à toi et à ton pouvoir, si je le pouvais.

Maintenant, elle tremblait. Avec chaque fibre de son corps, elle se concentra sur lui, pour insuffler de la vie aux traits de son visage. Elle sentait presque l'énergie qui émanait de son propre corps pour donner forme à l'étrange substance de l'être. Une grande chaleur l'enveloppa lorsqu'elle vit les lèvres commencer à sourire.

Un sourire serein, subtil comme celui de Julien sur les photos. Les grands yeux verts étaient remplis de lumière. Les mains se levèrent et se tendirent vers elle. Elle sentit une nouvelle vague de chaleur quand elles s'approchèrent de son visage à le toucher.

Puis l'image pâlit et se désintégra d'un coup. Le souffle chaud fut si violent qu'elle recula en levant les bras pour se protéger le visage.

Elle eut soudain très froid. Elle regarda sa main et s'aperçut qu'elle tremblait toujours. Elle s'approcha de la cheminée et s'agenouilla devant.

Elle mit du petit bois entre les chenets, ajouta quelques branches puis une bûche. Elle gratta une longue allumette et alluma le feu. En une seconde, le bois s'enflamma en crépitant. Elle contempla les flammes.

– Tu es là, n'est-ce pas? murmura-t-elle en gardant les yeux sur le feu. Les flammes léchaient l'écorce séchée de la bûche.

– Oui, je suis là.

– Où?

– Près de toi, autour de toi.

– D'où vient ta voix? N'importe qui pourrait t'entendre. Tu parles pour de bon.

– Tu es mieux placée que moi pour comprendre comment c'est possible.

– C'est cela que tu attends de moi?

Il poussa un long soupir. Elle écoutait. Aucun bruit de respiration, à peine celui d'une présence.

– Je t'aime, dit-il.

– Pourquoi?

– Parce que tu es belle. Parce que tu peux me voir. Parce que tu as tous les attributs d'un être humain que j'aimerais posséder. Parce que tu es humaine, chaude et douce. Et je te connais. J'ai connu les autres avant toi.

Elle ne dit rien. Il poursuivit :

– Parce que tu es l'enfant de Deborah, de Suzanne, de Charlotte et de toutes celles dont tu connais les noms. Je t'ai aimée dès la première fois. Je t'ai vue arriver de loin.

Le feu flambait bien maintenant. Il dégageait une odeur réconfortante mais Rowan était dans un état second. Même sa propre respiration lui paraissait étrange. Et elle se demandait si, en fin de compte, la voix était réelle et si des tiers auraient pu l'entendre.

Néanmoins, elle était haute et claire et terriblement séduisante.

Lentement, elle s'assit sur le sol chaud près du foyer et s'appuya contre le marbre de la cheminée. Elle regarda dans l'ombre au centre de la pièce.

– Ta voix est apaisante, elle est magnifique, dit-elle en soupirant.

– C'est pour toi qu'elle est belle. Je veux te donner du plaisir. J'étais triste que tu me haïsses.

– Quand?

– Quand je t'ai touchée.

– Raconte-moi. Je veux tout savoir.

– Il y a un grand nombre d'explications possibles. C'est toi qui formes l'explication en fonction des questions que tu poses. Je peux te parler de mon propre gré mais ce que je te dis est conditionné par ce que j'ai appris au travers des questions d'autres personnes, pendant des siècles. C'est une sorte de composition. Si tu veux une autre composition, tu n'as qu'à demander.

– Quand as-tu commencé?

– Je l'ignore.

– Qui t'a donné le nom de Lasher?

– Suzanne.

– Tu l'aimais?

– J'aime Suzanne.

– Elle existe toujours?

– Elle est partie.

– Je commence à saisir. Il n'existe aucune nécessité physique dans ton monde et, par conséquent, pas de temps non plus. Un esprit sans corps.

– Précisément.

– Je veux aller au fond des choses, connaître tes motivations, ce que tu veux.

– Je sais. Je le savais avant que tu ne le formules. Mais tu es suffisamment intelligente pour comprendre que dans le monde où j'existe il n'y a aucun fond. Si tu me pousses à parler en phrases complètes et élaborées, j'essaierai d'y arriver. Mais ce que je te dirai pourra ne pas être aussi proche de la réalité que tu le souhaiterais.

– Es-tu un esprit?

– Ce que tu entends par esprit, je le suis.

– Comment l'entends-tu, toi?

– Je ne l'entends pas.

– Je vois. Dans ton monde, on n'a pas besoin de nom.

– Ni même de concept pour cela.

– Mais tu as des désirs. Tu veux devenir humain.

– Oui.

– Pourquoi?

– Si tu étais à ma place, tu ne voudrais pas être humaine?

– Je ne sais pas, Lasher. Je voudrais sans doute être libre.

– J'en crève d'envie, dit la voix. Sentir le chaud et le froid, connaître le plaisir. Voir clairement à travers des yeux humains. Sentir les choses. Exister. Satisfaire des ambitions. Avoir des rêves et des idées.

– Je comprends tout cela.

– N'en sois pas si sûre.

– Quand tu regardais à travers les yeux du vieil homme, tu voyais bien?

– Mieux, mais la mort rôdait. Pour finir, je suis devenu aveugle à l'intérieur.

– J'imagine. Tu es entré dans le corps du beau-père de Charlotte de son vivant?

– Oui. Il savait que j'étais là. Il était faible mais heureux de pouvoir marcher et soulever à nouveau des objets avec ses mains.

– Intéressant. C'est ce que nous appelons le phénomène de possession.

– Exact. Je voyais distinctement à travers ses yeux : des couleurs brillantes, des oiseaux. Je sentais même les fleurs et entendais les oiseaux. Je caressais Charlotte avec une main. Je connaissais Charlotte.

– Tu ne peux pas entendre, en ce moment? Tu vois la lumière du feu?

– Je connais tout cela mais je ne vois pas ni n'entends ni ne ressens de la même façon que toi. Sauf quand je suis près de toi. Alors, je vois ce que tu vois et je connais tes pensées.

Elle étouffa un cri d'effroi.

– Je commence à comprendre.

– C'est ce que tu crois. Mais c'est plus compliqué que ça.

– Je sais.

– Nous savons. Nous sommes. Mais nous avons appris de toi le temps et l'ambition. Pour avoir de l'ambition, il faut connaître les concepts de passé, de présent et de futur. Il faut planifier. Et je ne parle que de ceux d'entre nous qui le veulent. Ceux qui ne veulent pas apprendre, pourquoi devraient-ils savoir? Mais le « nous » que j'emploie est une approximation. Il n'y a pas de « nous » pour moi parce que je suis seul. J'ai tourné le dos aux miens et je n'envisage que toi et ton espèce.

– Je vois. Quand tu étais dans les cadavres... les têtes dans le grenier...

– Oui.

– As-tu changé les tissus de ces têtes?

– Oui. J'ai changé la couleur des yeux en marron. J'ai fait des mèches de couleur différente dans les cheveux. Il m'en a coûté une énorme quantité de chaleur et de concentration. La concentration est la clé de tout ce que je fais.

– Et ton état naturel?

– Vaste, infini.

– Comment t'y es-tu pris pour changer la pigmentation?

– Je suis entré dans les particules de chair et je les ai altérées. Mais tu t'y connais mieux que moi. Tu emploierais le mot mutation pour qualifier cette opération.

– Qu'est-ce qui t'a empêché d'assimiler l'ensemble de l'organisme?

– Il était mort. Je suis progressivement devenu aveugle et sourd. Je n'ai pas réussi à lui rendre une étincelle de vie.

– Je vois. Le beau-père de Charlotte, tu as modifié son corps?

– Je n'ai pas pu. Et je ne le pourrais pas plus maintenant. Tu comprends?

– Oui. Tu es constant alors que nous sommes soumis au temps. Je vois. Mais tu dis que tu ne peux pas modifier les tissus vivants?

– Pas ceux de cet homme. Ni ceux d'Aaron quand je suis en lui.

– Quand es-tu dans Aaron?

– Quand il dort. C'est le seul moment où je peux entrer dans son corps.

– Pourquoi le fais-tu?

– Pour devenir humain, vivant. Mais Aaron est trop fort pour moi. Il organise et commande ses propres tissus. Comme Michael et presque tous les autres. Même les fleurs.

– Je ne veux plus que tu entres dans Aaron. Je ne veux pas que tu lui fasses du mal. Ni à Michael.

– Je t'obéirai mais j'aimerais tuer Aaron.
– Pourquoi?
– Parce qu'il est fini, qu'il en sait long et qu'il te ment.
– Comment ça, fini?
– Il a accompli ce que je savais et voulais qu'il accomplisse. C'est pourquoi je dis qu'il est fini. Maintenant, tout ce qu'il va faire, je ne l'aurai pas voulu et cela va à l'encontre de mon ambition. Je le tuerais si cela ne devait pas attiser ta haine contre moi.
– Tu sens ma colère?
– Elle me blesse profondément, Rowan.
– Je serais folle de rage si tu t'en prenais à Aaron. Mais parlons encore de lui. Explique-moi ce que tu voulais qu'Aaron fasse et qu'il a fait.
– Te dire ce qu'il savait. Une chronologie écrite.
– Tu veux parler de la chronologie de la famille Mayfair?
– Je voulais qu'il te transmette son récit. Petyr a vu ma Deborah brûler. Aaron a vu ma Deirdre dans le jardin. Tes réactions et tes décisions sont guidées par cette histoire. Aaron a accompli sa mission.
– Je vois.
– Méfie-toi.
– De croire que je comprends?
– Précisément. Continue à poser des questions. Je ne te cacherai rien, Rowan.
Elle entendit un nouveau soupir, long et doux.
Elle émit un petit rire de satisfaction : elle parvenait à le voir si elle essayait. Elle distinguait une sorte d'ondulation dans l'air, quelque chose qui enflait et remplissait la pièce.
– Oui... dit-il. J'aime ton rire. Je ne peux pas rire.
– Je peux t'aider à apprendre.
– Je sais.
– Est-ce que je suis la porte?
– Oui.
– Et la treizième sorcière?
– Oui.
– Alors, Michael avait raison?
– Michael se trompe rarement. Il est très clairvoyant.
– Tu veux tuer Michael?
– Non. J'aime Michael. Je voudrais me promener et parler avec lui.
– Pourquoi lui?
– Je ne sais pas.
– Tu dois savoir.
– Aimer c'est aimer. La réponse est-elle la vérité? Michael est brillant et beau. Michael rit. Michael possède un souffle invisible dans ses membres, ses yeux et sa voix. Tu comprends?
– Je crois. C'est ce qu'on appelle de la vitalité.
– Exactement. J'ai vu Michael dès le début. Il a été une surprise pour

moi. Il s'est approché de la grille. Et puis il a de l'ambition et il est fort. Il m'aimait. Maintenant, il me craint. Tu t'es interposée entre lui et moi et il craint que je m'interpose entre toi et lui.

– Mais tu ne lui feras aucun mal.

Pas de réponse.

– Tu ne lui feras aucun mal.

– Dis-moi de ne lui faire aucun mal et je t'obéirai.

– Mais tu as dit que tu ne lui voulais aucun mal! Tu nous fais tourner en rond!

– Pas du tout. Je t'ai dit que je ne voulais pas le tuer, pas que je ne lui ferai pas de mal. Qu'est-ce que tu veux? Que je te mente? Je ne mens pas. Aaron ment, lui. Pas moi.

– Ça, je n'y crois pas. Toi tu y crois, peut-être.

– Tu me blesses.

– Dis-moi comment tout cela va se terminer?

– Quoi?

– Ma vie avec toi.

Silence.

– Tu ne veux pas me le dire? insista-t-elle.

– Tu es la porte.

Rowan était très calme. Elle sentait son esprit travailler. Le feu crépitait, les flammes léchaient les briques. Ce mouvement semblait trop lent pour être réel. Il y eut un frémissement dans l'air. Elle vit les larmes de cristal du lustre bouger, tourner et capter des petits fragments de lumière.

– Qu'est-ce que ça veut dire être la porte?

– Tu le sais.

– Non.

– Tu peux transformer la matière, docteur Mayfair.

– Ça, ce n'est pas certain. Je suis chirurgien. Je travaille avec des instruments précis.

– Mais ton esprit est bien plus précis encore.

Elle fit une grimace. Cette conversation ramenait cet étrange rêve sur Leiden...

– Tu as stoppé des hémorragies, refermé des plaies. Tu as fait obéir la matière.

Le lustre tintait.

– Je ne me rendais pas toujours compte...

– Mais tu l'as fait. Tu redoutes ton pouvoir mais tu le possèdes bel et bien. Sors dans le jardin et fais ouvrir les fleurs. Tu peux les faire pousser comme je l'ai fait pour le glaïeul. Cela a épuisé mes forces.

– Et le glaïeul est mort.

– Je ne voulais pas le tuer.

– Tu l'as poussé jusqu'à ses dernières limites. C'est pour ça qu'il est mort.

– Je ne connaissais pas ses limites.

Elle se tourna de côté. Elle se sentait dans une sorte de transe.

– Tu n'as pas simplement poussé les molécules dans une direction ou une autre?

– Non. J'ai percé la structure chimique des cellules, comme tu sais le faire. Tu es la porte. Tu distingues le cœur même de la vie.

L'atmosphère du rêve lui revint. Tout le monde se pressait aux fenêtres de l'université de Leiden. La foule, dans la rue, disait que Jan Van Abel était un hérétique.

– Tu ne sais pas ce que tu dis, répondit-elle.

Il soupira une nouvelle fois.

Quelque chose bougea dans les coins de la pièce. Les rideaux battaient violemment. Et le lustre recommençait à tinter. N'y avait-il pas un nuage de vapeur montant jusqu'au plafond? Était-ce juste la lueur du feu qu'elle apercevait du coin de l'œil?

– Le futur est un tissu de possibilités entrelacées, dit-il. Une partie d'entre elles deviendra des probabilités, dont une partie deviendra à son tour des inéluctabilités. Mais la chaîne et la trame cachent aussi des surprises.

– Dieu soit loué! Ainsi, tu ne vois pas à l'infini?

– Oui et non. Tu n'es pas prévisible. Tu es trop forte. Tu peux être la porte si tu le désires.

– Comment?

Silence.

– C'est toi qui as noyé Michael? poursuivit-elle.

– Non.

– Qui alors?

– Michael est tombé de la falaise à cause de son imprudence. Son esprit souffrait et sa vie n'était rien. Tout était écrit sur son visage et dans ses gestes. Nul besoin d'être un esprit pour voir ça.

– Tu l'as donc vu?

– Je l'ai vu bien longtemps avant que ça ne se produise mais ce n'est pas moi qui l'ai provoqué. Je souriais parce que je savais que Michael et toi alliez vous rencontrer. Je l'avais vu quand Michael était encore enfant et qu'il me regardait à travers la grille du jardin. J'ai vu la mort de Michael et son sauvetage par Rowan.

– Et qu'est-ce que Michael a vu quand il était noyé?

– Je ne sais pas. Il n'était pas vivant.

– Qu'est-ce que tu veux dire?

– Il était mort, docteur Mayfair. Tu sais ce que c'est. Le corps n'est plus soumis à la force qui l'organise et ne répond plus à aucun ordre. Si j'étais entré dans ce corps, j'aurais pu soulever ses membres et entendre à travers ses oreilles parce qu'il était frais. Mais il était mort. Michael avait quitté son corps.

– Comment le sais-tu?

– Parce que je l'avais vu avant que cela ne se produise. Et pendant aussi.

– Où étais-tu à ce moment-là ?

– Auprès de Deirdre. En train de la rendre heureuse et de la faire rêver.

Rowan rit doucement.

– Ta voix est magnifique.

– Je suis magnifique, Rowan. Ma voix est mon âme. J'ai sûrement une âme. Le monde serait trop cruel, sinon.

Rowan fut si triste en entendant cela qu'elle aurait pu pleurer. Elle regarda à nouveau le lustre et les centaines de petites flammes réfléchies par le cristal. La pièce semblait baignée de chaleur.

– Aime-moi, Rowan, dit-il simplement. Je suis l'être le plus puissant que l'on puisse imaginer dans ton monde. A part toi, ma bien-aimée.

Sa voix était semblable à un chant sans mélodie.

– Quand je serai de chair et de sang, je serai plus qu'humain, reprit-il. Je serai un être nouveau sous le soleil. Et j'aurai bien plus d'importance pour toi que Michael.

– Tu veux dire que j'aurai à choisir entre Michael et toi ?

Silence.

– Les autres, tu les as fait choisir ? dit-elle, pensant en particulier à Mary Beth et ses amants.

– Je t'ai dit que je voyais loin. Quand Michael était près de la grille, il y a de nombreuses années de votre temps, j'ai vu que tu ferais un choix.

– Ne me parle plus de ce que tu as vu.

– Très bien. Parler de l'avenir rend toujours les humains malheureux. Leur énergie repose sur le fait qu'ils ne peuvent voir loin. Parlons du passé. Les humains aiment comprendre le passé.

– As-tu un autre ton de voix que celui-ci, qui est si beau ? Est-ce que ce que tu viens de dire se voulait sarcastique ?

– Ce que tu entends reflète ce que je ressens. Car je ressens. Dans mes pensées. La douleur, l'amour, les émotions.

– Ton débit de parole s'accélère.

– Parce que je souffre.

– Pourquoi ?

– Je voudrais être de chair et de sang.

– Je peux te donner ça ?

– Tu en as le pouvoir. Une fois que ce sera fait, d'autres choses pourront être accomplies. Tu es la treizième. Tu es la porte.

– Qu'entends-tu par « d'autres choses » ?

– Rowan, il s'agit de fusion, de mutations chimiques, de réinvention de la structure cellulaire, de rapports nouveaux entre la matière et l'énergie.

– Pourquoi est-ce que personne ne l'a fait avant moi ? Julien était puissant.

– Le savoir, Rowan. Julien est né trop tôt. Permets-moi d'utiliser une nouvelle fois le terme de fusion, mais d'une façon légèrement différente.

Nous avons parlé jusqu'ici de fusion à l'intérieur des cellules. Maintenant, je te parle de fusion entre ta connaissance de la vie et ton pouvoir inné. Voilà la clé. Voilà ce qui te permet d'être la porte. Les connaissances d'aujourd'hui étaient inimaginables à l'époque, même pour Julien, qui était capable de prédire des inventions qui paraissaient invraisemblables en ce temps-là. Julien aurait-il pu imaginer une opération à cœur ouvert? Un enfant conçu dans une éprouvette? Non. Et il viendra après toi des gens dont le savoir sera suffisamment grand pour définir ce que je suis.

– Peux-tu te définir toi-même?

– Non, mais je suis certainement définissable. Quand les mortels réussiront à me définir, je saurai me définir moi-même.

– Mais tu dois bien savoir quelque chose sur toi?

– Que je suis immense. Que je dois me concentrer pour sentir ma force. Que je peux exercer cette force. Que je peux ressentir de la souffrance dans la partie pensante de mon être.

– Et c'est quoi, cette partie pensante? D'où vient-elle, cette force que tu exerces? Voilà des questions pertinentes.

– Je ne sais pas. Quand Suzanne m'appelait, je me rassemblais. Je sentais ma forme et je l'allongeais comme l'étoile à cinq branches du pentagramme qu'elle dessinait et j'étirais chacun de ses points. Je faisais frémir les arbres et tomber les feuilles et Suzanne m'appelait son Lasher.

– Et tu aimais faire ça?

– Oui. Pour que Suzanne le voie. Elle aimait ça. Sinon, je ne l'aurais jamais refait et je ne m'en souviendrais même pas.

Le feu se mourait dans l'âtre mais la chaleur s'était répandue dans toute la pièce et l'enveloppait comme une couverture. Elle se sentait à la fois ensommeillée et alerte.

– Reparlons de Julien. Il avait autant de pouvoir que moi?

– Presque, ma bien-aimée. Pas tout à fait. Mais Julien avait une âme d'enfant. Il aimait autant détruire que construire. Toi, tu es plus logique.

– Est-ce une qualité?

– Tu as une volonté inébranlable.

– Je vois. Qu'aucune saute d'humeur ne peut ébranler, contrairement à Julien?

– Exactement.

– Y a-t-il un Dieu, Lasher?

– Peut-être, Rowan. Avec le temps, je me suis forgé une opinion. C'est oui. Mais cela me remplit de rage.

– Pourquoi?

– Parce que je souffre et que s'il y a un Dieu, c'est lui qui a créé la souffrance.

– Oui. Mais s'il existe, c'est aussi lui qui a créé l'amour.

– L'amour est à l'origine de ma souffrance. Il est à l'origine de tous mes mouvements dans le temps, de mon ambition et de mes projets. On peut dire, d'une certaine manière, que l'amour m'a empoisonné. C'est l'appel de Suzanne qui a éveillé l'amour en moi et, par la même occasion, ce cauchemar qu'est le désir.

– Tu me fais de la peine, dit-elle soudain.

– Et maintenant, il faut que je devienne un être de chair et de sang. Je t'ai attendue si longtemps. J'ai tellement souffert. Et si j'avais des larmes à répandre, j'aurais pleuré. Pas seulement pour Stella mais pour toutes les autres aussi, toutes mes sorcières. A la mort de Julien, ma douleur fut si grande que j'aurais pu retourner dans le royaume de la lune, des étoiles et du silence. Mais c'était trop tard pour moi. Je ne supportais plus ma solitude. Quand Mary Beth m'a appelé, je suis revenu à elle. J'ai regardé l'avenir et j'ai vu à nouveau le treize. J'ai vu que la puissance de mes sorcières ne cessait de se renforcer.

Rowan avait fermé les yeux. Le feu était éteint. La pièce était pleine de l'esprit de Lasher. Elle le sentait contre sa peau et sa texture était aussi légère que l'air.

– Quand je serai de chair et de sang, les larmes et le rire deviendront un réflexe, comme pour toi ou Michael. Je serai un organisme complet.

– Mais pas humain.

– Mieux qu'humain car j'aurai un pouvoir plus grand que celui de n'importe quel humain. Je serai une espèce qui n'existe pas encore.

– As-tu tué Arthur Langtry?

– Pas exactement. Il était mourant. Ce qu'il a vu a précipité sa mort.

– Mais pourquoi lui es-tu apparu?

– Parce qu'il était fort et qu'il pouvait me voir. Je voulais l'attirer pour qu'il sauve Stella. Il savait qu'elle était en danger.

– Pourquoi est-ce qu'il ne l'a pas aidée?

– C'était trop tard. Dans des moments pareils, je suis comme un enfant. Le temps a été le plus fort.

– Je ne te suis pas.

– C'est pendant que j'apparaissais à Langtry que les coups de feu ont été tirés dans la tête de Stella. Elle est morte instantanément. Je vois loin mais je peux me laisser surprendre.

– Tu ne savais pas?

– C'est à cause de Carlotta. Elle m'a volontairement égaré. Je ne suis pas infaillible. On peut même dire qu'on peut m'avoir avec une facilité déconcertante.

– C'est-à-dire?

– Pourquoi te le dirais-je? Pour que tu puisses mieux me contrôler? Tu sais très bien ce que je veux dire. Tu es aussi puissante que Carlotta. Elle m'a trompé. Elle considérait ce meurtre comme un acte d'amour. Elle s'est servie de Lionel pour qu'il prenne l'arme et tire sur Stella. Je ne faisais pas attention au sentiment d'amour de Lionel. Tandis que Stella agonisait, elle m'a appelé. Elle avait les yeux grands ouverts mais sa blessure était irréparable. C'est alors que Lionel a tiré le deuxième coup et que l'esprit de Stella est sorti de son corps pour toujours.

– Mais tu as tué Lionel. Tu l'as poussé vers la mort.
– Oui.
– Et Cortland? C'est toi qui l'as tué?
– Non. Je me suis battu contre lui et il a voulu utiliser sa force contre moi. Il a échoué. Ce n'est pas moi qui ai tué ton père.
– Pourquoi luttiez-vous l'un contre l'autre?
– Je l'avais prévenu. Il croyait qu'il pouvait me commander. Mais il n'était pas ma sorcière. Deirdre était ma sorcière. Toi, tu es ma sorcière. Pas Cortland.
– Mais Deirdre ne voulait pas m'abandonner. Et Cortland était de son côté.
– Cela n'a aucune importance. Tu as eu ta liberté. Ainsi, tu devais être plus forte à ton retour. Tu étais libérée de Carlotta.
– Mais tu savais que c'était contre le gré de Deirdre et de Cortland.
– C'était pour toi, Rowan. Je t'aime.
– Tout était prévu, en fait. Mais tu ne veux pas me l'avouer. Une fois que l'enfant est né, tu appartiens à l'enfant et plus à la mère. C'est ce qui s'est passé avec Deborah et Charlotte n'est-ce pas?
– Tu te trompes sur mon compte. Quand j'agis dans l'espace-temps, je commets parfois des erreurs.
– Tu es allé à l'encontre des souhaits de Deirdre. Tu as fait en sorte qu'on m'éloigne. Tu as détourné à ton profit le principe des treize sorcières. Tu n'as jamais œuvré que dans ton propre intérêt, c'est exact?
– Tu es la treizième et la plus puissante. Tu es mon intérêt et je te servirai. Tes intérêts et les miens sont confondus.
– Je n'en crois pas un mot.
Elle sentit la souffrance en lui, la turbulence de l'air, l'émotion.
– Tu te rappelles la première fois que tu as vu des êtres humains?
– Oui.
– Qu'as-tu pensé?
– Qu'il n'était pas possible qu'un esprit vienne de la matière, que c'était une plaisanterie ou une erreur.
– Et alors?
– Nous avons été surpris par cette mutation. C'était pour nous quelque chose d'entièrement nouveau. Et, en plus, nous passions en position d'observateurs.
– Comment cela?
– L'intelligence humaine, enfermée dans la matière, nous percevait et, par conséquent, nous a forcés à nous percevoir nous-mêmes. Pendant des millénaires, l'intelligence spirituelle de l'homme s'est développée. Elle n'a pas cessé de se renforcer, elle a développé des pouvoirs télépathiques, elle a capté notre existence, nous a donné des noms, nous a parlé et séduits. Y prêter attention, c'était nous changer. Nous avons commencé à réfléchir sur nous-mêmes.
– Ainsi, c'est nous qui vous avons fait prendre conscience de vous?

– Julien disait : « La matière a créé l'homme et l'homme a créé les dieux. » C'est en partie exact.

– Revenons à Aaron. Pourquoi dis-tu qu'il ment?

– Aaron ne révèle pas le but exact du Talamasca.

– Tu en es certain?

– Bien sûr. Comment pourrait-il me mentir? Je savais qu'il allait venir avant même qu'il n'existe. Les mises en garde d'Arthur Langtry lui étaient destinées alors qu'il ne savait pas encore qu'Aaron viendrait au monde.

– Mais quand et à quel sujet ment-il?

– Aaron a une mission à accomplir. Comme tous les frères du Talamasca. Ils gardent cette mission secrète. Ils ont de nombreux secrets. Ils sont un ordre occulte, pour employer des mots que tu comprends.

– Quels sont ces secrets et cette mission?

– Il s'agit de protéger l'homme contre nous. De s'assurer qu'il n'y ait plus de portes.

– Tu veux dire qu'il y a déjà eu des portes?

– Oui. Il y a eu des mutations. Mais ce que tu peux réaliser avec moi sera sans précédent.

– Attends une seconde. Tu veux dire que d'autres entités désincarnées sont entrées dans le monde matériel?

– Oui.

– Mais qui? Que sont-elles?

– Rire. Elles se cachent très bien.

– « Rire? » Pourquoi as-tu dit ça?

– Parce que ta question me fait rire mais, comme je ne sais pas rire, je dis le mot « rire ». Cela m'amuse que tu croies que cela ne s'est pas déjà produit, toi, une mortelle, avec toutes les histoires de fantômes, de monstres de la nuit et autres horreurs que tu peux connaître. Tu croyais que toutes ces légendes n'avaient pas la plus petite part de fondement? Mais c'est sans importance. Notre fusion sera bien plus parfaite qu'aucune de celles du passé.

– Et pourquoi Aaron voudrait-il m'empêcher d'être la porte?

– A ton avis?

– Parce qu'il pense que tu es mauvais.

– Non naturel, voilà ce qu'il dirait. C'est parfaitement stupide, d'ailleurs, parce que je suis aussi naturel que l'électricité, les étoiles ou le feu.

– Non naturel! Il redoute tes pouvoirs.

– Oui, mais il est stupide.

– Pourquoi?

– Rowan, si cette fusion peut s'accomplir une fois, elle pourra s'accomplir de nouveau. Tu ne comprends donc pas?

– Si. Il y a douze cryptes dans la tombe et une porte.

– Rowan... Tu réfléchis maintenant. Quand tu as commencé à lire des livres de neurologie, quand tu es entrée dans un laboratoire pour la première fois, quelle a été ton impression? Que l'homme n'en était qu'au début de ce que la science actuelle pouvait lui faire accomplir, qu'il pourrait créer de nouveaux êtres grâce aux transplantations, aux greffes et aux expériences in vitro sur les gènes et les cellules. Tu as compris toute l'étendue des possibilités. Mais tu as tout refusé en bloc parce que tu avais peur de ce que tu pourrais faire. Tu t'es cachée derrière un microscope chirurgical et tu as substitué à ton pouvoir les micro-instruments d'acier avec lesquels tu as séparé des tissus au lieu de les créer. Même aujourd'hui, tu agis par peur. Tu veux construire des hôpitaux pour soigner les gens alors que tu pourrais créer des êtres nouveaux.

Rowan était pétrifiée. Personne ne lui avait encore jamais parlé avec une telle précision de ses pensées les plus profondes. Elle sentit la chaleur et la dimension de sa propre ambition. Elle sentit l'enfant en elle.

– N'as-tu pas un cœur pour comprendre pourquoi, Lasher?

– Je vois loin, Rowan. Je vois toute la souffrance du monde. Je vois les accidents et les erreurs. Je ne suis pas aveuglé par des illusions. J'entends partout des cris de douleur.

– Que se passera-t-il pour toi quand tu seras de chair et de sang? Quel prix devras-tu payer pour ça?

– Le prix à payer ne me fait pas reculer. La souffrance charnelle ne peut être pire que celle que j'ai endurée depuis trois siècles. Aimerais-tu être à ma place, Rowan? Toujours seul, à la dérive, intemporel, à écouter les voix charnelles du monde, assoiffé d'amour et de compréhension?

Rowan était incapable de répondre.

– J'attends depuis l'éternité de m'incarner. J'ai attendu que l'esprit fragile de l'homme atteigne finalement un savoir suffisant pour abattre la barrière. Je serai de chair et de sang et tout ira pour le mieux.

Silence.

– Je comprends pourquoi Aaron a peur de toi, dit-elle.

– Aaron est petit. Le Talamasca est petit. Ils ne sont rien!

La voix s'amenuisait de colère. Dans la pièce, l'air était chaud et remuait comme de l'eau dans une casserole juste avant de bouillir. Les lustres bougeaient sans bruit maintenant, comme si les sons étaient emportés par les tourbillons d'air.

– Le Talamasca possède le savoir, dit-il. Il a le pouvoir d'ouvrir les portes mais refuse de le faire pour nous. Il est notre ennemi. Il veut maintenir le destin du monde dans la souffrance et l'aveuglement. Et il ment. Ce sont tous des menteurs. Ils ont établi un dossier sur les sorcières Mayfair parce c'est en même temps le dossier de Lasher et ils combattent Lasher. C'est leur but inavoué. Et ils te trompent en te faisant croire qu'ils s'intéressent aux sorcières. C'est le nom de Lasher qui devrait figurer en lettres d'or sur les couvertures de leurs précieux dossiers. Le dossier est codé. Tu ne comprends donc pas?

– Ne fais pas de mal à Aaron.

– Tu exerces tes sentiments à mauvais escient, Rowan.

– Lasher, si tu le tues je ne serai pas la porte.

– Rowan, je suis à tes ordres. Je l'aurais déjà tué sinon.
– Et pareil pour Michael.
– Très bien, Rowan.
– Pourquoi as-tu dit à Michael qu'il ne pourrait pas m'arrêter?
– Parce que je voulais lui faire peur. Il est sous la coupe d'Aaron.
– Lasher, comment puis-je t'aider à devenir humain?
– Je le saurai quand tu le sauras. Et tu le sais. Aaron aussi.
– Mais nous ignorons tout de la vie. Malgré la science et les définitions que nous avons élaborées, nous ne savons ni ce qu'elle est ni comment elle a commencé. Le moment où elle a jailli à partir de matière inerte reste pour nous un mystère total.
– Je suis déjà vivant, Rowan.
– Mais comment pourrais-je te rendre charnel? Tu es entré dans des corps vivants et morts et tu n'y es pas parvenu.
– C'est pourtant faisable, Rowan. Avec mon pouvoir et le tien. Mais ce n'est qu'entre tes mains qu'une fusion complète est possible.
Rowan écarquilla les yeux, essayant de distinguer des formes dans l'obscurité.
– Je t'aime, Rowan, dit-il. Tu es fatiguée maintenant. Laisse-moi te réconforter. Laisse-moi te caresser.
– Je veux... je veux être heureuse avec Michael et notre enfant.
Il y eut des turbulences dans l'air, comme quelque chose qui se rassemblait et s'intensifiait. Elle sentit que l'air se réchauffait encore davantage.
– J'ai une patience sans limites. Je vois loin. Je peux attendre. Mais tu n'auras plus de goût pour les autres maintenant que tu m'as vu et que tu m'as parlé.
– N'en sois pas si sûr, Lasher. Je suis plus forte que les autres et j'en sais bien plus.
– Oui, Rowan.
La turbulence était de plus en plus dense, comme un nuage de fumée entourant le lustre et se répandant partout.
– Ai-je le pouvoir de te détruire?
– Non.
– Pourquoi?
– Rowan, tu me tortures.
– Pourquoi est-ce que je ne peux pas te détruire?
– Rowan, tu as le pouvoir de transmuer la matière. Et moi je n'ai pas de matière à laquelle tu pourrais t'attaquer. Tu pourrais abîmer mon image. Tu l'as déjà fait, d'ailleurs, quand je suis venu à toi près de l'eau. Mais tu ne peux pas me détruire. J'ai toujours été. Je suis éternel.
– Et si je te disais que tout était fini, que je ne te reconnaîtrai plus jamais, que je ne serai pas la porte, que je serai la porte des Mayfair pour les siècles à venir, la porte pour mon enfant à naître et pour mes rêves?
– Des vétilles, Rowan. Tout cela n'est rien comparé aux mystères et aux possibilités que je t'offre. Imagine, Rowan! Quand la mutation sera

réalisée et que j'aurai un corps animé par mon esprit intemporel! Imagine ce que tu pourras apprendre de moi!

– Et si cela s'accomplit, Lasher, si la porte s'ouvre et que la fusion se réalise, quand tu seras devant moi, de chair et de sang, comment te comporteras-tu à mon égard?

– Je t'aimerai au-delà de tout ce que tu peux imaginer car tu seras ma mère, mon créateur et mon professeur. Comment pourrais-je ne pas t'aimer? Mon besoin de toi sera incommensurable. Tu ne vois pas? Je te vénérerai, ma bien-aimée. Je serai ton instrument pour toute chose et je serai vingt fois plus fort que maintenant. Pourquoi pleures-tu? Pourquoi y a-t-il des larmes dans tes yeux?

– C'est un tour que tu me joues! Tu n'es qu'une illusion faite de sons et de lumière!

– Non. Je suis ce que je suis, Rowan. C'est ta raison qui t'affaiblit. Tu vois loin. Tu l'as toujours fait. Douze cryptes et une porte, Rowan.

– Je ne comprends pas. Tu te joues de moi. Tu me troubles. Je ne peux plus te suivre.

Silence. Puis à nouveau ce son, comme si l'air n'était qu'un immense soupir. De la tristesse. De la tristesse l'enveloppant comme un nuage et les couches ondulantes de fumée se mouvant dans la pièce, contournant les lustres, teintant les miroirs d'obscurité.

– Tu es tout autour de moi, n'est-ce pas?

– Je t'aime.

Elle eut l'impression que des lèvres effleuraient sa joue. Elle se raidit mais son esprit était tout embrumé.

– Éloigne-toi de moi. Je veux être seule. Je n'ai aucune obligation de t'aimer.

– Rowan, quel cadeau voudrais-tu que je t'offre?

Encore une fois, quelque chose effleura son visage. Tout son corps frissonna. Ses seins durcirent sous la soie de sa chemise de nuit et elle ressentit un désir qui la prenait tout entière.

Elle tenta d'y voir plus clair. Il faisait complètement noir. Le feu s'était éteint alors qu'un instant plus tôt le bois flambait bien.

– Tu te joues de moi comme tu as joué des tours à Michael.

L'air semblait toucher tout son corps.

– Non, entendit-elle, comme un doux baiser à son oreille.

– Quand Michael était noyé, c'est toi qui as provoqué les visions!

– Non, Rowan. Je n'étais pas là. Je ne pouvais pas le suivre là où il allait. J'appartiens au monde des vivants.

Parcourue d'un tremblement, elle leva les mains pour chasser ses sensations. Elle avait l'impression d'être prise dans une toile d'araignée.

– As-tu vu les fantômes que Michael a vus?

– Oui, mais à travers ses yeux.

– Qui étaient-ils?

– Je ne sais pas.

– Pourquoi ne sais-tu pas?

– C'étaient des images de morts, Rowan. J'appartiens à cette terre, je ne connais pas les morts. J'ignore tout de ce qui n'est pas terrestre.

– Mais qu'est-ce que ça veut dire « cette terre »?

Quelque chose toucha sa nuque et souleva doucement ses cheveux.

– C'est ici, Rowan. C'est le monde dans lequel tu existes et j'existe, le monde physique. Je suis physique. Je suis aussi naturel que n'importe quelle autre chose sur cette terre. Je me consume pour toi, Rowan, dans ce monde qui est le nôtre.

Quelque chose se mit à caresser ses seins et ses cuisses. Elle replia ses jambes sous elle. L'âtre était froid maintenant.

– Va-t'en! murmura-t-elle. Tu es mauvais.

– Non.

– Viens-tu de l'enfer?

– Dis plutôt que je vis un enfer, tant je désire te donner du plaisir.

– Arrête. Je veux me lever maintenant. J'ai sommeil. Je ne veux pas rester ici.

Elle se tourna et regarda le foyer noirci de la cheminée. Il n'y avait plus de braise. Ses yeux et ses membres étaient lourds. Elle se leva difficilement, en prenant appui sur le manteau de la cheminée. Mais elle savait qu'elle n'irait pas jusqu'à l'escalier. Elle se retourna, tomba sur les genoux et s'allongea sur le tapis chinois. Elle eut l'impression d'être en train de rêver quand elle regarda le plafond. Le médaillon blanc en plâtre avait l'air de bouger, ses feuilles d'acanthe se recroquevillaient et se tordaient.

Toutes les paroles qu'elle avait entendues se mélangeaient dans son esprit. Ses mamelons et son sexe l'élançaient. Elle pensa à Michael, à des milliers de kilomètres. Elle avait eu tort de sous-estimer cette créature.

– Je t'aime, Rowan.

– Tu es au-dessus de moi, n'est-ce pas?

Elle essaya de distinguer quelque chose dans le noir, appréciant la fraîcheur de l'air car elle était aussi brûlante que si elle avait absorbé toute la chaleur du feu. Elle sentait l'humidité entre ses jambes et son corps s'ouvrait comme une fleur. Quelque chose se mit à caresser l'intérieur de ses cuisses, là où sa peau était la plus douce. Malgré elle, elle tourna ses jambes vers l'extérieur.

– Je te dis d'arrêter.

– Je t'aime, ma chérie.

Il lui embrassa les joues et les lèvres puis se mit à lécher ses seins de plus en plus fort, en rythme, en mordillant légèrement ses mamelons.

– C'est insupportable, dit-elle dans un souffle.

En fait, elle aurait crié de désespoir si cela s'était arrêté.

Ses bras furent écartés et elle sentit qu'on tirait sur sa chemise de nuit. La soie se déchira et elle se retrouva délicieusement nue sur le tapis, des mains invisibles caressant fébrilement son sexe. C'était Lasher qui la suçait et la caressait, les lèvres sur ses oreilles et ses paupières, toute son immense présence l'enveloppant, dessus, dessous et caressant les lèvres de son sexe.

« Et quand elle se lovait comme un chat au soleil... »

– Va-t'en, vieille femme, tu n'es pas là. C'est à mon tour maintenant.

– Oui, c'est à ton tour.

Des langues léchaient ses bouts de seins, des lèvres se refermaient sur eux, les tiraient et les mordaient.

– Plus fort! Viole-moi! Fais-le! Utilise ton pouvoir.

Il la souleva. Sa tête retomba en arrière, ses cheveux pendants touchant le sol. Elle avait les yeux fermés. Des mains écartèrent ses cuisses et son sexe.

– Viens en moi! Fais-toi homme pour moi! Un homme fort!

Les bouches s'affairèrent sur ses mamelons, se mirent à laper ses seins et son ventre. Les doigts la tirèrent en arrière et agrippèrent ses cuisses.

– Le sexe! murmura-t-elle avant de le sentir, énorme et dur, entrer en elle. Oui, vas-y! Prends-moi! Défonce-moi!

Ses sens furent envahis d'une odeur de chair et de cheveux. Elle sentit un poids sur elle tandis que le sexe se mettait à la pilonner.

– Oui, plus dur, plus fort, viole-moi.

Elle aperçut un visage, des yeux verts et des lèvres qui s'écrasèrent sur les siennes.

Son corps était plaqué au sol et le pénis la brûlait en allant et venant en elle, frottant son clitoris puis s'enfonçant au plus profond d'elle.

– Je n'en peux plus, c'est insupportable, marmonna-t-elle.

Un immense orgasme l'envahit, vidant complètement son esprit, répandant une sensation de langueur dans son ventre, sa poitrine, son visage, descendant jusqu'à ses cuisses, raidissant ses mollets et parvenant jusqu'aux muscles de ses pieds. Elle cria d'extase, son corps vidé et dénué de toute volonté. Mais ce n'était pas fini. Encore et encore, le plaisir explosa en elle, jusqu'à ce que le temps, le remords et toute pensée sombre soient effacés.

Le matin. Était-ce un bébé en train de pleurer? Non. La sonnerie du téléphone. Sans importance.

Elle était allongée sur son lit, nue sous les draps. Le soleil inondait la pièce. Le souvenir du plaisir lui revint à l'esprit. Était-ce le téléphone ou un bébé qui pleurait? On aurait dit les cris d'un bébé à l'autre bout de la maison. En pensée, elle imagina ses petites jambes, ses genoux et ses petits pieds potelés.

– Ma chérie, murmura-t-il.

– Lasher, répondit-elle.

Les pleurs s'étaient tus. Les yeux fermés de Rowan erraient en pensée sur les fenêtres ensoleillées et les branches de chêne entremêlées sur un fond d'azur.

Lorsqu'elle les rouvrit, elle se retrouva nez à nez avec des yeux verts et un visage sombre aux traits exquis. Elle toucha du doigt la lèvre soyeuse de Lasher puis le sentit peser sur elle, son énorme sexe en érection entre ses jambes à elle.

– Oui, tu es si fort! C'est si bon!

– Pour toi, ma beauté, ma divine.

Puis elle sentit la vague de chaleur, le vent chaud soufflant dans ses cheveux et la tornade brûlante.

Dans le doux silence du matin, dans la lumière du soleil, ils recommencèrent.

A midi, elle s'assit au bord de la piscine. De la vapeur s'élevait de l'eau. C'était le moment d'éteindre le chauffage de la piscine. L'hiver était bel et bien là.

Mais elle avait chaud dans sa robe de laine. Elle se brossa les cheveux.

Elle sentait sa présence près d'elle. Oui, l'air vibrait et l'entourait comme un voile dont on aurait drapé ses épaules et ses bras.

– Laisse-moi! murmura-t-elle.

La substance invisible se cramponna à elle. Rowan s'assit bien droit et ordonna :

– Va-t'en, je t'ai dit!

Elle sentit une bouffée de chaleur puis le froid retomba lorsque l'air reprit sa densité normale. Les arômes subtils du jardin se firent à nouveau sentir.

– Je te dirai quand tu pourras venir, dit-elle. Je refuse d'être à la merci de tes caprices.

– Comme tu veux, Rowan.

C'était la même voix intérieure qu'à Destin.

– Tu vois et tu entends tout, n'est-ce pas?

– Même tes pensées.

Le rouge lui monta aux joues. Elle roula en boule les cheveux blonds accrochés aux poils de sa brosse et les jeta dans les fougères derrière elle. Ils disparurent dans les frondes et les feuilles sombres.

– Peux-tu voir Michael? Tu sais où il est?

– Oui, je le vois. Il est dans la maison. Il fait un tri dans les objets qui lui appartiennent tout en ressassant ses souvenirs. Il est fou d'impatience de revenir vers toi. Il ne pense qu'à toi. Et toi, Rowan, tu ne penses qu'à me trahir. Tu as l'intention de raconter à ton ami Aaron que tu m'as vu.

– Et qui pourrait m'en empêcher?

– Je t'aime, Rowan.

– Tu as besoin de moi et tu le sais. Tu ne viendras que si je t'appelle.

– Je suis ton esclave, Rowan, pas ton ennemi.

Elle se leva et contempla le doux feuillage de l'olivier et le ciel pâle. La piscine n'était qu'une immense lumière bleue fumante. Le chêne au-dessus se balançait dans la brise. A nouveau, l'air changea.

– Arrière, je t'ai dit!

Elle entendit l'inévitable soupir de douleur et ferma les yeux. Quelque part, au loin, un bébé pleurait. Elle l'entendait. Les pleurs venaient probablement d'une de ces majestueuses maisons silencieuses qui lui paraissaient si désertes au milieu de la journée.

Elle rentra dans la maison en faisant claquer ses talons sur le plancher. Elle prit son imperméable dans le placard de l'entrée et de quoi se protéger contre le froid puis sortit.

Pendant une heure, elle marcha dans les rues vides en s'efforçant de prêter attention à ce qu'elle rencontrait : la mousse poussant sur les murs, la couleur du jasmin entortillé autour d'une grille. Elle essaya de ne pas penser ni de paniquer. Elle essaya de ne pas avoir envie de rentrer. Mais, finalement, ses pas la ramenèrent devant chez elle.

Sa main tremblait quand elle introduisit la clé dans la serrure. A l'autre extrémité de l'entrée, sur le seuil de la salle à manger, il était là et l'observait.

– Non! Attends que je t'appelle! dit-elle, remplie de haine.

L'image se volatilisa et une odeur âcre parvint à ses narines. Elle porta sa main à sa bouche. Il y eut dans l'air une sorte de mouvement ondulatoire, puis plus rien et la maison retrouva le calme.

Puis encore ce bruit de pleurs.

– C'est toi, dit-elle.

Le bruit disparut. Elle monta dans sa chambre. Le lit avait été fait, ses vêtements de nuit étaient rangés et les rideaux ouverts.

Elle ferma la porte à clé, enleva ses chaussures et s'allongea sur le lit, sous le ciel de lit blanc, en fermant les yeux. Elle ne pouvait plus lutter. Le souvenir du plaisir de la nuit précédente lui provoqua une bouffée de chaleur. Elle enfonça son visage dans l'oreiller, essayant de se rappeler et de ne pas se rappeler, tout à la fois.

– Viens, murmura-t-elle.

En un instant, la substance douce mais inquiétante l'enveloppa, se rassembla, se densifia.

– Veux-tu que je prenne une forme?

– Non, pas encore. Reste comme tu es, comme tu étais hier, avec tout ton pouvoir.

Elle le sentait déjà caresser la courbure de son pied et l'arrière de ses genoux. Des doigts délicats se glissèrent entre ses orteils et déchirèrent ses bas. Sa robe fut déboutonnée.

– Oui, viole-moi encore! Fais-toi dur et fort et va tout doucement!

Soudain, elle fut retournée sur le dos, les mains invisibles lui arrachèrent sa robe et commencèrent à descendre le long de son ventre. Quelque chose ressemblant à des dents se mit à mordiller son sexe tandis que des ongles griffaient ses mollets.

– Oui! cria-t-elle, les dent serrées. Fais-moi mal!

Quarante-trois

Combien de jours et de nuits avaient passé? Honnêtement, elle n'en savait rien. Le courrier s'empilait sur la table de l'entrée. Le téléphone sonnait en vain.

– Mais qui es-tu? Au commencement, qui es-tu?

– Ce genre de questions ne signifie rien pour moi. Je peux être ce que tu veux que je sois.

– Cela ne suffit pas.

– Ce que j'étais? Un fantôme et cela me satisfaisait pleinement. J'ignore d'où m'est venue la capacité d'aimer Suzanne. Elle pleurait quand on l'a traînée sur le bûcher. Elle ne pouvait croire ce qu'on allait lui faire. Elle n'était qu'une enfant, ma Suzanne, elle ignorait le mal dont l'homme était capable. Et ma Deborah a été obligée de regarder. Et si j'avais provoqué une tornade, on les aurait brûlées toutes les deux.

« Qui je suis? Celui qui a été le seul à pleurer Suzanne. Celui qui a tant souffert quand Deborah, pétrifiée, regardait le corps de sa mère se tordre dans les flammes. Celui qui a vu l'esprit de Suzanne quitter son corps transpercé de douleur. Je l'ai vu monter, libre. J'ai voulu l'attraper alors qu'il avait encore la forme de son corps, pour le pénétrer et le rassembler. Mais l'esprit de Suzanne m'a ignoré, tout comme il ignorait l'enveloppe charnelle vide qui se consumait dans le feu. Il est monté au-dessus de moi et Suzanne a cessé d'exister.

« Qui je suis? Je suis Lasher, celui qui s'est étendu au-dessus du monde entier, perclus de la douleur d'avoir perdu Suzanne. Je suis Lasher, celui qui s'est rassemblé, qui a déployé son pouvoir comme des tentacules pour dévaster le village de Donnelaith. J'ai pourchassé l'inquisiteur à travers les champs en lui lançant des pierres. Il n'y avait plus personne pour raconter quand j'ai eu terminé. Et ma Deborah était partie avec Petyr Van Abel, vers un avenir de soie, de satin, d'émeraudes et d'hommes voulant peindre son portrait. Je suis Lasher, celui qui a porté le deuil pour la suppliciée et a dispersé ses cendres aux quatre vents.

« J'ai plus appris dans ces vingt jours que pendant l'éternité où j'ai observé les mortels, où je les ai vus se multiplier sur la terre, avec leur esprit ayant émergé de la matière mais piégé en elle, aussi vain qu'un papillon épinglé dans une boîte.

« Qui je suis? Je suis Lasher, celui qui s'est assis aux pieds de Deborah pour apprendre à se forger un but et obéir aux volontés de Deborah pour qu'elle ne souffre jamais, celui qui a essayé et échoué. Tourne-moi le dos. Fais-le. Le temps n'est rien. J'attendrai qu'une autre vienne, une autre sorcière qui sera aussi puissante que toi. Les êtres humains changent. Leurs rêves sont remplis de ces changements à tenir. Écoute bien ce que dit

Michael. Il sait, lui. Plus leur espérance de vie se prolonge, plus les mortels rêvent d'immortalité. Ils se voient libérés de toute entrave. Une autre viendra abolir la barrière entre l'incarné et le désincarné, Rowan. Je deviendrai réel. Je le veux trop pour échouer. Je suis trop patient, trop malin et trop fort.

« Écarte-toi de moi, crains-moi. J'attendrai. Je ne ferai aucun mal à ton précieux Michael. Mais il ne peut pas t'aimer autant que moi parce qu'il ne peut te connaître comme je te connais. Je connais l'intérieur de ton corps et de ton cerveau. Je deviendrai de chair et de sang, une chair surhumaine. Et lorsque ce sera fait, quelle métamorphose pourras-tu connaître, Rowan? Réfléchis à ce que je te dis.

« J'ai toujours su que la treizième serait la force qui ouvrirait la porte. Ce que je ne vois pas, c'est comment exister sans ton amour. Car je t'ai toujours aimée, j'ai aimé la part de toi qui existait dans les autres avant toi. Je t'ai aimée dans Petyr Van Abel, celui qui te ressemblait le plus. Je t'ai même aimée dans ma douce Deirdre, impuissante, qui rêvait de toi.

Silence.

Pendant une heure, il n'y eut aucun bruit, pas une vibration dans l'air.

Eugenia était partie. Le téléphone se remit à sonner dans le vide.

Rowan était assise dans la salle à manger, les bras posés sur la table cirée, contemplant le lagerstrœmia dénudé, le ciel bleu.

Elle se leva, enfila son manteau rouge et verrouilla la porte derrière elle.

L'air froid du dehors était bon et purifiant. Les feuilles des chênes s'étaient foncées à mesure que l'hiver s'installait et étaient moins nombreuses mais toujours bien vertes.

Elle tourna dans Saint Charles et marcha jusqu'à l'hôtel Pontchartrain.

Dans le petit bar, Aaron était assis à une table, avec un verre de vin, son carnet de cuir ouvert, un stylo à la main.

Elle se planta devant lui et remarqua sa surprise quand il leva les yeux. Avait-elle les cheveux ébouriffés? Avait-elle l'air fatiguée?

– Il sait tout ce que je pense, ce que je sens, ce que j'ai à dire.

– Non, ce n'est pas possible, dit Aaron. Asseyez-vous et racontez-moi.

– Je ne peux pas le contrôler. Je n'arrive pas à le chasser. Je crois... je crois que je l'aime. Il m'a menacée de s'en aller si je vous parle, à vous et à Michael. Mais il ne le fera pas. Il a besoin de moi. Il a besoin que je le voie et que je sois près de lui. Il est malin, mais pas à ce point. Il a besoin de moi pour que je lui donne un but et le rapproche de la vie.

Elle jeta un regard sur le long comptoir du bar et sur le petit homme chauve assis au bout. Un barman anémique, comme tous les barmen du monde, astiquait quelque chose. Des rangées de bouteilles de poison se succédaient. Tout était calme. Éclairage tamisé.

Elle s'assit et regarda Aaron.

– Pourquoi m'avoir menti? Pourquoi ne pas m'avoir dit que vous étiez là pour l'arrêter?

– Je ne suis pas venu pour l'arrêter. Je n'ai jamais menti.

– Vous savez qu'il peut devenir réel. Vous savez que c'est son but et votre rôle est de l'en empêcher.

– Je sais ce qu'il y a dans le dossier et rien de plus. Vous en savez autant que moi.

– Oui, mais vous savez que cela s'est déjà produit. Vous savez qu'il y a de par le monde de ces créatures qui ont trouvé la porte.

Pas de réponse.

– Ne l'aidez pas, dit-il enfin.

– Pourquoi ne m'avez-vous rien dit?

– M'auriez-vous cru si je l'avais fait? Je ne suis pas venu pour vous raconter des bobards. Ni pour vous endoctriner pour vous faire entrer au Talamasca. Je vous ai transmis les informations que j'avais sur votre vie et votre famille.

Elle ne répondit rien. Il était en train de lui dire une certaine forme de vérité mais lui cachait des choses. Tout le monde lui cachait des choses.

– Cette créature est une colonie géante de cellules microscopiques qui se nourrissent d'air, de la même façon que les éponges se nourrissent de la mer, dévorant des particules si minuscules que le processus se poursuit sans que l'organisme s'en rende seulement compte, pas plus que l'environnement lui-même. Mais tous les éléments fondamentaux de la vie sont là : une structure cellulaire, des acides aminés, de l'ADN et une force organisatrice qui lie le tout et réagit parfaitement à la conscience de la créature qui peut reformer à volonté l'ensemble de l'entité.

Elle s'arrêta, scrutant le regard d'Aaron pour savoir s'il la comprenait. Mais quelle importance? Elle, elle comprenait, c'était le principal.

– Il n'est pas invisible, reprit-elle. Il est simplement impossible à voir car ses cellules sont trop petites. Mais ce sont des cellules eucaryotes, les mêmes que celles qui constituent votre corps et le mien. Comment a-t-il acquis son intelligence? Comment pense-t-il? Je l'ignore de la même façon que l'on ignore comment les cellules d'un embryon savent former des yeux et des doigts.

« Lorsque nous saurons ça, nous comprendrons pourquoi Lasher a un intellect car il est une force similaire sans cerveau discernable. Nous pouvons donc dire qu'il est un précambrien autosuffisant et que sa vie peut durer des milliards d'années. On peut concevoir qu'il a tiré sa connaissance de l'humanité, qu'il s'est nourri de cette énergie et qu'une mutation a créé son esprit.

« On peut également concevoir qu'il est capable d'attirer à lui des structures moléculaires plus complexes quand il se matérialise, qu'il dissout ensuite avant que ses propres cellules soient définitivement liées avec ces particules plus lourdes. Et il accomplit cette dissolution dans un état proche de la panique. Car il redoute une union imparfaite dont il ne pourrait s'affranchir. Mais son désir d'être charnel est si fort qu'il risquerait aujourd'hui n'importe quoi pour devenir anthropomorphique et avoir du sang chaud qui coule dans ses veines.

– Arrêtez-le! supplia Aaron. Vous savez ce qu'il est, maintenant. Ne le laissez pas prendre une forme humaine.

Elle ne dit rien. Elle regarda la laine rouge de son manteau, soudain étonnée par sa couleur. Elle ne se rappelait même pas l'avoir sorti du placard. Elle avait la clé dans la main mais pas de sac. Seule leur conversation était réelle et elle se rendait compte qu'elle était exténuée et que ses mains et son visage étaient couverts de perles de sueur.

– Il va vous tuer, dit-elle sans le regarder. Je le sais. Il le veut. Je peux le retenir mais qu'est-ce que j'y gagne? Il sait que je suis ici. (Elle rit et leva les yeux vers les plafonds.) Il est avec nous. Il est partout. Comme Dieu. La seule différence, c'est qu'il n'est pas Dieu.

– Non, il ne sait pas tout. Ne vous laissez pas duper. Reprenez le dossier : il commet bien trop d'erreurs! Vous vous demandez ce que vous y gagneriez? Votre amour, votre volonté. Du reste, pourquoi me tuerait-il? Que puis-je contre lui? Vous persuader de ne pas l'aider? Vous êtes bien trop forte pour moi.

– Qu'est-ce qui vous fait croire ça?

Elle se sentait au bord de l'évanouissement. Il fallait à tout prix sortir d'ici et rentrer dormir. Mais il l'attendait à la maison. Et elle était venue ici pour une bonne raison : mettre Aaron en garde, lui donner une dernière chance.

Mais ce serait si bon de rentrer à la maison et de dormir! Si seulement ce bébé arrêtait de brailler! Elle sentait déjà Lasher l'étreindre de ses bras innombrables.

– Rowan, écoutez-moi.

Elle sortit de son rêve.

– Il y a dans le monde entier des êtres humains disposant de pouvoirs extraordinaires mais vous, vous êtes le cas le plus rare car vous avez trouvé comment utiliser votre pouvoir pour faire le bien. Vous guérissez, Rowan. Voulez-vous l'entraîner là-dedans avec vous? Ou encore, voulez-vous qu'il vous détourne de votre vocation pour toujours? Va-t-il réussir à vous forcer à concentrer votre pouvoir sur la création d'un mutant dont le monde ne veut pas et qu'il ne pourra supporter? Détruisez-le, Rowan. Pour vous-même, pas pour moi.

– C'est pour cela qu'il vous tuera, Aaron. Je ne pourrai pas l'en empêcher si vous le provoquez. Mais pourquoi êtes-vous contre tout cela? Pourquoi m'avoir menti?

– Je n'ai pas menti. Et vous savez très bien pourquoi cette mutation ne doit pas se produire. Il deviendrait un être sans âme.

– Ne mêlez pas la religion à tout ça, Aaron.

– Rowan, il ne serait pas naturel. Nous ne voulons plus de monstres. Nous sommes suffisamment monstrueux nous-mêmes.

– Il est aussi naturel que nous. C'est ce que j'ai essayé de vous expliquer.

– Mais il serait un monstre, Rowan. Avez-vous vraiment envie de créer un monstre ?

– Votre façon de voir les choses ne regarde que vous. Et s'il ne s'agissait que d'un simple processus, de cellules se multipliant et d'une métamorphose aussi naturelle qu'un fleuve qui modifie son cours en engloutissant terres agricoles, fermes, bétail et population ? Ou qu'une comète s'écrasant sur la terre ?

– N'essayeriez-vous pas de sauver ces gens de la noyade, Rowan ? Ou des brûlures de la comète ? D'accord. Il est naturel. Dans ce cas, disons que nous sommes mieux que naturels, que nous sommes autre chose qu'un simple processus. Notre moralité, notre compassion, notre capacité à aimer et à créer une société ordonnée nous rendent mieux que naturels. Lui n'éprouve aucun intérêt pour cela, Rowan. Regardez ce qu'il a fait à la famille Mayfair.

– Ce sont des bobards moralistes. Vous me décevez. J'espérais que vous m'opposeriez des arguments valables. J'espérais que vous me remonteriez le moral.

– Vous n'avez aucun besoin de mes arguments. Sondez votre âme. Vous savez très bien ce que j'essaie de vous dire. Il n'est qu'un rayon laser qui serait doté d'une ambition. Il est une bombe capable de penser par elle-même. Laissez-le s'incarner et le monde en fera les frais. Vous aurez provoqué un désastre.

Comme il avait l'air frêle ! Pour la première fois, il faisait bien son âge, avec ses rides profondes, ses poches sous les yeux, ses yeux suppliants. Il lui parut soudain si faible. Un vieil homme aux cheveux blancs, les yeux rivés sur elle dans un regard enfantin. Il avait perdu tout son charme.

– Vous n'avez pas l'air de saisir les véritables implications, dit-elle impatiemment.

– Il vous ment. Il a fait main basse sur votre conscience.

– Ne dites pas ça ! ordonna-t-elle. Ce n'est pas courageux de votre part et c'est de la pure stupidité.

Elle se carra dans son siège en essayant de retrouver son calme. Elle avait beaucoup apprécié ce vieillard et, malgré tout, elle ne voulait pas qu'il lui arrive quelque chose.

– Vous ne voyez donc pas la fin inévitable de tout cela ? reprit-elle plus posément. Si la mutation réussit, il pourra se propager. Si les cellules peuvent être greffées et se reproduire dans d'autres corps humains, l'avenir de la race humaine en sera complètement changé. Ce sera la fin de la mort.

– L'éternel rêve de l'humanité, dit Aaron amèrement. L'éternel mensonge.

– Votre attitude moralisatrice me fatigue, dit-elle. La science a toujours été la clé de tout. Les sorciers et les sorcières n'ont jamais été rien d'autre que des savants. La magie noire s'évertuait à être une science. Mary

Shelley était une visionnaire. Les poètes sont toujours des visionnaires. Même les enfants le comprennent lorsque, au théâtre, ils voient le docteur Frankenstein assembler les pièces du monstre et lui insuffler la vie au beau milieu d'une tempête d'électricité.

– Ce n'est qu'un roman d'horreur, Rowan. Lasher a influencé votre conscience.

– Vous m'insultez, dit-elle en se penchant au-dessus de la table. Vous êtes vieux et il ne vous reste que peu d'années. Je vous aime à cause de ce que vous m'avez donné et je ne veux pas vous faire du mal. Mais ne me provoquez pas, et lui non plus. Ce que je vous dis est la vérité.

Il ne répondit pas. Il était d'un calme déroutant. Elle trouva soudain insondables ses petits yeux noisette et s'émerveilla de la force du vieil homme. Elle sourit.

– Vous ne croyez pas ce que je vous dis? Vous ne voulez pas l'écrire dans le dossier? Je l'ai compris dans le laboratoire de Lemle quand j'ai vu ce fœtus raccordé à un tas de tuyaux. Vous n'avez jamais su pourquoi j'ai tué Lemle, n'est-ce pas? Vous savez que je l'ai fait mais vous en ignorez la cause. Lemle dirigeait un projet à l'Institut. Il prélevait des cellules sur des fœtus vivants et les utilisait pour des transplants. Vous imaginez les perspectives que cela ouvre! Alors imaginez ce que cela donnerait avec des cellules de Lasher, des cellules qui ont supporté et transporté des connaissances sur des milliards d'années.

– Je veux que vous demandiez à Michael de revenir.

– Michael ne peut pas l'arrêter. Je suis la seule à le pouvoir. Laissez Michael là où il est, hors de danger. Vous voulez qu'il meure aussi?

– Écoutez-moi. Vous pouvez fermer votre esprit à cette créature. Vous pouvez lui cacher vos pensées rien qu'avec votre volonté. Essayez et vous verrez.

– Et pourquoi le ferais-je?

– Pour vous donner du temps. Pour prendre une décision en toute conscience.

– Non, vous ne comprenez pas l'étendue de son pouvoir. Vous ne l'avez jamais comprise. Vous ignorez à quel point il me connaît bien. Ce qu'il sait de moi est le point central de tout. (Elle secoua la tête.) Je ne veux pas faire ce qu'il veut, vraiment pas. Mais il est irrésistible, voyez-vous.

– Et Michael? Et vos projets de Mayfair Medical?

– Ellie avait raison. Je n'aurais jamais dû revenir. Il s'est servi de Michael pour que je revienne. Je savais que Michael était à La Nouvelle-Orléans et comme une chienne en chaleur, je suis venue à cause de ça!

– Vous ne dites pas la vérité. Montez avec moi et restez auprès de moi.

– Vous n'êtes qu'un idiot. Je pourrais vous tuer à n'importe quel moment et personne ne le saurait jamais. A part les membres du Talamasca et votre ami Michael Curry. Mais que pourraient-ils faire? C'est fini, Aaron. Je pourrais lutter et gagner quelques points contre lui mais je ne l'emporterais jamais. Le rôle de Michael était de me ramener et de me faire rester ici et c'est ce qu'il a fait.

Elle voulut se lever mais il lui prit la main.

– Et votre enfant, Rowan?

– Michael vous a dit?

– Il n'a pas eu besoin de le faire. Michael a été envoyé pour vous aimer, de sorte que vous chassiez cette créature une bonne fois pour toutes. Pour que vous ne livriez pas cette bataille seule.

– Cela non plus on ne vous l'a pas dit?

– Non. Et à vous non plus.

Elle dégagea sa main.

– Partez, Aaron! Partez très loin. Cachez-vous dans la maison mère d'Amsterdam ou de Londres. Vous allez mourir, sinon. Et si vous appelez Michael pour lui dire de revenir, je vous jure que je vous tuerai de mes propres mains.

Quarante-quatre

Tout était allé de travers. En arrivant, il avait constaté que le toit de sa maison de Liberty Street fuyait et que quelqu'un avait fracturé la porte de sa boutique de Castro Street pour une malheureuse poignée de billets. Sa propriété de Diamond Street avait été l'objet de vandalisme et il avait mis quatre jours à la nettoyer avant de pouvoir la mettre en vente. Ensuite, il avait passé une bonne semaine à emballer les meubles anciens de tante Viv et tous ses petits objets un à un pour que rien ne soit cassé. Après, il avait passé trois jours avec son comptable pour mettre à jour sa fiscalité. On était déjà le 14 décembre et il lui restait tant à faire!

La seule bonne nouvelle était que tante Viv avait déjà reçu deux des malles, en bon état, et l'avait appelé pour lui dire à quel point elle était ravie de retrouver ces objets auxquels elle était très attachée. Et maintenant que ses meubles allaient arriver, elle pourrait enfin inviter chez elle ces adorables Mayfair! Michael était tout simplement un amour.

– J'ai vu Rowan dimanche, Michael. Il faisait horriblement froid mais elle se promenait. Tu sais, elle a fini par prendre des formes. Je ne voulais pas t'en parler, mais je la trouvais si mince et si pâle. C'était merveilleux de la voir avec des pommettes roses.

Michael s'était mis à rire mais Rowan lui manquait terriblement. Il n'avait pas prévu de rester parti aussi longtemps. Et chaque coup de téléphone avec elle aggravait les choses.

Elle comprenait très bien tous ces désagréments imprévus mais il décelait de l'inquiétude dans les questions qu'elle lui posait. Après chaque coup de fil, il n'arrivait pas à dormir, fumait cigarette sur cigarette et buvait bière sur bière en écoutant tomber la pluie d'hiver ininterrompue.

La maison était enfin presque vide. Il ne restait plus que quatre caisses dans le grenier, remplies des petits trésors qu'il était venu récupérer pour La Nouvelle-Orléans. Il avait hâte d'en finir.

Comme cet endroit lui paraissait étranger! Les pièces lui semblaient plus petites que dans son souvenir et les allées si sales. Comment avait-il pu passer tant d'années ici en croyant être heureux?

Et dire qu'il avait encore devant lui une semaine éreintante à scotcher et étiqueter des caisses à la boutique, examiner des documents fiscaux et remplir divers formulaires.

– Autant t'en débarrasser tout de suite, lui avait dit Rowan cet après-midi. Mais je supporte mal cette attente. Dis-moi, tu n'as pas le moindre regret? Je veux dire, à aucun moment tu n'as songé à rester où tu es, comme si La Nouvelle-Orléans n'avait jamais existé?

– Tu es folle? Je ne pense qu'à rentrer. Je serai là avant Noël, quoi qu'il arrive.

– Je t'aime, Michael.

Elle pouvait le dire des milliers de fois, c'était aussi spontané que la première. C'était un supplice de ne pas pouvoir la tenir dans ses bras.

– Michael, brûle tout ce qui reste. Fais un grand feu de joie dans le jardin et reviens-moi vite. Je t'en supplie.

Il avait promis de tout terminer le soir même, dût-il en mourir.

– Il ne s'est rien passé? demanda-t-il. Je veux dire, tu n'as pas peur, n'est-ce pas?

– Non. Je n'ai pas peur. La maison est toujours aussi belle. Ryan a fait livrer un sapin de Noël. Si tu le voyais, il touche le plafond. Il attend dans le salon que nous le décorions ensemble. L'odeur des aiguilles s'est répandue dans toute la maison.

– Formidable! J'ai une surprise pour toi. Enfin, pour l'arbre...

– C'est toi que je veux, Michael. Reviens.

4 heures. La maison était vide et caverneuse. De sa chambre, il regardait les toits sombres s'étageant jusqu'au district de Castro et, au-delà, les grappes de gratte-ciel agglutinés du centre-ville.

Rentrer.

Prenant sous le bras du plastique d'emballage et un carton vide, il monta l'échelle du grenier et alluma la lumière. Tout était propre et sec maintenant que la fuite avait été colmatée. Il restait quatre caisses marquées « Noël » à l'encre rouge.

Il avait l'intention de laisser les guirlandes lumineuses pour les futurs locataires mais il voulait récupérer les décorations. L'idée d'en perdre ne serait-ce qu'une seule lui était insupportable.

Il tira la boîte sous l'ampoule nue, l'ouvrit et enleva le papier de protection. Au fil des ans, il avait collectionné des centaines de ces petits objets en porcelaine : anges, rois mages, maisons miniatures, chevaux de manège, oiseaux en plumes véritables, boules de bois peintes, cannes en porcelaine et étoiles plaquées argent.

Lentement, il commença à envelopper chaque objet dans du plastique avant de le loger dans un petit sac. Il imaginait déjà la veille de Noël à First Street avec le sapin dans le salon. Et l'année prochaine, quand le bébé serait là !

Il lui parut soudain impossible que sa vie ait pris un tournant aussi fantastique. Je devrais me trouver au fond de l'océan, songea-t-il.

C'est alors qu'il revit en pensée, non pas la mer mais l'église au moment de Noël, quand il était petit. Il vit la crèche derrière l'autel et Lasher le regardant.

Un frisson glacé le parcourut. Qu'est-ce que je fais là? Elle est toute seule là-bas. Impossible qu'il ne se soit pas encore montré à elle.

La sensation était si forte, si pleine de conviction qu'il fut pris d'angoisse. Il accéléra ses rangements et, quand il eut fini, jeta les papiers en bas de l'échelle, prit la boîte de décorations sous son bras et referma le grenier pour la dernière fois.

La pluie avait diminué au moment où il arriva au bureau de poste de la 18e Rue. Il fit la queue pendant une éternité et, son tour arrivé, s'étonna de la brusquerie de l'employé, attitude inconnue dans le Sud. Son envoi effectué, il se hâta dans le vent glacé pour rejoindre sa boutique de Castro.

Elle ne lui mentirait pas. Impossible! La créature devait lui jouer un de ses petits tours. Mais pourquoi cette apparition il y a si longtemps, à Noël? Pourquoi ce visage penché au-dessus de la crèche. Enfin, ça ne voulait peut-être rien dire.

Mais quand même! Il avait vu l'homme pendant cette nuit inoubliable où il avait entendu Isaac Stern jouer. Et il l'avait revu une centaine de fois en se promenant dans First Street. La panique qui le gagnait était incontrôlable. Dès son arrivée à la boutique, il appela Rowan.

Pas de réponse. C'était le milieu de l'après-midi à La Nouvelle-Orléans et elle faisait probablement la sieste. Il laissa sonner quinze fois avant de raccrocher.

Il jeta un regard circulaire autour de lui. Tant de choses à faire encore : vendre toute la collection de robinetterie en cuivre et les vitraux empilés contre le mur du fond. C'était ça que les cambrioleurs auraient dû voler!

Finalement, il décida de mettre tous ses dossiers dans un carton sans prendre le temps de trier. Il retroussa ses manches et se mit au travail. Il avait beau faire le plus vite possible, il savait qu'il ne pourrait quitter San Francisco avant une semaine, au mieux.

A 8 heures, il s'en alla. Il ne pleuvait plus et les rues humides étaient remplies de la foule de piétons du vendredi soir.

La tête penchée pour se protéger du vent, il remonta la rue où il avait garé sa voiture. Incroyable! On lui avait volé les deux roues avant de sa vieille berline, le coffre était ouvert et on s'était servi de son cric pour soulever l'avant de la voiture! Ils avaient bien préparé leur coup!

Préparé...

– Espèces de salauds! jura-t-il.

Quelqu'un frôla son épaule.

– Eh bien, monsieur, encore un petit problème?

– A qui le dites-vous? marmonna-t-il sans lever la tête.

Il ne remarqua même pas l'accent français.

– C'est vraiment pas de chance, monsieur. C'est un coup bien préparé.

– Oui, c'est justement ce que j'étais en train de me dire.

– Rentrez chez vous, monsieur. On a besoin de vous là-bas.

– Hé!

Michael se retourna mais la silhouette était déjà loin, happée par la foule. Il eut juste le temps d'apercevoir des cheveux blancs et ce qui semblait être un manteau foncé.

Il s'élança derrière l'homme.

– Hé! appela-t-il à nouveau.

Mais en arrivant à l'angle de la 18e Rue et de Castro, l'homme avait disparu. Il y avait des gens partout et la pluie s'était remise à tomber. Un bus sortant du virage cracha un jet de fumée noire.

Désespéré, Michael le regarda passer et, par hasard, aperçut derrière une des fenêtres un visage familier qui l'observait. Yeux noirs, cheveux blancs.

« ... avec les moyens les plus simples à votre disposition, car ils vous permettront de l'emporter, même si vous avez l'impression de n'avoir aucune chance... »

– Julien!

« ... incapable de vous fier à vos sens, mais ayez confiance dans ce que vous savez avec certitude et dans le pouvoir que vous possédez... »

« Oui, je comprends, je le ferai... »

Brusquement, Michael sentit un bras le prendre par la taille et une personne d'une force incroyable le tira en arrière. Avant qu'il comprenne ce qui se passait ou qu'il pense à résister, une voiture rouge, à deux doigts de lui, fit une embardée et alla s'écraser dans un fracas assourdissant contre un réverbère. Quelqu'un se mit à crier. Le pare-brise de la voiture éclata, projetant des morceaux de verre dans toutes les directions.

– Merde!

Michael ne put reprendre son équilibre et tomba en arrière sur le type qui l'avait écarté du chemin de la voiture. Des gens se précipitèrent vers le véhicule. Quelqu'un bougeait à l'intérieur.

– Ça va? demanda son sauveteur.

– Oui, oui. Ça va. Le conducteur de la voiture est emprisonné dans la ferraille.

Un gyrophare de voiture de police. Quelqu'un criant aux policiers d'appeler une ambulance.

– Eh bien, vous n'êtes pas passé loin, lui dit le type qui l'avait sorti d'affaire.

C'était un grand Noir musclé en manteau de cuir.

– Vous n'avez pas vu la voiture arriver? interrogea-t-il.

– Non. Vous m'avez sauvé la vie, vous savez?

– Je n'ai fait que vous tirer sur le côté. Ce n'était rien. Je n'ai même pas réfléchi.

Il regarda un moment la voiture rouge et les deux hommes tentant de désincarcérer la femme à l'intérieur. La foule était de plus en plus dense et une femme policier cria à tout le monde de reculer.

– Je ne sais pas comment vous remercier, dit Michael en se retournant.

Mais le type était déjà loin. Il remontait Castro. Il jeta un coup d'œil par-dessus son épaule et fit un petit signe de la main.

Tremblant, Michael s'adossa au mur d'un bar. Des gens bousculaient ceux qui s'étaient arrêtés pour regarder le spectacle. Il sentait un pincement dans sa poitrine. Pas vraiment une douleur mais un serrement. Et puis il y avait son pouls qui battait très vite et un certain engourdissement dans les doigts de sa main gauche.

Mais que s'est-il passé? se demanda-t-il. Il se sentait mal. Rentrer à l'hôtel.

Il commença à marcher, difficilement, et passa devant la femme policier qui lui demanda s'il avait vu la voiture percuter le réverbère. Non, il n'avait rien vu. Trouver un taxi.

– Saint Francis, à Union Square, indiqua-t-il au chauffeur.

– Vous vous sentez bien?

– Ça va aller.

C'était Julien qui lui avait parlé dans la rue. Aucun doute là-dessus. Et c'était aussi lui qu'il avait vu par la fenêtre du bus. Et cette voiture, que venait-elle faire dans l'histoire?

Ryan n'aurait pu l'obliger davantage.

– Mais bien sûr, Michael. Nous auriez dû m'en parler plus tôt. Nous sommes là pour vous aider. Je vous envoie quelqu'un dès demain pour faire l'inventaire et emballer tout le stock et je contacte un bon agent immobilier. Nous négocierons le prix de rachat dès votre retour.

– Je suis vraiment désolé de vous ennuyer avec tout ça mais je n'arrive pas à joindre Rowan et j'ai le sentiment qu'il faut que je rentre.

– Ne vous faites aucun souci. Nous allons nous occuper de tout. Vous avez réservé une place d'avion? Je m'en occupe. Restez où vous êtes et je vous rappelle.

Michael s'allongea sur le lit et fuma la dernière cigarette de son paquet en regardant le plafond. L'engourdissement de sa main gauche avait disparu et il se sentait bien. Plus de nausée ni de vertige.

Et puis, de toute façon, cela n'avait aucune importance. L'important, c'était le visage de Julien derrière la vitre du bus et le fragment des visions qui lui était revenu.

Cette apparition était-elle le fruit du hasard? Ou, au contraire, était-elle destinée à le faire surprendre par la voiture incontrôlée, au moment où il était planté au milieu de la rue, bouche bée, de la même façon qu'il s'était trouvé sur le chemin du bateau de Rowan?

Le fragment de souvenir qui avait ressurgi le mettait dans tous ses états. Il ferma les yeux, revit leurs visages et entendit leurs voix. Deborah. Julien.

« ... le pouvoir que vous possédez... »

Il faut que j'y croie. Sinon, je deviendrai fou.

« Rentrez chez vous, monsieur. On a besoin de vous là-bas. »

Il en était là, à demi assoupi, quand le téléphone sonna.

– Michael?

C'était Ryan.

– Oui.

– Bon, vous rentrez par avion privé. C'est bien plus simple. J'envoie quelqu'un vous chercher. Si vous avez besoin d'aide pour vos bagages...

– Non. Dites-moi juste à quelle heure je dois être prêt.

Mais d'où venait cette odeur? Avait-il bien éteint sa cigarette?

– Disons dans une heure. On vous appellera du hall de l'hôtel. Et surtout, n'hésitez plus à solliciter un service. Vous pouvez nous demander n'importe quoi.

– D'accord. Merci, Ryan, j'apprécie vraiment ce que vous faites, vous savez.

Michael fixait des yeux le trou qu'avait fait sa cigarette dans le couvre-lit. C'était la première fois qu'il s'endormait avec une cigarette allumée. La pièce était déjà remplie de fumée.

– Merci, Ryan. Merci pour tout.

Il raccrocha et alla dans la salle de bains remplir le seau à glace vide. Il aspergea le couvre-lit puis l'enleva, défit les draps et arrosa le trou fumant qui s'était creusé dans le matelas. Son cœur recommençait à battre la chamade. Il alla à la fenêtre, tenta de l'ouvrir et s'aperçut qu'il n'y parviendrait pas. Il se laissa tomber sur une chaise et regarda la fumée se dissiper.

Lorsqu'il eut terminé ses bagages, il essaya à nouveau de joindre Rowan. Toujours rien. Quinze sonneries. Il allait raccrocher quand une voix endormie lui répondit.

– Michael? Je dormais, je suis navrée de t'avoir fait attendre.

– Écoute-moi, chérie. Je suis irlandais et très superstitieux.

– De quoi parles-tu?

– Je suis dans une période de malchance. Tu pourrais user un peu de tes pouvoirs de sorcière pour moi? Il faudrait que tu m'entoures d'une lumière blanche. Tu as déjà entendu parler de ça?

– Mais Michael, qu'est-ce qui se passe?

– Je rentre, Rowan. C'est pour ça. Il me faut cette lumière blanche autour de moi pour me protéger contre tout ce qui pourrait m'arriver jusqu'à mon arrivée. Tu vois ce que je veux dire? Ryan m'a trouvé un avion. Je pars dans une heure.

– Michael, dis-moi ce qui se passe.

Pleurait-elle?

– Fais ce que je te dis, chérie. Pour la lumière blanche. Fais-moi confiance. Fais tout pour me protéger.

– Une lumière blanche? murmura-t-elle. Autour de toi?

– Oui, c'est ça. Je t'aime, ma chérie. Je rentre à la maison.

Quarante-cinq

– Quel hiver terrible! dit Béatrice. On annonce même de la neige! Elle se leva et déposa son verre sur la table roulante.

– Eh bien, ma chérie, vous avez été d'une patience d'ange, poursuivit-elle. Je me suis fait du souci mais maintenant que j'ai constaté que vous vous portez bien et que cette magnifique maison est si délicieusement chaude et confortable, je m'en vais.

– Ce n'était vraiment rien, Béa, dit Rowan, répétant ce qu'elle avait déjà expliqué. L'absence prolongée de Michael m'avait juste un peu déprimée.

– A quelle heure l'attendez-vous?

– Ryan a dit avant le matin. Il devait partir il y a une heure mais l'aéroport de San Francisco est bloqué par le brouillard.

Elle regarda Béatrice descendre les marches de marbre et franchir le portail. L'air glacé pénétrait dans le vestibule. Elle referma la porte.

Elle resta immobile un bon moment, la tête penchée, se laissant envelopper par la chaleur du chauffage, puis retourna dans le salon. L'énorme sapin vert était magnifique. C'était un arbre d'une forme triangulaire parfaite. Le plus parfait sapin de Noël qu'elle ait jamais vu. Quelques aiguilles tombées tapissaient le plancher ciré. Sauvage, primitif, songea-t-elle. Comme si un morceau de forêt était entré dans ma maison.

Elle s'approcha de la cheminée, s'agenouilla et plaça une petite bûche dans le feu.

– Pourquoi as-tu essayé de faire du mal à Michael? murmura-t-elle sans quitter les flammes des yeux.

– Je n'ai pas essayé de lui faire du mal.

– Tu mens. As-tu essayé de faire du mal à Aaron aussi?

– Je t'obéis en tout, Rowan. Mon rôle est de te satisfaire.

Elle s'assit sur ses talons, les bras croisés, les yeux légèrement embués, de sorte que les flammes n'étaient plus qu'une tache floue et vacillante.

– Il ne doit rien soupçonner, tu m'as bien comprise?

– Je te comprends toujours, Rowan.

– Il doit croire que tout est comme avant.

– C'est aussi mon souhait, Rowan. Nous sommes d'accord. Je redoute son inimitié parce que tu serais malheureuse. Je ferai selon tes désirs.

Mais cela ne pouvait durer éternellement. Soudain, elle fut saisie d'une frayeur telle qu'elle ne pouvait plus ni parler ni bouger. Elle resta assise, tremblante, à fixer les flammes.

– Comment cela va-t-il se terminer, Lasher? Je ne sais pas comment m'y prendre pour faire ce que tu me demandes.

– Tu le sais, Rowan.

– Cela prendra des années de recherches. Il faut absolument que je connaisse à fond ta constitution pour pouvoir entreprendre quelque chose.

– Mais tu sais tout de moi, Rowan. Tu cherches à me tromper. Tu m'aimes mais tu ne m'aimes pas. Tu me ferais chair si cela pouvait te permettre de me détruire.

– Vraiment?

– Oui. Je souffre de sentir ta peur et ta haine alors que je sais le bonheur qui nous attend tous les deux.

– Qu'est-ce qu'il te faut? Le corps d'un homme déjà vivant dont on ôterait toute conscience pour que tu puisses fusionner avec lui sans son esprit pour obstacle? Cela s'appelle un meurtre, Lasher.

Silence.

– C'est cela que tu veux? Que je commette un meurtre? Nous savons tous les deux que c'est une façon d'envisager les choses.

Silence.

Elle ferma les yeux. Elle l'entendait se rassembler, elle entendait la pression se former, les rideaux bruire lorsqu'il les frôlait, se tordant, remplissant la pièce autour d'elle et effleurant ses joues et ses cheveux.

– Non. Laisse-moi tranquille, soupira-t-elle. J'attends Michael.

– Il ne te suffira pas, Rowan. Te voir pleurer me fait de la peine. Mais je dis la vérité.

– Je te hais, murmura-t-elle.

Elle s'essuya les yeux du dos de la main. A travers les larmes embuant ses yeux, elle regarda l'immense sapin vert.

– Laisse-moi seule, Lasher. Si tu m'aimes, laisse-moi seule.

Leiden. Elle savait qu'elle était en train de rêver et voulait se réveiller. Le bébé avait besoin d'elle. Elle l'entendait crier. Je veux sortir de ce rêve. Mais ils étaient tous rassemblés devant les fenêtres, horrifiés par le spectacle se déroulant sous leurs yeux : la foule était en train d'écarteler Jan Van Abel.

– On n'a pas gardé le secret, dit Lemle. Les gens ignorants ne peuvent pas comprendre l'importance de cette expérience. Garder un secret, c'est prendre toute la responsabilité pour soi.

Il pointa le doigt vers le corps sur la table. Quelle patience chez cet homme allongé là, les yeux ouverts et ses minuscules organes palpitant à l'intérieur. Comme ses bras et ses jambes étaient petits!

– Je n'arrive pas à réfléchir avec ce bébé qui pleure.

– Il faut vous concentrer, l'enjeu est capital.

Impossible. Elle regarda le petit homme aux membres tronqués et aux organes démesurément petits. Seule sa tête était de taille normale.

– Un quart de la taille du corps, pour être précis.

Oui, la proportion normale, se dit-elle. Elle fut saisie d'horreur. Soudain, la foule fracassa les portes et se répandit dans les couloirs de l'université de Leiden. Petyr accourut vers elle.

– Non, Rowan. Ne faites pas ça.

Elle se réveilla brusquement. Des bruits de pas dans l'escalier. Elle sauta du lit.

– Michael?

– Je suis là, chérie.

Une grande ombre dans l'obscurité, l'odeur du froid puis ses mains chaudes posées sur elle, rêches mais tendres, et son visage contre elle.

– Michael, j'ai trouvé le temps très long. Pourquoi m'as-tu quittée?

– Rowan, mon amour...

– Pourquoi?

Elle sanglotait.

– Ne me laisse pas y aller, Michael, s'il te plaît. Ne me laisse pas y aller.

Il la prit dans ses bras.

– Tu n'aurais pas dû partir, Michael.

Elle pleurait, consciente qu'il ne pouvait comprendre ce qu'elle disait et qu'elle n'aurait pas dû le dire. Elle le couvrit de baisers, savourant le goût salé de sa peau et la douceur maladroite de ses mains.

– Qu'est-ce qui se passe? Je veux savoir, demanda-t-il.

– Je t'aime. Quand tu n'es pas là, c'est comme si... comme si tu n'étais pas réel.

Elle était à demi endormie lorsqu'il se glissa hors du lit. Elle ne voulait pas que son rêve revienne. Elle était restée blottie contre sa poitrine, s'accrochant à son bras. Elle le regarda quitter le lit, enfiler son jeans et passer son maillot de rugby par-dessus sa tête.

– Reste, murmura-t-elle.

– On sonne à la porte, dit-il. C'est la surprise que je t'ai annoncée. Ne te lève pas. Ce sont des petites bricoles que j'ai rapportées de San Francisco. Tu devrais dormir.

Avant même qu'il ne soit parti, elle replongea dans son rêve.

« Je ne veux pas voir ce mannequin sur la table. Qu'est-ce que c'est? Il ne peut pas être vivant. »

Lemle portait une blouse, un masque et des gants de chirurgie. Il la regarda de dessous ses sourcils épais.

– Vous n'êtes même pas stérile. Préparez-vous, j'ai besoin de vous.

Les lumières ressemblaient à deux yeux impitoyables dirigés vers la table.

Lemle tenait quelque chose dans des pinces. Et le petit corps fendu en deux dans l'incubateur à côté de la table était un fœtus. N'était-ce pas un cœur dans les pinces? Espèce de monstre!

– Il va falloir que vous travailliez rapidement tant que le tissu est à son maximum...

– C'est très difficile pour nous de devenir réels, dit la femme.

– Mais qui êtes-vous? demanda Rowan.

Rembrandt était assis près de la fenêtre. Il était vieux et avait l'air si las. Il lui adressa un regard ensommeillé quand elle lui demanda ce qu'il en pensait. Puis il prit la main de Rowan et la plaça sur la poitrine de la jeune femme.

– Je connais ce tableau, dit-elle. C'est la jeune mariée.

Elle se réveilla. L'horloge venait de sonner deux coups. Dans son sommeil, elle s'attendait à davantage. Dix peut-être, ce qui signifierait qu'elle avait dormi longtemps. Mais deux?

Elle entendit de la musique au loin. Un clavecin jouait et une voix basse chantait un vieux chant de Noël celte parlant d'un enfant couché dans une mangeoire. Une odeur de sapin et de feu.

Allongée sur le côté, elle regardait la croûte de gel se formant sur les carreaux de la fenêtre. Lentement, une silhouette commença à prendre forme. Un homme adossé à la vitre, les bras croisés.

Elle plissa les yeux pour observer le processus. Un visage tanné, formé de milliards de cellules microscopiques, aux yeux verts étincelants, apparut. Il portait une réplique parfaite de jeans et de chemise. Elle entendait même et voyait les mouvements de ses vêtements. Lorsqu'il se pencha sur elle, elle aperçut les pores de sa peau.

Jaloux, hein? Elle toucha sa peau et son front de la même façon qu'elle avait touché Michael.

– Mens-lui, dit-il à voix basse, ses lèvres remuant à peine. Si tu l'aimes, mens-lui.

Elle sentait presque son souffle sur son visage. Puis elle s'aperçut qu'elle voyait, à travers le visage, la fenêtre derrière lui.

– Non, ne pars pas. Reste.

Mais l'image se convulsa et se mit à voleter comme un papier pris dans un courant d'air. Elle sentit la panique de Lasher dans les spasmes de chaleur.

Elle tendit la main pour prendre son poignet mais ses doigts se refermèrent sur le vide. Le souffle chaud passa sur elle et sur le lit, les rideaux se gonflèrent un moment, le gel blanchit sur les vitres.

« Mens-lui. »
« Oui, bien sûr. Je vous aime tous les deux. »

Il ne l'entendit pas descendre l'escalier. Les rideaux étaient fermés et l'entrée était sombre et chaude. Un feu était allumé dans la cheminée principale du salon. La seule autre lumière provenait du sapin décoré d'innombrables petites ampoules clignotantes.

Elle l'observa du seuil de la pièce. Il était assis au sommet de l'échelle, mettant la dernière main à la décoration en sifflant un chant de Noël irlandais.

– Ah! te voilà ma belle-au-bois-dormant, dit-il.

Il lui adressa un de ces sourires amoureux et protecteurs qui la faisaient fondre et lui donnaient envie de se jeter dans ses bras. Mais elle resta immobile. Elle le suivit des yeux quand il descendit l'échelle, agile comme un chat, et s'approcha d'elle.

– Tu te sens mieux, ma princesse?

– C'est vraiment superbe, dit-elle. Mais ce chant est si triste. (Elle mit un bras autour de sa taille et posa sa tête sur son épaule en contemplant l'arbre.) Tu as fait un travail formidable.

– Tu n'as pas tout vu, dit-il en posant un baiser sur sa joue.

Il l'entraîna vers le guéridon près de la fenêtre et lui fit signe de jeter un coup d'œil dans la boîte en carton ouverte.

– Ils sont adorables! s'exclama-t-elle, émerveillée.

Elle prit un petit ange blanc aux joues roses et aux ailes dorées puis le plus ravissant des petits Pères Noël, une poupée de porcelaine vêtue de velours rouge.

– Ils sont vraiment mignons. D'où viennent-ils? demanda-t-elle en prenant une pomme dorée et une étoile à cinq branches.

– Je les ai depuis des années. J'étais à l'école quand j'ai commencé la collection. Je ne me doutais pas qu'ils étaient destinés à ce sapin et à cette pièce. Tiens, choisis le premier. Je t'ai attendue. Je voulais que nous les accrochions ensemble.

– L'ange.

Elle le prit par son crochet et l'approcha de l'arbre pour l'admirer à la lumière. Il tenait dans ses bras une petite harpe dorée, sa bouche était peinte en rouge et ses yeux étaient bleus. Elle le monta aussi haut qu'elle le pouvait et l'accrocha à une branche fournie. L'ange se balança, son crochet presque invisible dans la pénombre, et resta suspendu, comme tenant en équilibre, à la façon d'un colibri en vol.

– Je me demande si j'ai vécu avant de te connaître, dit-elle.

Debout derrière elle, il lui enlaça la taille et elle attrapa fermement ses bras, appréciant ses muscles sinueux et les grands doigts puissants qui la tenaient serrée.

Pendant un moment, sa vision fut remplie d'ampoules clignotantes et de branches vertes. Le temps était suspendu, tout comme l'ange aux ailes délicates. Il n'y avait plus ni avenir ni passé.

– Je suis si heureuse que tu sois de retour, murmura-t-elle en fermant les yeux. La vie n'a aucun sens sans toi. Je ne veux plus que tu me laisses seule.

Un profond chagrin s'empara d'elle, qu'elle retint à l'intérieur d'elle-même, et elle se tourna pour poser sa tête sur l'épaule de son mari.

Quarante-six

23 décembre. Il gelait à pierre fendre. Ce sera formidable quand tous les Mayfair seront là pour fêter Noël. Toutes ces voitures qui allaient venir par ces rues glacées. C'était merveilleux d'avoir un vrai temps de Noël. Et, en plus, la météo annonçait de la neige.

– Un Noël blanc, tu te rends compte? dit Michael.

Il regardait par la fenêtre de la chambre en enfilant un pull-over et une veste en cuir.

– Il pourrait même neiger ce soir.

– Ce sera encore mieux pour la fête de Noël, dit-elle.

– Oui, c'est un cadeau de plus. Tu sais, Rowan, il y a eu aussi un Noël blanc l'année où je suis parti.

Il sortit son écharpe en laine du tiroir, l'enroula autour de son cou puis attrapa ses gants de cuir doublés de laine.

– Je ne l'oublierai jamais. C'était la première fois que je voyais de la neige. Je suis venu me promener ici, dans First Street, et à mon retour j'ai appris que mon père était mort.

– Comment cela s'est-il passé?

Comme elle avait l'air attendrie, avec ses yeux légèrement plissés. Son visage était si lisse qu'à la moindre inquiétude il se couvrait d'une sorte d'ombre.

– Un incendie dans un entrepôt de Tchoupitoulas. Je n'ai jamais su les détails. Je crois que le capitaine a dit à ses hommes de quitter le toit, qui menaçait de s'écrouler. Et puis un type est tombé, mon père a fait demi-tour pour l'aider et le toit a commencé à branler. Il paraît qu'il s'est mis à onduler comme les vagues dans la mer et qu'il s'est écroulé. Tout l'entrepôt a explosé. Ils ont perdu trois hommes ce jour-là et moi j'étais en train de me promener pour profiter de la neige. C'est à cause de la mort de mon père que nous sommes allés en Californie. Il n'y avait plus un seul Curry ici. Ils avaient tous été enterrés au cimetière Saint Joseph. Par Lonigan et Fils. Tous.

– Ça a dû être une épreuve terrible pour toi.

Il hocha la tête.

– Le plus terrible, c'est que je me réjouissais d'aller en Californie, tout en sachant que sans la mort de mon père nous n'y serions jamais allés.

– Viens t'asseoir pour boire ton chocolat. Il refroidit. Béa et Cecilia seront là dans une minute.

– Il faut que j'y aille. J'ai des tonnes de trucs à faire; aller voir si les caisses sont arrivées, confirmer pour les traiteurs... J'ai oublié de les appeler.

– Ce n'est pas la peine. Ryan s'en est chargé. Il dit que tu en fais trop et qu'il aurait très bien pu envoyer un plombier pour isoler les canalisations contre le gel.

– J'aime ce genre de petit boulot. De toute façon, avec le froid qu'il fait, les canalisations gèleront quand même. Ça va être l'hiver le plus rigoureux depuis un siècle.

– Hé, tu ne vas pas sortir sans m'embrasser!

– Sûrement pas!

Il se pencha et la couvrit de baisers rapides et un peu brusques. Elle se mit à rire. Il embrassa même son ventre.

– Au revoir, Chris, murmura-t-il. C'est presque Noël, tu sais.

A la porte, il s'arrêta pour enfiler ses gants puis lui envoya un dernier baiser.

Elle ressemblait à un tableau, assise dans son fauteuil à oreillettes, les jambes repliées sous elle. Même ses lèvres étaient très colorées. Et quand elle sourit, il vit les fossettes de ses joues.

Il fit chauffer la camionnette quelques instants puis prit la direction du pont. Il atteindrait Oak Haven en quarante-cinq minutes s'il n'y avait pas trop de monde sur la route du fleuve.

Quarante-sept

– Quels étaient le pacte et la promesse? demanda-t-elle.

Elle était dans la chambre mansardée, si propre et claire avec ses murs blancs et ses fenêtres donnant sur le toit du porche. Plus aucune trace de Julien. Tous les vieux grimoires étaient partis.

– Ces choses n'ont plus d'importance, répondit-il. La prophétie est sur le point de se réaliser et tu es la porte.

– Je veux savoir. Quel était le pacte?

– Ce sont des paroles qui se sont transmises de génération en génération.

– Et que signifient-elles?

– C'était un accord entre ma sorcière et moi. Je devais obéir à son moindre désir à condition qu'elle porte un enfant de sexe féminin qui hériterait de son pouvoir et de celui de me commander et de me voir. Je devais lui apporter toutes les richesses et exaucer tous ses souhaits. Je devais voir dans l'avenir afin qu'elle le connaisse. Je devais venger toutes les offenses et les affronts qu'elle subissait. En échange, elle devait tout faire pour être enceinte d'une fille que je pourrais aimer et servir comme je l'avais fait pour la mère, et cette enfant devait m'aimer et me voir.

– Et elle devait être plus puissante encore que sa mère et être une étape de plus vers les treize.

– Oui. A un moment, j'ai vu les treize.

– Pas dès le début?

– Non, au bout d'un certain temps seulement. J'ai vu le pouvoir s'accumuler et se perfectionner, renforcé par les hommes puissants de la famille. Le pouvoir de Julien, par exemple, était si grand qu'il surpassait celui de sa sœur Katherine. J'ai vu Cortland. J'ai vu le chemin vers la porte. Et maintenant tu es là.

– Quand as-tu parlé des treize aux sorcières?

– A l'époque d'Angélique. Je ne peux pas t'expliquer, mais ma compréhension de ce que je voyais était très simple. La parole était quelque chose de très nouveau pour moi et penser dans l'espace-temps aussi. Et maintenant, la prophétie est tout près de s'accomplir.

– Tu n'as rien promis de plus?

– Qu'ai-je à offrir de plus? Quand je serai de chair et de sang, je serai ton serviteur, comme aujourd'hui. Je serai ton amant, ton confident et ton élève. Personne ne pourra avoir l'avantage sur toi.

– Et que signifie la vieille maxime selon laquelle lorsque la porte sera ouverte les sorcières seront sauvées?

Silence.

– Les treize sorcières retrouveront la place qui est la leur au moment de mon triomphe final. Par Lasher, leur serviteur loyal, la persécution de Suzanne et Deborah sera vengée. Lorsque Lasher aura franchi la porte, Suzanne ne sera pas morte en vain. Et Deborah non plus.

– Est-ce l'explication exacte?

– Oui.

– Et comment cela se fera-t-il? Tu m'as dit que quand je saurai tu sauras aussi.

– Rappelle-toi ce que tu as dit à Aaron : que je suis vivant et que par le biais d'une mutation et d'une capitulation mes cellules peuvent fusionner avec celles d'un être de chair.

– Ah! voilà ce qui te fait peur. C'est la capitulation. Tu crains d'être enfermé dans une forme dont tu ne pourras plus t'échapper. Tu te rends compte, n'est-ce pas, ce que signifie être de chair et de sang? Que tu pourrais perdre ton immortalité et même que tu pourrais être détruit pendant le processus de transmutation.

– Non. Je ne perdrai rien. Et quand j'existerai sous ma nouvelle forme, je t'ouvrirai la voie vers une nouvelle apparence.

– Tu veux dire que je peux devenir immortelle?

– Oui.

– Est-ce ce que tu vois?

– C'est ce que j'ai toujours vu. Tu es ma compagne parfaite. Tu es la sorcière des sorcières. Tu as la force de Julien et celle de Mary Beth. Tu as la beauté de Deborah et Suzanne. Tous les esprits des morts sont dans le tien. En voyageant dans le mystère des cellules, ils sont arrivés jusqu'à toi, t'ont modelée et perfectionnée. Tu brilles autant que Charlotte. Tu es plus belle que Marie-Claudette et Angélique. Tu portes en toi un feu plus ardent que celui de Marguerite et de ma pauvre Stella. Tu as une vision bien plus grande que celle de mon Antha et de ma Deirdre adorées.

– Les esprits des morts sont-ils dans cette maison?

– Les esprits des morts ont quitté la terre.

– Alors qu'est-ce que Michael a vu dans cette pièce?

– Il a vu les impressions laissées par les morts. Elles ont pris vie à partir d'objets qu'il a touchés. C'est comme les sillons d'un disque. Mets l'aiguille dans le sillon et la voix chante, mais le chanteur n'est pas là.

– Et pourquoi se sont-ils tous rassemblés autour de lui quand il a touché les poupées?

– Comme je l'ai dit, il s'agit d'impressions. L'imagination de Michael s'en est emparée et elles se sont animées sous son impulsion à lui.

– Pourquoi les sorcières ont-elles gardé les poupées?

– Pour jouer à ce petit jeu. Si tu prends une photo de ta mère et que tu la tiens devant une lumière, ses yeux semblent pétiller de vie. On pourrait se dire que les esprits des morts se trouvent quelque part, qu'en dehors de cette terre il existe un royaume éternel, mais je ne vois pas une telle éternité avec mes yeux. Je ne vois que les étoiles.

– A mon avis, elles invoquaient les esprits des morts au moyen des poupées.

– Non, c'était pour s'entourer d'impressions, rien de plus, car les esprits des morts ne sont pas ici. Celui de ma Suzanne s'est élevé en passant près de moi. Celui de ma Deborah s'est envolé, comme un oiseau, lorsque son tendre corps est tombé du parapet de la cathédrale. Les poupées ne sont rien de plus que des souvenirs. Mais tout cela n'a plus aucune importance. Ce monde de souvenirs et de prophéties arrive à sa fin. Nous allons vers une nouvelle existence. Nous passerons la porte, nous sortirons de cette maison et entrerons dans le monde.

– Et la transmutation pourra être reproduite. C'est ce que tu veux me faire croire?

– C'est ce que tu sais, Rowan. J'ai lu le livre de la vie par-dessus ton épaule. Il existe des possibilités que nous n'avons même pas encore envisagées.

– Et je deviendrai immortelle.

– Oui. Ma compagne. Et ma maîtresse. Immortelle comme moi.

– Quand?

– Quand tu le sauras, je le saurai. Et ce sera très bientôt.

– Tu es bien sûr de moi! Je ne sais même pas comment m'y prendre. Je te l'ai dit.

Silence.

– Non, ne m'approche pas! Je te l'ordonne.

– Tu es la porte, ma bien-aimée. Je veux une enveloppe charnelle. La solitude me pèse. Tu ne vois pas que le temps est presque à portée de main? Ma mère, ma belle... Voici venu pour moi le moment de renaître.

Elle ferma les yeux, sentant ses lèvres sur sa nuque, ses doigts le long de son épine dorsale. Une main chaude s'empara de son sexe, glissa ses doigts à l'intérieur d'elle, bouche contre bouche. Des doigts pinçaient ses seins. La douleur était délicieuse.

– Laisse-moi t'enlacer, murmura-t-il. Des gens vont venir. Et ils vont t'accaparer pendant des heures. Moi je serai obligé de te regarder à distance, buvant tes paroles comme si elles étaient des gouttes d'eau pour étancher ma soif. Laisse-moi t'envelopper. Donne-moi ces heures, ma belle Rowan...

Elle se sentit soulevée du sol. L'obscurité ondulait autour d'elle, des mains puissantes la retournèrent et caressèrent toutes les parties de son corps. Elle était en état d'apesanteur.

Le vent froid soufflait contre les carreaux. L'immense maison vide semblait remplie de murmures. Elle se retourna, tâtonnant dans l'obscurité les innombrables bras qui la faisaient flotter dans l'air. Ses jambes furent écartées. Oui.

– Comment le temps peut-il être à notre portée?

– Bientôt, ma chérie.

– Je ne peux pas.

– Oh si! tu pourras, ma beauté. Tu sais. Tu verras...

Quarante-huit

Le jour tombait et le vent froid le saisit lorsqu'il sortit de la voiture. Mais la maison de planteur avait un air accueillant avec toutes ses fenêtres éclairées d'une chaude lumière jaune. Aaron l'attendait à la porte, emmitouflé jusqu'au cou.

– Tenez, c'est pour vous! dit Michael. Joyeux Noël, mon ami. (Il lui mit dans les mains une petite bouteille enveloppée de papier-cadeau.) Ce n'est pas une très grande surprise, mais c'est le meilleur cognac que j'aie trouvé.

– Vous êtes vraiment très gentil, répondit Aaron en souriant. Je vais le savourer jusqu'à la dernière goutte. Mais entrez donc! Il fait si froid. J'ai aussi quelque chose pour vous, mais c'est pour plus tard.

Il faisait délicieusement chaud à l'intérieur. Il y avait dans le salon un grand sapin décoré d'or et d'argent. Michael fut très surpris. Même le manteau de la cheminée était décoré de houx. Et un bon feu flambait dans l'âtre.

– C'est une fête très ancienne, Michael, dit Aaron en anticipant sa question. Elle remonte bien avant le Christ. Le solstice d'hiver, la période où toutes les forces de la terre sont à leur paroxysme. C'est probablement pourquoi le fils de Dieu a choisi cette période pour naître.

Michael ôta son manteau et ses gants, les remit à Aaron et tendit ses mains vers le feu pour les réchauffer. Le vent cognait contre les portes-fenêtres givrées qui laissaient à peine entrevoir la verdure du dehors.

Dès qu'il s'assit, il sentit le nœud dans sa gorge se dénouer. Il avait envie de hurler. Il prit une profonde respiration et, balayant la pièce des yeux, il se lança sans préambule.

– C'est arrivé, dit-il d'une voix chevrotante. Elle me ment. Il est là avec elle et elle ne m'en parle pas. Depuis mon retour, elle n'a pas cessé de me mentir.

– Dites-moi ce qui s'est passé, dit Aaron, le visage plein de bienveillance.

– Elle ne m'a même pas demandé pourquoi j'avais précipité mon retour de San Francisco. C'était comme si elle savait. Je lui ai dit au téléphone que la créature essayait de me tuer et elle ne m'a posé aucune question.

Aaron ne disait rien. Il avait mis un coude sur le bras de son fauteuil et un doigt sous sa lèvre inférieure. Il avait l'air attentif et pensif.

– Continuez ! dit-il.

– J'ai eu un flash qui m'a presque tout rappelé. Je ne me souviens pas de tout ce que les visions m'ont dit mais j'ai retrouvé mes impressions. Elles veulent que j'intervienne. Elles m'ont parlé de quelque chose concernant les moyens les plus vieux et les plus simples à ma disposition. J'ai à nouveau entendu ces paroles. J'ai entendu Deborah me parler. C'était elle. Mais elle n'était pas comme sur le tableau, Aaron. Et puis j'ai une autre preuve...

– Oui...

– Ce que Llewellyn vous a affirmé. Rappelez-vous. Il a dit avoir vu Julien en rêve mais qu'il n'était pas le même qu'en chair et en os. Vous vous rappelez? Eh bien, tout concorde. Dans ma vision, Deborah était une personne différente. Et dans ce virage, à San Francisco, je les ai sentis tous les deux. Et ils étaient comme dans mes souvenirs : sages, bons et sachant un tas de choses. Mon Dieu, quand je repense à l'expression de Julien derrière cette fenêtre. C'est indescriptible. Il était à la fois inquiet et imperturbable...

– Je vois ce que vous voulez dire.

– « Rentrez chez vous, m'ont-ils dit. On a besoin de vous là-bas. » Aaron, pourquoi ne m'a-t-il pas regardé en face, dans la rue?

– Il y a un tas de raisons possibles. En tout cas, il semble évident qu'ils ont du mal à se matérialiser, contrairement à Lasher. Et ce point est primordial pour notre compréhension des événements. Mais nous y reviendrons. Poursuivez...

– Vous devinez la suite : je suis rentré dans un avion privé, limousine et tout le tralala, comme une rock star. C'est Ryan qui a tout arrangé. Et elle ne m'a demandé aucune explication. Vous savez pourquoi? Parce qu'elle n'est pas la vraie Rowan. Elle est prise dans quelque chose que j'ignore. Elle me sourit et fait semblant et me regarde avec ses grands yeux gris tristes. Aaron, le pire c'est que...

– Dites-moi, Michael.

– Elle m'aime, Aaron. J'ai l'impression qu'elle me supplie en silence de ne pas l'affronter. Elle sait très bien que je ne suis pas dupe. Je le sens quand je la touche! En silence, elle m'implore de ne pas la pousser dans ses derniers retranchements, de ne pas la forcer à mentir. C'est comme si elle me suppliait, Aaron. Elle est désespérée. Je jurerais même qu'elle a peur.

– Oui, Michael. Elle est en plein dedans. Elle est venue m'en parler. Il a établi le contact après votre départ et peut-être même avant.

– Vous le saviez? Mais pourquoi me l'avoir caché?

– Michael, il s'agit d'une créature qui sait tout ce que nous nous disons. Même en ce moment.

– Mon Dieu!

– Il n'existe aucun endroit où nous pourrions lui échapper. A l'exception, peut-être, du sanctuaire de nos propres esprits. Rowan m'a dit bien des choses. Mais le point capital est que tout repose entre ses mains.

– Aaron, il faut entreprendre quelque chose. Nous savions que cela se produirait, nous savions qu'il allait le faire. Et vous, vous le saviez bien avant de me connaître.

– Michael, c'est justement là le point délicat. Elle est la seule à pouvoir agir. Et en l'aimant, en restant proche d'elle, vous utilisez les fameux moyens si simples à votre disposition.

– Cela ne suffit pas! Vous auriez dû m'appeler, Aaron. Vous auriez dû me prévenir.

– Écoutez, passez votre colère sur moi si cela vous fait du bien mais elle a proféré des menaces contre moi si je vous parlais. Certaines de ces menaces étaient déguisées en mises en garde. Elle m'a dit que son compagnon invisible voulait me tuer et allait bientôt le faire. Mais c'étaient bien des menaces.

– Et c'était quand?

– Aucune importance. Elle m'a dit de retourner en Angleterre avant qu'il ne soit trop tard.

– Elle vous a dit ça? Et quoi d'autre?

– Je ne lui ai pas obéi mais je ne peux pas faire grand-chose de plus ici. Je sais qu'elle voulait que vous restiez en Californie pour votre sécurité. Mais la complexité de la situation empêche toute interprétation littérale de ses propos.

– Je n'y comprends rien. Quelle interprétation littérale? Quelle autre sorte d'interprétation peut-il y avoir? Je ne vous suis plus.

– Michael, elle m'a parlé par énigmes. C'était moins une conversation qu'une démonstration de force. Je vous rappelle que cette créature, si elle le veut, peut être avec nous dans cette pièce. Il n'existe aucun endroit sûr où nous pourrions comploter contre Lasher. C'est un peu comme une guerre dans laquelle les forces en présence connaîtraient d'avance, par quelque phénomène télépathique, la stratégie de l'autre.

– Cela ne ferait que renforcer l'intérêt de la chose mais tout resterait possible.

– Certes, mais cela ne servirait à rien que je vous répète l'intégralité de ce que Rowan m'a dit. En substance, elle est l'adversaire le plus fort qu'il ait jamais eu.

– Aaron, il y a déjà longtemps, vous lui avez dit de ne pas laisser cet esprit l'emmener loin de nous. Vous l'avez prévenue qu'il chercherait à l'éloigner de ceux qu'elle aime.

– C'est exact. Et je suis persuadé qu'elle ne l'a pas oublié. Mais c'est à elle de décider.

– Vous voulez dire qu'il ne nous reste plus qu'à attendre et qu'elle doit se débrouiller seule?

– Je dis en effet que vous devez continuer à jouer le rôle qui vous a été assigné : l'aimer, rester auprès d'elle, lui rappeler par votre présence ce qui est naturel et bon. Il s'agit d'un combat entre le naturel et le non-naturel, Michael. Peu importe la constitution de cet esprit, peu importe d'où il vient : c'est une lutte entre la normalité et l'aberration.

Il sourit tristement.

– Toute sa vie, elle a été tiraillée entre le naturel et l'aberrant, poursuivit-il. Les créatures comme Lasher ne peuvent changer leur nature fondamentale. Elles ne peuvent que travailler sur les traits distinctifs qu'elles possèdent déjà. Personne ne désirait plus que Rowan la ravissante robe blanche qu'elle portait à votre mariage. Personne ne désire plus qu'elle la famille qu'elle s'est trouvée. Et personne ne désire plus qu'elle l'enfant qu'elle porte.

– Elle ne parle même plus du bébé, Aaron. Elle n'en a pas parlé une seule fois depuis mon retour. Je voulais annoncer la bonne nouvelle à la famille, ce soir, mais elle ne veut pas. Elle dit qu'elle n'est pas prête. Et cette réception, je sais que c'est un calvaire pour elle. C'est Béatrice qui l'a poussée à l'organiser.

– Je sais.

– Je lui parle tout le temps du bébé. J'embrasse son ventre et je parle à Chris – c'est le nom que je lui ai donné – et elle sourit, mais ce n'est pas Rowan. Si elle perd la bataille contre Lasher, je vais perdre la mère et l'enfant. Cette idée me ronge.

– Rentrez chez vous et restez auprès d'elle. Tout près d'elle. C'est ce qu'ils vous ont dit de faire.

– Et ne pas l'affronter? C'est cela que vous voulez dire?

– Vous ne feriez que l'inciter à mentir. Ou pis encore.

– Et si nous y allions ensemble pour essayer de la raisonner?

Aaron secoua la tête.

– Elle et moi avons eu une petite épreuve de force. C'est pourquoi j'ai décliné l'invitation de ce soir. Si j'y allais, ce serait les défier, elle et son sinistre compagnon. Si je pensais que cela pourrait aider à quelque chose, j'irais. Je prendrais tous les risques pour apporter mon aide. Mais, en l'occurrence, ce serait une erreur.

Michael hocha la tête.

– D'accord. Vous savez, j'ai la même impression que si elle m'était infidèle.

– Il ne faut pas le prendre comme ça, et surtout pas être en colère contre elle.

– C'est ce que je m'évertue à me dire.

– Il y a une autre chose que je dois vous révéler. Cela n'aura sans doute aucune importance, en fin de compte. Mais s'il m'arrive quelque chose, j'aimerais que vous le sachiez.

– Vous craignez qu'il ne vous arrive quelque chose?

– Honnêtement, je l'ignore. Mais écoutez-moi bien. Pendant des siècles, nous nous sommes interrogés sur la nature de ces entités apparemment désincarnées. Aucune intelligence sur terre ne nie leur existence mais personne ne sait ce qu'elles sont réellement. L'Église catholique les considère comme des démons et a élaboré un tas d'explications théologiques à leur sujet. Pour elle, ce sont des êtres malfaisants et destructeurs. Nous pourrions ne pas tenir compte de son opinion si elle n'avait pas une attitude très sage sur le comportement et les faiblesses de ces entités. Mais je m'écarte du sujet.

« Les membres du Talamasca sont toujours partis du principe que ces entités sont très similaires aux esprits des morts. Ils ont en commun le fait qu'ils ne possèdent pas de corps mais une intelligence enfermée dans une sorte de royaume particulier entourant les êtres vivants.

– Et Lasher pourrait être un fantôme, c'est cela que vous voulez dire?

– Oui. Rowan a fait une découverte capitale : elle prétend que Lasher possède une structure cellulaire et l'ensemble des composants fondamentaux de toute vie organique.

– Alors, il serait une créature des plus bizarres.

– Je ne sais pas. Mais je me demande si ce qu'on appelle les esprits des morts ne serait pas fait des mêmes composants. Peut-être qu'à notre mort la partie intelligente de notre corps emporte avec elle un fragment vivant. Peut-être que nous subissons une métamorphose plutôt qu'une mort physique. Et tous les termes que nous connaissons – corps éthéré, corps astral, esprit – ne désigneraient rien d'autre que cette structure cellulaire qui persiste lorsque la chair n'est plus.

– Ça me dépasse, Aaron.

– Oui, je suis un peu trop théorique. En fait, ce que je veux dire c'est que... tout ce que cette créature peut faire, les morts en sont peut-être aussi capables. On pourrait même supposer que si Lasher possède cette structure il n'est peut-être rien d'autre que l'esprit malveillant d'un mort.

– Nous en reparlerons peut-être un jour, à Londres, au coin du feu, Aaron. Pour l'instant, je dois rentrer et rester auprès d'elle. Comme vous l'avez dit, c'est ce qu'il y a de mieux à faire.

– Vous avez raison. Mais je ne peux m'empêcher de penser à ce que les vieux Mayfair ont dit. Être sauvés. Quelle étrange légende !

– Ils se sont trompés, en tout cas. Elle est la porte. Je l'ai su quand j'ai vu le caveau de famille.

Aaron soupira en hochant la tête. Michael voyait bien qu'il n'était pas satisfait et qu'il y avait encore bien des aspects qu'il voulait aborder. Mais quel intérêt ? Rowan était seule dans la maison avec cet esprit qui essayait de la lui enlever. Et puis elle connaissait sûrement toutes les réponses, elle.

Il regarda Aaron se lever, un peu raide, et se diriger vers le placard pour prendre le manteau et les gants de Michael.

– Soyez très prudent, dit Aaron.

– Oui, je penserai à vous demain soir. Je ne sais pas pourquoi, mais la veille de Noël m'a toujours fait le même effet que la veille du Nouvel An. Ce doit être mon sang irlandais.

– Le sang catholique, dit Aaron. Mais je comprends.

– Si vous ouvrez la bouteille de cognac demain soir, buvez à ma santé.

– Je n'y manquerai pas. Et Michael... si pour une raison ou une autre vous et Rowan voulez venir ici, vous savez que la porte vous est grande ouverte. Jour et nuit. Considérez cette maison comme un refuge.

– Merci, Aaron.

– Encore une chose. Si vous avez besoin de moi, si vous pensez qu'il faut absolument que je vienne, je viendrai.

Michael allait protester mais Aaron avait déjà détourné les yeux. Son visage s'éclaira et il montra du doigt l'imposte au-dessus de la porte d'entrée.

– Il neige, Michael. C'est incroyable ! Il ne neige même pas à Londres !

– Et la veille de Noël, Aaron ! C'est un petit miracle. Mon Dieu ! que la vie serait belle si... Regardez ! La neige ne fond même pas en touchant le sol ! Nous allons avoir un Noël blanc, c'est sûr !

– Attendez ! dit Aaron. J'ai failli oublier votre cadeau de Noël. Il est là.

Il fouilla dans sa poche et sortit un minuscule paquet tout plat.

– Ouvrez-le tout de suite. Ça me ferait plaisir.

Michael déchira le papier doré et aperçut une vieille médaille en argent au bout d'une chaîne.

– L'archange saint Michel ! Aaron, c'est parfait. Vous savez vous y prendre avec les Irlandais superstitieux.

– L'archange saint Michel en train de terrasser le diable dans l'Enfer, dit Aaron. Je l'ai trouvé dans une petite boutique de Magazine Street pendant votre absence et j'ai pensé à vous.

– Je vous remercie, mon vieux.

Michael étudia l'objet. Il était aussi usé qu'une vieille pièce. On distinguait bien l'archange avec ses ailes et son trident, qui transperçait le diable allongé dans les flammes. Il souleva la chaîne, qui était si longue qu'il n'eut pas besoin d'ouvrir le fermoir pour la passer autour de son cou.

Il regarda Aaron un bon moment puis passa ses bras autour de ses épaules et l'étreignit.

– Soyez prudent, Michael. Et appelez-moi sans tarder.

Quarante-neuf

Le cimetière était fermé pour la nuit, mais quelle importance? L'obscurité et le froid n'avaient pas d'importance non plus. Il lui suffisait de briser la serrure de la porte latérale et elle n'aurait plus qu'à pousser la grille, la refermer derrière elle et avancer sur le sentier enneigé.

Elle avait froid mais s'en moquait. La neige était magnifique. Elle voulait voir la tombe couverte de neige.

– Tu la trouveras pour moi, murmura-t-elle.

Il faisait presque nuit et ses invités allaient bientôt arriver à la maison. Elle n'avait plus beaucoup de temps.

« Tu sais où c'est, Rowan », dit la petite voix subtile dans sa tête.

C'était vrai. Elle se retrouva devant la tombe. Le vent glacial transperçait sa fine chemise. Douze petites pierres tombales bien entretenues, une par caveau, et, au-dessus, la porte en trou de serrure.

– Ne jamais mourir.

« C'est la promesse, Rowan, c'est le pacte qui existe entre toi et moi. Nous sommes sur le point de commencer... »

– Ne jamais mourir. Mais qu'est-ce que tu as promis aux autres? Tu leur a promis quelque chose. Ne me mens pas.

« Oh non! ma bien-aimée, il n'y a que toi qui comptes. Elles sont toutes mortes. Leurs ossements gisent là, dans l'obscurité glacée de la terre. Et le corps de Deirdre, encore intact, avec tous les produits chimiques qu'on lui a injectés, est froid dans sa boîte capitonnée de satin. Froid et mort. »

– Maman.

« Elle ne t'entend pas, ma belle. Elle est partie. Il n'y a plus que toi et moi. »

– Comment puis-je être la porte? Était-il écrit depuis toujours que je serais la porte?

« Depuis toujours, ma chérie, et le moment est presque venu. Une ultime nuit avec ton ange de chair et de sang et tu seras mienne pour toujours. Les étoiles bougent dans les cieux. Elles dérivent pour former un tracé parfait. »

Le marbre était froid comme de la glace. Elle posa ses doigts dans les lettres « Deirdre Mayfair ». La gravure de la porte en serrure était trop loin pour elle.

– Et tu me montreras comment être la porte?

« Tu le sais, ma chérie. Dans tes rêves et dans ton cœur, tu l'as toujours su. »

Elle sortit du cimetière d'un pas rapide, les pieds trempés. Les rues étaient vides et luisantes dans le crépuscule. La neige était si aérienne qu'on aurait dit un mirage. Les invités allaient arriver.

A la nuit, tout le monde serait là. Il fallait feindre que tout était normal. Elle marchait aussi vite que possible. Sa gorge brûlait. Mais l'air froid lui faisait du bien. Il atténuait la fièvre qui brûlait en elle.

La maison l'attendait dans la pénombre. Elle était rentrée à temps.

– Et si je ne pouvais pas l'éloigner demain? murmura-t-elle.

Elle était à la grille, la clé à la main, et regardait les fenêtres vides. Comme la première nuit, quand Carlotta lui avait dit : « Viens à moi, choisis. »

« Il faut que tu t'arranges pour qu'il s'en aille. A la tombée du jour, demain. Sinon, je le tuerai. »

Elle s'arrêta sur le perron. Tout autour d'elle, les flocons de neige continuaient à tomber. Que serait le paradis sans la neige?

– Tu m'as bien comprise? Il n'est pas question que tu lui fasses du mal. Promets-le-moi. Fais un pacte avec moi. Tu laisses Michael tranquille.

« Comme tu voudras, ma chérie. Je l'aime mais il ne doit pas s'interposer entre nous, cette nuit entre toutes. Les étoiles vont bientôt atteindre la configuration parfaite. Elles sont mes témoins dans l'éternité, moi qui suis si vieux, et je les ferai briller sur moi au moment opportun. Celui que j'aurai choisi. Si tu veux que ton amant mortel échappe à mon courroux, débrouille-toi pour qu'il soit hors de ma vue. »

Cinquante

A 2 heures du matin, tout le monde était parti. Michael n'avait jamais vu assemblée plus joyeuse et plus inconsciente des événements qui se déroulaient sous ses yeux.

Comme ils s'étaient amusés en glissant sur les dalles neigeuses et en faisant craquer la glace des rigoles! Les enfants avaient même fait une bataille de boules de neige. Bien emmitouflés, ils avaient glissé sur la croûte glacée recouvrant la pelouse.

Même tante Viv avait apprécié la neige. Elle avait bu un peu trop de xérès et, par moments, elle lui faisait penser à sa mère. Mais Béa et Lily, devenues ses meilleures amies, ne semblaient pas s'en soucier.

Rowan avait été parfaite toute la soirée, fredonnant des chants de Noël avec les autres, près du piano, et posant pour les photos devant le sapin.

Il avait tant rêvé de cette soirée, de tous ces visages radieux et de ces voix retentissantes, de ces gens qui savaient profiter de l'instant présent.

– C'est si gentil de votre part d'avoir organisé cette petite fête si tôt après votre mariage...

– ... tous réunis comme au bon vieux temps.

– Noël devrait toujours se passer comme ça.

Ils avaient tous admiré ses précieuses décorations et, bien qu'on leur eût demandé de ne pas le faire, par précaution, ils avaient tous empilé leurs cadeaux sous l'arbre.

A un moment, la tension avait été intenable. Il était monté au troisième étage et sorti sur le toit de la chambre. Debout près du parapet, il avait contemplé la ville et ses lumières. La neige était partout, sur le toit, les pignons et les cheminées. Elle continuait à tomber.

Tout était exactement comme il l'avait toujours voulu, aussi somptueux que le mariage, et pourtant il n'avait jamais été aussi malheureux. Il se sentait pris à la gorge. Il en aurait donné des coups de poing dans le mur.

– Tu es là, Lasher. Je sais que tu es là.

Quelque chose recula dans la pénombre, s'éloigna de lui en longeant les murs sombres et se dispersa soudain. Il se retrouva sur le palier, seul dans la lumière tamisée.

Si quelqu'un s'était trouvé là pour le voir, il l'aurait pris pour un fou. Il se mit à rire. Daniel McIntyre était-il ainsi sur ses vieux jours, quand il errait, ivre, dans la maison? Et ces espèces d'eunuques que ces femmes avaient eus pour maris? Ils avaient pris des maîtresses et avaient trouvé la mort, manifestement. Ou alors on les avait mis sur la touche. Qu'est-ce qui allait lui arriver?

Mais ce n'était pas encore la fin. On n'en était qu'au début et Rowan jouait contre la montre. Il fallait absolument qu'il croie que derrière ses prières silencieuses son amour pour lui attendait pour refaire surface.

Ils étaient enfin partis.

Les toutes dernières invitations pour le dîner de Noël avaient été refusées avec tact et des promesses d'autres réunions avaient été faites. Pas de souci à se faire pour tante Viv, elle dînerait avec Béa la veille de Noël. Ainsi, ils seraient seuls tous les deux.

Usé par la tension nerveuse et malade d'inquiétude, il avait pris tout son temps pour fermer la maison. Plus besoin de sourire et de faire semblant. Comme la tension avait dû être pénible pour elle aussi!

Jamais Noël n'avait été plus amer et solitaire que celui-ci. Il aurait piqué une rogne si cela avait servi à quelque chose.

Il resta un moment allongé sur le canapé, laissant le feu s'éteindre dans l'âtre et parlant silencieusement à Julien et Deborah, leur demandant pour la millième fois de la soirée ce qu'il devait faire.

Enfin, il monta l'escalier. La chambre était silencieuse et plongée dans le noir. Rowan était sous les draps, de sorte qu'il n'apercevait que ses cheveux sur l'oreiller.

Combien de fois avait-il essayé en vain de croiser son regard ce soir? Quelqu'un avait-il remarqué qu'ils ne s'étaient pas parlé une seule fois? Tout le monde était trop certain de leur bonheur. Lui aussi l'avait été. Avant.

Il s'approcha sans bruit de la fenêtre et écarta le lourd rideau de damas pour contempler la neige une dernière fois. Minuit était passé et on était donc la veille de Noël. Déjà. Ce soir viendrait le moment magique où il ferait le point sur sa vie et ce qu'il en avait fait, où il ferait des projets pour l'année à venir.

Rowan, cela ne peut pas se terminer. Ce n'est qu'une brouille sans conséquence. Nous le savions dès le début...

Il se retourna et vit sa main sur l'oreiller, mince et magnifique.

Sans bruit, il s'approcha d'elle. Il avait envie de toucher sa main, sentir la chaleur dans ses doigts, l'attraper pour l'empêcher de partir davantage à la dérive. Il n'osa pas.

Son cœur battait à tout rompre et il sentit une douleur dans sa poitrine. Il posa les yeux sur son visage.

Elle avait les yeux ouverts et fixés sur lui dans l'obscurité. Ses lèvres étaient écartées en un sourire malveillant.

Il fut pétrifié. Son visage était blanc et dur comme du marbre, son sourire était gelé et ses yeux luisaient comme des éclats de verre. Il était incapable de détacher son regard du sien. Instinctivement, il leva la main et attrapa son poignet.

Le corps de Rowan se contorsionna et son masque malveillant se tordit. Elle s'assit brusquement, inquiète et apeurée.

– Qu'est-ce qui se passe, Michael?

Elle regarda son poignet et il le lâcha.

– Je suis contente que tu m'aies réveillée, murmura-t-elle, tremblante. J'étais en train de faire un cauchemar.

– Quel cauchemar, Rowan?

Elle joignit les mains et se mit à les tordre. Michael eut vaguement l'impression de l'avoir déjà vue faire ce geste.

– Je ne sais pas. C'était cet endroit... il y a des siècles, avec tous ces médecins rassemblés. Et le corps sur la table était si petit.

Brusquement, elle fondit en larmes.

Malade de soulagement et de douleur, il glissa ses doigts autour de son cou et essaya de ne pas pleurer lui aussi.

Tu sais que je t'aime et tu sais toutes les choses que j'ai à te dire, songea-t-il.

Lorsqu'elle se fut calmée, il lui prit les deux mains, les serra fort et ferma les yeux.

– Fais-moi confiance, Michael.
– D'accord, chérie. D'accord.

Il se déshabilla et se glissa sous les draps, sentant le doux parfum de sa peau. Il resta allongé, les yeux ouverts, se disant qu'il ne parviendrait jamais à se reposer. Le corps de Rowan tremblait contre le sien, puis, petit à petit, elle se détendit et ferma les yeux. Il plongea dans un sommeil difficile.

Il se réveilla dans l'après-midi. Il était seul et la chaleur était suffocante dans la chambre. Il se doucha, s'habilla et descendit. Rowan était introuvable. Les guirlandes du sapin étaient allumées mais la maison était vide.

Il parcourut les pièces une à une puis sortit dans le froid et fit le tour du jardin gelé. La neige avait formé une couche de glace luisante sur les allées et l'herbe. Il la chercha même derrière le chêne. Elle était nulle part.

Finalement, il mit un gros manteau et sortit se promener. Le ciel était d'un bleu profond et les maisons voisines étaient superbes, emmaillotées de blanc, comme au dernier Noël qu'il avait passé dans cette ville.

Il se sentit pris de panique.

C'était la veille de Noël et ils n'avaient encore fait aucun préparatif. Il avait un petit cadeau pour elle, caché dans la penderie. C'était une glace à main en argent qu'il avait dénichée dans sa boutique de San Francisco et enveloppée avec soin bien avant de partir pour La Nouvelle-Orléans. Mais que valait cet objet à côté de tous les bijoux et les richesses qu'elle possédait maintenant? Il se sentait si seul. Ses pensées tournaient en rond.

La veille de Noël... Et les heures qui filaient si vite.

Il se retrouva devant la caserne de pompiers où son père avait servi autrefois. Entièrement rénovée, elle était méconnaissable, à part le porche gigantesque par lequel les camions se ruaient dans la rue, toutes sirènes hurlantes, quand il était enfant. Son père et lui avaient passé des heures assis devant, sur le trottoir.

Il devait avoir l'air d'un vagabond ivre, échoué là, immobile, à regarder la caserne et tous ses pompiers bien au chaud. C'était à Noël, il y avait tant d'années, que son père avait péri dans un incendie.

Lorsqu'il leva le nez vers le ciel, il s'aperçut qu'il avait pris une couleur ardoise et que la lumière du jour avait faibli. C'était la veille de Noël et tout était allé de travers.

Personne ne répondit à son appel quand il passa la porte. Seul le sapin jetait quelque lueur sur le salon. Il s'essuya les pieds sur le paillasson et enfila le long vestibule d'entrée, les mains et le visage engourdis par le froid. Il sortit la dinde de son emballage, décidé à tout préparer comme il l'avait toujours fait. Ce soir, à minuit, à l'heure où tout le monde se retrouvait à l'église pour la messe de minuit, tout serait prêt.

Ils passeraient leur réveillon ensemble dans cette sinistre maison hantée.

Il mit ses paquets dans le buffet et prépara les bougies. Il faudrait trouver les bougeoirs. Rowan ne devait pas être loin. Elle avait dû, elle aussi, aller se promener et finir par rentrer.

La cuisine était obscure. La neige s'était remise à tomber. Il avait envie d'allumer les lumières partout, dans toute la maison. Mais il ne bougea pas. Debout dans la cuisine, immobile, il regardait le jardin et la neige fondre en tombant à la surface de la piscine. Une frange de glace bordait l'eau bleue. Comme elle devait être froide!

Aussi froide que le Pacifique par ce dimanche d'été où il était allé sur la falaise, légèrement effrayé. Ce jour lui semblait très lointain. Il se sentait vidé de toute énergie et la pièce froide le retenait prisonnier.

Un long moment passa. Il s'assit à la table, alluma une cigarette et regarda l'obscurité tomber. La neige s'était arrêtée mais le sol était à nouveau recouvert d'un fin manteau blanc.

Il fallait faire quelque chose. C'était le moment de préparer le dîner mais il était incapable de bouger. Il fuma une seconde cigarette, réconforté par la lueur du bout incandescent, puis l'écrasa. Il ne bougeait toujours pas, comme pendant ces heures interminables passées dans sa chambre de Liberty Street.

Il n'était pas seul. Il le sentait. Il lui aurait suffi de tourner la tête pour apercevoir Rowan debout, près de la porte de l'office, les bras croisés, la tête et les épaules se détachant sur les placards clairs derrière elle, sa respiration faisant un bruit à peine perceptible.

Ce fut la plus violente terreur de sa vie. Il se leva, glissa son paquet de cigarettes dans sa poche et quand il leva les yeux, elle était partie.

Il la suivit, traversa rapidement la salle à manger obscure et se retrouva dans l'entrée. De là, il l'aperçut à l'autre bout du vestibule, devant la haute porte blanche.

La forme de serrure de la porte était parfaite et dessinait un halo autour d'elle, qui paraissait si petite. A mesure qu'il s'approchait, son immobilité le frappa. Il redoutait ce qu'il allait voir quand il serait suffisamment près pour distinguer ses traits.

Mais elle n'avait pas le visage de marbre de la nuit précédente. Elle le regardait à peine et l'illumination du sapin se reflétait dans ses yeux.

– J'allais m'occuper du dîner. J'ai tout acheté, dit-il.

Sa voix était incertaine et misérable. Il tenta de se reprendre. Il prit une profonde respiration et accrocha ses pouces aux poches de son jeans.

– Je vais m'y mettre tout de suite, reprit-il. C'est une petite dinde. Elle sera prête en quelques heures. Nous allons sortir notre plus belle vaisselle. Nous n'avons encore jamais pris un repas sur la table de la salle à manger. C'est... c'est la veille de Noël.

– Il faut que tu t'en ailles, dit-elle.

– Je... je ne comprends pas.

– Il faut que tu partes d'ici tout de suite.
– Rowan?
– Va-t'en, Michael. J'ai besoin d'être seule.
– Chérie, mais qu'est-ce que tu racontes?
– Va-t'en, Michael! Je veux que tu t'en ailles.
– Mais c'est Noël! Je n'ai pas envie de partir.
– C'est ma maison et je te dis de t'en aller. Fiche-moi le camp!

Il la regarda, hébété. Son visage avait changé. Les lèvres pincées, les yeux plissés, elle avait légèrement incliné la tête et le regardait par en dessous.

– Fiche le camp, je te dis! Quitte cette maison et laisse-moi faire ce que j'ai à faire!

Brusquement, elle lança la main vers lui et, avant qu'il comprenne ce qui se passait, elle le gifla.

Il sentit une brûlure sur sa joue. Sa colère était à son comble, plus amère et douloureuse que d'habitude. En état de choc, il la dévisagea.

– Ce n'est pas toi, Rowan!

Il tendit la main mais elle l'arrêta en la saisissant et le força à reculer contre le mur. Complètement désemparé, il la regarda s'approcher, les yeux étincelants.

– Sors d'ici, murmura-t-elle. Tu as entendu?

Sidéré, il regarda les doigts enfoncés dans son bras. Elle le poussa vers la gauche, en direction de la porte d'entrée. Sa force était inimaginable mais le pire était la malveillance qui émanait d'elle. Un masque de haine avait recouvert ses traits.

– Je t'ordonne de quitter cette maison, dit-elle encore, en desserrant ses doigts.

Elle attrapa la poignée, la tourna et ouvrit la porte au vent froid.

– Comment peux-tu me faire ça? s'écria-t-il. Rowan, réponds-moi. Comment peux-tu?

De désespoir, il tendit à nouveau la main vers elle et, cette fois, elle ne l'arrêta pas. Il l'attrapa et se mit à la secouer. Elle détourna la tête, le regardant à peine, comme pour le défier de continuer.

– Que me restera-t-il si tu meurs, Michael? Si tu m'aimes, va-t'en tout de suite. Tu reviendras quand je t'appellerai. J'ai quelque chose à faire. Seule.

Elle se retourna et commença à traverser l'entrée. Il lui courut après.

– Rowan, je ne pars pas, tu as compris? Je me fiche de ce qui peut se passer mais je reste avec toi. Tu ne peux pas me demander de faire ça.

– Je savais que tu refuserais, dit-elle doucement, tandis qu'il la suivait dans l'obscure bibliothèque.

Les lourds rideaux de velours étaient fermés et il ne distinguait pratiquement plus sa silhouette qui se dirigeait vers le bureau.

– Rowan, nous ne pouvons pas continuer à nous ignorer de cette façon. Nous sommes en train de nous détruire. Rowan, écoute-moi!

– Michael, mon bel ange, mon archange, dit-elle, le dos tourné. Tu préférerais mourir que me faire confiance, n'est-ce pas?

– Rowan, je lutterais contre lui à mains nues s'il le fallait.

Il s'approcha d'elle. Mais où étaient les lumières dans cette satanée pièce? Il tendit la main vers la lampe de cuivre et, à cet instant, elle fit volte-face et fondit sur lui.

Il vit la seringue.

– Non! Rowan!

L'aiguille s'enfonça dans son bras.

– Seigneur! Qu'est-ce que tu as fait?

Il tomba sur le côté, les jambes coupées, entraînant la lampe dans sa chute.

– Dors, mon amour! dit-elle. Je t'aime. Je t'aime de toute mon âme.

Très très loin, il entendit qu'on tapait sur les touches d'un téléphone. Elle parlait mais il entendait mal... Elle parlait à Aaron. Oui, Aaron...

Lorsqu'on le souleva, il prononça le nom d'Aaron.

– Tu vas chez lui, Michael. Il va prendre soin de toi.

Pas sans toi, Rowan, voulait-il dire. Mais il retomba dans un demi-sommeil. Une voiture. La voix d'un homme :

– Ça va aller, monsieur Curry. Nous vous emmenons chez votre ami. Vous n'avez qu'à vous reposer. Le docteur Mayfair a dit que tout irait bien.

Vous ne comprenez pas! C'est une sorcière et elle m'a empoisonné, comme Charlotte a fait pour Petyr, et elle vous raconte des mensonges.

Cinquante et un

Seul le sapin était allumé et la maison somnolait dans une chaude obscurité. Le froid frappait aux carreaux sans pouvoir entrer.

Elle s'assit au centre du canapé, jambes et bras croisés, et observa le long miroir à l'autre bout de la pièce. Les aiguilles de l'horloge de parquet progressaient lentement vers minuit.

« Toi qui te réjouissais tant de cette soirée, Michael. Tu tenais à ce que nous soyons ensemble. Et tu es aussi loin de moi que si tu étais de l'autre côté de la planète. Pour moi, c'est comme cette veille de Noël où Lemle m'a emmenée dans son laboratoire secret. Qu'est-ce que toutes ces horreurs ont à voir avec toi, mon amour? »

Toute sa vie, qu'elle soit courte ou longue, elle se rappellerait le visage de Michael quand elle l'avait giflé, le son de sa voix quand il l'avait suppliée et l'expression horrifiée quand elle lui avait planté l'aiguille dans le bras.

Pourquoi ne ressentait-elle aucune émotion? Pourquoi ce vide et cette quiétude en elle? Le tapis chinois était doux et chaud sous ses pieds nus. Elle portait sa chemise de nuit de flanelle mais avait l'impression d'être nue et affreusement seule.

Quelque chose bougea au milieu de la pièce. Toutes les branches de l'arbre frémirent, les clochettes d'argent se mirent à tinter faiblement et les petits anges à danser au bout de leurs fils d'or.

– L'heure approche, ma bien-aimée. C'est le moment de mon choix.

– Il faut que tu m'apprennes car j'ignore comment te donner la vie.

– Vraiment? Tu ne l'as pas toujours su?

Elle ne répondit pas. Elle avait l'impression que le film de son cauchemar devenait peu à peu réel, qu'elle captait des images qui s'effaçaient ensuite. Le froid et la solitude s'épaississaient et devenaient insupportables.

L'obscurité s'intensifia. Lasher se rassembla et elle crut voir le contour d'un squelette. Les os semblaient danser et se réunir puis de la chair les recouvrit et, soudain, elle vit les yeux verts fixés sur elle.

– L'heure est presque arrivée, Rowan.

Elle regarda avec étonnement les lèvres remuer. Elle vit ses dents étinceler. Elle se rendit compte qu'elle s'était levée et se tenait tout près de lui. La beauté pure de son visage la surprit. Ses yeux s'assombrirent légèrement et les cils blonds devinrent dorés dans la lumière.

– C'est presque parfait, chuchota-t-elle. Ça y est! Tu y es arrivé!

– Tu crois? demanda-t-il.

Les fins muscles de son visage fonctionnaient parfaitement et ses yeux se plissèrent comme ceux d'un être humain se concentrant.

– Tu crois que c'est un corps? poursuivit-il. Ce n'est qu'une réplique, une sculpture, une statue! Ce n'est rien et tu le sais parfaitement. Tu crois pouvoir m'emprisonner dans cette enveloppe de minuscules particules sans vie pour pouvoir faire ce que tu veux de moi? Un simple robot que tu pourrais détruire à ton gré?

– Qu'est-ce que tu dis? demanda-t-elle en reculant. Je ne peux pas t'aider. Je ne sais pas ce que tu attends de moi.

– Où vas-tu, ma chérie? Tu crois pouvoir me fuir? Regarde l'horloge, ma belle Rowan. L'heure fatale approche. Celle où le Christ est venu au monde et où le Verbe s'est enfin fait chair. Et moi aussi je vais naître, ma belle sorcière, l'attente est terminée pour moi.

Il fit un mouvement brusque en avant, referma sa main droite sur l'épaule de Rowan et la gauche sur son ventre. Une chaleur subite pénétra en elle, lui donnant la nausée.

– Lâche-moi! cria-t-elle. Je ne peux pas le faire.

Elle rassembla sa colère et sa volonté tout en plongeant son regard dans les yeux de la créature devant elle.

– Tu ne pourras pas me faire faire ce que je ne veux pas! cria-t-elle. Et tu ne peux pas y arriver sans moi.

– Tu sais ce que je veux et que j'ai toujours voulu. Plus d'enveloppe vide, Rowan, plus d'illusions. La chair vivante en toi, malléable et fourmillant de millions de cellules microscopiques, voilà ce que je veux. Quel autre organisme serait capable de grossir des milliers de fois dans les premières semaines de sa création et de se déployer, grossir et s'allonger lorsque mes cellules fusionneront avec lui?

– Lâche-moi! Ne touche pas à mon enfant! Tu n'es qu'un être malveillant et stupide!

Elle tremblait de tous ses membres, incapable de contenir la rage qui bouillonnait dans ses veines.

– Tu as cru m'avoir par la ruse, Rowan? Avec ce petit jeu que tu as joué devant Aaron et Michael? Mais tu as oublié que je voyais jusqu'au plus profond de ton esprit. C'est moi qui ai fabriqué ton esprit. J'ai choisi tes gènes, tes parents, tes ancêtres. Je t'ai créée, Rowan. Je connais ta puissance comme personne d'autre. Et tu as toujours su ce que j'attendais de toi. Tu le savais quand tu as lu le dossier. Tu as vu le fœtus intubé de Lemle somnoler sous l'effet des produits chimiques. Tu savais! Quand tu t'es enfuie du laboratoire, tu savais ce que ton intelligence supérieure et ton courage pourraient accomplir alors même que tu ignorais tout de moi. Tu ignorais encore que je t'attendais, que je t'aimais et que j'avais un présent unique à t'offrir : moi. Tu vas m'aider, sinon cet embryon d'enfant mourra quand j'entrerai en lui! Et ça, tu ne le permettras jamais.

– Mon Dieu! Viens-moi en aide! murmura-t-elle en protégeant son ventre de ses bras, les yeux fixés sur lui. « Meurs, espèce de saleté, meurs! »

Les aiguilles de l'horloge émirent un petit clic en arrivant à la verticale. Le premier coup de minuit sonna.

– Le Christ est né, Rowan, cria-t-il d'une voix tonitruante tandis que sa silhouette se transformait en un immense nuage obscur et montait au plafond en tournoyant sur lui-même.

Rowan se mit à hurler et recula contre le mur.

– Non! Non!

Elle était complètement paniquée. Se retournant, elle se mit à courir vers l'entrée et atteignit la poignée de la porte.

– Michael! Aaron!

Le grondement se fit plus fort. Des mains invisibles s'emparèrent d'elle et la jetèrent contre la porte. Elle lâcha la poignée et tomba sur les genoux en poussant un cri de douleur. L'obscurité et la chaleur l'entouraient de toutes parts.

– Non! Pas mon enfant! Je te détruirai, Lasher. Je te détruirai, dussé-je en mourir.

Elle se retourna dans un sursaut de désespoir, face à l'obscurité, appelant de toutes ses forces la mort de Lasher, mais des bras la ceinturèrent et la firent tomber sur le sol. L'arrière de sa tête frotta contre le bois de la porte puis cogna sur les lames du plancher tandis que ses jambes étaient tirées violemment vers l'avant. Elle se débattit pour se relever, ses bras battant l'air, l'obscurité bouillonnant au-dessus d'elle.

– Sois maudit, Lasher! Tu vas mourir comme la vieille femme! Je veux que tu meures, hurla-t-elle.

– Oui, Rowan. Ton enfant et celui de Michael.

La voix l'entourait de la même façon que l'obscurité et la chaleur. Sa tête fut à nouveau rejetée en arrière et ses bras immobilisés contre le sol.

– Tu seras ma mère et Michael sera mon père ! C'est l'heure fatale, Rowan. L'horloge sonne. Je vais m'incarner. Je vais naître.

L'obscurité se déploya encore, s'enroula sur elle-même puis fondit sur elle, en elle, la violant, l'écartelant. Comme un poing gigantesque, elle plongea dans ses entrailles et son corps se convulsa de douleur.

La chaleur était insoutenable. La douleur revint, choc après choc, et elle sentit des litres de sang et de liquide amniotique s'écouler de son ventre.

– Tu l'as tué, espèce de salaud ! Tu as tué mon bébé. Je te maudis ! Dieu, aide-moi ! Renvoie-le en enfer !

Ses mains heurtèrent le mur puis le sol visqueux sous elle. La chaleur lui donnait la nausée et l'empêchait de respirer.

La maison était certainement en train de brûler. La chaleur palpitait en elle au point qu'elle crut voir des flammes mais ce n'était que le reflet d'une lumière rouge. Elle réussit par miracle à se mettre à quatre pattes et sut immédiatement que son ventre était vide, que l'enfant n'était plus là. Elle n'avait qu'une idée en tête : s'échapper, quitter ce cauchemar, atteindre la porte.

– Michael ! Au secours ! J'ai essayé de l'avoir par la ruse, j'ai essayé de le tuer. Michael, il est dans le bébé !

Une autre onde de douleur fulgurante la parcourut et un nouveau jet de sang s'écoula de son ventre.

Sanglotant, tremblant, elle retomba sur le sol, incapable de commander à ses bras et ses jambes, anéantie par la chaleur. C'est alors qu'un grand cri remplit ses oreilles. C'était un cri de bébé. Le même que celui qu'elle n'avait cessé d'entendre dans son cauchemar. Elle se démena pour se boucher les oreilles. Le bruit était insupportable.

– Je veux mourir, dit-elle. Laisse le feu me brûler. Que j'aille en enfer ! Je veux mourir.

« Rowan, aide-moi. Je suis dans la chair. Aide-moi ou je vais mourir. Rowan, tu ne peux pas me laisser ainsi. »

Elle appuya ses mains encore plus fort sur ses oreilles mais elle ne put faire taire la petite voix dans sa tête. Sa main glissa dans le sang et son visage tomba contre la mare gluante sous elle. Elle roula sur le dos. Les cris du bébé étaient de plus en plus forts, comme s'il mourait de faim ou de douleur.

« Rowan, aide-moi ! Je suis ton enfant. L'enfant de Michael. Rowan, j'ai besoin de toi. »

Avant même de lever les yeux, elle sut ce qu'elle allait voir. A travers les larmes et les ondulations de la chaleur, elle vit le mannequin, le monstre. « Pas de mon propre corps. Je n'ai pas... »

Il était allongé sur le dos, sa tête d'adulte tournant à droite et à gauche au rythme de ses cris, ses minces bras s'allongeant à vue d'œil, ses doigts minuscules grandissant, ses petits pieds battant l'air, ses mollets s'étirant, le sang et le mucus coulant le long de ses joues rebondies et de ses cheveux sombres.

« Rowan, je suis vivant. Ne me laisse pas mourir. Tu as le pouvoir de sauver la vie et je suis vivant. Aide-moi ! »

Elle se traîna jusqu'à lui, le corps secoué par la douleur, tendant la main vers la petite jambe visqueuse, le petit pied battant l'air. Quand sa main se referma sur cette chair tendre de bébé, l'obscurité tomba sur elle et, contre ses paupières fermées, elle vit l'anatomie du petit être, le cheminement des cellules, le développement des organes, les minuscules chaînes de chromosomes et, de toutes ses forces, elle commença à appliquer son savoir pour les commander et les diriger.

La chair palpitait sous ses doigts, vivante, respirant à travers ses pores. Les cris se firent plus forts, plus profonds. Elle perdit connaissance puis revint à elle. Sa main chercha le front et toucha à tâtons la masse des cheveux, les yeux, la bouche à demi close dont s'échappaient des sanglots, la poitrine, le cœur en dessous et les longs bras musclés tapant sur le parquet. La créature avait tellement grandi que Rowan pouvait maintenant poser sa tête sur sa poitrine. Rien ne manquait : le sexe entre les jambes, les cuisses. Elle se mit à califourchon sur le corps et posa ses deux mains devant elle. Elle sentait les poumons s'élargir et se remplir d'air et les contractions du cœur.

– Arrête le sang, ordonna-t-il.

Elle ne pouvait répondre.

– Tu saignes, arrête le sang.

– Je ne veux plus vivre.

La maison était forcément en train de brûler. « Viens, vieille femme. Viens mettre le feu aux rideaux. »

– Est-ce que je suis en train de mourir ? demanda-t-elle.

– Non.

Il se mit à rire.

– Tu entends ? Je suis en train de rire, Rowan. J'arrive à rire.

– Je veux aller en enfer. Je veux mourir.

– Non, ma chérie, mon précieux amour. Arrête l'hémorragie.

La lumière du soleil la réveilla. Elle était allongée par terre dans le salon, sur le tapis chinois. Sa première pensée fut que la maison n'avait pas brûlé.

L'espace d'un instant, elle ne comprit pas ce qu'elle avait sous les yeux.

Un homme assis à côté d'elle la regardait. Il avait la peau douce et tendue d'un bébé sur un visage d'homme. Et ce visage ressemblait au sien. Elle n'avait jamais vu d'être humain lui ressemblant à ce point. Mais il y avait des différences entre eux : ses yeux grands et bleus étaient bordés de cils noirs et ses cheveux étaient aussi noirs que ceux de Michael. Il avait les cheveux et les yeux de Michael. Mais il était aussi mince qu'elle. Sa douce poitrine imberbe était aussi étroite que la sienne quand elle était enfant, avec ses deux petits mamelons roses, et ses bras étaient minces bien que musclés. Ses doigts délicats, dont il se lissait pensivement la lèvre en la regardant, étaient aussi fins que les siens.

Mais il était bien plus large qu'elle, large comme un homme. Il était recouvert de sang et de mucus séchés.

Elle sentit un gémissement monter dans sa gorge, son corps entier fut soulevé et elle se mit à hurler. Fort, longtemps et encore plus désespérément que quand elle avait crié de peur la nuit précédente.

Il se pencha au-dessus d'elle.

– Arrête.

Son visage lisse avait l'air parfaitement innocent. Il reflétait l'étonnement avec ses joues sans défauts, son nez étroit et ses grands yeux bleus qui clignaient comme ceux du mannequin sur la table, dans son cauchemar. Il sourit.

– J'ai besoin de toi, dit-il. Je t'aime. Je suis ton enfant.

Elle s'assit. Sa chemise de nuit maculée était raidie par le sang séché. L'odeur du sang était omniprésente. Comme dans la salle des urgences. Elle l'observa.

Des bouts de seins parfaits, un sexe parfait, mais fonctionnait-il ? Des cheveux parfaits. Mais à l'intérieur ?

Elle posa la main sur la poitrine de la créature et écouta. Un rythme régulier.

Il ne fit aucun geste pour l'arrêter quand elle posa ses mains des deux côtés de sa tête. Une boîte crânienne souple, comme celle d'un bébé, capable de guérir après une blessure qui tuerait un homme de vingt-cinq ans. Mais combien de temps encore ?

Elle posa un doigt sur sa lèvre inférieure, lui ouvrit la bouche, examina sa langue puis se redressa en posant ses mains sur ses jambes croisées.

– Tu as mal ? demanda-t-il.

Sa voix était très tendre. Il plissa les yeux et, l'espace d'une seconde, une expression d'homme mûr passa sur son visage.

– Tu as perdu beaucoup de sang, ajouta-t-il.

Il attendit en la regardant à peine.

– Non, je n'ai pas mal. J'ai besoin d'un microscope et il faut que je prélève des échantillons sanguins. Je dois voir comment sont les tissus. Il me faudrait un équipement de laboratoire complet et il faut que nous partions.

– Oui, approuva-t-il en hochant la tête. Il faut partir d'ici tout de suite.

– Tu peux te lever ?

– Je ne sais pas.

– Essaie.

Elle se mit à genoux puis, s'appuyant sur le manteau de la cheminée, se mit debout.

Elle prit doucement sa main.

– Allez! Lève-toi. Concentre tes efforts. Ce qui te différencie d'un nouveau-né, c'est que tu as l'ossature et la musculature d'un homme.

– D'accord, je vais essayer.

Il avait l'air à la fois effrayé et ravi. En vacillant, il se mit d'abord à genoux, comme elle l'avait fait, puis sur ses pieds mais bascula en arrière et se rattrapa en faisant des petits pas à reculons.

– Oh! s'exclama-t-il. Je marche! Je marche!

Elle se précipita vers lui, l'entoura d'un bras et le laissa s'agripper à elle. Il se stabilisa et, la regardant, lui caressa gauchement la joue, comme un homme aviné aux gestes incertains.

– Rowan, grogna-t-il en l'écrasant contre lui.

– Viens, nous n'avons pas beaucoup de temps, dit-elle. Nous devons trouver un endroit sûr que personne ne connaît.

– Oui, chérie, oui... mais tout est si nouveau et beau. Laisse-moi t'enlacer encore. Laisse-moi t'embrasser.

– Nous n'avons pas le temps, dit-elle.

Mais les lèvres enfantines s'étaient à nouveau posées sur sa joue et elle sentit son sexe en érection contre son ventre. Elle se dégagea et l'entraîna.

– C'est ça, dit-elle en regardant ses pieds. N'y pense pas. Regarde-moi et marche.

En arrivant sur le seuil, elle remarqua une dernière fois l'encadrement de porte en trou de serrure et se rappela les vieilles discussions sur sa signification. Toute la misère et la beauté de sa vie repassèrent devant ses yeux, toutes ses luttes et ses aspirations.

Mais c'était devant une nouvelle porte qu'elle se tenait, celle qu'elle avait aperçue il y avait si longtemps, dans son enfance, en ouvrant les livres de science. Elle était maintenant ouverte, loin des horreurs du laboratoire de Lemle et des Hollandais rassemblés autour de la table dans un Leiden mythique.

Lentement, elle le soutint pour monter l'escalier, patiemment, marche après marche.

Cinquante-deux

Il essayait de se réveiller, mais chaque fois qu'il refaisait surface il retombait lourdement sur les couvertures moelleuses du lit.

Ce fut finalement le mal de cœur qui le réveilla. Il resta un temps infini dans la salle de bains à vomir si violemment que ses côtes étaient prises dans un étau à chaque haut-le-cœur. Puis il n'eut plus rien à rendre pour soulager sa nausée.

La pièce tanguait sous ses pieds. On était finalement parvenu à déverrouiller la porte et on venait le ramasser. Il voulait s'excuser d'avoir fermé la porte à clé, par réflexe, et dire qu'il avait essayé d'atteindre la poignée pour ouvrir, mais les mots ne pouvaient franchir ses lèvres.

Minuit à la pendule sur la commode. Minuit, la veille de Noël. De toutes ses forces, il essaya de leur donner des explications mais rien que penser à la créature debout derrière la crèche l'épuisait. Il retomba sur l'oreiller.

Lorsqu'il rouvrit les yeux, le médecin lui parlait.

– Monsieur Curry, avez-vous une idée du produit qu'il y avait dans la seringue?

« Non. J'ai juste pensé qu'elle allait me tuer, que j'allais mourir. » Rien qu'essayer de remuer les lèvres le rendait malade. Il secoua la tête et eut un haut-le-cœur. Il distinguait la nuit noire derrière les carreaux givrés.

– ... encore au moins huit heures, dit le médecin. Sinon, tout va bien. S'il demande à boire, donnez-lui quelque chose de léger et s'il y a le moindre changement...

Saleté de sorcière. Tu as tout gâché. Et cet homme lui souriant au-dessus de la crèche... Bien sûr, c'était le moment. Le moment ou jamais. Il savait qu'il l'avait perdue pour toujours. La messe de minuit était terminée. Sa mère pleurait la mort de son père. Rien ne serait plus jamais pareil.

– Dormez. Nous restons auprès de vous.

J'ai échoué. Je ne l'ai pas arrêté. J'ai perdu Rowan pour toujours.

– Je suis là depuis combien de temps?

– Depuis hier soir.

Le matin de Noël. Il regardait fixement par la fenêtre, incapable de bouger de crainte d'avoir encore mal au cœur.

– Il ne neige plus.

Il se força à s'asseoir. Ça allait bien mieux. Il avait mal à la tête et la vision un peu trouble mais l'amélioration était très nette. Comme une simple gueule de bois.

Tous ses vêtements étaient dans le placard. Il se doucha en luttant contre un léger vertige, se rasa rapidement puis sortit de la salle de bains.

– Il faut que j'y retourne.

– Je vous supplie d'attendre, dit Aaron. Mangez un peu d'abord.

– Vous pouvez me prêter une voiture? Sinon je ferai de l'auto-stop.

Il regarda par la fenêtre. Il y avait encore de la neige par terre. Les routes devaient être dangereuses. Mais il le fallait.

– Quelles sont vos intentions? Vous n'avez aucune idée de ce que vous allez trouver là-bas. Hier soir, elle m'a dit que si je tenais à vous je devais m'arranger pour que vous ne reveniez pas.

– Je m'en fiche de ce qu'elle a dit. J'y vais.

– Alors je vous accompagne.

– Non, vous restez ici. C'est entre elle et moi. Trouvez-moi une voiture, je pars.

C'était une énorme Lincoln grise aux sièges de cuir confortables. En arrivant sur l'autoroute, il constata qu'Aaron ne le suivait plus dans sa limousine.

La neige était sale sur les bas-côtés mais il n'y avait plus de glace. Le ciel était de ce bleu limpide qui rend un paysage si propre. Il avait mal à la tête et était pris de vertige et de nausée tous les quarts d'heure. Mais il maintenait le pied sur l'accélérateur.

Il entra dans La Nouvelle-Orléans à cent quarante. Il freina trop brusquement et dérapa un peu en tournant dans Saint Charles Avenue.

Cinq minutes plus tard, il tournait à gauche dans First Street et la voiture dérapa encore dangereusement. Il freina et avança doucement jusqu'à ce que la maison apparaisse, telle une sombre forteresse.

La grille était ouverte. Il introduisit sa clé dans la porte et entra.

Pendant un moment, il resta cloué sur place. Il y avait du sang barbouillé partout sur le sol et une empreinte de main sanglante sur le cadre de la porte. Une substance ressemblant à de la suie recouvrait les murs et devenait une sorte de crasse grisâtre en atteignant le plafond.

L'odeur était nauséabonde, comme celle de la chambre de malade où Deirdre était morte.

Des traînées de sang sur la porte du salon et des traces de pieds nus. Du sang partout sur le tapis chinois et une espèce de substance visqueuse sur le plancher. Le sapin tout illuminé ressemblait à une sentinelle à l'autre extrémité de la pièce, à un témoin sourd et muet incapable de témoigner de quoi que ce soit.

La douleur explosait dans sa tête mais ce n'était rien comparé à celle de sa poitrine et à ses battements de cœur affolés. Il serra les poings.

Il se retourna, sortit du salon, passa dans l'entrée et se dirigea vers la salle à manger.

Sans aucun bruit, une silhouette se dessina dans l'encadrement de la porte. C'était une silhouette étrange. La personne semblait mal assurée sur ses pieds. Lorsqu'elle entra dans la lumière du jour, Michael s'arrêta et l'étudia attentivement en essayant de comprendre ce qu'il voyait.

C'était un homme vêtu de façon débraillée. Il était très grand, environ un mètre quatre-vingt-dix, et d'une minceur disproportionnée. Son pantalon était trop large et manifestement sanglé à la taille. Sa chemise appartenait à Michael. Il avait de beaux cheveux noirs et frisés et de très grands yeux bleus mais, à part cela, il ressemblait à Rowan avec sa peau bien tendue, sa bouche juste un peu plus pleine que celle de sa femme. Et les yeux, bien que grands et bleus, avaient le regard de Rowan, et le sourire froid était aussi le sien.

L'homme fit quelques pas chancelants vers Michael. Il avait un air radieux. Soudain, Michael se rendit compte qu'il ressemblait à un nouveau-né, mis à part l'expression de son visage qui n'avait rien d'enfantin : de l'émerveillement, de l'amour et une malice terrible.

Michael se jeta sur lui, le prenant par surprise. Tenant ses bras fins mais puissants entre ses mains, il fut terrorisé par l'éclat de rire viril que poussa l'homme.

– Lasher, vivant autrefois, vivant à nouveau, retourné dans la chair, vainqueur ! Ton enfant, tes gènes, ta chair et la sienne, t'aime, t'a vaincu, s'est servi de toi, merci, mon père.

Michael poussa un cri déchirant.

– Tu as tué mon enfant ! Rowan, tu lui as donné notre enfant !

Son cri était horrible.

L'homme s'écarta maladroitement de lui et alla buter contre le mur de la salle à manger en lançant les bras en l'air et en riant. Il leva la main et l'abattit violemment sur la poitrine de Michael, le renversant sur la table.

– Je suis ton enfant, père, recule. Regarde-moi !

Michael se remit sur ses pieds.

– Te regarder ? Je vais te tuer !

Il s'élança vers lui mais l'homme recula vers l'office et traversa la cuisine à reculons. Ses jambes s'emmêlaient puis se redressaient comme celles d'un pantin. Il riait de bonheur, mais d'un rire d'aliéné.

Se précipitant à nouveau, Michael l'attrapa et le coinça contre la porte-fenêtre. Tout en haut du pignon de la maison, le système d'alarme se mit à retentir, ajoutant ses hurlements au vacarme.

L'homme lança ses longs bras disproportionnés en l'air et regarda Michael d'un air étonné quand il referma ses mains autour de sa gorge. Il lança un coup de poing dans le visage de Michael. Celui-ci sentit ses jambes se dérober sous lui, tomba sur le sol, fit un roulé-boulé et se retrouva à quatre pattes. Quand il leva les yeux, la porte-fenêtre était ouverte, l'alarme hurlait et l'homme dansait, pivotait et gambadait avec une grâce hideuse vers la piscine.

En courant derrière lui, Michael aperçut Rowan du coin de l'œil. Elle descendait précipitamment l'escalier de la cuisine. Il l'entendit crier :

– Michael, ne t'approche pas de lui !

– Tu as fait ça, Rowan ? Tu lui as donné notre enfant ? Il est dans notre enfant !

Il se retourna, leva la main mais ne put la frapper. Pétrifié, il l'examina. C'était l'image même de la terreur. Son visage était livide, sa bouche humide et frémissante. Impuissant, tremblant, la douleur serrant sa poitrine, il se retourna et regarda l'homme.

Il sautillait dans tous les sens sur les dalles enneigées près de l'eau bleue ridée, se pliant en deux, se redressant en posant ses mains sur ses genoux et riant à perdre haleine en montrant Michael du doigt. Sa voix, forte et distincte, s'éleva au-dessus du vacarme de l'alarme.

– Tu n'en mourras pas, comme disent les mortels! Tu as engendré un enfant, Michael. Je suis ton œuvre. Je t'aime. Je t'ai toujours aimé.

Michael sortit au moment où Rowan s'élançait vers lui. Il alla tout droit sur la créature, glissant sur la neige verglacée, se dégageant quand elle voulut l'attraper. Elle s'écroula en s'accrochant à lui. Michael sentit une douleur fulgurante dans son cou. Dans sa chute, Rowan avait brisé la chaîne portant la médaille de saint Michel, qui était tombée dans la neige. Elle sanglotait et le suppliait d'arrêter.

Pas le temps. Il fit volte-face et lança un crochet qui s'écrasa sur le côté de la tête de l'homme. Celui-ci éclata à nouveau de rire malgré le sang qui coulait de sa plaie. Il trébucha, fit un tour sur lui-même et alla heurter les chaises de jardin.

– Regarde ce que tu as fait! Tu n'imagines pas comme c'est bon! Je n'ai vécu que pour cet instant extraordinaire!

Pivotant brusquement, il attrapa le bras de Michael et le lui tordit dans le dos, les sourcils levés, les lèvres retroussées en un sourire hideux, ses petites dents luisant contre sa langue rose. Tout neuf, tout brillant comme un bébé!

Michael décocha un autre gauche dans sa poitrine.

– Ah! tu aimes ça? Espèce de salaud, meurs! dit-il en crachant sur lui.

Il envoya encore un crochet du gauche et la créature attrapa son poignet droit. Du sang coulait de sa bouche.

– Tu aimes ça? cria Michael. Tu aimes voir saigner la chair de mon enfant? La chair de ma chair?

Se démenant pour dégager sa main droite, il saisit la gorge de la créature avec la gauche, y enfonça son pouce et, en même temps, lui envoya son genou dans les testicules.

– Ah! elle n'a rien oublié. Tu as tout ce qu'il faut où il faut, je vois!

Il vit Rowan bouger mais ce fut la créature qui la frappa, libérant enfin Michael. Elle alla heurter la balustrade.

La créature gémissait de douleur. Ses yeux bleus roulaient dans leurs orbites. Avant que Rowan puisse se remettre debout, la créature recula en levant ses épaules comme des ailes puis, baissant la tête, cria :

– J'apprends vite, père. Tu es un bon professeur!

Il poussa un grognement et se rua sur Michael la tête la première, heurtant si fort sa poitrine que Michael tomba dans la piscine.

Le cri assourdissant de Rowan couvrit le bruit de l'alarme.

Michael avait coulé dans l'eau glacée, le souffle coupé par la température glaciale. La surface bleue brillait au-dessus de lui. Tétanisé par le froid, il ne faisait aucun geste. Enfin, il atteignit le fond.

Dans une convulsion désespérée, il prit une impulsion pour remonter, malgré ses vêtements trempés qui semblaient vouloir le retenir au fond. Lorsque sa tête refit surface, un coup violent le fit sombrer à nouveau et il sentit qu'on lui maintenait la tête sous l'eau. Ses mains restées à l'air libre s'accrochèrent désespérément à celui qui tentait de le noyer, tandis que des litres d'eau froide remplissaient sa bouche. Dans un flash, il revit le Pacifique, immense et gris, et les lumières du restaurant de la falaise qui s'atténuaient et disparaissaient tandis que les vagues montaient autour de lui.

Cette fois, cependant, il ne se sentit pas monter vers le ciel de plomb et les nuages d'où il avait vu la terre et ses millions de petits êtres humains. Il était dans un tunnel et on l'aspirait vers le bas. Il faisait très sombre et la descente lui paraissait interminable. Dénué de toute volonté et rempli d'étonnement, il tombait à pic sans se débattre.

Enfin, une grande lumière rouge diffuse l'entoura. Il était tombé dans un endroit familier. Les tambours, il entendait les tambours du défilé de mardi gras et les lumières vacillantes étaient celles des lampions accrochés aux branches des chênes. Il fut saisi de la même frayeur que lorsqu'il était enfant. Ce n'était plus une peur passagère, comme quand il avait touché la chemise de nuit de Deirdre, mais ses terreurs d'enfant qui revenaient pour de bon, dans toute leur intensité.

Ses pieds touchèrent le sol fumant et, en essayant de se mettre debout, il vit que les branches de chêne avaient transpercé le plafond du salon, enchevêtrant leurs feuilles dans le lustre. C'était la maison! Des corps innombrables étaient emmêlés dans l'obscurité. Il marchait dessus! Des formes grises et nues forniquaient et se tordaient dans les flammes et dans les ombres. Des tourbillons de fumée obscurcissaient les visages des gens qui le regardaient. Mais il savait qui ils étaient. Des jupes en taffetas, des vêtements le frôlèrent. Il chancela, essaya de reprendre son équilibre et ses pieds s'enfoncèrent dans de la boue fumante.

Des religieuses s'approchaient de lui en cercle. Il connaissait les visages et les noms de ces hautes silhouettes en robe noire, aux guimpes blanches amidonnées. Son enfance lui revint : cliquètements de chapelets, bruits de pas sur le plancher de pin. Lorsqu'elles furent tout autour de lui, Stella entra dans le cercle, les yeux brillants, ses cheveux frisés au fer luisant de pommade. Soudain, elle tendit le bras et l'attrapa brutalement.

– Laisse-le tranquille, il peut se relever seul! dit Julien.

Il était là, en personne, avec ses cheveux blancs bouclés et ses petits yeux noirs brillants, ses vêtements immaculés et raffinés. Il leva la main en souriant.

– Allez, Michael! Lève-toi! dit-il avec son fort accent français. Tu es avec nous, maintenant. C'est presque fini. Et arrête un peu de résister.

– Oui, lève-toi, Michael! dit Mary Beth.

Sa jupe de taffetas effleura la joue de Michael. C'était une grande femme majestueuse aux cheveux parsemés de gris.

– Tu es avec nous maintenant, Michael.

C'était Charlotte, avec ses magnifiques cheveux blonds, ses seins bombés dans son décolleté. Elle essaya de le tirer mais il se débattit et lui donna un coup dans la poitrine.

– Arrêtez! Ne vous approchez pas de moi! cria-t-il. Allez-vous-en!

Stella ne portait qu'une fine chemise de nuit dont les bretelles tombaient sur ses bras. Tout un côté de sa tête était ensanglanté.

– Viens, Michael chéri. Tu vas rester ici avec nous désormais. Tout est fini. Tu as été formidable.

Les tambours grondaient sourdement sur le rythme endiablé d'un orchestre de Dixieland. A l'extrémité de la pièce, un cercueil entouré de cierges était ouvert. On aurait dit que les flammes allaient mettre le feu aux rideaux.

– Illusions! Mensonges! cria-t-il. C'est un de vos tours.

Il essaya de se lever et chercha des yeux par où il pourrait s'enfuir. Mais il ne vit que les fenêtres, les portes, les branches de chêne et les murs. La maison n'était qu'un immense piège refermé sur lui.

Soudain, la main d'une religieuse s'abattit avec violence sur sa joue. La douleur le surprit et le mit en colère.

– Eh bien mon garçon, qu'est-ce que tu attends? Tu vas te lever, oui?

Il reconnut cette voix perçante.

– Ne me touchez pas! hurla-t-il.

Paniqué, il voulut la repousser mais sa main passa à travers le corps de la nonne.

Julien, les mains derrière le dos, hochait la tête. Derrière lui se trouvait le beau Cortland. Il avait l'expression et le sourire moqueur de son père.

– Michael, tu as été parfait, dit-il. Tu as couché avec elle, tu l'as ramenée ici et tu lui as fait un enfant. C'est exactement ce que nous voulions que tu fasses.

– Nous ne voulons pas nous bagarrer, dit Marguerite, ses cheveux de sorcière lui cachant à demi le visage. Nous sommes tous du même côté, mon cher. Lève-toi, s'il te plaît, et viens avec nous.

– Allons, Michael, c'est toi qui en fais toute une histoire, dit Suzanne, ses grands yeux de simple d'esprit clignant sans arrêt.

Elle l'aida à se relever. Ses seins pointaient à travers ses guenilles.

– Oui, tu y es arrivé, mon fils, dit Julien. Vous avez été merveilleux tous les deux, Rowan et toi. Vous avez fait précisément ce pour quoi vous êtes venus au monde.

– Et maintenant tu peux retourner de l'autre côté avec nous, dit Deborah.

Elle leva les mains pour que les autres reculent. Des flammes et un panache de fumée s'élevaient derrière elle. L'émeraude scintillait sur sa robe de velours bleu foncé. La fille du tableau de Rembrandt, si belle avec ses joues colorées et ses yeux bleus, aussi belle que l'émeraude.

– Tu ne comprends toujours pas? C'était ça, le pacte. Maintenant qu'il est passé de l'autre côté, nous allons tous le faire! Rowan sait comment s'y prendre désormais. Elle va le faire pour nous aussi. Non, Michael, ne résiste pas. Tu veux être avec nous. Tu vas attendre ton tour, toi aussi, sinon tu seras irrémédiablement mort.

– Nous sommes tous sauvés, Michael, dit la fragile Antha. Tu n'imagines pas depuis combien de temps nous attendons cela. On perd la notion du temps ici...

– Mais cette maison durera toujours, dit gravement Maurice en balayant du regard le plafond, les médaillons, les lustres oscillants. Grâce à tes efforts de restauration nous avons cet endroit merveilleux pour attendre le moment où nous redeviendrons de chair et de sang.

– Nous sommes si heureux de t'avoir avec nous, dit Stella de son air toujours las. Tu ne voudrais tout de même pas que nous manquions une occasion pareille?

– Je ne vous crois pas! Vous n'existez pas! Ce ne sont que mensonges et pures inventions!

Michael fit volte-face et se cogna contre le mur. Une fougère en pot alla valser sur le sol. Un couple allongé par terre se tordit quand ses pieds traversèrent le dos de l'homme et le ventre de la femme.

Stella se mit à rire nerveusement et courut jusqu'au cercueil capitonné de satin. Elle s'y allongea et prit une coupe de champagne. Les tambours battaient de plus en plus fort. Comment se faisait-il que tout ne prenne pas feu, avec toutes ces flammes?

– Parce que c'est le feu de l'enfer, mon fils, dit la religieuse en levant la main pour le gifler encore. Les flammes ne s'éteignent jamais.

– Tu n'as pas le choix. Tout ce que tu peux faire, c'est rester avec nous et retourner de l'autre côté, dit Deborah. Tu ne comprends donc rien? La porte est ouverte, ce n'est plus qu'une question de temps. Lasher et Rowan nous ramèneront chez les vivants. D'abord Suzanne, puis moi et...

– Hé! une minute. Je n'ai jamais donné mon accord pour cet ordre! dit Charlotte.

– Moi non plus, dit Julien.

– Qui a parlé d'ordre? brailla Marie-Claudette en rejetant sa couverture pour s'asseoir dans le lit.

– Vous êtes tous complètement stupides, dit Mary Beth d'un ton las et neutre. Tout s'est passé comme prévu et la transmutation peut se faire un nombre illimité de fois. Imaginez la qualité supérieure de cette chair et de ces gènes transmutés. C'est un progrès scientifique fantastique!

– Et rien que du naturel, Michael, dit Cortland. Comprendre cela, c'est comprendre l'essence même du monde, c'est-à-dire que les choses sont plus ou moins prédéterminées. Tu ne sais pas que tu étais entre nos mains depuis le tout début?

– C'est un point capital que tu dois absolument comprendre, dit Mary Beth.

– L'incendie qui a tué ton père, dit Cortland, ce n'était pas un hasard...

– Arrêtez de dire n'importe quoi! explosa Michael. Vous n'avez pas fait ça. Je ne vous crois pas.

– ... pour que tu ailles où nous voulions, pour être certains que tu aurais cette personnalité, cette culture et ce charme qui allaient la séduire et lui faire baisser sa garde...

– Ne vous fatiguez pas à lui parler, coupa la nonne d'un ton brusque.

Les grains de son chapelet pendant de sa grosse ceinture de cuir s'entrechoquèrent.

– Il est incorrigible. Laissez-le-moi ! Je vais le mater.

– C'est faux, dit Michael en essayant de protéger ses yeux des flammes. Ce n'est pas l'explication. Ce n'est pas la signification, cria-t-il pour couvrir le bruit des tambours.

– Michael, je t'avais prévenu, dit la petite voix piteuse de sœur Bridget Marie, qui était apparue à côté de l'autre religieuse. Je t'avais dit qu'il y avait des sorcières dans ces rues sombres.

– Viens ici tout de suite et bois un peu de champagne, dit Stella. Et arrête de provoquer toutes ces images infernales.

– Oui, c'est toi qui rends tout affreusement moche ici, renchérit Antha.

– Il n'y a absolument aucune flamme, dit Stella. Elles ne sont que dans ton esprit. Allez ! Viens danser au son des tambours ! J'adore cette musique.

Michael avait les poumons brûlants. Il avait l'impression que sa poitrine allait éclater.

– Je ne vous crois pas. Vous êtes de connivence avec lui et ce ne sont que des illusions.

– Non, mon cher, dit Julien. Nous sommes la réponse finale et la signification.

– Allez tous au diable !

Il avait enfin réussi à se remettre debout. Il se dégagea de la bonne sœur et esquiva une nouvelle gifle. Il passa à travers elle et se précipita vers la silhouette de Julien, ignorant les rires et les tambours assourdissants.

Les religieuses resserrèrent les rangs mais il passa aussi à travers. Rien ne pouvait l'arrêter. Il entrevoyait la sortie et la lumière éclairant la porte en trou de serrure.

– Je ne vous crois pas. Je ne croirai pas...

– Chéri, repense à ta noyade, dit Deborah, soudain à côté de lui et essayant de lui prendre la main. C'est ce que nous t'avons expliqué quand tu étais mort. Nous avions besoin de toi et tu étais d'accord mais, évidemment, nous savions pertinemment que tu marchandais pour retourner à la vie, que tu nous mentais et que si nous ne te faisions pas tout oublier tu ne remplirais jamais ta mission...

Plus que quelques pas avant d'atteindre la porte. Il était près du but. Il se lança en avant, trébuchant à nouveau sur les corps épars, marchant sur des dos, des épaules et des têtes, la fumée lui piquant les yeux. Mais il se rapprochait de la lumière.

Il aperçut une silhouette dans l'encadrement de la porte. Il connaissait ce casque et ce long manteau. Oui, il connaissait cet uniforme.

– J'arrive, cria-t-il.

Mais ses lèvres avaient à peine bougé.

Il était allongé sur le dos, le corps transpercé par la douleur. Un silence de mort planait. Le ciel était d'un bleu vertigineux. L'homme penché sur lui se mit à parler :

– C'est ça, mon garçon ! Respire !

Bien sûr qu'il connaissait ce casque et ce manteau, c'était l'uniforme des pompiers ! Il était étendu près de la piscine, sur les dalles glaciales. Sa poitrine était en feu, ses bras et ses jambes lui faisaient mal. Un pompier plaquait un masque à oxygène contre son visage et pressait la poire près de lui. Il ressemblait terriblement à son père et répétait :

– C'est ça, mon garçon, respire !

Chaque respiration était horriblement douloureuse mais l'air parvenait jusqu'à ses poumons. Quand on le souleva, il ferma les yeux.

– Je suis là, Michael, dit la voix d'Aaron. Je suis près de vous.

La douleur dans sa poitrine était trop forte. Ses bras étaient complètement engourdis. Mais il se sentait calme et quand on l'emporta sur la civière, il eut l'impression de voler. Lorsqu'on l'enfourna dans l'ambulance, quelqu'un appuya le masque sur son visage.

– Une urgence cardiaque, nous arrivons. Demandons...

Des couvertures.

La voix d'Aaron puis celle d'un autre :

– Il recommence une fibrillation cardiaque ! Merde ! Démarrez !

Les portes claquèrent et la voiture démarra brutalement.

Un poing s'abattit sur sa poitrine, une fois, deux fois. Le masque lui envoyait de l'oxygène dans les poumons.

Il entendait toujours la sirène d'alarme de la maison. Ou était-ce celle de l'ambulance ? Elle ressemblait aux cris des oiseaux au petit matin, au croassement des corbeaux dans les grands chênes.

ÉPILOGUE

Cinquante-trois

Vers la tombée du jour, il comprit qu'il était dans un service de réanimation, que son cœur avait arrêté de battre une première fois dans la piscine, puis une seconde dans l'ambulance et une troisième en salle des urgences. On lui avait administré un médicament puissant pour réguler son pouls et c'était pourquoi son cerveau était si embrumé et qu'il était incapable de penser de façon cohérente.

Aaron avait reçu la permission de le voir cinq minutes toutes les heures. A un certain moment, tante Vivian avait été là puis Ryan était arrivé.

Différents visages s'étaient penchés sur lui et différentes voix lui avaient parlé. Il faisait à nouveau jour lorsque le médecin lui expliqua que la faiblesse qu'il ressentait était normale. La bonne nouvelle était que son muscle cardiaque n'avait pas trop souffert et qu'il était déjà en bonne voie de guérison. On allait continuer les perfusions de lidocaïne, d'anticoagulants et de médicaments destinés à dissoudre le cholestérol. « Reposez-vous et guérissez » furent les derniers mots qu'il entendit avant de perdre à nouveau connaissance.

Ce fut la veille du Nouvel An qu'on lui expliqua ce qui s'était passé. On avait diminué ses doses de médicaments et il était maintenant capable de suivre une conversation.

Il n'y avait personne sur les lieux quand les pompiers étaient arrivés à la maison. Quelqu'un avait appuyé sur les boutons d'urgence pompiers, police et secours médical. Courant sur le chemin latéral, les pompiers avaient immédiatement repéré les carreaux cassés, les meubles renversés et le sang sur les dalles. Puis ils avaient aperçu le corps flottant à la surface de l'eau.

Aaron était arrivé au moment où on repêchait le corps de Michael, en même temps que la police. Tout le monde avait fouillé la maison sans trouver personne. Les taches de sang étaient inexplicables et il avait dû y avoir un début d'incendie. A l'étage, les placards et les tiroirs étaient ouverts et une valise à demi pleine était posée sur le lit. Mais on ne trouva aucun signe de lutte.

Ce fut Ryan, l'après-midi même, qui s'aperçut que la Mercedes de Rowan avait disparu, ainsi que son sac et tous ses papiers. Personne n'avait pu mettre la main sur sa sacoche de médecin.

En l'absence d'explication plausible, la famille fut prise de panique. Bien qu'il fût encore trop tôt pour déclarer Rowan disparue, la police commença des recherches officieuses. On retrouva la voiture de Rowan au parking de l'aéroport avant minuit et on découvrit qu'elle avait pris deux billets pour New York en début d'après-midi et que l'avion avait atterri à l'heure. Un employé qui se souvenait d'elle raconta qu'elle voyageait avec un homme de haute taille. Les hôtesses se souvenaient également très bien du couple qui avait passé son temps à parler et boire pendant le vol. Aucun indice de coercition. La famille ne pouvait rien faire d'autre qu'attendre que Rowan se manifeste ou que Michael explique ce qui s'était passé.

Trois jours plus tard, le 29 décembre, un câble provenant de Suisse arriva. Rowan expliquait qu'elle allait rester quelque temps en Europe et que des instructions concernant ses affaires personnelles suivaient. Le câble contenait une série de mots codés que seule l'héritière et le cabinet Mayfair & Mayfair connaissaient. Le même jour, le cabinet reçut effectivement l'ordre d'effectuer un transfert de fonds important sur une banque de Zurich. Là encore, les mots codés étaient corrects. Mayfair & Mayfair n'avait donc aucune raison de contester les instructions de Rowan.

Le 6 janvier, lorsque Michael quitta le service de réanimation pour une chambre normale, Ryan vint lui rendre visite. Il semblait tout à fait bouleversé et mal à l'aise. Il dut employer des trésors de diplomatie pour lui annoncer les nouvelles qu'il venait de recevoir.

Rowan était partie « pour une durée indéterminée ». On ignorait où elle se trouvait exactement mais elle contactait fréquemment Mayfair & Mayfair par l'intermédiaire d'un cabinet d'avocats de Paris.

Elle avait donné des ordres pour que Michael devienne l'unique propriétaire de la maison de First Street. Aucun membre de la famille ne devait contester son droit exclusif sur cette propriété. A sa mort seulement, la maison retournerait dans l'héritage Mayfair.

Quant à ses frais personnels, il pouvait dépenser sans compter la fortune de Rowan. En d'autres termes, il fallait lui donner tout l'argent qu'il demanderait.

Michael n'entendait même pas ce que Ryan lui disait. Il n'avait même pas besoin d'expliquer à Ryan, ou à qui que ce fût, le drame qu'il était en train de vivre ni comment ses pensées erraient sans cesse, déroulant interminablement les événements de sa vie, depuis son enfance.

Quand il fermait les yeux, il les revoyait tous, au beau milieu des flammes et de la fumée. Il entendait les battements de tambour, sentait l'odeur du feu et entendait le rire perçant de Stella.

Puis cette vision s'effaçait. Le calme revenait et il revoyait son enfance, quand il marchait dans First Street avec sa mère, cette nuit de mardi gras si lointaine, en songeant à quel point cette maison était belle.

Ryan expliqua que tout le monde espérait que Michael resterait vivre dans la maison, que Rowan reviendrait et qu'ils se réconcilieraient. Puis il sembla perdu. Embarrassé et profondément abattu, il dit d'une voix triste que la famille « ne comprenait vraiment pas ce qui s'était produit ».

Un certain nombre de réponses possibles traversèrent l'esprit de Michael. Il s'imagina en train de faire quelques remarques qui iraient enrichir les vieilles légendes familiales, des allusions obscures au nombre treize, à la porte et à l'homme, des remarques dont on débattrait encore pendant des années, dans l'herbe, lors de dîners où dans des salons mortuaires. Mais faire cela était impensable. En fait, il fallait rester muet.

Puis il s'entendit dire, avec une admirable conviction :

– Rowan reviendra.

Ce fut tout.

Tôt le lendemain, au retour de Ryan, Michael lui demanda que tante Vivian aille s'installer dans la maison si elle le désirait. Il ne voyait aucune raison valable pour qu'elle reste seule dans son appartement. Et si Aaron voulait venir aussi, il en serait très heureux.

Ryan se répandit en une longue explication toute juridique confirmant que la maison appartenait à Michael et qu'il n'avait aucune permission à demander concernant First Street. Il ajouta enfin que Michael pouvait lui demander « absolument n'importe quoi ».

Suivit alors un long silence. Ryan s'effondra. Il dit qu'il ne comprenait pas en quoi la famille et lui avaient déplu à Rowan. Elle leur avait retiré la gestion de sommes faramineuses et le projet de Mayfair Medical avait été interrompu. Tout cela était incompréhensible.

Michael lui dit :

– Ce n'est pas votre faute. Vous n'avez rien à voir là-dedans.

Il y eut à nouveau un long silence. Ryan semblait honteux de s'être laissé aller. Michael répéta :

– Elle reviendra. Vous verrez. Ce n'est pas terminé.

Le 10 février, Michael sortit de l'hôpital. Il était très faible, ce qui le frustrait horriblement, mais son muscle cardiaque avait fait d'énormes progrès et son état général était plutôt bon. Aaron le ramena en ville dans sa limousine noire.

Le chauffeur était un Noir à la peau claire répondant au nom de

Henri. Il vivait dans la petite maison derrière le chêne de Deirdre et s'occupait de tout pour Michael.

Il faisait beau et chaud. Il avait un peu gelé après Noël puis des trombes d'eau étaient tombées mais le temps était maintenant printanier et les azalées fleurissaient dans tout le jardin. L'olivier avait retrouvé ses magnifiques feuilles vertes après les gelées et un vert tendre colorait les chênes.

Tout le monde était heureux, expliqua Henri, parce que mardi gras approchait. Les défilés allaient commencer d'un jour à l'autre.

Michael fit une promenade dans le jardin. Toutes les plantes tropicales mortes avaient été arrachées et les nouveaux bananiers poussaient déjà très haut. Même les gardénias reprenaient du poil de la bête. Les lagerstrœmias étaient toujours dénudés mais c'était normal. Le long de la grille de devant, les camélias étaient couverts de fleurs rouge sombre. Les magnolias commençaient à perdre leurs pétales, qui jonchaient les dalles.

La maison brillait comme un sou neuf, grâce aux bons soins de tante Vivian, qui avait pris l'ancienne chambre de Carlotta tandis qu'Eugenia se trouvait toujours tout au bout du couloir du deuxième étage.

Pendant des jours et des jours, les visiteurs se succédèrent. Béa vint avec Lily, puis Cecilia, Clancy et Pierce et enfin Randall avec Ryan, qui avait divers papiers à faire signer. D'autres passèrent, dont il avait du mal à se rappeler les noms. Parfois, il leur parlait, parfois non.

Mais il se rendait compte du trouble des cousins. Ils étaient mal à l'aise dans la maison.

Pas lui. La maison était vide et propre et il connaissait la moindre réparation qui y avait été faite, la moindre touche de peinture, le moindre plâtre et la moindre boiserie neuve. C'était son chef-d'œuvre, jusqu'aux gouttières neuves et aux planchers qu'il avait grattés et teintés lui-même. Il se sentait bien dans cet endroit.

– Je suis heureuse de voir que vous ne portez plus ces affreux gants, dit Béatrice.

On était dimanche et c'était la seconde visite qu'elle lui rendait. Ils étaient assis dans la chambre.

– Je n'en ai plus besoin, dit Michael. C'est vraiment curieux mais, depuis l'accident de la piscine, mes mains sont redevenues normales.

– Vous ne voyez plus rien?

– Non. Peut-être que je n'ai jamais utilisé correctement mon pouvoir. Ou pas au bon moment. Alors on me l'a retiré.

– C'est plutôt une bénédiction, commenta Béa, essayant de cacher son trouble.

– Cela n'a plus d'importance.

Aaron s'entretint avec Béatrice à la porte. Par hasard, Michael était justement sur le palier et entendit Béatrice dire au vieil homme :

– Il a pris dix ans d'un coup.

Elle pleurait et suppliait Aaron de lui raconter la tragédie.

– Cela ne m'étonne pas que cette maison soit maudite, dit-elle. Ils n'auraient jamais dû projeter d'y vivre et nous aurions dû les en empêcher. Vous devriez le pousser à partir d'ici.

Michael retourna dans sa chambre et ferma la porte derrière lui.

Il se regarda dans le miroir de la coiffeuse de Deirdre et décida que Béa avait raison. Il faisait plus vieux. Il n'avait pas remarqué les fils gris sur ses tempes et un peu partout dans ses cheveux. Et il avait peut-être quelques rides de plus qu'avant. Beaucoup plus, même. Surtout autour des yeux.

Il sourit. Il ne se souvenait même plus comment il était habillé : il avait mis la veste de smoking en satin noir, avec des revers violets, que Béa lui avait envoyée à l'hôpital. Comme c'était drôle ! Michael Curry, le garçon d'Irish Channel, portant une veste aussi chic !

– Eh bien, monsieur, dit-il en essayant d'imiter Julien dans la rue, à San Francisco.

Même son expression avait un peu changé. Il sentit en lui un peu de la résignation de Julien.

Il descendit, très lentement, comme le médecin le lui avait recommandé, et entra dans la bibliothèque. Le bureau n'avait pas servi depuis qu'on l'avait nettoyé après la mort de Carlotta et il se l'était approprié. Il y rangeait son carnet.

C'était celui dans lequel il avait commencé à prendre des notes à Oak Haven. Il continuait à y inscrire des remarques, presque tous les jours, car c'était la seule façon pour lui d'exprimer ce qu'il ressentait.

Bien sûr, il avait tout raconté à Aaron, la seule personne à laquelle il se confierait jamais.

Mais il avait besoin de cette relation calme et contemplative avec la page blanche pour s'épancher complètement. Il était heureux de s'asseoir là et de regarder de temps à autre, à travers les rideaux de dentelle, les passants qui se dirigeaient vers Saint Charles Avenue. Plus que deux jours avant mardi gras.

Ce qu'il n'aimait pas, c'étaient les tambours qu'on commençait à entendre depuis la veille. Il les détestait.

Lorsqu'il en eut assez d'écrire, il prit *Les Grandes Espérances* sur le rayon de la bibliothèque, s'assit à l'extrémité du canapé de cuir, près de la cheminée, et se mit à lire. Eugenia ou Henri allait bientôt lui apporter un plateau. Il mangerait, ou pas.

Cinquante-quatre

« Mardi 27 février, nuit de mardi gras.

« Je ne croirai jamais que ce que j'ai vu pour la seconde fois était réel. Je maintiens et maintiendrai toujours que c'était un des tours de Lasher. Ce n'étaient pas les sorcières Mayfair parce qu'elles ne sont pas ici à attendre de passer la porte. Mais il se peut que ce soit un mensonge qu'il leur ait dit de leur vivant et que cela fasse partie du pacte qui lui permettrait d'obtenir leur coopération.

« Je crois que chacun d'eux est mort, soit qu'il ait cessé d'exister, soit qu'il ait atteint une forme supérieure de sagesse. Et aucun d'entre eux n'a jamais eu l'intention de participer à un plan quelconque sur cette terre. Ils auraient plutôt tout fait pour empêcher qu'il se réalise.

« C'est ce que Deborah et Julien ont voulu faire la première fois qu'ils me sont apparus. Ils m'ont parlé du plan et m'ont dit que je devais intervenir pour séduire Rowan afin qu'elle ne se laisse pas tenter par Lasher et ses tromperies. Et, à San Francisco, quand ils m'ont dit de rentrer à la maison, ils voulaient me pousser à intervenir à nouveau.

« Je suis persuadé de cela car il n'existe aucune autre explication logique. Je n'aurais jamais accepté de faire quelque chose d'aussi épouvantable que concevoir un enfant aux seules fins que ce monstre puisse devenir humain. Et si j'avais été au courant d'une pareille horreur, je serais revenu à la vie non pas avec un sentiment de mission à accomplir mais avec un sentiment de panique et une profonde révulsion à l'égard de ceux qui avaient essayé de me circonvenir.

« Non, cette vision hallucinatoire d'âmes infernales, avec leur ignoble moralité, était certainement l'œuvre de Lasher. Et dans les visions – je me demande pourquoi Aaron ne veut pas le comprendre – ce sont les religieuses qui m'ont averti que c'était une ruse. Elles n'avaient rien à faire là. Et les tambours de mardi gras non plus. Ils venaient tous de mes terreurs d'enfant.

« Ce spectacle infernal s'est formé à partir de mes peurs d'enfant et c'est Lasher qui les a mélangées avec les sorcières Mayfair afin de créer un enfer dans lequel je resterais mort, noyé et désespéré. Si son plan avait fonctionné, je serais vraiment mort, bien sûr, et l'enfer aurait disparu. Alors peut-être, dans une autre vie, aurais-je trouvé la véritable explication.

« Mais cela, il m'est difficile d'y réfléchir car je ne suis pas mort et, en étant tout simplement vivant et en demeurant ici, j'ai une seconde opportunité pour arrêter Lasher. Après tout, Rowan sait que je suis là et je ne peux croire que tout son amour pour moi se soit envolé. Cela ne correspond pas avec ce que mes sens me disent.

« Au contraire, non seulement elle sait que je l'attends mais elle veut que j'attende. C'est pour cette raison qu'elle m'a donné la maison. C'est sa façon à elle de me demander de rester et de continuer à croire en elle.

« Ma pire crainte est que cette créature monstrueuse lui fasse du mal maintenant qu'elle a obtenu ce qu'elle voulait. A un moment ou à un autre, elle n'aura plus besoin de Rowan et voudra s'en débarrasser. Je ne peux qu'espérer que Rowan la détruira avant que ce moment n'arrive quoique, plus j'y pense, plus je me rends compte qu'elle aura du mal à le faire.

« Elle aime cette créature et ses cellules, j'en suis sûr, d'un pur point de vue scientifique, et elle les étudie. Elle étudie son organisme et la façon dont il fonctionne, se comporte dans le monde, afin de savoir s'il est ou non une version perfectionnée d'être humain et, le cas échéant, ce que signifie ce perfectionnement et comment elle pourrait l'utiliser pour la bonne cause.

« Je me demande pourquoi Aaron refuse d'admettre cette évidence. Il est très sympathique mais trop réservé. Ces gens du Talamasca ne sont qu'une bande de moines ascètes. Il veut me persuader d'aller à Londres avec lui mais c'est impossible. Je ne pourrais jamais vivre avec eux; ils sont trop passifs et bien trop théoriques.

« De toute façon, je dois attendre Rowan ici. Après tout, elle n'est partie que depuis deux mois et cela peut lui prendre des années pour résoudre son problème. Elle n'a que trente ans, c'est jeune aujourd'hui. La connaissant comme je la connais, je suis convaincu que sa sagesse finira par l'emporter.

« Voilà ce que je pense des événements. Les sorcières Mayfair sont bel et bien mortes et le pacte n'était qu'un mensonge. Et, pendant ma noyade, j'ai vu des êtres bons qui m'ont envoyé ici dans l'espoir que je mette fin au règne du mal.

« Sont-elles fâchées contre moi? M'en veulent-elles parce que j'ai échoué ou considèrent-elles que j'ai tout essayé, avec les seules armes que j'avais, que Rowan va revenir et que tout finira bien? Je n'en sais rien. Mais je sais que le mal ne rôde pas dans cette maison, qu'aucune âme n'erre dans ces pièces. Au contraire, tout est merveilleusement propre et beau, exactement comme je le voulais.

« Si seulement j'avais plus d'énergie. Je me traîne. La vieille roseraie reprend vie et hier tante Viv m'a dit qu'elle avait toujours rêvé de s'occuper de roses sur ses vieux jours et que si le jardinier l'aidait un peu elle s'en chargerait. Le jardinier se souvient du temps où c'était la " vieille Mlle Belle " qui s'en occupait et il connaît les noms de toutes les espèces différentes. Tante Viv est si heureuse ici!

« Moi je préfère les fleurs plus sauvages. La semaine dernière, lorsque j'ai installé le nouveau fauteuil à bascule sous le porche de Deirdre, j'ai remarqué que le chèvrefeuille était bien reparti sur la nouvelle rambarde en bois et le pilier en fer forgé. Il est exactement comme la première fois que je suis venu.

« Et, sur les plates-bandes, les belles-de-nuit sauvages ont repris toute leur vigueur entre les camélias, tout comme le lantana, avec ses fleurs orange et marron. J'ai dit aux jardiniers de ne pas y toucher. Je préfère que les plates-bandes retrouvent leur aspect sauvage et que la nature reprenne ses droits dans tout le jardin, comme dans mes souvenirs d'autrefois.

« Et puis, je trouve qu'il n'y a pas assez d'intimité dans ce jardin. Surtout aujourd'hui, quand les gens se sont attroupés dans les rues pour voir passer le défilé ou se promener dans leur costume de carnaval, trop de têtes se sont tournées pour regarder la maison à travers la grille. Il faut plus de verdure.

« A ce propos, un incident des plus étranges s'est produit ce soir. Mais je vais commencer par le commencement et raconter cette journée de mardi gras depuis le début.

« Les mille et un Mayfair sont venus tôt car le défilé passe toujours dans Saint Charles Avenue vers 11 heures. Ryan avait pris toutes les dispositions. Il avait prévu un grand buffet de petit déjeuner pour 9 heures, un déjeuner pour midi et, toute la journée, il a fait servir du café et du thé.

« De la galerie d'en haut, j'ai regardé les enfants courir çà et là, jouer sur la pelouse et même se baigner car il a fait vraiment beau. Pour rien au monde je ne m'approcherais de cette piscine mais cela m'a fait plaisir de les voir s'ébattre dans l'eau.

« Je suis ravi de voir que, malgré l'absence de Rowan, tout est possible dans cette maison. Vers 5 heures, lorsque la fête a commencé de perdre son intensité et que des enfants se sont mis à pleurer de fatigue, c'en a été fini de ma quiétude et de la paix de mon esprit. En levant les yeux, j'ai vu Aaron et tante Viv devant moi et j'ai su, avant qu'ils n'ouvrent la bouche, ce qu'ils allaient me dire. Tante Viv voulait marcher jusqu'à l'avenue pour voir passer le dernier défilé. Aaron ne disait rien puis il a suggéré qu'après toutes ces années je pourrais peut-être accompagner ma tante pour démystifier toutes les idées que j'avais accumulées autour de ce fameux défilé de mardi gras. Il a promis de rester tout le temps auprès de moi. Je ne sais pas ce qui m'a pris, mais j'ai accepté.

« Vers 6 h 30, je me suis mis en marche lentement vers l'avenue avec Aaron. Tante Viv était devant avec Béa, Ryan et une foule d'autres, et j'ai commencé à entendre le rythme cadencé des tambours. On aurait dit qu'ils accompagnaient une sorcière jusqu'au bûcher où elle allait être brûlée vive.

« Je détestais ce bruit et les lumières des lampions suspendus au-dessus de nous mais je savais qu'Aaron avait raison. Il fallait que j'y aille. Je n'avais pas réellement peur. La haine est une chose et la peur une autre. Malgré cette haine, j'étais parfaitement serein.

« Il n'y avait pas trop de monde car c'était la fin de la journée; nous avons facilement trouvé à nous asseoir dans l'herbe aplatie par la foule qui l'avait piétinée toute la journée et parsemée de détritus. Je me suis adossé à un pylône de tramway et les premiers chars de la procession sont apparus. Affreux ! Ces monstres en papier mâché descendant lentement l'avenue étaient aussi hideux que dans mon enfance. Je me suis rappelé que mon père m'avait engueulé un jour, quand j'avais sept ans : “ Michael, il faut que tu te débarrasses de cette satanée trouille des défilés ! " Il avait raison. A l'époque, j'en avais une peur panique et je me mettais à pleurnicher, ce qui gâchait tout le plaisir de mes parents. Avec l'âge, j'ai réussi à me maîtriser pour ne rien leur montrer.

« Eh bien, qu'avais-je sous les yeux aujourd'hui, tandis que les porteurs de flambeaux avançaient solennellement, avec leurs magnifiques torches à l'odeur épouvantable, et que les tambours du premier orchestre de collégiens se rapprochaient ? Juste un ravissant spectacle, voilà ce que je voyais. D'abord, il y avait bien plus de lumière que dans mes souvenirs puisque les lampadaires de la rue étaient allumés. Et puis, les jeunes garçons et filles qui tapaient sur leurs tambours étaient tout à fait charmants.

« Est alors apparu le char du roi, salué par les acclamations de la foule, avec son trône gigantesque et superbement décoré. Le roi était magnifique avec sa couronne incrustée de pierreries, son masque et sa longue perruque bouclée. Et tout ce velours ! Il saluait les spectateurs avec son sceptre comme s'il avait fait ça toute sa vie !

« Inoffensif, parfaitement inoffensif. Cela ne ressemblait en rien à un morbide défilé précédant une exécution. Soudain, la petite Mona Mayfair m'a tiré par la manche. Elle voulait que je la prenne sur mes épaules car son père était fatigué.

« J'ai eu du mal à la hisser sur mes épaules et à me relever – j'étais convalescent ! – mais j'y suis arrivé et elle a passé son temps à pousser des petits cris d'émerveillement, essayant d'attraper les colliers de perles lancés des chars.

« Les autres chars étaient tout aussi magnifiques. " Comme dans notre enfance ", a commenté Béa. Des arbres, des fleurs, des oiseaux découpés dans du papier métallisé de toutes les couleurs. Des hommes masqués et vêtus de costumes en satin lançaient vers les mains tendues des tonnes de colifichets et de babioles.

« Enfin, le dernier char était passé. Mardi gras était terminé. Ryan aida Mona à descendre de mes épaules, lui reprochant de m'avoir importuné, mais j'ai protesté en disant que je m'étais bien amusé.

« Nous sommes rentrés tranquillement, Aaron et moi fermant la marche, puis la fête a repris à la maison, avec champagne et musique. C'est alors que l'incident s'est produit :

« J'ai fait mon petit tour habituel dans le jardin, appréciant la vue des azalées blanches qui fleurissaient partout, des pétunias et de toutes les plantes annuelles que les jardiniers avaient repiquées. En atteignant le grand lagerstrœmia au bout de la pelouse, je me suis aperçu qu'il avait repris : il était couvert de minuscules feuilles vertes. Je suis resté devant quelques minutes en regardant vers First Street, où les derniers badauds rentraient chez eux. J'étais en train de me demander si je pouvais allumer une cigarette sans que personne ne vienne essayer de m'en empêcher quand je me suis rendu compte que je n'en avais pas. Aaron et tante Viv, sur l'ordre des médecins, les avaient jetées.

« J'étais plongé dans mes pensées lorsque j'ai vu passer une femme et son enfant et que celui-ci, m'apercevant sous l'arbre, a pointé un doigt vers moi et dit quelque chose à sa mère sur " l'homme ".

« J'ai eu soudain envie de rire. J'étais " l'homme " ! J'avais pris la place de Lasher; j'étais devenu l'homme aux cheveux sombres de First Street. J'ai été pris d'un fou rire irrépressible.

« Plus besoin de me demander pourquoi ce salaud disait qu'il m'aimait. Il pouvait ! Il m'a pris mon enfant et ma femme et m'a laissé planté là, dans cet endroit. Il m'a pris ce que j'avais de plus cher au monde et m'a laissé en échange le lieu qu'il hantait autrefois. Je comprends qu'il m'aime !

« Puis une grande tristesse s'est emparée de moi quand je me suis dit qu'après tout il y avait peut-être bien un grand projet derrière tout ça, que je m'étais peut-être trompé depuis le début et que les sorcières étaient bien réelles, et que nous étions tous damnés.

« Mais je ne veux pas y croire.

« Aaron, avec sa passivité et son ouverture d'esprit dogmatique, aura beau prétendre que tout était prévu, même la mort de mon père, et que j'étais destiné à servir d'étalon à Rowan et de père à Lasher, je me refuserai toujours à y croire. Ce n'est pas que je ne veux pas y croire, c'est que je ne peux pas.

« La raison me dit qu'un tel système, dans lequel quelqu'un nous dicte tous nos mouvements, qu'il s'agisse d'un dieu, d'un démon, de notre propre subconscient ou de nos gènes tyranniques, est tout bonnement impossible. La vie ne peut être fondée que sur une combinaison illimitée de choix et de hasards. Et si nous ne pouvons le prouver, nous devons absolument y croire. Nous devons croire que nous pouvons changer, sinon contrôler, et diriger notre destin.

« Les choses auraient pu se passer autrement. Rowan aurait pu refuser d'aider cette créature et la tuer. Elle est d'ailleurs peut-être en train de le faire. Mais il se peut aussi qu'une fois cette créature devenue humaine, elle ne puisse se résoudre à la détruire.

« Et moi, de mon plein gré, je choisis de rester ici, de l'attendre et de croire en elle. Cette confiance que je lui porte est le point de départ de mon attitude. Je crois dans le libre choix et la force toute-puissante qui nous font nous comporter comme si nous étions les enfants d'un dieu bon et juste, même si un tel être suprême n'existe pas. Et par le libre choix, nous pouvons choisir de faire le bien sur cette terre, même si nous devons tous mourir un jour, sans savoir où ni quand, sans savoir si justice et explications nous attendent.

« Je crois qu'en nous y mettant tous, nous réussirons finalement à créer le paradis sur terre. C'est ce que nous faisons quand nous aimons, nous étreignons, chaque fois que nous cherchons à créer plutôt qu'à détruire, chaque fois que nous plaçons la vie au-dessus de la mort et le naturel au-dessus du surnaturel.

« Et je suppose que je crois, finalement, que nous pouvons parvenir à une certaine tranquillité d'esprit devant les pires horreurs et les pires pertes. Pour cela, nous devons avoir une confiance totale dans les changements, la volonté et le hasard, une foi totale en nous-mêmes qui nous permette de faire ce qu'il faut face à l'adversité.

« Car nous appartiennent la puissance et la gloire puisque nous sommes capables de vues et d'idées qui sont finalement plus fortes et persistantes que nous-mêmes. Tel est mon credo. Et c'est pourquoi je tiens pour bonne mon interprétation de l'histoire des sorcières Mayfair. Elle ne résisterait probablement pas à l'analyse des philosophes du Talamasca et ne figurera jamais dans le dossier Mayfair. Mais c'est ce que je crois, ce qui me fait continuer. Et si je devais mourir tout de suite, je n'aurais pas peur car je ne peux croire que l'horreur et le chaos nous attendent.

« Et si j'avais tort, ce serait d'une ironie renversante. Et tous les revenants de l'enfer pourraient bien être en train de danser dans le salon. Et le diable pourrait exister. Tout serait possible.

« Mais le monde est trop beau pour ça.

« C'est du moins ce qu'il me semble en ce moment. Je suis assis sous le porche, dans le fauteuil à bascule, les bruits de mardi gras se sont éteints depuis longtemps et j'écris à la lueur distante de la lampe du salon derrière moi.

« Seule la bonté dont nous sommes capables est aussi belle que la brise soyeuse qui vient du sud, que l'odeur de la pluie qui commence à tomber, heurtant presque sans bruit les feuilles frémissantes, traversant comme des fils d'argent la toile de l'obscurité environnante.

« Reviens, Rowan. Je t'attends. »

Cet ouvrage a été réalisé par la
SOCIÉTÉ NOUVELLE FIRMIN-DIDOT
Mesnil-sur-l'Estrée
pour le compte des Éditions Robert Laffont
en décembre 1992

Imprimé en France
Dépôt légal : décembre 1992
N° d'édition : 34320 - N° d'impression : 21758